Diesen umfangreichen Roman voller Traumvorstellungen, utopischer Phantasien über eine »astromentale« Welt – die seine intensive Beschäftigung mit der Offenbarung Johannis zeigen – hat Werfel im Frühjahr 1943 begonnen und am 24. August 1945, zwei Tage vor seinem Tod abgeschlossen. In drei Teilen berichtet er darin – nach dem Muster von Dantes ›Göttlicher Komödie‹ von einer dreitägigen Reise im Jahre 1943 in philosophische Lokationen, in denen die Grenzen von Realität und Fiktion aufgehoben sind: Er bewegt sich in der Verschränkung von Vergangenheit, Gegenwart und Zukunft. »Genau in dem Raume zwischen diesem ›Noch immer‹ und ›Schon wieder‹ liegt die Welt meiner Entdeckungsreise oder Forscherfahrt, die ich als unwissender, ja als widerstrebender Tourist begann, um sie, wie ich hoffe, als scharfer Beobachter mit einigen neuen und sicheren Erkenntnissen im Sack zu beenden.« Der Reisende »F. W.« projiziert unter der Führung seines wiedererstandenen ältesten und besten Freundes »B. H.« den geistigen und den politischen Zustand seiner realen Zeit und Gegenwart 1945 in die Welt der Astromentalen in utopischen Dimensionen. Dabei lernt er die eigene phantastische Vorstellungswelt als Bruchteil des Möglichen zu erkennen: in jenen fernen Zeiten leben die Menschen frei von Schmerz und Krankheit, Alter und Not, aber ohne Musik und Dichtung, jedoch auch ohne Arbeit. Zugleich findet er seine Hypothese aus der realen Gegenwart bestätigt, daß sie dann noch weiter von Gott entfernt sind, daß Hybris und Ranküne, Selbstüberhebung und Zwietracht der herrschenden Kräfte auch diese, die Jahrtausende spätere Welt zerrütten, – daß selbst jenseits von Raum und Zeit die Repräsentanten der unaufhebbaren Gemeinschaft von Juden und Christen – im Roman als »Jude des Zeitalters« und »Großbischof« personifiziert – bleiben. »F. W.« stirbt am Ende, erhält aber – im Gegensatz zu seinem Freund und Führer »B. H.«, der völlig ins Nichts aufgelöst wird – »eine ganz unerwartete Gelegenheit zur Rückkehr«, um diese Reise aufzuzeichnen.

Am 10. September 1890 wird Franz Werfel in Prag geboren; als Schüler schreibt er Gedichte und entwirft Dramen. Karl Kraus veröffentlicht später in seiner Zeitschrift ›Die Fackel‹ Gedichte von ihm. 1914 wird Werfel zum Militärdienst eingezogen; 1915 lernt er im Garnisonsspital in Prag Gertrud Spirk kennen, will sie heiraten – doch 1917 begegnet er Alma Mahler-Gropius, mit der er bis zu seinem Lebensende verbunden bleibt; er siedelt nach Wien über. Zu dieser Zeit sind bereits mehrere Gedichtbände von ihm erschienen, hat er kritische, pazifistische Aufsätze veröffentlicht. 1919 erscheint seine erste große Erzählung ›Nicht der Mörder, der Ermordete ist schuldig‹, 1921 wird sein Drama ›Spiegelmensch‹ an mehreren deutschen Bühnen aufgeführt. In den nächsten Jahren entstehen die berühmten Novellen wie ›Der Tod des Kleinbürgers‹ und ›Kleine Verhältnisse‹, die Romane ›Der Abituriententag‹ und ›Die Geschwister von Neapel‹. Dazwischen veröffentlicht er immer wieder Gedichte. 1929 heiratet er Alma Mahler. 1933 erscheint ›Die vierzig Tage des Musa Dagh‹ – eine Mahnung an die Menschlichkeit; im gleichen Jahr werden seine Bücher in Deutschland verbrannt. 1938, als Hitlers Truppen in Österreich einmarschieren, hält sich Werfel in Capri auf – seine Emigration beginnt. 1940 wird Werfel in Paris an die Spitze der Auslieferungsliste der Deutschen gesetzt. Mit Alma und einigen Freunden, darunter Golo Mann, flüchtet er zu Fuß über die Pyrenäen nach Spanien. ›Das Lied von Bernadette‹ schreibt er als Dank für seine Errettung. Von Lissabon bringt sie ein Schiff nach New York. Die letzten Jahre verlebt Werfel in Los Angeles, Kalifornien. Am 26. August 1945 erliegt er seinem schweren Herzleiden.

Franz Werfel
Gesammelte Werke
in Einzelbänden

Herausgegeben von Knut Beck

Franz Werfel
Stern der Ungeborenen

Ein Reiseroman

Fischer
Taschenbuch
Verlag

8.–9. Tausend: März 1998

Veröffentlicht im Fischer Taschenbuch Verlag GmbH,
Frankfurt am Main, November 1992

Umschlagentwurf: Buchholz / Hinsch / Hensinger
Gesamtherstellung: Clausen & Bosse, Leck
Printed in Germany
ISBN 3-596-29461-4

Inhalt

Dieses Buch gehört Alma

Der erste Teil des Reiseromans wurde
geschrieben im Frühling 1943, der
zweite Teil im Herbst 1944,
der dritte Teil im
Frühling 1945.

Erster Teil
Erster Tag

Der eisengraue Rasen

Motto:
»Wenn es Sache der Politiker und Rhetoren ist, die Intrigen des Alltags zu deuten, so besteht die Aufgabe der Dichter und Geschichtenerzähler darin, die Fabelwesen auf den Inseln zu besuchen, die Toten im Hades und die Ungeborenen auf ihrem Stern.«

Diodor, der Reiseschriftsteller, in seinem Buche ›Berühmte Grabstätten‹, um 300 vor Christi Geburt.

Erstes Kapitel

Worin sich ein Vorwort verbirgt, das,
wie so oft, nur eine Ausrede ist.

Dies hier ist ein Erstes Kapitel, welches verhindern soll, daß vorliegendes Werkchen mit einem Zweiten Kapitel beginne. Dem Entschlusse, auf das Anfangsblatt eines Romans setzen zu lassen: »Zweites Kapitel« stand nichts andres im Wege als der Ordnungssinn des Verlegers, die bekannte Entdeckerlust des lesenden Publikums an faustdicken Druckfehlern und endlich die Originalitätssucht des Verfassers, der befürchtete, irgendein Kollege aus der foppfreudigen Epoche der Romantik habe gewiß schon einmal eines seiner verwilderten Werke mit dem Zweiten Kapitel eröffnet. Fangen wir darum mit dem Ersten Kapitel an, so überflüssig dasselbe für den Gang der Handlung oder, genauer gesagt, Forschung, auch sein mag. Da es sich um eine Art von Reisebericht handelt, fühle ich die Verpflichtung, den Helden, oder bescheidener, den Mittelpunkt der hier geschilderten Begebenheiten vorzustellen. Es ist einmal die Schwäche dieser literarischen Form, daß in ihr das Auge, das sieht, das Ohr, das hört, der Geist, der begreift, die Stimme, die berichtet, das Ich, das in viele Abenteuer verwickelt wird, den Mittelpunkt bilden, um den sich alles im wörtlichen Sinne »dreht«. Dieser Mittelpunkt, der aufrichtigerweise F. W. benannt ist, bin leider ich selbst. Ich hätte es aus angeborener Unlust, in Schwierigkeiten zu geraten, lieber vermieden, auf diesen Blättern ich selbst zu sein, aber es war nicht nur der natürliche, sondern der einzige Weg, und ich konnte leider keinen »Er« finden, der mir zulänglicher Weise die Last des »Ich« abgenommen hätte. So ist also das Ich in dieser Geschichte ebensowenig ein trügerisches, romanhaftes, angenommenes, fiktives Ich wie diese Geschichte selbst eine bloße Ausgeburt spekulierender

Einbildungskraft ist. Sie hat sich mir, wie ich gestehn muß, wider Willen begeben. Ohne vorher im geringsten benachrichtigt oder ausgerüstet zu sein, wurde ich, gegen alle sonstige Gepflogenheit, als Forschungsreisender ausgesandt, eines Nachts. Was ich erlebte, habe ich wirklich erlebt. Ich bin gerne bereit, mit jedem philosophisch gewandten Leser eine ehrliche Diskussion über dieses Wörtchen »wirklich« abzuführen, und ich maße mir an, auf jeden Fall recht zu behalten.

Während ich dies niederschreibe, lebe ich noch immer und schon wieder. Genau in dem Raume zwischen diesem »Noch immer« und »Schon wieder« liegt die Welt meiner Entdekkungsreise oder Forscherfahrt, die ich als Unwissender, ja als widerstrebender Tourist begann, um sie, wie ich hoffe, als scharfer Beobachter mit einigen neuen und sicheren Erkenntnissen im Sack zu beenden. Es wäre zweifellos ein Fehler des Lesers, das Buch schon in diesem Stadium ärgerlich zuzuklappen. »Noch immer« und »Schon wieder«, das sind so die Dunkelheiten und Rätsel eines Ersten Kapitels, welche das Zweite Kapitel bereits zu lösen haben wird.

Um allen groben Mißverständnissen vorzubeugen: ich bin durchaus kein Meisterträumer. Ich träume nicht lebhafter als andre Leute. Ich pflege am Morgen zumeist meine Träume vergessen zu haben. Oft bleiben freilich, als Strandgut der Nacht, in der grauen Frühe ein paar merkwürdige Bilder und Szenen zurück. Da gibt es zum Beispiel einen Hund, der mit mir in verständigen Worten spricht. Eine leuchtende Braut im Brautschleier, die ich nie gesehn habe, tritt mit ausgebreiteten Armen an mein Bett. Ein Mann mit Vollbart und blauer Schürze, den man den »Arbeiter« nennt, setzt Wasserkünste in Gang, die jedoch nicht aus Wasser, sondern aus absonderlichen Lichtstrahlen bestehen. Oder ich sehe mit unbeschreiblicher Deutlichkeit greise Männer, die anstatt zu sterben immer kleiner werden, immer winziger, und zuletzt als menschenförmige Rübchen in der Erde stecken. Solche Bilder und Szenen sind – wenn das Gedächtnis sie nicht ausstößt – wie eigenwillige Keime, die sich im Geiste während des Tageslebens wachsend weiterentwickeln, willst du oder willst du nicht. Selten, und doch ein paarmal im Leben geschieht es, daß diese selbständigen, vom erfinderischen Willen unabhängigen Gesichte während einer einzigen Nacht oder sogar in mehreren Nächten nacheinander logische Ketten und epische Reihen bilden, und man muß dann schon ein bracher Tropf sein, um nicht angeschauert zu werden von den sinnvollen Spielen, die unsre Seele hinter unserm Rücken aufführt, als wäre sie nicht ein beschränktes Ich, sondern ein grenzenloses All.

Es gibt nur zwei Wege, um ein Historiker der Zukunft zu werden: wissenschaftliche Folgerung und Traumdeuterei oder Wahrsagerei. Die wissenschaftliche Folgerung dürfte sich durch wissenschaftliche Folgerung von der Erkenntnis der Zukunft selbst ausschließen. Die Wissenschaft nämlich muß stets auf der Hut sein, aus sich eine Närrin zu machen. Sie bringt es höchstens zur Wahrscheinlichkeitsrechnung. Traumdeuterei und Weissagung hingegen haben den unschätzbaren Vorteil, auf eine uralte Praxis zurückzublicken, die der unanzweifelbaren Überlieferung gemäß namhafte Erfolge aufzuweisen hat. Die prophetischen Erkenntnisarten müssen es nur verstehen, um echt zu sein, die Schleier des Gleichnisses zu tragen und die Schatten des Geheimnisses zu werfen.

Strenge Augen sehn mich schon längere Zeit an. Sie werden immer strenger, und jetzt sprechen sie sogar:

»Sie sind ein Mann in ziemlich reifem Alter. Sie haben wahrhaftig nicht so viel Zeit mehr, um auf unnütze Reisen zu gehn. Wie lange noch wollen Sie Ihren kurzen Arbeitstag vergeuden? Wissen Sie nicht, was heute in dieser Welt geschieht? Waren Sie nicht selbst ein Verfolgter und ein Opfer? Sind Sie's nicht noch immer? Hören Sie nicht das Brausen der Bomber, das Knattern der schweren Maschinengewehre, das den Erdball einhüllt, ein Nessushemd dieses unseligen Sternchens, aus Explosionen gewoben? Hören Sie nicht, schlimmer als diesen Lärm, das letzte Aufstöhnen der zu Tode Getroffenen, an tausend Orten und zu jeder Stunde? Hören Sie nicht, schlimmer als dieses letzte Aufstöhnen, den Marterschrei und das Verröcheln der Millionen, die zuerst entehrt und dann gefoltert und dann massakriert werden? Ist es nicht Ihre Pflicht und Schuldigkeit, keinen Augenblick wegzusehn und fortzuhören von dieser ungeheuren Wirklichkeit, die das tollste Visionengewimmel eines träumenden Qualdämons an Phantastik ins Nichts zurückwirft und dabei doch schlußgerecht ist wie eine mathematische Ableitung? Welche höhere Aufgabe hätten Sie als diese, den Marterschrei und das Geröchel der Gefolterten festzuhalten und erstarren zu lassen im geprägten Wort, für die kurze Zeitspanne wenigstens, in der Erlebnis und Ausdruck einer Generation der kommenden verständlich bleibt?«

Ich kann nichts andres tun, oh, ihr gestrengen Augen, als die meinigen vor euch niederzuschlagen. Ich beichte und bekenne: meine Zeit ist kurz, und ich vergeude sie gewissenlos. Nicht vergessen habe ich, daß auch ich ein Verfolgter bin. Nicht so taub bin ich geworden, um nicht zu hören das Brausen der Bomber, das Knattern der schweren Maschinengewehre, das letzte Aufstöhnen der zu Tode Getroffenen, den Marterschrei und das Verröcheln der Entehrten, der Gefolterten, Massakrierten. Die ungeheuerliche Wirklichkeit, dieses Visionengewimmel eines träumenden Qualdämons hält mich gepackt an der Kehle bei Tag und bei Nacht, im Stehen und Gehen, auf der Straße und im Zimmer, während der Arbeit und Erholung. Ja, ja, ich versäume meine Pflicht. Aber dieses ungeheuerliche Geschehn läßt mir nicht einmal Luft genug, um den Marterschrei als Echo nachzuächzen.

Zu meiner Entlastung habe ich nur anzuführen, was den Leser als eine unvermittelte Banalität erschrecken mag: Schon hatte ich einen mächtigen Stoß schönen glatten Papiers gekauft. Schon hatte ich mich hingesetzt und auf das oberste Blatt des mächtigen Stoßes, der für zwei Bände hinreichen mochte, mit runder sorgfältiger Schrift die Worte gemalt: »Erstes Kapitel«, welches die Geschichte einleiten sollte, die den Entehrten, Gefolterten und Massakrierten einmal geweiht sein wird, wenn es Gott will. Leider aber war die Feder nichts wert. Es ist jetzt so schwer, die richtigen Federn zu bekommen. Selbst die besten

Füllfedern sind steif und hart und widerspenstig und zu spitz und wollen nicht recht in Schwung kommen. Das lesende Publikum weiß glücklicherweise nur wenig von der Werkstatt des Schriftstellers. Ein wahrer Schriftsteller, das sollte ein Mann sein, der mit der empfindlichsten, nervigsten Hand schreibt und nicht auf tote Tasten klopft. Ein solcher Mann gerade aber bedarf gewisser begeisternder Schreibutensilien. Eine gute Feder vor allem, weich und geschmeidig, der zartesten, zweifelndsten Haar- und der entschlossensten Schattenstriche fähig, sie wirft das Satzbild aufs Papier wie eine Meisterzeichnung. Eine gute Feder – und dies soll kein Scherz sein – ist schon der halbe Gedanke. Ich ging also aus, um eine gute Feder zu suchen. Ich fand nur eine leidliche. Die Jagd aber nahm mehrere Tage in Anspruch. In der Nacht des letzten dieser Tage aber unterlief mir das, was ich hier die »Aussendung auf eine Forschungsreise« nennen will. Das Material, das ich von dieser Reise in meinem Geiste heimbrachte, war groß, größer als selbst eine umfangreichere Schrift, als diese es zu werden droht, verraten könnte.

Ich hatte nun meine Wahl zu treffen. Vor mir lag das weiße Blatt, auf dem in großen Lettern gemalt stand: »Erstes Kapitel«, und sonst nichts. Diese befehlshaberischen zwei Worte schienen mit Recht zu fordern, daß ihnen die Geschichte unsrer ungeheuerlichen Wirklichkeit nachrücke in Reih und Glied. Ich aber schauderte zurück: Wird diese ungeheuerliche Wirklichkeit nicht wirklicher werden von Tag zu Tag und am wirklichsten und wahrsten vielleicht dann, wenn sie nicht mehr ist? Die Wirklichkeit meiner Reiseerlebnisse hingegen ist aus einem andern Zeug gesponnen. Sie pflegt meist zu zergehen beim ersten Hahnenschrei oder Hupenruf, und auch das beste Gedächtnis bietet keine Gewähr dafür, daß sie ihm nicht entschlüpfe, plötzlich und auf Nimmerwiedersehn. Eile tut daher not.

Und so beschloß ich denn, unter jenes »Erste Kapitel«, das noch immer auf die Geschichte unsrer ungeheuerlichen Wirklichkeit wartet, das obige hier einzuschwärzen. Es ist ein abergläubischer Trick. Ich habe mir nichts weggeschrieben. Ich habe meine Aufgabe nicht preisgegeben. Jenes »Erste Kapitel«, das eine Last ohnegleichen tragen soll, steht leer... Denn dieses hier, wiederhole ich zum Schluß unter allgemeiner Zustimmung, *ist* keines. Sondern das Zweite Kapitel übernimmt das Erste Kapitel.

Zweites Kapitel

Worin ich meinem Freund B. H. begegne, der mich darauf aufmerksam macht, daß ich unsichtbar bin.

»Wie, bist du nicht tot, B. H.?« fragte ich meinen ältesten und besten Freund und streichelte seine Hand, glücklich, ihn wiederzusehen. Es fiel mir ein Stein vom Herzen bei dieser Begegnung nach so vielen Jahren. Ich hatte B. H. gegenüber ein schlechtes Gewissen. Er war von der großen Flucht vor den Nazis nach Indien verschlagen worden, weit in den Norden, an die tibetanische Grenze, irgendwohin in die Nähe von Darjeeling, wo der Krieg jeder Verbindung zwischen uns ein Ende setzte. Wer weiß, vielleicht hätte ich doch versuchen sollen, ihm noch einmal einen Brief zu schreiben oder mich an das Rote Kreuz zu wenden, um ihm zu helfen. Obwohl ich keinen Beweis dafür hatte, war es für mich ausgemacht, daß er zugrunde gegangen sein mußte... B. H. lächelte, wobei sein großer Kopf mit den schwarzen Haaren und dunklen schönen Augen ein wenig zitterte, ja beinahe wackelte, wie es schon in unsrer gemeinsamen Schulzeit seine Art war, wenn es ihm gelang, eine überlegene Bemerkung zu machen.

»Ich bin nicht tot«, zwinkerte B. H. »Ich lebe, wie du siehst, aus vollen Lungen. Hingegen bist du tot, F. W., und länger, viel länger, als du dich überhaupt erinnern kannst...«

»Wieso bin ich tot, B. H.?« fragte ich, von seiner Offenheit verletzt, die mir taktlos erschien, obwohl ich mir doch vorhin denselben Verstoß hatte zuschulden kommen lassen.

B. H. sah mich lange und ernst an, ehe er sich zur Frage entschloß:

»Kannst du mich sehen, F. W.?«

»Natürlich kann ich dich sehen. Wie machst du es, daß du mit Fünfzig noch immer wie mit Fünfundzwanzig ausschaust...?

Nein, auch das ist noch übertrieben. Du siehst genau so aus wie am Tag unserer Abiturientenprüfung...«

»Ich bin nach der augenblicklich gültigen Lebenszeitrechnung Hundertundsieben«, nickte er sachlich, »aber wie steht es mit dir, F. W.? Kannst du zum Beispiel dich selbst sehen?«

Ich sah an mir herab. Ich konnte mich nicht sehen. Ein kurzer galvanischer Schreck durchzuckte mich. Ich war unsichtbar. Unsichtbar für andere, das ist wohl beklemmend genug. Aber unsichtbar für mich selbst? Ich versuchte, meine aufgescheuchten Gedanken und Empfindungen zusammenzuraffen. Zuerst erkannte ich mit Verwunderung, daß ich mich wohlfühlte, sogar ausnehmend wohl, viel wohler jedenfalls als vorhin (wann, vorhin?), ehe ich – vermutlich aus einem von diesem Orte schon sehr entfernten Tor tretend – auf eine unbekannte Straße geraten war, um plötzlich meinem alten Freunde B. H. zu begegnen. Ich bin nicht sicher übrigens, ob ich von seiner Straße zu reden das Recht habe. Es war gebahnter Boden, zweifellos, der sich gleichmäßig nach allen Seiten hin zum Horizont erstreckte, ohne rechts und links von Böschungen oder Straßengräben begrenzt zu sein. Unter meinen Füßen wuchs ein kurzer trockener Rasen, der den Schritt erstaunlich förderte und das Gehen zu einem neuartigen Vergnügen machte. Dieser Rasen bestand aus wohlgepflegtem Gras. Das Gras aber hatte die leiseste grünliche Tönung, die letzte Spur von Chlorophyll verloren. Es wuchs zum Teil weiß, zum Teil eisengrau auf dem glatten Erdboden, wie das Haar auf dem Schädel eines zwar noch tüchtigen, aber schon ergreisenden Mannes. Ich verwende die Phrase »unter meinen Füßen« nicht aus einem stilistischen Versehen, wie mancher Leser wohl schon angenommen hat. Obwohl ich unsichtbar war für andere und sogar für mich selbst, so besaß ich doch Hände und Füße und den ganzen Leib, an den ich so sehr gewöhnt war. Gewiß, ich war unsichtbar, aber durchaus nicht körperlos. Zwar, wenn ich mit meinen braven alten Händen mich abtastete, griff ich ins Nichts. In diesem Nichts aber fühlte ich mein Herz schlagen, regelmäßiger und ruhiger als sonst, meine Lungen dehnten sich aus und zogen sich zusammen, ich schaute, hörte, roch und schmeckte. Mein jugendfrisches Wohlbefinden schien damit zusammenzuhängen, daß all diese Funktionen der Sinne sich nicht, wie sonst, durch eine schwere und stellenweise schon verbrauchte Materie durcharbeiten mußten. Um einen banalen und nur halb zutreffenden Vergleich zu verwenden, ich fühlte mich leicht und beweglich, wie etwa ein dicker Mann sich nach einer streng durchgeführten Entfettungskur zu fühlen wünscht. Hatte B. H. recht, war's wirklich die strenge, die trefflich geglückte Entfettungskur des Todes, die ich so prächtig überstanden hatte? Ich bezweifelte diese Möglichkeit keineswegs. Dennoch aber schämte ich mich in diesem Augenblick, ich weiß nicht warum. Ich schämte mich nicht nur um meiner selbst willen, sondern auch um B. H.'s willen. Es war eine Scham, ähnlich derjenigen, nackt zu sein, und zwar über alle Vorstellungen und Begriffe nackt. Um mir selbst, und vielleicht auch B. H. aus der Verlegenheit herauszuhelfen, brummte ich:

»Was man manchmal für Unsinn zusammenträumt...«

B. H. schüttelte ziemlich ironisch den Kopf:

»Man hat recht kindische Theorien damals verzapft über solche Dinge«, meinte er.

»Sprichst du etwa von Freuds Traumdeutung, B. H.?«

Er sah mich angestrengt an, als verstünde er mich nicht:

»Wer? Freud? Leid? Wie soll ich mich an alle diese Namen erinnern aus den Anfängen der Menschheit?« sagte er etwas geringschätzig.

»Anfänge der Menschheit?« fragte ich und fühlte genau, wie eine gekränkte Leidenschaftlichkeit meine Stimme färbte, die tönend aus meinem unsichtbaren Munde und nicht minder unsichtbaren Innern drang. »Anfänge der Menschheit? Waren es etwa die Anfänge der Menschheit, lieber B. H., als wir gemeinsam Shakespeare und Goethe lasen und über Dostojewski und Nietzsche, über Pascal und Kierkegaard diskutierten auf den Parkwegen des Belvederes? Erinnerst du dich nicht, es ist ja so kurz her, es war gestern, oder vielleicht heute früh, denn du siehst ja aus wie ein Abiturient. Und dann rückten wir ein in die Armee des Ersten Weltkriegs, du und ich, und später schrieben wir einander Briefe und begegneten uns immer wieder, denn die geistige Freundschaft der ersten Jugend ist ein starkes Band für männliche Herzen. Und du wurdest B. H., und ich wurde F. W., und dann kamen die Nazis, und ich sah dich noch einmal an der Küste unsres geliebten Mittelmeers. Du warst auf dem Wege nach Indien. Welch ein schwermütiger Abschied war das für mich! Ich ahnte, wir würden uns nie mehr wiedersehn, denn der Zweite Weltkrieg wartete bereits am Parktor des schönsten südfranzösischen Sommers. Wir beide haben Schweres erlebt, du in einem Camp an der Grenze Tibets und ich auf meiner Flucht aus Europa. Du bist, so fürchtete ich, in Indien umgekommen. Vielleicht aber haben dich die tibetanischen Mönche gelehrt, wie man ewig weiterlebt trotz allem! Ich hingegen lebe augenblicklich in California. Es mag jedoch sein, daß ich in California nur begraben bin, denn du hast mich ja von meiner schrecklichen Unsichtbarkeit überzeugt... Ach, wie blutig ernst und nah ist das alles! Ich kann deine Ironie von den ›Anfängen der Menschheit‹ nicht verstehn...«

»Die Situation von uns beiden, lieber F. W.«, unterbrach er mich, »ist grundverschieden. Du bewahrst all diese Erinnerungen von den Anfängen der Menschheit so lebendig in dir auf, weil du inzwischen nicht wieder drangekommen bist...«

»Drangekommen?« schnappte ich ein. »Was soll dieser infantile Ausdruck? Du hast dir ja den Jargon unsrer Schülerjahre recht gut gemerkt. Drankommen? Meinst du damit, vom Lehrer zur Prüfung aufgerufen werden...?«

»Sehr richtig, F. W.«, nickte er mit einem gewissen Stolz: »Und ich bin gerade dran, das will sagen: ich lebe...«

Ich beschloß zu schweigen, obwohl es mir recht schwer fiel. Kraft meiner Unsichtbarkeit nämlich, oder besser, meiner durchsichtigen, unantastbaren und schwerelosen Körperlichkeit, kreisten meine Gedanken in heftigen Stromschnellen, und ich verstand und erkannte so manches in neuartig durchdringender Weise. Mein Geist funktionierte im Sinne einer höchst polyphonen Orchesterpartitur. Eine Reihe von Erkenntnissen entwickelte sich wie ein musikalisches Stimmengefüge nebeneinander, untereinander, und bildete doch eine sinnvolle Einheit, deren ich völlig inneward. Also doch, dachte es in mir, B. H.'s Aufenthalt in Tibet hat ihn entscheidend beeinflußt. Er hat sich zweifellos der orthodoxesten Form der Reinkarnationslehre angeschlossen, und mehr als das, der Reinkarnation selbst. Das meint er unter »Drankommen«. Muß ich mich deshalb von B. H. abwenden und ihn Knall und Fall verlassen? Widerspricht die Doktrin und gar die Praxis der Wiedergeburt meinem eigenen Unsterblichkeitsglauben? Nein, entschied ich, ohne zu zögern. Fürs erste ist mein Unsterblichkeitsglaube ja kein Glaube mehr, sondern ein handfest bewiesenes Phänomen. Den schlagenden Beweis bilde ich selbst in meiner gegenwärtig unsichtbaren und doch lebendigen Verfassung... Ich bin, wie mir mein bester Freund ohne höfliche Umschweife auf den Kopf zugesagt hat, längst abgeschieden und wahrscheinlich auf dem Forest Lawn begraben, sofern derselbe nicht schon seit Urväterzeiten aufgelassen und der Ausbeutung von Erdöl übergeben worden ist. Und trotzdem bin ich ganz passabel beisammen und denke und fühle sogar mit erhöhter Lebhaftigkeit. Descartes' »Cogito, ergo sum« gilt, Gott sei es gedankt, auch für mich nach dem Tode. Welch ein moralischer Triumph über das »Sum, ergo cogito« meiner materialistischen Widersacher, dieses stumpfen Intellektuellenpacks. Was aber die Reinkarnation anbetrifft, war es nicht erst gestern Nachmittag, daß mich eine jähe Erleuchtung überfiel? Der Ort freilich, wo der Blitz dieser geistigen Inspiration in mich einschlug, galt mir nicht als besonders philosophisch: ein Drugstore am Wilshire Boulevard. Ich vergaß, meinen Kaffee auszutrinken. Wie war das nur? Wie ist das nur?... Jedes Ich ist unsterblich, aber nicht jedes Ich ist ein ganzes Ich. Wie in der materiellen Welt, zum Beispiel in der Welt der Rosen, sich ein und dieselbe Blüte von Zeit zu Zeit auf das genaueste wiederholen muß, so auch in der Welt der Menschen, körperlich, seelisch, geistig. Der Formenschatz der Natur ist beschränkt, und nicht anders der Formenschatz der Menschheit. Es gibt nur eine bestimmte Anzahl von Seelen, von ausgesprochenen Egos, die viel kleiner ist als die Anzahl der Namen, die diese Egos im Laufe ihrer Verwandlungen tragen. So ein Ich erscheint wie ein mehr oder weniger erfolgreiches Buch in verschiedenen Auflagen und Ausgaben, doch jedesmal unter verändertem Titel. Wenn Gott am Jüngsten Tage, wie es geschrieben steht, die Seelen zählen wird, so wird er eben nicht dreihundertsiebzig Quinquillionen, sondern nur siebenhunderttausend bis siebzig Milliarden Seelen zählen, je weniger desto besser und würdiger. Jedes Ich wird am Ende der Zeit ein dicker Strauß von Verkörperungen sein, eine Art staubumhüllter Wanderstamm, der durch die Wüste der Äonen zog... Immerhin ist es verwunderlich, daß der B. H. der Gegenwart dem B. H. aus den Anfängen der Menschheit so bis aufs Haar ähnlich sieht. Ich fühlte einen leichten Schwindel mein Bewußtsein bedrängen und unterbrach daher den Strom dieser Gedanken. Lange ließ ich meinen Blick auf B. H. ruhen, ohne zu bedenken, daß dieser Blick ihm nichts sagen konnte. Nun, dachte ich, dunste nur, mein Lieber! Ich rede kein Wort mehr. Das alles macht mich müde.

B. H. trat näher auf mich zu. In seinem Lächeln war kein Vorwurf:

»Wir sind eingeladen, F. W.«, sagte er und machte einen Versuch, mich auf die Schulter zu klopfen, die doch für ihn nicht vorhanden sein konnte.

»Eingeladen?« fragte ich ängstlich. Doch dann hörte ich meinen eigenen, abgespannten Seufzer:

»Tu was du willst... Ich muß ja mit allem einverstanden sein.«

Diese meine Worte klangen ziemlich jämmerlich. Sie verschafften mir aber die Erleichterung, die ein Tourist empfindet, wenn er die Einteilung seines Tages in die Hände eines bewährten Reisemarschalls legt.

Drittes Kapitel

Worin ich am Schluß ein neuartiges Mittel der Fortbewegung kennen lerne.

Nach diesem Gespräch, das mir sehr kurz erschien, begann ich, die Gegend, wo wir uns befanden, schärfer ins unsichtbare, aber sehende Auge zu fassen. Ohne Zweifel, wenn auch sonderbarerweise, hatten B. H. und ich, zwei Städter durch und durch, einander auf dem flachen Lande begegnet. Es war das flachste Land, das ich je erblickt, und es schien zu alledem auch noch ein ganz unbewohntes Land zu sein. Nicht die geringste Andeutung einer städtischen oder dörflichen Siedlung, soweit die Sehkraft reichte. Keine Baulichkeit irgendwelcher Art hob sich von der glatten Ebene ab, keine Tankstelle nah oder fern, kein Wasserrad, ja nicht einmal eine jener großen Reklametafeln, wie sie sonst selbst die einsamsten Wüstenstrecken flankieren. Die Empfindung aber, auf einer Straße zu stehn, konnte ich trotz der unbeschränkten und unparzellierten Ödigkeit ringsum nicht loswerden. Der dichte, wundersam kurz gehaltene, eisengraue Graswuchs, der den Erdboden ununterbrochen bedeckte, konnte nur auf menschliche Pflanzung und Pflege zurückzuführen sein. Der ganze Umkreis, von Horizont zu Horizont, war gewissermaßen Landstraße, eine Straße, anstatt mit Asphalt, mit diesem trauerfarbenen Teppich für Lustwandelnde belegt, eine Straße ohne die leiseste Erinnerung an einen Verkehr und dennoch so, als sei sie irgendeinmal von einem schier unermeßlichen Verkehr verlassen worden, damals, als tausend Reihen von Blitzgefährten nebeneinander in beiden schnurgeraden Richtungen hin und zurück rasten. Erst allgemach erkannte ich, daß die Glätte und Ödigkeit der Gegend nicht so ununterbrochen war, wie ich zuerst vermutet hatte. In großen Abständen offenbarten sich meinem Auge, das sich der völligen Unvertrautheit dieser Welt erst langsam anpassen mußte, größere Baumgruppen, oder richtiger Baumhaufen, denn so dicht waren sie gesetzt, daß sie keine Lücken und Scharten aufwiesen und widernatürlich kompakt wirkten. Diese Bäume – es brauchte einige Zeit, ehe ich in ihnen Bäume erkannte – waren alle gleichartig und ziemlich niedrig. Ihre starren Kronen wurden von ledrigem und beinahe schwarzem Laub gebildet, aus welchem große wächserne Blüten hervorleuchteten, deren gelblichem Weiß verschiedene Andeutungen von Farbe zugemischt waren. Ich hatte ähnliche Gewächse nie gesehn. Es fiel mir sofort auf, daß diese Baumhaufen, sofern sie irgendein Leben überwölbten, ein zartes und wehleidiges Leben hüten mußten.

Der Himmel war wolkenlos und glich in seiner tiefblauen Vereinsamung dieser grauen Erde hier unter seinem Bogen. Vermutlich war die Tageszeit ziemlich fortgeschritten, denn der Sonnenball, der mir etwas röter erschien, als ich ihn in Erinnerung hatte, warf schiefe, aber grelle Strahlen und erzeugte eine Temperatur, die man kalte Hitze oder heiße Kälte hätte nennen können. Obwohl mich das Bedürfnis nach dunklen Brillengläsern erfaßte, fror mich zunehmend, trotz meiner unsichtbaren Körperverfassung.

Ich sah B. H. fragend an, vielleicht sogar ungeduldig. Sofort erriet er meine Gedanken. Er hatte eine Art, meine Gedanken zu erraten, die mir sehr unbehaglich war. War das Tibet, fragte ich mich, oder sollte es die Errungenschaft einer Menschheit sein, die sich längst nicht mehr in ihren Anfängen befand? Zu dem verlegenen Nacktheitsgefühl meiner Unsichtbarkeit trat somit die furchtsame Scham hinzu, mein Denken, Wünschen, Planen, meine Zustimmung, meine Ablehnung, meine Zweifel und meine Kritik nicht völlig verbergen zu können.

»Unser Rendezvous«, sagte er, ohne meine Frage abzuwarten, »spielt sich in California ab.«

»Wie das, B. H.«, gab ich zurück, ohne eine Anwandlung raschen Ärgers verwinden zu können. »California kenne ich. Dort hab ich gelebt. Dort lebe ich vielleicht noch immer, trotz deiner merkwürdigen Theorie über mich und mein Totsein (übrigens erinnere ich mich nicht, dir ein Rendezvous gegeben zu haben). Hättest du mir gesagt, wir befänden uns hier im Mittelwesten des Kontinents, dort wo einst die endlosen Prärien sich dehnten, ich hätte dir ohne weiteres geglaubt. Aber California kenne ich ziemlich gut. Man nennt es mit Fug und Recht paradiesisch, obwohl gewisse Snobs mißbilligende Bemerkungen über diesen schönen Erdenfleck zu machen pflegen und sogar behaupten, sie zögen das platte Florida der abwechslungsreichen Westküste vor. Diese Snobs schelten California eine mit künstlicher Üppigkeit überzogene Wüste, deren geschminkte Rosen, Bougainvilleas, Poinsettias und sonstige Blumen nicht duften, deren Früchte und Gemüse nicht schmecken und deren Menschen schöngewachsen, aber gewissermaßen lemurisch sind. Das mag damit zusammenhängen, daß California, noch lange vor den uns beiden so vertrauten Anfängen der Menschheit, zu dem teilweise versunkenen Kontinent Lemuria gehörte. Davon hat sich eine Erinnerung erhalten. Die Lemuren scheinen ein schattenhafter, unernster Stamm gewesen zu sein, übertünchte Gräber, mit einem Wort, Schauspieler, die der Welt allerlei Gefälschtes und Gefärbtes vorgaukelten, das ernster Prüfung nicht standhielt. Es gibt einen zeitgenössischen Ausdruck für dieses Ur-Lemurische, das Wort »phony«, und so rümpfen die Snobs heute (ich meine mein eigenes Heute oder Gestern) ihre Nase über California hauptsächlich deshalb, weil dort in einer berühmten Stadt jene Filme, jene photographischen Phantasiegeschichten hergestellt werden, welche ihre Zeit erobert haben, obwohl oder gerade weil sie lemurisch sind. Aber vielleicht weißt du und deine gegenwärtige Menschheit gar nicht mehr, was das ist, ein Film?«

B. H. schüttelte langsam den Kopf und sah mich aufrichtig an: »Nein, das wissen wir wirklich nicht.«

»Gleichviel, B. H.«, fuhr ich fort, leicht verwundert über meine eigene erregte Beredsamkeit. »Dieses California ist zumeist ein bergiges Land. Gegen Osten erheben sich die gewaltigen, schneebedeckten Sierren, die vielleicht noch keines Menschen Fuß erklomm. Aber auch im Westen, wo der Pazifische Ozean die Küsten benagt, gibt es überall Berge und Hügel, und wären's auch nur Sandhaufen aus verwittertem, zerbröckeltem Urgestein. Dazwischen ziehn die breiten Täler hin, mit unendlichen Obstkulturen bepflanzt, Orangen, Limonen, Grapefruits, immer ist Blütezeit, daß einem Hören und Sehen vergeht von dem Duft. Und selbst die Wüsten blühen im April rosa und violett mit ihren hundertfältigen Kakteen. Wo immer man steht und geht, blauen die Berge in der Ferne. Hier aber...«

»Du vergißt«, unterbrach mich B. H., »daß du einige längere Erdepochen versäumt hast.« (Es klang nach »unentschuldigt versäumter Schulzeit«.) »Inzwischen sind die meisten Erhebungen der Erdoberfläche eingeebnet worden, teils durch die ordnungsgemäß geologische Entwicklung des Planeten, teils durch den Zweckwillen seiner Bewohner und teils durch jenes grandios entscheidende Ereignis, von dem ich vorläufig noch schweigen will, um dich nicht allzusehr zu erschrecken... Berge aber gibt es nur mehr außerhalb der Kulturzone...«

Dagegen ließ sich freilich nichts mehr einwenden. Nur um zu nörgeln, brummte ich noch:

»Das alles ist so monoton... Ich wünschte mir eine Stadt hierher.«

»Wir sind in einer Stadt«, meinte mein Freund gutmütig und freute sich dieser Pointe, ehe er nach einer Weile erklärend hinzufügte: »Wir sind in einer Stadt, wofern du unter diesem Worte eine zusammenhängende Siedlung verstehst. Alles was du siehst, ist Stadt. California ist der Name einer Stadt. Sie geht nach einigen hundert Meilen Weges in Städte über, die anders heißen, obwohl die Grenzen zwischen diesen Städten abstrakter, ja rein geistiger Natur sind, denn der ganze bewohnte Globus ist eine einzige Stadt.«

»Nun gut, nenn' es Stadt«, sagte ich, mehr müde als friedfertig, »obwohl ich jetzt mit Heimweh an die Türme und Tore unsrer mittelalterlichen Heimatstadt denken muß, an ihre Hochburg, den Hradschin, und an ihre gotischen und barocken Paläste... Wie? Und hierher bin ich eingeladen? Hast du mir nicht vorher verraten, daß ich hierher eingeladen bin, oder sollte ich's nur geträumt haben?«

Seine Stimme wurde ein wenig feierlich:

»Du bist mehr als eingeladen. Man hat dich zitiert...«

Meine Unsichtbarkeit kam zweifellos meiner Intelligenz und schnellen Auffassung zuhilfe. Ich verstand sofort. Man hat mich zitiert. Wen »zitiert« man? Die Geister der Verstorbenen. Ich selbst war, ohne ein Gefühl besonderer Unheimlichkeit, ein solcher Geist. Und wer zitiert uns? Die Spiritisten, als da zumeist sind alte, jumperstrickende Damen, pensionierte Generale des Friedensstandes, ausrangierte höhere Staatsbeamte und so weiter. Wer kennt nicht diese leichtgläubige Gesellschaft um ein hopsendes Tischchen?

»Also so weit habt ihr es gebracht«, fuhr ich unziemend auf, »daß ihr diese Fingerübungen der Ärmsten im Geiste aus den Anfängen der Menschheit repetiert und die Intelligenzen der Toten zitiert? Plato, Napoleon, Jack the Ripper und Madame Pompadour? Wie? Ist das ausdenkbar? Und ich, ich muß es mir gefallen lassen, eine Materialisation zu sein, obwohl selbst das eine Übertreibung ist, denn ich bin ja nicht einmal ein ektoplastisches Phänomen, sondern schlechthin unsichtbar und nur als Bewußtsein vorhanden.«

B. H. blieb ruhig und ernst:

»Manches, was dir noch viel unausdenkbarer erschiene, würdest du es kennen, wir haben's längst verworfen; einiges aber haben wir gerettet und fortentwickelt, was du verachtet hast zu deiner Zeit.«

»Zu meiner Zeit? War's nicht auch deine Zeit, B. H.?«

»Gewiß, F. W., es war unter andern Zeiten auch meine Zeit.«

Bitter drang es aus mir hervor:

»Und warum hast du *mich* zitieren lassen, gerade mich?«

Erst nach einem längern Schweigen fragte er mich zur Antwort:

»Hast du nicht in den letzten Tagen viel an mich denken müssen, F. W.?«

»Jedenfalls scheine ich nur durch dich in diese Verlegenheit gekommen zu sein, mich hier zu befinden.«

»Nein, man hat allgemein deinem Namen zugestimmt«, wehrte er rasch ab.

Mich aber durchschauerte es eitel bei diesen Worten, vom unsichtbaren Scheitel zur unsichtbaren Sohle. Wie, nach fünfzig-, sechzig-, ja vielleicht hunderttausend Jahren kennt man noch meinen Namen? Berge sind eingeebnet, Meere sind ausgetrocknet, die Gravitation der Sonne scheint abgeschwächt, vermutlich ist ihr die Erde ferner gerückt, wie diese grellen, aber matten Strahlen beweisen, unter denen selbst ein Gespenst wie ich friert. Vielleicht sind auch die Tage länger geworden und mit ihnen das menschliche Leben. Trotz dieser Verwandlung jedoch über alle Maße und Begriffe, kennt man noch meinen Namen, den Namen eines Menschen, dessen ganzes verdienstloses Verdienst es ist, zwischen endlosen Perioden von Dumpfheit und Faulheit in ein paar kurzen aufgeputschten Stunden eine Anzahl von nackten Seiten Papiers mit Worten angefüllt zu haben, gereimten und ungereimten. B. H. erriet natürlich meine überheblichen Gedanken ohne Verzug.

»Nein, nein, mein Lieber, das ist es nicht«, lachte er, beinahe boshaft. »Für solcherlei hat man fast gar kein Verständnis mehr. Ich habe deinen Namen einfach aus dem Alphabet gestochen, ›durch Zufall‹, würde man damals gesagt haben, in den dunklen Anfängen der Menschheit. Dein Name gefiel allen Hausgenossen recht wohl, und sie meinten einhellig, F. W. soll unser Hochzeitsgast sein, und er soll einen Blick tun aus seiner primitiven Zeit in unsere fortgeschrittene Zeit. Und wir wollen uns durch ihn von der körnigen Kraft jenes urtümlichen Weltalters anwehen lassen, von dem wir nur so wenig wissen... Das ist alles! Und deshalb hat man dich zitiert.«

»So, so, da bin ich nun plötzlich ein Hochzeitsgast und eine Art Darwin'scher Affe«, murmelte ich vor mich hin, während ich blitzschnell meine außergewöhnliche Lage überschlug. Ich bin gestorben vor mindestens sechzig- bis hunderttausend Jahren oder noch mehr, jedenfalls vor einem geradezu astronomischen Zeitraum. Das Interregnum zwischen meinem Tod und dem jetzigen Augenblick habe ich nicht ganz bewußtlos zugebracht. Das abgelebte Leben in mir wirkte so stark nach, daß die schier unendliche Pause mir nicht länger und wichtiger erscheint als eine kurze Nacht. In dieser kurzen Nacht freilich scheint mich einiges betroffen zu haben, das sich noch nicht ganz zum Lichte durchgerungen hat. Währenddessen aber hat mein Freund B. H., von tibetanischen Mönchen trainiert, eine oder mehrere Wiedergeburten durchmessen, der fixe Kerl. Und jetzt gerade nimmt er neuerdings teil an einer fortgeschrittenen Epoche der Menschheit, wo man mit hundertsieben Jahren einem Studenten von 1910 gleicht. Er ist es, der mich dank dem technisch hochentwickelten Spiritismus dieser Läufte hat ins Leben zitieren lassen, wenn auch nicht ins richtige Leben (noch war ich von meinem Reiseerlebnis nicht weit genug fortgerissen, um nicht zu zweifeln, ob dies das richtige Leben sei). Was tut's? Ich sollte weniger empfindlich und cholerisch sein. Mein unsichtbarer Zustand, wenn auch mit wahrem Leben nicht zu vergleichen, erspart mir andererseits die Fährnisse, Risiken und Sinnesverdunklungen einer Existenz, die mit sich selbst identisch ist. Ich darf meine Neugier frei schweifen lassen. Eine ähnliche Gelegenheit bietet sich selten wieder. So dachte ich. Laut aber rief ich aus:

»Worauf warten wir noch, B. H.? Gehn wir vielleicht zu Fuß zu dieser Hochzeit?«

»Ja«, nickte er, »natürlich gehn wir zu Fuß, wir haben ja nur vierhundert Meilen Wegs.«

Ich hatte mich sicher verhört. Darum drehte ich mich um meine eigene unsichtbare Achse, nach allen Seiten Ausschau haltend.

»Wo ist dein Auto? Wo ist der nächste Parkplatz? Ich nehme an, daß heutzutage jeder Säugling seinen eigenen Kraftkinderwagen besitzt, der von der Mutter, die zu Hause wirtschaftet, mittels Kurzwellen sicher durch den tödlich dichtesten Verkehr gelenkt wird. Das war ja beinahe zu meiner Zeit schon erreicht.«

»Meinst du unter Auto und Kraftwagen etwas, das auf Rädern gerollt wird?« fragte der Wiedergeborene, und Anstrengung des Denkens und ein leichter Abscheu lag um seinen jugendlichen Mund. Ich suchte Fassung zu bewahren:

»Hör einmal, B. H., du behauptest, wir befinden uns hier inmitten einer Stadt, einer zusammenhängenden Siedlung. Was für eine Stadt aber ist das, die einer noch nicht entdeckten oder schon wieder verlassenen Urlandschaft gleicht in ihrer Pontischen Trostlosigkeit? Erinnerst du dich nicht aus deinen verschiedenen Reinkarnationen, was eine moderne Großstadt ist oder war? Hast du vergessen die zehntausend schnittigen, lautlos gleitenden Gefährte, die von den roten Stoplichtern wie Brandungen gestaut, von den grünen entlassen werden wie glänzende Stromschnellen? Und die langsam sich weiter schiebende Lava der gierig erregten Menge vor den riesigen Spiegelscheiben der Schaufenster, die stets aufs neue die ermüdete Sinnlichkeit aufstacheln zu erfüllbar-unerfüllbarem Wunschleben? Und in der Nacht die kreisenden, jagenden, zuckenden Figuren des Neonlichts zu unsern Häupten? Was rede ich da? Ich komme mir vor, als wäre ich in die reaktionärste Leere verschlagen, ja, meiner Treu, in eine ausgestorbene Welt des unfaßbarsten Rückschritts! Ist es möglich, daß die Technik, an deren früher Wiege wir standen, der wir eine Unendlichkeit von Zukunft und Wohltat zubilligten, ganz und gar verloren und vertan sei binnen sechzig- bis hunderttausend Jahren?«

Der alte Freund lächelte nachsichtig zu meinen Worten.

»Es hat weit weniger bedurft«, sagte er, »als solch einer Zeitspanne, um das auszuschalten, was du vermutlich mit dem heute verlorengegangenen Begriff Technik ausdrücken willst, obwohl gerade während dieser Zeitspanne jenes ungeheure Ereignis eintrat, das allein schon genügt hätte, das geschichtliche Gedächtnis der Menschheit auszulöschen. Dieses Gedächtnis aber ist nicht ausgelöscht worden, sondern nur ein bißchen verwischt, was die Zeiten vor dem Ereignis betrifft. Zum Beweise des Gesagten möge dir dienen, daß wir noch immer die Jahre, wie in den Anfängen der Menschheit, von Christi Geburt her rechnen. Die Technik aber, wenn ich mich recht erinnere, ein primitiver Greuel, zusammengesetzt aus Massenmord, Benzingestank, elektrischer Hochspannung, Atomzertrümmerung, leerer, langsamer Geschwindigkeit und entnervender Bequemlichkeitssucht, unsereins könnte sie nicht mehr ertragen, ohne ernstlich zu erkranken. Wer zum Beispiel würde sich in eines jener plumpen Rädervehikel setzen dürfen – man bewahrt einige davon noch auf – ohne einer Nervenkrise ausgesetzt zu sein...«

Er hielt inne und sah mich zögernd an. Ich bemerkte, recht eigentlich zum ersten Male, daß B. H. eine alte Felduniform trug und Wickelgamaschen an den Beinen hatte. Bei näherem Hinschauen aber war's nur die Nachahmung, die Kopie einer alten Felduniform, und zwar in einem mir unbekannten, überaus feinen, silbergrauen Schleierstoff.

»Ich will dich nicht beleidigen, F. W.«, fuhr er fort. »Die Menschen haben ihre Kräfte immer angestrengt und ausgedehnt bis an die Grenzen, die ihnen ihre Zeit setzte. Auch wir verwenden selbstverständlich technische Hilfsmittel, wenn du willst. Nur ist unsre Technik lautlos, bescheiden und nicht physikalischer oder chemischer, sondern mentaler Art. Sieh dir zum Beispiel dieses Instrument an, das jeder Zeitgenosse bei sich trägt. Es erspart unsern Eingeweiden, die ihre Ruhelage nicht verändern sollen, jegliches Abenteuer auf rollenden Rädern. Es erspart uns sogar das Abenteuer von Raketen-Luftreisen der primitiven Zeit, jene Reiseart, die dem Sauerstoffhaushalt menschlicher Herzen und Lungen einst so übel zusetzte, daß gewisse Generationen es nicht über fünfzig Jahre Lebensalter bringen konnten. All die Generationen, die durch die Luft hin und zurück eilten, um zu kaufen und zu verkaufen, mußten den frühen raschen Herztod hinnehmen wie ein Naturgesetz. Diese Schädigungen hat gottlob die Menschheit überwunden, ich vermag dir gar nicht zu sagen, seit wie vielen Jahrzehntausenden! Die Historiker sind sich nicht einig über den genauen Zeitpunkt, wann die materielle Reiseart von der mathematisch-mentalen Reiseart abgelöst worden ist. Daß sich dieser Zeitpunkt aber im dunkelgrauesten Altertum verliert, darüber herrscht kein Zweifel...«

»Mathematisch-mentale Reiseart?« fragte ich bestürzt.

»Diese Sache«, tröstete er mich, »beruht auf einer urtümlich simplen Einsicht von der Relativität aller bewegten Punkte des Kosmos im Verhältnis zueinander. Simpel wie alles Große ist diese Sache, und man sieht geradezu den braven, namenlosen Handwerksmann mit glattem, schlichtem Weißhaar vor sich, der in mythischer Vorzeit die Relativitätstheorie ausgesonnen hat. Kurz gefaßt: wir bewegen uns, wenn wir reisen, nicht auf das Ziel zu, sondern wir bewegen das Ziel auf uns zu.«

Während dieser Erklärungen hielt er mir ein Ding unter die Nase, das größer war als eine Taschenuhr und kleiner als ein Barometer, also ungefähr einem bescheidenen Kompaß glich. Da ich auf B. H.'s abgebissene Fingernägel starrte, wurde ich nicht sogleich gewahr, daß ich Instrumente gleich diesem längst schon gesehen hatte. Es schien mir eines jener Geduldspiele aus meinem Kindheitsbesitz zu sein, bei denen man durch geschicktes Manövrieren bunte Kügelchen in die dazu bestimmten Löchlein praktizieren mußte.

»Ich verstehe nichts von Mathematik«, sagte ich ausweichend, während ich das alte Spielzeug betrachtete, staunend und von unsagbar schwermütigen Empfindungen bewegt.

»Die Mathematik ist nur ein Hilfsmittel«, beruhigte mich B. H. »Sie ist eine tautologische Operation, die ein Zeichen einem andern gleichsetzt, um durch solche Gleichsetzungen zu unbekannten Resultaten vorzudringen. Auf der Leiter der Gleichsetzungen läßt es sich freilich getrost herumklettern, wie du sehr bald selbst erfahren wirst.«

Und indem er mit stumpfem Zeigefinger auf das glasbedeckte Zifferblatt des Geduldspiels hinwies:

»Siehst du hier die beiden konzentrischen Kreise der kleinen Löchlein? Der äußere gehört der Mathematik an. Da müssen die blaßblauen Kügelchen hinein. Hier! Da du unsichtbar bist, kannst du gewiß auch ohne Brille diese Diamantschrift lesen...«

Und ich las wirklich ohne Brille und ohne Mühe: »›Galaktischer Zeitpunkt‹ – ›Planetarer Zeitpunkt‹ – ›Kontinentaler Zeitpunkt‹ – ›Örtlicher Zeitpunkt‹ – ›Galaktischer Raumpunkt‹ – ›Planetarer Raumpunkt‹ – ›Kontinentaler Raumpunkt‹ – ›Örtlicher Raumpunkt‹ – ›Genau Winkelneigung des Lichtstrahls‹.«

»So, da wären wir«, sagte B. H., während er mit jungenhafter Freude an seiner Überlegenheit die blaßblauen Kügelchen in die

Löchlein hineinbalancierte, welche die obigen Beschriftungen zeigten. Die Geschicklichkeit, mit welcher er das Geduldspiel beherrschte, war mir geradezu unfaßlich.

»Ich verstehe nichts davon«, stieß ich hervor, »und ich will auch nichts davon verstehen.«

Unbeirrt von meinem Widerstand, setzte er seine Belehrung fort, mit dem Fingernagel den innern Kreis auf dem Zifferblatt des Instrumentes nachziehend:

»Siehst du, hier? Viel wichtiger als der mathematisch-astronomische ist der mentale Zirkel. Verzeih, den Begriff ›mental‹ könntest du vielleicht mißverstehen. Es wird damit nicht eine bloße Tätigkeit des Intellekts gemeint; als mental bezeichnen wir jede Seelenregung, jede Emotion, die vom Lichte des Bewußtseins reingewaschen und somit vergeistigt wird... Warum bist du unaufmerksam? Strengt es dich an, zuzuhören...? Hier, lies mit mir die Termini über den Löchlein, in die ich jetzt die hellen grünen Kügelchen einrollen lasse: ›Willensrichtung‹ – ›Veränderungsdrang‹ – ›Zielsicherheit‹ – ›Mutmaßliche Dauer der Ungeduld‹ – ›Mutmaßliche Dauer der Geduld‹.«

»Halt, B. H.«, unterbrach ich ihn, ernstlich verwirrt. »Ich bin eingeladen oder ›zitiert‹, was viel ärger ist, bei wildfremden Leuten. Ich weiß nicht, wie und wer diese Leute sind, wie sie heißen, und wie sie leben. Ich kenne nicht ihre Sprache, ihre Sitten und Gebräuche, ihr Zeitalter, das von dem meinigen, den Anfängen der Menschheit, vielleicht hundertzwölftausenddreihundertfünfundzwanzig Jahre getrennt ist. Du hast dich durch mehrere Wiedergeburten durchgeschlagen und davon ein Savoir Vivre behalten, mit dem du in jeder Gesellschaft weiterkommst. Weißt du denn, wie mir zumute ist, einem von Natur schüchternen und verlegenen Menschen, der schon im Jahre 1930 nur mit Schweißtropfen auf der Stirn ein fremdes Wohnzimmer betrat? Wie soll ich mich benehmen? Wie soll ich mich verhalten? Der einzige Vorteil, der meinen Nerven zugute kommt, ist der, daß ich unsichtbar bin. Du kannst mich nicht so mir nichts dir nichts der Friktion einer solchen Begegnung aussetzen, nach einer vollen Ewigkeit der Entwöhnung...«

»Da habe du keine Sorge«, lächelte er gütig. »Deine Schüchternheit, deine Verlegenheit entstammt ja nur einer menschenfresserischen Zivilisation, einer auf götzendienerischen Tabus errichteten Gesellschaft, wo Oben und Unten, Groß und Klein, Reich und Arm, Schön und Häßlich durch tödliche Abgründe voneinander getrennt lebten! Ich verspreche dir, du wirst den freundlichsten, den hübschesten, den taktvollsten Leuten bei der Hochzeitsgesellschaft begegnen, in wenigen Minuten... Siehst du, es fehlt nur mehr das letzte hellgrüne Kügelchen für das Löchlein, über welchem die Worte stehn: ›Scharf eingestellter Wunsch.‹«

»Hab doch ein Einsehn, B. H.«, bat ich, »ehe es zu spät ist. Du kannst mich doch nicht ohne alle Informationen und Ratschläge hineinschneien lassen in diese Welt! Vielleicht wäre es am klügsten, das Ganze jetzt noch rückgängig zu machen. Bitte, bitte, hilf mir! Vielleicht kannst du mich verschwinden lassen. Du weißt, ich bin stolz. Ich möchte mich nicht gern blamieren.«

So peinlich dieses Bekenntnis für einen Reiseschriftsteller auch sein mag, in diesem Augenblick war meine Eitelkeit, mein Hochmut und meine Angst größer als meine Neugier und die gebotene journalistische Abenteuerlust. B. H. aber kümmerte sich nicht um mich, sondern hatte jetzt einige Mühe, das letzte Kügelchen ins letzte Löchlein zu bringen und damit das Ziel auf uns zu bewegen.

»Sei nur nicht nervös«, sagte er, ohne aufzuschauen, »du wirst gar nichts spüren... Heute abend wirst du noch dein eigenes Instrument besitzen.«

Und er faßte mich mit seiner freien Hand unter, so daß wir eine Einheit bildeten.

Als das Kügelchen endlich in das Löchlein des »Scharf eingestellten Wunsches« sprang, gab es einen kleinen, angenehmen Knacks, nicht ein Zehntel so deutlich wie der leichte elektrische Schlag, den man an klaren Wintertagen in New York erhält, wenn einem jemand die Hand reicht. Ich erwartete nun, die Ferne werde lautlos aber rapid unserm festen Standort entgegenstürzen. Nichts dergleichen geschah. Man mußte schon einen scharfen Beobachtungssinn besitzen, um unmittelbar zu erkennen, daß sich Zahl, Lage und Anordnung der großen Baumhaufen ringsum auf der endlos öden Ebene ohne Übergang verändert hatten. Einer dieser dichten Baumbestände lag nun keine fünfzehn Schritte von uns entfernt. Blaß leuchteten die wächsernen Blüten mit ihren vagen Farbandeutungen von den regungslosen Zweigen im schwarzen, ledernen Laub. Wir waren am Ziel, oder genauer, das Ziel war an uns. Wir begannen, unsre Beine zu bewegen, B. H. seine sichtbaren, ich meine unsichtbaren. Es war ein merkwürdiges Vergnügen, auf diesem grauhaarigen Rasenteppich auszuschreiten, mit dem der ganze gealterte Erdball belegt zu sein schien.

Plötzlich konnte ich mich nicht länger beherrschen, blieb stehn und schrie B. H. zu:

»Ich gehe keinen Schritt weiter, ehe du mir nicht sagst, was du unter dem ›ungeheuern Ereignis‹ verstehst, mit dem du mich nicht erschrecken willst...«

Viertes Kapitel

Worin ich die geforderte Belehrung empfange, das Haus der Hochzeiter betrete und dem Kreis erscheine, der mich zitiert hat.

»Es war ein ganz gewöhnlicher Tag«, begann B. H., »ein Wochentag ...«

Er unterbrach sich und blickte mit gerunzelter Stirn auf den wundervoll gepflegten, eisengrauen Rasen hinaus, der ganz unverständlichermaßen die glatte Erde bedeckte, von Horizont zu Horizont. Ich spürte, daß es meinem Freunde eine ganz beträchtliche Selbstüberwindung kostete, über »das Ereignis« zu sprechen. Um ihm die Sache zu erleichtern, schaltete ich immer wieder Fragen ein. Zum Beispiel folgende:

»Und du warst an diesem ganz gewöhnlichen Tage wieder einmal am Leben, B. H., wie?«

»So genau kann ich das nicht immer sagen, F. W.«, erwiderte er streng. »Merk dir's! Manchmal nämlich vermischt sich in meinem Bewußtsein die eigene persönliche Erfahrung mit dem allgemeinen historischen Wissen. Das Ereignis aber bleibt meine eigene Erfahrung, obwohl es der größte allgemeine Eindruck ist, welchen die Menschheit jemals hatte. Du weißt ja selbst, daß große Eindrücke und schwere Wunden erst nach und nach fühlbar werden und daß die Erinnerung den Augenblick der Verwundung oft auszustoßen trachtet. Es war jedenfalls ein Tag wie jeder andere Tag ...«

»Verzeih, B. H.«, unterbrach ich ihn neuerdings, »könntest du vielleicht das Datum dieses alltäglichen Wochentags näher bestimmen?«

»Wenn dir mit einem Datum gedient ist«, zuckte er die Achseln, »bitte schön. Es war ein überaus bewölkter Freitag. Und sonst, was jedes Kind seit undenklichen Zeiten weiß, war's ein dreizehnter November ...«

»Daß es heutzutage noch einen bewölkten Alltag oder gar

einen echten grauen Novemberdreizehnten geben könnte, das scheint mir sehr zweifelhaft«, sagte ich, indem ich die seltsam trockene Luft einschnupperte und zum nackten, unbeschützten Blau des Himmels aufblickte.

»Das hast du ganz richtig erkannt, F. W.«, lobte mich mein Freund. »Wolken sind eine große Köstlichkeit, die wir astromentalen Menschen hoch verehren...«

»Aber zu einem echten dreizehnten November gehört eine Großstadt«, schloß ich, nicht ohne Starrsinn.

»Mein Gott, du stehst doch auf dem Boden einer Großstadt«, erklärte B. H., leise enerviert.

»Ich nehme an«, mokierte ich mich, »daß deine Großstadt an jenem dreizehnten November sich anders präsentiert hat.«

»Das ist doch selbstverständlich, F. W.«, wies der Wiedergeborene meinen leichten Spott zurück. »Natürlich hat sie anders ausgesehen und hat hundert Jahre vorher und hundert Jahre nachher wieder ganz anders ausgesehen. Der Weg ist lang, mein Lieber, den ich komme. Damals, am dreizehnten November, gab es entweder noch oder schon wieder Häuser *über* der Erde. Das Mentelobol freilich war noch nicht bekannt. Wir bewegten nicht das Ziel auf uns zu, sondern uns auf das Ziel zu, mit enormer und höchst ungesunder Geschwindigkeit. Du hättest deine Freude gehabt an jener Großstadt. Man trat durch die labyrinthischsten Passagen auf die Straße hinaus. Es gab noch den fröhlichsten Unterschied zwischen Trottoir und Fahrbahn. Es gab dichten Verkehr. Oben flogen die Gyroplane. Ihre Geschwindigkeit machte sie so unsichtbar, wie du es zum Beispiel jetzt bist, F. W. Unten stauten sich Frauen und Männer und Kinder vor den mächtigen Schaufenstern, hinter welchen Tag und Nacht die glänzendsten Revuen und Operetten von großen Künstlern aufgeführt wurden. Sogar an den lieben Milchmann erinnere ich mich noch, dessen Wägelchen mit den Schlittenschellen von einem Hund gezogen wurde. Jene Zeit war halt ziemlich zurückgeblieben.«

»Und es regnete«, versuchte ich B. H. aufs Thema zurückzubringen.

»Nein, es regnete nicht«, sagte er versonnen, »es nieselte nicht einmal, es war nur sehr dunkel. Nachher stellten die Journalisten eine Weltuntergangsstimmung fest, die vorher geherrscht habe. Ich und niemand von meinem Kreis hatte das Geringste davon bemerkt. Freilich, das darf ich nicht vergessen: die furchtbare Aufregung der Vögel fiel selbst den naturblinden Großstädtern auf.«

»Und wann begann das mit der Aufregung der Vögel?«

»Es soll kurz nach Mitternacht begonnen haben. Durch einen seltenen Zufall verbrachte ich jene Nacht auf den dreizehnten zu Hause. Millionen von Vögeln fielen in die Großstadt ein, von der ich spreche. Bitte, frag nicht nach ihrem Namen. Ich weiß ihn absolut nicht mehr. Nach den Vögeln darfst du fragen, selbstverständlich. Alle Arten waren darunter, die es damals gab, große und kleine. Von Kondoren, Geiern, Habichten, Kormoranen herunter bis zu Schwalben, Meisen und Spatzen. Mehr Namen von Vögeln sind mir nicht mehr geläufig. Die flachen Dächer, Dachgärten, Schau- und Wohntürme, Balustraden, Antennen, Feinmetallgerüste zum Empfange kosmischer Wellen und Strahlen, die Anlagen der Fernsubstanzzerstörer, all das war schwarz, pechschwarz von großen und kleinen Vögeln, die dicht nebeneinander hockten und ein gewaltiges Klagegeschrei und Gezwitscher erhoben, das sich nicht beschreiben läßt. Es war ein einziger, scharfgezackter Wehelaut, der unter den tiefhängenden Wolken vibrierte...«

»Und das nennst du einen ordinären Alltag«, schüttelte ich den Kopf.

»Er war es«, nickte B. H., ein ganz ordinärer Wochentag, ein Freitag, ein dreizehnter November wieder einmal. Die ersten Extrablätter berichteten die Sache mit den Vögeln bereits um zwei Uhr morgens ebenso wie die verschiedenen wellenversendenden Agenzien. Den Uranographen, den du vermutlich bald kennenlernen wirst, gab's damals noch nicht. Wir durchliefen gerade eine stark rationalistische Epoche, und das Vertrauen in die Wissenschaft war unbedingter, als du es je erlebt hast, F. W. Die gelehrten Institute nahmen die Angelegenheit noch mitten in der Nacht in die Hand. Um vier Uhr früh war das Phänomen geprüft, analysiert und erklärt. Es hing zusammen mit irgendwelchen elektromagnetischen Unregelmäßigkeiten, die zum Entstehen ganzer Ketten von Kugelblitzen in den untern Schichten der Atmosphäre geführt hatten.«

»Immer weniger Alltag, mein Bester«, fiel ich ein und spürte genau, wie ich mit den Schultern zuckte, obwohl sie unsichtbar waren.

»Glaub mir, F. W., bis auf das Vogelgeschrei war's der banalste Freitag, den du dir denken kannst. Und wie lange braucht eine richtige Metropole, um über das extremste Geschrei zur Tagesordnung überzugehen? Zwei, drei Stunden. Um elf Uhr dreißig hatte sich die Welt bereits daran gewöhnt, und die Schlagzeilen der Mittagszeitungen beschäftigten sich wieder mit den Eheaffären eines weltberühmten Ventriloquisten...«

»Und um elf Uhr fünfundfünfzig?« fragte ich.

»Da begann ich gerade mein Gesicht einzuseifen«, erwiderte B. H., voll Nachdenklichkeit. »Um diese Zeit erhob sich damals der arbeitende Kulturmensch. Dies ist nämlich eine meiner gesichertsten Erfahrungen im Laufe so mancher Wiedergeburten: Je fortgeschrittener die Menschheit, um so später steht sie auf.«

»Und um zwölf Uhr zwanzig?« fragte ich hartnäckig weiter.

»Um zwölf Uhr vierundvierzig«, sagte er und machte eine längere Pause, ehe er fortfuhr, »um zwölf Uhr vierundvierzig verließ ich meinen komfortablen Lebensraum, um einer Einladung zum Frühstück Folge zu leisten. Es ist übrigens durchaus unwahr, daß wir damals, wie ein geschichtsschreibender Witzbold es formulierte, in überaus praktischen ›Wohnsärgen‹ lebten, die sich nach unserm Hinschied mechanisch verkapselten und selbsttätig in die Erde versenkten. All das ist Schwindel. Unsere Lebensräume waren wohl recht klein, aber angenehm wie ein elastischer Handschuh. Längst waren die Zeiten vorüber, wo der Mensch um seinen Platz an der Sonne, und noch mehr um seinen Platz im Schatten zu kämpfen hatte...«

»Jetzt ist es mindestens zwölf Uhr fünfzig Minuten, B. H.«,

drängte ich ungeduldig, denn ich fühlte, wie er mir auf Seitenwegen entwischen wollte. »Du bist aus deinem Lebensraum, aus deinem Haus getreten. Ich fürchte, du wirst zu spät zum Lunch kommen...«

»Ich werde überhaupt nicht zu diesem Lunch kommen, F. W.«, lächelte er träumerisch. »Ich werde gerade noch unseren städtischen Park in der nächsten Nähe erreichen. Du weißt, daß ich immer die Fortbewegung per pedes apostolorum geschätzt habe. Meine Absicht war's auch diesmal, zu den Freunden, die mich eingeladen hatten, ganz gemächlich hinzubummeln. Ich kam freilich nicht weit...«

»Weil inzwischen das Ereignis eintrat?« trieb ich ihn vorwärts. Er sah sonderbar verstört durch mich hindurch. Die Erinnerung schien ihn noch immer zu verwirren.

»Wie kann man«, fragte er ins Leere, das ich war, »von etwas, was keine oder fast keine Zeit in Anspruch nimmt, leichtfertig sagen, es trete ein?«

»Fast keine Zeit ist immerhin so gut wie jede andere Zeit«, erklärte ich. »Das Ereignis währte demnach den Bruchteil einer Sekunde, B. H.? Vielleicht kannst du diesen Bruchteil in Zahlen ausdrücken...«

»Und ob ich's kann«, entgegnete er und schrieb in die Luft sehr geschwind eine beträchtliche Reihe von Nullen, an deren Ende er energisch einen Einser setzte.

»Ich verstehe nichts davon«, erwog ich, »aber ich denke, ein Bruchteil von solcher Winzigkeit kann ja gar nicht sinnlich wahrgenommen werden.«

»Gar nicht sinnlich wahrgenommen werden«, wiederholte er beinahe höhnisch. »Ich sage dir, wir alle glaubten, das Ereignis habe Ewigkeiten gedauert. Während es stattfand, waren wir wie aus der Zeit geworfen. Hinter der schweren, dicken Wolkenwand des dreizehnten Novembers flammte plötzlich vom Aufgang zum Niedergang das Empyreum auf, der Feuerhimmel, von dem die Menschen einst geglaubt hatten, daß er hinter allen andern Himmeln liege. Wie soll ich dir das Ungeheuerliche schildern, es gab nichts mehr, keine Stadt, keine Häuser, keinen

Park, keine Allee, keinen Baum, kein Ich, kein Du, es gab nur Licht, ein Licht aber, gegen das alles bekannte Licht die schmutzigste Dämmerung war...«

»Ich habe immer gefürchtet«, murmelte ich erschüttert, »die Sonne könne einmal eine Herzattacke oder einen Wahnsinnsanfall bekommen...«

»Nenn' es, wie du willst«, sagte er. »An jenem Freitag, dem dreizehnten November, drohte die Sonne mit sich selbst durchzugehn. Man kennt das ja von anderen Lichtgestirnen, die urplötzlich explodieren, das heißt zur millionenfachen Größe ihrer selbst anwachsen. Ich weiß nicht, ob wir in unserer gemeinsamen Gymnasialzeit schon etwas von der Novabildung gelernt haben, oder ob das erst eine viel spätere Entdeckung war. Das Große aber an unserer Sonne ist, daß sie zugleich, als sie mit sich durchging, sich selbst beherrschte und sich selbst in der Gewalt behielt. So kam es nur zu dem großen Ereignis der ›Transparenz‹ und nicht zur Vernichtung. Das Ereignis überschritt die Grenze des Geistigen kaum. Und doch, wir haben den Jüngsten Tag erlebt...«

»Wie furchtbar muß es gewesen sein«, hörte ich mich murmeln, »wie furchtbar.«

»Furchtbar!« rief er aus. »Es war herrlich, unausdrückbar herrlich! Wäre die Kürze des Augenblicks nur um eine fehlende Null länger gewesen, alles wäre vorbei für immer. Hätte irgendein Wesen auf Erden während der ›Transparenz‹ ein brennendes Streichholz in der Hand gehalten, die Atmosphäre hätte sich entzündet und wäre wie eine Flammenfahne in den Raum verpufft. Warum? Weil der Sauerstoff der Luft vor und nach der Transparenz einige Sekunden lang ums Dreifache vermehrt war. Aber es gab eben keine Streichhölzchen mehr auf Erden, kein offenes Feuer und nicht einmal Lavaströme. Da sind heute noch Gelehrte, die behaupten, die Vermehrung des Sauerstoffes in der Atmosphäre sei die Ursache der göttlichen Begeisterung, der unaussprechlichen Ekstase gewesen, die mich und alles andere, das lebte, in jenem Bruchteil von Zeit erfüllte...«

»Wie soll ich mir vorstellen«, wunderte ich mich, »daß in

einem solchen Bruchteil von Zeit sich überhaupt eine Empfindung entwickeln kann, B. H.?«

»Du kannst dir diesen Bruchteil ähnlich vorstellen, F. W., wie etwa die Steigerung in einem niemals erdachten Symphoniesatz. Ach Gott, das alles ist ein Blödsinn, und du kannst dir gar nichts vorstellen. Versuche aber trotzdem dir vorzustellen, du hättest bisher nur als Figur auf einem Bilde gelebt, und plötzlich brichst du leibhaftig und dreidimensional aus der Leinwand. Stell dir vor, das, was du bisher für dein Leben genommen hast, sei nichts als ein Krampf, eine verkümmernde Kontraktur aller Muskeln, und mit einem Schlage bist du von diesem Krampf erlöst und in der richtigen Haltung. So ungefähr empfanden wir das Leben während der Transparenz... Oh, du hast viel verschlafen, F. W.«

»Ich habe mir nicht gewünscht, geweckt zu werden«, erwiderte ich ebenso unlogisch wie pikiert.

»Fühlst du dich wirklich so unwohl in deinem Mantel aus Durchsichtigkeit?« fragte er, und ich merkte, daß ich ihn gekränkt hatte.

»Wenn ich deinen klaren Bericht überdenke, B. H.«, lenkte ich ein, »so hat es sich weniger um ein astronomisches Ereignis gehandelt, das unrettbar zum Untergang geführt hätte, als um ein unendlich kurzfristiges Schwanken in der Sonnennatur zwischen Dauer und Vernichtung, zwischen Fortstrahlen und Zusammenflammen, um einen Augenblick auf des Messers Schneide gleichsam, der sich in der Lichterscheinung ausdrückte, die du oder die Wissenschaft ›Transparenz‹ nennt. Ich verstehe die Begeisterung, die Ekstase des Jüngsten Tages und der Welterlösung, die diese Transparenz auslöste. Sonst aber scheint sie ergebnislos und ohne Folgen vorübergegangen zu sein...«

»Sie hatte Folgen«, fiel er mir ins Wort, »die Transparenz verlief nicht nur wie ein Schauspiel...«

»Aber keine physikalischen und chemischen Folgen«, warf ich ein, »bis auf die augenblickliche Vermehrung des atmosphärischen Sauerstoffs...«

»Irrtum«, sagte B. H., »das Ereignis hatte eine Menge von physikalischen Folgen. Daß einige Millionen Menschen während der Transparenz starben, ist nicht so wichtig. Aber sieh nach oben, F. W., und du wirst die Folgen sehen, oder richtiger, nicht sehen...«

Ich blickte gehorsam zum strahlenden Himmel. Er kam mir viel leerer, viel stummer vor als zu meiner Lebenszeit. Plötzlich fühlte ich in mir einen kurzen, wunderlichen Schreck: »Wo sind die Vögel?« fragte ich.

»Das Geschlecht der Vögel ist dahin seit dem dreizehnten Novemberfreitag«, entgegnete er, nicht ohne schleppende Feierlichkeit, und er fügte hinzu: »Ihre Angst und ihre Begeisterung war zu groß. Sie haben's nicht überlebt.«

Nach diesen Worten sagte B. H. nichts mehr. Er ging auf die dunkle Baumgruppe zu, die einige Schritte von uns entfernt lag. Nach einem schnellen, mißtrauischen Blick zur hochstehenden Sonne empor folgte ich ihm.

Nun, da ich mich mit fliegender Feder der eigentlichen Reisebeschreibung der mentalen oder astromentalen Zeit und Welt zuwenden sollte, fühle ich mich aufgehalten und halte mit mir, was weit gefährlicher ist, den noch immer verdutzten und vielleicht schon erbosten Leser auf.

Ich erforsche mit möglichster Wahrheitstreue mein Gedächtnis und kann es doch nicht genau ermitteln, wieviel mir B. H. von den Voraussetzungen dieser Zeit und Welt verriet, ehe wir das Haus der Hochzeiter betraten. Jetzt, ich meine jetzt, während ich dies schreibe, da immerhin einige Nächte und Tage seit meiner Heimkehr vergangen sind, scheint es mir, als habe mein Freund sich dazu bewegen lassen, mir einige knappe Informationen zu erteilen, ehe er vor einer umwucherten Gartenpforte eine kurze Verbeugung vollführte und mit halblauter Stimme ins Leere rief: »Wir sind hier, wie verabredet«, worauf sich die Pforte öffnete.

Vielleicht aber irre ich mich, und der Wiedergeborene, den mir die »Transparenz« oder »Sonnenkatastrophe« so beredsam preisgegeben hatte, hielt mich kurz, ehe er mich seinen Freunden vorstellte. B. H. war durchaus nicht so dienstwillig zu mir wie, um einen überheblichen Vergleich zu wagen, Vergilius etwa zu Dante. Es herrschte zwischen uns beiden trotz aller Freundschaft eine Art von unterdrücktem Streit dann und wann. Wie jeder echte Cicerone wollte B. H. mich, den Touristen, stets überwältigt sehen und vor Erstaunen fassungslos. Ich aber, wie jeder Tourist, setzte diesem Bestreben meinerseits einen hartnäckigen Widerstand entgegen und zeigte mich lieber – oft gegen meinen eigenen Willen – abgestumpft und blasiert. So geschah es, daß B. H. nicht selten gekränkt war und mir seine Belehrung vorenthielt. Gar mancher ungeahnten Tatsachen wurde ich ohne alle Erklärung inne, durch Penetration und Osmose, ich kann's nicht besser ausdrücken. Schon dadurch, daß ich in ihr anwesend war, durchdrang mich die unbekannte Welt und Zeit mit einem unverhofft rasch wachsenden Verständnis für ihre Besonderheiten und unermeßlichen Verwandlungen. Nur so ist es erklärbar, daß ein, nach Stunden gemessen, sehr kurzer Aufenthalt mir genügte, um diesen ausführlichen Bericht hier erstatten zu dürfen, wobei ich teils aus Zweifel an der Zuverlässigkeit meines Gedächtnisses, teils aus Scheu, den Geist des Lesers mit allzuviel Neuem zu ermüden, nur eine Auswahl aus der Fülle des Gesehenen, Erfahrenen und Gewußten in möglichst chronologischer Folge aufs Papier werfe.

B. H. hatte es vorhin verstanden, jenes ungeheure Himmelsereignis der Transparenz mir so glorios vor die Seele zu stellen, daß es mir, als ich scheu zur Sonne emporblickte, plötzlich so vorkam, als hätte ich es selbst erlebt, als wäre ich mit Körper und Seele dabei gewesen, obwohl es doch einige Jahrzehntausende oder Weltepochen vor meiner Besuchszeit stattgefunden hatte, während der tiefsten Tiefe meines Todesschlafes. Es war ein ganz richtiger Instinkt gewesen, der mich darauf bestehen ließ, zuerst in das Ereignis eingeweiht zu werden, bevor ich die Schwelle des Hochzeitshauses überschritt. Daß eine Hochzeit, das Fest der Eheschließung, so viel mehr bedeutete als in meinen Tagen, auch das hing ja mit jener erhabenen Transparenz zusammen. Seitdem unsere Sonne ihren »Anfall« erlitten hatte, jenen infinitesimalen Augenblick zwischen strahlendem Fortbestand und explosivem Verderben, welcher so leicht unser ganzes Planetensystem hätte in dünnste Urmaterie zurückverwandeln können, seit jenem Augenblick der Augenblicke hatten nämlich auf unserer lieben und leidigen Erde einige Umwälzungen stattgefunden, die nicht unwichtiger waren als das Verschwinden des Vogelgeschlechtes. Obwohl der Augenblick der Augenblicke so kurz gewesen, daß B. H. nicht genug Nullen in die Luft schreiben konnte, um seine Kürze darzustellen, so hatte er doch genügt, um den Abstand des Erdglobus vom Sonnengestirn etwas zu vergrößern. Es war eine ganz und gar unwesentliche Vergrößerung, welche die Umlaufzeit der Erde und somit das Jahr um kaum ein oder zwei Stunden verlängerte. Und doch – diese winzige Dehnung drückte sich in der Natur- und Menschheitsgeschichte aus, nicht anders wie die leicht erlahmte Achsendrehung der Erde, die in ebenso winzigem Ausmaße die vierundzwanzig Stunden des Tages um ein Häuflein von Sekunden vermehrte. Blutiger Laie, der ich bin, berichte ich diese Veränderungen nur, ohne sie astronomisch und physikalisch beschreiben, begründen und rechtfertigen zu können. Es wird Sache der Gelehrten sein, diese von mir heimgebrachten Fakten zu prüfen.

Der skeptischste Gelehrte jedoch wird die Wahrscheinlichkeit nicht ausschließen, daß auch geringe kosmisch-astronomische Veränderungen nicht ohne biologische Folgen bleiben können. Mit der wichtigsten dieser Konsequenzen, soweit sie die Krone der Schöpfung anbetrifft, platze ich ganz ungehöriger Weise sofort heraus. Es war dies eine sehr beträchtliche Erhöhung des menschlichen Lebensalters. Ob diese freilich einzig der Verlängerung und Verlangsamung des planetaren Rhythmus zu danken war oder ob eine kunstvolle Verminderung jener Gefahren und Schädigungen mitspielte, wie sie den hinfälligen Körper des Menschenkindes meiner Zeit bedrohten, auch dies ist eine der Fragen, mit denen ich die Schultern der Gelehrten belasten muß. Es ist eine gewisse furchtsame Verlegenheit, die mich zwingt, die Frist an der Gartenpforte der astromentalen Epoche ein wenig hinauszuziehen. Sind wir einmal eingetreten, so wird es unsere schwierige Aufgabe sein, mit einer erdrückenden Fülle grandiosen Fortschritts fertig zu werden, der ganz und gar nichts mit technischen Verbesserungen und Erleichterungen zu tun hat, welche wir in den Anfängen der Menschheit beinahe ausschließlich mit »Fortschritt« identifizierten. Dieses Wort, naiv und schnurgerade verwendet, umschließt, was inzwischen auch schon den Minderklugen bekannt ward, eine arge Illusion. Andererseits bleibt aber vom Bienenfleiße der wechselnden Generationen so mancher Honigtropfen der Erfahrung in den Waben zurück, den selbst Sonnen- und Erdkatastrophen sowie der partielle Gedächtnisverlust der Menschheit nicht völlig vergeuden können. Jede gehende Uhr, die dem Menschen die Stunde schlägt, ist eine Sparbüchse, in welcher die sich sammelnden Sekunden nicht ganz zinsenlos hinwegschmelzen. Die Zeit an sich thesauriert für das Menschengeschlecht, das sie erlebt und erleidet, ein gewisses Kapital, das allerdings, wie durch den letzten Willen eines weitsichtig geizigen Erblassers, nur als winzige Rente in großen Abständen behoben werden kann. So ist denn jede Generation ein klein wenig reicher als die ihr vorangehende, und sei sie auch nur reicher um deren Niederlagen. Dieses mikroskopisch geringe Plus an sich mehrendem Älterwerden ist der ganze »Fortschritt« der Menschheit.

Ich widerrufe die obige Erkenntnis nicht, obwohl ich am zweiten Tage meines Besuches aus dem Munde des Großbischofs eine ganz und gar gegenteilige Lehre zu hören bekam. Die Wahrheit ist ein und dieselbe. Die Sichtwinkel sind verschieden. Das Lebensalter der Menschen, in deren Kreis ich sogleich treten soll – wir stehen zur Beruhigung des Lesers schon jenseits der Gartenpforte –, konnte ohne große Schwierigkeit bis zum zweihundertsten Jahre ausgedehnt werden. Die meisten Leute jedoch pflegten schon zwanzig oder dreißig Jahre früher ›in Pension zu gehen‹, obgleich ihnen das Alter keine Beschwerden brachte, sondern schlimmstenfalls eine gewisse Gelangweiltheit und Sättigung. Hier aber nähere ich mich bereits voreilig der zweitwichtigsten, wenn nicht der wichtigsten Erfahrung meiner Reise, und es wäre vom Standpunkte des Berichterstatters sowie des Romanschreibers mehr als ungeschickt, diese Erfahrung zusamt der Bedeutung des Wortes »Wintergarten« (ein heuchlerischer Ausdruck) vor dem zweiundzwanzigsten Kapitel im dritten Teil dieses Buches preiszugeben. Die allgemeine Verlängerung und Verlangsamung des Lebens hatte noch andere Besonderheiten nach sich gezogen, die ich zum Teil erriet, zum Teil aus dem Munde B. H.'s erfuhr (so scheint es mir wenigstens jetzt), noch ehe ich mit den Menschen in Berührung kam, die mich zur Hochzeitsfeier eingeladen oder richtiger ›zitiert‹ hatten. Die Verarmung des Lebens an Buntheit und Fülle, die erstaunliche Verringerung seiner Varietäten, die Abnahme seiner Leidenschaften, all dies zu erraten, dazu gehörte wahrhaftig nicht viel Scharfsinn. Ein Blick weit hinaus auf die glatte Trostlosigkeit des Erdenbildes bewies alles. Wir waren bisher noch keinem einzigen Menschen begegnet. Ich zog daraus, wie mir mein Freund bestätigte, keinen falschen Schluß: Die ehemalige Milliardenzahl gleichzeitig lebender Individuen war auf jenes Minimum zusammengeschrumpft oder zurückgeführt, welches für den Fortbestand einer Spezies unumgänglich notwendig ist. Auch das nächste Glied der Schlußkette ergab sich mit Notwendigkeit: Bei solch dünner Bevölkerung des eingeebneten Erdballs, die durch das Reise-Geduldspiel auf das schwereloseste verbunden war, konnten nationale und sprachliche Unterschiede nicht bestehen. Seit undenklichen Epochen war die Menschheit geeinigt.

Gewiß, B. H. hatte den Ehrgeiz, mich in Erstaunen zu setzen. Zugleich aber wollte er nicht, daß ich mich blamierte und als ein völlig Unwissender und Ungebildeter meinen neuen Zeitgenossen erscheine. Dem hatte ich es zu verdanken, daß ich rasch einige Aufklärungen darüber erhielt, was eine Hochzeit in der mentalen Welt bedeutete, und warum es eine hohe gesellschaftliche Ehre war, diesem Feste zugezogen zu werden.

Das Gebiet, auf dem sich der durch die »Transparenz« hervorgerufene Wandel am schärfsten spiegelte, war, wie nicht anders zu erwarten, das Gebiet der Fortpflanzung: Paarung, Zeugung, Empfängnis, Schwangerschaft, werdendes und hervortretendes

Leben. Es sei *nicht* wahr, gestand B. H., daß alle Frauen nur einer *einzigen* Schwangerschaft im Leben fähig waren. Dies stimmte nur für die adeligste und verfeinertste Klasse unter ihnen. Gleich den edlen Bäumen im Märchen war es ihnen gegeben, nur einmal Frucht zu tragen. Hingegen war die Verfeinerung der Natur allgemein, die in dem Umstand lag, daß die Dauer der Gravidität sich von neun auf beinahe zwölf Monate erhöht hatte.

War die Monopädie, das Einkindsystem auch die Regel, so waren, wie B. H. mit bedenklicher Miene erklärte, die Ausnahmen zahlreicher als diese Regel. Wie hoch sich freilich die Verhältniszahl jener Ehepaare belief, die zwei oder drei Kinder großzogen, das konnte ich während meiner ganzen Anwesenheit nicht erforschen. Jenes statistische Bedürfnis, das mein eigenes Zeitalter gekennzeichnet hatte, schien der mentalen Epoche völlig abhanden gekommen zu sein. Eines aber wurde mir schon jetzt aus den Andeutungen des Wiedergeborenen klar: Von »Familie« konnte derjenige nicht sein, welcher zu einer »kinderreichen« Familie gehörte, die zwei Sprößlinge daheim zu hüten hatte. Die kinderreichen Familien bildeten somit die »untere Klasse der Gesellschaft«, obwohl dieses Wort »untere Klasse« recht sinnlos klang für eine Welt, von der B. H. im selben Atemzuge behauptete, sie kenne keine ökonomischen noch sozialen Unterschiede. Immerhin verschwieg er mir nicht, daß sich das monopädische Patriziat mit den »Kinderreichen« nicht vermische.

Ich hatte rasch kapiert, welche hohe Bedeutung der Ehe in dieser Welt innewohnen mußte. Sie schien sie beinahe zur Höhe der sakramentalen Heiligkeit zu erheben, wie sie die katholische Kirche lehrte, die eine von den zwei Erscheinungen aus den Anfängen war, denen ich hier begegnen sollte. (Die zweite wird zur rechten Zeit verraten werden.) Was die Vereinigung von Mann und Weib betraf, so blieb viel weniger der freien Liebeswahl überlassen als in dem liberalen Zeitalter meines früheren Lebens. Wieder einmal berührten sich die äußersten Gegensätze, indem die Mentalen dieser fernsten Zukunft in dieser Hinsicht es nicht anders hielten als die mythischen Bauern des verschollensten Altertums. Schon dem zehnjährigen Knaben wurde die rechte Braut zugeordnet. Die Wahl war im hohen Grade vorherbestimmt durch gewisse äußere Zeichen und innere Eigenschaften der Kinder. Unter äußeren Zeichen verstehe ich auch jene Hinweise, welche von den Sternen herabgelangten. In den abgelaufenen Weltepochen hatte sich das Verhältnis des Menschen zum Sternenall radikal verändert. Ich muß mich energisch zurückrufen, um nicht schon an dieser frühen Stelle von der gewaltigsten meiner Reiseerfahrungen zu sprechen, welche auf dem neuen Verhältnis der astromentalen Menschen zum Sternenall beruht. Sie verstanden genauer, als wir's uns erträumen können, wie sehr sich jeder Punkt im Kosmos auf jeden Punkt im Kosmos bezieht und wie unbedingt von diesem lückenlosen Beziehungsgewebe alles Irdische abhängt. Das Wort »Horoskop« ist viel zu plump, es klingt in unsern Ohren viel zu sehr nach mechanisch-dilettantischer Wahrsagerei, um jene sideralen Subtilitäten und Finessen auch nur anzudeuten, unter deren Hut man die heranreifenden Gatten körperlich, seelisch und moralisch stellte. Ihr Aufenthalt wurde danach geregelt, ihr Unterricht, ihr Spiel, ihr Vergnügen, ja ihr Schlaf. Nur dreimal durften Jüngling und Jungfrau einander an bestimmten Lebenswenden begegnen, ehe das Verlöbnis geleistet wurde. Es waren drei Proben, um zu ermitteln, ob etwa ein heimliches Widerspiel, eine verborgene Antipathie, eine unvermutete (sternbedingte) Wegwendung das feine Verbindungswerk zu stören drohe. Solche Mißverhältnisse traten dann und wann zutage, worauf die Bindung sofort gelöst wurde und die Welt etwas zu klatschen hatte. Besser, sie hatte jetzt etwas zu klatschen als später, was soviel heißen will, daß trotz aller Vorsichtsmaßnahmen auch in der astromentalen Welt Liebestragödien, Ehebrüche, ja sogar Scheidungen vorzukommen pflegten, wenn sie auch unvergleichlich tieferes Leiden verursachten als in der unseren. Ging jedoch alles gut, so mußte nur der dreiunddreißigste Geburtstag des Bräutigams abgewartet werden, an welchem der Mann das gesetzlich vorgeschriebene Reifealter erreichte. Die Stunde der Vermählung war gekommen. Dieser Stunde gingen freilich Monate der inneren Vorbereitung voraus. Sie bestanden aus Belehrung, Betrachtung, Selbstprüfung, kurz aus psychologisch-moralischen Exerzitien, denen die Brautleute, jeder für sich, unterworfen wurden, um sie für das Opfer an Persönlichkeit geschmeidig zu machen, ohne das eine echte Ehe nicht zu denken ist. Waren diese Exerzitien zur Zufriedenheit der Prüfenden und Geprüften beendet, so folgte die eigentliche Festeszeit, die hohe Zeit im wahren Wortsinne, die drei Tage umfaßte, von denen der weit größere Teil im Brauthause, der kleinere in der Öffentlichkeit gefeiert wurde. Die Trauung fand zur Mittagsstunde des dritten Tages statt.

Die Erwähnung dieses Stundenplans ist unerläßlich, bildet er doch den Rahmen meines kurzen aber ertragreichen Aufenthaltes in einer Zukunft, von der ich mir nie hatte etwas träumen lassen. Um seinetwillen war ich gezwungen, den annoch dürftigen Fluß dieser Erzählung so nahe der Quelle zu unterbrechen. Ich verspreche aber bereits hier, daß ich ungleich andern reisenden Pedanten weder durch Karten, Croquis noch sonstige Abbildungen der freien Auffassung meiner phantasievollen Leser den geringsten Zwang antun werde.

»Es ist heute der erste Tag des Hochzeitsfestes von Io-Do und Io-La«, sagte B. H., indem er die Gartenpforte vorsichtig hinter sich schloß. »Den Vormittag hast du leider schon versäumt.« Nach diesen Worten setzte er sich langsam in Bewegung. Ich stand noch immer breitspurig still auf meinen unsichtbaren, aber festen Beinen. Nicht ohne Trotz stellte ich die Frage:

»Was habe ich eigentlich bei dem Hochzeitsfest des ausgezeichneten Paares Io-Do und Io-La zu suchen?«

»Du bist doch eine besondere Ehrengabe, F. W.«, versetzte mein Freund, ohne sich umzudrehen, »verstehst du das nicht?«

Ich verstand. Die Erscheinung eines Wesens aus dem grauesten Altertum der Menschheit war ein Hochzeitsgeschenk B. H.'s an das junge Paar am ersten Tage der Festlichkeit. In früheren Zeiten hatte man Affen, Papageien, Zwerge und Hofnarren zum Präsent gemacht. Heute schenkte man »zitierte Geister«. Warum nicht? Was sie freilich mit einem Unsichtbaren anfangen werden, steht dahin. Mir wurde trotz meines Zustands heiß und kalt. Schon wollte ich eine bissige Bemerkung machen, als B. H. mit leiser Stimme sagte, immer noch den Rücken mir zuwendend:

»Du verstehst hoffentlich auch, daß ich vor allem dir eine Ehrengabe machen will...«

Seine Stimme klang warm und aufrichtig. Er hatte mir wahrhaftig ein Präsent gemacht, in welchem alle andern Gaben enthalten sind: Leben und Bewußtsein. Hin- und hergerissen zwischen Dankbarkeit und einem leichten Ärger, heftete ich meinen Blick auf die Bilder, die mich umgaben. Der Garten, den wir nun langsam durchschritten, er voran, ich hinterdrein, war ein wirklicher Garten, obgleich er nur ein sogenannter Garten war. Er bestand aus tatsächlichen Hecken, Büschen, Sträuchern, Beeten, einem Springbrunnen mitten auf grauem Rasen, und all das überdacht von den dichten Baumkronen ledrigschwarzen Laubes, die so charakteristisch für das flache Land ringsum waren, von dem B. H. behauptete, es sei eine Metropole; ich konnte noch nicht wissen, warum. Des Gartens Beete, Lauben und Hecken – sie zeigten keinen einzigen grünen Fleck – prangten in einer bescheidenen Fülle mir unbekannter Blumen. Es gab aber höchstens fünf oder sechs Arten. Die meisten davon glichen sehr großen Anemonen mit mattem Farbanhauch, rosa, gelblich, heliotrop oder perlmutterartig changeant. Nur eine Strauchblüte, die unsrer Rose zu entsprechen schien, zeigte eine ausgesprochene, starke, stumpfe Farbe: Rostrot. Auch sie aber wirkte künstlich mit ihren dicken, regungslosen Blütenblättern, wie vom Wachszieher hergestellt. Ich mußte an einen Prachtladen in Paris denken, nahe der Gare Saint-Lazare, in dessen Schaufenstern dergleichen tragantene Blumenpracht das Auge magisch fesselte. Der Unterschied war nur, daß in jenem Schaufenster die Kunst die Absicht hatte, natürlich zu wirken, während hier die Natur auf Strauch und Beet bemüht zu sein schien, recht künstlich und gemacht sich darzubieten. – Dieser ganze, nicht gerade große Garten mit all seinen mattfarbigen Gewächsen und dem schwarzen Laubdach der fremden, ernsten Bäume erweckte den Eindruck von Lichtscheu und Sonnenfürchtigkeit, um so bemerkenswerter deshalb, weil die Sonne, meiner Empfindung nach, an Wärmekraft eingebüßt, an durchdringender Schärfe und Grellheit der Strahlung jedoch zugenommen hatte. Die späteren Erfahrungen gaben meinem Argwohn recht: Diese Sonnenfürchtigkeit, diese Flucht vor der Strahlung war nicht nur ein Schutztrieb der gegenwärtigen Natur, sondern auch eine Gesinnung der mentalen Kultur, in der ich mich befand. Mir fiel jetzt eine Menge großer, ich möchte fast sagen riesiger, mottenfahler Falter und lichtgrüner Libellen auf, die mit vibrierendem Flügelschlag über den Gewächsen gaukelten. Sie erzeugten dabei einen nicht unangenehmen zirpenden, ja melodisch zwitschernden Laut:

»Die Schmetterlinge singen«, lächelte B. H. beglückt. »Es sind unsre Frühlingsvögel. Wir haben April...«

»Du bist ein Abtrünniger, B. H.«, entfuhr es mir. Obwohl ich nichts weiter sagte, kam es mir aber so vor, als habe er seine eigenen Eltern verkauft, weil er sich gar so zuhause fühlte in dieser Fremde ohne grünes Gras und Vögel. Ich aber fühlte mich zurückversetzt in die Tage, bevor ich eingeschlafen sein mußte, um plötzlich auf dem grauhaarigen Rasen dieser entlegenen Zukunft, von der ich in der Form der Vergangenheit erzähle, mich wiederzufinden. Ich sah den Garten meines kleinen Hauses vor mir, mit der schönen Steinschale, stets mit frischem Wasser gefüllt, die wir für die Vögel aufgestellt hatten. Gelbe Pirole, schwarze Amseln und blaue Nußhäher schossen von allen Seiten herbei, tranken und badeten und fuhren wieder in die Höhe, und all das ging durch meinen Sinn und erfüllte ihn mit Wehmut. Dann sah ich hinauf in den blauen, toten, leeren Himmel dieses Tags und betrachtete den ungemütlichen, fremdartigen Garten um mich her und zerbrach mir den Kopf darüber, wie in solchem Schattenwesen irgendwelche Pflanzen zu gedeihen vermögen, und seien es auch nur die Wachs- und Zuckerbäckerblüten rings, die sich nicht regten. B. H. erriet natürlich sofort meine Gedanken:

»Die Gartenpflege erfolgt zentral«, klärte er mich auf. »Das besorgt alles der Arbeiter.«

»Was ist das, der Arbeiter?« fragte ich, ohne meine Betretenheit verbergen zu können.

Man nennt ihn auch den Vollbärtigen oder den Schlaflosen«, entgegnete B. H. »Doch Geduld, mein Lieber, du wirst ihn zu sehn bekommen...«

Was ich aber nicht zu sehn bekam, war »das Haus«. B. H. hatte mich nicht betrogen. Wir standen wirklich inmitten einer Stadt. Die Häuser dieser Stadt waren nur, aus Gründen jener schon erwähnten Sonnenfürchtigkeit, nicht über, sondern tief in die Erde hineingebaut. Jeder der von schwarzem, ledrigem Laube gekrönten Gärten war somit ein Dachgarten. Die einzelnen Baumhaufen bezeichneten je ein Wohnhaus. Nichts widersprach mehr der technischen Architektur von Beton, Stahl und Glas, jener Industriearchitektur aus meiner Zeit, aus den Anfängen der Menschheit, welche schreiendes Licht und grellen Lärm kraftmeierisch in die nervenlosen Hauskuben zu zerren liebte, als diese Bausitte hier, die im Schoße der Erde dem überempfindlichen Menschen das schützende Heim errichtete. Die Erdoberfläche überragte nur ein mäßig hoher, runder Überbau aus durchscheinendem Material, der dem Geschütz- oder Beobachtungsturm eines Kriegsschiffes glich. In diesen Turm traten wir durch einen türlos offenen Eingang, worauf sich sofort die Plattform, auf der wir standen, zu senken begann. Ich bekam in diesem Augenblick, was mir niemand verdenken wird, tüchtiges Herzklopfen und war deshalb ziemlich froh, als, in der Tiefe angekommen, B. H. mich zu warten bat, denn er müsse mein Erscheinen anmelden.

Als ich mich dann im Empfangszimmer befand, ich weiß nicht, ob hereingerufen oder -geholt, da war ich wieder ganz ruhig und fühlte mich von der unbeteiligten Beobachtungskraft und unerschrockenen Neugier eines echten Forschungsreisenden erfüllt, obwohl mir dieser Zweck meiner nächtlichen Aussendung so recht erst nach meiner Rückkehr bewußt wurde. Meine Aufgabe freilich war nicht so leicht, wie man denken könnte. Ich hätte zum Beispiel, was doch jedem Forschungsreisenden zweifellos obliegt, keinerlei stenographische Anmerkungen in ein Notizbüchlein machen können, aus Gründen des eigenartigen Lichtes nämlich, das den mittelgroßen und wohlgestalten Raum erfüllte. Dieses Licht oder besser, diese Beleuchtung war nicht etwa schwach oder düster, sie war ganz im Gegenteil von wohltuend milder Helligkeit, aber durch irgendeine unbekannte Zumischung gelang es ihr, alles, was sie erleuchtete, zugleich zu verwischen, angenehm ungenau zu machen und in eine schöne Ferne zu rücken. Wenn das Wort aristokratisch auf eine Beleuchtung angewendet werden darf, so war's die aristokratischste Beleuchtung, die sich denken läßt. Ich sage mit Absicht nicht ästhetisch, sondern aristokratisch, weil sie den Gegenständen Takt und Liebenswürdigkeit angedeihen ließ. Ziemlich warm, ins Gelb-Trauliche spielend, erinnerte sie an das Auer-Gaslicht meiner Kinderzeit und seinen friedlichen Lampenkreis. Von dieser so häuslichen Beleuchtung umspült, standen etwa elf Personen um einen sonderbar hohen, mittelgroßen Tisch, der auf mich den Eindruck eines ertappten Wesens machte, das sich totstellte. Die Personen lächelten hochbefriedigt in die Richtung, wo ich mich aufhielt. Sie hatten sich weder bei den Händen angefaßt noch auch den Raum verdunkelt, wie es die Praxis eines verschollenen Altertums vorschrieb. Dergleichen Hokuspokus schien längst überwunden zu sein. Außerhalb des freundlichen Lichtkreises, genau in der Mitte zwischen jenen Personen und mir, stand B. H., der Wiedergeborene. Obgleich sein Gesicht ganz in Schatten getaucht war, erinnerte es mich, ich weiß nicht warum, an das Gesicht eines Conférenciers oder eines Artisten oder des Erklärers bei einer Abnormitätenschau, der soeben einen schlagkräftigen Satz gesprochen hat. Mit einer Hand wies B. H. auf mich (»voilà«), mit der andern auf die Gesellschaft. Es war von nun an seine symbolische Gebärde. Die Personen dort, die aufmerksam, offen und erwartungsvoll mich ansahen, waren mit nichts anderem bekleidet als mit dem zarten Spitzengewebe, welches dieses Licht ohne Lichtquelle über sie warf. Einfacher gesagt: Sie waren nackt.

Ich hingegen war nicht mehr nackt, geschweige denn nackter als nackt, unsichtbar. Ich war sogar äußerst sichtbar, mir selbst zur plumpen Unlust. Um das Maß vollzumachen, trug ich, horribile dictu, meinen Frack mit steifer, zudem noch eingeknickter Hemdbrust, samt ramponiertem Stehkragen und müder weißer Binde. In diesem Staatsgewand hatte man mich vermutlich vor mehr als hunderttausend Jahren zu Grabe getragen, und damals schon war dieser Frack, ich will nicht übertreiben, aber er war beinahe zwanzig Jahre alt. Neben seinem schäbigen Seidenrevers bammelte der einzige Orden, den ich im Leben empfangen habe, und zwar von einer kunstfreundlichen, aber schwachen Regierung, die drei Wochen nach dieser unbedachten Ordensverleihung vom Teufel geholt wurde. Welch ein Rollentausch! Ich, der als Astralleib, als ektoplastische Erscheinung hierher zitiert worden war, kam mir vor wie der feiste Oberkellner eines mittelmäßigen Restaurants unter leuchtenden Geistern. Diese aber empfingen mich mit großen, erfolgsfrohen Augen, denn mein ausgedienter Frack erschien ihnen zweifellos als ein phantastisches Kostüm aus der Maskenleihanstalt menschlicher Urgeschichte, viel phantastischer gewiß, als mir etwa ein Ritter in Turnierrüstung und Helmbusch zu meiner Zeit erschienen wäre.

Es ist eine alte Erfahrung für jedermann, der in einen Kreis von Menschen sehr fremder Rasse tritt, daß die Gesichter dieser Menschen einander quälend gleichen und er die größte Mühe hat, sie auseinanderzuhalten. Meist hilft er sich damit, daß er die Unterscheidungsmerkmale im verschiedenartigen Körperwuchs und in der Gewandung sucht. Beides war mir unmöglich. Die Persönlichkeiten um diesen Tisch schienen alle von gleichem Körperwuchs zu sein, von zierlicher, ja man möchte fast sagen lieblicher Gestalt, Männer und Frauen. Ihre harmonische Mittelgröße widerlegte die übliche Vorstellung vom riesenhaften, willensgestählten Zukunftsmenschen, die auch ich zu meiner Zeit gehegt hatte. Ebensowenig wie der Wuchs kam mir die Kleidung zu unterscheidender Hilfe. Wenn die Persönlichkeiten hier das eigenartige Licht auch wie ein leichtes, kommodes Hausgewand um den Körper trugen, so verwischte es eher jede Verschiedenheit als sie zu verraten. Von allem Anfang an fühlte ich, daß die Nacktheit der anwesenden Gestalten in keiner Weise mit dem zu vergleichen war, was in meiner Epoche der Schönheitsköniginnen am Badestrand und auf dem Sportplatz als Nacktheit oder Halbnacktheit umzugehen pflegte. Dies ist ja nicht eigentlich Nacktheit gewesen, sondern nur Ausgezogenheit oder Enthülltheit dessen, was gewohnheitsmäßig verhüllt war. Diese Nacktheit hier hingegen schien als nackt gedacht zu sein, sie stand nicht im Widerspruch zu sich selbst, sie konnte als traditionelle Lebensregel im Hause gelten, sie hatte nicht den heimlichen Wunsch, Blicke auf sich zu ziehn und Begierden zu erwecken, sie war unschuldig. Wäre ich ein schwärmerischer Sektierer, so würde ich vielleicht von der wiedergewonnenen paradiesischen Nacktheit sprechen können. Schon die nachgedunkelte Elfenbeinfarbe dieser »mentalen« Körper, fern von allem Milch und Blut, offenbarte und verbreitete eine Sinnenkühle, die sich kaum beschreiben läßt.

Die Schönheit der zartgliedrigen und feingesichtigen Persönlichkeiten in dem Raum besaß aber die berauschende Eigentümlichkeit nicht, die wir mit der Wortverbindung »strahlende Schönheit« beschreiben, jene unentrinnbare Macht, welche den atemlosen Blick an sich reißt und dürsten läßt, indem sie ihn erquickt. Niemand hier war strahlend schön; man war streng schön oder mild schön oder durchsichtig schön. Da aber alle schön waren und somit der Vergleich, dieser Ursprung jeder Wertordnung, meinen Augen fehlte, so gewöhnten sie sich recht geschwind an all die unbekannte Schönheit. Dazu kam noch die ewige Jugend, oder genauer, die Alterslosigkeit, eine hohe Errungenschaft der vergangenen Zeitalter. Zuerst glaubte ich, in jedem der hier anwesenden Paare das junge Brautpaar, Io-Do und Io-La, entdecken zu müssen. Bald aber wurde ich belehrt, daß Sitte und Brauch, Zeremoniell und geheime Hygiene es den Hochzeitern verboten, sich vor ihrer Vereinigung ohne weiteres unter die Hochzeitsgäste zu mischen, die das Haus belebten. Sie lagen, nahe und doch getrennt, ein jedes auf dem

Ruhebett seines Appartements, der Betrachtung, der Träumerei und pfleglicher Fürsorge hingegeben. Die Männer und Frauen, in denen ich die jungen Verlobten gesucht hatte, waren die Eltern und die Großeltern der Braut, und so auch die Eltern und Großeltern der Gegenseite. Die Großeltern schienen um kein Fältchen älter zu sein als die Eltern, und letztere wiederum – ich wüßte nichts Jugendfrischeres zu nennen als diese munteren Eltern. Wenn es einen Altersunterschied gab, so lag er einzig im Blick und in der Einbettung der Augen. Aber um diesen Unterschied zu erspähen, dazu gehörte schon ein längerer Umgang mit dieser Gegenwart, die, während ich dies niederschreibe, wieder zur fernsten Zukunft geworden ist.

Halt! Als ungeübter Berichterstatter hätte ich über die Zergliederung meiner eigenen Eindrücke einen äußerlich wichtigen Umstand beinahe zu reportieren vergessen. Es gab einen Unterschied, und einen sehr auffälligen dazu. Die hier versammelten, zart gestalteten Persönlichkeiten trugen Perücken. Innerhalb des vergangenen Jahrhunderttausends mochte es der Lauf der Natur so gefügt haben, daß den Menschen die Haare ausgegangen waren. Niemand wird behaupten, daß diese geringfügige biologische Veränderung auch nur annähernd mit dem Abgrund sich vergleichen läßt, der zwischen dem Neandertaler Höhlenmenschen und etwa einem Dante Gabriel Rossetti klafft. (Auch jenem mußten ja die Haare aus dem Pelz fallen, ehe er zu diesem wurde.) Den Zeitgenossen freilich, man verstehe mich recht, den Zeitgenossen, denen ich soeben erschien, wuchsen keine Haare am Leibe, und im Gesicht auch nicht. Welche Zeit- und Kraftersparnis für die Männer, die nicht einmal eines mentalen Rasierzeugs benötigten. Wie es um das Kopfhaar stand, weiß ich nicht zu sagen, wenn ich aufrichtig bin, und ich bemühe mich um Aufrichtigkeit. Es war einfach nicht herauszubringen. Die Perücken verhinderten es. Doch auch diese Perücken bestanden keineswegs aus Haaren. Das Haar galt als verächtlich, als atavistisch unappetitlich. Das fühlte ich sofort und litt darunter, daß ich keine Kopfbedeckung aufhatte. Die Perücken waren nur Stilisierungen von Haarfrisur, aus einer schwach leuchtenden

Masse hergestellt, in Gold und Silber. Sie erinnerten an die pathetischen Kopfaufsätze der griechischen Tragöden oder an die surrealistischen Ondulaturen verwegener Schaufensterpuppen aus einer – vom Zeitpunkt meiner Erscheinung aus gesehen – nicht viel näheren Vergangenheit. Dieses Perückenwesen war übrigens, wie ich später in Erfahrung brachte, gesetzlich geregelt. Bis zum hundertzwanzigsten Lebensjahr hatte man das Recht, goldene Perücken zu tragen. Später mußte man sich zum Silber bequemen und bekennen. Die Frauen aber waren noch immer Weib genug, um zwischen Silber und Gold ein geschickt changierendes Spiel zu treiben, wenn das gesetztere Alter, ab hundertzwanzig, dies gebot.

Und da stand ich nun in meinem schäbigen Begräbnisfrack, den Orden eines heimatlich trauten Ländchens an der Brust, das schon zu meinen Lebzeiten bis auf weiteres aufgelassen worden war. Im übrigen hatte meine Erscheinungsform von der ursprünglichen Unsichtbarkeit alle möglichen Stufen der Verdichtung durchlaufen, so daß von Ektoplasma oder Astralleib nicht mehr die Rede sein konnte. Ich war geistig und leiblich so vollzählig »Ich-Selbst« geworden, daß ich, um der Wahrheit die Ehre zu geben, vor Erregung schwitzte. Ich erkannte mich selbst, wenn ich in mich hineinhorchte oder mich mit den Fingern betastete. Meine Zunge stieß wieder an den Goldzahn links oben in der Ecke. Ich merkte, daß B. H. vor Verlegenheit schon grimassierte. Zaghaft – was blieb mir anderes übrig – näherte ich mich also dieser Gesellschaft, die so viel Kulturentwicklung und feine Manier mir voraushatte, um ihr gewünschtermaßen zu »erscheinen«, ein Beinahe-Höhlenmensch in schlechter Kondition, nämlich rundlich, schwitzend und steifbehemdet. Alle lächelten erfreut, als die Stimme meines Schulkameraden B. H. erscholl, unter der zeremoniellen Heiserkeit den Triumph nicht verhehlend:

»Ich erlaube mir, den Herrschaften unsern werten Gast F. W. aus den Anfängen der Menschheit gebührend vorzustellen.«

Nach diesen Worten wandte sich zu mir und verbeugte sich der älteste Mann der Versammlung, welcher Superlativ nichts besagen will, da er hätte auch der jüngste sein können. Während der sich nun entwickelnden geselligen Zusammenkunft lernte ich in ihm den sogenannten »Wortführer« kennen. In mittleren Menagen, so erfuhr ich später von B. H., war der »Wortführer« und der »Hausweise« ein und dieselbe Person. In diesem bedeutenden Hause hier aber gab es neben dem Wortführer und dem Hausweisen auch noch eine Figur, die der «Beständige Gast« gerufen wurde. Diese männlichen Chargen wurden dem Arsenal der Junggesellenschaft entnommen, das sich aus Gründen der schon erwähnten Ehestrenge überall gebildet hatte. Die Junggesellen »lebten mit«, wodurch ein soziales Problem auf glatte Art gelöst war.

»Seien Sie uns willkommen in dieser bescheidenen Gegenwart, Seigneur«, begrüßte mich der Wortführer. Er ließ diese barocke Vokabel, »Seigneur«, auf der Zunge zerrinnen. Man schien sich auf »Seigneur« geeinigt zu haben, um mir nicht nur Ehre zu geben, sondern auch eine trauliche Brücke der Anrede zu bauen zu meinem eigenen Zeitalter hinüber, eine Anrede, die meinen Ohren schmeicheln sollte. Der Gute stellte sich aus der Entfernung eines ganzen Jahrhunderttausends vor, daß die Leute in den Anfängen der Menschheit, das heißt ungefähr vom Neandertaler über Nebukadnezar bis zu Mussolini mit den »Seigneurs« nur so um sich geworfen hätten. Er genoß jedenfalls den Stolz des Altphilologen, der endlich Gelegenheit findet, eine überaus tote Sprache, sagen wir, das Sumerische, im praktischen Dialog mit einem Alt-Sumerer leichthin anzuwenden.

Ich habe übrigens durchaus keinen Grund, mich über diesen schönen Ältesten und Wortführer lustig zu machen, denn flugs unterlief mir ein peinlicher faux pas. Ich näherte mich nämlich diesem Ältesten und reichte ihm mit einem ungenauen Dankgestammel die Hand. Nun aber war die Sitte des Händedrucks schon seit Äonen in Vergessenheit geraten, worüber mich B. H. hätte unbedingt belehren sollen, als ich ihm bei unserer Wiederbegegnung selbst die Hand zu reichen versuchte. Schlimmer als das, körperliche Berührung war in diesem hochsensiblen Zeitalter verpönt, so wie Haar verpönt war. Es entstand also eine kleine erschrockene Verwirrung, als hätte der leichtsinnigerweise heraufbeschworene Urmensch in seiner ungeschlachten Wesensart den Besuch mit einem Mißton eröffnet, dem Kreischen eines Kreidegriffels auf einer Schiefertafel gleich. Das Zehntel einer Sekunde lang schienen alle die Augen zuzupressen. Sofort aber geschah alles, um diesen Verstoß zu vertuschen und ihn vergessen zu machen. Besonders die Damen lächelten aufmunternd durch das Licht hindurch, das ihre lieblichen Gesichter und Gestalten verwischte. Eine der Damen fragte mich, und es war eine Verlegenheitsfrage wie aus den Anfängen der Menschheit:

»Ist das Ihre erste Reise nach California?«

»Nein, Madame«, antwortete ich wahrheitsgemäß und vor seelischer Anstrengung immer mehr schwitzend. »Ich habe hier vor längerer Zeit ein paar Jahre gelebt.«

»Oh, als Cowboy oder als Goldgräber?« forschte sie schelmisch und gleichgültig zugleich, wobei sie mit einem eitlen Nachdruck ihr prähistorisches Wissen entblößte.

»Nein, Madame«, sagte ich, »weder als Cowboy noch als Goldgräber und nicht einmal beim Film, sondern einfach nur als Emigrant...«

Ich suchte in den Hosentaschen meines Fracks nach einem Sacktuch und fand endlich eines, das nicht mehr rein war, weil ich es damals vergessen hatte, in die Wäsche zu geben. Ich ballte das Taschentuch in meiner Hand zusammen, damit man es nicht genau sehe, und begann verlegen meine Stirn zu wischen. Dabei ärgerte ich mich, daß die Dame, die einer solchen sonderbaren Erscheinung gewürdigt war, sich weit weniger erregt zeigte, als diese Erscheinung sich selbst fühlte. Sie setzte das Gespräch mit der teilnahmslosen Glätte und Geschicklichkeit einer konversierenden Großherzogin oder Milliardärin fort:

»Finden Sie unser California verändert, Seigneur?«

»Einigermaßen wohl«, hauchte ich, »aber ich will nicht zu schnell urteilen.«

Während dieser kleinen und so unbedeutenden Szene erkannte ich mit all meinen Nerven, daß dieser Leute tiefstes Bestreben dahin ging, jeder Peinlichkeit, jedem Konflikt, jeder Anstrengung, jeder Auseinandersetzung, jeder Entscheidung, jeder ernsten Mühsal aus dem Wege zu gehn. Diese Menschheit hier hatte im Gegensatz zu der unsrigen von damals im Laufe unzähliger Generationen eine Ordnung geschaffen, eine Art und Weise des Lebens, in der alle Widerstände gegen das Schöne, Gefällige, Angenehme, Schmeichelnde gebrochen zu sein schienen. Die Öde draußen und oben, jenseits ihres Hauses, ihres traulichen Lichtes, fühlten sie nicht. Sie wußten nichts mehr von grünen Bäumen und grünem Gras. Ihr Gras war eisengrau. Dabei konnte ich noch gar nicht wissen, wie sehr sie um ihre holde Konvention des Angenehmen und Bequemen bangten, die sie nicht billig, sondern durch schwere Resignationen erkauft hatten, wie es das Rezept jeder Kultur fordert.

Hilfesuchend sah ich mich nach B. H. um.

Eine Flügeltür öffnete sich.

Fünftes Kapitel

Worin ich an einem Festmahl teilnehme, von einem Hund angesprochen werde und mich ahnungslos einem heiklen Thema nähere.

Wir gingen durch die Flügeltür in ein von etwas klarerem Lichte erfülltes Nebengemach, nicht anders, als in der Vorzeit eine Gesellschaft es tat, wenn sie zu Tisch gerufen wurde. Erstaunlicherweise war das Zimmer mit dem großen Familientisch nicht das Eßzimmer, sondern dieses hier, das weder Tisch noch irgendeine Sitzgelegenheit besaß. In der Mitte des Raumes erhob sich, von einem runden und niedrigen Gitter umgeben, aus einer flachen Vertiefung eine rötlich schimmernde Skulptur. Es war ein abstraktes Kunstwerk, das kein erkennbares Lebensbild darstellte. Am ehesten glich es einem süß elegisch geneigten Doppelkristall, wobei der größere Kristall den kleineren überragte wie die Mutter das Kind auf ihrem Schoß. Je mehr ich hinsah, um so unzweifelhafter wurde auch das abstrakte Kunstwerk zur Madonna mit dem Bambino, ein Vorwurf somit, für den hunderttausend Jahre waren wie ein Tag. Je mehr ich übrigens mich in die Skulptur vertiefte, um so klarer, ebenbildlicher, formenschöner schien sie zu werden. Sie besaß demnach die Eigenschaft, den Eindruck, den sie im Betrachter hervorrief, während der Betrachtung zu verwandeln, zu klären, zu intensivieren. Ich beschloß aber sofort, diesem Werke keine zu genaue Beachtung zu schenken und mich durchaus nicht in ein Gespräch über Kunst einzulassen. Denn erstens war es zu früh dazu im Zuge meiner Forschungsreise. Zweitens hatte ich vielzuviel unmittelbares Leben vor mir, um mich dem mittelbaren und abgespiegelten Leben hinzugeben. Und drittens war ich hochmütig genug zu glauben, daß ich auf dem Gebiete der Kunst nicht viel Neues erfahren werde. Auch hatte ich ja keine andere Erinnerungstafel als mein schwaches Gedächtnis, in das ich nicht allzuviele Einzelheiten eingriffeln wollte. Ich war willens, meine ganze Aufmerksamkeit den Menschen hier zu weihen und nur den Menschen. Beim Eintritt in das neue Gemach mit seinem klareren und bestimmteren Licht hatte man den zartgestalteten, nackten Persönlichkeiten weiche und mattfarbige Schleierstoffe gereicht, die sie, beinahe nach Art gewisser griechischer und römischer Plastiken, schönfaltig um ihre Körper warfen.

B. H. hatte sich jetzt dicht an meine Seite gespielt. Er flüsterte mir in eilig scharfem Kommentar zu, daß es keine größere Ehre für einen Gast gebe, als zu einem Festmahl geladen zu werden. Das Essen, soweit es nur Genuß und Ernährung sei, gelte als eine völlig private Tätigkeit. Im allgemeinen speise man so wenig in Gesellschaft, wie man das Gegenteil in Gesellschaft tue. Selten mehr als zwölfmal im Jahre werde ein gemeinsames Gastmahl zugerichtet, das aber stets auf eine sakrale Ursache oder einen zeremoniösen Zweck zurückzuführen sei: Feiertag oder Taufe, Trauungszeit oder Abscheiden (mir fiel hier zum erstenmal auf, daß B. H. statt des einfachen Wortes »Tod« den geschraubten Euphemismus »Abscheiden« verwendete). Die Einrichtung des religiösen Opfermahls, dachte ich, hat sich, wie es scheint, nicht nur erhalten, sondern ist lebendiger als zu meiner Zeit, zur Zeit vor meinem Tode, und ich dachte das Wort »Tod« wörtlich wie zum Trotz.

B. H. warf mir unruhige Blicke zu aus seinen weichen, dunklen Augen, mir so vertraut aus unsern einstigen Schultagen. Ich verstand, daß er hier keine leichte Rolle spielte. Er selbst war ein Außenseiter, wozu er, seit ich ihn kannte, geboren schien durch seine feine und empfindliche Geistesart. Schon sein Aussehen und sein Anzug, Felduniform mit Wickelgamaschen, bewies, daß er nicht hierher gehörte, in die soeben verfließenden Zeitläufte. Andererseits aber war er das Medium, der Vermittler zwischen diesen soeben verfließenden Zeitläuften und unsern äußerst entlegenen und schon vor meinem Tode verflossenen. Er hatte den holden Leuten hier das gewiß nicht häufige Vergnügen bereitet, einen abgeschiedenen Geist der fernsten Vergangenheit in voller und durchaus nicht nur ektoplastischer Erscheinung mit Frack und Orden bei sich empfangen zu können. Als Agent, der zwei Gegenparte zugleich vertreten mußte, fühlte er sich für beide verantwortlich, man wird das verstehen. Er wurde nervös, wenn ich den Mund auftat oder ein Schrittchen machte, immer einer neuen Entgleisung meinerseits gewärtig. Ich konnte ihm seine Ängstlichkeit nicht verargen, denn vielleicht hing von dem Erfolge des Unternehmens nicht wenig für ihn ab. Erweckte meine Erscheinung Befriedigung, Beifall, Sympathie oder gar gemütliches Wohlbehagen, flößte ich meinen Gastfreunden das muntere Gefühl ein, wie weit sie die alte urständige Welt, aus der ihr Besuch hereingeschneit kam, überflügelt hatten in dieser modernen Gegenwart, dann verbesserte sich die Stellung des Außenständers aufs vorteilhafteste. Vermutlich durfte er nach einer erfolgreichen Abwicklung dieser Visite einer wärmeren Form der Aufnahme und schließlich der vollen Einbürgerung hoffend sein. Ich bemerkte, und dies nicht ganz ohne Mißbilligung, daß der tibetanisch geschulte Wiedergeborene dem Kreise, in dem wir uns befanden, einen Schatten zu viel Demut und Verehrung erwies, wodurch er dessen Überlegenheit zu ungunsten unseres einstigen gemeinsamen Zeitalters allzu geflissentlich betonte. Dies aber war nur die eine Seite seines nervösen Eifers, denn nicht minder brannte er darauf, mich, den alten Jugendgefährten, den Zech- und Diskussionskumpan verrauschter Nächte bis in den Morgen hinein, von der Höherwertigkeit einer Welt zu überzeugen, in die er mich unversehens aus der Todesnacht gelockt, zitiert und eingeführt hatte. Das war mir nicht neu an ihm. Wie oft hatten in den Gesprächen unserer Tage seine Augen mich gebeten, *seinen* Göttern zu dienen, das heißt eine Lehre, ein Buch, ein Bild, einen Autor, eine Musik, für die er schwärmte, selbst für einen Gipfel zu halten und zu erklären. So wurde der arme B. H. im Dienste der Sache zwischen Anfang und Ende, zwischen den Polen eines ganzen Jahrhunderttausends hin und her gerissen.

Io-Rasa, die Mutter der Braut, hatte nun mit einer anmutigen, ja preziösen Geste die Versammelten zum Mahle eingeladen. Ich kann nicht sagen, auf welche Weise mir die Namen der Persönlichkeiten hier bekannt wurden. Die Übergänge meiner Erlebnisse verwischten sich manchmal. Ich tat, was alle andern taten. Wir stellten uns im Kreise um das Bildwerk auf. Die Festesmahlzeiten wurden stehend eingenommen. Auch hierin dürfte ein gedankenvoller Geschichtsforscher nur eine logische Entwickelung erkennen. Die antiken Völker, einschließlich noch der Griechen und Römer, hatten, auf Diwans ausgestreckt, ihren übermäßigen Tafelfreuden gehuldigt. Wir zu unserer Zeit, nicht viel mehr als sechs- oder siebenzehnhundert Jahre nachher, pflegten auf Stühlen, am besten mit bequemen Lehnen, ein rundes Stündchen zu sitzen, wenn ein Diner serviert wurde. Diese hier standen. Da sie jedoch einen zarten, wenn auch lieblichen Körperbau besaßen, wären sie bei einem unserer normalen gesellschaftlichen Mähler glatt zusammengebrochen, ehe noch das runde Stündchen um war. Es mußte daher alles flink und flott gehen, um die verfeinerten Glieder der jüngsten Menschheit, die zugleich die zuhöchst gealterte war, nicht zu überlasten. Die antike Todsünde der Völlerei hatte ja schon in meinen Tagen der salatessenden Magerkeitsfanatiker auszusterben begonnen. Zuerst liegen beim Essen, dann sitzen, und endlich stehen, das nenne ich eine Klimax der Aufrichtung.

Wir umgaben also in einem Kreis das abstrakte Kunstwerk, das die Aufgabe zu haben schien, die Augen und die Seelen zu erfreuen, während der Körper die Speisen genoß. (Man wird aber sogleich sehen, wie veraltet ich dachte, wenn ich meinte, daß nur der Körper die Speisen genoß und im Gegensatz dazu Augen und Seele eine ästhetische Korrektur brauchten.) Es wurde eine Tischordnung innegehalten, ohne daß es einen Tisch gab. Die übliche Tischordnung übrigens. Der Ehrenplatz zur rechten Hand der Hausfrau und Brautmutter Io-Rasa wurde mir, dem exotischen Gaste, zugewiesen. Zu meiner rechten Hand stand eine Dame in unverwüstlicher Jugendschöne, welche man »die Ahnfrau« nannte und mit ausgesprochener Ehrfurcht allseits behandelte. Es war die Ururgroßmutter des Hausherrn und Brautvaters Io-Fagòr, nun bald an der Grenze des

Lebens angelangt. – Die lange Lebensdauer brachte es mit sich, daß oft fünf und sechs Generationen nebeneinander blühten und gediehen. Der Bibelkenner, der die Geschlechtsregister bis zur Sintflut im Gedächtnis hat, wird sich darob nicht verwundern oder gar Ärgernis nehmen. Die geringere Menschenzahl und das längere Leben standen auch jetzt und hier in einem schlüssigen Verhältnis, das am Alten Testament jederzeit nachgeprüft werden kann. – Älter als die Ahnfrau rechter Hand war rund um diese nicht vorhandene Tafel vielleicht nur noch der Wortführer, der lebhafteste und quickest beredte Mann. Ja, diese Junggesellen, die recht eigentlich ein parasitäres Dasein führten, verdienten sich ihren Unterschlupf durch Witz, Vielwissen, Erzählerlust, Unterhaltsamkeit und kavaliersmäßig umständliche Galanterie, wodurch sie jeden Historiker teils an die Sykophanten Athens, teils an die Abbés des ein wenig späteren achtzehnten Jahrhunderts gemahnen sollten, die ja allesamt auch nur Outsider und Mitesser der Gesellschaft gewesen sind. Ich, weiß Gott, war leider kein Historiker noch sonst ein gelehrter Kopf und bedauerte die vielen hundert Schulstunden, die ich, fauler als B. H., geschwänzt hatte, um, von Lebensneugier besessen, durch die alten Straßen unsrer Heimatstadt zu flanieren und in kleinen Wirtshäusern Bier zu trinken und Billard zu spielen. Wie viel Fragen brannten mir nun auf der Zunge, die ich B. H. hätte zuflüstern mögen. Dieser stand aber am andern Ende des Kreisdurchmessers und wurde mir durch das abstrakte Kunstwerk verdeckt. Ich empfand es mehr als rücksichtslos, daß man einen zitierten Geist des Altertums zwischen zwei Tischdamen der Gegenwart placiert hatte, anstatt ihm seinen Mentor oder Vergil hilfreich zur Seite zu stellen.

Nach und nach hatte ich mich mit dem Phänomen der Lebensdauer abgefunden. Aber wie sollte ich mir erklären, daß diese Körper überhaupt nicht alterten und sich veränderten, nicht einmal an der Grenze des äußersten Greisentums? Die Ahnfrau neben mir hatte dieselben kleinen, festen Brüste wie irgendein junges Mädchen. War da eine unbekannte Begnadung der Natur im Spiel, unausdenkbar für frühere Zeitläufte, eine willensstarke

Diät, von jung auf geübt, oder nur eine ganz und gar durchtriebene Kosmetik? Ich muß gestehen, diese Alterslosigkeit erfreute mich durchaus nicht, sie erschreckte mich, sie bedrückte mich, sie war mir unheimlich wie ein verborgener Frevel, wie der Ausfluß einer ungeheuerlichen, höchstgezüchteten Sündhaftigkeit, die mit zielbewußt härtestem Egoismus das wahre, dichtgefügte Leben für ein endloses Scheinleben preisgab. Die Ahnfrau duftete wundervoll nach einem ganz leisen Wohlgeruch ihres Fleisches. Dennoch vermied ich es, sie anzusehen. Ich drehte und wendete mich hilfesuchend, um B. H.'s Gesicht ins Blickfeld zu bekommen.

Es gelang mir nicht, denn Io-Rasa, die Hausfrau, reichte mir einen Becher aus dickem Kristall. Das Mahl hatte begonnen. Es bestand aus sechs Gängen, von denen jeder in andersfarbigem und andersgeformtem Kristall gereicht wurde, dessen Hohlraum nicht viel größer war als der eines Eierbechers. Man merkt somit bereits, daß die Speisenfolge aus einer Reihe von Getränken bestand, aus drei sehr heißen und drei eiskalten. Die heißen hellrosa, ziegelfarben und bouillonbraun, die eiskalten pistaziengrün, safrangelb und cremeweiß. Dieses flüssige Menü half mir über eine verlegene Angst hinweg, die mich die ganze Zeit bedrängt hatte, daß ich nämlich mit unbekanntem Bestecke werde hantieren müssen. Dennoch sah ich den Leuten getreu auf den Mund. Sie nippten mit prüfenden, winzigen Schlücklein vom Becherrand, sehr nachdenklich, sehr träumerisch und schweigsam. So schlückerte ich denn auf dieselbe Weise das Gebotene.

Mit einiger Phantasie hätte ich schon vor dem Mahle folgern müssen, daß die feste Nahrung dem Menschengeschlechte längst abhandengekommen sei. Die bloße Vorstellung, sich vom toten Fleische zu nähren, hätte in meinen Gastfreunden wahrscheinlich ein krasseres Grauen erweckt als in mir die Vorstellung, ein Menschensteak mit Zuhilfenahme von Worcestersauce verschlingen zu müssen. Ihr Grauen aber schien sich nicht nur auf Fleisch zu beschränken, sondern ebenso auf Pflanzennahrung zu erstrecken, auf den Genuß jeder kreatürlichen, jeder geschaffenen Form und darüber hinaus sogar auf das Verzehren künstlich hergestellter Formen, als da sind Kuchen, Backwerk, Torten und so weiter. Wie weit bei dieser radikalen Entwicklung der Ernährungsgeschichte die Notwendigkeit mitwirkte, die Zähne zu schonen, konnte ich nicht erforschen. Ich wußte jedoch, daß nächst den Haaren der Abnutzungskoeffizient einer hochgereiften Natur am meisten die Zähne gefährdete. Immerhin, die Zähne, die ich sah, blitzten vor Schmelz und waren gewiß nicht künstlich. Man genoß somit nichts anderes als drei salzig-suppige, zwei fruchthaft-klare Gänge und zum Abschluß einen milchig-dicklichen Trank, dies alles in den denkbar kleinsten Portionen. Nicht sofort verstand ich, warum diese Portionen so klein sein mußten. Ich gestehe, es war für mich anfangs überhaupt ein ziemlich unverständliches Essen, nein, Trinken, nein, Nippen oder Naschen.

Ich habe vorhin das altmodische und affektierte Wörtchen »schlückern« gebraucht, wahrscheinlich, um damit mein Mißtrauen auszudrücken, daß die dargereichten Säftchen, die man beinahe nur tropfenweise schluckte, ihren Mann ernähren könnten, und sei er auch nur ein staatlicher Revenant wie ich. Bald jedoch sollte ich eines besseren belehrt werden. – Alles Essen, das wir zu uns nehmen, hat eine zweifache Bedeutung. Es führt erstens unserm Geschmackssinn ein Erlebnis zu, und es befriedigt zweitens das Verlangen des Körpers nach Kalorien. Das Geschmackserlebnis hat es nur mit der *Substanz* einer Speise zu tun, die Befriedigung des Verlangens nur mit der *Materie* derselben Speise. Es besteht ein unzweifelhafter philosophischer Unterschied zwischen Substanz und Materie, denn die Materie ist nichts als Materie, die Substanz aber ist gestaltete Materie, Materie zur Potenz einer Wesensidee erhoben. Um ein Beispiel anzuführen: das Wasser ist Materie, das Meer ist Substanz. Einst, – ich spreche von der Zeit vor meinem längst verschollenen Tode – einst übertraf die bei uns bei Tisch servierte Materie bei weitem die Substanz, das heißt, man mußte eine ganze Menge Fleisch essen, um das Geschmackserlebnis eines gebratenen Rehrückens durchgenießen zu können. Dieses Verhältnis hatte sich in der abgelaufenen Zeit aufs wundersamste umgekehrt. Es wurde uns hier ein Maximum von Substanz in einem Minimum von Materie serviert. Und weil bereits vom Meere die Rede ging, so muß ich es verkünden, daß der zweite Gang, jenes ziegelrote Süppchen im dicken Kristall, das Meer an sich war. Wohl richtig, auch zu meiner Zeit hatte ich vom Meere, von der Wesensidee des Meeres so manchen Bissen und Schluck verkostet. Was sind schließlich ein Dutzend Whitestable Austern, mit dem richtigen Chablis dazu, anderes als die Substanz »Meer«? Enger noch, die Wesensidee »Nordsee«? Und das Scherenfleisch eines Helgoländer Hummers mit seiner impertinent äquivoken Süßigkeit, die sich erst im Nachgeschmack ganz preisgibt? Und die billigen Portuguèses, Oursins, Violettes, die man an den Straßenecken aller südfranzösischen Häfen den ganzen lieben Tag lang feilbietet? Sind sie mit ihrem Algen- und Tangduft nicht das personifizierte Mittelmeer, diese ordinären Portuguèses? Und eine Bisque d'Hommard bei Prunier in Paris? Und eine Bouillabaisse in einem Fischerdorf zwischen Marseille und Toulon? Und eine Grancevola, eine Meerspinne, in einer venezianischen Taverne, mit ein wenig Essig und Öl und Pfeffer verabfolgt? Sie ist nicht nur Meer und Mittelmeer, sie ist eine noch näher bestimmte Substanz, die Adria. – Und doch, in den wenigen Tropfen des ziegelroten Saftes genoß ich das alles zusammen und auf einmal, und zwar auf eine schwerelose und gar nicht beschreibbare Art. Jeder der sechs Gänge entfaltete sich so zu einer geistigen Einverleibung, zu einer erkennenden Einversinnlichung bedeutsamer Substanzen kraft des Geschmackes. Man nahm ein Schlückchen zu sich, zwei, drei Tropfen. Diese Tropfen vergingen auf der Zunge und verbreiteten ihre Wärme oder Kälte, je nachdem, durch den ganzen Organismus wohlig bis in die Finger- und in die Zehenspitzen. Jetzt wurde es mir auch klar, warum man beim Essen stand, nämlich, um dem Lustbehagen leichtere Möglichkeit zu geben, sich den feinsten und fernsten Nervenenden mitzuteilen. Zugleich aber mit der physischen Lust durchdrangen die angenehmsten Vorstellungs- und Bilderreihen den Geist, so daß ich wie alle andern Teilnehmer allgemach jedem einzelnen Tropfen dieses wahrhaft mentalen Mahls nachhing, nachsann, nachträumte. Zu meiner Zeit hatten allein die Hochmusikalischen mit ähnlicher Einversinnlichung etwa einer Orchesteraufführung von Debussys »La Mer« beigewohnt, mit welcher derzeit ein Diner eingenommen wurde.

In den Pausen des Essens, so wollte es wahrscheinlich die Sitte, hielten der Wortführer, der Hausweise und der Beständige Gast längliche Reden, die ohne Zweifel an mich gerichtet waren, da ich öfters das Wort »Seigneur« ausnehmen konnte. Ich begriff so gut wie nichts davon. Mein sonderbares geistiges Vermögen, die Sprache dieses Zeitalters schon auf den ersten Anhieb verstehn oder gar sprechen zu können, verebbte natürlich von Zeit zu Zeit, und dann wirrte ich in meinen Antworten Deutsch, Französisch, Englisch und Italienisch durcheinander, und der Schweiß trat mir wiederum auf die Stirn. In solchen Augenblicken begann B. H. sich meiner zu schämen und lugte zeichengebend und einsagend hinter dem abstrakten Kunstwerk hervor. Die andern aber verstanden mich immer oder taten wenigstens so, was ihrer Furcht vor dem Ungemäßen und Unangenehmen zuzuschreiben ist. Freilich hatte dieses Verständnis seine Grenzen, wie es sich bald herausstellen wird.

In einer Pause nach dem dritten Gang wandte ich mich, nur um verlegene Konversation zu machen, an Io-Rasa, die schöne Brautmutter zu meiner linken Hand:

»Man speist in diesem Hause ausgezeichnet. Offen gesagt, ich habe in meinem Leben noch nie so gut gespeist. Freilich, es ist meine erste Mahlzeit in meiner jetzigen, so überraschenden Anwesenheit, denn von dem vorigen Leben will ich ja gar nicht reden. Sie führen eine vortreffliche Küche, Madame.«

B.H.'s Kopf fuhr verzweifelt hinter seiner Deckung hervor. Ich hatte wieder eine unverzeihliche Gaffe begangen. Wie konnte man in dieser ästhetischsten aller Welten vom Essen reden, als lungre man in einem nach aufgewärmtem Gulasch stinkenden Bierbeisl? Ich erschrak. Doch die Dame ließ mich nichts fühlen. Sie lächelte bezaubernd mit ihren wunderschönen, vom Lichte ein wenig verwischten Zügen und entledigte sich aufs liebenswürdigste ihrer Pflicht, einen Gründling wie mich mit zarter Unauffälligkeit zu belehren: »Wir führen keine eigene Küche, Seigneur. Die Rezepte, die sich seit Jahrhunderten im Besitze unserer Familie befinden und die auf keine andere Familie ohne den Stempel des Notars übertragbar sind, werden auf zentralem Wege hergestellt.«

Aha, da hätten wir ihn wieder, den zentralen Weg, dachte ich, und erhob meine Stimme, zu fragen:

»Ist es etwa der Arbeiter, Madame, der sich zugleich auch als Traiteur betätigt?«

»Sie wissen schon vom Arbeiter, Seigneur?« fragte Io-Rasa ziemlich erstaunt. »Sie sind recht wohl informiert.«

»Nicht hinreichend, Madame, bei weitem nicht hinreichend«, erwiderte ich. »Aber ich ahne etwas sehr Großes an diesem Arbeiter, und ich weiß, daß er als einziger den Vollbart trägt.«

»Das ist nicht alles«, meinte sie, »und es ist auch nicht genau so. Den Vollbart tragen auch noch einige andre Personen.«

Alle Gespräche in der Runde verstummten. Ich hätte auch ohne B. H.'s Blicke genau gefühlt, daß es nicht zum guten Ton gehörte, an eine Dame mehrere Fragen nacheinander zu richten. Aber mein Forscherdrang und das Interesse, das der Begriff des »Arbeiters« in mir erweckte, ließ sich nicht bemeistern:

»Ist der Arbeiter nur ein Mann, oder ist er auch ein Gegenstand?« fragte ich und schämte mich dieses Satzes, der mich an irgendein archaisches Gesellschaftsspiel gemahnte.

Ehe aber Io-Rasa, die Brautmutter, meine ungehörige Frage noch beantworten konnte, wurden wir durch ein kleines Ereignis unterbrochen, welches die Aufmerksamkeit der Gesellschaft auf sich zog. Ein Hund sprang ins Zimmer. Wahrhaftig, es war ein Hund, ein Hund mit vier Pfoten, rotbraunem Fell, großen haarigen Ohrlappen und einer länglichen Schnauze. Schmal, mittelgroß und überaus lebhaft, wie er war, konnte ich seine Rasse nicht bestimmen. Er schien aber konzentrierter ein Inbegriff der Hundheit zu sein als die Hunde zu meiner Zeit, die vielfach übertriebene Züchtungsprodukte gewesen sind. Ich sage und schreibe: Hund. Was aber war aus dem Hund seit tausend Jahrhunderten in immer engerem Umgang mit Menschen und menschlicher Pflege geworden? Leibesform, Fell, Schnauze, Ohrlappen, Pfoten, all dies war vollauf hündisch geblieben. Durch die traurige und tiergefesselte Grundierung dieses Hündischen aber äugte, ächzte, schnupperte, schmeichelte die Menschenhaftigkeit hervor, genauer, die Angemenschtheit, in jedem Zu- und Wegspringen, im Zögern oder in der Entschließung der Bewegungen und vor allem im aufmerksamen Blick, im abschätzenden Blick, im habgierig berechnenden Blick. Ich traute meinen Augen nicht. Doch noch viel weniger traute ich meinen Ohren, als der Hund zu reden begann. Es war ein Bellen, aber ein hundertfach moduliertes als das mir bekannte Hundegebell, aus dem sich ein beschränkter, jedoch zum Ausdruck des Hundegeistes hinreichender Wortschatz ganz natürlich zu entwickeln begann.

»Der Hund spricht ja«, kam's mir über die Lippen.

Alle sahen mich erstaunt an. Bisher hatte ich mich trotz steifer Hemdbrust und weißer Binde dem Abenteuer gewachsen gezeigt. Jetzt schienen meine feingesichtigen Gastfreunde zu denken: Was will er eigentlich? Der Hund spricht ja? Die Hunde sprechen seit jeher. Sollten sie einmal nicht gesprochen haben? O, du Idiot, sagte ich zu mir selbst, natürlich haben die Hunde immer gesprochen. Daß sie sich jetzt auch gewählt ausdrücken können, das liegt im Gesetze der Entwicklung und ist nichts Erstaunliches. Wann werde ich endlich genügend ruhige Nerven haben, um mir keine Blößen mehr zu geben?

Inzwischen sprang das Tier abwechselnd am Brautvater Io-Fagòr und an der Brautmutter Io-Rasa empor; im übersprudelnden Hundegestammel seiner Herrschaft den Hof machend und, wie mir sofort auffiel, mit der durchtriebenen und käuflichen Naivität eines Kinderfilmstars etwa die Worte durcheinanderplärrend. Es war komisch, dieses seelisch verderbte Tier bediente sich eines affektierten Argots. Es bellte gewissermaßen in einem langgezogenen, neckischen Tonfall:

»'n Tag, Mamachen, 'n Tag Papachen, da seid ihr ja. Wo wart

ihr denn? Gibt's nichts für mich? Heut ist doch erstes Hochzeitsfestmahl, da muß es was für mich geben. Vom Grünen bitte, vom Pistaziengrünen. Io-La hat mich heraufgeschickt. Wer ist denn alles da? Darf ich den Gummiball am Springbrunnen jagen? Bitte, bitte! Was ist das für ein Leben? Ihr wißt doch, Sur braucht seinen Auslauf. Haha, Hmhm!«

Plötzlich witterte der Hund, daß es hier nicht mit ganz rechten Dingen zugehe. Er unterbrach sein kindlich tuendes Geplapper und prätentiöses Gekläff. (Zweiundfünfzig Jahre, wie man mir verriet, hatte er schon auf dem Buckel.) Er begann am ganzen Körper zu zittern, legte die Ohren zurück, klemmte den Schwanz zwischen die Hinterbeine und stieß, mich entsetzt anstarrend, ein langes, singendes Gewinsel hervor. Na endlich, dachte ich, bemerkst du etwas. Deine redlichen Vorfahren waren schlechtere Schauspieler und Deklamatoren als du. Aber ihr ungebrochener Instinkt hätte ein Gespenst sofort entdeckt, im Umkreis einer Meile mindestens, gleichgültig ob es im steifen Hemd erschienen wäre oder im Negligé seines Kirchhoflakens.

Dem Hundegebell entrang es sich winselnd:

»Mamachen, Papachen, was ist das, was habt Ihr mir da wieder angetan? Den da soll es doch gar nicht geben! Den gibt es ja auch gar nicht. Der gehört nicht her zu uns. Laßt mich fort...«

Trotz dieser artikulierten Worte schlug die echte Tierangst jetzt über seiner durchtriebenen Angemenschtheit zusammen. Ich aber, bestürzt über meine Situation und angeekelt sowohl von der Kalfakterei als von der Feigheit des Hundes, brummte in mich hinein:

»Vor mir muß sich niemand fürchten, du, außerdem bin ich ja nicht wirklich tot. Ich atme, ich esse, wie du siehst, lieber Hund.«

Der Hausherr, Io-Fagòr, noch verlegener als ich, setzte dem Zwischenfall ein rasches Ende:

»Hinaus mit dir, Sur! Winsle unsern Gast nicht an! In den Garten, du Dummkopf, und sei pünktlich zurück...«

Ohne Abschied entwich Sur. So menschlich er sich auch gab, er hieß nur Sur. Das Präpositiv Io, das Ich bedeutet und mithin

Unsterblichkeit, wurde ihm trotz allen Fortschritts und aller Verhätschelung doch nicht zugebilligt.

»Entschuldigen Sie, bitte, Surs Taktlosigkeit«, wandte sich Io-Fagòr zu mir, »es gibt eben doch Grenzen der Hundeerziehung, selbst bei geistig und moralisch befähigteren Exemplaren. Aber gewisse Demokraten wollen es nicht wahrhaben. Sie sind verbittert, daß zwischen Menschen- und Hunderechten Unterschiede bestehn. Ich erinnere nur an die berühmte Publikation: ›Der Unfall, als Hund geboren zu werden, und die Verpflichtung des Menschengeschlechts zur Ersatzleistung an die betroffene Kreatur‹.«

»Das geht entschieden zu weit«, gelang es mir noch zu sagen. Darauf aber stieß mir ein gesellschaftlicher Unfall zu, der mich und infolgedessen auch B. H. in die schmählichste Lage brachte: Ich wollte klipp und klar vor dem Hausherrn bekennen, was in Bezug auf Sur meine bestimmte Empfindung und feste Ansicht war: »Ihr Hund, mein Herr, ist ein sehr schlechter Charakter.« Plötzlich aber war ich der Sprache dieses Zeitalters, in dem ich so unerwartet mich auf Besuch befand, ganz und gar nicht mehr mächtig. Während ich noch knapp vorher mit den wunderschönen Herren und Damen reifen Alters hier aufs unbewußteste in ihrem Idiom parliert hatte, als sei es meine eigene Muttersprache, brachte ich plötzlich keine Silbe dieses Idiom mehr über die Lippen und verstand auch keine Silbe mehr. Es war ein grauenhaftes Impotenzgefühl, an das ich mich noch jetzt erinnern kann. Das Herz schlug mir bis zum Hals, und ich glaubte zu ersticken.

»Votre chien«, stammelte ich zuerst französisch, »a un très mauvais charactère.«

Der Mann sah mich verdutzt und verständnislos an. Niemand antwortete. Da versuchte ich's auf italienisch:

»Il Suo cane a un molto brutto carattere.«

Die Betretenheit rings wuchs. Ich murmelte mechanisch den Satz in ein paar andern Sprachen, in denen ich mich dank meines langen Exils ein wenig ausdrücken konnte. Es hat gewiß geklungen wie in der Berlitz-School: »This dog has a very bad character« – »Ten pies má bardzo marny charakter.«

Ich hörte, wie Io-Rasa und Io-Fagòr mit lächelnden Worten mich über die Situation hinwegzuheben versuchten. Es klang wie Aztekisch oder Zapotekisch:

»Titl bitja, topotla clan, potoltuk quel queme misesopono.«

Da hatt' ich's nun. Es war wie zuckriges Gezwitscher. Ja, wenn man so eine Sprache nur von außen sieht wie eine Hausfront, da weiß man nichts von den Bewohnern. Da gibt's auch keinen Unterschied zwischen astronomischer Fortgeschrittenheit und uranfänglicher Primitivität.

»Hilf mir doch, B. H.«, entrang es sich mir.

Das Gesicht meines Freundes, der nun beinahe drohend, in voller Figur hinter der Skulptur hervorkam, war ganz bleich. Er preßte eine Hand an die Schläfe, wie um den Kopfschmerz zu betonen, den ich, seine verkörperte Blamage, durch mein Benehmen in ihm hervorgerufen hatte.

»Haltung, F. W.«, flüsterte er scharf, »und ein bißchen Psychologie, möchte ich bitten. In der monolingualen Sprache dieses Zeitalters kann man verletzende Dinge, die man aufdringlicherweise für Wahrheiten und Aufrichtigkeiten hält, nicht öffentlich ausdrücken.«

Da war's, als ob mir jäh Ohren und Kehle wieder aufgingen und, unversehens und unbewußt der derzeitigen Sprache wieder mächtig, wandte ich mich mit einer Verbeugung an unsern Hausherrn, Io-Fagòr:

»Ihr Hund ist sehr schön und sehr klug«, sagte ich. Das ging wie geschmiert, und ich empfand nicht den geringsten Gewissensbiß bei dieser Lüge noch auch das Bedürfnis, das auszudrücken, was ich wirklich dachte. Ich hatte darüber hinaus die erleuchtete Empfindung, daß es heutzutage auch gar nicht notwendig war, auszudrücken was man dachte, da jeder es bis zu einem gewissen Grade schon wußte. Ich fügte zu meinem Lob noch folgende Frage hinzu:

»Was für einer Rasse gehört der Hund Sur an? Ich konnt's nicht genau unterscheiden ...«

Neues Erstaunen der Runde. Der Beständige Gast fragte unsicher:

»Was verstehn Sie unter ›Was für Rasse‹, Seigneur? Ist Hund nicht Hund? Es gibt ja doch nur Eine Art Hund.«

Genau an diesem Punkte der Unterhaltung begann ich, die Gesichter zu unterscheiden. Aus dem blassen Hintergrunde der allgemeinen Schönheit und Jugendlichkeit traten, zum erstenmal für mein Auge, individuelle Züge und Differenzen hervor. Der Beständige Gast zum Beispiel hatte eine lange Nase und tiefere Einbuchtungen der Wangen als die andern Persönlichkeiten. Auch verschwand seine Stirne beinahe unter dem silbernen Lockenaufbau aus opalisierender Masse. Er erinnerte mich an die Büste eines barocken Habsburgers oder Bourbonen mit Allongeperücke. Über der Betrachtung der Gesichter vergaß ich zu antworten. Daher mischte sich B. H. ins Gespräch, um keine Pause aufkommen zu lassen und mir zu helfen:

»Mein Freund F. W.«, sagte er, »hat einige Rassen und Arten von Hunden gekannt.«

Und er zwinkerte mir ermunternd zu, ich möge frisch drauflos erzählen und mich unterhaltsam über diesen harmlosen Gegenstand verbreiten, bei dem ja nicht viel passieren konnte.

Da ich mich aber durch B. H.'s Ermunterung unangenehm aufgeführt fühlte, schwieg ich, der unterscheidenden Betrachtung der Gesichter hingegeben. Darauf schwärzte sich der Hausweise ins Gespräch, ein etwas dickeres Gesicht als die andern, mit einer Spur von Doppelkinn, ein zugleich eitler wie weichlicher Mann wahrscheinlich, der vom Wortführer als eine überflüssige Nebenerscheinung des Haushaltes tyrannisiert zu werden pflegte: »In der folkloristischen Abteilung unseres Sephirodroms«, sprach er schnell, als ob er befürchte, seinen Satz nicht ungestört beenden zu können, »ja, in dieser Bibliothek beschäftigen sich mehrere Dissertationen mit einem Mythus über fünf oder sechs verschiedene Hundearten, von welchen jede einem besonderen Zweck gedient haben soll, der Tötung von Tieren die eine, der Führung von Blinden die zweite, der Bewachung kleiner Kinder die dritte, der Verfolgung von Verbrechern die vierte und der Vollbringung gewisser Zauberriten, mit Göttin Hekate zusammenhängend, die fünfte.«

Er hatte recht gehabt, für seinen Satz zu fürchten, denn der Wortführer schnitt ihm mit einer Handbewegung die Rede ab. Ich aber sagte:

»Es wäre ein Fehler, das einen Mythus zu nennen, wovon die Dissertationen im Sephirodrom handeln. Sie sehn, ich gebrauche schon keckerweise das Wort Sephirodrom, ohne ganz genau zu wissen, was es bedeutet. – Nein, das mit den Hunderassen ist durchaus kein Mythus, sondern geschichtliche Wirklichkeit.« Und ich begann aufzuzählen: »Windspiele und Bernhardiner und Chows und kleine Pekinesen und Wolfshunde und Doggen und Dobermans und Terrier...«

B. H. winkte mir ab. Nun aber verneigte sich der Wortführer gegen mich:

»Ihnen, Seigneur«, sprach er, »der einer farbenreichen, formenstrotzenden Märchenwelt entsprossen ist, muß die unsere, die moderne Welt sehr verarmt erscheinen...«

»Nicht verarmt«, entgegnete ich, ebenso höflich wie er, denn ich wußte schon, daß man sich mit jedem Wort angenehm machen sollte. »Nicht verarmt, aber vereinfacht. Geht nicht der Aufstieg des Lebens vom ich-losen Gewimmel zur einmaligen Persönlichkeit, vom tausendfach wiederholbaren Cliché zur Rarität, von der ameisigen Emsigkeit zur ruhevollen Vereinzelung? In diesem Sinne scheint Ihre Welt, meine Herrschaften, hoch über unsere emporgestiegen zu sein, mag sie auch an Buntheit und Formenfülle verloren haben unter dem grellen und ewig wolkenlosen Himmel dort oben. Ist es nicht Wesen des Schöpferischen überhaupt, daß es sich im Anfang der wahllosen Üppigkeit befleißigt, um auf dem Höhepunkt, durch auswählende Kritik gezügelt, einer vornehmen Kargheit und fast heiligen Sterilität zuzuneigen? Wir nannten das seinerzeit den Weg zum Klassischen und Monumentalen.«

B. H.'s Blicke nahmen mich an die Kandare. Ich hatte mit meiner Kulturphilosophie wahrscheinlich wieder die Grenze überschritten. Das Wort ›heilige Sterilität‹ glich einem Tintenklecks auf einem säuberlichen Glückwunschbrief.

»Mein Freund bevorzugt seit jeher allgemeine Reflexionen«,

sagte B. H. und lächelte begütigend nach allen Seiten, »das ist so seine Art.«

Der Hausherr Io-Fagòr aber senkte nachdenklich den Kopf. Mein physiognomisches Unterscheidungsvermögen hatte sich nun schon so weit entschleiert, daß ich genau empfand, dieses ist nicht nur der vornehmste, sondern auch der bedeutsamste Mann unter den Anwesenden. Es schien mir, als sei sein Gesicht blasser und männlicher als das der andern. (Die Glätte der Haut und das Fehlen der Rasur auf den Männergesichtern hatte anfangs einen störenden Eindruck bei mir hervorgerufen.) Io-Fagòr sprach mit einer tiefen Stimme, an meine Worte anknüpfend:

»Ich verstehe Seigneur sehr wohl. Er hat recht, wenn er das Erreichte lobt. Wir könnten ganz zufrieden sein mit dem Zustand unter unserm ewig grellen und ewig wolkenlosen Himmel, wenn nur die Natur sich überreden ließe, solch einem günstigen Zustand konservative Dauer zu verleihen. Aber die Natur führt immer etwas im Schilde. Und was den Menschen betrifft, unsre guten Familien sind nicht alle auf der Höhe ihrer Aufgabe. Das lässig häusliche Leben, die tatlos beschauliche Ruhe, die Freiheit von allen Zwecken und Zwängen, das heitere, absichtslose Spiel, alles was Gott uns nach so vielen Wirrsalen eines schier endlosen Altertums geschenkt hat, ohne daß wir ein schlechtes Gewissen darum haben müssen, es wird von unsern Kindern nicht mehr als Lust empfunden ...«

Und indem er sich mit einer tiefen Verbeugung an die Ahnfrau wandte, der die archaisch stilisierten Locken der Silberperücke sich über den makellos zarten Nacken ringelten, schloß er:

»Ihre Generation, Madame, war die absolute Höhe, denn sie kannte keinen Zweifel.«

Die Ahnfrau lächelte mit blitzend weißen Zähnen und hellen Augen, die freilich recht tief in den Höhlen lagen. Ich empfand jetzt beim Anblick dieses schönen Gesichtes einen leichten Schreck, ich kann nicht sagen warum. Vielleicht ahnte ich einen Zynismus ohnegleichen, den die folgenden Worte der Ahnfrau preisgaben oder auch verbargen:

»Ja, was man gehabt hat, das hat man gehabt.«

Meine Worte schienen vorhin den Hausherrn bekümmert zu haben. Es war nun an mir, meinen Fehler zu verbessern:

»So wenig ich auch noch mit meinen eigenen Augen in Ihrer Welt gesehn habe«, begann ich, »so sehr kann ich doch bereits das Ungeheure beurteilen, das Sie in der Wohleinrichtung des Lebens geleistet haben. Es ist Ihnen gelungen, die menschliche Lebensdauer rund zu verdreifachen, und viel mehr als dies, es ist Ihnen gelungen, diesem Leben den häßlichen Verfall des Alters fernzuhalten. Einem Traum, der so alt ist wie der Mensch selbst, haben Sie, dem Augenschein nach, zur Erfüllung verholfen. Der Jungbrunnen der frühesten Sagen und Märchen ist Wirklichkeit geworden. Sie alle sind ewig jung und ewig schön wie die Götter Griechenlands. Ich erwähne diese Götter eigens, weil es mich so heimisch anmutet, daß Sie in Ihre Sprache griechische Wörter mischen. Aber vielleicht wissen Sie nichts mehr von dem Ursprung dieser Wörter. Sie haben ferner das Problem gelöst, das uns zu meiner Zeit am tiefsten niederdrückte. Die Arbeit ist kein Fluch mehr, den eine Welt von Sklaven zugunsten einiger Nutznießer oder Regierer trägt. Sie haben aber mit diesem Fluch zugleich den Fluch der Technik abgeschafft, der die Sklaven und Nutznießer insgleichen um ihre Seele brachte, indem er sie mit Massenwaren, Massengenüssen, Massenkünsten, Massennichtigkeit und Massenmord überschwemmte. Es geht in Ihrer Welt alles so unfaßbar leicht zu. Ein köstliches Festmahl, aus den konzentriertesten Substanzen bestehend, gewissermaßen das Rosenöl der Nährfreude, es wird zentral hergestellt, doch auf Grund höchst persönlicher und seit Jahrhunderten patrizisch vererbter Rezepte. Sie reisen auf mentalem Wege, indem Sie das Ziel mittels eines Spielzeugs auf sich zu bewegen, was nicht die geringsten Kosten verursacht und keinen Dampf, kein Öl, keine Elektrizität oder sonstigen Kraftverbrauch in Anspruch nimmt. Sie haben den Globus unifiziert. Es gibt keine Rassen und Nationen mehr, sondern nur eine einzige Menschheit. Es gibt auch keine Sprachen mehr, sondern nur eine einzige Sprache, die Monolingua, kein künstliches Esperanto, sondern eine organische Sprache des Wohllauts, und ich muß Sie um Nachsicht wegen des barbarischen Akzentes bitten, den meine schwere Zunge aus der Vorzeit mitschleppt. Es gibt auch nicht mehr den ursprünglichen Unterschied zwischen Stadt und Land, den Unterschied zwischen der landschaftlich erhabenen Einöde, in der einst der unbelehrte Ackerbauer oder Bergbewohner sein hartes Leben fristete, und der dicht gedrängten Großstadt, der lasterhaften und infektiösen Megalopolis, wo die proletarisierten Millionen keinen Raum und keine Zeit hatten. Sie haben, die gesellschaftliche Bestimmung der Menschheit vollendend, die Erde umgeschaffen zur All-stadt, zur Panopolis – verzeihen Sie einem alten Humanisten die klassische Wortbildung – Pan und Panis, zur All-stadt und zur Brotstadt, denn jedermann bekommt das zur Ernährung Notwendige in der Form des leichtesten, des raffiniertesten, des familiärsten Genusses ins Haus geliefert, und zwar ohne eitel großmächtige Technik, ohne Röhrenleitungen und hydraulische Vorrichtungen, an die nur zu denken bereits den Appetit verdürbe. Ich gestehe, zu meiner Zeit hätte ich nicht geglaubt, daß dies alles je würde erreicht werden können...«

Das Mahl schien zu Ende zu sein. Ich hatte das süß und eiskaltcremige Tränklein zu schnell hinuntergeschlürft und fühlte einen sonderbar Ich-bekräftigenden Schwips, dem es zuzuschreiben war, daß ich ohne alle Schüchternheit so viel redete, was vermutlich meiner Erscheinung gar nicht gut anstand. Io-Fagòr – sein Kopfputz war noch immer von Gold – hielt während meiner Rede das Haupt gesenkt. Er schien nicht ganz einverstanden zu sein. Darum vielleicht wollte der Wortführer jetzt vom Gegenstande ablenken:

»Sie haben soeben, Seigneur«, sagte er, »aufs gefälligste das Lob des heutigen Tages gesungen, und die Zufriedenheit eines verständnisvollen und wohlwollenden Gastes erfreut die Wirte immer... Wir möchten die Kräfte unsres wohlwollenden und verständnisvollen Gastes nicht allzusehr in Anspruch nehmen, zumal er eine so weite Reise zurückgelegt hat, um uns einen hoffentlich langen Besuch abzustatten. Aber vielleicht könnten Sie, Seigneur, in einigen erklärenden Merkworten, in einer netten Causerie uns Kunde geben von sich und von dem, was Ihnen denkwürdig, im Gegensatz zu unserm Leben, an jenem Leben scheint, das Sie vor geraumen Epochen verlassen haben...«

»Aber das würde doch zu weit führen, Monsieur«, sagte ich erschrocken.

»Schildern Sie nichts Allgemeines in Ihrer netten, kleinen Causerie, Seigneur«, beruhigte mich der Wortführer, »sondern bleiben Sie persönlich, rein persönlich...«

Dieses Wort »persönlich, rein persönlich« klang in meinen Ohren mild hypnotisch nach. Ich fühlte recht undeutlich, wie mir ein hart gepolsterter Streckstuhl untergeschoben wurde, auf den ich mich mit gelösten Muskeln müde fallen ließ. Die Herren und Damen umgaben mich in einem nahen, angenehmen Kreis. Ich sah erstaunt und mit übersichtiger Verschwommenheit die irisierenden Kopfaufsätze von Gold und Silber, die keusch verwischte Fleischfarbe der nackten Körper unter den durchsichtigen Schleiern. Mein Blick suchte B. H. Er lächelte und schien ganz zufrieden mit mir zu sein. Da schloß ich die Augen. Sofort verschwand die Gegenwart einer fremden Zukunftswelt und machte Platz der Vergangenheit einer heimatlichen Gegenwartswelt, die gleichsam mit dem Augenblick meines Todes stehengeblieben war wie eine Uhr. Von jener, der gegenwärtigen Zukunftswelt, hatte ich vorhin mit einiger Eloquenz schmeichlerisch schwärmen können, über diese, die vergangene Gegenwartswelt, wie gewünscht nett zu causieren, gelang mir keineswegs. Gewiß enttäuschte ich den kühlen und leicht beschwingten Geist des Wortführers, der jedes Problem in Causerie einzuwickeln gewöhnt war, da ja im Plaudern sein Hausamt bestand. Es waren aber keine schlagenden Aphorismen, keine erklärenden Merkworte, die ich zustande brachte, sondern vage Umschweife, Gleichnisse und Beispiele. Ich war eben nur ein Urmensch... »Ich stelle mir jetzt vor, Messieurs-Dames«, sagte ich, ohne die Augen zu öffnen, »daß ich zwölf Jahre alt bin... Es ist Mitte Juli, das Schuljahr zu Ende, vorigen Samstag wurden die Zeugnisse verteilt, wir sind aufs Land gefahren, die Eltern mit uns Kindern... Zehn Wochen Sommerferien liegen vor mir, eine Unendlichkeit von Faulheit, Neugier, Körperlust und

Seelenglück: Schwimmen im See, Segeln, wildes Spiel mit den andern Buben, Croquett-Turnier, Wagenfahrten, Ausflüge, Bergbesteigungen, Picknicks, ungewöhnliche Mahlzeiten in kleinen Wirtshäusern, Sommerfeste, Coriandolischlachten, Feuerwerk, Illuminationen, Rasten auf weiten Almwiesen, Schlaf an Waldrändern, die nach Zyklamen duften und nach dem würzigen Koniferenboden unzähliger gestorbener Herbste. Ah, wieviele Abenteuer fühl' ich auf mich warten, Abenteuer... Es ist noch immer der fünfzehnte Juli... Meine Herrschaften, warum fällt plötzlich während einer Minute dieses unerschöpflich langen Gnadentags dem Zwölfjährigen ein, daß an demselben Fensterchen, an dem er steht und auf die ewigen, schattenwerfenden Berge starrt, es einmal nicht mehr der fünfzehnte Juli sein wird, sondern der fünfzehnte September und alle die Abenteuer des Glücks und der Pflichtlosigkeit, die jetzt vor ihm liegen, hinter ihm liegen werden, und wie ist das geschehn, im selben Augenblick ist der fünfzehnte September auch wirklich da... Verstehn Sie mich, verstehn Sie mich?«

Ich wußte nicht, ob sie mich verstanden. Keine Antwort zerriß die Nacht vor meinen geschlossenen Augen. Da versuchte ich, es an einem andern Beispiel zu erklären:

»Wir hatten in unserer Welt eine prächtige Einrichtung, Oper hieß sie. Sie werden darüber wohl nichts mehr vernommen haben... Oper... Bitte hilf mir, B. H.!«

»Sympaian«, sagte B. H. verdolmetschend.

»Sympaian«, wiederholte der Chor einiger Stimmen, durch den bekräftigenden Klang andeutend, daß ihm die Sache durchaus nicht unbekannt sei.

»Sympaian oder Oper, gleichviel«, hörte ich mich hinter schwarzen Schleiern sagen. »Ich war mehr als ein Enthusiast, ich war ein Opernfanatiker. Die Arie ›Celeste Aida‹ des Tenors ist gesungen. Jetzt wird die breite Melodie der Amneris eintreten ›Quale insolita gioia‹, dann das atemlose ›Forse l'arcano amore scoprì che m'arde in core‹, damit sich schließlich auf der schaukelnden und verschobenen Stütze eines synkopierten Hornstoßes und eines kleinen, leisen Paukenwirbels das sinnbetörende, ja schwindelerregende Terzett entwickele, das gekrönt ist von dem schmerzlich stolzen Sangesbogen des Soprans: ›Ah no, sulla mia patria non geme il cor‹. Das alles kenne ich Takt für Takt, dem allen warte ich, bange ich sehnsuchtsvoll entgegen, es noch einmal zu genießen und zu verewigen im Seelengenuß. Doch im Augenblick, wenn die Melodie sich entfalten will, erfaßt mich die Herzensangst, daß sie im Nu zu Ende sein werde und vorbei, und sie ist schon vorbei in mir, ehe ihre Begleitung im Orchester noch recht begonnen hat... Verstehn Sie mich, verstehn Sie mich?...«

Wieder Schweigen. Ich öffnete die Augen noch immer nicht:

»Meine Zeit, Messieurs-Dames, war sehr kurz, an der Ihren gemessen. Sie glich in mancher Hinsicht jenen Melodien, die wir von unsern Vorfahren überliefert bekamen, in deren Anfang das Ende und in deren Ende der Anfang beschlossen war, und die, während sie noch abliefen, schon ausgeatmet hatten, weil wir sie als süße Erinnerung in uns trugen: ›O terra addio, addio valle di pianti‹. Die Zeit brannte von beiden Enden auf die Mitte zu, und die Mitte war mein unbeschütztes und ausgesetztes Ich. Mit dreißig Jahren versetzte ich mich ins vierzigste, ich der leichtsinnigste, gewissenloseste Sündenlümmel, den ich kenne, mit vierzig ins fünfzigste, immer dachte ich zurück oder vorwärts, nie war's Gegenwart auf meiner Uhr, und als plötzlich alles um war, hatte es noch kaum begonnen und doch seit jeher gedauert. Verstehn Sie mich...?«

Ich öffnete die Augen. Die wunderschöne Ahnfrau näherte sich mir... Ich wollte aufspringen. Sie winkte mir mit ihrer Marmorhand, der man die Eiseskälte ansah, sitzen zu bleiben.

»Ich verstehe, Seigneur«, sagte sie in ihrem zynisch schwingenden Kontra-Alt, »daß Sie sich leidenschaftlich ans Leben geklammert haben in den Anfängen der Menschheit...«

Darauf ich, die persönliche Wahrheit vermeldend:

»Oft leidenschaftlich ans Leben geklammert, Madame, oft leidenschaftlich aus dem Leben fortgewünscht... Ich nehme an, daß man auch heute noch fühlt, was das Erwachen eines Liebenden am Morgen ist, wenn ihm der Verlust einer Geliebten, einer

Mutter, eines Kindes mit einem Schlage bewußt wird... Das Erwachen eines Verurteilten im Untersuchungsgefängnis... Das Erwachen im Schützengraben um vier Uhr morgens vor dem Angriff... Wir waren bedroht, immer bedroht vom Verlust und vom extremen Schicksal des Ichs oder des uns verbundenen Dus...«

Das ›extreme Schicksal‹ war ein Euphemismus. Ich war schon so weit, daß ich um keinen Preis das nackte Wort ›Tod‹ gebraucht hätte. Da sagte der Beständige Gast, der mit dem charakteristischen Barockkopf:

»Nun, das ist bei uns wirklich anders, denn wir gehn den letzten Weg freiwillig und zu Fuß.«

Jetzt stand ich auf und verbeugte mich:

»Nicht ich habe das erklärende Wort gesprochen, sondern Sie, mein Herr. Ja, in der Freiwilligkeit und in der Vorherbestimmung der eliminierenden Wendung liegt der ganze Unterschied. Unsere Nerven waren tagaus, tagein terrorisiert vom vorhergesehen Unvorhergesehenen. Jeder Atemzug unserer Zeit war bedroht. Inzwischen aber hat das Menschengeschlecht seine größte Tat vollbracht. Sie haben die wilde Zeit domestiziert, Messieurs-Dames... Sie sind weder von außen noch von innen mehr bedroht.«

»Wir sind bedroht«, sagte Io-Fagòr langsam, nachdem eine schwangere Pause vorübergegangen war. Alle sahen sich bedeutsam an. Die Elfenbeinfarbe ihrer Gesichter schien um einen Schatten bläulicher zu sein.

»Wir sind bedroht, Seigneur«, fuhr der Brautvater mit gedämpfter Stimme fort, »und zwar grausamer und schrecklicher als Sie es jemals waren.«

»Überschätzen Sie den Gegensatz der Generationen nicht«, suchte ich zu beschwichtigen, an die Worte denkend, die er vorhin über die Jugend gesprochen hatte. »In manchen Zeiten verschärft sich die natürliche Intention der Kinder gegen die Eltern. Das ist keine ernste Bedrohung, das ist eine Form der gesunden Entwicklung. Da hatten wir bei uns einen schwer lesbaren Philosophen, Hegel hieß er. Seine Theorie von der geschichtlichen

Dialektik ist aber trotz allem ein Gemeinplatz geworden. Die Thesis ruft die Antithesis hervor, das Pendel muß von einer auf die andre Seite schwingen, nur damit die Sache weitergehe.«

»Mit dem Gegensatz von Eltern und Kindern hat es gar nichts zu tun«, versetzte Io-Fagòr und schüttelte seinen goldenen Kopf.

»Sollte etwa eine Naturkatastrophe drohen?« forschte ich weiter, von ungebührlicher Wißbegier verführt. »Sie werden doch Mittel genug besitzen, sich vor Vereisungen oder Überflutungen zu schützen.«

»Diese Mittel besitzen wir wohl«, nickte der Hausweise, »aber nicht eine solche Katastrophe ist es, die uns schreckt.«

Ich suchte B. H.'s Blick. Er wich mir aus.

»Weiß er noch nicht?« fragte der Hausherr.

»Nein, er weiß noch nichts«, erwiderte B. H.

Das Mahl war zu Ende. Die Runde um das beunruhigend ausdrucksvolle, aber abstrakte Kunstwerk hatte sich aufgelöst, einem Lächeln und leichten Kopfnicken Io-Rasas, der Hausfrau, gehorchend. Die schöngesichtigen und feingestaltigen Männer und Frauen bildeten zwei streng getrennte Gruppen. Das war völlig im englischen Stil und verführte mich zu dem flüchtigen Einfall, die Welt müsse einst vor vielen Jahrzehntausenden durch die Angelsachsen unifiziert und dominiert worden sein, und davon sei diese puritanische Nachtischsitte noch in dieser fernsten Zukunft erhalten geblieben, eine prüde und fast heuchlerische Sitte übrigens, die angesichts der mangelnden oder überwundenen Leidenschaft auch ihren zwingenden Sinn verloren hatte.

Türen öffneten sich lautlos, und man sah in drei oder vier anstoßende Räumlichkeiten, deren jede von einem warmen, aber anders kolorierten Lichte erfüllt war. Die polychrome Beleuchtung schien in der gegenwärtigen Zivilisation wahrhaftig die Rolle der Haute Couture übernommen zu haben, denn während die lieblichen Figuren meiner neuen Mitmenschen mit ihrem schönschwingenden Schritt sich in den verschiedenen Salons verloren, wurden sie von der jeweiligen Lichtquelle jedesmal neu und andersfarbig kostümiert. Hier muß ich in meinen Bericht eine kleine persönliche Anmerkung einschalten. Als Astigmatiker war ich zu Lebzeiten verurteilt gewesen, stets Augengläser zu tragen. Nach meinem Hinscheiden aber schien man mir diese abgenommen zu haben, was einerseits meine Züge gehoben haben mochte, mich aber andererseits jetzt in beständige Verlegenheit brachte und mir meine Aufgabe ziemlich erschwerte, sah ich doch während meines ganzen Aufenthaltes alles recht verschwommen und vielfach nur in Umrissen. Die einfache Lehre, die man aus diesem Umstand ziehen sollte: ›Lasset euern Dahingegangenen die Brillen auf der Nase, denn man kann nie wissen...‹ Da waren die Ägypter und andre Völker aus den Anfängen der Menschheit viel vorsichtiger. Sie gaben ihren Toten eine vollkommene, gebrauchsbereite Ausstattung mit, die selbst die von wohlhabenden Bräuten übertraf. Ach, mir wäre schon mit einem alternativen Hemd, zwei Kragen, zwei Taschentüchern und vor allem meiner Brille gedient gewesen.

Ebensowenig wie von diesem Festmahl irgendwelche äußern Reste übriggeblieben waren, ebensowenig war man sich einer verdauenden Nachwirkung des Genossenen bewußt. Ich empfand weder Sättigung noch unbefriedigten Appetit, sondern nichts als eine leise und wohlige Erwärmtheit. Ja, ja, ich hatte mich nicht mit Materie vollgepampft wie in meinen guten Jahren (das hat auch seine Vorzüge gehabt), sondern mit Substanz, wenn nicht gar nur mit der Idee von Substanz, im winzigen Hohlmaß von dickem Kristall dargereicht. – Wenn es dem Leser bisher nicht selbst aufgefallen ist, so möchte ich sein Augenmerk darauf lenken, daß, wie zur Herstellung dieses Mahles, auch zu seinem Service eine Dienerschaft weder vonnöten war noch auch sich zeigte. Ich empfing das jeweilige Süppchen oder Tränklein im Becher jedesmal aus Io-Rasas Händen persönlich. Wie es dahin und wie die übrigen Becher in die Hände der andern Festgäste gerieten, das kann ich wegen oberwähnter Augenschwäche leider nicht angeben. Mit dem Auftrag einer solchen Berichterstattung sollte das nächstemal ein Verstorbener ohne jedes Gebrechen betraut werden.

Was mich an mir selbst jedoch am meisten erstaunte, war, daß ich kein Bedürfnis nach Tabak oder Alkohol empfand und meine Tasche weder nach einer Zigarettenschachtel abtastete noch auch nach einem Gläschen Cognac umherlugte. Sollten hunderttausend Jahre der Entziehung wirklich genügt haben, mir diese Laster abzugewöhnen? Doch selbst wenn diese Entwöhnungszeit zu kurz gewesen wäre, hätte mir meine mitgeschleppte Süchtigkeit auch nichts genützt. Denn die neue Mitmenschheit, der ich im Augenblick meinen Besuch abstattete, rauchte nicht noch trank sie Branntwein. Mit den überstandenen Leidenschaften schien auch der Trieb nach stimulierenden Giften verschwunden zu sein, jene Rate dionysischer Selbstzerstörung, auf die wir in unsrer Jugendzeit stolz gewesen sind bis zum albernen Wetteifer in allnächtlichen Exzessen. Wie hatte ich doch alle braven Jünglinge verachtet, die nichts vertrugen und um elf Uhr bereits zu Bette lagen, und wie jene »Sieger des Lebens« verehrt, die bis zum Morgengrauen mit hochgerötetem Gesicht und schwimmenden Augen von Taverne zu Taverne zogen; diese Verehrung des Trinkers und des Trinkens hatten freilich nicht nur wir geübt, sondern nicht minder unser halber Zeitgenosse Plato (uns nur um rund zweitausend Jährchen voraus), der seinem bekannten Geisteshelden Sokrates die Kraft verlieh, mit siebzig die Jüngsten untern Tisch zu zechen und sich trotzdem ziemlich nüchtern ins Morgenrot hinauszuschleichen. Nun, nicht Plato und wir, sondern diese hier hatten recht, das bewies ihre ewige Jugend. Hatten sie eigentlich recht?

Ich machte mich bei der ersten Gelegenheit an B. H. heran und verlangte flüsternd Aufklärung:

»Da hast du's selbst gehört«, grollte ich. »Man wundert sich darüber, daß ich die wichtigsten Dinge nicht weiß. Man kann es einfach nicht begreifen, daß du mich ohne alle Informationen läßt. Sei doch bitte nicht so zurückhaltend oder eifersüchtig...!«

Er sah sich zuerst betreten um, ehe er mich in einen der kleinsten Nebenräume lenkte, wo wir Hoffnung hatten, allein zu bleiben. Bevor wir aber dieses auffällig dunkle Salönchen erreichten, wurde ich von einigen der Herren angeredet und höflich ins Gespräch gezogen. Es war das leerste Gespräch, das sich denken läßt. So spricht man eben mit Materialisationen, und so antworten Materialisationen; dabei muß ich bekennen, daß die Gesellschaft mit vornehmstem Takte das Ungewöhnliche meiner Lage übersah und mir mit keinem Laut und Blick zu verstehen gab, daß ich keineswegs zu ihr gehörte, sondern lediglich aus der multituden Phantastik der Urwildnis in die große Vereinfachung der echten Kultur durch einen Lockruf verschlagen worden war. So kam man mir mit größter Eleganz zuvor, mich allzu minderwertig zu fühlen.

Und dann saß ich endlich mit B. H. im bernsteinfarbenen Dunkel des winzigen Salons, der eigens für Geheimgespräche unter vier Augen bestimmt zu sein schien. Ich in meinem alten Frack, er in seiner kopierten Uniform als Leutnant des Ersten Weltkrieges, bildeten eine Insel, ein fossiles Einsprengsel des zwanzigsten Jahrhunderts in einer unermeßlich weit vorausgestürmten Zeit. Das ist beinahe schon mehr als ein Vergleich, denn wir beide aus der fernsten Vergangenheit saßen wirklich wie zwei ausgestorbene Insekten im Bernstein der Gegenwart. Es herrschte um uns die tiefste Stille, da kein Mensch heutzutage den Ton zu erheben pflegte, da kein rauher Kehllaut, kein gackerndes Gelächter, kein zackiges Durcheinander von Worten sich losrang, sondern die lebhafteste Unterhaltung selbst einer zahlreichen Gesellschaft wie hinter Stimmschleiern geführt wurde. Warum im übrigen mein Freund, der Wiedergeborene, Wickelgamaschen und jene alte Militärbluse trug, vergaß ich zu eruieren, obwohl ich es mir immer wieder vornahm. Ich muß gestehen, ich fühlte eine unbeschreibliche Entspannung, ja Erschlaffung, als ich mich jetzt wieder allein fand mit meinem lieben Freunde B. H. Niemand nämlich, der es nicht erlebt hat, – und wer hat es außer mir erlebt? – kann die Anstrengung ermessen, welche der Aufenthalt in einer Zeit- und Raumfremde so hohen Grades von Leib und Seele fordert.

»Also, was ist es, was ich nicht weiß, und was du mir unterschlägst?« fragte ich und mußte ein krampfhaftes Gähnen der Erschöpfung unterdrücken.

»Der Dschungel« versetzte B. H. ebenso einsilbig wie dunkel.

»Der Dschungel...? Was verstehst du...«

»Wahrscheinlich etwas anderes als du«, unterbrach er mich, und auf seinen Zügen malte sich deutlicher Abscheu: »Ich aber verstehe darunter das säuische Getümmel... Ich verstehe darunter den betäubenden Lärm von Ringelspielen und Jahrmarktsorgeln... Und Gockelhähne und Hühner halten sie auch.«

»Warum zum Teufel sollen sie keine Gockelhähne und keine Hühner halten...?«

»Ja, das muß ich dir wohl übersetzen... Was würdest du zu deiner Zeit über einen Bauernhof gedacht haben, auf dem man Aasgeier oder mörderische Kondore als Haustiere züchtete...?«

Nach einigem Hin und Her erfuhr ich fürs erste Folgendes: Noch vor einigen Generationen und Jahrhunderten war der ganze Planet, bis auf die zum Teil eingeschrumpften Ozeane und seine toten oder unbewohnbaren Flächen, der herrschenden Gesittung unterworfen und mit jenem ergrauten, aber federnden Rasenteppich allüberall bedeckt gewesen, der mir bei Betreten des Zeitalters zuerst aufgefallen war. Seit geraumer Zeit jedoch hatte sich dieses Bild verändert. Anfangs, vornehmlich »an den Rändern« der Kultur, war etwas aufgebrochen, was mir in solchen unbestimmten und Abscheu verratenden Worten mitgeteilt wurde wie: »Dschungel« oder »säuisches Getümmel«. Vorstellen konnte ich mir darunter nicht sogleich etwas, ich verstand aber bald, daß es sich bei dieser unheimlichen Sache nicht etwa nur um eine vegetative Unregelmäßigkeit handelte, sondern ebenso um eine menschliche Abirrung. Das Vegetative freilich blieb Ursache und Anstoß des späteren Mißgeschehens. Unerklärbar für die weltliche Wissenschaft und ihres Widerstandes spottend, hatten sich an verschiedenen Stellen der Erdoberfläche Sümpfe gebildet, die sich jedoch bald in blühende Wildnisse verwandelten, in smaragdgrüne Oasen, wo es wieder bergähnliche Erhebungen gab, duftige Täler, Seen, Flüsse und Bäche und hohe Bäume. Die Augen der Zeitgenossen wurden zu ihrem eigenen Entsetzen angezogen, wenn sie am Horizonte diese blauenden und so gefährlichen Eilande gewahrten.

»Und was weiter?« wunderte ich mich, als ich es bis zu diesem Punkte erfaßt hatte. »Ihr tut ja so, als ob diese prachtvollen Unterbrechungen eurer öden Ebene Blattern und Aussatz wären.«

»Sie *sind* Blattern und Aussatz«, verwies mich B. H. »Weißt du denn nicht, daß das Allerschlimmste auf dieser Welt Rückfälligkeit ist und Verführung zur Rückfälligkeit?«

Ich erfuhr aus abgerissenen Worten und in Eile, daß dieser Inseln immer mehr würden, daß sich sogar hier in der Nähe Californias ein solcher Dschungel befinde, daß dort nicht nur eine abscheuliche Fauna und Flora entstanden, oder genauer: wiederentstanden sei, sondern, gräßlich zu sagen, ein neuer Menschenstamm, gezeugt und geboren von Entsprungenen, von Mißratenen, die der Lockung zum Rückfall nicht hatten widerstehen können. Äffische Wesen seien daraus geworden, Zwerge oder Riesen, ungleich dem edlen Mittelmaß, das die Menschheit erarbeitet hat, Wilde, ein säuisches Getümmel, das Junge wirft wie die Katze und sie auch nicht länger trägt als diese...

»Es muß doch eine Kleinigkeit für euer Gouvernement sein«, zuckte ich die Achseln, »mit diesen bedauerlich Rousseau'schen Erholungsstätten von der Kultur fertig zu werden. Besitzt ihr nicht die entsprechenden Todesstrahlen, die im Augenblick einen solchen Dschungel mit Gockelhähnen und Hühnern wegrasieren können?«

Er griff an die Kehle und starrte mich erbleichend an:

»Was sagst du? Hast du denn noch nicht gehört, daß wir nicht imstande sind zu... etwas Lebendiges zu beseitigen?«

Es war ihm im letzten Augenblick gelungen, das Wort »töten« zu vermeiden.

Hier wurden wir unterbrochen. Der Wortführer, dieser unterhaltsame und fürsorgende Abbé des Hauses, stand in der Tür des kleinen Salons mit seiner ein wenig zitternden Silberperücke und bat uns unter vielen Entschuldigungen in den Saal. Dort trat uns Io-Rasa, die schöne Brautmutter entgegen. Ich fühlte mich gestört, denn erstens wäre ich recht gern ein bißchen länger im Bernstein eingesprengt gesessen, und zweitens war nun meine Neugier und Forscherlust so weit erwacht, daß ich schnell mehr wissen wollte. Neben dem »Arbeiter« bedrängte mich der »Dschungel« am stärksten. Hoffentlich konnte ich meinen Aufenthalt hier lange genug ausdehnen, um einen Blick auf jenen Dschungel zu werfen, von außen wenigstens, wo durch Mithilfe der Natur der Mensch wieder einmal der Bürde seiner guten Manieren ledig geworden war. Da ich es nie allzusehr mit den Wohlerzogenen gehalten hatte, so mußte ich fürchten, daß der Dschungel mir nicht genug Grauen einjagen würde.

Die reizende Brautmutter durchdrang meine Geistesabwesenheit mit einem Lächeln:

»Unsre Kinder«, wisperte sie, »sehnen sich schon sehr danach, Sie zu begrüßen, Seigneur. Die Kinder sind ja schließlich die Hauptpersonen dieser Tage, und Ihr gütiges Erscheinen, für das wir nicht genug danken können, ist als Geschenk für Io-Do und Io-La gedacht.«

Die Dame deutete auf einen kleinen und sichtlich bescheidenen Mann in Silberkopfputz. Es war Io-Solip, der Vater des Bräutigams:

»Mein lieber Gegenschwieger hier«, konversierte Io-Rasa, »wird die seltene Ehre haben, Seigneur, Sie vorerst zu Io-Do, seinem Sohn, zu führen. Sie werden nicht nur einen charmanten jungen Mann kennenlernen, sondern einen Sammler und strebsamen Studenten der Historie.«

B. H. und ich folgten dem zarten und bescheidenen Herrn Io-Solip, der mir mit einer schützenden Handbewegung voranschritt, als müsse er mich davor bewahren, auf dem unbekannten Terrain dieser Zeit auszugleiten. Später erfuhr ich, daß soeben der Großbischof seinen Besuch angesagt hatte. Dieser Besuch war ein Teil der Festordnung. Da es sich um ein großes Haus handelte, sollte der Kirchenfürst am übernächsten Tag die

Trauung selbst vornehmen. Die Hausfrau hatte mich geschickt aus den Empfangsräumen entfernt. Die Kirche nämlich verwarf, heute wie damals und immer, jede Art okkultistischer Aktivität als eine Entweihung des echten mystischen Strebens und als ein unerlaubtes Forschen im Verbotenen. Da diese Aktivität aber in letzter Zeit auf dem ganzen Globus erschreckend überhandgenommen hatte und derart raffiniert ausgebildet worden war, daß sie so glänzende Resultate und Realisationen aufzuweisen hatte wie zum Beispiel *mich*, so pflegte die Kirche, wie stets in solchen Fällen, ein Auge zuzudrücken, ohne einen Fußbreit von ihrem Standpunkt abzuweichen. Immerhin aber wäre es zu viel verlangt gewesen von einem Großbischof, daß er mit einem okkulten Phänomen gesellige Artigkeiten austausche, mit einer armen Seele in steifem Hemd und weißer Binde, die anderswohin gehörte als hierher, bestenfalls ins Fegfeuer, von wo sie vermutlich auch nur einen kurzen Urlaub erhalten hatte.

Sechstes Kapitel

Worin ich vom Bräutigam empfangen, nach antikem Kämpfer- und Soldatenleben ausgefragt werde und das Denkmal des Letzten Weltkrieges zu sehn bekomme.

Als wir, von dem lieben Herrn Io-Solip, dem Bräutigamsvater fürsorglich geführt, einen hochgewölbten Korridor durchschritten, dessen angenehme Dämmerung wie vom Abschein des unsichtbaren Mondes gesprenkelt war, hörte ich deutlich den unverkennbar knöchernen Anschlag und das Auseinanderfahren von Billardkugeln.

»Was ist das, was ist das?!« fragte ich und blieb stehn.

»Was wird's schon sein«, mahnte B. H. ärgerlich und zog mich weiter.

Und wirklich und wahrhaftig, im Vorraum, der an des Bräutigams Schlafgemach grenzte, stand ein Billard auf seinen vier festen, kurzen, dickwadeligen Beinen, mit grünem Filz bezogen wie nur eh und je. Ich weiß nicht, warum es mich so herzlich bewegte, diesem Gegenstande hier zu begegnen, der schon in meiner eigenen Jugend auf mich immer den Eindruck eines altertümlichen Erbstückes aus Vorväterzeit gemacht hatte. Ach, so viele wertvolle Instrumente unsrer Kultur waren von der endlosen Zeit zwischen meinem Verschwinden und Wiederauftauchen dahingerafft worden: Ich sah zum Beispiel nirgends ein Pianoforte noch irgendein anderes Musikinstrument, auch kein mechanisches, kein Grammophon, kein Radio. Einzig und allein das Billard, von seinen Anfängen an nur in dumpfen Kneipen, verregneten Landhäusern und feuchten Sommerhotels sich langweilend, hatte ein gewaltiges, ja ein mystisches Beharrungsvermögen entwickelt. Hier stand es, und es schien mir, B. H. und ich müßten es persönlich erkennen. Ich wagte aber nichts mehr zu sagen.

Der Bräutigam Io-Do schien, als er unsre Schritte gehört

hatte, sich sofort vom Billard und aus dem Vorraum in sein Gemach zurückgezogen zu haben, denn es geziemte sich in diesen Tagen nicht für den Freier, daß er seine betrachtende und vorbereitende Muße durch banale Hantierungen oder Spiele unterbrach. Wiederum schlug uns ein anderes Licht entgegen als die verschiedenen Beleuchtungen oben in den Empfangsräumen und die wohlige Dämmerung im Korridor. (Je persönlicher und intimer ein Wohnraum war, um so tiefer lag er im Schoße der Erde, ganz im Gegensatz zur Gepflogenheit einer Zeit, welche die Schlafräume in den Oberstock zu verlegen pflegte. Je einsamer der neue Mensch mit seinem Körper bleiben wollte, um so weiter zog er sich zurück.) In meinen Tagen hatten einige Psychiater und überspitzte Künstler davon geträumt, artifizielles Licht in verschiedenen Mischungen oder Farbharmonien im Zusammenhang mit musikalischen Klängen auf die Seelen verfeinerter Liebhaber oder Kranker wirken zu lassen. Hier waren diese erkünstelten Träume zur vernünftigen Tat geworden. Aus Gründen der schon mehrfach erwähnten Sonnenfürchtigkeit lebten meine zukünftigen Zeitgenossen in ihren Häusern nur bei künstlicher Beleuchtung. Die Abkehr von der Natur war vollkommen. Sie war aber, und das muß immer wiederholt werden, zugleich auch notwendig. Durch die Einschrumpfung der Ozeane nämlich und die dadurch verursachte Verminderung der Wolkenbildung strahlte über der Erde bekanntlich ein ebenso ewiger wie öder Blauhimmel. Die ausgetrocknete Atmosphäre setzte der ultravioletten Strahlung fast keinen Widerstand entgegen. Ein ganzer Tag, im Freien zugebracht, hätte selbst die Kräfte eines bärenstarken Mannes überstiegen. Wie herrlich war deshalb das Haus im Schoße der Erde! Es war herrlicher, wichtiger, willkommener als in der Vergangenheit die vier schützenden Mauern während eines Schneesturms. Wie gut, wie herrlich, wie willkommen war auch das künstliche Licht, auf das Phantasievollste von den Menschen behandelt, da es jederzeit alle Nuancen spielen konnte, die draußen die Natur längst vergessen zu haben schien, von der windig fetzigen Fahlheit eines Märzmorgens bis zum druidischen Clair de Lune einer versilberten Juninacht, von der lilahältigen Schneeblässe eines welligen Skiterrains bis zum golddurchtropften Waldesdunkel, je nach Wunsch. Wie gut war auch die immer frisch bereitete Luft, die ich bisher zu erwähnen vergessen habe, eine Luft, entweder dünn wie auf Bergesgipfeln oder voll Jod und Salz wie über der aufgewühlten See. Es war ein Ideal von häuslichem Leben. Das Haus verschloß sich wie die tönende Muschel schützend vor dem Kosmos und zauberte doch das ganze Raunen des Kosmos in seinen engen Hohlraum. Vater Io-Solip hatte die Tür geöffnet. Wir folgten ihm ins Appartement seines Sohnes. Io-Do, der Bräutigam, lag, wie es sich gehörte, eine hölzerne Schlummerrolle unterm Kopf, auf dem viereckigen, niedrigen Ruhelager, ähnlich wie man es zu meiner Zeit als »Couch« bezeichnet hatte. Der junge Io-Do trug keine Perücke, womit ich mich gewöhnt habe den Kopfaufsatz meiner neuen Mitmenschen falsch zu bezeichnen, sondern er trug eine Art von goldenem Helm. Auch war er nicht nackt, sondern in einen dichten schwarzen Schleierstoff gehüllt; schwarz nämlich war hier, ähnlich wie bei uns, die Festesfarbe der Männer. B. H. sah mich an. Unzweifelhaft fragte sein Blick nach der Impression, die der schöne Jüngling in mir hervorrief. Da ich mich nun schon einige Stunden in dieser Welt befand, hatte sich nicht nur mein Unterscheidungsvermögen für die menschlichen Gesichter, sondern sogar mein physiognomischer Instinkt in hohem Grade geschärft. Ich hätte B. H. eine bündige Antwort in wenigen Worten geben können: »Ein verwöhnter Junge aus reichem Haus.«

Mein Gott, schon das Wort »reich« wäre ohne Sinn gewesen. Hier war jeder reich und infolgedessen keiner. Wurde irgendwo Hochzeit gehalten, wie hier bei unsern neuen Freunden, so übernahm das junge Paar am Tage nach der Hochzeit das Haus der Brauteltern. Für letztere stand seit längerer Zeit zumeist ein andres Haus bereit, denn da fünf und sechs Generationen zugleich lebten, war mittlerweile doch eines der vielen Häuser freigeworden, die dem Clan in der männlichen oder weiblichen Aszendenz angehörten. Im allgemeinen gab es stets mehr vakante Wohnhäuser als junge Paare, die nicht heiraten konnten, weil die

Brauteltern sonst obdachlos sein würden. Auch sorgten die Ortsgemeinden dafür, daß ihre Bevölkerungszahl immer schön im rechten Verhältnis stand zu den notwendig gewordenen und daher durchgeführten Neubauten. Es war dies freilich eine leichte Arithmetik, da die Menschen fast keinen Wandertrieb zeigten und nur wenig Lust, ihren Wohnort zu wechseln. Wer hätte auch fröhlich reisen wollen, wenn es genügte, ein paar farbige Kügelchen in die richtigen Löchlein eines Spielzeugs zu lenken, um von einem Ende der Welt im selben Augenblick zum andern zu geraten, zumal jenes Ende sich von diesem durch nichts unterschied: überall dieselbe Ebene, überall derselbe eisengraue Rasenteppich, überall dieselben gehöftartigen Baumversammlungen, aus deren schwarzledrigem Laub die Wachszieher- oder Zuckerbäckerblüten schimmerten, überlebensgroßen und krankhaften Magnolien gleich. Die Vielfalt des Lebens – ausgenommen selbstverständlich der noch unbekannte Dschungel und sein säuisches Getümmel – lag nicht über, sondern unter der Erde, in jenen tiefen und weiten Aushöhlungen, die Häuser hießen, ohne Häuser in unserm alten Sinne zu sein, und die doch den schönen Ausdruck des archaischen Dichters Ibsen bewährten: »Heimstätten für Menschen«. Es war darum auch eine der größten Freuden der neuen Familiengründer, diese Heimstätten nach eigenem Geschmack umzugestalten, das Unterste zu oberst zu kehren, nachdem die früheren Eigentümer zusamt ihrem junggeselligen Stab von Wortführern, Hausweisen und Beständigen Gästen die Schwelle verlassen hatten.

Habe ich nicht kraft der Osmose und Penetration schon einiges zugelernt? Ich fühlte mich von meinem Vergil nicht mehr so abhängig. Mich durchdrang von Minute zu Minute deutlicher die Überzeugung, daß ich hier dem erfüllten Traume des Kommunismus gegenüberstand, und zwar ganz und gar auf aristokratischer Grundlage. Dabei war es offensichtlich, daß dieser Traum sich nicht jüngst, sondern vermutlich schon seit undenklich vielen Menschenaltern erfüllt hatte. Freilich, meine kommunistischen Freunde von damals aus den Anfängen der Menschheit hätten sich's nur ungern dergestalt träumen lassen.

Eine Welt ohne rote Fahnen, ohne marschierende Massen, ohne schwitzende Turner, ohne heisergekrächzte Redner, ohne dickbebrillte Atheisten, Panökonomisten, Materialisten, Positivisten, Pragmatisten, Maschinen- und Wissenschaftsanbeter, eine Welt ohne wedelnde Intellektuelle, die noch dümmer sind, als sie sich stellen und, aus der echten Überzeugung ihres Neides heraus, par ordre de Mufti sich auch noch dümmer stellen, als sie sind. Hingegen eine Welt der feudalsten Vereinzelung – lebte doch jede Familie gewissermaßen in ihrer Burg –, eine Welt des Noli me tangere, eine Welt der strengen Distanz, des Edelmaßes, der Gepflegtheit, eine Welt, die zartfühlend und im Alltagston sogar mit prähistorischen Gespenstern umging, wie ich bestätigen konnte.

Und dennoch war und blieb mein Eindruck von Fiancé Io-Do: Jeunesse dorée. Der junge Mann hatte denselben feingliedrigen Körper wie alle andern Zeitgenossen, und doch schien er mir auf eine gewisse Weise aufgeblasen zu sein. Sein Mund war ein ganz klein wenig nach abwärts gebogen, und der Übergang von den Wangen zum Hals nicht scharf genug.

»Seigneur ist zu dir gekommen, Sohn«, begrüßte ihn der liebe Herr Io-Solip, sein Vater.

»Ich habe Seigneur schon lange erwartet«, erwiderte Bräutigam Io-Do.

Wenn ich mich trotz meiner etwas anzweifelbaren Existenz mitzähle, so befanden sich in Io-Dos geräumigem Ruhegemach jetzt fünf Männer. Wer der fünfte war, das werde ich sofort verraten. Es herrschte verlegenes Schweigen. Ich sah mich nach irgendeinem Sitzplatz um und wartete darauf, daß Bräutigam Io-Do oder der liebe Herr Io-Solip mich bitten werde, Platz zu nehmen. Ob ich nun in meinen grob materiellen oder nur in meinen Astralleib eingekleidet war, gleichviel, ich fühlte mich sehr müde. Meine Glieder im schäbigen Abendanzug waren wie zerschlagen. Niemand aber bat mich, Platz zu nehmen und die mühsam aufrechte Stellung mit der angenehm zusammengeklappten des Sitzens zu vertauschen. B. H. hatte mich, wie über so vieles andre, auch darüber unbelehrt gelassen, daß man im gegenwärtigen Zeitalter nur in seltenen Fällen *saß*, d. h. das Vollgewicht des Körpers auf dem bequem gestützten Hintern ruhen ließ. Das Sitzen wirkte auf meine neu akquirierten Zeitgenossen etwa so, wie auf uns (ich verstehe unter »uns« meine Leser und mich selbst nach meiner Wiederkehr) das Hocken von Südseeinsulanern gewirkt hätte, als eine tierhafte und beinahe unanständige Körperhaltung. Man setzte sich heutzutage nur bei ganz bestimmten Gelegenheiten hin. Die Grundstellungen des gegenwärtigen Zeitalters hießen Stehen und Liegen. Würdig des Menschen war allein die ungebrochene Linie, sei es vertikal, sei es horizontal. Wir, in unserm Uraltertum, waren noch zu nahe dem heiligen Akt der Aufrichtung gewesen, der den Menschen zum lotrechten Bipeden gemacht hatte, um uns nicht dann und wann von der ungebrochenen Linie in der gebrochenen (sitzend) ausruhen zu müssen. Ich begehrte in diesem Augenblicke ganz ungemein nach der gebrochenen Linie. Nichts aber half mir, denn ich konnte mich ja nicht gut auf das Ruhelager des Bräutigams sinken lassen.

Was den fünften Mann in unsrer Mitte anbetrifft, so war er ein Mutarianer. Der Mann war übrigens ein Männchen, klein und zart, das weder einen silbernen noch einen goldenen Kopfaufsatz trug, sondern den glattpolierten Schädel in aufrichtigster Entblößung zeigte. Auch ging er weder häuslich nackt noch in Schleierstoffe gehüllt wie alle andern Leute hier, sondern steckte in etwas Braunem und Rauhem, das wir ohne weiteres als Kutte oder Habit würden bezeichnen können, hätten der geknotete Gürtelstrick und die Kapuze nicht gefehlt. Ich verbeugte mich tief vor dem Männchen, das mir dieser Kutte wegen einer geistlichen Person zumindest ähnlich zu sein schien, und ich hatte in gewissem Sinne recht geraten. Das Männchen starrte mich aus großen, merkwürdig hellen Augen an, in denen mein Bild nicht haftete.

»Es ist ein Mutarianer«, erklärte B. H. laut, als wäre derjenige, von welchem seine Erklärung handelte, nicht mit uns im Raume anwesend:

»Die Mutarianer sind mehr als ein Orden oder eine Brüderschaft, wie du sie zu deiner Zeit früher einmal gekannt haben magst. Sie haben die drei Urgelübde der Keuschheit, der Armut und des Gehorsams vermehrt um die drei biologischen Gelübde der Blindheit, der Taubheit, der Stummheit, das heißt, sie sind im wirklichen Sinne und nicht nur im übertragenen blind, taub und stumm. Dahingegen haben sie das innere Auge und das innere Gehör so vollkommen ausgebildet, daß ihnen gar nichts verborgen bleibt und daß sie alles Sichtbare und Hörbare, welches ihren Sinnen verschlossen ist, und mehr als nur dies, mittels ihrer inneren Hellsichtigkeit und Hellhörigkeit schärfer und deutlicher erkennen, als es den bloßen Sinnen möglich wäre. Ich will nicht zu viel darüber sagen«, schloß B. H. seine Ausführungen, »aber der Bruder Mutarianer Io-Fra, wenn ich nicht irre, sieht uns hier beisammen ohne zu sehn und hört unsre Worte ohne sie zu hören, und er sieht und hört so verdammt viel, daß einem angst und bange werden könnte, nicht wahr, wertester Io-Fra...?«

Io-Fra, der Blinde und Taubstumme, lächelte mit seinem sonderbar glatten Gesicht zum Zeichen, daß er alles gesehn und gehört hatte und viel mehr noch, als was mit gesunden Augen und Ohren zu sehen und zu hören war. Ich konnte mir nicht helfen, die rosige Glätte seines Gesichtes gemahnte mich an frische Haut, die sich nach Verbrennungen ersten oder zweiten Grades wieder bildet. Des Bräutigams Vater, Io-Solip, das freundlichste und gutartigste Wesen, das mir bisher auf meiner Forscherfahrt begegnet war, ließ es sich nicht nehmen, seinerseits des Mutarianers Lob zu singen:

»Sie finden alles, die Brüder Mutarianer, Seigneur«, sagte er. »Da können Sie das Wollknäuel oder das Riechfläschchen so listig verstecken, wie Sie wollen, der Mutarianer geht unbeirrt drauf los und zieht's heraus hinter der geheimsten Klappe. Sollen wir einen Versuch machen?...«

»Ich möchte den hochwürdigen Bruder nicht inkommodieren«, sagte ich erschrocken. »Ich nehme an, daß er andre Aufgaben in diesem Hause erfüllt, als Wollknäule und Riechfläschchen zu suchen.«

»Die Mutarianer«, sagte B. H. jetzt mit der deutlichen Absicht, das etwas peinliche Gespräch über einen anwesenden Fünften zum Abschluß zu bringen, der blind und taub war und gerade deshalb schärfer sah und hörte, »die Mutarianer haben sich's zur Pflicht gemacht, den Hochzeitern und Freiern während der großen Tage im Hause ihre Dienste und ihre Kenntnisse zu weihen... Und das erklärt alles!«

Gewiß, dies erklärte alles. Weniger erklärlich aber war's, daß Fiancé Io-Do gerade in diesem Augenblick ungeduldig, ja ärgerlich wurde:

»Ich scheine ja hier die letzte Nebenperson zu sein«, rief er dem deutlich erschreckenden Herrn Io-Solip zu. »Man langweilt Seigneur mit lauter banalen Selbstverständlichkeiten und kommt gar nicht dazu, sich mit den wichtigen Dingen zu beschäftigen, die er bei mir findet. Ich bin schließlich der Bräutigam. Seigneur kann sich von einer Sekunde zur andern in Nichts auflösen, und dann hätte ich das Nachsehen, denn wozu habe ich mir ein paar historische Fragen zurechtgelegt? Und außerdem hat Seigneur noch gar nichts bemerkt...«

Io-Do hob mit gekränkter Mattigkeit seinen Arm und wies auf die rechte Längswand des Zimmers. Niemals war mir die Fensterlosigkeit dieses Zeitalters so stark aufgefallen wie in dieser Sekunde. In dem ausgesprochen orange-farbenen Lichte dieses Gemachs – es ahmte, wie ich bald erfuhr, die Farbe des Mars-Planeten nach – entpuppte sich die rechte Längswand als die Schaufläche eines Museums. Den Sinn der verrosteten und verwitterten Altertümer freilich, die da dicht nebeneinander hingen, konnte ich nicht sogleich fassen. Es waren zumeist dünne, schmale Röhren und Röhrchen, aus verschiedenen mir unbekannten Metallen gegossen, manche davon durchsichtig wie Glas oder durchscheinend wie Speckstein. Reste von elektrischem Draht, mit dem das untere Ende einiger dieser blasrohrartigen Dinger umwickelt war, deuteten auf ein Zeitalter der Elektrizität hin, das dem meinigen nahegelegen sein mußte.

»Es sind einige sehr kostbare Ausgrabungen darunter, noch aus den Perioden vor der Sonnentransparenz«, verkündete Herr

Io-Solip nicht ohne Vaterstolz. Bei diesen Worten erst entdeckte ich unter all diesen langweiligen Röhren, deren Sinn ich nicht kannte, einen primitiven Bogen mit Pfeilköcher und das Wrack eines hochmodernen Submaschinengewehrs aus dem Zweiten Weltkrieg.

»Meine Herren«, rief ich aus, »das sind ja Waffen! Zwei davon erkenne ich genau, Pfeil und Bogen und ein Maschinengewehr letzter Erfindung, das heißt natürlich, letzter Erfindung von einem Standpunkte gesehn, den ich vor tausend Jahrhunderten etwa verlassen habe... Es ist eine praktische automatische Waffe ohne Stativ.«

»Seigneur hat mit dem ersten Blick die Hauptstücke meiner Sammlung erkannt, Bogen und Pulverflinte«, bemerkte Bräutigam Io-Do mit einigem Respekt.

»Dies ist durchaus kein Verdienst, Monsieur«, lehnte ich das Lob ab, »denn dies sind die einzigen Waffen hier, die ich aus eigener Anschauung kenne... die andern, sollten sie überhaupt Waffen sein, sind mir unverständlich...«

»Die andern Stücke, die Sie hier sehn, Seigneur«, versetzte eifrig der Fiancé, »findet man weit häufiger, wenn man den Grund zu neuen Häusern aushebt. Auch sie stammen zwar noch aus der Urzeit, jedoch schon aus späteren Epochen als Pfeil und Bogen oder Pulverflinte. Die Gelehrten nennen sie ›Fernsubstanzzertrümmerer‹ oder auch ›Fernschattenzertrümmerer‹. Wenn Sie genauer hinblicken, werden Sie selbst ohne Schwierigkeit die plumpen Fernsubstanzzertrümmerer der primitiven Kriege von den fortgeschritteneren und schlankeren des Letzten Krieges unterscheiden können...«

Obwohl ich die Blasrohre nicht genau voneinander unterschied, trat ich doch näher, aus Höflichkeit Interesse heuchelnd. Der Bräutigam schien wahrhaftig ein großer Bellologe, ein Kriegsgelehrter, zu sein. Sein hübsches Gesicht glühte unter den aggressiven Wallungen der fixen Idee. Zweifellos besaß die junge Generation nicht mehr die Leidenschaftslosigkeit der älteren. Brautvater Io-Fagòr hatte mit seiner Klage Recht gehabt.

»Die längsten und dünnsten der Fernzertrümmerer«, fuhr

Bräutigam Io-Do mit wachsendem Eifer fort, »wurden gegen Städte gerichtet, die hoch über der Erdoberfläche gebaut waren. Haben Sie etwa solche Städte noch gekannt, Seigneur?«

»Ich habe keine andern gekannt«, versetzte ich wahrheitsgemäß.

»Die Hochbauten dieser Städte hatten tausend bis zweitausend Stockwerke«, schwärmte der Fiancé. »Stimmt das, Seigneur?«

»Mein Zeitalter hat es nur bis zu ungefähr hundert Stockwerken gebracht«, erklärte ich bescheiden. »Das Empire State Building war das höchste Gebäude, das ich kannte. Doch auch sonst war die Skyline von New York recht repräsentabel, besonders wenn man von Europa kam mit seinen herrlichen, jedoch dörflich niedrigen Städten wie Paris und Wien... Es ist übrigens nicht ganz unwahrscheinlich, Monsieur, daß es im Laufe der Menschheitsgeschichte Baulichkeiten gegeben haben mag, die vielleicht bis in die Stratosphäre reichten. Ich weiß es nicht...«

»Und so ist es denn klar und erwiesen«, fiel der kriegsvernarrte Fiancé ein, der mit der Unbesonnenheit der Jugend rasche Schlüsse zog, »daß die Menschheit es allein den Fernsubstanzzertrümmerern oder Fernschattenzertrümmerern zu verdanken hat, daß sie nicht mehr hoch über der Erde mitten in den Schrecken der Atmosphäre leben muß, erbarmungslos den Sonnen- und Sternstrahlen ausgesetzt, sondern im heimeligen Schoße der Lithosphäre. Die Fernsubstanzzertrümmerer sind nämlich mit der von Ihnen erwähnten Skyline prächtig schnell fertig geworden, von einer Sekunde zur andern. Und da gibt es noch Leute, die den fortschrittlichen Wert der ehemaligen Kriege leugnen, wie zum Beispiel der Fremdenführer unsres Zeitalters und mein eigener Vater hier...«

Der liebe Herr Io-Solip sah ganz bestürzt drein:

»Ich erlaube mir gar keine eigene Meinung zu haben, Sohn«, sagte er, »ich bin kein Historiker und kein Sammler wie du. Was weiß ich von jenen blutigen Märchen, die man einst Krieg genannt hat? Ich denke mir nur, daß wir, das heutige Erdvolk, nicht zahlreich genug sind, für diese Fernsubstanzzertrümmerer der Urzeit hier an deiner Wand...«

Bräutigam Io-Do wandte mir lebhaft sein junges Antlitz zu. Meine Fähigkeit, im Rahmen der allgemeinen Jugend und Schönheit, jünger und älter auszunehmen, war inzwischen gewachsen.

»Darf ich sicher sein, Seigneur«, fragte Io-Do, »daß Sie am Trojanischen Kriege teilgenommen haben?«

»Ich hatte diese Ehre nicht persönlich«, gab ich zurück, »wenngleich wir uns in unsern Schulen bis zum Überdruß mit diesem Krieg beschäftigen mußten, von dem die Wissenschaft nicht einmal feststellen konnte, ob er wirklich stattgefunden hat oder nur die Ausgeburt einer Dichterphantasie gewesen ist...«

»Aber Sie haben gewiß an andern Kriegen teilgenommen«, der Jüngling ließ nicht locker, »wo, ähnlich wie im Trojanischen, ein Teil der Krieger mit Tieren zusammengeschmolzen war, die man Rosse nannte...?«

»Ach ja, Kavallerie gab's noch zu meiner Zeit, wenn sie auch immer mehr und mehr motorisiert wurde...«

»Und worum ging jener Trojanische Krieg?«

»Um das würdigste Kampfobjekt, das sich denken läßt: die schönste Frau der Welt...«

»Und an welchem Kriege haben Sie teilgenommen, Seigneur?«

»Am sogenannten Ersten Weltkriege, von 1914 bis 1918, Monsieur le Fiancé.«

»War das viel später, Seigneur?«

»Ja und Nein! Von jetzt und hier gesehn, nein.«

»Und was war das Kampfobjekt dieses Ersten Weltkriegs? Worum ging es, Seigneur?«

Während meiner Antwort fühlte ich mit Unbehagen, daß ich zumindest dem Zweiten Weltkrieg nicht ganz gerecht wurde. Wie weit aber lag das alles zurück, und ich war zu träge, vor diesen so fremden Zuhörern nur um des Gewissens willen feinere Unterscheidungen zu treffen:

»Ja, worum ging es in diesen zwei Weltkriegen meiner Lebenszeit, bester Io-Do? Wenn sich das so leicht sagen ließe. Es ging um ein trübes Spülicht, um ein schmutziges Gebräu von Arbeitskrisen und Ersatzreligionen. Je unechter nämlich eine Religion ist, um so fanatischer beißen ihre Anhänger um sich. Meine ehemaligen Zeitgenossen waren fanatisch darauf versessen, keine Seelen und keine Persönlichkeiten zu besitzen, sondern Ich-lose Atome materieller Großkomplexe zu sein. Die Einen hingen dem Großkomplex ›Nation‹ an, indem sie die Tatsache der Zuständigkeit, daß sie nämlich in irgendeinem Lande und unter irgendeinem Volke geboren waren, zum ewigen Wert erhoben. Die andern hingen dem Großkomplex ›Klasse‹ an, indem sie die Tatsache, daß sie arm und niedrig geboren waren und dies nicht länger sein wollten, zum ewigen Wert erhoben. Beide Großkomplexe waren jedoch für ihre Anhänger ziemlich leicht austauschbar, da beinahe jedermann sowohl arm war als auch einer Nation angehörte. Und so wußten denn die meisten von den einen wie von den andern nicht, warum sie sich gegenseitig umbringen mußten. Sie taten es aus Furcht. Aber sie fürchteten sich weniger voreinander, als sie sich vor ihren eigenen Führern fürchteten, die wiederum aus Furcht vor ihnen, den Angeführten, sie zwangen, sich gegenseitig zu vernichten...«

»Ihre Definition des Krieges gefällt mir gar nicht, Seigneur«, sagte der Bräutigam verbissen, und er fügte hinzu, sein Wissen leuchten lassend: »Wir haben gelernt, daß Kriege zwischen gerüsteten Gegnern nur dann zum ritterlichen Austrag kamen, wenn mangels eines universalen Gerichtshofs kein menschliches Rechtsmittel mehr in Anspruch genommen werden konnte. Die Kriege der Urzeit waren demnach Gottesgerichte, wie unsre Gelehrten zweifelsfrei festgestellt haben. Bellum internecinum, das ist Ausrottungskrieg, war ebenso als unfair verboten wie bellum punitivum, das ist Bestrafungskrieg. Auch war es nicht erlaubt, percursores, als da sind Meuchelmörder, venevici, als da sind Giftmischer, dem Gegner auf den Hals zu hetzen, so wie auch perduellio, das ist Anstiftung zum Verrat, verabscheut wurde...«

Nach diesem kleinen Vortrag sah mich Fiancé Io-Do im

Goldhelm triumphierend an. Noch konnte ich nicht ahnen, wie wenig diese barock-adlige Auffassung des Krieges mit seinen wirklichen Vorstellungen zusammenfiel. Ich applaudierte geräuschlos, um dem jungen Mann zu verstehen zu geben, wie sehr er mir imponiert hatte:

»Ihr Wissen um die ritterlichen Kriegsregeln ist erstaunlich, Monsieur«, sagte ich. »Sie haben mich tief beschämt, denn ich hatte all diese Ausdrücke nie gekannt oder längst vergessen... Und doch, grau ist alle Theorie! Blicken Sie nur auf die Fernsubstanzzertrümmerer an Ihrer eigenen Wand. Mit denen hat man ausschließlich bella internecina, das sind Ausrottungskriege, geführt...«

Der Bräutigam machte eine pikierte Bemerkung, wurde aber von seinem Vater unterbrochen:

»Du solltest Seigneur nicht widersprechen, Sohn«, sagte Herr Io-Solip, »er hat's erlebt. Er ist dabeigewesen. Du aber hast dein Wissen nur aus dem Sephirodrom, von Vorträgen und aus den Sammlerkatalogen...«

»Gewiß, Seigneur ist dabeigewesen«, schmollte Bräutigam Io-Do, »und so möchte ich denn ergebenst gebeten haben, daß er uns als Augenzeuge und Mitkämpfer etwas zum besten gibt von dem sogenannten Ersten Weltkrieg. Er hieß doch so?«

Ich erschrak aufs heftigste, denn ich fand mich in dieselbe Lage versetzt wie vorhin, als mich der Wortführer nach Beendigung des Festmahls aufgefordert hatte, eine ›nette Causerie‹ über den Unterschied der Zeit ehmals und jetzt zu halten. Ich sah hilfesuchend meinen Freund B. H. an, der in seiner verwitterten Leutnantsuniform aus dem Ersten Weltkriege neben mir stand. Dieser erbleichte. Ich aber hielt mich nicht zurück zu sagen:

»Haben wir nicht einen Mann unter uns, der im Ersten Weltkrieg zum Offizier aufgestiegen ist? Könnte er nicht unserm Monsieur Fiancé, der ganz seltsamerweise verschollene Kriegsgeschichte zum Vergnügen treibt, viel anschaulicher Kunde und Schilderung geben als ich, der ich ein sehr schlechter Soldat war und es mit Ach und Krach nur zum Sergeanten gebracht habe...«

»Halt, F. W.«, rief B. H. und hielt mir beschwörend die Hand vor den Mund, »ich hätte nicht angenommen, daß du dich zu mir so unfreundschaftlich, ja so unfair betragen würdest. Gut, es ist wahr, ich bin ein Wiedergeborener. Aber ich bin viel mehr als das, ich bin ein Zeitgenosse dieser Herrschaften, und zwar voll und ganz. Ich lehne ab, ich refüsiere, ja ich protestiere leidenschaftlich dagegen, daß man meine durchaus zeitgenössische Person mit irgendwelchen schimpansischen Affären und stinkenden Barbareien der Vorzeit in Verbindung bringt. Und du dürftest das am wenigsten tun, F. W. ...«

»Aber mein lieber alter Freund«, fiel ich schuldbewußt und kleinlaut ein, »warum gehst du dann in dieser feldgrauen Uniform herum, anstatt dich deinen verehrten Zeitgenossen auch gewandlich anzugleichen?«

B. H. zog die verblichene Militärkappe mit nervöser Hand tief in die Stirn, damit man so wenig wie möglich von seinem schwarzen Haar wahrnehme, das auf keine Weise wegzupraktizieren war.

»Ich trage diese unangenehme Verkleidung nur um deinetwillen«, sagte er leise, »damit du dich etwas heimischer fühlst und nicht etwa an Fremdheit erkrankst.«

Also doch, dachte ich, der Gute! Er wollte mich bei unserer Wiederbegegnung nicht in Schrecken versetzen. Vielleicht aber hätte ich ihn auch gar nicht erkannt, wenn er in der verwischten Nacktheit oder in der gewählten Schleierraffung der Zeitgenossen vor mir aufgetaucht wäre. Jedenfalls, *er* hat mich sofort erkannt, sogar als ich noch unsichtbar war. Das beweist, daß er der bessere Freund ist als ich. – Ich begriff plötzlich, daß ich mich in der Tat unfair benommen hatte, ihn mit unserer gemeinsamen Vorzeit allzusehr zu belasten. B. H.'s, des Wiedergeborenen, Sinnen und Trachten mußte ja dahingehn, der gegenwärtigen Epoche und menschlichen Gesellschaft *ungeteilt* anzugehören. Es war dies freilich ein Sinnen und Trachten, das niemals voll sein Ziel erreichen konnte. Kein Wiedergeborener konnte ja einer bestimmten Gegenwart ganz und gar angehören. Ich verstand plötzlich das Problem noch tiefer. B. H. war der geistige Mensch in Person. Was aber ist der geistige Mensch anders als einer, der durch mehrere Wiedergeburten hindurchgegangen ist? Der geistige Mensch kann daher in keinem Zeitalter wirklich zu Hause sein, und will er sich nur halbwegs einrichten, ist er gezwungen, Zugehörigkeit zur jeweiligen Menschheit zu simulieren. Ich versuchte schnell, meinen Fehler gutzumachen und die allgemeine Aufmerksamkeit von B. H. abzulenken. Darum schloß ich die Augen und seufzte bereitwillig:

»Wie soll ich Ihnen in wenigen Worten den Eindruck dessen vermitteln, was wir voreinst als Weltkrieg Eins oder Zwei erlebt haben? Soll ich Ihnen das Gefühl eines relativ freien jungen Mannes darstellen, der ohne viel Federlesen mit Hunderten andern in eine Baracke gepfercht wird, um gedrillt, das heißt einem Verrohungs- und Verhärtungsprozeß unterworfen zu werden, der ihn tauglich zum Soldaten macht? Wie könnte ich so fortgeschrittenen Menschen wie Ihnen, die Sie sogar Ihren Körper von fester Nahrung und frischer Luft fernhalten, ja, wie könnte ich Ihnen den Zustand von Leuten faßlich machen, die monatelang in wasser- und dreckgefüllten Schützengräben, Unterständen, Fuchslöchern wachen und schlafen, wobei sie tagaus, tagein und in jeder Nacht von Sturzkampffliegern, Mörsern, Bombern, schwerer Artillerie, Feldartillerie, Tankartillerie, Schiffsgeschützen, Maschinengewehren jeder Art und wovon nicht sonst am Leben gehindert werden und Gott um eine schwere Verwundung betteln, damit diese sie von der schrecklichen Ausgesetztheit erlöse? Und schlimmer als das, Sie, meine Herren, die Sie bereits so kultiviert sind, daß Sie eine leichte körperliche Berührung, wie es etwa der treuherzige Handschlag der Urzeit war, in abscheugeschüttelte Verwirrung versetzt, wie sollten und können Sie sich mit nur halbwegs zulänglicher Einbildungskraft vorstellen, was es heißt, wenn solch ein durch Rum, Benzedrin oder Parteifanatismus aufgeputschter Junge, das Gewehr in der Hand, aus seiner Deckung kriecht und über klumpige Schollen, Granattrichter, Fußminen, Drahthindernisse und schwarz-aufgeplatzte, zum Himmel stinkende Tote dem Feinde entgegenstolpert, von der atemlos tollen Gier erfüllt, ihm sein Bajonett in den Gedärmen umzudrehn, selbst dann, wenn dieser Feind die beiden Arme schreiend emporgeworfen hält, um sich zu ergeben?...«

An diesem Punkte meines Versuchs, einer anekdotischen Kriegserzählung durch obige Allgemeinheiten auszuweichen, wurde ich durch die helle Stimme Bräutigams Io-Do unterbrochen. Er lag kerzengerade auf seiner Couch, hatte sich dicht in seinen schwarzen Schleier gewickelt, und sein Gesicht unterm Goldhelm zeigte eine Art von versonnen aufhorchender Ekstase, die mir unbegreiflich war.

»Und wie ist das, Seigneur«, fragte er langsam, »wenn der eigene blanke Stahl in den Leib des Gegners dringt, und wenn der Blutquell hervorspritzt in rotem Bogen?«

Ich war starr über diese Frage und den wollüstig poetischen Ton, mit welchem sie vorgebracht wurde. Ehe ich mich aber noch sammeln konnte, hörte ich, wie jemand leise aufklagte. Dem lieben Herrn Io-Solip nämlich war bei meiner Darstellung schon übel geworden, und die Frage seines Sohnes hatte ihm den Rest gegeben. Er sah ganz blaß aus, griff sich ans Herz und würgte ein wenig. Das Kuttenmännchen Io-Fra, der Mutarianer, der, ohne zu hören und zu sehen, alles hörte und sah, trat auf den Bräutigamsvater zu und hauchte ihn an, worauf sich dieser schnell von seinem Blutgrausen erholte.

»Wir haben sehr nervöse Eltern, Seigneur«, tadelte Bräutigam Io-Do die gesetzte Generation. Herr Io-Solip aber entschuldigte sich bei mir tief beschämt:

»Es soll nicht wieder vorkommen, Seigneur...«

Io-Do hatte sich plötzlich erhoben und rief:

»Und jetzt werden wir Seigneur zum Denkmal des Letzten Krieges führen.«

Zu meiner Schande als Forscher und Reiseschriftsteller muß ich gestehen, daß mich in diesem Augenblick eine gewiß nicht ganz unbegründete Müdigkeit beinahe überwältigte, und ich mich am liebsten trotz Frack und Ordensstern auf die Erde hätte fallen lassen. Die Eröffnung, in diesem Augenblick zu einer Sehenswürdigkeit geführt zu werden, und sei sie auch so hochwichtig wie das »Denkmal das Letzten Krieges«, erfüllte mich geradezu mit Entsetzen. Wenn ich trotzdem schwieg und mich nicht auf meine Erschöpfung berief, so geschah dies keineswegs aus Forschungsdrang oder Reportermut, sondern aus blanker Feigheit und vielleicht sogar aus einer Art von Stolz. Durfte die Materialisation eines Menschenwesens, das vor rund hundert Jahrtausenden wirklich gelebt hatte, sich so schmählich-weichlich gehn lassen und um Schonung ihres Körpers bitten, der ja trotz seiner Vollständigkeit alles in allem nur eine Erscheinung war? Eine Erscheinung hatte zu zerfließen oder standzuhalten. Ein Drittes gab es nicht. Da ich nicht gelernt hatte, wie man zerfließt, so beschloß ich standzuhalten und mir keine leibliche Schwäche anmerken zu lassen. Ich konnte dennoch während der nächsten Minuten nicht verhindern, daß alle Worte und Bewegungen fern und schallend an mein Ohr schlugen, als läge ich auf dem Grund eines Stromes.

Bräutigam Io-Do schien von dem Gedanken, seinen vorsintflutlichen Gast zum Denkmal des Letzten Krieges führen zu dürfen, recht sehr erregt zu sein. Er befahl dem blinden und taubstummen Kuttenmännlein, das ihm in diesen Tagen diente, mit ziemlich barscher Stimme: »Io-Fra! Irgendwo muß sich mein zweites Mentelobol versteckt haben. Suchen, bitte, frisch!«

Der Mutarianer, vor dessen innerm Licht und Schall nichts verborgen bleiben konnte, glitt geräuschlos aus dem Raum. Mentelobol, das klang wie eine Zahnpasta des zwanzigsten Jahrhunderts. Ich wurde aber sogleich belehrt, daß es sich um jenes mentale Reisegeduldspiel handelte, das ich schon kennengelernt hatte. In der nächsten Minute drückte mir Fiancé Io-Do bereits das Mentelobol in die Hand, das des Mutarianers inneres Licht flugs in seinem tückischen Verstecke aufgestöbert hatte. Ich war ziemlich verlegen. Würde es mir gelingen, die Kügelchen des Geduldspiels in die richtigen Löchlein zu lenken? Jetzt entspann sich ein kleiner Streit zwischen dem Bräutigam und seinem Vater:

»Wie oft soll ich dir sagen, Sohn«, erlaubte Papa Io-Solip sich einen leichten Tadel, »du mögest nicht im Zimmer reisen, nicht in geschlossenen Räumen...«

»Ich reise wie ich will, Papa. Ich bin ein erwachsener Mensch, und übermorgen werde ich verheiratet sein ...«

»Mit Gottes Hilfe, so ist es, Sohn. Aber wer in seinem Zimmer reist, der schädigt das Haus. Und übermorgen ist es schon *dein* Haus. Du schädigst also dein eigenes Haus, das dir die Gesellschaft zuspricht, und in welchem du die nächsten hundertfünfzig Jahre leben sollst ...«

Der Hinweis auf den Besitz schien dem Sohne doch ein wenig einzuleuchten.

»Fahren wir also hinauf«, sagte er mit rauhem Unwillen.

Das Zimmer schwebte empor. Jeder Raum des Hauses konnte derart gesondert emporschweben. Wie, das weiß ich nicht. Das müssen ausgebildete Ingenieure aufklären. Ehe wir aber aus dem Zimmer auf die Plattform des Hauses hinaustraten, die dem Beobachtungsturm eines Kriegsschiffes glich, bemerkte ich unter der Waffensammlung an der rechten Längswand noch ein Stück, das mir bekannt, aber bisher entgangen war. Es war ein derber Trommelrevolver, ein richtiger wildwestlicher Schießprügel aus dem vorigen Jahrhundert, womit ich selbstverständlich das neunzehnte meine.

Als ich mich verzweifelnd nach B. H. umgesehn und ihn flüsternd gebeten hatte, er möge mir doch schnell einsagen, auf welchen Wunsch ich meine Gedanken scharf einstellen sollte, während ich das letzte hellgrüne Kügelchen in das letzte Löchlein ›Scharf eingestellter Wunsch‹ ungeschickt und nervös zu praktizieren suchte, zwinkerte er mich beruhigend an und flüsterte zurück:

»Denk an eine flache, ungeheure Waagschale.«

Es war auch wirklich eine flache, ungeheure Waagschale, die sich von einem Nu zum andern – dieser Ausdruck ist ungenau, da die örtliche Veränderung beim Reisen ohne den geringsten zeitlichen Übergang erfolgte – die sich mithin im selben Augenblick unter unsre Füße geschoben hatte. Es war der größte Platz, der mir je vor Augen gekommen, und es war unbezweifelbar ein Stadtplatz, bis an den freien kreisrunden Horizont reichend, welcher waagschalenartig aufgeworfen, ringsum mit schattenhaft kulissenähnlichen Andeutungen von Hocharchitektur besteckt war, als da sind Türme, Türmchen, Giebelfronten, Zinnen, Maßwerk, all das recht niedrig, spielerisch, unecht, nur wie um der Silhouette willen da und unendlich ferngerückt. Der Sonnenball, purpurner als zuvor, da ich ihn wiederbegrüßt hatte, neigte sich im Westen zum Untergang. Das Firmament war hellgrün, genau von der Farbe der mentalen Kügelchen des Reisegeduldspiels. Tiefe Lapislazulischatten zogen in rhythmischen Wallungen darunter hin. Der Sonnenuntergang betonte noch den zweidimensionalen Charakter der Spielarchitektur entlang des Horizonts, die ja nur dazu da war, die offiziellen Baulichkeiten tief unter der Erde durch oberirdisch unterscheidende Ornamente und Symbole voneinander abzusondern.

»Wo sind wir?« fragte ich B. H., während es mir war, als fröre nicht meine Haut, sondern mein Herz.

»Wir sind auf dem Geodrom«, sagte B. H., »oder wenn du willst, auf der zentralen Plaza.«

»O ja, natürlich, Geodrom«, erwiderte ich, als würde ich diese Bezeichnung längst schon kennen. Es war mir bereits nicht mehr angenehm, den blutigen Neuling immer wieder hervorkehren zu müssen.

Ich blickte auf meine alten, brüchigen Lackschuhe hinab, die nicht schöner geworden waren, seitdem man sie mir das letztemal über die Füße gestülpt hatte. Das neuangeschaffte Paar, das ich irgendwo noch besitzen mußte, hatte man ebenso vernünftiger- wie schnöderweise in die »Erbmasse« getan, anstatt es mir mitzugeben. Ehe ich mich aber noch über diese Sparsamkeit ärgern konnte, gewahrte ich zu meiner Überraschung, daß ich an den Sohlen ein Paar ganz dünne und schmale Schlittschuhe trug. Ich konnte mich nicht erinnern, ob und wann man sie mir angeschnallt hatte. Ohne diese Schlittschuhe aber, wie sie hier alle Welt benützte, wäre eine Fortbewegung auf dem ungeheuren Geodrom – der zentralen Plaza Californias, des Kontinents oder vielleicht des gesamten Globus, wie sollt' ich's wissen – äußerst mühsam, langwierig, wenn nicht gar unmöglich gewesen. Der

Boden dieser zentralen Plaza nämlich bestand aus einer eis-ähnlich spiegelglatten Masse, die das ganze gewaltige Rund der Waagschale bedeckte, deren Durchmesser meiner Schätzung nach zwanzig Meilen oder mehr betrug. Eine Fußwanderung querüber oder an der Schattenarchitektur des Kreisumfangs entlang hätte wahrscheinlich Tage in Anspruch genommen und vor allem körperliche Kräfte, welche die zartgestaltige, zartgesichtige und leicht erschöpfbare Menschheit der Gegenwart gar nicht besaß. Andererseits war aus höchst plausiblen Gründen die Verwendung des Geduldspiels daselbst ausgeschlossen. Das Geodrom nämlich war ein Ziel. Man konnte mittels des Mentelobols Ziele nur als Ganzes auf sich zu bewegen. Innerhalb eines Zieles jedoch – mochte es auch so groß sein wie eben hier die zentrale Plaza – funktionierte das Reisegeduldspiel nicht. Um dem menschlichen Körper nun eine schnelle Fortbewegung innerhalb eines einzigen großen Ziels zu ermöglichen, ohne vorweltliche Räder, Reibungen, Bremsen wiedererwecken zu müssen, hatte man zum metallenen Hermesschuh gegriffen, der nicht nur eine rasche Überwindung des Raumes, sondern auch eine lusterfüllte Eigenbewegung des Leibes gewährleistete. Das glasglatte Parkett wurde durch die Berührung der Schiene, die sich leicht einschnitt, elastisch und förderte selbst das Dahinfliegen (viel mehr noch als der eisengraue Rasen den Schritt förderte), besonders dann, wenn es abwärts ging, dem Tiefpunkt der Waagschale entgegen, wie jetzt. Meine Müdigkeit von vorhin war ganz und gar verschwunden. Ich genoß mit unsagbarem Entzücken das umflatterte Hui des Schlittschuhfluges. Der goldbehelmte Bräutigam sauste an der Spitze unsrer Gruppe, zu der, neugierig scheint's, wie immer, die Junggesellen des Hauses gestoßen waren, der Wortführer, der Hausweise, der Beständige Gast. Ich bemerkte, daß ihre Schlittschuhe auf ziemlich hohen Kothurnen aufgeschnallt waren, wie man sie außerhalb des Hauses zu tragen pflegte. Schwarzgewandet war allein der Bräutigam. Die andern hatten ihre verwischte Nacktheit in Schleier von verschiedenen, aber immer fahlen Farben gehüllt. B. H. in Feldgrau und ich im Frack bildeten die Nachhut. Wie ich aber so dahinschoß, konnte ich es nicht verhindern, daß sich meiner Brust ein kindischer Ruf der Lebensfreude entrang, ein Laut ganz ungehörig für eine Materialisation meines Alters, die man nur durch Zufall aus dem Alphabet gestochen und hierher zitiert hatte. Und doch, es war eine ganz verteufelte Freude, diese verwandelte und verbesserte Erdenwelt nach so langer Absenz wieder einmal flüchtig durchfliegen zu dürfen. B. H., der Schuldige, schien das einzusehn, denn er lächelte nachsichtig zu meinem Jubelruf.

Es dürfte wohl meinen schwachen Augen zuzuschreiben sein, daß ich mich plötzlich und unversehens in einer sehr großen Menschenmenge befand, die inmitten der zentralen Plaza um einen großen, abgegitterten Kreis hin und wider wogte. Mein Herz begann noch schneller zu klopfen als vor einigen Stunden, da ich in einem dunklen Korridor auf das Zeichen gewartet hatte, das mich in ein traulich erleuchtetes Zimmer rief, um meinen neuen Freunden zu erscheinen. An das Haus der Hochzeiter hatte ich mich schon gewöhnt; die Herren und Damen dieses Hauses flößten mir keine größere Angst und Schüchternheit ein, als fremde Leute sonst es zu tun pflegten, denen ich einen Besuch abstatten mußte. Jetzt hatte ich sogar die größte Furcht, ganz zu schweigen natürlich von B. H., den lieben Herrn Io-Solip, den Wortführer, den Hausweisen, den Beständigen Gast und sogar den Fiancé aus den Augen zu verlieren, das Fähnlein derer mithin, die zum Hause gehörten, wo ich relativ bereits daheim war. Denn es muß gesagt werden, ich zitterte unter meinem Abendanzug am ganzen Körper vor dieser Menge, vor diesen vielhundert Unbekannten, als hätte mein wiedererstandenes Physikum kaum die Kraft, die dichtgedrängte Nähe und Gegenwart derjenigen zu ertragen, welche von ihm in Wirklichkeit viele, viele Jahrtausende in der Zeit und viele, viele Lichtjahre im Raum entfernt waren. Ich bitte den geneigten Leser, das voll auszudenken, damit er mich meines Zitterns und Zähneklapperns wegen nicht verachte, das mich gerade angesichts dieser Menschenmenge erfaßte, das heißt angesichts Tausender von unsäglich zukünftigen Existenzen. Das Unbehagen meiner Sinne – ich möchte es ein »historisches Unbehagen« nennen – war so groß, daß ich die Menschen einzelweise nicht unterschied und mich wieder einmal der Aufgabe eines Berichterstatters unwürdig erwies, indem ich zwar mein eignes Zittern und Zähneklappern, nicht aber das objektive Bild der Menge darstellen kann, wenn ich nicht zur bloßen Phantasie Zuflucht nehmen will. Diese Menschenmenge war ein rhythmisches Sein, ein Rauschen, ein Tanzen, ein Drehn und Wirbeln, ein durcheinanderbewegtes Gewebe, bestickt mit zwitschernd wohllautenden Stimmen, silbernen, mattgoldenen, hellblauen, hellgrünen... Wie aber wuchs erst mein Unbehagen, als jäh die Menge vor mir zurückwich, und ich, verlegen auf meinen Schlittschuhen den Ort tretend, mitten in einer ehrfürchtig ausgesparten Leere mich einsam wesen fand. Natürlich der Wortführer war's, der den Mund nicht hatte halten können, was ja schließlich auch nicht seines Amtes war. Zuerst hatten die Umstehenden von ihm vernommen, welch eine Erscheinung da in ihre hochgestimmte und hochentwickelte Welt hineingeschneit kam. Die Kunde verbreitete sich wie ein Lauffeuer, um eine Metapher zu gebrauchen, die wahrhaftig aus den Anfängen der Menschheit stammt. Mir aber brach abermals der Schweiß aus den Poren, denn alles starrte mich mit neugiergroßen Augen an. Mir blieb nichts andres übrig, als mich an B. H.'s Arm ängstlich anzuhalten.

»Es ist ein freundliches Volk«, beruhigte mich der Wiedergeborene, »sie werden dich nicht belästigen. Kümmere dich weiter nicht um sie. Lächle ihnen nur fleißig zu, wobei du am besten die Zähne entblößt.«

Er stützte mich brüderlich, und wir glitten gemeinsam auf den abgegitterten Zirkel zu, der jetzt plötzlich freigegeben war. Bräutigam Io-Do, Herr Io-Solip und die drei Junggesellen schlossen sich uns an; der weite Chor des Volkes folgte in ehrfürchtig neugierigem Abstand. Ich wendete mich um, B. H.'s Rat befolgend, und lächelte der schattenhaften Menschenmauer mit einem forcierten Schauspielerlächeln zu, das mir selbst schlecht schmeckte, wobei ich kurz die Zähne entblößte. Wie schämte ich mich dieses Lächelns. Es schien aber seine Wirkung nicht verfehlt zu haben, denn die dunkle Menschenmauer antwortete mit einem leisen Sympathiegemurmel. Ich hatte schon lange begriffen, daß man sich in diesem Zeitalter immer und überall angenehm machen mußte, um weiterzukommen. Dieses Kalfaktern verpflichtete weiter zu nichts. Es war grund- und zwecklose Liebenswürdigkeit, gute Manier, freundliche Kultur, es war die unbewußte Abbitte für viele dunkle Weltalter, in denen der Mensch die Zähne nur entblößt hatte, um sie dem Feinde entgegenzufletschen, und auch für andre, spätere, doch nicht minder dunkle Weltalter, wo der photogene Mensch die Zähne nur entblößt hatte, um sich selbst als Ware anzubieten.

Ich hielt mich nun mit beiden Händen an dem schmiedeeisernen Gitter fest und sah hinab in eine sehr große kreisrunde Aushöhlung, die den Eindruck eines alten, längst aufgelassenen Bergwerks erweckte, von dem die oberste Tagbauschicht intakt geblieben war, während die Stollen in der Tiefe zusammengestürzt oder ersoffen sein mußten. Der Eindruck des Bergwerkes wurde auch noch dadurch betont, daß die Wände der durchaus nicht sehr tiefen Aushöhlung mit schimmernden Mineraladern und glimmenden Kristalldrusen durchwachsen und besteckt zu sein schienen. Trotz meiner schwachen Augen glaubte ich Amethyste, Topase und Bergkristalle unterscheiden zu können. Heute aber, nach meiner Rückkehr, dünkt es mich, als hätte ich nicht nur Halbedelsteine, sondern auch fabelartige Rubine und Saphire aus den Dunkel leuchten sehen. Das hätte aber sehr wenig bedeutet, denn die Menschen jener Gegenwart verehrten weder das Gold, das seinen Wert als Gradmesser verloren hatte, noch auch würden sie den geringsten Unterschied gemacht haben zwischen schönfarbigem Glasfluß und echtem Edelstein. In dieser Hinsicht waren sie wieder so primitiv und unschuldig geworden wie die nackten Eingeborenen einer Südseeinsel, die den billigsten Glastand jedem echten Schmuck vorziehen.

»Dieses ist das Denkmal des Letzten Krieges«, sagte jemand in meiner Umgebung, und ich bemühte mich, in der weiten

Aushöhlung inner- und unterhalb des Gitters irgend etwas zu erblicken, das einem Reiterstandbild oder einer heroisch muskelgeschwellten Gestaltengruppe à la Rodin ähnlich sah. Nichts dergleichen konnte ich entdecken. Endlich blieb mein leider unbewaffnetes Auge an einem ziemlich kugelrunden und rostigen Gerippe hängen, das im Durchmesser ungefähr sechs Fuß zählen mochte. Den Sinn dieser aus verbogenen Metallbändern bestehenden Kugel konnte ich anfangs nicht begreifen, bis mich plötzlich die Eingebung durchschoß, es müsse ein altertümlicher Himmelsglobus sein, lange zwar nach meinem Hinschied gegossen und dennoch aus grauer Vorzeit stammend. Als sich meine Augen mehr und mehr an die rötliche Dämmerung der umgitterten Aushöhlung gewöhnt hatten, welche, wie mich's jetzt dünkte, eher als einem Bergwerk dem Becken eines großen Teiches glich, aus dem man das Wassser abgelassen hatte, gewahrte ich, daß der zerlämperte und verbogene Himmelsglobus aus einem mächtigen Unterbau von Totenschädeln hervorwuchs, ähnlich, doch nur viel größer, wie man sie in den steirischen oder kärntner Alpentälern in den sogenannten Karnern auftürmt. Mein psychologisches Verständnis für die Gegenwart war inzwischen schon so geschärft, daß ich fühlte, mit welchem mythischen Grauen der Anblick dieses Totenschädelfundaments die Zeitgenossen, die das Wort Tod aus ihrem Vokabular gestrichen hatten, zweifellos erfüllen mußte.

Meine betrachtende Versunkenheit wurde durch die scharfe Stimme unsres Bräutigams durchbrochen, welche sich der tiefen Stille entrang, die trotz der großen Menschenmauer hinter meinem Rücken herrschte.

»Wo ist der Fremdenführer?« rief Io-Do. »Er ist wieder einmal nicht zur Stelle, obwohl Seigneur eingetroffen ist und man ihn zur Zeit angerufen hat.«

Wann hat man ihn gerufen? dachte ich, da Fiancé Io-Do doch erst vor wenigen Minuten den Einfall dieses Ausflugs gehabt hat.

Herrn Io-Solips Stimme flüsterte kalmierend:

»Du bist zwar Bräutigam, Sohn, und hast das Recht, deine

Stimme zu erheben, so oft und so laut du willst. Aber ich würde trotzdem nicht aller Welt zeigen, wie wenig ich mich beherrschen kann...«

»Wenn der Fremdenführer nicht kommt«, sagte Io-Do trotzig, »so werde ich persönlich den Welthausmeier wecken. Ich bin's imstande. Es ist mein Recht. Man ist nur einmal Bräutigam.«

»Da kommt ja schon der Fremdenführer«, seufzte Io-Solip erleichtert, der es nicht leicht zu haben schien mit seinem verzogenen Jungen.

Und wirklich, als sei er dem Innern der Erde entkrochen, hatte plötzlich ein Mann den gerüstartigen Aufbau bestiegen, der sich vom Grunde des Bergwerks oder Teichbeckens bis ein wenig übers Niveau des Geodroms erhob. Von diesem Mann war weiter nichts zu sagen, als daß er ein Mann war wie alle andern Männer, bartlos, alterlos, faltenlos, jedoch, ebenso wie der Mutarianer daheim, keinen Perückenaufsatz auf dem billardkugelglatten Schädel trug. Ich zähle deshalb in meiner Erinnerung auch den Fremdenführer zu den hohen Staatsbeamten. Inzwischen drängten die Tausende, die den Mittelteil der zentralen Plaza erfüllten, etwas näher an das Gitter heran, obgleich nur ein kleiner Teil hoffen konnte, irgend etwas zu sehn, denn wie die Wohnungen dieser Zeit, so befanden sich auch ihre Denkmäler unter der Erde. Der Fremdenführer räusperte sich lange, hatte aber keinen Lautsprecher vor sich, um seine Stimme zu verstärken. Das einzige relativ technische Werkzeug, das mir in dem astromentalen Zeitalter untergekommen war, blieb das Reisegeduldspiel. Dennoch aber erscholl die Stimme des Fremdenführers so weittragend, ja dröhnend, als würden von ihr die Luftwellen durch einen unbekannten Trick in gesteigerte Schwingung versetzt:

»Geehrte Ios beiderlei Geschlechts«, begann er seinen Vortrag mit der routinierten Heiserkeit aller Ciceronen, »Sie haben sich heute in beträchtlicher Zahl auf dem Geodrom eingefunden, um das älteste aller Denkmale zu betrachten, welches eine ferne Vorzeit auf Erden zurückgelassen hat, und zwar ein Denkmal, dessen

Bedeutung die Wissenschaft nicht erst entdecken muß, sondern das, durch Geschichte und Literatur von jeher dokumentiert, sich an dieser Stelle befindet, seitdem es eine Kontinuität menschlichen Gedächtnisses gibt. Als privilegierter Fremdenführer dieses Zeitalters habe ich hiemit die Ehre, alle Anwesenden herzlichst zu begrüßen, insonderheit aber die lieben Kinderlein unter den Anwesenden, die das erste Mal zu ihrem Nutz und Frommen das Denkmal des Letzten Krieges erblicken...«

Der Mann auf der Redekanzel, die ähnlich über die Erdoberfläche hervorragte wie seinerzeit ein Arbeitsgerüst beim Tiefbau, machte eine kleine, gewitzigte Pause. Dann fuhr er etwas leiser fort, und seine oratorisch geläufige Heiserkeit deutete schon mehr auf einen Politiker hin als auf einen Cicerone:

»Darüber hinaus, meine werten Ios, habe ich heute die seltene Ehre, der Fremdenführer des Zeitalters im wahren Wortsinn zu sein und nicht nur ein Denkmalserklärer für Wiß- und Neugierige und Abendbummler, indem sich nämlich ein wirklich *Fremder* unter uns eingefunden hat, und zwar durch gütige Vermittlung der Brautfamilie Io-Fagòr und der Bräutigamsfamilie Io-Solip, die zur Zeit ihre großen drei Tage feiern. Wir sind diesen hochachtbaren Familien den herzlichsten Dank schuldig, daß sie es mit Hilfe eines Hausfreunds, der nicht genannt sein möchte, sowie durch ihre eigene beharrliche Bemühung ermöglicht haben, daß wir unter uns einen Gast aus den Anfängen des Menschengeschlechts begrüßen dürfen, einen Gast, ganz echt in seinem weißhäutigen Leibe und steifem, grobem Kostüm, wie Sie alle selbst sehn können... Ich begrüße somit Seigneur mit dem Wunsche, er möge sich recht wohl fühlen in unserer Mitte...«

Ich fühlte mich gar nicht wohl. Es war einer jener Augenblicke, wo man am liebsten in ein Mauseloch kriechen möchte. Die Menschenmenge ringsum applaudierte und stampfte ein bißchen, ungefähr wie es zu meiner Zeit geschah, wenn das Publikum eine untermittelmäßige Zelebrität begrüßte, von der es so gut wie nichts wußte. Obwohl ich somit kein Success war, lächelte ich wieder dankend nach allen Seiten und entblößte die

Zähne. Der Fremdenführer, der plötzlich einen Zeigestab von der doppelten Länge einer Fischangel in der Hand hielt, wies mit ihm auf mich:

»Ich möchte darauf aufmerksam machen«, sagte er, »daß Seigneur widerspruchsvoller Weise bei weitem der Älteste und bei weitem der Jüngste unter uns ist. Als würdiges Mitglied der uranfänglichen Menschheit ist er von solch unnennbarer Jugend und Kindlichkeit, ein Baby der Entwicklungsgeschichte gleichsam, daß jedermann und besonders die Damen ihn mit teils neugierigen, teils mütterlichen Händen betasten möchten. Als lieber Besucher unsrer Gegenwart andrerseits umspannt er in voller körperlicher Frische zwei Weltepochen von solcher Auseinandergelegenheit, daß man vor seinem unnennbar hohen Alter zurückweicht in natürlichem Ehrfurchtsschauder... Ist es nicht so?«

Beifallsgemurmel der Menschenmauer. Man lebte im mentalen Zeitalter und hatte daher ein genußvolleres Verständnis für feingeprägte Paradoxe und Antithesen als in einer Periode journalistischer Faktenanbetung. Trotz meines Uralters und meiner Urjugendlichkeit aber fühlte ich mich nicht anders als jüngst vor dem Einschlafen, also rund fünfzigjährig. Ich war wie erlöst, als die Angel in der Hand des Fremdenführers sich von mir weg und dem zerlämperten Himmelsglobus zuwandte:

»Damals, Seigneur und liebe Zuhörer sonst«, bog er nun endlich in seinen Fremdenführervortrag ein, »damals, ehe die Goldschmiede aus ihrem zu ihrer Zeit so hochgeschätzten Metall die Bänder dieser primitiven Himmelsabbildung zurechthämmerten, hatte die Menschheit das Ärgste schon überstanden. Der Letzte Krieg wurde nämlich nicht mehr wie der Vorletzte Krieg mit rettungsloser Teufelei von allen gegen alle geführt, sondern nur mehr von ausgewählten Zehntausend gegen ausgewählte Zehntausend. Beide Zehntausend vernichteten einander innerhalb von drei dreizehntel Minuten bis auf den letzten Mann, wodurch bewiesen war, daß die waffenmäßige Austragung von Zwistigkeiten nichts mehr wirklich entscheiden und daher auch länger nicht als zeitgemäß gelten könnte. Zwar erhoben sich nach jenen drei dreizehntel Minuten der gegenseitigen Vernichtung noch einige fanatische Stimmen, welche beide Parteien zum Zwecke völliger Ausrottung aufeinander hetzen wollten, aber sonderbarer-, ehrenwerter- und unerwarteterweise siegte diesmal die Stimme der Vernunft. Man erinnerte sich mit Entsetzen des Vorletzten Krieges, der viele Menschenalter zuvor den Planeten verödet, die Überlebenden zu Höhlenbewohnern gemacht und ihnen alle Wissenschaft und, wie einige Fachgelehrte behaupten, sogar das Sprachvermögen genommen hatte. Die plumpe Geistesstufe, auf der die Menschen zur Zeit jenes Vorletzten Krieges standen, erkennen wir auch noch an ihren plumpen Waffen. Wer kennt nicht die Fernsubstanz- oder Fernschattenzertrümmerer, deren Anzahl unerschöpflich scheint? Die Kinder im Park des Arbeiters spielen mit diesen Fernsubstanzzertrümmerern, die freilich nicht mehr durch Aufknackung der Nuclei den Weltraum innerhalb der Unikel freilegen...«

»Ich möchte doch gebeten haben«, ließ Fiancé Io-Do einen Zwischenruf hören, seine eigne Waffensammlung verteidigend.

Die Blicke des Fremdenführers suchten mich, ehe er den interessanten Vortrag fortsetzte, den ich natürlich nicht in seinen, sondern nur in meinen Worten wiedergeben kann, wodurch ich ihm viel von seiner glatten Kälte und sternenfernen Unbeteiligtheit wegnehme. Ihm, dem privilegierten Fremdenführer dieses Zeitalters, war Krieg und Kriegsschrecken gleichgültiger und irrealer als dem Fremdenführer durch die Gefängnisse der venezianischen Dogen das verschollene Todesröcheln der Angeschmiedeten unter den Bleidächern.

»Das Zeitalter, welches dem Vorletzten Kriege unmittelbar voranging«, fuhr der Redner fort, »glich nicht mehr den Anfängen der Menschheit, deren schätzenswerten Augenzeugen wir zur Genugtuung des heutigen Tages bei uns haben. Seigneur könnte gewiß aus näherer Kenntnis als der hellsichtigste Gelehrte das primitive Leben des Urmenschen schildern, als da noch auf jede zehn Quadratmeilen ein andrer Stamm mit andrer Sprache, andern Sitten, andern Gebräuchen unter Zelten, niedrigen Strohdächern oder gar in termitenmäßigen oder schachtelartigen Hochgebäuden wohnte...«

Ich preßte verzweifelt B. H.'s Hand:

»Um Gotteswillen«, flüsterte ich, »ich werde kein Wort reden. Ich lasse mich nicht zwingen...«

B. H., sichtlich verärgert durch mein Benehmen, machte zum Fremdenführer hin ein verneinendes Zeichen, der nachsichtig nickte und seinen Vortrag ohne Pause fortsetzte:

»Zur Zeit des Vorletzten Krieges war unser Globus bereits heptalingual. Es gab nur mehr sieben verschiedene Sprachen, sieben verschiedene Völker, sieben verschiedene Reiche, wie es sieben Farben gibt. Ein Teil dieser Reiche, Völker, Sprachen, bewohnte mehr die Inseln, der andre mehr die Kontinente. Die Bewohner der Inseln waren reicher, friedlicher, vernunftentwickelter und phantasieloser, die Bewohner der Festländer waren ärmer an Lebensgütern, sie machten nicht die allgültige Logik zu ihrer Richtschnur, sondern vage Gefühle und Träume, die ihre Herzen füllten. Sie waren unbefriedigt in ihrem Lebenswandel, diese Kontinentalen, und darum fühlten und träumten sie zu viel und zumeist ungesund. Doch all ihre Gefühle und Träume enthielten unbezähmbaren Neid gegen die Inselbewohner, die leichter lebten. Die Neidischen, von Propheten und andern Demagogen angestiftet, verbanden sich zu einer Koalition, die schließlich durch eine tückische und unaufrichtige Politik den Vorletzten Krieg auf Erden erklärte, welcher, wie ich schon vorhin berichtet habe, zur beinahe vollkommenen Ausrottung beider Völker und Mächtegruppen führte, so daß die armseligen Reste der Menschheit von vorne anfangen mußten und mehrere hundert Jahre dazu brauchten, um eine neue zaghafte Zivilisation zu schaffen. Diese neue Zivilisation aber, als sie die höchste Stufe erreicht hatte, war schon fortentwickelter als die vorige, nämlich ambiglossal. Es gab nur mehr zwei Sprachen, zwei Nationen, zwei Reiche. Dieses Doppelsystem schien sich eine geraume Zeit lang aufs beste zu bewähren, und die Theoretiker triumphierten schon, daß es die unzerstörbare Grundlage für den endlich verwirklichten Ewigen Frieden bilden werde, zumal von beiden Seiten ein bis auf den heutigen Tag berühmtes Staatsgesetz angenommen wurde, das betitelt war: *Pflicht zur gegenseitigen Einmischung.*«

Entzückt über diese Formel, die den Zweiten Weltkrieg meines eigenen Zeitalters so leicht hätte abwenden können, rief ich:

»Bravo, bravo, das ist aber eine feine Bill«, worauf sich Bräutigam, Wortführer, Hausweiser, Beständiger Gast und noch einige andere erstaunt und verständnislos nach mir umwandten, während der Wiedergeborene neben mir tat, als habe er nichts gehört. Der Fremdenführer aber ließ sich durch meinen parlamentarischen Zustimmungslaut nicht stören:

»Es war eine Illusion«, sagte er mit der baritonalen Vibration eines gewiegten Schauspielers, der seine wohlaufgebaute Rede in einer Kadenz der Vergeblichkeit verhauchen läßt, »das Zweinationensystem brachte der Menschheit die Rettung nicht, und es mußten noch viele, viele Zeitalter vergehen und so manche Vorrückung der Sternbilder erfolgen, ehe es dem Menschen endlich gelang, dem natürlichen Ausgang des Lebens allen Schrecken zu nehmen und ihm jene milde Freiheit und Würde zu geben, die den Krieg und die Vorstellung von physischer Feindseligkeit zu einem absurden Nachtmahr macht, den der moderne Mensch eher für ein Lügengewebe überspannter Geschichtsforscher hält als für jenen grauenhaft wirklichen Höllenzwang, dem vor Jahrtausenden sein eigenes Geschlecht unterworfen war. Ja, wenn die Fernsubstanzzertrümmerer nicht wären und die anderen Waffen, auf denen gewissermaßen unsere Häuser gebaut sind...«

»Sehr richtig«, rief der Fiancé befriedigt.

»Und dieses Denkmal hier aus gehämmertem Goldmetall, das über den zwanzigtausend wohlerhaltenen Menschenschädeln jenes Letzten Krieges errichtet wurde...«

Bei Nennung des Wortes »Menschenschädel« begannen viele Kinder zu weinen und zu zetern. Ihre Mütter suchten sie zu beruhigen, indem sie leise auf sie einsprachen oder gar Wiegenlieder sangen. Es war ein schmerzliches Gesumm ringsum. Die große Menschenmenge hielt sich ängstlich von dem umgitterten

Kreis des Denkmals fern, als habe niemand mehr die Nerven, den Anblick von Totenschädeln zu ertragen. Wieder einmal hatte einer, und zwar der privilegierte Fremdenführer dieses Zeitalters, das Wort »Tod« vermieden. Was meinte er aber unter der »milden Würde und Freiheit«, die der moderne Mensch »dem Ausgang des Lebens gegeben hatte«? Immer wieder wurde ich vor das wohlbehütete Geheimnis der gegenwärtigen Welt gestellt, und immer tiefer berührte mich dieses Unbekannte. Doch ich mußte schnell mein Gehör dem Vortrag zuwenden, von dem ich bereits einige Sätze versäumt hatte.

»Es war somit«, schlug die etwas heisere Eloquenz an mein Ohr, »nicht wie bei der uranfänglichen Menschheit die natürliche Reibung der Notdurft, die zum Kriege führte, oder die andersgeartete Götterverehrung, sondern nichts als pure, lächerliche Eitelkeit. Jedermann, und zumal die reifere Schuljugend, die ich hiemit eigens begrüße, weiß aus dem Geschichtsunterricht, daß zur Zeit des Letzten Krieges die beiden bestehenden Nationen der Erde sich nannten: Die Blauen und die Roten. Nun hatten die Blauen sowohl als auch die Roten im Laufe ihrer Geschichte einen strahlenden Namensschatz großer Männer und Frauen angesammelt in allen Reichen menschlichen Strebens, als da sind: Gotteskunde, Weltallsweisheit, Chronosophie, Sternwanderschaft, Verwunderertum, Fremdfühlerei, Dichtung, Wissenschaft der Materie, Wissenschaft des Erkennens, Musik, Bildnerei, Abschilderei, Körpergewandtheit und Spiel, obwohl letzteres, das ist der Wert des zwecklosen Spiels, erst knapp vor unserer Zeit ganz und gar erfaßt wurde. Es gab sohin blaue und rote Genies in Hülle und Fülle. Man nannte sie unsterblich und trieb mit ihrem Namen allerlei Aufwand und großen Pomp zum Ersatz für die Sensationen der Politik, die damals schon langsam hinzudorren begannen. Da machte eines Tages ein blauer oder roter Astronom den Vorschlag, man solle die Namen der Sterne, die sich seit der fernsten Urzeit nicht geändert hatten, umbenennen mit den Namen der größten Gotteskünder, Weltallsweisen, Lebensweisen, Dichter, Gelehrten, Bildner, Sänger, Tänzer, Ballspieler, Billardspieler u. s. w. Von der Seite der andern Nation wurde unverzüglich geantwortet, man sei begeistert von dem Gedanken, das Himmelsgewölbe mit den Namen blauer und roter Genies auszusternen. Ein glanzvoller Kongreß trat zusammen, der mehrere Jahre lang tagte. In den ersten Jahren herrschte die schönste Übereinstimmung unter den Mandataren. Zuerst wurden die großen Genies der Frühzeit, die sich in der Geschichte erhalten hatten, unter die Sterne versetzt, es war eine recht ansehnliche Ziffer, dann folgten die Namen der blauen und roten Meister auf allen Gebieten. Da es aber leider unendlich viel mehr himmlische Sterne gab als menschliche Stars, war man gezwungen, bei der großen Umbenennung des Nachthimmels – die jetzt freilich ganz und gar vergessen ist – bis auf die dritte, vierte und fünfte Besetzung des Ruhms hinunterzugehn. Da zwinkerte ein höllischer Dämon mit den Augen, und wegen eines gleichgültigen Ballspielers oder Coupletsängers, rot oder blau, die Historiker haben's nie ermittelt, brach der große Zwist aus. Die Blauen, es können aber auch die Roten gewesen sein, verließen bebend vor Zorn und unter lautem Protest den Beratungssaal. Ein Mückenstich hatte genügt, den schlummernden Nationalhaß aufzureizen und das hochgerühmte Zweivölkersystem zu sprengen. Immerhin aber waren der Anlaß des Letzten Krieges, wie man das Duell der zweimal Zehntausend nennt, die Sterne am Himmel, ein Fortschritt, es waren die Sterne am Himmel ... die Sterne ...«

Die Worte des Fremdenführers dieses Zeitalters verhallten mir im Ohr. Ich konnte sie nicht mehr verstehen. Es war Nacht geworden, und ich hob den Kopf zum Himmel. Einer schönen Sommernacht gedachte ich da, wo ich ebenso den Kopf zum Himmel gehoben hatte, daß er beinahe waagrecht lag. Es war in der Nähe unsres Hauses gewesen, in den Voralpen. Die Milchstraße wölbte sich auch damals über mir, das Mondlicht aber war so stark, daß ihr Schleier nur wie eine Ahnung wehte. Und jetzt war ich tot. Und nicht genug damit, ich befand mich in dieser fremdesten aller Welten, eine zur Schau gestellte Rarität. Wie aber hatte selbst der Himmel sich verwandelt! Man konnte ihn mit dem alten sparsamen Himmel jener verschollenen Nacht ebensowenig vergleichen wie eine überüppige Blumenwiese im Juli mit einer Wiese im März nach der Schneeschmelze. Ich bin kein Astronom noch sonst ein Himmelsgucker oder -kenner; die Zahl der Sterne jedoch schien sich, verglichen mit meiner eigenen Lebenszeit, verzehnfacht zu haben. War es nur die trokkener und klarer gewordene Erdatmosphäre, die mehr Sternmillionen enthüllte als früher? Waren inzwischen neue Gestirne in solch unfaßbarer Überzahl ins Leben getreten? Oder fehlte einfach der liebe Mond?

Ich fühlte plötzlich, daß eine schier grauenhafte Wehmut in meiner Kehle emporstieg, ein ganz unausdrückbarer Jammer, wie ich ihn nie gefühlt hatte. Obwohl mein Gesicht starr blieb – es war neuartig kalt geworden um mich –, begannen die Wasser aus meinen Augen zu stürzen. Ich war viel zu traurig, um mein nicht mehr ganz reines Taschentuch zu ziehen. Ich lehnte nur mit zusammengebissenen Zähnen mein Gesicht gegen B. H.'s Schulter.

»Was hast du denn, F. W.?« fragte der alte Freund verstört.

»Mir ist so leid um den Mond, B. H.«, stammelte ich.

Siebentes Kapitel

Worin ich einen Blick in »Die Abendsterne Heute« tue, zum Unparteiischen in der wichtigsten Streitfrage aller Zeiten bestimmt werde, einen ansehnlichen Erfolg erringe und infolgedessen dem schlummernden Welthausmeier oder auch Geoarchonten oder auch Erdballpräsidenten meine Aufwartung machen darf.

Diese grauenhafte Wehmut, diese herzzerreißende Sentimentalität, ein wahres kosmisches Hundegefühl, welche mir das salzige Naß in die Augen und ein Aufschluchzen in die Kehle trieb, war glücklicherweise unbegründet. Ja, ich hatte grundlos um den Mond gelitten. Die gute Luna war während meiner langen Abwesenheit nicht vom Himmel verschwunden, nicht war sie von ewiger Nacht verschlungen, nicht im Nachhall der Sonnenherzattacke in Millionen Meteore zersprungen, sie war intakt und unverwandelt geblieben mit allen ihren vier Vierteln. Ich konnte mich selbst überzeugen davon, ohne daß mich B. H. erst mit Worten beruhigen mußte, denn gerade in diesem Augenblick war die traute Mondscheibe in ihrem schwachen ersten Viertel am aufgeworfenen Rand der weiten Waagschale sichtbar geworden, die ferne Spiel- und Silhouettenarchitektur der Türme, Türmchen, Giebel, Erker, Kuppeln, Zinnen am östlichen Horizonte nachschwärzend.

Ich kam aber gar nicht dazu, mich über die Vorhandenheit des alten Mondes so recht zu freuen, da, ungeheuerlich ganz und gar, ein wüstes astronomisches Phänomen am Nachthimmel Platz zu greifen begann. Wir wissen schon, daß der Nachthimmel dieses Zeitalters mit zehnmal dichterem Sterngewimmel übersät war als etwa der Himmel einer vollausgestirnten südlichen Augustnacht des zwanzigsten Jahrhunderts auf Bergesgipfeln oder hoher See. Der Vergleich mit einer blumendichten Sommerwiese, den ich vorhin gebrauchte, ist ziemlich zutreffend. Die einzelnen Sterne, soweit man unter diesen Sternklumpen, Sterntrauben, Sternschleiern von einzelnen Sternen überhaupt sprechen konnte, waren um viele, viele

Grade heller und größer als damals, und der zusammengeschrumpfte, schwarze Nacht-Raum zwischen und hinter ihnen schien weit zurückzutreten. (Angesichts dieser fortschreitend sich entschleiernden Weltenfülle mußte die Astronomie eine Wissenschaft geworden sein, deren Inventuraufnahme allein schon über Menschenkräfte ging.) Zu meiner Zeit, da man mit freiem Auge am Nachthimmel kaum dreitausend Sterne unterscheiden konnte, hatte man das Universum mit einer explodierenden Granate verglichen, deren Partikel, die Sterne, nach allen Seiten auseinanderfahren. Die Gelehrten waren wie so oft in dieser Theorie einer Illusion erlegen. Die dichte Belebtheit des Nachthimmels Jetzt zum Unterschiede von Einst hätte mir sofort die Wahrheit eingeben müssen: *Das Universum atmet.* Beim Einatmen ziehen sich die Gestirne im Raume zusammen, beim Ausatmen fahren sie auseinander. Diese große, hohe Wahrheit aber sollte ich erst viel später aus dem Munde des Hochschwebenden erfahren. – Eine künstliche Beleuchtung des Geodroms, der zentralen Plaza, wäre völlig überflüssig, ja hinderlich und störend gewesen. Wir waren eingehüllt in Licht, das ganz anders und weit schwächer als Sonnenlicht war, aber dennoch Licht; es war ein bläulich volles Licht, das die Gestalten und Gegenstände völlig ausmodellierte, nicht anders als der Tag, ihnen aber die Farbe nahm. Da aber in der Farbe das große Geheimnis der spektralanalytischen Täuschung liegt und die Farbe mehr der Maya angehört als die Form, so kann ich dieses übertriebene Sterntageslicht mit Recht ein geistiges Licht nennen, geistiger zumindest als das der Sonne. Wir standen somit umhüllt von astromentaler Nachthelligkeit. Und jetzt ereignete sich Folgendes:

Als würden vier apokalyptische Gewalten nach allen Richtungen eine zuerst kleine, doch stets wachsende Himmelsstelle mit unsichtbaren Spaten, Rechen oder Besen von Sternen freischaufeln, freiraufen, freikehren, entstand in der Mitte des Firmaments plötzlich ein immer größeres schwarzes Rechteck, einer Schultafel von Lichtjahrdimensionen ähnlich, an deren Rändern sich der glitzernde Sternenkies hoch aufhäufte.

»Was ist das, was ist das?« stotterte ich und preßte die linke Faust gegen mein arg zerknittertes Frackhemd.

B. H. ergriff meine rechte Hand und drückte sie gebieterisch:

»Alteriere dich nicht, F. W., verhalte dich ruhig! Es handelt sich selbstverständlich um ein rein optisches Manöver.«

»Man sollte doch die Sterne nicht zu optischen Manövern verwenden«, sagte ich mit bitterer Zunge aus trockener Kehle, und meine Kniee bebten.

»Unsre Beziehung zu den Sternen ist eine andre als die eure, lieber Freund«, lächelte der Wiedergeborene, der zur Vorsicht noch immer meine Hand festhielt, »seitdem unanzweifelbar festgestellt wurde, daß unser Planet wirklich und wahrhaftig der Mittelpunkt des Universums ist und es demnach ausschließlich nur *einen* bewohnten Planeten und *eine einzige* Menschheit gibt, die unsrige!«

»Was sagst du da, B. H.«, entrang sich's mir, »ist das wirklich und wahrhaftig festgestellt und kein Zweifel mehr möglich? Die geozentrische Hypothese und mehr als sie hat also gesiegt? Oh, ich hab's im stillen immer gewußt, sie werde siegen. Denn ohne sie ist der Glaube an eine geistige Bestimmung dieser Welt schwer zu begründen. Wie bin ich glücklich, B. H., wie sonderbar glücklich...«

Und bei diesen Worten fühlte ich meine Augen wieder naß werden, diesmal aber nicht durch das kosmische Hundegefühl, der Mond sei hin, sondern aus einem tief befriedigten Stolz. Der Wiedergeborene sah mich erstaunt an:

»Hast du dir das so sehr gewünscht, F. W.?« fragte er. »Ich finde, die Verantwortung wächst damit ziemlich ins Unermeßliche...«

Ich konnte auf diese mit Recht bekümmerte moralische Anmerkung nichts mehr erwidern. Denn in demselben Augenblick begannen aus dem gehäuften Sternkies rings um das leere, pechschwarze Rechteck einzelne spritzige Sternlein mit hüpfendem Mutwillen auf die Tafel zu springen, und aus ihnen bildete sich im Nu eine Lichtschrift, eine Titelschrift, und ich las, durchaus nicht zu meiner Erbauung:

»*Die Abendsterne Heute.*«

Und darunter in kleinerem Grade:

»Am dritten Tage des vierten Erdenmonats der siebenhundertzweiundvierzigsten Sonnenwoche der Null Komma Null Null Null dritten Evolution im elften Weltengroßjahr der Jungfrau.«

Und daneben, ganz winzig in Klammern, eine sechsstellige Zahl, die ich nicht lesen konnte, mit dem Zusatz: »Post Christum Incarnatum.«

»Das geht zu weit«, sagte ich, und erinnerte mich zugleich, daß ich diese selbe Phrase schon einmal während meines Abenteuers gebraucht hatte. Ein Forschungsreisender soll schauen, schweigen, Interjektionen vermeiden und keine Kritik üben. Freilich, ich durfte ja erst nach meiner Rückkehr so recht erkennen, daß ich eine Forschungsreise absolviert hatte. Jetzt aber verletzte diese aus Sternenlettern gedruckte Zeitung meinen Geschmack. Vielleicht würden die Gestirne des Zodiak auch noch zu Annoncen für Hautcreme und Abführmittel mißbraucht werden! Die kosmische Zudringlichkeit des Menschen war ins Absurde gewachsen:

»Wie wunderbar!« höhnte ich. »Nun hat der Journalismus und das Reklamegeschäft sogar nach den Sternen gegriffen. Das hätte nicht einmal ich mir träumen lassen. Der einzige Vorzug ist, daß eure Himmelszeitung nur in einem einzigen Exemplar erscheinen kann, und kein politischer Partei- und Inseratennabob die Millionen einstreicht.«

»Es gibt keine Millionen«, versetzte B. H. sehr von oben herab, »wenn du darunter jene verrosteten und verblaßten Courantmünzen verstehst, wie man sie noch heute in der obersten Erdschicht findet. Seit undenklichen Zeiten schon hat jedermann, was er braucht, und viel mehr als das. Jedermanns krankhafteste Gier könnte ohne weiters befriedigt werden. Schon aber dadurch, daß jedermann weiß, daß er alles haben kann, ist die Gier im Menschen so ziemlich versiegt. Es gilt im Gegenteil als fein und vornehm, weniger zu wollen, als man braucht. Reichtum als Drang, andre auszustechen, würde als erniedrigendes

Gebrechen gelten wie Schweißfüße oder schlechter Geruch aus dem Mund. Und daß wir nicht mehr kaufen und verkaufen, das habe ich dir schon gesagt, F. W., nicht wahr?«

»Und es gibt wirklich keinen Fall und keine Möglichkeit, wo ich etwas kaufen könnte, was ein andrer besitzt, und was einzigartig ist und nicht ein zweites Mal herstellbar?«

»Ich will ganz genau und ganz offen sein, mein lieber F. W.«, lächelte der Wiedergeborene jetzt. »Manchmal spielen wir Kaufen und Verkaufen...«

»Aha, ich verstehe, wie man Roulette spielt oder Baccarat oder Poker...«

»Im Spiel ist alles erlaubt«, verkündete B. H. »Spiel ist die wiederhergestellte verantwortungsarme Zeitdimension der Kindheit...«

»Sehr richtig«, mischte sich unser Abbé, der Wortführer, ins Gespräch. »Spiel ist die wiederhergestellte, schier ewige Zeitdimension der Kindheit. Doch nur das echte Spiel, das gewissermaßen sinnlos vor sich hinlallt, das nichts anderes ist als die träumerische Hingabe von Leib und Seele an die elementaren Kräfte, die uns umwogen. Gewinnspiel aber und Wettspiel hat nichts mit dem echten Spiel zu tun...«

»Und doch ist mir Kaufen und Verkaufen das liebste Spiel«, sagte Bräutigam Io-Do trotzig, und er fügte hinzu: »Ich würde sofort zehn Fernschattenzertrümmerer für eine mittlere Pulverflinte in Tausch geben.«

»Da sehen Sie nur unsre eheschließende Jugend«, schüttelte der Wortführer sein Haupt, worauf er den stark verrutschten silbernen Kopfaufsatz geraderücken mußte. Plötzlich aber deutete er mit ausgestrecktem Arm gen Himmel: »Was wollen Sie von der Jugend, da selbst die Weltallweisen und Lebensgelehrten Wettspiele aufführen?« Auf der schwarzen Schultafel des Firmaments waren jetzt neue Sternen-Schlagzeilen aufgesprungen. Sie lauteten:

»Größte Streitfrage aller Zeiten. – Match zwischen Professor Io-Sum und Professor Io-Clap wird fortgesetzt. – Kann Existenz Gottes zureichend bewiesen werden? – Heutiger Stand des

Wettspiels: Fünfzehn Punkte gegen siebzehn Punkte für Professor Io-Clap.«

Ich muß dem Leser ein Geständnis machen: Das Wort »Professor« leuchtete am Himmelsgewölbe nicht auf, sondern etwas, was dem griechischen Ausdruck »Sophistes« ähnlich sah und nahekam. Ich habe von der Monolingua nichts behalten als die merkwürdige zirpende und zwitschernde Lautbildung, die ich schon einmal mit dem Aztekischen verglich und die Erinnerung an eine Menge griechischer Fremd- und Lehnworte, mit denen die Zeitgenossen seltsam genug viele ihrer Einrichtungen bezeichneten. Das Griechische, zum Teil auch das Lateinische und Hebräische hatte sich als Gelehrten- und Theologensprache durch die Jahrzehntausende fortgeerbt wie die christkatholische Kirche (vielleicht sogar durch sie) und jene andere Erscheinung aus der Urzeit, die noch zur rechten Zeit in meiner Erzählung auftauchen wird. Also von »Professor« war keine Rede, sondern etwa von »Sophistes Io-Sum« und von »Sophistes Io-Clap«. Da aber das Wort Sophist bei uns einen absprechenden Beiklang hat, habe ich mich in frecher Übersetzerart entschlossen, es mit unserm bewährten »Professor« zu übertragen.

»Wie findest du das?« sah mich B. H. forschend an.

»Es ist gewiß die größte Streitfrage aller Zeiten«, entgegnete ich höflich, »doch auch die älteste, was die Formel schon besagt. Ich könnte jeden Betrag wetten – oh, ich bitte um Verzeihung, man wettet ja nicht –, daß ich nichts mir Unbekanntes darüber zu lesen bekommen werde.«

B. H. war ziemlich pikiert im Namen seiner Zeitgenossen. Er wandte sich mir voll zu:

»Beweist es nicht einen beträchtlichen geistigen Fortschritt, daß man in dieser Stunde rund um den ganzen Erdball der großen Menge dieses Match bietet anstatt wie in der Vorzeit ein Baseballspiel, eine Radiotie oder eine Nuditätenrevue...?«

»Nuditäten sind ja ziemlich überflüssig geworden«, sagte ich einfach.

Diese sarkastische Antwort konnte meinen Freund nicht mehr treffen, denn alle wandten den Blick jetzt zum schwarzen

Brett der Himmelszeitung, auf welcher die Sternschrift wieder zusammenzuhüpfen begann. Sie glich, ins Kosmisch-Erhabene gesteigert, den Lauftiteln zur Zeit des stummen Kinos oder den aufleuchtenden und verlöschenden Neonreklamen an den Häuserfronten der großen Boulevards unsrer Metropolen:

»Professor Io-Clap siebzehn Punkte. – Professor Io-Sum fünfzehn Punkte. – Professor Io-Sum kommt zum Zug. – Er hat in unermüdlicher Tagesarbeit von vollen zwanzig Minuten seinen Gedanken in achtundfünfzig Worte konzentriert. – Achtung! Achtung! Es folgen die achtundfünfzig Worte Professor Io-Sums...«

Die himmlische Schultafel wurde für eine halbe Minute schwarz, sogar beträchtlich schwärzer als vorher, dann begannen die Sternlein wieder zusammenzuhüpfen, um der Lehrmeinung des Sophistes Io-Sum über die größte Streitfrage aller Zeiten zur Schrift zu dienen, die ich hier übermittle:

»Die menschliche Sprache, selbst unsre Monolingua, ist nur ein Geschöpf des Geschöpfes. Das Geschöpf des Geschöpfes kann nur das Geschöpf beweisen, nicht aber den Schöpfer. Das Geschöpf hingegen, vorzüglich der Mensch, ist die Sprache des Schöpfers. Der Schöpfer beweist durch diese Sprache hindurch seine Haupteigenschaft, die Allgüte, indem trotz allem jedes Geschöpf lieber *ist* als *nicht ist*.«

Bravo, bravo, alter Schlaumeier, Sophistes und Professor Io-Sum, das haben Sie recht hübsch auf der Drehbank der Monolingua gedrechselt in den zwanzig Minuten ihrer unermüdlichen Tagesarbeit! Welch ein Fleiß für die zarte Konstitution des modernen Denkers, dachte ich amüsiert in mich hinein. Es ist ein wackerer Aphorismus, mehr literarisch zwar als professoral oder gar aus Glaubensdemut erflossen. Der Gedanke spielt mit seinen achtundfünfzig Worten und hüllt sie in den gehörigen wolkigen Dunst, wie es sich für solche Themata gehört. Nehme ich aber den Gedanken selbst aufs Korn, so begrüße ich einen meiner ganz alten Bekannten oder mindestens jemand, der einem dieser ganz alten Bekannten sehr ähnlich sieht. Es sind übrigens zwei Gedanken, recht pfiffig gemixt. Das Geschöpf ist die Sprache des Schöpfers. Solche Einfälle hat unsereins mit neunzehn Jahren recht verschämt aufs Papier geworfen. Kommt alles aus dem Prolog des Vierten Evangeliums: »Im Anfang war das Wort. Und das Wort war bei Gott...« usw. – Der zweite Gedanke aber ist erst der eigentliche: Gott beweist sich in seiner Güte dadurch, daß wir, die Geschöpfe, lieber *sind* als *nicht sind*, trotz allem. Also Sie verfügen auch über ein »trotz allem«, meine werten Ios beiderlei Geschlechts? Ewige Jugend oder Alterslosigkeit, eine Lebensdauer bis an die Grenze der Sättigung, ja des Überdrusses, Sicherheit und Sorglosigkeit auf jedem Daseinsgebiet, kein Krieg, keine Arbeit, die ganze Produktion der Güter besorgt ein prächtiger Arbeiter mit vermutlich blondem Vollbart und liefert sie jedem ins Haus; Spiel ist das Hochziel des Menschen, und zwar lallendes Kinderspiel, bewußtlos entspanntes Anheimgegebensein den Weltkräften, während ein bißchen Glücksspiel oder Wettspiel fast schon unerlaubte Friktionen und Übertretungen sind. Und am Ende gar, da doch auch dieses mentale Schlaraffenleben ein Ende nehmen muß, da ahne ich einen ganz und gar wundervollen Trick, das weitaus interessanteste Detail meines hiesigen Aufenthalts, in das eingeweiht zu werden mir noch bevorsteht. Und doch, auch hier dieses »trotz allem«, das vielleicht gar nicht so sehr verschieden ist von jenem ruhmreichen »trotz allem«, aus dem Roms Sklaven und Märtyrer die christliche Kirche gemauert haben. Wer weiß, wer weiß... Neugierig bin ich jedenfalls auf Sophistes Io-Claps Gegenzug.

Ein braunes Gemurmel rundum rauschte mir brandungsgleich ins Ohr und unterbrach meine Überlegungen. Die Menschenmenge auf der zentralen Plaza mochte sich inzwischen verfünffacht haben. Wahrscheinlich fanden sich allabendlich auf der Riesenwaagschale dieser Agora Zehntausende zusammen, um sich im bläulich schwarz-weißen, aber sonst beinahe taghellen Sternlicht zu ergehen, die Himmelszeitung zu lesen und ihre Meinungen über die verschiedenen mentalen Matches auszutauschen. Hunderte von Gruppen fanden sich zusammen, auf ihren Schlittschuhen schwungvolle Schleifen beschreibend.

Überall schwebten die Gestalten in ihren matten Changeant-Schleierraffungen durcheinander. Die goldenen und silbernen Kopfaufsätze zitterten und schimmerten unruhig auf. Aus dem kreisrund abgegitterten Bergwerk oder Teichbecken, das das versenkte Denkmal des »Letzten Krieges« umschloß, stieg ein martialisch rötlicher Schein empor. Der Fremdenführer dieses Zeitalters hatte sich längst wieder ins Erdinnere zurückgezogen. Die Schultafel auf dem Firmament, wo Professor Io-Sums Gedanke mehrmals hintereinander reproduziert worden war, starrte wieder schwarz und schwärzer. Rührend schien mir's immerhin, daß sich die gegenwärtigen Menschen ringsum nicht über die Wahl eines politischen Parteikreisleiters, über einen Industriestreik oder eine Börsenkatastrophe ereiferten, sondern über die größte Streitfrage aller Zeiten, den Gottesbeweis, hinsichtlich dessen, wie ich hörte, sogar heimliche Wetten abgeschlossen wurden. Bräutigam Io-Do wandte sich mit bedauerndem Achselzucken an mich:

»Es tut mir leid, Seigneur, Sie haben Pech. Heute, am dritten Tag der Woche, ist immer das fadeste Abendprogramm.«

Ich stellte an den Fiancé die Frage, was für ein Programm zum Beispiel für morgen vorgesehen sei. Morgen werde eine »Rätselsoirée« abgehalten, bekam ich zur Antwort, konnte aber diesen Begriff nicht mehr näher erklärt bekommen, da das schwarze Rechteck oben wieder sich mit Sternenschrift zu füllen begann. Und nun war es Professor Io-Clap, der zum Gegenschlag ausholte:

»Fünfzehn Punkte für Professor Io-Sum. – Siebzehn Punkte für Professor Io-Clap. – Die letzte Runde des Wettspiels ist im Gange. – Io-Clap, der große Improvisator, hat seine Antwort auf Io-Sums neuen Beweisgrund in Vorbereitung. – Er wird in vier, vier zehntel Minuten die ungeheure Geistesanstrengung erfolgreich beendet haben. – Es fehlen dahin noch zwei, zwei zehntel Minuten. – Wir stehen knapp vor der Entscheidung im Weltmatch über die größte Streitfrage aller Zeiten. – Wenden Sie nicht die Augen vom Himmel. – Das Komitee hat schon den Beschluß darüber gefaßt, ob die Entscheidung durch allgemeine

Abstimmung erfolgen soll oder durch den Preisspruch eines Unparteiischen. – Wenden Sie die Augen nicht vom Himmel. – Drei, fünf zehntel Minuten der Arbeit sind vergangen.«

»Das nenne ich aber ein imposantes Stück von amerikanisiertem Journalismus und gehauter Stimmungsmache«, flüsterte ich B. H. ins Ohr.

Mein Freund sah sich nach allen Seiten um, dann flüsterte er zurück:

»Das Objekt der Stimmungsmache aber ist kein Pferderennen und keine ›Quiz-Veranstaltung‹, sondern immerhin der Beweis vom Dasein Gottes...«

»Beides ist dasselbe geblieben, B. H.«, zuckte ich die Achseln, »der Mensch und seine geistigen Grenzen...«

Jetzt ging wieder das braune Raunen durch die Menge, denn die Sterne schrieben und schrieben:

»Vier, zwei zehntel Minuten. – Professor Io-Clap leistet noch immer Gedankenarbeit. – Vier, vier zehntel Minuten. – Die Arbeit ist beendet. – Wenden Sie die Augen nicht vom Himmel. – Professor Io-Clap hat seine Ansicht in hundertsiebenundvierzig Worten konzentriert. – Die letzte Runde geht zu Ende. – Professor Io-Claps hundertsiebenundvierzig Worte...«

Und wieder wurde die Schultafel schwarz und noch viel, viel schwärzer als je zuvor. Atemlos schwieg die Menge der Himmelszeitungsabonnenten, und auch mir klopfte das Herz unterm steifen Hemd. Dann begannen unter allgemeiner Spannung die Sternlein wieder zusammenzuspringen und schrieben Io-Claps Gedanken wie folgt:

»Mein Gegner behauptet, daß der Wille des Seins, zu sein und nicht nicht zu sein, den strikten Beweis dafür bilde, daß dieses geschaffene Sein einem schaffenden Sein entflossen sei. Ich aber frage den Sophistes Io-Sum: Kann eine Bejahung in sich selbst ihre Verneinung tragen? Kann das Sein die Idee des Nichtseins überhaupt fassen? Kann das Leben, sofern es nicht seinem Gegenteil bereits angehört, dieses Gegenteil überhaupt wollen können? Dreimal Nein! Der Selbsterhaltungstrieb, d. h. der unbekehrbare Wille des Seins, zu sein, ist nicht eine wandelbare

Eigenschaft, sondern eine Hypostase, ja die Natur dieses Seins selbst, die von ihm nicht weggedacht werden kann. Der Wille des Seins zum Sein ist daher unwidersprechlich immanent und deutet auf nichts hin als auf sich selbst. Es ist ein in der Logik unerlaubter Sprung, aus diesem Willen zum Sein auf einen jenseitigen bewußten, persönlichen und gütigen Ursprung des Seins zu schließen.«

Sapperlot, diesmal aber war's professoral, und nicht zu wenig. Da lob ich mir meinen träumerischen Sophistes Io-Sum mit dem ahnungsvollen Herzen und den unerlaubten logischen Sprüngen. Io-Clap hingegen und sein Stil sind ja eine richtige Neuauflage unsrer schwierigen Herren Hegel bis Heidegger. Die Monolingua klingt nahezu deutsch in dieser Diktion. Auch zeigt Io-Clap die echte Verschlagenheit des deutschen Professors, der mit seinem Präzisionskauderwelsch immer bereit war, »dem Willen zum Sein« beizuspringen, sei's als Infinitiv, sei's als Pronomen Posessivum, ob dieser Wille nun Fridericus hieß, Wilhelm II. oder, oder, na, wie heißt der Kobold? Ich lese noch einmal in Sternschrift: »Kann das Leben, sofern es nicht seinem Gegenteil bereits angehört, dieses Gegenteil überhaupt wollen können?« Warum denn nicht soll es wollen können? Da haben wir ihn, den tückischen Herrn Sophistes. Er weiß sehr genau, daß dieses Leben manchmal recht leidenschaftlich sein Gegenteil wollen kann oder können will. (Übrigens, auch hier ist wieder das Wort »Tod« durch den Euphemismus »Gegenteil« ersetzt.) Vielleicht gibt es auch heute dann und wann Selbstmord und gräßliche Krankheiten. Für diese Fälle schmuggelte der Professor, um sich logisch zu sichern, den Nebensatz vom Leben ein, das bereits seinem Gegenteil angehört. Imposant, imposant! Oh, wie kenne ich diese Schliche. Es ist recht merkwürdig, daß ich jetzt für mein eigenes Zeitalter, die Anfänge der Menschheit, einen befriedigten Patriotismus empfinde und mich hinterlistig glücklich fühle, daß die Philosophie und Metaphysik seit Heraklit, Plato, Aristoteles, Thomas, Cartesius, Kant, Schopenhauer und Bergson nicht den geringsten Fortschritt gemacht zu haben scheint, sondern eher einen Rückschritt, – werden doch offensichtlich dergleichen Disputationen, wie wir sie einst in einer Kaffeehausecke abgeführt haben, heut und hier für titanische Gedankenarbeit gehalten.

»Finden Sie nicht, Seigneur, daß Sophistes Io-Clap äußerst intelligent formuliert?« fragte mich jetzt der Wortführer, dessen schmales Gesicht unterm silbernen Lockenaufbau Voltaire glich, freilich einem sonderbar jugendschönen Voltaire und nicht dem bekannten satirischen Affen.

»Untadelig intelligent«, erwiderte ich höflich. »Ich wundre mich nur, daß man nach so vielen geistigen Schiffbrüchen im Laufe der Jahrtausende noch immer dieselben Fehler begeht wie einst. In den Anfängen der Menschheit wußte man es längst, daß die größte Streitfrage aller Zeiten nicht allein mit den Waffen des Intellekts zu entscheiden ist, obwohl die römische Kirche das Dasein Gottes für die Einsicht der menschlichen Vernunft zugänglich hielt...«

Bevor aber der Wortführer und die andern Junggesellen das Gespräch mit mir fortsetzen konnten, trat das unerwartete und für mich atemberaubende Ereignis ein, das mich mit einem Schlage berühmt machte, am dritten Tage des vierten Monats der siebenhundertzweiundvierzigsten Sonnenwoche der Null Komma Null Null Null dritten Evolution im elften Weltengroßjahr der Jungfrau auf dem Geodrom, als welches, wenn ich nicht irre, die zentrale Plaza des ganzen bewohnten Globus sein mußte. Es begann damit, daß ich meinen eigenen Augen nicht traute. Mitten am Nachthimmel dieser entlegenen zukünftigen Gegenwart, auf der schwarzen Schultafel der »Abendsterne Heute« stand mein eigener Name, vermehrt um das persönlichkeitsverleihende Präpositiv, jenes »Io«, welches den Menschen von jeder andern Kreatur unterscheidet. Mit blassem Schrecken las ich diesen Namen, von dem ich mich in einer unnennbar fernen Nacht verabschiedet hatte, und zwar, wie ich glaubte, auf immer und ewig; denn mein wirkliches unzerstörbares Ich konnte von Namen und Bewußtsein ebensowenig ganz bedeckt werden wie etwa ein erwachsener Körper von einem Taschentuch. Welche Verlegenheit, welche Last. Und es kam noch weit schlimmer. Die »Abendsterne« verkündeten in geradezu erregtem Brio, daß sich das »Komitee für die größte Streitfrage aller Zeiten« außerordentlich freue, heute dem P. T. Publikum eine seltene Überraschung bieten zu dürfen, nämlich mich, und zwar nicht nur den frühweltlichen »Seigneur« schlechtweg, was ja schon Überraschung genug wäre, sondern einen geistig rüstigen Seigneur, einen mit allen philosophischen Wassern gewaschenen Eiszeitler, Prädiluvialisten und Vorsonnentransparentler, der es sich zur Ehre anrechne, als Unentschiedener in der letzten Runde zwischen Sophistes Io-Sum und Sophistes Io-Clap zu fungieren, um nach einem gerechten und mental wohlbegründeten Urteilsspruch dem Sieger den Preis der hellgelben Handgelenkschleife zuzusprechen. Niedergedonnert stand ich da. Mein Mund öffnete und schloß sich schnappend. Plötzlich versuchte ich, auf meinen sausenden Hermesschuhen auszubrechen. Aber schon umgab mich die Gruppe unseres Hauses, allen andern voran der goldbehelmte Bräutigam, den dieses Ereignis mit prickelnden Emotionen zu versorgen schien.

»Was soll ich machen, B. H.?« flüsterte ich und fühlte, daß ich bleicher war, als es selbst einem Gespenste zukommt.

»Keine Geschichten sollst du machen«, flüsterte B. H. zurück.

»Bedenke doch meine Verwirrung«, flüsterte ich.

»Laß dich laufen«, flüsterte er zurück, »und folge nur deinen Einfällen. Je mehr Zick-Zack, um so besser.«

»Wohin geht es?« fragte ich, schon etwas lauter, und fühlte mich mutiger werden.

»Zum Uranographen«, antworteten alle, wie aus einem Mund.

Und da war er auch schon, der Uranograph, der Himmelsschreiber, der Redakteur en Chef der »Abendsterne«. Er stand mitten in der kühlen, freien Nacht vor einem wackligen Pult. Vor ihm lag nichts als zwei, drei schmierige Blätter Papier. Jedesmal, wenn er mit einem abgenagten Bleistiftstummel ein paar Worte auf solch einen gelblichen Käszettel warf, begannen die Sterne eifrig durcheinanderzuhüpfen und Texte zu bilden. Wie? Ja, das war eben das optische Manöver. Der Uranograph bot uns den vollendet gelangweilten Gesichtsausdruck dar, der ein nicht unwichtiger Bestandteil der journalistischen Berufsehre ist. Der echte Journalist nämlich neigt zu der Überzeugung, daß die Fakten an sich gar nicht da sind, sondern erst dadurch ins Leben treten, daß er sie berichtet. Nachdem er sie dann freilich berichtet hat, gibt er ihnen, als einem Teil seiner selbst, ein bißchen mehr Ehre als vorher. Er gehört somit zu den Leuten, die von einem heimlichen Schöpferhochmut verzehrt werden, der nur ein einziges Luftloch nach außen besitzt, eben jene gelangweilte und sichtlich abstrapazierte Suffisance, die nicht einmal durch den Weltuntergang interessiert werden kann. Der Uranograph sah mich also mit abstrapazierter Suffisance an, als wäre für ihn eine Materialisation aus den vierziger Jahren des zwanzigsten Jahrhunderts nicht nur eine alltäglich selbstverständliche, sondern auch eine verdächtige Erscheinung. Nachdem mir seine Augen eine Zeitlang das berufliche Niladmirari zu verstehn gegeben hatten, fragte er mich mit leiser und brummender Stimme:

»Haben Sie Ihre Entscheidung getroffen, Seigneur?«

Die gelangweilte Miene des Uranographen und seine gleichgültige Stimme, die vermutlich ausdrücken wollte, daß er an mich ebensowenig glaubte wie an alle andern Fakten, die er mit seinem abgenagten Bleistiftstummel an den Himmel schrieb, diese Miene und diese Stimme gaben mir, indem sie mich beleidigten, eine gar köstliche Frische und Energie:

»Die Gedankengänge Io-Sums und Io-Claps«, sagte ich, »sind beide in sich geschlossen und voll vertretbar.«

Ein schwacher Schimmer von Aufmerksamkeit glomm im Blick des Uranographen auf:

»Soll das heißen, Seigneur«, fragte er, »daß Sie den Wettkampf für unentschieden erklären?«

»Nein«, erwiderte ich mit leichtem Nachdruck. »Ich erkläre ihn für entschieden, und zwar zugunsten Professor Io-Sums.«

Der Uranograph gähnte. Es war der erste Mensch des Zeitalters, den ich auf dieser physischen Reaktion der Abgespanntheit ertappte.

»Und welche Begründung«, fragte er, »haben Sie für Ihren unappellablen Urteilsspruch, Seigneur?«

»Eine sehr einfache und sehr schlüssige«, sagte ich langsam, Wort für Wort setzend, während mir das Herz warm wurde vor lauter oxydierendem Rechthaben, »Sophistes Io-Sum hat nur achtundfünfzig Worte zur Formulierung seines Gedankens verarbeitet, Sophistes Io-Clap hingegen hat hundertsiebenundvierzig Worte zur selben Konzentration nötig gehabt. Der Gedanke Io-Claps, der außerdem kein unabhängiger Grundsatz ist, sondern nur eine Widerlegung, ist daher um neunundachtzig Worte schwächer als der Gedanke Io-Sums. Rechnen wir zehn Worte als einen Punkt, so hat Sophistes Io-Sum in der letzten Runde neun Punkte gewonnen und somit in diesem Match über Sophistes Io-Clap vierundzwanzig zu siebzehn gesiegt.«

Der Bleistiftstummel des Uranographen flog über den Käszettel, so daß das hinkende Schreibpult noch mehr wackelte als vorher; als völlig uninteressierter Redakteur zeichnete er die Arithmetik meiner Wahrheitsfindung getreu nach, ohne sie anzuerkennen oder zu verwerfen. Ich freilich war sehr stolz auf mein Urteil als Umpire. Die Formel meiner Wahrheitsfindung lautete mir im eigenen Ohr wie ein Newtonscher Grundsatz: »Zwischen zwei Wahrheiten, die demselben Thema zur Erkenntnis dienen, ist diejenige mit der gelben Handgelenkschleife preiszukrönen, welche weniger Worte und Silben zu ihrem Ausdruck vonnöten hat...«

Jetzt, lang nach meiner Rückkehr aus jener zukünftigen Gegenwart in unsere gegenwärtige Gegenwart, finde ich den lauten Erfolg meines Wahrspruchs sowohl unverständlich als auch übertrieben. Das mit der Wortzahl als Gradmesser der Wahrheit war doch eher ein leichtfertiger Witz als ein ehrliches Prinzip philosophischen Forschens, zumal im Hinblick auf Ernst und Erhabenheit unserer Streitfrage. Sei es wie es sei, dort und damals, im fast taghellen Sternlicht empfand ich heitere Genugtuung darüber, daß ich mich nicht blamiert, sondern trefflich aus der Affäre gezogen und dazu noch ein neues Prinzip aufgestellt hatte. Das Verwunderliche war, daß dieses Prinzip – wer zu viel Worte macht, hat als Philosoph verloren – »der Menge« auf dem ungeheuren Geodrom sofort einleuchtete. Applaus und metallenes Beifallsgetrampel von abertausend Schlittschuhen wirkte elementar. Es war gerade das Pointierte, Ironische, der leichtgeschürzte Ernst meines Urteils, was dem mentalen Zeitalter gefiel, das vor heftigen Berührungen durch Geist und Gefühl zurückschauderte. Überdies schätzte man mehr das Äquivalent für attisches Salz und gallische Würze als das für deutsche Gründlichkeit, wie es sich im Sophistes Io-Clap durch die Jahrzehntausende fortgeerbt zu haben schien. In dem Beifall, den ich erntete, mochte sich sogar Überdruß an den Professoren und am ewigen Thema dieses Wettstreits entladen. Eines aber muß immer wieder gesagt werden: Heute – ich spreche von der Zeit, in der ich diese Seiten schreibe – heute wäre die öffentliche Diskussion eines solchen Themas vor dem breitesten Publikum der Welt eine blanke Unmöglichkeit, da nur einzelne und wenige den Bildungsgrad, den Sprachschatz, die Freiheit von materiellen Vorstellungen und die geistige Entwicklungsstufe besitzen, um einer philosophischen Deduktion überhaupt folgen zu können. Damals – ich spreche von jenem Abend, der in rund hunderttausend Jahren kommen wird – besaß diese Freiheit von materiellen Vorstellungen und diesen Bildungsgrad so gut wie jedermann, da schon seit grauestem Menschengedenken jedermanns Zeit ausschließlich aus freier Zeit bestand und die Menschheit, nachdem sie die Natur gebändigt hatte, ohne intimen Umgang mit dem Geisterreich und dem Reich des Geistes an Langerweile verreckt wäre. Die Sache mit meinem unerwarteten Erfolg lag aber noch verwickelter. Ich hatte zwischen zwei Typen zu richten gehabt. Von diesen beiden Typen war Io-Sum der Einfache, der Gläubige, der Inspirierte, Io-Clap der Intellektuelle, der Ungläubige, der Skeptiker. Diese beiden Typen repräsentierten, wie mir bald aufzudämmern begann, einen uralten Zwist, der auch durch die gegenwärtige Menschheit ging. Ich hatte Io-Sum, dem Inspirierten, meinen Kranz gereicht. Bald wurde mir durch die schlecht verhehlte Verstimmtheit des Wortführers, des Hausweisen und des Beständigen Gastes klar, daß ich wider den Wunsch dieser meiner neuen Freunde das Urteil gefällt hatte. Die Junggesellen gehörten alle der älteren und ältesten Generation an. Io-Fagòr, der Brautvater, hatte ja während des Festmahles seiner Madame Urgroßmama, der allerschönsten Ahnfrau, das Kompliment gemacht, man habe nur zu ihrer Jugendzeit das richtige Leben gelebt. Zugleich aber hatte derselbe Io-Fagòr die Dekadenz der modernen Jugend darin erkannt, daß sie nicht mehr dem reinen Spiel ergeben sei, sondern in überwundene Leidenschaften zurückzusinken drohe, ähnlich wie auf dem vom eisengrauen Rasen vernunftvoll bedeckten Erdball da und dort jene absonderlichen Dschungel aufplatzten, mit ihren »Hühnern und Gockelhähnen« und, wie Igo-Fagòr es genannt hatte, dem »säuischen Getümmel«. Für das Zurücksinken in überwundene Leidenschaften hatte mir Bräutigam Io-Do durch seine kriegerische Sammlung und seinen Spleen für Fernsubstanzzertrümmerer und Pulverflinten ein überraschendes Exempel gegeben. Mir schwante also bereits am ersten Abend meines Aufenthaltes, daß die älteren Leute hier einer Art von Rokoko, einem ancien régime nachtrauerten, in welchem das mentale Zeitalter die leichten Farben bevorzugt hatte (das Hellgrün und Blaßblau der Reisekügelchen), daß aber die Jugend nunmehr schwerere und tiefere Tinten ins Leben zu schmuggeln begann, vielleicht, wer weiß es, sogar ein veritables Blutrot.

Während all diese Widersprüche mein trotz aller Strapazen überklares Hirn durchzuckten, das unbeschadet so langer trainingsloser Nicht-Existenz sich den enormen Anforderungen dieses Tages nicht minder gewachsen zeigte als mein Körper, flogen wir, unsere Hausgruppe und ich, kreuz und quer durch die applaudierende und schleierschwenkende Menge über die zentrale Plaza. Ich nahm gleichsam auf diese Weise dem fremden Zeitalter die Parade ab, ähnlich wie einst hohe Staatsbesuche es gemacht hatten, Könige, Präsidenten, Prinzen, Marschälle, Premierminister, wenn sie an der Spitze ihrer Eskorte die Ehrenkompanien abschritten oder abritten. Am meisten schien meinen Erfolg Bräutigam Io-Do zu genießen, der schließlich die unmittelbare Ursache dieses Erfolgs war und ihn auf das Konto seines großen Lebensfestes setzen konnte. Zeremonienmeister aber war diesmal nicht der Wortführer, der sich noch immer verschnupft zeigte, weil ich in meinem Verdikt dem Skeptizismus und Agnostizismus ein Schnippchen geschlagen hatte, sondern der Beständige Gast, ich meine jenen, welcher in seiner plastisch silbernen Allongeperücke einem barocken Serenissimus glich. Jetzt sauste er an der Spitze unseres Trupps. Hie und da hob er die Hand, dann mußten wir unsern Hui unterbrechen. Sofort wurden wir von Neugierigen umrundet. Ein für mich neues Phänomen dieses astromentalen Zeitalters bestand auch darin, daß jeder jeden zu kennen schien. Wie wenige Millionen mochten es sein, auf welche das Menschengeschlecht zusammengeschrumpft war? Ohne Zweifel auf genau so viele, wie zu seiner Fortfristung die gereifte Erkenntnis als notwendig festgestellt hatte. Es gab jedenfalls niemanden, der den andern nicht grüßte und von diesem nicht begrüßt wurde. Der Gruß, umständlich und überaus formell, gemahnte mich teils an die Art, wie zu meiner Zeit Chinesen sich begrüßt hatten, teils aber an den Gruß preußischer Offiziere bei Betreten eines Zimmers, denn man neigte den Kopf bei völlig steifem Oberkörper, um die gebrochene Linie zu vermeiden.

B. H. begründete die zeremoniöse Intimität aller mit allen damit, daß die Menschen im Vollbewußtsein dessen, daß sie nicht irgendeiner im Kampf ums Dasein siegreichen Tierrasse angehörten, sondern die einzige Menschheit und somit die Mitte des Universums waren, einen höheren Grad von gegenseitiger Achtung einander zu zollen gelernt hatten. Man war ein Bekannter schon durch die Tatsache, daß man Mensch war. Und einen Bekannten nicht zu grüßen, das allein hätte schon bedeutet, ihm Mißachtung und Feindseligkeit zu beweisen. Wir blieben also dann und wann stehn, wenn der Beständige Gast es gebot, und ich machte Kopfneigungen bei steifem Oberkörper und nahm ebensolche Kopfneigungen entgegen, obwohl ich dieser Menschheit nur im Sinne der zurückeilenden Zeitdimensionen angehörte, nicht aber im Sinne des gleichzeitigen Raumes, in dem ich mich nur auf Widerruf befand, was ich in diesem Augenblick sehr hell und mit einem leisen Amüsement empfand. Immer wieder wurden Fragen an mich gerichtet, die seit den Anfängen der Menschheit bis zu ihrem Ende immer dieselben sind und bleiben werden:

»Ist das Ihr erster Besuch des Geodroms, Seigneur?«

»Jawohl, es ist mein erster.«

»Und ist Ihr Eindruck wirklich so groß, wie die ›Abendsterne‹ es soeben behaupteten?«

»Mein Eindruck ist gigantisch.«

»Damit machen Sie uns eine große Freude, Seigneur.«

Warum machte ich ihnen eine so große Freude mit dem bißchen leeren Lob? Warum waren sie so eitel? Waren sie denn so arm? Sollte man auch heute noch an Minderwertigkeitsgefühlen leiden?

»Sagen Sie offen, Seigneur, erkennen Sie an uns einen Fortschritt?«

»Fortschritt ist ein zu schwaches Wort für den Bergweg der Höherentwicklung, den Sie zurückgelegt haben, meine Damen und Herren.«

»Hat irgend jemand in Ihren Tagen, Seigneur, diesen Bergweg vorhergeahnt?«

»Nein! Zu meiner Zeit war die volle Bändigung der Naturkräfte durch Technik Inbegriff aller Zukunftsträume, wozu ja auch der Kampf um ein bißchen soziale Gerechtigkeit noch gehörte. Eine astromentale Kultur in heutiger Art lag außerhalb unserer Vorstellungskraft und unseres Wunschtraums.«

»Oh, ist das wirklich so, Seigneur?«

Steife Verbeugung meinerseits und seinerseits.

Sie waren unsicher, sehr unsicher. Io-Sums »Trotz Allem« nagte an ihnen.

Plötzlich begann der liebe Herr Io-Solip ziemlich unruhig und nachdenklich zu werden:

»Ich bin soeben von meinem Gegenschwieger Io-Fagòr angerufen worden«, sagte er.

Darauf sah ich mir den kleinen gutherzigen Bräutigamsvater

genau an, ob ich etwa einen winzigen Fernsprecher oder Radioempfänger in seinen Händen entdecken könne. Nichts dergleichen.

»Womit und auf welche Weise sind Sie angerufen worden?« fragte ich gespannt.

Um meine kindische Unwissenheit zum Schweigen zu bringen, übernahm B. H. sofort die Erklärung in wegwerfendem Ton:

»Wir rufen einander im Geiste an«, sagte er, »das mag dir genügen. Es gehört dazu freilich eine ganze Menge von Erziehung und Praxis. Man muß die Gewandtheit haben, dem Strom der inneren Vorstellungen und Bilder willentlich Einhalt zu gebieten und das Bild desjenigen, den man anrufen will, mit höchster Plastik herauszuarbeiten... Ich will es später mit dir üben.«

»Wir sollen schnell nach Hause kommen«, sagte Herr Io-Solip und verriet eine gewisse Nervosität, »Io-La, die Braut, Io-Fagòrs herrliche Tochter, ist schon sehr ungeduldig und ungehalten; man möge ihr endlich Seigneur vorführen.«

»Ich betrachte den Wunsch der jungen Dame als Befehl«, sagte ich mit altfränkischer Galanterie, doch innerlich von der Sehnsucht besessen, »nach Hause« und zur Ruhe zu kommen. Mich erfüllte die Hoffnung, ich werde nach rascher Absolvierung jener Dame Io-La oder Lala, wie sie genannt wurde, mich irgendwo niedersetzen können, am liebsten in dem Bernsteingelb des kleinen Salons, und gemeinsam mit B. H. wieder ein Fossil sein dürfen. Meine Hoffnung wurde schnell durchkreuzt. Der Fremdenführer dieses Zeitalters schwebte an der Spitze eines sichtlich offiziellen Häufleins auf uns zu. Das Komitee der größten Streitfrage aller Zeiten hatte einen Beschluß über mich gefaßt, der meiner Sehnsucht nach der gebrochenen Linie keine Rechnung trug. Ich sollte unverzüglich vor den Welthausmeier geführt werden, um von ihm eine Auszeichnung für meinen philosophischen Preisspruch zu erhalten.

»Welthausmeier?« fragte ich. »Major Domus Mundi? Ist dieser Begriff zurückzuführen auf die regierenden Satrapen der Merowinger- und Karolingerzeit?«

Niemand konnte antworten. B. H., der es vermutlich hätte können, schien es nicht zu wollen.

»Ist der Welthausmeier hier das Staatsoberhaupt?« fragte ich weiter.

»Er ist der Geoarchont, der Erdballpräsident«, erwiderte B. H.

»Ich bitte um Verzeihung«, zögerte ich, mit einem Blick zu meinem Freunde hin. »Ich denke aber, daß ich morgen, sollte ich noch leben und hier sein, viel präsentabler sein werde als jetzt...«

Man überstürzte sich in Beteuerungen, daß ich präsentabler gar nicht werden könne, als ich soeben war. Nicht einmal das Argument, daß die herrliche Lala, die Braut dieser Tage, ungeduldig auf meine Vorführung warte, wurde zugelassen. Das Weltoberhaupt hatte befohlen.

»Meine Herrschaften«, sagte ich, »sehen Sie hier diese mittelmäßig ehrenvolle Auszeichnung an meiner Brust. Der Staat, der sie mir verliehen hatte, wurde drei Wochen darauf von der Weltgeschichte bis auf weiteres kassiert. Es ist ein böses Omen. Man soll unzuverlässige Leute, die auf so imaginären Gebieten arbeiten wie ich, nicht durch Orden und Ehrenzeichen hervorheben wie verläßliche Beamte, Politiker oder Kommerzianten. Gewandtheit im schriftlichen Ausdruck ist eine Gabe, aber keine Leistung, und noch viel weniger eine Tugend.«

Man schalt meinen Aberglauben und beruhigte mich allen Ernstes. Jedes Kind wisse, daß die geeinigte Menschheit sich im Gleichgewicht befinde, welches nur durch eine kosmische Katastrophe aufgehoben werden könnte. Da fragte ich, ohne einen Seufzer zu unterdrücken: »Befindet sich der Regierungspalast in der Nähe? Werde ich Gelegenheit haben, mir die Hände zu waschen, ehe ich vor Seiner Exzellenz erscheine?«

B. H. sah mich ziemlich verstört an. Es tat mir leid, daß ich ihn immer wieder blamierte.

»Regierungspalast«, schüttelte er den Kopf. »Der Welthausmeier wohnt im Schilderhaus!«

Nein, der Amtssitz des Erdballpräsidenten oder Geoarchonten war mehr als ein Schilderhaus. Es war eine Art von Wachtstube in einer grobgezimmerten Baracke, die an militärische Ubikationen gemahnte, wie ich sie seinerzeit, das heißt meinerzeit, gut gekannt habe. Nur der Farbanstrich in hellgrünen und hellblauen Streifen mochte in der verschütteten Erinnerung des Wiedergeborenen das Wort »Schilderhaus« heraufbeschworen haben, worunter man jene runden oder viereckigen hölzernen oder steinernen Kästen versteht, die dem auf und ab schreitenden Schild- oder Wachtposten Schutz während eines Unwetters bieten sollen. Des Welthausmeiers Schilderhaus lag am nördlichen Hochrande der Waagschale im Kranz der mir noch immer unverständlichen Architekturen, deren Symbole und Ornamente weit massiver die Erdoberfläche überragten, als es von der Mitte des Geodroms den Anschein gehabt hatte. Verglichen mit diesen Architekturen stach die absichtliche, ja übertriebene Niedrigkeit und Nichtigkeit des höchsten Amtssitzes mir ins Auge. Es war beinahe ein Trost zu denken, daß vermutlich auch der Erdballpräsident dieses Zeitalters in den luft- und lichtreichen Labyrinthen unter der Erde seine geräumig prächtige Dienstwohnung innehabe. Gleich hinter der ungehobelten Wachtbaracke oder, um bei dem falschen, aber merkwürdigeren Begriff zu bleiben, gleich hinter dem Schilderhaus des Geoarchonten wölbte sich eine weite, hohe Kuppel aus durchsichtigem Material, so daß man in das Innere dieses opalisierenden Kuppelraumes blicken konnte. Dort lagen auf Strecksesseln mit einander zugekehrten Fußenden, die einen Kreis bildeten, etwa dreißig regungslose Persönlichkeiten, die entweder wirklich schlummerten oder im Halbschlafe eine gesundheitsfördernde Bestrahlungskur durchzumachen schienen.

»Ein Sanatorium?« fragte ich B. H.

Er schüttelte lächelnd den Kopf:

»Ganz im Gegenteil, mein Lieber; es sind die Zusammenstimmer.«

»Wahrscheinlich Staatsbeamte, Verzeihung: Weltbeamte, die Feierabend machen?«

»Die wichtigsten Weltbeamten sogar, F. W. Vielleicht wird dir das ungebräuchlichere Wort mehr sagen. Es sind die Symphronisten oder Zusammenstimmer. Sie stimmen im Geiste die scharf eingestellten Wünsche zusammen und halten dadurch die Ordnung im Reiseverkehr aufrecht. Es ist keine Kleinigkeit, das kannst du dir wohl denken, etwa tausend Reisen in der Minute zusammenzustimmen, denn viele Leute bewegen gleichzeitig dasselbe Ziel auf sich zu. Daß es zu keinen Zusammenstößen kommt, dazu ist schon wirklich eine höhere Mathematik vonnöten...«

Obwohl die Spiegelfläche des Erdbodens nur in einem ganz schwachen Winkel nach oben anstieg, mußten wir uns vor dem Schilderhaus des Geoarchonten doch wie richtige Eisläufer in Schleifen und Bögen umeinander bewegen, damit wir vom Rande der Waagschale nicht wieder hinabglitten, dem Denkmal des Letzten Krieges entgegen. Die Menschenmauer hielt ziemlich weiten Abstand von unserer Hausgruppe, die sich nur um den Fremdenführer dieses Zeitalters und zwei oder drei Komiteemitglieder vermehrt hatte. Was mir als dem Kinde meiner Zeit sofort als sehr bedenklich auffiel, war der Umstand, daß des Erdballpräsidenten lächerliches Schilderhaus völlig unbewacht und ungesichert war. Weit stand die gestreifte Tür offen. Kein Leibgardist, kein Wachtposten, kein Detektiv, kein Schutzmann, kein Konfident, ja nicht einmal ein ordinärer Portier hätte einem präsumtiven Attentäter den Eingang verwehrt. Das Metier des Welthausmeiers schien demnach weder sehr beneidet noch auch umworben zu sein. Ich versuchte, auf meinen Schlittschuhen immer in B. H.'s Nähe zu bleiben.

»Wie ist der Name seiner Exzellenz, des gegenwärtigen Geoarchonten?« fragte ich.

»Er hat keinen Namen«, erwiderte B. H. leise.

»Ich meine, wie er wirklich heißt, wie er bürgerlich heißt...«

»Der Welthausmeier heißt überhaupt nicht. Weder wirklich noch bürgerlich. Bei der Investitur wird sein Name feierlich aus allen Dokumenten gelöscht. Sogar sein ›Io‹ hat er aufzuopfern.«

»Das muß aber sehr unangenehm sein«, entfuhr es mir.

Der Hausweise, der meinen Ausruf gehört hatte, blieb dicht vor mir stehen:

»Es gehört zu meinen Pflichten, Seigneur, Ihnen einen Abriß der Konstitution zu geben...«

Er kam nicht weiter. Denn schon hatte ihn der jach heranstürmende Wortführer unterbrochen (welche Geschmeidigkeit im hohen Alter):

»Ihre Pflicht ist die reine Spekulation, sonst nichts. Des Wortführers Pflicht hingegen ist die Darstellung der Dinge in Schrift und Rede...«

»Nicht des Wortführers Pflicht, der nur ein Hausredner ist«, ertönte die heisere Oratorenstimme des Fremdenführers dieses Zeitalters, der plötzlich alle hoch überragte und genau so aussah wie eine unvergessene Lesebekanntschaft meiner Knabenzeit, ich meine den ägyptischen Isispriester Arbaces aus Bulwers »Letzten Tagen von Pompeji«.

»Wessen Pflicht ist es, einen Fremden zu führen, der nicht nur einen Hausbesuch macht, sondern einen Weltbesuch?«

Alle schwiegen beschämt. Die Autorität dieses hohen Bürokraten zu bestreiten, wagte niemand.

»Die Wahl des planetaren Archonten«, begann der Fremdenführer trocken und doch auch hoheitsvoll, »erfolgt kraft unserer Verfassung auf dem Wege des allgemeinen, gleichen, direkten und geheimen Wahlrechtes...«

Der genannte Begriff, »allgemeines, gleiches, direktes und geheimes Wahlrecht«, klang meinen Ohren wohlvertraut, ja ich muß gestehen, allzu wohlvertraut. Die politischen Reden und Zeitungen meiner eigenen Jugendzeit waren von ihm erfüllt gewesen, und die Öffentlichkeit meines Heimatreiches hatte ihn hoch gefeiert, als er eines Tages, das alte Klassenrecht ablösend, zum Gesetz erhoben wurde. Wir freilich, die Studenten jener so ruhigen Zeit, jenes Weekends der Weltgeschichte vor 1914, ich verstehe darunter B. H., mich und alle unsre Freunde, hatten uns recht wenig um Politik und Politiker gekümmert, die uns allesamt als Vertreter der niedrigen, bierigen Unbildung und Geistlosigkeit verächtlich waren. Wir selbst waren das, was jene bierbäuchigen Politiker ihrerseits wiederum mit Verachtung »weltfremde Ästheten« nannten. Wir waren's in der festen Überzeugung, hoch über der gewöhnlichen Menschheit zu schweben, weil wir Gedichte für wichtiger hielten als Lohnkämpfe in der Industrie, als Zollgrenzen und die Sprachenfrage in nationalen Streitgebieten. Als nach dem Weekend der Weltgeschichte ihr blutiger Wochentag wieder anbrach, sollten wir nur allzubald eines besseren belehrt werden. Als ich aber jetzt, unzählige Jahrhunderte nach jenen verrauschten Kämpfen um die Demokratie, welche immer wieder verloren und immer wieder gewonnen wurden, aus dem Munde des Fremdenführers die altvergilbte und vorvergangene Wortfolge hörte: »Allgemeines, gleiches, direktes und geheimes Wahlrecht«, empfand ich nicht nur vergleichsweise die Enttäuschung eines Touristen, der sich die Peterskirche in Rom größer und dunkel-heiliger vorgestellt hatte, sondern auch etwas von jener ästhetenhaften Spottsucht meiner Jünglingszeit wider den Ernst der Politik. Ich wurde aber sofort aufgeklärt, daß es um das Wahlgesetz dieses Zeitalters durchaus nicht so bierbäuchig altväterisch bestellt war wie der bloße Klang der Phrase es vermuten ließ.

»Berechtigt zu wählen«, so setzte die radioartige Stimme des Fremdenführers die Belehrung fort, »ist jeder Mann, jede Frau, jeder Junggeselle, jede Junggesellin, kurz jegliches Io, welches das dreiunddreißigste Lebensjahr vollendet hat. Berechtigt, gewählt zu werden, sind immerdar nur elf entpersönlichte Persönlichkeiten. Es sind die Seleniazusen, die Mondgeweihten ...«

Der Kürze wegen werde ich versuchen, die direkte Rede des Fremdenführers zu unterbrechen und diese sonderbare Sache mit eigenen Worten zu umschreiben. Ich muß zugeben, daß ich, außerstande irgendwelche Notizen zu machen, die ich freilich nicht hätte mitbringen können, mir von den einundzwanzig Bedingungen, welche die Selenezusia, die Mondgeweihtheit, ausmachen, zwar einen wichtigen Teil, nicht aber alle gemerkt habe. (In dem Worte »Mondgeweihtheit« wird gar mancher einen Rückschritt bis zur mythologischen Epoche der Menschheit verspüren, bis weit hinters allgemeine Wahlrecht meiner eigenen Jugendzeit zurück – dieses Gefühl wird aber irrig sein und den Tatsachen durchaus nicht gerecht werden.) Die elf Seleniazusen, welche, ohne es selbst zu wissen, die Kandidatur für das oberste Weltvorsteheramt innehatten, wurden von einer geheimen Kommission nach gewissen gesetzlich geforderten körperlichen Merkmalen und geistigen Eigenschaften aufgestellt, und zwar erfolgte ihre Erkürung schon im zarten Alter von fünf Jahren.

Von ihrem fünften Jahre an wurden sie unmerklich, aber beständig überwacht. Die Zahl der auf diese Weise unbewußt zur Kandidatur Zugelassenen konnte bis auf einhundertzehn anwachsen, die erst im Bedarfsfalle – das war die Erledigung der Erdballpräsidentschaft – auf die verfassungsmäßig vorgeschriebenen Elf von der geheimen Kommission heruntergesiebt wurden. Diese Kommission war immerfort auf der Suche nach kleinen Kindern, welche die Eignung für das höchste Amt der geeinigten Menschheit besaßen. Im Hinblick auf dieses verschwiegene Suchen, Prüfen und Küren wurde das Wahlrecht »geheim« genannt, und nicht etwa im Hinblick auf die Geheimhaltung des Wahlzettels, wie einst. Bei der Eröffnung dieser Dinge mußte ich B. H. anblicken, den Tibetaner, der vermutlich noch stärker als ich an die Suche nach dem kindlichen Dalai Lama, nach dem wiedergeborenen Buddha in der verbotenen Stadt Lhasa gemahnt wurde. So kehren alle Motive in der Geschichte wieder, ungeachtet der Zeiträume. Ich hielt aber den Mund.

Folgende körperliche Eigenschaften habe ich mir gemerkt, an welchen die Kommission nach altüberlieferter Vorschrift die echten Seleniazusen und Erdballpräsidentablen zu konstatieren pflegte: Der Ringfinger der linken Hand mußte um mehr als einen Zentimeter länger sein als der Zeigefinger und womöglich auch noch den Mittelfinger überragen. Die Schilddrüse mußte langsamer als normal funktionieren, so daß viele der Präsidentablen, ohne freilich die Gesetze der allgemein erreichten Schönheit zu verletzen, oft zu leichtem Embonpoint neigten. Ferner mußte der Seleniazuse nicht nur mehr Fähigkeit zum Schlaf entwickeln als der gewöhnliche Mensch, er mußte überdies mit offenem Munde schlafen. Der Grund für letzteres sollte eine nach rechts verkrümmte Nasenscheidewand sein, welche den Sonnenatem behinderte, der durch die rechte Nüster eingesogen wird, während die offene linke Nüster dem Mondatem freien Raum läßt. Dies ein Teil der körperlichen Merkmale. Auch die geistigen und seelischen Eigenschaften, die ich hier anführe, sind mehr als unvollständig: Langsames, aber wenn nötig tiefschürfendes Denken. Hang zu Träumerei und Geistesabwesenheit. Menschenscheu, Schüchternheit, Einsamkeitssucht, Neigung zu generösen Verallgemeinerungen und Abstraktionen. All diese Eigenschaften setzten eine zweifellose Schwäche des Tatsachen- und des Machtsinnes voraus. Gerade diese Schwäche aber wurde (oder besser gesagt, sie wird einmal werden) vom Oberhaupt gefordert, vermutlich, um den machtstrebenden Typus von der Macht zu verdrängen, um dem Ehrgeizigen die Ehre zu versalzen und um Tyrannis und Despotie in der menschlichen Natur radikal zu brechen. Während ich dies niederschreibe, kommt mir noch eine biographische Kondition in die Erinnerung zurück, welche vom mondgeweihten Regentschaftskandidaten, wenn nicht gefordert so doch erhofft und erwartet wurde. Es war nicht etwa nur das einfache Zölibat, sondern eine ausgesprochene unglückliche Liebe (etwas, wie man sich denken kann, zur Zeit äußerst Seltenes), die der Präsidentabilis am bürgerlichen Wendepunkte seines Lebens zu leisten hatte, eine unglückliche Liebe ganz alten Stils, am besten mit durchweinten Kissen und schlechten Gedichten. Erst nach dieser Offenbarung einer verletzlichen und selbstunsicheren Seele, welche die zölibatäre Resignation zur Folge hatte, war die Eignung, das heißt die Nichteignung zur höchsten Macht völlig erwiesen.

Nun noch rasch gehandelt über die Wahlprozedur selbst, soweit mir die Belehrung des Fremdenführers darüber Klarheit verschaffte. Die Amtsdauer des jeweiligen Major Domus Mundi war lebenslänglich. Sie endete erst damit, daß derselbe aus dem Dasein abging. Das Geheimnis dieses Abgangs, welches die Worte Sterben und Tod geflissentlich immer und immer wieder vermied, werde ich, wie schon gesagt, erst am Ende meines Besuches lüften dürfen. Daß dieser Abgang »freiwillig und zu Fuß« erfolgte, das hatte fürwitzigermaßen der Beständige Gast mit der Barockphysiognomie schon während des Festmahls im Hause der Hochzeiter verraten. Ich selbst will nichts weiter verraten und bitte auch den Leser inständig, keinesfalls die letzten Seiten dieses Buches aufzublättern. (Auch die Beziehung zwischen Leser und Autor muß ja auf Vertrauen gegründet sein.) Die Freiwilligkeit des letzten Weges schloß es ja schon beim durchschnittlichen Zeitgenossen aus, daß er in überraschender und nicht vorherberechneter Art aus dem Leben verschwand – um wieviel mehr erst beim höchstgestellten Zeitgenossen. Und doch, gerade in seinem, des Höchstgestellten Falle, war nur die geheime Kommission vom Antritt seines letzten Weges unterrichtet. Die Öffentlichkeit erfuhr erst davon, wenn die Wahlen ausgeschrieben wurden. In der Stunde aber, da der alte (und noch immer jugendschöne) Major Domus Mundi dahinging, wurden die elf Kandidaten der Nachfolgeschaft in ein klosterartiges Gefängnis geworfen, wo sie in strenger Klausur, Dunkelhaft und Leibesaskese das Wahlresultat abzuwarten hatten. Sollte einer aber annehmen, daß die elf präsidentablen Seleniazusen sich über Gefangenschaft und Entbehrung beklagten, der würde weit danebenschießen. Sie klagten einzig und allein über das Mißgeschick, das gar bald einen unter ihnen treffen mußte, nämlich zum höchsten Range über den Menschen erkoren zu werden. Wie oft beschworen sie ihre Wärter und die Mitglieder der Kommission, sie entschlüpfen und ins Nichts zurücksinken zu lassen oder auch sie für immer in Dunkelhaft zu halten; nur einer einzigen Gefahr suchten sie zu entgehen, der Gefahr, in den Mittelpunkt irdischer Angesehenheit zu geraten.

Für den geneigten Leser wird diese Verhaltungsweise ebenso schwer zu verstehen sein wie für mich und die ganze Welt, in die ich von dort wieder zurückkehrte. Unsre Könige, Präsidenten, Vizepräsidenten, Minister, Staatssekretäre, Gouverneure, Regierungsräte, Bürgermeister und Dorfschulzen kleben an ihren diversen Thronen und Amtsstühlen. Sie klammern sich an den Armlehnen dieser Sitzgelegenheiten mit verzweifelten Fingern fest, so daß sie bestenfalls ein Fußtritt oder eine aufrührerische Kugel herunterbefördern kann. Sind sie wählbar, würden sie sich am liebsten zwanzigmal zu Amt und Würden wählen lassen, um ja nicht die Schmach zu erleben, in die Reihen der Unscheinbaren und Namenlosen zurücktreten zu müssen. Der Politiker ist nämlich nur ein Parasit des Ruhmes. Was der Begabte sich durch die Ungewöhnlichkeit seines Wesens und Wirkens verdient, den *Namen*, das erschleicht sich der Politiker durch die gewöhnlichsten Gewöhnlichkeiten, auf Tagungen, Konventionen, Parteikongressen, in Versammlungssälen und den Hinterzimmern der Intrige, des Kuhhandels und der Korruption. Wie bergschwer niederpressend, wie zermürbend, wie atemverschlagend ist doch der Besitz der Macht. Muß nicht ein nur mittelmäßig moralisches Menschenwesen sich vor jeder folgenreichen Entscheidung in Nachtschweiß und Angstträumen winden, wenn diese allein von seiner Unterschrift abhängt? Und doch, die Mächtigen gediehen in der Zivilisation des zwanzigsten Jahrhunderts prächtig. Sie wurden alt, hatten gute Nerven und volle Bäcklein, und die besten unter ihnen tafelten, tranken und rauchten mit sichtbarer Lebensfreude. Es war, als wären sie über Menschenmaß aufrechtgehalten worden vom stählenden Korsett eines dämonischen Hochmuts, von einer orgastischen Hybris, der die letzten Winkel ihres Selbst mit dauernder Wonne füllte, die nichts andres schwächen konnte, es sei denn der Verlust der Macht. Dieser allerdings war eine Tragödie, an der sie ähnlich, aber noch schneller hinwelkten als der Schauspieler, dessen Karriere zu Ende ist, denn auch sie lebten ja nur vom Schall und Schein, den ihr kurzfristiger Name aufwirbelte. Soweit die Machthaber unsres, das heißt des zwanzigsten Jahrhunderts; und ich habe nicht einmal von den pathologisch Machtbesessenen gesprochen, den Diktatoren und ihren Unterteufeln.

Wie anders die Seleniazusen der fernen Zukunft, in welcher

ich mich soeben mit Leib und Seele befinde. Auf den Knieen lagen sie vor ihren Kurmännern und flehten, von dem Nachtmahr der Macht, der Würde, der Ehre befreit zu bleiben, wobei als einzige Erleichterung des Unglücks galt, daß der Erwählte überhaupt nicht mehr werde »heißen« müssen, so daß wenigstens nur ein Namenloser und daher nicht Identifizierbarer die Last der Ehre trug. – Inzwischen aber wurden im Zuge des Wahlprozesses die Namen der Präsidentablen an den Nachthimmel geworfen, nebst genauer Conduite, unerbittlicher Charakterisation und Biographie, und zwar von der Hand des Uranographen der »Abendsterne«, damit die große Masse der Wähler sich ein Bild von jedem Erwählbaren machen könne. Das wiederholte sich allabendlich und dauerte seine Zeit. Dann erst erfuhr das Volk das festgesetzte Datum des Wahlaktes. Was es aber nicht erfuhr, war der Umstand, ob derjenige als gewählt zu betrachten sein werde, der die meisten oder derjenige, welcher die wenigsten Stimmen auf sich vereinigte. Das entschied ein kleines Gremium von Chronosophen und Geistesforschern. So aber blieb es dem Wähler verborgen, ob er durch seinen Stimmzettel den Erkorenen in das Schilderhaus des höchsten Weltranges bugsierte oder es ihm verschloß. Wenn mir diese Frustration des Wählers jetzt nach meiner Rückkehr oft unbegreiflich erscheinen will, damals, das heißt dereinst in fernster Ferne, als ich sie zum erstenmal aus dem Munde des Fremdenführers vernahm, entzückte sie mich wie ein kühn erratenes Rätsel oder die elegante Lösung eines schwierigen mathematischen Problems.

Als ich vorhin das Wort »Schilderhaus« in Verbindung mit dem Worte »Welthausmeier« vernommen hatte, da war in mir der Gedanke entstanden, daß die Machtfunktion in ihrem obersten Vertreter sichtbar und sinnbildlich erniedrigt werden sollte. Ich erwähne diese falsche Anwandlung nur, um die ehrfurchtgebietende Wirklichkeit des Mächtigen, der unter der Macht litt, des Ehrenreichen, der keine Ehre wollte, deutlicher hervorzuheben, denn schon war der Fremdenführer in der Hoheitsbaracke verschwunden, und meine Hausgruppe schob mich ihm nach mit sanftem Drucke durch die offene Tür in die bräunliche Dämmerung hinein. Ich unterschied zuerst zwei kleine Lämpchen auf dem Fußboden, zwei Nachtlichter, Totenlichter hätte ich beinahe gesagt, deren Schein sich kaum durch die Dämmerung arbeiten konnte. Es waren die ersten »natürlichen« Lichtquellen, die ich in dieser Welt der unsichtbaren und differenziertesten Beleuchtungsarten zu Gesicht bekam, flache Schnabellämpchen antiker Façon, wie man sie in Babylon und im ältesten Rom verwendet haben mochte, ölgefüllte Gefäßlein, in denen ein Docht schwamm. So floß in schwachem Funzelschimmer an dieser Stätte des gegenwärtigen Geoarchonten das unnennbar Antike mit dem unnennbar Modernen zum ewig Menschlichen zusammen. Dies war vermutlich zu sinnbildlichem Ausdruck nicht anders beabsichtigt; denn nichts ist hartnäckiger im ewig Menschlichen als der Wunsch, der Wirklichkeit eine doppelte Bedeutung zu geben und den platten Dingen einen göttlichen Hinterhalt zu legen. Die sogenannten realistischen Zeitalter, die von der göttlichen Doppelbedeutung der Realität mit Erbitterung nichts wissen wollen, das zwanzigste Jahrhundert zum Beispiel, in welches ich aus des Geoarchonten Schilderhaus inzwischen heimgekehrt bin, werden von ihrer sinnentleerten Realität zerfressen wie von Schwefelsäure.

Jetzt begann ich deutlicher zu sehen. Zwischen den beiden archaischen Lämpchen aus Alt-Rom oder Babylon wuchs das Ruhelager des Weltregenten zu Beginn des zweiten Jahrhunderttausendes gegen den Hintergrund des engen Wachtlokals massig aus dem Dunkel. Das Kopfende war ziemlich hoch gebaut, so daß man die schlafende, in die violetten Ehrenschleier ihres Herrscheramtes gehüllte Figur darauf von Kopf zu Füßen überblicken konnte und das Gesicht in seiner alterslos gelblichen Elfenbeinfarbe immer deutlicher hervortrat wie bei einem Aufgebahrten. Ja, er schlief, der wichtigste und hervorstechendste Mann dieser Zeit, der einzige Namenlose und daher mit sich selbst nicht Identifizierbare unter den lebendigen Ios, ihr ungekrönt gekröntes Haupt. Er schlief, wie sich's für einen Seleniazusen gebührte, gleichmäßig atmend, doch mit halboffenem

Mund. Man sah sogleich, daß dieser Schlaf nicht die übliche Schwäche unsrer gefallenen Natur war, die Erholung und Erquickung braucht, sondern eine Art von amtlichem Schlaf, währenddessen ein Teil der für mich undurchdringlichen Regierungsgeschäfte erledigt wurde. Ich mußte an die Zusammenstimmer auf ihren Strecksesseln unter der dicken Glaskuppel denken, an jene hohen Beamten, welche den mentalen Reiseverkehr der Menschheit in Übereinstimmung zu bringen hatten. Auch sie taten's im Schlaf, mehr als das, kraft ihres Schlafes, obgleich ihr Amt an Rang, Würde und Wert tief unter dem des Weltoberhauptes stand. »Die Verwendung des Schlafes für erhöhte geistige Lebenstätigkeit«, dies enthüllte sich mir jetzt als ein völlig unbekanntes und unerklärliches Gebiet, auf dem der Mensch einen seiner bis nun größten Fortschritte gemacht hatte. Wir, ich meine den Leser und mich, wir verschlafen von unsern durchschnittlichen siebzig Jahren ein Drittel, das sind ungefähr dreiundzwanzig Jahre, wodurch eine schon recht hoch gerechnete durchschnittliche Lebensdauer auf die unbeträchtliche Zahl von siebenundvierzig Jahren zusammenschrumpft. Diese hier jedoch hatten es gelernt, während ihres Schlafes mehr zu sein als bestenfalls die Beute irgendeines träumenden Scheinlebens. Sie wirkten durch ihren formenden Geist, während sie ohne Bewußtsein zu sein schienen, nicht minder auf das Geschehen ein, als würden sie wachen. Sie lebten daher die hundertachtzig oder zweihundert Jahre ihres Erdenwandels ohne Abzug.

Ehrfurchtergriffen und kaum wagend zu atmen, vertiefte ich mich jetzt in das mondensanft leuchtende Gesicht des hohen Schläfers. Ureinst, in den Anfängen der Menschheit, einen Schläfer zu überraschen, das war stets eine sehr geschämige Sache gewesen. Davon gibt uns schon die biblische Geschichte Kunde, denn die Söhne Noahs überraschten diesen im weinbeschwerten, unruhigen Nachmittagsschlaf, wobei sie den Vater verspotteten und in unerhörtem, aber sehr charakteristischem Frevel seine Scham entblößten. Das soll bedeuten, daß der alte Schlaf (der Schlaf meiner Leser und der meinige) etwas war, in dem das Verhüllte aufgedeckt wurde, das uns so wohlbekannte

»Unbewußte«, die wüste Vegetation, der Dschungel, das säuische Getümmel des inneren Lebens, über welches der Mensch nicht nur nicht Herr war, sondern das ihn jagte und hetzte durch das weglose Gestrüpp seiner selbst. Ach ja, jeder von uns antiken Schläfern glich dem um seine Achse bewegten, noch jugendlichen Erdplaneten, im Inneren voll kochenden Magmas, außen übersät mit Millionen Pflanzenarten, über welchen Millionen Insektenarten hin und wieder taumelten, über welchen Zehntausende Vogelarten sich wiegten, die hinabsahen auf bunt wogende Länder und Menschen. So reich an Vegetation, an unübersehbarem Formengewurle, an ungebahnter Unbewußtheit waren wir ureinst. – Wir sind es noch immer, meine Lieben, Gottseidank. Denn dieses Ureinst ist ja unser Jetzt. Wo meine Hand schreibt, da ist dieses Jetzt, wenn auch mein sich rückerinnernder Geist dem Jetzt um Jahrzehntausende vorausflügelt. – Dort aber, wo mein sich rückerinnernder Geist der Zeit vorausflügelt, hatte der Erdball selbst sich verändert. Er war eingeebnet und plan geworden. Es gab keine Berge und keine Vögel mehr. Es gab nur eine einzige Menschenrasse, und sogar die Hundeschaft hatte die Natur zu einer Generalsorte hinunterrationiert. Der Prozeß der Verkargung, den der Erdplanet, selbst ein belebtes Wesen, durchgemacht hatte, war zugleich ein Prozeß der Abstraktion, Abstraktion aber, Überwindung der Erfahrungsfülle durch den Begriff, ist Vergeistigung. Bei dem Prozeß der Abstraktion, der Vergeistigung des Erdplaneten, hatte auch der Mensch mitgehalten. Das heißt nicht gerade, daß er gescheiter geworden wäre; Sophistes Io-Sum und Io-Clap waren sogar viel weniger gescheit und auch denkschwächer als zum Beispiel Aristoteles oder der Aquinate. Das Reich des Unbewußten im Menschen aber war schmäler und gebahnter, und er schlief einen andern Schlaf.

Der hohe Herr dort, der seinen Namen bei der Investitur hatte drangeben müssen, schlief einen Schlaf von Alabaster, so dünn und durchsichtig lag auf seinem Gesicht eine Schicht von anwesender Abwesenheit. Unter dieser diaphanen Schicht schien er in einem Höchstgrad gelassener Konzentration an der Seele der

Welt und an seiner eigenen Seele zu arbeiten. Es ist noch jetzt, in der Erinnerung, ein unvergeßlich bewundernswerter Anblick für mich. Selbst Bräutigam Io-Do, der sich vor dem Denkmal des Letzten Krieges der Drohung vermessen hatte, er werde den Welthausmeier persönlich wecken, stand versunken da und schwieg wie auf Zehenspitzen. Aus einem solchen Schlafe voll tief- und weitblickendster Überwachheit mußte niemand geweckt werden, das sah man. Hinter dem Kopfende des Lagers standen zwei dienstbereite Mutarianer. Rechts neben dem Schläfer wartete, horchend geneigt, der spiegelnde Kahlkopf des Fremdenführers. Links vom Schläfer wartete, ebenso horchend geneigt, ein andrer spiegelnder Kahlkopf; vermutlich der Zeremonialdirektor vom Dienst.

Plötzlich öffnete der Schläfer die Augen. Es waren herrliche dunkle, versunkene Geistesaugen, schöner als ich sie je gesehen hatte, doch bis zum Rande gefüllt von einer unbeschreiblichen Trauer. Wie? Diese von Trauer strahlenden Augen überwachten eine Welt, die im reinen zwecklosen Spiel ihr höchstes Ideal sah? Plötzlich fuhr ich zusammen, denn die Augen des Namenlosen sahen mich forschend unverwandt an, schon eine ganze Weile.

»Euer Exzellenz«, begann der Kopf zur Linken, »die Stunde des Tagesorakels ist gekommen. Der Uranograph wartet...«

Das Oberhaupt des Planeten gab keine Antwort. Das Wort hieß natürlich ebensowenig »Exzellenz« wie es vorher »Professor« geheißen hatte. Es ist nichts als eine schlechte Übersetzung.

Nun ertönte die heisere Rednerstimme des Fremdenführers dieses Zeitalters:

»Euer Exzellenz: Seigneur, aus den Anfängen der Menschheit, ist eingetroffen, um für seinen Preisspruch in der größten Streitfrage aller Zeiten das Ehrenzeichen aus den Händen von Euer Exzellenz zu empfangen.«

Die Augen des Geoarchonten sahen mich unverwandt an, und als sprächen sie allein, und nicht die sanfte, etwas zu hohe Stimme, hörte ich:

»Die Fremde, die in die Heimat kommt, macht sich selbst nicht heimisch, die Heimat aber fremd.«

Dies war ein hübsches Tagesorakel, wie es verfassungsmäßig jeden Abend in den »Abendsternen« veröffentlicht werden mußte. Es war so ziemlich im Stil der antiken Dunkelsprüche abgefaßt, doch recht leichthin und trocken gesprochen worden, so etwa wie ein königlicher Richter mit murmelnder Routine sprechen würde: »Ich eröffne hiemit die Verhandlung im Namen Seiner Majestät, des Königs.« Noch ahnte ich nicht, daß es sich um keine leere Zeremonie handelte, sondern um eine Weissagung, welche über mich erging, und deren Richtigkeit ich an mir selbst erfahren sollte. Der Namenlose hatte ein Zeichen gemacht. Daraufhin leierte der Kahlkopf zur Linken ein Doppelverschen herunter:

»Der Schläfer verläßt sein Empyreum.
Feinfühliger Zeuge, drehe dich um.«

Ich sah, daß alle sich umdrehten. Da ich etwas verwirrt war, mußte mir B. H. einen Schubs geben, damit ich dasselbe tue. Es gehörte nicht zur guten Sitte, hinzuschauen, wenn eine würdige oder gar bedeutende Persönlichkeit sich von ihrem Lager erhob. Der Übergang von einer körperlichen Haltung in die andre galt, außer im Falle frischester und unbedenklicher Jugend, für unschön und beschämend. Jetzt leierte der Kahlkopf zur Linken ein zweites Doppelverschen, das uns Seiner Exzellenz wieder zukehrte; ich müßte mir aber dieses Verschen, das ich vergessen habe, aus den Fingern saugen, und das will ich gerade in dieser Erzählung am strengsten vermeiden.

Obwohl ich mich nach letzterem Doppelverschen wieder umgedreht hatte, hielt ich meinen Blick noch immer niedergeschlagen, um des hohen Seleniazusen tiefe Geniertheit und sein beklommenes Rührmichnichtan, von dem die Luft fühlbar zitterte, nicht zu verletzen. Als ich den Blick nun hob, sahen mich die wundertraurigen Augen noch gespannter und unverwandter an, denn die trotz ihrer Behäbigkeit zierliche Gestalt in violetter Schleierraffung hatte sich mir genähert. Ich wußte jetzt, daß mein Blick dem seinen standhalten mußte. Es war nicht leicht. Nach und nach aber fühlte und wußte ich, daß die überfüllten

Wunderaugen zu mir sprachen. Dies ist nicht nur die übliche Romanphrase, die Augen des Erdoberhauptes sprachen wirklich zu mir in der Augen- und Gedankensprache. Da die Monolingua jedermann verstand, die stumme Augen- und Gedankensprache aber nur der jeweils Angesprochene, so schien sie im Laufe der Zeiten zur einzigen Möglichkeit ausgebildet worden zu sein, einander diskrete Mitteilungen zu machen und Geheimnisse anzuvertrauen. Nach einigen nervösen und angestrengten Augenblicken verstand also auch ich, Urtölpel, oder glaubte zu verstehen, was der Major Domus Mundi mir anzuvertrauen hatte. Es war ziemlich peinlich für mich und hieß, in artikulierte Sprache übertragen, ungefähr wie folgt:

»Warum sind Sie hergekommen, Seigneur? Es ist nicht nur ungesund für Sie, sondern auch für uns, was ich in der Antithese meines Tagesorakels bereits ausgedrückt habe. Der Mensch ist nur das Geschöpf seines Jahrhunderts und nichts andres als dies. Er gebe sich ganz und gar hin dem im Bestehen Fortschmelzenden, das er Gegenwart nennt. Wenn er als Historiker die Vergangenheit besucht im Moder-Raum der Dokumente und Grabschriften, dann ist es schon ein leichter Frevel, denn die Vergangenheit des Geschichtsgierigen kann niemals die echte Vergangenheit sein. Wenn er aber seine Nase in die Zukunft steckt, in den Moder-Raum der absoluten Leere, in welcher es keine Dokumente und nicht einmal Gräber gibt, dann ist es ein sehr großer Frevel, ja eine Sünde vor Gott, möge ihm auch Wahrtraum oder Tod dies und jenes Richtige zuflüstern...«

Es war, wie man mir zugeben wird, in der Tat mehr als peinlich, was ich durch die Sprache dieser Traueraugen da immer deutlicher zu verstehen bekam. Es war klipp und klar ein Hinausschmiß. Das Weltoberhaupt gab mir das Consilium Abeundi aus einer Gegenwart, in die ich durch eine falsche Tür eingetreten war. Wie recht hatte der Geoarchont. Ich gehörte nicht hierher. Aber war's meine Schuld? Was sollte ich tun? Ich konnte nichts dagegen tun, wie meine Leser schon wissen, denn zu zerfließen hatte ich nicht gelernt. Was ich hingegen tat, war etwas äußerst Ordinäres. Ich deutete nicht nur mit lebhaftem Augenspiel, sondern mit effekthaschendem Kopf- und Fingerwink auf B. H., den Wiedergeborenen, indem ich alle Schuld für meine Anwesenheit in dieser verbotenen Gegenwart im Elften Weltjahr der Jungfrau auf ihn abwälzte. Gewiß, er war schuldig, bewußt oder unbewußt, indem er meinen Namen aus dem Alphabet gestochen hatte. B. H.'s Schuld bedeutete aber keine Entlastung für mich. Darf man denn gegen seinen alten Mitschüler und besten Freund eine solche Felonie begehen, daß man ihn mit dem winkenden und stechenden Zeigefinger beim Vorstand anzeigt, sei's auch in einem Fall, wo er schuldig und man durch seine Schuld ins Gedränge gekommen ist?

Ich weiß nicht, wie viel der hohe Seleniazuse von dem allen bemerkt hatte. Seine Augen waren meinem Zeigefinger nicht gefolgt. Sie ruhten weiter auf mir mit schöner und unbeschreiblicher Traurigkeit, ohne zu sprechen mehr. Sie wandten sich auch dann nicht ab, diese Augen, als die Hände des Geoarchonten plötzlich einen langen Einriß in seinen violetten Gewandschleier machten, ähnlich wie es die Orientalen noch heute tun, wenn sie einen Toten beklagen. Ich verstand die Bedeutung dieser zeremoniellen Handlung nicht sogleich. Erst als der Fremdenführer und meine andern Begleiter mir mit entsprechenden Gebärden und Blicken zuwinkten, streckte ich meinen linken Arm mit der schmachvoll aufgerauhten Hemdmanschette dem Welthausmeier entgegen. Die traurigen Wunderaugen gaben mich frei. Überschmale, ein wenig zitternde Elfenbeinhände aber befestigten einen Streifen des violetten Gewandschleiers lose an meinem linken Handgelenk. Ich hatte hiemit eine hohe Auszeichnung empfangen. Die violette Ehrenschleife sicherte mir die beste Behandlung, ja die unbedingte Bevorzugung durch die Zeitgenossen, welche nicht die meinen waren. Sie war zweifellos bedeutsamer als der provinzielle Orden an meiner linken Brustseite. Diesen hatte ich immerhin hierher mitgebracht. Würde es mir möglich sein, die Ehrenschleife dorthin als Beweisstück mitzubringen, wohin ich von hier würde gehen müssen? Während der ganzen Zeit, welche ich in der Gegenwart der fernsten Zukunft verbrachte, kam mir nicht ein einziges Mal der

Gedanke, ich sei hier nicht nur auf flüchtigem Besuch, sondern könnte mich bleibend ansiedeln. Wohin aber werde ich von hierher gehen müssen? Da ich aus dem Tod kam, wie ich glaubte, so werde ich doch wieder nur in den Tod gehn müssen, samt Orden und Schleife. B. H. also war dafür verantwortlich, daß ich zweimal sterben mußte. Recht geschieht ihm, dachte ich jetzt höhnisch, daß ich vorhin mit Fingern auf ihn gezeigt habe.

Ich sah das namenlose, mondgeweihte Welthaupt eifrig an, um mir den Adel dieses Antlitzes einzuprägen für immer. Es tat mir leid, daß ich es nicht mehr sehen sollte. Ich konnte ja nicht wissen, daß ich es noch einmal sehen sollte, in tragischer Stunde.

Achtes Kapitel

Worin ich endlich vor der Braut erscheine und im Laufe einer längeren Unterhaltung durch die Hand der jugendschönen Ahnfrau zu einer Handlung verführt werde, die verhängnisvolle Folgen nach sich ziehen wird.

Hier werden die zunächst noch wenig dramatischen, aber zur Entschädigung durchaus denkwürdigen Ereignisse aufgezeichnet, die mir bei der Heimkehr »nach Hause« begegneten. Als wir vor der gewissen Baumgruppe an der Gartenpforte landeten – das Sternlicht war noch immer hell, jedoch viel gedämpfter als überm Geodrom –, wartete Io-Fagòr, der Hausherr und Brautvater unser bereits mit großer Ungeduld. Der, wie ich hoffe, noch immer freundliche Leser weiß genau, daß die hier niedergeschriebenen Sätze den Tatsachen nicht genau entsprechen, wiederhole ich doch sonst mit Absicht sehr oft und vielleicht bis zum Überdruß alles Neue und Ungewohnte, das ich auf meiner Reise kennenlernte. Der Leser weiß infolgedessen, daß nicht wir vor der heimischen Gartenpforte landeten, sondern daß wir dieselbe mitsamt der interessanten Persönlichkeit Io-Fagòrs auf uns zubewegten, durch das Geduldspiel die kinetischen Geister der im Kreise gelagerten Zusammenstimmer in Bewegung setzend, so daß diese unsern scharf eingestellten Reisewunsch mit dem von tausend andern Reisenden mittels einer meinen Verstand hoch übersteigenden, jedoch klaglos funktionierenden Supra-Mathematik in Harmonie brachten. So, und von jetzt an werde ich, was immer ich auf mich auch zubewege, des Mentelobols und seiner Funktion kaum mehr Erwähnung tun, in der Voraussetzung, daß die hochentwickelte Einbildungskraft des Lesers mir die Mühe abnehmen wird, bei jeder Ortsveränderung den ebenso wohlvertrauten wie unerklärten Vorgang immer wieder darzustellen.

Io-Fagòr empfing uns, nicht ohne dem Wortführer einen leichten Vorwurf zu machen. Als er aber an meinem linken

Handgelenk die veilchenfarbene Schleife bemerkte, die der Major Domus Mundi aus seinem eigenen Schleiergewand gerissen hatte, um mich auszuzeichnen, da neigte der Brautvater anerkennend sein noch immer goldenes Haupt vor mir: »Sie haben meinem Hause große Ehre gebracht, Seigneur. Ich habe mit Stolz den Verlauf der Dinge in den ›Abendsternen‹ verfolgt. Ihr Preisspruch war von echtem spielerischen Geiste und feinem Takt bestimmt. Ich gratuliere Ihnen zu der höchsten Klasse der Handgelenkschleife, die unser Weltoberhaupt zu vergeben hat.«

Ich sah wieder einmal an mir herab, mit innerlichem Mißbehagen die alten Flecken auf dem Seidenrevers meines Frackes bemerkend, den armselig herabbaumelnden Orden und die aufgerauhte linke Manschette, die ich unbewußt über die violette Ehrenschleife gezogen hatte, um sie zu verdecken. Ich zuckte die Achseln. Es war keine Gebärde des Hochmuts, sondern nichts als peinliche Verlegenheit.

»Ich weiß, Seigneur«, lächelte Io-Fagòr und sagte mit Nachdruck, »daß Ihnen solche Erhöhungen und Ruhmeszeichen nicht nur nichts bedeuten, sondern vermutlich eher lästig sind...«

»Nein, nein, mein Gastfreund«, widersprach ich, »dem ist leider nicht so. Nachdem ich die wirklich lebhafte Erfahrung gemacht habe, daß nicht nur unser menschliches Ich samt seinem Körper unzerstörbar ist, sondern sogar der abgetragene Frack, in dem er steckt, bin ich unangenehmerweise gezwungen, Ihnen zu beichten, daß auch die Eitelkeit dieses Ichs unzerstörbar ist. Ich bin viel stolzer auf die Schleierschleife Seiner Exzellenz des Geoarchonten, die ich mir durch einen mäßigen Scherz verdient habe, als auf dieses Metallding hier, für welches ich unvergleichlich mehr Arbeit leisten mußte...«

»Es war gar kein so mäßiger Scherz, Seigneur«, sagte Io-Fagòr ernst, »sondern es war die erstaunliche Anpassungsfähigkeit, die wir an Ihnen alle so hochschätzen. Ihre Leistung erscheint mir um so größer, wenn ich bedenke, wie lange Sie pausiert und nur die leeren Takte des ›Tacet‹ in der Zeitlosigkeit gezählt haben...«

Io-Fagòr, ein begabter Mann durch und durch, hatte dieses musikalische Bild gebraucht, das meiner Erfahrung nicht entsprach, obwohl es recht geistreich war. Er verglich die Pause zwischen Sterben und Wiederbelebtwerden mit den leeren Takten einer Partiturstimme, während welcher diese schweigen muß, weil ihr der Autor das »Tacet« vorschreibt; der Musiker aber, der diese Stimme im Orchester zu spielen hat, ist verpflichtet, die leeren Takte auszuzählen, damit er den Einsatz nicht versäumt. Ich hatte bisher noch zu wenig Muße gehabt, um über den Zustand meines Ichs nachzudenken, wie ich ihn zwischen einer undeutlichen letzten Nacht und meinem Auftauchen auf dem eisengrauen Rasen vor wenigen Stunden erlebt hatte. Einer musikalischen Pause, in der man Takte zählt und womöglich auf den Kapellmeister starrt, war er keinesfalls zu vergleichen.

»Die Zeitlosigkeit«, bemühte ich mich, Unerklärliches zu erklären, »ist durchaus keine Pause, keine Leere, kein Loch, sie ist überhaupt keine Absenz von etwas, das ohne sie fortbesteht. Sie bleibt weder stehen, noch geht sie vorüber. Sie ist wie ein erstarrter Blitz, ein Augenblick, der ununterbrochen davonstürzt ohne zu verschwinden. Sie ist...«

»Überarbeiten Sie sich nicht, Seigneur«, unterbrach mich Io-Fagòr besorgt. »Sie werden blaß und transpirieren, wie immer, wenn Sie zu viel von Ihrem Existenzinstrument fordern. Ich selbst habe an den Wundern der Zeitlosigkeit ein wenig herumgenascht, vor Jahren habe ich am höheren Laienkurs der Chronosophen, und zwar der ›Sternwanderer‹ teilgenommen. Ich werde dafür sorgen, daß Sie in die Lamaserien der Chronosophen eingeführt werden...«

»Das wäre sehr gütig von Ihnen«, hauchte ich.

Herr Io-Fagòr blinzelte mir bedeutsam zu. Wir ließen die andern vor uns durch die Gartentür treten. Schwarz starrte das Lederlaub im Sternlicht. Weißlich bewegungslos hingegen dazwischen die krankhaften Riesenmagnolien, denen die Nacht ihren mattrosa oder gelblichen Farbanhauch geraubt hatte. Meine Augen aber glaubten jetzt viel mehr Blütenarten zu erkennen als früher. Um diese stygische Flora der mentalen Welt gaukelten die vogelgroßen, mottenflüglichen Nachtfalter und erzeugten irgendein nicht unangenehmes zwitschriges Geräusch, das sich manchmal zu einer Art von trockenen Trillern und raschelndem Schluchzen verstieg. Es stand im Verhältnis zu Vogelgesang wie tonloses Lachen zu echtem Gelächter. Ich hörte vermutlich den Nachtigallenschlag des mentalen Zeitalters.

»Haben Sie etwas bemerkt?« fragte mich leise, aber angelegentlich der Brautvater.

»Warum, was hätte ich bemerken sollen?« flüsterte auch ich, damit die andern nichts hörten.

»Sie haben doch die Mononation kennengelernt, dort auf dem Geodrom...«

»Was bedeutet das, Mononation?«

»Ich meine natürlich die Menschheit, die Populace unsres Planeten...«

Er gebrauchte das Wort »Populace« als französisches Fremdwort. Das gab mir den Mut, ihn in derselben Sprache als »Gevatter« anzusprechen:

»Ach so, mon Compère, die Menschheit von heute meinen Sie. Leider habe ich schlechte Augen. Aber Ihre Menschheit, Ihre Populace hat mir ganz ausgezeichnet gefallen. Ein Gewoge von Schleiern in mattem Changeant, und man klatscht und stampft Beifall wie eh und je, und die kleinen Kinder auf den Armen ihrer Mütter oder Bonnen weinen sogar. Das hat mir am besten gefallen. Das hat mich ausgesprochen heimisch berührt...«

Io-Fagòr blieb stehen und sah mich sonderbar schwermütig an:

»Ich habe nicht gefragt, Seigneur, ob Ihnen unser Planetenvolk gefallen hat. Ich habe gefragt, ob Sie etwas Bestimmtes an diesem Volk bemerkt haben?«

»Ich verstehe Sie nicht ganz genau...«

»Ob Sie nicht eine Spannung bemerkt haben, Seigneur? Eine beängstigende Bitterkeit, eine höhnische Dissatisfaktion unterm matten Changeant?«

»Nicht im geringsten, aber auch keinen Schatten davon«, erklärte ich nach bestem Wissen und Gewissen. »Die vergeistigte Populace, die mentale Menschheit, scheint mir in schönster Ordnung zu sein. Keinerlei Chaos mehr... Das heißt, wenn ich aufrichtig sein soll, so finde ich bisher nichts anderes außergewöhnlich als die Vorliebe Ihres künftigen Schwiegersohns für alte Kriegswaffen...«

Io-Fagòr seufzte tief auf und hob ein wenig seine gelblich edle Rechte, um mir das Wort abzuschneiden. Man machte im mentalen Zeitalter meist nur sparsame Gebärden:

»Oh, schweigen Sie, Seigneur«, flüsterte er. »Kein Wort darüber...«

Ich hatte keine Zeit mehr, mir Io-Fagòrs tiefen Seufzer zu deuten, denn soeben war Io-Fra aufgetaucht, der Mutarianer, und hatte in vollkommener Stummheit dem Bräutigam etwas zu verstehen gegeben.

Io-Do wandte sich zu uns um, sichtbar verstört:

»Sie sollten sich beeilen, Seigneur«, mahnte er. »Soeben vernehme ich, daß Lala, meine herrliche Braut, in Tränen aufgelöst ist, weil Sie sich ihr so lange entziehen. Sie erwartet Sie schon seit dem Ende des Festmahls. Und nun geht die erste Vigilie der Nacht zu Ende.«

»Es ist nicht meine Schuld, Fiancé«, verteidigte ich mich. »Ein Fremder meiner Art gehorcht dem Programm, das seine Gastfreunde für ihn entwerfen...«

»Es ist meine Schuld allein«, sagte Bräutigam Io-Do, »und das ist das Schlimme daran.«

Die Herren, samt Bräutigam Io-Do, mußten alle zurückbleiben. Das Betreten des Frauenhauses war ihnen verboten, und zumal während dieser Festtage, die der feierlichen Vereinigung von Mann und Weib vorangingen. Man wird sich gewiß darüber wundern, aber es gab heutzutage, in dieser entferntesten und aufgeklärtesten Zukunft wieder abgesonderte Frauengemächer oder Kemenaten, wie bei uns im ritterlichen Mittelalter und im islamitischen Orient. Das mochte in der strengeren Moral seine Ursache haben oder in der raffinierten Absicht, die süße Spannung zwischen den Geschlechtern zu vergrößern. Ich hatte mir den Wiedergeborenen zum Begleiter ausgebeten. Wenn der Jugendfreund nicht an meiner Seite war, fühlte ich mich in unbeschreiblicher Weise verlassen, obwohl ich mich mit meinem Anpassungsvermögen, dessen Io-Fagòr vorhin lobend Erwähnung tat, bereits in ziemlichem Grade an Zeit und Zeitgenossen gewöhnt hatte. Man machte also mit B. H. eine Ausnahme von Brauch und Sitte und erlaubte ihm, mir voranzugehen in die Gemächer der Braut. B. H., der Wiedergeborene mit allzuviel Erinnerung, gehörte ja nicht ganz dazu. Er war, wie wir schon wissen, nicht Vollbürger, sondern nur Anrainer der Epoche. Wenn er auch schon hundertundsieben Jahre mit den andern lebte, so zählte er doch zu den »geborenen Junggesellen«, zu welchen ich als eindeutiges Gespenst auch zählen würde, falls sich mein Aufenthalt hier über längere Zeit ausdehnen sollte. B. H. durfte mir also ins Brautgemach voranschreiten, das am Ende eines langen, nach Buchenlaub duftenden Korridors lag.

Als wir die Schwelle überschritten, umfloß uns fülligstes Juli-Mondlicht, das, wie durch Blätterwerk gegittert, auf Wänden und Fußboden zitterte. Es war bereits das Licht des Honigmonds, das in der übernächsten Nacht die jungen Getrauten umschmeicheln würde, wenn sie das Hochzeitslager bestiegen. Dieses Hochzeitslager, höher und breiter als alle Couches im Hause, erhob sich in der Mitte des Gemaches. B. H. hatte mir den Vortritt gelassen. Eine plötzliche Schüchternheit, eine scheue Bangigkeit, oder war's irgendein tieferes Vorgefühl, hielten mich nahe der Türe fest, wo auch B. H. neben mir stehen blieb. Bevor ich noch in dem unbeschreiblich angenehmen, aber nicht sehr deutlichen Mondlicht ohne Mond die einzelnen Personen im Raume genau unterscheiden konnte, geschah es, daß der Hund Sur auf mich zusprang und mich durch eine Ansprache beehrte, deren Enträtselung und gleichzeitige Abwehr meine Aufmerksamkeit eine ganze Weile lang in Anspruch nahm. Es war wiederum ein forciert naives Geplapper, hinter welchem sich Unbehagen und Angst vor mir nur ungenügend verbargen:

»Bitt' um Entschuldigung, Sösur (er konnte natürlich Fremdwörter wie Seigneur nicht aussprechen), ich fürcht' mich nit. Gar nit hat Sur Angst. Gun'n Abend, Gut' Nacht. Hoffentlich wird lang geblieben. Noch ein Schmaus und noch ein Schmaus, dann ist's aus. Wir übersiedeln, Sur mit Papachen und mit dem großen Mamachen. Das kleine Mamachen weint, sehn Sie nur, Sösur. Das kleine Mamachen...«

»Halt endlich deine Schnauze, Sur«, ließ die Brautmutter Io-Rasa ihre Stimme vernehmen. Sie stand am Fußende des Hochlagers und arrangierte darauf einen Strom jener rostroten, tragantartigen Strauchblumen, die mir als Stellvertreterinnen unsrer Rosen schon beim ersten Anblick der umfriedeten Baumgruppe aufgefallen waren:

»Treten Sie näher, Seigneur«, fügte Io-Rasa dem Verweise hinzu, der den eloquenten Hund veranlaßte, sich murrend irgendwo zu verkriechen, denn ich machte ihn trotz seiner gegenteiligen Versicherung außerordentlich nervös.

»Treten Sie nur ganz nahe, Seigneur, mit Ihrem liebenswerten Freund«, ertönte noch eine Frauenstimme. Sie konnte aber nicht die Stimme der Braut sein. Es war ein prachtvoller Kontra-Alt, auf dem ein vernehmlicher Schatten lag, nicht etwa vom Alter, sondern von bewußter, lüsterner und lästerlicher Verlebtheit, die nur mehr durch die stärksten, die schamlosesten Würzen zur Genußfähigkeit gesteigert werden kann. Unnötig zu sagen, daß dieser Kontra-Alt der Ahnfrau angehörte, Io-Fagòrs Madame Urgroßmama, und somit der Ururgroßbrautmutter. Die alte Dame, deren untadelige Jugendlichkeit und Schönheit uns schon wohlbekannt ist, stand an der Wand, nahe dem mächtigen Brautbette, das heißt sie stand nicht, sondern sie lehnte, ja sie lag beinahe auf einer bügelbrettartigen Vorrichtung, die nach Wunsch aus der Wand hervorgeklappt werden konnte und eigens für diejenigen bestimmt zu sein schien, welche unsern müden, gebrechlichen und alten Leuten entsprachen. Es war eine sehr angenehme Stütze. Man stand und lag zugleich. Ich, mit meinen zerschlagenen Knochen, beneidete Madame Ururgroßmama außerordentlich.

Ich muß hier noch, ehe ich mich der wahren Heldin meines Berichtes zuwende, einige Worte der Wand widmen, aus welcher die erwähnte Stütze hervorgeklappt wurde. In den Gemächern, die ich bisher betreten hatte, war meine Aufmerksamkeit viel zu ausschließlich auf die Menschen gerichtet gewesen, als daß ich sie auch auf die Gegenstände und Dinge hätte voll einstellen können. Nicht einmal Fiancé Io-Dos wandausfüllende Waffensammlung hatte mir ins Auge gestochen. Der eilige Leser pflegt in einem handlungsreichen Roman sehr oft die schönsten Landschafts- und Wohnungsschilderungen zu überschlagen, welche der Autor ja weniger ihm, als seiner eigenen pedantischen Ehrlichkeit zuliebe über das richtige Maß ausdehnt. Wie kühn hingegen behandeln die großen Dramatiker der Vergangenheit das Problem der Beschreibung, der Bühnenanweisung. Calderón, Lope de Vega, Shakespeare schreiben einfach hin:

»Nacht. Burghof«, und wenn es sich bei letzterem um ›Macbeth‹ handelt, muß der Dichter gar nicht erst hinzufügen: »Wolkenzerrissener Himmel, Wind. Ein Käuzchen klagt.« In den beiden Worten »Nacht. Burghof« ist das alles vorhanden, und noch manches dazu. Jedes Wort mehr würde des Dichters Größe vermindern. Mit dem Reiseschriftsteller freilich, den ich hier vorzustellen berufen bin, muß man schon einige Nachsicht haben. Nicht Handlung, Verwicklung, Intrige und Lösung des Konflikts sind sein Hauptgeschäft, sondern, schrecklich zu sagen, Beschreiben und immer wieder Beschreiben. Einem Forschungsreisenden zum Beispiel, der über die Antarktis berichtet, ist es nicht vergönnt, sich auf den seelischen Eindruck zu beschränken, den die beiden Vulkane Terror und Erebus in ihm hervorrufen. Er ist verpflichtet, in sachlichen Worten und genauen Ziffern ihre geographische Lage, ihre absolute und relative Höhe, ihre geologische Gestaltung und den Zyklus ihrer Tätigkeit zu vermelden. Dies ist die Aufgabe eines Forschungsreisenden im Raum, wo sich alles unbeweglich und nachprüfbar an Ort und Stelle befindet und dem Beschreibenden überdies eine Menge von Kartenwerken zur Verfügung stehen, die er zu Rate ziehen kann, wenn er seinem Gedächtnis nicht traut. Diese

Hilfen und Gedächtniskrücken besitzt der in die Zeiten vorausgesandte Berichterstatter mitnichten. Es gibt keine Nachschlagwerke über das Elfte Weltengroßjahr der Jungfrau auf Erden, und die Schneewüste des Franz-Josef-Landes unterhalb des Nordpols ist weit belebter als das Geodrom, die zentrale Plaza, auf der sich Zehn- und Hunderttausende drängen. Das soll nicht bedeuten, daß ich mich meiner schweren Aufgabe wegen selbst bedaure, sondern es soll dem nervösen Leser erklären, warum ich immer wieder in das verhaßte Genre der Beschreibung verfalle, ohne imstande zu sein, in zwei Worten ein shakespearisches Bild zu malen. Ein Bild ist nur dann verständlich, wenn es ein Nachbild von Vorbildern ist. Habe ich aber ein Vorbild – man möge mir's zugeben –, welches das Elfte Weltengroßjahr der Jungfrau darstellt?

Die mondbemalten vier Wände des Brautgemaches waren beunruhigend lebendig. War es eine stets wechselnde, dynamische Tapete, die sie bedeckte? Oder wurde ein endloser Film von irgendwoher projiziert, ein hauchartiger Film, der immer dieselbe Landschaft zeigte, die nur durch Wind, Licht und Schatten stetigen Verwandlungen unterlag? Nein, beide Erklärungen trafen nicht zu, so entschieden meine Augen. Im Hintergrunde der rings um die vier Wände laufenden Bilder hoben sich mehrere Bergketten voneinander ab, die nur durch das heller oder dunkler nuancierte Blau unterschieden waren, in welches der Mond sie tauchte. Woher aber kam die Erinnerung dieser Bergketten und dieser nächtlichen Tinten in die unterirdische Wohnung hier? Seit Jahrtausenden hatte der eisengrau beteppichte Planet vergessen, daß ihm solche Bergketten je entwachsen waren und daß sich ein Blau hinter dem anderen in immer dunstigeren und helleren Schichten abheben konnte. Und mehr als das: Es waren die Berge *meiner Erinnerung*, die Berge, unter welchen ich zwanzig Jahre meines verhältnismäßig kurzen Lebens geatmet und gearbeitet hatte. Wie kam diese Landschaft als visionäre oder dynamische Tapete an die Wand von Io-Las bräutlicher Kemenate? War's eine Ovation des mentalen Zeitalters für mich, wo ein jeder mehr vom innern Leben des andern wußte als gut sein konnte? Wir ich es selbst, der aus meinem innern Schatz die teuere Landschaft an die weiße Wand warf und zugleich eine kleine, verzagende Bewegung machte, um meinem nostalgischen Erstaunen einen schwachen Ausdruck zu verleihen? Im Vordergrund der visionären Wandtapete, deren Tiefenperspektive jede stereoskopische Photographie an Plastik übertraf, spielten die Schattenmuster der biegsamen Lärchenzweige im leichten Nachtwind, und da stand auch die morsche Aussichtswarte des Kreuzberges...

»Siehst du dasselbe wie ich, B. H.«, flüsterte ich, »dort an der Wand?«

»Was siehst du, F. W.?« lächelte er. »Wir haben jeder eine andere Tapete, damit mußt du rechnen...«

Da wußte ich plötzlich, daß der Mensch während der hunderttausend Jahre meines Todes die Fähigkeit gewonnen hatte, seine inneren Bilder zu entwickeln, stetig zu machen und an die Wand zu projizieren. Das blasse Durcheinander des ehemaligen Vorstellungslebens hatte unendlich an Kraft, Unterscheidungsschärfe und ausgearbeiteter Deutlichkeit gewonnen. Jedermann war sein eigener Maler und Dichter und konnte seine Visionen in klarster Abgehobenheit von den Zimmerwänden des unterirdischen Hauses lesen. Das künstliche Mondlicht und der artifizielle Waldesduft hatten mächtige Erinnerungen in mir erweckt, die mich nun als dynamische Wandtapete vollbildhaft begrüßten. Das Geistige war also stofflich, wie das Stoffliche geistig war.

»Man sieht Sie dort schlecht, Seigneur, weil Sie im Schatten stehn«, ließ sich der satte Kontra-Alt vernehmen. »Nur näher getreten, bitte, immer nur näher. Mein Ururenkelkindchen hat sich's um Sie verdient, mit Tränen. Nicht wahr, Lala? Man hat dir eine originelle Unterhaltung versprochen, und die originelle Unterhaltung läßt stundenlang auf sich warten an deinem Ehrenabend...«

Nach diesen Worten lachte die jugendschöne Ahnfrau sonderbar golden und doch klanglos. Ich aber trat verlegen und, weiß Gott warum, auf Zehenspitzen zum mächtigen Brautlager. Io-

Rasa hatte ihr Werk inzwischen vollendet. Das Bett war von oben bis unten zugeschüttet von der starren, duftlosen Lebensblume und Ersatzrose dieses Zeitalters. Darunter lag die Braut, man kann's selbst im mentalen Stil nicht anders bezeichnen, auf dem Bauche. Sie hielt ihr Gesicht in den Armen vergraben, und manchmal schien es, daß ihr unter dem traditionell taubengrauen Schleiergewand glorios leuchtender Rücken von trotzigem Schluchzen geschüttelt wurde.

»Mein eigensinniger Liebling«, schmeichelte Io-Rasa, »mein Lalachen, du mußt uns nicht mehr quälen. Seigneur ist gekommen. Seigneur steht sogar neben dir...«

»Steht er wirklich neben mir?« ertönte der Braut Stimme, ziemlich dumpf und abgerissen, unter der Armverschränkung hervor:

»Ist er wirklich da, oder wollt Ihr mich wieder nur foppen?«

»Wir haben dich nie gefoppt, Lalalein«, sagte die Brautmutter mit zärtlichem Vorwurf. »Wir haben gelitten unter deiner Wildheit und Nervosität, die zum heiligen Brautstand gar nicht paßt. Mein Herz ist sehr bedrückt. Sei nicht mehr so kindisch, wenn du auch noch verzweifelt jung bist.«

»Bitte nicht sagen, daß ich jung bin«, grollte Lalas Stimme dumpf. »Du weißt, ich will und will und will das nicht hören.«

»Viel zu jung«, tadelte die Ahnfrau erbarmungslos, »noch keine Sechsundzwanzig alt. Zu meiner Zeit hat man die Sechsundzwanzigjährigen noch in den ›Park des Arbeiters‹ gejagt, damit sie wachsen, anstatt sie zu verheiraten...«

»Sei nicht unhöflich, Lalachen«, fiel die Brautmutter ein, »und dreh dich endlich um. Du kannst Seigneur nicht immer nur deinen Rücken zeigen.«

»Er hat mich ja so lange warten lassen«, erklang Lalas Stimme von unten, und es war wirklich und wahrhaftig Gekränktheit in ihrem Ton und ein unterdrücktes Schluchzen.

»Mein liebes und verehrtes Fräulein«, hörte ich mich mit meiner verlegensten Höflichkeit sagen, »ich bin neu hier. Sie verstehen: ein ganz grüner Neuling und ein Urfremder, der nur sehr schwer mitkommt. Ich bin ganz unschuldig daran, daß Sie bis zum Ende der ersten Vigilie warten mußten. Man hat mich aus dem Alphabet gestochen und hierherzitiert, ohne daß ich's wußte und wollte. Ich bin vollkommen abhängig. Ihr Herr Vater und Ihr Herr Fiancé bestimmen mein Programm, nicht ich selbst. Es tut mir leid, daß ich Sie ungeduldig gemacht habe. Aber ich muß diesseits, ich meine jetzt und hier, jede Verantwortung ablehnen, nicht nur für meine Verspätung, sondern auch für alles andre, was sich noch ereignen könnte...«

So sprach ich in gesetzter Rede, wobei ich ein bitteres Mißgefühl über mich selbst nicht loswerden konnte. Ich kam mir vor wie ein pedantischer Schubiack, der sich mit ledernen Feststellungen einer Frau gegenüber für begangene und noch zu begehende Gemeinheiten reinwaschen möchte.

»Also sind Sie wirklich da, neben mir«, sagte Lala in ihre Arme hinein, doch der Tonfall klang verändert.

»Ja, er ist wirklich da«, flötete die Brautmutter mit übertriebenem Entzücken, und es klang so kindisch lockend, als spreche sie zu einer Fünfjährigen und nicht zu einer Sechsundzwanzigjährigen, »und jetzt wird uns mein Kindchen nicht länger kränken, sondern sich umdrehen...«

»Es wäre eine Ehre für mich«, erklärte ich nicht minder steif und ledern als vorhin. Zugleich fühlte ich widerstrebend, daß Lala mich mit in den Kampf gezogen hatte.

»Wer sagt, daß ich mich nicht fürchte, Sie zu sehen«, erklärte die Braut plötzlich, indem sie die hölzerne Schlummerrolle an sich zog, und es klang aufrichtig und kleinlaut zugleich.

Surs, des Hundes, verkrochene Stimme winselte von irgendwo unten herauf:

»Fürchten, natürlich, ja, ja, Lala, fürchten, kleines Mamachen, Sur versteht's.«

Io-Do, der Bräutigam, wird's nicht leicht haben. Die Sache begann mich zu langweilen, nein, schlimmer, zu sekkieren. Auf der einen Seite, dachte ich, lassen sie die Sterne durcheinander hüpfen und projizieren ihre dynamischen Tapeten an die Wand. Auf der andern Seite sind ihre Frauen so altmodisch hysterisch wie die unsern etwa zur Zeit des Fin de Siècle gewesen sind.

Sechsundzwanzig, da waren unsre Mädchen schon in hoher Vollreife. Freilich, dieses Alter entspricht jetzt unsern Fünfzehnjährigen oder noch jüngeren Backfischen. Man muß deshalb auf weitere kindliche Ungezogenheiten gefaßt sein. Hätte der Fratz eine Pflicht und überhaupt etwas zu tun, er würde räsonabler sein. So ist das höchste, was sie erreicht haben, die Überwindung der Arbeit, dem Anschein nach ihr tiefster Fluch. Es muß ein historisches Gesetz geben, kraft dessen der Mißlungenheitskoeffizient des Lebens, das was die Religion das »Übel« nennt, unter allen Formen, Zuständen und Veränderungen stets in der gleichen Quantität und Intensität erhalten bleibt. Dieser wichtige Gedanke begann mich zu bedrängen. Meine Augen aber starrten auf die Wand, wo die visionäre Tapete immer blasser und blasser zu werden begann. Als ich den Blick wieder dem Hochlager zuwandte, hatte die Braut sich längst umgedreht.

Wenn es an irgendeiner Stelle dieser Erzählung empfehlenswert ist, die Muse um Beistand anzurufen, so hier. Jedweder erfahrene Leser, der ja zumeist eine Leserin ist, weiß recht wohl, daß des Autors gedruckte Behauptung, irgend jemand, ob Mann, ob Frau, sei wunderbar schön, nicht viel bedeutet und sich nur recht blaß auf die Einbildungskraft überträgt, und zwar um so blässer, je größer der Aufwand entzückter und um die Schilderung der Schönheit bemühter Worte ist. Schönheit ist nicht einmal für Gott eine unbeweglich unbewegte Tatsache. Für den Menschen gar ist sie ein lebhafter Vorgang, der sich zwischen der schönen Erscheinung und ihrem Betrachter abspielt. Sie ist ein ähnlicher Vorgang wie der zwischen Sonne und Brennglas. Nur wenn der Sonnenstrahl in den Fokus des Brennglases tritt, entsteht eine Flamme. Dies aber soll nicht heißen, daß ich Feuer fing an der Schönheit des Mädchens Lala. Ich war ein temporärer wiedererweckter Toter, ein Revenant, den man durch die frevelhaften Künste eines unglaublich hochentwickelten Spiritismus wieder in den Besitz seines Körpers gesetzt hatte. Dieser Körper funktionierte nicht schlechter als früher, und doch, konnte ich seiner ganz sicher sein? Wenn ich auch nicht alt war, so war ich doch nicht jung, nicht mutig, nicht unmoralisch, nicht geschmacklos genug, um mit der bestürzten Verwunderung, mit der mich der Anblick der Schönheit erfüllte, auch nur jene vagen Wünsche zu verbinden, die jede hübsche, frisch auf der Straße dahinstöckelnde Frau im normalen Manne erweckt. Ich kann sogar mit ruhigem Gewissen versichern: das Gegenteil geschah. Ich war gänzlich leer, gänzlich teilnahmslos und ohne jede sinnliche Aspiration. (Es sollte überflüssig sein, dieses Selbstverständliche niederzuschreiben.) Ich empfand keinerlei Zuneigung zu Lala, weder eine väterlich noch onkelhaft verkleidete. Meine Gleichgültigkeit war nur von jener bestürzten Verwunderung beleuchtet, daß in diesem Zeitalter der jugendschönen Ahnfrauen sich ein Mädchenantlitz dennoch so unbegreiflich hold abheben könne. Wenn es in mir auch keine Flamme gab und geben konnte, so hatte der Strahl doch den Brennpunkt berührt. Ich habe schon einmal davon gesprochen, daß unter all den alterslos schönen Menschen, die mir bisher begegnet waren, sich doch keine einzige »strahlende Schönheit« befand. Hier hatte ich sie vor mir.

Wie Bräutigam Io-Do einen Goldhelm, so trug Io-La, die Braut, einen enganliegenden, ebenholzschwarzen Helm, der die Wellen und Locken jugendlichen Haars stilisierend nachahmte. Die Farbe ihres Gesichts war blaß und weiß. Ihr fehlte der nachgedunkelt elfenbeinerne Ton der allgemeinen Pigmentierung, der darauf hinwies, daß auch farbige Rassen in der planetaren Populace aufgegangen waren. Der Major Domus Mundi, der Seleniazuse, hatte dunkle Wunderaugen, die ich nicht vergessen konnte. Lalas Wunderaugen waren blau, und wenn ich jetzt hinzufügen wollte »blau wie«, würde die vorhin beinahe angerufene Muse die Nase rümpfen. Eines aber hatten diese großen Zyanenaugen, lange und echte schwarze Wimpern, während man sonst trotz aller Universalschönheit sehr vielen albinösen Gesichtern begegnete, deren Brauen gemalt und deren Wimpern geklebt waren. Lalas ebenholzschwarzer Haarhelm, die hohen Brauenbögen unter der blassen Kinderstirn, die langausstrahlenden Wimpern, ein eher zu großer, frischer Mund bildeten einen betörenden Gegensatz zum illuminierten Augenblau, dessen Licht wie Flut und Ebbe sich annäherte und verfernte. Das bedeutsamste Element aber lag für mich nicht in des Mädchens Schönheit, obwohl diese sofort den Brennpunkt in mir traf, sondern es lag darin, daß Lalas schönes Gesicht mir weniger fremd war, ja mich heimatlicher berührte als alle andern Menschengesichter. Ich schließe daraus, daß gewisse menschliche Werte, zu denen die Schönheit nicht als letzter gehört, weniger der Zeit, der Entwicklung und der Geschichte unterworfen sind als vieles andere. Schon dadurch, daß Lala so schön war, erinnerte sie mich an die Schönheit, deren Anblick mir einst den Atem geraubt hatte. Wie merkwürdig! Damals, in meinen Jünglingsjahren, hatte mich der Anblick von Frauenschönheit mit verzagendem Fremdheitsgefühl erfüllt. Jetzt erfüllte er mich mit verzehrendem Heimatgefühl.

Lala blickte mich aufmerksam an. Meine ungewöhnliche Herkunft schien ihr keinen Eindruck zu machen. Es fiel mir auf, daß sie mir nicht einmal die Ehre weiblicher Eitelkeit erwies. Sie wischte nämlich nicht von ihrer Wange die Spuren der Tränen, die sie vorhin in ungezogenem Zorne vergossen hatte, das verwöhnte Geschöpf. Die tiefblauen Augen betrachteten mich zunächst mit leicht zurückweisendem, prüfendem Ernst. Dann aber ernüchterten sie sich deutlich, und ich bemerkte mit Schreck und Scham, daß sie sich mit einer Heiterkeit füllten, die mir immer mehr aus Spott, Übermut und Amüsement gemischt erschien. Plötzlich aber brach Io-La, die herrliche Braut dieser Tage, in ein langes, unbezwingbares Gelächter aus, das ohne Zweifel meiner Erscheinung im Frack galt, so daß Io-Rasa und selbst die abgebrühteste aller eleganten Ururgroßmamas in Verlegenheit gerieten. Dabei war's durchaus nicht eine schrill hysterische Reaktion, sondern das kindlichste, natürlichste, gesündeste Gelächter, wie es der Anblick einer komischen Leichenbitterfigur hervorzurufen pflegt.

Gerade darin aber bin ich leider empfindlich und eitel, das muß ich offen gestehen. Ich bin einige wenige Male während meines Lebens in die peinliche Lage des unfreiwilligen Komikers geraten. Wenn ich an diese Augenblicke zurückdenke – sie gehören zumeist meiner Jugend an – so tritt mir noch heute der kalte Schweiß auf die Stirn, und ich stampfe mit dem Fuß auf und presse die Augen zu und stoße sinnlose Worte der Beschämung hervor. Ich bin kein Rousseau und will mich nicht besser und schlechter hinstellen als ich bin, aber dieses »Register der kleinen Blamagen«, die mich zur Zielscheibe der Lächerlichkeit machten, bildet für mich eine grausamere Erinnerung als mein »Register der großen Sünden«, für die mich Gott vielleicht von der »Mors Aeterna«, dem Ewigen Tode, einst nicht befreien wird.

Lala lachte noch immer, trotz des Zuspruchs ihrer Mutter, welche die Situation retten wollte und heuchlerisch so tat, als gelte die verletzende Heiterkeit nicht meiner lächerlichen Erscheinung, sondern habe eine der vielen unergründlichen und unberechenbaren Grillen ihres Töchterchens zur Ursache. Ich aber sah, mit dem peinlichen Gefühl, blutrot geworden zu sein, an mir herab, ob etwas nicht in Ordnung sei. Vielleicht waren meine Fingernägel – es wäre ja nach einem Weltalter der Ungepflegtheit kein Wunder – lange, abscheuliche, schwarze Krallen. Nein, sieh da, die kalifornische Pompe Funèbre-Firma hatte mich sogar maniküren lassen; meine Fingernägel glänzten und zeigten einen rosa Anhauch. Beste Arbeit war geleistet worden. Was sonst? Vielleicht ein Toilettefehler? Nein. Vielleicht war mein Haar zu lang und ungekämmt? Das Haar soll ja noch im Grabe weiterwachsen. Ich fuhr mir in die Haare. Sie waren nicht sehr dicht, aber fühlten sich sonst normal an. Wahrscheinlich aber waren es doch die Haare, die mich unmöglich machten. Hätte ich wenigstens eine meiner Baskenmützen mitbekommen. Das Gefühl der Beschämung lief mir den Rücken herab. B. H. stand immer bescheiden in der Tür. Ich rief ihn an, laut und pointiert:

»Habe ich das nötig gehabt, lieber Freund? Laß uns jetzt gehn.«

»Oh nein, bitte, Seigneur, gehn Sie nicht«, sagte Lala sehr schnell, und das Lachen auf ihrem Antlitz versiegte jäh zu einem tief erschrockenen Ausdruck. Dieser befriedigte mich ungemein. Es war ein prächtiges Gefühl des Sieges, das mich durchwärmte, und ich wollte den Sieg auswalken, um ihn noch länger zu genießen. Darum stellte ich mich in Positur und hielt eine kleine verlogene Ansprache: »Ich weiß, daß ich nicht viel wert bin, meine junge Dame. Ich weiß, daß nicht nur mein Gewand hier voll Flecken ist und daß einige Knöpfe abgesprungen sind und daß ich altmodische Haare auf dem Kopf trage und daß all dies zusammen komisch wirken mag. Meine ganze Existenz ist leider voll solcher Flecken und abgesprungener Knöpfe, die sich nicht rechtfertigen lassen. Auch sind meine Haare, was sie sind. Haben Sie aber das Recht, sich darüber zu mokieren? Hat nicht ein zu Ende gelebtes Leben Anspruch auf einige Achtung? Und außerdem, Fräulein, sind Sie hundsjung, und ich bin, wenn nichts anderes, doch ein älterer Mensch ...«

Io-La hatte Tränen in den Zyanenaugen, als sie mich noch immer erschrocken ansah. Ich genoß diesen Blick außerordentlich.

»Ich hab mich nicht über Sie mokiert, Seigneur«, stammelte sie. »Ich hab' Sie schrecklich hergewünscht und mich schrecklich vor Ihnen gefürchtet. Gelacht hab ich ja nur, weil Sie *nicht* fürchterlich sind. Ich habe sehr große Lust, Ihr Gewand anzurühren, Seigneur. Darf ich das?«

Ohne meine Antwort abzuwarten und ganz gegen die Usancen der Zeit streckte sie ihre langfingrige Hand aus und begann den brüchigen Stoff meines Schwalbenschwänzlers zu befühlen. In einer Epoche, wo es nur hauchige Schleiergewänder gab, mußte es eine eigenartige Sensation sein, diese schwere, grobe Textilie aus den Anfängen der Menschheit zwischen den Fingern zu reiben. Lala hielt ihre Augen geschlossen. Sie schien mit der Hand in dem Stoff zu lesen wie eine Blinde.

»Älterer Mensch«, wiederholte die Ahnfrau spöttisch, die auf ihrem herausgeklappten Bügelbrett lehnte, »warum ein älterer Mensch, Seigneur? Man darf dergleichen nicht fragen, befiehlt die Sittenlehre, ich weiß das wohl. Was aber dürfte eine Ahnfrau nicht fragen? Wie alt also sind Sie oder waren Sie, wenn Sie das noch wissen sollten?«

»Ich bin oder ich war um die Zweiundfünfzig«, sagte ich, und es war ein klein wenig ungenau zu meinen Gunsten, denn wäre die Zeit für mich nicht stehengeblieben, so hätte ich meinen dreiundfünfzigsten Geburtstag damals in wenigen Wochen feiern müssen. Ich ärgerte mich über diese kleinliche, weibische Korrektur. Zu welchem Zwecke wollte ich jünger erscheinen, fragte ich mich, und noch dazu am andern Ufer der Zeit?

»Zweiundfünfzig Jahre« – der Kontra-Alt zog diese Worte sehnsüchtig in die Länge, »zweiundfünfzig Jahre; da gehören Sie ja noch zur strammen Jugend in bester Kondition. Sie sind ja noch ein Aikmetant, Seigneur...«

»Und ein Eumelieur«, fügte die Brautmutter Io-Rasa hinzu. Lala aber repetierte mit ironischer Melodie, das Seidenfutter meines Rocks streichelnd:

»Sie sind ein Aikmetant, Seigneur, und ein Eumelieur...«

Diese beiden Fremdworte der Monolingua habe ich mir genau gemerkt. Sie gehören gewissermaßen zu den ganz wenigen objektiven Dokumenten, die ich von meiner Reise gerettet und heimgebracht habe. Die philologische Durchdringung der genannten Ausdrücke nahm nach meiner Heimkehr – in den Tagen, da ich dieses niederschreibe – viel Zeit und Mühe in Anspruch. Ein Freund, der meine Unruhe sah, schenkte mir zu diesem Zwecke ein ehrwürdig moderduftendes Lexikon, betitelt ›Griechisch-Deutsches Schulwörterbuch von Doktor Gustav Eduard Benseler, Siebente verbesserte Auflage, besorgt von Doktor Georg Authenrieth, Rektor des Gymnasiums in Zweybrücken, gedruckt zu Leipzig 1882‹. Dieses Wörterbuch ist an die tausend Seiten stark und weist eigens darauf hin, daß es den Wortschatz folgender Autoren enthalte: »Homer, Herodot, Aischylos, Sophokles, Euripides, Thukydides, Xenophon, Plato, Lysias, Isokrates, Demosthenes, Plutarch, Arrian, Lukian, Theokrit, Bion, Moschos und das Neue Testament.« Alles was gut und teuer ist, wie man sieht. Und doch, mein fleißiges Suchen und Forschen war vergebens. Keiner der obengenannten unsterblichen Autoren, zu denen ich die mir schmählich unbekannten Bion und Moschos auch rechne, hatte einen Aikmetos oder einen Eumelios unter seiner Fracht. Doktor Gustav Eduard Benseler führte mich in der Irre umher. »Aikálloo« hieß »ich schmeichle«, »Aiké« hieß der »heftige Andrang«, der »Impetus«. Hierin schien mir ein bedeutsamer Hinweis zu liegen. Aber dieser Hinweis wurde sofort durch das Wort ›Aikía‹ verwirrt, das »unziemliche Behandlung und körperliche Schmach (contumelia)« bedeutet. Nicht anders erging es mir mit dem »Eumelieur« der Brautmutter. Der große Benseler erwies sich auch hier als ein Labyrinth. Da ich aber sicher war, daß diese beiden Fremd- oder Lehnwörter der Monolingua griechischen Ursprungs waren und nicht sinnlose Silbenfratzen sein konnten, begab ich mich zu einem neunundachtzigjährigen emigrierten Professor der Universität Tübingen, der erstaunlich rotbäckig und rüstig seinen Victoria-Garten bestellte, nachdem er siebzig Jahre von seinen neunundachtzig nichts andres getrieben hatte als homerische Wörterkunde. Der niedlich bewegliche Greis weckte meinen Neid, denn seine pfiffige Frische bewies mir, wie gesund es ist, sich auf ein enges Fach zu beschränken, nein, zu konzentrieren, zu sammeln. Auch Einseitigkeit, Fixe Idee, oder wie immer man's nennt, ist die Kunst, in den Brennpunkt zu treten, während der freischweifende Universalismus deshalb so gefährlich ist, weil ein unbescheidener Geist außerhalb des Fokus bleibt. Schon an der Gartenpforte rief ich dem Alten entgegen:

»Was ist das, ein Aikmetos und ein Eumelios?« – »Ein doppelter Blödsinn«, erwiderte der Homergreis. Plötzlich aber stützte er sich nachdenklich auf seinen Spaten und begann mit einer hohen engen Stimme zu buchstabieren: »Sie meinen vielleicht einen Alpha-Iota-Kappa-Mi-Epsylon-Tau-Eta-Sigma, einen Aikmetés, und einen Epsilon-Ypsilon-Mi-Epsilon-Lambda-Iota-Eta-Rho, was ein Eumelieur wäre. Heh, wie?« – »Und diese zwei gibt es wirklich, lieber Professor?« – »Diese zwei sind sogar ein und dasselbe!« – »Wie, hab' ich recht verstanden, Professor? Aikmetés und Eumelieur bezeichnen dieselbe Sache?« – »Keine Sache, Sie altphilologischer Barbar, sondern ein und dieselbe Person, einen Speerkundigen, einen

Mann, der seinen Speer zu gebrauchen versteht. Noch was?« – Und er stach seinen Spaten mit dem Fuß wieder ins Gemüsebeet, die Brille auf die Stirn geschoben.

Im mondscheinerfüllten Brautgemach wußte ich freilich nicht, was die Damen unter einem Aikmetanten und Eumelieur verstanden, und daß sie einem mehr als fünfzigjährigen Kämpfer die Ehre antaten, ihn für besonders speerkundig zu halten. Wie aber kam ein homerischer Begriff in eine Brautkemenate dieses hochfeinen mentalen Zeitalters, das des Krieges nurmehr in Form eines zerbeulten Himmelsglobus gedachte? Müßige Fragen. Die Damen hielten mich jedenfalls für speerkundig. Hätt' ich's kapiert, hätt' es mir wohlgetan, und mein geschwächtes Selbstbewußtsein bedurfte solcher Wohltaten. Soviel aber begriff auch ich, daß unter Hundertdreißig- bis Hundertneunzigjährigen ein rund Fünfzigjähriger beinahe noch in den Flegeljahren steckte.

Lala streichelte noch immer mit aufmerksamen Fingern das Seidenfutter: »Dieses Innere«, stellte sie fest, »fühlt sich sehr angenehm an, wie... wie...« Sie fand den Vergleich nicht. Natürlich. Sie hatte ja auch noch niemals Seide berührt. Ich entzog ihr behutsam den Schwalbenschwanz:

»Und dabei bedenken Sie gar nicht, verehrteste Braut, daß, als dieser schäbige Rock geschneidert wurde, die offizielle Jahreszahl vier Stellen hatte, während sie jetzt sechs Stellen zeigt, und die Zauberei, diesen Rock mit Naht und Faden und Flecken aus dem Nichts in Ihr Haus zu zitieren, diese Zauberei scheint jetzt etwas ganz Alltägliches zu sein...«

»Wer zaubert? Wir zaubern nicht. Wir sind eine aufgeklärte Epoche«, sagte die Ahnfrau.

»Ich weiß, Madame, es ist eine Kühnheit und ganz ungehörig, Ihnen zu widersprechen«, versetzte ich. »Aber ist der Arbeiter, der alles zentral produziert, kein Zauberer? Und was ist das Mentelobol mitsamt seinen Zusammenstimmern auf ihren Ruhelagern? Und was ist der Uranograph, dem die Sterne parieren wie dem Typographen das Blei in der Setzmaschine? Und was ist das Anrufen mit dem nackten Gedanken? Wir haben zu diesem Anrufen Telephonapparate mit dicken Kabeln gebraucht oder zumindest Radioröhren samt den dazugehörigen kurzen und langen Wellen...«

»Mein lieber F. W.«, mischte sich B. H., der noch immer an der Tür stand, ins Gespräch, »dein Telephon und Radio würde den Herrschaften hier als eine größere Zauberei erscheinen als ihr Mentelobol. Nichts, woran man sich gewöhnt hat, ist Zauberei.«

Er schwieg plötzlich und fügte dann verlegen hinzu: »Von Radio und Telephon weiß ich einiges wenige durch meine Studien.«

»Unsinn und leeres Gerede«, sagte die Ahnfrau mit dem grauenhaften Eigensinn und der Bosheit alter Leute, die nichts anerkennen, nicht einmal die Argumente, die zu ihren Gunsten sprechen. »Wir zaubern nicht, wir sind zu fortgeschritten, zu aufgeklärt und überlegen dazu. Gezaubert haben Sie, Seigneur. Wenn Sie zum Beispiel, wie man's in der Schule lernt, bei Anbruch eines neuen Jahres um Mitternacht Ihrem hundsköpfigen Hausgott ein Glücksferkelchen opferten. Dann haben Sie sich im Blute des Tierchens gewaschen und es danach mit Haut und Knochen aufgefressen, wobei Sie immer wieder ›Prosit Neujahr‹ riefen. Das gab Ihnen aber auch Glück und Kraft, und das nenne ich Zauberei. Ist das nicht so?«

»Das ist entschieden eine Übertreibung, Madame«, entgegnete ich und wandte mich an meinen Freund: »Gib's zu, B. H.«

Der Wiedergeborene zuckte nur die Achseln und schwieg.

»Das sagt die Wissenschaft«, erklärte hartnäckig die schöne GR-, wie man Lalas Ururgroßmama mathematisch ausdrücken kann, da sie selbst einer aufklärungsgläubigen und wissenschaftlichen Generation angehörte. Und sie schloß: »Weil es die Wissenschaft sagt, muß es wahr sein.«

»Zu meiner Zeit«, verbeugte ich mich, »war Wissenschaft oft nur ein Spiel mäßiger Phantasie unter der Maske exakter Trokkenheit. Die Menschen bleiben einander so ziemlich gleich, und doch, ich sehe, niemals kann eine Epoche die andere verstehen ...«

Lalas Augen sahen mich groß an. Es war aber keine Spur von Abscheu in ihnen:

»Ist das wahr, Seigneur, daß Sie sich mit Tierblut besprengt haben, um ein gutes neues Jahr herzuzaubern?«

»Ich schwöre Ihnen, mein Fräulein«, verteidigte ich mich erbittert, »das ist ganz und gar nicht wahr. Ich habe mich weder am Silvesterabend noch sonstwann mit Tierblut besprengt.«

»Aber getrunken haben Sie's, Seigneur?« fragte die Braut mit auffälliger Neugier.

»Bei solchen festlichen Gelegenheiten haben wir Champagner getrunken«, entgegnete ich. »Ich wäre sehr glücklich, wenn ich den Damen ein Glas davon kredenzen dürfte. Es ist ein prickelndes Getränk, das heiter und positiv macht, zum Beispiel Pommery oder Mumm Sec oder Brut oder Goût Américain...«

»Interessant wär's schon«, lächelte Lala versonnen, »und ich möcht's gern probieren, besonders dann, wenn ein Tröpfchen Ferkelblut drin wär...«

»Aber Lala«, rief die Brautmutter empört, »nicht einmal im Spaß sagt man sowas Schreckliches. Und du sagst es am ersten Abend deiner Hohen Zeit.«

Lala beachtete diesen Verweis ihrer Mutter gar nicht. Sie wandte ihre Augen von mir. Unbehagen und Unruhe schienen sie zu durchzittern. Sie runzelte ihre Stirn. Plötzlich machte sie eine unwillige Bewegung mit ihrem ganzen Körper, der hell unterm taubengrauen Schleiergewand hervorleuchtete:

»Ich hasse diese Blumen«, stieß sie hervor.

Und sie schüttelte den Strom der rostroten, tragantenen Strauchblüten von sich, mit denen Io-Rasa sie überschüttet hatte, damit sie ihrer Schönheit zur Folie dienten.

»Ich verstehe Sie genau, Fräulein«, sagte ich, »Sie haben recht. All diese Blumen sind wie künstlich. Das muß ich aufrichtig gestehen, obwohl ich bereits weiß, daß es ungehörig ist, im Negativen aufrichtig zu sein. Aber wie wünsche ich mir, meine Damen, daß Sie unsere Rosen gekannt hätten, eine zarte, herzrote La France, eine Maréchal Nil, eine gelbliche Teerose; die duftet nur für stumpfe Sinne nach Tee, sie duftet in Wirklichkeit nach leise faulendem Laub, nach der traurigen Essenz sonniger Herbsttage. Aber was wissen Sie von Jahreszeiten?«

Ich weiß nicht, warum ich mich gerade wegen der Rosen so sehr in Eifer geredet hatte, so daß ich die Flächen meiner Hände aufgeschlagen hielt wie ein Prediger. Da klappte das Bügelbrett, die Stütze des Alters, in die Wand zurück, und die Ahnfrau bewegte sich mit ihrem sieghaft schwingenden Schritt auf mich zu. Welch ein Göttinnengang, dachte ich, wenn man von diesem Schritt die unangenehme Bewußtheit derer abzieht, die alles gehabt hat. Die Ahnfrau bedeutete mir, ich möge meine aufgeschlagenen Hände nicht zurückziehen. Sie unterwarf die Handflächen einer genauen Betrachtung. Von Rechts wegen hätte sie ein Lorgnon zücken müssen oder, um der Elegance willen, sogar ein Monokel einklemmen, eine Brille wage ich gar nicht zu erwähnen. Seit wann aber und wohin waren diese archaischen Plumpheiten verschwunden? Selbst hundertneunzigjährige Augen waren im mentalen Zeitalter so erleuchtet, daß sie keine Hilfe vom Optiker brauchten. Bisher war es mir gelungen, die violette Ehrenschleife zu verbergen. Nicht aus Schamhaftigkeit versteckte ich sie, sondern aus Unlust, die ganze Geschichte immer wieder erzählen zu müssen. Mein Ärmel über der aufgerauhten Hemdmanschette aber war jetzt zurückgerutscht, und die Auszeichnung trat zutage oder, besser, in den bleichen Schein des künstlichen Mondes.

»Io-Do wird nie in seinem Leben die violette Handgelenkschleife davontragen«, meinte Lala träumerisch.

»Eine Braut sollte solchen Stimmungen gar nicht nachgeben, verzeihen Sie«, wies ich ihre im gleichgültigsten Ton hingeworfene Bemerkung zurück. Was war mit mir? Immer wieder Leder? Und ich hörte mich weitersprechen:

»Der Fiancé ist ein aktiver junger Mann voll allseitiger Interessen und ein großer Connaisseur der Waffenkunde und der Geschichte der Armatur. Man muß einer solchen Braut zu einem solchen Bräutigam gratulieren, wie auch umgekehrt.« (Was war mit mir, was war mit mir? Wie es aber so oft geschieht, verwikkelte ich mich weiter ins staubtrockene Lob.) »Überdies ist der

Bräutigam des Tags die Ursache dieser Auszeichnung, denn nur seiner Energie habe ich es zu verdanken, daß ich das Geodrom betreten, den Preisspruch gesprochen und dem Major Domus Mundi meine Aufwartung gemacht habe...«

»Da seht nur seine Handflächen«, unterbrach mich die Ahnfrau, die ihr Studium beendet hatte. »Welches Gestrüpp und Labyrinth von Linien, kreuz und quer, groß und klein!«

»Ist das bei den Herrschaften anders?« fragte ich verwundert.

Die Ahnfrau, Io-Rasa und Lala öffneten ihre Handflächen und zeigten sie mir. Sie waren wächsern und beinahe unbeschrieben wie bei Schaupuppen. Sie zeigten kaum mehr als die drei Haupteinzeichnungen: eine stark ausgezogene Kopflinie, eine sehr schwache Herzlinie und ganz lange Lebenslinie, die sich bis in den Unterarm fortsetzte. Sonst traten nur die Götterberge an den einzelnen Fingerwurzeln hervor und die Einbuchtungen dazwischen. Die puppenhafte Leere der Handfläche dieser mentalen Menschen, die mir und meinen Zeitgenossen so hoch überlegen waren, berührte mich recht sonderbar. Die Ahnfrau bat mich noch einmal um meine Hand, die ich auch dann der Brautmutter und der Braut zeigen mußte.

»Sie haben ja Blitze in Ihrer Hand, Seigneur, und Rutenstreiche und Straßen und Tabellen und Anagramme... Was bedeutet das alles?« fragte Lala.

»Das bedeutet«, nahm B. H. an der Tür jetzt das Wort, »daß er in seiner Lebenszeit viele Schicksale zu überwinden hatte, körperlich, seelisch und geistig. Auf der gegenwärtigen Erde gibt es aber kaum ein Schicksal mehr.«

»Warum gibt es auf der gegenwärtigen Erde kaum ein Schicksal mehr?« fragte Lala, und die Frage klang äußerst kritisch.

»Preisen Sie Gott, mein Kind«, entgegnete B. H., der während mancher Wiedergeburt auch sein Teil abbekommen hatte. »Prometheus hat beinahe das Schicksal besiegt.«

»Ist das wirklich so gut, wenn es wahr ist?« zweifelte die Braut. »Und was ist das überhaupt, Schicksal?«

»Das was beim Dividieren nicht aufgeht und was zurückbleibt«, brummte B. H. »Wolke, Staub, Sturm, Erkältung, Dschungel und ähnliches ...«

Die Ahnfrau bat, meine Hand anfassen zu dürfen. Ich überließ sie ehrerbietig ihren eisig glatten Fingern, die, so untadelig sie aussahen, sich erschreckend anfühlten.

»Welche Ströme, welche Wellen, welche Kräfte sind in einer solchen Hand«, schwärmte GR[3]. »Das wogt und pulst und geht in einen über wie die Medizinalstrahlen, die der Arbeiter ins Haus sendet. Und alles kommt von der Reibung mit dem Schicksal, wie Ihr lieber Freund es nennt. Würden Sie nichts dagegen haben, Seigneur, daß ich täglich ein paar Minuten Ihre Hand halte, solange Sie uns beehren?«

Ich verbeugte mich stumm. Die reizende Uralte gab mich noch immer nicht frei. Da sah ich etwas in ihren tiefliegenden Augen aufglitzern. Es waren für mich jetzt zweifellos alte Augen in dem sonst jugendglatten Gesicht. Was aber war es, was da aufblitzte? Eine Lüsternheit? Eine Bosheit? Der hexenhafte Wunsch eines alten Weibes, zuerst Verwirrung zu stiften, dann der Verwirrung zuzuschauen, sich zu wärmen an ihr, sich zu rächen, weil der Tag doch, trotz aller mentalen Kosmetik, für immer und ewig zu Ende ist, und nichts mehr bevorsteht als jener »freiwillige Gang zu Fuß«? Ich kann diese Frage nicht beantworten. Ich kann nur wiederholen, daß etwas in der Ahnfrau tiefliegenden Augen aufglitzerte, was am ehesten einer bösartigen Lüsternheit glich.

Ihre eisig schlüpfrigen Finger zogen mich näher ans Brautlager.

»Die Urströme aus den Anfängen der Menschheit sind noch in Ihrer Hand, Seigneur«, schwärmte sie. »Schenken Sie uns etwas davon. Lassen Sie uns ein bißchen davon kosten, dann kommt mehr Spaß ins Leben. Legen Sie zum Beispiel der lieben Kleinen da Ihre Hand aufs Herz für ein paar Minuten. Dann wird sie kräftiger und glücklicher werden durch Ihren Segen ...«

»Ich bin bereit, jedem Befehl zu gehorchen«, sagte ich unsicher und fühlte, daß ich erblaßte. »Doch werde ich nur das tun, was Fräulein Braut selbst wünscht.«

Die lächelnde GR³ entblößte mit gezierter Langsamkeit Lalas Brust mit einer Hand, während ihre andre mich noch immer festhielt. Das Mädchen sah mich unbewegt an und sagte ruhig:

»Ich weiß nicht, ob Ihre Urströme aus den Anfängen der Menschheit gut oder schlecht für mich sind, Seigneur.«

»Ich werde tun, was Sie wünschen«, wiederholte ich noch einmal und fühlte, wie meine alte Charakterschwäche mich beherrschte, die heute allen Entscheidungen und Verantwortungen ebenso aus dem Wege zu gehen trachtete wie damals in den Anfängen der Menschheit. Eine innere Stimme aber warnte mich immer lauter davor, dem Augenglitzern der Alten gehorsam zu sein.

»Der Segen und die Berührung Seigneurs wird sicher einen guten Einfluß haben«, zögerte die Brautmutter diplomatisch. »Soweit kennen wir Sie schon... Sollte man aber nicht zuerst den Vater ins Vertrauen ziehn?«

»Den Vater... Den Vater...«, höhnte die Ahnfrau und war ganz zornig. »Was weiß ein Vater, ein Mann mit noch goldenem Haar, von solchen Frauendingen?«

»Legen Sie mir Ihre Hand aufs Herz, Seigneur«, sagte Lala mit souveräner Gleichgültigkeit. Die Ahnfrau aber zog meine Hand mit leichtem, jedoch unnachgiebigem Druck langsam herab, wie gegen einen Widerstand, den ich nicht leistete, und legte sie vorsichtig, ja fast zärtlich zwischen die nackten, festen Brüstlein der Braut. Die duftende und doch irgendwie schon entfleischte Hand beeilte sich noch immer nicht, die meine loszulassen. Sie schien den Kontakt mit mir, dem Hunderttausendjährigen, und der kaum erblühten Jugend Lalas vibrierend zu genießen wie eine verbotene Sensation.

»Die Herzberührung war eine alte sakrale Sitte islamitischer Derwischorden«, sagte ich in idiotisch belehrendem Ton, wie zur Entschuldigung, Abschwächung und Rechtfertigung, während ich die unendlich zarte und kühle, die mentale Haut des Mädchens unter meiner rauhen Pratze fühlte, gleich einem lieblichen Vorwurf. War's aber wirklich ein Vorwurf? War's nicht etwas anderes? Ich fühlte – nicht glaube ich zu irren oder im

Rückblick die Wahrheit zu fälschen – ich fühlte, wie der unendlich zarte und kühle, der astromentale Leib des Mädchens sich in meine harte, von hundert Schicksalsrunen verwundete Handfläche hereinbog, hereinatmete, hereinschmiegte. Im selben Augenblick aber runzelte Lala ihre klare Stirn und rief ärgerlich:

»Nehmen Sie Ihre lästige Hand fort. Sie ist so schwer und heiß.«

Ich zog mich sofort zurück, aufrichtig gekränkt, denn soeben hatte ich mir eine Art von Segenspruch zurechtgelegt gehabt. Ich führte meine schwere und heiße Hand an die Stirn:

»Es ist ja gar nicht wahr, daß meine Hand so heiß ist, liebe Braut«, rief ich. »Sie sind sehr ungerecht, denn ich fiebere längst nicht mehr...«

Irgendwo unten begann Sur, der Hund, überstürzt zu winseln und zu keifen. Ich verstand keines seiner klatschbasenhaften Worte.

Neuntes Kapitel

Worin ich trotz meiner Müdigkeit alles tue, um dem Schlafe zu entgehen, und dabei von B. H., der freundschaftlich meine Einsamkeit teilt, dies und jenes in Erfahrung bringe, was in der Welt seit jener Nacht geschehen ist, in der ich so unvorsichtig war, das letztemal einzuschlafen.

B. H. hatte sich freiwillig angeboten, diese meine erste Nacht in der astromentalen Epoche mit mir zu verbringen.

»Das ist sehr anständig von dir«, sagte ich, »und ich danke dir für deine Güte. Denn es ist kein geringes Opfer, das du mir bringst. Aber weißt du, ich wäre unter keinen Umständen allein und einsam geblieben...«

»Ich glaube mich zu erinnern, F. W.«, lächelte der Freund, »daß du vordem geradezu ein Wüstling der Einsamkeit gewesen bist...«

»Ja, das war ich so ziemlich, B. H. Aber doch nur, um in verlorenen Gebirgsnestern und Fischerdörfern meinem Denken und meiner Arbeit ungestörter leben zu dürfen. Mein Gott, das war nicht einmal zwanzigprozentiger Alkohol der Einsamkeit. Wenn man den hundertprozentigen kennengelernt hat, die echte unaussprechliche Einsamkeit, aus der ich komme, dann fürchtet man sich davor, eine Nacht allein zu verbringen.«

Als er diese Worte hörte, sah mich B. H. ein wenig betroffen und vielleicht sogar schuldbewußt an und sagte nichts. Wir befanden uns in einem geräumigen Fremdenzimmer, das durchaus nicht unbehaglich war, obwohl die ganze Einrichtung nur aus einigen Streckstühlen, einem mittelgroßen Ruhelager mit erhöhtem Kopfende und harter Schlummerrolle sowie aus einem kleinen Buffet bestand, das eher einem Medikamententische glich, in dessen kreisrunden Löchern die uns schon bekannten kristallenen Eierbecher mit verschiedenfarbigen Säftchen und Süppchen blinkten. Sie waren zahlreicher als die beim Festmahl servierten. Die Hausfrau hatte, als sie sich von mir verabschiedete, von einem kleinen »Nachttrunk« gesprochen. Es schien aber, mit mentalem Maßstab gemessen, ein üppiges Souper zu sein. Ich empfand ein bißchen Nahrungstrieb, eine ganz leise und schüchterne Art von Appetit, fürchtete aber zugleich die geistige Anstrengung, die mit der Einverleibung von solchen Substanzen wie »Meer« oder »Jagdgründe« oder »wogende Kornsaat« und so weiter verbunden war. Da öffnete B. H. ein Schränkchen im Buffet und zog einen regelrechten Steingutkrug hervor, aus welchem er mir und sich selbst zwei weiße, henkellose Täßchen mit einer dampfenden, dicken Creme vollschüttete:

»Versuch das einmal, es wird dir schmecken.«

Es schmeckte mir köstlich, es durchglühte die zerschlagenen Glieder, schmeichelte dem Magen und ölte die Nerven.

»Schweig, laß mich raten«, bat ich, während Lippen, Zunge und Gaumen den Geschmack emsig prüften, »ich glaube, ich kenne das. Wir haben's zu Hause Chaudeau genannt, aus Südwein oder Cognak gebraut mit Eidottern und Zucker.«

»Manchmal schwindelt der Arbeiter«, lachte B. H., »und melkt die Capricornetten, diese winzigen Tierchen, die auf den weiten Auen seines Parkes weiden. Und die Milch, denk dir, die echte Milch, schenkt er dann gewissen Kindern, Bräuten oder alten Leuten, die er bevorzugt. Er bevorzugt Lala. Sie hat von ihm die echte Milch geschenkt bekommen, und daraus wurde für uns der Nachttrunk bereitet. Es ist eine verbotene Näscherei und widerspricht eigentlich den verfassungsmäßig vorgeschriebenen Speisen.«

»Um so besser, B. H., um so besser.« Dann aber fragte ich ihn: »Warum eigentlich bevorzugt der Arbeiter Lala, wie ich mir wohl denken kann, unter tausend andern Bräuten?«

»Ist dir das so unverständlich, F. W.?«

»Oh, ganz im Gegenteil, es ist mir sehr verständlich, B. H. Lala ist ein bildschönes Mädchen, und das schönste an ihrer Schönheit, für mich wenigstens, sie ist gar nicht fremd-schön und unbegreiflich-schön; man hätte selten, aber doch dann und wann einer solchen Lala in der Rue St. Honoré zu Paris, auf der Kärntnerstraße von Wien oder auf der Fifth Avenue begegnen können, seinerzeit. In der ersten Sekunde, wenn man sie sieht, bleibt einem der Atem weg. Wenn sie aber den Mund auftut, na, dann erscheint sie etwas geistig unentwickelt, launisch und... und diese leeren Handflächen von Panoptikumsfiguren...«

B. H. sah mich merkwürdig an.

»Geistig unentwickelt«, fragte er, »meinst du das im Ernst?«

»Im Ernst meine ich gar nichts, mon vieux. Wie könnte ich in meiner Situation ein seriöses Urteil über irgendwen oder irgendwas fällen... Lala ist also weder launisch noch geistig unentwickelt, deiner Ansicht nach?«

B. H. wich mir in seiner Antwort aus: »Kultur«, sagte er, »ist eine verschlagene Kunst des Untertreibens und des Ablenkens von der Hauptsache. Bedenke das, F. W., im Umgang mit unsrer astromentalen Gesellschaft.«

»Darf ich dich bitten, mir noch eine halbe Tasse einzuschenken, B. H.«, forderte ich jetzt.

»Wie du willst, F. W.«, gehorchte er. »Es ist aber sehr sättigend.«

Ich schob die frische Tasse nach dem ersten Schluck zur Seite:

»Du hast recht, B. H.«, gestand ich, »als derjenige, welcher ich bin, habe ich bei derlei Genüssen enthaltsam und vorsichtig zu sein. Es ist übrigens merkwürdig, daß ich in meiner Verfassung so genau den Geschmack einer Speise unterscheiden kann und nicht nur den Geschmack der Speise, sondern auch die Sättigung durch sie deutlich verspüre. Wenn ich zu meinen Lebzeiten nachts geträumt habe, daß ich mich hungrig zu Tische setze, da erwachte ich jedesmal, wenn ich den Bissen im Mund hatte. Jetzt erwache ich nicht, B. H., folglich bin ich wirklich so etwas wie ein überexponierter Geist. Ihr habt mich wie eine photographische Platte zu lange dem Licht ausgesetzt, so daß mein Bild ganz dicht und dunkel geworden ist. Wundre dich also nicht, wenn ich dir eine intime Frage stelle: wohin soll ich mich wenden, wenn ich ein menschliches Bedürfnis verspüre?«

»Verspürst du ein menschliches Bedürfnis, F. W.?«

»Nein, mein Lieber, gottlob nicht. Gottlob *noch* nicht. Aber ich fürchte mich schon eine Weile vor dieser sehr antimentalen Möglichkeit.«

»Du wirst auch nichts verspüren«, lachte B. H. »Wir erledigen das alle fünf Tage nur einmal.«

»Wie! Was du nicht sagst«, atmete ich auf. »Das ist ja eine prächtige Abbreviatur. Zeitersparnis über Zeitersparnis, bei so wenig Arbeit.«

»Hör einmal, F. W.«, sagte mein Freund zartfühlend, »ich bemerke jedesmal, daß du zusammenzuckst, wenn ich von den ›Anfängen der Menschheit‹ rede, denen wir beide angehört haben, was sich nicht leugnen läßt. Es waren natürlich nicht die richtigen Anfänge der Menschheit, das weiß ich besser als sonst einer, sondern es waren bereits höchst differenzierte Zustände, nach mehreren Millionen von Entwicklungsjahren. Ich gebrauche also jene Phrase, die dich so schockiert, nur von der heutigen Perspektive her und um meinen Zeitgenossen das Vergnügen zu erhöhen, einen Primitiven materialisiert zu haben. Du kennst mich. Ich bin kein progressivistischer Esel. Auch weiß ich, daß hunderttausend Erdumläufe um die Sonne nur eine winzige Schattenrückung der Geschichte sind. Und doch, der Mensch hat trotz all seiner Grenzen sogar biologische Fortschritte gemacht.«

»Darüber kann kein Zweifel herrschen, B. H.«, lachte ich laut. »Nur einmal in fünf Tagen die Toilette benützen zu müssen, das nenn ich einen gewaltigen biologischen Fortschritt.«

»Bitte lach nicht darüber, F. W., wie über einen fäkalen Witz«, wies mich B. H. zurecht. »Unterleibswitze sind heute lange nicht mehr so komisch wie zu deiner Zeit.«

»Zu meiner Zeit gab es allerlei mittelgroße Schlangen, die nur einmal im Monat ein Mäuschen herunterwürgten und wieder von sich gaben. Schildkröten aber und andre Reptilien und Amphibien hielten mehrere Monate lang Winterschlaf, ohne ein einziges Mal währenddessen ihren Darm zu bemühen.«

»Deine Reptilien und Amphibien, mein lieber F. W.«, entgegnete mein Freund mit Überlegenheit, »waren eben physiologisch so und nicht anders konstruiert und veränderten sich nicht. Wir aber haben uns biologisch verändert, wir Menschen, nein mehr, wir haben uns verfeinert. Zu deinen Lebzeiten hattest du einen Darm, der aufgewickelt elf Meter lang war. Inzwischen hat er sich dank einer ätherischen Ernährung des ganzen Menschengeschlechts beträchtlich verkürzt. Zu deinen Lebzeiten nannte man das Organ der männlichen Liebeskraft mit dem erniedrigenden Namen ›Harnröhre‹. Graut dir nicht bei diesem Ausdruck für das organische Sinnbild der schöpferischen Potenz? Das ist jetzt anders geworden, nachdem die Abscheidung des Urins nicht mehr durch das Organ der Liebeskraft erfolgt, sondern durch den Darm ...«

»Es war ein sehr großes Unrecht von mir, zu lachen, B. H.«, sagte ich kleinlaut, seine ernste Rede bedenkend. Dann aber streckte ich mich, da ich meine betäubten Glieder kaum mehr fühlte, aufs Ruhelager aus. »Ja, ja«, atmete ich tief auf, »dieser Fortschritt ist mehr als ein Fortschritt, er ist eine Heiligung des Menschen. Leider werde ich persönlich nichts mehr davon haben.«

»Er *ist* eine Heiligung, F. W.«, sagte der Wiedergeborene fast böse. »Gott nämlich korrigiert sich selbst ...«

»Gott korrigiert sich selbst«, wiederholte ich und stützte mich auf, so müde ich war, »hast du das nicht schon einmal gesagt? Damals ... damals ...«

Und ich sah uns beide, den neunzehnjährigen B. H. und den neunzehnjährigen F. W., wie wir, in tiefen Gesprächen befangen, den Höhenweg des Belvederes entlangspazierten und hinabsahen auf das hunderttürmige und barockbrückige Prag, das sich im sonnendurchzückten Nebel bis hinter den Horizont der königlichen Weinberge streckte. Und B. H., der Student, entwickelte mir, dem aufhorchenden F. W., seine metaphysische Philosophie, deren ich mich jetzt Wort für Wort erinnerte und die mir viel schlagkräftiger und goldkarätiger erschien als die von Sophistes Io-Sum und Sophistes Io-Clap zusammengenommen. Und da ich mich genau an diese Philosophie erinnerte, rief ich sie ihrem Begründer ins Gedächtnis, der mir kopfschüttelnd zuhörte und sich über mein Echauffement verwunderte.

»Also hast du gelehrt, B. H.: Gott ist das vollkommene Sein. Die Schöpfung ist nur Ausdruck dieses Seins. Der Ausdruck eines Seins kann niemals identisch sein mit diesem Sein, aus dem er hervortritt. Er ist nicht einmal ein Bruchteil dieses Seins, sondern nur dessen partielle Mitteilung, so wie das Wort, das Seufzen, das Lachen des Menschen kein Bruchteil seiner selbst ist, sondern ausgeatmeter Allgemeinbesitz, nämlich Luft. Wenn Gott auch das ewige und vollkommene Sein bedeutet, so ist sein Ausdruck, die Schöpfung, in hohem Grade unvollkommen, das heißt minderwertiger als er selbst, und zwar notwendigerweise. Die genaue Differenz zwischen dem vollkommenen unendlichen Sein und dem von diesem ausgedrückten endlichen unvollkommenen Sein ist das, was man das ›Übel‹ in der Welt oder auch das ›Böse‹ nennt... Erkennst du deine Philosophie wieder, alter Freund? Sie muß auf mich einen großen Eindruck gemacht haben, daß sie mir mehr als hunderttausend Jahre im Gedächtnis geblieben ist...«

»Wenn man sehr jung ist«, sagte B. H. verschämt und abwehrend, »so neigt man oft zu hohen Gedanken und generösen Verallgemeinerungen.«

»Tu dir nicht selbst Unrecht«, eiferte ich. »Das Übel in der Welt als Stromgefälle, als Potentialunterschied zwischen dem vollkommenen primären Sein und dem ausgedrückten sekundären Sein, das ist schon ein philosophischer Fund und eine patente Formel in der größten Streitfrage aller Zeiten, und dir gebührt mein Preisspruch, obwohl dich die Kirche für diese Lehre, die den Sündenfall teilweise Gott als notwendige Folge des Schöpfungsaktes zur Last legt, erbarmungslos zum Ketzer gestempelt hätte. Aber du bist noch weiter gegangen. Was du nämlich vor einigen Minuten gesagt hast, das hast du bereits damals gesagt, ja, damals: ›Gott korrigiert sich selbst.‹ Ich hab noch deine Stimme im Ohr, wie du das improvisiertest: ›Ein Teil der göttlichen Lebenstätigkeit ist Korrigieren, am Ausdruck Feilen‹...«

»Da siehst du, wie jugendlich anthropomorph derlei Ideen sind«, warf B. H. dazwischen. »Gott, der seine Aufgaben korrigiert wie ein Schulknabe oder ein ehrgeiziger Literat?«

»Aber diesen Satz hast du doch selbst vorhin ausgesprochen, und zwar mit vollen hundertundsieben Jahren. Das ist wohl auch heute nicht mehr ganz so jugendlich. Und dieser Satz, lieber B. H., umschließt implicite die Aussage, daß du Natur- und Menschheitsgeschichte als eine Geschichte des göttlichen Korrigierens definierst... Wenn wir keine Atheisten sein wollen, so müssen wir doch zugeben, daß ein höherer, logischer und zielstrebiger Wille unsern allzu langen Darm verkürzt und unser plump vermischtes Geschlechtsorgan verfeinert und veredelt hat...«

Auch B. H. hatte sich nun in einen der niedrigen Bordstühle bequem ausgestreckt. Das Wort »Stühle« ist eine Irreführung, da man ja auf diesen Möbeln lag und nicht etwa »in gebrochener Linie« saß. Nur der Rücken war höher gestützt als auf den gewöhnlichen Ruhelagern mit ihren Schlummerrollen. Ich hatte ein wenig expansiv, ja erregt gesprochen, da mich die guten Dienste meines Gedächtnisses erfreuten. B. H. suchte mich zu beruhigen. Ich spürte ihm eine gewisse Besorgnis an.

»Es ist ja imposant, F. W.«, seufzte er, »wie du dich jener alten Philosopheme erinnerst, die wir während der endlosen Nachmittage unserer Jugend ausgesponnen haben. (Bei mir ist es freilich eine Jugend unter vielen andern Jugenden gewesen, das mußt du im Sinne behalten.) Trotzdem aber glaube ich, daß ich mich mit dem Hersagen eines deiner Poeme revanchieren könnte. Willst du es hören?«

»Um Gotteswillen, nein, B. H.«, wehrte ich ab. »Es ist sehr lieb von dir, aber irgendein Vers könnte mir auf die Nerven gehn und meine unvergängliche Reue hervorrufen. Du weißt ja, daß die ästhetische Reue nicht viel weniger wehtut als die moralische. Dabei weiß ich genau, daß einige meiner Gedichte, der Ausdruck meines Seins, besser sind als dieses Sein, das heißt ich selbst, gerade umgekehrt wie bei Gott.«

B. H. räusperte sich, ehe er mich unvermittelt fragte:

»Fühlst du dich wohl in deinem Sein, in deinem alten Körper, F. W.?«

»Vollkommen«, erwiderte ich, »das heißt, schon seit Stunden

brennt mir jeder Muskel von unbeschreiblicher Abgespanntheit.«

»Da siehst du es, mein Lieber«, nickte er, »du darfst nicht vergessen, daß nur der geistige Willensakt eines bestimmten Kreises von Personen dich und deinen Körper aus den verborgenen Fonds der Materie, aus den geheimen Garderoben der Unsichtbarkeit wiederhergestellt und ins Leben gerufen hat. Du darfst mit deinem Körper nicht umgehen wie wir's mit zwanzig Jahren gewöhnt waren. Du mußt ihn schonen, zärtlich schonen. Anstatt dessen aber bist du erregt und übernimmst dich. Ich schlage vor, daß du eine Weile den Mund hältst...«

»Gut, laß uns beide den Mund halten.«

Ich seufzte tief auf. Ich konnte bis auf den Grund atmen. Ein gutes Zeichen für meinen erneuerten Körper. Dann blickte ich im Zimmer umher. Io-Rasa, in der freundlichen Absicht, mir's altmodisch gemütlich zu machen, hatte keine der erhabenen Naturbeleuchtungen eingeschaltet, nicht Mondzauber noch golddurchtropftes Waldesdunkel noch spielendes Meeressilber noch Schneeschmelze im wolkigen Vorfrühling – all das, was es oberhalb der Erde nicht mehr zu geben schien –, sondern sie hatte zwei matte Milchglaslampen auf einen niedern Tisch gestellt, die am ehesten die Stimmung »Studierzimmerlicht« erzeugten. Ich richtete meine Augen auf die leeren Wände, neugierig, ob ich imstande sein würde, eine visionäre Tapete aus mir zu projizieren wie im Brautgemach. Nichts. Vermutlich war meine Erschöpfung zu groß. Jetzt erst bemerkte ich, daß ein Fenster in die Wand geschnitten war, dessen Flügel nach innen offenstanden. Ohne Zweifel hatte man um des falschen Fensters willen dieses Zimmer mir angewiesen, damit ich hier mich recht heimisch fühle. Und wirklich, es kam mir so vor, als luge die pechschwarze Grizzlybärin einer großen Sierra- oder Karpatennacht in dieses Fenster. Ein angenehmer Hauch von ozonreicher Bergluft strich mir übers Gesicht. Was will man mehr, dachte es wohlig in mir. Da hörte ich B. H. sagen:

»Wie wär's nun mit einer kleinen Barkarole?«

»Was für einer Barkarole?« fragte ich mißtrauisch.

»Was kann das für eine Barkarole sein? Ein bißchen Schlaf im Sechsachteltakt, meine ich, würde uns wohltun. Willst du's nicht versuchen?«

Schreckdurchdonnert fuhr ich hoch und sprang auf die Beine:

»Schlaf? Ausgeschlossen, B. H., ganz und gar ausgeschlossen. Nie mehr werde ich einen Schlaf riskieren, nie mehr darf ich es wagen einzuschlafen.«

Erschrocken über meine wilde Reaktion, erhob sich auch B. H.:

»Was ist los mit dir, F. W.?... Warum kannst du es niemals mehr wagen einzuschlafen?«

Mein Herz schlug mir in den Hals. Ich schnappte nach Worten:

»Muß ich dir das erst erklären? Verstehst du es nicht aus dir selbst?«

»Nein, F. W., jetzt bist du mir vollkommen unverständlich.«

»Mein Herr und Gott«, stöhnte ich, »hättest du's nur vorher bedacht, ehe du mich in diese Lage brachtest, die nicht einmal dir verständlich sein kann.«

Er nahm mich bei der Hand und drückte mich sanft aufs Lager nieder:

»Beruhige dich doch, lieber Freund«, bat er inständig. »Ich will alles für dich tun, was möglich und auch was unmöglich ist. Warum fürchtest du dich aber einzuschlafen? Jeder normale Mensch schläft und muß schlafen...«

Es dauerte eine ganze Weile, ehe die Worte, die sich in meinem Munde überstürzten, für mich selbst hörbar wurden:

»Ja, der normale Mensch, ich weiß. Wenn der normale Mensch einschläft, versinkt er in seinem Körper, taucht er unter in seinem vegetativen Fundament. Sag jetzt nicht, daß der Seleniazuse, über seinem Fundament schwebend, schläft. Er ist ein Überwinder und Auserwählter. Der normale glückliche Schläfer wird zur Erde, wird zum Planeten. Der Planet aber kreist um eine höhere Ordnung, um den Sonnenstern. Und er kreist auch um sich selbst. So hat er eine Tagseite und eine Nachtseite, welche die Sonne nicht besitzt. Was die Nachtseite des Planeten, das ist der Schlaf des Menschen. Der Schläfer steht sich selbst im Lichte, um sich vom Geiste auszuruhn. Warum aber tut er das? Weil er sich auf sein vegetatives Fundament, seinen Körper, seine Planetartigkeit verlassen kann. Ich aber kann das nicht, B. H., nein, nein, so schrecklich das ist, ich kann es nicht. Mein Körper war noch vor wenigen Stunden wie Luft, nichtiger als Luft. Er war nicht einmal ein Schatten, nicht einmal ein ektoplastisches Phänomen, er war wie ein ruchlos Ermordeter, den die Mörder in einem Keller vermauert haben, und nach einigen Jahren sucht ihn die Polizei nicht mehr, weil von ihm ja nichts Eigentümliches und Erkennbares mehr vorhanden sein kann, und der Mordfall F. W. wird aus den Gerichtsakten getilgt und vergessen bis zum Jüngsten Tage. Denk das einmal bis in den Grund aus, B. H., diese Verschwundenheit, diese Verlorenheit, diese Vergessenheit. Jetzt freilich scheint mein Körper normal zu sein. Wer aber beweist mir, daß dies keine Täuschung ist? Du selbst hast mich vor Anstrengungen gewarnt, sogar vor der mäßigen Anstrengung des Sprechens. Es sind deine Worte, daß man mich aus den ›verborgenen Fonds der Materie‹ und aus den ›geheimen Garderoben der Unsichtbarkeit‹ wiederhergestellt hat. Ich finde das ganz und gar schrecklich. Damit experimentiert man doch nicht. Nein, sage nichts. Es ist einmal geschehen, und ich will dir keinen Vorwurf machen. Warum auch Vorwürfe machen, da du mir ja zu einem Genuß verholfen hast? Ich genieße nämlich, meiner lumpigen Natur gemäß, auch diese absurde Form des Daseins aus vollen Zügen. Daß ich's tue, ist ein Beweis für Io-Sums Lehre, daß Gottes Liebe sich ausdrückt im Willen der Geschöpfe, lieber zu sein als nicht zu sein, trotz allem. Ich weiß nicht, ob ich mich heute für ein *echtes* Geschöpf halten darf – jener Wille aber, der die Liebe Gottes ist, lebt in mir. Daher mein Schreck, daher meine Furcht. Kann ich mich auf mein Fundament verlassen, das ich, entsetzlich zu denken, nur einem spiritistischen Zirkel verdanke? Wohin versinke ich, in was tauche ich unter, wenn ich einschlafe? Verstehst du mich endlich, B. H.? Wenn es mir nicht gelingt wachzubleiben, werde ich mich verlieren. Das sagt zu wenig. Wenn ich einschlafe, werde ich mich verlieren in der Einöde eines Verlorenseins ohne Beispiel und ohne Namen. Das fühle ich. Das fürchte ich. Das hat mit echtem Tode nichts mehr zu tun. Das ist ein Tod, zu verbotener Potenz erhoben. Den echten Tod kenne ich. Der ist einfach und schlicht und handfest, und man sollte ihn nicht als Knochen- und Sensenmann darstellen, sondern als alten Bauern, der prüfend in den Sonnenuntergang schaut. Aber ein zweites Mal sein Ich aufgeben müssen, weil man dem Schlaf in die Falle geht, das ist zu viel, ah, viel zu viel...«

»Ich habe mein Ich viele Male aufgegeben«, sagte der Wiedergeborene nach einer Pause, »aber ich verstehe dich, F. W.«

»Wachet und betet«, hauchte ich. »Laß uns wenigstens wachen. Kann ich noch einen Schluck von dem Chaudeau bekommen?«

»Würde ich nicht empfehlen«, erklärte B. H., »es ist ein ausgesprochener Schlaftrunk.«

Er hatte sich zu mir aufs Bett gesetzt. Wir schwiegen lange Zeit. Dann machte er einen Vorschlag:

»Die Menschen spielen auch heute noch Schach. Soll ich ein Brett und Figuren holen?«

»Schrecklich«, versetzte ich. »Ich habe schon in meiner echten Existenz eine Antipathie gegens Schachspiel gehabt.«

»Nun, vielleicht fällt dir etwas anderes ein«, sagte er bereitwillig.

»Hol über, Fährmann, hol über«, sang ich vor mich hin.

»Hol über, Fährmann, hol über«, wiederholte er dienstfertig meinen Singsang, als habe er die Pflicht, sich eines Liedchens zu erinnern, wisse aber nicht, welches.

»Ich meine, B. H., du sollst mir verschiedenes erzählen und vielleicht sogar einige Fragen beantworten. Hast du nicht während deiner verschiedenen Existenzen so manches erlebt, gesehen, gehört, erkannt, was wissenswert ist für mich?... Hol über, Fährmann...«

»Da haben wir's«, lachte er bitter, und zwei scharfe Falten bildeten sich um seinen Mund. »Dir, mein Kind, fällt das Erinnern leicht, denn du verwaltest nur ein einziges Inventar. Denk aber einmal drüber nach, wie anders das bei mir ist. Ich bin nicht immer so ein Snob der Aktualität, wie du glaubst, wenn ich nicht gleich weiß, worum es sich bei unsern gemeinsamen Erinnerungen handelt.«

»Hol über, Fährmann, hol über...«

»Ich will's versuchen, F. W., so gut es geht... Wohin soll ich dich rudern?... Womit willst du dein Interview beginnen?«

»Wart einmal... Wann war es, daß ich damals einschlief? Es muß im Frühling 1943 gewesen sein. Und du? Du hast vermutlich noch lange Zeit nach mir gelebt, nicht wahr?«

»Halt, lieber Freund, halt!« unterbrach er mich. »Du scheinst noch immer nicht die richtige Vorstellung davon zu haben, welche Mühe es mich kostet, meinen Kontinuitätssinn mit voller Schärfe auf eine meiner abgelebten Existenzen einzustellen. Es ist nur ein hinkender Vergleich, aber jede Reinkarnation, will sagen jede abgeschlossene Existenz von A bis Z ist wie ein verstaubter Lexikonband in einer finstern Bibliothek. Darüber hilft selbst eine beständige Erinnerungsgymnastik nicht hinweg. Aus vielen solchen verstaubten und vergilbten Bänden besteht der empirische Teil einer oft wiedergeborenen Seele. Wohlgemerkt, der empirische und nicht der essentielle Teil. Die Aufgabe meines lückenhaften Gesamtbewußtseins ist es, den richtigen Band in der Finsternis herauszugreifen, ihn abzustauben, ihn aufzuschlagen und, ohne von dem geistigen Verwesungsgeruch unausdenklich alter Bücher betäubt zu werden, den richtigen Artikel zu finden. Dazu ist große Sammlung vonnöten. Bitte vergiß jetzt nicht, daß ich nun den ersten und vergilbtesten Band vom Regal herunterholen muß. Vergiß auch nicht, daß die ›Transparenz der Sonne‹ wie eine Grenzscheide durch das Gedächtnis der Menschheit läuft. Du und deine Zeit liegen noch weit jenseits der Transparenz. Ich bitte dich also, deine Fragen langsam zu stellen.«

»Ich habe dich gefragt«, wiederholte ich staccato, wie man zu einem Schwerhörigen spricht, »wieviele Jahre du nach 1943 post Christum natum noch gelebt hast.«

Er schloß die Augen und senkte den Kopf. Ich sah, wie er blaß wurde von der Mühe, ein ganz altes Leben wiederaufzuschlagen.

Meine Gegenwart freilich mochte ihm dabei ein wenig behilflich sein:

»Ich habe damals, wenn ich nicht irre, ein ziemlich hohes Alter erreicht«, begann er endlich, etwas zögernd. »In unserer Generation war's eine ganz hübsche Leistung, mein' ich, zumal wenn man bedenkt, daß ich in zwei Armeen gedient habe, in der alten kaiserlich und königlich habsburgischen und in der königlich großbritannischen...«

»Wie das? Wie kannst du in der englischen Armee gedient haben?«

»Ich hab' es halt«, sagte er und fügte aufatmend hinzu: »Das genaue Datum weiß ich natürlich nicht mehr, aber es ist nicht unmöglich, daß ich noch zu Beginn der siebziger Jahre des zwanzigsten Jahrhunderts gelebt habe.«

»Fast dreißig Jahre länger als ich, B. H.«, nickte ich anerkennend, »und in einer historisch außerordentlich interessanten Zeit. Das legt dir mir gegenüber schon einige Verpflichtungen auf. Also nimm dich zusammen bitte. – Frage zwei: Bist du bereit?«

»Frage zwei«, sprach er mir nach. Und dann: »Gut. Ich bin bereit. Nur bitte langsam und geduldig!«

»Hast du noch den Dritten Weltkrieg erlebt?« Ich zog die Worte lang.

»Ich glaube«, erwiderte er, immer blasser von Konzentration, »ich glaube, ich habe in jenen Tagen keinen Frieden mehr erlebt. Der menschliche Aberglaube damals machte das Glück der Völker, du erinnerst dich sicher besser als ich, von zwei ökonomischen Systemen abhängig, die beide falsch waren. Das eine führte zu höllischer Verstaatlichung und Sklaverei des Individuums. Das andre zu Anarchie und Auflösung der Gesellschaft. Es war das geistloseste Entweder-Oder der Weltgeschichte, die sich ja immer kraft solcher Entweder-Oder fortentwickelt, wie zum Beispiel das berühmte Iota zwischen Homousios und Homojousios zeigt, zwischen der Gottgleichheit und der Gottähnlichkeit Christi, um derentwillen einige Jahrhunderte vorher so viel Blut vergossen wurde... Wie hätte es in meinen alten Tagen Frieden geben können, solange zwei Systeme nebeneinander bestanden, welche sich sowohl haßten als auch beneideten. Nein, nein, je mehr ich mich sammle, um so deutlicher heulen die Bomben in meinem Ohr.«

Nun erhob ich wieder meine Stimme:

»Und wie entwickelte sich die deutsche Nation nach ihrer Niederlage? Das ist Frage drei. Soll ich Frage drei wiederholen, oder ist es dir lieber, wenn ich sie niederschreibe?«

»Nicht nötig, F. W.«, winkte er ab. Und wie um Zeit zu gewinnen, sang er vor sich hin: »Die Deutschen, ja diese Deutschen... Was geschah nur mit den verdammten Deutschen?«

Plötzlich glänzte aber sein blasses Gesicht pfiffig auf, und ich hörte ihn mit satirischer Übertreibung Schlagzeilen aus damaligen Zeitungen rezitieren:

»Nun aber hör gut zu«, begann er, »denn das hat's wirklich gegeben: ›Der Kasseler Weltfreundschaftstag‹ – ›Allherzenssympathiewoche zu Gera‹ – ›Allgemeines deutsches Judenabbittefest zu Halle an der Saale‹ – ›Bund deutscher Pantheistinnen zur Hingabe an das Leben in jeder Form‹ – Dies und noch viel, viel mehr sehe ich vor mir und lese es in dem frühesten Lexikonband meiner Vorerinnerungen. Zwischen Weltkrieg Zwei und Drei drängten sich die Deutschen an die Spitze der Humanität und Allgüte. Der Gebrauch des Wortes ›Humanitätsduselei‹ kostete achtundvierzig Stunden Arrest oder eine entsprechend hohe Geldsumme. Die meisten der Deutschen nahmen auch, was sie unter Humanität und Güte verstanden, äußerst ernst. Sie hatten doch seit Jahrhunderten danach gelechzt, beliebt zu sein. Humanität und Güte erschien ihnen jetzt der beste Weg zu diesem Ziel. Sie fanden ihn sogar weit bequemer als Heroismus und Rassenlehre.«

B. H. hielt die Augen geschlossen. Ich fühlte, wie der Strom seiner Rückbeschwörungen immer dichter und rascher wurde. Dann und wann unterbrach ich ihn durch eine kurze Bemerkung, um ihn anzueifern, wie man es bei einem Medium tut. Oft schien er mich ganz vergessen zu haben, so mächtig drängte jene verschollene, fernste Vergangenheit an die Oberfläche.

»Ich erinnere mich«, fuhr er fort, »an das berühmte Buch eines deutschenhassenden Deutschen, eines damals weitverbreiteten Alibi-Typs. Einen Augenblick, wart einmal, unterbrich mich nicht, der Autor hieß – halt, ich hab's – er hieß Carl Egon (von) Ausfaller. Den Titel des Buches könnte ich mit einiger Anstrengung auch entziffern, aber es ist besser, meine Kräfte für Wichtigeres aufzusparen. Das Buch erschien, dessen bin ich sicher, noch vor 1960. Ausfaller behauptete darin, es gebe zwei Arten von Deutschen: ›Die Heinzelmännchen‹ und ›die Wichtelmännchen‹. Die Heinzelmännchen waren gute, hilfreiche, unermüdlich fleißige Arbeiter, die überall, ob erwünscht oder unerwünscht, hartnäckig auftauchten, um ihre Schuld gutzumachen. Hatten zum Beispiel irgendwo in Europa abends die Arbeiter eine Fabrik verlassen, so stellten die Heinzelmännchen nächtlicherweise sich ein und schufteten unbemerkt bis ins Morgengrauen, wenn sie auch die Gewerkschaften des betreffenden Landes damit rasend machten. Sie gingen jedermann auf jede Weise zur Hand und verlangten keinen andern Lohn als ein bißchen Verzeihen für das, was man dem deutschen Volke zur dauernden Schande anrechnete. Mir selbst sind an manchem Orte eine Menge solcher Heinzelmännchen begegnet, und sie haben mich manchmal gerührt, obwohl ich nicht verzieh. Sie waren die Erfinder der undankbaren Ethik der ›selbstlosen Zudringlichkeit‹. Zur Erholung hielten die Gebildeten unter den Heinzelmännchen philosophische Vorträge an Volkshochschulen, in protestantischen Kirchen und sogar an Reformsynagogen, wobei ihr eintöniges Thema stets der brüderlichen Pflicht des Menschen gewidmet war. Ohne *Pflicht* ging's nicht, wie ja die deutsche Grundauffassung vom Leben in der ›Anbetung des Unangenehmen‹ bestand. Sie waren, mit einem Wort, echte Schafe im Schafspelz. Da sie aber selbst *dies* krampfhaft waren, glaubte es ihnen niemand, und man hielt sie für Wölfe. Aus diesen Heinzelmännchen bestand der größte Teil der deutschen Nation. Der andre, viel kleinere Teil, die Wichtelmännchen, spielte eine weit interessantere Rolle. Sie waren keine guten, sondern böse Geister, unbekehrbare Kobolde in hunderterlei Verkleidungen. Niemals erschienen sie in ihrer märchenhaften Urform, als bucklige Zwerge nämlich mit weißen Ziegenbärten. Dazu waren sie zu rassenstolz. Sie zogen, wenn's nur halbwegs hing, die Erscheinungsform von nordischen Recken vor, konnten aber trotzdem, selbst dann, wenn sie lang und hager waren, den Gesichtsausdruck hämisch kleingläubiger Zwerge, die sich stets provoziert fühlen, nicht ganz verwischen. Sie dienten allen Herren und allen Ideen der Welt, denn das echte Wichtelmännchentum hielt alle Ideen und alle Herren für auswechselbar, da es ja niemals eine eigene Idee gehabt hatte außer dem Protest. Selbst jener Geheimbund, den sie die ›Gräberboten‹ nannten oder die ›weißen Vampyre mit den roten Lippen‹, der Möchtegern-Schrecken Europas vor 1950, war ein blankes Plagiat an der italienischen Maffia von 1848 und an den amerikanischen Schauerfilmen des finstersten Altertums, obwohl die Wichtelmännchen auch hier wie überall die Originalität durch Übertriebenheit zu ersetzen suchten: denn ›Gräberbote‹ durfte nur werden, wer seinen linken Arm abhackte und durch eine Prothese ersetzte, in die eine elektrische Batterie eingebaut war, die tödliche Schläge auszuteilen vermochte. Die Wichtelmännchen, gleichgültig wo und wem sie dienten, waren die ersten, die das unterirdische Leben erfanden, dessen Vollendung du in der heutigen mentalen Kultur vor Augen hast. Sie unterwühlten kraft ihrer frenetischen Energie und inhaltslosen Opferbereitschaft die Haupt- und Großstädte aller Nationen mit ihren wissenschaftlich ausgeklügelten Labyrinthen. Und das taten sie, noch während die siegreichen Mächte ihr Land entwaffnet und besetzt hielten, und sie, die Wichtelmännchen, oberhalb der Erde von den Heinzelmännchen nicht zu unterscheiden waren. Im übrigen war der Charakter der Heinzelmännchen so schwach, daß sie der Neigung, Wichtelmännchen zu werden, oft nicht widerstehen konnten. Die Wichtelmännchen sind auch die Erfinder der unterirdischen Denkmäler gewesen, deren eines du noch heute sehen konntest. Hunderte dieser Denkmäler errichteten sie in ihren geheimnisvollen Labyrinthen einem Abgott mit Namen Heiltier, einem Scheuel, das nicht einmal ein echtes deutsches Wichtelmännchen, sondern ein schmutziges Grenz- und Mischwesen gewesen sein soll...«

»Der Name ist nicht richtig, B. H.«, war ich gezwungen, einzuwerfen.

»Und wie ist der richtige Name, F. W.?«

»Schade, soeben hab ich ihn auf der Zunge gehabt...«

»Mag sein«, überlegte B. H., »er hieß Hiltier. Sie sehnten sich nach der ›Volksgemeinschaft‹ zurück, einer automatischen Lebensform, die er bei ihnen eingeführt hatte, wo jedermann Denunziant und Denunzierter, Folterknecht und Gefolterter, Henker und Hingerichteter gleichzeitig sein durfte. Sie errichteten diesem Hiltier nicht nur Denkmäler, sondern schrieben noch Jahrzehnte nach seinem Verschwinden an die Wände ihrer Bedürfnisanstalten ›Heil Hiltier‹. Das war ein magischer Wiederholungsakt. Denn durch denselben Brauch, die ammoniakwürzigen Pissoirwände mit ›Heil Hiltier‹ zu beschmieren, hatten die Wichtelmännchen vorher die Macht über die Heinzelmännchen und beinahe die Weltherrschaft errungen...«

»Und gelang's den Wichtelmännchen beim dritten Mal, B. H.?... Das wäre Frage vier...«

»Davon hab ich keine persönliche Erfahrung«, kam die rasche Antwort. »Ob sie's erreicht haben oder nicht, ist auch ganz und gar unwichtig, denn als ich das nächste Mal ins Planetenleben trat, da gab es keine Deutschen mehr, sondern nur noch die deutsche Sprache, die da und dort, besonders unter Farbigen, gesprochen wurde, aber Mödlinger Sprache hieß. Mödling soll ein Vorort von Wien gewesen sein.«

»Das sind allerdings Aspekte«, meinte ich, »von denen ich mir nichts hab' träumen lassen. Und was geschah mit all den kleinen Völkern, B. H....? Das ist die fünfte Frage, wenn es dich nicht allzusehr hernimmt.«

»Die kleinen Völker«, entgegnete er, ohne nachzudenken, »störten noch einige Zeit, dann lösten sie sich in den sogenannten Grundnationen auf. Leider, denn manche unter den kleinen

Völkern waren sympathischer und nützlicher als die Grundnationen.«

»Und das Schicksal der Grundnationen?« Ich schmuggelte das als Unterfrage ins Interview.

»Die europäischen Grundnationen«, erwiderte er, »verschmolzen miteinander und verschwanden. Nicht nur die Deutschen, sondern ebenso die Franzosen, die Slawen, und zuletzt sogar die Engländer. Seltsamerweise bestand das großbritannische Weltreich noch, als es keine wirklichen Engländer mehr gab. Am längsten erhielt sich eine Enklave des italienischen Volkes, und zwar dadurch, daß Rom als Thronsitz der katholischen Kirche sich bisher als unvergänglich erwies. Den Grundnationen Europas aber erging es so, wie es den alten Wanderstämmen ihrer Väter ergangen war, aus denen sie während des römischen Altertums entstanden sind. Sie vermischten sich zu einer größeren Einheit, der ältesten Kontinentalnation der Alten Welt. Die nationalistischen Weltkriege vorher waren nichts anderes als letzte Zuckungen eines überalterten provinziellen Tribalwesens. Die geeinigte Kontinentalnation Europas aber versank in ein langes Zeitalter der Sterilität, während die Kultursonne über ganz neuen Völkern des Ostens und Westens aufging, von denen wir damals noch kaum gehört hatten... Welche Grundnation aber, glaubst du, ist es gewesen, die als erste beim psychochirurgischen Zentralamt den Antrag auf allgemeine Extraktion des Nationalgefühls gestellt hat?«

»Die Franzosen vielleicht«, zögerte ich, »nachdem sie mit Hilfe Jeanne d'Arcs und der Engländer dieses Nationalgefühl eingeführt haben.«

»Im Gegenteil«, lachte er, »die Deutschen. Die endgültige Vernichtung der Seuche des Nationalismus ist und bleibt ein Verdienst der Deutschen, nachdem es ihnen bis dahin sieben- bis vierzehnmal nicht gelungen war, durch Macht beliebt zu werden.«

»Das hätte ich erraten müssen, B. H.«, schämte ich mich. »Natürlich können es nur die Deutschen gewesen sein, die zuletzt gegen den Protest protestierten...«

»Die einfachsten Antworten sind meist die schwierigsten, F. W.«, tröstete er mich.

»Und die Juden?« fragte ich. »Ich nehme an, daß dies die Frage Nummer sechs ist.«

»Die Juden«, gab er zur Antwort, »bemühten sich seinerzeit mit größter Gewalt, auch nur ein kleines Volk unter kleinen Völkern zu sein; doch durften sie sich gemäß dem göttlichen Heilsplan trotzdem nicht auflösen.«

»Die Juden bestehen also weiter«, sagte ich, »genau wie die katholische Kirche?«

Er sah mich aufmerksam an, ehe er knapp erwiderte:

»Lassen wir das. Du wirst vermutlich Gelegenheit haben, diese Phänomene selbst zu erforschen, und sie werden dir unglaubwürdig genug erscheinen.«

B. H. hatte sich wieder auf einen der Bordstühle ausgestreckt und die Hände unterm Kopf verschränkt. Ich wollte verhindern, daß er einschlief. Nur wenn ich ihn wachhielt, konnte ich mich selbst wachhalten:

»Ich weiß, es ist äußerst egoistisch von mir, B. H., aber erlaubst du mir, das Interview fortzusetzen? Ich hätte noch zwei oder drei Fragen.«

»Jetzt kommt Frage sieben«, murmelte er und öffnete gutmütig seine dunklen Augen.

»Hol über, Fährmann, hol über... Hol über nach Rußland...«

Des Freundes Stirn legte sich in scharfe Falten der Sammlung:

»Als alter Mann«, begann er, »durchquerte ich Rußland mehrere Male von Osten nach Westen und von Westen nach Osten. Nirgends habe ich berauschenderen religiösen Pomp angetroffen als in Moskau gegen Ende des zwanzigsten Jahrhunderts. Es war auf dem Roten Platz. Kein Irrtum, er hieß noch immer der Rote Platz, und die alte Partei, eisgrau und stock-konservativ wie nur die Tories in London, hatte die Staatsmacht inne. Die Glocken aber donnerten von den Kathedralen. Der orthodoxe Klerus erschien in seiner ganzen byzantinischen Pracht. Inmitten dieses Klerus folgte der uralte Metropolit dem heiligen Ikon der schwarzen Gottesmutter. (Man konnte freilich bei russischen Massenaufzügen dieser Zeit niemals wissen, ob es sich nicht um historische Filmaufnahmen handelte, denn für diese Form der nationalen Glorifikation liebte der Staat ungezählte Millionen zu spendieren.) Dem marxistischen Klerus war nichts andres übriggeblieben als sich ebenfalls in rote Dalmatikas zu kleiden und die ballonmützenartigen Mitren aufzusetzen, auf welchen in altertümlichen Lettern die Worte prangten: ›Die klassenlose Wohlfahrt der meisten Mikroorganismen ist das Ziel des Kosmos.‹ Doch obwohl die Gegen-Prozession aus dem Kreml sehr glanzvoll war, und die jungen marxistischen Ministranten Inzensgefäße mit Desinfektionsrauch (Formalin) schwangen und Hymnen von gereimten Statistiken ertönten, konnte sie sich doch nicht an Pracht mit der andern Prozession vergleichen, die von der unscheinbaren Holzkirche in Sokolniki, welche den Stürmen der Gottlosenzeit standgehalten, ihren Ausgang genommen hatte. Man feierte damals die sogenannten ›oströmischen Kompakten‹, einen Ausgleich des Schismas, eine praktisch-dogmatische Annäherung der griechisch-orthodoxen und römisch-katholischen Kirche; ein schlauer Streich, den der damalige Metropolit dem Großbojaren in Moskau spielte, wie der offizielle Titel des sozialistischen Diktators während des romantischen Rückschlags lautete. Es war nur der Beginn der großen katholischen Unifikation, von der ich freilich auch keine persönliche Erfahrung mehr habe. Aber in den letzten Jahren meines Lebens wurde es immer klarer, daß die Folgen der Reformation und Renaissance verebbten. Heiltieren und seinen Wichtelmännchen hatte man diese Klärung zu verdanken. Ein Teil der christlichen Sekten ging im sogenannten Kommunismus auf, von dem freilich nichts übriggeblieben war als der Ruhm eines großen nationalen Sieges, ein engmaschiger Zentralbürokratismus, die abergläubische Wissenschaftsverehrung von jüngst zum Alphabet bekehrten Analphabeten und der normale Fortschritt der Planetbewohnerschaft. Der andre Teil der christlichen Sekten jedoch löste sich im Katholizismus auf...«

Ich konnte mich nicht zurückhalten, ihn zu unterbrechen:

»Deine interessanten Belehrungen erinnern mich daran, daß ich am letzten Abend, bevor ich einschlief, zu einem Freunde darüber sprach, daß der Zweite Weltkrieg nichts andres sei als die Wiederaufnahme der Gegenreformation, nach einer Pause von zweihundert Jahren, mit vielfach vertauschten Rollen und verwischten Argumenten.«

»Diese Bemerkung ist ganz richtig, F. W.«, bestätigte der Wiedergeborene. »In der zweiten Hälfte des zwanzigsten Jahrhunderts bereitete sich ein zeitweiliger Sieg des gottgebundenen über das gottentbundene Denken vor, was man sehr wohl einen Sieg der Gegenreformation nennen kann.«

»Ich habe diesen Sieg lange vorher in allen Gliedern gefühlt«, sagte ich.

»Das weiß ich«, lächelte er. »Schließlich haben wir alle unser Scherflein beigetragen. Die Weltdeutung für Möbelpacker hat ja unsern geistigen Hochmut immer beleidigt. Und bei dir kam noch der ästhetische Hochmut dazu...«

Ich fühlte unter der Decke meines betäubenden Schlafbedürfnisses eine leuchtende Freude:

»Also ist es wahr«, schwärmte ich, »der große naturalistische Stumpfsinn und seine Konsequenzen wurden besiegt?«

»Was sagst du da, F. W.?« schüttelte der Wiedergeborene verächtlich den Kopf. »Solltest du nicht wissen, daß auf Erden nichts Geistiges besiegt werden kann, nicht einmal der Anti-Geist? Beide Prinzipien durchlaufen Zeitalter ihrer Ausdehnung und Zusammenziehung, das ist alles. Und nie ist eine geistige Institution machtvoller, als wenn sie machtlos, und nie machtloser, als wenn sie machtvoll ist. Im übrigen kann nur der kindlichste Schwachsinn annehmen, daß man erst im neunzehnten Jahrhundert naturwissenschaftlich skeptisch zu denken gelernt habe, und daß etwa die hohen Mysterien des Christentums hundert Jahre nach dem Kreuzestod weniger absurd gewesen sind als achtzigtausend Jahre später. Ich habe so vieles gesehn. Einst geriet ich in ein Zeitalter des hochmodernsten Polytheismus; da glaubte man an eine große Anzahl nebeneinander existierender, doch völlig anders gearteter Universa, von dem eines dem andenen unbekannt und unbewußt war. Jedes Universum hatte seine Götter. Man glaubte zwar, daß diese Götter Geist seien, daß Geist aber nichts anderes bedeute als die einheitliche, allen Dingen zugrundeliegende Materie im nervösen Vorschöpfungszustand, im Augenblick nämlich, bevor sie in ihren kosmischen Raum einzustrahlen beginne. Die Götter, an welche die Menschen damals glaubten, waren somit körperlich und geistig zugleich, das heißt die materiellen Stern- und Atomwelten stellten nur einen erhöhteren, das heißt herabgekommeneren Dichtigkeitsgrad der jeweiligen göttlichen Existenz vor. Es war die feinste Form des pantheistischen Materialismus, die ich während meiner Wiedergeburten kennengelernt habe. Als ich aber etwas später wieder auftauchte, fand ich mich einer restlos ordinär atheistischen Epoche gegenüber. In der unabsehbaren Kurve des menschlichen Erkenntnislebens hatten Wissenschaft und Technik damals ihren historischen Zenitpunkt erreicht. Sogar die seit Petrus nicht gerissene Reihe der Päpste war für mehrere Generationen unterbrochen. Das heißt, der Papst war wieder zum einfachen römischen Bischof geworden, der einer bettelhaften Sekte von physisch und geistig Armen präsidierte. Die Kirche wurde nicht einmal verfolgt, sie war lächerlich. Doch dies genügte schon, um sie wieder groß zu machen und ein Zeitalter neuer Triumphe einzuleiten. Auch die betörten Juden, die damals endlich ihre mystische Vergangenheit loswerden wollten, verbrannten ihre Thorarollen (die alle historische Kritik spielend überdauert hatten), verboten die hebräische Sprache und beschworen den ganzen Erdball, das Angelsächsische als Monolingua anzunehmen. Vergeblich, denn die Bibel war ebensowenig durch Flammen zu vernichten wie die Werke des wissenschaftlichen Naturalismus. Dieser stand gerade zu jener Zeit auf seiner höchsten Höhe und daher vor seinem tiefsten Fall. Der größte Sternkundige der Weltgeschichte, der damals gerade blühte, führte nämlich den diamantenen Nachweis, daß sich das gesamte Universum trotz seiner unermeßlichen Bewegungspolyphonie einzig und allein um den Erdplaneten drehe, welcher einzig und allein unter allen planetartigen Himmelskörpern aller Sternsysteme die notwendigen Voraussetzungen für höheres organisches Leben und damit für eine geistige Menschheit besitze. (Davon aber glaube ich zu dir schon gesprochen zu haben.) Die Wirkung jener Theorie Urslers ›Vom unendlich verschiebbaren Mittelpunkt aller erdenklichen Umläufe‹ war ohne historisches Vorbild...«

»Schreibt sich diese Theorie«, unterbrach ich ihn, »nicht von Pascal her, der das Weltall als eine Kugel definierte, deren Mittelpunkt überall und deren Mantel nirgends sei?«

»Ganz und gar nicht«, verwarf er unwillig meine Frage. »Der gute Mann, den du zitierst, stellt sich ein grenzenloses Weltall vor; Urslers Grundsatz vom ›verschiebbaren Mittelpunkt‹ bezieht sich aber auf ein notwendig begrenztes Weltall. Ich will jedoch nicht so sehr vom mathematischen Gesetz sprechen, das die Erde wieder zum Protagonisten des Universums machte, wie einst in der Anschauung des Ptolomäus, sondern vom gewaltigen Eindruck der neuen Erkenntnis auf den Geist der Menschheit.«

»Oh, ich kann mir vorstellen«, sagte ich, »wie nach endlosen Zeiten der allgemein naturalistischen Überzeugung, unsre Erde sei das gleichgültigste Staubkorn im Kosmos, die plötzliche Gewißheit, daß sie das Zentrum aller Zentren ist, den menschlichen Intellekt umwarf...«

»Du kannst es dir nun und nimmer vorstellen«, versetzte er mit einiger Schärfe. »Gegen die Konterreformation, welche diese Gewißheit hervorrief, war die deinige ein Kinderspiel. Nach den ersten Jahrzehnten bitteren Kampfes, in denen sich die neue astronomische Theorie gegen die Empörung der Reaktionäre durchsetzen mußte, überflutete die sonderbarste Welle asketischen Mystizismus' die Menschheit. Seit den Zeiten der frühchristlichen Thebais, des Einsiedlertums in der ägyptischen Wüste, hatte man dergleichen nicht mehr erlebt. Am Himmel schossen die unsichtbaren Gyroplane dahin, Transportraketen, die eine Geschwindigkeit von zwei Sekundenmeilen erreichen konnten. Wer aber saß unter diesem Himmel, auf den höchsten Kanten, Vorsprüngen und Firsten der Wolkenkratzer, jahrzehntelang schweigend, bewegungslos? Es waren die Neostyliten, die neuen Säulenheiligen, die durch Entsagung und Entselbstung für die ins Ungemessene gewachsene Hochmutsschuld der beseelten Materie büßten. Sie waren wohl im Expreß-Hochsauger in das dreihundertste Stockwerk gelangt. Zur Rückkehr aber benützten sie keinen Lift mehr. Wenn diese Neostyliten, die sich ausschließlich vom kunstvollen Einatmen der atmosphärischen Vitamine nährten, vom winterlichen Blizzard oder Hurrikan auf den Asphalt herabgeschüttelt wurden, waren sie trocken wie gedörrte Pflaumen und vergossen kaum eine Teetasse lächelnden Bluts ...«

»Halt, B. H.«, schnitt ich ihm in die Rede. »Ich sehe deine Neostyliten genau vor mir. Aber, ich weiß nicht warum, sie haben nicht die Gesichter von Büßern aus der ägyptischen Wüste, sondern eher kühne, ein wenig indianische Züge mit Runzelfächern um Augen und Mund ...«

»Du bist kein schlechter Rätselrater«, lachte er. »Das Geburtsland des neuen Mystizismus war auch wirklich und wahrhaftig Nordamerika. Diese Matter-of-Fact-Welt enthüllte plötzlich eine tiefere Schicht, unbegreiflich für alle Flachköpfe. Nicht grundlos war Columbus ein Christophoro gewesen, der starke Fährmann, der das Christkind übers Wasser trug. Von Amerika ging die christliche Erneuerung aus, welche in der Theorie vom unendlich verschiebbaren Mittelpunkt, das heißt im Siege über jene Wissenschaft wurzelte, die im Menschen nur das Tier und im Erdplaneten nur das Staubkorn sah. Doch lange vorher schon hatte Amerika eine große Rolle in Kunst und Wissenschaft gespielt.«

»Der Weltteil des puren Kommerzialismus?« staunte ich.

»Damals entstanden in Amerika einige nervöse Krankheiten«, fuhr er fort, »zum Beispiel die ›Tachyphobia‹ und die ›Plutophobia‹, wie die Medizin sie altmodisch titulierte. Die Amerikaner konnten mit einem Mal keine Geschwindigkeit mehr vertragen. Bei jeder Fortbewegung, die rascher war als fünfundzwanzig Meilen in der Stunde, trat epidemisch eine nicht ungefährliche Gehirnanämie auf. Der Personenflugverkehr mußte aufgegeben werden, und selbst das geliebte Auto verschwand nach und nach vom phantastischen Straßennetz des Kontinents. Die heutige mentale Aversion gegen Räder-Fahrzeuge stammt möglicherweise von jener Tachyphobie ab... Man darf, um die Tachyphobie recht zu verstehen, nicht vergessen, daß all jene rasenden Fortbewegungsmittel nicht erfunden worden sind, damit der Mensch geschwind, sondern damit er langsam sein dürfe.«

»Und die ›Plutophobie‹?« fragte ich.

»Die ›Plutophobie‹ war eine Hautkrankheit, eine Art allergischer Psoriasis, die der Anblick von Wechseln, Aktien, Hypotheken, besonders aber von langen und verzwickten Geschäftskontrakten hervorrief. Es war eine absonderliche Mischung von Ekel, Überdruß und Langweile, welche zu dieser Plutophobie und damit zur Abschaffung aller kommerziellen Tätigkeit führte. Die Menschen schämten sich so sehr der Hochwertung der Dinge nach der Größe ihres Absatzes, daß alljährlich eine ›Konkurrenz der Ladenhüter (worstseller)‹ gefeiert wurde: Der Kongreß in Washington sah sich gezwungen, einen neuen Zusatz zur Verfassung zu beschließen, kraft dessen das ökonomische Naturgesetz von Angebot und Nachfrage für null und nichtig erklärt wurde... In Amerika freilich, wo jeder Quadratmeter der Prärien und Wüsten von Reichtum überströmte, hatte inzwischen der neokommunistische Grundsatz gesiegt, der in offizieller Formulierung lautete: Jedermann sein eigener stinkiger Millionär...«

»Und was taten die frischen, naiven, erfolgsfrohen, tatenlustigen, statistikgierigen, wetteifernden Amerikaner mit all ihrer Zeit?«

»Der große wissenschaftliche Einfall des Djebel«, erwiderte B. H. dunkel, »ein echt amerikanischer Einfall, begann seine Schatten vorauszuwerfen. Die ersten primitiven Grundsätze der Chronosophie, des kosmischen Turnens und des Sternwanderns reichen bis tief hinab in die plutophobische Epoche. Auch jene ersten Versuche, die schließlich nach ungezählten Jahrtausenden zum Siege über das Alter und den frühen Tod geführt haben, regten sich sehr früh. Es soll, so heißt es, schon in den Anfängen der Menschheit rüstige Gruppen von achtzigjährigen Amerikanerinnen gegeben haben, die gleichaltrigen Amerikanern fröhlich zuriefen: »Wollt Ihr Burschen euch nicht zu uns Mädels setzen?«

In diesem Grundgefühl der angloamerikanischen Rasse, niemals erwachsen zu sein, lag schon die Vorahnung einer späteren Erfüllung. Und nicht weniger wichtig als all dies: auch die Idee des reinen inhaltslosen Spiels als Lebenszweck regte sich zum ersten Mal, nachdem die Hochflut des neuen Mystizismus zurückgetreten war. Über dieses inhaltslose Spiel hast du ja heute bereits einiges von unserm Hausherrn und von unserm Wortführer gehört. Ein Exempel dafür aus ältester Zeit: Die plutophoben Amerikaner, die nicht mehr kauften und verkauften, hielten an einem einzigen kommerziellen Zweig zähe fest: es war das Reklame- und Inseratengeschäft. Der Witz aber lag darin, daß sie mit den gewohnten marktschreierischen Superlativen nur solche Menschen und Dinge anpreisen durften, die in Wirklichkeit nicht vorhanden waren...«

Ich lag still und hörte dem Wiedergeborenen aufmerksam zu, um ja kein einziges Detail zu verlieren, denn einen ähnlichen Kurs in der Weltgeschichte, wie ich ihn hier nehmen durfte, hatte noch niemand durchzumachen das Glück gehabt. Ich, der ich mich mit Leib und Seele im Elften Weltengroßjahr der Jungfrau befand, durfte dazu noch mit meinen Ohren hören, was sich in den Jahrzehnten, Jahrhunderten und Jahrtausenden nach meinem Tode begeben hatte. Ein neuer Anhauch ozonreicher Bergluft kühlte mir die Stirn. Vielleicht war der Tag nicht mehr fern. Meine Müdigkeit hatte nicht an Dichte, aber an Schwere abgenommen. Jetzt bewegt sich die Grizzlybärin der Nacht im falschen Fenster, sie hebt eine Tatze, so war es mir. Zugleich aber hatte ich den Faden verloren und vieles, vieles nicht mehr gehört, was B. H. von den Jahrhunderten und Jahrtausenden berichtete, deren Zeuge er gewesen. Ich nahm das Wort, hatte aber das Gefühl, meine Ohren seien voll Erde:

»Ist es nicht erfreulich, B. H.«, sagte ich, »daß all das, was ich jetzt von dir erfahren habe, keine leeren Prophezeiungen und Wahrsagungen der Zukunft sind, sondern solide Tatsachen der Vergangenheit?«

»Ich wünschte sie mir solider«, entgegnete er, »doch nicht nur der Prophet ist gezwungen, seine Visionen im Bericht zu verzerren, sondern selbst der reinkarnierte Historiker. Er ist bekanntlich auch nur ein rückwärtsgewandter Prophet, denn die Vergangenheit, die sich entfernt, wird ebenso unwirklich, wie es die Zukunft ist, die sich nähert. Die Ereignisse werden im Stromwasser der Zeit unnachsichtlich gebrochen.«

»Schon im Raum werden sie gebrochen, lieber Freund, schon im Welten-Raum, durch den wir irren... Was ist das, B. H.? Wer ist es, der mir jetzt im schönsten Latein in die Ohren flüstert ›Animula, vagula, blandula, pallidula...‹ Du mußt mir helfen, B. H.... Du bist noch heute, nach so vielen Wiedergeburten, der weit bessere Lateiner als ich, und von uns beiden warst ja immer du der Wissende und ich der Unwissende... Sag also, wer flüstert mir das zu: Animula, vagula, blandula, pallidula... –«

»... Rigida, nudula«, setzte B. H. fort, und sein großer Kopf zitterte, und das verzückte Lächeln poetischer Kennerschaft lag auf seinen Zügen: »Ja, wer nennt dich ›Schmeichelseelchen, rastlos wanderndes, totblasses, kältestarres, nacktes...?‹ Es ist der Kaiser Hadrian, der dir sein Sterbeliedlein zuflüstert...«

»Ja, und ich versteh ihn genau, deinen Kaiser Hadrian«, seufzte ich. »Er will mich warnen mit seinem Sterbeliedlein, das er sich weinend auf dem Totenbette vorsang, der sentimentale Gauner. Er warnt mich davor, meinen alten Frack abzulegen und dieses steife, aufgerauhte, zerknitterte Hemd. Denn unterm Hemd ist vielleicht nichts andres vorhanden als ein sinnliches Schmeichelseelchen, rastlos wanderbereit, totblaß und kältestarr...«

B. H. lag still und antwortete nicht mehr. Ich aber redete weiter und erzählte ihm gar mancherlei, so schien es mir wenigstens, obwohl mich meine eigene Stimme wie aus dem Innern eines Bergwerks erreichte, eines Bergwerks, das ich selbst war. Just relax, hörst du, B. H., just relax, sagte der große amerikanische Dentist zur Frau Welt, der er links oben den Weisheitszahn extrahieren mußte. Und er hatte recht mit seiner Aufforderung. Dann aber, ich weiß nicht wie, saß ich als nächster im Stuhl, und ich hatte gar keine Angst mehr, denn alles war schon vorüber. Lassen Sie die Schultern fallen, riet er mir, und ich hielt das für goldene Worte, obwohl ich, mißtrauisch wie ich bin, längst schon ahnte, daß ich gar keine Schultern hatte. Aber ich saß fest und behaglich im Marterstuhl, das kann man nicht leugnen, obwohl ich gar nicht mehr vorhanden war. Doch siehe da, welch tief tiefe Erfahrung: obwohl ich gar nicht mehr vorhanden war, wurde ich bewegt. Der Marterstuhl war nämlich ein Rollstuhl. Bewegt werden, das ist das Letzte, was man weiß. Da aber das Bewegtwerden nie aufhört, so hört auch das Wissen um das Bewegtwerden, das letzte Bewußtsein nicht auf. Sollte mich Io-Fagòr jemals wieder über die Zeitlosigkeit interpellieren, so würde ich antworten: Stellen Sie sich vor, Compère, Sie seien nichts anderes als der Hohlraum eines Vehikels, das aus Zeit fabriziert worden ist, aus Zeitmetall. Rücksichtslos schlägt hinter Ihnen die Tür zu, und dann geht's los. Ohne Zeit fahren Sie in der Zeit, um die Zeit zu erfahren. Fahren heißt, etwas erfahren. Und das ist ein echtes Reisemotto. Wer aber meint, daß der zeitlose Hohlraum, der bewegt wird, vollkommen leer ist, der weiß nichts von der Wahrheit. Es gibt keine absolute Leere, wie es keinen absoluten Tod gibt. Immer ist etwas da in mir, selbst im neunten Grade meiner Nichtvorhandenheit. Oh, wie stark ist es jetzt in mir. Oh, wie stark ist sie jetzt in mir: sie, die immerfort redet und stammelt und plappert und blabbert und lallt und lullt. Die altkluge Schwätzerin ist in mir, die syllabische Sybaritin, die den Mund nicht halten kann, von Ewigkeit und Ewigkeit. Und das also wäre die Animula vagula blandula, die unsterblich Frierende? Und es ist geradezu absurd, daß cäsarische Massenmörder im Tode zu lyrischen Eseln werden, die sich schrecklich selbst leid tun und ihr ewig miauendes Schmeichelkätzchen bedauern. Warum bedauern? Man muß die Schultern fallen lassen, doch nicht sich selbst. Solange das unaufhörlich Redende vom unaufhörlich Bewegten durch den Raum gefahren wird, ist nichts verloren. Und das ist die vererbte Situation unserer Familie, der Familie Sonne. Wohin fahren wir bitte? Wir fahren zu Großmama, mein liebes Kind. Ist Großmama die Ahnfrau? Pfui, dummer Bub, Großmama ist keine jugendschöne Perverse, sie ist eine runzlichte Alte voll Schnurren und Geschichten. Hat Großmama noch immer einen Kropf? Pfui! Wer redet so offenherzig? Nein, es ist die ältere Großmama, die älteste Großmama. Ach, ich sehe sie dort, mit ihrem glatten Mittelscheitel, den lustigen Märtyreraugen und dem schmalen Mund. Großmama, warum hast du so lustige Märtyreraugen? Damit ich besser um dich weinen kann. Großmama, warum hast du so einen schmalen Mund? Damit du die letzte Sprache des Menschen leichter verstehen lernst. Was geschieht mit mir? Das ist ja ungeheuerlich. Schon habe ich die letzte Sprache des Menschen erlernt, die seine erste ist. Es ist wahrlich nicht die Monolingua, dieser Mischmasch, dieses Esperanto aus dem mentalen Oberstübchen. Nein, nein, hebt die Schalltrichter der Trompeten hoch, ich spreche die *Protoglossa*, die Sprache des ersten Schöpfungstages, die den Wasserstoffatomen noch in den Ohren gellt. Ich habe sie verstanden, die Protoglossa, in meinem Köpfchen, als mir die Hebamme auf den Rücken schlug. Und ich habe sie wieder verstanden, die Protoglossa, als man mich zurechtmachte zum letzten unfreiwilligen Gang, der ein Gefahrenwerden war. Wie herrlich ist sie doch, unsere Protoglossa. Sie liegt jenseits der Zullersprache und der Schnullersprache und des Windelnässeridioms. Sie liegt jenseits alles Ohnmachtlallens und Narkosehallens und des schnell geschmolzenen Todesschreis. Sie ist der rote Faden, den Altgroßmama auf ihr Canevas von Organdin stickt, ja, von Organdin. Jetzt aber muß ich mich hüten, zu tief in die Protoglossa zu geraten, wie alte Emigranten, die immer wieder rückfällig werden, weil sie die Sprache ihrer neuen Umgebung nicht mehr erlernen können. Gescheit sein und bei der Monolingua bleiben, das ist meine Pflicht. Ich gehe euch nicht auf den Leim und trete auf keine Falltür. Weiterfahren, bitte. Das heißt: bitte, weitergefahrenwerden. Wie arm sind sie mit ihrem mentalen Reiseverkehr. Einen Stations-Chef brauchen wir mit roter Kappe, mit einer Signalscheibe dazu oder einem kleinen Horn, das zur Abfahrt mahnt. Ja, wir sind Kinder der Eisenbahn per saecula saeculorum, und weiter werden wir's nicht bringen. Dort, der Dreijährige, der ich bin, starrt noch immer zum Viadukt empor und ruft in der Zullersprache der dampfenden Lokomotive begeistert zu: »Machina!« Die Kinder der Eisenbahn wissen, daß alle Finsternis vom Tunnel kommt und daher vorübergeht. Und wer ein Fürchtegott ist, wie ich, ein Christian Fürchtegott Liebfreud, dem dämmert's schon inmitten des Tunnels. Hinterm Tunnel aber liegt der Park des Arbeiters. Und dahin geht mein erster Weg heute. Und wenn ich auch unter der Erde liege und ins Dunkel starre, so weiß ich doch, daß die Sonne aufgegangen ist. Denn wo anders könnte die Sonne aufgehn als in mir ...?

»Der Wecktrunk erwartet uns«, erklang B. H.'s frische Stimme.

»Es ist nur ein Morgentrunk«, antwortete ich, »denn du siehst, ich habe standgehalten und brauche nicht geweckt zu werden.«

Ende des Ersten Teils

Zweiter Teil
Zweiter Tag

Djebel und Dschungel

Motto:
Was habe ich zu versäumen?
Ist nicht die ganze Ewigkeit mein?

Gotthold Ephraim Lessing in ›Die Erziehung des Menschengeschlechts‹, 1778.

Zehntes Kapitel

Worin ich den Park des Arbeiters besuche, von ihm im »Tal der Quellen und Kräfte« bewirtet werde und an dem Tanz der taubengrauen Bräute teilnehme, bis mich eine dunkle Gestalt abberuft.

Nur wer die Naturfarbe grün einige Zeit lang entbehrt hat, weiß, was sie für die menschliche Psyche bedeutet. Obwohl mein Aufenthalt im mentalen Zeitalter bisher kaum einen halben Tag und eine ganze Nacht betrug, so hatte mich doch die Vorstellung, mich würde überall nur der eisengraue Rasen der gegenwärtigen Zivilisation samt den schwärzlichen Lederbäumen, Tragantrosen und Wachsmagnolien umgeben, in eine depressive Stimmung versetzt. Über das fehlende natürliche Grasgrün halfen mir die Beleuchtungskünste der unterirdischen Appartements nicht hinweg, trotz all ihrem künstlichen Mondschein, Wiesenlicht und Waldesdunkel. War ich auch zu Lebzeiten eher eine Zimmerpflanze gewesen und nur ausnahmsweise ein Bergsteiger und Waldwanderer, und hatte ich auch die Landschaften meines Lebens mehr mit den Augen geliebt als mit den Füßen, so hatte doch das Bewußtsein einer noch nicht gebändigten Natur Tag und Nacht meinen Blutkreislauf erfüllt. Die fortgeschrittene, das heißt verödete Natur des astromentalen Menschen erzeugte in mir ein Gefühl des Verdorrens und Verkümmerns, und während meine lebendigen Zukunftszeitgenossen keine Entbehrung spürten, litt ich, das Gespenst der tiefsten Vergangenheit, wie eine Pflanze am Entzuge des frischen Wassers.

Ich muß also mein Aufatmen, meine Beschwingtheit, meine Befriedigung, kurz mein seelisches und körperliches Entzücken nicht erst schildern, als ich durch eine enge Pforte im morschen Holzzaun in den Park des Arbeiters trat, der sich als eine gegliederte grüne Landschaft vor mir öffnete. Ich war diesmal allein. Es hatte mir sogar Spaß gemacht, mich das erste Mal frei in der mentalen Welt zu bewegen und B. H. mittels meines Reisegeduldspiels durchzugehen. Über dem morschen Gatter war eine Tafel angebracht, auf der zu lesen stand »Park des Arbeiters« und darunter in kleinen Buchstaben: »Wer seinen Rücken berührt, wird eine Kraft davontragen, die von ihm ausgeht.«

Mir erschien dieses Zitat nicht völlig unbekannt, dennoch aber nahm ich an, es entstamme einem späteren Autor, von dem ich nichts mehr wußte. Als ich jedoch ein paar Tage nach meiner Heimkehr zu uns ins zwanzigste Jahrhundert durch Zufall wieder die Evangelien zur Hand nahm, schlug ich beim ersten Anblättern das achte Kapitel Lukas auf, und mein Auge fiel auf die Stelle, wo die Blutflüssige die Quaste von Jesu Mantel berührt und geheilt wird. Ich las: »Da fragte Jesus: ›Wer hat mich berührt?‹ – Als alle es verneinten, sagten Petrus und seine Gefährten: ›Meister, die Scharen umdrängen und stoßen dich.‹ – Jesus aber entgegnete: ›Es hat mich jemand berührt, denn ich spürte, daß eine Kraft von mir ausgegangen ist.‹« Ich erwähne die Inschrift über der vermorschten Pforte des Arbeiters und die entsprechenden Worte in Lukas Acht, ohne ihren Zusammenhang zu verstehen. Es mag sein, daß die Aufschrift einen Hinweis auf das Evangelium enthielt, aber ebensogut konnte ich mich irren.

Das erste, was ich tat, als ich etwa zweihundert Schritte tief in den Park eingedrungen war und auf einer beblümten Wiese stand – ich warf mich der Länge nach ins Gras und sog den unaussprechlichen bekannten Duft mit weitgeöffneten Nasenflügeln ein. Auf dem Rücken liegend wie so oft im alten Leben, blickte ich zum Himmel auf. Er war leer, öde und brennend. Er verstrahlte jene merkwürdig kalte Hitze, die mich schon hatte frösteln lassen, als ich, ein noch Unsichtbarer, dem B. H. auf eisengrauem Rasen begegnet war. Ja, es war der mentale Himmel. Doch es schien hier nicht mehr ganz die mentale Erde zu sein. Wohltätige Kräfte hatten sie mit diesem Frühlingsgrün überhaucht, mit diesen ziemlich langen Grashalmen, zwischen welchen, vielleicht ein wenig variiert, aber doch erkennbar, die bekanntesten Blumensorten wuchsen, Anemonen, blaue Glokken, Dotterblumen, Löwenzahn, Rittersporn, und so weiter.

Als ich eine Weile mit dem Kopf auf der nackten Erde gelegen, erschrak ich ein wenig, denn ich fühlte deutlicher als je ihren Magnetismus, der mich verschlingen, einverleiben, einarbeiten wollte wie ein ungeheurer Kuhmagen. Mich durchzuckte ein Gedanke: War der Erdplanet während meiner Abwesenheit dichter geworden, und hatte sich seine Schwerkraft erhöht, oder war ich selbst weniger dicht und widerstandsloser als einst? Ich wollte keineswegs riskieren, aufgelöst zu werden und verloren zu gehen in der großen Verlorenheit, obwohl ich mich auf dieser heimatlichen Wiese weniger davor fürchtete als nachts im Gastzimmer des fremden, unterirdischen Hauses. Im Augenblick aber fühlte ich mich mehr neugierig und forschungslustig als ruhebedürftig. So setzte ich mich mit einem Ruck auf und ließ meine Blicke in die Runde schweifen.

Der Park des Arbeiters war gottlob keine Ebene wie die bewohnte Erde ringsum, die, wie man mir gesagt hatte, eine einzige Stadtsiedlung bildete. Er war ein angenehmes Hügelland. Durch das Tälchen zwischen den niedrigen Anhöhen schlich ein kleiner Bach, wobei das Wort Bach schon zu viel Ehre für diesen mäßigen Wasserlauf ist, an dessen Ufern das sonst allzu helle Grün etwas satter getönt war. Dort wuchsen auch unter Farnkräutern und allerlei Staudenzeug einige Bäume, die sich von den niedrigen lederblättrigen Laubstämmen der Hausbaumgruppen aufs traulichste unterschieden. Es waren durchweg schlanke, recht hochgewachsene Bäume mit rauchigem, zittrigem oder silbrigem Blätterwerk. Sie schienen Abkömmlinge oder Nachbildungen unsrer Birken, Silberpappeln, Espen und Erlen zu sein, feminine oder geisterhafte Baumarten, wie man sieht, die dem mentalen Landschaftsbild am ehesten entsprachen, in welches Eichen, Linden, Platanen oder gar urwaldhafte Riesenlärchen schlecht hineingepaßt hätten. Ich erkannte in der Auswahl dieser überlebenden Bäume eine zwingende Logik der Natur. Sie erquickten mich sehr, diese schlanken Nachkommen der Silberpappeln, Espen und Birken, und ich konnte mir nicht helfen, es sangen mir alte Verse im Gemüt:

»Fühl ich nicht das Herz der Birke,
Das ihr bis zum Halse pocht?
Welche Lieb im Lichtbezirke
Hat sie plötzlich übermocht?«

Es dauerte eine ganze Weile, bis es mir bewußt wurde, daß auch diese natürliche Natur unnatürlich war, und zwar auf eine sanft herausfordernde Art. Ich frage mich aber, gibt es für den Menschen überhaupt eine natürliche Natur? Gesetzt den Fall, der geduldige Leser und ich säßen augenblicklich nicht im Park des Arbeiters, und zwar im Elften Weltengroßjahr der Jungfrau, sondern wir säßen zwischen dreizehnhundert und vierzehnhundert etwa in den eugeneischen Hügeln bei Padua: würde uns dann die Natur, die Giotto und seine Nachfolger als Hintergrundlandschaft auf ihren Fresken gemalt haben, nicht ebenso unnatürlich oder, milde ausgedrückt, stilisiert erscheinen? Die Wahrheit ist, es gibt gar keine natürliche Natur, denn die Natur trägt jederzeit das historische Kostüm, das ihr das menschliche Auge gibt. Wer im Jahre 1943 die Landschaftsbilder Renoirs und Pissaros oder der späteren Impressionisten betrachtet, der mag sich wohl darob verwundern, daß dreißig, vierzig Jahre vorher schwache Nerven vor diesen hochstilisierten Kompositionen Ohnmachtsanfälle bekamen, und zwar wegen des brutalen Naturalismus der Darstellung. Am tiefsten aber entpuppt sich dieses Geheimnis in der Tatsache, daß selbst die photographische Linse nicht objektiv ist, sondern daß die Bilder, die sie festhält, ebenso an den historischen Stil ihrer Epoche gebunden sind wie die Bilder der Maler. Es ist nicht leicht, für die Stilisierung der Parklandschaft des Arbeiters einen richtigen Vergleich zu finden. Am ehesten erinnerte sie mich noch an den matten Klassizismus der Empirezeit oder an die frühe Romantik, wo man Äolsharfen in die Weidenbäume hing, wo man allenthalben künstlich umgestürzter Säulen gewärtig sein mußte, wo der Dichter, wie es unterm kolorierten Stich in Rundschrift geschrieben stand, »Im Carlsbad« spazierenging, und zwar in einer »idealen Landschaft«. Ich sah hinaus in diese magere ideale

Frühlingslandschaft, deren mattes, rauchiges, zittriges Baum- und Buschgrün ich mit jedem meiner Atemzüge einzusaugen glaubte. Allzulange hatte ich's entbehrt. Ich dachte nichts. Ich träumte nichts. Meine Hände rauften mit wundervollen, hunderttausendjährigen Kindheitsgefühlen das Gras. Dann und wann führte ich einen langen Halm zum Mund und sog an seiner leisen Süßigkeit, die mich unendliche Zeitstrecken zurückführte. Beinahe hatte ich den Arbeiter und meine Neugierde schon vergessen, als ich an meinen beiden Beinen plötzlich von allen Seiten scharfe Stöße fühlte. Ich schrak zusammen, ehe ich noch wagte hinzuschauen. Als ich aber hinsah, da bot sich mir ein höchst absonderliches und unerwartetes Bild. In der Nacht hatte B. H. von »Capricornetten« gesprochen, die der Arbeiter für sich und seine Bevorzugten zu melken pflegte. Was anderes hätte man sich unter diesem Worte trotz des Diminutivums vorstellen sollen als Ziegen oder ziegenartige Geschöpfe mit strotzenden Eutern, wie sie uns bekannt sind? Ziegenartige Geschöpfe waren's ohne Zweifel, welche soeben die Wiese, auf der ich lagerte, zu Tausenden überschwemmten, obwohl man bei näherer Betrachtung ebensogut von einem Mittelding zwischen Gemsen und Steinböcken sprechen konnte. Aber nicht die Spezies war das Staunenswerte. In den vergangenen Erdepochen meiner Pause war nämlich das Ziegengeschlecht etwa zur Größe unsrer Eichhörnchen oder kleineren Kaninchen zusammengeschrumpft. Meine Beine umsprangen und umspielten demnach schöngeformte, sandfarben lebendige Spielzeuge von Steinböcken und Geißen, und zwar eine ganz unermeßliche Flut von Capricornetten, die mich beschnupperten, neugierig betasteten, sich mutwillig an mir rieben und mich mit Stößen ihres Miniatur-Gehörns bearbeiteten. Ich war in arger Bedrängnis, wenn nicht Hilfe kam. Schon sprang ich auf die Füße und dachte daran, B. H. innerlich anzurufen, zumal die energischen Tierchen, durch meine heftige Bewegung erregt, an mir emporsprangen und meine so ehrwürdige schwarze Hose mit ihren Hörnern aufzureißen begannen. Ich mußte mit wilden Tritten einen freien Raum um mich schaffen. Da ertönte ein nicht sehr lauter Ruf, die Ziegenbrandung fiel von mir sofort zurück, und ich war befreit.

Langsam kam ein Mann auf mich zu, derselbe, der den Ruf ausgestoßen hatte. Er war viel größer und viel plumper, als die mentalen Menschen zu sein pflegten. Zuerste dachte ich, es sei der Arbeiter in Person. Bald aber sah ich, daß der Mann keinen Vollbart trug, daß ihm hingegen die nackte Brust über und über mit braunem Haar bewachsen war, welches er nicht verbarg, wodurch er sich, ich weiß nicht, ob geflissentlich oder durch eine Vorschrift, vom allgemeinen Standard der Glatthäutigkeit weit entfernte. Auch bemerkte ich an ihm keinerlei Schleierstoff, sondern einen unten zerfransten, lederartigen Schurz, der bis zu den Knien reichte. Auf dem Kopfe saß dem Mann ein kegelartiger breitkrempiger Filz, halb Steyrerhut, halb Kulisombrero. In der Hand hielt er einen Knotenstock, der in der Zeit des Mentelobols nur symbolisch gemeint sein konnte, während ihm über die Schulter etwas Faltiges hing, das ebensogut ein Wasserschlauch wie ein Dudelsack hätte sein können. Die Flut der Capricornetten beruhigte sich bei seinem Anblick sofort und brach in ein allgemein begrüßendes Gemecker aus, das bis weit hinter der Kammlinie der Anhöhen verebbte, obwohl die Lautstärke dieses Gemeckers genau im Verhältnis zur eingeschrumpften Körpergröße des astromentalen Ziegengeschlechts stand. Es war also eher ein meckerndes Gepiepe, dem von der anderen Hügelseite her ein bäendes Gepiepe antwortete, denn dort weideten die sogenannten Ovetten, das überlebende Geschlecht der Lämmer, Schafe und Widder, denen es ebenso diminuierlich ergangen war wie hüben unsern Geißen und Steinböcklein. So begegneten mir in dieser modernsten aller Welten hier die beiden Sorten biblischer Tiere, Schafe und Böcke, welche die legale Situation der menschlichen Seele rechts und links vom Gerichtsthron am Jüngsten Tag sinnbildlich zum Ausdruck bringen. Die Pferde hingegen waren längst ausgestorben. Den Rindern, die es noch gab, begegnete ich nicht und kann deshalb nicht verraten, ob auch sie nur in verkürzter Ausgabe vorhanden waren.

Der Mann stand nun vor mir in seiner relativ plumpen, halbnackten Gestalt. Er hielt die Augen gesenkt, denn er schien scheu von Profession zu sein. Vermutlich einer der Oberhirten des Arbeiters, dachte ich.

»Sind Sie nach mir gesandt?« erkundigte ich mich und suchte nach irgendeinem Ausdruck der Liebenswürdigkeit.

»Ich hab's gewußt«, nickte der supponierte Hirte, »ich hab's gewußt.«

Und ein breites Lächeln ging in seinen Zügen auf, das ein Grinsen zu nennen ich mich scheue, denn es war verhüllt schmerzlich.

»Sie wissen also, wer ich bin?«

»Seigneur, unser lieber Besuch«, sagte der Mann.

»Wenn ich nicht irre, so betreuen Sie die Capricornetten da, diese niedlichen, aber ungezogenen Biester, die mir meine einzige Hose fast zerrissen haben. Sind Sie vielleicht Tierspezialist?«

Ich wollte nicht »Hirte« sagen, ein Wort, das allzusehr den Anfängen der Menschheit angehörte und ihn vielleicht beleidigt hätte. Der Plumpe schüttelte eine Weile lang den Kopf, dann ließ er ihn traurig auf die Brust sinken und antwortete leise: »Nein, ich bin kein Spezialist. Ich bin der Einfältige dieses Zeitalters.«

»Der Einfältige dieses Zeitalters?« wiederholte ich erstaunt, denn der Mann sah mich jetzt mit tiefen und wissenden Augen an, die keineswegs dümmer waren als etwa die Augen des Bräutigams Io-Do oder seines Vaters, des lieben Herrn Io-Solip.

»Hat Ihr Titel irgendeine amtliche Bedeutung?« fragte ich höflich.

»Ich bin einfältig«, erwiderte er offen und wehmütig, als zeige er eine Wunde. »Mein Kopf taugt nicht zum Lernen.«

Selbstverständlich hätte ich jetzt schweigen sollen und ihn zu keiner weiteren Entblößung zwingen. Da ich aber in diesem Mann gleichsam auf den berufenen Kretin der mentalen Welt gestoßen war, wollte ich seine Grenzen kennenlernen und riskierte zugunsten meiner Forscherpflicht eine Rücksichtslosigkeit.

»Wie weit haben Sie es denn im Lernen gebracht?« fragte ich daher.

»Nur zum binomischen Lehrsatz und zur Integral- und Differentialrechnung und gar nicht weiter«, entgegnete er mit erstickter Stimme und wies dabei auf seinen Blähhals.

»Für uns wäre das allerlei gewesen«, meinte ich, sehr betroffen, »und die meisten von uns hätten stolz sein können...«

Er sah mich ungläubig an:

»Das ist doch alles Kindergartenstoff«, seufzte er und fügte hinzu: »Das wäre noch lange nicht das Schlimmste: die Kommission aber hat entschieden, daß ich zu wenig hypothetische Konditionalsätze im Gebrauch habe.«

Es klang, wie wenn ein Patient sagt: »Zu wenig rote Blutkörperchen.«

»Was sind das: hypothetische Konditionalsätze?« fragte ich nun selbst ganz und gar verstört.

Der Capricornettenhirt zog die Stirne kraus vor wilder Denkanstrengung. Dann, nach einer Weile, stieß er stotternd hervor: »Wenn der Einfältige dieses Zeitalters nicht so einfältig wäre, könnte auch er heute mit einer von diesen Bräuten tanzen!«

Ja, das war ein hypothetischer Konditionalsatz ganz und gar und ein lyrischer Ausbruch dazu, der Schweigen gebot. Ich winkte dem Einfältigen, voranzugehen, um mir den Weg zu weisen. Er setzte sich in Bewegung. Ich blieb ihm dicht auf den Fersen, denn die Capricornetten schienen mir noch immer nicht wohlgesinnt zu sein. Wo sie mir einen böckischen Schabernack spielen konnten, die Kleinen, taten sie's. Einmal wäre ich fast hingestürzt. Da setzte der Einfältige des Zeitalters seinen Lederschlauch an den Mund. Ich glaubte, er trinke, denn es kam kein Dudelsackton zustande. Alles blieb still. Die bösen Tiere aber fielen in Reih und Glied und nickten mit Hornköpfchen und Ziegenbärtchen rhythmisch ihres Weges dahin. Was nämlich mentale Musik war, das hatte ich noch nicht erfahren.

Der Arbeiter, vor dem ich nun im grünsten Grün stand, war ein wirklicher Riese und wie nicht von dieser Zeit. Er maß nicht viel weniger als sieben Fuß, hatte aber in seiner strahlenden Hochgewachsenheit nichts mit den armseligen Riesen zu tun, denen man in den Großstädten der fernsten Vergangenheit dann und wann als Portiers vor Kinos, Varietétheatern und Schaubuden begegnete. Diese übernormalen Staturen waren ja zumeist nur die Folgen einer krankhaften Zirbeldrüse, und sie sahen in ihrem tölpischen Riesenwuchs so traurig und unharmonisch aus, als hätte ihnen die Garderobenfrau der Natur auf die richtige Nummer einen falschen Körper herausgegeben, und sie hätten's zu spät bemerkt.

Nicht also der Arbeiter: Seine sieben Fuß waren echt und gesund und grundlustig. Die Ursache seiner strotzenden Wohlgediegenheit war sein überaus hygienisches Metier, der Umgang mit dem geheimnisvollen Besprengungssystem, auf welchem die Ökonomie des mentalen Zeitalters beruhte. Alles in der Nähe dieses Systems war grün, war Park, schoß ins Kraut, bekam Mark in die Knochen. Daß es den Capricornetten und Ovetten nicht so erging und sie zwergicht blieben, das war durchaus kein Widerspruch und hatte seine eigenen entwicklungsgeschichtlichen Gründe. Andere Tiere hingegen, vor allem die typischste Gattung des mentalen Tierreichs, die Insekten, hatten an Körpergröße erschreckend zugenommen. Ich spreche hier nicht von den Schmetterlingen, Nachtfaltern, riesigen Silbermotten und libellenähnlichen Doppeldeckern, welche die Singvögel in den uns wohlbekannten Hausgärten ersetzten, ich spreche hier von den Bienen im Park des Arbeiters. Sie hatten die Größe von Kolibris, und man erzählte mir, daß sie nicht nur die Wiesenblüten des Tälchens und der Hügel umschwärmten, sondern auch sonst aus den Wachszieher- und Zuckerbäkkerblumen der Umgebung die darin vorhandene schale Süßigkeit sögen und zögen, um daraus ihren Honig zu bereiten. Der Mensch freilich verwendete diesen Honig nicht. Die Kinder im Park des Arbeiters hatten keine Furcht vor diesen stachellosen Riesenbienen, sondern wiesen mit begeisterten Fingern auf sie und nannten sie in einem althellenisch-, schwyzerdütsch- und zullerwelschen Sprachgemisch »Melisseli, dada, Melisseli«! Es ist heraus: der Arbeiter war demnach von Kindern umgeben. Es waren zumeist ganz kleine Kinder, doch wohl Hunderte an Zahl. Und man fuhr sie in regelrechten Kinderwagen, als welche die einzigen Rädergefährte waren, die alles überdauert hatten, ähnlich, aber weit sinnvoller als das Billard. Ich kann gar nicht sagen, welch tiefe Dankbarkeit ich im Herzen fühlte, welch empfindsame Genugtuung, als ich die Auffahrt von so vielen Kinderwagen sah, die sich in Kreisen und Schlingen um den Arbeiter bewegten. Die jungen Mütter schoben sie über den kurzgetretenen hellgrünen Rasen, und ein liebliches Stimmengewirr aus Singsang, Geplärr, Trotzgebrüll, Zorngezeter, hartnäckigem Wunschflennen, Plappern, Lallen und weiblichen Straf- und Trostreden stieg zum Himmel. Der Arbeiter, der wirklich ganz genau so aussah, wie ich ihn mir bei seiner ersten Erwähnung vorgestellt hatte, schien die Rolle eines biologischen Helios zu spielen, eines Sonnengottes im Overall, von dem Gesundheit, Körperkraft, Wohlgeratenheit unabwendbar auf die Umgebung sich verbreitete. Alles umdrängte ihn, alles wollte ihn berühren, uneingedenk der feinen mentalen Sitte, die jede körperliche Betastung verpönte. Er trug wirklich einen kurzen, braunblonden Vollbart, in dem schon einige weiße Fäden schimmerten. Sein herzensgutes, etwas zu volles Gesicht war überaus sonnverbrannt und windgegerbt, als wäre er ein Schiffer oder Fischer, ein Meerarbeiter und kein Landarbeiter. In den Runzeln und Krähenfüßen um seine Augen – sie zeigten dasselbe Zyanenblau wie Lalas Augen – versteckte sich Scherz und Gelächter. Das Lachen im Arbeiter benützte auch jede Gelegenheit, um auszubrechen. Es war aber niemals ein Lachen, das eine witzige Spannung löste, sondern nichts als das schallende Insiegel körperlichen Überwohlbehagens und seelischen Gleichgewichts ohne Muster. War der Major Domus Mundi der Inbegriff zarter und schwermütiger Selenität, so der Arbeiter der Inbegriff macht- und gütevoller Solarität. Bei seinem Anblick erkannte ich, daß die astromentale Verfassung außerordentlich weise handelte, wenn sie dem sanften Nachtmenschen das Herrschen und Walten, dem strotzenden Tagmenschen aber das Wirken und Haushalten überließ, obwohl sie durch diese Verteilung die alte Natur der Dinge verkehrte. Beide aber, der Tag- und der Nachtmensch, der Arbeiter und der Welthausmeier, überragten weit das gegenwärtige Menschenmaß, der eine körperlich, der andere seelisch. Beide aber bildeten die Pole der Achse, die durch das Zeitalter lief. Dabei hatte der Arbeiter die Art und Weise nicht verloren, die sein Name ausdrückte. Er war zwar jovial und herablassend, wie es seinem Riesenwuchs entsprach, der ihn zwang, sich zu allem und jedem niederzubeugen. Er war aber nicht jovial im Sinne eines Fürsten oder Befehlshabers, sondern jovial wie ein älterer Werkmeister, Lokomotivführer und Obersteiger, kurz wie ein avancierter Proletarier der fernsten Vergangenheit, der am Sonntag nicht anders gekleidet ging als der Industrielle, sein Brotgeber, vor dem er aber dennoch tief den Hut ziehend zur Seite trat, wenn er ihm begegnete. Der Arbeiter war zweifellos ein Übermensch, und es gelang ihm doch, mit jeder Gebärde auszudrücken, daß er von unten kam und es wußte.

Der Einfältige mit seinen Capricornetten hatte mich allein gelassen. Ich stand nun mitten unter den Kinderwagen, Babies und jungen Müttern, die den Arbeiter umdrängten, und schämte mich. Wie sollte ich den Riesen auf meine Person aufmerksam machen? Ich hörte seine mächtige Stimme, die das zackige Auf und Ab des weiblichen Geklatsches in einem löwenhaft gelben C-Dur überlachte. Was ich vorhin sein Overall genannt habe, war eher eine weite blaue Schürze, die er um den Leib gebunden trug, wie bei uns Schuster und Tischler. Ich rechnete damit, daß die auffallende Figur, die ich im schwarzen Abendanzug machte, den Schreck einer oder der andern Frau verursachen würde. Aber die Frauen waren so sehr in den heilsamen Anblick des Arbeiters versunken, daß er selbst früher von meiner Anwesenheit Wind bekam als sie.

Plötzlich machte er eine große Geste mit dem rechten Arm über die goldenen Köpfe der jungen Mütter hinweg und winkte mich heran: »Er kommt, er kommt!« rief er schallend. »Ich hab ihn schon erwartet. Behutsam! Er ist nicht wie ihr geartet.«

Das zwar zweifellos ein Verslein, mit welchem er mich der guten Behandlung der Weibchen und Kinder anempfahl, die nach ein paar betroffenen Ausrufen, ein wenig Babygeplärr und dem wortreichen Einspruch mehrerer ängstlicher Hunde, die mit dabei waren, still wurden und mich groß angafften. Daß der Arbeiter manchmal ins Reimereden verfiel, entsprach nur der gesteigerten Lebensfreude, welche ihn besonders in den Morgenstunden erfüllte, und die sich nicht nur in primitiven Poesien, sondern auch in komischen Sprüchworten, Silbenverdrehungen und Lautspielen Luft machte. Ich aber, während ich nun auf Zehenspitzen neben ihn trat, fühlte mich neben seiner ragenden Höhe widerwärtig klein, neben seiner dröhnenden Gesundheit unaussprechlich hinfällig und schlapp. Nie während meiner Anwesenheit in der mentalen Welt bin ich mir heilloser als eine schlechte, halbgelungene, viertelgare Materialisation vorgekommen als in diesem Augenblick, da ich neben den Arbeiter trat. Er aber, dessen lachende Blauaugen für den Bruchteil einer Sekunde aufmerksam ernst wurden, schien mitzufühlen und mitzuwissen, was in mir vorging. Er umfaßte mich mit seinem gewaltigen linken Arm und drückte leicht meinen Kopf an seine Brust. Dabei sprach er leise zu mir, oder besser, er brummte was Goldenes, und es waren wiederum Verse:

»Ruhig sinnen, ruhig Atem holen! Du hast ja deinem Schöpfer nichts gestohlen. Rote Sonne ist dein Blut vom Scheitel zu den Sohlen. Das Herz soll siebzigmal in der Minute schlagen. Dein Ich sei Kind, dein Leib sei Kinderwagen. Das Zwerchfell einwärts pressen, das ist falsch und schlecht. Denn des Lebens Morgenjubel sitzt im Sonnengeflecht.«

Wie man hört, er duzte mich, nicht nur wenn er in Versen sprach. Sein goldenes Löwengebrumm war wundersam hypnotisch. Ich spürte sofort, wie der körperliche Krampf nachließ, in den ich durch meine Erregbarkeit so leicht verfiel. Nach wenigen Atemzügen schon fühlte ich mich brillant; wenn es in meinem Fall nicht absurd wäre, würde ich sagen, ich fühlte mich neugeboren, ich fühlte mich mit einer andern, unaussprechlich behaglicheren Konstitution neugeboren. Meine Nerven quälten mich nicht mehr dadurch, daß sie in wechselnden Emotionsschauern die Blutgefäße übermäßig ausdehnten und zusammenzogen. Meinen Kopf an die gewaltig und ruhig atmende Brust des Arbeiters gelehnt, seine bräunlich rote Riesenhand um meine Hüfte, genoß ich plötzlich eine Ausgeglichenheit meines Wesens, die mir nie vorher zuteil geworden war. In mich kehrten ein die längst vergessenen Wonnezustände der Kindheit, da man sich im Grase wälzte oder durch die Beine hindurch in den Himmel guckte. Das irdische Behagen in mir war so übermächtig, daß ich kaum bemerkte, daß wir schon seit einer ganzen Weile vorwärtsschritten und den Spielrasen mit all den Babies, Kinderwagen und jungen Müttern hinter uns gelassen hatten.

»Sie sind also der Arbeiter«, sagte ich, um etwas zu sagen, und schmiegte mich fest an seine kraftverstrahlende Persönlichkeit.

»Der Arbeiter arbeitet spat und früh«, reimte er zur Erwiderung, »doch nur schlechte Arbeit spannt an und macht Müh.«

»Ja, wenn man so groß und so stark ist«, schwärmte ich, »da macht nichts Mühe.«

»Ich bin gar nicht so groß und stark«, verfiel der Arbeiter jetzt in Prosa, »da solltest du erst meine Söhne kennen. Die sind viel größer und stärker und stärker und größer.«

»Wie das«, fragte ich. »Sie, als ein mentaler Weltbeamter, haben Söhne?«

»Jawohl, zweiundzwanzig Söhne, volle und ganze und ganze und volle zweiundzwanzig«, sagte er, »die hab ich. Und die zweiundzwanzig haben zweihundertzweiundvierzig Söhne, volle und ganze und ganze und volle. Und die zweihundertzweiundvierzig, die haben, warte einmal, die haben ganze und volle eintausenddreihundertundzehn Söhne, die mir Urenkel sind...«

»Und alle Ihre Söhne«, wagte ich ihn weiter auszuforschen, »und Ihre Enkel und Urenkel, alle sind sie Arbeiter, wie Sie es selbst sind?«

»Wir alle miteinander sind der Arbeiter«, erklärte der Arbeiter kurz.

Ich verstand. Der Arbeiter war genau die Umkehrung dessen, was die Grammatiker ein »Pluraletantum« nennen, sie waren eine Mehrzahl, die sprachlich nur in der Einzahl auftritt. Ähnlich mochte es um den Fremdenführer oder den Einfältigen des Zeitalters bestellt sein. Der Arbeiter hier, an dessen Brust ich friedlich lehnte, war das Haupt eines Stammes, in welchem sich körperliche und geistige Kräfte und Tugenden durch Zuchtwahl fortpflanzten, die diesen Stamm oder Clan zu gewissen allgemeinen Diensten befähigten, welche der mentale Durchschnittsmensch nicht mehr zu leisten imstande war. Ich hätte den Arbeiter gern gefragt, wieviel von seinen Söhnen, Enkeln und Urenkeln betreute Parkanlagen es auf dem Planeten gebe, wie diese hier unter unsern Füßen. Da er aber im »Morgenjubel seines Sonnengeflechts« laut vor sich hin sang, wagte ich's nicht. Ich konnte aber immerhin als gesichertes Forschungsergebnis verzeichnen, daß die fernste Zukunft gewisse Berufungen und Berufe nicht nur an Kasten, sondern an eigene Clans und Stämme mit bestimmten hochgezüchteten organischen, ja fast magischen Merkmalen band. Auch schien den Frauen des Arbeiters trotz der Verseltenung und Verlängerung der Schwangerschaft eine beständige Fruchtbarkeit zuteilgeworden zu sein, die sie von der übrigen Menschheit ausnahm, ohne sie herabzusetzen. In dem Kinderreichtum hatte sich übrigens ebenfalls ein proletarisches und bäurisches Element der Frühzeit erhalten. Im Arbeiter stießen Elemente der Urtümlichkeit mit Elementen einer sonnenhaften Höherentwicklung aufs natürlichste zusammen.

So erstaunlich war das Weltbehagen, das durch die körperliche Berührung dieses Riesen meine Adern durchwallte, daß ich einen kleinen Schmerzensschrei ausstieß, als er sich von mir löste, um eine neue Gatterpforte zu öffnen, über welcher die wurmstichige Holztafel vermeldete: »Tal der Kräfte und der Quellen.« Wir betraten eine weite Mulde, deren hoher, blumendurchwirkter Graswuchs beinahe malachitgrün war. Diese Mulde ging freilich, ganz anders als die Waagschale des Geodroms, ziemlich in die Tiefe, und ich vermute, daß die Malachitfarbe des Grases nicht allein von der exaltierten Fruchtbarkeit herrührte, sondern dem merkwürdigen Tageslicht hier unten entsprach. Je tiefer wir nämlich in die Mulde gelangten, um so blasser und schattiger wurde der Himmel, bis sich trotz des hohen Sonnenstandes der weiße Hauch des Viertelmondes samt einigen Sternen entschleierte. Wenn man den ewig brennenden, trockenen Himmel des Zeitalters in Betracht zieht, war dieses Tal der Kräfte und Quellen der angenehmste Aufenthalt im Freien, welchen die mentale Natur zu bieten schien.

»Und hier haben wir schon die erste Quelle«, hörte ich mich mit einer mir selbst völlig unbekannten knabenhaften Stimme ausrufen, und es würde mich gar nicht gewundert haben, wenn ich anstatt meines alten Fracks einen meiner noch weit älteren Matrosenschulanzüge am Leibe getragen hätte und kurze Hosen und Socken dazu. Es war auch in meinen Beinen ein stetiger Wunsch zu hüpfen, dem ich dann und wann nachgab, ohne an meine Würde zu denken. Was nicht nur ich, sondern jeder meinesgleichen für eine Quelle, ja für einen Heilsprudel in einem Badeort gehalten hätte, war nichts als eine schöne, große Alabasterschale auf einer schmalen glasartigen Säule über einem steinernen Postament, die mir bis zur Brusthöhe reichte. Ich trat eiligst hinzu, um die Schale näher zu betrachten, wunderte mich aber sehr, daß sie innen ganz glatt war und weder einen Einfluß für das Wasser noch einen Ausfluß besaß.

»Bitte, können Sie die Quelle nicht springen lassen, Herr Arbeiter«, hörte ich meine erregte Knabenstimme fragen.

»Junge, du bist mir ganz verschroben«, reimte der Blaugeschürzte frischweg, »von unten kommt's hier nicht, es kommt von oben.«

Die Vorstellung einer Heilquelle, eines wohlgefaßten Sprudels, wie ich ihn so oft gesehen hatte, war dermaßen stark in mir, daß ich den Riesen gar nicht verstand, sondern mich über die leichte und platte Art des kecken Gereimsels zu ärgern begann. Es war doch die Nachtischpoesie eines dummen Kerls, wenn dieser dumme Kerl auch über die Wunderkräfte und tiefen Naturinstinkte eines heidnischen Halbgottes verfügte.

Inzwischen war der Arbeiter zur Quelle gegangen, hatte mit einer gewissen Feierlichkeit seine Arme entblößt und begann nun über der Schale seine nervichten Tatzen zu reiben, erst behutsam, dann immer kräftiger und schließlich wie ein Chirurg, der sich mit großer Ausführlichkeit die Hände wäscht. Und während er sich so in dem durch die Tiefe der Mulde gedämpften Tageslicht ohne Wasser wusch und wusch, begannen seine gewaltigen Hände plötzlich zu phosphoreszieren und darauf in einem stetigen Geisterlichte aufzuleuchten, und als er sie endlich hochhob, da wich das Geisterlicht nicht von ihnen, sondern verdämmerte als ein schwacher grünlicher Strahl gen Himmel.

»Bitte, ich auch, ich auch«, jauchzte meine Knabenstimme, aber mein unverändert alter Geist verstand: dies ist keine planetare Quelle, sondern eine stellare, die nicht von unten geschöpft, sondern von oben herabgeleitet wird, um den Menschen zu dienen. Der Mensch hatte seine Industrie in den Weltraum verlegt und die Befriedigung seiner Notdurft den Sternkräften in Akkordarbeit gegeben. Und auch dies hatte er nur in Verwirklichung einer seiner primordialen Erkenntnisse getan, die schon in Keilschrift eingegraben steht in der berühmten sumerischen Stelle von Ba-bel-Nazdr: »Alles was unten ist, ist auch oben.« Dieser Satz verkündete bereits Assyrern und Babyloniern die Einheit der kosmischen Materie und forderte sie auf, in den Himmel zu greifen, um sich zu nähren. So war die herrliche und freche Idee der astralen Konfektion der Menschheit schon in die Wiege gelegt. Während all diese Gedanken meinen Sinn durchdrangen, hatte der Arbeiter meine Hände ergriffen und mir gezeigt, wie man sie kundig reibt und im sideralen Strahl wäscht. Es war gar nicht so leicht, wie es aussah, denn das Geisterlicht wurde immer schwerer und schwerer, und es schien, als würden die reibenden Hände das Gewicht des Sternes zu tragen haben. Als ich vor dieser Schwere meine Hände schon sinken lassen wollte, befahl der Arbeiter plötzlich:

»Schließ deine Fäuste, rasch!«

Ich schloß die Fäuste krampfhaft, konnte sie aber nicht ganz zubringen, denn von innen her drängte eine Kraft und öffnete unwiderstehlich den geschlossenen Griff der Finger. Als ich endlich auf meine beiden offenen Handflächen blickte, da lag auf jeder ein Paar weißer winziger Babyschuhe. Diesen reizenden Massenartikel hatte ich dem Sternstrahl entwunden. Hochauf lachte der Arbeiter, und auch ich lachte und lachte. Ich fragte nicht weiter nach dem Wie und Was, ich fragte nicht, ob der »Scharf eingestellte Wunsch« oder etwas anderes genüge, um auf einem der dazu bestimmten Gestirne die richtigen Atome zusammenschießen zu lassen, die zur Fabrikation von Babyschuhen nötig sind. Ich fragte nicht, durch welche entscheidende Kraft diese Atome losgerissen werden, und wo sie sich im kalten Weltraum auf ihrem Strahlenweg zum gewünschten Artikel konstituieren. Seien wir aufrichtig miteinander: verstand ich denn etwas vom Eisenbetonbau und von Geheimnissen der chemischen Industrie? Verstand ich etwa mehr von der Konstruktion eines Radios, von den langen und kurzen Wellen, die es aus der Atmosphäre ins Kästchen fängt und als sonore Wahlreden, Reklamerufe, Jazzgeräusche und erhabene Symphoniesätze ins menschliche Gehör bohrt? Nein, ich verstand vom Radio ebensowenig wie von der Fabrikation reizender Babyschuhe durch stellare Strahlen. Da ich schon vor mehr als hunderttausend Jahren mich entschlossen hatte, die Existenz des Radios sowie des gesamten technischen Fortschritts mit arroganter Verständnislosigkeit als gegeben hinzunehmen, warum sollte ich mich jetzt bemühen, die mathematischen, astrophysikalischen, ondologischen und andern Voraussetzungen der mentalen Gütererzeugung mir wissenschaftlich deuten zu lassen und damit kostbare Zeit zu vertun? Vielleicht habe ich als Journalist und Reiseberichterstatter unverantwortlich gehandelt, da ich bei einiger Anstrengung imstande gewesen wäre, nach meiner Heimkehr einiges von den unbekannten Prinzipien der astralen Konfektion mitzuteilen und damit den steinigen Weg der Menschheit zur Überwindung der Materie etwas abzukürzen. Erstens aber bin ich kein utilitaristischer Weltbeglücker und glaube nicht an Abkürzung eines Weges, der nach menschlichem Erlebnismaß unendlich ist. Zweitens bin ich selbst ein Einfältiger meines Zeitalters gewesen und habe es, anders als der Capricornettenhirte, nicht einmal zum Differentialkalkül gebracht. Drittens aber glaube ich nicht, daß der Arbeiter mir die Entstehung der Babyschuhe hätte zureichend erklären können.

Er war ja nur Arbeiter, der Wundermann des Handgriffs, doch kein Erfinder und nicht einmal Ingenieur. Noch immer lachte er über meine Verwunderung, daß es seine Riesengestalt schüttelte, und auch ich lachte ein grundgesundes Lachen.

Natürlich blieb's nicht bei den Babyschuhen. Wir gingen von Quellschale zu Quellschale, und deren war kein Ende. Im Prinzip aber blieb's immer wieder dasselbe, ob wir durch Händereiben größere oder kleinere Gebrauchsartikel aus mattgrünchen, bläulichen, rosa oder lila Strahlen zogen, die sich plötzlich zwischen der Schale und dem matten Brunnenhimmel geisterhaft offenbarten. Die Kolorierung der Strahlen war natürlich Menschenwerk, da diese selbst weit jenseits der infraroten und ultravioletten Spektralskala lagen. Manchmal veranstaltete der Arbeiter dadurch, daß er verborgene Spiegel sich drehen ließ, Strahlenspiele einer ungeheuren Fontaine Lumineuse. Hoch sprangen die mattkolorierten Geisterlinien, vereinigten sich miteinander, bildeten Rundbögen und Spitzbögen, und wir sahen es, wie sie weit über das Land zu versprühen schienen. (Ich nahm an, daß im selben Augenblick in die unzähligen Hausinseln der Panopolis durch die Dachgärten den Bewohnern alles Nötige in Schränke und Krüge sickerte.) Hie und da fuhr der Vollbärtige schnell mit der Hand durch einen Strahl und leckte daraufhin aufmerksam seine Finger ab. Vermutlich kostete er dann von einem der Süppchen, die für die Menschen zubereitet wurden, für die bessern sogar nach privaten Kochrezepten; oder er zog wie ein Prestidigitateur aus einem andern Strahl ein batistartiges Gewebe, und er prüfte es zwischen seinen Fingern, wie ein guter Werkmeister die Rohware prüft, ehe er's zur Seite warf. Ja, sein Name war zutreffend. Er war der Arbeiter durch und durch. Zuletzt, als alle Quellschalen in Betrieb zu sein und zusammenzuwirken schienen, grunzte er vor Befriedigung, setzte sich ins Gras und zog mich zu sich nieder. Ich konnte meine Augen von dem unsagbar herrlichen Schauspiel der arbeitenden Sternstrahlen mitten im Tageslicht nicht abwenden. Er aber holte aus seiner Schürzentasche ein altmodisches Frühstückspaket hervor. Raschelnd öffnete er's, und ich sah zu meinem Erstaunen, daß es ein großes Stück Ziegenkäse enthielt. Der Arbeiter nährte sich demnach von den unteren und nicht von den oberen Kräften, wie seine Kundschaft. Das gab mir zu denken. Er, der mit den Sternenstrahlen intimer umging als jeder andere, war tiefer im Planeten verwurzelt als seine mentalen Mitmenschen. Jetzt brach er den Capricornettenkäse mitten durch und reichte mir eine tüchtige Hälfte. Ich biß mit Wonne hinein und begann leidenschaftlich zu schmausen, denn auch ich, der ich ja noch ein unterer Mensch war, hatte die feste Nahrung von unten schon allzulange entbehrt. Als wir eine Weile schweigend gekaut hatten, schlug der Arbeiter lässig aufs Gras. Allsogleich sprangen zwei dünne Wasserstrahlen hoch. Ich mußte nur den offenen Mund hinhalten, um das köstlichste eisige Bergwasser zu trinken, das ich seit den Bergwanderungen meiner Jugend genossen hatte. Ziegenkäse und Quellwasser, das war der erste von den drei bedeutsamen Imbissen, mit denen ich am heutigen Vormittage bewirtet werden sollte.

Es soll nicht der falsche Anschein erweckt werden, als würde der Mensch, dieser hochstaplerischste aller Mikroorganismen, sich zur Zeit einzig und allein von den himmlischen Strahlen nähren und bekleiden lassen. Den nach Raum- und Zeitmaß sinnlich unfaßbaren Weltraum als Kolonie des winzigen Sonnenvasallen Erde anzusehen, das hieße in die gegensätzliche Absurdität verfallen und die delikate geozentrische Doktrin vom »unendlich verschiebbaren Mittelpunkt aller erdenklichen Umläufe« lügnerisch zu simplifizieren. Die Erde war noch immer der hauptsächlichste Ursprung aller Rohstoffe, von denen der Mensch lebte. Die himmlischen Kräfte ersetzten nur, was die Werkzeuge und Maschinen der primitiven Erdalter geleistet hatten, indem sie den menschlichen Körper und die menschliche Zeit völlig vom Kraftverbrauch und Energieverlust durch Arbeit befreiten. Die tiefe malachitgrüne Mulde, in der ich jetzt neben dem Arbeiter lag, den schmackhaften Capricornettenkäse verzehrend, war gewiß nicht das einzige Tal der Quellen und Kräfte auf Erden. Es mußte deren eine große Anzahl geben, und zwar auch solche, die nicht nur die Quellen von oben herableiteten, sondern auch die Kräfte von unten einfingen, in weisen Vorrichtungen. Gleichviel, ich machte mir wenig Gedanken über all das. Das unbeschreiblich existentielle Behagen, das dieser Ort dem menschlichen Körper und dem menschlichen Bewußtsein mitteilte, war viel zu umfassend, um die Mühe irgendeiner Denktätigkeit zu dulden. (Der Strom der Gedanken nämlich wird, wie alles Fließen, stets von einer Diskrepanz verursacht, einem gestörten Gleichgewicht, einem unebenen Gefälle des Seins. Denken ist der Krankheitsprozeß, der einen dekompensierten Zustand wieder in den kompensierten Zustand zurückführen will, welchen wir irrtümlich Gesundheit nennen, obwohl die letztere nichts anderes ist als die keuchende Bewegungslosigkeit zweier ineinander verschlungener Ringer, deren Kräfte sich in erstarrter Balance festhalten.) Ich dachte also nicht an Denken, ich überließ mich dem paradiesischen Wiegenlied der Quellen und Kräfte ringsumher, das mich einlullte.

Als ich aber so vor mich hin blinzelte, gewahrte ich plötzlich eine stets anwachsende Schar von jungen Männern, die sich rechts oben auf der Kammlinie der Einsenkung silhouettenhaft gen den hellen Himmel versammelten. Diese jungen Männer schienen großen Staat gemacht zu haben. Ihre goldenen Kopfaufsätze waren festlich höher als die gewöhnlichen. Sonst waren sie nur mit jener verwischten Nacktheit bekleidet, die eine optische Spezialität der Zeit war, und die man wirklich trug wie ein Gewand. Ihre Oberkörper leuchteten bronzefarben und athletisch dort oben in der Sonne.

»Das sind die Stutzer, die Nichtsnutzer«, grollte der Arbeiter.

Er hatte sein Mahl beendet, faltete das Papier mit mißbilligendem Rascheln zusammen und steckte es in seine blaue Schürzentasche als ein übertriebenes Zeichen wirtschaftlichen Haushaltertums.

»Welche Stutzer?« fragte ich verwundert.

Er aber bleckte seine prachtvollen, etwas gelblichen Zähne:

»Die Gigerln, die Gecken, ich kann sie nicht schmecken.«

Als ich ihn aufmerksam anschaute, begann der Arbeiter mit goldenem Löwengebrumm die Worte, Silben und Laute zu verdrehen: »Die Stutzer, die Gecken. Die Stetzer, die gucken. Die Getzer, die stucken. Die Stucker, die getzen...«

Das goldene Löwengebrumm wurde onomatopoetisch und immer sinnloser, das heißt, vielleicht redete der Arbeiter einen Argot der Monolingua, den ich nicht verstand. Man wird über die Neigung des Werkmannes zum Reimseln, Lautverdrehen und Silbenwenden ebenso verwundert sein, wie ich es war. Ich hatte solches zu alter Zeit eher an Musikern beobachtet als an Maschinisten und Installateuren. Man denke doch an die Briefe Mozarts, die voll von »blödelnden« Lautspielereien sind. Der Geist des Musikers kombiniert und variiert alles, er setzt es zusammen und nimmt's auseinander, als wären es Noten; das ist die Geistesform der Komposition. Mozarts alberne Wortverdrehungen sind weniger Ausbrüche des Humors als Musikstücke in anderem Material: Thema mit Variationen. Des Arbeiters Sprachwitze hingegen waren, wie wir schon wissen, der Ausdruck eines unermeßlichen Wohlbefindens, das selbst in Zorn und Ärger nicht geringer wurde. Wie sehr der flüchtige Umgang, ja nur die Nähe der Kräfte und Quellen dem Gesundheitsgefühl dienten, das erfuhr mein eigener Körper, der, wie ich ja stets argwöhnen mußte, die blasse Kopie meines eigenen Körpers war. Um wieviel mehr mußte dieser Riesenkerl aus erster Hand hier, dieser Arbeitsmann, in seinem ständig beruflichen Umgang von jenen Kräften und Quellen profitieren.

Er hatte noch nicht zu Ende gebrummt, als auf der andern Höhenlinie der Mulde, die den Stutzern, Nichtsnutzern, Gigerln und Gecken gegenüberlag, eine rhythmisch hold bewegte Mauer von taubengrauem Gewoge auftauchte. Es war so schön, daß ich auf meine Füße sprang.

»Dort«, rief ich aus, »ich sehe schlecht. Aber der Teufel soll mich holen, wenn das nicht junge Mädchen sind.«

»Setz dich, Junge«, befahl der Arbeiter, mühelos reimend wie immer, »heut ist doch heute. Und heut ist der Freitanz der hundert Bräute.«

Jede weitere Erklärung war überflüssig. Trotz meiner dubiosen Lebensform war ich keineswegs so vernagelt, um nicht sofort zu begreifen, daß die hundert Vorzugsbräute der Stadt, des Landes, der Grafschaft, oder wie immer die Verwaltungseinheit »California« heute betitelt war, sich im »Park des Arbeiters« und im »Tal der Kräfte und Quellen« feierlich einfanden, um am Vortage ihrer ehelichen Verbindung die heilsamen Segnungen und Triebkräfte auf sich herabzulenken, welche die sternblasse Himmelshöhe und der malachitgrüne Planetgrund dieser Mulde verströmte. Mochte es sich aber um eine wirkliche Segnung oder nur um eine sinnbildliche Zeremonie handeln, ich verstand sie genau. Ganz und gar nicht hingegen verstand ich die Anwesenheit der Stutzer, Gigerln und Gecken, die vielleicht nur die Mißgunst des Arbeiters so herabsetzend benannt hatte, und die vermutlich grundanständige Jünglinge waren, wer weiß? Sie strömten indessen die Anhöhen herab und stellten sich nahe vom Arbeiter und mir in einem Halbkreis erwartungsvoll auf. »Was wollen diese Herren«, fragte ich, »und wozu haben sie sich versammelt?«

»Freitanz und Damenwahl«, knurrte der Arbeiter, und ich fühlte, daß er trotz der sublimen Monogamie des mentalen Zeitalters auf jede Frau, auf jedes junge Mädchen und vorzüglich auf jede Braut eifersüchtig war. Bei seiner gewaltigen Konstitution, explosiven Gesundheit und dem aus diesen Voraussetzungen notwendig resultierenden Triebleben konnte es einen wahrhaftig nicht wundernehmen. Der Arbeiter, mit seinen zweiundzwanzig Söhnen (Zahl der Töchter unbekannt), zweihundertzweiundvierzig Enkeln (Zahl der Enkelinnen unbekannt) und eintausenddreihundertundzehn Urenkeln (Zahl der Urenkelinnen unbekannt), war, wie sein ganzer Clan, ein atemberaubender Ausnahmsfall auch in dieser Beziehung und schämte sich gar nicht, es zu sein. Ich brachte nach und nach folgendes heraus: Es war ein gesetzlich festgelegtes Vorrecht jeder Braut – ein Vorrecht, welches sich in den letzten Generationen zur zeremoniellen Pflicht entwickelt hatte –, daß sie am zweiten Tage, dem Rüsttag ihrer hohen Zeit, im Parke des Arbeiters einen jungen

Mann zum Tanze wählen und zur Begleitung befehlen konnte. Dieser junge Mann (aus dem Chor der Stutzer und Gecken) hatte zwei Stunden lang ihr Ehrenkavalier zu sein, so lange nämlich, als der Tanz und das ihm folgende Picknick dauerte, welches unmittelbar an der Quelle aller guten Dinge eingenommen wurde. Der Ehrenkavalier vom Dienst durfte jedermann sein außer dem Bräutigam. Sämtliche Fiancés waren durch das Gesetz ausdrücklich von dieser Zeremonie ausgeschlossen, die auf archaische Zeiten zurückging und von manchen Historikern noch in die Zeiten vor der Sonnentransparenz zurückverlegt wurde. Der schöne, freimütige Brauch mußte am Ausgang einer polyandrischen Epoche entstanden sein, in der die Frauen, die einen Männerharem hielten, die Rückkehr zur strengen Einehe als schweres Lebensopfer empfanden. Noch einmal, nachdem die geregelte Entscheidung bereits getroffen ist, den Anschein der freien Wahl wahren, das ist's! Noch einmal so tun, als stünde der Weg frei dem Zufall, ihm, dem Gott der Liebe selbst, der sich nach dem ersten gelungenen Kuß als ewige Vorbestimmung der Seelen entpuppen will. Freitanz und Damenwahl, der letzte Schatten, den die unstillbare Sehnsucht nach Ungebundenheit wirft.

Die rhythmisch hold bewegte Mauer der Bräute hatte sich uns genähert. Die taubengrauen Gewandschleier wogten in einem kurzschrittig vorwärts- und zurückzögernden Tanz. Darunter leuchteten die hellen, jungfräulichen Leiber im keusch gedämpften Tag. Ich fragte mich, ob wohl meine Hausgenossin Lala sich unter diesen auserwählten Tänzerinnen befinde. Die Mädchen aber waren für mein ungeübtes Auge alle so ähnlich, daß ich keins von dem andern unterscheiden konnte. Ich fühlte die dichte Nervosität, die sich der jungen Männer mehr und mehr bemächtigte. Da es ihrer zweimal so viel als Bräute gab, so würden hundert Ehrenkavaliere ohne Verwendung entweder als blamierte Mauerblümchen zugucken oder mit erkünstelten Spötteleien abziehen müssen. Die eitle Angst, die ängstliche Eitelkeit der Stutzer lag wie ein Nebelschauer auf der durchsichtigen Luft der malachitgrünen Mulde. Nach welcher Musik, fragte ich mich, tanzen diese Bräute ihr Ballett, das so sonderbar an hochveredelte Eingeborenentänze erinnert? Bei so viel mentalem Fortschritt, wieviel Urmenschentum, das immer und ewig übrigbleibt. Was war das? Ich hörte keine Musik. Ich entdeckte aber plötzlich, sehr weit von meinem Standort, eine Art von melancholischem Savoyardenknaben mit einer Drehorgel (siehe immer wieder das Billard in Io-Dos Vorzimmer), die ganz und gar echtes neunzehntes Jahrhundert zu sein schien, doch trotz angelegentlichen Geleiers keinen Laut von sich gab. Erst allmählich begann ich in der großen Stummheit, in der Absenz der Musik, die Musik zu spüren, welche den Gliedern der jungen Mädchen Rhythmus gab. Neben dem Leierkastenmann stand der Einfältige dieses Zeitalters, diesmal nur von einem kleinen Wirbel seiner Capricornetten umgeben, und blies mit rotaufgeplusterten Wangen in seinen tonlosen Dudelsack. Wenn er dann und wann mit tränenden Dunkelaugen den Lederschlauch absetzte und die tanzende Brautmauer bestarrte, streckte er unbeherrscht die Arme den Mädchen entgegen, und ich fühlte sein zügelloses, ewig ungestilltes Begehren.

Der Arbeiter hatte mich nach einigen mißgestimmten Lautverdrehungen und Reimen, die sich immer noch mit den Gekken und Stutzern befaßten, allein gelassen. Wurde doch heute, außer seiner Alltagspflicht, eine ganze Menge Mehrarbeit von ihm gefordert. Er mußte die irdischen Quellen und himmlischen Kräfte durch geschickte Handgriffe auf die höchste Tourenzahl bringen und daneben das Festpicknick für die hundert Bräute und hundert Ehrenkavaliere herstellen. Bald steigerte sich auch von allen Seiten das Strahlen-Netz der Fontaines Lumineuses, und ich stand im nachgedunkelten Tag unter einem komplizierten Gewölbe unsäglich zart gefärbter Reifen, die von oben kamen und von unten wieder aufstiegen, um sich im Unermeßlichen zu verlieren. Durch die Macht der Quellen und Kräfte, so schien es mir wenigstens, verlor mein Körper soviel an spezifischem Gewicht wie etwa im Wasser, meine Lungen konnten sich weiter ausdehnen als je, das Blut durchströmte leichter die Adern, und durch die verminderten Dämpfungen und Reibungen der Physis entfaltete sich in mir eine schwerelose geistige Fröhlichkeit, deren Erinnerung mir schon die Tränen in die Augen treibt.

Nun stand die Kurbel des stummen Leierkastens still, das Ballett der Bräute löste sich auf. Hingegen erstarrte die Reihe der Stutzer und Gecken zur Mauer. Es war zweifellos das Zeichen für die Damenwahl. Die Bräute begannen auch in der Tat, die Front der Jünglinge abzuschreiten, hin und zurück. Sie entschieden sich sehr vorsichtig und erst nach reiflicher Prüfung. Ich trat näher, denn es war ein erfreuliches, ja ein prickelndes Schauspiel. So sehr versunken war ich in das reizende Bild, daß ich eine ganze Weile nicht bemerkte, daß eine der taubengrauen, leuchtenden Bräute zurückhaltend neben mir stand. Der vorauseilende Geist des Lesers muß nicht erst darüber aufgeklärt werden, wer diese Braut war:

»Um Himmelswillen, Lala«, rief ich, während mich ein Nervenblitz durchzuckte, »es ist zu viel Ehre, daß Sie mich hier begrüßen...«

Die Zyanenaugen sahen mich ernst und forschend an. Dann neigte Io-La leicht und zeremoniös ihr Haupt, so daß ich den ebenholzschwarzen Helm unterm hochgesteckten Brautschleier bewundern konnte. Ein kaum merklicher süßer Lebensduft, ich kann Lalas Parfum nicht anders betiteln, näherte sich schüchtern meinen Sinnen.

»Ich komme nicht, Sie zu begrüßen, Seigneur«, sagte Io-La, »sondern ich bin hier, um Sie zum Tanz zu wählen.«

Ich glaubte nicht recht verstanden zu haben.

»Wen wählen Sie zum Tanz?«

»Sie, Seigneur«, sagte Lala. »Natürlich nur, wenn es Ihnen angenehm ist.«

»Das ist doch nur ein Scherz, Lala«, erschrak ich bis ins Sonnengeflecht, wo kein Morgenjubel mehr saß. »Sie wissen doch, woher und wer und was ich bin.«

»Warum soll es ein Scherz sein, Seigneur?« fragte sie, und ihre Augen waren echt verwundert bei dieser Frage.

Mir aber klopfte das Herz so stark, daß meine Worte abgerissen von den Lippen kamen:

»Dort, liebe Braut«, sagte ich, »dort stehen zweihundert junge Athleten. Zweihundert männliche Prachtexemplare Ihrer Generation, ob der Arbeiter sie nun Stutzer und Gigerln und Gecken nennt oder nicht. Und morgen, Io-La, beginnt Ihr trautes und treues Eheleben mit Io-Do, der dann nicht mehr Ihr Fiancé sein wird, sondern Ihr Gatte. Es ist Ihr letzter freier Tag, der Ihnen Gelegenheit bietet, zwei ungebundene Stunden bei Tanz und Mahl mit einem schmucken Ehrenkavalier zu genießen, den Sie selbst zum Dienste befohlen haben und der Ihnen nicht durch das Gebot der Sterne und durch lange Erforschung und Prüfung zum dauernden Gespielen beigesellt wird, sondern Sie dürfen ihn frei vergessen und sich frei seiner erinnern. Und Sie, Lala, was tun Sie mit Ihrer letzten Freiheit?«

»Ich wähle Seigneur zu meinem Chevalier d'Honneur«, fiel die Braut mir ins Wort, doch ohne jede Gereiztheit. Dann sah sie mich an: »Die Musik hat begonnen... Ziehen Sie ruhig Ihre Handschuhe an, ich warte...«

Ohne dessen recht bewußt zu sein, hielt ich ein Paar weißer, ziemlich sauberer Glacéhandschuhe in der Hand. Ich hatte diese aus der Schwalbenschwanztasche meines Fracks gezogen, wo sie neben dem schon öfters erwähnten strapazierten Taschentuch friedlich die Weltalter überdauert hatten, mitsamt einigem Kleingeld und einer leeren Zündholzschachtel. Ich versuchte mich zu erinnern, ob ich diese Handschuhe schon bei meinem Wiedererwachen auf den Händen gehabt und danach erst abgestreift hatte. Nein, ganz gewiß nicht. Sie waren, ebenso wie das Taschentuch, die Reliquien der Schlamperei, die vergessen hatte, die Taschen meines Fracks zu leeren, ehe man mich einkleidete. Wie ich aber so überlegte, fiel es mir ein, wann ich diese weißen Glacéhandschuhe zum letztenmal getragen hatte. Es war bei der kirchlichen Trauung eines befreundeten Paares, das mir die Ehre angetan hatte, mich zum Trauzeugen zu wählen. Meine Zeugenschaft aber hatte damals der jungen Ehe leider nicht zum Segen gedient, da die Scheidung noch vor Ablauf eines unerquicklichen Jahres erfolgte. Diese Erinnerung meines Versagens als Trauzeuge berührte mich sehr unangenehm im Hinblick auf die herrliche Braut neben mir. Jedenfalls aber besaß ich die vorschriftsmäßigen weißen Gants de peau des Ballbesuchers, um meine Tänzerin nicht mit der nackten Hand berühren zu müssen. Während ich jedoch die Glacés nervös anlegte, fuhr ich plötzlich zusammen bei dem Gedanken, daß ich gestern, durch die Ahnfrau verführt, meine Hand zwischen Lalas nackten Brüstlein liegen hatte, und zwar zum ausdrücklichen Zwecke, damit etwas von den urweltlichen Kräften des zwanzigsten Jahrhunderts auf das schöne Kind einer späten, linien- und schicksalslosen Zeit übergehe. Ich fühlte, daß ich für mein Alter beschämend rot wurde und an den Haarwurzeln zu schwitzen begann. Eine tiefe Verwirrung lähmte mich. Ich wußte plötzlich, daß ich nur deshalb nach den Handschuhen gegriffen hatte, um nicht wieder in die Lage zu kommen, des Mädchens nackten Leib zu berühren. Die Ahnfrau hatte recht. Die Berührung so ungleicher Elemente konnte nicht ohne Folgen bleiben. Wahrhaftigen Gottes, ich dachte nicht an mich, ich dachte nur an Lala, die ich schützen wollte vor meiner alten, schicksalsvollen, vieldurchkreuzten Hand. Zugleich aber wußte ich in meiner namenlosen Verwirrung, daß Lala alles erriet, was in mir vorging. Auch ohne das clairvoyante Vermögen des mentalen Menschen müßte sie alles erraten haben, denn weder die Bräute noch die Stutzer und Gecken trugen irgendwelche Handschuhe aus Schleierstoff oder Batist. Ich zerbiß meine Lippen vor Verlegenheit. Lala sah mir aufmerksam auf die Hände und gab durch keine Miene zu erkennen, daß sie alles wußte. Da platzten die Nähte meiner Handschuhe. Man kann es ihnen nicht verdenken, bei der enormen Lebensdauer, die sie überstanden hatten. Ich hoffte jetzt zu Gott, Lala werde lachen wie gestern, je höhnischer um so besser. Ihr Lachen hätte mich empört und befreit. Sie lachte aber nicht, sondern blieb ernst und gemessen.

»Welcher Tanz ist Ihnen der liebste, Seigneur«, fragte sie, die Distanz zwischen uns durch einen mädchenhaft verschlagenen Respekt betonend.

»Bitte überlegen Sie noch einmal«, flehte ich, »was Sie tun.«

»Heißt das, daß Sie mich zurückweisen, Seigneur?«

»Das könnte kein Mann tun, und wäre er um noch einmal hunderttausend Jahre älter als ich.« Wie litt ich unter diesen Worten, die mich mit ihrem öden Kompliment viel schlimmer verletzten als meine lederne Lehrhaftigkeit gestern Abend. Das war auch der Grund, warum ich jetzt gegen Lala ausfallend wurde: »Ich hoffe nur«, erklärte ich mit outrierter Bitterkeit, »daß Sie sich nicht aus Snobismus oder Blaustrümpferei um zwei schöne Lebensstunden selbst betrügen. Wenn ich auch für Ihre Freunde und Freundinnen ein rares Ausstellungsstück bin, so wäre ich doch diesen Snobismus nicht wert...«

»Welcher Tanz also beliebt Ihnen, Seigneur?« überhörte Lala meine geschmacklosen Worte und legte mit unbeschreiblicher Gewichtslosigkeit die Fingerspitzen ihrer Rechten auf meinen fast fühllosen linken Glacéhandschuh, während sie ihre Linke mit einer Spur von intimerem Druck auf meiner rechten Frackschulter ruhen ließ, zum Tanze bereit.

»Ich war niemals ein großer Tänzer, liebes Kind«, stammelte ich. »Als ich so jung war wie Sie, da hat man in einer Welt, die noch zu meinen Lebzeiten unterging, hauptsächlich einen Tanz getanzt, der Walzer hieß. Es war schon damals ein akzentuiert altmodischer Tanz, da die Paare sich im Wechselschritt rundum drehen mußten, was ihnen die Luft aus den Lungen pumpte und das Wasser aus den Poren trieb...«

»Und welche Tänze hat man später bei Ihnen getanzt, Seigneur?« fragte Lala, ohne ihren Ernst zu verlieren.

»Später, ja später«, dachte ich laut, »da hat man überhaupt nicht mehr richtig getanzt. Es war eher ein paarweises Hin- und Hergehen, eine Art indolenter Spaziergang der Geschlechter auf überfülltem Tanzparkett. Ich will nichts dagegen sagen. Dieses Spazierengehen hat seinen Dienst getan. Dazu stöhnte, unterstützt von hartnäckigem Teppichklopfen, eine gepreßte Musik, welche die Erinnerung von zivilisierten Negern an den afrikanischen Busch mit der anglo-amerikanisch redenden Technik illegitim gezeugt hatte.«

»In diesem Fall, Seigneur«, lächelte Lala mich zum erstenmal voll an, »werden wir Walzer tanzen.«

»Aber wie?« zögerte ich, »und woher die Musik?«

»Die Musik ist schon unterwegs«, sagte Lala, »Sie müssen nur gut in sich hineinhorchen, Seigneur.«

Ich schloß gehorsam die Augen, um gut in mich hineinzuhorchen. Und wirklich, Lala hatte recht, die Musik war schon unterwegs, und zwar in mir selbst. Es war eine ganz dünne, unendlich alte, hüpfend spieldosenhafte Walzermusik, die sich ohne erkennbare Tonquelle – der stumme Leierkasten, der stumme Dudelsack waren gewiß nur Attrappen – in meinem Innern immer deutlicher entwickelte, um ihren Dreivierteltakt schließlich unwiderstehlich den Gliedern mitzuteilen. Und meiner Tänzerin ging's nicht anders als mir, denn ohne daß wir es recht merkten, drehten wir uns schon zum Walzer. Das schönste aber war, daß mir dieses Drehen gar keine Anstrengung verursachte, gleichgültig ob nach links, ob nach rechts, hatten doch die Quellen und Kräfte der Malachitmulde das spezifische Gewicht des Körpers verringert. Es war weitaus der beglückendste Tanz meiner bewußten Existenz, einschließlich der vergangenen dreiundfünfzig Jahre meines Lebens. Das Wort Tanz ist zu schwach, es war der Inbegriff eines leichten Schwebens meiner selbst, in welches sich ein anderes, noch leichteres Schweben einschmiegte, ein Doppelschweben also. Ich bemerkte kaum die andern Paare und Quadrillen, die sich um uns zu den verschiedensten Rhythmen umher bewegten. Wie seltsam, daß all diese verschiedenen Rhythmen in demselben Leierkasten ihren Ursprung zu haben schienen, und daß zugleich die Polyrhythmik nicht unorganisch wirkte. Aber was gingen mich die andern an? Im hingegebenen Schweben verstand ich, was mir bei Lebzeiten fast unbekannt geblieben war, welch ernsthaftes, ja feierliches Geschäft der echte Tanz ist. Nach einigen Minuten blieb Lala stehen, ohne sich von mir loszulösen. Mit der charakteristischen Empfindlichkeit älterer Herren argwöhnte ich sogleich, das Mädchen wolle meine schwachen Kräfte nicht überanstrengen. Sie aber schien etwas ganz andres im Sinn zu haben, da sie mir folgendes Geständnis machte: »Ich habe gestern häßlich von Ihrer Hand gesprochen, Seigneur. Es war nicht bös gemeint. Ich habe mich nur so sehr über Ururgroßmama geärgert...«

»Madame ist eine sehr bedeutende Persönlichkeit«, entgegnete ich anerkennenswert trocken, denn ich mußte mich zurückreißen, um nicht einen brennenden Kuß auf Lalas Hand zu drükken. Ihre Worte bewiesen mir, daß sie erkannte, warum ich vorhin die Handschuhe angelegt hatte, daß sie die Ahnfrau verantwortlich machte und nicht mich, und daß sie schließlich der Berührung gestern nicht feindselig gedachte. Wie glücklich war ich, als wir unsern Tanz wieder aufnahmen. Da bemerkte ich, daß uns der Einfältige des Zeitalters schon eine ganze Weile folgte. Er hielt den Dudelsack weit vor sich, ohne zu blasen. Sein Gesicht war verzerrt und seine Augen blinzelten. Ich fühlte, wie er mich beneidete, mich, der ich doch noch rechtloser und ausgeschlossener von den Gütern des lebendigen Lebens war als er. Noch jetzt weiß ich nicht, warum ich, mir selbst zum Tort, folgende Worte zu meiner Tänzerin sprach:

»Hier ist einer, der sein Leben darum gäbe, an meiner Stelle zu sein.«

»Nur einer, nur dieser?« fragte sie, und ich wußte sofort, daß ich einen unmöglichen Faux pas begangen hatte. Nach einer Weile sah mich Lala sonderbar an und fragte höflich:

»Wünschen Sie, daß ich mit dem Einfältigen des Zeitalters tanze?«

Ich war zuerst sprachlos über diese Idee.

»Wie kann ich wünschen«, knirschte ich, »daß Sie mit irgendwem tanzen, Lala, obschon oder gerade weil jeder andere mehr Recht dazu hat als ich?«

»Wenn Sie es wünschen, Seigneur«, insistierte Lala mit dem nachdrücklichen Eigensinn, den ich schon an ihr kannte, »wenn Sie es wünschen, werde ich auch mit dem Einfältigen des Zeitalters tanzen, denn...«

Plötzlich unterbrach sie sich mitten im Satz und im Wechselschritt, löste die Hände von mir und trat ein wenig zurück. Ich war überzeugt, daß ich sie ernstlich gekränkt hatte. Desperate

Verständnislosigkeit erfaßte mich wie immer, wenn ich einer Frau etwas »angetan« hatte, ohne recht zu wissen, was. Genügte es nicht, wenn eine Frau wegtrat, den Kopf heftig zur Seite wandte, die Lippen zusammenpreßte und an Tränen würgte, ob ich da zehnmal im Recht war oder nicht? Mochte das Weib auch die urerste Verführerin gewesen sein, für mich war und blieb sie der Probierstein der männlichen Schuld, um des natürlichen Leidens willen, das der Mann ihr verursacht. Hatte ich Lala beleidigt, weil ich sie in Zusammenhang mit dem Einfältigen brachte, der wegen seines ungebildeten Mangels an hypothetischen Konditionalsätzen und seines Kröpfleins wegen ein Paria war? Oder war mein Vergehen noch verzwickter und noch tiefer?

»Verzeihen Sie mir, Lala«, flehte ich. »Verflucht soll ich sein, weil ich Ihre Nachsicht und Güte mit lauter Dummheiten beantworte...«

Ich versuchte, meine Glacéhand wieder ehrfürchtig um ihre Taille zu legen und den Walzerschritt aufzunehmen.

»Es ist zu Ende mit dem Freitanz«, entzog sie sich mir mit sehr ernstem Ausdruck, »denn wir sind unterbrochen worden.«

Was konnte das anderes bedeuten, als daß sie meiner Gesellschaft überdrüssig war?

»Sie haben sich's also doch noch überlegt, Lala«, sagte ich mit unecht akzentuierter Bitterkeit. »Leider ist es etwas spät. Sie werden Ihre Wahl unter dem Rest von Stutzern treffen müssen, der übriggeblieben ist.«

Io-La schüttelte den Kopf und sah starr an mir vorbei, als richte sie den Blick auf irgendwen, der mir noch verborgen war:

»Nein, ich habe mir nichts überlegt, Seigneur... Und ich werde auch keine Wahl treffen.«

»So, so«, mißverstand ich, »ich habe also der Prüfung nicht standgehalten, mein Kind.«

Sie hob ein wenig die Hand, als wolle sie mich am Reden verhindern:

»Die Prüfung, Seigneur, liegt erst vor Ihnen, der Sie werden standhalten müssen: ob Sie auf der guten oder bösen Seite sind.«

Wenngleich ich nichts kapierte, fühlte ich doch das Grauen, mit dem diese Worte gesprochen waren:

»Und wenn ich auf der bösen Seite bin?« fragte ich Lala mit jäh erwachtem Trotz.

»Dann werden Sie nicht wiederkommen, Seigneur«, sagte sie, schien jedoch über sich selbst zu erschrecken und fügte schnell und leise hinzu: »Sie werden gewiß wiederkommen.«

»Ich will gar nicht fortgehen«, trotzte ich weiter, »ich will den Freitanz mit Ihnen weitertanzen, Lala. Sie haben mich schließlich zum Chevalier d'Honneur entboten...«

»Jetzt entbietet Sie aber der Priester zu sich, der Großbischof«, entgegnete Lala mit leiser Stimme, die mir traurig erschien.

»Es ist mir völlig egal, wer mich zu sich entbietet, ob es der Großbischof ist, der Welthausmeier, der Fremdenführer oder die Polizei, falls es so etwas Ähnliches gibt. Sie scheinen nicht zu realisieren, schöne Braut, in welchem Maße ich frei, unabhängig und souverän bin auf dieser armseligen Welt. Noch niemals war mein Wille so sehr mein Gesetz. Darf ich bitten...?«

Lala reagierte nicht auf diese Worte, sondern sah noch immer starr an mir vorbei. Da konnte ich nicht länger widerstehen und wandte mich um nach demjenigen, von welchem ich schon einige Zeit lang gespürt hatte, daß er hinter mir stehe. Es war ein kleiner schwarzer Kuttenmann, ein Mönch oder Laienbruder. So tief hielt er den Kopf gesenkt, daß ich sein Gesicht nicht sehen konnte, sondern nur den spiegelglatten Schädel, auf dem mit schwarzer Farbe der Haarkranz um eine Tonsur gemalt war und mitten in dieser Tonsur das verschlungene griechische X und R des Christusnamens.

»Gedulden Sie sich bitte«, sagte ich zu dem Kuttenmännchen, »denn dieses Leben ist kurz und ich bin zum Freitanz entboten.«

Der Bote des Großbischofs hob den Kopf nicht aus der demütigen Gesenktheit, womit er anzudeuten schien, daß er nicht die Erlaubnis erhalten habe, sich zu gedulden. Als ich mich unentschlossen nach Lala umsah, hatte die Braut mich schon verlassen...

Elftes Kapitel

Worin der Priester an mir einen starken Exorzismus vollzieht, der meinen leiblichen und seelischen Status unverändert läßt, was ihm klar beweist, daß ich kein Kakodämon bin oder einen solchen enthalte.

Es war ein mäßig großer, kahler, kalter, nüchterner Raum, nicht ganz unterirdisch wie die Häuser der Menschen, sondern zur Hälfte die Erdoberfläche überragend, so daß er Tageslicht aus hellgrünen Rundfenstern erhielt. Bei uns würde man sagen: Die Kapelle lag tief unterhalb des Straßenniveaus. Da es aber in der Panopolis keine Straßen gab, sondern nur den graugräsigen Universalrasen, würde ein solcher Ausdruck ohne Sinn bleiben. Daß der kahle Raum eine katholische Kirche war, dafür zeugte inmitten aller Nüchternheit der Hochaltar, der durch die Jahrzehntausende seine Form streng bewahrt hatte und von einer hohen, goldstrahligen Monstranz gekrönt war. Daß es sich hier nur um eine große Kapelle, und zwar um die Privatkapelle des Großbischofs handelte, dafür spricht nichts anderes als mein erster persönlicher Eindruck. Mag sein, daß die Metropolitan-Kathedrale des Kirchenfürsten ebenso ungeschmückt war wie seine Privatkapelle, jedenfalls ich, in einer barocken Umgebung aufgewachsen, konnte mich schwer an die völlige Bildlosigkeit dieser mentalen Kirche gewöhnen. Heute, das heißt heute, da ich diese Zeilen aufs Papier werfe, neige ich zur Annahme, der Klerus habe in seiner dogmatischen Verteidigung der göttlichen Ebenbildlichkeit des Menschen lieber auf jederlei Bildwerk verzichtet, als eine »abstrakte« oder gar »analytische« Kunst, wie sie wieder einmal blühte, über die Kirchenschwelle zu lassen.

Der architektonisch symbolische Grundriß der Kreuzesform war derselbe geblieben wie zur Zeit der romanischen, gotischen und barocken Kirchen. Was mich fremdartig berührte, war das Fehlen jeglichen Kirchengestühls, das den Andächtigen hätte Platz bieten können, der Messe kniend beizuwohnen. Das mäßig große Schiff dieser Bischofskirche erstreckte sich als ein leerer Raum, der in der Mitte etwa durch ein hohes, prächtig ornamental gearbeitetes Gitter aus dunkel altsilbrigem Metall in zwei Abschnitte geteilt war. Den Sinn dieser Teilung verstand ich noch nicht. Ich mußte aber an das Zeitalter der primitiven Kirche denken, wo die Christlichen Gemeinden zum Teil aus den schon Getauften bestanden und zum Teil aus den Katechumenen, die zur Aufnahme in Christum vorbereitet wurden, aber noch Heiden waren. Beide Teile, Getaufte und Katechumenen, nahmen in einem ähnlich wie hier durch eine Scheidewand getrennten Raume am Gottesdienst teil.

Von meinem kleinen Kuttenmann geführt, näherte ich mich dem Gitter, in dem eine schmale eigene Pforte offenstand. Ehe ich diese aber noch erreicht hatte, fühlte ich mich sanft zurückgehalten. Und jetzt fiel es wie Schuppen von meinen astigmatischen Augen. Der erhöhte Podest, auf dem der Altar sich erhob, war nicht leer, wie mir's beim Eintritt vorgekommen war. In den Chorbänken zu beiden Seiten des Allerheiligsten saßen schwarze Patres, die zweifellos zu demselben Orden gehörten wie der Laienbruder, der meinen Freitanz mit Lala unterbrochen, das Fest der Bräute gestört und mich auf Befehl des Großbischofs hierhergeführt hatte. Ich habe gesagt, die Mönche saßen. Dies ist weder ein Lapsus memoriae noch ein Lapsus calami. Ich schreibe es nicht nieder aus Vergeßlichkeit oder Irrtum. Ich habe jene Väter wirklich sitzen gesehn. Die Priester der christkatholischen Kirche, welche alle Zeitalter überdauert hatte, nahmen keinen Anstoß an der gebrochenen Linie, wie es die Affektation der mentalen Manier vorschrieb. Inmitten der Mönche thronte auf seinem erhöhten Herrschersitz der Großbischof in zartgrünen Meßgewändern, die sich nicht von jenen unterschieden, die ich kannte. Sein Antlitz leuchtete groß, deutlich und regungslos im nüchternen Tag dieser Kirche. Es war ein glattes, aber ein altes Antlitz, und der Anblick dieses edel einbekannten Alters erfüllte mich mit sonderbarer Befriedigung. Der kleinen Gitterpforte, vor der ich stand, hatten sich jetzt drei der Väter genähert. Ihre Gestalten waren viel größer als die der durchschnittlichen Zeitgenossen, jedoch überaus schmal. Sie erreichten fast die Größe des Arbeiters, bildeten aber sonst den schärfsten Gegensatz zu dieser Gestalt. Der in der Mitte schritt, war der größte von den dreien und auch der älteste, obwohl durchaus nicht alt. Schmälere, vergeistigtere Gesichter, so scheint es mir jetzt, habe ich nie gesehen. An den Gesichtern der Geistlichen konnte man den Hochgrad der Asketik ablesen, welche das heiligmäßige Leben in der so anders gearteten astromentalen Welt erreicht hatte. Die beiden jüngeren Mönche, rechts und links von dem, der die größte Gestalt und die asketisch feinsten Züge besaß, hielten jeder eine brennende Kerze in der Hand. Ich war aber viel zu sonderbar erregt, um diesen brennenden Kerzen dieselbe freundschaftliche Empfindsamkeit schenken zu können wie sonst allem Altvertrauten, das sich ins Elfte Weltengroßjahr der Jungfrau verirrt hatte. Der älteste von den drei Priestern, der die Stola trug, hatte auf seiner linken Handfläche ein winziges Büchlein liegen, nicht größer als eine Briefmarke, doch in seiner Rechten trug er den Weihwassersprenger. Er sah mich aufmerksam und traurig durchdringend an, bevor er ziemlich leise das Gloria hallen ließ:

»Gloria Patri et Filio et Spiritui Sancto.«

Nachdem er sich feierlich selbst bekreuzt hatte, wandte er sich mit gewöhnlicher und höflicher Stimme an mich:

»Wenn es möglich ist, so bitte ich, sich zu bekreuzen.«

Ich schlug gehorsam ein Kreuz, obwohl ich mich über die Form der Aufforderung sehr wunderte. Warum sollte es mir unmöglich sein, mich zu bekreuzen? Der Mönch beobachtete aufmerksam prüfend, wie ich Stirn, Brust und beide Schultern mit meinem rechten Zeigefinger berührte. Es schien ihm einiges Staunen zu verursachen, daß die Gebärde gelang, ohne mißliche Folgen für mich zu haben. Vom Hochsitz des Bischofs her erklang ein langgezogenes »Oremus«.

Diesem folgte leises Gebetstönen.

»In nomine Patris et Filii et Spiritus Sancti«, begann der Sprecher von neuem, und dann fragte er in solenn liturgischem Tonfall mich ins Gesicht: »Quis tu es? – Wer bist du?«

Ich antwortete laut und deutlich, wie ich so oft im Leben auf diese inquisitorische, wenn auch weniger liturgisch stilisierte Frage geantwortet hatte, in Schulzimmern, in Kasernenzimmern, in Amtszimmern, in Polizeistuben, auf Zeugenbänken, auf Konsulaten und Grenzübertrittsstellen, wenn mich ein Land verjagt hatte und das andere keine Eile zeigte, mich aufzunehmen. Die beiden jüngern Mönche traten langsam durch die Gitterpforte auf mich zu, flankierten mich und näherten von rechts und links die brennenden Kerzen meinem Gesicht, so daß es deutlicher gesehn werden konnte, wodurch aber meine eigene Erregung wuchs. Der amtierende Priester stand jetzt inmitten der Gitterpforte, die er oben mit seinem Kopf berührte, nicht mehr als drei Schritte von mir entfernt.

»Quounde venis? – Von wannen kommst du?« fragte er, während er diesmal seinen Kopf gebeugt hielt.

Obwohl ich mich durch nichts verhalten fühlte, Rede und Antwort zu stehn, und einen wachsenden Ärger über dieses unerwartete geistliche Gericht empfand, das mich um den Freitanz mit Lala im Parke des Arbeiters gebracht hatte, war es mir doch ganz und gar unmöglich zu schweigen, was ich mir einen Augenblick lang vorgenommen, und ich entgegnete nicht nur wahrheitsgemäß, sondern auch ausführlich:

»Ich erschien am gestrigen Nachmittage, etwa um die vierte Stunde in dieser Welt. Ich habe keine Erinnerung und keine Ahnung, auf welche Weise es geschah, daß ich erschien. Es könnte am ehesten sein, daß ich aus irgendeinem dunklen mittelalterlichen Torgang herausgetreten bin, in somnolentem Zustand einen mehr oder weniger langen Weg zurückgelegt habe, um schließlich irgendwo auf dem mir völlig ungewohnten eisengrauen Rasen meinem alten Freunde B. H. zu begegnen, den ich sofort erkannte, und der mich sofort erkannte, obwohl ich mindestens eine halbe Stunde lang unsichtbar gewesen bin, und zwar auch für mich selbst. Das ist die volle Wahrheit, auf die ich jeden Eid leisten kann. Über das ›Wie‹ dieser technisch hochentwickelten Nekromantie, deren Opfer ich bin, werden mir die hochwürdigen Patres zweifellos eher Auskunft geben können als ich ihnen...«

In meinen Worten muß irgendein ironisch bitterer, ja frecher Trotz mitgeschwungen haben. Das merkte ich dem Schweigen der geistlichen Versammlung an. Die Köpfe schienen sich tiefer zu senken, als wäre die Hoffnung im Schwinden, daß diese Geschichte erfreulich ausgehen könne. In dem versunkenen Schweigen rundum schritt der Priester, der mich verhört hatte, zum Hochaltar zurück, vor dem er sich niederwarf, um in dieser Prostration lange zu verharren. Wiederum erschallte das langgezogene »Oremus« und darauf das gregorianische Gebetstönen:

»Deus coeli, Deus terrae, Deus Angelorum,
Deus Archangelorum, Deus Prophetarum,
Deus Apostolorum, Deus Martyrum, Deus
Virginum, Deus, qui potestatem habes
donare vitam post mortem.
Humiliter majestati gloriae
tuae supplicamus, ut famulum tuum
de immundis spiritibus liberare digneris.
Per Christum Dominum nostrum.«

Als das Gebet beendet war, erhob sich der Sprecher, schritt langsam auf mich zu, blieb dicht an der Gittertür stehn und rief mich an – ich will nicht sagen, schrie mich an – mit lauter mahnender Stimme, jede einzelne Silbe staccato akzentuierend, als müsse er sich nicht allein mir verständlich machen, sondern mehr noch dem Wesen, das sich in mir versteckte:

»In Namen des Vaters, des Sohnes, des Heiligen Geistes! Wenn du dem Dämon angehörst, dem Verdreher von Anfang an, dem Verderber des Menschengeschlechtes, wenn in dir ein Geist steckt vom bösen Geiste, so befehle ich ihm im Namen Jesu Christi unseres Herrn: Hebe dich hinweg, fahr aus, zeuch von hinnen, fleuch von dannen, damit der, in den du dich kleidest, wieder werde, was er nach Gottes Willen war: Discede seductor! Cede, cede Deo! Exi scelerate!«

Ich versichere dem erstaunten Leser, dem dergleichen, was hier geschieht, das erste Mal unter die Augen kommt, daß es selbst für den aufgeklärtesten und liberalsten Menschen keine

Kleinigkeit ist, so mir nichts dir nichts wie ich zum Objekt eines Exorzismus, einer Teufelsaustreibung zu werden. Ich war mir meiner Unschuld so ziemlich bewußt. Doch was bedeutet Unschuld! Und was heißt Bewußtsein? Weiß die Seele so genau, ob sie auf seiten des Guten oder auf seiten des Bösen eingereiht ist? Jedermann, auch der Teufel selbst, hegt und hätschelt in sich das aufrichtige Gefühl, daß genau dort wo er steht, das Gute sich befinde oder zumindest die gerechte Sache, welche für den Bösen ja das einzig begreiflich Gute ist. Das Selbstbewußtsein kann sich ebensowenig für ganz und gar nichtswürdig verwerfen, als der Lebenswille sich ganz und gar negieren kann. Das heißt, der Lebenswille kann sich einzig und allein negieren im Akt der Selbstaufhebung, des Selbstmords. Und ebenso kann das Selbstbewußtsein sich einzig und allein negieren im dauernden Reueakt der büßenden Heiligung, wodurch es aber, was dieses Wort schon verrät, aufhört, der Ausdruck des Bösen zu sein. Im allgemeinen jedoch deckt sich das Selbstbewußtsein im hohen Maße mit dem Selbsterbarmen. Selbsterbarmen hat einen vortrefflich pikanten Geschmack, wie alles, was sauersüß schmeckt. Das Selbsterbarmen freilich war erst eine viel spätere Reaktion in mir. Im Anfang glaubte ich, der Boden werfe sich unter meinen Füßen wie brennender Pappendeckel. Es rann mir kalt den Rücken herab. Das freischweifende Schuld-Innewerden in mir begann zu vibrieren, und die Möglichkeit, daß ich Geist vom bösen Geiste bin, schien von Augenblick zu Augenblick deutlichere Gewißheit zu sein. Ich erwartete, daß ich mitsamt meinem Frack, dem goldenen Orden, der lila Handgelenkschleife und meinem guten alten atmenden Körper zu Boden schrumpfen und mich in einen Haufen ekelhaft rötlich-brauner Würmer verwandeln werde. Ich sah den Pater Exorzisten ebenso gespannt an wie er mich. Die dunkle Frage: Was wird geschehen, konnte nicht einmal er aus seinen disziplinierten Augen bannen. Es geschah nichts. Ich blieb ruhig stehn, zweifellos mit äußerst erschrockenem und verdutztem Gesichtsausdruck. In diesem Augenblick fühlte ich, daß mich vier Tropfen des geweihten Wassers, genau als Endpunkte des Kreuzes, auf Stirn, Wangen und Mund getroffen hatten. Sie waren doppelt dazu bestimmt, sowohl die Standhaftigkeit des Bösen in mir zu schwächen, als auch die Standhaftigkeit des Guten in mir zu stärken. Der Pater Exorzist, der eine Zeitlang die Erfolglosigkeit seines ersten Ansturms gegen den in mir verkörperten Dämon abgewartet hatte, hob von neuem mit der Anrufung des dreieinigen Gottes an, worauf er ins Detail der Beschwörung ging, und zwar genau wie folgt:

»Wenn du bist aus der Jüngerschaft des Simon Magus, wenn du dich zählst zu Basilides, der da verkündet die Herrschaft Archons, des ersten Engels im untersten Geisterreich, wenn du dem Valentinus hörig bist, welcher predigt, diese Welt sei bloß abbildlich und nicht wirklich, weil vom Demiurgen erschaffen, wenn du dem Marcion Beifall zollst, nach dem der Schöpfer nur Gerechtigkeit kennt, nicht aber Liebe, wenn du es mit den Ophiten treibst, welche den Sohn Ialdabaots und der Sophia in der Hausschlange verehren, die sich um die heilige Hostie ringelt und ihr Gift auf den eucharistischen Herrn träufelt, wenn du mit den entfesselten Horden gezogen bist und weiterziehst, der Kainiten, Sethiten, Adamiten und der Manichäer, die da an zwei Götter glauben, einen ormuzdisch hellen und einen ahrimanisch dunklen, und wenn du ihren verfluchten Nachfolgern zujubelst, den Priscillianern, den Paulicianern, den Bogomilen in den Gebirgstälern des Hämus, den Messalianern, den Euchiten, den Neo-Enthusiasten, den Borboriten, die sich selbst die Schmutzigen nennen, weil sie ihren Samen auf das Himmelsbrot vergießen, wenn dein Weg war und ist der Weg der unzüchtigen Nikolaiten, der Karpokratianer, der Montanisten, der Valesier, die sich selbst verstümmeln, der Patricianer und Circumcellionen, die in pessimistischer Tollwut nicht nur sich, sondern auch andre verstümmeln, und wenn du gar Gemeinschaft hieltest mit den Katharern, die sich, stinkend vor Hochmut, die Reinen nennen, obwohl ihr wahrer Name von Catto, dem Höllenkater, stammt, dem sie anbetend die Rückseite küssen – dann hebe dich hinweg, fahr aus, fleuch von hinnen, zeuch von dannen, discede seductor! Cede, cede Domino, demore! Exi scelerate! ... « und so weiter.

Ich wurde gefaßter und ruhiger von Wort zu Wort, von Namen zu Namen, der an mein Ohr schlug. Schnell verschwand auch das pikante Selbsterbarmen, das sauersüße, das mich wegen meines ungeheuerlichen Schicksals ergriffen hatte, erst nämlich aus dem Todesschlaf zitiert und dann auch noch exorziert zu werden. Mein Sündenbewußtsein und mein Sündenregister war freilich anderer, subtilerer und persönlicherer Art als dieses, welches in einer Aufzählung der gnostischen und postgnostischen Häresien bestand, die in einer seltsamen Vermischung der frühkirchlichen Theologie mit neuplatonischen Philosophemen ihren Ursprung hatten. War es aber ein Zufall, daß der Pater Exorzist den bösen Geist, den er in mir vermutete, mit diesen verschollenen Irrlehren in Verbindung brachte? Nein, es konnte kein Zufall sein. Was war es nur damit? Da, jetzt ging es mir auf. In den letzten Tagen und Nächten vor meinem Einschlafen hatte ich ein sehr altes vergilbtes Werk über die Gnostiker mit größter Spannung gelesen. Ich hätte zum Beispiel dem Pater Exorzisten auf die Frage: »Wenn du dem Valentinus hörig bist« aufrichtig und warmherzig erwidern müssen: »Hörig bin ich dem Valentinus nicht, hochwürdiger Herr. Von Ihrem entfernten Standpunkt aus scheint Ihnen sein und mein Zeitalter zusammenzufallen, aber das ist nichts als falsche Perspektive. Unter meinen Zeitgenossen kannten nur einige gelehrte Theologen und Spezialforscher seinen Namen. Das schließt es aber nicht aus, daß ich in jenem alten Buch, auf seine ganz und gar vergessene Lehre stoßend, seltsam ergriffen war von diesem edlen, abgründigen und hochpoetischen Geist. Verwunderlich, hochwürdiger Herr, ist es nur, daß Sie von dieser meiner flüchtigen Ergriffenheit der letzten Tage meines Lebens gewußt haben und darauf Ihren Versuch bauten, den Bösen in mir zu beschwören. Ich kann Ihnen aber versichern, daß mein Interesse an den Gnostikern und an Valentinus rein akademischer Natur war, und daß wir es in der Ketzerei unendlich viel weiter gebracht haben als die Katharer mit ihrem armseligen Catto, dem Höllenkater, den sie auf den Hintern küßten.« Natürlich sagte ich keines von diesen naseweisen Worten, sondern stand stramm wie ein Soldat beim Rapport. Wie sehr ich den Pater Exorzist aber unterschätzt hatte, sollte ich sogleich erfahren. Sein Wissen war ganz und gar grenzenlos, und welchem Jahrzehnt des letzten Jahrhunderttausends ich immer angehört haben mochte, er wäre nicht verlegen geworden in der Geschichte der Ketzerei. Nur selten warf er einen Blick in das winzige Büchlein, das aufgeschlagen auf seiner flachen Hand lag. Schlag auf Schlag erklangen die Namen der Häretiker und Häresien, mit denen ich oder der beschworene Dämon in mir gemeinsame Sache gemacht haben mochte. Obwohl nicht ganz unerfahren in diesem historischen Stoff, waren mir, der ich ihnen doch so viel näher stand als der Pater Exorzist, viele der zitierten Namen fremd. Als zum Beispiel ein hypothetischer Konditionalsatz mir die Mitgliedschaft einer Sekte zumutete, die am Ende des zwölften Jahrhunderts nichts Vernünftigeres zu tun hatte als nächtens Unzucht mit der Herodias zu treiben, konnte ich nicht umhin, den Kopf zu schütteln, und als wir schließlich bei den Waldensern und ihren Schwarzen Messen angelangt waren, bekam ich fast einen Schwindelanfall. Zwei Minuten lang fürchtete ich, daß ich wirklich zu den Waldensern gezählt haben könnte, und daß nun die göttliche Rache dreinfahren werde. Aber Schwindel und Kopfschmerz blieben unverändert und somit auch ich selbst. Ich schloß die Augen und hörte eine Zeitlang weg, um Kraft zu gewinnen, diesen gründlichen Exorzismus zu überstehn. Nach einer längeren Geistesabwesenheit weckten mich neue und vertrautere Namen. Ich erkannte, wie weit wir, das heißt der Beschwörer und der Beschworene, in der Geschichte der Häresien vorgedrungen waren, und daß ich kaum mehr fürchten mußte, ein böser Geist zu sein, da ich selbst mit einigen der unerbittlich aufmarschierenden Irrlehren im Kampf gestanden hatte:

»... gehörst du«, hallte es groß und eintönig in mein Ohr, »zu Voltaire und zu den andern, welche unter dem Worte ›menschliche Gerechtigkeit‹ die teuflische Überhebung ihres eigenen Stolzes an die Stelle Gottes setzen und nicht wissen, daß Gerechtigkeit ohne Gnade das Feuer der Hölle selbst ist, – bist du durchdrungen von den Lehren Immanuel Kants und seiner philosophischen Nachfolger, welche die geschöpfliche Vernunft mit der göttlichen Vernunft verwechseln und darum behaupten, ihre Philosophie und Wissenschaft sei voraussetzungslos kritisch, – ziehst du mit den wilden Heeren Saint Simons, Proudhons, Karl Marxens, Friedrich Engels' und Wladimir Iljitsch Lenins, welche erfunden haben den häßlichsten Menschenhaß unter dem Vorwand wissenschaftlich eisgekühlter Menschenliebe, sie, die mit dem verräterischen und grauenhaften Worte ›Masse‹ beschimpfen die zur Erlösung und Gottesschau bestimmten Seelen und das Volk der Armen und Gefangenen dadurch befreien, daß sie es in einen noch tieferen und kälteren Kerker stoßen, dessen Tyrannen und Schließer freilich sie selbst sind, – schlägst du dich zum volkreichen Stamme derer, die Darwin, Huxley und Haeckel nachfolgen, zum Stamm der Naturschwärmer, den man einteilt in die ›Sandalenträger‹ und in die ›Galoschenträger‹, zu jenen, die die göttlichen Tiefen der Natur mit einer Lotterie verwechseln, in welcher immer nur ›der Stärkere‹ das Los des Überlebens zieht, – findest du dich zusammen nächtlicherweile mit Okkultisten, Salonbuddhisten und Theosophen, welche im unreinen Mischtopf die heiligsten Geheimnisse mit ihrem eigenen Aberwitz zusammenbrauen, – findest du dich zusammen täglicherweile mit Sigmund Freud und seinen Psychoanalytikern, die, in die weißen Kittel von Ärzten verkleidet, die Abgöttin des Geschlechtskitzels Libido, welche nichts ist als die alte Astaroth, zur Beherrscherin des Herrschers machen, des Logos, – hängst du an den Philosophen, die sich Positivisten nennen, weil sie von nichts als vom großen Negativum überzeugt sind, an Auguste Comte und Spencer, an dem Verneiner Gottes aus Wehleidigkeit, Schopenhauer, und an dem Aufrührer Nietzsche, der von Anfang zum Ende, er reiße und tobe wie er wolle, ans Kreuz des Gekreuzigten mit Eisenketten geschmiedet ist, weshalb er genannt sei der Kettenhund Christi, der die Gläubigen verbellt, – betest du gar zu jenem Stefan George, und sein Name stehe für alle von Herrschsucht berstenden Kalligraphen, die, anstatt in Sack und Asche, mit stark geschweiften Röcken, gebauschten Krawatten und falschen Danteköpfen einherwandeln und ihre Schultern und Hüften drehn, wobei sie einen kranken Lustknaben öffentlich zum Heiland machen und die blecherne Geistesarmut in kostbaren Gefäßen umherreichen, während die von ihnen Verführten dem rohesten und blutigsten aller Teufel schließlich ins Garn gehn, – und trittst du an die Seite Reinhold Ebermann Kotitzkys, des Orthobiotikers, der nach all diesen kam und predigte, das Leben sei des Lebens einziger Grund, und das Paradies liege im harmonischen Stoffwechsel...«

Hier konnte ich mich nicht länger beherrschen. Ich hob abwehrend die Hände hoch, trat zwischen den beiden Kerzenträgern vor und unterbrach den Pater Exorzist mit starker Stimme:

»Sie brauchen sich nicht weiter zu bemühen, Hochwürden. Nein, nein und immer wieder nein ist meine Antwort. Was aber Reinhold Ebermann Kotitzky, den großen Orthobiotiker, anbelangt, so kam er nicht nur nach Stefan George, sondern auch nach mir. Ich kenne weder seinen Namen noch seine Ketzerei. Für die vergangene Zukunft darf man nicht einmal mich in meiner Hilflosigkeit verantwortlich machen.«

»Oremus«, klang es jetzt langgezogen vom Bischofsstuhl, und ein stärkeres und ausführlicheres Chorgetön erfolgte. Ich aber bebte vor Unmut, so daß mir die Tränen in die Augen traten, und ich den Pater Exorzist mit seinen Gehilfen nicht mehr sehen konnte. Erst als der Großbischof im milden Grün mich tröstend in seine Arme schloß, begann ich mich langsam zu beruhigen.

»Euer Lordschaft«, brachte ich hervor, noch immer um Fassung kämpfend, »ich habe nichts dagegen, daß man mich für einen potentiellen bösen Geist hält – jeder Mensch, der etwas Geist hat, ist ein potentieller böser Geist. Was aber hat meine schwere Sündigkeit, mein täglicher Abfall von Gott, meine Untreue gegen die Menschen, meine Übertretung der Gebote mit dieser verdammten Geschichte der Häresien zu tun, in der ich soeben eine allzulange Lektion erhielt?«

»Mein lieber Sohn«, erwiderte der Großbischof mit Sanftmut, »als Sie gestern abend das Geodrom betraten, hat die weltliche Behörde, wie es der Brauch will, Ihren Seeleninhalt geprüft« (es klang genau wie »Mageninhalt«). »Dabei stieß man auf die Namen von Basilides, Valentinus und andrer Irrlehrer ... Sie müssen bedenken, Ihre Existenz in dieser Welt ist, gelinde gesagt, sehr ungewöhnlich ...«

»Basilides, Valentinus, es war meine letzte Lektüre im Leben, weiter nichts«, versetzte ich heftig und drohte wieder meine Ruhe zu verlieren. »Ist das die Heiligkeit des Privatlebens im mentalen Zeitalter? Und erkennt die Kirche den Kakodämon heute an nichts Charakteristischerem als an absurden und verschollenen Irrtümern?«

»Es gibt nichts Charakteristischeres, mein Sohn«, sagte der Großbischof ziemlich leise, »denn der Irrtum entspringt dem Bösen wie das Böse dem Irrtum.«

»Und dazu kommt noch eines«, murmelte der Bischof, indem er die beiden Türen seiner Bibliothek, in die er mich geführt hatte, vorsichtig verschloß, »ja, ja, noch eines, mein Herr und Freund. Unser Pater Diözesanexorzist ist, was Ihnen nicht unbekannt blieb, ein gewaltiger Gelehrter. Er hat Anstoß daran genommen, daß man Sie allgemein mit dem Titel Seigneur anredet.«

»Ich habe mir diesen Titel nicht ausgesucht, Euer Lordschaft«, entgegnete ich ziemlich ärgerlich. »Ich war selbst erstaunt und nicht gerade angenehm berührt davon, als man mich gestern zum erstenmal mit ihm beehrte. Ich weiß sehr wohl, daß der Titel Monseigneur nur einem Prälaten der römischen Kirche zukommt und nicht einer armen Seele, wie ich es bin ...«

»Das ist es nicht, mein lieber Sohn«, unterbrach mich der Bischof mit einer Handbewegung gegen die Wände des Raums. »Es gibt aber ein Werkchen in meinem Sephirodrom, dessen Original etwa zu Ihren Lebzeiten erschienen sein dürfte, so zwischen Vierzehnhundert und Fünfzehnhundert post Christum incarnatum. Das Büchlein betitelt sich ›Fortalitium Fidei‹, und der Verfasser, Alphonse de Spina, schildert in dem Kapitel ›Täuschung der Weiber durch den Dämon‹ den Greueldienst, den man damals mit dem großen Bock, Elboche de Bitche, in finstern Neumondnächten trieb, wobei man ihn ›Seigneur‹ oder ›Monsignore‹ nannte.«

Ich brach in lautes und unziemendes Gelächter aus, in das, nach einer erstaunten Weile, der Kirchenfürst gutmütig einstimmte:

»Nun, Sie haben wirklich nichts vom Elboche de Bitche oder einem andern dämonischen Tier an sich«, sagte er endlich, »das haben wir schnell erkannt; es sei denn, daß Ihr schwarzer Rock mit seinem schwanzartigen Ende anfangs unsern Verdacht erregt hat. Im übrigen: alle guten Geister loben Gott. Ich heiße Sie willkommen, mein lieber Sohn.«

Der Großbischof holte aus einem Wandschränkchen, nicht ohne Zärtlichkeit, eine Karaffe, in der zweifellos goldener Wein schimmerte, und einen Korb mit flachem, weißem Fladenbrot.

»Sie werden dergleichen nirgends anders vorgesetzt bekommen«, lächelte er und stellte die Gottesgaben auf einen niedrigen Tisch. Er hatte recht. Wein und Weizen wurden nur noch auf den episkopalen Plantagen gezogen. Ein Teil der Frucht wurde zur Konsekration bestimmt, der andre unter den Klerus verteilt.

Ich nippte vom Wein, der feuriger war als jeder weiße Burgunder, den ich kannte, ich aß vom Brote, denn ach, in mir war ein sehr großes Verlangen nach Wein und Brot, wie nach allen Gütern, die meiner eigenen Zeit angehörten. (Ich versuchte gar nicht, meinen geistlichen Wirt darüber aufzuklären, daß ich nicht dem vierzehnten bis fünfzehnten, sondern dem zwanzigsten Jahrhundert angehörte, hatte doch selbst der hochgelehrte Pater Exorzist mich kläglich falsch lokalisiert, das heißt temporisiert.) Auch daß der Bischof und ich inmitten des Sephirodroms auf Lehnstühlen saßen, ohne dadurch als unmanierlich aufzufallen, war eine große Bequemlichkeit, die ich bewußt genoß. Mehr als alles andere aber erfreute mich die Umgebung von Büchern, von Geisteswerken, eine gewiß feingesiebte literarische Auswahl der vergangenen Jahrtausende und Jahrzehntausende, die dieser Raum in Schränken, Behältern, Regalen und Körben beherbergte. – »Das ist aber sehr sonderbar, was Sie mir da zu glauben zumuten«, hält der scharfsinnige Leser, der mit gutem Recht auf meine Finger sieht, mir hier entgegen: »Die gesamte Weltliteratur seit mehr als hunderttausend Jahren soll in der Privatbibliothek eines Prälaten Platz finden, worunter sich auch noch solche ausgefallenen Raritäten wie jenes Fortalitium Fidei befindet? Alle Achtung vor dem Elften Weltengroßjahr der Jungfrau. Solche Dinge werden Sie mir aber nicht einreden!« – Darauf habe ich wahrheitsgemäß zu antworten: Es gab zwar eine Handvoll uralter Originalausgaben in dieser Bibliothek, in denen auch mein und das Auge des Lesers Bücher erkannt hätte. Freilich, keine dieser antiken Originalausgaben war viel älter als fünfundzwanzig- bis dreißigtausend Jahre. Dies war ungefähr die Grenze der Haltbarkeit des allerbesten Materials, in welchem sich der schriftlich festgehaltene Geist zu verewigen meint. Die meisten Werke für die gebildete Leserwelt, ich meine natürlich die relativ modernen Ausgaben, waren in einer mir unbegreiflichen Imaginotypie publiziert, in winzigen Bändchen (briefmarkengroß) oder auf schmalen Röllchen (wie Mikrofilmstreifen), alles in einer Bilderschrift der Zusammenfassungen und Auslassungen, die so viel Raum ersparte, daß zum Beispiel ein ganzes Kapitel der Bibel in einem einzigen, dem Arabischen ähnelnden, vielverschlungenen Liniengebilde enthalten war. Die moderne Imaginotypie oder Fulgurotypie (Blitzschrift) beruhte auf der beinahe ins Übermenschliche entwickelten Fähigkeit des mentalen Intellekts, sich Vorstellungsreihen zu eigen zu machen, indem man sie übersprang. Nur die allabendliche Zeitung der zusammenhüpfenden Sterne erschien in einer demotisch extensiven Schrift, so daß nicht nur das einfältigste Zeitkind, sondern selbst ich sie zu lesen imstande war. Vor des Großbischofs Büchlein und Röllchen hingegen erwies ich mich als dunkelster Analphabet, was ich ihm auch sofort eingestand.

»Dafür beherrschen Sie das Griechische, Lateinische und Hebräische«, überschätzte seine Gnaden meine Fähigkeiten, »was so manche unter unsern gelehrten Klerikern nur vorgeben, zu verstehn«, und er fügte mit einem Blick nach der Tür hinzu:

»Den hochwürdigen Pater Exorzist nehme ich selbstverständlich aus.«

Des Kirchenfürsten volles, aber schönes Greisengesicht (es war trotz mentalen Jugendanscheins ein echtes Greisengesicht), sank nachdenklich auf die Brust. Ich fühlte, daß er mit sich kämpfte:

»Sie werden, mein lieber Sohn, gewiß einige Fragen an mich zu stellen haben«, begann er nach einem längeren und unentschlossenen Schweigen.

»Wenn ich Eure Lordschaft damit nicht belästige«, nahm ich den Faden auf.

»Nachher, nachher«, winkte er ab. »Zuerst habe ich eine Frage an Sie zu richten, ja ich an Sie. Ich weiß, daß ich mit dieser Frage die Grenzen meiner Befugnisse beinahe überschreite und etwas zur Kenntnis nehme, was ich als Bischof keinesfalls zur Kenntnis nehmen dürfte. Doch schließlich, Sie sitzen vor mir in Fleisch und Blut. Und ich bin nicht nur der Hirte meiner zahlreichen Ovetten, sondern ... sondern ... wie haben Sie doch vorhin von sich selbst gesagt, mein lieber Sohn? ... eine arme Seele ... Ja, das bin ich, und ich darf mich auch so nennen. Sie aber, mein Kind, obwohl dem Anschein nach viel jünger, Sie sind eine arme Seele von weit mehr Erfahrung als ich ... das heißt ...«

Und nun senkte er seine Stimme zu einem Hauch, und es dünkte mir, er wolle die folgenden Worte vor den Ohren des allhörenden Pater Exorzist verbergen:

»Beantworten Sie mir bitte diese Frage, mein Kind ... Wie ist es, wenn man tot ist?«

Ich schwieg betroffen. Auch der Großbischof zeigte sich bestürzt und begann, seine Stirn verlegen zu reiben:

»Ich habe mich ein wenig unpassend ausgedrückt, mein Kind, ich weiß es«, stotterte er. »Der Glaube belehrt uns in den Lehrsätzen der Eschatologie klipp und klar über das Schicksal, welches unsre armen Seelen zu gewärtigen haben, wenn Gott ihnen die Bürde des Leibes abgenommen hat. Fern sei es von mir, an den ewigen Wahrheiten der letzten Dinge zu deuteln oder mit verwerflicher Neugier enträtseln zu wollen, was der Herr in gnädiger Weisheit dem sterblichen Bewußtsein entzieht. Immerhin aber geschieht es selbst in unserem schamlos sündigen Zeitalter nicht alle Tage, daß jemand erscheint, der drüben schon zu Hause war...« Er seufzte schwer auf und fügte dann sorgenvoll hinzu: »Sie wissen wahrscheinlich noch nicht, mein Freund, daß die zentrale Sünde meiner Zeitgenossen in tiefem Zusammenhang mit dieser Frage steht, die ich soeben an Sie gerichtet habe...«

»Euer Lordschaft, ich will versuchen, eine Antwort auf Ihre Frage zu finden«, entgegnete ich bereitwillig, »obwohl ich selbst noch keine Zeit hatte, mir die Tatsachen meines Einschlafens und Wiedererwachens und dessen, was dazwischen liegt, klar ins Gedächtnis zu rufen. Ich hatte nicht nur keine Zeit dazu, sondern eine gewisse Scheu hielt mich zurück, darüber nachzudenken, bis vielleicht auf gestern abend, wo ich mich im Kampfe ums Wachbleiben dieser Frage in unkontrollierten Assoziationen näherte... Ja, es war eine große Scheu...«

»Dann gehorchen Sie Ihrer Scheu«, sagte der Bischof, »und lassen Sie uns das Thema wechseln...«

»Nein, nein, Señor Gran Obispo«, sagte ich voll Eifer, »einmal muß es doch geschehn, daß ich mit diesem Problem ins reine komme, und bei wem könnte ich mehr Vertrauen, Hilfe und Gnade finden als bei Euer Lordschaft...«

Nach diesen Worten lehnte ich mich weit zurück, ließ unaufgefordert meine Schultern fallen, und es kam mir in den Sinn, wie merkwürdig es doch war, daß nicht nur ich dieses fremdartige Zeitalter erforschte, sondern letzteres vielleicht noch eindringlicher *mich*. Immer wieder stand ich vor derselben Schwierigkeit wie nach dem Festmahl in Io-Fagòrs Hause, wo ich darüber Bericht erstatten mußte, auf welche Weise unsereins einst die Zeit erlebt hatte. Und nun sollte ich gar vor diesem edlen und sanften Theologen und Kirchenfürsten über das Erlebnis, tot zu sein, Zeugnis ablegen, und zwar möglichst, ohne seine gläubigen Empfindungen zu verletzen. Das Merkwürdige war, daß ich in den ersten Minuten über den Zustand, tot zu sein, nicht nur nichts zu sagen wußte, sondern zu meinem Schrecken bemerkte, daß mein Geist wie gelähmt war. Aha, dachte ich, just relax. Nur kein Krampf. Man muß sich gehn und laufen lassen. Und dann stieg es langsam in mir zur Oberfläche, gleich den unterirdischen Flüssen des zerrissenen Karstgebirges:

»Vor allem, Euer Lordschaft«, begann ich meinen Versuch, »dort ist das Einschlafen und hier ist das Aufwachen. Was dazwischen liegt, ist jedenfalls nicht das Nichts. Soviel kann ich ohne jede Schwierigkeit sagen. Was dazwischenliegt, ist eine Dauer. Wenn ich aber auf diese Dauer zurückblicke, die sich faktisch über mehr als hunderttausend Jahre erstreckt, so muß ich nach aufrichtiger Selbstprüfung gestehn: diese hunderttausend Jahre haben nicht etwa, wie die Laienwelt es sich vorstellt, einen zeitlosen Augenblick lang gewährt oder irgendeine Art von Ewigkeit; nein, in meiner subjektiven Empfindung betrug diese Dauer ungefähr fünf bis sechs Stunden...«

Der Großbischof hob den Kopf, sah mich prüfend an, sagte aber nichts. Er hatte, im Gegensatz zu den milden Mondaugen des Geoarchonten, milde Sonnenaugen. Diese Augen gaben mir ein Zeichen, ich möge fortfahren:

»Leider ist jenes Einschlafen«, drang ich weiter in meinem Versuch vor, »jener Actus Moriendi in meinem gegenwärtigen Bewußtsein ebensosehr verwischt wie der Vorgang des Aufwachens, von dem ich dem hochwürdigen Pater Exorzist in der Kirche auf Treu und Glauben berichtet habe, was ich weiß. Etwas in mir mutmaßt, daß ich ungefähr an derselben geographischen Stelle wieder ins Leben getreten bin, an der ich es verließ. Wie ich es aber verließ, ob unter Qualen oder in sanfter Loslösung, ob in einsamem Kampf oder Hand in Hand mit der geliebten Frau, das ist mir vollständig entfallen. Vielleicht ist das letzte Gefühl, das der Welt galt und an das ich mich erinnere, die Bestürzung, daß ich Schmerz bereiten muß und daß ich eine staubbedeckte, in falscher Ordnung zusammengeschobene Unordnung zurücklasse. Zugleich aber war in diesem Gefühl der Bestürzung etwas eitel Angenehmes, als sei das, was nun an mir und mit mir geschieht, eine Art von persönlicher Heldentat, für die mir eine erhöhte Anerkennung von seiten der Meinigen gebühre. Daran kann ich mich, oder glaube ich mich erinnern zu können. Was nun folgte, war ein Drama der Einsamkeit in mehreren Akten.«

»Da sind wir nun bei der Einsamkeit«, nickte der Bischof, als kenne er die Melodie, und plötzlich schwante mir, daß ich ihm da gar nichts Neues erzähle, sondern von ihm einer Prüfung unterzogen werde, und zwar einer weit feineren und raffinierteren als jener, der mich der hochgestrenge Pater Exorzist unterworfen hatte. Ich aber ließ mich nicht beirren, sondern bemühte mich weiter um die reine und wahre Deutung dessen, durch das ich gegangen war.

»Der Tod«, fuhr ich fort, »vor allem der Tod im ersten Stadium, ist durchaus kein reines Nichtsein, was ich ja schon gemeldet habe, sondern nur ein Anschein von Nichtsein, wegen Fehlens der Gegensätze. Es ist wahr, das Bewußtsein hört allmählich auf, es verkümmert, es verdorrt mit all seinen nervendurchfaserten Wurzeln, die tief unter der Oberfläche liegen. Doch auch dies ist nur ein Anschein, und zwar der scheinhafteste von allen, denn nicht das Bewußtsein verkümmert, sondern nur die Dualität im Bewußtsein, die Fülle des Dus im Ich, das reflektierende Vis-à-vis in der Existenz. Das Ego steht sich nicht mehr selbst gegenüber, wodurch allein es seiner innewerden kann, wie ein Menschengesicht seiner erst im Spiegel so recht innewird. Das Ich verschwindet in sich selbst, im Ich.«

»So ist es«, nickte der Großbischof und schloß die Augen, halb aus Befriedigung, halb aus Mißbilligung meiner abstrakten Ausdrucksweise.

»Wie aber kommt es zu diesem Verschwinden des Ego im Ego?« fragte ich mutiger mich selbst. »Mit dem natürlichen Leben werden der Seele die Bilder entzogen. Sie erhält keine Nahrung durch Bilder mehr. Psychologisch geschaut ist ja das Leben nichts anderes als eine ununterbrochene Bilderflucht, vom ersten Erwachen des Säuglings bis zum letzten Einschlafen des Moribunden. Der Tod als Erlebnis der Seele ist zuerst ein großes Bilderwelken. Alles was noch kürzlich an uns vorüberflog, fällt nieder und ist nicht mehr. Wenn man zu meiner Zeit in einem stillstehenden Eisenbahnzug saß... Mache ich mich mit solchen Parabeln verständlich, Euer Lordschaft?«

»Sie machen sich verständlich, mein Kind... Fürchten Sie nichts.«

»Wenn man also im stillstehenden Eisenbahnzug saß, an dem ein anderer vorüberfuhr, so hatte man die täuschende Empfindung, jener stehe still und man selbst fahre. Diese Täuschung ist nun aufgehoben. Nichts fährt am Reinen Ich mehr vorüber. Nichts ist da, gegen das es sich abheben könnte. Wie der Geometer und Physiker uns lehrt, daß ein einzelner Punkt im Raum nicht errechnet werden kann ohne einen Bezugspunkt, so kann das Reine Ich sich nicht selbst erleben. Und damit tritt es in das zweite Stadium des Todes, welches das grenzenlose Alleinsein ohne jeden Bezugspunkt und ohne jeden Hintergrund genannt werden könnte.«

»Das grenzenlose Alleinsein«, wiederholte langsam der Bischof, indem er wahrhaftig wie ein wohlwollender Prüfer meine Darstellung kurz zusammenfaßte, um mich auf den richtigen Weg zu bringen:

»Wenn die Bilder an der Seele nicht mehr vorüberziehn, wenn mit ihnen alles verfinstert ist, zu dem die Seele du sagen könnte, und schließlich gar kein begrenztes Gegenüber mehr bleibt, durch welches sie ihrer selbst innewird, ja, was fängt sie da an, die arme Seele...?«

»Ich verstehe Euer Lordschaft nicht recht«, zögerte ich.

»Ich habe gehofft, lieber Sohn«, versetzte der Großbischof, leicht beschattet, »Sie würden der ganzen Wahrheit Ausdruck verleihen können. Totsein heißt in der natürlichen Ordnung gewiß ein grenzenloses Alleinsein. Bedeutet aber in der übernatürlichen Ordnung dieses grenzenlose Alleinsein nicht ein grenzenloses Zuzweitsein? Denn gerade dadurch, daß die bewegten Spiele des zeitlichen Vis-à-vis versinken, jene Spiele, die das irdische Bewußtsein erst schaffen, indem sie es ablenken von seinem wahren Ziel, gerade dadurch, daß die schattengemusterte Mauer zwischen Seele und Sonne zusammenstürzt, wird diese geistige Sonne, das ewige Licht, der dreieinige Gott, selbst zum dauernden Gegenüber, zum Inbegriff des Dus, durch welches das reine Ich sein neues schrankenloses, ekstatisches Bewußtsein erhält...«

»Euer Lordschaft«, sagte ich tief betroffen, »hätte meine arme Seele dieses neue schrankenlose, ekstatische Bewußtsein gewonnen, so säße ich nicht hier. Ich kann nur in vollster Aufrichtigkeit von meiner persönlichen Todeserfahrung sprechen, ohne etwas hinzuzutun oder auszulassen, wozu ja bei solchen hochinteressanten Gegenständen die Versuchung nicht gering ist. Es ist nicht nur nicht möglich, sondern wahrscheinlich, daß ich mich weder an die faktische Bewußtlosigkeit meiner armen Seele noch an ihr Zuzweitsein mit Gott erinnern oder es zumindest nicht reproduzieren kann, denn beides entzieht sich sogar der Protoglossa. Ist es übrigens nicht eine notwendige Voraussetzung des Lebens, daß die Seele sich nicht an ihr Zuzweitsein mit Gott vor der Geburt und nach dem Tode erinnern kann? Ich halte es durchaus nicht für ausgeschlossen, daß meine arme Seele während der letzten hunderttausend Erdumläufe um die Sonne an einem Orte der Pein geweilt haben mag, eine Existenzart, für die es keinen Vergleich und deshalb auch kein Gedächtnis gibt. Was mir wirklich geschah in den wenigen Stunden, zu denen die hunderttausend Erdumläufe zusammenschmolzen, alles dessen ich mich objektiv entsinne, und was ich als Erlebnis des Todes in mir behalten habe, war... Nun, der Gegenzug auf dem Nebengeleise war verschwunden, und nun setzte sich der eigene Zug, in dem ich selbst saß, in Bewegung, zum erstenmal. Wie soll ich's nur ausdrücken, Euer Lordschaft? Ich selbst war das unendlich Regungslose, das unendlich Apathische, das unendlich Ruhende, das von einem unbeschreiblich Bewegten voll Ziel, Intention, Energie, ja geradezu voll Räderlärm ins Weite gefahren wurde. Es war so, als würde erst der Tote, dem nicht mehr die geschäftige Aktivität seines Körpers, Blutkreislauf, Stoffwechsel, innere Sekretion, Atem die Sinne verdumpft, von der vibrierenden Aktivität des Planeten und des ganzen Kosmos getragen werden...«

Bei diesen Worten – ich war noch lange nicht zu Ende – erhob sich brüsk der Großbischof, und sein mildes Antlitz war sehr ernst:

»Sie sind niemals tot gewesen, mein Herr«, und es klang beinahe verächtlich oder zumindest wie ein Vorwurf.

»Aber wie wäre es dann möglich...« wandte ich ein. Eine müde Handbewegung brachte mich zum Schweigen:

»Sie haben in Ihrer Darstellung des Totseins ganz richtig begonnen. Dann aber haben Sie trotz hinreichendem Tiefsinn und mehr als hinreichender Wortgewandtheit einen Zustand beschrieben, der prämortal ist und bleibt...«

»Ich habe in jedem Wort die Wahrheit gesprochen, Euer Lordschaft.«

»Sie haben zweifellos die Wahrheit gesprochen, lieber Sohn. Diese Wahrheit aber ist: Sie waren niemals tot.«

»Wie aber komme ich dann hierher, ins Elfte Weltengroßjahr der Jungfrau«, fragte ich ziemlich erstaunt, »in diese ferne mentale Epoche der Weltgeschichte, ohne vorher tot gewesen zu sein?«

»Das müssen Sie mit sich selbst ins reine bringen oder, besser, mit Ihren Freunden«, meinte der Großbischof.

Wir hatten uns wieder niedergesetzt. Ich trank langsam und den Duft genießend mein zweites Glas Wein aus:

»Ich trinke«, sagte ich nachdenklich, nachdem ich das Glas abgesetzt hatte, »ich trinke, folglich bin ich.«

»Diese Feststellung ist sehr berechtigt«, nickte der Großbischof, »aber auch ich trinke.«

»Was wollen Euer Lordschaft damit andeuten?« kam es mir mißtrauisch über die Lippen.

»Daß nur einer von uns beiden trinken kann, mein Kind.«

Und er beugte sein bleiches Haupt, das keine Mitra mehr trug, sondern ein hellgrünes Prälatenkäppchen, so weit vor, daß er mir ganz nahe kam: und dann fügte er hinzu:

»Ja, daß sogar nur einer von uns beiden träumen kann, er trinke, entweder Sie oder ich...«

Eine Anwandlung von Wärme und Bewunderung für diesen Priester bewegte mich zu den Worten:

»Ich weiß, daß von uns beiden nur Sie echt sind, Señor Gran Obispo.«

Er betrachtete mich gramvoll, ehe er gestand:

»Und ich wünschte mir von Herzen, daß ich nichts andres wäre als eine Ausgeburt Ihrer sträflich lebhaften Bilderflucht.«

»Das heißt ja beinahe dem Valentinus und seinem Demiurgen ein Zugeständnis machen«, rief ich und sprang unmanierlichermaßen auf meine Füße. »Darf ein katholischer Fürst der Dritten, der spiritualen Kirche an seiner eigenen Realität zweifeln? Heißt das nicht den Pater Exorzist verstimmen? Ist die Überzeugung, daß diese Welt diese Welt ist, nicht die erste Grundlage des Glaubens?«

Ein schwerer Blick des Großbischofs zwang mich in meinen Lehrstuhl zurück. Ich schlug mich selbst auf den Mund:

»Vergebung und Erbarmen, Euer Lordschaft. Wer bin ich, daß ich solches zu reden wage? Ich wollte nur das Erstaunen eines Primitiven darüber ausdrücken, daß Euer Lordschaft mit einer unendlich verbesserten und fortgeschrittenen Welt unzufrieden zu sein scheinen, in welcher Sie das Glück haben, zu sein und zu herrschen.«

»Unendlich verbesserte und fortgeschrittene Welt«, wiederholte der Großbischof in schleppender Kadenz.

»Euer Lordschaft mögen bedenken«, nahm ich das Wort, »wie sich der Tag eines Erzbischofs zu meiner Zeit, im neunzehnten, zwanzigsten Jahrhundert abspielte. Die Sorge um zehntausend verwahrloste, verlauste, rachitische Kinder beschwerte sein Herz, die in greulichen Baracken und Zinskasernen aufwuchsen und in den Jahren der Pubertät keine andre Wahl hatten als elende Lohnsklaven zu werden oder Huren und Gangster. Tuberkulose, Syphilis und moralischer Nihilismus zehrten am Mark der Jugend. Ganze Städte und halbe Generationen hatten die Kriege pulverisiert. Übriggeblieben war ein schwarzer Nebel von Haß und Vorwurf, wie niedergeschlagener Kohlenqualm der Hölle, der über den Völkern lag. Man lebte in einer Welt verschlampter Sackgassen. Die Eiseskälte des materialistischen Geistes machte es unmöglich, die kleinste

Frage zu lösen, schon dadurch, weil sie von Beginn an falsch gestellt war. Und inmitten dieser geistigen und physischen Ruinenwelt mußte die Kirche und mußten ihre Priester für die Wahrheit kämpfen, und der letzte Papst, den ich kannte, der in Sankt Petri Reihe Pastor Angelicus hieß, schlief im dritten Stockwerk des Vatikans auf der nackten Erde, um Buße zu tun für meine Zeitgenossen. – Wie aber ist es jetzt, Euer Lordschaft? Ein Arbeiter und seine Familie ernährt die ganze Menschheit. Der Krieg ist nichts andres mehr als ein verwittert gespenstisches Denkmal, ein verrosteter Astrolab in einem Loch. Armut, körperliches und geistiges Elend sind zu mythologischen Begriffen geworden. Die Kirche hat nicht nur als Beweis ihrer übernatürlichen Gründung und Sendung die Äonen überdauert, sondern ihre ursprüngliche Einheit wiederhergestellt, eine Verwirklichung von Christi Voraussage, die mir meine ehemaligen Zeitgenossen am wenigsten glauben würden, dürfte ich ihnen davon berichten. – Und Sie, Hochwürdigster, Sie wollen nicht gelten lassen und leugnen mir in den Mund hinein, daß die Welt sich unendlich verbessert hat und übers Glaubliche hinaus fortgeschritten ist?«

»Was Sie Fortschritt nennen, bester Sohn«, sagte Seine Gnaden mit müder Stimme, »ist nur der verzweifelte Aberglaube, daß etwas, das fällt, in die Höhe fallen könnte.«

»Euer Lordschaft möge Nachsicht mit mir haben, der ich noch kein astromentaler Mensch bin. Dieses Paradox aber verstehe ich nicht ohne Kommentar.«

»Es ist kein Paradox«, sagte der Bischof, »sondern eine einfache Parabel.«

Er machte eine kleine Pause, ehe er, die Fingerspitzen gegeneinander stellend, die folgende Frage an mich richtete:

»Sind wir uns darüber einig, daß unsre Voreltern im Paradies gesündigt haben?«

»Das scheinen unsre Voreltern wohl getan zu haben«, erwiderte ich, »sonst müßte man nicht immer wieder von vorne anfangen.«

»Nun, wenn wir uns über dieses Erste einig sind«, fuhr d

Großbischof fort, »so müssen wir uns auch über das Zweite, Dritte und Vierte einig sein. Wir sind uns also auch einig darüber, daß die ganze menschliche Geschichte die Geschichte der Folgen des Sündenfalls ist, das heißt die Geschichte der immer weiter fortschreitenden Entfernung von Gott. Mögen im neunzehnten und zwanzigsten Jahrhundert die Zustände noch so bejammerungswürdig gewesen sein, sie waren noch immer um hundert Abgründe, um hundert Jahrtausende besser als die heutigen, die Ihnen so sehr imponieren, mein Kind. Denn genau um diese Zeit sind wir tiefer gefallen und weiter von Gott entfernt.«

»Wie, Euer Lordschaft«, staunte ich, fast erbittert, »die gewaltige Anstrengung des Menschen, den Erzengelsfluch der Arbeit und der Zerstreuung zu überwinden, die Erde immer wohnbarer und sich selbst immer intelligenter zu machen, diese Anstrengung wäre keine Rückkehr, sondern ein immer kälterer und frecherer Abfall von Gott?«

»Die alten Zivilisationen, von denen Sie sprachen, mein Sohn«, entgegnete der Großbischof, »haben wenigstens das Leiden und den Tod auf sich genommen und damit dem Fluch des Erzengels Rechnung getragen. Die heutige Zivilisation aber, in der Sie sich bewegen, die sich selbst die astromentale nennt, ist der betrügerische und raffinierte Versuch, jenem Fluch durch tückische Machenschaften zu entgehen, jenem Fluch, der uns da befiehlt, das Brot der Erde im Schweiße unsres Angesichtes und mit Sorgen zu essen und demütig zum Staube zurückzukehren, der wir sind.«

Der alte Mann versank in schwermütiges, ja schmerzliches Nachsinnen, so daß ich eine lange Zeit nicht zu sprechen wagte. Hielt er wirklich die mentale Zivilisation für einen unerlaubten Versuch des Menschen, die Natur auf eigene, falsche Rechnung zu transfigurieren, zu verklären? Neugierig hingen meine Augen an seinen Händen. Ich hätte gar zu gerne gewußt, ob seine Handflächen auch so linienlos unbelebt waren wie die von Schaufensterpuppen. Ich konnte aber nichts entziffern, denn zu Fäusten geballt lagen ihm die wächsernen Hände im

Schoß. Plötzlich seufzte er tief auf und murmelte, seinen Gedanken zum Abschluß bringend:

»Ja, zum Staub zurückkehren und der Auferstehung warten...«

Da konnte ich mich nicht zurückhalten und stellte die pointierte Frage:

»Haben Euer Lordschaft vielleicht jetzt an den Weg gedacht, von dem meine Hausgenossen rühmen, er werde freiwillig und zu Fuß zurückgelegt?«

Der Bischof gab keine Antwort. Seine Lider hatten sich gesenkt. Die Augen waren von violetten Schatten bedeckt, hinter welchen, ähnlich wie beim Geoarchonten, die astromentale Lebenstätigkeit des Schlafes zu arbeiten schien. (War auch sie nur eine weitere Entfernung von Gott?) Ich hatte mich erhoben und wollte schon auf Zehenspitzen aus dem Sephirodrom schleichen. Die sanfte Stimme des Priesters aber rief mich zurück:

»Mein Sohn, wie es sich auch mit Ihrem ›Ich trinke, also bin ich‹ verhalten mag, bitte legen Sie Ihre Hand auf die meine, zu einem heiligen Versprechen.«

Ich gehorchte und legte meine Hand ganz leise auf die seinige.

»Versprechen Sie mir«, murmelte er, indem er sich umblickte, »versprechen Sie, daß Sie um Rat und Hilfe kommen werden, *wenn ein gewisses Ansinnen*, Sie verstehen mich, jemals an Sie gestellt werden sollte...«

Zwölftes Kapitel

Worin mir der Jude des Zeitalters folgt, mich einlädt, bewirtet und mit seinem Sohn bekannt macht.

Jede Welt und jedes Weltalter enthält neben einer geringen Minderzahl wahrhaft neuer Erscheinungen eine unberechenbare Mehrzahl von Wiederholungen, Abwandlungen und Widersprüchen. Die mentale Epoche machte keine Ausnahme von diesem historischen Gesetz, das in den Grenzen menschlicher Kombinationsfähigkeit begründet ist. Der Leser, der mich freiwillig bis hierher begleitet hat – ich beginne, in ihm schon einen hochgesinnten Freund zu sehen, der meine geistige Neugier ebenso teilt wie meine Verachtung für journalistische Mätzchen –, dieser Freund weiß nicht nur, daß, sondern auch warum die mentale Wohnkultur unterirdisch war und sein mußte, das heißt, sein wird und wird sein müssen. Trotzdem war ich gezwungen, schon eine ganze Menge Ausnahmen von dieser Regel anzuführen: das Schilderhaus des Geoarchonten, die Glaskuppel der Zusammenstimmer, die Schattenarchitektur, die das Geodrom umringte, die Privatkapelle des Großbischofs, ganz zu schweigen von der Lebensweise des Arbeiters und seines Clans, die sich durchwegs in freier frischer Luft abspielt, welcher kecke Übermut freilich im weiten grünen Park und in der Mulde der Quellen und Kräfte sich nicht nur als gefahrlos, sondern auch als kraftfördernd erwies. Dies aber, was ich jetzt sah, hatte ich nicht zu sehen erwartet, als ich aus dem großbischöflichen Palais über eine endlose, enge und steile Kellertreppe emporsteigend, endlich das Tageslicht erreicht hatte. Diese steile Kellertreppe, die aus asketischen Gründen die geistliche Macht zu erklettern gehalten war, entsprach genau dem niedrigen Schilderhaus, in welchem um der Demut willen die weltliche Macht des Geoarchonten oder Seleniazusen hausen mußte. Ich hatte den Großbischof eingehüllt von gramvollen Gedanken verlassen, wobei ich mir sein Geleite verbat und es auch verhinderte, daß er einen seiner Patres mit mir schickte, wußte ich doch genau, wie ungehörig es für ihn und seinen Klerus war, sich mit einem seltsam kostümierten Resultat spiritistischer Machinationen zu affichieren.

Etwas atemlos von dem mühsamen Aufstieg stand ich auf der Erdoberfläche. Ich mußte eine ganze Weile meine Lider geschlossen halten vor dem erbarmungslosen Sonnenlicht, dessen ultraviolette Strahlungskraft, wie ich jetzt nicht mehr zweifeln konnte, sich seit der Transparenz vervielfacht hatte. Als ich sie wieder öffnete, traute ich meinen Augen kaum, denn ich stand vor einem ziemlich hohen, leeren Torbogen, auf dessen romanischer Rundung in breiten, mir wohlbekannten Lettern die Worte gemeißelt waren: »Ehemalige Unterstadt.« Der Boden war teils mit zersprungenem Asphalt, teils mit morschen Holzstöckeln, ja sogar mit Pflastersteinen bedeckt, zwischen denen der eisengraue Rasen durchbrach wie einst das grüne Unkraut. Manche Stellen waren gänzlich ungepflastert und schlammig, so daß sie die Fußstapfen der Vorübergehenden aufbewahrten.

Das Sonderbarste aber, es gab zwei richtige Ströme von Passanten in entgegengesetzten Richtungen. Die Leute besaßen aus irgendwelchen Gründen kein Reisegeduldspiel, oder sie verschmähten dessen Gebrauch, da sie ihre nahegelegenen Ziele zu Fuß erreichen konnten. Welcher Art aber die Ziele dieser Passanten sein mochten, blieb mir unerklärlich. Der eine dieser Menschenströme entsprang nicht weit von der Torruine, unter der ich mich gegenwärtig befand, der andre Strom nicht weit hinter dem Gegentor, das ungefähr tausend Schritte entfernt lag und seinen leeren Rundbogen grell gegen den Mittagshimmel hob. Zwischen diesen beiden Toren, jenseits derer der auffällige Verkehr sogleich verebbte, zog sich etwas hin, das man gut als altstädtisches Schachergäßchen oder als orientalischen Bazar hätte bezeichnen können, wären rechts und links verfallene Häuser, Häuschen, Baracken oder auch nur wacklige Kaufbuden gestanden. In Wirklichkeit wurde diese romantische Gasse mit ihren Lauerecken, Zwinkerkurven und sonstigen Winkelzügen nur von zwei langen, ziemlich niedrigen Mauerparallelen gebildet, die dem Anschein nach völlig zweck- und sinnlos waren. Ich konnte nämlich, wenn ich mich auf die Fußspitzen stellte, ohne Anstrengung über die Mauer hinweggucken, und was ich da zu sehn bekam, war nichts als endloser eisengrauer Rasen, nur in der Ferne von einigen spärlichen Hausgarteninseln unterbrochen. Dennoch konnte ich mich des Eindrucks nicht erwehren, ich stünde auf und im dichtest bewohnten Stadtbezirk, in einem Whitechapel, Ottakring, Wedding, Saint Cloud oder auf der Lower Eastside der astromentalen Metropole. Dieser Eindruck wurde noch durch die menschlichen Gesichter und Gestalten verstärkt, die an mir vorüberstrichen, ohne, wie es die gute Zeitsitte gewollt hätte, einander zu grüßen. Sie sahen ziemlich ernst und mürrisch aus und hielten die Blicke auf den Boden geheftet. Es war klar, ich hatte es in dieser ehemaligen Unterstadt mit den Mühseligen und Beladenen zu tun, das heißt natürlich nur mit den relativ Mühseligen und Beladenen. Schwächt aber das hinzugesetzte Wörtchen »relativ« die Tatsache der Mühseligkeit und Beladenheit wirklich ab? Hatte die ewige Jugend oder Alterslosigkeit, hatte die Herstellung aller Lebensgüter durch den Arbeiter, hatte die Ausschaltung jeglichen Mangels und wahrscheinlich der meisten Krankheiten, hatte die Erweiterung des Lebens bis an die Grenzen des Überdrusses die statistische Summe menschlichen Unglücklichseins tatsächlich herabgesetzt? Oder waren diese hier, wie sie düster hineilten, obwohl sie die Natur in einer für uns unfaßbaren Weise meisterten, ebensowenig glücklicher als wir glücklicher waren als die Steinzeitmenschen? Dies mochte vielleicht die zweitgrößte Streitfrage aller Zeiten sein. Der Großbischof hatte sie vorhin beantwortet. Doch er war verpflichtet durch sein Amt zu dieser Antwort.

Es war, solange ich lebe – Verzeihung, solange ich lebte – stets einer meiner größten Genüsse gewesen, mich vom Menschenstrom treiben zu lassen, sei es durch die Prachtavenuen der Metropolen, sei es durch das finstere und verrufene Gassenwerk der

Alt- und Unterstädte. Ohne die bewußte Absicht, Beobachtungen zu sammeln, sprangen in meiner Seele zehntausend Mosaiksteinchen menschlichen Schicksals zusammen. Ohne nach Abenteuern zu jagen, begegneten mir solche beim Bummel auf Schritt und Tritt. Auch hier, auf diesem abseitigen Korso der mentalen Welt, ergriff mich sogleich die alte, elektrische Lust, mich ins Getriebe zu mischen. Diese Lust hatte ich auf der zentralen Plaza, dem Geodrom, nicht empfinden dürfen, da ich dort gezwungen war, die Rolle einer Rarität zu spielen. Hier hingegen schien nicht einmal das lächerliche Festgewand des neunzehnten und zwanzigsten Jahrhunderts auffällig genug zu sein, um die Blicke auf sich zu lenken. Welch eine Erholung war es nun und hier, daß mir niemand unter den Dahineilenden die geringste Aufmerksamkeit schenkte. Das mochte daher kommen, daß die Männer und Frauen in den beiden Strömungen auch nicht »normal« gekleidet waren, das will sagen, keine schleierigen oder batistenen Raffungen über ihrer verwischt leuchtenden Nacktheit trugen, sondern in stumpferes, gröberes und gewissermaßen traurigeres Zeug gewandet gingen. Es stimmt nicht ganz, aber man könnte diese Gewandung noch am ehesten mit beduinischen Burnussen vergleichen, meist dunkelbraun oder sandfarben oder aschgrau. Dazu kam noch, daß ich keinen der goldenen oder silbernen Kopfaufsätze zu sehen bekam, mit denen sich die bürgerliche Welt schmückte. In der ehemaligen Unterstadt zog man einfach das Gewand über den Kopf, wodurch nicht nur der Eindruck des Orientalischen vollendet wurde, sondern auch der Verdacht sich regte, daß diese Unglücklichen noch immer über reichliche Behaarung verfügten, die sie auf einer untern Stufe der menschlichen Rangordnung festbannte. Ohne Zweifel lebten auch hier die verachteten Kinderreichen, deren Natur, schrecklich zu denken, so plump geblieben war, daß ihre Frauen mehr als zwei Kinder austragen konnten. Nur das sonnige Riesengeschlecht des Arbeiters durfte sich seine gewaltige Fruchtbarkeit gestatten, da es ja in jeder Weise eine mythische Ausnahmestellung innehatte.

Ich versuchte, mir die Gesichter der Vorübergehenden einzuprägen, obwohl die meisten davon gesenkt waren. Ihre Farbe, leicht bräunlich oder kupferrötlich, unterschied sich von der Elfenbeinblässe meiner Hausgenossen. Die Herkunft der Einheitsrasse aus weißen und farbigen Verschmelzungen trat hier in der Unterstadt deutlicher hervor; jedoch entdeckte ich keinerlei Mangel in der allgemeinen Schönheit und Alterslosigkeit, wenn ich von dem melancholischeren, schwerfälligeren und dann und wann auch zornigeren Lebensausdruck absehe. In der Nachbarschaft dieses Lebens wohnte der Großbischof, und irgendwo hier in der Umgebung stand auch – vermutlich halb unter der Erde – sein metropolitanes Münster. War die Kirche nur dem evangelischen Wort gehorsam, wenn sie die Nähe der Mühseligen und Beladenen suchte, die es selbst in diesem Zeitalter ohne Ökonomie und soziale Reibungen noch gab? Oder drückte sie dadurch, daß sie die ehemalige Unterstadt zu ihrem Sitz erwählte, nur jene erhaben reaktionäre Gesinnung aus, die nach den Worten ihres Großbischofs in der astromentalen Kultur eine Verschärfung des Sündenfalls und eine weitere Entfernung von Gott sah und sich deshalb jenen anschloß, welche »zurückgeblieben« waren? Diese Fragen gingen mir gerade durch den Kopf, als ich durch ein leichtes Unruhigwerden meiner Rückennerven bemerkte, daß mich jemand hinter mir scharf ansah. Ich blieb stehen und drehte mich um. Der Jemand hinter mir blieb auch stehn. Es war ein Mann von kleiner, schmaler Gestalt, in einen schwarzen mantelartigen Stoff gehüllt, mit dem er in rituell feierlicher Art etwa bis zur Hälfte sein sehr blasses Gesicht bedeckte. Ich ging weiter. Er ging weiter. Ich blieb stehn. Er bewegte sich langsam an mir vorbei. Nachdem wir so, beinahe schleichender Weise, etwa dreißig Schritte zurückgelegt hatten – wobei ich das Gefühl nicht loswerden konnte, er führe mich zu einem bestimmten Ziel –, blieb er wiederum unvermutet stehen. Wenn ich nicht dasselbe Manöver wie vorhin wiederholen wollte, so mußte ich mich jetzt an ihm vorüberbewegen. Ich tat's auch ziemlich nachdrücklich, das Auge fest auf ihn gerichtet. Da enthüllte er wie ein Verschwörer für ein paar Sekunden sein blasses Gesicht, blasser als das meiner Hausgenossen, seine eingefallenen Wangen und einen dünnen schwarzen Bartanflug, der wirkte wie gemalt. Gramumflorte Augen, ich muß mich gewissenhaft verbessern, relativ graumumflorte Augen versenkten sich in die meinen. Es war Rembrandts König Saul, derselbe, der von Jung-Davids Gesang erschüttert, seine Tränen verbergen will, indem er einen Vorhang an seine Augen zieht. Eine solche Gebärde hatte er jetzt nicht nötig, da hier weder ein junger Held sang noch auch Tränen in seinen Augen standen. Es ist selbstverständlich, daß Rembrandts König Saul in dieser mentalen Welt weit aufgehellter sich präsentierte als im Original. Es waren nicht Mond- und nicht Sonnenaugen, mit denen er mich gramvoll ironisch betrachtete, sondern Sternaugen. Sie zwinkerten mir zu, wie ich dicht an ihm vorbeistrich, so daß ich mich gezwungen fühlte, ihn flüsternd zu begrüßen:

»König Saul, Friede sei mit dir...«

»Sehr richtig«, flüsterte er noch leiser zurück, »mein Name ist Io-Saul Minjonman.« Als ich aber eine Unterhaltung beginnen wollte, winkte er mir verschwörerisch ab und gab mir einen deutlichen Wink, ich möge in seiner Nähe bleiben, doch unbekannt tun. Ohne seine Lippen zu öffnen, zischte er:

»Sie werden von allen Seiten beobachtet. Bemerken Sie's doch endlich! Was brauchen Sie sich mit dem Juden dieses Zeitalters herumzutreiben?«

»Aha«, dachte ich, »wieder ein umgekehrtes Pluraletantum und daher in Amt und Würden!« König Saul stieß mich beim Vorübergehen leicht an. Er summte zwischen den Zähnen:

»Hundert Schritte, dann links. Folgen Sie unauffällig.«

Selbstverständlich war niemand arm. Das Wort Armut hatte ja seinen Sinn verloren, soweit es den Mangel an äußern Gütern und Lebensnotwendigkeiten beinhaltet. Auch in diesen Labyrinthen der »Ehemaligen Unterstadt«, wo ich mich jetzt befand, konnte jedermann seinen Appetit mit den raffiniertesten Substanzen befriedigen, sofern er Feinsinn genug besaß, sie zu genießen. Auch hier konnte er die zartesten, hauchdünnen Textilien aus den himmlischen Quellen und irdischen Kräften des

Arbeiters beziehen, sofern ihm grobe und stumpfe Stoffe nicht lieber waren. Auch hier in den mentalen Slums waren die Wohnungen ebenso geräumig wie in der prächtigen Villa meiner Hochzeiter, die Ruhelager ebenso luxuriös, die Beleuchtungen ebenso phantasiereich, die Zimmerwände ebenso bereit, dynamische Tapeten, das heißt die Projektionen innerer Bilder zu reflektieren. Und doch, trotz alles gleichgearteten, verfeinerten Komforts, fühlte ich genau, daß ich mich hier unten in den dichtbewohnten Schlupfwinkeln der Armen und Verachteten befand, die sich hier zusammenschlossen, weil sie dort nicht dazugehörten, weil sie Wärme, Nähe, Enge suchten und unter dichter Nachbarschaft weniger litten als die andern. Mir ging eine Erkenntnis auf, für welche mein Geist zu Lebzeiten viel zu oberflächlich und positivistisch gewesen ist: Armut ist weit mehr als eine Folge von Mangel, welche mit diesem sofort verschwindet. Armut ist eine karmatische Begrenztheit der Seele, die auf der Ungleichheit alles dessen beruht, was ins Leben tritt. Armut und Reichtum sind viel weniger die individuellen Ergebnisse der Ökonomie als ihre Ursachen. Die wahren Armen und Reichen sind arm und reich geboren, im Sinne von Konstitution, wie man blau- oder braunäugig geboren ist, sanft oder jähzornig. Mit einem Wort – und es ist wichtig für die Erkenntnis aller wirtschaftlichen Revolutionen –, die Armut bleibt, auch wenn sie abgeschafft wird.

Schließlich war auch der Einfältige dieses Zeitalters wirklich einfältig, wennschon er es bis zum binomischen Lehrsatz und zum Differentialkalkül gebracht hatte, worin er die meisten von uns übertrifft.

Mit all dem soll nicht gesagt werden, daß Minjonman, der Jude dieses Zeitalters, zu den Armen, zu den Mühseligen und Beladenen gehörte. Er gehörte zu diesen ebensowenig, wie er zu den andern gehörte, zu den Io-Fagòrs, Io-Dos, den Wortführern und Beständigen Gästen.

Das große Zimmer, in das er mich führte, unterschied sich von allen Zimmern, die ich bisher kennengelernt hatte, dadurch, daß es vollgepfropft war mit Erinnerungen. Ist das ein

Wunder nach mehr als hunderttausend Jahren historischer Kontinuität? Ich war nicht im mindesten erstaunt darüber, denn daß ich bei Rembrandts König Saul Schriftrollen, altertümliche Folianten, siebenarmige Leuchter, Gewürzbüchsen mit kupfernen Fähnlein, Teppiche, braune Gemälde, antike Stoffe und dergleichen in Hülle und Fülle finden würde, das hatte ich vorausgewußt; ich möchte fast sagen, das hatte ich vorausinszeniert. Freilich, daß über allem eine dichte Staubschicht lag, wo es doch im mentalen Klima keinen andern Staub geben konnte als den der Jahrtausende, und daß es stark sowohl nach Moder als auch nach Kampfer roch, das hatte ich nicht vorhergewußt.

Schön war es jedenfalls, daß Saul Minjonman mir einen Lehnstuhl hinschob wie vorhin der Großbischof und daß hier nicht erst ein snobistisches Bügelbrett zum Anlehnen aus der Wand geklappt werden mußte, wenn man müde war. Ich ließ meine Glieder behaglich in das Fauteuil sinken und gab mich dem Genuß der gebrochenen Linie hin. Der Jude des Zeitalters verschwand inzwischen in einen Nebenraum, von wo er nach einer Weile mit einer antiken Silbertasse auftauchte. (Sie hätte aus dem Stiftszelt von Silo sein können, so altertümlich sah sie aus.) Zwei weiße Krüge aus Porzellan standen darauf. Er setzte die Opfertasse auf ein niederes Tischchen, das zwischen uns stand, und begann in einer zugleich bitteren, witzigen, vorwurfsvollen und selbstironischen Art zu sprechen, wie es nicht nur ich, sondern auch jeder andere Fachmann von ihm erwartet hätte. König Sauls Nebensätze waren manchmal wie schattige Seitentäler, in denen sich der aggressive Sinn der Hauptsätze selbst verdunkelte:

»Sie kommen gerade vom Großbischof, nicht wahr, Doktus? Sie bemerken, ohne Zweifel, daß ich Sie Doktus nenne und nicht Seigneur. Seigneur ist schwachsinnig und ein Ausruf hoffnungsloser Unbildung. Doktus gibt es zwar auch nicht mehr, aber es klingt wenigstens stilvoll. Also, Doktus, Sie waren beim Großbischof in seinem Sephirodrom. Vorher waren Sie in seiner Kirche, und man hat Sie ein bißchen für den Scheiterhaufen präpariert. Verschweigen Sie mir nichts, erzählen Sie mir nichts, es ist mir schon zu viel was ich selbst weiß. Hat er Ihnen mit einem Imbiß aufgewartet?«

»So ist es«, nickte ich, »ich habe zwei Becher herrlichen Weines getrunken und nach mehr als hunderttausend Jahren wieder am irdischen Brote geknabbert...«

»Wär's nur simpel irdisches Brot«, seufzte Io-Saul zweideutig mit einem Blick von unten: »Hat Ihnen Brot und Wein gemundet?«

»Ausgezeichnet«, versetzte ich, »ebensogut wie mir vorher der Käse des Arbeiters geschmeckt hat.«

»Es ist Ziegenkäse«, bemerkte Minjonman, mit sichtbarem Abscheu die Handflächen nach außen kehrend. »Heidnischer, epikuräischer, ungebildeter Ziegenkäse. Wem dreht sich dabei nicht der Magen um?«

»Ist das nicht ein gewisses Vorurteil, Rabbi Saul«, fragte ich, »und Sie scheinen sogar gegen Brot und Wein voreingenommen zu sein?«

»Nicht im geringsten, Doktus«, zwinkerte er. »Brot und Wein ist das Zweitbeste, was es auf Erden gibt. Das einzige, was ich gegen Brot und Wein habe, daß beide nicht allgemein erhältlich sind.«

»Ich glaube Sie zu verstehn, Io-Minjonman«, nickte ich. »Auch Sie kommen von den Anfängen der Menschheit her wie ich. Mein Freund B. H. mag daran gar nicht erinnert werden. Verzeihen Sie mir also, denn eine allzu alte Herkunft scheint nicht gerade ein Adelstitel zu sein. Die mentalen Suppen und Cremes sind zwar wohlschmeckender und inhaltsreicher als alles, was man seinerzeit vorgesetzt bekam, aber indem sie den Gaumen erfreuen, beschäftigen sie zugleich die geistige Vorstellungskraft und vermindern dadurch die alte animalische Lust des Schnabulierens. Brot und Wein aber, sehen Sie, bleibt Brot und Wein, nicht mehr und nicht weniger...«

Minjonman sah mich mit einem samtigen Vorwurfsblick an, wobei ein unterdrückter Spott um seinen Mund zuckte und er seine Handflächen mit einer viel zu großen Gebärde nach außen kehrte.

»Brot und Wein ist Brot und Wein«, sagte er singend, »wenn es nicht zufällig gerade Leib und Blut ist...«

»Sind Sie damit noch immer nicht fertig geworden«, lächelte ich. »Nach so vielen Weltzeiten?«

König Saul zog den schwarzen Burnus fester um seinen schmalen Körper. Er blickte an mir vorbei, die Achseln zukkend:

»Fertig geworden, ich? Wieso ich? Ich habe ja niemals angefangen damit. Jene sind damit nicht fertig geworden. Na, der abstruse, unausrottbare Aberglaube ist lange nicht das Ärgste an ihnen. Finden Sie's aber geschmackvoll, einen Fremden, den man kurz vorher als häretischen Abgesandten Satans exorzisiert hat, sogleich darauf mit der potentiellen Materie des Sakraments in beiderlei Formen zu bewirten?«

»Wem würde je so etwas einfallen, wenn er Wein trinkt und Brot ißt«, schüttelte ich den Kopf. »Was aber finden Sie das Ärgste an ihnen?«

»Gar nichts«, wich mir Minjonman aus. »Ich komme mit den Leuten ganz gut vom Fleck. Sie haben mich oft gegen die Ziegenkäseesser geschützt, nachdem es ihnen langsam, langsam bewußt ward, daß sie ohne mich keinen zulänglichen Gott gefunden hätten...«

»Wollen Sie mir nicht sagen, Saul Minjonman«, fragte ich hartnäckig, »was nach Ihrer Meinung schlimmer ist als Aberglaube?«

»Man muß sich vertragen, Doktus«, sagte der Jude des Zeitalters. »Man muß miteinander auskommen, lebt man doch seit unendlichen Zeiten in nächster Nachbarschaft.«

Nach diesen Worten blickte er sich mißtrauisch um, nicht anders als vorhin der Großbischof. Dann fuhr er leise fort:

»Ich will Ihnen sagen, Doktur, was das Schlimmste ist: Der Selbstbetrug, der sich rechtfertigt, anstatt sich zu berichtigen. Jene bauen von Anfang an die kompliziertesten Stützgerüste um ihren Glauben, anstatt der Wahrheit wegen das Fundament neu zu legen. Die Wahrheit haben sie von uns bekommen, groß und einfach und unverzwickt und leicht und glaubwürdig, ebenso für Kinder wie für Weise. Sie aber haben die Wahrheit vermischt und vermanscht mit den Ausgeburten von Moab und Edom...«

»Und was ist diese Wahrheit?« fragte ich ein wenig gereizt.

»Der Herr ist unser Gott«, sang er in hebräischer Melodie, »und Gott ist einheitlich und einzig.«

Ich neigte mich vor, so daß ich nahe an sein Gesicht kam:

»Betet die Kirche«, sagte ich, »nicht heute noch, nach hunderttausend Jahren in der Messe zum Gotte Abrahams, Isaaks, Jakobs, zu unserm Gott somit, der einheitlich und einzig ist?«

Rembrandts König Saul drückte sein Kinn mit dem Bartanflug in charakteristischer Weise gegen die Brust.

»Wie bitte«, fragte er, »seit wann kann, was einheitlich ist, drei Einheiten haben, und was einzig ist, mehrere Personen umfassen?«

»Daß jede Einheit eine Union ist und daß selbst eine unteilbare Ganzheit verschiedene Aspekte besitzt«, so sagte ich, »das wird Ihnen der Pater Exorzist viel besser beweisen können als ich.«

König Saul nickte mehrere Male leidenschaftlich mit dem Kopf, während er sprach: »Er kann nicht nur beweisen, Doktus, er muß beweisen. Das ist seine Schwäche. Immer und immer wieder muß er mit Worten beweisen, daß die Unmöglichkeit die Wahrheit ist. Ich muß gar nichts beweisen. Er kann die vollkommene Weltjenseitigkeit meines Gottes, den ich ihm schenkte, nicht ertragen. Das ist seine größte Schwäche. Ich kann sogar auf den Heiland mit meinem ganzen Leben warten und zugleich wissen, daß er nicht kommt. Das ist meine größte Kraft...«

Io-Minjonman hatte diese Worte entgegen seinem sonstigen müden Ton mit einer großen Glut gesprochen. Sogar seine Sternaugen röteten sich. Unversehens war ich somit in dieser fernfernsten Zukunft in eine mittelalterliche Disputation geraten, in ein Religionsgespräch, wie es zwischen Dominikanern und Juden im Spanien des vierzehnten Jahrhunderts abgehalten zu werden pflegte. Mir war, ohne daß ich's beabsichtigt hatte, die Rolle des kirchlichen Sprechers zuteil geworden, anstatt umgekehrt. König Saul seinerseits gebrauchte dieselben Argumente, die seine spanischen Vorfahren mit unvergleichlich größerer Vorsicht ins Feld geführt hatten, denn ihnen ging's zu jener Zeit an den Kragen...

»Kann etwas, was in sich nicht wahr ist«, nahm ich noch einmal die toledanische Disputation auf, »die Zeiten überdauern, wie es die Kirche tut?«

König Saul wiegte, bedächtig lächelnd, den Kopf hin und her. »Schon wieder muß etwas bewiesen werden, Doktus«, sagte er, »sogar durch Dauerhaftigkeit. Jeder Stein ist zweimillionenmal dauerhafter als die Kirche. Und was heißt das ›in sich wahr‹? Auch das Schachspiel hat alle Zeiten überdauert, weil es in sich wahr ist und obwohl es außer sich weder wahr noch unwahr ist...«

Nach diesen Worten stand er auf und nahm von einem Bord eine henkellose Schale, einen Quirl und dazu einen großen und einen kleinen hölzernen Löffel.

»Die Kirche wird so lange leben«, fuhr er während seiner Tätigkeit fort, »wie wir leben, um zu zeugen für Abraham, Isaak und Jakob, die den wahren Gott zuerst erkannten...«

»Meines Wissens, Saul Minjonman«, versetzte ich, »formuliert es die Kirche genau umgekehrt. Sie meint, Israel werde so lange leben wie sie lebt, also bis zum Ende der Dinge, um für den Messias zu zeugen...«

»Dann ist uns beiden geholfen«, blinzelte Minjonman versöhnlich unversöhnlich. »Unendliche Strecken sind gleichlang, und wir können's ruhig abwarten, wer für wen zeugen wird... Mein Willkommenstrunk aber kann nicht länger warten...«

Damit brach er entschlossen die Disputation ab und goß umsichtig aus dem einen Krug dicke Milch oder Sahne in die Schale. Aus dem andern Krug mischte er goldenen Seim bei, der sich wie ein Faden langzog, und den er mit dem Finger abschnippen mußte.

»Milch und Honig?« fragte ich gespannt.

»Milch und Honig«, bestätigte er, »die Milch des reinen Tiers, in das kein Dämon fährt, und der Honig der kleinen Schaffnerinnen, nicht etwa der unverschämten Melissen aus dem Park des Arbeiters. Ich biete Ihnen an, Doktus, unsere mystische Erdenspeise Milch und Honig, die von Gott konsekriert ist und in nichts anderes verwandelt werden kann.«

»Milch und Honig«, fragte ich, »etwa aus dem Lande, wo Milch und Honig fließt?«

»Ja«, nickte er, »wir bewahren an der geheiligten Stelle noch einige zehntausend Hufen Landes im strengen, alten Zustand ... Das haben unsere Väter durchgesetzt, als die ganze eingeebnete Welt und Menschheit zusammenfloß, grau in grau.«

König Saul quirlte die Milchspeise mit dem Holz, so daß sie immer dicker wurde und zu schäumen begann. Währenddessen sprach er träumerisch vor sich hin:

»Wissen Sie, was unsere Weisen von der Milch sagen? Was für ›Erez‹, die unbeseelte Natur, das Quellwasser, das ist für ›Odom‹, die beseelte Natur, die Milch. Sie ist das Quellwasser des atmenden Lebens. Und wissen Sie, was sie vom Honig sagen? In ihm, in diesem zusammengetragenen Blühen der Erde, gibt Gott uns den Gedanken zu essen, der ihn bewog, den Sommer zu schaffen ...«

König Saul hob die Hände über die Speise und murmelte den vorgeschriebenen Segensspruch, der noch tiefer in die Anfänge der Menschheit zurückreichte als ich selbst. Dann schob er die Schale vor mich hin und gab mir den kleineren Holzlöffel in die Hand. Mir war aber ganz feierlich zu Mute, als ich den süßen, honigdurchsetzten Schlagrahm zu kosten begann, und ich fühlte mich wie ein Konfirmationskind. Auch verstand ich plötzlich zum erstenmal den tiefen Sinn der religiösen Speisegesetze, den Sinn der »Reinheiten« und der »Unreinheiten«, und daß die Aufnahme von Nahrung die Einverleibung göttlicher Schöpfungsgedanken durch die menschliche Natur sein sollte.

Minjonman sah mir befriedigt zu, wie ich dem Genuß mich hingab. Er wollte nicht stören, er redete nicht zu mir, sondern wartete, bis ich meinerseits das Gespräch wieder aufnahm.

»Sie nennen sich den Juden dieses Zeitalters«, sagte ich, »hat die Einzahl dieselbe Bedeutung wie im Falle des Arbeiters?«

»Schon die Bedeutung des Wortes zeigt«, so belehrte er mich,

»daß es immer Zehn zugleich sind, die den Namen Minjonman tragen. Sie repräsentieren, was durch Gottes Willen nicht vergehn darf...«

»Und warum Zehn, Io-Saul?«

»Zehn machen die Gemeinde und das Gebet der Gemeinde. Zehn ist die äußerste Zusammendrängung gemeinsamer Frömmigkeit.«

»Verzeihen Sie meine Neugier, Io-Saul«, forschte ich weiter. »Sind es zehn einzelne und unabhängige Persönlichkeiten oder zehn Familienvorstände?«

»Zehn einzelne Personen«, erwiderte er, »zehn ausgewählte Personen, die Männer von Frauen und Väter von Kindern und Söhne von Müttern und Brüder von Brüdern und Schwestern und Schwäger und Schwiegerväter und Vettern und Oheime und Neffen sind... Ich freue mich, Doktus, daß Ihnen mein Imbiß auch ohne Alkohol geschmeckt hat.«

»Es schmeckt mir so innig, so innig«, sagte ich ganz träumerisch, »ich werde noch um ein viertel Schälchen bitten.«

Nachdem ich mich neu bedient hatte, nahm ich den Faden wieder auf:

»...Männer von Frauen, Väter von Kindern, Söhne von Müttern, Brüder, Schwestern, Schwäger, Schwiegerväter, Vettern, Onkel, Neffen, etwas viel Familie, mein ich...«

»Viel Familie«, sagte König Saul ernst, »das war immer unsere Spezialität.«

In diesem Augenblick war ich unbewußt ganz und gar Reiseberichterstatter und Interviewer und fragte weiter, obwohl's schon zweifellos zudringlich war:

»Und was ist der Endzweck, daß in einer eingeebneten und grau in grau zusammengeflossenen Welt, wie Sie es nannten, diese zehn Familien Minjonman sich absondern und ihr Leben sich selbst erschweren?«

»Gibt es einen andern Endzweck auf Erden als die Gebote halten und...«

Er brach ab und machte eine Pause, so daß ich gezwungen war, neugierig zu wiederholen »Und?«

»Und warten«, sagte König Saul, und sein Antlitz lächelte melancholisch.

Ich aber lehnte mich zurück und dachte nach über dieses Wort »warten«. Es schien mir übereinzustimmen, sowohl mit der Zeiterfahrung, die ich als Knabe am Fenster meines Ferienzimmers gemacht, wie auch mit meiner Existenz im Tode, die freilich der Großbischof als unecht verworfen hatte. Warten ist nackte, das heißt völlig entblößte Zeit. Diese aber ist die Verbindung zweier entlegener Raumpunkte, auf deren Linie die vollkommene Ruhe im Vehikel der vollkommenen Bewegung einherfährt. Aber selbst die Ruhe des Todes (ich hatte es erlebt) kann tief innen glauben, sie werde auf den richtigen Punkt hinbewegt. Dann ist das Warten König Sauls mehr als Warten, nämlich Hoffnung, dann ist die nackte Zeit eine fromme Zeit, dann ist die bewegte Ruhe des Todes ein eingeschmiegtes Schlummern in Gott. Ja, sie sind wahrhaftig das Volk der frommen Zeit und daher der Hoffnung, die zehn Minjonmans. Versunken in solche Gedanken, die auf tiefsten Erfahrungen beruhn und daher durch die sprachliche Fassung verdunkelt werden wie Nachtlampen an Krankenbetten, die man mit Tüchern verhüllt, vergaß ich, wo ich war und merkte nicht, daß Minjonman hinter meinen Lehnstuhl getreten war. Plötzlich flüsterte er mir scharf von hinten ins Ohr:

»Glauben Sie ihnen nicht. Ich kenne sie alle. Und *wie* ich sie alle kenne. Glauben Sie keinem. Ich warne Sie!«

Vor dieser Stimme fuhr ich zusammen. Soeben hatte ich noch in Saul Minjonman das unzerbrechliche Gefäß der Hoffnung bewundert, ihn, der an das Kommen des Erlösers glaubt, obwohl er von seinem Nichtkommen überzeugt ist, ihn, der die nackte Zeit des Wartens zur frommen Zeit macht, als ich plötzlich auf den gegenteiligen Saul Minjonman stieß, einen Hochnervösen und Hochungeduldigen, der wie ein erstickender Fisch im Netz des Zeitablaufs zappelte.

»Wissen Sie, Doktus, wann unser Unglück begann?« fragte er mit beinahe irren Augen. »Als die Menschen dummerweise anfingen, ihre Schriften von links nach rechts zu richten anstatt wie wir von rechts nach links. Da verkehrte sich für uns das Leben. Hören Sie gut zu: Die Griechen nannten das Leben Bios. Wir aber mußten verkehrt lesen Soib oder Sob, was bekanntlich ›Schluchzen‹ heißt. Als wir später fast zweitausend Jahre unter den Germanen siedelten, lasen wir Leben umgekehrt als ›Nebel‹, also Qualm und Dunst, und es stimmte genau. Dann entführte uns Gott durch das Mittel einer gewaltigen Verfolgung in die weltbeherrschenden Reiche der englischen Sprache. Sie können sich selbst umdrehen was wir lasen, wenn wir auf das Zeitwort to live stießen...«

»Es ist mir bekannt, daß evil das Übel, das Böse bedeutet«, sagte ich gehorsam, ließ ihn aber nicht mehr zu Worte kommen aus Furcht, ich würde noch fünfzehnhundert andere Vokabeln für Leben umdrehen müssen.

»Vor wem warnen Sie mich«, fragte ich ziemlich scharf, »wem soll ich nicht glauben? Dem Großbischof etwa?«

»Großbischof hin, Großbischof her«, murmelte Minjonman und duckte sich in seinem Lehnstuhl zusammen.

»Ich meine alle Jene. Ich meine jene Alle...«

Jetzt hatte er wirklich die Augen des biblischen Saul, der vom nächtigen Geiste zerstört wird. Mit einer übergroßen Gebärde schien er die ganze Welt von sich zu drängen. Mit einem Mal aber bäumte sich's in diesen Augen auf, wie ein Pferdegespann vor einem Blitz. Minjonman starrte auf die Tür:

»Und glauben Sie auch ihm nicht«, murmelte er, »und seien Sie auch vor ihm gewarnt, obwohl er ein bedeutendes Goldköpfchen ist.«

Die dunkle Tür öffnete sich.

Saul Minjonman hatte seine ironische Traurigkeit sofort zurückgewonnen, als er den Eintretenden vorstellte:

»Io-Joel Hainz, mein ältester Sohn, kein Minjonman, denn er hat sein Erstgeburtsrecht abgetreten, und zwar um weniger als ein Linsengericht.«

Was mir zuerst an dem jungen Mann auffiel, der sonderbar genug aus irgendwelchen vergessenen Traditionsgründen auf den preußisch forschen Namen Hainz hörte, war die Tatsache, daß er nach der allgemeinen mentalen Mode gekleidet ging, die den nackten Leib verwischt durchschimmern ließ, und nicht etwa einen über den Kopf gezogenen Mantel trug wie sein Vater und die andern Mühseligen und Beladenen zwischen den beiden Torruinen der »Ehemaligen Unterstadt«. Er hatte sogar einen jener schmalen, schöngewellten Goldaufsätze aus leuchtendem Material über den Kopf gestülpt, wie die Jugend sie im Gegensatz zu den barocken Perücken der höheren Jahrgänge bevorzugte. Neben einer ausladenden Stirn und kurzsichtig verkniffenen, beinahe wimpernlosen Augen, die geradezu nach scharfen Gläsern schrien, war es eine sonderbar forcierte Farblosigkeit und erkünstelte Indolenz, die den jungen Menschen charakterisierte. Ein extrem Assimilierter, dachte ich, der auf der Hut sein muß, der seinen Emotionen Zügel anzulegen gewöhnt ist. Was für Emotionen aber? Es war für mich nicht schwer, hinter der betonten Farblosigkeit der Fassade den gequälten Hochmut, den verbissenen Willen zur Überlegenheit zu entdecken, wie er nur aus der Wurzel eines beinahe schon physiologischen Gekränktseins aufschießt. Warum war Io-Joel in den Tiefen seines Wesens gekränkt? Sein Vater war es nicht. König Saul war ein wenig schwermütig, ein wenig spöttisch und dann und wann salbungsvoll. Er zeigte keinen Hochmut, sondern nur den Stolz dessen, der eine Absonderung freiwillig auf sich nimmt. Io-Joel Hainz hatte allem Anschein nach diese Last abgeworfen, um eine andere aufzunehmen. Wohnte er überhaupt noch im Hause seines Vaters, unter den Mühseligen und Beladenen, oder kam er nur auf Besuch, er, ein Mentaler durch und durch? Fast möchte ich letzteres annehmen. Diese und viele ähnliche Fragen kreisten mir durch den Kopf, während ich Vater und Sohn leidenschaftlich beobachtete. Io-Joel sah mit gemachter Kälte an Saul vorbei, während dieser seinen Sprößling mit einem unbeschreiblichen Blick verzehrte, in welchem Angst, Liebe, Vaterstolz, Abweisung, Empörung und manchmal sogar Haß auf das widerspruchsvollste gemischt waren. Angesichts dieser beiden fielen mir schon nach wenigen Minuten der liebe Herr Io-Solip und sein Sohn ein, der Bräutigam des Tages, mein junger Hausgenosse. Und ich weiß nicht, warum ich sofort in Io-Do und Io-Joel zwei Antithesen erfühlte, die sich aufs Blut bekämpfen müssen, weil sie in Wahrheit zwei Identitäten sind.

»Na, wieder einmal die Welt nach ihren Fehlern abgelaust, mein Sohn?« begrüßte Minjonman den Kömmling hämisch, und ich spürte, wie ein unheimlicher Zwang ihn wider Willen hinriß, stichelnde und beleidigende Worte zu wählen, die ihn zugleich selbst mit Schmerz erfüllten. Kein Zucken in Io-Joels leicht albinösem Antlitz bewies, daß er sich durch den altgewohnten spöttischen Empfang seines Vaters gereizt fühlte.

»Sie müssen wissen, Doktus, er ist ein radikaler Analytiker«, fügte König Saul hinzu, und man wußte nicht, ob es ihn stolz machte oder wütend.

»Wer verändern will, muß zuerst erkennen und definieren«, sagte Io-Joel mit trockenem Pedantenton, der viel aufreizender klang als des Vaters passionierter Spott. Konnte er wissen, daß ich diese Maxime verstehen würde? Ich verstand sie allerdings bis auf den Grund, war sie doch ein mir wohlbekannter Wahlspruch derjenigen gewesen, die sich um neunzehnhundertzwanzig für Revolutionäre hielten. Ah, wie kannte ich diesen naseweis eisigen Tonfall, der einerseits behauptete, der menschliche Geist sei nichts als eine Blase, welche die materielle Entwicklung wirft, und andererseits forderte, diese hilflose Blase habe der allbeherrschenden materiellen Entwicklung zu Hilfe zu kommen. Es war nicht logischer als vom Ozean anzunehmen, er fordere das Dröhnen im Innern der Muscheln auf, ihn beim Sturm zu unterstützen. Also das gab's auch noch in der astromentalen Welt, wunderte ich mich, diese Rachsucht des grundlosen aber unersättlichen Hochmuts hinter der Lügenmaske der Weltverbesserung?

»Dies hier ist Doktus«, stellte Minjonman mich endlich seinem Sohn vor, »den Jene auch Seigneur nennen.«

»Ich hatte schon das Vernügen, Doktus und Seigneur im Parke des Arbeiters beim Freitanz der Bräute zu observieren«, erklärte Io-Joel mit seinem steifen und überhöflichen Ernst, von dem ich anfangs nie wußte, ob er nicht Frechheit war. Später wußte ich's. Er war's nicht.

»Was hat unsereins im Park des Arbeiters zu suchen«, brauste Minjonman auf, und braune Röte der Wut und des Ekels überzog die antike Blässe seiner eingefallenen Wangen.

»Ich ergehe mich«, antwortete Joel-Hainz mit pedantischer Ruhe, nicht seinem Vater sondern mir, »ich ergehe mich gerne dort, wo man Informationen aus erster Hand bekommt.«

»Informationen von den Ziegenkäseessern«, knurrte der Vater, beruhigte sich, machte eine Pause und schloß mit einem krampfhaften Witz: »Es wäre besser, du würdest dich im Park des Arbeiters nicht ergehen, sondern hier im Vaterhause niedersetzen...«

»Ich pflege nicht zu sitzen«, erklärte Io-Joel kurz und mit flacher Stimme.

»Was deinem Vater recht ist, das ist dir also zu schlecht, wie?« fuhr Minjonman von neuem auf.

»Man soll nicht à tout prix in Kleinigkeiten unterscheiden wollen«, wandte sich der Sohn mit größter Höflichkeit wieder an mich, »und außerdem ist Sitzen eine reaktionäre Haltung.«

»Deine Dschungel aber sind nicht reaktionär«, stieß König Saul hervor. Ich fühlte, wie er beinahe vergeblich um seine Selbstbeherrschung rang.

»Die Dschungel sind Stützpunkte der gesellschaftlichen Erneuerung und der Überwindung des Mentalismus, wie sie die natürliche Entwicklung uns selbst bietet.« Also sprach Joel-Hainz mit dem pedantischsten Gleichmut, und seine Gabe für knusperige Formulierungen reizte mich so sehr, daß ich mich einmischte, was ich gar nicht gewollt hatte:

»Mein Aufenthalt hier ist viel zu kurz«, sagte ich, »als daß ich die Dschungel, die Sie erwähnen, hätte selbst besuchen können. Soweit ich aber von diesen Dschungeln gehört habe, bedeuten sie ein absonderliches Rückgreifen der Natur, inklusive des menschlichen Phänomens, auf überwundene Zustände. Ich verstehe nicht, inwiefern säuisches Getümmel auf ehemaligem Sumpfboden, Hühnerhöfe, Jahrmarktsbuden, Ringelspiele und dergleichen mehr Stützpunkte der gesellschaftlichen Erneuerung sein können. Ich fürchte mich nicht vor dem Worte ›reaktionär‹. Es kann unter Umständen etwas recht Sympathisches ausdrücken. Ich sehe aber nicht ein, warum jene Ringelspiele weniger reaktionär sind als zum Beispiel die schönen Lehnstühle, auf denen wir hier in Ihres Vaters Haus sitzen? König Saul und König David und alle Cäsaren und späteren Kaiser saßen auf Thronen, die Päpste alle, und auch gewiß der heutige Papst, sitzen auf der Sedia gestatoria, und selbst Gott der Herr wurde von den Malern beim Jüngsten Weltgericht sitzend, also in gebrochener Linie dargestellt. Wenn Sie den Mentalismus überwinden wollen, warum erkennen Sie ihn dann gerade in diesem einen mehr oder weniger snobistischen Detail an, das die gebrochene Linie für eine reaktionäre Haltung ansieht?«

»Da hör nur zu, wie er's dir gibt«, kicherte Minjonman entzückt.

»Und warum wollen Sie überhaupt den Mentalismus überwinden?« fragte ich zum Schluß.

»Alles was ist, muß überwunden werden, damit das Neue sein kann«, dekretierte der Sohn. Und diesmal klang's nicht ganz sicher, und der kühle junge Mann erschien unreif.

»Ein scharfes Goldköpfchen«, murmelte König Saul, und man konnte nicht wissen, ob's Lob war oder Spott. Ich aber nahm die Schwäche des Gegners wahr:

»Was Sie da gesagt haben, ist ein inhaltsloser, rein formalistischer Grundsatz, der die Tatsache des leeren Nacheinanders zum moralischen Wert erhebt. Dieser Grundsatz wurde schon zu meiner Zeit von dem eitlen, faulen und gefühllosen Pack der politischen und künstlerischen Bohème erfunden. Es waren jene Leute, die alles leicht überwunden haben, was ihrer Eitelkeit im Wege stand, nur sich selbst nicht.«

»Haben Sie ähnlichen Grundsätze nicht auch gehuldigt, Doktus und Seigneur, vor mehr als hunderttausend Jahren?« fragte Io-Joel, der seine aufreizende Apathie wieder voll zurückgewonnen hatte.

»Leider«, versetzte ich nach einigem Zögern ziemlich betroffen, »leider, wenigstens eine Zeitlang. Doch ich bin überzeugt davon, daß wir zu unsren Zeiten mit größerem Recht Revolutionäre waren. Damals beutete der Mensch den Menschen erbarmungslos aus. Man lebte, wenn man ein Herz besaß, nicht viel länger als fünfzig Jahre. Sehr viele erreichten aber nicht einmal dieses Alter, denn immer wieder wurden sie in den Krieg gejagt, und wenn sie krank waren und mit Frauen und Kindern daheim blieben, verendeten sie unter den Trümmern ihrer Häuser oder auf den Landstraßen umherirrend an Hunger und Seuchen. Heute aber ...«

Und ich begann, wie ich's schon einige Male mit mehr oder weniger Verve getan hatte, das Lob der astromentalen Welt und ihrer Errungenschaften zu singen. Io-Joel wandte den kurzsichtigen Blick seiner blassen Augen nicht von mir und ließ mich erbarmungslos zu Ende sprechen. Dann erst fragte er:

»Somit also war's das Mitleid mit den Menschen und die Empörung gegen ihre Quäler, weshalb Sie die bestehenden Zustände in Ihrer Jugend bekämpften, Doktus und Seigneur?«

Ich bekenne, daß mich Minjonmans Sohn unsicherer gemacht hatte als ich ihn:

»Ein Teil unserer revolutionären Gesinnung«, erwiderte ich zögernd nach einer Pause, »beruhte gewiß auf sentimentalen und generösen Empfindungen, in denen wir uns mit dem Hochmut, bessere und höhere Menschen zu sein, eitel sonnten. Der gehässige Hauptimpuls von uns Revolutionären aber gründete sich auf die dunkle Empfindung des verwehrten Lebensanspruchs, unter dem so viele junge Leute litten.«

Joel-Hainz faltete mit deprimierender Geduld die Hände zusammen, während Rembrandts König Saul uns neugierig betrachtete, als lieferten wir ein Wettspiel.

»Verzeihung, Doktus und Seigneur«, fragte der Sohn mit unveränderlicher Höflichkeit, »ist Ihre Kenntnis der astromentalen Welt so umfassend, daß Sie diese für endgültig und unverbesserbar erklären? Glauben Sie etwa, weil Essen und Trinken kein Problem mehr ist, und weil man nicht mehr auf schmutzige

Weise dahingeht, daß nicht auch wir an vereiteltem Lebensanspruch leiden?«

»Ich sehe nirgends«, versetzte ich heftig, »die politische Macht oder Einrichtung, die man für diesen vereitelten Lebensanspruch zur Verwantwortung ziehen könnte. Und außerdem gibt es ihn ja gar nicht in einer Welt, deren Ideal das zwecklose Spiel ist...«

»Ist nicht das Leben selbst ein vereitelter Lebensanspruch?« fragte der Sohn, ohne einen Muskel seines Gesichts zu bewegen. Diese Frage ist ein Wechselbalg Satans, dachte ich, obwohl irgend etwas daran richtig ist. König Saul war von der Klingenführung seines gehaßten Lieblings so begeistert, daß er durch ein langes Gelächter die Diskussion zerstörte.

»Werden Sie mit ihm fertig, Doktus, mit diesem kalten, vertrackten, abgebrühten Goldköpfchen! Er leidet, obwohl er es gar nicht muß, haha, er leidet aus purer Zudringlichkeit. Die anderen hören sofort auf zu leiden, wenn der Schmerz eine Pause macht, er aber leidet weiter...«

»Die Dschungel sind und bleiben daher die Stützpunkte der Erneuerung«, resümierte Io-Joel trocken und unberührt vom Lachen seines Vaters. »Sollten Sie Ihren Besuch ausdehnen, Doktus und Seigneur, werden Sie vielleicht selbst noch Zeuge dessen sein.«

»Keine Angst«, murmelte Minjonman, der wieder ernst geworden war, »er verspricht es täglich, das Goldköpfchen...«

Plötzlich aber stockte er und sank im dem Lehnstuhl zusammen, und sein Gesicht schien einzuschrumpfen, als er mit prophetischer Düsterkeit zu mir sagte:

»Es verspricht's nur, aber die andern werden es erfüllen.«

Dreizehntes Kapitel

Worin die große astrale Episode im Djebel beginnt, die mich vorerst in die unterste Knabenschulklasse der Chronosophen und mit dieser in den interplanetaren Weltraum führt.

Dies hier ist nicht nur eine Reisebeschreibung. Wenn ich's einen Reiseroman nenne, so verfälsche ich die Wahrheit nicht, um etwa den Leser bei der Stange zu halten. Während die Reisebeschreibung ein einfacher Kreis ist, so ist der Reiseroman eine Ellipse mit zwei Brennpunkten. Der zweite Brennpunkt ist das Ich des Reisenden, das nicht nur die Dinge und Ereignisse passiv hinnimmt, sondern oft, ohne es zu wollen, in die fremdartigsten Abenteuer hineingezogen und dann und wann sogar zum schaudernden Urheber kaum lösbarer Verwicklungen wird. Doch immer wieder will und muß ich es sagen, nicht um spannender Abenteuer willen unternimmt der Reiseschriftsteller seine Arbeit, nicht um Charaktere aufzubauen und zu zergliedern, sondern einzig und allein, um seine Leser mit einer unbekannten Welt bekanntzumachen, hier mit einem völlig weißen Fleck auf der Landkarte der fernsten Zukunft.

Da ich dieses mein Prinzip stets im Auge behalte und jetzt zu einem ausnehmend wichtigen Kapitel komme, dessen Stoff sich hoch über alles »Romanhafte« und auch »Menschlich-Interessante« erhebt, so nehme ich mir die Freiheit, die nächsten Ereignisse nur im Fluge zu berühren.

Meine Hausgenossen hatten mich vermißt. B. H. war ziemlich unruhig geworden, denn die Möglichkeit einer plötzlichen Regression meinerseits ins Unsichtbare schien ihm keineswegs ausgeschlossen. Wir hatten uns beide seit gestern sehr aneinander attachiert, er an mich ebenso wie ich an ihn. Da B. H. wußte, daß der Arbeiter mein erster Programmpunkt dieses Tages war, suchte man mich im Park bei den jungen Müttern und Babies und später im Tal der Quellen und Kräfte. Da der Freitanz und das Picknick der Bräute schon zu Ende waren, brauchte es einige Zeit, bis man meine Spuren entdeckte, die ins Haus des Großbischofs führten. Von dort aber verloren sie sich.

Inzwischen saß ich aber noch immer in König Sauls sonderbar vollgepfropftem Antiquitätenzimmer und hörte dem gereizten Disput zu, der ihn mit seinem Sohn Joel-Hainz entzweite und verband. Joel-Hainz führte seinen Kampf wie von Anfang an indirekt, indem er seine polemischen Antworten nicht an seinen Vater, den Juden dieses Zeitalters, sondern an mich richtete. Es erschien mir merkwürdig, daß beide, Minjonman und sein Sohn, davon überzeugt waren, daß die mentale Welt »verändert« werden müsse. Die Gründe des Vaters waren orthodoxer Natur, wenn auch ziemlich verschieden, ja gegensätzlich zu denen des Großbischofs. Er erklärte zum Beispiel die großbischöfliche Lehre vom Sündenfall als eine geschraubte Interpretation des Bibeltextes, die zugleich eine groteske Überschätzung des Menschen und eine blasphemische Unterschätzung Gottes bedeute.

»Jene sind so begabt für die Welt«, seufzte Minjonman, »und so unbegabt für Gott. Hätten sie die Sache mit Gott uns allein überlassen, wäre ihnen wohler.«

Im Gegensatz aber zu diesem selbstbewußten Ausspruch beschwor er seinen Sohn Joel-Hainz, sich nicht »einzumischen« und von allen Bündeleien mit jenen abzulassen, die aus ihrer Unzufriedenheit kein Hehl machten:

»Es ist schlecht«, sagte er. »Weiß ich nicht besser als jeder andere, wie schlecht es ist? Aber dieses Schlecht ist *ihr* Schlecht und nicht *unser* Schlecht. Was geht es mich an? Mit dieser Frage habe ich vieles überlebt. Frag dich auch: was geht es dich an?«

Gegenüber diesem ganz ungeheuerlichen Isolationismus schien der erkünstelt affektlose Joel-Hainz seine pedantische Apathie verlieren zu wollen. Seine Augen bekamen Farbe und sahen zum erstenmal den Vater durchdringend an. Selbst der goldene Kopfputz, mit welchem er die schöne Welt der andern nachahmte, war etwas zur Seite gerückt. Die Antwort wäre nicht wenig giftig ausgefallen, hätte Minjonman nicht plötzlich Unruhe gezeigt, an seinem Schwarzbärtchen gezaust und sich erhoben. Auch ich stand auf und frug, was gewiß kein Gespenst vor mir je gefragt hatte:

»Bin ich nicht zu lange geblieben ... Störe ich Sie?«

»Nicht Sie stören, Doktus«, erwiderte König Saul, »aber das ›Amt der Verlorenen‹ sendet Rufe nach Ihnen aus ...«

»Und wie hab ich auf diese Rufe zu reagieren?« erkundigte ich mich.

»Indem Sie selbst den lauten Ruf ausstoßen ›Hier bin ich‹«, sagte Minjonman, hob aber zugleich beschwörend den Arm, um mich zu hindern, es zu tun:

»Ich möchte Sie bitten, Doktus«, sagte er, »nicht in meinem Hause ›Hier bin ich‹ zu rufen.«

Bei dieser Gebärde und diesen Worten hörte ich das erste Mal Joel-Hainz lachen. Das heißt, ich hörte ihn nicht, denn er lachte lautlos und ohne einen Gesichtsmuskel zu verziehen. Es war ein Lachen, das nichts Gutes für die Zukunft verhieß. Dies mußte ich denken.

»Soll ich's um Ihretwillen nicht tun oder um meinetwillen?« fragte ich gespannt.

»Was braucht man Sie beim Juden dieses Zeitalters zu erwischen?« brummte König Saul.

»Sie sollen es um seinetwillen nicht tun«, sagte Joel-Hainz pointiert und langsam, »denn er will die Welt nicht verändern, sondern mit ihr nichts zu schaffen haben. So liegt's ihm im Blut.«

»Du aber brennst darauf, mit der Welt zu schaffen zu haben«, brach König Saul aus, »obwohl's dir nicht im Blut liegt.«

»Sehr möglich«, sagte Joel-Hainz gemacht träumerisch.

Obwohl mir noch viele Fragen auf der Zunge brannten, folgte ich schweigend Io-Saul-Minjonman, der mich durch dumpfe Gänge und über dunkle Treppen ins Freie führte. Wir befanden uns fernab von den parallelen Mauern der »Ehemaligen Unterstadt«.

»Stellen Sie Ihren Wunsch nur auf die ›Ehemalige Unterstadt‹ ein, wenn man von Ihnen Unmögliches verlangt und Sie mich brauchen.«

Ich stutzte. Es war das zweite Versprechen, mir aus der Klemme zu helfen, an diesem Vormittag. Ich wartete, bis Minjonman untergetaucht war. Dann rief ich laut: »Hier bin ich.«

Keine zwei Minuten währte es, bis wir einander auf offenem Graurasen wieder begegneten, meine Hausgenossen und ich. Obwohl wir beide Ziele bildeten, ich und sie, die aufeinander zu bewegt wurden, so war doch die Illusion der freien Begegnung vollkommen. Immer wieder mußte ich über die Feinfühligkeit des modernen Transportwesens staunen. Ich erwartete, als Ausreißer und Herumtreiber mit zumindest vorwurfsvoller Reserve empfangen zu werden. Nichts davon. Die Begrüßung konnte nicht freudiger und herzlicher sein. Nicht einmal ein Witzwort über mein freies Flanieren traf mich. Nur B. H., der Wiedergeborene, der ja noch einen Rest des nervösen zwanzigsten Jahrhunderts in sich bewahrte und außerdem sowohl den Gastfreunden als auch mir gegenüber die Verantwortung für meine Existenz trug, flüsterte mir ins Ohr:

»Gottseidank, daß du noch auf der Welt bist. Ich hab' schon Blut geschwitzt.«

Es waren gekommen, um mich zu suchen, Io-Fagòr, der Herr des Hauses, der Wortführer, der Hausweise und der Beständige Gast, diese drei bemoosten Junggesellen seines Hofstaates, sowie der liebe Herr Io-Solip, sein Gegenschwieger. Letzterer benachrichtigte sofort seinen Sohn, den Bräutigam, durch Anrufung, daß ich wiedergefunden sei. Io-Do war verpflichtet, den Tag in einsamer Ruhe und Betrachtung zu verbringen, denn der heutige Abend – derselbe, den man bei uns Polterabend nennt – war einem festlichen Sympaian geweiht, worunter ich mir etwas wie eine Theater- und Musikaufführung vorstellte. Freilich, als ich hörte, der junge Mann Io-Do sei mit innerer Betrachtung beschäftigt, sah ich ihn im Geiste vor seiner Waffenwand stehen und den unheilbaren Rost von Schießprügeln des Alterstums putzen. Io-Fagòr und die andern forderten mich auf, nach Hause zu kommen und eine kräftige Mahlzeit einzunehmen.

»Meine Herren«, dankte ich, »das wäre zu viel für meinesgleichen, denn man hat mich im Laufe dieses Vormittags schon mit drei mystischen Mählern traktiert. Zuerst bekam ich heidnischen Käse und Quellwasser zu kosten, dann Brot und Wein und schließlich Milch und Honig. Ich bin satt.«

»Und was dürfen wir Ihnen sonst anbieten?« fragte der Wortführer, zu dessen Ressort die Unterhaltung gehörte.

»Die Sonne steht hoch am Himmel, und ich dürste nach neuen Erkenntnissen«, sagte ich, und es klang weit weniger scherzhaft als ich's gemeint hatte.

»Wie wär's mit dem Seminar des Sophistes Io-Clap?« erwog der Hausweise.

»Warum sind Sie so streng gegen mich?« fragte ich lachend.

»Das sieht Ihnen wieder einmal ähnlich«, starrte der Wortführer den Hausweisen vernichtend an, in dem er den überflüssigsten aller Rivalen sah.

»Haben Sie nicht gestern das Wort ›Chronosophie‹ gebraucht?« wandte ich mich nachdenklich an Io-Fagòr.

»Da ich Ihre Interessen ahnte, und mehr als ahnte«, lächelte der Brautvater, »habe ich längst schon alles veranlaßt. Wir werden uns sogleich zum Djebel begeben. Sind Sie bereit, Seigneur?«

»Ich möchte, daß Sie zuerst überlegen«, unterbrach ihn B. H. mit spürbarer Ängstlichkeit, »ob eine chronoelastische oder chronogymnastische Übungsstunde für eine völlig untrainierte Seele nicht große Gefahren in sich birgt. Vielleicht sollte man vorher einen Arzt zu Rate ziehen...«

»Aber B. H.«, sagte ich empört. »Untrainierte Seele? Was soll das heißen? Meine Absenz und meine Wiederkunft, war das etwa kein Training?«

»Von den Zuständigen«, erklärte Io-Fagòr beruhigend, »ist alles reiflich bedacht und geprüft worden. Seigneur wird am Elementarunterricht der jüngsten Knaben teilnehmen.«

Da hatten wir nun den berühmten »Djebel« in seiner vollen Großartigkeit vor unsern Augen. Wir, das waren Io-Fagòr, B. H. und ich. Der Djebel aber war ein gewaltiger, künstlicher

Berg von mehr als viertausend Fuß absoluter Höhe und aus einer zum Teil völlig durchsichtigen, zum Teil höchst durchscheinenden glasflußartigen oder kristallinischen Masse errichtet, wobei sich die Feder sträubt, das Wort »errichtet« für ein artifizielles Phänomen anzuwenden, das alle natürlichen Phänomene des eingeebneten Planeten an Wucht und Erhabenheit weit zu übertreffen schien. Im Djebel hatte die strebende Menschheit (die von Gott immer weiter fort-strebende, nach des Großbischofs Wort) die »Transfiguration der Natur« beinahe erreicht. Der Berg bedeckte ein Gebiet von nicht geringerem Flächeninhalt als einst ein mittelgroßer Gebirgsstock der Alpen bedeckt haben mochte. Auch war er besonders schön gestuft und gegliedert, und zwar dergestalt, daß die symmetrischen Gedanken seiner Architektur sich immer hinter den Asymmetrien der nachgeahmten wilden Natur zu verbergen wußten. Einschnitte und Täler unterbrachen den Djebel in seinem ganzen Umfang. Aus diesen Tälern ergossen sich Bäche von der Höhe herab in die Ebene. Dieselben Bäche aber bildeten im prismatischen Kristallgezack der oberen Regionen regenbogenfarbige Wasserfälle, Sprüh- und Schleierkaskaden. Der Djebel bot sich mir überhaupt weit mehr als ein optisches Gebilde dar, als wie eine überwältigende Baulichkeit aus festem Material. Mit den Worten »optisches Gebilde« will ich etwas bezeichnen, was eher aus Licht, Lichtflächen, Schlagschatten, Strahlen, Strahlenbrechungen, Spektralphänomenen, Farbenreihen und -rückungen besteht als aus etwas anderem. Dieses vieldeutige Licht war manchmal unerträglich blendend, manchmal farbenschwer gedämpft. Niemals aber verlor der Djebel seine kathedralenhaft sich nach oben verjüngende Bergform. Er war ein Eiger, ein Mönch, eine Jungfrau, nicht ganz so hochragend wie diese Schweizer Gipfel, dafür aber von Menschenhand aus einem Stoff geschaffen, der von der Ferne nicht viel weniger materiell sich darbot als das pure Licht in seinen verschiedenen Brechungen. Mit ausgesprochenem Vergnügen sahen mein Freund B. H. und mein Gastfreund Io-Fagòr die anstaunende Fassungslosigkeit in meinen Zügen. Es war ja das erste Mal, daß ich mich fassungslos zeigte, denn das Zusammenknüpfen der Himmelssterne zu journalistischen Verkündigungen hatte mich eher nervös gemacht als in staunende Bewunderung versetzt. Vor dem millionenfachen Durcheinanderblitzen und -glitzern, Flammen und Flimmer des astromentalen Berges hatte ich aber wirklich meine blasierte Haltung verloren.

»In unserm Djebel, den Sie hier vor sich sehen«, belehrte mich lächelnd Io-Fagòr, »sind alle drei Lamaserien der Chronosophen untergebracht.«

»Wie ist es möglich«, hörte ich mit Unlust mich selbst stammeln, »wie können die Körper und Nervenzellen mentaler Menschen inmitten solcher Lichtkatarakte das Leben ertragen?«

»Aber F. W., wo denkst du hin?« schüttelte B. H. über meine Naivität den Kopf. »Selbstverständlich befinden sich die ›chronoelastischen‹ und ›chronogymnastischen‹ Übungssäle der Sternwanderer, die Versammlungshallen der Verwunderer (der Thaumazonten), die Erkenntniszellen der Fremdfühler (der Xenospasten), von den Dormitorien der Studenten bis hinab zum Comptoir des Hochschwebenden in den angenehmsten Dämmerungen und Hausbeleuchtungen. Zu meiner Schande muß ich sagen, daß ich dies alles nur vom Hörensagen weiß, denn trotz meines Alters habe ich nie den Djebel betreten...«

»Und Sie selbst, Seigneur«, fügte Io-Fagòr hinzu, »werden im Djebel eine Finsternis kennenlernen, von der Sie sich auch während Ihrer Absenz nichts haben träumen lassen.«

Mich durchfuhr plötzlich eine Ahnung. War der Djebel etwa ein riesenhaftes, unermeßlich kompliziertes Spiegelteleskop, das das menschliche Auge über alles je Erdachte hinaus in den Weltraum trug und das echte Bild der kosmischen Wirklichkeit in unser Bewußtsein projizierte? Schon wollte ich diesen Einfall verraten, als mich davon der Gedanke zurückhielt, daß bereits am Ende meines Lebens die mammuthaften Teleskope von Mount Wilson oder Arequipa altmodisch und überholt gewesen sein mochten und vermutlich durch kleinwinzige elektronische Ikonoskope oder durch televisionäre Filmapparaturen abgelöst zu werden im Begriffe standen. Man konnte ohne Zweifel ein oder zwei Jahrzehnte nach meinem Dahingang das aktuell abrollende Bild des Sternenhimmels in der Westentasche tragen wie eine Uhr, um es zu Hause nach einem gemütlichen Souper in unglaublicher Plastik sich selbst vorzuspielen wie den Amateurfilm, den man von einer Ferienreise heimgebracht hat. Ein oder zwei historische Epochen später konnte allerdings die Astronomie wieder bei Mammutapparaten halten, im ewigen Wechsel der Dinge.

Meine Leser wissen schon, daß ich nichts erkläre, was ich nicht selbst erklärt bekam, oder, obwohl ich's erklärt bekam, nicht erfaßte, einfach deshalb, weil die rückständigen Voraussetzungen eines Geistes aus den Anfängen der Menschheit zum Verständnis nicht ausreichten. Ebensowenig wie ich versucht habe, das Reisegeduldspiel und seine Wirkungsweise zu erklären, ebensowenig und noch viel weniger will ich's beim Djebel versuchen, obwohl ich, wie man noch sehen wird, einigemal von dem Argwohn, mich inmitten eines Teleskops zu befinden, versucht wurde. Die Anwandlungen des Zweifels aber verschwanden jedesmal schnell. Wir alle werden in Kürze den interplanetaren Raum durchdringen, ohne die Wirklichkeit unserer Erfahrung zu bezweifeln, und wenn wir vor den intergalaktischen oder gar vor den internebularen Räumen Halt machen müssen, so wird es nur deshalb geschehen, weil unsere Gastfreunde und die chronosophischen Oberen uns die Kraft nicht zutrauen, so tief in die Raumzeit und den Zeitraum vorzudringen, ohne das eigene Leben zu verlieren.

Inzwischen fühlte ich wieder jene eisartige Spiegelfläche unter meinen unversehens schlittschuhbeflügelten Füßen. Im Tageslicht erglomm diese Fläche flaschengrün, und wenn man niedersah, bot sie dem Auge eine meeresartige Tiefe dar, obwohl sie keinesfalls aus gefrorenem Wasser bestand, sondern aus einem ähnlichen Material vermutlich wie der Djebel, für welches ich dem bloßen Augenschein nach das Wort Glasfluß verwendet habe. Wir hatten in wenigen Minuten und in nervenbelebendem Schwung die beträchtliche Entfernung zurückgelegt, die uns vom Fuße des Djebels trennte. Nun glitten wir in einen der hundertelf Riesenpylone ein, welche als Eingänge die Südwand durchbrachen (waren's hundertelf? Woher weiß ich das so bestimmt? – Anmerkung des Autors). An uns sausten in beiden Richtungen junge Männer vorbei, die an Schnüren aufgefädelte Büchlein um den Hals trugen, ähnlich wie Südseeinsulaner Muschelketten. Es waren Externisten und Kursbesucher. Sie riefen einander Spott- und Scherzworte zu, lachten und machten Lärm wie zu meiner eigenen Studienzeit. Vermutlich gehörten sie zu den untersten Stufen der chronosophischen Studentenschaft. Damit uns kein Pedell oder Pförtner aufhalte, hatte Io-Fagòr ein hellblaues Fähnchen entfaltet, das er hin und her schwang. Darauf stand geschrieben: »Ich bin ein Gönner und Förderer des chronosophischen und astropathetischen Unterrichts.«

Das Wort »Unterricht« entspricht nur zum geringsten Teil den Tatsachen, die ich kennenlernen sollte. Es war eine geschämige Untertreibung. Ebensowenig würde das Wort »Wissenschaft« hinreichen, um den hehren Dingen gerecht zu werden, mit welchen man sich in den drei Hauptlamaserien beschäftigte. Der Unterricht, den ich in meiner Jugend kennengelernt hatte, vermittelte fertiges, gargekochtes Wissen, das man mittels des Gedächtnisses zu sich nahm und mittels des Vergessens wieder ausschied. Mehr oder weniger vage Wissensspuren blieben im Geiste zurück. Bildung hieß die gesellige Kunstfertigkeit, diese Wissensspuren flink zu allerlei mosaikartigen Mustern kombinieren zu können. Wie aber schon das Wort »Lamaserie« verrät, hatte die mentale Wissensaneignung nur sehr wenig mit dem oberflächlichen Schulbetrieb jener fernsten Vergangenheit zu tun, welcher ich zum Glück wieder angehöre. Lamaserien, das waren große, klosterartige Internate, in die man als Knabe eintrat, um sie erst wieder mit zweihundert zu verlassen, wenn das Leben zu Ende ging. War es aber so weit, so klagten die meisten Adepten der Chronosophie, der Sternwanderschaft, des Verwundterertums und der Fremdfühlerei, daß sie kaum bis zur Hälfte des Wissens vorgedrungen seien und als bessere Analphabeten aus den Welträumen schieden. Der wesentliche Unterschied zwischen der astromentalen und unserer alten intellektullen Schule lag darin, daß Wissen nicht ein abgetrenntes Stückwerk war, das man als Kollegheft in die Tasche steckte, sondern eine ganz bestimmte Seinsform, eine zur Existenz gewordene geheimnisvolle Essenz, mit der man sich vom ersten bis zum letzten Tag körperlich, seelisch und geistig zu durchtränken hatte.

Ich habe soeben behauptet, daß die mentale Wissensaneignung nichts mit dem Schulbetrieb aus unsern Anfängen der Menschheit zu tun hatte. Diesen Satz halte ich hartnäckig aufrecht, obwohl ich mich nach einigen Irrläufen innerhalb der äußeren Vorhöfe des Djebel in ein regelrechtes Klassenzimmer versetzt fand, das recht gut mein eigenes Klassenzimmer in der Volksschule der Piaristenpatres hätte sein können, in welchem ich Lesen und Schreiben gelernt habe. Die schwarze Tafel war da, das große Podium mit dem Katheder des Lehrers, die weißgetünchten Wände, ein Schrank mit verschiedenen Globen, kurz alles, bis auf die Schulbänke. Statt ihrer standen Pritschen mit hochgestützten Lehnen neben- und hintereinander in Reih und Glied. Das Ungewöhnlichste aber waren die Schlafsäcke aus durchscheinendem, regendichtem Stoff, die auf den Pritschen lagen. Mir wenigstens erschienen sie auf den ersten Blick fälschlich als Schlafsäcke. Sonst aber standen dieselben halbwüchsigen Buben umher, die meinen Mitschülern von ehemals glichen, bis darauf, daß sie enganliegende Lederkappen mit Ohrenklappen über ihre Kahlköpfchen gezogen hatten. Sie betrachteten mich neugierig und mißtrauisch, nicht anders als wir einen Eindringling oder Hospitanten meiner Art betrachtet hätten. Sie hatten ihre Allotria unterbrochen, schwiegen und waren verlegen, ebenso wie ich und B. H. Mein Freund hatte darauf bestanden, bei dem anscheinend so harmlosen Abenteuer dieser Schulstunde an meiner Seite zu sein. Ich fühlte, daß unsere Anwesenheit den Jungen immer komischer vorkam und daß wir über kurz oder lang mit dem Ausbruch einer höhnischen Klassenheiterkeit zu rechnen haben würden. Da entblößte ich für alle Fälle ein wenig die violette Handgelenkschleife, worauf sofort ein erregtes und achtungsvolles Tuscheln einsetzte. Man hätte nicht glauben sollen, daß dieses ehrende Angebinde, das ich selbst zuerst nicht hoch genug eingeschätzt hatte, einen solchen Eindruck selbst auf die astromentale Schuljugend machte. Da aber hatte schon der Lehrer mit langausgreifendem Lehrerschritt die Klasse betreten.

Der Lehrer war ein Lehrer jeder Zoll. Seine Erscheinung bewies mir, daß gewisse Grundtypen der Menschheit unberührt bleiben von den extremsten Verwandlungen und Entwicklungen der Geschichte. Sogar die schwärzliche Kutte des Beamten, in welche er seinen bläßlich schmalen Leib nervös und fröstelnd hüllte, war lehrerhaft. Ebenso lehrerhaft war die Art, mit der er plötzlich zusammenzuckte, mit leerem Ausdruck sein Handgelenk betrachtete, mißbilligend spöttisch den Mund verkniff oder argwöhnische Blicke über seine Klasse hinschweifen ließ, um in der letzten Reihe irgendeinen Unfug zu entdecken, der ihn mit Lehrerschmerz, Lehrerzorn und Lehrersorge für den betreffenden Schüler erfüllte, jenachdem. Er trug einen langen Geographiezeigestab in der Rechten, den er teils als Stütze, teils als Waffe, teils als Taktstock zu nützen gesonnen schien. Manchmal fuchtelte er mit ihm drohend in der Luft herum, wenn das zakkige Geschwätz der Buben oder eine falsche Antwort seine Geduld erschöpft hatte. Für mich bedeutete der archaische Charakter des Lehrers eine außerordentliche Beruhigung. Denn warum soll ich's verheimlichen: ich sah meiner ersten chronosophischen Schulstunde mit einigem Bangen entgegen, oder, um es ganz richtig auszudrücken, mit einer Art von kosmischer Angst. (Das, was ich hier kosmische Angst nenne, war ein Erbteil meiner Kindheit, das ich mir erworben hatte, als ich das erste Mal Aufklärung über die wahre Natur der Himmelskörper empfing.) Ich hätte mir gewünscht, der Lehrer würde dann und wann auch mich ins Gebet nehmen wie seine anderen Schüler. Das hätte mir ein großes Sicherheitsgefühl gegeben. Er hingegen behandelte mich nicht nur mit ausgesuchter Hochachtung, sondern sogar mit scheuem Respekt, als wäre ich ein amtlicher Schulinspektor, der ein folgenreiches Urteil über seine pädagogischen Eignungen abzugeben habe.

Wir drängten uns vorerst vor dem Katheder des Lehrers, B. H., ich und die ganze Klasse, die aus etwa zwanzig Schuljungen bestand, die meinem Gefühl nach zehn bis dreizehn Jahre alt sein mochten. Wieviele Jahre sie im mentalen Leben wirklich zählten, das konnte ich nicht beurteilen. Der Lehrer hatte mit hoheitsvollem Gesichtsausdruck seine Klasse zweimal abgezählt; nun murmelte er formelhaft:

»Wir stellen uns jetzt rechterhand an die Lager der Ruhe und der Bewegung!«

Mit Lärm, Gelächter, Getrampel gehorchten die Buben dieser Weisung. B. H. aber und ich blieben verlegen stehen. Da eilte der Lehrer vom Podium auf uns zu und führte uns mit steifen Kopfneigungen und geziertem Lächeln zu den beiden längsten Strecksesseln oder Pritschen in der ersten Reihe.

»Diese beiden Lager der Ruhe und Bewegung«, sagte er, »sind für die Herren reserviert.«

Crescendo im Schuljungengeschwätz indessen. Der Lehrer hob den Kopf mit einem Ruck, wurde zornig und rief:

»Ruhe da hinten! Kann ich das bißchen Ernst und Feierlichkeit nicht erreichen, um das ich die Klasse täglich anflehe, und heute gar, wo uns hohe Hospitanten mit der violetten Handgelenkschleife die Ehre geben?« (Er verneigte sich vor mir und B. H., ohne aber seine Mahnrede zu unterbrechen.) »Wir werden sogleich in den Weltraum auffahren, und Ihr benehmt euch wie die Babies im Park des Arbeiters. Wenn es auch nur der ›Kleine Weltraum‹, das ›Niedere Intermundium‹ ist, den wir mit unseren lieben Gästen heute ein bißchen durchturnen wollen, so muß ich doch darauf bestehen, daß es mit Ernst und Feierlichkeit geschieht. Ernst und Feierlichkeit sind die Lampen, in denen die wahre innere Freude brennt. Man soll voll innerer Freude sein, wenn man in das Intermundium auffährt...!« Er unterbrach sich und suchte plötzlich mit fast tückischem Lehrerblick ein Opfer:

»Wenn es der Sprachgebrauch auch erlaubt zu sagen ›Auffahren‹, ist dieses Wort sinngemäß und richtig? Antworten Sie, Schüler Io-Schram, der Sie Ihrem Nachbar so viel zu erzählen haben.«

»Nein«, zögerte eine Schülerstimme hinten, »es ist nicht sinngemäß zu sagen ›Auffahren‹, Herr Lehrer...«

»Und warum nicht, guter Io-Schram?«

»Aus mehreren Gründen, Herr Lehrer«, entgegnete der Schüler immer tastender.

»Ei, sieh da«, lachte der Lehrer ziemlich giftig, »Schüler Schram hüllt sich in Allgemeinheiten. Wie wäre es, wenn Sie die Güte hätten, mir wenigstens einen von Ihren mehreren Gründen zu nennen?«

Lange Pause. Dann kam stockend unsicher die Antwort:

»Weil man ebenso... nach unten auffährt... wie man nach oben abfährt...«

Die Klasse brach in eines jener Hohngelächter aus, deren Opfer jedermann, der ein Schuljunge war, gewiß schon einmal gewesen ist. Ich war ganz erstaunt über die anheimelnde Wiederholung unseres eigenen Lebens, während ich zu B. H. amüsiert hinüberzwinkerte.

»Ruhe«, donnerte der Lehrer. »Sie lachen falsch. Schüler Schram hat in seiner ungebildeten Art die richtige Antwort gegeben... Gehen wir weiter! Wo haben wir gestern unterbrochen?«

Durcheinander der Bubenstimmen, die eifrig antworteten. Ich mußte nur die Augen schließen, um mich in meine eigene Schulzeit versetzt zu fühlen. Was diese Antworten freilich zu bedeuten hatten, davon verstand ich zuerst gar nichts:

»Gestern haben wir die Maria Magdalena gehabt: Herr Lehrer... und dann haben wir gehabt den Täufer, aber nur einen Augenblick...«

»Einer nach dem andern, wenn ich bitten darf«, rügte der Lehrer. »Wir sind nicht auf dem Geodrom bei einer Rätselsoirée, sondern im Djebel in der Lamaserie der Chronosophen, deren Vorhof anzugehören wir die Ehre haben...«

Ich sah erschrocken meinen Virgil an, den Wiedergeborenen, der sich zu meinem Ohr neigte und mir zuflüsterte: »Du brauchst keine Angst zu haben F. W., den Planeten Maria Magdalena hast du unter dem Namen Venus gekannt, den rötlichen

Täufer unter dem Namen Mars, und der Apostel Paulus war einst Saturn mit seinem Ring. Nach dem letzten Erdenkrieg, du erinnerst dich, dem Krieg von drei dreizehntel Minuten zwischen den Blauen und Roten, der ja wegen der Sternbenennung ausbrach, beschloß das Konzil von Tao-Tao, die Planeten und galaktischen Konstellationen zu christianisieren. Sie heißen jetzt nach den Propheten, Aposteln und Heiligen.«

»Verstanden, B. H.«, sagte ich wie ein Bauchredner mit geschlossenem Munde, und mit einem Blick auf den Lehrer: »Ich glaube, wir dürfen nicht schwätzen...«

Der Lehrer, der nun wieder auf dem Kathederpodium stand, verkündete, indem er mit seinem Geographiezeigestab eine Wellenlinie in der Luft beschrieb:

»Wir werden uns heute zu einem freien Programm bekennen, zu Ehren unserer teueren Hospitanten...«

»Fein, Herr Lehrer, freies Programm ist immer lustig«, jubelten die Jungen durcheinander und ließen jeden Ernst und jegliche Feierlichkeit vermissen.

»Wir legen nun unser Raumtauchergewand an«, befahl der Lehrer trocken und machte damit dem Freudenausbruch ein Ende.

Rings um mich Bewegung und lautes Geraschel. Die Schuljungen schlüpften in die Schlafsäcke aus wasserdichtem, oder vielmehr aus raumdichtem Stoff, die auf den Schulpritschen lagen. Es waren aber keine Schlafsäcke, sondern wirkliche Tauchergewänder mit Kopfglocken aus dickem Glas, das heißt Glas konnte es wegen der Leichtigkeit nicht sein, sondern irgendeine durchsichtige Masse, vielleicht dieselbe, aus welcher der Djebel errichtet war. Der Lehrer höchstselbst half mir und B. H. in die sonderbare Montur und schraubte mir die Glocke über die Schulter fest. Wenn mich einer meiner früheren Zeitgenossen gesehen hätte – einen Befrackten im Tauchergewand –, der hätte ohne Zweifel große Augen gemacht. Glücklicherweise sah, hörte und atmete ich in diesem hermetisch verschlossenen Gehäuse, das fast überhaupt kein Gewicht besaß, weit besser als früher. Der raumdichte Stoff, und vor allem die durchsichtige

Masse der Kopfkugel, schien alle Sinne zu schärfen, sogar das Gehör.

»Kannst Du es verstehen«, sagte ich zu B. H. neben mir, »daß ich auf eine mir ganz unbekannte Art Herzklopfen habe?«

»Ich kann es wohl verstehen«, versetzte er, »da auch ich das erste Mal an einer chronosophischen Übungsstunde teilnehme, und ich lebe schon hundertundsieben Jahre in dieser Zeit und Welt.«

»Nun, da muß ich mich wenigstens vor Dir nicht schämen, B. H.«, lachte ich.

»Wir strecken uns nun aus, jeder auf sein Lager der Ruhe und Bewegung«, ordnete der Lehrer an, was von der Klasse mit unnötigem Lärm und Gelächter befolgt wurde, worauf er noch einmal seinen Wahlspruch laut erschallen ließ:

»Ernst und Feierlichkeit bitte!«

Ich verstand ihn. Mein Herz klopfte wirklich arhythmisch. Es war mehr als Ernst und Feierlichkeit in mir. Es war Furcht und Zittern. Ich konnte nicht bezweifeln, daß wir nach all diesen Vorkehrungen nicht nur bildlich, sondern körperlich in den Weltraum auffahren würden. Der Lehrer hatte jetzt den Tonfall eines Schiffskapitäns, der die letzten Anordnungen zur Abreise trifft. »Ich ernenne heute die beiden Schüler Io-Hol und Io-Rar zu Antwortern. Lasset unsere lieben Gäste nicht aus den Augen.«

Zwei brave Stimmen hinten:

»Jawohl, Herr Lehrer, wir bleiben in der Nähe.«

Nun tauchte auch der Lehrer unter und verschwand, da er sich auf seine Pritsche auf dem Kathederpodium ausstreckte. Zugleich aber schien er die Beleuchtung ausgeschaltet zu haben. Denn aus dem regnerischen Alltagslicht, welches das Schulzimmer bisher erfüllt hatte, war Finsternis geworden, eine ganz gewöhnliche Zimmerfinsternis übrigens. Das nächste Ereignis war zunächst noch immer nicht ganz ungewöhnlich.

»Die Lager der Ruhe und Bewegung« nämlich, auf denen wir ausgestreckt lagen, begannen langsam vorwärts zu rollen. Wir fuhren durch die ganz gewöhnliche Zimmerfinsternis, als gäbe es hier keine abgetrennten Räumlichkeiten und keine Wände mehr, die uns Widerstand leisteten und Grenzen setzten. Ich tastete nach B. H.'s Hand. Sie bewegte sich neben mir.

»Siehst Du«, sagte ich, ein wenig triumphierend, »es ist und bleibt ein Gefahrenwerden, und der Großbischof meint, ich sei gar nicht gestorben...«

»Warten wir's ab, F. W.«, sagte B. H. »Ich glaube übrigens, wir werden nicht gefahren, sondern wir werden geflogen, was doch etwas ganz anderes ist...«

Kaum waren diese Worte gesprochen, als unsere Lagerstätten allerlei Kapriolen auszuführen begannen. Ihr Tempo beschleunigte sich beängstigend und verlangsamte sich nicht minder beängstigend. Wir beschrieben wilde Kreise und Schraubenlinien, fuhren strack in die Höhe, sausten jach in die Tiefe wie auf den Scenic railways der Rummelplätze. Ich hatte aber das ganz bestimmte Gefühl, weiß Gott warum, immer wieder auf denselben Platz zurückzukehren, oder besser, trotz der erregtesten und labyrinthischsten Fortbewegung nicht vom Platze zu kommen.

Trotzdem konnte ich nicht unterscheiden, ob's ein Gefahren- oder Geflogenwerden war. War's eine Fahrt, so erfolgte sie jedenfalls ohne die geringste materielle Reibung. Man spürte weder den Erdboden unter dem Vehikel noch den Luftzug, den unsere Bewegung hervorrufen mußte.

Es war sehr ähnlich wie die große Todesfahrt, die ich vor Unzeiten kennen gelernt hatte. Nur um meine Stimme zu hören, sagte ich zu B. H.:

»Geht's hier nicht zu wie im Grimmschen Märchen, wo Hans das Gruseln lernen will? Das Bett fährt und fährt...«

Ich wunderte mich, daß ich diese Worte nur mit atemlosen Keuchen hervorstoßen konnte. Die Stimme des Lehrers knapp vor mir aber war ganz ruhig:

»Was ist die chronosophische Übung Groß Eins, klein a? Geben Sie Antwort, Antworter Io-Hol.«

Prompt und klar erscholl's aus dem Munde des Vorzugsschülers dicht hinter mir:

»Übung Eins, klein a: Verwirrung des Raumsinns...«

Dies aber ist keine gewöhnliche Finsternis mehr. Gott weiß,

ob wir uns in einem Schulzimmer befinden. Vielleicht, vielleicht auch nicht. Von Zimmerfinsternis jedenfalls kann man nicht mehr sprechen. Die gewöhnliche Zimmerfinsternis ist ja nichts anderes als eine zeitweilige Abblendung wohlbekannter Raumverhältnisse. Sie ist gar keine wahre Finsternis, sondern nur eine Verdunkelung, ein Blackout. Dies gilt auch für die tiefste irdische Nacht, die sich ja nur auf die relative Abwesenheit des fortbestehenden Sonnenlichtes gründet. Zwischen irdischem Dunkel und wirklicher Lichtlosigkeit herrscht übrigens derselbe Unterschied wie zwischen dem menschlichen Tod und dem wirklichen Nichtsein, was ich unbedingt dem Großbischof noch hätte auseinandersetzen müssen.

Hier jedoch, wo ich mich jetzt befinde, ist zweifellos etwas von der allerersten Finsternis, das heißt Lichtlosigkeit, zurückgeblieben, die war, ehe die Schöpfung war. In dieser Lichtlosigkeit gibt es nicht rechts und links, nicht oben und unten. Übung Groß Eins, klein a scheint völlig gelungen zu sein. Sollte mich der Herr Lehrer jetzt fragen: »Schüler F. W., wo ist Ihre rechte Hand?« Ich würde lange und tief über dieses Problem nachdenken müssen. Links trage ich jedenfalls die Ehrenschleife, das ist das einzige, was in meinem Bewußtsein feststeht. Aber warum liege ich nicht ausgestreckt wie zu Beginn der Verdunklung? Es ist doch lebensnotwendig, daß ich liege, auf der Schlafbank, auf der schmalen Pritsche, auf dem Lager der Ruhe und Bewegung, sonst falle ich doch hinunter ins Nichts. Nein, ich bin von der körperlichen Überzeugung erfüllt, daß ich ebenso leicht in die Höhe stürzen könnte wie in die Tiefe. Am meisten beunruhigt es mich, daß mein Rücken nichts berührt. Doch ich habe noch mehr Grund zur Unruhe. Ich weiß nämlich nicht, ob meine Füße oben sind oder mein Kopf. Dabei bin ich fest überzeugt – es ist wiederum eine rein körperliche Überzeugung –, daß ich ohne die geringste Anstrengung mich viele Hundertmal in der Minute um meinen Nabel wirbeln könnte wie ein Flugzeugpropeller. Vorderhand aber macht mir die Möglichkeit, ungeahntermaßen die Primaballerina meinerselbst zu sein, gar keinen Spaß. Alles muß man üben, nicht nur auf Erden, sondern auch im Niederen

Intermundium, wo ich mich zu befinden ahne. Immer deutlicher kommt es mir zum Bewußtsein, daß diese ungewöhnliche Finsternis, der ich angehöre, keine Nacht ist. Oh, wie waren die Nächte, die tiefsten, die ich kannte, schwarz, pastos, sonor. Die Finsternis, in der ich stecke, ist nicht schwarz, pastos, sonor, sie ist ganz und gar farblos wie die Blindheit eines Blindgeborenen, der nicht weiß, wann und wie es Abend und Morgen wird. Vermutlich wäre es klüger von mir gewesen, diese Schulstunde zu schwänzen. Pfui Teufel, wie sehr ist doch selbst ein routinierter Toter ein Lebensdeserteur. Der schäbige Selbsterhaltungstrieb reicht also über die faktische Existenz hinaus. Hätte ich nicht jetzt die beste Gelegenheit, zu zerfließen, im Weltraum verloren zu gehen? Jetzt oder nie...

»Wie fühlst Du Dich«, traf mich B. H.'s Stimme, die nicht tönte. Ich hätte nicht sagen können, von wo sie ausgesandt war, ob rechts oder links von mir, ob von oben oder unten, ob hinter meinem Dasein oder vor meinem Denken. Sie erklang von überall zugleich, wobei das Wort »erklang« bereits eine Fälschung ist, denn, wie schon erwähnt, B. H.'s Stimme hatte keinen Klang, ebensowenig wie meine eigene oder die Stimme der anderen, die ich hier noch hören sollte.

»Mir geht's ganz passabel, B. H.«, beeilte ich mich zu antworten, obwohl mich tiefe Beklemmung, ja beinahe Übelkeit beherrschte.

»Wenn ich nur wüßte, wo ich meine lieben guten hundertsechzig Pfund gelassen habe...«

In die Leere hinein erscholl sofort darauf des Lehrers Stimme, tonlos, am ehesten einem matten Zischen vergleichbar. In diesem Augenlbick wußte ich, daß ich dicht von der Schulklasse umgeben war. Eine balsamische Beruhigung für meine Nerven, obwohl ich nichts und niemanden lokalisieren konnte. Dem Lehrer aber hatte ich mit der Erwähnung meines Gewichts ein gutes Stichwort gegeben:

»Antworter Io-Rar«, zischte er unlokalisierbar, »antworten Sie, wo hat Seigneur sein Gewicht gelassen?«

»Im Djebel, Herr Lehrer«, antwortete Antworter Io-Rar,

worauf die Klasse, die mich jetzt schon deutlicher umgab, ein bißchen kicherte. Ich verstand nicht, warum. Es klang, wie wenn ein wenig Dampf ins Heizungsrohr einzustöhnen beginnt.

»Antworter Rar, von Ihnen hätte ich keine faulen Witze erwartet«, zischte der Lehrer. »Ich übernehme die Antwort selbst: Seigneur und wir anderen haben kein eigenes Gewicht hier. Unsere lieben und guten hundertsechzig Pfund oder weniger sind genau der persönliche Anteil an der Liebe unserer Mutter Erde, mit welcher sie jeden von uns festhält, respektive festgehalten hat.«

»Also doch«, durchschauerte es mich vom Scheitel zur Sohle. Wir waren jenseits der irdischen Schwerkraft. Unsere Gewichtslosigkeit bewies es klipp und klar. Das poetische Geheimnis des Lehrers verstimmte mich übrigens. Wenn die Liebe meiner Mutter Erde für mich nur hundertsechzig Pfund wiegt, so bin ich jedem dickeren und schwereren Mann gegenüber ein vernachlässigtes Stiefkind.

»Antworter Io-Hol«, befahl jetzt der Lehrer, »bestimmen Sie unseren Standort! Wo befinden wir uns?«

»Wir befinden uns ...«, zögerte die diensteifrige, doch immer noch nicht lokalisierbare Knabenstimme.

»Daß wir uns befinden, das weiß selbst der Dümmste«, spottete der Lehrer. »Um das Wo handelt es sich.« Da er keine Antwort bekam, zischte es nach einer Pause:

»Andere legen hundert Lichtjahre zurück, ehe meine Schüler die leichtesten Fragen beantworten... Wir befinden uns im Grauen Neutrum... Die ganze Klasse wiederholt!«

Chor der Klasse: »Wir befinden uns im Grauen Neutrum.«

Der Lehrer erklärte diesen Ausdruck nicht weiter. Es war auch nicht nötig. Das Graue Neutrum konnte wohl nichts anderes bedeuten als jenen Teil des »Kleinen Weltraums«, in welchem die Gravitationsfehler der einzelnen Himmelskörper neutralisiert, das heißt unwirksam sind, und den keinerlei Lichtstrahlen durchfluten.

Ich bekenne, daß ich ein astronomischer Barbar bin und beim Betreten der chronosophischen Elementarklasse vom Kleinen

Intermundium fast nichts und von den größeren Intermundien überhaupt nichts wußte. Ich erwähne diesen Umstand nur, weil es für mich selbst einen peinlichen Nachteil, für den zweifellos viel gebildeteren Leser jedoch einen angenehmen Vorteil bedeutet, daß ich nicht imstande bin, ihn mit wissenschaftlichen Erörterungen und Weitschweifigkeiten zu langweilen, sondern mich in meinem Bericht einzig und allein auf die faktischen Erlebnisse meiner armseligen Sinne beschränken muß. Ich weiß genau, daß diese meine Unwissenschaftlichkeit ganz und gar unziemend ist, aber ich will nichts verheucheln. Arme Leute kochen mit Wasser. Ich bin daher gezwungen, von meinem Besuch im interplanetaren Raum nicht anders und nicht gelehrter zu plaudern wie etwa von einem Sonntagsausflug in die Umgebung meiner Heimatstadt, Anno Dazumal, mit Wagen und Pferd.

Unter den Schuljungen der Klasse, der ich nun selbst angehörte, wurde der Jüngste, Kleinste, Hübscheste und Grazilste bei dem gutmütigen Spitznamen Io-Knirps gerufen. Trotz alles Ernstes und aller Feierlichkeit, die unser Lehrer im Weltraum mit Recht gewahrt zu wissen wünschte, bediente auch er sich desselben Spitznamens, obwohl er in seinem Munde mehr wie ein Kosewort klang. Der Kleine mit seinem lichten aufmerksamen Gesichtchen und seltsam kugelrunden Kopf war nämlich sein ausgesprochener Liebling, und zwar hauptsächlich darum, weil er als Muster und Meister im »Kometenturnen« gelten mußte.

»Sind Sie in Bereitschaft, Io-Knirps«, zischte des Lehrers tonlose Stimme, und dann folgte eine kurze Erklärung, die ohne Zweifel an B. H. und mich gerichtet war, diese beiden Unbelehrten, die aus der Tiefe der Zeiten kamen und doch weniger Ahnung von der Zeit hatten als irgendeiner der chronosophischen Pennäler hier. Jeglicher Körper, erfuhren wir, der sich im Himmel, das heißt außerhalb der sideralen Schwerkräfte befinde, sei so eo ipso ein Himmelskörper. Es bleibe uns allen daher unbenommen, nein es sei eine blanke Notwendigkeit, die Gestalt von Himmelskörpern anzunehmen. Die einzige Gestalt freilich, die für uns in Betracht komme, sei die der Kometen, der schweifenden und geschweiften Sterne.

Hundertsechzig Pfund irdischer Materie, die Hälfte davon, das Viertel, das Zehntel, das Hundertstel, reiche vollkommen hin, um einen stattlichen Kometen abzugeben, mit leuchtendem Kopf und einem Schweif von Millionen Kilometern. Da wir aber nicht nur Materie seien, sondern auch Geist und Wille, so könnten wir unsere Himmelskörperlichkeit frei bestimmen, ihre Ausdehnung und ihre Zusammenziehung, ohne Gefahr zu laufen, in den interstellaren Raum geschleudert oder unerwünschter Weise als Meteor von einer planetaren Schwerkraft abgefangen zu werden. Wir könnten in jeder Richtung nach Wunsch spazieren, meinte der Lehrer. Auf dieser erhabenen Harmonie der Freiheit zwischen Materie, Geist und Wille sei von den Begründern der Chronosophie die wichtige Kinderdisziplin des Kometenturnens errichtet worden.

»Da wir heute hohe und sehr fremde Gäste mit uns haben«, schloß der Lehrer, »wollen wir in keine Extravaganzen verfallen, merken Sie sich das, Io-Schram und einige andere noch. Wir wollen uns daher nicht über die bescheidene Länge des doppelten polaren Erdradius ausdehnen, welche beträgt, Antworter Rar...?«

»12713 Kilometer«, kam die Antwort des Antworters prompter als sonst.

»Weniger 200 Meter«, nörgelte der Lehrer mit dem Gezisch einer widerspenstigen Dampfheizung. »Faule Witze und keine Präzision. Bessern Sie sich Io-Rar.« Er machte nach Lehrerart eine Pause, um der Zerknirschung des Vorzugschülers Raum und Zeit zu geben, sich zu entwickeln. Dann durchdrang seine stimmlose Stimme wiederum die Resonanzlosigkeit rundum, nur etwas ermunternder als vorher:

»Und nun los, lieber Knirps!«

Das Graue Neutrum, in dem wir – ich finde kein treffenderes Zeitwort – in dem wir unseres Da-Seins bewußt waren, schien jenem Terrain zu ähneln, das man in der Taktik des Infanteriefeuergefechtes den toten Raum nennt, nämlich jenen Teil des Zielfeldes, der von den Projektilen nicht bestrichen werden kann. Mit anderen Worten, dort wo ich war, ohne zu wissen, wo oben ist und unten, vorne und hinten, dort war ein ausgesparter Raum, ein abseitiger Winkel, den die nahen Strahlen der Sonne und die fernen Strahlen der Sterne nicht trafen. Das hatte zur Folge, daß man nicht nur nicht die Hand vor den Augen sah, sondern daß die Idee des Sehens überhaupt, welche ja notwendig an die Vorhandenheit von Licht gekettet ist, zum baren Unsinn wurde. Da die menschliche Seele und gar die meinige, wie wir schon allzu oft bemerkt haben, sich mit charakterlosem Fanatismus den jeweiligen Lebensbedingungen anpaßt, so hatte ich hier im Grauen Neutrum die Existenz des Lichtes beinahe schon vergessen. Um so wohliger erstaunte ich jetzt, als sich allgemach vor meinen Augen ein kaum merklich schwaches und lindes Phosphoreszieren zu entschleiern begann. Es war die Kopfkugel des Knirpses, die diesen Hauch von Licht ausstreute, in welchem man die zierliche Gestalt des Knaben immer deutlicher wahrnehmen konnte, wie sie mit tänzerisch ausgestreckten Armen und graziös gekreuzten Beinen um sich selbst wirbelte wie ein Kreisel. Aus welchen Materalien unsere Raumtauchergewänder und Kopfkugeln bestanden, das war mir, wie schon erwähnt, unbekannt. Es mußten jedoch die richtigen Materialien sein, denn siehe da, mit einem jähen Ruck zog sich die Gestalt des hübschen kleinen Wirblers in die Länge, wurde zu einem Strich, wurde schließlich zu einem matten Strahl, der von einem Ende des Grauen Neutrums bis zum andern reichte, ohne anzufangen und aufzuhören. Ich konnte den reizenden Knirps nicht mehr überblicken, da er sich auf Anordnung des Lehrers in die Länge von 12713 Kilometern weniger 200 Meter gezogen hatte, und ich selber noch immer nicht länger war als rund 1,69, sollten außerhalb der irdischen Schwerkraft Maße mehr Bestand haben als Gewichte. Das also war das Kometenturnen, das Kleinkinderexerzitium der Chronosophen. Welche Übungen und Leistungen hatte man angesichts dessen von den fortgeschrittenen Jahrgängen und gar von den Meistern zu erwarten. Beim Anblick des so einfach im Handumdrehen in einen matten Strahl verwandelten Knirpses erfaßte mich selbst ein kosmischer Übermut (im Gegensatz zur kosmischen Angst vorher), ja eine prickelnde Naschhaftigkeit nach astralen Erfahrungen ohne Beispiel. Ohne es recht zu wissen und zu wollen, begann auch ich mich um meine eigene schiefgeneigte Achse zu drehen, mit melodisch ausgestreckten Armen und gekreuzten Beinen. Einige Beifallsrufe der Klasse erreichten noch mein Ohr, dann aber riß mich meine völlige Schwerelosigkeit zu einer Umdrehungszahl hin, die mich für einige Augenblicke des Bewußtseins beraubte. Als ich zu mir kam, war auch ich ein unendlich in die Länge gezogener Strich, ein matter Strahl mit einem Leuchtköpfchen, der sich auf dem stehenden Raum des Grauen Neutrums wiegte wie ein Baumstamm auf einer Lagune.

Muß ich dem phantasievollen Leser den Genuß beschreiben, ein Strahl zu sein, das heißt ein kaum mehr materieller Strich von leuchtender Energie? Nein, ich bin überzeugt, der Leser empfindet den Genuß mit mir. Das Sonderbarste und Wichtigste aber war, daß die Verwandlung meiner Gestalt, daß die schier unendliche Verdünnung der Körperlichkeit, aus der ich bestand, nichts an meinem Bewußtsein, ja nicht einmal etwas an meinem physischen Selbstgefühl geändert hatte. Ich war in dem Binnenbewußtsein meiner selbst genau derselbe wie vorher, was schon etwas heißen will, wenn man die ungesicherte Art meiner Erscheinung bedenkt, seitdem sie in dieses mentale Zeitalter aus irgendeinem Tor getreten war.

Nicht ich schien mich verändert zu haben, sondern die Leere, auf der ich als Himmelskörper neben den andern Himmelskörpern meiner Mitschüler lag, und die wir erst durch unser Liegen und Leuchten zum Raume voll Richtungen machten. Mein Schimmerkopf in der glasartigen Kugel schwamm jetzt dicht neben dem von Io-Knirps, der allerlei Evolutionen ausführte, die ich nachzuahmen suchte. Immer mehr Striche und Strahlen mit glimmenden Stecknadelköpfen tauchten auf. Die chronosophische Hauptübung, Kometenturnen genannt, war in vollem Gange.

Auch ich, dem Beispiele Knirpsens folgend, zog mich mehrere Male mit der Geschwindigkeit des elektrischen Stroms zu meiner normalen Gestalt zusammen und zu meiner himmelskörperlichen Gestalt auseinander, durch jede dieser Übungen meine chronoelastische Fähigkeit vermehrend. Als dünne kometartige Striche waren wir eine Abart des Sonnenlichtes, ungefähr den vierundzwanzigsten Teil einer Lichtsekunde lang. Wir konnten uns also mit einer Geschwindigkeit durch das Graue Neutrum bewegen, die nur vierundzwanzigmal geringer war als die Geschwindigkeit eines Sonnenstrahls.

Nur keinen Argwohn bitte. Ich habe das nicht selbst ausgerechnet. Die Schüler Io-Rar und Io-Hol behaupteten es, welche immer wieder dem Herrn Lehrer Rede und Antwort stehen mußten, der sie wegen ihrers Hanges zur Ungenauigkeit bitter tadelte. Ich hatte wahrhaftig eine fürchterliche Freiheit in meiner Gewalt. Angenommen, unser Standort (man entschuldige den schiefen Ausdruck) im Grauen Neutrum befände sich auf der Höhe des Erdplaneten, so hätten wir, die Schuljungen der chronosophischen Unterklasse, B. H. und ich, die Reise mitten in den Sonnenball in 192 Erdminuten zurücklegen können.

Nun, unser Standort im Grauen Neutrum lag, ohne daß ich's wußte, dem Quell alles Lichtlebens noch viel näher, wenn auch unsere Reise, tour retour, so atemberaubend sie war, sich in bescheideneren Grenzen halten sollte. Das Merkwürdigste aber, was mir vom Kometenturnen in Erinnerung geblieben ist, war eben jenes doppelte Körperbewußtsein, das ich weiter oben schon angedeutet habe.

Obwohl die feste, gute, dicke Materie, aus der ich bestand, sich für irdische Sinne fast bis zur Verflüchtigung verdünnt hatte, fühlte ich mich doch herrlich beisammen. Ich fühlte mich sogar noch besser beisammen als während meiner Unsichtbarkeit am gestrigen Tage, als ich B. H. in der mentalen Welt zuerst begegnet war. Mit hundertsechzig Pfund Körperlichkeit so lang wie die Erdachse, versuchte ich zu husten und zu reden, und siehe da, es gelang mir ebenso gut wie allen anderen.

Da befiel mich wieder der Verdacht, wie er mich noch einigemal befallen sollte, ich sei nur das Illusionsopfer einer mentalen Veranstaltung und befinde mich inmitten komplizierter Spiegelungen in der Tiefe des Djebels, Spiegelungen, welche das Intermundium ohne viel Mühe auf die Erde niederzwingen. Fast wäre ich meinem Verdachte erlegen und hätte unvernüftigerweise ihn ausgesprochen, hätte nicht das göttlich schöne Ereignis, das jetzt folgte, jeden Zweifel an der Wirklichkeit dessen, was wir nun erleben werden, bis auf den Grund vernichtet. Nicht einmal der berechtigte Einwurf, daß ein kometartiger, zu umschweifender Bewegung verpflichteter Himmelskörper nicht einfach faul auf dem Raume liegen kann wie ein Baumstamm auf stehendem Wasser, kann mich vom Gegenteil überzeugen. Hatte nicht der Lehrer immer wieder auf den »freien Willen« des Chronosophen hingewiesen, der in jeder Richtung spazieren oder ruhen darf, da er ja Geist vom Geiste ist?

Es begann mit Musik. Wenn freilich Musik das ist, was sie ist, nämlich die tönende Organisation des Zeitablaufs, wie ihn der Mensch erlebt, dann war es weniger und doch viel mehr als Musik. Es war die tönende Organisation des Zeitablaufs, wie sie ein Planet erlebt. Man stelle sich vor: Unzählige Bienenschwärme, deren dumpfes Sommersummen sich nähert. Nein, zu wenig. Man stelle sich vor: das heranpfeilende Zirpen von Oktillionen von Grillen. Nein, zu einseitig. Man stelle sich vor: Ein stimmendes Orchester, in dem zehnfach so viel Musiker sitzen, als es lebendige Wesen gibt, und jeglicher, in sich versunken, bläst, fiedelt, dudelt seine eigenen Passagen, seine selbständigen Phrasen. Die obere Tongrenze der Instrumente ist nicht etwa mit Pickelflöte und Es-Klarinette abgeschlossen, sondern setzt sich unendlich hoch über das hörbare Tonspektrum fort. Und ebenso nach unten die Brummbässe unendlich tief unter dem Schwingungspendel der Kontrafagotte und Kontrabaßtuben. Ein stimmendes Orchester ist das Chaos, das der Erlösung wartet. Es gibt nichts Spannenderes. Wie aber, wenn die Erlösung ins Chaos eingesprengt ist, die unbegreifliche Ordnung in die scheinbare Unordnung? Wie, wenn das stimmende Weltenorchester nach Noten spielt, und zwar Hunderttausende von Symphonien gleichzeitig und gleichräumig? Ach, vergessen wir all diese Vergleiche, die doch nur Vergleiche sind und daher ohnmächtig. Hören wir ihn heransummen, den chromatischen Riesendonner, der alle Register der akustischen Natur zieht und doch nicht laut ist, sondern höchstens zum vollen Mezzoforte sich steigert, doch trotz seiner niederschmetternden Größe niemals jenen verschleierten Adel verliert, den nicht einmal der ahnte, welcher das Wort »Harmonie der Sphären« erfand. Und diesem sanft göttlich sich nähernden Braus von Pedal zum Diskant entspricht genau die sichtbare Erscheinung, wie sie jetzt auftaucht am Rande des Grauen Neutrums und majestätisch auf uns zuwächst. Zuerst ist es ein Heroldschein ganz matten Silberlichtes, der das Nichts durchadert. Und dann steigt es auf, die Scheibe, nein die Kugel, und immer mehr Kugel oder Sphäroid, denn wir sehen plastisch, wir kometartigen Himmelskörper.

»Maria Magdalena«, flüstern die chronosophischen Schuljungen, die nur schaukelnde Lichtstriche sind. Und plötzlich können die Stimmen ihrer Leichtköpfchen im Leeren eine tiefinnere Atemlosigkeit zischend zum Ausdruck bringen.

»Fest zusammenhalten und strecken«, mahnt der Lehrer; die verführerische Schwerkraft des aufziehenden Venusplaneten könnte manch einen der Schüler aus dem Grauen Neutrum lokken. Obwohl wir größer sind als der Durchmesser der vorbeigleitenden Königin, überwächst sie den ganzen Raum und füllt einen Augenblick lang unser ganzes Blickfeld aus. Maria Magdalena, Venus und früher Astaroth, ihr Licht ist unendlich gedämpft und daher so büßend, so geisterhaft entsagend. Maria Magdalena hat den Schleier genommen. Sie läßt nichts von ihrem Körper blicken. Wir sehen nur das dichte weiße Gewölk, den undurchlässigen Wasserdampf ihrer Atmosphäre, in den sie sich ewig hüllt. Dieses Gewölk, ihr erhabenes Faltenkleid, ist unruhig, wallt vielgestaltig durcheinander, als litte der Sternenleib unter ihm bittere Schmerzen. Einzig und allein am verwischten Rande des Sphäroids erhellt sich das dampfige Geisterlicht zu einer Ahnung goldener Nacktheit.

Als ich, ein Knabe von sechs Jahren, zum erstenmal das Meer sah, erlitt ich einen Ohnmachtsanfall. Als ich ein Jahr später zum erstenmal einen Gletscherberg vor mir hatte, hielt ich mir die Augen zu. Jetzt aber, da ein Planet ganz nahe an meinen Blicken vorüberzog, den Weltraum vor mir vollständig ausfüllend, da begann ich zu zittern. Ich war ein schwacher, unermeßlicher Strich und zitterte an meiner ganzen Länge. Da ich aber trotz allem auch Augen und Herz und Nerven hatte, brach ich zudem in ein unbeherrscht wildes Schluchzen aus.

Ich konnte nichts dagegen tun, so sehr ich mich bemühte, denn bald bemerkte ich, daß nicht eigentlich ich weinte. Was in mir Gottes war, weinte sich aus süßester Erschütterung und in ungeheuerlichem Entzücken über die Schöpfung, und weil sich selbst in Sternen fühlsam unterscheiden ließ das Männliche und Weibliche.

Alles bisher Erlebte wäre für den Skeptiker noch immer kein strikter Beweis meiner körperlichen Anwesenheit im Kleinen Weltraum. Die nächsten Ereignisse meiner chronosophischen Schulstunde aber werden es ihm bereits schwerer machen, zu behaupten, daß ich mit Lehrer und Klasse den Djebel nicht wirklich verlassen habe. Doch sei's wie es sei, noch einmal wiederhole ich: die Sichtung, Scheidung, Deutung und Erklärung der mentalen Errungenschaften ist nicht meine, des blutigen Laien, Sache, sondern die Aufgabe von Fachgelehrten. Vergessen wir aber keinesfalls die unveränderliche Grundformel, auf der sich die Praxis aller Zivilisationen aufbaut, von der primitivsten bis zur astromentalen: höchstmögliche Allgegenwart des Menschen bei geringster körperlicher Abnutzung. Unantastbar bleibt das Faktum bestehen, daß der Lehrer mit uns Schülern in erwünschter Ausweitung des Kometenturnens den Boden zweier Planeten betrat, den Boden von zwei herrlichen Himmelskörpern, deren Umlaufbahnen nicht nur Millionen und Millionen von Kilometern weit auseinanderlagen, sondern die auch höchst gegensätzlicher Charakternatur waren. Ich kann nicht sagen, wodurch es möglich war, daß wir innerhalb einer einzigen Schulstunde Räume überwanden, die zu durchmessen ein Raketenflugzeug mit etwa tausend Kilometern Stundengeschwindigkeit mehrere Jahrzehnte gebraucht hätte, ebenso wenig wie ich sagen kann, warum unsere federleichte Ausrüstung genügte, die grausige Kältetemperatur und den Atmosphärenmangel des Niederen Intermundiums so leicht zu überstehen wie eine frische und doch milde Frühlingsnacht, ganz zu schweigen von der Flammenhitze jenes Aufenthalts, den wir in einigen Minuten beziehen werden. Nichts interessiert mich weniger, nichts liegt mir ferner als die Verfassung einer Jules Verneade. Ich erzähle ja auch von einer astromentalen Welt und nicht von einer technisch-materialistischen wie der genannte Franzose. Ich erzähle, was mit mir geschah, und wie ich es erlebte und nicht mehr. Wir müssen aber stets im Gedächtnis behalten, daß gerade dasjenige, was uns Leuten aus den Anfängen der Menschheit so schwer begreiflich ist, den Inhalt und Endzweck der chronosophischen Lehre bildete, wie sie die mentalen Meister im Djebel vermutlich seit vielen Jahrhunderten entwickelt hatten: die Vertiefung, die Vergeistigung, die Vergöttlichung oder, was dasselbe ist, die Vernichtung des Zeitgefühls im Menschen durch den täglichen Umgang mit dem sideralen Universum.

Die Initiative ging natürlich von unserm Knirps aus, dem Augapfel des Lehrers. Knirps hatte für eine der Erscheinungen des Niederen Intermundiums eine besondere Vorliebe und fast eine kindliche Schwärmerei. Dies war das Mare Plumbinum, ein gewaltiges Binnenmeer aus geschmolzenem Blei, das sich auf dem letzten der drei inneren, das heißt der Sonne zunächst gelegenen Planeten befand, von denen unsere Erde der drittletzte ist. Ich spreche vom ehemaligen Merkurstern, dem Hermes der Griechen, dem Nabu der Chaldäer, welche seine intellektuelle (prophetische) Wesenheit schon frühe erkannt hatten: Eine Wesenheit aus Leichtfertigkeit und Grübelsinn sonderbar gemischt, weshalb sie ihn auch der Schriftgelehrsamkeit weihten, da sie vermutlich den windigen Charakter der Schriftsteller genau kannten. Heute – ich meine das mentale Heute – hieß der christlich getaufte Merkur nicht mehr nach dem Götterboten mit dem Zweischlangenstab, sondern er hieß nach Jesu Christi Lieblingsjünger: Johannes Evangelist. Die Umtaufe der Himmelskörper war nicht ohne induktiven und deduktiven Tiefsinn erfolgt. Der Evangelist Johannes, der Prophet der Apokalypse, der das Göttlichverborgene offenbart, entsprach aufs feinste

Hermes und Merkur, dem Sendboten des Verborgenen, dem Mystiker unter den Göttern, an dessen Stabe die Äskulapschlange des Heils und die Versucherschlange des Unheils sich umschlingen. Zugleich aber, als nächstes Geschöpf, niemals von der Seite der Sonne weichend, versinnbildlichte der Planet den Lieblingsjünger Johannes, der vom Heiland nicht abläßt.

Es war also Io-Knirps, der dem Lehrer die Erlaubnis zu einigen Extravaganzen abschmeichelte. Wir durften noch schneller um unsere schiefgeneigte Achse wirbeln und uns noch länger strecken als vorher. Nicht nur ich, sondern auch B. H. war nach und nach der unsagbaren Lust des Kometenturnens auf die Spur gekommen. Einmal konnte sich der sonst so gesetzte Wiedergeborene nicht zurückhalten und brach wie ein Schwimmer in einen rauhen langen Jubelruf aus, der hohl in der resonanzlosen Leere verzischte. Wir verwandelten uns nun ich weiß nicht in wie lange Striche und Strahlen, die sich unaufhaltsam vorwärts streckten. Da aber das ganze System, wie der Vorüberzug der Maria Magdalena bewiesen hatte, sich uns entgegen bewegte, so geschah es urplötzlich und unversehens und, wie man mir glauben wird, nur mit einem kleinen Teil unseres tief hypnotisierten Bewußtseins, daß wir in die grelle, schrille, gellend auf uns zuwachsende, rasch den ganzen Raum erfüllende, schließlich zu einer weltweiten Schüssel mit hochgeworfenen Horizonten sich höhlende Merkurscheibe des Johannes Evangelist uns einschraubten und einbohrten. Das Unerklärliche, das heißt das Unerklärliche für nicht Vollchronosophen war, daß niemand von uns Schaden nahm, daß wir, obwohl im Bereich der neuen Gravitation sofort aufhörend, Himmelskörper zu sein, nicht als schäbige Meteore verpufften, sondern daß wir, wie vorhergesehen und vorhergewünscht, auf dem silbernen Mare Plumbinum landeten, sehr nahe der Küste, und uns sogleich mit dem geschmolzenen Blei, das uns nicht verbrühte, anzuspritzen begannen wie Kinder, die in einem Teich baden. (Es muß schließlich beachtet werden, daß die meisten von uns auch Kinder waren.)

Während ich also in etwas gespielter Kindlichkeit spritzte,

lachte, tollte und die sonderbare Elastizität des schwerflüssigen Schmelzmetalls mich bei jedem Sprung hoch in die Luft warf (welche es freilich hier nicht gab), war mir gar nicht so leichtsinnig und kindlich zu Mute. Ein dicker, schwarzsilberner Dampf wolkte aus dem Bleimeer allüberall zum Himmel. Man hätte uns nur die Glaskugel vom Kopfe schrauben müssen mit ihrer sich stets erneuernden Erdlebensluft, dann wären wir nicht nur erstickt, sondern eine gewaltige Bleivergiftung hätte uns im Nu getötet. Obwohl Blei dasjenige Metall ist, das, wie jeder zumindest von der Neujahrsnacht weiß, schon bei geringen Hitzegraden schmilzt, so mußte auf dem dampfenden Mare Plumbinum dennoch keine empfehlenswerte Temperatur herrschen. Unser Raumtauchergewand war freilich so beschaffen, daß wir kein anderes Klima verspürten als etwa in den mentalen Häusern, hier wie überall. Erst später erfuhr ich, daß Johannes Evangelist ebensowenig eine Rotation um seine Achse vollführt wie unser Mond, sondern in beständiger Faszination und ewiger Anbetung sein Antlitz der relativ nahen Sonne zukehrt, wodurch auf seiner Tagesseite die furchtbare Mittags- und Sommerhitze sich niemals abkühlen kann. Aber es waren nicht wissenschaftliche Fragen und Überlegungen, die meine Seele bewegten, während ich immer geistesabwesender meine Hände ins Bleimeer tauchte oder hochgewirbelt in die Höhe sprang.

Ich dachte daran, daß ich der einzige noch im neunzehnten Jahrhundert geborene Mensch war, der seinen Fuß auf einen anderen Planeten setzen durfte. Ich fühlte ungenau, daß mir aus diesem Faktum gewisse Verpflichtungen erwüchsen, obwohl ich jetzt nicht wissen konnte, daß ich je würde vor Ohren, die meine Sprache verstanden, Rechenschaft ablegen dürfen. (Es war aber doch bemerkenswert, daß in diesem Augenblick, wie immer wieder von Zeit zu Zeit, das halbe Bewußtsein der Forschungsreise sich in mir geltend machte.) Ich versuchte also mich zu beruhigen und faßte den Entschluß, mit aller Objektivität und Kühle, die mir zu Gebote stand, jene Eindrücke, die der fremde Wandelstern erweckte, zu sammeln und meinem Gedächtnis für immer präzise einzugraben. Letzteres war nicht so selbstverständlich, wie es klingt. Das menschliche Gedächtnis wehrt sich dagegen, das ihm nicht Gemäße zu behalten. Alles aber, was nicht irdisch ist, das versucht unser menschliches Gedächtnis als ungemäß auszustoßen. Ich will, um der Steigerung meines Berichtes willen, mit den kleineren Dingen beginnen, in umgekehrter Reihenfolge also, wie ich diese neue Welt erlebte; denn das Größte des Größten schlug mir sofort aufs Herz. Der Bleidampf hatte sich wie silberner Ruß auf die Kopfkugeln gelegt, die unsere Augen schützten; das war ein großes Glück. Denn nur durch diese sehr dichte Dämpfung konnten wir überhaupt den verrückten Lichtgrad ertragen, der auf dem Johannes Evangelist herrschte. Instinktiv hielt ich mein Gesicht von der ungeheuerlichen Lichtquelle so lange wie möglich abgewandt, welche auf diesem Planeten unabwendbar und ununterbrochen zwischen Zenit und dem westlichen Horizonte stand. Ich blickte zumeist in östlicher Richtung auf die langen Züge der Küstengebirge: Sie bestanden aus schwarzen Basaltschroffen mit eingesprengten Porphyrwänden, wobei ich für die mineralogische Richtigkeit dieser Diagnose nicht gutstehen kann. Diese beiden übertriebenen Grundfarben von glänzendem Anthrazitschwarz und intensivem Blutrot sowie auch die wildzerrissene Formation der nicht sehr hohen, aber überaus abweisenden Gebirge, die sich an der Küste bis weit über die Sichtgrenze hinzogen, ähnelten nur ganz entfernt unserer irdischen Geographie. Eine andere Welt als die Erdenwelt hatte diese Felsen von funkelnder Schlacke hervorgebracht, ich möchte sagen ein anderer seelischer Charakter von Welt. Ich wußte sofort, es sei eine tote Welt, doch nur in unserem irdischen Sinne, da sie organisches Leben, wie die Erde es hervorbringt, zumindest auf dieser ihrer ewigen Tagseite nicht hätte dulden und ernähren können. An und für sich aber, das heißt in seinem eigenen Sinne, war Johannes Evangelist alles eher als eine tote Welt. Ich fühlte während dieser Minuten mit beispielloser Deutlichkeit, wie vermessen es ist, nur unserm grünen Leben die Eigenschaft des Lebens zuzubilligen. Die Landschaft, die ich durch den wohltätig abdunkelnden Bleidampf vor mir sah, drückte etwas aus, was ich nicht verstand, doch ich verstand, daß sie etwas ausdrückte. Wie verschieden sind schon die Charaktere innerhalb einer menschlichen Familie. Die Charaktere jener allerersten Sonnenkinder aber, welche Planeten heißen, sind nicht nur verschieden, sondern schwer beschreibliche Gegensätze. Ich hätte mir in meinem irdischen Bewußtsein niemals frei vorstellen können, daß es irgendwo im Universum diese tausendzackigen Gebirgszüge aus glanzschwarzem und blutrotem Fels geben könne, die ein stumpfsilbernes dampfendes Meer unter einem Himmel umsäumen, der nicht blau ist, sondern wie aus unerträglich blendenden, perlmutterigen und opaligen Fischschuppen gebildet, dahinter die Schwärze des Raumes lauert.

Das geschmolzene Blei schlug in langen, langsamen und dickflüssigen Brandungsstrichen gegen die Steilküste, von der wir nur einige hundert Meter entfernt waren. Diese rhythmische Brandung erzeugte ein weit in die Ferne krachendes und splitterndes Geräusch, das ich mit keiner Art von irdischem Lärm vergleichen kann. Warum das Bleimeer brandete, da es doch keiner Rotation unterlag, weiß ich nicht, ebensowenig wie ich weiß, warum es, da keine Atmosphäre vorhanden war, in solchen Wolken von dickem, silbernem Ruß steil zum Himmel qualmte. Die Geschwindigkeit freilich, mit der diese todfremde Welt, auf der ich mich befand, sich um die Sonne bewegt, war im Vergleich zur Erdengeschwindigkeit rasend zu nennen. Wurden vielleicht die Partikel dieser sonderbarsten aller Meeressubstanzen in Form von Metallwolken durch die Gewalt des überwältigend raschen Umlaufs in den Raum gerissen? Wer bin ich, daß ich diese Frage beantworten könnte? Ich stellte sie mir nicht einmal, ebensowenig wie ich mich wunderte, daß ich in dem geschmolzenen Bleimeer nicht versank, sondern mich auf dessen Oberfläche wundervoll bewegte und zugleich in den glühenden Schmelzfluß unverbrüht greifen konnte wie in ein besonders fettes und warmes Spülwasser. Ein Himmel aus Perlmutterschuppen und Opal. Wohin das küstenüberblickende Auge reicht, tausendzackige Gebirgszüge aus tiefstem Glanzschwarz und leuchtender Blutfarbe. Ein Weltmeer aus dickem, trägem, stumpfsilbernem Schmelzmetall mit langen Wellenstrichen wie Falten auf einer schweren Decke, darüber ins Unendliche aufsteigende Wolken, die nichts anderes sind als zu rußigen Staubgebilden geballte Haufen von Metallteilen, das war die Landschaft des Johannes Evangelist, die ich mir selbst kaum mehr vors Auge rufen kann.

Viel wichtiger aber als die Ungemäßheit der Merkurlandschaft war für mich die Ungemäßheit meinerselbst in dieser Umgebung. Gegen die Macht dieses Fremdheitsgefühls erschien mir das ganze Kometenturnen bereits als eine liebe alte Gewohnheit. Dort oben im Grauen Neutrum war ich schwerelos. Völlige Schwerelosigkeit aber läßt sich nicht erleben. Hier hingegen auf dem Johannes Evangelist war ich leicht. Und Leichtigkeit war ein äußerst verblüffendes Erlebnis. Da ich vermutlich astronomisch ungebildeter war als der Einfältige des Zeitalters, ganz zu schweigen von dem jüngsten chronosophischen Schulbuben, so wußte ich noch nicht, daß Merkur der kleinste, massenärmste und schwächste aller Wandelsterne ist und kaum den vierten Teil der irdischen Schwerkraft besitzt. Meine hundertsechzig amerikanischen Pfunde waren daher augenblicklich kaum achtzehn europäische Kilogramm wert. Die Fluchtgeschwindigkeit, mit der man dieser armseligen Schwerkraft entgehen konnte, betrug nur etwas über drei Kilometer in der Sekunde, was selbst für uns Anfänger in der Chronosophie kaum der Rede wert war. Doch all diese billige Wissenschaft in Maßen und Gewichten, in Zahlen und Ziffern, erwarb ich selbstverständlich erst nachträglich. Als ich auf dem Mare Plumbinum des Johannes Evangelist konditionierte – wir wiegten uns auf dem geschmolzenen Metall wie auf einer prächtig federnden Matratze –, da erlebte ich meine eigene Leichtigkeit als eine einzigartige Erfahrung. Mein Gewicht war zu dem eines Kindes zusammengeschmolzen, meine irdische Muskelkraft hatte sich dagegen nicht verändert. Nicht nur konnte ich, von der elastischen Oberfläche mich leicht abstoßend, hundertmal so hoch springen wie vergleichsweise ein Gummiball und dann schwebend und zögernd auf der Oberfläche landen wie eine schwerere Schneeflocke, ich flog auch, der Horizontale verschworen, mit einem einzigen beschwingten Schritt zu meinem eigenen Schrecken weit ins Bleimeer hinaus, so daß ich unsere Gesellschaft fast aus den Augen verlor. Sofort natürlich schwang ich mich zurück, denn eine fürchterliche Angst, allein in dieser tödlichen Fremde zurückbleiben zu müssen, verließ mich nicht. Ich kann nicht behaupten, daß meine Leichtigkeit ein völlig eindeutig angenehmes Erlebnis war, stand sie doch im Widerspruch zum Wesen unseres Körpers, der für ganz andere Zwecke eingerichtet ist. Nur Io-Knirps, das kosmische Tänzergenie, genoß die geringe Schwerkraft und den Mangel an Atmosphärenreibung aus vollen Zügen. Er sauste heran wie ein Blitz, und er verschwand wie ein Punkt hinterm Meereshorizont; er beschrieb Schleifen, Kreise, Kurven, Achter, Spirallinien und komplizierte Figuren von einem Ausmaß und einer Eleganz, daß ihm selbst unser Lehrer sprachlos zusah. Schließlich aber befahl ihm der Lehrer, seine Vorstellung zu beenden, denn es sei hoch an der Zeit, die Planetenvisite abzubrechen; man habe sich der letzten und höchsten Betrachtung noch nicht genügend hingegeben. Bei dieser Mahnung ließ er einfließen, daß ein längerer Aufenthalt auf den Planeten eine Gefahr für den Charakter irdischer Menschen bedeute. – Um so mehr muß man den Mut und die gigantische Seelenstärke der großen Meister in den Erkenntniszellen der Sternwanderschaft, des Verwunderertums und der Fremdfühlerei bewundern, die in ihrem Leben viele Millionen von Lichtjahren zurückgelegt und den fernsten Sternnebeln standgehalten haben. – Die erwähnte Gefahr bestehe darin, daß zwei planetare Naturen während eines solchen Aufenthaltes im Menschen in Streit geraten. Und genau dasselbe fühlte jetzt ich, ohne daß es der Lehrer mir erst hätte genau darzulegen brauchen. Ich fühlte, daß ich von Minute zu Minute mehr merkurisiert wurde. Meine Sinne begannen sich den verwandelten Verhältnissen anzupassen. Meine Instinkte wußten nicht aus und ein. Mein Bewußtsein war verwirrt. Der Lehrer ordnete an, nachdem er mich mit einem Blick gestreift hatte:

»Wir nehmen uns an der Hand und bilden eine Reihe und bewegen uns nicht, sondern geben uns mit aller verfügbaren Feierlichkeit der hohen Betrachtung hin.«

Ich ergriff links die Hand von Knirps und rechts die Hand von B. H. Wir mußten den Kopf nicht erst heben zur Betrachtung des Größten im Kleinen Weltraum, des Höchsten im Niederen Intermundium, wir mußten ihn aber auch nicht wegwenden, denn die Metallwolken waren so dicht und unsere Kopfkugeln so dunkel beschlagen, daß wir sogar in diese Sonne schauen durften, ohne zu erblinden. Diese Sonne aber, die Sonne des Lieblingsjüngers und Apokalyptikers war, vorsichtig gerechnet, acht- oder neunmal so groß wie unsere Erdensonne. Aber nicht auf die Größe kommt es an, obschon auch diese kaum zu ertragen war.

Es war schwer, den Kopf aufrecht zu halten, ohne in ein Winseln fassungsloser Zerknirschung auszubrechen. Nein, diese Sonne hatte nichts mit der Erdensonne zu tun, die blendend freundlich am Himmel steht, harmonisch ausgeglichen, von spielenden Kindern und fröstelnden alten Leuten im Stadtpark begrüßt, ein Gestirn, das sein Wesen am ehesten noch während einer Verfinsterung entpuppt, wenn die guten Leute auf den Hausdächern es durch berußte Gläser angucken. Diese Sonne hier, die sich uns im Bleidampf offenbarte, war nicht mehr die alte liebe Gewohnheit, war nicht Helios und Apoll, der Stern göttlichen Ebenmaßes, sie war ein wallendes goldenes Vlies, sie bestand aus gesträubten Locken, aus lodernden Flocken, aus Wolle von Weißglut; sie zuckte auf in tollen Zeugungswonnen, sie wand sich in Mutterwehen, sie raste in jubelnden Ausbrüchen, sie riß ihr Herz in blutroten Protuberanzen auf, sie warf flammende Hüllen von sich, die ihre Selbstverschwendung zu ersticken drohten, sie brannte als ein Orkan unbegreiflicher Lebenstätigkeit, ihre Spannung kannte kein Nachlassen, sie spielte vor Gott und sich selbst von Anfang zum Ende das Drama des Seins.

Nur Ernst und Feierlichkeit? Keinem hätte es genügt. Ich fühlte, wie B. H. in seinem Raumtauchergewand erschauerte, doch auch der mentale Knirps war außer sich. Die Tränen liefen ihm übers fieberrote Gesicht. Wie um uns zurückzurufen aus der Hinfälligkeit des körperlichen zur Souveränität des geistigen Menschen, stellte der Lehrer schnell eine Prüfung an:

»Wer kann mir Urslers erstes grundlegendes Paradoxon nennen?«

Einer der Antworter riß sich zusammen. Er konnte es und ratschte nach guter Schülerart:

»Wenn die Energie eines Lichtgestirns größer ist als sie selbst, dann muß sich dieses Gestirn opfern, das heißt durch Glorifikation selbst zerstören.«

Wenn eine Energie größer ist als sie selbst... Ich schloß die Augen, um nicht mehr die neunfache Sonne des Johannes Evangelist betrachten zu müssen. Ich stand in einer Glocke von flammendem Scharlach. Ich wußte nicht länger, wo ich war. Diese Worte aber, deren Sinn mir nach meiner Rückkehr nicht mehr so klar ist, damals verstand ich sie bis auf den berauschenden Grund. Wenn eine Energie größer ist als sie selbst, dann ist die Stunde des Opfers, die Stunde des Phönix gekommen, der sich in sich selbst verbrennt. Das Sonnenleben in seiner tiefsten Bedeutung ist ein Opferakt, eine ewige welternährende Liebeshingabe. Wenn eine Schönheit schöner, eine Liebe liebender, eine Kunst künstlerischer, eine Heiligkeit heiliger ist als sie selbst, dann ist der Augenblick des Wunders da... Inmitten des flammenden Scharlachs segnete ich Urslern, den gelehrten Mann, der lange nach mir dieses erste grundlegende Paradoxon formuliert hatte. Und noch mehr als den Mann segnete ich seine erhabene Erkenntnis, die ich als zukünftiger Mensch völlig begriff, jetzt als gegenwärtiger Mensch, da ich dies schreibe, nur zu begreifen ahne – jene grundlegende Erkenntnis, daß eine Größe größer sein kann als sie selbst. Damals jedoch in jener fernsten Zukunft, da ich auf dem Bleimeer des Johannes Evangelist stand, schwoll mir das Herz, und mir war, als müßte ich zurückeilen zu meinen alten Zeitgenossen und ihnen diese Wahrheit mitbringen, die nicht nur für die Sonne gilt, sondern das heilige Gesetz des freisten Sonnenkindes ist, der Menschheit.

Vierzehntes Kapitel

Worin das vorige Kapitel auf einem anderen Globus – dem Apostel Petrus – fortgesetzt wird, aus einer beängstigenden Lage durch die Hilfe von Dunkelengeln in die Freiheit zurückführt, um endlich ganz unversehens aus dem interplanetaren in den interatomaren Raum zu geraten.

Mir war es, als erwachte ich aus einem dumpfen, einem ganz und gar fürchterlichen Schlaf. Aber vielleicht hatte ich gar nicht geschlafen, sondern nur hingestreckt dem Atmen obgelegen auf diesem syrupigen Etwas, auf dieser gummigen Bodenwelle, auf diesem rostroten und quatschigen Morast, der mich sonderbarerweise ebensowenig verschluckte wie das geschmolzene Bleimeer auf dem Johannes Evangelist. Daß ich es diesmal mit einer Art von noch nicht ganz konsolidiertem Eisenerz zu tun hatte, fühlte ich instinktiv. Wie aber hätte ich Unbelehrter wissen sollen, daß auf der noch recht unbefestigten Oberfläche des Apostel Petrus, nach welchem man den alten Jupiter umgetauft hatte, sich ganze Kontinente von Sümpfen aus Magneteisen erstreckten. Kontinente, die größer waren als alle irdischen Festländer zusammengenommen? Dies und noch anderes mehr erfuhr ich viel später, zum Teil nach meiner Rettung, zum Teil erst nach meiner Rückkehr in die ehemalige Gegenwart, die für mich (unschätzbar bereichert) jetzt und hier an meinem Schreibtisch fortbesteht. Um meinen Zustand auf dem gigantischsten, massenhaftesten, schwerkräftigsten und trotzdem dünnsten aller Planeten zu schildern, genügt ein kurzes Wort: Ich lag. Es war freilich kein Liegen, wie man es auf Erden gewöhnt ist. Ich lag niedergehalten, zu Boden gedrückt, ja, ohne alle Zweifel, platt gepreßt. Fragt nicht jemand: plattgepreßt wovon? Von mir selbst plattgepreßt, muß ich antworten, und von niemand sonst. Das ingeniöse Raumtauchergewand der Chronosophen konnte mich wohl beschützen vor der Todeskälte des Grauen Neutrums und vor der Flammenglut des Johannes Evangelist, es konnte mich auch hier bewahren vor diesem unaufhörlichen, diesem agonischen Regen, welcher vom ewigen Dämmerhimmel des Königsplaneten auf mich herabtrommelte, um sich beim Aufprallen zugleich in lauen Dampf zu verwandeln – es konnte aber den Widerspruch zwischen meinen schwachen tellurischen Körperkräften und der gewaltigen Gravitation des Apostel Petrus nicht aufheben. Wie ich hier lag – oh, mir schwindelt bei dem Worte »hier« – wog ich gute achthundert Pfund. Ich lag also gewissermaßen auf mir selbst mit dem Gewichte eines jungen Nilpferds. Das Gute dabei war noch, daß ich auf etwas Weichlichem, Unentschiedenem, Schwammigem lagerte, eben auf jenem Morast aus dem rötlichen, noch nicht ganz konfigurierten Magneteisen, der vor mir zurückwich, ohne nachzugeben, wie ein Kissen etwa.

Ich versuchte mir ins Gedächtnis zurückzurufen, wie das alles gekommen war. Man wird mir aber aufs Wort glauben, daß bei den schrecklichen Gewichtsverhältnissen auf dem Apostel Petrus nicht nur jede kleine Bewegung mit Hand und Fuß eine Athletentat bedeutete, sondern auch jede Willensleistung des Gehirns, sei es Fühlen, Denken oder Erinnern, mit unvorstellbarer Anstrengung, raschester Erschöpfung und wilden Schweißausbrüchen verbunden war.

Wir hatten, wenn mich die Erinnerung nicht täuschte, den Johannes Evangelist mit der Schnelligkeit des Gedankens verlassen, wobei ich zum Mißvergnügen der Humanisten feststellen muß, daß der durchschnittliche menschliche Gedanke nur zu den mittelgeschwinden Fortbewegungsarten im Kosmos gehört, bleibt doch der schnellste Gedanke, um konzipiert zu werden, an die Sprache gebunden, in der Regel an die Monolingua und nur im genialen Ausnahmsfall an die Protoglossa. Das Licht aber und somit auch das Auge mit seinen Bildern ist unvergleichlich schneller als die Sprache.

Io-Knirps schlug einige seiner kühnsten Pirouetten über dem dampfenden Bleimeer, wir ahmten sie nach, worauf es uns emporriß, als habe Johannes Evangelist durchaus keine Absicht uns anzuziehen, sondern stoße uns mit Vergnügen ab, um den ungebetenen Menschenbesuch so schnell wie möglich los zu werden.

Im Grauen Neutrum wieder zu Himmelskörpern, das heißt zu unendlich verdünnten Strichen mit Stecknadellichtköpfchen geworden, erlebten wir nun das Kometenturnen, diese herrlichste aller chronosophischen Übungen, als eine wohltätige Erholung von dem eben stattgehabten Abenteuer auf dem Mare Plumbinum. Da war es B. H., der den verhängnisvollen Wunsch aussprach, nach unserer Spritztour auf den leichtesten und kleinsten den entsprechenden Ausflug auf den größten und schwersten aller Wandelsterne zu unternehmen. Das würde für ihn selbst eine höchst spannende Abwechslung bedeuten, habe er doch bisher, durch Zufall und anderweitige Beschäftigung abgehalten, recht wenige chronosophische Erfahrungen sammeln dürfen; für mich aber, den Gast aus den Anfängen der Menschheit, wäre dieser vergleichende Besuch eine dringende, ja zwingende Notwendigkeit, da nichts mir den Fortschritt der mentalen Menschheit strahlender vor Augen führen könne, als ihre Beherrschung des Sternenhimmels durch die Chronosophie. Obwohl selbst nur ein Strählchen ausgewalkter Staubmaterie, räusperte ich mich heftig, um B. H. zu verstehen zu geben, er möge nicht mich in den Vordergrund drängen. Der Lehrer aber erwiderte, daß er »Seigneur« voll und ganz zu Diensten stehe, es liege auch nicht die geringste Schwierigkeit vor, den Fuß auf Apostel Petrus, den mittelsten und riesigsten Planeten, zu setzen, im Gegenteil. Wenn Petri Umlaufbahn sich auch ziemlich entfernt vom Platze befinde, so sei das Objekt andererseits näher als gewöhnlich zu dieser Stunde und liege außerdem in der verlängerten Achse unserer selbst. Er, der Lehrer, möchte nur folgendes zu bedenken anheimgeben. Seine Klasse bestehe aus kosmisch recht abgehärteten Burschen, wie überhaupt das Jugendalter vor der Geschlechtsreife sich am besten für die chronosophische Propädeutik eigne. Zwölfjährige genössen den unabsehbaren Vorteil seelischer Stumpfheit, das Nervernsystem der Erwachsenen dagegen reagiere viel heftiger gegen alles Außerirdische und sei darum auch weit gefährdeter. Je früher man mit der Sternwanderschaft beginne um so besser. Apostel Petrus, der Jovialstern oder Mardukh der Urzeit, biete kein ganz so spaßhaftes Unternehmen wie zum Beispiel Johannes Evangelist, Maria Magdalena oder der Täufer, früher Mars. Er, der Lehrer, hüte sich, den Täufer zum Besuch vorzuschlagen, da diesen seit Menschengedenken Dilettantenvereine und würdige Spießbürger für ihre Familienausflüge wählen.

»Aber«, so sagte der Herr Lehrer wörtlich, »Petrus ist ein manisch depressives Wesen. Er ist eine Persönlichkeit von höchstem göttlichen Wert, aber dennoch nicht voll ausgereift und gefestigt. Das Große in der ganzen gestirnten Natur reift nur langsam und schleppend. Es bleibt am längsten den stürmischen Übergängen unterworfen, von denen die Jugendreife der schmerzlichste ist. Gott allein weiß, welche Zukunft dem Apostel Petrus noch erblühen kann. Gegenwärtig ist er voll Emotion, Heftigkeit und Unruhe und wartet den Betrachtern mit den Überraschungen seiner ungezügelten Schwermut auf. Man kann ihn leider nicht zuverlässig nennen, was ja seine Taufpaten auch nicht gewesen sind, weder Jupiter der Frauenverführer, noch der Apostelfürst, der Christum verriet, ehe der urzeitliche Hahn dreimal krähte. Ich weiß nicht, ob ich ab- oder zuraten soll...«

»Natürlich sollen Sie zuraten, Herr Lehrer«, unterbrach ich seine Bedenken. »Ich habe es nicht gern, der Gegenstand von Sorge und Zurückhaltung zu sein. Kein Lebendiger ist durch ein ähnliches Schicksal gegangen wie ich. Was hätte ich vom Apostel Petrus zu fürchten?«

Auf diese Worte hin zuckte der Lehrer die Achseln und begab sich mit einem gemurmelten »wie Sie wünschen, Seigneur« höchstselbst an unsere Spitze, was doch etwas ganz anderes war, als wenn der geniale Knirps sich vor uns vorwärts streckte. Die Extravaganzen, die der Lehrer anschlug, waren sofort von kühnstem Ausmaß, und obwohl Zeit, Raum, Ausdehnung, Lage, Richtung für mich »hier oben« vollkommen erfahrungsleere Begriffe waren, so kam es mir, während wir uns blitzschnell dehnten und zusammenzogen, mitunter so vor, als würden wir jetzt zehnfach so lange Strecken bedecken als zu Anfang der Unterrichtsstunde. Und nun, an dieser Stelle des Geschehens, begann meine Erinnerung lückenhaft zu werden. Die letzten Fetzen, die ich noch leidlich zusammensetzen konnte, bestanden aus dem zornigen, löwenhaft brummenden Paukengeroll und Orgelschüttern, das sich als Jovis-Petri Sphärenmusik schon in unendlicher Ferne ankündigte. Man verlor Leben und Bewußtsein an diese Musik, obwohl auch sie bei aller Furchtbarkeit niemals sehr laut wurde und niemals ein wühlendes Mezzoforte überstieg. Es war ja die Atmosphärenhülle des Planeten, die auf ihrer Fahrt also harfte, tremolierte, paukte und posaunte, wobei jedoch die Leere oder das überdünne materielle Medium des Kleinen Weltraums nur einen bescheidenen Teil der Schwingungen und Tonwellen weiterleiten konnte. – Mein letzter optischer Eindruck aber war, als sei der ganze Raum von Horizont zu Horizont eine allausfüllende, von innen rötlich illuminierte Suppenterrine, die sich vor uns öffnet und in die wir einfahren. Das leuchtende Porzellan, das uns schluckte, war aber wundersam gemustert und gestreift mit langen purpurnen, gelblichen und violetten Bändern. Ich hörte noch und konnte gehorchen, als der Lehrer uns befahl, kopfüber, das heißt mit dem Kopf nach unten in die weltengroße Öffnung der Suppenterrine einzufahren und unser Landungsmanöver auszuführen. Aha, dachte ich, das Material unserer Kopfkugel scheint haltbarer zu sein als das Material unserer Knochen. Mein letzter klarzuckender Gedanke: Man landet auf dem Planeten Petrus deshalb mit dem Kopf nach unten, weil der Apostel in Rom mit dem Kopf nach unten gekreuzigt worden ist...

Soweit reichte meine Erinnerung. Was zwischen diesem letzten Gedanken geschehen war und meinem ersten tief verblüfften Gefühl, das mir ein Körpergewicht von etwa achthundert Pfund anzeigte, das wußte ich nicht mehr. Ich wußte nur, daß ich lag. Dies aber wußte ich wuchtiger als je etwas zuvor. Das Schlimmste war, ich lag mit dem Gesicht nach unten in dem rostroten patschnassen Eisenschlamm. Der wohlbekannte Geruch der Eisenverbindung durchdrang sogar mein Raumtauchergewand. Die Pläne, die ich faßte, waren, wie man verstehen wird, äußerst begrenzt. Das Nächste, was zu geschehen hatte: ich mußte mich umdrehen, das heißt auf den Rücken wälzen. Dies aber war für mich nicht viel leichter, als das Gegenteil für eine der Riesenschildkröten auf Neu-Guinea wäre, die hilflos sterben müssen, wenn die Eingeborenen sie auf ihren Rückenschild umgekehrt haben. Alles, was ich betastete, war weicher, regennasser Lehm; nein, diese Definition entspricht nicht voll der Wirklichkeit. Es war nicht gewöhnlicher Lehm, sondern eine Art von Modellton, von Plastilin, eine Masse, die viel fester zusammenhielt als Lehm und die sich wie Gummi auseinanderziehen ließ, ohne zu zerreißen, als sei sie künstlich. Die hohe Adhäsionskraft dieser Erdmasse – Verzeihung, man muß natürlich sagen Jupitermasse – schien auch der Grund zu sein, warum ich nicht verschluckt und in die Tiefe gezogen wurde, so wie sie auch der Grund dafür sein mochte, daß der seit Jahrmillionen regnende Regen keine Lachen, Teiche und Seen im Umkreis bildete, sondern nichts anderes tat, als den Modellierton feucht zu halten. Bildhauer gehörten hierher, fiel mir ein. Meinen ersten Plan aber, mich auf den Rücken zu wälzen, machte diese Bodenbeschaffenheit des ungefestigten Petrus zuschanden. Wie spürte ich das volle Riesengewicht der hiesigen Regentropfen, die fünfmal so schwer wie auf Erden auf mir zersprühten wie Maschinengewehrkugeln auf einem Tankpanzer.

In diesen Augenblicken fühlte ich noch keinerlei Angst und Einsamkeit. Der erste Lehrzweck der Chronosophie, das irdische Raum- und Zeitgefühl im Schüler unsicher zu machen um einer höheren und umfassenderen Wirklichkeit willen, hatte sich an mir voll bewährt. Ich hätte zum Beispiel nicht sagen können, ob ich auf dieser Stelle, wo ich auf dem Mammutplaneten niedergegangen war, bereits mehrere Tage und Nächte lag – Jupitertage und Nächte natürlich, die, wie ich zu meinem größten Erstaunen hörte, Tag plus Nacht, keine zehn Stunden währen – oder nur einige kurze Minuten. Nicht nach meinem gänzlich verwirrten Instinkt, sondern rein verstandesmäßig schloß ich auf letzteres, nämlich auf einige Minuten. Ich glaubte fest an die Autorität, an die Fürsorge und das überlegene Können unseres Lehrers, der uns bisher so sicher durch das Niedere Intermundium gelenkt hatte. Unter der Führung eines so alten und erfahrenen chronosophischen Pädagogen war es ausgeschlossen, daß irgendwem, der sich unter seiner Obhut befand, ein kosmischer Unfall zustoßen konnte. Zweifellos mußte der Lehrer in Kürze auftauchen und B. H., mich sowie seine ganze Klasse zusammentrommeln, die wir im Niederfall nicht genug Disziplin gehalten hatten, um dicht beieinander zu bleiben. Wie aber, wenn wir im Niederfall einen »Streukegel« gebildet haben, gleich den Füllkugeln eines explodierenden Schrapnells? Das zuckte mir in Erinnerung an meine Kriegszeit durch den Kopf. Dann lagen wir wohl Hunderte oder gar Tausende Meilen auseinander. Diesen Gedanken verjagte ich aber sofort, voll darauf vertrauend, daß kein verantwortungsbewußter Lehrer seine Schulkinder jemals einer ähnlichen Gefahr aussetzen und daß keine vernünftige Schulbehörde, geschweige eine Lamaserie, dem Vorstand einer Kleinknabenklasse solche Freiheiten über Leben und Tod einräumen würde. Nein, das ist kein Schiffbruch, dachte ich, mich selbst ermutigend und ermunternd. Dann versuchte ich meinen Kopf zu heben.

Zu meiner eigenen Überraschung gelang es mir nach einigen Versuchen. Es war erstaunlicherweise etwas eingetreten, wessen ich mich nicht versehen hatte, was aber darauf hinwies, daß ich mich hier unten in dieser prekären Lage schon längere Zeit befand als nur einige kurze Jupiterminuten. Wie sich nämlich der Johannes Evangelist, als ich mich auf seinem Mare Plumbinum tummelte, meines Körpers durch assimilierende Merkurisierung zu bemächtigen begann, so tat es ähnlich der tausenfach gewaltigere Apostel Petrus, indem er mich langsam jovisierte. Diese Jovisierung äußerte sich nicht nur im Agio der Schwerkraft, von der wir schon wissen, das will heißen in der Umwertung meines Gewichtes auf die hiesigen Verhältnisse, sondern auch in einer Gegenmaßnahme der Natur, welche den Widerspruch zwischen dem Übergewicht und der unzulänglichen Körperkraft in Balance zu bringen suchte. Oh wie verehrte ich, da ich ihn so wohltätig an mir selbst erlebte, diesen heiligen Trieb zur Kompensation, diesen unbeirrbar der Schöpfung eingeborenen Willen, immer und überall das gestörte Gleichgewicht wiederherzustellen, einen der göttlichsten, der gottgewissesten Züge des Lebens. Gründet sich auf dem elektromagnetischen Gesetz der Anziehung und Abstoßung das Leben des Stoffes, so auf dem Gesetz der Kompensation, der Wiederherstellung des Gleichgewichts, das Leben des Geistes, als welcher der große Friedensstifter ist in der Natur. Die Gegenmaßnahme der kompensierenden Kräfte hier bestand darin, daß mein Körper plötzlich einer neuen ganz und gar unerhörten, ja einer höchst wunderlichen Weichheit und Geschmeidigkeit bewußt wurde. Meine eigene Körpersubstanz schien die plastilinartige Hochverwendbarkeit der jovialen Substanz annehmen zu wollen. Ich konnte z. B. mit meinen Armen und Beinen Wellenlinien beschreiben, was mir einigen Spaß bereitete. Die normale Steifheit des Knochenbaus war aufgehoben. Nicht nur wurde es mir leicht, den Kopf zu drehen, zu heben, ihn beinahe kreisend hin und her zu wenden, mehr als das, meinem ganzen Körper war plötzlich die kriechende und kraulende Fortbewegung geläufig, als hätte ich von Kind auf keine andere geübt. Wahrscheinlich entsprach diese Bewegung am besten den physikalischen Verhältnissen, die gegenwärtig im Elften Weltengroßjahr der Jungfrau auf der sich langsam konsolidierenden Oberfläche des Petrusplaneten herrschten. Hätte es nach irdischer Analogie eine höher entwickelte Fauna hier unten gegeben – aber es gab, soweit mein eigener Blick reichte, nicht einmal das niedrigste Pflanzenleben –, so wären es wohl am ehesten riesenhafte Kriechtiere gewesen, welche sich in peristaltischen Rucken durch den warmen, gummigen Modellierton gewunden hätten. Doch nicht an solche häßlichen Echsen und Pythone dachte ich, sondern an unsern Knirps, und ich war begierig, auf welche graziöse und zierliche Art der kleine Sternentänzer mit dieser Gravitation und dieser Knochenerweichung hier fertig werden würde. Inzwischen schien meine Jovisierung schon so weit fortgeschritten zu sein, daß ich selbst den Eindruck hatte, mein Körper sei so sehr verbreitert und abgeplattet, als wäre er mit einem unsichtbaren kosmischen Nudelwalker bearbeitet worden wie

Kuchenteig. Mir war's, als könnte ich meine beiden symmetrischen Hälften in der Art einer Omelette zusammenlegen. Mochte dies nun wahr sein oder nur eine Einbildung, es gelang mir jetzt durch eine gewaltige Kraftanstrengung, mit kurzen und eidechsenhaft gespreiteten Armen mich aus der Grube herauszuarbeiten, die mein Fall in den rostroten Eisenmorast gebohrt hatte wie in ein Gummiluftkissen. Und wirklich, kaum hatte ich mich aus der Vertiefung herausgewunden, als sie sich mit einem schmatzenden Knall wieder füllte und ihrer Umgebung anglich. Ich verhielt mich einen Augenblick still, um hochaufatmend neue Kräfte zu sammeln, dann aber warf ich mich, mein ungeheures Gewicht, mit einem wohlberechnenden Schwung nach rechts, überwand den toten Punkt und kam auf den Rücken zu liegen. Das Glück wollte es, daß ich durch die Gewalt des Schwunges und meine eigene Schwere eine Bodenneigung oder Böschung herabrutschte und zum Schluß in einen recht bequemen Winkel zu verharren kam, den Kopf oben, die Füße unten und einen weiten Rundblick vor meinen Augen.

Trübe novembrige Dämmerung herrschte. So wenigstens glaubte ich anfangs, indem ich die Tageszeit irdischer Erfahrung gemäß als »vor Sonnenauf- oder nach Sonnenuntergang« bestimmte. Doch wie bald sollte ich meinen Irrtum erkennen. Das, was mir als graueste aller grauen Dämmerung erschien, war volles joviales Tageslicht. Der ungeheure, gänzlich fremde Himmel des Apostel Petrus war mit ebensolchen ungeheuren und gänzlich fremden Wolken bedeckt. Diese Wolken, meist braunrot oder schmutzig violett und sehr hoch oben, jagten in einer rasenden Sturmbraut dahin, die in den höheren Schichten der Jupiteratmosphäre herrschte. Das Wort »jagen« ist eine äußerst matte und blasse Metapher, denn die Bewegung der Wolken war so geschwind, daß man sie mit dem Auge gar nicht verfolgen konnte; dabei verwandelte sich das Gewölk und gestaltete sich um in demselben Rhythmus, der es dem Auge unmöglich machte, die Übergänge zu verfolgen. Heute nehme ich an (in aller Bescheidenheit des wissenschaftlichen Laien), daß dieser von mir mit unwiederholbaren Gefühlen erlebte Sturm und dieses schwindelerregende Wolkenjagen zusammenhängt mit dem Rotationstempo des gigantischen Himmelskörpers Jupiter, der nur zehn Stunden braucht, um sich um seine Achse zu drehen, während die tausendfach kleinere Erde sich dazu volle vierundzwanzig Stunden Zeit nimmt. Der unausdrückbare Sturm herrschte natürlich nicht nur oben, sondern auch unten, als Echo wenigstens. Er bildete gleichsam den grundsätzlichen Atmosphärenzustand auf Petrus, dem Apostel. Dadurch aber, daß auf dem endlosen, rostroten Morast nichts, aber auch gar nichts da war, was dieser Sturm ergreifen, schütteln, zausen konnte, machte er sich mir nur durch das Medium der schiefen, peitschenden, projektilartigen Regenstriche bemerkbar. Nein, dies ist nicht ganz richtig, etwas war da in diesem rostroten Morast aus ungefestigtem Eisen: Ich war da. Mein Körper war da. Dieser Körper aber war so schwer, daß er, der Geschwindigkeit des Windes die Verhältniszahl seines Gewichtes entgegensetzend, diesen Wind nicht einmal so stark empfand als eine normale irdische Unbill, ganz davon zu schweigen, daß er durch das Raumtauchergewand vor jeder fühlbaren Attacke vollkommen geschützt war. Der Sturm offenbarte sich somit nur in jenem oben beschriebenen Wolkenjagen und in einem unablässigen Sausen und Heulen, das aber als beständiger Orgelpunkt kaum zu Bewußtsein kam.

Ich überblickte nur einen Teil des Himmels, unter dem ich auf meiner Plastilinwelle fixiert war. Dann und wann wurde der Regen schwächer. Einmal zerriß sogar das Gewölk für einige Zeit, weil der ewige Sturm Jupiters aus unbekannten Ursachen eine andere Richtung genommen hatte. Ein ziemlich umfangreiches Binnenmeer von preußisch-blauem Dämmerhimmel (nicht Nacht, nicht Tag) offenbarte sich da, und mitten in diesem Binnenmeer stand die Sonne. Was aber war aus dem goldenen Vlies geworden, der Wolle aus Weißglut, welches ich in derselben chronosophischen Unterrichtsstunde, die noch nicht zu Ende war, auf Johannes Evangelist betrachtet hatte, bebend und mit einem unterdrückten Winseln in der Kehle? Wo war der berstende Riesenschild, wo der Orkan lodernder Lebenstätigkeit, der vor Gott und sich selbst das große Drama aufführte, dessen Titel heißt: »Ich bin«? Wie, dieses kleine, schwache Fahrradlaternchen dort sollte die Sonne sein? Sie war es. Hätte es hier auf dem Jupiter eine Mythologie gegeben, Helios wäre vom erhabenen Wagenlenker zum Radfahrer degradiert worden. Die Sonnenscheibe erschien nicht einmal so groß wie eine ferne Fahrradlampe, und man konnte sie trotz ihres Strahlenkranzes ruhig ins Auge fassen, ohne auch nur mit der Wimper zu zucken. Ich habe weiter oben geschrieben »die Sonne stand«, das war angesichts des Jupiterhimmels ein äußerst unbedachter Ausdruck. Die Sonne flog. Die Sonne floh. Die Sonne raste. Es war nicht nur eine durch die Jagd der Sturmwolken hervorgerufene Illusion, die Sonne bewegte sich hier mehr als doppelt so schnell wie sie sich am Erdenhimmel bewegt. Kaum war sie an einem Rande des preußisch-blauen Binnenmeers aufgetaucht, war sie schon hinter dem entgegengesetzten Rande verschwunden.

Wenige Minuten später, so rechnete ich, und sie mußte hinter dem Horizonte des großen Moors untergegangen sein. Es machte aber keinen Unterschied, ob die schwächliche Bicycle-Lampe über dem Horizonte war oder unter ihm. Die Dämmerung des Tages unterschied sich nicht von der Dämmerung der Nacht. So absurd es klingt, ich bin aber gegenwärtig im zwanzigsten Jahrhundert der einzige lebendige Zeuge dessen, daß die Nacht auf Petrus Apostel, vulgo Jupiter, heller war als der Tag. Nein, ich hatte, wie manche Gebildete vielleicht meinen werden, während meiner angstvollen Ausgesetztheit nicht die Gelegenheit gehabt, *alle* Jupitermonde zu sehen; sie sind, man kann es mir aufs Wort glauben, im Überfluß vorhanden. Es gibt, wenn ich nicht irre, neun oder zehn davon. Die vier wichtigsten gehören der Geschichte der Menschheit an, da Galilei, indem er sie in seinem lächerlich primitiven Fernrohr, einem mäßig guten Operngucker, eines Nachts entdeckte, die moderne empirische Astronomie durch diese Entdeckung begründete. Immerhin sah ich sehr bald drei von diesen ehrwürdigen Monden gleichzeitig durch das stellenweise dünner gewordene Cumulus-Sturmgewölke schimmern. Einer davon war ein mächtiges Rad, doch auch die beiden anderen übertrafen an Größe unsern guten Erdtrabanten, um den ich gestern abend so bitterlich geweint hatte. Und wiederum stieg mir ein kosmisches Hundegefühl in die Kehle. Ist der Mensch dazu gemacht, drei Monde gleichzeitig am Himmel zu sehen? Nicht ein Mensch des frühesten Altertums, wie ich einer bin. Alles was in uns Tier ist, erschrickt vor drei gleichzeitigen Monden am Himmel zu Tode und glaubt furchtbar zu träumen. Wo bist du, große heilige Mutter der Welt, daß ich mein Köpfchen in deinen Röcken verstecken könnte?...

Es währte aber nur einige Atemzüge, und ich hatte dank meiner schon öfters selbstbelobten Charakterlosigkeit oder Anpassungsfähigkeit mich wieder völlig beruhigt. Ich mußte sogar plötzlich ein bißchen lachen, da ich mich an einen Ausdruck eines englischen Humoristen erinnerte, der im Gegensatz zu den nihilistischen Naturphilosophen, diesen Protzen, die stets in astronomischen Trillionenzahlen schwelgen, um den Menschen zur Laus zu machen, von einem »kleinen gemütlichen Universum« spricht, in dem wir leben. Fast war ich selbst ein lebendiger Beweis für die Richtigkeit dieser Formel von unserm kleinen gemütlichen Universum. Hatte ich doch während meiner ersten chronosophischen Unterrichtsstunde nicht nur im Kometenturnen beträchtliche Räume und Zeiten durchschossen, sondern zwei kontradiktorisch verschiedenartige Welten betreten, wobei ich das eine Mal keine vierzig, das andere Mal über achthundert Pfund schwer war. In diesem Augenblicke, da jenes Wort des gescheiten Engländers in meinem Geiste nachtönte, befand ich mich besonders wohl, hatte meine einzigartige Schreckenslage beinahe vergessen und glaubte, die wohltätigen Wirkungen der Chronosophie schon in meinem Blute zu empfinden, wie man die Wirkungen einer Kokain- oder Laudanumdroge empfindet, als eine Entwesentlichung aller Raum- und Zeitmaße und als eine Steigerung meines Souveränitätsbewußtseins.

Es war notwendig, entschied die Vernunft in mir, diese mutige, diese stimulierte Stimmung für einen besondern Kraftversuch auszunutzen. Den Ausschnitt der leeren, flachen, stellenweise leicht gewellten Mooreinöde, die sich vor mir bis zum Horizonte erstreckte, hatte ich durchforscht, soweit meine Augen reichten. Ich hatte sogar einige Male mit aller Kraft nach meinem Freunde B. H. gerufen, und nach mentalem Brauch die Feststellungsworte hinzugefügt: »Hier bin ich.« Mit Verwunderung hörte ich, wie sich dieser Ruf in der dichten jovialen Luftatmosphäre immer wieder erneuerte, ohne durch eine Echowand zurückgeworfen zu werden, und wie er in radioartigen Wellen und Ringen sich anscheinend ins Unendliche fortsetzte. Warum das geschah, weiß im Augenblick, da ich von dieser Erscheinung berichte, nur Gott allein; später werden es die Gelehrten zu wissen glauben, doch von Generation zu Generation anders. Erst fern am Rande des Gesichtskreises, wo schmutzig violettes, vermutlich magmatisches Gewölke lastete, verlor sich der Ruf. Keine Antwort kam. Ich nahm an, daß B. H., unser Lehrer und die ganze Klasse sich in einer ähnlichen Situation befinden mußten wie ich und fürs erste ebenso ihre Beweglichkeit eingebüßt hatten. Vermutlich befand sich die ganze Schar in meinem Rücken hinter der Plastilinböschung, auf der ich mit verhältnismäßiger Behaglichkeit ruhte. Daß hinter meinem Rücken aber manch etwas Unbekanntes vorging, und zwar von Sekunde zu Sekunde deutlicher, das merkte ich an einem dumpfen Rollen und Rumpeln, an einem beängstigenden Röcheln, Schnauben und Knirschen weithinaus, das ich mir gar nicht erklären konnte. Daß sich hinter meinem Rücken der viel interessantere Teil der Landschaft (so weit man auf Petrus Apostel von Landschaft sprechen konnte) ausdehnte, darüber konnte kein Zweifel herrschen. Mit dem ganzen Autoritätsglauben, der in mir als dem Sohn eines barocken und feudalen Landes steckt, vertraute ich auf unsern Herrn Lehrer und nahm an, daß er selbstverständlicherweise die interessantere Seite, die charakteristischere Aussicht gewählt hatte, um Unterricht zu halten, Prüfungsfragen zu stellen und seine Schüler zum Zwecke der Betrachtung einen Reigen bilden zu lassen (wie, das war seine Sache). Vielleicht hatte man mein Fehlen noch gar nicht bemerkt. Da sich die Wirkungen der chronosophischen Propädeutik schon an mir geltend machten, die Verwirrung des Raum- und Zeitsinns nämlich, so konnte ich lang und kurz und früh und spät nicht mehr unterscheiden. Daß die erschreckend schwächliche Fahrradlampe der Jupitersonne schon untergegangen war, sagte mir gar nichts. Ich nahm mich also im wörtlichsten Sinne zusammen. Das geschah folgendermaßen: Dank meiner neuen schlangenhaften Geschmeidigkeit und Weichknochigkeit bog ich meinen verbreiterten und plattgepreßten Rumpf ohne viel Mühe zusammen, etwa in der Form einer halben Röhre. Meine dadurch stark verkürzten Arme mit den Händen, die ich als außerordentlich klein empfand, spreitete ich in Eidechsenstellung seitwärts. Meine Sohlen stemmte ich gegen zwei schon verfestigte Eisenbrocken, mit denen die unendliche Einöde rings übersät war. Meine Kopfkugel, die hier, ich weiß nicht warum, diamanthart geworden war, bohrte ich so tief ins Plastilin, bis es nicht mehr nachgab. Meine Oberfläche und mit ihr die Reibung war so aufs Menschenmöglichste verringert, zugleich aber war der Hebeldruck, den ich auf mein eigenes Gewicht ausüben konnte, ziemlich vermehrt. Es mißlang freilich zwanzigmal, ehe die richtige Lage und Kraftverteilung zustande kam und ich mich langsam hochziehen konnte, indem ich meine Kopfkugel als fixen Schwerpunkt immer von neuem und immer weiter oben in die feuchte Lehmwelle bohrte. Schließlich krallten sich meine Eidechsenhändchen in ihren raumdichten Handschuhen auf einer rauhen Fläche fest. Noch ein Ruck, und ich hatte die Böschung erklommen. Das Unglaublichste aber: Ich lag nicht mehr. Ich saß. Ich saß mit nie erlebter Wucht auf meinem Hintern, der sich in den luftkissenartigen Modellierton eingeschraubt hatte und dadurch fixiert war wie ein Drehpunkt. Gelang es mir, was keine Kleinigkeit war, meine Beine ein wenig vom Erdboden zu heben, konnte ich erstaunlich leicht um mich selbst kreisen. Ich war gewissermaßen zum Klaviersessel meiner selbst geworden. Ich drehte mich nun der interessanteren Seite zu.

Das nächste war, daß ich schnell die Augen schloß, weil ich nicht glaubte, dem Bilde seelisch gewachsen zu sein, das sich mir darbot. Ich kann gar nicht sagen und habe es selbst nicht gewußt, wie sehr ich bis zu diesem Augenblick davon überzeugt gewesen bin, ich werde. B. H., unsern Lehrer und meine Mitschüler, die mentalen Schuljungen, auf dieser »anderen Seite« vorfinden, die zwar interessanter, aber durchaus nicht wesensverschieden sein konnte von dem mir schon sattsam bekannten rostroten und wüsten Ödmoor. Sie war wahrhaftig interessanter, die andre Seite. Doch sie war auch sehr verschieden, so verschieden, wie nur Land und Meer voneinander sein können. Ich sage und schreibe »Meer«. Es war ein furchtbarer Ozean, der da vor mir wogte. Noch furchtbarer als der Ozean selbst jedoch war die Tatsache, daß er nicht aus Wasser bestand, sondern aus demselben rostroten Moor oder Plastilin wie alles andere ringsum, wenn auch dem Anschein nach in etwas verflüssigterem oder, genauer gesagt, erregterem und aufgewühlterem Zustand. Der furchtbarste Schlag für mich aber: Ich selbst befand mich inmitten dieses Ozeans. Ich hatte mich von Anfang an daselbst befunden, und zwar auf einer zeitweilig erstarrten Welle, auf einer unbewegten Trift, einer toten Flaute inmitten des Malstroms, die binnen der nächsten halben Stunde von den hügelhohen roten Wogen ringsum verschlungen, das heißt an- und ausgeglichen sein mußte. Die unkonsolidierte Oberfläche der Welt war in gezeitenartiger Bewegung. Die unteren Kräfte hoben und senkten sie, wahrscheinlich durch den Einfluß der zehn Monde, der unsichtbaren und der sichtbaren, deren knöcherner Schein durch das in verwirrendem Tempo sich ewig umgestaltende Sturmwolkengetümmel brach. Das Bild des aufgewühlten Ozeans ist schwach und unzulänglich, denn die phantastischste Wasserhose auf dem Pacific läßt sich mit diesem hochwogenden und hochgepeitschten Rotmoor nicht vergleichen, das einen Rumor entfesselte, ein stürzendes Poltern, Krachen, Gurgeln und Schmatzen, vor dem einem, und das ist keine Redensart, die Sinne vergingen. Wenn die roten Wogen zurücktraten, öffneten sich unsichtbare Spalten, aus denen der Lavaqualm zum Himmel stieg. Am Meereshorizonte aber, der durch den sonderbar tapsigen Wellentanz des schweren Schlamms immer wieder verstellt wurde, standen völlig unbeweglich mehrere finsterrote und schwarzviolette Feuersäulen, die den Jupiterhimmel zu tragen schienen mit seinen schädelbleichen Monden und dem unaufhörlichen Wolkensturm. Das lebhafteste Moment in dem schwerflüssigen und niederdrückenden Schauspiel bildete aber das unabsehbare Feuerwerk von weiß oder rot glühenden Eisenbrocken und von schwarzen Schlacken, die von der bewegten Fläche überall hochgeschleudert wurden, um beim Zurückfallen hörbar zermalmt zu werden.

Da hockte ich nun mit einem viel zu großen, plattgepreßten und doch krummen Buckel, von der ungemäßen Schwerkraft gleichsam zertreten. Ich hockte und schaute. Das hätte ich mir niemals ausgesucht, dachte ich, als ich mich schon etwas gefaßt hatte. Ich dachte diese Worte, und vielleicht habe ich sie sogar laut ausgesprochen und hinzugefügt: »Das wäre eher etwas für einen Wagnerianer.« Diese Objektivität inmitten meines kosmischen Schiffbruchs ist nur dadurch zu erklären, daß mein irdisches Bewußtsein es ablehnte, das großartige Drama der wogenden Moorlandschaft vor mir für gemäß, das heißt für wirklich zu halten. In einem Winkel meiner furchterschütterten Seele langweilte mich dieses Drama sogar. Daher die Worte: ich hätte es mir niemals ausgesucht. Da stand mir Johannes Evangelist viel näher. Dort, angesichts der tumultuarisch sich offenbarenden Sonne hatte ich an meiner physischen Zeugenschaft nicht gezweifelt. Hier und jetzt, in diesem prekärsten aller Augenblicke, beschlich mich wieder der alte Argwohn: Hatten die Mentalen nicht hundert und ein Mittel ersonnen, um den Widerspruch zwischen der grenzenlosen inneren Erlebnisfähigkeit des Menschen und seinen tellurischen und physischen Schranken aufzuheben: der Reiseverkehr durch die Zusammenstimmer, die Sternschrift des Uranographen, die dynamische und visionäre Tapete, die jedermann ad libitum aus dem Schatz seiner Erinnerungen an die Wand projizieren kann, und vieles andere mehr? Man konnte ja geradezu den Astromentalismus als die Kunst definieren, die unendlich beweglichen geistigen Bilder unserer Seele zu verstofflichen und in Zeit und Raum zu stellen.

Im Hinblick auf den optischen Kristallberg des Djebels hegte ich darüber hinaus, wie man sich erinnern wird, einen beinahe »technischen« Verdacht. Hatte es nicht bereits zu meiner Zeit elektronische Photographie gegeben? Oder ist das ein Irrtum, eine Einbildung? War es mittlerweile nicht zum Kinderspiel geworden, einen lebendigen Menschen, der auf seinem Lager der Ruhe und Bewegung inmitten gewöhnlicher Zimmerfinsternis in Trance liegt, mit einer unendlich sich hinspulenden Filmaufnahme des Johannes Evangelist oder des Apostel Petrus zu synchronisieren, und zwar dergestalt, daß derselbe Mensch sich auf dem Filmstreifen der planetaren Landschaft kraft jener Synchronisierung befand und bewegte und, einem der mentalen Tricks gehorchend, *sich selbst* auch wirklich erleben durfte? Ich für meine Person habe in dem materialistischen Zeitalter des zwanzigsten Jahrhunderts nie daran geglaubt, daß unsere Abbilder, in Sonderheit unsere Lichtbilder, unsere Photographien, diese zweidimensionalen Abzüge unserer existentiellen Gegenwart, etwas Totes sind. Oft habe ich mich gewundert, daß solch ein photographierter Mensch sich aus seiner Zweidimensionalität nicht löste, um den Herzensmonolog des Augenblicks zu sprechen, den er verewigen mußte. Warum also sollte ich nicht, was ich jetzt erlebte, als plastisch photographierte Gestalt auf der plastisch photographierten Jupiterlandschaft erleben, durch den Mentalismus daselbst nicht nur synchronisiert, sondern, obwohl selbst nur ein Bild, auch zum Bewußtsein erweckt? Ich breche hier mein Versprechen, keine Erklärungen zu geben, einzig und allein deshalb, weil die obigen Überlegungen meinen Geist tatsächlich durchzuckten. Und ich verschweige diese Gedanken vor allem deshalb nicht, weil etwas sich sogleich ereignen wird, was auch der empfindlichste mentalisierte Filmstreifen im optischen Zentrum des Djebel nicht festhalten könnte...

Flachgepreßt, doch tief gebückt, saß ich auf meiner Düne und bemerkte immer deutlicher, daß die starre Oberfläche des Eisenmoors sich von Augenblick zu Augenblick verkleinerte. Nun rumpelte, polterte, donnerte und knirschte es auch hinter meinem Rücken auf der uninteressanten Seite von vorhin. Wie lange konnte es noch dauern, ehe ich selbst in die Höhe geschleudert und dann würde zwischen diesen Plastilinkiefern zermalmt werden, die zwar tückisch zurückwichen, aber nicht nachgaben, wenn die Elastizitätsgrenze erreicht war? Wieder einmal erwies es sich, daß im Leben der stählerne Charakter von Mensch und Materie weniger gefährlich ist als der gummig dehnbare. Nicht genug mit dem Wogentanz des Moorbodens, ein neues Ereignis übergipfelte die vorigen. Es wurde dunkler und dunkler plötzlich. Unter dem alltäglichen Sturmgewölke des Jupiterhimmels brausten jetzt von allen Seiten sehr tief hängende, beinahe schwarze Wolkenfetzen gegeneinander, mit eingelegten Lanzen gleichsam, Geistersotnien durchgehender Rappen, von mythologischen Kosaken geritten, die terre-à-terre sich in die Mähnen verkrallten. Einen Atemzug später wußte ich: Das sind keine Wolken. Es ist frei in der Atmosphäre schwebender Jupiterboden, in Fetzen gerissen. Die Schwadronen aus unkonsolidierter Planetenerde krachten ineinander, und das unglaubwürdigste aller Gewitter hub an. Zwischen den Wolken aus Plastilin, die von nicht geringerer Dichtigkeit und Festigkeit waren als der Boden unter ihnen, knatterten dauernde, verharrende, erstarrte Blitze, ein Geflecht beständiger Entladungen wie etwa bei Leidener Flaschen von unausdenklichem Maß. Die Hoffnung, ich sei nur ein synchronisiertes und photomontiertes Bild, das sich selbst erlebt, war geschwunden.

Aufrichtig gesagt, mein ganzer Intellekt war geschwunden, von der wachsenden Not überwältigt. Ich vergaß alles, mein ehemaliges Leben, die hunderttausend Jahre meiner Absenz, mein überraschendes Wiedererscheinen, all das Außerordentliche, was mich zu Überlegenheit und Ironie und Verachtung des Schicksals verpflichtet hätte. Ich war nichts als ein Robinson Crusoe des Jupiters, oh welche Selbstüberschätzung, ich war nichts als ein Mensch in Todesnot, was so viel heißt wie ein armseliger Realist, mit nicht mehr als zwei ungeduldigen Jupiterminuten hinter und zwei vor mir. In der zweiten Minute, die noch vor mir lag, zog sich die Düne, auf der ich saß, mit einem unvergeßlichen Aufstöhnen zusammen, spitzte sich zu, wuchs in die Höhe den knatternden Dauerblitzen entgegen, immer mehr... Ich fühlte mich hochgetragen, versuchte mich tiefer in den nassen Schlamm zu bohren, noch ein Atemzug, und die Welle wird mich abwerfen wie ein ungeheures fuchsrotes Pferd. Ich dachte in der letzten Sekunde an die heilige Kraft, die mich nicht nur einmal im Leben gerettet hatte, und es ertönten auf dem ungefestigten Riesenplaneten zum erstenmal seit Erschaffung der Welt diese lateinischen Worte aus einem irdischen Mund: »Ave Maria, Gratia plena, Dominus tecum...«

Ich wußte von Engeln nur so viel, wie jeder weiß, der sich mit den heiligen Schriften ein wenig befaßt hat. Ich wußte zum Beispiel, daß sie in vier Klassen oder Gruppen eingeteilt werden, in die Chöre, Herrschaften, Fürstentümer und Throne, mit welchen wunderschönen Worten ich jedoch durchaus keine festen Vorstellungen verband. Mit diesen wunderschönen Worten waren aber auch die Grenzen meines Wissens schon erreicht. Offengestanden, ich glaubte nicht sehr entschieden an die Existenz von Engeln. Darin unterschied ich mich recht wenig von meinen ehemaligen Zeitgenossen, die mit demselben Fanatismus bereit waren, an die unsichtbaren Engel nicht zu glauben wie an die ebensowenig sichtbaren Elektronen und Protonen zu glauben. (Nun, obwohl ich mich selbst nicht den Ungläubigsten aller Menschen nennen will, auch ich hätte es niemals für möglich gehalten, daß ich in Person, zuerst unsichtbar und dann sichtbar in der mentalen Zukunftswelt auftauchen könnte.) Diese Tatsache war gewiß nicht weniger wunderlich als die beiden bis nun ungenauen Wesenheiten, die ich hinter mir fühlte. Wo aber war die mentale Erde, und wo war ich? Ich war auf den Apostel Petrus verschlagen, den größten aller Planeten, der, ebenso alt wie unsere Erde, ein überraschend zurückgebliebenes Stadium durchlief, während wir schon beim Astro-Mentalismus hielten. Doch was verstand ich von spät und früh, von diesen menschlich-kindischen Einteilungen, die man allzu kühn auf Weltkörper ausdehnte? Was kümmerten sie mich auch in diesem Augenblick, wo ich gewärtig war, von der sich auftürmenden

Bodenwelle abgeworfen zu werden und mit zerschmettertem Leibe in einer qualmenden Spalte zu verschwinden? Dies geschah aber nicht, sondern meine Bodenwelle schien sich nach einer deutlich fühlbaren Überlegung beruhigt zu haben, etwa in der Art eines nicht ganz unvernünftigen Sanguinikers. Sie ebbte zurück und erstarrte wieder, während um mich herum das Wogen, Rollen und Branden des ozeanischen Moorlandes nur noch wilder tobte. Der Dauerblitz und Donner knatterte endlos, die hochgewirbelten Brocken aus glühendem Eisen zischten durch die dichte Atmosphäre. Die drei zur Stunde sichtbaren Monde, einer davon ein tüchtiges Wagenrad, eilten dahin, immer wieder verdeckt, immer wieder entblößt, während die brandroten und schmutzig violetten Feuersäulen am Horizont als unerschütterliche Geraden emporwuchsen und hoch oben, wo sie den Himmel zu tragen schienen, korinthische Kapitäle aus verwischten Rauchvoluten und Qualm-Akanthussen bildeten.

Da war es, daß ich neben mir die beiden Fürstentümer oder Herrschaften fühlte. Ich hatte keine Furcht, mich überlief kein Schauer wie sonst, wenn sich mir, wie schon einige wenige Male im Leben, die Gegenwart des Übernatürlichen entschleiert hatte. Ich lag wieder auf dem Rücken wie im zweiten Stadium meines Planetenbesuches. Nicht etwa aus Furcht, sondern aus einer ganz neuen Art freudigster Ehrfurcht vermied ich die kleine Anstrengung, meinen Kopf in der Kristallkugel zur Seite zu bewegen und die beiden schon etwas deutlicheren Wesenheiten anzuschauen. Mitten in den Explosionen des Weltuntergangs rundum fragte ich mit leiser Stimme, und wenn ich nicht sehr irre, in meiner deutschen Muttersprache:

»Sind Sie zu mir gekommen, meine Herrschaften?«

Sie beantworteten meine Frage in derselben Sprache und nicht etwa in der Protoglossa. Oft redeten sie unisono. Dann und wann nahm einer dem anderen das Wort ab:

»Wir sind da«, sagte der eine.

»Wir sind auf dem Weg«, sagte der andere.

»Dann habe ich vielleicht das Glück«, flüsterte ich, »echten Engeln begegnet zu sein.«

»Wir sind uns bekannt als Melangeloi und gehören hierher«, sagten sie unisono.

»Melangeloi? Dunkelengel«, erschrak ich ein wenig, »soll das heißen böse Engel?«

»Böse Engel sind uns unbekannt«, sagte der eine.

»Unsere Helligkeit ist noch nicht ganz erhellt«, sagte der andere.

»Sind Sie denn körperliche Wesen, meine Herrschaften?« fragte ich jetzt ziemlich kühn.

»Nicht körperliche Wesen sind uns unbekannt«, erwiderten die Herrschaften oder Fürstentümer oder Throne.

»Dann könnte sie vielleicht ein sehr lichtempfindlicher Film festhalten«, dachte ich laut.

Die beiden Wesenheiten aber wiesen meine Meinung zurück:

»Wir können nur festgehalten werden, wenn wir es wollen.«

»Und Sie wollen es nicht«, versetzte ich, »was ich ausgezeichnet verstehe...«

Erst bei diesen Worten bemerkte ich, daß ich mich nicht mehr auf dem rostroten Ödmoor befand, sondern zwischen den beiden Herrschaften, Fürstentümern oder Thronen frei in der Dämmerung bewegte. Ich beachtete es gar nicht sehr, undankbar wie die meisten Geretteten. Allzusehr beschäftigte mich die ungeklärte Frage der Körperlichkeit dieser Melangeloi und aller Engel. Sie beschäftigte mich so über die Maßen, daß ich dem Raum, den wir durcheilten, nicht die geringste Aufmerksamkeit schenkte und daher auch nicht sagen kann, ob wir uns noch im Bannkreis des Apostel Petrus befanden oder diesen schon verlassen hatten. Ich bemerkte nicht einmal, auf welche Weise ich mich bewegte, ob meine beiden Begleiter mich trugen oder ob ich kometenturnte, was mir schon zur zweiten Natur geworden war. Jedenfalls hab ich's vergessen. So sehr war ich mit meiner ganzen Seelenkraft dabei, die richtige Formulierung für meine Fragen auszudenken, denn ich spürte mit der ganzen nervösen Anpassungsfähigkeit meines Naturells die unaussprechlich adlige, doch ebenso empfindliche Wesensart der Engel. Ein falsches Adjektiv, und solch eine Herrschaft oder Fürstentum ist verschnupft für immer oder muß sich abwenden, ganz schwach vor Verstörung. Der ewige Umgang mit dem Logos selbst macht eben ungeduldig und schnell unpäßlich vor einer groben und unzureichenden Wortwahl.

»Die dort unten auf der Erde«, begann ich mit großer Zaghaftigkeit, »haben schon vor undenklichen Jahrtausenden Spektrallinien unbekannter Elemente und den Elektronenhagel zersprengter Atome im Bilde festgehalten...«

In ihrer Antwort auf diese herauslockend wissenschaftliche Bemerkung fühlte ich das erste Mal so etwas im Tonfall der Melangeloi wie eine gutmütige Amüsiertheit.

»An uns gibt es keine Spektrallinien«, sagten sie unisono, »und keinen Elektronenhagel und sonstige Götzen des irdischen Kleinhirns... Das wär auch so was...«

»Wie können Sie aber dann körperlich sein, meine Herrschaften«, schnappte ich ein, »wenn Sie nicht einmal aus Licht oder Radiowellen bestehen? Ist denn die Materie nicht eine Einheit, vom härtesten Diamanten bis zum Sonnenstrahl, der sich in ihm bricht?«

»Sieh dir einmal den an«, sagte der eine Engel, »er weiß nichts von dem, was offenbart ist und geschrieben steht.«

»Er weiß nicht«, sagte der andere Engel, »daß wir die Vorgänger und die Nachfolger sind.«

»Es ist uns bekannt, daß wir aus demselben Stoff geschaffen sind wie diese Welt«, sagte der eine der beiden, »nur ein wenig weniger vergänglich.«

»Es ist uns bekannt«, sagte der andere der beiden, »daß wir da waren in dieser Welt, ehe sie selbst da war.«

»Es ist uns bekannt«, sagte wiederum der erste, »daß wir werden da sein in dieser Welt, wenn sie selbst nicht mehr sein wird.«

»Doch nur in dieser Welt«, vereinigten sich beide zum Unisono, und es klang aus ihren Worten etwas wie die Melancholie der Endlichkeit.

Ich hatte sie herausgelockt. Und es war nicht einmal schwer gewesen. Ich mußte mich bemühen, den Triumph, den ich über diesen Erfolg verspürte, in meiner Stimme zu verbergen:

»Ich verstehe Sie, meine Herrschaften«, sagte ich daher mit gemessener Fröhlichkeit. »Sie sind aus der Materia prima et ultima geschaffen. Sie waren schon da, ehe das Wort fiel: ›Es werde Licht‹, und irgend etwas von unendlich kleiner Wellenlänge ins Graue Neutrum einströmte. Sie sind halt Ultras und Infras und hinterlassen auf dem besten Zelluloid kein Abbild. Ich weiß aber, daß es Ihnen gerade deshalb so leicht wird, allerlei Gestalten anzunehmen. Den Jünglingen im Feuerofen sind Sie im Flammenmantel erschienen und dem alten Abraham als hochgeschürzte Wandersmänner. Oh, wie liebe und verehre ich Sie, Herrschaften, wenn Sie als gewöhnliche hochgeschürzte Wandersmänner erscheinen oder als Briefträger, Polizisten, Ambulanzfahrer ...«

Bei diesen Worten wagte ich zum erstenmal meinen Kopf zu wenden und die beiden Wesenheiten, die mich hartnäckig begleiteten, neugierig aus dem Augeneck anzublinzeln. Völlig überzeugt davon, meine Netzhaut werde nichts von der Materia prima et ultima erblicken, aus der die Melangeloi bestanden, war ich auf das Wundersamste überrascht, als ich doch etwas zu sehen bekam. Freilich, hochgeschürzte Wandersleute wie Vater Abraham einst sah ich hier nicht. Und doch, die zwei Fürstentümer, Herrschaften oder Throne – ich vergaß festzustellen, zu welcher dieser Klassen die Melangeloi gehörten – waren irgend etwas wie ein Mittelding zwischen der unauffälligen Erscheinung, die Abraham besuchte, und der auffälligen Erscheinung, welche die drei Jünglinge im Feuerofen hatten. Vor allem, ich sah keine Flügel an diesen Engeln, was mich mit tiefster Befriedigung erfüllte. Ich habe Engelsflügel immer für eine menschliche Erfindung gehalten, und zwar für eine schlechte und verlogene. Entweder Arme oder Flügel. Jenes unverwendbare Schwanengefieder, das an menschenartigen Schultern festgewachsen ist und keine vernünftigen und zulänglichen Muskeln zur Verfügung hat, um in Schwung versetzt zu werden, ist nichts als eine anatomische Absurdität. Nichts greulicher, weil unmöglicher, als diese süßliche Verkitschung des babylonischen Flügelstiers. Um an Engel zu glauben – und ich möchte, dankbar für mein Erlebnis, zu diesem Glauben beitragen –, müssen wir uns *mögliche* Engel vorstellen, das heißt protomaterielle, ultrakörperliche Wesenheiten, die ihre Substanz beliebig verwenden, das heißt verkleiden können, was sie auch aus einer tiefen Neigung für ihre gesunkenen Halbbrüder, die Menschen, dann und wann tun. Wenn ich die Herrschaften, meine beiden Begleiter, richtig beschreiben soll, und das ist nicht ganz leicht, so sehe ich in der völligen Unerhelltheit des Grauen Neutrums, die wir schon so gut kennen, zwei eigenartige, doch sehr gedämpfte Erhelltheiten, die zwischen einem zarten Lila und blassen Rötlich schwankten. Das Wesentliche aber ist die Gestalt dieser Erhelltheiten. Am besten beschreibe ich sie als zwei bewegte Mantelformen oder Faltenwürfe, die mir zur Seiten in deutlichster Lautlosigkeit einherrauschten. Wie schön, wie herzerquickend, wie zufriedenstellend aber war's, daß diese blaßleuchtenden Faltenwürfe oder Mantelformen menschliche Gestalten einzuhüllen schienen, und zwar ganz und gar herrliche Gestalten. Plötzlich zeichnete sich im Faltenwurf ein spitzes Knie ab, ein mächtiger Schenkel, ein zarter Fuß, ein melodischer Ellenbogen, eine michelangelesk männliche Brust, und verschwand wiederum, als sei die brüderliche Annäherung des Menschlich-Ebenbildlichen schon mehr als genug.

Tintoretto und besonders der toledanische El Greco hatte etwas davon heraus. Gesichter konnte ich nicht unterscheiden, besser gesagt, die beiden Wesenheiten drückten sich nicht so weit aus. Manchmal aber hatte ich den Eindruck von starken Köpfen hinter Schleiern, von Köpfen mit purpurn im Flug nachflatterndem Flammenhaar. Die Herrschaften hatten soeben vernommen, daß ich der hochgeschürzten Wandersmänner Erwähnung tat, die Abraham erschienen waren. Das mochte ihnen gefallen und prächtige Erinnerungen erwecken.

»Es ist uns bekannt, daß wir hochgeschürzte Wandersmänner sind«, sagte der eine.

»Und immer unterwegs«, fügte der andere hinzu.

Unterwegs, dachte ich, natürlich seid ihr immer unterwegs. Da unterscheidet ihr euch nicht von Sonnenstrahlen, Planeten und Atomen. Zu diesem Zwecke könntet ihr ruhig Materia media sein und keine Ultras und Infras. Wer weiß, vielleicht ist sogar der tote Raum unterwegs, das Graue Neutrum, das Nichts, die gähnende Leere zwischen den lodernden Lebenstätigkeiten. Eigentlich unterscheiden nur wir Menschen uns von diesem beständigen »Unterwegs«, da Gott allein uns die erquikkende Illusion der Ruhe geschenkt hat. Im Tode weicht diese Illusion, und darin liegt das Geheimnis des »Gefahrenwerdens«. Aber ein freundliches Nachmittagsschläfchen auf dem Sofa, wenn der Roman aus der erschlaffenden Hand auf den Boden fällt und Körper und Geist sich im Gleichgewicht wiegen, während doch in Wirklichkeit jede einzelne Leibeszelle auf rasender Wanderschaft befindlich ist, diese Illusion ist einzig uns vergönnt. Und noch eins: Wenn wir Menschen unterwegs sind, so haben wir ein Ziel, ein limitiertes, aber ausgesprochenes Wohin. Die Planeten in ihren monotonen Bahnen haben kaum ein Ziel, der Sonnenstern und die anderen Lichtgestirne vermutlich ebensowenig. Die Engel aber, diese Menschen der Intermundien, müssen ein Ziel haben...

»Meine Herrschaften«, sagte ich jetzt laut und zweifellos sehr geschraubt, »ich weiß, daß selbst unter Menschen nur die Schlechterzogenen ihre Bekannten auf den Boulevards fragen: Wohin gehn Sie da?«

Die Erhellten neben mir, diese beiden Mantelformen oder Faltenwürfe, blaßlila und zartrötlich, begannen zu wallen und sich zu blähen, wodurch die Ahnung menschlicher Glieder stärker hervortrat, ja sogar die angedeutete Prägung kräftiger Männergesichter mit nachflatterndem Rothaar. Ich hatte den Eindruck, daß dieses Phänomen ein herzhaftes Lachen der Melangeloi bedeutet. Sie beantworteten meine Frage nach ihrem Wohin nurmehr mit zwei kurz angebundenen Worten: »Rosarium virginis.« Dann streckten sie sich waagrecht aus, wurden zu matten Strahlen, und schon fühlte ich ihre Wesenheiten nicht mehr neben mir. Was ich aber fühlte, war ein Klumpen weinender Erschütterung in meiner Kehle. Die Melangeloi hatten mir die Richtung ihres »Unterwegs« angegeben: »Rosarium virginis.«

Ich übersetzte es als Rosengarten der Jungfrau. Es war wohl das Sternbild der Jungfrau im Zodiak, das zu demselben Weltsystem gehörte wie unsere Sonne. Oder war es mehr? War es die Jungfrau selbst, die Königin der Sterne und der Engel, die Hof hielt in ihrem Rosengarten? Von allen Seiten schossen sie heran, die Vorgänger und die Nachfolger, die Flammenhaarigen und die Weißglutlockigen, die Riesigen und die Winzigen, die geschaffen waren vor den Sternen, um zu huldigen und um anzubeten das Erdenweib, aus dem der Geist hervorgetreten war, der durch seine Passion befreit hatte den Gott im Menschen und den Menschen in Gott.

Ich aber befand mich im selben Augenblick wieder mitten unter den Kometenturnern. Die Melangeloi, diese guten Bernhardinerhunde des Kleinen Intermundiums hatten mich aufgelesen und zurückgebracht. Mein Schiffbruch auf dem Apostel Petrus und meine Abwesenheit dürfte so gut wie gar keine Zeit in Anspruch genommen haben, denn weder der Lehrer noch B. H. hatten mich vermißt, sondern beide schienen Glaubens zu sein, ich hätte mich keinen Augenblick von ihnen entfernt gehabt. Nun war ich wieder ein langer Staubstrich mit einem matt leuchtenden Stecknadelköpfchen gleich meinen Mitschülern aus der chronosophischen Klasse. Ich lag neben B. H. schwerlos auf dem Raum. Leider konnte ich mich, trotz meiner guten Absicht, nicht zurückhalten, sondern stammelte in sich überstürzenden Worten das große Erlebnis von meinem Herzen:

»Weißt du denn nicht, B. H., daß ich schon verloren war? Und daß mich wirkliche, materiell existierende Engel, sogenannte Melangeloi, gerettet und zu euch zurückgebracht haben?«

Ich spürte, wie B. H. seine Kopfkugel mir zuwandte und mich ansah, während wir uns des Weges streckten:

»Was redest du da, F. W.«, zischte er tonlos. »Welche Engel hätten dich gerettet? Was für einer Rettung hättest du bedurft? Ich habe weiß Gott keine Engel gesehen oder einen ähnlichen

Wahnsinn. Du warst halt ein wenig knock-out geschlagen von dem kurzen Blick, den wir auf Petrus Apostel geworfen haben. Ich übrigens auch, ich auch, aber sag's nicht weiter...«

»Nein, B. H.«, kämpfte ich, »es ist durchaus nicht selbstverständlich, daß ich wieder zu euch gestoßen bin. Es ist ein kleines Wunder, sagen wir ein Wunder zweiter oder dritter Klasse. Ich habe eine recht informative Unterhaltung mit zwei Dunkelengeln gehabt...«

»Was hast du nur mit deinen Engeln?« fragte B. H. bereits irritiert.

Der Lehrer, der diese Unterhaltung hörte, näherte sich mir schnell, als wolle er mich beruhigen und Ärgeres verhüten:

»Wir sind auf dem Heimweg, Seigneur«, zischte er wie Dampf in der Heizung. »Die erste chronosophische Übungsstunde ist immer eine gewisse Anstrengung, zumal für Erwachsene. Jene Engel aber, deren Sie Erwähnung tun, sie dürften das Spiel einer wunderlichen Imagination sein, die Sie aus Ihrer früheren Lebenszeit mittragen.«

»Kein Wort weiter«, mahnte eine innere Stimme in mir. Undiszipliniert wie ich bin, gehorchte ich ihr nicht, sondern begehrte folgendermaßen auf: »Wie? Warum keine Engel? Glauben Sie etwa nicht an Engel, Herr Lehrer? Sind vielleicht Engel nicht gut genug für den mentalen Geist?«

»Ich bin kein Gelehrter, sondern nur ein kleiner Schulmeister für die Anfangsgründe«, sagte der Lehrer in deutlich gekränkter Bescheidenheit. »Aber soviel weiß auch ich, daß seit Generationen der Bilderstoff der äußeren Welt und der Bilderstoff der inneren Welt des Menschen in den Lamaserien der Sternwanderer, der Verwunderer und der Fremdfühler inventarisiert worden ist. Wir besitzen ein lückenloses Verzeichnis alles dessen, was außerhalb und was innerhalb des Menschen existiert. Engel stehen nicht auf dem Verzeichnis des äußeren und inneren Bilderstoffs, Seigneur...«

»Sie können nicht auf diesem Verzeichnis stehen«, versetzte ich enerviert, »denn sie gehören weder dem äußeren Bilderstoff noch dem inneren Bilderstoff des Menschen an...«

»Verstehe ich recht«, zögerte nervös der Lehrer, seine munter dahinschießende Klasse jetzt ganz außer acht lassend. »Damit aber konzedieren Sie ja selbst, Seigneur, daß es keine Engel gibt. Denn was könnte es geben, das weder der äußeren Welt noch der inneren angehört?«

»So manches, Herr Lehrer«, entgegnete ich pointiert, »so manches kann es geben, zum Beispiel Gott...«

»Gut, Gott«, bekannte der Lehrer nach einer Weile, »aber sonst nichts...«

»Warum sonst nichts«, fragte ich, mich besonders genußvoll zusammenziehend und ausdehnend, »kann Gott etwa nicht eine Protomateria geschaffen haben? Er hat sie sogar sicher geschaffen, Herr Lehrer. Sie ist das, was zwischen ihm und den Worten liegt ›Es werde Licht‹. Sie ist das, was da war, ehe alles da war, was noch da ist. Sehen Sie, Herr Lehrer, sie ist das Geisterreich, zu dem auch die Engel gehören, die nicht im Verzeichnis stehen...«

Ich glaubte, dem Lehrer mit diesen meinen Worten wenn nicht die Existenz, so doch die Möglichkeit der Existenz von Engeln voll bewiesen zu haben. Er hatte aber meine Ausführungen gar nicht mehr so recht aufgefaßt, denn ein unerwartetes Ereignis – es war eine kosmische Lausbüberei Io-Knirpsens, unseres Turngenies – lenkte seine Aufmerksamkeit plötzlich ab und ließ seine Kopfkugel erbeben vor Zorn.

Da wir uns auf der Heimfahrt von Petrus Apostel zum Djebel befanden, konnten wir eine der planetaren Umlaufbahnen nicht vermeiden, die unvergleichlich belebter war als alle andern Bahnellipsen, bewegten sich auf ihr nicht nur ein einziges, sondern nach letzter Zählung mehr als elftausend Objekte oder, mit weniger wissenschaftlicher Kaltschnäuzigkeit ausgedrückt, mehr als elftausend echte Wandelsterne. Diese Planeten und Planetchen, die man in den Anfängen der Menschheit »Asteroiden« genannt hatte, entstammten insgesamt dem Zusammenbruch eines großen Planeten zwischen Petrus Apostel und Mars, dem Täuferstern, einem Himmelskörper, dem die Christianisierung des Firmaments den Namen Judas Ischariot verliehen hatte. Es bestand nämlich seit Menschengedenken eine initiierte Auffassung, daß dieser (von der Sonne aus gerechnet) fünfte Planet, der schönste und höchstentwickelte von allen, nicht einfach einem sideralen Verkehrsunfall erlegen sei, sondern bewußt Selbstmord begangen habe, indem er sich der Gefahrenzone einer überlegenen Schwerkraft, der des Apostel Petrus, allzusehr annäherte. Er hatte damit dasselbe getan, was Judas, der Mann aus Karioth auf Hackeldama tat, der Jünger, der Jesum für dreißig Silberlinge verriet und sich darauf umbrachte. Mochte in dieser Sage ein wahrer Kern stecken oder nicht, die alten Asteroiden, deren größte einst auf den Namen griechischer Gottheiten gehört hatten, waren jetzt unter dem Begriff »Judas Ischariot« zusammengefaßt. Daß wir uns im Bannkreis des Judas bewegten, bemerkten wir an einer gewissen, ganz leisen mondartigen Helligkeitsahnung, welche das Graue Neutrum plötzlich durchzitterte, sowie an einem unsagbar leisen, spinnwebartigen Getöne in höchster Lage, das uns von allen Seiten sommerlich zu umzirpen begann. Dann und wann sahen wir in fernster Ferne unseres Gesichtskreises eine matte Planetarscheibe auftauchen, dahinziehen und wieder verschwinden. Ich aber schloß die Augen jedesmal, um nichts mehr zu sehen, denn ich will es frei bekennen, meine Seele war übersättigt, sie konnte die Größe der Schöpfung nicht mehr ertragen, war sie doch eine Erdseele und keine Raum- oder Engelsseele. Um so mehr bewunderte ich die Knaben ringsum, die all diesen chronosophischen Erlebnissen und Übungen standhielten, als wären's Wettläufe auf einer zertretenen Spielwiese vor der Stadt.

Als ich aber wieder einmal die Augen öffnete, da bot sich meinen Augen ein Bild dar, das ich alle meine Tage nicht vergessen werde. (Ich meine natürlich den Rest meiner Tage im gegenwärtigen, das ist im zwanzigsten Jahrhundert.) Dicht vor uns strich ein Planetoid des Judas Ischariot vorbei. Die Gewissenhafteren unter meinen Lesern, deren Zeit- und Raumsinn durch die chronosophischen Übungen bereits nicht minder verwirrt sein dürfte als es der meinige war, werden es gewiß verstehen, daß ich die Maße dieses Planetoids, seine Größe, anfangs nicht beurteilen konnte. Ich selbst war als kometartiger Strich und Strahl über die Gebühr und über jede Vorstellung ausgedehnt. Davon aber hatte ich, wie öfters schon gesagt, durchaus kein Gefühl. Ich konnte in bezug auf mich selbst, im Verhältnis zu meiner eigenen Ausdehnung, keine Größe messen. Welchen Umfang das Sternchen besaß, welches dort dahinschwebte, das hing nur von der Entfernung zwischen ihm und mir ab, und von der perspektivischen Verkürzung, die ich nicht beurteilen konnte. Ein starker Instinkt aber sagte mir, daß dieses Ding zum Greifen nahe sein mußte. Diesem starken inneren Instinkt aber widersprach die wundersame Durchmodelliertheit des sanft erleuchteten Himmelskörpers, welche darauf hinwies, daß der gewaltige Judas Ischariot vor seinem Untergang in der Tat ein herrlicher Wandelstern gewesen sein mußte. Ich gebrauche die Worte »wundersame Durchmodelliertheit«, mit welchen ich nicht mehr sagen will, als daß der dahinschwebende Globus ein wirklicher Globus war mit einer Tag- und Nachtseite, die Tagseite, von der uns unsichtbaren Sonne angestrahlt, die Nachtseite in tiefe Schatten getaucht, nicht anders, als es unsere Erde gewöhnt ist. Ebenso wie die Erde und vielleicht noch der Täuferstern Mars trug das Sphäroid Schneekappen auf seinen beiden Polen. Und wenn ich mich nicht nachträglich noch täusche, so konnte man auf der lichten Oberfläche gewisse Bildungen, Flächen und Schatten unterscheiden, die auf Kontinente, Meere, Wüsten und kraterreiche Gebirge schließen ließen. Wenn die helle Halbseite des Dings plötzlich zur Scheibe gewachsen wäre, die den ganzen Raum ausfüllt und dann zur flachhohlen Schüssel und dann zur innen illuminierten Suppenterrine der Welt, ich hätte mich nicht gewundert. Das Ding aber blieb, was es war, es wuchs nicht, noch wurde es kleiner. Da löste sich einer von den schimmerköpfigen Strichen los, als welche wir ad libitum dahinzogen, schrumpfte zu seiner eigenen winzigen Schülergestalt zusammen, die aber, ein bestürzendes Wunder für meine Augen, das schwebende Planetoid noch weit an Größe übertraf. Ich habe vorhin schon verraten, daß Io-Knirps der Sünder war.

Es spielte sich nun folgendes ab. Das Größenverhältnis zwischen Knirps und dem Sternchen entsprach dem eines spielenden Kindes und eines großen, lichten Luftballons, der diesem Kind etwa vom Knie zum Kinn reicht. Für den graziösen, aber geistig noch nicht ganz entwickelten Knirps bedeutete der Globus aus dem Trümmererbe des Judas Ischariot nicht mehr als ein entzückendes kosmisches Spielzeug. Man denke sich's nur aus, mit dem rechten Kindersinn: Ein wirklicher Stern, mit allen echten Attributen eines Planeten und doch so kleinwinzig, daß man ihn vielleicht fangen und nach Hause bringen kann wie einen tropischen Riesenschmetterling! Knirpsens Juchzer übertönten das dünne, kaum hörbare Sirren, welches der Beitrag zur universalen Sphärenmusik war, den das Sternchen leistete. Knirps aber fuhr auseinander und zog sich zusammen und schwebte über dem Ding und unter dem Ding und streckte seine Arme aus und schreckte spielend zurück und tauchte in werbenden Tänzen auf, Kopf oben oder Kopf unten, daß es eine atemberaubende Lust war, diesem buhlerischen pas de deux zuzuschauen, besonders dann, wenn Knirps vom reflektierten Sternchentag bleich angeleuchtet war. Das Sternchen selbst aber schwebte unerschütterlich seine heilige Bahn dahin, die ihm von Gott zugeordnet war, wie nur der Sonne oder dem Sirius die ihren, denn frei hier oben blieben nur wir verruchten Kometianten und chronosophischen Irrstriche, mit einem Wort wir Menschen, die wir uns nicht schämten, nach Sternen zu haschen. Ich weiß noch ganz klar, daß jenes von Knirps umgaukelte und verfolgte Asteroid auf mich den Eindruck eines Mädchens machte, das mit schweigender Hoheit einen Nachsteiger und Belästiger nicht zur Kenntnis nimmt.

Der Lehrer war eine ganze Weile sprachlos über seines Lieblingsschülers kosmische Unverschämtheit. Dann aber zitterte er immer deutlicher. Schließlich zog er sich jäh zu seiner Lehrergestalt zusammen, fuchtelte mit dem Geographiezeigestab im Grauen Neutrum herum, und seine Stimme überschlug sich im Zischen:

»Ist so etwas erlebt worden seit Erschaffung der Welt? Nein, sage ich. Nie! Ein Knirps, ein Nichts, eine Fliege greift nach

Sternen. Werden Sie das lassen, Sie Unhold, dem nichts heilig ist. Aus dem Weg! Fliehen Sie meinen Zorn. Ist das die Feierlichkeit und der Ernst, den ich fordere? Fliehen Sie! Aus dem Weg...«

Und er streckte sich lang und schoß dahin, den Malefaktor zu verfolgen. Und wir anderen streckten uns ebensolang und schossen dahin, um hinter dem Paar nicht zurückzubleiben. Knirps aber in seiner Angst und in seinem Genie war geschwind genug, um Abstand zu halten, und zwar mehr als eine Pferdelänge. Der Lehrer seinerseits jedoch war nicht nur gerieben, sondern er kannte auch das Niedere Intermundium mit all seinen Fallen und Tücken. Er kannte das Niedere Intermundium sogar besser als die großen Kapazitäten unter den Sternwanderern und Verwunderern. Denn seit mehr als hundert Jahren bewegte er sich in nichts anderem als in diesem elementaren Raum mit der jüngsten Schuljugend. Die Klassen stiegen auf, Jahr für Jahr. Der Lehrer aber blieb sitzen, Jahr für Jahr. So ist es nun einmal, und die mentale Pädagogik schien daran nichts geändert zu haben.

Plötzlich schien es uns, als sei die Lichtabwesenheit im Grauen Neutrum noch viel blinder geworden, und als sei auch die herrliche Bewegungsfreiheit eingeschränkt, die unsere komethaften Körper wundersam beseelt hatte. Ich fühlte mich so – ich kann es nicht besser ausdrücken –, als führe ich ziellos in einem Kohlenkeller umher, dessen Wände nicht aus Stein, sondern aus Verboten oder Hemmungen bestanden. Gewiß war auch das eine chronosophische Übung, denn der Lehrer, der ein echter Lehrer war, kannte keine andere Leidenschaft als seinen Lehrgegenstand. Nun, jetzt hatte er den Sünder in die Enge getrieben. Armer Knirps, dachte ich. Aber was konnte einem ungezogenen Schüler schon Leides geschehen von einem Lehrer, der sich um ihn sorgte?

Da aber hatten wir die Bescherung. Auch dieser Kohlenkeller des Niederen Intermundiums war nicht unbelebt. Entschlossen preßte ich meine Augen zu und schwor mir, sie nicht früher zu öffnen als bis nach meiner Rückkehr ins Schulzimmer des Djebels. Ich hatte ohne Zweifel wiederum etwas Neues gesehen, und das war zu viel für mich. Es schien eine Art astronomisches Ringelspiel zu sein, was ich gesehen hatte. Ein größerer, selbstleuchtender, jedoch matter Himmelskörper in der Tiefe des Raumes bildete den Mittelpunkt, und um ihn her tauchten auf und verschwanden in der Runde mehrere Satelliten, die sich mit unvergleichlich höherer Geschwindigkeit als gewöhnliche Planeten bewegten. Obwohl der Globus in der Mitte eigene Strahlen aussandte, wäre doch ein Vergleich mit der Sonne oder anderm Lichtgestirn mehr als lächerlich gewesen, so bescheiden und dumpf erschien seine Lebenstätigkeit, und so dunkel, flach, ungegliedert und wesenlos waren die Satelliten, die ihn als Ringelspiel umtanzten. Auffälligerweise drang von diesem anscheinend gewaltigen Sternkörper und seinen Nebenwelten nicht der leiseste Ton einer Sphärenmusik an mein Ohr.

»Io-Knirps«, hörte ich die grimmige Prüferstimme unseres Lehrers, »was sehen Sie hier vor sich? Konstatieren und definieren Sie es.«

Was ich vermutet hatte, erfolgte: Ein schweres Sünderschweigen Knirpsens, hinter dem bereits das nahe Knabenschluchzen lauerte.

»Natürlich«, brach jetzt der typische Lehrerzorn los, »am Universum sich vergreifen, das paßt Ihnen. Aber wenn Sie die einfachsten Erscheinungen definieren sollen, bringen Sie den Mund nicht auf. Schämen Sie sich, Io-Knirps. Sie werden hundertmal in Extensivschrift an die Schultafel den Satz schreiben: Ich soll nicht nach Sternen haschen...«

Knirpsens unterdrücktes Schluchzen erfüllte nun den übermenschlich strengen Raum. Zugleich aber fühlte ich, wie in demselben übermenschlich strengen Raum dem Lehrer das Herz weh tat, weil er seinen Liebling hatte bestrafen müssen. Nur um dieses sein Herz zu erleichtern, fauchte er die Antworter an, die beiden Musterknaben Io-Rar und Io-Hol:

»Was sehen Sie? Konstatieren und definieren Sie es. Eins, zwei, drei...«

»Wir befinden uns einer Erscheinung gegenüber«, begann

einer der Vorzugsschüler mit dem verlogenen Umschweif des Nichtswissenden, der mittels leerer und geläufiger Worte Zeit gewinnen will.

»Schwafeln Sie nicht, Io-Rar«, schnitt der Lehrer scharf diesen unzulänglichen Versuch ab. Er brachte auch den andern Antworter Io-Hol brüsk zum Schweigen, als dieser etwas von einem »geschlossenen System« zu stammeln begann, dem wir uns gegenüber befänden. Ziemlich lange schwangere Stille. Dann zischte des Lehrers Stimme mit deutlichem Hohn:

»Ich werde mir nächstens den Einfältigen des Zeitalters zu Hilfe holen...«

Da kam aus den hintersten Reihen unserer Schar ein vorsichtig zögerndes Raten: »Vielleicht ein Unikel, ein Achad, ein Monal...«

»Na also«, brummte der Lehrer nicht ohne Befriedigung, »wenigstens einer. Seien Sie belobt, Io-Schram, und machen Sie weiter so...«

Ich drängte jetzt meinen Schimmerkopf dicht an B. H. und flüsterte erschrocken: »Um Gotteswillen, was ist das ein Unikel, ein Achad, ein Monal... So etwas haben wir in unserm Gymnasium doch nicht mehr gehabt, nicht wahr, B. H.?«

»Ich denke doch, F. W.«, beruhigte mich der Freund. »Haben diese Dinge nicht Atome geheißen, was eine ganz falsche Bezeichnung ist, denn sie waren alles eher als unzerlegbar, und man hat sie schon damals in Nukleus und Elektronen aufgeteilt. Ebenso falsch ist es, daß sie heute Unikel heißen, Achads und Monale, denn ich sehe nicht ein Objekt, sondern neun, ein großes und acht kleine...«

Hinter mir erscholl aufrührerisches Gezisch der Klasse:

»Das ist ein Trick... ein gemeiner Trick, Herr Lehrer... Sie haben uns hereingelegt...«

»Oho«, lachte B. H. leise, »die Buben haben recht. Er hat uns wirklich hereingelegt und durch eine verflixte chronosophische Finte aus dem Weltraum in einen faulen Mikrokosmus gejagt, ins Atomnetz eines verirrten Sonnenstäubchens oder in was Ähnliches, wo wir jetzt als Subkometen herumstrolchen.«

»Aber wir haben doch nichts an Geschwindigkeit verloren«, wunderte ich mich.

»Ein Trick, Herr Lehrer, ein Trick«, zischten die Knaben immer revolutionärer.

»Ruhe dort«, befahl der Lehrer, »Trick ist ein häßliches und respektloses Fremdwort. Seht Ihr nicht mit euern dummen Augen, daß es auch in *diesem* unendlich kleinen, aber immerhin unermeßlichen Raume Sterne gibt? Das bedeutet, Ernst und Feierlichkeit tut not überall... Mit welchem Index bewegen wir uns nun, Io-Knirps?«

Der Kleine mit dem runden Köpfchen schluckte und schnupfte ins Leere: »Wir haben jetzt... einen Minuskoeffizienten...«

»Gut gesagt, mein lieber Junge«, lobte ihn der Lehrer, herzlich bereit, den Sünder zu trösten. Danach aber wandte er sich an die ganze Klasse:

»Sie werfen mir vor, ich hätte einen Trick gebraucht, um Sie hereinzulegen. Unbeschadet des häßlichen Fremdworts, das unserer edlen Monolingua nicht ansteht, ich gebe es zu. Ich hab ein Unterrichtsmittel verwendet, das nur wenige Lehrer kennen, um meine Schüler von einem Extrem ins andere zu führen. Warum aber habe ich das getan, meine jungen Freunde? Ich hab's getan, damit Sie so früh wie möglich, das heißt schon während des ersten Jahrgangs, die Anfangsgründe der Chronosophie sich organisch zu eigen machen. Diese unumstößlichen Grundsätze aber lauten wie folgt: Das unendlich Große ist unendlich klein, wie das unendlich Kleine unendlich groß ist. Was soll das heißen? Das soll heißen: Nichts ist groß und nichts ist klein. Nichts ist lang und nichts ist kurz. All diese Worte sind im Lichte des Geistes illusorisch. Groß allein ist der Mensch, wenn er in sich selbst den Weg vom unendlich Großen bis zum unendlich Kleinen und vom unendlich Kleinen bis zum unendlich Großen zurücklegen kann. Das ist eine uralte Weisheit und beinahe eine Banalität, wie mir Seigneur bestätigen wird. Der Unterschied zwischen den uralten Weisen und uns Chronosophen besteht nur darin, daß wir uns nicht damit begnügen, das

All in uns selbst zu tragen, sondern daß wir uns selbst ins All tragen. Um wieviel kühner sind wir als die Meeres-, Luft-, Raketen-, Stratosphären- und Mondschiffer des grauen Altertums! Zuerst betreten wir die Planeten und lernen ihre Wesenheiten kennen und nähern uns auf kurze Distanz unserm vor Lebenstätigkeit berstenden Lichtgestirn. Die Sicherheit der Bewegung im Niederen Intermundium, die freie Geschwindigkeit beim Kometenturnen, sie ist das Wichtigste, denn sie entscheidet über alle späteren Fortschritte. Ja, meine lieben jungen Freunde, bald werdet ihr mich verlassen und euere Aufnahmeprüfung in die Lamaserie der Sternwanderer machen. Dann fahret ihr auf, wie man falsch sagt, in den hohen Raum hinaus, Jahr um Jahr, da wird's Ernst. Zuerst versenkt ihr euch ins galaktische Reich, von dem wir selbst ein Teil sind. Ihr dringet vor von den näheren Konstellationen zu den Wundern der Ferne. Dann aber nach neuen, schweren und rigorosen Prüfungen werdet ihr euch hinauswagen auf die unaussprechlichen Ozeane, die zwischen den einzelnen Universen der Sternnebel liegen. Und so mögen denn einige unter euch aufsteigen zu den Gipfeln der Menschheit, von den Sternwanderern zu den Verwunderern, den Thaumazonten, und von den Verwunderern zu den Fremdfühlern, den Xenospasten. Vielleicht aber ist sogar einer von euch dazu ausersehen, dereinst der Hochschwebende seines Zeitalters unter den Silberspinnen zu werden...«

Während dieser schönen Rede bewegten wir uns unaufhörlich an den Wänden der Verbote und Hemmungen entlang, die mir das Gefühl einflößten, daß wir in eine Art von Kohlenkeller gebannt waren. Bei den letzten Worten vom »Hochschwebenden des Zeitalters« hatte ich die Empfindung, daß der Lehrer seinen Liebling Io-Knirps als den also Erhöhten vorerschaute. Die ganze Rede aber, besonders dort, wo sie von der Größe des Menschen handelte, ließ mich an den Großbischof denken und an seine Lehre von der durch den bloßen Zeitablauf wachsenden Entfernung der Menschheit von Gott. War die Chronosophie auch nur ein Symptom dieser Entfernung, ein Zeichen der ungeheuren Überheblichkeit des genus humanum? Plötzlich vergaß ich, was ich mir zugeschworen hatte, und öffnete meine Augen. Wir schienen uns noch immer im Atomnetz jenes mutmaßlichen Stäubchens zu befinden, von dem B. H. gesprochen hatte. Obwohl wir uns fleißig streckten, zusammenzogen, streckten, hielt uns noch immer der »Kohlenkeller« fest, denn immer wieder tauchte eine plumpe, mattleuchtende Kugel mit ihrer Planetenfamilie in der Ferne auf. Ich aber wollte meinen Augen nicht trauen, als ich auf einmal gewahrte, daß sich von diesen gestirnförmigen letzten Grundgebilden – dem Gesetz der Anziehung und Abstoßung spottend – weiße Mantelformen und Faltenwürfe loslösten und davonströmten, ihrem freien Willen nach. Wie fern sie auch dahinblitzten, ich sah, oder besser, ich fühlte unter diesen schneeweißen Mantelformen und Faltenwürfen die menschlichen Glieder, und ich ahnte das flachsbleiche Haar, das im Fluge nachflatterte. Es war kein Zweifel, es waren Chöre, Herrschaften, Fürstentümer und Throne, und zwar keine Melangeloi, sondern Leukangeloi, Hellengel oder Weißengel, die sich dem Atom entrangen. Albertus Magnus, Bonaventura, Scotus Eriugena oder wer immer darüber geschrieben, hatte die Wirklichkeit unterschätzt, wenn er behauptete, es gingen nur dreihunderttausend Engel auf eine Nadelspitze. Es gingen viel mehr auf eine Nadelspitze. Wohin fluteten diese Wesenheiten dort wie weiße Blitze? Versammelten auch sie sich im Rosarium virginis? Erregt wollte ich schon ausrufen: »Herrgott, B. H., schau doch nur, echte Engel!«

Ich beherrschte mich aber diesmal und schwieg. Es gab Erfahrungen, die man auch im astromentalen Zeitalter für sich behalten mußte, weil's einfach zu früh war. Mein Herz klopfte noch immer von einem süßen, unmittelbaren Wissen, als der Lehrer das alltägliche Regenlicht im Schulzimmer wieder eingeschaltet hatte.

Fünfzehntes Kapitel

Worin nach einem Gang durch die Lamaserien der Sternwanderer, Verwunderer und Fremdfühler die Djebelepisode in der Zelle des Hochschwebenden endet, der mich mit der wahren Gestalt des Universums und mit dem wichtigsten Augenblick meines früheren Lebens bekannt macht.

Der Lehrer hatte B. H. und mir ein chronosophisches Ehrenzeugnis überreicht, je ein reichverziertes Kärtchen, auf dem uns einige Millionen Raumkilometer, mehrere Raumjahrzehnte, die Besichtigung von Johannes Evangelist und Apostel Petrus, der glücklich überstandene Aufenthalt im Innern eines Sauerstoffunikels mit den dazugehörigen Minusmaßen sowie eine ausgezeichnete Konduite im makro- und mikrokosmischen Kometenturnen gutgeschrieben wurden. Obwohl mehr einem Kontokorrent als einem Schulzeugnis gleichend, war es doch das ehrendste Dokument dieser Art, das ich jemals erworben hatte. Was hilft mir aber das beste Zeugnis, wenn ich es nicht vorweisen kann? Es hilft mir nicht mehr und nicht weniger als die violette Handgelenkschleife, diese ebenso hohe wie unverdiente Auszeichnung. Wichtiger aber als das schriftlich ausgefertigte Dokument unseres lieben Pädagogen erscheint mir die Tatsache, daß ich mich nach all diesen während einer kurzen Unterrichtsstunde körperlich zurückgelegten Zeit- und Raumstrecken gar nicht abgespannt und zerschlagen fühlte, sondern frischer als vorher, wissensgieriger als je und geradezu transparent von meiner heimlichen Begeisterung. Ich hatte mehr als einen Blick getan in den interplanetaren und sogar in den interatomaren Weltraum. Einen *Blick* in den Weltraum tun, das konnte auch zu meiner Jugendzeit der abendliche Spaziergänger, der am Stadtpark vorüberkam, wo ein älterer, fröstelnder Mann, der ein schäbiges Fernrohr aufgeschlagen hatte, diesen Blick für einige Groschen feilbot; und zwar offerierte der meist allzu dünn bemäntelte Sternhändler am liebsten den Jupiter, weil diesen Giganten selbst das schlechteste Rohr als imposante

Scheibe mit vier Monden enthüllte. Ich aber hatte mit meinem plattgedrückten Hintern auf den Plastilinwogen des rostroten Ödmoors gesessen, den sicheren Untergang vor Augen, ebenso wie ich auf dem geschmolzenen Bleimeer des Merkur in die reibungslose Höhe gesprungen war wie ein Gummiball und das einzige Mal das göttlich großmütige Verschwenderleben unserer Sonne nicht nur mit meinem Geiste, sondern mit meinen durch stumpfsilberne Wolken geschützten Augen begreifen durfte. Wie das alles zustandegekommen war, das habe ich in sukzessiver und pragmatischer Art beschrieben. Ist ein Reiseschriftsteller zu einer anderen und gründlicheren Methode verpflichtet? Nein, sage ich, und immer wieder nein. Wir wissen schon alle, daß der geistvolle und scharfsinnige Leser verschiedene Erklärungen für den kristallenen Wunderbau des Djebels bereit hält und verständnisvoll nachdenklich von der nur halb gelesenen Seite aufblickt, wenn er an die televisionäre Ikonographie denkt, die einen Himmelskörper dort oben ohne weiteres abtragen kann, um ihn hier unten in beliebiger Größe wieder aufzustellen. Ich selbst habe all diesen Einfällen des Argwohns und der Grübelei an den gebührenden Stellen meiner Erzählung Ausdruck verliehen, dort nämlich, wo sie während des Erlebnisses selbst mich bedrängt hatten.

Da wir nun unser Raumtauchergewand abtaten und säuberlich auf die Schulpritschen legten, so möchte wohl manch einer gern den hauchdünnen, wachstuchartigen Stoff darauf untersuchen, ob nicht etwa ein rostroter Moorspritzer oder ein erstarrter Bleipatzen daran kleben geblieben war. Ich leugne diese Möglichkeit keineswegs. Es ist mehr als wahrscheinlich, daß wir Spuren planetaren Stoffes mitgebracht haben. Ich sehe jedem Neugierigen in die Augen und frage ihn leise: »Ist es nicht wichtiger, daß ich echten Engeln begegnet bin, Compère? Und echte Engel lassen sich auf der lichtempfindlichen Platte nicht festhalten.« Darauf wird mein hypothetischer Unterredner vielleicht brummen, daß er die Begegnung mit Engeln in den Intermundien weder für wichtig noch für einen wissenschaftlichen Gewinn halte. Ich aber werde unerschrocken darauf antworten:

»Sehen wir von der geistigen und metaphysischen Bedeutung jener Melangeloi und Leukangeloi völlig ab. Bleiben wir unbeirrbar bei der Naturwissenschaft. Halten Sie etwa für keinen naturwissenschaftlichen Gewinn die völlig neue Erfahrung, daß es eine *transzendentale Materie* gibt, die jenseits der Elektronen und doch diesseits des reinen Geistes liegt, eine Brücken-Substanz gleichsam, die allverkleidungsfähig den leersten Abgrund der Schöpfung ausfüllt? Dehnt sich nicht gerade dort das Reich aus, wo wir Toten leben, das heißt aufgehoben sind, und von wo man mich selbst, ohne an die Folgen zu denken, weggelockt hat?«

Es ist selbstverständlich, daß ich trotz obiger imaginärer Unterhaltung das Wort Engel weder gegenüber B. H. noch gegenüber irgend jemandem andern gebrauchte. Mir schwante, daß noch so manche Epoche am Djebel würde vorbeifliegen müssen, damit das Dasein von Engeln und das Wesen der transzendentalen Materie erkannt und ergründet werde. Daß ich mich in dieser pessimistischen Annahme getäuscht hatte, sollte ich erst in der Zelle des Hochschwebenden erfahren.

Doch nicht nur mich, der ich die Engel im Gemüte trug, erfüllte eine unbekannte transparente Hochstimmung, auch meines Freundes, des Widergeborenen, Gesicht glühte, und seine dunklen Augen leuchteten tiefinnerlich, als der Lehrer ihn von der Kopfkugel endlich befreit hatte. B. H. dankte ihm mit folgenden Worten:

»Es ist mir, als hätte ich zu allen meinen anderen Leben noch zwei Leben mehr gelebt, Herr Lehrer.«

Da ein oft Wiedergeborener also über eine kurze Schulstunde sprach, so war es ein wirkliches Kompliment. Unser guter Pädagoge freute sich auch sichtlich und murmelte etwas bescheiden Abwehrendes über »Propädeutik«, über seine »unzureichenden Kräfte« und über die »allzu harmlose Aufgabe«, worauf ich eilig versicherte, daß wir, sollten wir noch einmal gewürdigt werden, ins Graue Neutrum aufzufahren, dies unter keines anderen Lehrers Leitung tun würden als unter der seinigen. Während ich dem offensichtlich erfreuten Manne diese Ehre bezeugte, hatte ich dank meiner gehobenen Stimmung bereits vergessen, daß ich unter seiner Leitung auf dem Apostel Petrus einen veritablen Schiffbruch erlitten hatte und ohne die Hilfe von Melangeloi kaum in die Klasse zurückgefunden hätte. Aber überstandene Gefahren sind noch wesenloser als vergangene Vergnügungen. Der Lehrer, mit dem B. H. und ich abseits standen, machte, der Zeitsitte gemäß, kurze, steife Verbeugungen, rieb sich die Hände und bat uns, ihn unbedingt bald wieder zu beehren. Der Kleine Weltraum oder das Niedere Intermundium stehe uns täglich von elf bis zwölf mit all seinen Himmelskörpern zur Verfügung. Er selbst, obwohl nur ein ganz bescheidener Elementarlehrer, habe für uns noch ganz andere Überraschungen übrig als das ABC von Maria Magdalena, Johannes Evangelist und Apostel Petrus. Da sei gleich Petri Nachbar, der Apostel Paulus oder Saturn, eine hochgeistige, seelenvolle, komplizierte, sehr energische und doch leicht epileptische Planetpersönlichkeit, zu deren ganz oberflächlichen Erforschung er, der Lehrer, mehr als hundert Schulstunden aufzuwenden pflege.

Während wir uns so unterhielten, und der Pädagoge mir und B. H. auch noch den Besuch der ganz entfernten Außenplaneten offerierte, tollten die Schulbuben im Schulzimmer herum, wie sie es seit eh und je getan haben. Und nur Io-Knirps schrieb mit Kreide in denselben extensiven Lettern, zu denen der Uranograph die Sterne am Himmel zusammenhüpfen ließ, reihenweise auf die Schultafel:

»Ich soll nicht nach Sternen haschen.« Während er angelegentlich schrieb, trat ihm die spitze rote Zunge zwischen den Lippen hervor. Ich wußte nicht, warum mich das ruhige Gesicht dieses Knaben mit tiefer Sympathie erfüllte. Da läutete die Pausenglocke. (Siehe da, nichts hatte sich verändert, nur daß man persönlich unter Sternen herumstrolchte anstatt unter den Hexametern Homers oder Vergils.) Die Zeit war gekommen, wo die Klasse, der Schulvorschrift gemäß, ein geiststärkendes Bad im Phosphorpfuhl zu nehmen hatte. Der gute Lehrer beruhigte mich, es sei ein völlig trockenes Bad und forderte uns auf, mitzuhalten. B. H. aber wurde im selben Augenblicke von Io-Fagòr angerufen, der uns berichtete, daß der Fremdenführer des Zeitalters sich eigens in den Djebel begeben habe, um mich durch die Lamaserien zu geleiten und, sollte es das Glück wollen, dem Hochschwebenden unter den Silberspinnen vorzuführen.

Und da bin ich nun wieder einmal bei der Crux aller Reiseschriftstellerei angelangt, bei der Beschreibung. Diesmal aber gar ist die Beschreibung noch schwieriger zu bewältigen als gewöhnlich, da es sich um die Beschreibung einer Besichtigung handelt. Gibt es etwas Öderes, frage ich mich selbst, als eine Besichtigung? Für mich nicht, muß ich antworten, wenn ich ehrlich sein will. Jedesmal, wenn ich irgendwo zu einer Karawane von Besichtigern gehört habe, in den Katakomben von Rom, in Pompeji, im Tempel von Karnak, auf der Akropolis von Baalbek, in der Kathedrale von Chartres und so weiter, jedesmal habe ich mich fortgestohlen, bin zurückgeblieben, um der Stimme des Erklärers und dem stumpfen Gleichschritt der müde nachtrabenden Herde zu entgehen, auf die Gefahr hin, daß ich noch weniger von der Sehenswürdigkeit verstand als sie. Noch viel unwilliger aber war ich, die Beschreibung einer Besichtigung nachzulesen, im Baedeker etwa. Die Beschreibung des zu Besichtigenden, das ist wie der Schatten eines Schattens, das ist wie der Inbegriff des Kleingedruckten, das man ebenso gut lesen wie auslassen kann, ohne daß es einem fehlt. – Ich setze nun den Fall, daß einige meiner Leser besonders gutmütig sind, was, wie ich genau weiß, eine ganz und gar unerlaubte Unterstellung ist. Leser sind nicht gutmütig. Sie sind und sollen sein höchst unerbittliche Gläubiger ihres Autors. Sie haben auf Treu und Glauben für ein Buch ebensoviel Geld ausgegeben wie etwa für eine (mäßige) Mahlzeit in einem (mäßigen) Restaurant, die Flasche Wein nicht mit eingerechnet. Sie haben damit das volle Recht erworben, von ihrem geistigen Traiteur, dem Autor, das Voll-Entsprechende auf seinem Gebiete zu fordern. Da das Geistig-Nährende in unserer Welt einen weit billigeren Marktpreis besitzt als das physische Nahrungsmittel, so haben die Leser vom Autor zu fordern: Mehrere Tages- oder Abendstunden intensiver Spannung, Unterhaltung feinerer Art, deren man sich nachher nicht zu schämen braucht, echte seelische Erschütterung, lautes und leises Lachen, dann und wann auch durch Tränen gewürzt, leichteste Verständlichkeit, die gute Möglichkeit, sich in die geschilderten Gestalten ohne Mühe einzufühlen, rasches Tempo der dargestellten Geschehnisse und vor allem möglichst wenig Beschreibungen. Es fällt mir nicht ein, gegen diese berechtigten Forderungen des Lesers aufzubegehren. Sie sind und bleiben das Gesetz, das ich und jeder andere Autor zu erfüllen hat. Dennoch supponiere ich hier einen gutmütigen oder, besser gesagt, einen verständnisvollen, einen toleranten Leser, der sich gewisser Schwierigkeiten meines Stoffes bewußt ist und ermunternd zu mir spricht:

»Unsere chronosophische Übungsstunde im planetaren Raum war schließlich auch nichts anderes als eine Besichtigung. Ich hätte mir zwar eher den Saturn ausgesucht als den Jupiter – dem Saturnring gilt nämlich von Jugend an meine astronomische Neugier –, aber ich habe doch einiges erfahren und gefühlt, was außerhalb des üblichen Vorstellungskreises liegt und wovon man in gewöhnlichen Romanen nichts zu hören bekommt...«

Als unsicherer, unruhevoller Autor stürze ich mich natürlich auf diese ermunternden Worte des gutmütigen Lesers, der leider nur meine eigene Erfindung ist, und erwidere:

»Sie werden auch bei der Besichtigung des Djebels nur Menschen und Phänomenen begegnen, die außerhalb Ihres üblichen Vorstellungskreises liegen und dergleichen in keinem Roman zu finden sind, der je geschrieben wurde. Wenn ich Ihnen die Erfahrungen und Gefühle, die Erschütterungen und Schauer der großen, interstellaren, ja der nebularen Räume nicht unmittelbar zuteil werden lassen kann, ohne zu lügen, so werden Sie doch jene Menschen sehen, die in ihrem kurzen Erdenleben diese Erschütterungen und Schauer kennengelernt haben und bis an die Grenzen der fernsten Himmel gelangt sind, von denen gerade noch eine blasse Strahlenspur die feinsten Instrumente trifft, und vielleicht nicht einmal diese. Sie werden dem *kosmi-*

schen Menschen einer sehr fernen Zukunft gegenüberstehen, der sich zum Herrn über Zeit und Raum aufgeworfen hat und für den Nähe und Ferne, Augenblick und Ewigkeit fast schon ein und dasselbe sind wie für den Schöpfer. Sie werden die merkwürdigen Folgen sehen, welche die unaufhörliche Hochspannung an Körper und Seele des vollkommenen kosmischen Menschen hervorbringt. Sie werden schließlich die Lösung der Welträtsel aus dem Munde des Hochschwebenden erfahren, eine Lösung, die noch keinem Sterblichen anvertraut worden ist. Und auch sie wird in dem Preis einer mäßigen Mahlzeit eingeschlossen sein. Zu all dem verspreche ich Ihnen, Sie viel schneller durch die Erkenntnisräume des Djebel zu lenken, als uns der unerbittlich gründliche Fremdenführer des Zeitalters gelenkt hat. Denn mich selbst drängt es bereits, den Djebel zu verlassen und zurückzukehren zu unsern Hausfreunden, zu Lala, zu Io-Fagòr, zu Io-Do, zur Ahnfrau und in die mentale Welt, wo sich inzwischen eine Katastrophe vorbereitet, wie ich dunkel fühle...«

Der Djebel, von außen gesehn ein großes Gebirge, ein mächtiger Alpenkomplex, war innen eine noch hundertmal mächtigere und reichere Welt, zu deren wirklicher geistiger Durchdringung die Hingabe eines ganzen Lebens kaum gereicht hätte. Eins aber sei sofort berichtet: Die Fortbewegung durch die gewaltigen Räumlichkeiten des künstlichen Berges, die Überwindung seiner beträchtlichen Distanzen nahm ziemlich wenig Zeit in Anspruch. Wie nämlich schon bei uns, die wir ein sehr frühes Altertum gerade durchleben, in guten Hospitälern die Krankensäle »temperiert«, das heißt auf demselben Wärmegrad gehalten sind, so herrschte auf den Korridoren, Laufgängen, Verbindungswegen, schiefen Ebenen und Trottoirs roulants des Djebels eine »temperierte Gravitation«. Das soll heißen, man konnte die irdische Schwerkraft innerhalb des Djebelgebiets nach Belieben hoch oder niedrig schrauben. (Als wir auf den Schulpritschen reibungslos labyrinthisch im Finstern umherfuhren, hatten wir, ohne es zu wissen, die erste Bekanntschaft mit der regulierbaren Gravitation gemacht.) Doch nicht nur auf den Verbindungswegen herrschte diese temperierte oder besser gesagt modifizierte Gravitation, sondern auch im Innern der einzelnen Lamaserien, zum Beispiel in jener der Sternwanderer, der Astropathetiker, die wir soeben durcheilten.

Die Sternwanderschaft bedeutete die erste höhere Stufe des chronosophischen Studiums, wenn überhaupt der Begriff des Studiums hier verwendet werden darf. Alles im mentalen Zeitalter, und vorzüglich im Djebel, war ja so verschieden von unsern einstigen, das heißt jetzigen Lebensinhalten, daß ich die Analogien in der Form mit Bewußtsein in den Vordergrund dränge, damit der Unterschied im Wesen um so leichter zugänglich werde. Die große Masse der Sternwanderer glich demnach unsern Studenten oder, genauer gesagt, den Seminaristen eines geistlichen Kollegiums, oder noch exakter, den jugendlichen Mönchen jener buddhistischen Riesenklöster in den tibetanischen Hochgebirgen, deren B. H. auch sogleich Erwähnung tat, weshalb ich schon von Anfang an das Wort Lamaserie gewählt habe, um den richtigen Eindruck hervorzurufen. Wie die Kinder der chronosophischen Elementarschule kometenturnten und im Niederen Intermundium sich herumtummelten, so war den Studenten der Astropathetik der »Große Weltraum ersten Grades« zugewiesen, unter welchem Terminus technicus jenes kosmische Reich verstanden wird, zu dem auch unser Sonnensystem gehört und das der Volksmund die »Milchstraße« nennt. Dies alles sagt und schreibt sich leicht hin, aber der Erfahrungsstoff, den die Sternwanderer zu bewältigen hatten, war schier unermeßlich und die von der Studienordnung geforderte Anstrengung übermenschlich, was der allgemeinen mentalen Bequemlichkeit aufs rühmlichste widersprach. Wenn zum Beispiel ein paar kurze Unterrichtsstunden unseres braven, Ernst und Feierlichkeit fordernden Unterlehrers vollauf genügten, unser ganzes Planetensystem nicht nur mit Augen zu schauen, sondern auch mit Füßen zu treten, so hätten mittels desselben chronoelastischen Übungsgrades Jahrtausende nicht hingereicht, um in den obgenannten intergalaktischen Weltraum auch nur flüchtig die Nase zu stecken. Wenn der Besuch des Apostel Petrus vergleichsweise nur ein Zimmerschrittchen vom Bett zum Tisch bedeutete, so hätte man im Verhältnis dazu mehrmals die Reise um die ganze Erde zurücklegen müssen, um irgendein besseres Lichtgestirn der Milchstraße zu erreichen. Meine eigenen Erlebnisse im Niederen Intermundium und zugleich das Wissen um diese kaum faßlichen Distanz-Unterschiede, die der Fremdenführer mit seiner histrionischen Heiserheit bis in die Dezimalstellen aufzählte, ließen mich erschrecken vor Mut und Leistung, welche von der astropathetischen Jugend gefordert wurde. Wenn ich nicht irre, so bewegt sich das uns am nächsten benachbarte Lichtgestirn, Alpha Prophetae Jesaja (ehemals Alpha Centauri) in einer Bahn, die vier Dreizehntel Lichtjahre entfernt liegt, was nach kosmischem Fahrplan nur eine lächerliche Bagatelle von Abstand ist. Abseitigere Individualitäten derselben Milchstraße nämlich bewegen sich in Entfernungen von hunderttausend und Millionen Lichtjahren. Nicht um den geistvollen Leser zu beleidigen, sondern nur um ihn zu erinnern, erwähne ich hier, daß ein Lichtjahr genausovielmal dreihunderttausend Kilometer oder einhundertsechsundachtzigtausend Meilen mißt, als ein Jahr Sekunden besitzt. Dies sei auch noch deshalb erwähnt, damit der physische und psychische Lehrstoff der astropathetischen Jahrgänge im rechten Licht stehe.

Ich will vom körperlichen, vom gymnastischen Lehrstoff vorerst sprechen, weil von der seit vielen Jahrhunderten erprobten Studienordnung für diesen viel mehr Zeit aufgewendet wurde, als für die geistige Unterweisung. Genauer gesagt, die Chronosophie lehrte, daß die Wahrheit den Weg von außen nach innen nehme, von der Erfahrung zum Urteil, von der Empfindung zur Erkenntnis, von der Oberfläche zur Mitte, vom Körper zum Geist. Nun, diese Lehre war alles eher als neu, und B. H. hatte, wie er einwarf, schon im zwanzigsten Jahrhundert die Bekanntschaft jener altehrwürdigen Yoga gemacht, deren praktische Mystik auf diesem Princip begründet war. Dennoch konnte auch er Staunen und Bewundern nicht unterdrükken, als wir die oberen, die Gipfelräume, gewissermaßen die

Mansarden des Djebel durchflogen (sie beherbergten die im Range niedrigsten Klassen) und Zeugen der astropathetischen Gymnastik wurden. Die »Mansarden« bestanden aus einer unabsehbaren Flucht von weitläufigen Räumlichkeiten, von denen die meisten im geisterhaften Schimmer zuerst gesammelten und dann zerlegten Sternenlichtes dahindämmerten. In jeder dieser Erkenntnishallen, Säle, Gemächer, Zellen war eine größere oder kleinere Seminaristengruppe unter Führung eines Meisters damit beschäftigt, durch bestimmte Übungen den eigenen Körper der Wesenheit eines Lichtgestirns oder eines Sternbildes anzupassen. Es war ein ganz wundersames Gefühl, einen Raum zum Beispiel zu erblicken, der mit keinem einzigen Strahl irdischen Lichtes erfüllt war, sondern mit dem unaussprechlich schwachen, dunkelfliederfarbenen Hauch, der in dem Lichtgestirn Beteigeuze (Alpha Orionis), einer der ungeheuren rötlichen Welten des Intermundiums Ersten Grades, seinen Ursprung hatte. Betreten durften wir die einzelnen Sternräume schon deshalb nicht, weil in manchen die Gravitation zu Übungszwecken so hochgespannt war, daß sie uns Unbelehrte und Untrainierte zu Boden geschleudert und erschlagen hätte. Wir flogen also, von einer geminderten Schwerkraft beschwingt, einen Laufgang, eine schiefe Ebene dahin, die zwischen durchsichtigen Wänden entlang führte, und machten dann und wann halt, wenn der Fremdenführer sich entschloß, eine der astrogymnastischen Übungen unserer Betrachtung anzuempfehlen. Ich konnte natürlich den Zweck und Sinn der jeweiligen Übung nicht begreifen, und auch die Erklärungen und Deutungen des Fremdenführers hätten mir nicht zum rechten Verständnis geholfen, da mir jede notwendige Voraussetzung fehlte. Der spiegelköpfige Ägypter Arbaces aus »den letzten Tagen von Pompeji« schwieg aber glücklicherweise. Wozu auch war es nötig, den Sinn der Übung analytisch zu erfassen? Vermittelte nicht der bloße Anblick geheimnisvollen Sinn genug, manchmal in der Form ekstatischer Schönheit, manchmal in der Form grotesker Verrenkung? Da lag zum Beispiel ein wohlgebauter Jüngling auf dem spiegelglatten Boden und streckte langsam, langsam seinen nackten Körper immer länger und länger, so daß nicht nur ich allein vor Angst aufschrie. Als der Astrogymnastiker seinen Leib zu fünfzehn Fuß Länge ungefähr ausgedehnt hatte, ohne daß seine Sehnen rissen und seine Knochen brachen, schnellte er in seine frühere Größe und Körperform zurück. Und dies geschah nicht im Grauen Neutrum der völligen Schwerelosigkeit wie das Kometenturnen der Kinder, sondern unter einer bedeutend erhöhten Schwerkraft, das heißt auch Schwierigkeit. Das Lichtgestirn, dem er diente, hatten die Araber einst Unuk-al-Hay genannt, Schlangenhals. – Anderen Ortes sah ich einen jungen Menschen, der nichts tat als auf Zehenspitzen, mit tief nach hinten geworfenem Haupte, in der weltumarmenden Haltung eines Gekreuzigten dazustehen oder dazuschweben. Hier forderte das betreffende Lichtgestirn (Albireo war der Name) von seinem Verehrer und Erforscher nichts anderes als Ausdruck, und zwar den Ausdruck ekstatischer Allsympathie und Opferhingabe.

»Dies wird ein herrlicher Sternwanderer werden«, sagte der Fremdenführer, auf den Jüngling weisend, »denn schon entwikkelt sich die Schönheit seiner Körperhaltung zur Schönheit seiner Seele.«

Im Nebenraum herrschte die rötliche Trübnis eines anderen Gestirns, wahrscheinlich, nach der Farbe zu schließen, eines tausendmal größeren, als es unsere Sonne ist, eines Gestirns, dessen dämonischer Charakter die Studiengruppe, die sich seiner Erforschung widmete, zu ganz absonderlicher Astrogymnastik bewog. Es war *Eltanin* oder Caput Draconis, Drachenkopf. Ich sah zu meinem, anfangs mißbehaglichen, Erstaunen mehrere schöne Jünglingskörper in etwas verwandelt, das heißt verschlungen und zusammengeknüllt, was ich nicht anders nennen kann als ein »Schlangennest«. Jeder dieser prächtigen Jugendleiber bildete einen elastischen und scheinbar unentwirrbaren Knäuel, aus welchem viel mehr schlüpfrige Glieder hervorzuzüngeln oder hervorzugaukeln schienen, als er in Wirklichkeit besaß. In diesem Raume, erklärte uns der Fremdenführer, herrsche die höchste Übungsgravitation der ganzen Lamaserie.

Nicht weit davon entfernt aber zeigte er uns einen Riesensaal, wo die Übungsgravitation auf den niedrigsten Grad herabgesetzt war. Hier, im bläulich hellen, gesammelten Strahlenschein einer ganzen Traube von Lichtgestirnen auf dem Gipfel ihrer Lebenstätigkeit, bildeten Hunderte von nackten Jünglingskörpern – jeder einzelne ein kosmisches Tänzergenie gleich unserm Knirps – alle möglichen Wundergebäude, die freilich so schnell von einem ins andere übergingen, daß mein Auge sie kaum erfassen konnte, obwohl sie mich von Ferne an phantastische Varietenummern und Pantomimen gemahnten. Jetzt bildeten die leuchtenden, durcheinander schwingenden Körper eine Art von gotischer Kathedrale mit zwei hochragenden Türmen, einer sich wie ein Rad drehenden Rose überm Portal und vielen nickenden Wasserspeiern, – im nächsten Augenblick hatte sich die Kathedrale in ein Fabeltier verwandelt mit sieben Drachenköpfen und zwölf langen Schweifen aus weißen Menschenleibern, die durch die Luft sausten und sich um die Grundgestalt ringelten, und plötzlich war das Ganze eine tote, starre Pyramide. Nichts aber an diesen Ereignissen war Schauspiel, geplant, berechnet und geprobt für bewundernde Augen. Diese Evolutionen dienten einem einzigen Zwecke, die menschliche Persönlichkeit unabhängig von der Erde zu machen, über ihre planetare und solare Bedingtheit hoch hinauszureißen und in alterprobten (wenn auch für uns unbegreiflichen) Formsymbolen sie in Beziehung zu setzen zu den fremdesten Sternwesenheiten.

Die Überwindung der körperlichen Zeit- und Raumschranke war nur der erste Zweck der chronosophischen Wissenschaft, doch nicht ihr zweiter, dritter, hundertster und letzter. Es ging um mehr. Es ging um einen über alle Faßbarkeit verwegenen Versuch, die Erfahrungsinhalte des Planetenhäftlings Mensch zu bereichern und seine Erlebnisgrenzen bis an den Rand der Unendlichkeit auszudehnen. Immer wieder war ich in dieser Stunde gezwungen, an den Großbischof zu denken. Versuchte der mentale Mensch wirklich, sich an Gottes Stelle zu setzen, indem er, der das All früher in sich selbst getragen hatte, sich selbst nun ins All trug? War der Djebel die modernste menschliche Ausprägung des »Baumes der Erkenntnis«, wie »der Turm zu Babel« die älteste war?

Wir begegneten auf unserm flugschnellen und flugleichten Wege durch die Korridore der astropathetischen Lamaserie vielen Gruppen von Seminaristen, die Pause hatten, sich zu ihren einsamen Mahlzeiten begaben oder aus andern Gründen unterwegs waren. Ich sah in ihnen junge Leute der mentalen Welt, vielleicht noch um einen Grad schöner als der Durchschnitt auf dem Geodrom, aber sonst durch nichts für mein Auge unterschieden. Mir fiel auf, daß diese jungen Sternwanderer fröhlich waren und durchaus nicht den Eindruck von Zerstreuten, Trunkenen oder Träumenden machten, obwohl sie doch unter der ständigen Hypnose des Großen Weltraums ersten Grades standen. Aber wie für die Knaben meiner Elementarklasse die ganze Chronosophie mitsamt ihrem Kometenturnen teils lästiger Unterricht, teils praktischer Spaß war, so erlebten auch diese Jünglinge hier die kühnsten aller Wissenschaften vorerst noch mehr von ihrem technischen als von ihrem geistigen Wesen. Noch nahmen sie naiv als gegeben hin, was man sie lehrte. Noch fuhren sie mit stürmischer Kühnheit und, als könne es nicht anders sein, durch die galaktischen Räume, und zwar mit Geschwindigkeiten, die nicht einmal der Lichtstrahl besitzt. Noch hatten sie Jahrzehnte vor sich, ehe die schweren Folgen der Chronosophie sich an ihnen offenbaren würden, die traurigen und die freudigen.

In der Lamaserie der Verwunderer, auch Thaumazonten genannt, welche im mittleren Teil, fast hätte ich gesagt in den mittleren Stockwerken des Djebels ihren Sitz hatten, zeigten sich vorerst die freudigen Folgen der Chronosophie. Wie der höhere Teil des stellaren Erkenntnisberges die strebende Jugend beherbergte, so bot er in seinem mittleren Teil, der rechten Entsprechung gemäß, dem kräftigen Mannesalter Unterkunft, welches sich in der mentalen Welt zwischen sechzig und einhundertzwanzig Jahren erstreckte. In der Zeit also, wo die Menschen draußen mit Fug und Recht ihre goldenen Kopfaufsätze trugen.

Meine Frage, ob es keine Lamaserie für Frauen gäbe, bejahte der Fremdenführer. Da aber zum Gelingen der chronosophischen Bemühung strenge Askese, vor allem aber strengstes Zölibat die Voraussetzung war, durften Männer und Frauen einander nicht sehen und blieben mit peinlicher Strenge getrennt. Im übrigen brachten es die Frauen nur in den seltensten Fällen über die Anfangsgründe der Sternwanderschaft hinaus, wobei sie, wie's natürlich ist, der Wesenserkenntnis jener Lichtgestirne dienten, die weibliche Namen trugen.

Die Thaumazonten waren somit reife Männer, welche nun, wie man meinen sollte, die Früchte ihrer fünfzigjährigen astropathetischen Studienzeit ernteten. Diese Meinung aber ist nur zur Hälfte richtig. Ungleich dem wissenschaftlichen Studium in den Anfängen der Menschheit, endete der Lehrgang der Chronosophie nie und nimmer, das heißt, es kam niemals der Augenblick, wo der Chronosoph seine Schlußprüfung ablegte und nun als fertiger Forscher und Meister entlassen war. Jede abgelegte Prüfung, jedes bestandene Rigorosum machte ihn neuerlich zum Schüler, wenn auch auf höherer Stufe. So blieb eine demütige Gleichheit aller vor der unendlichen Aufgabe gewahrt. Selbst vom obersten Chronosophen, jener Persönlichkeit, die der Hochschwebende hieß (welcher Titel mich immer magischer anzog), behauptete unser Cicerone, daß er sich von Zeit zu Zeit einem Rigorosum unterwerfen müsse, bei welchem der kleinste Junge aus der Planetenklasse der Prüfer sei. So schloß der, welcher es am weitesten gebracht hatte, der Vollender, den chronosophischen Zirkel, indem er sich vor dem Beginner beugte.

In der Lamaserie der Verwunderer herrschte ein viel irdischeres Licht und Dunkel als in den astrogymnastischen Räumlichkeiten der Sternwanderer, wohin die tausendfältigen Prismen und Auffangsvorrichtungen der Djebelschroffen das Licht der einzelnen Gestirne herableiteten und auseinanderstrählten. Es kam daher, daß die Thaumazonten bereits mehr ein betrachtender als ein tätiger Stand waren. Die Älteren unter ihnen hatten in mehr als einhundertjähriger Arbeit ihren Körper und ihren Geist durchtrainiert und den Sternräumen angepaßt. Es geschah noch immer in regelmäßigen, aber immer größeren Abständen, daß sie »auffuhren«. Den Gegenstand ihrer intermundialen Besuche bildeten aber nicht nur die entfernteren Gegenden unserer Milchstraße, sondern die Thaumazonten waren die ersten, denen die Ehre zuteil wurde, jene unnennbaren Ozeane der Leere zu durchkreuzen, welche die Spiralnebel voneinander trennen, diese einzelnen Universa, aus denen das Universum besteht. Mir fehlte jede Vorstellung für das, was die Verwunderer dort oben erlebten. Es ließ sich nicht in gymnastischen Figuren ausdrücken, wie die Ballettänze der Sternwanderer sie darstellten. Es war ihre eigene Sache, und es hieß, daß sie selten darüber schrieben und noch seltener darüber sprachen. Eines nur war langsam durchgesickert und hatte die Laienwelt als Gerücht erreicht: Wenn die Grundgesetze und Grundbildungen jener Sternnebel auch dieselben sind wie die unseres eigenen Sternnebels der Milchstraße, so ist doch der »Ausdruck«, das »Genre«, der »Stil« oder wenn man will die »Seele« jedes dieser Universa vom anderen grundverschieden. Nun, mich wundert's nicht. Und vielleicht wundert's ebensowenig den Leser, den ich jetzt schon meinen treuen Leser nennen darf, hat er doch erlebt, welche grundverschiedenen Charaktere sich in Apostel Petrus, Maria Magdalena und Johannes Evangelist offenbaren, und vergegenwärtigt er sich dazu die überherrliche Phönix- und Christusnatur unserer Sonne, wie sie ihm auf Johannes Evangelist entgegentrat.

Rüsteten sich die jugendlichen Astropathetiker unablässig zur Wanderschaft, und bedeutete für sie Rückkehr nichts anderes als Vorbereitung zu neuerlicher Auffahrt, so teilten die Thaumazonten ihr Leben bereits zwischen Wanderschaft und Rückkehr, wobei sich der Akzent von Jahr zu Jahr immer mehr auf das Wort »Rückkehr« zu verschieben begann. Diese Tatsache offenbarte sich klar in den völlig verschiedenen Lebens- und Arbeitsformen der mittleren Lamaserie.

Als wir die Korridore durchflogen, erblickten wir hier keine großen chronogymnastischen Übungssäle mehr, sondern eine schier unabsehbare Anzahl kleinerer Studios und Denkräume, in welchen die Verwunderer einzeln, paarweise oder in Gruppen von drei, vier bis sechs Männern der Betrachtung, der Forschung, der Unterredung hingegeben waren. Oh, wie treffend erschien mir jetzt die Bezeichnung »Verwunderer« für die Gesichter dieser Männer. Der jahrzehntelange Umgang mit den unerschöpflichen Individualitäten der Gestirne und Gestirnwelten, die tägliche Betrachtung der Schöpfungssubstanz in ihren Grundgebilden, die Addition unendlicher Zeit- und Raummengen zum eigenen Leben – manch einer der Verwunderer war in diesem Hinblick eine beträchtliche Zahl von Jahrmillionen alt –, all das prägte seine gewaltige Spur dem menschlichen Habitus auf. Diese Männer konnten nicht wie die Gelehrten einer früheren, rein intellektuellen Welt mit ihrem Schreibgerät, ihrem Mikroskop und ihren Eprouvetten auch ihren Geist fortschieben und als unbedeutende Spießbürger im Wirtshaus oder Club erscheinen, nein, jede einzelne Zelle ihres Leibes war imprägniert von den ungeheueren Erfahrungen. Da sahen wir einen zum Beispiel in seinem Studio auf und ab gehen. Es war ein sehr schöner Mann. Er schüttelte langsam, aber unablässig den Kopf, so daß meine ehemaligen Zeitgenossen ihn ohne jeden Zweifel für einen Narren gehalten hätten. In Wirklichkeit war er aber ein Weiser hohen Ranges und im wahrsten Wortsinne ein »Verwunderer«, denn während er kopfschüttelnd auf und ab schritt, barst sein Herz beinahe vor gottwonnigem Staunen über Dasein und Schöpfung. Er war erst vor wenigen Stunden »heimgekehrt«.

In einem andern Studio sahen wir einen großen, kräftigen Mann stehen, der auf seiner flachen Hand ein Kieselsteinchen hielt, eine kleine Muschel und irgendeine Blume. Ich denke mir, es war ein bescheidenes Wiesenblümchen aus dem Park des Arbeiters. Niemals hatte ich geahnt, daß die Form des menschlichen Gesichts imstande sei, einen solchen Ausdruck von geistiger Versunkenheit zu tragen. Dieses Antlitz war beinahe konkav von Trance. Es war weiß wie der Tod unter der Wucht des ungeheuren Gedankens, der sich in ihm entfaltete. Plötzlich begannen dem Mann die Tränen in Strömen die Wangen herabzurinnen. Er merkte es nicht einmal, als sie auf seine Hand und auf das Blümchen fielen.

Einen dritten Verwunderer sahen wir, der mit nervigen Händen seine Hüften gürtete, um aus dem Djebel in die Welt hinauszuziehen. Es war sein gutes Recht. Er gehörte nämlich zu denjenigen, in welchen der Amor Dei, den sie heimbrachten, sich in jenen strahlenden Tätigkeitsdrang verwandelte, der auf Welt- und Menschenliebe beruht. Solche wie er erschienen plötzlich in den Häusern unter der Erdoberfläche und brachten den schauervollen Anhauch der Intermundien aller Grade mit, sprachen zu den Leuten, lockerten die Dichtigkeit ihres Erdensinns, lehrten sie zu unterscheiden zwischen dem Wichtigen und dem Unwichtigen und unterwiesen sie in der Kunst, sich als Teil des Ganzen zu denken und zu fühlen. (Manchmal aber erschien solch einer in den Häusern und redete gar nichts, sondern zeigte schweigend irgendeinen neuen Handgriff, lehrte einen neuen Brauch, der die echte Lebendigkeit des Lebens förderte.)

Wenn auch nicht alle Verwunderer vor gottwonnigem Staunen, das sie über und über erfüllte, den Kopf schüttelten wie jener, den wir in unserem Studio mehrere Minuten lang beobachten durften, so trugen doch alle einen ähnlichen Ausdruck auf ihren Zügen wie er, eben jenen Ausdruck fassungslosen Verwundertseins, dem zu Dank sie alle mit dem altgriechischen Äquivalent als Thaumazonten bezeichnet wurden. Am deutlichsten enthüllte sich dieses seelische Überwältigtsein der Verwunderer in ihrem Gemeinschafts-, Versammlungs-, Anbetungsraum, oder wie immer wir die riesige, hell erstrahlende Halle nennen wollen, in der wir mehrere Tausende von ihnen beisammen fanden. Es waren ihrer so viele, und sie waren so tief in sich versunken, daß niemand uns Eindringlinge zu bemerken schien, als der Fremdenführer uns eintreten hieß. Er gab mit lauter Stimme Auskunft, daß in dieser Halle seit undenklichen Jahrhunderten niemals ein anderes Licht herrsche als dieses strahlende eines hohen Universalmittags, in das wir getaucht waren, und das gleich dem Lichte auch niemals das Opfer unterbrochen werde, welches die Lamaserie der Verwunderer hier darbringe bei Tag und bei Nacht. Es war freilich kein heidnisches Priesteropfer und auch kein christliches Meßopfer, sondern ein unaufhörliches Offertorium hymnischer Poesie, die niemals aufgezeichnet und niemals wiederholt wurde. Wie sie in den aufgewühlten Seelen der Heimkehrenden entstand, so strömte sie dahin in merkwürdig rauhem Chorklang. (Außer beim Arbeiter bin ich nirgends in der mentalen Welt solchen rauhen Stimmen begegnet wie hier.) In schwarzen, mit goldenem Flitter bestickten Festschleiern bildeten die Thaumazonten Züge und Abteilungen, die nach einem uns verborgenen Marschmuster in Kreisen und Schlangenlinien durcheinander wandelten. Jede dieser Sternkompanien trug ein Banner aus Schleierstoff in verschiedenen Farben. Während diese reifen, kraftvollen Männergestalten dahinschritten, brachen aus ihren ekstatisch verengten Kehlen ruppige Worte und Ausrufe. Jedweder brachte sein eigenes Wort, sein eigenes Gedicht dar, und doch, ich weiß nicht wodurch, der Chor war im Zusammenklang vollkommen und einheitlich.

Der rauhe Hymnus des Weltenheimkehrers, der seit Jahrhunderten nicht abriß, sondern alle drei Stunden durch frische Verwunderer neu genährt wurde, dieses wilde Gedicht eines zur kosmischen Vollbewußtheit erweckten und erzogenen Menschentums, klang uns noch lang in den Ohren nach, als wir eine endlose schiefe Ebene hinabsausten, die in den unteren Part des Djebels führte. Zwischen der Lamaserie der Verwunderer und derjenigen der Fremdfühler lag viel mehr Raum als oben zwischen den Mansarden der Sternwanderer und den Stockwerken der Verwunderer. Es lag in jeglichem Sinne viel mehr Raum oder besser »Abstand« zwischen ihnen. Die Fremdfühler nämlich gaben sich zumeist dem Zustande des Heimgekehrtseins, dem Garbenbinden der Ernte hin. Auffahrten zu den Grenzen des Universums gehörten auch noch zu den Regeln der Xenospastik, sie wurden aber nur selten geübt und dann mit Furcht und Zittern. Das hing nicht so sehr mit dem Alter der Fremdfühler zusammen, das die letzten sechzig tätigen Jahre des astromentalen Menschen umfaßte; es hatte das geschärfte Bewußtsein, die gesteigerte Sensibilität und eine sonderbare Anfälligkeit zur Ursache, die zu den traurigeren Folgen der Chronosophie gehörte. Wenn der Mensch seine Grenzen überschreitet – und er ist das einzige Geschöpf, das sie überschreiten kann –, dann findet er immer eine Schranke, die ihm Halt zuruft. Als in den Anfängen der Menschheit die ersten Versuche mit X-Strahlen gemacht wurden, verloren die Experimentatoren ihre Finger dabei. Später lernte man, sich vor den zerstörenden Wirkungen dieser Strahlen zu schützen. Die dem Menschen gesetzte Grenzschranke durfte in diesem Falle herausgerückt werden. Ob jedoch Zingarelli, Beethoven, Smetana und so manch anderer Musiker äußerlich ertaubten, weil sie die erlaubte Grenze inneren Hörens überschritten, ist eine geheimnisvolle Frage, die ich nicht zu beantworten wage. Eines steht fest, die Fremdfühler, diese Veterane der interstellaren und internebularen Welten, wurden, besonders in vorgerückten Jahren, von einer Krankheit heimgesucht, die viele von ihnen teilweise, oft gänzlich lähmte und verkrüppelte. Den Namen dieser Krankheit hab ich vergessen. Es scheint eine Art von kosmischer Arthritis gewesen zu sein. Die von ihr Befallenen pflegten nicht mehr aufzufahren.

Doch auch die Jüngeren und Gesunden in der Lamaserie der Fremdfühler trugen auf ihren Gesichtern nicht mehr den Ausdruck gottwonnigen Staunens wie ihre Kollegen aus den oberen Stockwerken des Djebels, die kräftig männlichen Verwunderer. Sie trugen auf ihren Gesichtern einen ganz verschiedenen Ausdruck, der noch viel schwerer zu beschreiben ist als das gottwonnige Staunen; es war eben jener Ausdruck, demgemäß sie als Menschen bezeichnet wurden, die sich ständig und unabwendbar und gleichsam berufsmäßig fremd fühlen. Dieses Fremdfühlen, obwohl es niemals von ihnen wich, steigerte sich dann und wann, oft täglich zu starken Anfällen, zu sogenannten Xenospasmen. Niemand von uns mag jemals von einem »Xenospasmus« gehört haben. Das Wort ist unbekannt, die Sache hingegen ein weit verbreiteter menschlicher Zustand. Das gewöhnliche Heimweh zum Beispiel in seiner doppelten Form, als Sehnsucht nach einem entfernten Ort und als Verlangen nach einer vergangenen Zeit, ist ein typischer Xenospasmus. Diese wohlbekannte Empfindung aber ist viel verwickelter und viel steigerungsfähiger, als man gemeiniglich denkt. Das Heimweh eines pensionierten, alten Seebären nach seinem noch immer seetüchtigen Schiff ist etwas recht Simples. Das Heimweh eines Flüchtlings nach seinem Vaterland ist schon viel komplizierter, weil dieser Flüchtling genau weiß, daß mit jeder vergehenden Stunde das Verlorene sich wandelt und daher unwiederbringlicher wird. Die Unmöglichkeit seiner wirklichen Stillung ist geradezu die Würze jedes besseren Heimwehs, so wie die Aussichtslosigkeit, Vergangenes und Verlorenes wiederherzustellen, die brennende Wunde des Exils ist.

Die Anfälle der Xenospasten waren der Gefühlswelt des »Exils« nicht ganz unverwandt, weshalb ich in den obigen Sätzen auf sie hingewiesen habe. Man verstehe mich recht, die Chronosophen der höchsten Grade verspürten nicht etwa ein Heimweh nach den kosmischen Räumen, die sie nicht mehr besuchen konnten. Ihr Heimweh war gegenstandslos und ziellos. Sie fühlten das ganze materielle All, das sie im kleinen Finger hatten, als Exil. Der Xenospasmus war nichts anderes als der ekstatisch hymnische Zustand der Verwunderer auf einer weniger tätigen, dafür aber höheren geistigen Stufe. Er ging über die männlich bejahende Ekstase weit hinaus, die sich noch selbst betrog, weil sie keine Beschränkung fühlte. Die Xenospasten aber, die bis an die Grenzen der Schöpfung gelangt waren, fühlten oft diese Grenzen mehr als die Schöpfung. Als wir tief unter der Erdoberfläche in den untersten Stockwerken der Lamaserie vor einer der kleinen Denkzellen standen, sahen wir einen der älteren Fremdfühler mit gebeugtem Haupt und überaus angespannten Zügen regungslos verharren, ohne uns oder etwas anderes zu bemerken. Unser Führer gab eine laute Erklärung – er wußte, daß der Xenospast nichts hören werde –, die mich tief erschauern ließ und zugleich meine Lachmuskeln reizte: Dieser Mann, vernahm ich, hat siebenundneunzig Schöpfungen erdacht und bis ins Itüpfelchen ausgearbeitet, die besser seien als die vorhandene. Er präge die Deduktionen und Begründungen unausgesetzt seinem Geiste ein, damit er einst, sollte er die Gelegenheit haben, sie jenseits des Lebens vor dem Welt-Schöpfer fehlerlos vertreten und verteidigen könne.

»Ich fürchte«, sagte ich leise zu B. H. neben mir, »daß schon weit geringere Schöpfer als der Weltschöpfer weder Kritik vertragen noch produktive Anregungen entgegennehmen...«

Dies aber war der einzige Fall innerhalb des ganzen Djebels, wo der Verdacht einer irreverenten Haltung nicht ganz abgewiesen werden konnte. Die meisten der Weisen jedoch, die ich beobachten durfte, trugen ein unaussprechlich sanftes, ergriffenes, hingegebenes und frommes Lächeln auf ihren Zügen. Auch unter den Fremdfühlern gab es solche, die ihre Hüften gürteten, den Djebel verließen und in die Häuser der Menschen hinabstiegen. Sie brachten nicht den vitalen Rat der kraftüberströmenden Verwunderer mit, sie brachten den mildernden Rat derer, welche die Grenzen kannten.

An einer bestimmten Stelle der unteren Ränge, die wir mit Hilfe der modifizierten Schwerkraft durchsausten, sagte der Fremdenführer: »So, und nun sind wir bereits in das Reich des Arachnodroms eingedrungen«.

Es fiel mir auf, daß wir bei der Besichtigung des Djebels von oben nach unten immer weniger zu besichtigen hatten. In den oberen Rängen, die der Jugend gehörten, waren es die verschiedenartigen astrogymnastischen Übungen, Pantomimen und Ballette im Sternlicht, die das Auge bannten. In den mittleren Rängen hatten wir noch die ewig strahlende Hymnenhalle mit ihren unablässigen Festzügen betreten dürfen. Hier unten bei den Fremdfühlern gab es so gut wie gar nichts mehr zu sehen, außer den Gesichtern von schweigenden Männern, glatt und alterslos, wie überall in dieser Welt, und doch verbraucht von Erschütterungen ohnegleichen.

Bei dem Wort Arachnodrom horchte ich neugierig auf. Die Monolingua ging mit der griechischen Endung »drom«, die laufende Bewegung ausdrückte, ziemlich frei um, indem sie diese auch dort verwendete, wo sie nicht ganz hingehörte. »Sephirodrom« zum Beispiel hieß Bibliothek, obgleich die Bücher (Sepher heißt hebräisch Buch) in den Bibliotheken meistens nicht herumzutraben pflegen wie die Pferdchen im Hippodrom. Arachnodrom mochte daher nach Analogieschluß so etwas wie ein Spinnenheim bedeuten. Und das war es auch hier unten in den Tiefen des Djebels, in den letzten Korridoren der xenospastischen Lamaserie.

Wir wissen schon von der Welt draußen und droben, daß in der letzten Erdepoche keine Tierart sich so hoch entwickelt hatte wie die Insekten. Den biologischen Grund dafür zu finden, kann nicht meine Sache sein, der ich der bloßen Aufzählung und dem nackten Bericht kaum gewachsen bin, mittels dessen ich eine gänzlich fremde Welt aufzubauen habe, die ich nur auf einer verdammt kurzen Reise kennenlernte. Eines ist sicher, die Nahrungsbedingungen der Erde im Hinblick auf die Tierwelt mußten sich stark vermindert haben. Ich weiß nicht, welche und wie viele Arten von Säugetieren es gab, die sich mit dem eisengrauen Rasen als Weidegrund zufrieden geben konnten. Die Capricornetten, Ovetten und was sonst noch für diminutives Vieh in den Parkanlagen des Arbeiters und seines Clans sich umtummeln mochte, spielten meines Erachtens, obwohl sie süße, treffliche Milch lieferten, eher die Rolle von aggressiveren Gold- und Zierfischen als die von Nutzherden im Sinne des Altertums, aus dem ich kam. Daß die Vögel in der Luft ausgestorben waren, wissen wir längst. Diese Luft war selbst in ihren untern Schichten zu rein und klar, um so gastlich zu sein wie in früherer Zeit. Die Hunde, einer einzigen Mischrasse angehörend, plapperten mit angemenschter Geläufigkeit die Monolingua. Von den Katzen werden wir einige Seiten weiter ein unglaubliches Stück zu hören bekommen. Sogar wilde, das heißt nicht domestizierte Tiere sollten da oder dort noch anzutreffen sein. Da aber die ganze bewohnte Erde zur Stadt, zur unterirdischen Panopolis geworden war, so hatte es auch das arme Füchslein in seiner abgelegenen Höhle zum Städter gebracht. Und gab es irgendwo noch ein Wäldchen und in diesem Wäldchen ein Reh, so war's gewiß wie der Arbeiter, der Einfältige oder der Jude ein umgekehrtes Pluraletantum, nämlich das »Reh dieses Zeitalters«. Viele Erscheinungen wiesen deutlich auf einen Triumph des Insektengeschlechtes hin. Insekten konnten wundervoll vom eisengrauen Rasen leben. Sie hatten aber auch die Hausgärten zur Verfügung mit dem dunklen Lederlaub und den dicken Wachsblüten und die Häuser selbst mit Hunderten von Schleiergewändern und andern nahrhaften Textilien. Es konnte angesichts solcher Schlemmerkonditionen keinen Zoologen Wunder nehmen, daß sich gewisse Arten der Insekten besonders vergrößert und verschönt hatten. Warum zu diesen hochausgebildeten Arten vorzüglich das Geschlecht der Spinnen gehörte, weiß ich nicht.

Gar mancher wird jetzt zurückzucken und ein angeekeltes Gesicht machen. Das kommt daher, weil er die Spinne nicht recht versteht, nicht so versteht wie der astromentale Mensch, sondern sie mit allen möglichen alten Schauergeschichten, Kinderschreck und abgestandenem Aberglauben in Zusammenhang bringt. Für den kosmisch hocherfahrenen Geist der Weisen im Djebel war die Spinne beinahe ein Hierozoon, ein heiliges Tier. Warum? Zum ersten: Die Spinne ist das körperliche Abbild des Sterns im Tierreich. Ihr Leib besteht aus einem rundlichen Zentrum, von dem die langen Glieder sich strahlenförmig nach allen Richtungen strecken. Dieses Ausstrahlen von einem Zentrum ist unter allen Tieren einzig und allein den Spinnen eigentümlich. Zum zweiten: Die Spinne entwickelt aus ihrem Innern den weißen Faden, mittels dessen sie ihr Netz verfertigt, in dem sie hängt wie ein Lichtgestirn in seinem Strahlennetz. Damit versinnbildlicht die Spinne den schöpferischen Vorgang der Aussendung von »strahlender Energie«, wie die Wissenschaft das süße Licht nennt. Zum dritten: In der Mitte ihres ausstrahlenden Netzes hangend, wartet die Spinne ruhig auf ihre Opfer, Fliegen, Mücken und Motten. Sie rührt sich nicht, denn die Beute fällt ihr sicher zu. Damit aber versinnbildlicht sie die Schwerkraft des Sterns, jene furchtbare Grundmacht im Universum, welche »Anziehung« heißt und den urersten schöpferischen Anstoß in ungeschwächter Bewegung und Verteilung hält. Das sind die Gründe, warum die Chronosophen die Spinnen als Astrosymbole verehrten, und warum sie einige besonders prächtige Arten in den schweigsamen Gängen und Gemächern des untern Djebels fütterten und züchteten wie etwa die Brahmanen ihre heiligen Kühe. Der noch immer angeekelte Leser, den obige Gründe nicht überzeugen sollten, möge bedenken, daß die Spinnen, von denen ich hier erzähle, ganz anders aussehen als diejenigen, welche er kennt und verjagt. Die größten waren ungefähr so groß wie ein menschlicher Handteller. Ihr kreisrunder Körper leuchtete wie Silber, wie Mondstein oder wie Opal. Sie wirkten wie lichte Intarsien auf den dunklen Wänden. Da die Gemächer sehr hoch waren und ziemlich düster, so sah man die großen, schneeweißen Spinnweben an den Deckengewölben langsam und gebieterisch schaukeln. Jede der Riesenspinnen trug einen Namen, den Namen eines Gestirns zweifellos, den uns auch die ältesten Xenospasten, denen wir hier begegneten, mit leuchtendem Eifer nannten.

Während ich meinen Kopf zur Decke gedreht hielt, stieß mich B. H. plötzlich leicht an. Ich bemerkte eine Gruppe von Männern, die schnell und schwerelos an uns vorüberglitt. An der Spitze bewegte sich ein kleiner Zierlich-Korpulenter, der sein Gesicht mit dem violetten Gewandschleier verhüllte. Der Fremdenführer stand starr mit gesenktem Haupt. Auch die andern hatten den Geoarchonten erkannt. Es mußte eine schwere Sorge sein, die ihn von seinem Lager im Schilderhaus aufgescheucht und in den Djebel getrieben hatte, von wo er soeben von einer Beratung mit dem Hochschwebenden zurückkehrte. Der Nächste, der empfangen werden sollte, so hieß es, war ich selbst...

Jeder Sterbliche besaß das gesetzlich verbriefte Recht, ein einziges Mal im Leben an den Hochschwebenden seines Zeitalters drei wohlerwogene und scharfdurchdachte Fragen zu richten. Der Fremdenführer teilte mir an der »Pforte der Kanzlei«, die auch »Eingang des Comptoirs« genannt wurde, stolzlächelnd mit, daß ein Gerichtsbeschluß auch mir dasselbe Recht zu jenen drei Fragen zugestehe, obwohl ich doch von ziemlich dubioser

Existenz sei. Ich möge sie mir wohl überlegen, die drei Fragen, mahnte er. Es war genau umgekehrt wie in der Sage von Ödipus und der Sphinx und allen Märchen ähnlicher Art. Nicht das wissende Ungeheuer fragte den unwissenden Wanderer, sondern der unwissende Wanderer fragte das wissende Ungeheuer. Freilich, die ganze Fragerei hatte gottlob keine tragischen Mißlichkeiten zur Folge wie im antiken Märchen. Der Hochschwebende mußte sich nicht töten wie die Sphinx, schon deshalb nicht, weil es überhaupt keine menschlich erdenkliche Frage gab, die dieser »Ungeheuer Wissende« nicht hätte beantworten können. Obwohl ich, wie schon öfters betont, meiner Forscherpflicht fast gar nicht bewußt war und die Möglichkeit einer Heimkehr aus dieser unglaublichsten Zukunft in eine ebenso unglaubliche Vergangenheit zur Stunde nicht im mindesten bedachte, entschloß ich mich sofort, drei Fragen von entscheidender Bedeutung vorzubereiten. Zu meiner größten Befriedigung ließ mir der Fremdenführer eine Art Rechtsbelehrung darüber zuteil werden, daß es sich nicht nur um drei knappe formale Fragen handle, sondern daß jedermann den Anspruch auf Klärung der drei Themen besitze, die ihm am Herzen liegen. Zu diesem Zwecke dürfe man auch, in den Grenzen der Bescheidenheit freilich, einige wichtige Neben- und Unterfragen vorbringen.

Allein gelassen, fand ich mich schließlich in jener Räumlichkeit, die den Titel »Kanzlei« oder »Comptoir« trug. Ich hatte, auf diesen mir von altersher so wohlbekannten Wortklang vertrauend, etwas völlig anderes erwartet: ein nüchternes, mäßig helles Lokal nämlich (Regenlicht) mit einigen Schreibpulten und einem katafalkartigen Ruhelager für den Hochschwebenden, kurz etwas, was dem Schilderhaus des Geoarchonten und Seleniazusen ungfähr entsprach. Diese meine Erwartung war nicht ganz ungerechtfertigt, denn soviel verstand ich schon vom Aufbau der astromentalen Gesellschaft, um zu wissen, daß es vier Hierarchien gab, die nebeneinander wirkten: die kirchliche, die der Großbischof repräsentierte, die staatlich-politische des Geoarchonten, die ökonomisch-produktive des Arbeiters und die kosmologische des Djebels, der Chronosophen, deren Oberhaupt der Hochschwebende war. Kein Zweifel, letztere bedeutete für den Forschungsreisenden die originellste von allen vier Hierarchien, obwohl ich damit die Ungewöhnlichkeit des Arbeiters und seiner malachitenen Mulden der Quellen und Kräfte nicht verkleinern will. Der Raum jedoch, den man Kanzlei oder Comptoir nannte, widersprach aufs lebhafteste meinen Erwartungen; sogar das Licht war kein Regenlicht, sondern eine schattenhafte Dämmerung. Der Raum war durchaus kein nüchterner Kubus, sondern, soweit ich es beurteilen kann, eine Art Grotte im Innern eines blaßschimmernden Felsens. Ich hatte ähnliche Gemächer, die wie Höhlen wirkten, in den mittelalterlichen Bürgerhäusern oder Burgen meiner Heimatwelt gesehn. Von allem Menschenwerk, das mir auf der mentalen Erde bisher begegnet war, schien dieses »Comptoir« das älteste und naturhafteste zu sein. Vermutlich, so überlegte ich, befanden wir uns tiefer als die tiefsten Bergwerke meiner Zeit unter der Oberfläche der Erde, und zwar in den gewaltigen Fundamenten des Djebels, und man hatte den gewachsenen Felsen gelassen wie er war, ohne ihn durch gebaute Wände zu ersetzen und zu entweihen. Der Raum war in der Tat viel größer als das weitläufigste Bureau, und vor allem viel höher, so hoch beinahe wie ein altes Kirchenschiff. Ich spürte sofort, daß die regulierbare Gravitation hier ziemlich hoch geschraubt sein mußte, denn ich konnte mich kaum mit gebogenen Knien und tief gebeugtem Rücken bis zu der mächtigen Holzpritsche schleppen, die in der Mitte der Kanzlei des Gastes bereits zu harren schien, und auf der einige Flecken rötlichen Lichtes lagen und viele huschende Schatten tanzten. Ich sank sofort auf das Lager und streckte mich auf dem Rücken aus, die einzige Art, wie ich mein Übergewicht neutralisieren konnte. Meine Augen schweiften die Felswände entlang, um die Tür zu suchen, durch welche der Hochschwebende eintreten mußte. Sie fanden aber nicht einmal die schmale »Pforte des Comptoirs«, durch die ich selbst vorhin eingetreten war.

Erst allmählich gewahrte ich, daß ich mich nicht so sehr in

einer Kanzlei befand, in der etwa die organisatorischen Fäden der Lamaserie zusammenliefen, als viel eher in einer Schatzkammer, in der Schatzkammer des Arachnodroms. Überall dort, wo an Wänden und Gewölben mattes Silberzwielicht hintastete, saßen oder hingen in ihren Schleiergeweben die seltensten, schönsten und kostbarsten Arten von Spinnen, welche die mentale Natur hervorbrachte. Es waren nicht nur die großen und prächtigen Silberspinnen darunter, die ich schon in der Lamaserie der Fremdfühler beobachtet hatte, sondern ganz neue, ganz absonderliche Spezien der siegreichen Sterninsekten. Von außerordentlicher Schönheit waren die Spinnweben, die tief unter der dunklen Deckenwölbung den Raum gewissermaßen wie mit Fischernetzen oder Hängematten aus Strahlen entzweiteilten. Sie schaukelten in einem langsamen Rhythmus hin und her, eine unerklärlich souveräne Bewegung, die den Blick nicht freigab. Fest überzeugt davon, der Hochschwebende müsse wie jeder andere diesen Raum betreten, schenkte ich dem runden, dunklen Bündel, das ich undeutlich durch die Spinnwebe ganz oben in einem Schatteneck der Deckenwölbung gewahren konnte, keine besondere Aufmerksamkeit. Dieses große Bündel, das ich anfangs, ich weiß nicht warum, für eine mächtige Kesselpauke gehalten hatte, schmiegte sich tief und fest und regungslos in die Wölbung hinein, so daß es im Schatten ganz verschwand. Nicht einen Augenblick lang befiel mich die Ahnung, jene dunkle, unbewegliche Kugel dort oben könne ein Mensch sein, und der Ausdruck »Hochschwebender« sei nicht sprachfigürlich, sondern wortwörtlich gemeint.

Der Begriff der »Levitation«, der mystischen Raumerhöhung, war mir natürlich nicht unbekannt, als ich auf der Pritsche des Comptoirs mich schweratmend ausstreckte, um der erhöhten Gravitation im Raume besser Widerstand leisten zu können. Es gibt unzählige Dokumente, welche dieses eigenartige Phänomen im Laufe der Weltgeschichte unwiderleglich bezeugen, einer Weltgeschichte, die für mich natürlich im zwanzigsten Jahrhundert abschließt. Schon Damis, der Begleiter des Apollonius von Tyana versichert, er habe in Indien gewisse hochentwickelte Brahmanen gesehen, welche in aller Freundlichkeit zehn Ellen hoch über der Erde schwebten, während sich die marktfahrende Menschenmenge deswegen im Anbieten und Feilschen nicht besonders stören ließ. Der neuplatonische Philosoph Jamblichos, ein Bekämpfer des Christentums übrigens, war vielleicht der erste römische Bürger, von dem Berichte vorliegen, die seine Fähigkeit bestätigen, sich bis zu vier Fuß während der Meditation in den Raum zu erheben. Stephano Maconi, ein eher skeptischer Laie und Mediziner, schreibt als Augenzeuge über Katharina von Siena, »daß vornehmlich, wenn ihre Seele sich für etwas göttlich Hohes im Gebet erregte, sie auch körperlich hochgerissen und gehoben wurde, in welch schwebendem Zustande sie nicht wenig Menschen gesehen haben, deren einer ich selbst bin...«

Doch nicht nur von buddhistischen Eingeweihten, neuplatonischen Mystikern und katholischen Heiligen wird jene Raumerhebung bezeugt, sondern von ganz ordinären Leuten, wie zum Beispiel von der Bürgerin Anna Fleischer aus Freiberg, von welcher der protestantische Superintendent Möller in seiner Beschreibung der genannten Stadt Freiberg uns erzählt, »daß sie, epileptisch und von schweren Visionen heimgesucht, im Beisein der Herren Dachsel und Waldinger, urplötzlich im Bette, mit dem ganzen Leib, Haupt und Füßen, bei dritthalb Ellen hoch aufgehoben ward, so daß sie freischwebend blieb, die Anwesenden aber zu Gott schrien, sie umfingen und herabrissen, denn es hatte das Ansehen, als ob sie wolle zum offenen Fenster hinausfahren«.

Die hier ausgewählten kunterbunten Bezeugungen der mystischen Raumerhebung könnten mühelos um hundert andere vermehrt werden (so zum Beispiel um die Manifestationen des berühmten Schotten Home in den siebziger Jahren des neunzehnten Jahrhunderts) und würden doch nicht das mindeste mit der Levitation zu tun haben, durch welche der Hochschwebende dieses Zeitalters seinen sonderbaren, aber höchst zutreffenden Titel bewährte. Vor allem aber seine Erhebung im Raum war kein mystischer oder auch nur wundersam epileptischer Ausnahmezustand eines menschlichen Körpers, sondern, wenn man es so ausdrücken darf, die natürliche Folge einer mit Genialität und voller Hingabe durch anderthalb Jahrhunderte unablässlich geübten chronosophischen Bemühung. Der Hochschwebende war so sehr zu Hause in den Intermundien aller Grade, daß ihm die letzte Heimkehr und Wiedereinbürgerung in unsere planetaren Verhältnisse hier nicht mehr ganz geglückt zu sein schien. Sein Körper war seit langer Zeit nicht mehr imstande, sich mit der Gravitation unserer Mutter Erde abzufinden. Die Anziehungskräfte feinster Gestirnwelten sogen und zogen an seinem Hiersein und suchten ihn unablässig der Erde wegzustibitzen. Das war der Grund, daß er, nicht unähnlich einem Kinderluftballon, wo immer er sich auch in einem Hause befand, sogleich zur Zimmerdecke emporfuhr und dort oben sich in einen Winkel schmiegte, sein Gesicht stets zur Wand kehrend. Daß jenes runde, dunkle Bündel oder die absonderliche Kesselpauke, die am Kreuzgewölbe der Höhle klebte, ein Lebewesen war, merkte ich erst an einem tiefen Seufzer, der von oben kam, und ferner daran, daß für einen Augenblick ein blanker, hell leuchtender Spiegelkopf aus dem geheimnisvollen Bündel hervortauchte.

Ich wußte sofort alles. Der Hochschwebende des Zeitalters hatte ohne Zweifel meinen Eintritt ins Comptoir gar nicht bemerkt. Vermutlich hatte man für die Audienz einen ganz schlechten Zeitpunkt gewählt oder es nicht einmal gesehn, daß der oberste aller Fremdfühler soeben einen schweren Xenospasmus durchdulde. Ich war in ziemlicher Verlegenheit. Geziemte es sich, daß ich angesichts des Hochschwebenden dort oben auf dem Rücken lag? Aber ich war ja außerstande, bei einer so hochgeschraubten Gravitation aufrecht zu stehen, wie es sich gehörte. Andererseits bot dieser Hochgrad der Gravitation dem Archixenospasten dort oben wohl die einzige Möglichkeit, das Erdenleben zur Not zu ertragen, obzwar auch sie noch nicht hochgeschraubt genug war, um ihn von der Wölbung herabzulocken, damit er sich's auf dem Fußboden bequem mache wie andere Leute. Ich überlegte: Habe ich das Recht oder habe ich gar die Pflicht, mich ihm zu Bewußtsein zu bringen? Zerreiße ich damit etwa das Spinnweb eines erhabenen Zustands seines Denkens und Fühlens? Nach zwei Minuten der Unentschlossenheit tat ich das, was jeder Käufer tut, der in einen kleinen Geschäftsladen tritt, den er leer findet, weil der Verkäufer sich in einen Nebenraum zurückgezogen hat: ich räusperte mich und ich hustete ein paarmal laut und heuchlerisch, während ich meine faszinierten Blicke auf das große runde Bündel in der Höhe gerichtet hielt. Dieses kam langsam in Bewegung. Der helle Spiegelkopf trat hervor wie aus einem Schneckenhaus, auffallend kurze Glieder zeigten sich, noch einmal bewies ein tiefer Seufzer die Existenz schmerzlichen Lebens, dann sagte eine leise und hohe Stimme: »Bitte zu bleiben, ich komme, ich komme...«

Als würde sie sich an einem unsichtbaren Spinnfaden herablassen, senkte sich eine wunderliche kuglige Menschengestalt zu mir nieder und blieb ein wenig über dem Fußende meines Lagers in Schwebe. Ich sah sofort, daß der Hochschwebende dieses Zeitalters ein Krüppel war mit einem deutlich vorgebuchteten Brust- und Rückenbuckel und recht verdorrten Füßlein und Händchen, die er gewiß nicht in normaler Weise gebrauchen konnte. Zweifellos hatte ihn die astrale Arthritis so zugerichtet, jene Krankheit, deren Namen ich vergessen habe. Vielleicht aber war diese Krankheit zugleich ein in der ganzen Naturgeschichte wohlbekannter Prozeß, der allmählich all jene Organe eines Körpers durch Verkümmerung ausschaltet, wenn sie nicht mehr gebraucht und daher zwecklos werden. Hatte der Hochschwebende für seine Beine und Füße praktische Verwendung, da er doch nicht ging, sondern in der Luft schwebte? Mochte das Sternpodagra ein noch so schmerzhaftes Leiden sein, so deutete es andererseits auf eine Rationalisierung des menschlichen Körpers für neue Zwecke hin. Vielleicht war im Djebel und in der chronosophischen Praxis der Grund gelegt zu einer viel, viel späteren, radikal umgestalteten Menschheit, die zwar unter der Erde wohnte wie die mentale, aber, ähnlich den Kinderluftballons über der Erde umherschwebend, ihren Geschäften nachging. Dies würde freilich eine dem Schwebezustand angepaßte Leiblichkeit erfordern, wie sie der kuglig Verkrüppelte mir hoch gegenüber vielleicht schon andeutete. Ich schob den Einfall schnell von mir, denn nicht ich, sondern B. H., der professionell Wiedergeborene, würde irgendwann, vielleicht erst im dreizehnten Weltengroßjahr der Jungfrau, diese Sache zu erproben haben.

Der Hochschwebende hielt sich etwa einen halben Meter über dem Fußende meines Ruhelagers in Balance. Er tat das, indem er, ähnlich wie ein guter Schwimmer wassertritt, mit seinen schwachen Beinchen lufttrat, und dann und wann dazu mit den Händen paddelte; doch tat er das wunderlich umgekehrt von unten nach oben, den Luftstrom zur Höhe drängend, um nicht emporgerissen zu werden. Diese Bewegung, seine beiden Buckel vorne und hinten, der völlig runde, spiegelglatt gedrechselte Kopf ohne Brauen und Wimpern, ferner die hellen, ein wenig geröteten, vorgewölbten Augen und ein breiter, von verhehltem Schmerz nach abwärts gezogener Mund – dies alles erweckte in mir den Eindruck: ein göttlicher Kugel- oder Mondfisch.

Ich versuchte mich aufzurichten, um ihm meine Verehrung zu bezeugen. Er winkte mir ziemlich heftig durch lebhaftes Gepaddel seiner Händchen ab. Dazu zündete er im Hintergrund seiner Glotzaugen ein freundliches Lächeln an, das der astralen Gicht, dem Xenospasmus und einer wahrhaft kosmischen Gleichgültigkeit und Unaufmerksamkeit tapfer abgerungen war. Ich mochte immerhin für eine mentale Hochzeitsfeier als ein lebendiger Zeuge aus den Anfängen der Menschheit eine Art von Schlager bedeuten, für ihn bedeutete ich samt meinen hunderttausend Jahren bestenfalls eine Belästigung und schlimmstenfalls eine Quälerei. Was konnte ich ihm bringen? Was hätte ich gewußt, was er nicht wüßte? Wir, das heißt ich gemeinsam mit einigen Lesern, werden in wenigen Minuten, nicht ohne daß mir ein Schauer den Rücken herabläuft, mit voller Deutlichkeit erleben, daß er viel mehr über mich wußte als ich selbst, und zwar nicht etwa in einem psychoanalytisch herumratenden Sinne, sondern praktisch und faktisch.

Da er mir nicht erlaubte, mich vom Lager zu erheben, auf das mich die ganze Gewalt der hochgeschraubten Gravitation gebannt, ja niedergeworfen hielt, grüßte ich ihn mit einer kleinen Kopfbewegung und einem dankbaren Blick.

»Die erste Frage wird erwartet«, sagte er mit seiner hohen tonlosen Stimme, die mich an das Dampfheizungszischen der Stimmen im Grauen Neutrum gemahnte. Ich wußte, daß ich mich jetzt zusammennehmen müsse, um seine leidende Geduldigkeit nicht zu mißbrauchen. Ich versuchte daher meine drei Fragen so trocken und kurz wie möglich zu formulieren. Eine gewisse Schwierigkeit lag für mich in dem Problem, wie ich den Hochschwebenden ansprechen sollte. Wäre ich ein Engländer oder Amerikaner gewesen, hätte sich dieses höchst unbedeutende Problem durch ein offiziell distanziertes »Sir« lösen lassen. ich war aber weder ein Engländer noch Amerikaner, sondern ein Mitteleuropäer, in einer Monarchie geboren, und da meine aufrührerischen Flegeljahre längst hinter mir lagen, erschien es mir rüpelhaft, einer offiziellen Persönlichkeit Titel und Würden vorzuenthalten. Mir fiel der alte demütige Schloßkaplan eines böhmischen Aristokraten ein, der es nicht ertragen konnte, daß der Graf ihn »Hochwürden« nannte, während er zur Herrschaft, zum Grafen, nichts anderes sagen sollte als »Herr Graf«. In seiner Not wurde der alte tschechische Priester sprachschöpferisch und erfand eine Anrede, die es gar nicht gab, nämlich »Euer Hochgnaden«. Kein Titel als dieses »Euer Hochgnaden« schien mir tauglicher für den Hauptchronosophen dieses Zeitalters. Und mit »Euer Hochgnaden« leitete ich die erste meiner drei Fragen ein, die folgendermaßen lautete:

»Gibt es Engel und eine allverkleidungsfähige Protomateria, aus welcher sie geschaffen sind?«

Bei diesen Worten, die ich zaghaft und mit Herzklopfen sprach, bemerkte ich erst die edle, verfeinerte Schönheit, welche der Hochschwebende ausstrahlte, trotz seiner Verkrüppelungen, der kugelrunden Schädelform, den vortretenden Augen und dem bleichen, allzuglatten Buddhagesicht. Er sah mich traurig an, und ich fühlte, daß er meinen Wert abwog und mich zu leicht befand. Es hatte ihn ein paar Fuß höher gezogen, und er mußte ein bißchen lufttreten und paddeln, um mir wieder näher zu kommen.

»Warum will man bestätigt bekommen«, fragte er, »was man mit eigenen Augen gesehen hat?«

»Weil man ein unsicherer Kantonist ist, Euer Hochgnaden«, erwiderte ich.

Der Schwebende drehte sich darauf ein paarmal in der Luft langsam um seine Achse, wobei er mit den kurzen Beinchen auf einem unsichtbaren Drehstuhl zu sitzen schien. Er war in keine mattfarbene Schleierraffung gekleidet wie die mentalen Durchschnittsmenschen, sondern in eine jener dunklen Kutten, die ich nicht nur von den offiziellen Würdenträgern, sondern von den Mutarianern schon kannte und auch an Verwunderern und Fremdfühlern gesehn hatte. Ich verstand die müd routinierte drehende Bewegung des Hochschwebenden nicht, doch erschien sie mir wie eine Andeutung des Kometenturnens. Es verging eine ganze Weile, ehe ich sah, was ich sehen sollte. Das bleich leuchtende Buddhahaupt war von etwas umtanzt, was nur ein Astigmatiker ohne Brille wie ich anfangs für Insekten, große Motten, Totenkopffalter oder gar kleine Fledermäuse halten konnte. Doch sehr schnell erkannten selbst meine schlechten Augen, daß diese mutmaßlichen Tierchen nichts dergleichen waren, sondern viel ähnlicher sahen den Sonnenringen, Kringeln und Kreiseln mit einem schwarzen Punkt in der Mitte, die an unsern Blicken vorüberziehen, wenn der Sehnerv durch Druck oder allzu grelles Licht gereizt ist. Ich blinzelte angestrengt. Das aber, was ich sah, verschwand nicht, sondern mehrte sich im Gegenteil und wurde deutlicher. Es bewegte sich in eiligen Kolonnen vom Buddhakopf dort schräg gegenüber auf meinen Kopf zu. Plötzlich gewahrte ich in diesen Kolonnen ganz unzweifelhaft Mantelformen und Faltenwürfe. Sie waren freilich sonderbar starr und ungegliedert und schienen sich auch nicht selbst zu bewegen, sondern wurden von außen bewegt und beinahe geschoben. Zugleich aber wußte, ja sah ich, daß von meinem eigenen Kopf dieselben Phänomene in ausgerichteten Kolonnen sich auf den Kopf des Hochschwebenden hinbewegten, unter ihnen ebenfalls diese starren unfertigen Mantelformen und Faltenwürfe.

»Sind das am Ende Engel, die wir beide aussenden?« stieß ich erregt hervor.

Der Hochschwebende paddelte ein bißchen, während er mich mit seinen großen Glotzaugen unter den geröteten Lidern ansah. Ich wußte nicht, ob er lächelte, weil er Schmerzen zu überwinden hatte oder Langeweile, das ist Leere der Zeit.

Nach einer kurzen Pause erklang die hohe, tonlose Stimme, und ich spürte aus dem einzigen Satz, den sie sprach, ihren Drang, den Gegenstand durch äußerste Präzision zu erhellen und den gegenteiligen Drang, ihn zugleich zu verhüllen, wie es dem Verborgenen geziemte. Also sprach der Hochschwebende:

»Wir senden einander zu, was sich in uns regt. Nur der Weise nimmt wahr, was nicht wahrzunehmen ist.«

Darauf entfuhr es mir, und ich konnte das Wort nicht hemmen:

»Das soll heißen, daß die Engel in den Intermundien die Regungen, das ist die ausgesandten Gedanken, Gefühle, Vorstellungen, Begehrungen und Phantasien Gottes sind...«

»Die Engel im Himmel«, unterbrach mich der Hochschwebende mit einem deutlichen Anklang von Pedanterei, wobei er das Wort »Gott« geflissentlich vermied, »die Engel im Himmel sind Kommunikationen dessen, was außerhalb der Welt ist, mit dem, was innerhalb der Welt ist.«

»So war das Selbstbewußtsein der Melangeloi kein Selbstbetrug«, rief ich mit lauter Stimme aus.

»Die erste Frage ist beantwortet«, sagte der Hochschwebende, und: »Die zweite Frage wird erwartet.«

Er hatte recht. Die erste Frage war voll beantwortet. Obwohl die Antwort des Hochschwebenden über die Engel nur anders formuliert war, aber denselben Inhalt hatte wie die offizielle Antwort, die jeder Katechismus gibt, so empfand ich doch eine wundersame Befriedigung, als hätte ich eine undurchdringliche Wahrheit mathematisch bewiesen bekommen.

Es war vor allem die Erkenntnis, nein mehr als Erkenntnis, die von mir mit Augen geschaute sichtbare Tatsache, daß unsere Gedanken, Gefühle, Vorstellungen, Begehrungen und Phantasien selbst Engel sind, die Engel, die der Mensch als Kommunikationen aussendet, als Geisterreich unserer eigenen Produktivität – diese Tatsache war's, die mich so hoch beglückte. Auch wir strömten, ähnlich dem Schöpfer, bildsame Protomaterie aus. Darin bestand recht eigentlich alle höhere Lebens- und Geistestätigkeit. Oh, wie sehnte ich mich nach einer Stunde der Sammlung, um diese mir vom Hochschwebenden geschenkte Wahrheit ganz durchdenken zu dürfen. Ich spürte aber sehr genau, daß ich mich beeilen sollte; ohne Zweifel litt der göttliche Kugelfisch dort Qualen, wenn er Rede und Antwort stehen mußte, anstatt sich an die Wölbung zu pressen wie ein Kinderluftballon. Ich ging daher unverzüglich zu Frage Nummer zwei über:

»Welche Gestalt hat das Universum?«

Das war klipp und klar gefragt und vielleicht allzu kurz und gut. Die Mundwinkel des Buddhagesichts schräg über mir zogen sich noch tiefer herab, und die Händchen ruderten beinah ärgerlich:

»Warum forscht man nach Geheimnissen?« fragte der Hochschwebende. »Wissen die Toten dieses Geheimnis?« wich ich aus.

»Die Toten sind die Wiedervereinigten. Sie kennen es nicht, aber sie sind mittendrin im Geheimnis«, erwiderte er.

»Ich bin vor kurzem noch ein Toter gewesen, also mittendrin im Geheimnis. Habe ich daher nicht ein Anrecht auf Frage Nummer zwei, Euer Hochgnaden?«

Der Hochschwebende schwieg. »Das Ganze hat also nicht die Gestalt der Teile«, tastete ich mich vor, sein Schweigen gewissermaßen deutend, »das heißt nicht die Gestalt des Sterns, des Sphäroids, der an den Polen abgeplatteten Kugel, die Gestalt der größten Spannung bei kleinster Oberfläche?...«

Er schwieg und schwieg. Ich wollte diese allzu kühne Frage bereits streichen, die ich an denjenigen unter den Sterblichen gestellt hatte, der bis an die Grenzen der Räume vorgedrungen sein sollte. Schon öffnete ich den Mund zu Frage Nummer Drei, als unvermutet die hohe, tonlose Stimme sprach:

»Das Ganze hat die Gestalt des Menschen.«

Nun schwieg *ich,* von einer unbekannten Erschütterung durchbebt, die mir den Atem beengte. Ich weiß nicht, wieviel Zeit verging, ehe ich eine der erlaubten Unterfragen stellte:

»Heißt das, daß wir uns im Herzen oder im Nabel einer Menschengestalt befinden, die aus bewegten Gestirnen und Gestirnnebeln besteht wie wir selbst aus bewegten Unikeln, Achads und Monalen?«

»Das Ganze hat die Gestalt des Menschen«, versetzte die tonlose Stimme, die jetzt deutlich zischte, als sei es nicht nötig, eine Antwort, die alles deckte und erklärte, zu variieren. Ich aber verirrte mich hartnäckig weiter in Unterfragen:

»Ist damit etwa die Vision des Propheten Ezechiel bestätigt, der eine menschliche Gestalt über dem Throngefährt der Gottheit schweben sah? Oder hat damit die chronosophische Naturwissenschaft die tiefste Erkenntnis des kabbalistischen Buches Sohar gesichert, die von Adam Kadmon, dem kosmischen Adam, dem Menschen als Himmel und dem Himmel als Menschen verkündet, er sei die Erstlingsschöpfung Gottes?...«

Es war ein Katarakt von Fragen, der meiner begreiflichen Erregung entstürzte. Für den Hochschwebenden aber bedeuteten all diese Neben- und Unterfragen Pleonasmen, die zu beantworten er gesetzlich nicht verpflichtet zu sein schien, denn er wiederholte jetzt zum drittenmal den allerschöpfenden Satz:

»Das Ganze hat die Gestalt des Menschen.«

Ich schloß die Augen. Ich nahm mich zusammen. Ich fühlte genau, daß ich bei meiner nächsten Neben- oder Unterfrage sehr vorsichtig sein mußte, um dem Hochschwebenden nicht als schäbiger Ausnützer zu erscheinen. Daß der Kosmos Menschengestalt habe, das war einer meiner frühesten Jugendträume gewesen, lange bevor ich noch etwas von Sohar, von der Kabbala und ihrem Himmelsmenschen gehört hatte, dem Adam Kadmon, dessen Körper aus allen vorhandenen Gestirnen und

Gestirnwelten besteht, wie der unsere aus Protonen und Elektronen. Nun fand ich mehr als hunderttausend Jahre später meine jugendliche Eingebung, die ich zeit meines Lebens als märchenhaft und phantastisch belächelt hatte, durch die hochexperimentelle Wissenschaft der Chronosophie bestätigt. Auch war dadurch die Expansion und Kontraktion der Sternräume, das Atmen des Universums auf das Natürlichste erklärt. Wie viele Schwierigkeiten aber gab es noch, um zu der reinen Wahrheit vorzudringen? Vor allem: War unsere Menschengestalt etwas Endgültiges? Keineswegs. Die beobachtende und beschreibende Wissenschaft von der Entwicklung des Lebens, die man ebenfalls hoch achten mußte, hatte schon ehemals gezeigt, daß es gewaltige Unterschiede gab zwischen der Menschengestalt des Pithekanthropus erectus, des Tiermenschen und der modernen Menschengestalt einst und jetzt. Sollte der Kosmos vielleicht ein Gesicht mit abscheulich rückfliehender Stirn und kannibalischen Kauwerkzeugen haben? Ich öffnete die Augen und sah den Hochschwebenden an, der schräg mir gegenüber lufttrat, um sich in Balance zu halten. Da wußte ich plötzlich, daß wir unteren, wir irdischen Menschen die letzte, die kosmische Menschengestalt noch lange nicht erreicht hatten, und daß selbst der Hochschwebende mit seinem kugelrunden Buddhakopf, den verkümmerten Extremitäten und dem zum Zwecke der schwebenden Bewegung sich umbildenden Körper noch fern vom Ziele dieser Entwicklung war. Eine innere Scheu hielt mich aber zurück, meine nächste Unterfrage mit diesem wichtigen Komplex zu verbinden. Unversehens glitt ich zu folgendem über:

»Wenn das Ganze Menschengestalt hat«, skandierte ich deutlich, »so muß es doch zwei Ganze geben, das heißt ein männliches und ein weibliches Universum.«

»Das Ganze ist mit sich selbst verheiratet«, erklärte der Hochschwebende, überraschend prompt und ohne die üblichen Widerstände wie bisher.

Ich aber verstand bei diesen Worten den Blitz eines Augenblicks lang, worin die sakramentale Heiligkeit der menschlichen Ehe gegründet ist, und warum die wirkliche Ehe im Himmel geschlossen wird, wie das Sprichwort sagt. Zugleich aber frage ich, ziemlich naseweis und eine berechtigte Abfuhr erwartend, folgende Nebenfrage:

»Wenn das Ganze mit sich selbst verheiratet ist, verrät nicht die positiv oder negativ elektrische Ladung aller Dinge den Geschlechtsunterschied der Materie?«

»Die zweite Frage ist beantwortet«, strafte mich die hohe, tonlose Stimme, »die dritte wird lange schon erwartet.«

Du sollst sie haben, dachte ich, denn trotz meiner Ehrfurcht vor dem Hochschwebenden hatte ich eine Frage vorbereitet, in welcher ich ihm eine Falle zu stellen gedachte. Ist nicht alles Frage- und Antwortspiel ein Kampf und nur dadurch reizvoll, daß es ein Kampf ist? Ich hatte soeben aus dem Munde des Großchronosophen die Welträtsel gelöst erhalten. Aber da ich nur in der Elementarklasse der Knaben im Niederen Intermundium hospitieren durfte, würde ich niemals imstande sein, die Richtigkeit der Lösung persönlich nachzuprüfen. Die Richtigkeit seiner Antwort auf meine dritte und letzte Frage wird für mich aber leicht nachprüfbar sein, sowie sie für ihn viel schwerer zu finden sein wird als die Lösung der Welträtsel. Ich fragte somit und wiederholte zweimal meine Frage:

»Was war der wichtigste Augenblick meines Lebens?«

Zugleich fragte ich mich diese Frage selbst und holte mit aller Bildkraft, die ich besaß, einen Strom von Erinnerungen aus meiner Seele, den ich mit möglichster Deutlichkeit an mir vorüberziehen ließ. Würde der Hochschwebende eine dieser Erinnerungen benützen, so hatte ich ihn besiegt, und er war in die Falle gegangen, denn auf Gedankenübertragung, Einfühlung und Hellsichtigkeit war ja der mentale Fortschritt gegründet. Um mich zu überzeugen, mußte er mich mit etwas gänzlich Unerwartetem kraß überraschen und mir verraten, was ich bis in die tiefste Tiefe vergessen hatte. Welche Szenen und Bilder aber holte ich in mein Bewußtsein herauf, den wichtigsten Augenblick meines Lebens erforschend, ein Unternehmen, das mich bisher niemals gelockt hatte? Ich wußte natürlich, daß die großen dramatischen Vorfälle, Emotionen und Entscheidungen nicht die wichtigsten Augenblicke bedeuten, sondern die winzigen, unscheinbaren, kaum merklichen Ursachen es sind, welche im Leben oft überraschende Folgen zeitigen. Warum mir aber gerade dies und nichts anderes ebenso Wichtiges oder Unwichtiges einfiel, das kann ich nicht sagen, obwohl die Auswahl, die mein Bewußtsein traf, mich selbst erstaunte. Ich sah mich zum Beispiel als einen zwölfjährigen Schuljungen in der sogenannten »Ufergasse« meiner Heimatstadt am glitschigen Kai des lächerlich kleinen Flußhafens stehen, an welchem doch manchmal Zillen und Schlepper lagen, welche »direkt von Hamburg« kamen, vom Meere also, vom Weltmeere und vielleicht von Amerika, das damals für mich noch immer das Amerika der Indianergeschichten war. Eines Tages lag dort wirklich ein ziemlich hochgebauter Schleppdampfer, der auf mich den Eindruck von geradezu unheimlicher Seetüchtigkeit machte. Er war frisch kalfatert, roch berauschend nach Teer, hatte sogar eine schöngewölbte Deckkabine mit prächtig messingglänzenden Bullaugen und einer »echten Schiffstür«, durch welche man über eine »echte Schiffstreppe« ins Innere gelangen konnte. Wild klopfte mir das Herz, und das ist keine Redensart, beim Anblick dieses Meerschiffes. Wenig hat in meinem späteren Leben auf mich eine ähnlich lockende und verführerische Wirkung ausgeübt als die Idee eines Meerschiffes in jenen Knabenjahren. Ich schwänzte oft die Schule, um mich in dem genannten Ufergäßchen unserer Binnenstadt mit ihrem breiten, aber seichten Moldaustrom umherzutreiben. An jenem Tage trat plötzlich eine junge Frau aus der Tür der schöngewölbten Deckkabine. Sie selbst war recht schön gewölbt, hatte ein breites, ordinäres Gesicht mit kurzer Nase, dicken Lippen und lässig aufgestecktem, schwarzem Haar; ich konnte auf meinem Ruhelager dieses Gesicht ohne weiteres zurückrufen, mit all seiner gemeinhübschen Charakteristik. Die junge Frau trug große Ohrgehänge, war nachlässig gekleidet und ging barfuß, welch letzterer Umstand ihre Sirenenhaftigkeit noch vermehrte. Es muß eine Spanierin sein, sagte ich erschauernd zu mir selbst, indem ich meine mit einem Riemen zusammengebundenen Schulbücher an die Brust drückte. In diesem Augenblicke bemerkte mich die »Spanierin«, spitzte die Lippen und zwinkerte mir zu, ich möge kommen. Obwohl von Natur schüchtern, lief ich, ohne mich zu besinnen, über das Laufbrett an Bord und hatte das erste Mal die Planken eines Meerschiffes unter den Füßen, ein Erlebnis, das später nur von dem Rausch überboten wurde, als ich zum erstenmal die Bretter einer Bühne unter den Füßen fühlte; beide Male hohler, unsicherer Boden. Die Frau mußte bemerken, was in mir vorging, denn sie drückte mich lachend an sich. Sie roch stark nach Schweiß und einem fürchterlichen Parfüm. Die Mischung aber war für mich sehr berauschend. »Kommen Sie mit, junger Mann«, sagte sie, und es klang durchaus nicht spanisch, sondern in Wirklichkeit sächsisch. Die alte Geschichte vom Schiffsjungen war's. Nichts aber hätte mich abgehalten, mitzukommen. Nicht der Gedanke an Vater und Mutter, ans Gymnasium, an meine Zukunft. Ich warf meinen Bücherpack zur Seite, um die Hände frei zu haben für die Arbeit, die man von mir fordern würde. Die Waage meines Schicksals hing in Schwebe, denn niemals mehr in Zukunft war ich so bereit wie in diesem Augenblick, radikal zu verschwinden, bedingungslos mein Leben zu ändern, vielleicht mehr wegen der schön gewölbten Deckhütte als wegen der schöngewölbten Dame. Daß ein markiger alter Schiffersmann mit Hindenburgschnauzbart die Affäre entschied, indem er mich fluchend ans Land jagte, ändert nichts daran, daß damit ein wichtiger Augenblick vorübergegangen war.

Warum ich nun auf dem Ruhelager des Comptoirs gerade die nachfolgende Erinnerung ausschöpfte, verstehe ich noch weniger. So niedrig und schäbig mein moralisches Versagen im Falle des Franzosen Benoit auch ist, ich werde bei der großen Bilanz aller Dinge am Ende der Zeiten viel Schlimmeres zu vertreten haben. Wir waren damals beide bereits über neunzehn Jahre alt, ich spreche von Benoit und mir, und hatten eine Menge Geld verjuxt, das heißt wir hatten Benoits Geld verjuxt, denn mein Vater hielt mich ziemlich streng, und meine Taschen waren meist leer. Während unserer lustigen Zeit (es war vermutlich viel forcierte Lustigkeit dabei) hatte ich Benoit das Wort gegeben, ich werde ihm meine Schuld auf Heller und Pfennig zurückerstatten. Dann kehrte ich in meine Vaterstadt heim und dachte nicht mehr daran. Es war bereits Mitte August. Ende September mußte ich meinen Militärdienst antreten. Da tauchte plötzlich Benoit auf. Er erinnerte mich freundschaftlich an mein Wort und forderte von mir, ich solle meinem Vater ein reuiges Geständnis ablegen, damit er meine Schuld begleiche. Ich wußte, daß Benoit ein pedantisch genauer Mensch war, glaubte aber nicht, daß er das Geld wirklich brauchte. Mein Vater seinerseits war ein guter Vater. Ich weiß das heute viel tiefer als in meiner Jugend, in der er mir manche Stunde durch seine nur allzuberechtige, aber bitter nörgelnde Kritik verstört hat. In einem Punkte verstand er keinen Spaß, im Schuldenmachen. Er selbst hatte nämlich durch eine Geldschuld, und zwar durch eine nicht einmal selbst genossene, sondern unschuldig aus dem Bankrott seines eigenen Vaters übernommene Schuld einen Rückschlag erlitten, den er selbst mit der leichterregten Pathetik eines glücklichen Zeitalters als bürgerlichen Schiffbruch bezeichnete. Ich vertröstete Benoit von Tag zu Tag, weil ich nicht den Mut hatte, meinem Vater zu beichten, daß ich ein leichtfertiger Schuldner ohne Notwendigkeit und nur dem unerlaubten Vergnügen zuliebe war, wo er, als ein Unschuldiger, die Schulden eines anderen hatte auf sich nehmen müssen. Es waren fürchterliche Tage. Benoit ließ mich immer deutlicher seine berechtigte Verachtung fühlen. Eines Tages ergab es sich, daß mein Vater, Benoit und ich zu dritt am Tische saßen. Benoits Augen lagen immer schwerer auf mir, schließlich machte er heimliche, empörte Zeichen, ich solle doch endlich den Mund aufmachen und reden. Mein Vater schien die Spannung zu fühlen. Er hob den Kopf, sah uns lange an und fragte endlich: »Gibt es etwas zu regeln zwischen euch beiden?« Mit diesen Worten baute er bewußt oder unbewußt eine Brücke, und der, der diese Brücke nicht betrat, mußte eine elende Memme, ein schlechter Kerl und eine ehrlose Kreatur sein. Diese elende Memme und ehrlose Kreatur war ich, und immer wenn ich an meine schnelle, vorbeugende Antwort denke »nein, Papa, nichts«, immer wieder knirsche ich mit den Zähnen über diesen zur Dauer erstarrten Augenblick, der mich richtet, wenn ich mich auch später zu einem Geständnis aufraffte.

Dies sind nur zwei Augenblicke von den sehr vielen Augenblicken, die ich mir auf dem Lager in der Kanzlei des Hochschwebenden vergegenwärtigte. Viel zahlreicher aber zogen mir die zusammenhanglosen Bilder und jähen Erkenntnisse durch das Gemüt, die alle eine Bedeutung in meinem Leben gehabt hatten. Ich sah zum Beispiel wiederum durch das Gartentor des Krüppelhauses am Vyschehrad jenen Bocksmenschen auf allen Vieren stehen, mit fuchsrotem Spitzbart und schamlos hochgehobenem Hintern, ein Anblick, der vor mir das erste Mal den entsetzlichen Abgrund und die dämonischen Möglichkeiten der Natur aufriß. Doch hier mache ich schon halt und schweige von all dergleichen abgründigen Bildern, Augenblicken, Eingebungen, Erlebnissen, um sie besser unausgeplaudert wieder mit mir ins Grab zu nehmen. In Wirklichkeit nämlich drängte sich eine andre, vollere Geschichte gebieterisch in meiner Erinnerung vor, ein Erlebnis, das ich längst schon vergessen zu haben glaubte, das mir aber jetzt, da ich im Comptoir des Hochschwebenden schwer auf dem Ruhelager lastete, nicht nur als ein höchst wichtiger Augenblick meines Lebens erschien, sondern auch als der geeignetste, um den Großchronosophen zu prüfen, das heißt, ihm eine Falle zu legen. Die Begebenheit war mehr äußerlicher als psychologischer Natur, und ihre Einzelheiten erwachten in mir mit solcher lebendigen Schärfe, daß ich gewiß war, ein ganz gewöhnlicher Gedankenleser, geschweige denn der Hochschwebende, müßte sie mit Händen greifen.

Auch damals lag ich ausgestreckt. Ich lag ausgestreckt in meinem schwarzen Schlafsack aus Wachstuch. In diesem Schlafsack aber lag ich auf einem Bett. Es war ein abscheuliches Bett, das in einer winzigen muffigen Kammer stand. Diese Kammer hatte ich kürzlich von einer polnischen Witwe namens Pozňanská gemietet, die den ganzen Tag um ihre durch den Krieg zerstörten

Häuser jammerte. Das Haus mit meiner Kammer war noch nicht zerstört, obwohl unsere österreichische Front schon geraume Zeit durch dieses ukrainische Städtchen lief. Ich präge mir im allgemeinen das Bild von Zimmern nur höchst ungenau ein. Diesmal aber war meine Erinnerung so stark, daß ich absonderlicherweise nach mehr als hunderttausend plus siebenundzwanzig Jahren alle Gegenstände in dem elenden ebenerdigen Loch hätte richtig placieren können. Vielleicht kommt das daher, daß in jener denkwürdigen Nacht ein überschwenglicher Vollmond breit durch das offene Fenster fiel. Dieser helle Vollmond war übrigens auch der Grund, weswegen gestern vom Divisionskommando ein geheimer Befehl herabgelangt war, unser ganzer »Artillerieabschnitt Nord« möge sich in strenger Bereitschaft halten, da die große Offensive des Feindes, in diesem Falle des russischen Generals Brussilow, täglich und stündlich erwartet werde. Plötzlich sprangen verschollene Namen des Ersten Weltkriegs in mir auf. Man kämpfte schon seit Wochen im Angriff und Gegenangriff um die berühmte Höhenstellung »Worobiowka«, Cote 310, etwa zwei Kilometer weit von meiner Schlafstätte. Ich sah über einem der beiden Holzstühle meine Uniformbluse hängen. Die roten Aufschläge und die drei weißen Sterne am Kragen leuchteten im Mondstrahl. Ich hatte es nämlich nicht weiter gebracht als bis zum Zugsführer (Sergeant) im Kaiserlich-Königlichen schweren Feldhaubitzregiment No. 15, zugeteilt dem Artillerieabschnitt Nord.

Ich erinnerte mich mit großer Ausdrücklichkeit eines unwesentlichen Details, das ich in meinen Vorstellungen ausspann, teils um den Hochschwebenden tiefer in meine Geschichte zu locken, teils weil es ein bestimmtes Lustgefühl in mir wiedererweckte. Neben meinem Bett auf dem Schemel stand eine Wekkeruhr. Trotz des Mondlichts phosphoreszierte ihr Ziffernblatt. Phosphoreszierende Ziffernblätter waren damals eine ziemlich neue Erfindung. Und da war auch das größte Lustgefühl des Soldatenlebens: Die Uhr zeigte mir, daß ich noch mehrere Stunden Schlafenszeit hatte. Erst um fünf Uhr dreißig Minuten mußte ich durch den bodenlosen Straßendreck die fünfzig

Schritte zu unserer Telefonbaracke hinüberstapfen, um meinen Kollegen abzulösen, der den Nachrichtendienst mit mir teilte. Nichts schöner während eines harten, mühsamen Lebens, als zu erwachen mit dem Gefühl, der Morgen sei da, aber es ist noch mitten in der Nacht, und eine Ewigkeit von Schlaf liegt vor einem. Schlaf, und zumal der tiefe Jugendschlaf, ist die süße Selbstumarmung des Menschen. Ich fürchtete das Trommelfeuer nicht, das wegen des guten Wetters in jeder Minute losbrechen konnte. Ich fürchtete den Infanterieangriff der verstärkten russischen Armeen nicht, der uns schon am nächsten Nachmittag in aufgelöstem Rückzug durch die endlosen Rübenfelder dieser Landschaft jagen sollte. Ich fürchtete nicht einmal die Gefangenschaft, obwohl ich mechanisch nach dem Lederbeutel tastete, der mir um den Hals hing. In diesen Beutel hatte mir meine Mutter für den Fall der Gefangenschaft einige wenige Goldstücke eingenäht. Ich erinnerte mich mit größter Deutlichkeit, daß ich, sorglos und vergnügt, den Kopf auf meinen Armen, wieder einschlief. Und ich erinnerte mich ebenso deutlich, daß sich viel verändert hatte, als ich nach einer Stunde etwa neuerdings erwachte, oder richtiger, geweckt wurde. Das Zifferblatt meiner Uhr phosphoreszierte nicht mehr, denn der Mond schien noch viel lichter in die Kammer als zuvor. Das war aber nicht alles. Nicht nur Mond und tickende Zeit teilten mit mir Panji Pozñanskás Loch. Ein andrer war noch durch das offene Fenster eingestiegen, hatte den zweiten zerbrochenen Holzstuhl an mein Bett gerückt, saß da und schaute mich an. Es war ein Soldat. Was anderes konnte er auch sein? Außer der Pozñanská und ein paar uralten Juden gab es keine Zivilisten in diesem Frontstädtchen. Es war ein dreckstarrender Infanterist, der geradewegs aus den Schützengräben kam, die sich entlang der Ortslisière hinzogen. Der Mann hatte den typischen Grabenbart, wie er selbst den jüngsten Leuten wuchert, stachlig, buschig, wirr durcheinander, zum Teil blond, zum Teil dunkelbraun, und beides auf demselben Quadratzoll. Diese Männerbärte, die eher hemmungslos üppige Gesichtsvegetation sind, gemahnten mich immer an zusammengerollte rostende Drahthindernisse. Der an meinem Bette sitzende Infanterist war in voller Ausrüstung. Sein Rucksack hing ihm, dick gepackt, über den Schultern. An zwei schmutzigen Bändern, die sich über der Brust kreuzten, trug er links die Feldflasche und rechts den Brotbeutel. Das Gewehr hielt er zwischen den Knien. Sein kurzes, scharfgeschliffenes Bajonett hatte er aus der Scheide gezogen und schnitt damit, zu meinem Erstaunen, schlecht und recht einen tüchtigen Rand von einem säuerlich duftenden Kommißbrot ab, das er danach gemächlich wieder in den Brotbeutel zurücktat. In der linken Hand hielt er nun die dicke Brotscheibe und in der rechten das Bajonett, mit welchem er voll Gelassenheit in die Scheibe regelmäßige Einschnitte machte. Ich sah unendlich fasziniert zu, wie geschickt er das trockene, stark mit Mais versetzte Kriegsbrot zu behandeln verstand, so daß kein Brocken und Brosamen zur Erde fiel. Und nun steckte er den ersten Würfel in den Mund und begann nachdenklich langsam zu kauen. Dabei schaute er mich aus zwei sehr tiefliegenden Augen an, unaufhörlich, unabwendbar. Er schaute mich eigentlich aus gar keinen Augen an, sondern aus zwei aufmerksamen Schatten oder dunkeln Flecken. Dieser Blick war schaurig traurig. Ich fühlte den Haß dieses Mannes, der jede seiner Bewegungen höhnisch langsam machte. Mehr als Haß. Der ganze Mann war verkörperter Vorwurf. Und dieser namenlose Vorwurf, der Vorwurf der ganzen Menschheit richtete sich gegen mich persönlich, als sei ich schuld an allem, an Dreck, an Krieg, Trommelfeuer und Tod. Ich erinnerte mich mit zweifelloser Schärfe, daß ich, der soeben im Mond Erwachte, den großen Vorwurf des Eindringlings mit ganzer Seele annahm, ich, der ich nichts andres war als er, ein nichtiger untergeordneter Soldat. Ich wunderte mich keineswegs darüber, warum er nicht beim Divisionsgeneral eingestiegen war oder zumindest bei irgendeinem Major oder Oberstleutnant, sondern gerade bei mir. Ohne den düstern augenlosen Blick abzuwenden, steckte er nun mit derselben Hand, die das Bajonett hielt, den nächsten Brotwürfel in den Mund. Der Mann roch nach Schlamm und Lehm und wochenlanger Ungewaschenheit und auch nach Jodoform, als sei er verwundet und trage unter der Uniform einen Verband. Sein Mantel war nicht mehr feldgrau, oder richtiger, feldblau, wie es das österreich-ungarische Kriegsreglement vorschrieb, sondern gelbbraun wie ein Sturzacker oder ein offenes Grab.

Ich versuchte loszukommen von der Lähmung, die mich umwand, ein Wort hervorzustoßen, meine Hand zu bewegen. Nichts davon gelang. Da war ich fast sicher, der Infanterist neben mir sei ein geträumter Infanterist. Ich schloß trotz des Bewußtseins der Gefahr für mehrere Sekunden die Augen, um dem Traum die Möglichkeit zu geben, sich aufzulösen. Als ich die Augen wieder öffnete, hatte der Infanterist nicht nur das Gewehr gegen mein Bett gelehnt, sondern sich in seiner ganzen dürren Länge erhoben, als sei die Zeit da, zur Tat zu schreiten. Er kaute kein Brot mehr. Er schaute nur noch. Doch er schaute nicht mehr schaurig traurig als verkörperter Vorwurf, der er war, sondern sachlich und bemessend aus kleinen, blassen, wirklichen Augen. Seine rechte Hand hielt er hinterm Rücken verborgen. Seine Linke lag auf meiner Brust. Sie tastete den Lederbeutel mit den Goldstücken ab. Sie riß an der Schnur...

Da verstand ich endlich. Ich lag unterm Messer des Mörders. Da gelang es mir. Ich schrie auf:

»Wer sind Sie? Was wollen Sie da?«

Es ist eine große Sache, unterm Messer des Mörders zu liegen. Wer sie nicht erfahren und überlebt hat, kann diese Sache gar nicht ermessen. Ich lag hilflos in meinen Schlafsack gewickelt, der einen Kampf unmöglich machte. Während ich aufschrie, wußte ich genau, daß ich durch diesen Schrei einen Zwang auf den Mörder ausübte, mir das Bajonett, das er hinterm Rücken verborgen hielt, in die Brust zu stoßen. Ich erwartete den Stoß auch mit tödlicher Sicherheit.

Der Infanterist aber wandte den Kopf zum Fenster. Er hörte etwas, was ich noch nicht hörte:

»Militärpatrouille, Zimmerinspektion«, sagte er kurz mit einem fremdartigen Akzent.

»Militärpatrouille« nannte man bei uns dasselbe, was anderswo Militärpolizei heißt. Ich erinnerte mich, daß diese Worte mich zuerst beruhigten. Mein Fenster stand offen, und die Militärpolizei auf ihrer Nachtrunde hatte nachgeforscht, wer hier schlief. Ganz in Ordnung. Doch in der nächsten Sekunde schon wußte ich, daß der Mann in seiner schmutzigen stinkenden Montur, in Grabenausrüstung, ohne Armbinde und ohne Korporalsrang nie und nimmer der Führer einer Militärpatrouille sein konnte. Ich wickelte mich aus dem Schlafsack, was nicht gleich gelang. Dann sprang ich auf die Füße. Zum Fenster. Er kann nur einige Schritte weit entfernt sein. Draußen liefen viele Soldaten in allen Richtungen, ihre Mäntel zuknöpfend, ihre Gewehre schulternd, ihre Überschwünge festschnallend. »Militärpatrouille«, rief ich, doch niemand bemerkte es, denn das Trommelfeuer der Russen war bereits im Gange. Nach wenigen Minuten wurde es zu einem einzigen ungegliederten Gebrüll. Schon begannen die ersten Granaten einzufallen. Die schwarzen Bäume der Explosionen wuchsen aus der Erde. In einem Hause am anderen Ende der Straße saß ein Treffer.

Ruhig zog ich mich an. General Brussilow, dessen Granaten durch die Lüfte wimmerten, hatte mich vom Tode durch Mörderhand errettet. Es war eigentlich ganz unlogisch, daß der Mörder durch den Artillerieangriff sich hatte abschrecken lassen, sein Werk zu vollenden. Im Tumult der Schlacht wäre es für ihn viel ungefährlicher gewesen, zu meinen Goldstücken zu kommen als vorher. Dies war zweifellos nicht nur ein unheimlicher, sondern ein höchst wichtiger Augenblick meines Lebens, bei dem es um Tod und Leben ging. Ich hatte diese Geschichte in mir gleichsam mit Zeitlupe wiedererweckt und ausgesponnen, um sie dem Hochschwebenden in ihrer ganzen Wirklichkeit zu offerieren. Die Erinnerung hatte mich sosehr in Anspruch genommen, daß ich vielleicht eine Minute lang vergessen hatte, wo ich war.

Nun suchte ich den Hochschwebenden mit neugierigem Blick, denn er hatte sich inzwischen fortbewegt. Er schwebte nicht mehr über meinen Füßen, sondern plötzlich über meinem Kopf, und zwar mit seinem eigenen Kopf nach unten, so daß sein Buddhagesicht parallel zu dem meinen in der Luft stand. Zugleich aber geschah etwas, wofür ich zum Vergleich das Gemälde eines barocken Spaniers heranziehen muß, das, wenn ich nicht irre, im Amsterdamer Rijksmuseum hängt. Auf diesem Bilde ist ein Heiliger in Levitation dargestellt, dessen Herz mit dem Herzen Jesu Christi, der sich vom Himmel zu ihm herabbeugt, durch einen weißsilbernen, sehr materiell gemalten Lichtstrahl verbunden ist. Zu meinem Schrecken sah ich nämlich, daß von meiner Brust eine Art gelblichweißen Zwirns- oder Garnfadens ausging, den der Hochschwebende mit überraschend flinken Krüppelfingerchen auf eine gläserne Handspindel aufspulte. Es entstand dadurch mit ziemlicher Geschwindigkeit ein breites Spinngewebe, das von der Spindel herniederhing, wobei man deutlich sehen konnte, daß der Faden kein Faden war, sondern eine bestimmte Sorte von erschlafftem, konserviertem, ja eingefettetem Lichtstrahl. Das ist der wichtigste Augenblick meines Lebens, dachte ich, den er da aus meiner Herzgrube spult, selbstverständlich nicht die dumme Anekdote vom Meerschiff im Flüßlein und auch nicht jene ekelhafte Offenherzigkeit, Benoit betreffend, sondern die Mördergeschichte vom Infanteristen, die ich mit Aplomb aus meinem Lebensknäul herausgewickelt habe, weiß Gott, warum gerade diese Geschichte, die er mir nach Diktat wieder erzählen wird. Alle wirklich wichtigen Augenblicke scheinen sich in mir verkrochen zu haben wie die Fledermäuse vor dem Tag. Inzwischen war das von der Handspindel niederhängende Gewebe so lang geworden wie ein kleiner Spitzenshawl. Der Hochschwebende – er war jetzt fünf bis sechs Fuß über mir – ließ es fallen, so daß es auf mich herabschwankte, viel langsamer noch als Flaumfedern. Als das konservierte Licht mein Gesicht erreichte, befand ich mich –

Befinde ich mich ... Wo befinde ich mich? Ich befinde mich vor allem in mir selbst. Dieses Ichselbst ist aber ein anderes als es vorher war. Meine Zunge stößt links oben nicht mehr an Gold, sondern an eine normale Zahnreihe. Ich bin jünger, ich bin jung. Das merke ich am Herzschlag, an der Spannung aller Muskeln, und es ist einen Blitz lang ein erquickendes Bewußtsein, ehe es sofort wieder zur Selbstverständlichkeit geworden und vergessen ist. Dann entdecke ich in diesem Ichselbst – noch lange bevor ich etwas sehe und höre – eine unsichere Verlegenheit, eine sich steigernde Nervenqual. Was ist das nur, was mich mit sehnsüchtiger Macht anzieht und zugleich wünschen läßt, ich wäre zehntausend Meilen von »Hier« und viele Jahre von »Jetzt« entfernt, obwohl ich noch immer nicht weiß, wo dieses Hier und Jetzt sich zur Einheit verbunden hat. Ich weiß nur, daß ich mich wie ein Mörder fühle.

Das erste, was ich sehe, ist die weiße Tür, die ich unendlich behutsam hinter mir geschlossen habe, als könnte ich dadurch die Wirklichkeit ein bißchen hinausschieben. Ich bin zu dieser Tür über einen langen Korridor gekommen und habe einige schwere Herzschläge lang gezögert, ehe ich klopfte und die Klinke niederdrückte. Man erwartet mich. Ich trete in eine Stille, die viel tiefer ist als die Stille draußen. Ein kahler weißer Raum. Viele Blumen. Ein Hospitalszimmerchen. Das Fenster steht offen. Es ist August, vier Uhr nachmittags, und die schwere Luft eines großstädtischen Sommertags dringt herein. Auf dem weißlackierten Krankenbett liegt die Frau, die ich liebe. Sie kann sich nur wenig bewegen. Mit einem Blick begrüßt sie mich, in dem ein Lächeln des Glücks und das Entsetzen der letzten Tage miteinander lebt. Ihr langes blondes Haar liegt offen neben ihr auf den Kissen. Sie ist blutlos weiß im Gesicht, aber niemals war ihre Schönheit glorreicher. Die Frau, die ich liebe, ist nicht meine Frau, noch nicht. Ich bin sogar verpflichtet, in dieser furchtbaren Situation, fremd und harmlos zu tun. Eine Krankenschwester neigt sich dort über das Körbchen, in dem das Kind liegt. Ich muß mich beherrschen, um nicht laut aufzustöhnen. Wie ist es nur möglich, daß man von der eigenen Verworfenheit so überzeugt sein kann wie ich und doch weiterlebt? In andern Stunden sage ich mir manchmal als Strafverteidiger meiner selbst: Es gehören zwei dazu.

Jetzt aber weiß ich, daß die Frau, selbst als Sündige, die Heldin ist und das Opfer. Ich war nichts als ein leichtsinniger, gedankenloser, verantwortungsferner Ausbeuter des berauschenden Gefühls, das ich Liebe nenne. Wieso ist das Liebe? Liebe beginnt erst dort, wo man etwas aufs Spiel zu setzen und zu verlieren hat. Was habe ich zu verlieren? Ich bin ein Bohemien oder so etwas ähnliches. Ich mache Gedichte und schreibe Theaterstücke, von welcher ebenso schleuderhaften wie ehrgeizigen Tätigkeit ich und meinesgleichen den sonderbaren Anspruch ableiten, über der »bürgerlichen Weltordnung« zu stehen. Ich zweifle selbst in dieser Sekunde nicht daran, daß man mich mit andern Maßen messen muß. Zugleich aber durchdringt mich immer eisiger, immer schneidender die Erkenntnis, daß wir beide uns nicht nur gegen die bürgerlichen, sondern gegen eine höhere Weltordnung vergangen haben. Mann – Weib – Kind, diese heilige Begegnung darf nicht so sein wie hier und jetzt. Ich hätte nicht eintreten dürfen in dieses weiße Zimmer mit einem lächelnden Gruß, mit einem beherrschten Gesicht wie irgendein Freund und Bekannter. Das letzte Mal, daß wir uns sahen, war in dem einsamen Hause, in der schrecklichen Nacht, da sie auf Tod und Leben erkrankte. Seither sind drei Wochen vergangen, immer wieder auf Tod und Leben, Operationen und endlich die schwere Geburt. Und heute erst nach drei schrecklichen Wochen bekam ich Erlaubnis, als ein guter Freund, wie andre gute Freunde, sie wiederzusehen. Ich blicke sie so wenig wie möglich an, denn meine Selbstbeherrschung ist aufgebraucht. Jetzt müßte einer von uns endlich sprechen. Da spricht sie schon. Aber nicht zu mir. Sie schickt die Krankenschwester mit einem Auftrag aus dem Zimmer. Ich warte, scharf horchend, bis die Schwester die innere und die äußere Tür geschlossen hat, dann sinke ich neben dem Bett auf die Knie. Diese Kombination zwischen berechnendem Abwarten und plötzlichem Niederknien erscheint mir theatralisch und macht mich unglücklich wie alles andre, was ich in diesen schwerflüssigen Minuten tue. Die Frau fährt mir übers Haar. Sie sagt: »Das Kind... Dein Kind...«

Ich stehe auf. Auf Zehenspitzen gehe ich zu dem kleinen Korb am Fußende des Bettes. Ob die Schwester draußen horcht? Warum denke ich an die Schwester? Ich fürchte mich, das Kind zu sehen. Der Arzt, den ich unten ausfragte, hat mit den Achseln gezuckt: »Es ist kaum anzunehmen, daß es leben wird.« Das erste: Verwunderung, daß dieses zu früh geborene Kind ein voller Mensch ist, eine unsagbar ausgebildete Persönlichkeit, die von dem kleinen Körper zwar fugenlos begrenzt wird, aber nicht identischer ist mit ihm als ein Bild mit der Leinwand, auf der es gemalt ist. Ich sehe diese wohlgegliederten Händchen und Fingerchen. Ich sehe das feine, beinahe weiße Gesicht, die hohe Stirn, den überaus runden Schädel mit den rasch pulsenden Fontanellen. Es wird mir lächerlich klar, daß in diesem kugelrunden Köpfchen eine eigene, unabhängige, charaktervolle Dauer lebt, die älter ist als zwölf Tage, die so alt ist wie die Welt. Ich bin der Vater, und dies ist mein kleiner Sohn. Ich bin die Ursache, und hier ist die Folge, und die Kette von Ursache und Folge geht zurück bis zum Anfang aller Dinge. Ich sollte jetzt eine feierliche Zusammengehörigkeit empfinden, das Wunder der allernächsten Verwandtschaft auf Erden, den würgenden Schmerz des nahen Verlusts. Nichts empfinde ich, obwohl ich den schwachen Versuch mache, mir einiges davon einzureden. Doch obwohl sonst ein erprobtes Opfer von Autosuggestionen, jetzt bin ich nicht imstande, jene Regungen in mir zu erzeugen, welche die schwierige Situation fordert. Fremdheit fühle ich und Verlegenheit. Und zwar eine doppelte Verlegenheit.

Eine vor Gott und eine Verlegenheit vor dieser unabhängigen Individualität im Säuglingskörper. Das Kind ist still. Würde es schreien, wäre alles gut. Doch es fiebert hoch, und die großen blauen Augen wandern. Ich weiß, daß ich der Mutter Hoffnung geben muß. Ich will auch mir Hoffnung geben. »Wir werden schon durchkommen«, sage ich oder etwas ähnliches.

Noch einmal, ein letztes Mal, neige ich mich über das runde Köpfchen. Plötzlich ist mir das Kind näher. Ich kenne diesen kleinen fiebernden Knaben. Die Krankenschwester ist wieder ins Zimmer getreten. Ich lege mein lügnerisch harmloses Gesicht an. Die Frau sagt mit leiser Stimme:

»Als Sie vorhin ins Zimmer traten, war draußen eine Trauermusik...«

Diese Worte geben mir die Möglichkeit, ans offne Fenster zu treten und hinauszusehen. Eine öde Straße in dem Bezirk der Hospitäler, an deren Ende die Bäume eines kleinen Parks im Spätsommer verdorren:

»Ich sehe nichts«, sage ich.

»Schließen Sie bitte das Fenster«, sagt die Frau.

Ich schließe das Fenster. Ein kurzes stummes Aufschluchzen widerfährt mir. Ich drücke meinen Kopf gegen die Scheibe. Wie ich mit der Stirne das kalte Glas berühre, befinde ich mich –

Befand ich mich, es ist nicht nötig, zu sagen wo.

Den Hochschwebenden hatte es höher gezogen. Er paddelte mit den Ärmchen und trat die Luft lebhaft, konnte sich aber doch nicht mehr so tief unten halten wie früher. Was dieses Wort »früher« bedeutete, das heißt, wieviel Zeit vergangen war, das konnte ich nicht wissen, denn all die »Augenblicke«, die ich mir selbst vergegenwärtigt, und der letzte, den ich durch die Kraft des Hochschwebenden wiedererlebt hatte, liefen nicht auf den Schienen der allgemeinen astronomischen Uhrzeit, sondern waren aus eigener, aus heterochthoner Zeit gesponnen. Der Augenblick mochte ebensogut Stunden wie Sekunden gedauert haben.

»Es war genau so, ganz genau so«, murmelte ich, »jeder Gedanke und jedes Gefühl, ich meine jede Gefühlslosigkeit... Und nichts ist vergangen...«

»Vergangen?« fragte die zischene Stimme der Intermundien. »Was ist das?«

Der Triumph des Hochschwebenden über mich und meine Fallenstellerei war so restlos, daß ich es trotz der gesteigerten Schwerkraft im Comptoir nicht länger ertrug zu liegen. Ich tat meine sehr schweren Beine vom Ruhelager und blieb tiefgeduckt und mühsam atmend sitzen. Der Großchronosoph der gegenwärtigen Welt hatte aus meinem Innern das vergilbte Lichtgarn eines verschollenen Augenblicks hervorgespult, den ich längst überwunden hatte, obwohl ich ihn werde vertreten müssen, wenn alles Licht wird eingesammelt werden. Ich mußte an das siebzehnte grundlegende Paradox von Ursler denken, wie es uns der Fremdenführer auf dem Wege durch die Lamaserie der Sternwanderer zitiert hatte: »Zeit und Raum entsteht durch Licht. Licht entsteht nicht durch Zeit und Raum.« Das Licht, dieser schiffbare Strom aller Erscheinungen, trug auch diesen Augenblick weiter zur Mündung.

»Es ist ein schrecklicher Augenblick«, sagte ich. »Aber warum der wichtigste?«

Noch einmal erhielt ich Antwort: »Weil der verbindungsreichste Augenblick der wichtigste ist.«

Ich verstand das. Plötzlich verstand ich aber noch viel mehr. Wie ein hochgespannter Strom durchzuckte es mich. Kugelrund war der nackte Buddhakopf des Hochschwebenden. Kugelrund war das nackte Köpfchen des Kindes im Korb. Und noch ein anderer Kopf war kugelrund. Der Kopf des kleinen Sternentänzers, der Kopf des künftigen Hochschwebenden. Und mehr als der Kopf. Das Gesicht des Sternentänzers glich ebenbildlich dem Gesicht des Kindes im Korb. War das der *Verbindungsreichtum* jenes Augenblicks?

Atemlos heiser entrang sich's mir:

»Ist der Knabe, den sie Io-Knirps nennen, der meinige?«

»Die dritte Frage ist beantwortet«, kam es streng zurück. Ich hielt die Hände vor die Augen. Nicht mehr wagte ich zu sprechen. Als ich nach einer Weile aufsah, war der Hochschwebende verschwunden. Das heißt, er klebte wieder oben in einer Ecke des Gewölbes, hoch über den Hängematten und Fischernetzen aus silbernen Spinnweben, als ein dunkles Bündel, eine sonderbare Kesselpauke, dicht an den Felsen gepreßt. Er litt an einem Leiden, das mir, dem Urmenschen, noch unzugänglich war. Von meinem Leben, welcher Art immer es sein mochte, nahm er keine Notiz mehr, obwohl er von diesem Leben hundertmal mehr wußte als ich selbst. Gebieterisch schwankten die Gewebe der wundervollen Sternspinnen ringsum unter der Wölbung der Kanzleihöhle. Nun wußte ich, daß die Spinnweben des Arachnodroms ein Archiv wohlkonservierten Geschehens waren, das man im »Comptoir« registrierte.

Als ich später den Djebel verließ, war ich nicht mehr derselbe, wie ich ihn betreten hatte. Ich kann es weniger eine moralische Veränderung nennen als eine Verwandlung meines ganzen Lebensgefühls. Sie dauert auch jetzt noch an, da ich in einer frühen und ziemlich primitiven Welt diese Seite hier beende.

Sechzehntes Kapitel

Worin ich am Rande eines Dschungels der mentalen Epoche stehe und Zeuge des Exodus der Hauskatzen sowie des ersten Blutvergießens werde.

Meine dumpfe Ahnung, die während des Ganges durch die Lamaserien des Djebels nicht von mir gewichen war, hatte mich nicht betrogen. Irgend etwas Unangenehmes bereitete sich vor. Ich münzte anfangs meine Besorgnis auf das Haus und den Zirkel meiner neuen Freunde. Glücklicherweise war das ein Irrtum. Was sich da heimlich vorbereitete, betraf vorerst nicht eine einzelne Familie, sondern die ganze Welt-Wohngemeinschaft, die ganze Panopolis, deren innere Grenzen, wie man uns schon verraten hatte, nur geistig und daher nicht markiert waren. Die Unifikation der Menschheit schien auch ihre verdammten Nachteile zu haben, denn folgender Argwohn ließ sich nicht abweisen: Wenn's an einem Orte losging, mußte notwendig jeder andere Ort mitgerissen werden, von Pol zu Pol. Ich war über mich selbst recht sehr verwundert, weil ich Erleichterung fühlte, daß »zu Hause« nichts passiert war. Man staune doch mit mir über die Feilheit meines oder sogar des menschlichen Charakters im allgemeinen: Schon fühlte ich mich zu Hause, hunderttausend Jahre von mir selbst entfernt. Schon war ich attachiert an irgendwelche wildfremde, unbegreifliche Kreaturen, die sich teils in verwischte Nacktheit, teils in changierende Schleiergewänder hüllten, die an farbigen Säftchen und Süppchen nippten, wie sie der Arbeiter im Tal der Quellen und Kräfte mittels sideraler Einwirkung für alle Welt braute. An all das hatte ich mich schon voll gewöhnt, und es war mir selbstverständlich geworden, nicht anders als in meinem Vorleben der Wechsel der Kost auf einer Reise. Unheimlich schnell war sie erfolgt, selbst für meine impressionable Person, diese Assimilierung, zumal wenn man berechnet, daß ich erst gestern genau um diese Zeit zum erstenmal auf dem kurzen eisengrauen Rasen der mentalen Kultur stand und inzwischen auch noch das elastische Mare Plumbinum Merkurs unter den Füßen gehabt und auf dem roten wogenden Ödmoor Apostel Peters einen veritablen Schiffbruch erlitten hatte. Mein Besuch des Niederen Intermundiums hatte mir übrigens die alte Erde, das heißt die neue, mentale Erde, nur trauter und heimatlicher gemacht. Ich freute mich wirklich drauf, ins Haus der Hochzeiter zurückzukehren. An Morgen und an eine Zukunft dachte ich nicht. Sorgloser bin ich nie gewesen. Mein Zeitsinn war völlig anästhesiert, was kein Wunder ist. Das einzige, was mir eine gewisse Bedenklichkeit einflößte, war eben diese überraschende Bindung an meine hiesigen Freunde, die ich in mir wachsen fühlte. In den letzten Jahren meines Vorlebens hatte ich mich in einer schlimmen Abart von schutzsuchendem Egoismus dagegen gewehrt, neue Menschen kennenzulernen und neue Beziehungen anzuknüpfen. Diese Abwehr erstreckte sich sogar auf Tiere. Einen prächtigen Hund verschenkte ich, ehe ich mich noch an ihn gewöhnt hatte. Hat man einmal das fünfzigste Jahr überschritten, sehnt man sich nach nichts mehr und fürchtet man nichts mehr als neue Liebe.

Hinter der Pforte der Kanzlei wartete B. H. nervös. Der Fremdenführer dieses Zeitalters war plötzlich von Amts wegen abberufen worden. Wir irrten führerlos durch das Labyrinth des Djebels, über schiefe Ebenen, durch Schächte, Laufgänge und Korridore, mit regulierter Gravitation dahinfliegend. Hätte uns Io-Fagòr nicht persönlich herausgepeilt, Gott weiß wann wir den Ausgang gefunden hätten.

Unser Gastfreund hatte ein charmantes Lächeln vor die bedenklich ernste Grundierung seines Gesichtes getan. Verfeinerte Menschen, in fernster Zukunft wie in fernster Vergangenheit, entblößen ihre Sorge nicht gern.

»Ich hoffe, Seigneur«, sagte Io-Fagòr, »Sie nehmen drei treffende Antworten aus dem Djebel mit...«

Ehe ich aber noch etwas erwidern konnte, fragte B. H., der den Brautvater ziemlich erstaunt betrachtete:

»Hat sich etwas Böses begeben?«

»Sie sollten eher fragen«, versetzte Io-Fagòr, »*wird* sich etwas Böses begeben? Um darüber einen Wink zu empfangen, haben sich Berufene an jene Instanz gewandt, welche unser Freund hier soeben verlassen hat...«

»Nach meiner Erfahrung im ›Comptoir‹«, sagte ich, »kann ich mir denken, daß es nichts gibt vom ersten bis zum jüngsten Tage, das Seine Hochgnaden nicht weissagen könnte.«

Io-Fagòr lehnte meine Meinung mit einiger Strenge ab.

»Der Hochschwebende ist kein Wahrsager, sondern ein Wissender«, erklärte er. »Er kann nur Winke geben, was die Zukunft betrifft, denn die Zukunft der Menschen bleibt ihm selbst verborgen, weil, wie ein altes Wort überliefert, jeder Augenblick ein Knotenpunkt vieler Straßen ist, welche der Mensch nach Willkür wählt.«

B. H. fixierte noch immer unsern Gastfreund:

»Irgendwas hat sich doch begeben«, sagte er.

»Und etwas nicht ganz Uninteressantes begibt sich noch immer«, lächelte Io-Fagòr. »Erwarteten Sie aber nicht zuviel, Seigneur...«

Dann wandte er den schönen, goldgekrönten Kopf leicht hin zu B. H..:

»Ist Ihr Freund schon aufgeklärt?«

»Wenn es sich um den Dschungel handelt«, fiel ich ein, »so habe ich bereits einige Informationen erhalten.« Und ich dachte an mein Gespräch mit Minjonman und seinem Sohn.

»Ich hoffe, daß Sie nicht zu müde sind, Seigneur«, zögerte Io-Fagòr.

»Ganz im Gegenteil«, mußte ich lachen. »Die Chronosophie, die soviel Zeit und Raum verbraucht, gehört zu den erfrischendsten Wissenschaften, die ich kenne.«

»Im Anfang ist das immer so«, nickte der Gevatter. »Nach der vierten oder fünften Unterrichtsstunde würden Sie anders sprechen... Wenn es Ihnen recht ist, Seigneur, begeben wir uns nun dahin, wo sich etwas begibt.«

Der eisengraue Rasen, sonst so gleichmäßig dicht, wurde immer dürftiger und räudiger. Wir gingen nun – wie genoß ich das normale Ausschreiten – über eine schmale Strecke, die ich bei mir das »Glacis der Unentschiedenheit« nannte, da der Erdboden hier in Verlegenheit zu sein schien, ob er seine mentale Form bewahren oder sich dem Rückfall in überwundene Vegetationen freudig hingeben sollte. Dieses Glacis der Unentschiedenheit bestand aus sandiger Erde, auf der einige mir unbekannte Distelpflanzen und kümmerliche Kakteen wucherten. Dazwischen aber gab es auch ein paar schüchterne grüne Flecke von echtem Gras und Unkraut. Dann ging's etwa fünfzig Schritte eine ziemlich steile Böschung empor, die schon entschlossener grün war. Auf der Höhe dieser Böschung schnitt uns eine Brustwehr aus gewaltigen Steinquadern den Weg und die Welt ab, denn sie zog sich wie die Chinesische Mauer endlos nach beiden Richtungen hin. Dieser Brustwehr konnten sich Unbefugte nicht ohne weiteres nähern. In ziemlich weiten Abständen nämlich sahen wir Wachen stehen, deren Aufgabe es zweifellos war, den Zutritt zur Brustwehr zu verhindern. Diese Wachen waren nicht eigentlich bewaffnet; Waffen wurden ja vom Arbeiter nicht produziert, und wenn solche in großer Zahl hier und dort noch vorhanden waren, so entstammten sie, wie Io-Do's interessante Sammlung, den Ausgrabungen, wie sie der Bau neuer Häuser notwendig machte. Die Wachen also, die breitbeinig dastanden und sich außerordentlich wichtig vorkamen, trugen in der Art mittelalterlicher Landsknechte oder wie die Schweizer Garde im Vatikan Lanzen in der Hand, von denen jedoch die Eisenspitzen oder Stoßblätter entfernt worden waren, so daß sie den langen Alpenstöcken glichen, wie sie die Bergsteiger meiner Jugendzeit benutzt hatten. An gewissen, weit auseinander liegenden Stellen waren in die Mauer breite viereckige Söller, das heißt vorspringende Plattformen eingebaut. Wenige Schritte vor meinen Augen drängte sich eine dichte Gruppe von Menschen auf einem dieser Söller. Ich erkannte Io-Do und den lieben Herrn Io-Solip, seinen Vater. Auch der Wortführer, der Hausweise und der Beständige Gast waren da. Vor den drei letztgenannten Junggesellen mit ihrer konventionellen aufklärerischen Intelligenz war mein Respekt nach meinen großen Erfahrungen im Djebel ein wenig gesunken. Von den Damen sah ich nur unsere jugendschöne Ahnfrau. Ich gestehe offen, daß ich enttäuscht war, Lala, die Braut, nicht vorzufinden. Wie ich aber hörte, war erst der heutige Abend von der Sitte dazu ausersehn, daß Braut und Bräutigam gemeinsam in der Öffentlichkeit sich zeigten. Die vielen anderen, die hier versammelt waren und erregt von den Söllerzinnen hinabstarrten, kannte ich nicht. Man machte mir Platz wie immer, mit höflicher Scheu. Jedermann schien über meine Herkunft und Konsistenz aufgeklärt zu sein. Ich aber blieb, als ich die Brustwehr erreicht hatte, festgewurzelt stehen. Was mich am Dschungel zuerst bewegte, ja beinahe erschütterte, war die Fernsicht dort, die blaue Ferne alter Zeiten, meiner Zeiten.

Obwohl ich nicht mehr als vierundzwanzig Stunden in dieser Welt mich aufhielt, so hatte doch ihre Eingeebnetheit, ihre gegensatzlose Fläche, ihr unabsehbares Gleichmaß mich mehr bedrückt, als ich sagen kann. B. H. gegenüber hatte ich dann und wann eine Bemerkung gemacht, worauf er mich jedesmal mit der schlüssigen Erklärung tröstete, daß die mentale Verinnerlichung und Bereicherung des Menschen damit unlöslich zusammenhing, daß seine Erde äußerlich viel langweiliger geworden war. Seien, so fragte er, die für den Fremdenverkehr zurechtgemachten Gegenden des zwanzigsten Jahrhunderts im Vergleich zu den wandernden Gebirgen und brüllenden Vulkangruppen des Antediluviums nicht mindestens ebenso langweilig gewesen? Kultur sei in jeder Weise der Fortschritt vom grobfarbigen Spektakel zur zarten seelischen Differenzierung. Eines bedinge das andere. Kein Zweifel, er hatte recht. Das änderte aber nichts an meinem Unbehagen, welches in mir durch die Tatsache erweckt wurde, daß die Natur keine rechte Natur mehr war, selbst im Park des Arbeiters nicht. Jetzt aber sah ich wieder Berge, Berge...

»Mach doch deinen Mund zu«, mahnte B. H. lächelnd. Er hatte wahrscheinlich wieder einmal Grund, sich meiner zu schämen. Man wird mir entgegenhalten, daß in der Tat keine Ursache vorlag, über den Anblick von Bergen in allzugroßes Staunen zu geraten, denn erst vor wenigen Minuten hatte ich mich ein letztes Mal umgedreht, um vom herrlichen Bilde des Djebels mit seinen regenbogenartigen Farbenbrechungen Abschied zu nehmen, und zweieinhalb Stunden vordem hatte ich mit eigenen Augen die anthrazitschwarzen und blutroten Küstengebirge des Johannes Evangelist sehen dürfen. Welch ein falscher Einwand! Der Djebel war Menschenwerk, das staunenswerteste der zukünftigen Geschichte, aber immerhin nur Menschenwerk, bedeutsamer, größer, aber nicht wesensverschieden vom Tempel von Karnak und vom Eiffelturm. Die rotschwarzen Küstengebirge Merkurs jedoch gehörten mir nicht an. Ich hatte Mühe, sie mir wieder vors innere Auge zu rufen. Dort aber die Berge waren mein, waren die Berge meiner Erde, und der leichte, kühle, holzrauchgeschwängerte Wind, den sie verströmten, trieb mir fast die Tränen in die Augen.

Die Berge stiegen gegen Westen an. Die Sonne (kein goldenes Vlies und keine Fahrradlampe, sondern die gute Erdensonne) stand schon ziemlich tief und überschüttete die Hänge mit vollem Nachmittagsgold. Die Höhen selbst wuchsen in mehreren Schichten, Tinten und Verfernungen hintereinander empor. Die letzte Schicht war schneebedeckt, wie sich's gehörte, obwohl sich meinem Gefühle nach die Schneegrenze im Laufe der Jahrtausende nach unten mußte verschoben haben. Das mochte eine Folge der wachsenden Abkühlung unserer Erdkruste sein, oder die Sonne hatte seit ihrer Katastrophe an jenem dreizehnten November doch fühlbar an Wärmekraft eingebüßt, oder der verminderte Wasserdampf in der reinen astromentalen Atmosphäre verhinderte die wohltätige Ansammlung von Wärme, wie wir sie gewöhnt sind. Höhere Reinheit scheint stets mit minderer Wärme im Bunde zu sein. All diese Erscheinungen habe ich schon bei meinem ersten Eintritt in die neue Welt kurz erwähnt. Ich wiederhole sie an dieser Stelle, weil ich nach meinen chronosophischen Erfahrungen alles klarer, ich möchte sagen, alles planetarer empfand und verstand.

So vertraut mir die Linien der Berge waren, ich fühlte sie zur selben Zeit wie von einem Punkte des Grauen Neutrums herab. Im übrigen erinnerten sie mich weniger an die Waldgebirge meiner engeren Heimat als an die Apenninen oder an andere Bergzüge am Mittelmeer und am Pacifischen Ozean, in dessen nächster Nähe wir uns schließlich hier aufhielten. Was mich am meisten erstaunte, war die enorme Ausdehnung dieser Vegetationsinsel, die von den mentalen Erdbürgern völlig unzutreffend Dschungel genannt wurde. Wenn es freilich, wie man mir eingestand, mehr als hundert solcher Dschungelländer auf dem eingeebneten Globus gab, so bestand zweifellos die Gefahr, daß er über kurz und lang seine eisengraue Langweiligkeit einbüßen werde. Die niedrige Brustwehr hier konnte die Vegetation gewiß nicht daran hindern, fortzuschreiten und immer mehr Raum der Panopolis abzutrotzen. Wenn man es mit dem Worte Dschungel auch falsch bezeichnete, das Phänomen selbst mußte für mentale Augen von beklemmender Wucht und Fremdartigkeit sein. Ich verstand Io-Fagòrs Depression besser als gestern. Plötzlich unterschied ich auf den nahen Vorhügeln mir gegenüber Pinien und Oliven und Palmengruppen und dazwischen schöne weiße Kuben:

»Da sind ja Häuschen, das sind ja Villen«, entfuhr es mir.

»Schauderhaft«, erklang eine Stimme aus der Gruppe, die mich umgab. Es war die Stimme des Wortführers. »Schauderhaft zu denken, daß Menschen in solchen Würfeln leben, und zwar oberhalb der Erde.«

»Kann man das Menschen nennen«, empörte sich Io-Do, der Bräutigam, der mit seinem Goldhelm und im schwarzen Festgewand heute schön und ernst aussah.

»Es *sind* Menschen«, sagte Io-Fagòr, »leider. Ich würde ruhiger sein, wenn es keine Menschen wären. Sie unterscheiden sich aber von uns nur dadurch, daß sie sonnverbrannter sind, barbarische Gewänder tragen und selbst mit den Händen arbeiten. Das ist ein geringer Unterschied.«

Hier mischte sich die holde Ahnfrau ins Gespräch, die sich mit vollendeter Grazie rechts auf den Arm des Hausweisen, links auf den Arm des Beständigen Gastes stützte. Man hatte sie zärtlich in viele Schleiershawls eingemummt, denn wenn das hohe Alter auch der Schönheit keinen Abbruch tat, so zeigte es sich doch in einer gewissen Empfindlichkeit der Atemorgane.

»Ich erinnere mich an meine eigene Ururgroßmama«, sagte die Ahnin, »sie war eine der schönsten Frauen ihrer Epoche. Als Kind, ich werde Ihnen das Jahrhundert nicht eingestehen, hörte ich aus ihrem Munde viel von dem damaligen Dschungel. Er war natürlich viel kleiner, bescheidener und unentwickelter als heute, begann aber große Mode zu werden. Da gab es gewisse Damen, die durchbrannten und im Dschungel verschwanden. Die Dschungelmänner waren aber noch viel sonnverbrannter und barbarischer gekleidet als heute...«

»Verehrteste Madame«, unterbrach sie ihr Nachkomme Io-Fagòr gequält, aber ritterlich, »Sie sollten in freier Luft Ihre samtene Stimme mehr schonen.«

»Und doch sind's keine Menschen«, trotzte der Bräutigam. »Menschen wohnen nicht oben im Freien.«

»Wir haben oben gewohnt, mein lieber Freund«, versetzte ich ziemlich spitzig, »und zwar in ebensolchen Häusern wie Sie dort sehen können...«

Da legte sich B. H. beruhigend ins Mittel:

»Nun, nun, lieber F. W., wir wollen doch nicht vergessen, daß die Kathedralen, Stadtburgen, Kaiserschlösser, Wolkenkratzer, Flugzeugfabriken, ägyptischen Tempel und amerikanischen Gartenstädte deiner Lebenszeit doch etwas anderes gewesen sind als das dort...«

Darauf antwortete ich nicht mehr. Mir war tatsächlich so, als stünde ich auf der Höhe eines mächtigen Festungswalles, denn die Brustwehr dehnte sich entlang am Rande eines schroffen (wahrscheinlich künstlichen) Felsabsturzes, welcher ungefähr hundert Meter hoch sein mochte und recht schwer zu erklimmen. Unter ihm lief ein breiter, grüner Festungsgraben, das heißt, ich nenne den Einschnitt Festungsgraben, der den »Dschungel« von der »Welt« trennte. Ich gewann aber den Eindruck, daß diese äußere Trennung mehr ein symbolisches als ein reales Hindernis bildete und daß beide Teile, die mentalen Menschen und die Dschungelleute, keinen Wunsch empfanden, miteinander in Verbindung zu treten. Dies freilich war sehr sonderbar und widersprach allen Mustern der mir bekannten Geschichte. Jenseits des breiten, grünen Bandes, das hier Festungsgraben genannt wird, begann das Terrain langsam, stufenweise, terrassenartig anzusteigen, und die Vegetation, oder allgemeiner gesagt, das Leben dort drüben wurde Schritt für Schritt dichter.

Es war wiederum der störende Astigmatismus, der meine unbewaffneten Augen daran hinderte, alles ganz deutlich zu sehen, was zu sehen war. Aber was ich gesehen habe, das habe ich gesehen, und mein Bericht fügt nichts hinzu. Ich sah am äußersten, uns zugekehrten Rande des so ungerecht als Dschungel verschrienen und als »säuisches Getümmel« beschimpften Gebirgseilandes kleine, durch Zäune säuberlich getrennte Parzellen, wie sie ähnlich zu meiner Zeit am Rande der Städte zu finden gewesen sind. Man nannte sie Anno dazumal Schrebergärten, und sie dienten in der Periode der Weltkriege, der Lebensmittelknappheit und der schwarzen Märkte dazu, den kleinen Leuten, die dort ihr Gemüse zogen, ein wenig Zukost zum verschimmelten Elendsbrot zu liefern und, wenn es hoch ging, auch ein paar Hühner zu halten. Hinter diesen Schrebergärten zog sich ein weiter Strich von Gestrüpp und Gebüsch hin, der wahrscheinlich auch als Absonderung gedacht war. Hinter diesem Gebüsch schimmerten ein paar einfache, weiße Häuschen durch. Ich sah ein Kirchlein mit niedrigem Glockenturm und einem Kreuz darauf. Ich sah noch manches andere, obwohl ich niemanden daran hindern kann, meinen schlechten Augen zu mißtrauen. Ich sah zum Beispiel einige Felder, wirkliche echte Felder, auf denen das Getreide noch grün war. Ich sah etwas höher eine Art von Rummelplatz, sehr primitiv, mit einem laufenden Ringelspiel, einigen Schaukeln, einem Kletterbaum, wo sich eine kreischende Kinderschar vergnügte. Ich konnte sogar in der klaren Luft die bräunlichen Spatzenglieder dieser Kinder in ihren armseligen Bauernkitteln wahrnehmen und die dichten Haarpelze auf den Köpfchen, nicht nur pechschwarze, sondern auch blonde. Soweit die Tatsachen. Zu ihrer Verteidigung und Deutung muß ich an das Wort erinnern, das der Wiedergeborene zu mir gestern in dem kleinen Salon gesprochen hatte, wo wir, wie Fossilien im Bernstein, saßen. Das Wort hieß »Rückfall« oder »Rückfälligkeit«. Zweifellos war mir die Oase mit ihrer Vegetation und menschlicher Besiedlung ein Rückfall, eine Rückfälligkeit der Natur in einen vergangenen Zustand der Erdgeschichte. Man kann sich denken, wie ganz sonderbar ich davon berührt war, daß unsere Erde, die soeben das Elfte Weltengroßjahr der Jungfrau durchlief, an dieser Stelle hier in eine Lebensform zurückgesunken zu sein schien, die ungefähr der meines eigenen Vorlebens entsprach. Ich will damit nicht sagen, daß der Dschungel vor meinen Augen ganz genau das Bild eines Dörfchens im zwanzigsten Jahrhundert darbot. Es konnte ebensogut das siebzehnte oder fünfzehnte Jahrhundert sein, vorausgesetzt, daß es im fünfzehnten Jahrhundert solche simplen Karussells schon gegeben hatte, was wohl anzunehmen ist.

Für Rückfälle der Menschheit besteht so manches Beispiel. Ich erinnere an das »dunkle Zeitalter«, das zwischen der Antike und der christlichen Zivilisation liegt. Doch mehr als das, jeder Ausbruch eines neuen Vulkans, jedes Versinken einer Insel, ja jedes große Erdbeben ist eine Rückfälligkeit der Erde in ihre Pubertät. Der Rückfall der Erde in die milde Vegetation des wohlgeordneten, sauberen Dschungels dort mochte den hunderttausend Jahren entsprechen, die sie inzwischen älter geworden war. Daß verschiedene Stufen der Zivilisation nebeneinander bestanden haben, wußte ich nicht nur aus der Geschichte, sondern aus eigener Erfahrung, da ich zu meiner Zeit ein hübsches Stück der Erde gesehn hatte. Daß aber in einer längst eingeebneten und vereinheitlichten Welt sich eine primitive Gesellschaft abgesondert hatte, das war eine neue Erscheinung, für die ich kein Vorbild kannte. Der gesetzmäßige Magnetismus der höheren Zivilisation, der die niedrigere assimiliert und absorbiert, schien hier nicht in Kraft treten zu können, weil beide zu weit auseinanderlagen. Um diese absonderlichen, aus plötzlich aufgebrochenen Sümpfen im mentalen Rasen hochgewachsenen Enklaven richtig einzuschätzen, muß man sich vorstellen, daß in der Umgebung von London, Paris und New York über Nacht große Urwälder entstehen würden, mit scheuen Pygmäenstämmen darin, die sich in Klüften und Schluchten versteckten. Wir freilich, ich meine darunter meine ehemaligen Zeitgenossen, smart und hart wie wir waren (das heißt sind), hätten mit den Urwäldern bei London, Paris, New York sowie mit den dort verborgenen Pygmäen kurzen Prozeß gemacht. Einer solch barbarischen »Liquidation« aber stand die Milde der Sitten im Wege, welche seit Zeiten und Aberzeiten schon den Totschlag und gar den Massenmord nicht etwa nur verabscheute, sondern für ein krasses Ding der Unmöglichkeit hielt. So mußte man sich mit dieser schweren Anomalie abfinden und nur in einem Punkte unerbittlich sein, in dem der vollkommenen und restlosen Abtrennung. Die grünenden Saatfelder und die Gemüsegärten bewiesen mir, daß die Dschungelleute als antike Ackerbauern lebten und vom Arbeiter und seinen Tälern »der Quellen und Kräfte« keine Nahrung erhielten. Die groben Kittel der Kinder zeigten, daß in den Dschungel keine Schleierstoffe noch auch die anderen Textilien der sideralen Industrie geliefert wurden. Die Dschungelleute mußten also nicht nur pflügen, säen, ernten, sondern auch spinnen und weben. Mit einem Worte, sie mußten arbeiten. Ich gedachte der sonderbaren Ansicht Io-Joels, daß die Erneuerung sich auf die Dschungel stützen werde. Welch ein wüster Snobismus. Doch auch der Großbischof stand dieser Ansicht nahe in seiner Theorie von der durch die bloße Zeit wachsenden Entfernung von Gott.

Während angesichts der trauten Berge, Gärten, Felder, Hütten mich dergleichen Gedanken bestürmten, wurde ich jäh durch einen Laut des Abscheus unterbrochen, den meine Hausgenossen und die andern hier Versammelten im Chore ausstießen. Als ich mich umkehrte, sah ich all die jugendschönen Gesichter von Ekel verzerrt. Etwa dreißig ausgestreckte Arme wiesen auf einen Punkt des Festungsgrabens hin, als begebe sich dort etwas über die Maßen Abscheuliches. »Seht nur, seht nur«, riefen viele gepreßte Stimmen.

Ich verstand nicht sofort, daß es das zahlreiche aus den Lattenzäunen der Schrebergärten hervorgetretene Hühnervolk war, das in den Mentalen ringsum diesen würgenden Abscheu hervorrief. Für mich waren's auf den ersten Blick nur Hähne, Hühner und Küken. Was weiter, dachte ich. Beim zweiten Blick allerdings erkannte ich bereits, daß die Hühnerwelt während meiner Absenz und ihrer Absenz – denn erst der Dschungel hatte sie wieder neu hervorgebracht – sich auf das Imposanteste verändert hatte. Die Veränderung war zwar nicht ganz so gewaltig wie im umgekehrten Sinne die der Ziegen und Schafe zu Capricornetten und Ovetten, aber in Sonderheit die Hähne schienen weit über ihr gewohntes Maß hinausgewachsen zu sein. Sie hatten nicht gerade die Hochgestalt von Straußen erreicht, befanden sich aber auf dem besten Wege dahin. Nun, ich will nicht übertreiben, sie waren gut um ein Drittel größer und vor allem dicker als die unsrigen in den Anfängen der Menschheit. Das Tier ist immer inkarnierte Einseitigkeit, bis vielleicht auf den Hund, diesen vielseitigen Kopisten. Die Einseitigkeit, welche die Hähne verkörperten, war niemals sympathisch. Einst, zu meiner Zeit, hatten sie eitel daherstolzierenden Hidalgos geglichen. Ritter Heißsporn, das war ein Hahn. Hier, im Festungsgraben zwischen Dschungel und Welt, waren die Hähne keine drahtigen Kavaliere im stahlschimmernden Federgewand mehr, sondern aufgeschwemmte Bohemiens. Schlapp und fett stand der Kamm auf dem dummen Kopf, und eine unverschämt beutelige, brandrote Lavalliere- oder Künstlerkrawatte schwabbelte ihnen unterm Schnabel. Sie überwachten ihr nickendes, pickendes Hühnervolk nicht mehr so streng wie einst. Sie schienen geniale Geistesabwesenheit zu posieren. Manchmal krähte einer der Hähne: Es war aber kein tenorales Kikeriki mehr, sondern ein tiefes, ausgesungenes Gekrächze. Andere besprangen zerstreut die Hennen, unterbrachen ihr Werk aber mitteninne, als lenke sie ein kostbarer Einfall ab. Wenn demnach Chanteclair, das gallische Hierozoon, doch auch das Opfertier des griechischen Äskulap, sich gewiß zu seinem Nachteil verändert hatte, so war das »Uh« und »Huh« des Ekels doch nicht ganz angemessen, welches die Mentalen bei seinem Anblick schaudernd ausstießen. Was würden diese feinen Leute erst zu Lämmer-, Mönchs-, Aasgeiern und Uruhus gesagt haben, wenn diese sich in langsamem Gleitfluge über ein gefallenes Pferd zur Mahlzeit niederließen. Inzwischen schien sich das Hühnervolk im Festungsgraben auffällig zu vermehren. Lauter und lauter wurde das Gegacker der fetten Hennen und das Gekrächze der ausgeschrienen Tenöre, denen ihr Kikeriki hinuntergerutscht war. Der Himmel färbte sich schon, und die Stunde war nicht fern, von der es heißt, daß man in ihr mit den Hühnern schlafen geht. Der Einbruch des Federviehs in den Festungsgraben machte auf mich immer mehr den Eindruck einer absichtlichen Veranstaltung. Ja, irgendeine satyrische Absicht mußte im Spiele sein, um das nervöse Grauen der hochnäsigen Menschheit gegenüber den braven Eierlegern herauszufordern. Wie sehr ich mit diesem Verdacht recht hatte, kam schon in der nächsten Minute an den Tag. Zuerst waren's glitzernde Augen und Gesichter, die dort drüben zwischen dem dichten grünen Gesträuch hervorstarrten. Dann teilten sich die Büsche, und es erschienen Menschen, die einzeln und in Gruppen bis an die Zäune der Schrebergärten vortraten und zu uns, herüber und herauf, manchen verstohlenen Blick sandten. Die Dschungelleute waren keineswegs Pygmäen. Ihre kräftigen Gestalten überragten im Gegenteil die astromentalen Zeitgenossen um ein gutes Stück. Möge der skeptischere Teil der Leser mit Recht oder Unrecht meinen Astigmatismus für den Vergleich verantwortlich machen, ich sah in jenen Primitiven ein Mittelding zwischen farbenprächtigen Zigeunern, wie sie etwa Victor Hugo und andere Romantiker beschrieben haben, und ehemaligen Montenegrinern oder albanischen Skipetaren, die ich aus eigener Anschauung kennen gelernt hatte. Die Männer trugen ihr glänzendes Schwarzhaar in Zöpfen geflochten rechts und links über der Schulter. Einige hatten rote Zipfelmützen über den Scheitel gestülpt. Ihre Jacken schimmerten und klimperten von Silberknöpfen, Medaillen und Schnüren. Wie aus runzligem Wurzelholz der südlichen Steineiche oder des Ölbaums geschnitten wirkten die Gesichter, die

Hälse, Hände und Unterarme. Ich konnte schwarze, graue und weiße Schnauzbärte unterscheiden, die tief herabhingen, sowie die Fratzen von zwei oder drei zahnlosen Greisinnen, die hexenhaft verwittert waren. Junge Frauen sah ich nicht. Die Kinder aber kamen vom Rummelplatz herbeigelaufen und schmiegten sich zwischen die Großen. Ich hätte mir ohne weiteres einbilden können, ich schaue von einer albanischen Berghöhe auf ein (erstaunlich sauberes) Dorf bei Skutari herab. Das Merkwürdige aber war, daß die Dschungelleute, obwohl sie den Mentalen den Hühnertort antaten, keineswegs Gehässigkeit zeigten, sondern eher Spott. Um so weniger aber war mir begreiflich die Reaktion meiner astromentalen Freunde auf dem Söller. Sie betrachteten die Naturkinder dort unten mit verstörten, haßverzerrten Gesichtern, ja mit heimlicher Angst. Selbst auf B. H.'s Zügen konnte ich echten Abscheu wahrnehmen.

Für diese zierlichen, kahlen, ewigjungen und ewigschönen Lichtgötter war der Anblick der zigeunerischen Urmenschen dort, die irgendwelchen obskuren Kreuzungen ihr Leben verdanken, obszön und aufreizend, was er für mich, der selbst ein Urmensch war, nicht sein konnte.

»Warum duldet man das?« hörte ich noch den Bräutigam Io-Do mit jener verbissenen Stimme sagen, die mich schon vormals an ihm verwundert hatte, dann trat die »interessante Begebenheit« ein, das heißt, sie setzte sich nach mehrstündiger Pause wieder fort.

Die Sonne stand jetzt genau über den Schneebergen. Jetzt färbte sich der Himmel grün und violett, wie wir ihn gestern überm Geodrom erlebt hatten. Die Brustwehr mit ihren Zinnen und unseren Köpfen begann überlange Schatten zu werfen. Da sah ich, wie immer mehr Dschungelleute aus den Schrebergärten zusammenliefen und mit neugierigen Händen und mit rasch geplapperten Silben – zweifellos Monolingua, wenn auch ein gebirglerischer Dialekt – in eine bestimmte Richtung zu weisen begannen.

»Da ist es wieder, das Phänomen...«, sagte Io-Fagòr sehr ernst. Er stand dicht hinter mir.

»Nachdem es heute früh genau nach Sonnenaufgang abgebrochen wurde«, ließ sich der Hausweise vernehmen. Und er fügte, exakt wie er war, hinzu: »So berichten die Kustoden...«

»Das wissen wir ja alle, wozu immer diese Wiederholungen«, sagte der Wortführer ennuyiert.

Ich blickte mit angestrengten Augen in die Richtung, wo alle hinstarrten, um mir in möglichster Deutlichkeit das »Phänomen« einzuprägen, welches eine solche Unruhe unter den astromentalen Bürgern hervorrief. Das Phänomen bestand vorerst aus nichts anderem als einer Katze, aus einer ganz gewöhnlichen, grau und schwarz gefleckten Hauskatze, die etwa zwanzig Schritte von uns entfernt, zögernd und witternd, mit hochgehobenem Schweif, auf der Brustwehr sich duckte. Die Katze war mittelgroß, nicht größer und nicht kleiner, nicht häßlicher und nicht schöner als die ordinären Hauskatzen meiner Tage; als ein langjähriger Bewohner eines entlegenen Winkels am Canale San Polo von Venedig verstehe ich etwas von ordinären Katzen.

Ich kapierte noch nicht, warum dieses triviale Tier, das mit anerkennenswerter Charakterfestigkeit im Laufe so vieler Jahrtausende seine Gestalt nicht verändert hatte, ein Phänomen sein sollte, und warum die Gruppe auf dem Söller oben eine verhaltene und ernste, der Haufen der Dschungelleute im Graben unten eine neugierige und lustige Erregung verrieten. Die Katze selbst, nervös an eine Zinne geschmiegt, schien zu zagen, zu überlegen. Dann auf einmal machte sie einen tückisch hohen Buckel, ihr elektrisches Fell sträubte sich, sie sprang von der Brustwehr auf den nackten Felsen, flitzte entlang einer natürlichen Rinne im Gestein blitzschnell in den Graben hinab und verschwand gestreckten Laufes durch den Zaun eines Schrebergartens irgendwo im Dschungel. Heftige Ausrufe von unten und sogar von oben begleiteten dieses dem Anschein nach ganz bedeutungslose Ereignis. Schon wollte ich mich ärgerlich an Io-Fagòr oder B. H. wenden, um mir erklären zu lassen, warum dies ein »Phänomen« sei, als beide mich mit ungeduldigen Augen wieder in dieselbe Richtung verwinkten.

Nun waren es vier Katzen, vier ganz gewöhnliche Hauskatzen,

mit rötlich getigertem Fell, die gesträubten Haares und hochgestellten Schweifes auf der Brustwehr zauderten, bevor sie den Sprung taten und den Felssturz hinabflitzten wie ihre Vorgängerin. Ich glaubte den starren, eisig strahlenden Katzenblick zu erkennen, als eines der Tiere uns den Kopf zuwandte. Die nächsten Katzen zögerten nicht mehr. Zuerst waren's noch immer einzelne Gruppen, dann aber, so unglaublich es klingt, eine dichte, ununterbrochene Armee von Katzen, die in entwickelten Reihen über die Brustwehr sprangen, den Berg hinabsausten, den Graben überquerten und im Bereiche des Dschungels verschwanden.

Ich muß bekennen, Io-Fagòr hatte recht gehabt. Es *war* ein Phänomen. Und wären nicht so viele nüchterne Köpfe rings um mich Zeugen dieses Phänomens gewesen, ich hätte es leicht für einen Anfall von Delirium meinerseits halten können oder, vornehmer gesagt, für eine Vision. Katzen sind sehr individualistische Tiere. Sie sonnen sich einzelweise vor den Haustüren.

Die Katze schnurrt, wenn ihr behaglich zu Mute ist, in sich selbst geschlossen und versammelt, indem sie mit deutlichster Ablehnung die Umwelt nicht zur Kenntnis nimmt. Ihre Egozentrik ist unbekehrbar, daher ist sie auch der einsamste aller Jäger. Sie läßt keinen Weidmannskollegen am Jagdvergnügen und an der Mausbeute teilnehmen. Ihre Selbstverehrung und Selbstgerechtigkeit geht soweit, daß eine Katzenmutter ein Junges verstößt, wenn eine andere Kätzin es abgeleckt hat. Das ist die Katze. Und nun, wer hat jemals schon eine Herde von Katzen gesehen? Der Anblick einer Armee von Katzen verschlägt den Atem. Wir oben schwiegen tiefbeklommen. Und auch die Dschungelbauern unten schwiegen. Selbst die albernen Riesenhühner hatten ihr Gackern eingestellt.

»Sollte die Katze im astromentalen Weltalter ein soziales Tier geworden sein?« fragte ich mehr mich selbst als einen andern.

»Katze ist Katze«, sagte Io-Fagòr. »Sie kann wohl niemals etwas anderes gewesen sein. Sie ist nicht bildsam, nicht sprachbegabt, nicht kommunikativ, nicht einfühlend wie der Hund, doch sie ist verdammt begabter als er...«

»Das aber, was ich dort sehe«, verwunderte ich mich, »ist eine gemeinschaftliche Unternehmung der Katzen. Ich hätte dergleichen nicht für möglich gehalten. Eine solche kollektivistische Unternehmung des Instinktes muß einen Zweck haben. Kennt man den Zweck?«

»Der Zweck ist sehr einfach«, erwiderte Io-Fagòr, »die Katzen verlassen uns.«

Ich mußte den Kopf schütteln: »Sind die Menschen heute so große Liebhaber der Katzenwelt geworden«, erkundigte ich mich, »die sich durchaus nicht veredelt hat? Im Gegenteil, bei uns gab's viel feinere Spezies wie Angora, Perser und Siamesen. Wird man diese gewöhnlichen Typen vielleicht wegen ihrer Nützlichkeit vermissen, da man ja unter der Erdoberfläche wohnt, wo es allerlei überlebende und sogar vergrößerte Nagetiere geben mag?...«

»Wer denkt daran«, lachte Io-Fagòr kurz, »das Phänomen ist ein allgemein tellurisches Omen, das von den meisten anderen Dschungeln ebenfalls berichtet wird.«

»Omen?« warf ich ein. »Zu meiner Zeit sagte man, Ratten verlassen das sinkende Schiff, nicht Katzen.«

»Soweit wollen wir nicht denken, Seigneur«, sagte Io-Fagòr plötzlich stolz und abweisend. Ich war zu weit gegangen.

Nicht grundlos hatte Io-Fagòr von den bildsamen, sprachbegabten, kommunikativen Hunden gesprochen. Allgemach fand sich nämlich ein ganzes Rudel von Surs hier an der Brustwehr ein. Das heißt, unser eigener Hausgenosse Sur war gar nicht unter diesen Exemplaren; glücklicherweise hatten die Humanitätsvereine die Hunde des Zeitalters noch nicht in den Gebrauch des Reisegeduldspiels eingeweiht. Es wirkte auf mich beinahe schamlos, wie wenig sich diese Hunde durch Farbe, Fell, Schnauze und andere körperliche Merkmale voneinander unterschieden. Die Vereinheitlichung aller Hunderassen hatte dazu geführt, daß man sich die Physiognomien merken mußte, um die einzelnen auseinanderzuhalten. Es lag in dieser Gleichmäßigkeit dieselbe Prätension verborgen wie in der bellenden Beherrschung der Monolingua. Ich wiederhole das schon einmal gebrauchte Wort »Angemenschtheit«, um diese sowohl aufgeblasene wie inhaltslose Simulierung von Persönlichkeit auszudrükken. Mir fiel es auf, daß in den Katzen gerade deshalb mehr Persönlichkeit steckte als in den Hunden, weil sie die Monolingua nicht erlernt, weil sie ihr ausdrucksvolles, leises Miauen rein erhalten hatten und weil sie sich durch Fell und Farbe voneinander unterschieden, wie eh und je. Die Katze, ein ebensolches Haustier wie der Hund, hatte durch all die Jahrtausende dem Menschen widerstanden. Ihr starrer, eisig strahlender Blick sah über ihn hinweg und schuldete ihm nichts. Io-Fagòr hatte wohl diese Ungebrochenheit des Wesens im Sinne, als er der Katze die größeren Talente zubilligte.

Der Hunde, die im beginnenden Sonnenuntergang immer zahlreicher zusammenliefen, hatte sich eine zornige Erregung bemächtigt, die fühlbar aus Neid, Eifersucht und unsicherer Angst vor irgend etwas Kommendem gemischt war. Sie umsprangen die Menschen auf dem Söller, sie liefen auf der Fläche der Mauer wie besessen hin und her, bildeten kläffende Konventikel, die mit kurzen Anrufen und Hetzworten auf die Katzen einhämmerten, ohne sich freilich näher zu wagen. Um die Rede eines oder gar das Geschwätz mehrerer Hunde zu verstehen, mußte ich immer eine Weile warten, damit sich das flache Gebelle und Geknurre in meinem eigenen Gehör zu Worten differenziere. Ich kann daher nicht den genauen Wortlaut, sondern nur den allgemeinen Sinn jener Interjektionen und Anwürfe zum besten geben, wie sie die versammelte Hundeschaft der auswandernden Katzenschaft nachschleuderte:

»Da sieht man's wieder... Der berühmte Instinkt, he, was... Großmama hat schlecht geträumt... Instinkt, ja, aber wo bleibt Treue und Naivität... Oh, ihr Verruchten, oh ihr Verfluchten, wie gut, euch los zu sein... In den Dschungel, ha, ha, wo es keine Säftlein gibt, nicht pistaziengrüne und nicht einmal safrangelbe... Aber behaarte Papachen und Mamachen gibt's... Da gehört ihr hin, aber nicht wie wir in die Kultur, Kul – tur...«

Die beiden Silben von Kultur, dessen erinnere ich mich ohne Zweifel, gingen in ein wüstes Gebelle über. Die Katzen, die in schlanken Wellen den Felsbruch hinabsausten, kümmerten sich den Teufel um ihre Rivalen. Sie sahen sich nicht einmal um. Sie reagierten mit keinem Maunzer. Vermutlich fühlten sie die Bewunderung, die sich hinter Schimpf und Anklage verbarg, diese ewig mißvergnügte Bewunderung der Domestizierten, der Philister für die, welche ausbrechen. Am weitesten hatte sich eine Hündin namens Melba in die Nähe des Katzenexodus vorgewagt. Weiß Gott, warum sie diesen Namen trug, der in meiner eigenen Jugendzeit sehr berühmt war. Alle Hunde nannten sich, wie schon bekannt, selbst bei ihrem Namen und sprachen in der dritten Person von sich, ein Brauch, der uns von Kindern und Primitiven vertraut ist. Ich will die Möglichkeit nicht leugnen, daß ich mich verhört habe und daß jenes Tier Malba hieß. Melba oder Malba, wie auch immer der Name lauten mochte, hatte ihren Kopf schief gelegt und hielt die Schnauze hoch, wie es die Hunde zu tun pflegen, die den Mond anbellen. In ihrem Fall heulte sie die sinkende Sonne an. Ich unterschied zwei Ausrufe, die sie immer wiederholte:

»Melba sehnt sich... Melba will singen...«

Die Hunde schienen die Heulende genauer zu verstehen als ich. Ein böses, empörtes Geknurre ballte sich gefährlich hinter ihr zusammen:

»Du Hündin... Du Tochter einer Hündin... Fort mit dir in den Sumpf...«

Ich bitte den Leser hier zu beachten, daß die Hunde das Wort »Hündin« als schmutziges Schimpfwort benützten. Diese seltsame Gewohnheit, sich durch sich selbst zu beschimpfen, haben die Hunde nicht erfunden. Alle Verachteten, Verlachten, Verfolgten übten sich seit jeher in ihr. Wenn Prostituierte in Streit geraten, wirft unweigerlich eine der anderen die »Hur« an den Kopf. Und ich erinnere mich eines komischen Gauklers, der griesgrämig wie alle seines Zeichens über einen andern Gaukler die Achseln mit den Worten zuckte: »Was wollen Sie, ein Clown!«

Während das letzte Viertel der roten Sonne alpenglühend über den Schneefeldern des Hochgebirges stand und ein kreosotduftender Schwall von Purpurlicht die Räume durchdrang, schien der Exodus der Katzen seinen Höhepunkt erreicht zu haben. Immer neue Scharen verschwanden in der terrassierten Landschaft des Dschungels. Durch den schmalen Körper der Hündin Melba oder Malba oben auf der Brustwehr ging ein Krampf, ein Zittern. Sie zerrte an einem unsichtbaren Halsband, das sie zu würgen schien, denn sie stieg hoch wie ein Pferd. Plötzlich aber riß sie sich los von der imaginären Leine ihrer mentalen Hundemoral, sprang über die Mauer, rutschte den Berg hinab und galoppierte, immerzu heulend, neben den hinhuschenden Katzen wie ein Hirtenhund neben der Herde. Binnen weniger Sekunden war sie in den Schrebergärten und im Gebüsch verschwunden. Darüber verloren die anderen Hunde beinahe ihre Sprachkenntnisse. Ein hysterisches Gekläffe, Gezeter, Gequarrel in allen Stimmlagen setzte ein, und ich bin überzeugt, daß Io-Fagòr oder ein anderer die Hundegesellschaft mit strengem Verweis weggejagt hätte, wäre nicht ein Ereignis eingetreten, daß die allgemeine Aufmerksamkeit mächtig an sich zog.

Schon seit einer geraumen Weile war ich dessen gewahr geworden, daß diese seltsame Parade langhinschießender Katzenleiber nicht mehr so ganz unvermischt schien wie früher. Neben und unter den zumeist hellfelligen Hauskatzen tauchten da und dort dunklere, plumpere, fremdere Tierkörper auf, manche davon kleiner, manche aber auch beträchtlich größer. Ich kann von diesen Tieren, die sich dem Exodus angeschlossen hatten, nichts anderes aussagen, als daß sie gewiß Vierfüßler und vermutlich Säuger waren. Da es auch in der astromentalen Erdepoche keine Regel ohne Ausnahme gab, so mußten innerhalb der endlosen, mit dem eisengrauen Rasen bedeckten, zur einheitlichen Panopolis zusammengefaßten Kontinente unzählige Schlupfwinkel vorhanden sein, vergessene Einöden, verborgene Schluchten und Klüfte, in welchen allerlei scheues Wild Herberge und Nahrung fand. Ein Teil dieses hier in der Nähe beheimateten Wildes schien nun die Gelegenheit gerne zu benutzen, um im Gewühl der treulosen Katzen in den Dschungel zu echappieren. Den höheren Tierarten ist ja die Anlage zu kausalem Handeln nicht gänzlich versagt. Diese Anlage mochte sich im Laufe der Zeiten höher entwickelt haben. Wenn die Katzen, von denen jedermann weiß, daß sie am Hause, aber nicht am Menschen hängen, diese Häuser verließen, warum sollten die ungezähmten Tiere mit ihren schärferen Instinkten nicht ebenso Lunte riechen. Das Wild, das sich da und dort unter die Katzen mischte, war mir nicht bekannt und mußte verschiedenen Kreuzungen und Kombinationen der Vergangenheit entsprungen sein. Ich hätte keins richtig benennen können. Da waren füchsische Kreaturen darunter, marderartige, ameisenbärenähnliche, am häufigsten aber Variationen der Katzennatur selbst. Hätte zum Beispiel jenes schlanke Tier mit dem runden, abgeplatteten Kopf und dem sandfarbenen Fell nicht eine Wildkatze, ein Luchs, ja sogar ein kleiner Berglöwe sein können, wie er zu meiner Lebenszeit noch dann und wann in californischen Städten auftauchte? Jetzt gab es hier außerhalb des Dschungels keine Berge, ich weiß es. Und doch, das elegant gefährliche Tier sah einem jener Berglöwen ähnlich. Es wand sich, wie ich es so scharf wie möglich ins Auge faßte, in einer der Felsrinnen zutal. Während aber die Hauskatzen den Festungsgraben durchjagten, ohne sich um ihre Umgebung zu kümmern, schlug der zierliche, löwenartige Fremdling einen Haken, stürzte sich auf die dicken Riesenhühner, im Laufe einiger Sekunden ein veritables Massaker unter ihnen veranstaltend. Es gelang ihm aber nicht, seine Beute davonzutragen, denn die Dschungelleute kamen mit Zaunpfählen gerannt, um ihre Hühner zu retten. Sie stießen schrille, kriegerische Schreie aus. Die Knöpfe an ihren Jacken leuchteten auf im letzten Sonnenpurpur. Der Räuber war beutelos entflohen. Klägliches Gegacker kollerte ihm nach. Einer der ausgesungenen Hähne ließ sein ohnmächtiges Gekrächze hören. Dann vernahm man nurmehr das leise Gepiepe von vier oder fünf großen Hennen, die in ihrem Blute saßen, aber noch lebten. Eine kurze Stille folgte, ehe jäh und ohne jeden Übergang die Hähne und ihr Volk in scheußlichem Blutdurst, hüpfend und flügelschlagend sich auf die verwundeten Hennen warfen, sie zerfleischten und auffraßen. Das dauerte keine Minute. Nichts war übriggeblieben als einige Haufen von blutigen Federn, Knochen und blutigem Gras. Die Dschungelleute trieben darauf das Federvieh scheltend heim, ohne von den mentalen Zuschauern die geringste Notiz mehr zu nehmen. Diese aber starrten, blaß und schweigend, auf die blutigen Reste des Hühnermords. Ich nehme an, daß keiner von ihnen jemals nacktes, das heißt unnatürlich vergossenes Blut gesehn hatte, ebensowenig wie etwa zu meinen Lebzeiten ein durchschnittlicher Staatsbürger einer Autopsie beiwohnen konnte. Mir erschien das Grausen der Mentalen lächerlich und übertrieben.

»Hühnerblut«, sagte ich nach einer Weile, »soll das etwa ein Symptom bedeuten?«

Niemand antwortete, auch Io-Do nicht, der neben mir stand. Ich erinnerte mich seiner gestrigen Frage über den Krieg: »Wie ist das, wenn der Blutquell hochspringt?«

Die Hunde hatten sich mit eingezogenen Schwänzen davongetrollt. Das lächerliche Schweigen ringsum machte mich geschwätzig. Ich wandte mich an B. H.:

»Einmal, bei einer alten Frau, hab' ich einen kleinen Band gesehen, der war betitelt ›ägyptisches Traumbuch‹, ich erinnere mich genau. Darin konnte man die Bedeutung von Fischblut oder Hühnerblut nachschlagen und mehr als das, die genaue Bedeutung der Szene dort unten, die wir soeben erlebt haben. Denn daß Hühner sich auf ein blutendes Nebenhuhn werfen und es zerreißen, das ist eine ebenso alte wie bedeutungsvolle Einzelheit der Naturgeschichte. Die Deutung steht in diesem ägyptischen Traumbuch. Erinnerst du dich nicht, B. H., du kennst ja alle Bücher der Vergangenheit und Zukunft. Das ist es ja, was ich so an dir bewundere...«

»Traumbüchlein, nicht Traumbuch, F. W.«, verbesserte mich B. H. leise. »Am besten, du sprichst nicht davon, denn es war barer Unsinn, und nicht einmal verliebte Dienstmädchen glaubten daran...«

»Unsinn, wer kann's beurteilen«, verhedderte ich mich weiter. »Selbst Ursler sagt im siebzehnten Paradox, daß Zeit und Raum eine Schöpfung des Lichtes sind und nicht umgekehrt. Infolgedessen ist auch alles Blut als Unterabteilung von Zeit und

Raum verdunkeltes Licht. Halte deine Hand gegen die Sonne dort, und sie wird durchscheinend und rot sein...«

»Die Sonne ist ja längst fort«, sagte jemand mürrisch.

Die Sonne war fort. Schnelle Dämmerung breitete sich über das Gebirgsland aus, das man Dschungel nannte. Der Himmel war aber noch so farbgetränkt, daß nur allmählich die ersten drei blassen Sterne hervortraten. Der hellste von ihnen, der Abendstern, war ohne Zweifel Maria Magdalena. Der zweite, dicht über der Linie der Sierra, nahe der versunkenen Sonne, konnte kein anderer sein als Johannes Evangelist, der Lieblingsjünger. Der dritte schließlich erglomm blau und groß und ruhig und funkelte nicht, auch er demnach ein Planet. Warum nicht Petrus der Apostel? Oh, könnte einer oder der andere von denjenigen, welche im Geiste meiner Reise Begleiter sind, die heiligen Schauer nachempfinden, die mich beim Anblick dieser weit auseinanderliegenden Sterne des Himmels durchliefen, hatte ich doch noch vor wenigen Stunden mit wachen Sinnen auf zwei von ihnen geweilt. Diese Schauer waren so stark, daß ich den Kopf senken mußte, um mich nicht bis zur Grenze des Wahnsinns außerhalb des Erdplaneten zu empfinden. Ein schneller Blick überzeugt mich davon, daß nun auch der Exodus der Hauskatzen zu Ende war, wenigstens zeitweilig. Nur die Schatten einiger Nachzügler sprangen noch über die Brustwehr und verhuschten in den Schrebergärten.

Ich wandte mich um, der Kultur-Welt zu. Und wie ich, so taten alle. Da sahen wir in der tiefen Dämmerung etwas Mattleuchtendes von unten herankommen und den Hang ersteigen, der zur Brustwehr emporführte, welche die Wachen mit den Bergstöcken breitbeinig und schwarz hüteten. Es war ein Mensch. Es war ein Kuttenmännchen. Es war zuletzt Io-Fra, der Mutarianer. Ich wunderte mich nicht darüber, daß seine feine kleine Gestalt ein bißchen leuchtete, wie es gewisse phosphoreszierende Hölzer in der Dunkelheit tun. Warum sollte ein Mutarianer nicht leuchten, er, der die Gelübde der Blindheit und der Taubheit abgelegt hatte und daher das innere Gesicht und den innern Stimmschall besaß? Io-Fra kam, um den Bräutigam, dem er diente, zur Heimkehr zu mahnen. Die erste Nachtwache hatte nämlich schon begonnen. Und nun hieß es, sich geziemend für die zweite, festlich rauschende Nachtwache vorzubereiten, während welcher die Verlobten sich beim Sympaian öffentlich zeigten. Alles setzte sich nun in Bewegung, um geschwind den Rand des eisengrauen Rasens zu erreichen, denn die astromentale Reiseart funktionierte nur dort, wo man diesen Rasen unter den Füßen hatte. Während wir über die sandige Zwischenstrecke dahineilten, die uns von der Kultur trennte, trat die Nacht ein, rasch wie in den Tropen. Es war meine zweite Nacht im Elften Weltengroßjahr der Jungfrau. Vertrauter schien mir bereits das helle, bläuliche Geisterlicht der Sterne, die so dicht den Himmel bedeckten, weil die menschenförmige Brust des Universums jetzt gerade »einatmete«, im Gegensatz zu meiner vorigen Lebenszeit, in der sie »ausgeatmet« hatte. Ich schüttelte verwundert den Kopf über all die gewaltigen Lehren, die ich binnen weniger Stunden empfangen hatte. Niemand wird es mir glauben, dachte ich, vielleicht nicht einmal ich selbst.

Da bemerkte ich unweit von unserer Gruppe, mit der ich mich bewegte, einen jungen Mann, der einsam, das heißt außerhalb aller Gruppen, mit einer gewissen verächtlichen Wurstigkeit daherschlenderte, die meine Aufmerksamkeit erregte. Jetzt erkannte ich Io-Joel, Minjonmans abtrünnigen Goldsohn. Mich gelüstete es, seine Ansicht über das »Phänomen« zu erfahren, welches meine Gastfreunde in schweigende Depression versetzt hatte. Ich rief ihn an. Er blieb stehen. Ob sein spöttisch überlegener Ausdruck echt war, weiß ich nicht. Daß er sich unangenehm berührt fühlte, weiß ich. In meiner Verlegenheit machte ich eine konventionelle Handgebärde zu Io-Do, dem Fiancé hin:

»Darf ich vielleicht die Herren miteinander bekannt machen?«

Io-Do bleckte mit einem verkrampften Lächeln die Zähne. Er konnte aber kein Wort sprechen, denn Io-Joel kam ihm zuvor:

»Nicht nötig, Doctus und Seigneur«, sagte er gewandt, »die Herren kennen mich, und ich kenne sie...«

Siebzehntes Kapitel

Worin während des festlichen Sympaians, der großen musikalisch-dramatischen Improvisation des Zeitalters, jenes Unglück geschieht, das in seinen Folgen zum Wendepunkt der astromentalen Geschichte wird.

Zu Anfang dieses Kapitels, das in einem Schauspielhaus beginnt und mit einer Tragödie endet, muß ich rückhaltlos bekennen, daß ich mich wohler fühlte als je. Daß ich mich wohl fühlte, kam daher, daß ich mich rein fühlte und mehr als das, prächtig gewaschen, rasiert und ausgebügelt. Ich befand mich nun ungefähr dreißig Stunden wieder auf der Welt, nachdem man mich aus meiner langen Absenz hervorgeholt hatte, wo ich gut eingemottet in den Garderoben der Unsichtbarkeit vorhanden gewesen wie alle meinesgleichen. Obwohl ich während dieser Stunden nicht viel Gelegenheit gehabt hatte, mich zu beschmutzen, durchdrang mich doch immer wieder das peinliche Bewußtsein meiner zerknitterten Wäsche und Kleidung. Dieses Bewußtsein ging so weit, daß ich B. H. heimlich fragte, ob es für mich nicht möglich und tunlich sei, beim festlichen Sympaian in der üblichen Schleierraffung wie alle anderen Mentalen zu erscheinen. Ausgeschlossen, erwiderte B. H. schnell und strikt. Mein Frack mache ja weit größeren Effekt als ich selbst. Ohne dieses »echte und wunderliche Altertum« an meinem Körper würde ich nicht viel anders ausschauen als ein gewöhnlicher Mensch, der das Pech habe, ziemlich behaart und barbierbedürftig zu sein. Im übrigen, fuhr B. H. mit gesenkter Stimme fort, nachdem er sich umgesehn hatte, sei das kosmetische Pech, behaart zu sein, viel weiter verbreitet, als man ahne; sogar unter den jüngsten und schönsten Bräuten gebe es einige, welche die dichtesten Blond- oder Schwarzlocken unter ihren Helmhauben versteckten. B. H. wies schließlich darauf hin, daß er selbst um meinetwillen in der Verkleidung eines prähistorischen Feldsoldaten umherlaufe. Das war ein schlagendes Argument, dem ich nichts entgegenhalten konnte. Dennoch seufzte ich aber, daß ich gewöhnt sei, am Abend vor Besuch eines Festes meine Wäsche und meine Kleidung zu wechseln. B. H. lachte von ganzem Herzen.

Hab' ich wirklich vergessen, dir zu helfen, du Ärmster? Man stellt sich einfach unter die Phosphordusche, das ist alles. Gesagt getan. Die trockene Dusche gab mir nicht nur das langentbehrte Gefühl köstlichster Reingewaschenheit, Frottiertheit und Rasiertheit zurück, sondern hatte auch mein Hemd im Nu gewaschen, geplättet und gesteift und meinen Schwalbenschwanz in jenen untadeligen Zustand zurückverwandelt, in welchem er mir von meinem Wiener Schneider frisch ins Haus geliefert worden war. Muß ich noch hinzufügen, daß die erwähnte Reinigungsart nicht nur Körper und Gewand, sondern auch Seele und Geist aufs wohltätigste auffrischte, und zwar im Handumdrehen? Als wir nach einer späten, aber ähnlich gehaltvollen Mahlzeit wie gestern zum Festorte aufbrachen, diesmal mit dem jungen Paar an unserer Spitze, da war mein Herz voll ungezügelter Neugier, als hätte ich heute nicht schon dem Park des Arbeiters meinen Besuch abgestattet, einen gründlichen Exorzismus überstanden, mit König Saul und seinem Sohn diskutiert, im Grauen Neutrum kometengeturnt, auf dem Mare Plumbinum Merkurs gehüpft wie ein Gummiball, auf Jupiters rotem Ödmoor gelastet wie ein Nilpferd, im Innenraum eines Monals herumgefuhrwerkt, die Lamaserien der Sternwanderer, Verwunderer und Fremdfühler durcheilt, vom Hochschwebenden die Gestalt des Weltalls und den wichtigsten Augenblick meines Lebens in Erfahrung gebracht, den Dschungel von außen betrachtet, den Exodus der Katzen und den Hühnermord miterlebt – keine ganz mittelmäßige Leistung für einen einzigen Tag. Ich dachte daran, wie müde mich die ersten Stunden meines neuen Lebens gestern gemacht hatten, nachdem ich mich vorher einige Weltalter lang hatte ausschlafen dürfen, und wie wach und unternehmungslustig ich mich jetzt fühlte, unbeschadet der schlaflosen Nacht gestern. Der alte Bummler war in mir nicht zu Grunde gegangen.

Daß ich mich in einem großen Theater fand, das ein richtiges Theater war, wunderte mich ebensowenig wie mich heute mittags das richtige Schulzimmer der Knabenklasse im Djebel verwundert hatte. Das innere Gesetz mancher Erscheinungen läßt nur geringe Varianten ihrer äußeren Form zu. Das Theater des Sympaian war, wenn ich mich nicht sehr täusche, eines der vielen öffentlichen Institute und Staatsgebäude, welche die riesige zentrale Plaza oder das Geodrom dadurch bildeten, daß sie es umringten. Gebäude ist, wie man mit Recht einwenden wird, ein ungenauer Ausdruck. Oberhalb der Erde bezeichnete nur eine große, leere, hochgewölbte und gewissermaßen unfertige Halle – man erinnere sich an das Wort Schattenarchitektur – die Örtlichkeit und ihren Zweck. Ich kann heute nicht mehr mit Sicherheit sagen, ob diese sonderbar leere, hohle Eingangshalle ein Dach gehabt habe, oder ob die dichtgesäten Sterne oben hereinschauten. Daß dieses Opernhaus, man verzeihe diesen altmodischen Begriff, sehr tief unter der Erde lag, muß nicht eigens erwähnt werden. Es bestand, wie ich durch das Wort »Theater« schon angedeutet habe, aus Zuschauerraum, Orchester und Bühne.

Der Zuschauerraum stieg amphitheatralisch empor und war ähnlich wie die Ränge im alten Zirkus in lauter Logen eingeteilt. Diese sehr geräumigen Logen wurden durch niedre Scheidewände gebildet, die sie von den Nachbarlogen zur Rechten und zur Linken abtrennten. Unsere Fauteuils ersetzten breite, hochgestützte Ruhelager, die sechs Personen nebeneinander bequemen Raum gewährten. Nach hinten wuchsen diese Logen in guter Überhöhung zur Galerie, so daß die Sicht aufs beste gewahrt blieb, wobei sich später herausstellen wird, daß gute Sicht und gute Akustik nicht die erste Forderung des modernen Theaters waren. Jede Loge umschloß drei Ruhelager stufenweise hintereinander, bot demnach achtzehn Personen Raum. Da aber, wie wir schon wissen, der heutige Sympaian den hundert vorzüglichsten Brautpaaren des Arrondissements gewidmet war, so war die erste Reihe des vordersten Logengürtels im Amphitheater freigelassen, so daß jedes der Brautpaare auf einem eigenen

Ruhelager sich's bequem machen konnte, einem Lager, das mit den wunderbarsten Schleiergeweben, Kissen und Decken in matten oder changeanten Modefarben geschmückt und außerdem von ganzen Lasten der rostroten Strauchrosen überschüttet war. Die herrlichen Bräute in ihren taubengrauen, ins Bläuliche spielenden Schleiern, durch welche das verwischte Elfenbein der Nacktheit durchschimmerte, daneben die Jünglinge in enganliegendem Schwarz und mit schimmernden Goldhelmen, alle diese lässig im Festeslicht hingestreckten Gestalten, die sich feierlich an den Händen hielten, sie bildeten vergleichsweise eine Halbkette von Juwelen, die anzustaunen schon eine kleine Reisestrapaze wert war. Dennoch will ich nicht so weit gehen in der Bewunderung des Fremden und Zukünftigen, um nicht anzuerkennen, daß zum Beispiel ein Theatre Paré in der Wiener Hofoper oder das Scalatheater in Mailand während der Uraufführung von Puccinis posthumer Turandot um nichts weniger glanzvoll gewesen ist als dieser Sympaian hier und jetzt einige Äonen später.

Wie immer dies auch sein mag, im Hause des Sympaians versammelte sich die Creme der astromentalen Gesellschaft. Habe ich recht gehört? Ertönt hinter meinem Rücken das Wort »Demokratie« in fragend klagendem Ton? Nun, da gibt's wirklich nichts zu drehen und zu deuteln, ich meine an meinen hundert Edelbräuten und Fiancés. Ebensowenig aber gibt es zu drehen und zu deuteln an der schon mehrfach festgestellten Tatsache, daß wir hier nicht nur in einer vollkommenen Demokratie, sondern in der idealsten Form des Kommunismus leben. Doch gerade dadurch, daß vor undenklichen Jahrtausenden die Demokratie zur Selbstverständlichkeit geworden war, hatte sie aufgehört zu bestehen. Sie gehörte nämlich zu jenen Relativismen des Lebens, die durch Verwirklichung aufgehoben werden. Solange die gerechte Forderung nach materieller und potentieller Gleichheit jedes Erdenbürgers noch nicht erfüllt war, konnten die Politiker und Journalisten davon leben, daß sie diese gerechte Forderung erhoben. Als sie aber nach zahllosen Kämpfen, Siegen und Niederlagen endlich triumphierte, da traten die tieferen Ungleichheiten des Lebens, als es die materiellen sind, in den Vordergrund: die Ungleichheiten der Schönheit, der Kraft, des Willens, des Charakters, der Idiotie, des Zynismus, der Indolenz, der Schlauheit, des Talents, der Geistesschärfe, all das, wofür man nur Gott und Natur, aber keine herrschende Partei oder Klasse verantwortlich machen konnte. Ich möchte aber durch diesen meinen Report aus ferner Zukunft keine Panik unter unseren Politikern hervorrufen, die leicht auf die schädliche Idee kommen könnten, daß die einzige Hoffnung für ihr Gewerbe in der heimlichen Schonung der materiellen und potentiellen Ungleichheit liegt.

Es dürfte demnach kein Zweifel darüber herrschen, daß sich das Theater mit dem füllte, was man einst in Frankreich die »zweihundert Familien« nannte, samt dem Anhang, der dazu gehörte, als da waren Wortführer, Hausweise, Beständige Gäste, wozu ich noch die bisher nicht vermeldeten »Leibesgärtner« oder »Rekreatoren« hinzufügen muß, das sind Hygieniker oder wenn man will Leibärzte, die sich einige der ganz großen Häuser leisteten. (Die medizinische Praxis des Zeitalters bestand freilich zum größeren Teil aus Vorbeugung und zum kleineren Teil aus Heilkunst, da ja die Krankheiten beinahe auf einen symbolischen Rest zusammengeschmolzen waren.) Auch die athletischen Stutzer, Gigerln, Gecken erkannte ich wieder, obwohl sie nicht in leuchtender Nacktheit, sondern in Festgewändern erschienen waren.

Ich wiederhole, es war die schöne, die große Welt, die sich im Theater versammelte, mit welchen Worten ich aber keineswegs behaupten will, daß es eine bessere Welt gewesen ist als jede andre »gute Gesellschaft« im Laufe der Geschichte. Ich hatte, wie man sieht, schon einen Blick für die sozialen Unterschiede bekommen, die soviel verwischter und differenzierter sich darboten als die plumpen Gegensätze meiner eigenen Zeit. Bei der Aufzählung meines Publikums darf ich keinesfalls der Mutarianer vergessen, jener wunderlich wunderbaren Brüderschaft, die durch einen heiligen Willensakt blind und taub geworden waren, um den Menschen an den großen Wendepunkten ihres Lebens selbstloser dienen zu können. Jedes Brautpaar hatte seinen Mutarianer neben sich wie das unsrige Io-Fra. (Ich hätte fast geschrieben Fra Angelico.) Dieser lag mit einem mir unvergeßlichen, versunkenen Lächeln auf dem Gesicht zu Füßen Io-Dos und Io-Las, immer bereit aufzuspringen, um etwas zu suchen, Botengänge zu machen, jemanden herbeizurufen oder auch nur mit seinem inneren Gehör unausgesprochene Wünsche zu erlauschen. Der größte Teil des Publikums stand noch auf den Füßen und reckte sich die Hälse aus, um den Kranz der Brautpaare zu bewundern. Der Sympaian heute abend war der Höhepunkt der Saison. Über Schmuck, Pelze und Kleider hatten die Damen freilich wenig Gesprächsstoff, war doch die Gewandung trotz verschiedener Nuancen ziemlich uniform. Ich bin aber bereit, letztere Bemerkung sofort zurückzuziehen, da sie teils aus meiner Unkenntnis der astromentalen Mode und ihrem Raffinement, teils auf meinem Astigmatismus beruhn mag. Es gehörte ferner zum Brauche dieses Abends, daß jeder Bräutigam mit dem werkzeuglichen Abzeichen seiner Lieblingsbeschäftigung erschien.

Da die wirkliche Arbeit der fernsten Vergangenheit und Vergessenheit angehörte, und selbst Erdgrabungen, Maurer- und Zimmermannswerk mental und ohne Zutun menschlicher Hände erfolgten, so war es nur zu verständlich, daß Dilettantismus und Spleen aller Arten an Stelle der einstigen, blutigernsten Mühe getreten war. Die Idee des zwecklosen Spiels beherrschte, wie schon bekannt, die Zeit. Selbst der höchsten Ausprägung des astromentalen Geistes, der Chronosophie im Djebel, war der Gedanke der Nützlichkeit oder Verwertbarkeit von Ergebnissen völlig fremd. Wahrhaftig, die Menschen taten es den Göttern gleich. Was aber ist der Lebenszweck der Götter anderes als der vollkommene Genuß ihrer selbst? Die werkzeuglichen Symbole, welche die Freier zum Erweise ihrer Spielfreudigkeit mitgebracht hatten, waren von der verschiedensten Art. Einer hielt eine sehr große Guitarre in der Hand, ein Instrument übrigens ohne Saiten. Dadurch gab der junge Bräutigam der Welt zu verstehen, daß er sich mit einer ganz bestimmten Sorte von Musik befasse. Von Malern, die mit leerer Palette, Malstock und unbenutzten Buketts von Pinseln erschienen waren, gab es unter den Verlobten keine geringe Zahl, mehr zum Beispiel als Bildhauer oder gar Architekten (letztere mit Riesenzirkeln und Dreiecken), war von den drei bildenden Künsten die Malerei doch die zweckfreieste und nutzfremdeste. Ich hatte den Eindruck, daß ein Drittel der Freier irgendeine der Künste zur Beschäftigung erwählt hatte. Unter den anderen fanden sich erstaunliche Liebhabereien. Einer war mit Gießkanne, Spaten und Rechen erschienen, er hatte seinen Garten von der zentralen Bewirtschaftung abgehängt und pflegte ihn selbst. Ein anderer zeigte ein altmodisches Spinnrad. Wer wußte noch, daß dieses antike Werkzeug in die Hand von Frauen gehörte? Ein dritter hatte eine Art von Schellenbaum vor sich stehen, auf dem winzige Pergamentrollen hingen. Es war das Sinnbild der philologischen Verspieltheit. Eines vierten Hand umklammerte ein Billardqueue, als sei es eine Lanze. Ich verstehe noch immer nicht, daß es mir nicht deutlicher auffiel und meinen Verdacht erregte, daß sich neben Io-Do mindestens fünfzehn, wenn nicht mehr, Waffensammler unter den Freiern fanden. Unser Bräutigam hatte den plumpen Trommelrevolver, jenen wildwestlichen Schießprügel aus dem neunzehnten Jahrhundert, der mir gestern ins Auge gestochen hatte, an einem Riemen um die Schulter gehängt. Er war besonders stolz auf dieses Stück, viel stolzer natürlich als auf seine unscheinbaren »Fernsubstanz- oder Fernschattenzertrümmerer«. Die Runde der hundert Brautpaare war durch ein eigenes warmes Licht aus dem übrigen Zuschauerraum hervorgehoben, der seinerseits in ein angenehmes Dämmer gehüllt war. Huldigend stand alles der vornehmen Jugendblüte zugekehrt. Man konnte sich nicht sattsehen. Die weiten taubengrauen Schleiergewänder, welche die leuchtenden Mädchenkörper verrieten, die schwarzen Festgewänder der Jünglinge, ihre goldenen Helme, die unruhig aufblitzten, die schmalen, ebenholzschwarzen Haubenhelme der Bräute, die den Gesichtern eine strahlende Helligkeit verliehn, Halsketten und Ohrgehänge, Arm- und Fußringe aus großen blassen Steinen, die Grazie des leicht manierierten Gebärdenspiels, das silbern zwitschernde Stimmengewirre, all das schneite über mich nieder wie ein seliges Flockengestöber, und es war mir, als sei ich selbst jung und gehöre in ihre Reihe und entstamme nicht unermeßlich fernen Räumen und Zeiten.

Man hatte mir den Ehrenplatz dicht hinter unserm Paare angewiesen. Ich sollte mich zwischen B. H. und dem Brautvater Io-Fagòr niederlassen, während die Eckplätze des breiten Lagers für die Brautmutter Io-Rasa und die Ahnfrau GR^3 reserviert waren. Daß man B. H. neben mich postiert hatte, war eine besondere Aufmerksamkeit des Bräutigamvaters Io-Solip, der auf den ihm gebührenden Platz verzichtete, damit ich meinen Vergil dicht bei mir habe. Der liebe Herr Solip begnügte sich mit der Ruhebank hinter uns, welche er mit den drei Junggesellen teilte. Ich darf nicht verschweigen, daß eine kleine Friktion zu meinem Wohlgefühl nicht unwesentlich beitrug. Vorhin, als alle Brautpaare und somit auch unseres, gleichzeitig ihre Logen betraten und der stürmische Empfangsapplaus verebbt war, hatte Lala sich mit suchenden Augen umgedreht. Ich wußte: sie suchte mich. Da sah sie mich auch schon und lächelte überaus gnädig und zwinkerte mir sogar ein bißchen zu, eingedenk unseres Freitanzes am heutigen Morgen. Meine Nerven reagierten in einer kindischen Weise, die ich ihnen nicht mehr zugetraut hätte, wahrhaftig, ich zuckte vor Erregung zusammen wie ein Zwanzigjähriger, der ich vielleicht nach astromentalem Zeitmaß beinahe wieder geworden war. Genau wie ein Zwanzigjähriger fühlte ich mich auch bemüßigt, meinem Glücksgefühl irgendeinen versteckten Ausdruck zu verleihen. So erfand ich denn ein Verschen und flüsterte es B. H. ins Ohr:

> Ein Frauengruß kann für den ganzen Tag
> Ein Herz, das schon verzichtet, blühen machen...

»Wer hat das Ghasel geschrieben, das mit diesen Versen beginnt«, fragte ich heuchlerisch, »welcher von den persischen Trunkenbolden, Hafis, Firdusi oder Omar Kayam? Ich hab's vergessen, du aber, mein Freund, wirst es erkennen, wie du den Kaiser Hadrian erkannt hast.«

»O Gott, F. W.«, schüttelte B. H. den Kopf, »kannst du dich nicht endlich von all diesen infantilen Dingen befreien, jetzt, wo du zum erstenmal einen Sympaian erleben sollst...«

»Sympaian, auch ja natürlich«, nahm ich mich zusammen, »ich freue mich ja so darauf. Welches Stück werden wir zu sehen bekommen?«

»Vielleicht wird jeder von uns ein anderes Stück zu sehen bekommen«, bemerkte B. H. ungenau, dann wandte er sich mit einer kleinen Kopfneigung an den Wortführer hinter uns: »Ich will aber Ihren Erklärungen nicht vorgreifen...«

»Der Sympaian«, holte der schöne Älteste geschmeichelt aus, »der Sympaian ist ein Gesamtkunstwerk...«

»Gesamtkunstwerk«, unterbrach ich ihn erschrocken, »dieses Wort habe ich früher schon gehört. Auch das Gesamtkunstwerk selbst, so kommt es mir jetzt vor, hab ich früher schon gehört. Es dauert meist fünf Stunden. Dampf steigt aus der Tiefe und herrliche Musik, die nicht beginnt und nicht endet, und der bärtige Sänger im Wolfspelz wechselt nervös seinen langen Speer von einer Hand in die andere...«

B. H. legte den Zeigefinger leicht an die Lippen. Es zeugte von der schlechtesten Erziehung, einem Wortführer gleich in den ersten Satz seiner Causerie hereinzufahren. Dieser jedoch ließ sich nicht beirren: »Sympaian ist ein Gesamtkunstwerk«, begann er von neuem, »zu dessen Schöpfung sich ein Dichter, ein Musiker und ein Publikum kooperativ zusammentun...«

Ich muß so betroffen dreingesehen haben, daß Io-Fagòr mir hilfreich zulächelte, während er sagte:

»Wir wollen Seigneur nicht durch eine lange Causerie über den modernen Sympaian ermüden. Er möge ruhig die Fragen stellen, die ihm auf den Lippen brennen. Die Angelegenheit schlägt ja in sein eigenes Fach.«

Mir tat der Wortführer leid, dem immer wieder sein berufliches Recht zur Causerie entzogen wurde. Dennoch machte ich von Io-Fagòrs Anerbieten raschen Gebrauch und fragte:

»Ich verstehe nicht, wieso das Publikum als Mitautor des Gesamtkunstwerkes genannt wird? Führt man denn nicht ein längst geschriebenes und komponiertes Stück auf, das entweder seinen Erfolg schon errungen hat oder, wenn es eine Novität ist, heute abend zu erringen haben wird?«

Alle sahen einander mit nachsichtigem Lächeln an.

»Aber F. W.«, sprach der Wiedergeborene milde zu mir, wie zu einem Kinde, »die Zeiten sind längst vorüber, wo man dem Publikum versteinte Kuchen servieren durfte.«

Hier mischte sich GR[3] mit ihrem klangvollen aber equivoken Kontra-Alt ins Gespräch: »Ich erinnere mich noch sehr gut an jene versteinten Kuchen. Sie schmeckten mir besser als die heutigen Sympaians.«

»Ich bin kein Barbar, Madame«, sagte Io-Fagòr, »ich weiß, daß die frühere, elaborierte Methode manches für sich hatte. Vergessen Sie aber nicht, daß die Schwierigkeiten, die man den alten Dichtern in den Weg legte, das Maß erlaubter Künstlichkeit überschritten. Jeder Vers mußte einundzwanzig Silben enthalten und sich dreimal reimen, am Anfang, in der Mitte und am Ende. Zehn Jahre schwerer Arbeit waren nötig, um unter solchen Bedingungen ein Stück zu vollenden...«

Hier gelang es dem klassizistischen Wortführer, sich wieder zur Geltung zu bringen: »Diese erhabene Künstlichkeit, oh mein Hausvater«, sagte er, »war doch nur die Folge des scham- und zügellosen Realismus vorher, der vom Dichter, der einen Beinbruch schildern wollte, die amtlich gestempelte Bestätigung forderte, daß er sich selbst ein Bein gebrochen habe.«

»Sie haben recht, mein Freund«, nickte Io-Fagòr gnädig, »schließlich aber war es langweilig, immer wieder zu beobachten, wie in den Künsten die Schule A auf die Schule B und die Schule B auf die Schule A folgt.«

»Was verstehst du, teuerer Mann, unter der Schule A und der Schule B«, lachte Io-Rasa, und es schien, sie wollte ihrem Gatten zu einem kleinen Erfolge verhelfen. Io-Fagòr antwortete mit einer Maxime, die er merklichermaßen für solche Gelegenheiten bereit hielt. Ich nahm's ihm nicht übel, ich kenne Künstler und

Schriftsteller, die dasselbe tun. Er sagte: »Die Seichtigkeit der Schule A ist so tief, daß sie sich vergebens verständlich zu machen sucht, und die Tiefe der Schule B ist so seicht, daß sie sich vergebens unverständlich zu machen sucht.«

»Bravo, Compère«, applaudierte ich höflich, obgleich ich solche antithetische Wortspiele nicht besonders schätzte. »Bereits wir Barbaren haben diese beiden Schulen gekannt, die einander regelmäßig ablösten. Wir nannten den Gegensatz von Schule A und B naturalistisch und symbolisch. Manchmal aber vermischten Schule A und B die Fehler beider Stile, dann entstand ein säuisches Getümmel, das sich futuristisch, expressionistisch, surrealistisch nannte oder auch anders...«

Die Gesellschaft sah mich verständnislos an. Was sollte sie auch mit derlei hochtrabenden Bezeichnungen anfangen?

»Meine Verehrten«, nahm ich wieder das Wort, »was mich bestürzt, ist nicht die Stilfrage, sondern die Methode, die nackte Methode. Sie sagen also, der Sympaian, dessen Aufführung bevorsteht, sei in diesem Augenblick noch nicht gedichtet und noch nicht komponiert. Die Leute dort hinter dem Bühnenvorhang besitzen keine Textbücher und keine Noten, es ist keine Partitur vorhanden für den Dirigenten, und keine Stimmen für die Musiker im Orchester.«

»Du hast mit andern Gehirnen zu rechnen, mein Lieber«, mahnte B. H., »mit Gehirnen, die sehr vieles gleichzeitig neben- und untereinander denken und träumen können, was man früher nur mühselig nacheinander denken konnte.«

»Das weiß ich genau, B. H.«, versetzte ich ziemlich gedäftet, »und ich fürchte schon die ganze Zeit, daß ich nicht werde mitkommen können.«

»Zweifeln Sie nicht, Seigneur«, ermunterte mich Io-Fagòr, der feinfühligste Mann, der mir diesseits und jenseits des Grabes begegnet war, »die Methode, nach der Sie fragen, ist die einfachste Sache von der Welt. Man ist nämlich schon vor ziemlich langer Zeit darauf gekommen, daß die schöpferischen Geister einem ganz ausgekochten Schwindelsystem huldigen. Die großen Kunstwerke der Vergangenheit sind weniger Früchte der echten Inspiration als des kritischen Verstandes. Jene mächtigen Künstler, deren Namen noch immer in den Archiven aufbewahrt werden, haben ihre Worte und Töne Hunderte Male hin und her gedreht, ausgestrichen, verändert, neugeschrieben und in den ätzendsten Säuren des Intellekts gebadet, ehe sie das Publikum erreichten...«

»Das ist mehr als wahr, Compère«, bezeugte ich. »Die Edleren taten es unter Qualen, um die Schwächen ihres Werkes zu vermindern, und die Unedleren taten es mit kalter Berechnung, um die Erfolgschancen ihres Werkes zu mehren. Dazwischen aber gab's die ›Literatur‹, die ›Avantgarde‹, die ›Bohème‹, die zumeist aus schwer erziehbaren Jugendlichen bestand, welche durch ein traurig physiologisches Wunder sofort nach der Geschlechtsreife dem Greisentum verfielen...«

»Was bedeutet dieses komische Wort ›Bohème‹?« fragte man mich.

»Gleichnisweise, meine Herrschaften, verstand man darunter bestimmte Dschungelexistenzen aus den Anfängen der Menschheit, die in Cafés, Bars, Ateliers, Filmstudios, Zeitungsredaktionen und ähnlichen Plätzen ihr gespenstisches Wesen trieben. Sie bildeten einen arroganten Klüngel quer durch alle Unterstädte unserer Welt. Sie malten und dichteten aus dem verzehrenden Ehrgeiz, einander im Absurden zu überflügeln. (Dieses Absurde war übrigens jeder Verkleidung fähig. Heute paradierte es als schwärmerischer Wahnsinn, morgen als frech vernünftelnde Sachlichkeit, übermorgen als grinsend idealer Klassizismus.) In dem Augenblick aber, wo einer den ersehnten Vorsprung gewonnen hatte, blieb er genau um diesen Vorsprung hinter den andern zurück. Denn die Bohème war dem Prinzip des Ringelspiels unterworfen, bei welchem jedes Voraus sofort zum Hintennach wird.«

»Auch in unserm Dschungel herrscht das Ringelspiel«, bemerkte der Hausweise düster.

Ich aber schloß meinen historischen Exkurs mit folgenden Worten: »Im Anfang entsprach der diabolische Machtwillen des Politikers genau der diabolischen Hoffart des Künstlers.«

»Wie gut, daß Sie diese beiden Worte gebrauchen, Seigneur«, freute sich Io-Fagòr, »Machtwille und Hoffart. Unsere Konstitution hat durch die Erhebung des Seleniazusen den Machtwillen gebändigt. So bändigt sie auch die Überheblichkeit und den Geltungswillen des Künstlers, indem sie ihn einzig und allein auf die Inspiration verpflichtet und ihm die Waffe des kritischen Verstandes entwindet. Wir wollen die reine Nahrung empfangen, die ungetrübe Divination, den göttlichen Einfall selbst, ohne alle Zumischungen und Arrangements des Ehrgeizes.«

»Wie aber ist das möglich?« fragte ich.

Auf einen Augenwink Io-Fagòrs übernahm B. H. das Amt des Aufklärers:

»Du mußt wissen, daß die Dichter und Musiker des Sympaians nicht minder ausgesucht und ausgesiebt werden als die elf Seleniazusen der engeren Wahl. Es werden zu diesen Ämtern nur geprüfte und erprobte *Inspirierte* zugelassen, von denen es noch viel weniger gibt als echte Mondgeweihte. Die zuständige Kommission erkennt an gewissen Zeichen und Eigenschaften unfehlbar den geborenen Improvisator. Dieser zum Beispiel möchte sich am liebsten jedesmal vor einer Improvisation drükken, er schämt sich ihrer nachher so schrecklich, daß er sich meist verkriecht. Über nichts ist er glücklicher, als wenn sein Werk sofort in Vergessenheit gerät, ohne für die Nachkommenschaft aufgezeichnet zu werden. Er pflegt nicht einmal die Rezensionen zu lesen, die an drei aufeinanderfolgenden Tagen in den ›Abendsternen‹ erscheinen. Für den kurzen Rausch, den er dann und wann im Augenblick der Inspiration selbst erleben darf, ist er gestraft durch die ewige Qual der Selbstverwerfung...«

Und all das, dachte ich bei mir, geschieht auf demselben Boden, wo man einst die synthetischen Sympaians der Filme ohne jede Inspiration und Improvisation und nur mit kalter Vorausberechnung wie chemischen Dünger fabrizierte.

»Na, na«, dämpfte Io-Fagòr meinen Freund, »gehen Sie nicht allzu weit, Io-Beha, ein bißchen eitel dürfen auch unsere Sympaianisten sein. Dem Künstler jede Eitelkeit zu nehmen, wäre grausame Härte. Er steht ja schließlich auf einer anderen Stufe als der Seleniazuse oder der Mutarianer. Er ist ein Gaukler, der hervorzubringen hat, was es nicht gibt...«

»Deshalb darf er ja auch mit sich selbst identifiziert werden und einen Namen tragen«, sagte der Beständige Gast mit der Barocktournüre.

Während dieser Unterhaltung, die mich stark fesselte, ohne mir das Wesen des Sympaians gänzlich zu offenbaren, wurden die Brautpaare mit allerlei Blüten der wächsernen Flora bestreut und mit herben Wohlgerüchen umräuchert. Uns aber, dem Publikum, servierte man ein kaltes, sublimatfarbenes Getränk, das die Bereitschaft zur produktiven Mitarbeit steigern sollte. Mit einem Mal ging eine lebhafte Bewegung durch die Menge. Drei schwarzverhüllte Persönlichkeiten wurden auf Rollstreckern ins vorderste Parterre geschoben, das schon zum größten Teil von den Stutzern und Gecken okkupiert war, der mentalen Jeunesse dorée, die sich in dem Raum zwischen Logen und Orchester auf Pfühlen, Matten und Decken manieriert räkelte. Die Stutzer und Gecken drehten sich nach allen Seiten, um recht bewundert zu werden. Es waren athletische Gestalten, gehörten aber nur zur Leichtgewichtsklasse. Immer wieder zeigte es sich, daß die Menschheit im Laufe der Epoche schwächer und zierlicher geworden war. Niemand beachtete aber die goldene Jugend, da alle Augen auf die drei schwarzen Gestalten auf den Rollstrekkern gerichtet waren, die man hätte für Tote halten können, wenn sie nicht hie und da einen deutlichen Seufzer der Langeweile von sich gegeben hätten.

»Sind sie schon vereist, die drei?« fragte GR^3 mit ihrer tiefen Stimme, der nichts fremd geblieben war.

Ich sah B. H. hilfesuchend an. Er schlug die Augen nieder, auf einer Lücke seines Wissens ertappt.

»Es sind die drei Kritiker des Zeitalters«, sprang mir Io-Fagòr bei, »knapp vor Beginn des Sympaians werden ihnen die Emotionen anästhesiert, das heißt ihr Gefühlsleben mit Sympathien und Antipathien wird lahmgelegt, damit einzig und allein ihr kritischer Verstand urteile. Auch ihre Ausdrucksfähigkeit wird auf ein Minimum herabgesetzt, damit diese sie nicht hinreiße zu stilistischen Escapaden. Ganz umgekehrt wie bei den Sympaianisten, die seit drei Tagen keine Stunde allein sein dürfen, damit ihr kritischer Verstand nicht Zeit finde, an einem etwa schon vorhandenen Einfall herumzumodellieren.«

»Die Ärmsten«, seufzte ich auf, »ich hoffe, daß man sie wenigstens in Ruhe schlafen läßt.«

»Sie werden jeden Abend in traumlosen Schlaf versenkt«, entgegnete der Brautvater.

Mich beunruhigten aber nicht nur die Sympaianisten, sondern fast noch mehr die schwarzverhüllten Kritiker dort unten:

»Verzeihen Sie, Compère«, fragte ich flüsternd Io-Fagòr, »gelingt die Vereisung der Emotionen auch wirklich jedesmal?«

»Mit der Ausschaltung der guten, das heißt der freundlichen, der günstigen Emotionen kann man todsicher rechnen«, erhielt ich zur Antwort.

»Und mit der Ausschaltung der bösen, das heißt unfreundlichen, ungünstigen Emotionen nicht?«

»Nein, Seigneur, die bösen Emotionen können niemals ganz lahmgelegt werden«, sagte Io-Fagòr, »denn der kritische Verstand ist ja selbst schon eine böse Emotion, das heißt zwei böse Emotionen...«

»Zwei böse Emotionen?« wiederholte ich verdutzt.

»Ja, Seigneur. Erstens Neid, weil der Kritiker der Kritiker ist und nicht der Autor. Zweitens Schadenfreude, weil der Autor der Autor ist und nicht der Kritiker.«

»Dann aber gibt es heute nur schlechte Kritik«, entfuhr es mir.

Allgemeine Verwunderung ringsum:

»Kritik ist doch schon an sich schlechte Kritik. Hat es zu Ihrer Zeit etwa gute Kritik gegeben, Seigneur?«

»Hm, unsere Kritik wurde dann und wann durch kommerzielle Rücksichten gemildert«, erklärte ich ziemlich beschämt und fügte verwirrt hinzu, »ich möchte über diesen Punkt jede Auskunft verweigern, da ich selbst Sympaians schreibe und daher von unserer ehemaligen Kritik abhängig bin.«

Bei diesen unkontrollierten Worten, die ich sprach, bemerkte ich Io-Joel, den erstgeborenen Sohn König Sauls. Er war der letzte im Riesensaal, der noch aufrecht stand, mit dem Rücken zum Orchester, und seinen kurzsichtig apathischen Blick über das festliche Haus schweifen ließ. Er trug dasselbe Festgewand wie die Fiancés. Ich verspürte etwas Auffälliges an ihm und um ihn, als zittere die Luft nervös, die ihn einhüllte. Er unterschied sich von den Stutzern und Gecken und den andern jungen Leuten im Parterre auf eine schwer beschreibliche Art, obwohl er äußerlich völlig einer der ihren war. Rechts am äußersten Rande des Orchesters stand er, nicht weit entfernt von der Tür, über welcher auch in diesem Zeitalter die bedeutungsvolle Inschrift rötlich leuchtete: »Notausgang«. Das Licht verdämmerte. Die Freier im weiten Halbkreis faßten ihre Bräute offiziell geziert bei den Händen. Io-Do machte eine Bemerkung zu Lala. Es war zweifellos eine ärgerliche Bemerkung, denn die Schultern und der Rücken des jungen Menschen drückten Unmut aus. Ich hätte wetten können, daß die Bemerkung dem Sohne Minjonmans galt. Lala lachte ein bißchen. Wenn ich sie ansehe, dachte ich, werde ich bei diesem Sympaian nicht einschlafen.

Als der Vorhang aufging, sah ich, daß viele im Publikum eine Geste machten, die ich zu meiner Zeit eher bei Fußballmatches beobachtet hatte als im Theater. Es war die Geste des Goalmanns, der zusammengeduckt mit geöffneten Armen den heransausenden Ball abzufangen trachtete. Diese Gebärde bewies, daß der Genuß eines mentalen Schauspiels nicht mehr in der rein passiven Entgegennahme des Dargebotenen bestand, sondern daß die Rolle, die das Publikum des Sympaians spielte, sich gegen einst verbessert hatte, wichtiger und lebendiger geworden war. Einige werden mir begreiflicherweise entgegenhalten, daß sie in dieser gespannteren Teilnahme des mentalen Publikums einen Widerspruch erkennen müssen, da sich doch die ganze Welt in der Richtung der geringsten Anstrengung und des mühelosesten Genusses entwickelt hatte. Um so enttäuschender, ernüchternder war daher, was der aufgehende Vorhang mir enthüllte. Ein mächtiger, leerer Bühnenraum mit drei weißen, kahlen Wänden. (Die kleinste Sommer- und Dilettantenbühne im Abbruch hatte einst dagegen eine atemberaubende Zauberwelt bedeutet.) Das Licht, das die Bühne beherrschte, war ebenso kahl und nüchtern wie sie selbst. Ich wußte aber sogleich, daß diese Kahlheit und Nüchternheit nicht etwa zum Stück gehörte. Rechts und links im Vordergrund stand völlig geistesabwesend je ein Herr, der durch seinen nackten Spiegelkopf und die gewisse dunkle Kutte bewies, daß er ein Offiziosus des Zeitalters war. Weiter gegen den Hintergrund zu unterhielten sich mit leiser Stimme sechs oder sieben Herren und Damen in üblicher Kleidung, die durch puren Zufall hier hereingeschneit zu sein und nichts mit dem Sympaian oder gar mit dem Publikum zu tun zu haben schienen. Etwas Undramatischeres als diese bürgerliche Gruppe ließ sich nicht vorstellen. Wenn die Schauspieler meines Vorlebens in Straßenkleidern, lachend und Witze reißend die Probebühne betraten, war's dagegen eine spannende scène d'affaire gewesen. Ich konnte es nicht begreifen, daß in einer Welt, die soviel Sinn fürs Zeremonielle und Festliche besaß, sich gerade das Theater entblößt von aller Illusion zeigte. Mir traten die Ballette und Pantomimen der jugendlichen Sternwanderer in den Sinn. Ich erinnerte flüsternd B. H. daran. Er verwies es mir ebenso flüsternd:

»Erstens machen die Chronosophen kein Theater, sondern suchen die Wahrheit. Zweitens braucht der Mensch heute keine kindischen Illusionen mehr, die ihm von außen eingeredet werden. Er würde sich bedanken, wenn er sie nicht selbst hervorbrächte. Und drittens warte!«

B. H. war noch nicht zu Ende, als der linke der beiden einsamen Herren an der Rampe ein paar schwingende Armbewegungen machte, wie früher die frierenden Kutscher oder Chauffeure auf ihren Standplätzen, die ihr Blut in Wallung bringen wollten, um es wärmer zu haben.

»Ist das jetzt die Inspiration, die in den Dichter eingeschlagen hat?« fragte ich fürwitzig. Es war aber wirklich nicht so spöttisch gemeint, wie es klang.

»Die Dichter stehen immer rechts«, belehrte mich Io-Fagòr, »auf der Herzseite befinden sich die Musiker.«

»Das ist das mindeste, was sie tun können«, murmelte ich, »obwohl zu meiner Zeit die besseren Dichter links standen und die Musiker, die Sentimentalität der Herzseite verachtend, ihre Hundeschnäuzigkeit hervorkehrten.«

Plötzlich machte der Musiker ein komisches Sprünglein nach vorn an den Rand des Orchesters. Eine solche biedere Naivität strahlte von seinem glatten Gesicht, daß ein sympathischer Lacher durch das Publikum lief wie ein Glissando. Der Meister nahm nicht die geringste Notiz von dieser unbeabsichtigten Nebenwirkung. Als Improvisator hatte er so viel mit sich selbst zu tun, daß ihm die Reaktion der Leute völlig gleichgültig war. Mit gerunzelter Stirn überblickte er jetzt das Orchester. Dieses zählte vermutlich an die hundert Mann. Alles Spiegelköpfe und Kutten. Ich werde meine Zeit nicht mit der Beschreibung der Instrumente vertun. Sie waren in den Formen zum Teil verschieden von den unsrigen, im Prinzip aber dieselben. Und sollte die Menschheit noch einmal so alt werden, dachte ich, sie wird immer auf dieselbe Art Musik machen, in dem sie singt, fiedelt, zupft, bläst, auf gestimmte Saiten oder auf gespannte Felle schlägt. Mein Gott, wie kläglich muß ich mir selber widersprechen. Diese Instrumente dort im Orchester *schienen* ja nur Blas- und Saiteninstrumente zu sein. In Wirklichkeit besaßen die mentalen Varianten der Geigen und Harfen gar keine Saiten, sondern waren blanke Attrappen wie der Dudelsack des Einfältigen und der Leierkasten heute morgen im Park des Arbeiters.

Der Komponist hatte inzwischen in dem Orchester, das noch durchaus nicht viel Aufmerksamkeit an den Tag legte, einen der Holzbläser anfixiert, der sich lächelnd nachlässig erhob. Zwischen den beiden Männern begab sich ein kleines Verständigungsspiel mit den Augen, dann hob der Bläser seine Attrappe von Oboe an den Mund, und der Meister begann mit dem linken Zeigefinger ein bißchen Takt zu schlagen. Ich hörte nichts. Andere Instrumente traten hinzu, um den Oboisten zu begleiten, dessen Oberkörper im rhythmischen Vergnügen hin und her schwankte. Immer mehr spiegelten die Bewegungen des Orchesters das äußere Bild der Musik wider. Das Publikum hörte sie längst schon. Und jetzt ging auch mir das innere Hören auf, und zwar ähnlich, wie wenn einem im Flugzeug, das im Gleitflug aus ziemlicher Höhe niederkreist, die Ohren sich öffnen. Die Musik, die der Geist des Meisters erzeugte, erzeugte nun unser eigener Geist durch die Mittlerschaft des stummen Orchesters, in welchem jedermann seinen Part mit größter innerlicher Intensität im Geiste spielte. Das Geheimnis der astromentalen Musik lag nicht in einer bloßen Suggestion mit Umgehung des materiellen Klanges, sondern in der Entbindung des inneren, aktiven, musikalischen Lebens, das der Zuhörer selbst in sich trug. Es war ein gewaltiger Schritt vorwärts auf dem Wege der Verinnerlichung und Vergeistigung, dessen ich Zeuge werden durfte. Ich weiß es nicht zu sagen, aber ich halte es für möglich, daß die mentalen Kehlen und Lungen und Muskeln nicht mehr die Kraft besaßen, um im stundenlangen Spiel jene tönende Musik hervorzubringen, die wir kannten. Tatsache ist es, daß ich mich nicht erinnere, einen Hauch von Gesang gehört zu haben, und daß selbst die Monolingua oft tonlos wie das Rauschen trocknen Laubes klang. Das innere Musizieren war auch der Grund, warum das Publikum nicht schlaff und abgeschlagen dasaß wie in den Abonnementskonzerten der Symphonieorchester, sondern mit freudigen Augen die Bewegung des Orchesters durch eigene Bewegung widerspiegelte. Was könnte ich aber von der Musik Bezeichnenderes sagen, als daß ich selbst nach dem versäumten Fortschritt einer ganzen Weltzeit imstande war, sie unter Leitung des Komponisten in meinem eigenen Innern hervorzubringen. Beschämt muß ich gestehen, daß ich mich in den Anfängen der Menschheit dem musikalischen Prozeß weit weniger gewachsen gezeigt hatte.

Es wird jedem schon klar geworden sein, daß der Sympaian nichts mit unserer geliebten Oper zu tun hatte. Die Musik, so wichtig sie war, hatte nicht die Absicht, einen Rausch auf eigene Rechnung zu erzeugen. Der Gesang selbst hatte sich in seiner Entwicklung aus dem vibrierenden belcantofreudigen Kehlkopf zurückgezogen ins feinere Fühlen und Denken. Die Musik machte eher den Ablauf der Zeit deutlich. Sie schnitt gewissermaßen das Drama aus der Zeit heraus. Doch wo war das Drama?

Der Herr auf der rechten Seite der Rampe, der Dichterseite, hatte sich schon eine längere Weile mit einem Schleiertüchlein den Schweiß von der Stirn gewischt. Nun gab er sich einen Ruck und ging langsam, mit gesenktem Kopf auf die plaudernde Gruppe der Schauspieler zu, die ihre Unterhaltung allmählich einstellte und sich dem Dramatiker zuwandte. Langes Schweigen. Auch im Publikum entstand jetzt ein Augenblick starker Spannung. Die Musik brach jäh ab, denn das Spannende ist nicht eigentlich Gegenstand musikalischen Ausdrucks. Der dramatische Dichter hielt seinen Spiegelkopf beinahe wehleidig nach rechts geneigt.

Endlich nickte er einem der Schauspieler zu. Dieser war ein über dem Durchschnitt hochgewachsener und breitschultriger Mann. Wiederum ein knappes Augenspiel der Verständigung, wobei sogar einige murmelnde Worte gewechselt wurden. Dann begab sich der Dichter auf seinen Wachtposten zurück, ohne den von ihm erkorenen Künstler aus den Augen zu lassen. Der Schauspieler versank zuerst in tiefes Nachdenken, oder wahrer gesagt, in eine weithin fühlbare Geistesabwesenheit, aus der er sich nur mit einiger Mühe selbst erwecken konnte. Darauf begann er mit verschränkten Armen und festgeschlossenen Augen an der Rampe hin und her zu schreiten, stets die ganze Bühnenlänge abmessend. Immer schwerer, bäurisch breitspuriger, schamhaft plumper wurde der Schritt dieses athletischen Akteurs. Der Komponist linker Hand beobachtet ihn mit der regungslosen Schärfe eines Jägers, ehe er im Orchester der Attrappen und somit in uns eine dumpfe Musik entfesselte, die mir vorkam wie ein Strick mit vielen Knoten. Mitten in seinem bäurisch wiegenden Auf und Ab blieb der Schauspieler plötzlich stehen und raffte mit zwei zornigen Rucken sein bürgerliches Schleiergewand anders, worauf er seinen Gang wieder aufnahm, doch jetzt schneller und erregter. Das Nächste, was geschah, kann ich nicht erklären. Da ich ausgestreckt lag, wenn auch mit hochgestütztem Oberkörper, war's kein Wunder, daß mich dann und wann die Müdigkeit zu überwältigen drohte. Nahte sich diese Gefahr, so blickte ich sofort zu Lala hin, deren Profil ich im Dämmer gut wahrnehmen konnte. Als ich jetzt, ein wenig erquickt und erweckt, mich der Bühne wieder zuwandte, hatte sich der Schauspieler ganz und gar verwandelt. Er war zu einem prächtigen Dschungelmann geworden, zu einem Zigeuner Victor Hugos, oder besser zu einem Montenegriner oder Skipetaren Albaniens. An seinem langen, ausgezogenen schwarzen Schnurrbart klingelten Glöcklein. Die rote Mütze mit langer Quaste hing ihm im Genick. Auf seiner Jacke schimmerten die Silberknöpfe. Seine Füße steckten in Opanken, wie sich's gehört. Aber so ganz einfach war's doch wieder nicht. Der Akteur schien ein Zwitter zu sein. Manchmal durchbrach das schwarze Schleiergewand, das er in Wirklichkeit trug, das barbarische Kostüm des Dschungelmanns, welches seine mächtige Imagination unsern Sinnen aufzwang. Sonderbar aber, nicht ein einziges Mal durchbrach sein wirkliches Gesicht das angenommene Gesicht, die Maske. Die Kraft dieses Schauspielers gab mir den Gedanken ein, daß B. H. vielleicht in seinen nächsten Wiedergeburten Menschen begegnen werde, denen mehrere Körper und Köpfe zur Verfügung stehen würden, ohne daß sie eigens zum Theater gehören. Welche Bewandtnis es jedoch mit der Rede hatte, die der prächtige Dschungelmann jetzt teils sprach und teils sang, oder nicht sprach und nicht sang, das kann ich selbst in der Rückerinnerung schwer entscheiden. Es ist möglich, daß der Schauspieler keinen Laut hervorbrachte, sondern in uns, seinen Zuhörern, die Rede unmittelbar entstehen ließ, in derselben Weise, wie die toten Musikinstrumente die Musik hervorbrachten. Dies ist aber weniger wichtig als daß der Wortlaut der Rede, die der Schauspieler vom Geiste des Dichters entgegennahm, selbst für einen langsam denkenden Urmenschen wie mich, schön, einfach und verständlich war. Ich hatte mich übrigens mit großer Schnelligkeit angepaßt, die Worte und Töne rein innerlich zu vernehmen und auszuarbeiten, so daß ich schon nach wenigen Minuten die Vorgänge kapieren und genießen konnte. Im Gegensatz zum Theater von einst schien der Sympaian weniger Wert auf dramatische Zusammenstöße zu legen als auf den monologischen Ausdruck von Seelenkonflikten. Die Worte oder Verse, die der farbenvolle Dschungelmann in bester Monolingua sprach, habe ich natürlich vergessen. In abgeschwächter, verkürzter Wiedergabe mögen sie etwa Folgendes zum Ausdruck gebracht haben:

»Ich bin ein Sohn des Dschungels. Wie meine Eltern und Voreltern hänge ich an unsern blauen Bergen und würzigen Tälern, die mir Nahrung und Lebensfreude geben. Wie meine Eltern und Voreltern habe ich bis gestern nicht daran gedacht, das große, stolze Verbot zu überschreiten, das wir uns selbst gesetzt haben. Obgleich ich ein Mensch bin, ein Christ, ein Sohn der Kirche wie jene, so habe ich doch niemals davon geträumt, hinüber zu wandern zu ihnen, den Sternverbundenen, den Raumbeherrschenden, vor deren allwissendem Geist ich armer Bauer und Hirte zusammenbrechen müßte. Seit gestern aber ...«

Aha, wie unsere Schriftsteller einst das »soziale Problem«, so haben sie hier den Dschungel zum Ausbeuten. Dies dachte ich »beiseite«, obwohl sich das Spiel unter voller Aufmerksamkeit in mir weiter abwickelte. Die geistige Kraft der Astromentalen, mehrerer seelischer Vorgänge gleichzeitig bewußt werden zu können, war ein wenig bereits auf mich übergegangen. Ich empfand zum Beispiel bis zur Schmerzlichkeit das tiefe Unbehagen, welches die Stoffwahl des Dichters dem Brautvater Io-Fagòr mir zur Seite einflößte. Ich empfand auch, daß ringsum das ganze Publikum des Sympaians durch diese Stoffwahl an einem neuralgischen Punkt berührt worden war. Mit Schrecken wurde mir plötzlich klar, welch ein gefährliches Spiel wir Schriftsteller aller Zeiten um des sentimentalen Effektes willen zu spielen belieben. Selbstverständlich war der Dschungel ein brillanter Stoff. Es gab in dieser Welt gewiß nichts Tragischeres als den Gegensatz jener Rückfälligkeit der Natur und des Menschen zu den astromentalen Errungenschaften. Ich fühlte aber sofort den Akzent, den der Dichter seiner Improvisation gab. (Dieser Akzent, den ich selbst in meiner Fremdheit als rousseauisch unecht verspürte, diente der romantischen Verherrlichung des Dschungels.) Als unparteiischem Betrachter fiel es mir freilich leicht, zu wissen, daß nicht der Dschungel, sondern unbedingt der Djebel müsse verteidigt werden. Wäre ich aber nicht vor mehr als hunderttausend, sondern nur vor hundert Jahren geboren worden wie der spiegelköpfige Autor dort, hätte auch ich zweifellos mit derselben romantischen Sentimentalität den Dschungel verherrlicht. Es ist eine große Sache, ein Mensch zu sein, der jenseits der Geschichte lebt, es ist mehr als eine große Sache, es ist eine Unmöglichkeit. Diese Unmöglichkeit war in mir zur Stunde verkörpert. Leider genoß ich sie nicht.

Während ich so allerlei »beiseite« dachte, war die Bühne auf den inneren Befehl des Improvisators recht lebendig geworden. Durch die aufgewühlte Projektionskraft von dreitausend Nervenzentren hatten sich vollfarbige Bühnenbilder entwickelt, die man nach Analogie hätte »dynamische« oder »visionäre« Kulissen nennen können, wäre nicht der ganze Bühnenraum aufgesprengt und ins Unendliche erweitert erschienen. Dieselben Leute, von denen einige vor ein paar Stunden die *Wirklichkeit* des Dschungels während des Katzenphänomens mit Abscheu angeschaut hatten, bestaunten nun ihre *Vision* des Dschungels mit leuchtender Aufmerksamkeit. Auch dafür wurde mir die Parallele rasch bewußt. Hatten nicht zu meiner Zeit die verstocktesten Bourgeois und Kapitalisten die Theaterstücke »revolutionärer Dramatiker« mit Beifall begrüßt, wenn der literarische Snobismus es gerade vorschrieb? Sie taten es schon deshalb, weil sie mit vollem Recht fest davon überzeugt waren, daß die revolutionären Dramatiker die Sache gar nicht ernst nahmen; ein eitles, katarrhalisch gereiztes »Künstler«-Ich kann ja überhaupt nichts anderes ernst nehmen als den Eindruck, den es erweckt. Und so sah man denn Abend für Abend in den Zuschauerräumen der Weltstädte großen Schmuck, blendende Abendkleider, weiße Hemdbrüste vor einer Bühne, auf der Elend, Hunger, Körper- und Seelenverderbnis umging und wilde Flüche gegen diejenigen ausgestoßen wurden, welche für diese Flüche hohe

Eintrittspreise bezahlten, weil sie glaubten, sie gälten nicht ihnen, sondern gehörten nur auf das »Gebiet der Kunst«. Die armen Leute hingegen drängten sich in den Kinos, um auf der Leinwand großen Schmuck, blendende Abendkleider, weiße Hemdbrüste und zahlungskräftige Erotik beglückt anzustaunen. Jetzt freilich im Elften Weltengroßjahr der Jungfrau gab's kein Geld mehr, keine sozialen Unterschiede und vor allem kein Elend. Es gab aber dafür den Dschungel, und der Dschungel, von dem man öffentlich nicht sprechen durfte, schien im Herzen der Idealisten wie Io-Joel und der heutigen Autoren eine schwärmerische Abstraktion zu bilden.

Der Improvisator zog neue Schauspieler in die Handlung. Jetzt hatte sich eine junge Dame vor unsern Augen in das Dschungelweib des Helden verwandelt mit einem gestickten Bauernleibchen, und ein älterer Herr in seinen Vater mit schneeweißem klingelndem Schnauzbart. (Ich fühlte mit Befriedigung, daß mein inneres Auge und Ohr jetzt schon viel rascher auf den Einsatz, den Dichter und Schauspieler mir gaben, reagieren konnte als zu Anfang des Spiels.) Weib und Vater suchten den Sehnsüchtigen durch treffende Gründe davon abzubringen, das grüne Eiland drüben mit der eisengrauen Öde hüben zu vertauschen. Die treffenden Gründe jedoch wirkten nicht, nicht einmal dann, als zum Überfluß zwei wuschelköpfige Kinder in uns hineingezaubert wurden, die sich an die Arme des Vaters hängten. Der junge Dschungelbauer riß sich von seiner Familie und seinem Hauskubus los, um das Abenteuer zu wagen. Immer wenn die Aktion spannend wurde, erblaßte die Musik, die während der Reden und Monologe zeiteinteilend hervortrat.

Ich war ziemlich enttäuscht: »Dazu mußte kein Improvisator vom Himmel steigen«, flüsterte ich B. H. ins Ohr, »das ist steinalt: Gegensatz von Stadt und Land, bäuerliche Einfalt und verderbte Gesellschaftskultur. Das hat man im achtzehnten und neunzehnten Jahrhundert bei uns besser gemacht, freilich mit Hilfe des kritischen Verstands ...«

B. H. fühlte sich gekränkt:

»Warum urteilst du so vorschnell, F. W.«, brummte er zurück, »du kannst all die Nuancen und Obertöne noch gar nicht erfassen.«

»Unterschätz mich bitte nicht, B. H. Ich weiß zum Beispiel schon jetzt, daß eine junge Schönheit, eine taubengraue Braut wird ins Spiel geworfen werden, die jener stämmige Urwäldler an der mentalen Brustwehr gesehen hat und die seine Gefühle, nicht besonders origineller Weise, hinüberzieht in die andere Sphäre... Da siehst du, ich improvisiere den Improvisator...«

»Du improvisierst den Improvisator, weil er die taubengraue Braut zu Anfang des Spiels ins Halbbewußtsein des Publikums, somit auch in deines, improvisiert hat. Du kannst nur das erraten, was der Improvisator will, daß du errätst, und du errätst nicht einmal alles.«

»Groß ist der Djebel«, murmelte ich, worauf Io-Fagòr zu meiner Linken, der diese Worte gehört hatte, tief aufseufzte.

Von diesem Augenblick an war ich verstört und fühlte mich so unaussprechlich unwohl, daß ich am liebsten den Sympaian verlassen hätte, wäre ein solcher Affront überhaupt möglich gewesen. Ich muß bekennen, daß ich Schlimmeres fühlte als nervöse Überreiztheit. Ich fühlte Angst, würgende Angst, die ich mir nicht erklären konnte. Ich suchte mich selbst mit der Überlegung zu beruhigen, daß dieses astromentale Publikum ringsum, wäre meine Ahnung der kommenden Katastrophe begründet gewesen, dreifach größere Angst hätte fühlen müssen als ich. Oder sollte ich etwa durch meine Audienz beim Hochschwebenden in diesem Augenblick mehr »geweckt« sein als all diese clairvoyanten Zukunftsmenschen hier? Ich schloß die Augen, um dem Sympaian zu entgehen. Es gelang nicht. Das Furchtbare war, daß hinter meinen Augenlidern sich der Sympaian steigerte bis zum Unerträglichen. Da diese ganze Kunst kein äußerer, sondern ein nach innen projizierter Vorgang war, verdoppelte und verdreifachte sich ihre Kraft, wenn man die Sinne abblendete. Ich versuchte meine Gedanken wegzuzwingen. Ich dachte an die, die ich liebe und vor Äonen schon hatte verlassen müssen. Daß sie kein Schicksal mehr hatte, schuf unendlichen Kummer. Ich begann unruhig mich hin und her zu bewegen, wie ein vom Inkubus besessener Schläfer, so daß B. H. mich mehrmals ermahnen mußte. Nicht einmal Lala wollte ich wiedersehen. Ich preßte meine Hand gegen die Augen. Noch lauter wurde die Musik, noch gellender das Stück. Neben allen andern Dingen quälte meine Nerven die Vermutung, daß der improvisierende Autor ein Thema angeschlagen hatte, für das es keine Lösung gab. Mein kritischer Verstand lief der Handlung voraus. Der Improvisator konnte doch auf keinen Fall den Dschungelmann über die astromentale Menschheit siegen lassen. Ließe er ihn aber auch nur in tragischer Schönheit untergehen, so gab er schon damit dem Dschungel recht und dem Djebel unrecht. Die Sache konnte kein gutes Ende nehmen. Es mußte zu einem wüsten Theaterskandal kommen.

Der Dichter auf der rechten Bühnenseite hatte endlich seine taubengraue Braut ans Licht geholt (die in mir und allen anderen schon von Anfang an deponiert war) und gab nun ihr und dem Dschungelhelden eine große Szene. Ich erinnere mich, daß am Ende einer Rede, in welcher der Schauspieler verkündete, das Leben müsse »erneuert« werden (Io-Joels Worte), die Braut ihren schwarzen Haubenhelm abnahm, wobei sich zeigte, daß sie unter diesem Helm kein Spiegelköpfchen, sondern gottverboten hübsches Blondhaar trug. Es war, wie wenn tiefer Glockenschlag der Meeresbrandung mein Ohr erreichen würde. Eine unsichtbar packende Kraft zog mir die Hand von den Augen. Ich blickte ins Publikum. Es hatte sich radikal verändert. Viele Leute erglommen negativ. Die Ränge inmitten des Dämmers waren von diesen schwachen Licht-Erscheinungen erfüllt. Ich verstand sofort, daß dieses Erglimmen der Menschen eine Prävalenz des Astralen in der astromentalen Zusammensetzung bedeutete, ein gefährliches Überwältigtwerden des Geistigen durch schnellere Gefühlsrotation. Nicht einen Augenblick lang erschien mir dieser optische Ausdruck des aufgewühlten Temperaments verwunderlich oder gar absonderlich. Zwei Persönlichkeiten glommen aber nicht nur unter den vielen schwachen Licht-Erscheinungen, sondern glühten wirklich auf wie Sterntransparenzen. Das Wort Glühen ist keine Metapher hier, sondern pure Wirklichkeit, deren Zeuge ich war. Der eine Glühende war Io-Joel, König Sauls Sohn. Er glühte von Kopf zu Füßen in atmendem Hellrot, genau in der Art, wie ein überheizter Kanonenofen glüht. Wer hätte es ihm, dem Ausgekälteten, Ironischen, Überlegenen zugetraut, daß er nichts anderes war als eine Fackel urweltlichen Fanatismus? Ich konnte es genau sehen, wie Io-Joel seine Glutstrahlen dem Heldenspieler auf der Bühne zusendete, dessen Darstellung zu einer Art Raserei aufstachelnd.

Der andere Glühende war nicht weit von mir. Ganz im Gegenteil, er war kaum zwei Schritte entfernt. Ich spreche von Io-Do, dem Bräutigam. Er erglühte genau in denselben verderbendrohenden Farben wie die Feuersäulen am Horizonte des Jupitermoores: braunviolett. Seine Glut hatte weniger Leuchtkraft und wahrscheinlich auch weniger Hitze. Sie schien dafür um so mehr sein Inneres zu verzehren. Noch einer aber war da, der nicht glühte, sondern leuchtete. Io-Fra, der Mutarianer, der bisher zu Füßen des Brautpaares gelegen hatte, doch seit einigen Minuten hochaufgerichtet in der äußersten Ecke der Loge stand. Er leuchtete, und dieses Wort ist ebenso wörtlich zu nehmen wie das hellrote Erglühen Io-Joels und das braunviolette Erglosen Io-Dos. Des Mutarianers Antlitz sandte nämlich milde, bleiche Strahlen aus von demselben Silbergold, mit welchem die alten Meister Heiligenscheine zu malen pflegten. Niemand wird je ein heiligeres Antlitz sehen als das Io-Fras in diesen kurzen Sekunden vor der Katastrophe. Seine Augen waren geschlossen und eingesunken, seine Nase ganz spitzig, sein Mund lächelte in ekstatischer Erwartung. Den Rücken der Bühne zuwendend, begann er langsam seine Arme auszubreiten.

Lala suchte mit beiden Händen ihren Bräutigam wieder aufs Lager zu ziehen. Io-Do aber riß sich mit ganz unmentaler Brutalität los und sprang auf die Bank. Alle in unserer Loge bis auf die Ahnfrau erhoben sich. Io-Do begann sinnlos mit dem lächerlichen Trommelrevolver aus den achtziger Jahren herumzufuchteln, diesem erstklassigen Prachtstück seiner Sammlung und Sinnbild seines historischen Spleens. Wie gut, überlegte ich, daß kein Leben mehr in dem Ding ist, sonst könnte es losgehen, denn der Narr hält den Finger am Drücker. Noch hatte ich diesen beruhigenden Gedanken nicht ausgedacht, als das Ding losging. Es war ein dummer, plumper, übertriebener, altmodisch krachender Schuß mit viel Pulverdampf. Io-Do hatte auf den Dschungelmann gezielt oder auf den rotglühenden Io-Joel. So nahm ich an. Getroffen hatte er den Mutarianer mitten ins leuchtende Antlitz.

Zu den ganz wenigen Dingen, welche die Anfänge der Menschheit überlebt hatten, zählte somit auch das Häuflein Schießpulver, luftdicht in einer rostigen Patrone verschlossen, die durch Zufall oder Fügung im Trommelloch eines Schießprügels nicht zugrunde gegangen war, sondern ordnungsgemäß ihr Bleiprojektil durch den Drall des Laufs gepreßt hatte. Die Wirkung des dumdumartigen Geschosses war entsetzlich. Es hatte das leuchtende Antlitz vollkommen zerschmettert. Mit Menschenblut und Hirn war die Loge ringsum bespritzt. Seit Generationen hatte die Kulturwelt keinen Totschlag mehr erlebt. Keinen Totschlag nur?

Soweit das Gedächtnis dieser Kulturwelt reichte, hatte man sich an der äußersten Grenze des alterslosen Alters, wenn die Sättigung und Müdigkeit alle anderen Empfindungen übertraf, freiwillig in jenes Institut begeben, das der Wintergarten hieß. Man merkte es nicht einmal, wenn Tiere starben. Für Hunde und Katzen gab es eine Dependance des Wintergartens. Die Hunde hatten sich seinerzeit rasch dran gewöhnt, die Katzen weniger. Oh, diese unselig-undankbaren Katzen! Sie hatten sich weit hellsichtiger erwiesen als die astromentalen Menschen und zur rechten Zeit ihren Exodus unternommen.

Es dauerte eine Zeit, bis das Bewußtsein des Geschehenen alle Ränge des Theaters durchlaufen hatte. Die improvisierenden Autoren, Dichter und Komponist, ganz verfangen in ihre schöpferische Tätigkeit, schienen nicht einmal den krachenden Schuß gehört zu haben. Die Szene lief noch länger als eine Minute weiter, ehe die visionären Kulissen verblaßten, die Wirklichkeit der Schauspieler ihre Kostüme und Masken durchbrach und die verzerrte Musik in unserm Innern verstummte, während dieser oder jener Musiker sein Attrappeninstrument noch immer mit Vibrato spielte. Der Sympaian nahm kein jähes Ende. Es war ein zerfasertes, zerfranstes Ende, wodurch die Pause tiefen Schweigens, die dem letzten ins Leere ausrutschenden Klange folgte, nur noch schrecklicher wurde. Und dann kam jener Aufschrei aus dreitausend Kehlen, ein kleiner, kurzer, nicht sehr lauter, aber ganz und gar hysterischer Schrei, der verriet, wieviel Angst und Grauen noch immer in der abgeklärten Menschenseele lebte. Was auf diesen Aufschrei mit Naturnotwendigkeit hätte folgen müssen, und in meinem Jahrhundert auch gefolgt wäre, war Panik. Nach einem winzigen Schwanken der Waage aber folgte etwas ganz andres. Die mentale Disziplin, die in einem verfeinerten Individualismus wurzelte, widerstand der Versuchung zum Massenwahnsinn. In einer neuen tiefen Schreckensstille verhüllten die Menschen einer nach dem andern mit den weiten dehnbaren Schleiern, die sie als Gewänder trugen, ihre Häupter. Das war eine überaus antike, sublime Gebärde, obwohl sie nicht Trauer oder Ehrfurcht vor dem Tode zur Ursache hatte, sondern die unaussprechliche Scheu dieser Menschen vor dem Anblick vergossenen Blutes und der Toten, ein Anblick, der nur wenigen in jeder Generation zuteil wurde. Ich freilich, in meinem Frack, konnte ebensowenig mein Gesicht verhüllen wie B. H. in der Felduniform das seine. Nur einer stand noch unverhüllten Hauptes neben uns und ertrug tapfer das entstellte Bild des Getöteten, der im Winkel der Loge zusammengesunken lag. Es war Io-Fagòr, gelb wie Wachs. Er drückte den Kopf Lalas, die sich zu ihm geflüchtet hatte, leicht an seine Brust. Langsam, ja feierlich begann das Haus des Sympaians sich zu leeren, ohne daß die Stille auch nur durch einen einzigen hörbaren Atemzug unterbrochen wurde. Wir aber, B. H., ich und die Familie Io-Fagòr, warteten, bis eine Gruppe von Mutarianern sich lautlos näherte und mit der übersinnlichen Sicherheit, die sie durch die Aufopferung ihrer Sinne gewonnen hatten, den Leichnam ihres Bruders aufnahmen und davontrugen.

Die Mutarianer nämlich kannten den Tod und die Toten. Sie, wie selbstverständlich die Priester und Ordensbrüder der Kirche, so auch die Chronosophen aller Lamaserien und sonst noch einige Eigenbrötler, begaben sich nicht »freiwillig« in den »Wintergarten«, sondern sie erkannten das Sterben und den Tod als gottgewolltes Schicksal an und dienten einander vorher und nachher. Die Kirche übrigens verwarf den Wintergarten, wie sie in den Anfängen der Menschheit die sogenannte Euthanasie verworfen hatte, mit welcher die Ärzte unheilbar Kranken den Weg hinüber zu erleichtern suchten. Die Kirche spendete nur jenen die heiligen Sterbesakramente, die nicht mehr imstande waren, »freiwillig« und »zu Fuß« zu gehen.

Oben in der sonderbar unfertigen, sternoffenen Eingangshalle drängte sich das Publikum noch immer mit schreckensgroßen Augen. Doch draußen vor der Halle, auf dem schier unendlichen Geodrom, wogte die Populace zu Hunderttausenden. Es war unerklärbar, wie schnell die Kunde von dem tragischen Schuß aus einem verschollenen Feuerrohr die Runde um die bewohnte Welt gemacht hatte. Der mörderische Tod, der blutbesudelte Mors, war eingebrochen in den großen Frieden, nachdem er einige Weltalter gefeiert hatte, um dem natürlichen Abschluß aller Dinge Platz zu machen. Jetzt aber war Mors wieder identisch mit Mord. Was nützte alle Logik, die mir sagte, daß Io-Do vor unsern Schwurgerichten schlimmstenfalls der fahrlässigen Tötung hätte angeklagt werden können und nicht einmal dieser, da er die Gefährlichkeit der Feuerwaffe nicht kannte, mit der er herumgefuchtelt hatte. Aber wie stand es um seine Absicht, um seine Willensregung, die im astromentalen Rechtsleben vielleicht schwerer wog als das Faktum selbst?

Plötzlich war's mir, als wachse durch einen versteckten Amplifikator das Geflüster der Menschen ringsum zum Gedröhne:

»Der Sympaian war keine Improvisation, sondern vorbereitet...«

»Eine weite Verschwörung der Waffensammler...« »Die Kommissionen müssen sofort handeln...« »Soeben wurden alle Verlöbnisse aufgelöst...« »Das ist das verfassungsmäßige Ende des Geoarchonten...« »Man hat den Hochschwebenden gebeten heranzuschweben, er aber hat's abgelehnt...« »Nicht nur die Waffensammler sind unter den Verschwörern...«

Nun begriff ich, daß es sich nicht um einen traurigen Unfall handelte, sondern um eine hochpolitische Wendung, die entscheidend für das Weltschicksal werden konnte. Wie und warum, das verstand ich nicht. Aber es war kein Zweifel in mir. Plötzlich wurden mir viele dunkelbekümmerte Aussprüche Io-Fagòrs klar. Warum hatte man mich nicht deutlicher in die Entzweiung der Welt eingeweiht? Selbst B. H. hatte sich geschämt, sie dem Fremden preiszugeben. Und während mir all dies mehr und mehr bewußt wurde, sank ich beinahe um vor Entsetzen, denn ich erkannte mittels eines tiefen Wissens, über welches ich keine Rechenschaft legen kann: ich selbst war mitschuldig. Die Augen des Major Domus Mundi hatten es mir verkündet, sein Tagesorakel hatte es in dunkle Worte gefaßt. Ich fühlte mich als Katalysator, als Auslöser der tragischen Katastrophe. Einfach dadurch, weil ich eine falsche, das heißt eine verfrühte Zumischung dieser zukünftigen Gegenwart war, weil ich als Mensch des zwanzigsten Jahrhunderts weder physisch noch geistig ins Elfte Weltengroßjahr der Jungfrau paßte, weil ich einige Dinge in Erfahrung gebracht hatte, die mir und meinem Jahrhundert zu wissen noch verboten waren.

Mit diesem Schuldgefühl im Herzen stand ich bestürzt unter meinen neuen Freunden. Io-Fagòr, der seine stolze Haltung bewahrte, sprach kein Wort. Lala hielt noch immer ihr Gesicht verhüllt. So auch Io-Rasa, die Brautmutter. Io-Do war verschwunden. Der liebe Herr Solip lag halb ohnmächtig in den Armen des Wortführers, der mit den beiden anderen Junggesellen, zum erstenmal einig, irgendwelche murmelnden Verabredungen traf. Der arme B. H. war völlig gebrochen um meinetwillen und um der Familie willen. Jeder aber wußte, daß Unabsehbares sich vorbereitete, und daß jenes Steinchen ins Rutschen geraten war, welches zur Lawine zu wachsen bestimmt ist. Am wenigsten berührt erschien die uralte Ahnfrau. In ihren Augen schimmerte die Neugier des unverwüstlichen Lebens.

Zu Hause angelangt, floh ich sofort auf mein Zimmer, in dem ich allein sein wollte. Selbst die Nähe meines besten Freundes, von dem ich doch so sehr abhängig war, hätte mich in dieser Nacht gestört. Man ließ den Fremden in Frieden. Vielleicht aus Scham, vielleicht weil man Wichtigeres zu planen hatte. Ich aber fühlte, wie in den Häusern der Panopolis tief unter der Erde die Männer auf und ab schritten und berieten. Die ganze Nacht hindurch tappten die leichten nackten Schritte der Verschwörer und der Abwehrer neben, über, unter und in mir.

Achtzehntes Kapitel

Worin die Braut an mein Bett tritt, mich aus dem Fegfeuer weckt und mir einen betörenden Antrag macht, der meiner Moral heftig zusetzt.

Ich hätte meinen Lesern das Folgende gern erspart. Da ich aber mit so vielen seltsamen und fremdartigen Gefühlsverstrickungen nicht hinter dem Berg gehalten habe, so kann ich auch diese Seltsamkeit nicht verschlucken, obwohl sie keineswegs die Welt angeht, sondern nur mich allein. Nur mich allein? Oft wird es mir so verwunderlich bewußt, daß es keine Menschenseele gibt, die nicht *alles* erlebt, was die Welt an Erfahrungen darbietet, äußerlich und innerlich. Ohne das gäbe es ja keine Gleichheit vor Gott. Der Unterschied der Seelen liegt nicht in ihrer Fähigkeit oder Unfähigkeit, die tiefsten Erfahrungen zu machen, sondern nur in dem Grade der Artikulation, mit welcher sie diese Erfahrungen zur Kenntnis nehmen dürfen. Selbst diejenigen, welche in ihrer Einfalt die geheimnisvolleren Zustände unserer Seele für »verstiegene Einbildungen« erklären, sind erfüllt und durchdrungen von ihnen. Immer wieder hofft man daher, daß selbst die unaussprechlichste innere Erfahrung einen Kenner findet, der brüderlich überrascht ausruft: »Genau dasselbe habe ich erlebt!«

In meiner begreiflichen Angst vor dem Schlaf hatte ich mich gestern mit Hilfe B. H.'s die ganze Nacht wachgehalten. Heute, da bereits die zweite Nacht meines Aufenthalts im Fortschreiten war, hatte ich meine Angst vor dem »Verlorengehn« vergessen, oder besser gesagt, weil ich mir selbst nach dem tragischen Geschehn viel unwichtiger geworden, so war auch die Angst vor dem Verlorengehn zusammengeschrumpft.

Dies der Grund, warum ich kühn meinen Schwalbenschwanz ablegte, meine Schuhe auszog und mich aufs Ruhelager warf, die Augen dem offenen Fenster zuwendend, durch welches die künstliche Bergnacht, wie wir sie schon kennen, ins Zimmer sah, und dann und wann auch schwache, angenehme Windhauche mein Gesicht mit Kühlungen überliefen. Und es geschah, daß ich, der erst vor kurzer Zeit von B. H. aus dem Alphabet gestochen und durch die hochentwickelte spiritistische Praxis meiner neuen Zeitgenossen aus dem Abgrund des Todes physisch und psychisch neu zusammengesetzt worden war, wieder auseinanderfiel. Nein, das ist übertrieben, und man stellt sich gewiß unter dem Worte auseinanderfallen etwas Unrichtiges vor. Ich fiel nicht in mehrere Bestandteile auseinander. Ich ging nur entzwei. Genau gesagt, ich wurde doppelt, wodurch ich allen ausgebildeten Psychologen die Gelegenheit biete, mich für einen armen Schizophrenen zu halten und beruhigt aufzuatmen.

Es geschah also, daß ich in zwei Hälften zerfiel, die unendlich weit voneinander entfernt waren. Und jetzt muß ich um gütige Nachsicht bitten, da ich mit durchaus ungenügenden Worten einen Zustand zu beschreiben habe, gegen den jeder lichtfrohe, wache Sinn sich wehrt, auch der meinige. Ich zerfiel nämlich in einen Herrn F. W., der sich so gut wie nirgendwo befand und nichts von sich wußte, und in etwas anderes, etwas zweites, etwas sehr Fragmentarisches, etwas äußerst Begrenztes, das aus keiner andern Funktion zu bestehen schien, als daß es um jenen ominösen Herrn F. W. wußte. In Wirklichkeit war dieses andere, dieses zweite, das von Herrn F. W. wußte, keine Person mit Leib, Seele, Willen, sondern nichts als ein frei im Raume schwebender Gewissensbiß (konzentriertes jäh illuminiertes Bewußtsein einer Schuld) oder, wenn man will, eine frei im Raume schwebende Furcht, die Missetat werde schließlich und endlich doch herauskommen. Welche Missetat, Jesus Maria? – »In jeder wirklichen Missetat ist Mord enthalten.« – »Wer ist der Ermordete?« – »Herr F. W. natürlich.« – »Der bin ich doch selbst.« – »Nicht so ganz, wie Sie denken.« – »Und wer hat Herrn F. W. ermordet?« – »Das, was von ihm weiß, das, was übriggeblieben ist, das, was sich fürchtet, daß es herauskommt.« – »Ich war nie ein Selbstmörder. Dazu war ich immer zu leichtsinnig, zu leicht sinnlich.« – »Niemand spricht von Selbstmord, es handelt sich um Mord.« – »Das könnte stimmen, denn ich habe ja nicht nur Herrn F. W. umgebracht, sondern auch A. B., A. C., A. D. und einige andere Ixypsilons.« – »Sind alle neben Herrn F. W. vergraben.« – »Ich bin doch nur ein Punkt von schmerzhaftem Wissen. Antworte ich mir selbst? Wer antwortet mir?« – »Hallo, hallo, hier spricht der Resonanzboden.« – »Soll das heißen, daß alles registriert wird von Ewigkeit zu Ewigkeit?« – »Überflüssige Frage. Zum Teufel mit euerm Polizeistaat! Kommt man niemals aus dem Polizeistaat heraus, von Ewigkeit zu Ewigkeit? Ich möchte der Teufel sein, wenn ich an die Dossiers der Kausalität denke.« – »Schon erfüllt, dieser Wunsch.« – »Aha! Das also ist die Hölle, in die ich vom Urlaub wieder zurückgekehrt bin. Ich weiß nicht wie und wo, aber ich hatte einen Urlaub.« – »Nein, das ist nicht die Hölle.« – »Natürlich ist es nicht die Hölle. Bitte verzeihen Sie mir, lieber Resonanzboden. Wie konnte ich nur so dumm sein? Die Hölle ist viel endgültiger. Ich hatte Urlaub nur aus dem Fegfeuer. Bittschön, kann ich mich vielleicht moralisch noch bessern?« – Keine Antwort. – »Kann ich vielleicht das corpus delicti und die anderen corpora delicti aus dem Wege räumen, die ich selbst vergraben habe, jetzt erinnere ich mich daran?« – »Vergraben heißt ja, schon aus dem Wege geräumt haben!« – »Moralisch bessern aber heißt wieder ausgraben, wie?« – »Recht so: Erkennen. Auf den Weg machen. Suchen. Finden. Ausgraben.« –

Ich habe versucht, das was in dem körperlosen Bewußtsein vorging, und was ich den frei im Raume schwebenden Gewissensbiß nenne, in der Form eines Dialoges darzustellen. Es war aber durchaus kein Dialog. Es war eine Art von Flut und Ebbe, ein rhythmisch atemartiges Hell- und Dunkelwerden in dem bewußten, doch beinahe abstrakten Teile meiner Existenz. Der unbewußte, aber konkrete Teil, jener gewisse Herr F. W., lag weit entfernt, irgendwo nirgendwo. Aber einzig und allein um ihn handelt es sich und um sein Ermordet- und Vergrabensein. Ich glaubte mit immer schärferer Gewißheit zu erkennen, daß ich mich nicht mehr auf Urlaub befand, sondern in die große Absenz zurückgenommen worden war. Diese Absenz war wirklich und wahrhaftig das *Fegfeuer*, wie ich es immer geahnt hatte. Ich war wieder zu dem Zustand zurückgekehrt, den ich während meines Urlaubs ganz vergessen hatte, zu jener dumpfen Unruhe, die sich auf meine Person und ihre Missetaten bezog, die von mir abgetrennt waren. Das also ist das Fegfeuer, dachte ich, der Zustand, von dem die Menschen nichts ahnen, solange sie leben. Das Fegfeuer liegt nicht in den Intermundien und auch nicht im Grauen Neutrum. Es liegt außerhalb des Raumes in seinem eigenen Raum und außerhalb der Zeit in seiner eigenen Zeit. Das Schrecklichste am Fegfeuer war, daß es hier gar keine Ablenkung gab, daß man mit keinerlei Wesen in Beziehung treten konnte, daß es, soweit ich persönlich reden darf, in einer unaussprechlichen Einzelhaft bestand, daß hier der Egozentrismus des Lebens sich in einem jenseitigen Egozentrismus übergipfelte und bestrafte, der jede Gemeinschaft mit andern Existenzen ausschloß. Es gab vermutlich, wie schon Dantes Reisebericht feststellt, viele Arten von Fegfeuer. Da aber das Leben der Seele, was immer es sei, nichts anderes sein kann als Leben, so darf ihm das Hauptprinzip des Lebens nicht abgehn, die Veränderlichkeit. Als Mensch des zwanzigsten Jahrhunderts hatte ich natürlich ein ganz anderes Fegfeuer zu durchstehn als etwa ein Mensch des vierzehnten Jahrhunderts oder etwa gar einer des Elften Welten-Großjahrs der Jungfrau. Auch war die Einzelhaft, in der ich mich befand, wahrscheinlich nur für bessere Leute bestimmt, für die sogenannte »Intelligentia«, deren zentraler Fehler ja im Egozentrismus besteht. Etwas Gutes aber hatte das Fegfeuer, eine *Chance*, und ich wünschte mir, während ich als Gewissensbiß in der großen Verlorenheit schwebte, ein neuer Swedenborg würde kommen und den Menschen von dieser Chance künden. Ich wußte nämlich plötzlich mit ganz unaussprechlicher Tiefe, daß ich wandern und suchen und finden durfte. Ja, ich durfte nämlich jenen Herrn F. W. suchen gehen, und eine innerste Hoffnung sagte mir: in dem Augenblick, da ich ihn finden und ausgraben werde, wird er nicht mehr tot sein, sondern frei und munter samt allen seinen Opfern. Doch wie ihn finden? Da alles dunkel ist. In welcher Richtung suchen? Da es keine Richtung gibt. Los, sagte ich zu mir, und nun begann ich mich wirklich zu bewegen. Wie, das könnte ich nicht sagen. Schweben war's lange nicht mehr. Es war auch kein bequemes Gefahrenwerden. Es war ein ewiges Sichhinschleppen, manchmal das Kriechen eines Tausendfüßlers in wegloser Öde, von nichts belebt als von jener Hoffnung. Noch immer glaubte ich zu kriechen, als der milde Strahl schon lange auf meinem Gesicht lag, als ich längst nicht mehr in ein punktartiges Schuldgefühl und jenen fernen, vergrabenen, seiner selbst nicht bewußten Herrn F. W. entzweit war, sondern bestens zusammengesetzt wieder auf dem Ruhebette lag. Wo? In welchem Ruhebett? Bedford Drive? Oder in der Kammer von Madame Pozñanská? Um Gotteswillen, das ist doch längst vorüber. Das war in dem Comptoir des Hochschwebenden. Inzwischen ist etwas Entsetzliches geschehen. Ein archaischer Revolver ist losgegangen. Io-Fra wurde aufgeopfert. Die Verlöbnisse sind gelöst. Ich protestiere. Nicht ich bin der Schuldige. Trotz des Tagesorakels. »Wer ist hier?«

Es war ein konventioneller Ausruf. So fragt etwa in kindlichen Geschichten ein erwachender Ohnmächtiger: »Wo bin ich?« Ich aber wußte schon eine ganze Weile lang, wer hier war. Und eine Frage lag mir auf den Lippen, die sonst eher in Opern und Operettentexten zu Hause ist als im wirklichen Leben: »Ist es ein Traum?« Nein, ich konnte darauf nicht mit hübscher Melodie trällern: »Es ist ein Traum, es ist ein Traum. Oh wonniges Entzücken.« Da ist schon eher der schwebende und kriechende Gewissensbiß in der Leere des Fegfeuers ein Traum gewesen, obwohl auch dies sich nicht einmal mit fünfundzwanzig Prozent Sicherheit behaupten läßt. Ich hielt den Mund und fragte zuerst gar nichts, sondern schaute und schaute. Die Braut, die an meinem Bette stand, die mich aus dem Fegfeuer gerettet hatte, war Wirklichkeit, war Fleisch und Blut, war Duft und Atem. Sie hatte ihr taubengraues Festgewand noch nicht abgelegt, obwohl ihr Hochzeitsfest blutig zerstört worden war. Sie schien sich im Gegenteil neu geschmückt zu haben. Auf der linken Handfläche trug sie vorsichtig ein weißes Ding, das genau wie ein großes Ei aussah. Es war aber eine Nachtlampe, oder richtiger eine Lichtquelle, denn ohne daß dieses Ei selbst leuchtete, verbreitete es einen milden Schein um seine Trägerin. Das erste, was ich tat war, meine Schleierdecke bis ans Kinn ziehen, denn es war mir unangenehm, in Hemdsärmeln dazuliegen.

»Verzeihen Sie«, murmelte ich verlegen.

Lala sagte überhaupt nichts, als verschmähe sie, trotz der astromentalen Erziehung zur feinsten, indirekten Konversation, in dieser Minute etwas Leeres und Förmliches zu sagen. Sie schaute mich an mit ihren herrlichen blauen Augensternen im regungslosen Gesicht. Somit war *ich* gezwungen zu reden.

»Ist etwas geschehen, Lala, ein neues Unglück?«

»Es geschieht viel«, entgegnete sie kurz und mehrdeutig.

»Kommen Sie deshalb zu mir?« fragte ich.

»Nein, nicht deshalb«, sagte sie.

»Ich glaube, Sie dürfen gar nicht zu mir kommen, Lala«, flüsterte ich, als sei Gefahr, daß man uns belausche, »zu mir, zu einem Todfremden. Sie sind doch noch immer Braut. Wozu gibt es die Kemenate im Hause? Was würde Ihr Vater denken, wenn er wüßte, daß Sie mich besuchen, so spät in der Nacht?«

Lala quittierte meine philiströse Frage mit einem sonderbaren leisen Lachlaut:

»Ich bin keine Braut mehr«, sagte sie trocken nach einer ziemlich gedehnten Pause.

Ich aber verfiel, mir zum Abscheu, wieder einmal in den belehrenden Ton, wie er mir Lala gegenüber wider Willen schon mehrmals unterlaufen war:

»Daß Sie keine Braut mehr sind, das ist nur Ihre subjektive Auffassung, Lala. Wie aber ist die objektive Rechtslage?«

»Meine subjektive Auffassung ist die objektive Rechtslage«, sagte Lala mit dem erstaunlichen Witz, zu dem kleine Mädchen manchmal in kämpferischen Momenten fähig sind.

»Ist der Fiancé im Hause?« fragte ich mißtrauisch.

In Lalas Blick trat bei der Antwort eine Schärfe, die mich durchforschte:

»Io-Do hat seine Waffen gepackt und ist aus dem Hause gegangen.«

»Und Sie, Lala, wissen Sie wohin er gegangen ist?«

»Zu schrecklichen Leuten, Seigneur.«

»Zu was für Leuten, Lala?«

»Zu den Verschwörern. Zu den andern Waffensammlern.«

»Sind das nicht harmlose Narren?«

»Sie träumen davon, ihre Waffen zu verwenden.«

»Tun Sie Ihrem Bräutigam nicht unrecht, Lala«, mahnte ich, »er hat weniger Schuld als Pech. Er hat nicht wissen können, und es ist auch absurd, daß in dem antiken Revolver der lebendige Tod steckte. Das übertrifft bei weitem die Gerstenkörner der Mumie, die man nach fünftausend Jahren einpflanzte, und die volle Ähren gaben.«

Lala schüttelte unzufrieden den Kopf:

»Es ist nicht ganz so, Seigneur. Io-Do hat den Bruder Io-Fra immer gehaßt und gequält. Und mich hat er betrogen, denn ich hab' nichts von der großen Verschwörung gewußt...«

Trotz dieser Enthüllungen gedachte ich, meine Verteidigung Io-Dos fortzusetzen bis zum Letzten.

»Lala«, sagte ich, »ich kenne den Menschentypus genau, zu dem Ihr Bräutigam gehört. Zu meiner besten Zeit stand er in Blüte. Als ich das erste Mal Io-Do und seine Waffensammlung sah, hab ich's sofort gespürt. Man nannte diesen weitverbreiteten Typus seinerzeit faschistisch.«

»Was bedeutet dieses Wort, Seigneur?«

»Faschisten, liebes Kind, das waren Parteimänner, welche die *alte* Weltordnung dadurch zerstörten, daß sie sie verteidigten. Aber lassen wir diese vermoderten Narreteien. Schließlich zerstörten auch die Antifaschisten ihre *neue* Weltordnung dadurch, daß sie sie errichteten. Leider wiederholt sich die Weltgeschichte wie das Wochenmenu einer kleinbürgerlichen Hausfrau. Sprechen wir lieber von Io-Do. Er wird zu Ihnen zurückkehren, Lala, durch das Unglück geläutert. Nach einem Jahre werden Sie ein neues Hochzeitsfest feiern, bei dem ich nicht anwesend...«

Lala unterbrach mich, indem sie eine Geste machte, als wolle sie mir den Mund zuhalten. Ich aber ließ nicht ab davon, immer hartnäckiger Io-Dos Partei zu nehmen:

»Sie waren beide seit früher Kindheit füreinander bestimmt. Die Sternproben haben dem Bund nicht widersprochen. Infolgedessen wird und muß alles noch gut werden...«

»Nie«, sagte Lala leise aber nachdrücklich und wiederholte zweimal »nie«.

Da gab ich's auf und lag still. Sie legte aber plötzlich ihre leichte, höchst mentale Mädchenhand auf meine Brust und ließ sie dort liegen, während sie mit der andern das lichtspendende Ei sanft meinem Gesicht annäherte. Ich fühlte sehr genau, daß dies ein kosmetisches Licht war, das mein Aussehen fälschte, indem es meine Falten glättete, mein Doppelkinn entfernte und mich um Jahre verjüngerte.

»Ich hätte es nicht tun sollen, Lala«, stöhnte ich.

»Was hätten Sie nicht tun sollen, Seigneur?« fragte sie mit Schwebungen der Zärtlichkeit.

»Die Hand auf Ihr nacktes Herzchen legen, vorgestern... aber Frau Ururgroßmama hat mich verführt.«

»Davon zu sprechen ist es jetzt zu spät«, sagte Lala und hatte plötzlich einen ähnlichen Mund wie GR^3.

»Aber ich bin doch viel zu alt für Sie, Lala«, stammelte ich, ein seliges Entzücken von tausend Volt tapfer niederkämpfend.

»Sie sind doch erst fünfzig«, lächelte das Mädchen mich hell an.

»Etwas mehr als fünfzig«, versetzte ich höchst ungenau.

»Da passen wir doch glänzend zusammen, Seigneur«, sagte sie.

Ich schloß die Augen, um stark bleiben zu können:

»Wegen der dummen Fünfzig ist es ja gar nicht, Lala. In meinen Tagen und besonders hierzulande gab es genug ältere Esel als ich, Esel von sechzig und fünfundsechzig, die achtzehnjährige Fratzen heirateten. Warum nicht? Aber meine Fünfzig freilich sind antike Fünfzig und keine mentalen Fünfzig. Wir müssen daher eine kleine Proportionalrechnung anstellen, die wahrscheinlich auch falsch ist, da ich ein schlechter Arithmetiker bin, selbst im Vergleich zum Einfältigen des Zeitalters. Also ›hundertachtzig Jahre‹, das durchschnittliche Lebensalter, verhält sich zu Ihren ›sechsundzwanzig Jahren‹, Lala, wie mein zu errechnendes relatives Alter ›X‹ zu ›über fünfzig‹, meinem absoluten Alter. Was kommt heraus? Oh Gott, helfen Sie mir doch, Liebste.«

»Rund dreiundneuzig«, sagte Lala, ohne einen Augenblick nachzudenken. Gesegnetes Kopfrechnen der astromentalen Jugend! Und sie fügte hinzu:

»Ich kann nicht verstehen, was Sie mir damit sagen wollen, Seigneur...«

»Ich will damit sagen, daß für mich ganz andere Gesetze gelten als für Sie, mein Kind.«

»Was gehen mich Ihre Gesetze an«, lachte sie.

»Sie gehen Sie etwas an, meine Gesetze«, bemühte ich mich um einen gefaßten Ton. »Der Altersunterschied zwischen uns ist wahrhaftig nicht wichtig, Lala, das gebe ich Ihnen zu. Ich fühle mich jung. Ich fühle mich sogar viel zu jung. Mit vollem Recht hat mich heute mein Freund B. H. infantil genannt, das heißt, ein bemoostes, aber unreifes Haupt. Ich habe keine Angst vor Ihnen, Lala. Was die Jugend anbelangt, werden wir glänzend zusammenpassen, ob ich nun über fünfzig bin oder dreiundneunzig. Es handelt sich um etwas ganz anderes.«

»Und was ist dieses ganz andere?« fragte sie singend, wobei sie sehr leicht mit ihrer Hand über meine Hemdbrust streichelte.

»Wissen Sie nicht«, stieß ich hervor, »daß ich nur ein Toter auf Urlaub bin? Wissen Sie nicht, daß ich im ältesten Altertum stecke, während Sie in der fernsten Zukunft leben? Schon am ersten Abend unserer Gemeinschaft, Lala, werden Sie die Lükken nicht ertragen, die ich in jedem Wort zu erkennen gebe. Und dann, wissen Sie nicht, daß ich nur auf Widerruf existiere? Muß ich Ihnen das alles erst sagen, Lala?«

Das Mädchen sah mich ruhig an. Meine Eröffnungen hatten sie nicht im mindesten erschreckt:

»Sie hätten gar nichts sagen müssen, Seigneur, denn ich weiß alles. Und es ändert nichts.«

»Wahnsinn, Lala«, schrie ich beinahe, »Sie wissen nichts, überhaupt nichts. Sie haben keine Ahnung, wie Ihre liebe süße Hand keine Linien hat.«

Sie zog schnell und tief beschämt ihre Hand von meiner Hemdbrust.

»Ja, ich habe keine Linien auf der Hand«, sagte sie, »aber ich habe etwas dafür, was niemand weiß außer Vater und Mutter. Und ich will mit Ihnen gehen, und ich bin glücklich, daß der Bräutigam fort ist...«

»Sie wollen mit mir gehen, Sie wollen mit mir gehen«, flüsterte ich mit schwindender Fassung.

»Ja, wir wollen zusammengehn, Seigneur«, sagte Lala und reichte mir mit kindlich weiblicher Resolutheit meinen Schwalbenschwanz, den ich über den Liegestuhl gelegt hatte. Nicht wie jemand, der nur Schleierraffungen kennt, ergriff sie das phantastische männliche Ehrenkleid der Urzeit, sondern wie eine echte Frau, die schon wohl erfahren ist in der Garderobe ihres Gatten. Es war hold und rührend, doch ich hatte keine Zeit darüber nachzudenken. Sie stand da, um mir in den Rock zu helfen, nachdem sie das Licht und Glätte verbreitende Ei irgendwohin fortgelegt hatte. Ich sprang vom Bett, trat in meine Schuhe und schlüpfte in den Schwalbenschwanz. Wie schrecklich, daß ich nicht einmal Kamm und Bürste besaß, ich schäbiger alter Bursche.

»Was haben Sie vor, Lala«, fragte ich, »wohin?...«

»Gibt es einen andern Platz für mich als den *einen*?« erwiderte sie auch mit einer Frage.

Ich hatte versucht, mit den nackten Händen mein trocknes, zausiges Haar in Form zu bringen:

»Warum soll es für Sie, Lala, nur *einen* Platz auf dieser Welt geben«, rief ich empört aus.

»Aber es ist ja gerade der Platz, wohin ich will«, sagte sie mit Nachdruck und schloß viel leiser:

»Ist es denn nicht auch Ihr Platz?«

Nun wußte ich alles. Sie hatte den Dschungel gewählt. Und wenn sie sagte, es sei auch mein Platz, so sprach sie nichts als die volle Wahrheit. Der Dschungel war *mein* Platz. Er war das Refugium alles Vergangenen, Altertümlichen, Zurückgebliebenen, Primitiven, Traulichen, das in mir lebte. Es war sozusagen meine Zeit inmitten der fremdesten Zukunft. Auch schien er der einzige Weg zu sein, der mir offen stand, um den Abenteuern meiner Forschungsreise zu entkommen und weiter am Leben zu bleiben. Wir würden in einem der weißen Häuschen wohnen, wie ich sie gestern von der Brustwehr aus gesehen hatte, so überlegte ich unaufhaltsam. Es wird sich leicht machen lassen. Wir werden von Milch und Brot leben und vielleicht sogar auch von Eiern. Allmählich wird Lala sich ja auch an die Hühner gewöhnen. Ich könnte Schullehrer werden oder Märchenerzähler oder Ausrufer oder öffentlicher Schreiber, da der Dschungel gewiß von Analphabeten wimmelt. Mein Frack paßt zu all diesen Berufen ausgezeichnet. Im Dschungel war ich zu Hause, ohne Zweifel. Aber war Lala im Dschungel zu Hause? Welche Erniedrigung für sie.

»Lala«, hörte ich mich laut rufen, »seien Sie doch vernünftig. Sie gehören nicht in den Dschungel, in das säuische Getümmel der Urzeit...«

Wie zur Antwort nahm das Mädchen den ebenholzschwarzen Haubenhelm mit einer seltsam entschlossenen Gebärde vom Kopf und ließ ihn drei Atemzüge lang über ihrem Scheitel schweben. Von einer Fülle schwarzen seidenfeinen Haares zu sprechen, wäre eine Grobheit. Es war eher eine Aura, ein Perisprit, eine Ahnung von dunklem Haar, das Lala zwei Augenblicke mich sehen ließ. Man wird aber begreifen, daß diese Selbstentblößung eines rührend mentalen Gebrechens mich um den letzten Rest meiner Fassung brachte. Nicht nur war für mich Lalas strahlende Schönheit noch unendlich schöner geworden, so daß die gebietende und entfernende Fremdheit durch die Aura von Frauenhaar hinwegschmolz; was geschah, war viel mehr als eine Steigerung des sinnlichen Reizes allein. Ich fühlte in einer unausdeutbaren Weise Lala mir historisch angenähert. Zwischen uns hatte sich eine neue süße Nachbarschaft erschlossen. Ich wußte von Lala, was nur Vater und Mutter von ihr wußten. Sie hatte ihr Geheimnis dahingegeben, um mir zu beweisen, daß sie mehr an meine Seite gehöre als zu Io-Do und den Gecken und Stutzern dieses Zeitalters. Inmitten dieser siriusfremden Welt, in die ich hineingeschneit war, blühte plötzlich eine Vertrautheit und eine Verschworenheit auf, wie sie nur das Weib dem fremden Manne schenken kann. Die Folge war: ich verlor den Kopf. Ich glaubte, es habe 1920 oder 1930 geschlagen. Ich zog Lala an mich, ich küßte sie und empfing ihren Kuß.

Um dieses Kusses willen muß ich hier leider den Roman unterbrechen, damit ich der Reisebeschreibung gerecht werde. Meine Pflicht gebietet mir ja die wichtigsten Unterschiede zwischen den Anfängen der Menschheit und dieser sehr fernen Epoche festzuhalten. Niemand wird bestreiten, daß der Kuß ein gewiß nicht unwichtigeres Phänomen darstellt als etwa jenes Festmahl nach meinem ersten Erscheinen, dem ich im fünften Kapitel eine so eingehende Schilderung gewidmet habe. Zuvörderst wird es so manchen mit großer Befriedigung erfüllen, daß der Kuß zwischen Mann und Weib von keinerlei Berühungs-Hygiene abgeschafft worden war. Da ich die ganz unerwartete Ehre und das ganz unverdiente, ja schwindelerregende Glück eines Kusses von astromentalem Mädchenmund genossen habe, so darf ich mich billigerweise nicht mit der Schilderung des rein sentimentalen Vorgangs begnügen, sondern muß eine kurze aber besonnene Analyse einschalten. Man war in diesen Dingen zu meiner Zeit eher heftig und unbeherrscht. Als ich aber Lala so unvermutet, so plötzlich in meinen Armen hielt, verging mir die mitgebrachte Heftigkeit schnell. Wiederum, wie so oft, fühlte ich mich, der ich eigentlich das Gespenst war, als den grobmateriellen und brutalen Part in dieser astromentalen Gemeinschaft. Der Mädchenkörper, der in meinen Armen lag, war so geisterhaft, so schwerlos, so seelenzart, so überfeinert, wie es das Auge vorher gar nicht hatte voll erkennen dürfen. So auch war der Kuß nicht wie in der Vor- und Urzeit, ein leidenschaftliches Ineinanderschrauben der Lippen u.s.w., sondern nur hauchzarte, elfenmilde Kaum-Berührung der Münder, die der Seele zu empfinden überließ, was der Körper an direkter Befriedigung sich selbst versagte. Man wird mir den Vergleich vielleicht übelnehmen, im Kuß aber offenbarte sich dasselbe Prinzip, das ich im Hinblick auf die mentalen Säftchen und Süppchen schon auseinandergesetzt habe: die Unterschiedenheit von Materie und Substanz: So viel Substanz und so wenig Materie als möglich. Der Kuß selbst, solange er auch währte, war äußerlich wenig mehr als ein Verschmelzen des Atems, eine Annäherung der leiblichen Grenzen – der seelische Vorgang jedoch, der durch diesen keusch beschränkten Kuß ausgelöst wurde, war so übermächtig, daß ich endlich, eine Ohnmacht fürchtend, mich jäh von Lala losreißen und wegwenden mußte. Ja, ich wandte mich ab und schaute krampfhaft in die leere, falsche Nacht des Fensters, um das Mädchen nicht mehr zu sehen. Obwohl solche Geständnisse und gar bei Personen gesetzteren Alters recht peinlich sind, so muß ich doch bekennen, daß ich buchstäblich an meinem ganzen dubiosen Leibe zitterte. Wenn man noch im neunzehnten Jahrhundert auf die Welt gekommen ist, so mag es zur Not hingehen, daß man als mutiger Mann um 1950 herum ein Mädchen küßt; dasselbe aber im Elfen Weltengroßjahr der Jungfrau zu tun, das ist absurd, das ist gottverboten.

Schon hatte das unsagbare Entzücken dieses Kusses sich in einen logisch brennenden Schmerz verwandelt. Ich warf mich der Länge nach wieder aufs Ruhelager, mein Auge mit aller Kraft wegzwingend von Schön-Lala, damit ich nicht verloren sei. Dafür aber hielt ich ihr eine lange lederne Rede, und alle Gründe, die ich ins Treffen führte, waren ebenso ausgezeichnet wie sinnlos:

»Ich darf Sie nicht ansehen, Lala«, begann ich, weil ich sonst sofort mit Ihnen ginge. Aber darf ich mit Ihnen gehen? Denken Sie nach, bitte. Ich bin zwar nicht freiwillig in das Haus Ihrer Eltern gekommen, in das Haus der Hochzeit. Ihr Kreis hat mich zitiert, ohne vorher bei mir anzufragen, was meine Verantwortung aber nicht ganz aufhebt. Denn auch all das, was einem zustößt, steht mit auf der Schlußrechnung. Ich bin Gast in Ihrem

Elternhause, ein entsetzlich fremder, befangener und genierter Gast. Wieweit meine Anwesenheit mit dem geschehenen Unglück zusammenhängt, weiß Gott allein. Ich aber war zu lange drüben in der Absenz, um nicht zu wissen, daß solche Zusammenhänge bei weitem nicht so ausgefallen sind, wie die kleinen, matten, sinnlich abgelenkten Geister so annehmen und wünschen. Das Diesseits ist ja der Schatten, den das Jenseits wirft und nicht umgekehrt. Doch ob nun mein Besuch mit Io-Dos Schuß zusammenhängt oder nicht, es wäre ein abscheuliches Betragen, der Nutznießer des Unglücks zu sein und dem flüchtigen Bräutigam die Braut zu entführen, noch ehe der Hochzeitstag aufdämmert. Sowas wäre äußerst unappetitlich gewesen, pfui Teufel noch einmal, selbst in den allerersten Anfängen der Menschheit, in den Epochen von Pfeil und Bogen, von Dolch und Degen, lang vor der geliebten Eisenbahn. Wenn ich von meinen Jahren spreche, Lala, dann lachen Sie Ihr silbern mentales Lachen. Aber ich habe nicht mehr das Recht, mein eigenes Glück und meine eigene Trunkenheit zum Mittelpunkt der Welt zu machen. Oh, ich hab's getan in meinem Leben immer und immer wieder. Ich verzichte nicht auf das Recht, in Sie verliebt zu sein, meine Lala. Das Recht aber, daraus egoistische Konsequenzen zu ziehen, hab' ich nicht mehr. Als ein Revenant bin ich dazu verpflichtet, alles zu vergessen, was sich zwischen uns begeben hat, selbst den Kuß, den ich nie vergessen werde... Es geht um *Ihre* Zukunft. Ein wenig ist mir aber auch um mich selbst angst und bange. Wissen Sie, was Sie vorhin getan haben, mit Ihrem leuchtenden Ei, süßes Kind? Sie haben mich direkt aus dem Fegfeuer geweckt. Dort scheint meine eigentliche Residenz zu liegen. Dort hänge ich teils als Gewissensbiß im Leeren, teils krieche ich herum als Tausendfüßler der Schuld, um mich und meine andern Mordopfer auszugraben, die ich irgendwo verscharrt habe. Wenn ich mit meinem Bäuchlein auch nicht ausschaue wie ein Verführer, Lala, glauben Sie's mir, man ist in der Urzeit mir nichts dir nichts zum Blaubart geworden. Auch jetzt haben nicht Sie mich verführt, wie ich Ihnen gerne weismachen möchte, sondern ich Sie, weil der Mann schon dadurch verführt, daß er begehrt. Ich will aber niemanden mehr verscharren müssen, niemanden mehr und am wenigsten Sie, Schön-Lala...«

Während ich wirren Sinnes und schweren Herzens dieses Gestammel hervorbrachte, meine Augen auf die weiße Wand gerichtet, war mir's, als hörte ich viele Schritte. Sie schwiegen nicht, als ich meine Rede abbrach, sie wanderten auf und ab, draußen im Labyrinth und innen in mir. Hingegen schwieg sehr höhnisch der Raum, in dem ich lag. Plötzlich empfand ich eine wilde Angst, die göttlichste Gelegenheit meines Lebens weggeworfen zu haben.

»Gehen wir, Lala«, schrie ich beinahe auf und sprang vom Bette. Doch wo war Lala? Meine moralisierende, säuerliche Rede hatte sie mit Recht vertrieben. Die göttliche Gelegenheit war versäumt für immer. Meine Anständigkeit als Gast und gesetzter Ehrenmann blieb gewahrt.

Schlaflos starrte ich in die Luft. Gott weiß wie lange. Es wuchs in mir immer unwiderruflicher der Entschluß, meinem astromentalen Abenteuer ein Ende zu machen. Wie das geschehen sollte, das wußte ich nicht. Es gab nur eines: »Fortgehen«. Im Hause der Hochzeiter hielt es mich nicht länger. Ich werde einfach gehen und gehen und gehen und irgendwo hinkommen. So dachte mein strapaziertes Gehirn. Ich werde niemanden mehr sehen und sprechen, vor allem nicht B. H. Der Wiedergeborene nämlich, mein bester Freund, würde mich überzeugen, würde mich überreden, würde mich zwingen hierzubleiben, obwohl mein Aufenthalt zwecklos geworden war für alle Teile, zwecklos für das zerstörte Hochzeitsfest und zwecklos für mich, denn ich hatte genug gesehen und gehört. Ich hatte in einer handvoll Stunden alles gesehn, gehört, gefühlt, was neu und wesentlich war in dieser astronomentalen Welt, vorzüglich aber den Djebel und das All, welches er umschloß. Das einzige, was ich nicht gesehn hatte, war jene Institution, die man dunkel und wahrscheinlich euphemistisch den »Wintergarten« nannte. Wenn ich meine geheimsten Empfindungen prüfte, so war ich noch immer neugierig, diese Institution kennenzulernen, in welcher sich die Epoche zu vollenden schien, wenn ich auch nicht im mindesten ahnte, wie. Doch nichts Sehens- und Wissenswürdiges dünkte mich nun, da Lala gegangen war, wertvoll genug, um mich neuen Lebenskonflikten auszusetzen und meine arme Seele, die es schwer genug hatte in ihrem gewohnten Fegfeuer, mit neu acquirierten Schwierigkeiten zu belasten. Unter all diesen wolkigen Überlegungen herrschte in mir eine qualvolle Unruhe, die ich nicht besser bezeichnen kann als: zielloser Fluchttrieb. Ich fühlte in meiner Tasche das Reisegeduldspiel, doch wollte ich es keineswegs benützen. Ich wollte gehen und gehen. Wenige Sekunden später schon stand ich im Garten unter den Lederlaubbäumen mit den regungslosen Wachsblüten. Die Riesenmotten gaukelten und zwitscherten erregt zu dieser Stunde. Ich trat durch die Gitterpforte ins Freie, das heißt ins Öde.

Es mochte fünf Uhr früh sein. Das erste Morgengrauen hob an, sich bemerkbar zu machen. Herzwürgend war diese Leere der astromentalen Erde. Es gehörte starke Einbildungskraft dazu, sich unter dem eisengrauen Rasen von Horizont zu Horizont das Labyrinth der lebendigen Panopolis mit ihren tausend Teilstädten vorzustellen. Ich selbst verlor fast den Glauben an die Existenz der Allstadt, obwohl ich soeben aus einem ihrer Häuser hervorgetaucht war. Noch niemals war mir die Erde so sehr als einsamer Planet erschienen wie in dieser Aprildämmerung. Trotz der Millionen Menschen und ihrer hochentwickelten Geistes- und Seelenkräfte tief unter der Rasendecke, auf der ich dahinschritt, kam Gäa oder Eva mir verlassener vor als Johannes Evangelist und Apostel Petrus. Wie gerne hätte ich jetzt zwei Melangeloi des Erdplaneten zu Begleitern gehabt. Die Engel drückten sich aber im Augenblick oder gaben sich nicht zu erkennen. Da dachte ich an den Dschungel. Vielleicht war der Dschungel wirklich ein neuer Besserungs-Versuch, den Gott mit den Menschen anstellte, nachdem Experiment 7958 (Astromentalismus) wieder nicht geglückt war. Hatte Minjonmans Sohn recht, den Dschungel für die Grundlage der Erneuerung zu halten? Meine Hand zuckte nach dem Reisespielzeug. Der

Dschungel war mein Platz. Lala hatte es richtig erkannt. Nein, nein, der Dschungel ist alter Mist. Mir standen ja drei andere Refugien offen, sollte es nötig sein. Der Großbischof und König Saul hatten sie mir angeboten, und der Hochschwebende würde mich gewiß nicht abweisen. Während meine Gedanken vertrauensvoll diese drei Persönlichkeiten suchten, hatten meine Füße zu meiner Freude einen schmalen, ausgetretenen Pfad im eisengrauen Rasen entdeckt. Den gingen sie morgenlich munter entlang, ohne zu wissen wohin.

Vor mir erhob sich ein silbriger Dunst, wie ich ihn noch nie erlebt hatte. Das war nicht der feuchte Dämmernebel, der einst vor Sonnenaufgang von der Erde aufzusteigen pflegte. Es war die Ausdünstung oder die Emanation des grauen Rasens, eine Art von elektrisch nervösem Tau, der ein wenig an den Qualm des Mare Plumbinum erinnerte, nur daß er viel feiner und langsamer emporschleierte. Ich hatte ja inzwischen schon lang Sinn und Aufgabe des allumspannenden Rasens kennengelernt. Wenn er, oberflächlich betrachtet, das liebe grüne Gras der Vorzeit zu ersetzen schien, so spielte er doch in Wirklichkeit eine weit wichtigere Rolle: Er war der gemeinsame »Stromleiter« aller Nervenregungen, Gedankenzuckungen, Empfindungswallungen und Willensballungen, welche die mentalen Menschen einander zusandten. Im Bereiche dieses dichten Rasens, der genau die graue Farbe der Nervensubstanz zeigte, war alles Menschliche miteinander seelenhaft verbunden. Die scharf eingestellten Wünsche gelangten mit Leichtigkeit zu den Zusammenstimmern, da der flaschengrüne Glasfluß des Geodroms alle Ströme, die ihm der Rasen zutrug, verstärkte und aufs deutlichste auseinanderhielt. Das war der Grund, weshalb man jenseits des eisengrauen Rasens, das heißt jenseits der Kulturwelt, die Ziele viel schwerer oder gar nicht auf sich zubewegen konnte. Die Hügel und Berge der Dschungel zum Beispiel mußte man, wie wir es bald selbst erleben werden, mit eigener Kraft erkraxeln oder mittels Rad und Achse befahren.

Während ich so in dem silbernen Morgendunst der Panopolis dahinschritt, des Pfades nicht achtend und des Zieles völlig ungewiß, wuchs plötzlich, keine dreißig Schritte entfernt, gegen den immer helleren Horizont eine feine Gestalt auf, die mein Herankommen gelassen erwartete. Ich war durchaus nicht darauf vorbereitet, zu dieser Stunde der Ahnfrau im Freien zu begegnen. Ich muß gestehen, ich habe im Leben selten eine Schönheit angetroffen, die in solcher Harmonie mit Zeit, Ort und Licht gekleidet war wie GR ^{3} im Hinblick auf diese Morgendämmerung. Sie war um und um in silberne Schleier gehüllt, als sei sie selbst nichts anderes als ein Sinnbild der mentalen Vortragsstimmung. Ich darf den hohen, stilisierten Hirtenstab nicht vergessen, auf den sie sich nonchalant stützte. Er war mit einem Bouquet der rostroten Strauchblumen geschmückt.

»Eure Elegance hat sich bereits erhoben«, verbeugte ich mich verlegen, »Madame schläft nicht mehr...«

»Nein, Madame schläft nicht mehr«, erwiderte GR ^{3} mit ihrem tiefen Alt, der farbigsten Stimme der astromentalen Welt, und wenn ich Ihre Elegance recht verstand, meinte sie, daß mit rund zweihundert Jahren der Schlaf ganz und gar überflüssig geworden war.

»Ich möchte Madame bei Ihrem Morgenspaziergang nicht belästigen«, grüßte ich und wollte vorbeigehen, Io-Fagòrs Mahnung eingedenk, die Ahnfrau möge ihre Atmungsorgane in freier Luft schonen.

»Belästigen«, gurrte der satte Kontra-Alt, mich zurückhaltend. »Wer sich spät niederlegt und früh auf ist, weiß mehr als die andern und lebt mehr als die andern.«

Ich erklärte mit etwas gezwungener Galanterie, daß Madame, würde sie sich auch nicht so spät hinlegen und so früh erheben, unvergleichlich mehr wüßte und mehr erlebte als alle anderen. Die jugendschöne Uralte sah mich an aus den tiefliegenden Augen in ihrem emailleglatten schattenlosen Gesicht. Ich konnte nicht unterscheiden, ob der Ausdruck in diesen Augen höhnisch, traurig, starr, böse oder nur überaus kurzsichtig war:

»Ich weiß zum Beispiel und habe erlebt«, sagte sie, »daß unser Kindchen auf und davon ist...«

»Unser Kindchen? Wen meint Madame?« stammelte ich, obwohl ich genau wußte, wen Madame meinte.

Die Ahnfrau raffte ihren silbernen Schleier um den makellosen Leib zu einer neuen Faltenverteilung. Es war die charakteristische Attitude der modernen Weltdame:

»Aus dem Zimmer Seigneurs ging das Kindchen auf und davon, so wie es war, aber vorher nicht gewesen ist...«

Ich fühlte, wie ich erstarrte und blaß wurde:

»Lala«, stieß ich hervor. »Was soll das heißen, auf und davon? Wohin auf und davon?«

»Wozu fragen, wenn man sich's schon selbst beantwortet hat«, sagte die Ahnfrau, und ihre Stimme war ganz dunkelsamtig von heuchlerisch moralischer Entrüstung. »Es ist der Weg der feinen Kätzchen, es ist der Weg Melbas...«

»Das darf nicht geschehn«, rief ich, »das kann man nicht dulden, das muß verhindert werden.«

»Wer soll es verhindern, Seigneur«, seufzte die Ahnfrau tief auf.

»Es bleibt nichts anderes übrig«, sagte ich, »ich muß sie zurückbringen. Ich werde sie zurückbringen...«

»Brav, brav, brav«, gurrte die fürchterlich reizende Alte, »am besten bevor das Haus erwacht, bevor die Stadt erwacht, bevor die Ereignisse beginnen und enden...«

Es war einer jener Augenblicke, in denen man herumirrt wie in einem Labyrinth. Die Ahnfrau wußte, daß die Braut einen Teil der Nacht in meinem Zimmer verbracht hatte. Sie ließ durchblicken, daß sie glaubte, die Braut habe das Zimmer als eine andere verlassen, als sie es betreten. Was sie wußte oder zu wissen glaubte, würde nach dem Erwachen das ganze Haus, die ganze Stadt zu hören bekommen. Unschuldig war ich somit zum ehrlosen Schurken geworden, der die Gastfreundschaft mißbraucht, der das Kind des Hauses, die jungfräuliche Braut eines andern in seinem Zimmer vergewaltigt, obwohl er nicht einmal den Anspruch darauf erheben kann, ein redlich lebendiger Mensch zu sein. All das war in den Worten von GR^3 als erpresserische Drohung enthalten und ließ mir keine Wahl. Sie hatte mich in der Hand. Zugleich aber war etwas ganz anderes in ihren Worten enthalten und schwang mit in dem Ton, mit welchem diese gesprochen wurden. Es war die kupplerische Ermunterung, die göttliche Gelegenheit wahrzunehmen, Lala in den Dschungel zu folgen und dort mit ihr für immer zu verschwinden. Begreift man meine Lage? Ich hatte nur zwei Wege zur Wahl, einen moralischen und einen unmoralischen. Beide aber, der moralische wie der unmoralische, waren ein und derselbe Weg, denn beide führten zu Lala. Es hätte eines stärkeren Charakters bedurft als ihn Benoits Schuldner besaß, um in diesem Fall auch den moralischen Weg, als eine Maskierung des unmoralischen, zu vermeiden.

Die Sonne ging auf, den fremdartigen Dunst zerteilend. Niemals während meines ganzen Aufenthalts war ich mir weniger bewußt, in der vorweggenommenen Gegenwart einer spätesten Zukunft zu leben, als in dieser Minute. Es war reine fraglose Gegenwart um mich, denn Eros kennt keine andere Zeitform. Zugleich aber blinzelte ich zur Sonne auf: Wie wär's jetzt mit einer Herzattacke, mit einer Transparenz oder noch besser mit der Selbstzerstörung gemäß Urslers erstem grundlegenden Paradox? Die Sonne reagierte nicht auf meine Einflüsterung.

Ich drehte mich um. Etwas hatte mich dazu gezwungen. Dort bewegte sich mit schwingenden Schrittchen am blumenbekränzten Stabe GR³ auf unsern Hausgarten zu. Sie glich im silbergrauen Schleierwurf, auf Kothurnen und mit hohem Kopfputz, schlank und geziert, den allbekannten Stichen des achtzehnten Jahrhunderts, auf denen griechische Göttinnen, Nymphen und Dryaden dargestellt sind. Ich schickte ihr eine starke, böse Regung nach. Diese starke, böse Regung traf sie mitten in den schmalen Rücken. Sie wankte vor Schwäche, die Zweihundertjährige, und ich dachte, sie würde umsinken. Doch weit gefehlt, sie sank nicht um. Ich hatte nicht gerechnet mit der willenskräftigen Eitelkeit der astromentalen Menschheit, die in Lalas Ururgroßmutter verkörpert war. Die Jugendschöne erfing sich im Nu und verwandelte mit bewundernswerter Geschicklichkeit ihr Wanken und Taumeln in ein leichtgemutes, morgenfröhliches Tänzeln und Schwänzeln.

Sie blieb nicht einmal stehen, um Atem zu schöpfen.

Ich aber griff in die Tasche nach meinem Reisespielzeug.

Ende des Zweiten Teils

Dritter Teil
Dritter Tag

Die Flucht aus dem Wintergarten

Es gibt zwei Grundarten von Engeln. Die einen halfen dem Menschen von Anfang an, die Erde wohnlich einzurichten. Die andern verhinderten ihn daran. Die Menschheit ist noch lange nicht reif genug, damit man vor ihr enthülle, welche von diesen Engeln die guten sind und welche die bösen.

Valentinus, der Gnostiker. Zitiert aus dem ›Syntagma‹ des Hippolytus um 170 nach Christi Geburt.

Neunzehntes Kapitel

Worin ich die Vorbereitungen in Dschungel-Bergstadt aus nächster Nähe beobachte, von einer verwandelten Lala Abschied nehme und gänzlich unvermutet zum Unterhändler bestimmt werde.

Und da saß ich nun wieder einmal an einem richtigen eichenen Ratskellertisch, in einem großen, rauschenden, raucherfüllten Lokal, von dem ich den bestimmten Eindruck davongetragen habe, daß es »Brauhaus zum Mittelpunkt« hieß. – Dürfte ich mit diesem lebhaften Satz das untenstehende Kapitel beginnen, wäre uns beiden geholfen, dem Leser und mir. Doch gerade darin liegt ja die Schwierigkeit. Ich darf mit solchen vitalen und wangenroten Sätzen den Sprung in medias res nicht wagen. Das widerspricht dem inneren Gesetz dieser Reiseerzählung, das mir befiehlt, die epische Illusion zu vermeiden und um der heiklen Wahrheit willen den Leser immer wieder hinter die Kulissen meiner Arbeit zu führen.

Auf meinem Schreibtisch liegen viele, viele Zettel, vollgekritzelt mit raschen Notizen. Ich treibe keinen plumpen Schwindel und behaupte nicht, daß ich diese Notizen mitgebracht habe. Immerhin aber gehören sie zu den ältesten Dokumenten meiner Reise, man möge dieselbe definieren als was immer man will. Diese Notizen, meinen Aufenthalt im innern Dschungel betreffend, gehören nämlich zu den Aufzeichnungen, die ich bereits in den ersten Tagen nach meiner Rückkehr in das Jahr 1943 aufs Papier geworfen habe, und zwar meist in einer Schrift, die ich selbst nur mit Mühe entziffern kann. Ich greife wahllos Folgendes heraus:

»Vergiß nicht, daß Dschungel-Bergstadt wirklich eine Bergstadt mitten im Dschungel war, vielleicht hieß sie Montin, ich weiß es nicht mehr. Das Wesentliche, was ich weiß und was mich noch immer wundert, Bergstadt war nicht antik, nicht italienisch, nicht spanisch, nicht mexikanisch, obwohl sie hätte erwartungsgemäß am ehesten mexikanisch sein müssen mit Indios und Mestizen, da wir uns in Californien befinden. So logisch aber ging es nicht zu. Bergstadt war eher slawisch oder vielleicht schottisch, nüchtern, während die Bauern der Umgebung aus unbekannten Gründen Albanern glichen.« – »Man hatte mir die Augen verbunden. Ich konnte ja ein Spion der Mentalen sein.« – »Wie soll ich die Quintessenz der Vision klarmachen? Das, was mich noch jetzt am stärksten beunruhigt, ist folgende Frage: Wie konnten astromentale Panopolis (öde, graue Nervensubstanz) und Dschungel (altfränkisch, biertrinkend, bäuerlich, magisch) nebeneinander auf derselben Erde existieren? Diese Coexistenz war mir selbst so unsagbar evident. Jeder Versuch, den Widerspruch zu überbrücken, wie zum Beispiel die Behandlung der Frage, warum Bergstadt unter dem ewig blauen Himmel grau ist, wird die Evidenz des Erlebten herabsetzen.« – »Die mentale Tageszeit schien auch von der Tageszeit im Dschungel verschieden zu sein trotz derselben Sonne. So auch schienen zwischen der Lala der kurzverwichenen Nacht und der Lala dieses Morgens ganze Wochen und Monate zu liegen.« – »Ich weiß nicht mehr, ob's eine Schwebe-, eine Seilbahn war, wie zum Beispiel in Bozen, die mich nach Bergstadt oder Montin brachte. Obgleich ich sofort einnickte, hatte ich eher das Gefühl, in der Scenic Railway eines Lunaparks zu sitzen. Jedenfalls ging alles im Hui...«

Die obigen Zitate bilden nur eine schmächtige und ganz zufällige Auswahl jener Erinnerungen, wie ich sie zu Hunderten hingefetzt habe, als sie noch frisch waren. Inzwischen haben sich diese Erinnerungen kaum wesentlich verdunkelt. Ich schiebe jetzt vor dem Auge des Lesers deutlich den Zettelhaufen zur Seite, weil viel zu viele Details durch ihn in mir wachgerufen werden, welche einer knappen Darstellung meiner Mission im Dschungel im Wege stehn würden. Das Wort Mission rutscht soeben in die Zeile. Daß sich meine moralische Absicht, Lala zurückzuholen, oder meine unmoralische Absicht, mit ihr im Dschungel zu leben, so plötzlich zu einer Mission und gar zu einer politischen Mission entwickelte, das hätte ich selbst am wenigsten gedacht. Mein Auge fällt noch einmal auf den obersten der fortgeschobenen Zettel. Dort lese ich zwei Fragen: »Warum waren die Wachen mit den Alpenstöcken abgezogen?« – »Wer war's, der mir die Augen verband wie einem Parlamentär?«

Die erste Frage kann ich nicht beantworten. Sie beweist mir aber, daß ich die Wachen entlang der Brustwehr vermißte, als ich in den Festungsgraben hinabkletterte. Wahrscheinlich war Verrat im Spiel.

Die zweite Frage ist leicht beantwortet. Eine Gruppe von sonntäglich gekleideten Dschungelbauern schien mich erwartet zu haben. Sie entschuldigten sich in einem rauhen Berglerdialekt der Monolingua (den ich aber ausgezeichnet verstand), daß sie den Auftrag hätten, mich mit verbundenen Augen nach Bergstadt zu bringen. »Bitte, bitte«, lachte ich, »ich lasse mir gerne die Augen verbinden, wenn man mich nur rasch genug zur Vorzugsbraut Io-La transportiert.« Es sei eine ganze Anzahl der ehedem taubengrauen Bräute im großen Brauhaus versammelt, und der Transport werde nur wenige Minuten in Anspruch nehmen, da es ja keinen Sinn habe, den langsamen Aussichtswagen zu benutzen, sondern der Expreßcaisson schon bereit stehe. »Um so besser.« Einer der braunhäutigen Skipetaren oder Edelzigeuner entfaltete ein rotes Seidentuch und verband mir respektvoll die Augen.

Als man mir in Bergstadt vor dem Brauhaus des Mittelpunkts das Tuch wieder abnahm, konnte ich in aller Ruhe einen Blick um mich werfen. Ich befand mich, das war mein Eindruck, in einer ziemlich trostlosen Provinzstadt, die auf unebenem Terrain erbaut, aus nicht breiten, aber stark ansteigenden Straßen bestand. Die grauen Häuser, drei- und vierstöckig mit ganz glatten Fassaden, entbehrten jeglicher Charakteristik und zeichneten sich einzig dadurch aus, daß ihre Fensterfronten keine durchsichtigen, sondern grünliche Mattscheiben besaßen, welche die Bewohner vor dem starren und grellen Sonnenlicht dieser Erdepoche zu schützen hatten. Hätte ich einen gewiegten Kulturhistoriker zur Seite gehabt, er hätte wahrscheinlich festgestellt, daß die Entwicklung jenes Rückfalls, den die astromentalen Menschen ohne jede Berechtigung »Dschungel« nannten, ungefähr beim Jahre 1860 angelangt sein müsse, in der Frühepoche Victorias und Franz Josephs, Darwins und der Hochindustrialisierung der Welt. Und dennoch, trotz gewisser äußerlich auffälliger Analogien, zeigte Bergstadt eine ganz und gar verschiedene Stimmung als jenes Zeitalter meiner Großväter, das ich noch als Echo in meiner Kindheit zu fühlen bekommen hatte. Die verhaltene, abweisende, ja drohende Stimmung von Dschungel-Bergstadt, nicht minder fremd für mich als die der astromentalen Welt, erstickte in mir den Argwohn, daß ich etwa auf meiner unfreiwilligen Forschungsreise in zwei verschiedene Geschichtsperioden hineinmaterialisiert worden sei. Nein, es konnte kein Zweifel darüber herrschen, daß die Dschungel nicht nur auf derselben Erde lagen, sondern auf den Gleisen derselben Geschichtszeit liefen wie Panopolis, Geodrom und Djebel.

Die biderben Dschungelleute mit ihren Jankern und roten Zipfelmützen empfahlen sich altmodisch mit Handschlag von mir, worauf mich zwei städtisch Gekleidete übernahmen. Ich sage »städtisch gekleidet«, bin aber nicht imstande, diese städtische Kleidung aus meiner Erinnerung näher zu beschreiben. Sie war gewiß für meine Augen so gewöhnlich, daß ich sie weiter nicht beachtete und annehme, daß sie der normalen Kleidung meines eigenen Vorlebens ähnlich gewesen sein muß. Vice versa erweckte auch mein schwarzes Fest- und Begräbniskleid weder Aufsehen noch Spott. Wir schritten durch einen breiten, dunklen Torgang, der voll war von Fortgehenden und Ankommenden, und gelangten über eine ausgetretene Treppe in die große Halle des Brauhauses. Trotz des frühen Morgens waren die meisten Tische schon besetzt. Vielleicht ist es Markttag, dachte ich. Denn ich konnte nicht einen Augenblick daran zweifeln, daß wir uns hier wiederum in einer »ökonomischen Welt« befanden, in einer Welt des munter-jämmerlichen Kaufens und Verkaufens. So, und jetzt ist es Zeit für den ersten Satz dieses Kapitels, den ich vorhin so schnöde allein gelassen habe:

Und daß saß ich nun wieder einmal an einem richtigen eichenen Ratskellertisch, in einem großen, rauschenden, raucherfüllten Lokal, von dem ich den bestimmten Eindruck davongetragen habe, daß es »Brauhaus zum Mittelpunkt« hieß. Ich sah, daß die Gäste ringsum braunes Bier aus steinernen Krügen tranken, und ich freute mich leidenschaftlich auf diesen ebenso unvergessenen wie langentbehrten Genuß. Meine Begleiter lasen mir den Wunsch von den Augen und lächelten einander zu.

»Die Zuträgerin wird bald da sein mit Ihrem Trunk«, sagte der eine, worauf sie sich beide empfahlen. Der andere drehte sich aber noch einmal um und rief mir mit unterdrückter Stimme zu:

»Der General wünscht Sie selbstverständlich zu sehen.«

Der General, dachte ich, das kann gut werden. Doch mir blieb nicht viel Zeit, über diesen General, der mich sprechen wollte, zu erstaunen, denn ein lauter Chorgesang lenkte mich ab. Mag sein, es war nur ein Vokalquartett oder vielleicht Sextett und kein Chor, das von einem fernen Podium herabschallte, jedenfalls aber war es tönende und keineswegs nur innere Musik, die den Dschungel von der Welt des Sympaians unterschied. Es mußte zweifellos der übliche Gasthauschor sein, wie er zum Frühschoppen in Dschungel-Bergstadt gesungen zu werden pflegte. Ich bemerkte in meiner Umgebung, daß mancher unter den Zechern an den Tischen mitsummte oder mit Hand und Fuß den Takt schlug. Doch gerade diese Weisen der Sänger bewiesen mir, daß mein Eindruck, der Dschungel sei ein Rückfall bis 1860, eine bloße Illusion war. All diese Chorweisen (und auch ihr Tonsystem), langsam, knautschend, indolent, traurig, gehörten einem gänzlich fremden Zeitalter an.

Es dauerte nicht lange, und das schaumgekrönte dunkle Bier im Steinkrug stand vor mir auf dem Tisch. Ich tat einen langen, leidenschaftlichen Zug. Die wilde Befriedigung, die der Trunk in mir auslöste, war nicht zu vergleichen mit derjenigen, welche ich gestern nach dem Genuß der heidnischen Mahlzeit von Wasser und Käse, der christlichen von Wein und Brot und der jüdischen von Milch und Honig empfunden hatte. Ich wollte gerade zum zweiten Male den Krug ergreifen, als ich spürte, daß die Zuträgerin noch immer am Tische verharrte. Ich nahm an, es sei hier Gepflogenheit, die Zeche sofort zu begleichen, eine mißtrauische und abweisende Zumutung populärer Gaststätten. (Wir befinden uns im Urwald des Elften Weltengroßjahrs der Jungfrau, inmitten der altertümlichsten Ökonomie, an solchen Kleinigkeiten merkt man's.) Ich erinnerte mich, daß man glücklicher, aber schlampiger Weise in den Hosentaschen meines Fracks einige Vierteldollar und kleinere Münzen zurückgelassen hatte, die mit derselben peniblen Sorgfalt wieder hergestellt waren wie der Leberfleck auf meinem rechten Arm und der Goldzahn links oben. Ich griff in die Tasche und zog drei Vierteldollar heraus, um nicht nur mein Bier zu bezahlen, sondern auch ein gutes Trinkgeld der Zuträgerin zu geben. Die Überlegenheit des amerikanischen Zahlungsmittels über jede andere Geldsorte war solch eine dogmatische Erfahrung meiner verflossenen Lebenszeit, daß ich auch in Dschungel-Bergstadts Brauhaus zum Mittelpunkt nicht zweifelte, ich werde für meine drei Vierteldollar die unterwürfige Danksage der Zuträgerin ernten. Der Zufall oder meine Ungeschicklichkeit aber wollte es, daß eine der Münzen meiner Hand entfiel und unter den Tisch rollte. Ich bückte mich nach ihr, wobei der Männerchor besonders laut in mein Ohr dröhnte. Da sah ich zwei elfenbeinblasse Frauenfüße mit edelgeformten Nägeln auf goldenen Kothurnen. Ich erhob mich langsam. Ich wußte, wen ich vor mir hatte, wenn auch Lala nicht mehr in ihr taubengraues Brautschleierkleid gehüllt war, sondern eine Art Bauerngewand trug mit viel Goldstickerei und sichtlich damenhaft modifiziert. Heut' macht's ihr noch Spaß. Aber wie wird es morgen sein? Das war mein erster Nebengedanke, während ich laut ausrief:

»Lala! Was haben Sie getan? Jetzt sind Sie ja plötzlich in die Ökonomie verstrickt. Sie Ärmste...«

»Warum ich Ärmste?« fragte Lala erstaunt.

»Sie verstehen noch nicht, was Ökonomie heißt, Lala. Sie heißt: Keine Leistung ohne Gegenleistung. Sie bedeutet, daß Sie sich selbst verkaufen müssen, auf welche Art auch immer, um essen und trinken zu dürfen.«

»Es gefällt mir sehr gut hier trotz Ihrer Ökonomie. Ich hab' auch immer sehr gern Kaufen und Verkaufen gespielt.« So sprach Lala, und in diesen ihren Worten klang ein forcierter trotziger Ton.

Ich legte die drei Fünfundzwanzigcentstücke auf den Tisch:

»Fast hätte ich Ihnen jetzt ein Trinkgeld gegeben«, murmelte ich. »Ist das nicht furchtbar, ist das nicht entsetzlich?«

»Warum entsetzlich?« fragte sie, und ihre tiefblauen Augen waren unschuldig und schimmerten zugleich vor Gier. »Schenken Sie mir doch das Silber, Seigneur.«

Sie wartete gar nicht meine Antwort ab, sondern ihre feenhaft mentale Hand griff nach dem Gelde, liebkoste es und ließ es im Busenausschnitt ihres goldgestickten Mieders verschwinden.

»Wissen Sie nicht, daß Sie jetzt bezahlt worden sind, Lala, nicht nur das Bier, sondern auch Sie selbst?«

»Was ist das ›bezahlt‹«, lachte sie, »ich finde es besonders hübsch, bezahlt zu werden.«

Sie ließ sich auf einem der leeren Stühle nieder, die um den Tisch standen. Auch in diesem Entschlusse, sich zu setzen, eine »gebrochene Linie« zu bilden, fühlte ich etwas Absichtsvolles und Forciertes. Der Kopf wurde mir so schwer von einer unnennbaren Trauer, daß ich ihn in die Hand stützen mußte. Viel Bitterkeit kam mir über die Lippen. Vielleicht aber glaubte ich nur zu reden, und in Wirklichkeit schwieg ich:

»Es ist gut, daß es außer meinem Freund B.H nur wenige Wiedergeborene gibt, die sich erinnern. Sonst müßte man ja verrückt werden über die Geschichte der Menschheit. Endlich habt ihr die Ökonomie überwunden und braucht euch nicht mehr an Stärkere oder an den Staat zu verkaufen, und ihr habt den zentralen Arbeiter, den goldbrummenden, der euch die Suppen und Kleider und Zahnbürsten und Babyschuhe und das ganze Mobiliar aus den Quellen und Kräften herausholt, und schon wieder ist ein Dschungel da, voll säuischen Getümmels und mit gepflasterten Straßen, und die Hände der herrlichsten Bräute greifen nach Kleingeld. Drei Schritte vor und zwei zurück, das wäre noch ein Gottesbeweis. Aber zwei Schritte vor und drei zurück, das ist sinnlos, das läßt sich nicht ertragen...«

Lala sah mich verständnislos an, da ich vermutlich nur die Lippen bewegt hatte. Ich aber schlug mit der Faust auf den Tisch: »Ich nehme völlig die Partei Ihres Vaters, Lala«, rief ich lauter als gut war. »Machen Sie sich sofort fertig. Ich bringe Sie nach Hause. Noch können wir zurück sein, ehe Ihre Eltern erwachen.«

Der Männerchor der Gasthausmusik machte gerade eine Pause, so daß in dem Lokal Stille eintrat und das trübe Auge gar manchen Zechers sich mir zuwandte, da ich meiner erregten Stimme freien Lauf gegeben hatte. Lala aber beugte ein wenig das schöne Haupt, welches sie mit einem bunten Kopftuch verhüllt hatte, und sagte nur: »Nein. Nie.« Und dieses »Nie« hatte dieselbe Unwiderruflichkeit wie bei ihrem nächtlichen Besuch in meinem Zimmer vor einigen Stunden. Und jetzt fühlte ich das, was ich in meinen ersten Notizen nach meiner Rückkehr aufgezeichnet hatte: Die wenigen Stunden zwischen Lalas Besuch in meinem Zimmer und diesen Minuten hier im Brauhaus von Dschungel-Bergstadt wogen Wochen und Monate schwer. So sehr, so bis auf den Grund war Lala verwandelt. Der Dschungel hatte sie verschluckt. Eingedenk meiner eigenen Erlebnisse auf Johannes Evangelist und Apostel Petrus hätte ich weniger verwundert sein sollen. Jener hatte mich noch weit geschwinder merkurisiert und dieser jovisiert, als das rückfällige Leben im Bierhaus das Mädchen Lala sich angepaßt hatte. Ich muß gestehen, mich ergriff ein heftiger Schmerz darüber, obwohl ich eigentlich hätte befriedigt sein müssen, daß Lalas unglaubliche Anpassungsfähigkeit an den Dschungel sie mir historisch immer näher brachte. Aber das war es ja gerade. Die Annäherung entfernte sie zugleich, wie fühlte ich das. Und nur einen einzigen Grund konnte es geben dafür. Und ich wußte den Grund. Wenn ich nun die folgenden Fragen stellte, so tat ich es schon mit der perversen Lust des Verwundeten, der seine Wunde mit Alkohol betupft, damit sie noch mehr brenne:

»Habe ich Sie richtig verstanden, Lala«, begann ich heuchlerisch, »Sie wollen nie mehr in Ihre Welt zurückkehren, nie mehr ins Haus Ihrer Eltern, nie mehr Ihre Lieben sehen, nie mehr Ihre

Welt und verschwinden für immer in solchen Höhlen wie diese hier...?«

Ich machte eine bewußte Pause, um ihr Zeit zu lassen, heftig den Kopf zu schütteln, um ihrem »Nie« Nachdruck zu verleihen. Ihr Gesicht war ganz blaß geworden. Jetzt erst stieß ich zu mit meiner Frage:

»Sie wollen nicht zurückkehren, das heißt, Sie wollen, daß ich hier im Dschungel bei Ihnen bleibe und mit Ihnen lebe?«

Lalas Schreck bei diesen Worten war so entwaffnend offen, daß ich mit Bedacht meine schmerzliche Wollust weiter auf die Folter streckte.

»Ich habe über Ihren Besuch und all das, was Sie mir in meinem Zimmer gesagt haben, scharf nachgedacht, Liebste. Mehr als das: Ich bin hierher gekommen, dem Rat Ihrer weisen Ahnfrau gehorchend, von der Sie so manche Eigenschaft geerbt zu haben scheinen. Alle meine moralischen Argumente daheim waren verlogen und feige. Ich nehme sie hiermit offiziell zurück. Der Altersunterschied zwischen Ihnen, Lala, und mir ist eine Lappalie. Und wäre ich selbst, wie Sie ausgerechnet haben, dreiundneunzig Jahre alt, was ist das schon? Ich könnte gut noch zwanzig Jahre älter sein, ohne auf Sie verzichten zu müssen. Mein Leben ist vollkommen regulär, wenn ich auch nicht genau weiß, wie ich wiederum zustandegekommen bin. Hauptsache, ich bin ein Aikmetant und Eumelieur. Sehen Sie hier, ich spanne meinen Bizeps, daß Sie ihn durch den dicken Stoff meines Fracks hindurch spüren können. Hat ein Gespenst solche Muskeln? Dasselbe gilt von meiner Moral. Ich bin weder Ihrem Vater, Ihrer Mutter, Ihrer Ahnfrau, noch B. H., noch sonst wem die leiseste Anständigkeit schuldig. Im Gegenteil, nicht ich habe wen zitiert, sondern man hat mich zitiert. Auch wissen Sie selbst genau, daß ich durch keinen Blick und noch weniger durch schwüle Verführungskünste um Sie geworben habe. Als ich Ihre Brust berührte, Lala, waren meine Gedanken furchtsam und keusch. Es ist wahr, die Hand Ihrer Ahnfrau hat meine Hand auf Ihre nackten Brüstlein gelegt, damit die primitiven Kräfte des Altertums in mir auf Sie übergehen. Ob das nun geschehen ist oder nicht, es war eine gefährliche Spekulation. Sie haben Ihren Entschluß gefaßt und ausgeführt. Ich tue jetzt dasselbe, Lala, denn ich kann ohne Sie nicht leben. Darum bin ich hier. Ich nehme Ihren Antrag von heute nacht an.«

Lala ließ langsam ihren Kopf sinken. Ich rückte ihr näher und faßte sie bei der Hand:

»Sie haben doch nicht vergessen«, sagte ich, »daß Sie mich geküßt haben?«

Lala zuckte mehrmals mit dem Mund, ehe sie leise hervorbrachte:

»Man hat mir hier eine Arbeit anvertraut... Und ich bin so stolz darauf...«

»Arbeit, Liebste, Arbeit«, nickte ich, hoch befriedigt, aber mit zusammengebissenen Zähnen. »Da sieh einer nur an, wie schnell das geht. Im Handumdrehen ist man merkurisiert oder ökonomisiert. Vor fünf Stunden war Ihnen das Wort Arbeit noch so fremd wie das Wort Tod. Ihre astromentalen Vorfahren, Lala, haben Sie von der Arbeit befreit. In den Anfängen der Menschheit aber, aus denen ich komme, mußten Mann und Weib arbeiten. Und das war gut so, sonst hätten sie sich noch öfter gegenseitig totgebissen, als es schon geschah. Ich ehre Sie, Lala, wenn Sie als Kellnerin arbeiten. Und auch ich werde mir eine Arbeit suchen, denn nun sind wir wieder in die Ökonomie verstrickt, in diese primäre Folge des Sündenfalls... Zuerst aber werde ich eine Wohnung für uns suchen. Vielleicht kann mir der General dabei helfen.«

Ich wußte genau, was ich tat, als ich das Wort General an diesem Punkte ins Gespräch mischte. Die Bezeichnung ist übrigens kein sprachlicher Notbehelf und bloßer Ersatz für einen Begriff der Monolingua. Der General hieß hier wirklich General. Ich wußte alles. Nicht ohne Wirkung waren auf mich in diesen Tagen die clairvoyanten Fähigkeiten der fortgeschrittenen Menschheit geblieben. Mein Vorwissen und mein Ahnungsvermögen hatten sich unglaublich erhöht. Als Lala das Wort General aus meinem Munde hörte, hob sie die Augen und sah mich lange an. Ganz plötzlich begann sie zu weinen.

»Tränen«, fragte ich mit tückischer Verwunderung, »warum Tränen? Geht nicht alles am Schnürchen? Früher haben Sie nur aus reiner Ungezogenheit geweint, Lala. Ein paar Stunden Dschungel genügen, und schon müssen Sie aus echtem Leid plärren...«

»Das ist nicht wahr«, sagte sie und funkelte mich kalt an. »Ich habe weder geplärrt noch geweint. Ich bin nur nicht an diesen beißenden Rauch gewöhnt.«

»Gewöhnen Sie sich beizeiten an diesen beißenden Rauch, Lala. Denn nicht nur ich war ein starker Raucher mein Lebtag, sondern der General ist es noch immer.«

»Das ist nicht wahr«, entfuhr es ihr, »der General hat mir vorhin versprochen, das Rauchen aufzugeben...«

»Danke sehr«, sagte ich, »mehr brauche ich nicht zu wissen.«

Bei diesen Worten erhob ich mich vom Tisch. Meine Hände zitterten vor Kränkung. Mein Hals war geschwollen, und ich konnte kaum sprechen:

»Ich leugne nicht, daß ich in Sie verliebt bin, Lala. Ich leugne nicht, daß Sie mich tief verletzt haben durch Ihr Benehmen. Ich habe so manchen Verrat, so manche Untreue an Frauen erlebt. Ihre Flatterhaftigkeit aber schlägt jeden Rekord. Hat die Natur deshalb hunderttausend Jahre an der Verfeinerung des weiblichen Geschlechtes gearbeitet, bis zur Monopädie, damit drei Stunden im Dschungel genügen, um aus Ihnen das zu machen, was Sie jetzt sind?«

Ich unterbrach mich, denn jetzt mußte ich meine eigenen Augen zudecken, um mich nicht zu verraten. Wie tief fühlte ich, daß ich so nicht sprechen durfte, wie ich sprach. Ich selbst war mir unsympathisch ohne Grenzen. Welch ein Zwang war's, der mich von allem Anfang an dazu vermochte, dieses Mädchen immer wieder zu schulmeistern? Hatte ich ein Recht an sie? Ein Recht zur Eifersucht? Wegen des stattlichen und lebfrischen Kerls, der dieser General sicher war? Gern möchte ich annehmen, daß ich mich aus moralischen Gründen selbst widerwärtig machte, um Lala gänzlich von mir abzubringen. Das wenigstens schien mir restlos gelungen zu sein, denn ich spürte in allen Nerven, wie lästig ich ihr war, und wie sie mich los sein wollte. Zugleich aber litt ich unsagbar darunter, daß sich ihre Assimilierung an den Dschungel so rasch vollzogen hatte. In diesem Augenblick betete ich die astromentale Zivilisation an und verfluchte dieses Dschungel-Bergstadt, wo man Bier trank, Quartett sang, wo es Generale gab und Geld wieder Wert hatte. Ohne mich vor den neugierigen Zechern rings an den Tischen zu schämen, legte ich meine Hände auf Lalas Schultern und erhob erregt meine Stimme:

»Ich beschwöre Sie, Lala, kommen Sie zurück. Ich flehe nicht für mich, ich flehe für Sie. Ich weiß, daß Ihr nächtlicher Besuch gestern mir nicht den geringsten Anspruch gibt. Ich will aber nicht, daß Sie verkommen, daß Sie verdschungeln, daß Sie um hunderttausend Jahre zurückgehn. Ich will, daß Sie ewig, ewig viel zu hoch sind für mich. Kommen Sie, gehen wir, laufen wir schnell davon. Vielleicht hat Ihnen der General Ihr Geduldspiel fortgenommen. Ich aber habe das meine noch...«

So sprach ich, während die Gäste an den Tischen uns neugierig mit ihren schwimmenden Augen beguckten. Lala hielt ihr Gesicht abgewandt. Ich glaubte fest, es sei die Wirkung meiner Worte, sie aber blickte auf zwei Männer, die auf mich zuschritten. Der Chorgesang brach mitten in einem Stück ab. Die Männer ersuchten mich mit Höflichkeit, ihnen zu folgen.

Das Zimmer sah genau so aus, wie man sich das improvisierte Büro eines Kommandanten zu allen Zeiten vorzustellen hat. Ein kahler Raum mit zwei Fenstern. Ein nackter Tisch, auf dem zwei Aktenstücke lagen, drei Buntstifte, eine plumpe Taschenuhr neben einer halbgeleerten Kaffeetasse. Ich will's nicht mit voller Sicherheit behaupten, da ich keine Notiz darüber besitze, aber während ich dieses schreibe, dünkt es mich jetzt, daß ich dort auch eine große Reliefkarte an der Wand gesehen habe, auf der geschrieben stand, und zwar mit griechischen oder zumindest cyrillischen Buchstaben: »Unterirdisches Wohnnetz, Sektor California-Süd«. Mag das Ding nun eine Landkarte sein oder etwas anderes, eines kann ich mit Bestimmtheit behaupten, ich habe an der Wand des Büros die Worte »California-Süd« gelesen. Diese Tatsache machte starken Eindruck auf mich, weil sie bewies, daß der Dschungel, in dem ich mich befand, tatsächlich im ehemaligen California lag, was vermuten ließ, daß die verschiedenen Sektoren der bewohnten Erde jede ihren eigenen Dschungel und somit auch ihre eigene Gefahr besaßen.

Andererseits aber beunruhigten mich die Widersprüche, von denen diese zukünftige Erde bei meinem kurzen Besuche so voll war. Hätte man nicht vermutet, in einem Dschungel, der dem ehemaligen Mexiko so nahe lag, anstatt dieser hochgewachsenen, balkanartigen Bevölkerung, viel bräunlichere, jedoch kleine, träge, sanftäugige, plattnäsige Indianer oder Mestizen vorzufinden? Nein, so einfach war es nicht auf meiner Reise. Überall lauerte unerwartete Verwirrung. Auch die Gestaltgesetze, gemäß denen der Erdplanet seine Träume kreiert und wieder auslöscht, schienen mit den wechselnden Klimaten und den veränderten Bedingungen zu wandern. Vielleicht lebten jetzt im Dschungel des Sektors Balkan anstatt adlernasiger Skipetaren jene plattnäsigen Zapoteken, die man eher hier zu finden erwartet hätte. Da war gleich dieser General, der an dem Tisch saß, in eines der beiden Aktenstücke vertieft, und mich gleichsam mit Aplomb nicht beachtete. Ich kenne nicht seinen Namen. Für mich aber konnte er nur Konstantin heißen und nicht anders. Während meiner Militärzeit hatte ich dann und wann höheren Offizieren Meldungen zu überbringen gehabt, freilich nur in meinem niedrigeren Range als Sergeant. Es war aber stets mit erstaunlicher Monotonie die gleiche Situation gewesen. Der jeweilige General oder Oberst oder Oberstleutnant saß stets am Tisch in ein Aktenstück vertieft und beachtete mich nicht, der ich vor ihm stand, von meinem verkrampften Strammstehn mich hin und her geschüttelt fühlend, wie ein Mann, der in der ratternden Straßenbahn keinen Sitz gefunden hat. In gewissen Wiederholungen gleicht das Leben, ungeachtet der wechselnden Zeitläufte, den typologischen Inszenierungen zweitklassiger Filme. Der verdammte Regisseur kennt nichts als die Routine: General sitzt am Tisch und liest ein Aktenstück, während alles andere für ihn Luft ist. Selbst der chronosophische Lehrer, vor seinen Schuljungen mit dem Geographiezeigestock hin und her fuchtelnd, war solch eine ewige Routine, wie es mir gestern gleich zu Bewußtsein kam.

General Konstantin mußte eine primitive Erscheinung genannt werden. Auf seinem quadratischen, ungegliederten und glänzenden Schädel gingen Zweimillimeter-Haarschnitt und Glatze unmerklich ineinander über. Die roten, etwas verkrüppelten Ohren standen ziemlich weit vom Kopf ab. Der violette, linierte Stiernacken steckte eingezwängt in einer Art von Blusenhemd. Hellblaue Augen unter sehr blonden Brauen, eine kurze Nase und der brutale Mund, der zu einem willensstarken Beruf gehört, enttäuschten das romantisch dürre, graumelierte Bild, das ich mir gemacht hatte, als ich das Wort General zum erstenmal hörte. Und um dich zu sehen, Konstantin, mußte ich nach hunderttausend Jahren aus dem Fegfeuer abberufen werden? Ich verstehe, daß die Geschichte der aus sumpfartigem Gebrodel entstandenen Dschungel und ihrer von Primitiven mit entsprungenen Astromentalen gezeugten Bevölkerung viel zu kurz war, um höher geartete Generale zu zeitigen. War es nicht schon genug, daß es überhaupt Generale gab? Diese Tatsache mag übrigens meine Leser mehr in Erstaunen setzen, als sie mich in diesem Extrazimmer des Brauhauses zum Mittelpunkt Wunder nahm. Daß man für die historische Stufe, die der Dschungel repräsentierte, Truppen und Offiziere halten mußte, war nur eine Selbstverständlichkeit für mich, weshalb ich das Wort General von Beginn an ohne Achselzucken hingenommen habe. Da es wiederum Hähne gab, warum sollte es keine Uniformierten geben, die vielleicht auf ihren Tschakos Hahnenfedern trugen? Ich fand es auch weiter nicht erstaunlich, daß die obersten Chargen unter diesen Uniformierten sich alsogleich der taubengrauen Bräute versichert hatten, die im Laufe der letzten Nacht zu Dutzenden in den Dschungel durchgebrannt waren. Was ich aber ganz und gar nicht verwinden konnte, war Lalas schlechter Geschmack. Dieser rüde Bursche Konstantin, nichts als ein Wirbel von Mannsmuskel und Mannsmacht alten Stils, kommandierte die herrlichste der astromentalen Bräute, und sie gehorchte. Welche Feinheit des Gefühls und des Verstehens hatte Lala mir gestern beim Freitanz im Park des Arbeiters gezeigt, als ich sie nicht ohne Handschuhe berühren wollte. Vor einigen Stunden noch war sie in meinen Armen gelegen, keusch wie ein Hauch, und ich, unwürdig ihrer Schwerlosigkeit, habe ihren Kuß nicht zu ertragen geglaubt. Konstantin aber wird sie küssen, wie man eine Kellnerin küßt oder sonst eines der Dschungelweiber beim Manöver. Und das Schlimmste, er wird recht haben.

Jetzt schob der General die Papiere fort und drehte sich um: »Wie nennt man ihn?« fragte er seine Adjutanten, die meinen astigmatischen Augen erst allmählich deutlich zu werden begannen. Seinem Stuhl zunächst stand niemand andrer als Io-Joel Hainz, der Sohn Minjonmans, der aber seine astromentale Tracht nicht abgelegt hatte. Er war der einzige in diesem Zimmer, der den goldenen Kopfaufsatz trug und ein dunkles Schleiergewand.

»Sie nennen ihn drüben Seigneur«, sagte König Sauls Sohn, indem er sich ein wenig zu den abstehenden Ohren Konstantins beugte. »Dann werde ich ihn Gospodar rufen«, knurrte der General. Er sprach zweifellos die Monolingua, wenn auch in fremdartig harter Weise.

Ich verstand ihn, wie ich während meines Aufenthalts alle und jeden verstanden habe, weniger zufolge äußerer Sprachkenntnisse als innerer Verstehensbereitschaft. Konstantin wandte sich wieder an Io-Joel, der hier in Dschungel-Bergstadt überaus mental wirkte, so wie er in California-Unterstadt betont antimental gewirkt hatte. Es wurde mir niemals klarer als in diesem Augenblick, daß er weder dorthin noch hierher gehörte. Und ich spürte, daß er unter diesem Gedanken, den ich faßte, unsicher wurde und litt.

»Erkläre ihm kurz, worum es sich handelt«, befahl der Kommandant.

»Seigneur und Doktus«, begann Minjonmans Sohn, und sein Mißbehagen und seine Geniertheit wurden mir immer deutlicher: »Sie kennen die Tatsache. Sie kennen aber nicht die Bedeutung der Tatsache. Die Tatsache ist vergossenes Blut. Die Bedeutung ist zu vergießendes Blut.«

»Warum soll ich diese Bedeutung der Tatsache nicht kennen«, erwiderte ich, nicht Io-Joel, sondern Konstantin scharf ins Auge fassend, »vergossenes Blut schreit zum Himmel und fordert zu vergießendes Blut, insbesondere nach einer so unnatürlich langen Friedenszeit...«

Ich blinzelte unmerklich aus meinem Augeneck zu Io-Joel hin. Sein ein wenig albinöses Gesicht war bleich. Flecken und Sommersprossen traten hervor. Der junge Mann hatte seine selbstsichere Suffisance und den kalten Sarkasmus verloren, mit dem er mir in der Ehemaligen Unterstadt drüben begegnet war. Hier in Dschungel-Bergstadt, im Büro dieses famosen urtümlichen Generals, schien er an dem Gefühl seiner eigenen Unzulänglichkeit zu leiden. Ich kannte seinesgleichen ziemlich genau aus meiner eigenen Lebenszeit. Er glich jenen fanatischen Idealisten, die, weil sie den moralischen Zustand ihrer eigenen Schicht haßten, die Schichten darunter für höher erachteten. Io-Joel, mit Sternnahrung und mit Milch und Honig überfüttert, bewunderte in den Biertrinkern des Brauhauses zweifellos die Frische, die Kraft, das ihm fremde bäuerische Urbehagen in solch kleinlautem Maße, daß ihm der ganze Hochmut, mit dem er die astromentale Kultur verachtete, hier in der Wildnis verging. Ich hatte in Minjonmans Sohn schon längst jene mir wohlbekannte Neigung der Intellektuellen durchschaut, die sich einst zwischen Rousseau und den Deutero-Marxisten als sentimentaler Haß gegen das eigene Herkommen offenbart hatte.

»Mißverstehn Sie meine Rolle nicht, Doktus und Seigneur«, sagte er. »Ich bin kein Anwalt des zu vergießenden Blutes, wie Sie vielleicht nach unserm Gespräch in meines Vaters Hause denken könnten. Ich bin es nicht. Und der General ist es auch nicht. Wir stellen uns die Erneuerung der Welt ganz anders vor.«

Aha, dachte ich, das kennen wir auch. Man möchte im letzten Augenblick vor der Aktion auskneifen. Bürgerliche Bedenklichkeiten, mit denen die echten Revolutionäre freilich schnell fertig werden.

»Sie erlauben«, sagte ich, setzte mich keck auf den Generalstisch und ließ meine Beine herunterbaumeln. Diese Kühnheit machte Konstantin wütend, schien ihm aber gleichzeitig zu imponieren, denn anstatt mir die Unart zu verweisen, knurrte er Io-Joel an:

»Wo der Jude des Zeitalters auftaucht, lösen sich die Fakten in Gespräche auf...«

Tiefgekränkt straffte sich der junge Mann und verkündete mit viel zu übertriebenem Stolz:

»Nicht ich habe die Ehre, der Jude dieses Zeitalters zu sein, sondern mein Vater...«

Der General, uneingedenk des Versprechens, das er Lala gegeben, zündete sich eine dünne, lange, hornartig gebogene Zigarre an und begann zu paffen, daß mich der Neid packte.

»Information dem Gospodar«, befahl er und lehnte sich zurück. Ich sah, wie Io-Joel sich zusammennahm und zur kalten Sachlichkeit zwang:

»Was hier vorgeht in diesem Dschungel, Doktus, das begibt sich gleichzeitig in allen andern Dschungeln der Erde. Der Schuß, der, wie Sie selbst wissen, mir als dem Repräsentanten der Erneuerung zugedacht war, ist nur ein Signal. Die Verschworenen haben überall gehorcht. Aber fassen Sie sich, Doktus. Die Verschworenen sind nicht, wie Sie meinen, auf dieser Seite, sondern drüben. Ja, die Fiancés, die Stutzer und Gecken haben seit Unzeiten und unter den verrücktesten Vorwänden Waffen gesammelt, fernwirkende Waffen, mit denen sie ohne weiteres die Dschungel zerstören können...«

General Konstantin schlug mit seiner roten Faust so gewaltig auf den Tisch, daß ich herunterglitt.

»Junge«, rief er wutbebend, »wer gibt dir das Recht, unsere zivilisierte Gesellschaft einen Urwald zu schimpfen? Der Gospodar da hält Bergstadt für eine Stadt und für keinen Urwald, und unser gutes Bier für kein Sumpfwasser. Du bist geprüfter Dolmetscher und kein Sophistes. Halte dich an dein Amt!«

»Das kommt davon, wenn man über den Unterschieden geboren ist«, murmelte Io-Joel mit weißen Lippen.

»Sie hätten bescheidener sagen können, ›zwischen‹ den Unterschieden«, rügte ich ihn meinerseits, obwohl er mir leid tat. Eine bis zum Überdruß alte Geschichte übrigens, diese fast geometrisch bedingte Taktlosigkeit. Io-Joel aber, eine moralisch feinfühlige Natur, entschuldigte sich jetzt wegen der falschen Anwendung des Wortes Dschungel, das drüben in der Kulturwelt im Schwange war.

»Ich verstehe«, nahm ich das Wort, »es handelt sich darum, wer zuerst angreifen wird, jene Verschworenen oder der General...«

»Sehr richtig, Gospodar«, lachte Konstantin, indem er mich zum erstenmal direkt ansprach.

»Ich verstehe ferner«, fuhr ich fort, »daß es für einen General entscheidend ist, die Initiative zu halten...«

Konstantin freute sich breit.

»Ich verstehe nur eines nicht«, schloß ich. »Der Gebrauch von Waffen ist für astromentale Menschen, wie ich gehört habe, eine Unmöglichkeit und verfassungsmäßig gar nicht vorgesehn...«

»In dieser Unmöglichkeit liegt ja gerade die Möglichkeit«, erklärte König Sauls Sohn, wie es schien, ziemlich spitzfindig. Ich aber verstand sein juristisches Denken: Was so unmöglich ist, daß es im Gesetze gar nicht vorkommt, wird gerade dadurch möglich.

»Und zu welchem Zwecke zieht man gerade mich ins hochpolitische Vertrauen?« fragte ich den General.

»Sie sind der geborene Unparteiische, Doktus und Seigneur«, nahm Io-Joel als Dolmetscher wieder das Wort. Und er konnte sich nicht enthalten, einen schlechten Witz zu machen: »Man kann ja nicht einmal sagen, daß Sie geboren sind...«

»Haha, er lebt nur auf Widerruf, haha«, nahm der General den Spaß auf, dem sein eigenes Lachen Freude machte. Ich selbst stimmte charakterlos in sein Lachen ein und fand keine bessere Antwort als wie folgt:

»Das hat manchmal seine Vorteile...«

Ich hätte natürlich sagen können: »Ich lebe nur auf Widerruf, meine Herren, Sie aber leben überhaupt noch nicht und bringen es doch fertig, sich wichtig zu machen.« Derartige Bonmots aber, die mir jetzt zu Dutzenden einfallen, sind kläglichster Esprit d'escalier. Während jener Auseinandersetzungen aber fühlte ich mich beleidigt und bitter, denn mein Bewußtsein der Wirklichkeit war in Dschungel-Bergstadt, in Lalas Nähe, um keinen Schatten schwächer, als es jetzt an meinem Schreibtisch ist, wo ich einen kleinen Teil des Erlebten festhalte.

»Und deshalb betraue ich den Gospodar mit dieser Mission«, hörte ich General Konstantin einen Satz vollenden, dessen Anfang ich meines Ärgers wegen versäumt hatte.

»Eine Mission als Unterhändler vermutlich«, sagte ich.

Konstantin räusperte sich zusammenfassend:

»Sie werden ihnen zu erwägen geben dort drüben: Der General von Bergstadt hat vorläufig noch nicht das geringste Interesse, euere Welt umzupflügen. Aber er hat die Mittelchen dazu, euere Welt umzupflügen, Mittelchen, die ihr nicht kennt, weil ihr das Studium vernachlässigt habt. Und bei der ersten Dummheit, die euere jungen Leute begehn, wird es am Abend dieses Tages... Welchen Tag haben wir heute?...«

»Den fünften Tag des vierten Monats«, riefen mehrere Adjutanten gefällig.

»... wird es am fünften Tage des vierten Monats kein Geodrom mehr geben und keinen Djebel. Oder vielleicht wird es Geodrom und Djebel geben, und ihr werdet doch winseln...«

Tiefes Schweigen herrschte nach diesen schrecklichen Worten.

»Das ist kein kleiner Auftrag am frühen Morgen«, sagte ich und wischte mir den Schweiß von der Stirn.

Io-Joel hatte sich mir genähert und flüsterte scharf in mein Ohr:

»Glauben Sie ja nicht, Doktus, daß die Menschen hüben mehr zu fürchten haben als die Leute drüben. Sie kennen ja die Stutzer und Gecken, Io-Do und Konsorten. Es sind Dilettanten. Sie haben die altertümlichsten Fernschattenzerstörer gesammelt, mit denen sie ein paar Berge einebnen und ein paar Wälder leicht vernichten können. Hier aber ist der Wille zum Leben und die

Zukunft, und dem General steht psychische Artillerie zur Verfügung, von der ich Ihnen freilich nichts verraten darf. Ich würde mich an Ihrer Stelle beeilen...«

Diese Mahnung bewies, daß Minjonmans Sohn um seinen Vater zitterte, obwohl er ewig im Kampf mit ihm lag. Wie leicht hatte sich dagegen Lala von ihrer Familie gelöst.

»Ich übernehme hiermit den Auftrag«, sagte ich so laut, daß mir die Ohren hallten. »Ich tue das nicht, weil mich etwa der Wille zum Leben oder die Zukunft interessiert. Mit weiterer Zukunft als bis dato könnte ich gar nicht fertig werden. Ich tue es für den Djebel, für Sternwanderer, Verwunderer, Fremdfühler, für den Hochschwebenden und für Io-Knirps, den Sternentänzer, der das Wissen um die Gestalt des Weltalls und die wichtigsten Augenblicke der Menschheit dereinst vermehren wird...«

»Gospodar kann abtreten«, nickte Konstantin und nahm, die Audienz abschließend, ein Papier zur Hand.

Mich erbitterte es, daß er mich wie alle Offiziere meiner verflossenen militärischen Laufbahn als eine Ordonnanz behandelte.

»Halt«, rief ich, »ich fordere, daß man mir meine Mission erleichtere.«

»Was für Erleichterungen«, brummte der General, ohne aufzublicken.

»Ich fordere umgehend die Repatriierung der taubengrauen Bräute«, sagte ich, nicht ohne Mühe der Monolingua diese bürokratische Ausdrucksweise abgewinnend.

Io-Joel sah mich aus seinen blassen wimperlosen Augen spöttisch an:

»Ich weiß nicht, ob Sie Ihren taubengrauen Bräuten damit einen Dienst erweisen. Mag sein, daß schon während der nächsten Stunden das Leben hier im Dschung... Verzeihung, in Bergstadt sicherer sein wird als drüben. Denken Sie an die Katzen...«

»Es geht nicht um Sicherheit«, beharrte ich, »sondern um Recht, Gesetz und um die Verfassung.«

Bei diesen meinen unüberlegten Worten sprang Konstantin

wütend auf. »Verfassung«, fuhr er mich an, und sein plumper Schädel und die verkrüppelten abstehenden Ohren wurden rot wie die Revolution. »Die Verfassung war immer gegen uns, der General ist aber da, um die Freiheit des Willens zu verteidigen...«

»Wozu ist der General da?« fragte ich mit der größten Ruhe. »Ich traue meinen Ohren nicht. Unsere Generale waren zumeist da, um die Unfreiheit des Willens zu verteidigen. Und das war oft äußerst notwendig, Konstantin.«

»Holt die Mädels her«, polterte der Kommandant. »Sie sollen ihm selbst antworten, ob sie nach Hause wollen...«

Der Zorn des Generals half mir, meine Ruhe zu bewahren:

»Sie sprechen von Willensfreiheit, Konstantin«, sagte ich, »von dem Wunder also, mit dem der Mensch das Naturgesetz durchbrechen darf, Sie der Sie nicht einmal soviel Wunder in sich haben, um für Ihre neue Geliebte Ihr Cigarrohorn fortzuwerfen?«

Meine Verwegenheit kam leider nicht mehr zur Geltung, weil im selben Augenblick eine Gruppe der Bräute ins Zimmer drängte. Manche noch immer im taubengrauen Brautgewand, manche in gestickten Miedern, ähnlich wie Lala. Nur einem kleinen Teil gelang es, durch die Tür zu kommen, die andern hörte man draußen auf dem Gang. Wahrscheinlich war Lala unter letzteren, denn ich fand sie nicht. Ich möchte wetten, daß ich auch einige graue, dickfellige Kätzchen gesehen habe, die sich an die jungen Mädchen schmiegten. Konstantin herrschte mit grober Stimme diesen Flor der ihm unendlich überlegenen astromentalen Kulturwelt an, vielleicht eigens, um mir zu imponieren:

»Der Gospodar hier ist gekommen, weibliche Ios, um euch nach Hause zu holen. Er hat einen wichtigen Auftrag von mir. Ihr werdet seinen Auftrag erleichtern und euern Leuten daheim helfen, wenn ihr ihm folgt. Welche von euch nicht hierbleiben will, kann sich zusammenpacken und gehen.«

Auf diese unglaublich pöbelhaften Worte Konstantins blieb es zuerst lange still. Dann wurde die Stille durch einen seltsam chorisch miauenden Klagelaut der Bräute abgelöst. Der General hatte wieder einmal bewiesen, daß er sein Handwerk verstand.

»Das genügt«, verbeugte ich mich vor den Damen, worauf ich sofort nichts mehr sehen konnte. Man hatte mir nämlich wieder das rote Seidentuch des Unterhändlers vor die Augen gebunden. Als man mich ins Freie brachte, rauschte es mir in den Ohren wie von marschierenden Kolonnen und rasselndem Geschütz. Dies aber war pure Einbildung.

Der Jemand, der mich an der Hand führte, nahm mir auch das Tuch ab. Ich wußte mit einem Blick, daß ich mich auf dem Kirchplatz des Grenzdörfleins von gestern befand, wo das Ringelspiel und die primitiven Schaukeln verlassen dastanden. Und dort entfernten sich auch die skipetarischen Dschungelbauern in ihrer Sonntagstracht, die mich zuerst im Hui nach Bergstadt und nun wieder zurückgebracht hatten. (Es war ganz natürlich, daß man hier über manche Errungenschaften der Vergangenheit verfügte, die jenseits der Brustwehr schon längst vergessen waren.) Noch einmal leuchteten dir roten Quastenmützen auf, dann verschwanden sie um die Ecke.

Der Jemand aber hielt noch immer meine Hand. Es war Lala in ihrem goldgestickten Mieder und mit dem Kopftuch, zu welchem die goldenen Kothurne so wenig passen wollten. Hatte sie mich begleitet? Oder war sie mir nachgekommen? Mich durchzuckte es jäh: Sie will mit dir gehen. Sie folgt dir nach Hause. Kaum aber hatte ich diesen Gedanken gefaßt, fühlte ich zu meinem Erstaunen, ja zu meinem leichten Schrecken, daß ich seine Erfüllung gar nicht wünschte. Mein Entzücken an Lala war ebensowenig verschwunden wie meine Verliebtheit. Nicht die Intensität ihrer Figur war in mir verblaßt, sondern der Hintergrund des Bildes und der Rahmen traten stärker hervor.

In diesen Minuten auf dem dörflichen Kirchplatz fühlte ich mich besonnener, fast hätte ich gesagt »doppelter« als jemals. Ich wußte, was der Welt unabwendbar bevorstand. Ich wußte, daß Lala und alle Taubengrauen hier sicherer waren als in ihrem

Elternhaus. Ich wußte, daß Lala den General nicht verlassen werde, Konstantin, in dem ihr das erste Mal die männliche Naturgewalt begegnet war, etwas, was es drüben im Astromentalen seit Äonen wohl nicht mehr gegeben hatte. Neben all diesem vernünftigen Wissen aber lief in meinem Geiste eine Strähne von Verlegenheit, die in dem männlichen Schuldgefühl wurzelte, das sich immer dann einstellt, wenn das konzentrierte Interesse an einer Frau abzuklingen beginnt. Trotz meiner Verliebtheit und Verzauberung, ich begann mich abzuwenden von Lala. Ich hätte es diesmal leicht gehabt, mein Schuldgefühl nicht weiter zur Kenntnis zu nehmen, da nicht ich das Mädchen verlassen hatte, sondern sie mich. Meine Verlegenheit aber war aufrichtiger als ich selbst, und so verhedderte ich mich in einen letzten schwächlichen Überredungsversuch, der Lala zur Heimkehr bewegen sollte. Ich hatte dabei nicht mit der Verfeinerung einer astromentalen Mädchenseele gerechnet, die gar nicht »betrogen« werden konnte wie ihre Schwestern im früheren oder späteren Altertum. (Und hier berühre ich einen wahrhaft respektablen Fortschritt im Verhältnis zwischen Mann und Frau, der andererseits wieder eine merkwürdige Verödung bedeutet, da er eine Menge von farbigen Roman- und Komödienthemen ausschließt.) Noch hatte ich nämlich kaum die ersten Worte meines Überredungsversuchs gesprochen, da legte Lala mit deutlicher Nervosität den Finger auf den Mund und schüttelte ein bißchen den Kopf, als habe sie Angst, ich werde im letzten Augenblick einen plumpen Fehler begehen, der alles verdürbe und mich herabsetzte für immer. Mit ihrer rechten Hand aber zeigte sie auf das Dorfkirchlein. Dorthin ging sie voraus, mit dem schwingenden, ewig ausgeruhten Schritt, den die Frau in der Welt des reinen Spiels gewonnen hatte.

Im Portal flüsterte sie mir zu:

»Ich habe Io-Efwe etwas zu zeigen...«

Sie hatte mich zum erstenmal nicht mit dem kalt konventionellen »Seigneur« angeredet, wobei ich mich immer leicht verspottet fühlte, sondern mit den Lauten, die sie für meinen persönlichen Namen hielt, da mein Freund mich so nannte. Mir war bei dieser Anrede ganz merkwürdig zumute. Hatte Lala mich doch sogar noch unter der Flagge jenes »Seigneur« geküßt. Ich verstand, daß ich jetzt erst ein Mensch für sie geworden war, ein ehrlich Lebendiger und kein interessantes Phantom, mit dem man Staat in der Öffentlichkeit macht. Sie ließ mich fühlen, daß es jetzt erst echt und wahr zwischen uns zuging.

Wir standen nun, was nicht nur ich, sondern auch die Weitgereisten unter meinen Lesern erwartet haben dürften, im Innern einer barocken Bauernkirche. Es war freilich ein Bauernbarock, das weder meine Leser noch ich kennengelernt haben, gekeltert aus fernsten Kreszenzen der menschlichen Darstellungsgabe, eine Stilmischung, die erst in Jahrtausenden aufdämmern und vergehen und wieder aufdämmern wird. Immerhin aber war's erkennbar ländliches Barock im angenehmen Gegensatz zur abstrakten Kälte der astromentalen Kirche. Ich sah Heiligenfiguren mit inbrünstig zum Himmel gekehrten Augen und einen golden volutenreichen Baldachin überm Hauptaltar und die Sonne als Monstranz, und alles war so still und einfach und bäuerlich, wie sich's gebührt.

Lala hielt meine drei Vierteldollar in der Hand:

»Wo darf man hier ein Opfer bringen, bitte?« fragte sie.

Ich wies auf die Sammelbüchse.

Sie trat heran und legte ungeschickt die drei Münzen neben den Schlitz. Woher sollte sie auch wissen, wie man mit Geld umgeht und was man mit Almosen tut? Schweigend gingen wir weiter und blieben im Seitenschiff vor einer ziemlich großen Statue der Madonna mit dem Kinde stehen. Der Künstler hatte, in der überlieferten Verehrung des Dschungelbauern für die ihm unerreichbare astromentale Schönheit, der allerseligsten Jungfrau die Gestalt einer taubengrauen Braut gegeben. Man unterschied genau den ebenholzschwarzen Helm und den charakteristischen Faltenwurf der Schleiergewänder, die der Arbeiter des Zeitalters produziert.

»Ist das die heilige Mutter Gottes?« fragte Lala.

»Ja, die Mutter Gottes mit dem Kinde, Io-La, dieselbe, die als Kunstwerk im Hause Ihres Vaters verehrt wird.«

»Und Sie glauben an sie, Io-Efwe? Sie glauben, daß sie über den Intermundien lebt?«

»*Glauben* ist ein falsches Wort, Lala, in meinem Fall. Denn ich *weiß*, daß sie mir geholfen hat, wo immer sie lebt.«

»Dann soll auch sie sehen, was ich Ihnen jetzt zeigen werde«, sagte Lala und öffnete mit einem kleinen entschlossenen Ruck, der stolz war und verschämt und schmerzlich zugleich, ihre beiden Handflächen. Das Licht war düster in dieser Dorfkirche, denn es gab hier nicht einmal matte oder farbige Fenster, sondern nur kleine Scharten unter der Wölbung. Ich sah also zuerst nichts und verstand nicht gleich, was Lala wollte. Erst als ich meine Hände unter die ihrigen legte und sie näher an meine Augen zog, erkannte ich, daß es nicht mehr die leeren Handflächen einer Schaufensterpuppe waren wie die ihrer Mutter, ihrer Ahnfrau und aller Menschen drüben. Über Nacht hatten sich auf diesen wächsernen, aber rosig überhauchten Handtellern einige zarte Striche, Zeichen und Runen gebildet, welche die drei einfachen Grundlinien durchkreuzten und die ehemalige Leere des Schicksalsbildes mit einem neuen rührenden Leben zu erfüllen begannen. Diese wenigen feinen Striche griffen mir ans Herz wie frische Wunden. Es waren nicht die Stigmata des Heiligen, es waren aber die Stigmata des wirklichen Menschen, der schmerzhaft geboren wird, durch ein schweres Fatum geht und schmerzhaft stirbt, ohne diesen drei Unannehmlichkeiten auszuweichen. Über Nacht hatte Lala ihre Stigmata gewonnen, so flach und kärglich sie auch noch waren. Ich wartete beinahe darauf, daß sie jetzt sagen werde: Verstehen Sie nun, Io-Efwe, daß ich mit dieser Schande, die mein Stolz ist, nicht nach Hause gehen kann, sondern im Dschungel bleiben muß beim General, der sein Horn raucht, bis meine Augen tränen?...

Sie sagte glücklicherweise nichts dergleichen, denn solange Lala lebt, wird sie eine astromentale Fee bleiben, kühl, unschuldig und jeder sentimentalen Regung unzugänglich. Wie sehr sich auch die Lineatur ihrer Handflächen vertiefen sollte, sie wird ewig verschieden sein von uns Früheren.

Lala sagte nichts Schwerfälliges. Sie fragte nur mit einem kleinen Lächeln: »Können Sie das lesen, was in meiner Hand geschrieben steht?«

»Ich bin nicht ausgebildet zur Entzifferung dieser Schrift«, entgegnete ich, »aber in groben Zügen werde ich sie wohl verstehn...«

»Und was bedeuten die groben Züge, Io-Efwe?«

Ich legte meine Stirn in Falten und tat so, als sei die einfache Hieroglyphe nicht leicht zu übersetzen. Endlich buchstabierte ich:

»Sie werden glücklich sein durch Unglück und unglücklich durch Glück, liebe Lala...«

»Und ist das schlecht?« fragte sie mit aufmerksamer Stimme.

»Nein, Lala, ich glaube, es ist gut...«

Nach diesen Worten neigte ich mich über ihre zarten, unvergeßlich duftenden Hände, hauchte je einen Kuß auf die Wundmale ihrer Normalisierung, das heißt ihrer Rückfälligkeit, und nahm Abschied von Lala, die unter allen Frauen meiner näheren Bekanntschaft die mir Unbekannteste ist und bleibt.

Zwanzigstes Kapitel

Worin ich die Mission des Unterhändlers zu erfüllen versuche, eine tonlose Rede halte und die orangerote Flamme sehe, in welcher einst der Mond vergehen wird.

»Es ist keine Kälte und Gleichgültigkeit, da irrst du gewaltig«, sagte B. H., als wir zwei Minuten allein waren. »Die einzige Kälte und Gleichgültigkeit ist die, welche Trauer hervorkehrt, um die anderen zu quälen.«

»Meinst du GR^3?« fragte ich. »War Lala nicht immer ihr Lieblingssprößling, und hat sie ihn nicht gehütet wie ihren Augapfel?«

»GR^3 hat Lala beneidet bis zum Haß, denn eine Folge der ewigen Jugend ist es, daß starke weibliche Charaktere nicht abdanken können. Io-Fagòr aber und Io-Rasa sind tief gebeugt, wenn du ihnen selbstverständlich auch nichts ansiehst.«

Man sah dem Elternpaare Lalas nichts an, genau wie B. H. es gesagt hatte. Man hätte beinahe glauben können, sie dächten nicht daran, ihre Tochter zu kritisieren, und der Verlust sei schon überwunden. Es geschah nicht einmal, daß man darüber zu sprechen vermied. Man sprach darüber mit unpersönlicher Teilnahme. Wie bewundernswert war die Haltung, welche das Menschengeschlecht gewonnen hatte seit jenen Zeiten, wo man irrende Kinder verstieß und verfluchte und ihre Namen aus dem Herzen riß. Dabei war doch in diesen Tagen der Monopädie ein Kind soviel mehr wert als einst, wo viele Frauen beinahe Jahr um Jahr schwanger gingen. Da vorzeitiger und unfreiwilliger Tod (bis auf einige Ausnahmsfälle) überhaupt nicht vorkam, so konnten Eltern ihren Sohn und ihre Tochter nur durch und an das Leben verlieren. Und auch das geschah selten genug, da alle Reibereien der ökonomischen und sozialen Urgeschichte entfielen und keine Rang-, keine Erbstreitigkeiten, sondern höchstens Gefühlszwist und philosophische Andersmeinung

Familien zu entzweien vermochten. Hier aber war's geschehen. Io-Fagòr hatte seine Tochter verloren wie Io-Solip seinen Sohn. Was übrigens unter den Verschworenen vorging, wo sich ihr Hauptquartier befand, wie und seit wann sich diese Mafia entwickelt hatte, das wurde aus irgendeinem allgemeinen Schamgefühl vor mir geflissentlich verdunkelt, was der Erfüllung meiner Mission gewiß nicht günstig war.

Man kann sich vorstellen, mit welch peinlichen Empfindungen ich vor Io-Fagòr, Io-Rasa und die ganze Hausgemeinschaft hintrat, um Rechenschaft über meinen gescheiterten Versuch abzulegen, Lala heimzulocken. Selbst mein Vergil war ganz bestürzt darüber, in welche schwierige Situation ich dadurch geraten war, daß er mich aus dem Alphabet gestochen hatte. Da hatte der wirkliche Vergil seinen Schutzbefohlenen in weit geringere Schwierigkeiten gestürzt, blieb derselbe doch bis auf ein wenig Mitleid völlig ungeschoren von den Kalamitäten der Hölle, die er bereiste. Dante beobachtete die grausamst berühmten Episoden immer schön von außen und wurde in keinerlei Konflikt persönlich hineingezogen, was vielleicht damit zu tun hat, daß er sich als einziger Lebendiger unter lauter Toten bewegte, während bei mir die Sache gerade umgekehrt war. Freilich, es gehörte das gewaltige Dichtergenie einer gewaltigen Epoche dazu, aus einer puren »Besichtigung« ohne persönliche Einverwobenheit, ohne Intrige, Verwicklung, Erotik und andere Rücksichten auf das mehr oder weniger lesende Publikum den millennaren Bestseller der ›Göttlichen Komödie‹ zu schaffen und noch dazu in demantenen Terzinen. Versuche das heute einer.

Das Merkwürdigste war: Die Ahnfrau hatte nicht geschwatzt. Lalas Eltern schienen nichts von dem nächtlichen Besuch ihrer Tochter in meinem Zimmer zu wissen, oder sie gaben vor, nichts zu wissen. Die Diskretion von GR^3 erfüllte mich mit unangenehmen Empfindungen. Es war mir nicht wohl zumute bei dem Gedanken, mit ihr ein Geheimnis zu teilen. Ich gab daher, soviel Überwindung es mich auch kostete, Lalas nächtlichen Besuch in meinem Zimmer preis, ohne freilich meine

Aufrichtigkeit zu weit zu treiben. Ich verschwieg selbstverständlich Lalas Antrag und meine eigene Verliebtheit, was mir niemand verdenken kann, und sprach nur von des Mädchens Wunsch, ihr als Begleiter in den Dschungel zu dienen. Von der Schuld allerdings, nächtens nicht sogleich Lärm geschlagen zu haben, konnte ich mich nicht reinwaschen. Niemand aber beschuldigte mich, denn schon im unüberwindlichen Begehren Lalas nach dem Dschungel lag das entscheidende Faktum. Für die Astromentalen war ja inneres Streben und äußere Verwirklichung so gut wie ein und dasselbe. Wie vortrefflich erging es uns dahingegen im zwanzigsten Jahrhundert, wo zwischen Wunsch und Erfüllung nur die spärlichsten Verkehrsmittel unterwegs waren, wo einem Meer von innerem Streben nur einige Tropfen von Verwirklichung entsprachen, und wo man sich selbst und alle andern himalajahoch beschwindeln konnte, ohne von der eigenen und der allgemeinen Hellsichtigkeit durchschaut zu werden.

Ich hatte keinen Gradmesser dafür, wieviel nach meiner Darstellung die Hausgenossen von der ganzen Wahrheit wußten. In den wenigen Minuten aber, die wir allein waren, eröffnete ich diese ganze Wahrheit meinem Freunde B. H. Er sah mich zuerst entsetzt an, dann aber dankte er mir und meinte, ich hätte den Anfängen der Menschheit noch viel mehr Schande bereiten können. Der familiäre Teil des Rechenschaftsberichtes nahm nur wenige Minuten in Anspruch. Es handelte sich um Größeres und Schrecklicheres. Man brach unverzüglich auf. Ich hatte kaum Zeit, irgendeinen Saft aus einem Kristallbecher herunterzustürzen.

Leider wurde ich in dieser entscheidenden Stunde das Opfer einer sonderbaren Unpäßlichkeit, die den Beweis dafür erbrachte, daß meinesgleichen für keinerlei politische Mission taugt, und daß es schon schlimm um die Welt bestellt sein muß, wenn solch eine Mission Pianisten, Chirurgen, Moraltheologen, Lyrikern und andern Virtuosen aufgehalst wird. Der mit psychologischem Instinkt gesegnete Leser, der nicht nur die astromentale Epoche kennengelernt hat, sondern unvermeidlicherweise auch mich, der sie ihm beschreibt, dieser Leser wird sich wahrscheinlich schon im Büro des Generals darüber gewundert haben, warum man in dieser Sache auf Tod und Leben gerade mich zum Unterhändler gewählt hatte, mich, einen fremden Privatmann aus den Anfängen der Menschheit.

Das Wort Unpäßlichkeit, das ich gebraucht habe, ist ganz und gar unzutreffend, obwohl ich kein besseres finden konnte. Mir wurde nämlich nicht übel, ich erlitt keinen Schwindelanfall oder sonst eine Peinlichkeit, die mit dem rasch geleerten Braunbier in Zusammenhang stehen mochte; nein, ich verlor meine Stimme. Einige werden sich vielleicht noch daran erinnern, daß mir während der ersten Stunde im Haus Io-Fagòrs plötzlich die Fähigkeit abhanden gekommen war, die Monolingua zu verstehen und zu sprechen. Dies wiederholte sich jetzt nicht. Ich verstand alles. Ich hielt eine formvollendete Rede. Während ich sie aber hielt, wurde zu meinem Entsetzen kein einziger Ton laut.

Warum mir das geschah, weiß ich nicht zu sagen. Mag sein, die pathetische Situation war schuld daran. Wir befanden uns in der Sitzungshalle des Senats. An dieser Bezeichnung ist alles falsch, aber wirklich auch alles. Das Wort »Senat« ist völlig aus der Luft gegriffen. Da es ebensogut Staatsrat oder Weltrat heißen könnte, ohne darum auch nur um einen Schatten richtiger zu sein. Ich bin, wie man sieht, immer wieder gezwungen, wie im Falle »Professor« und »Exzellenz«, die erlebte Realität durch ebenso altgewohnte wie ungenaue Analogien zu umschreiben. Wie diese Assemblée unterm Präsidium des Geoarchonten sich wirklich nannte, das habe ich vielleicht gewußt, weiß es aber jetzt nicht mehr. Es tut mir leid, denn ich gehöre durchaus nicht zu denen, die behaupten, der Name sei Schall und Rauch und gehöre nicht zur Sache. Ich weiß ganz im Gegenteil, daß gar oft der Name die Sache selbst ist. Der Name Sitzungshalle ist jedoch so falsch, daß er der Sache durchaus widerspricht. Jedermann, der in diesem Buche nur geblättert hat, weiß bereits, daß es nicht Sitzungshalle, sondern Stehungshalle oder Standhalle heißen müßte. Hätte ich nicht Furcht, abstrus zu wirken, würde ich sogar am liebsten von einer Distanz-Halle sprechen. Das wesentliche an dieser Versammlung war nämlich der weite Abstand, den die einzelnen Mitglieder voneinander halten mußten. Da die Ereignisse in rasche Fahrt gekommen waren, konnte ich über solche Details zweiten Ranges keine strikte Auskunft mehr erhalten, es ist aber so gut wie sicher, daß die weiten Distanzen dazu dienten, die Einflußnahme der astromentalen Mandatare aufeinander zu verringern. Demselben Zwecke diente ohne Zweifel das »Isolierparkett« unter unsern Füßen. Ich spürte es unverzüglich an einer gewissen innern Stumpfheit und Nerventaubheit, der ich verfiel, dem gegenteiligen Zustand, wie ihn der eisengraue Rasen erweckte. Warum aber der Boden der kolossalen Lokalität eine schiefe Ebene war, die in einem beträchtlichen Winkel nach oben, das heißt zum Standort des Seleniazusen anstieg, darüber kann ich nur die Mutmaßung äußern, daß der »Weg nach oben« symbolisch und praktisch durch Mühsamkeit und durch die Gefahr des Ausgleitens erschwert sein sollte. Letztere Gefahr habe ich selbst erlebt, denn obwohl mich Io-Fagòr rechts und Jo-Solip links stützten, konnte ich den Weg nach oben beinahe nicht leisten und rutschte immer wieder zurück.

Als ich endlich ziemlich atemlos Posto gefaßt hatte, verschwanden Io-Fagòr und Jo-Solip von meiner Seite, da sie nicht zum Staatsrat gehörten. Ich stand allein und fühlte mich verlassen. Mochte ich aber sein, wer immer ich war, die violette Handgelenkschleife gab mir nicht nur das Recht, im Hause der Lords (eine neue falsche Bezeichnung) persönlich aufzutreten, sondern sogar auch in die erste Reihe geschoben zu werden. Ich stand allein und in der ersten Reihe dieser schachspielartig aufgestellten Versammlung, deren einzelne Figuren in regungslos versunkener Haltung, in weiten Abständen voneinander, den mächtigen Raum füllten. Keiner wandte den Blick zur Seite, um seine Nachbarn anzusehn; auch ich hielt mich nun an diese wichtige Regel. Nur auf meinem so mühsamen Wege nach oben hatte ich bemerkt, daß die Senatoren nicht etwa in Kutten gekleidet waren wie die astromentalen Weltbeamten, sondern hellviolette (heliotrope) Schleiergewänder mit reicher Raffung trugen, im Gegensatz zur tiefvioletten Gewandfarbe des Major Domus Mundi. Dieser stand inmitten des letzten leeren Fünftels der Halle. Dort, wo die schiefe Ebene sich am steilsten erhob und in einen sonderbaren Nebenraum mündete, der durch einen mäßig hohen Rundbogen abgetrennt war. Man hätte diesen ganz in Dunkel getauchten Raum für einen überdimensionierten Feuerplatz oder für einen riesigen Backofen halten können, wäre er für beiderlei Zwecke nicht zu sinnlos groß gewesen. So aber konnte ich, von dieser finstern Höhle gebannt, den Verdacht nicht abweisen, ich habe eine verdunkelte Bühne vor mir, die für den Vollzug gewisser Staatsakte, für Krönungszeremonien, vor allem aber für heiliges Trauergepränge bestimmt sei. In der ungeheuren Halle selbst herrschte das, was ich schon öfters als Regenlicht bezeichnet habe, jene Beleuchtungsart, welche die astromentale Zivilisation für nüchterne und rationalistische Zwecke zu bevorzugen schien.

Der regierende Seleniazuse lehnte, behäbig und zierlich zugleich, an einer metallenen Säule, der einzigen in dieser Halle, die weiß und schlank aus der schiefen Ebene in die Höhe wuchs. Daß er nicht frei stand wie die andern, nahm ich für ein Zeichen seines höheren Alters und seiner mondentstammenden Müdigkeit. Vom ersten Augenblick an gemahnte mich das Antlitz des Identitätslosen an den Gesichtsausdruck des Mutarianers Io-Fra, als dieser gestern in der Loge mit vollgeöffnetem Bewußtsein dem blutigen Tode entgegengeharrt hatte. Der Seleniazuse freilich leuchtete nicht ein bißchen, er schimmerte nicht einmal. Er war kein Heiliger. Er war nur ein Wissender und Duldender. Er lächelte vor sich hin. In dieses Lächeln mit halbgeschlossenen Augen aber waren so widersprüchliche Ingredienzen gemischt wie Trotz, Spott und Ironie.

Rechts von der Säule des Geoarchonten war ein Lesepult in die schiefe Ebene festgeschraubt. Auf diesem Lesepult lag ein Foliant, der mich als plumper Anachronismus beunruhigte, ehe ich sein wahres Wesen erkennen durfte. Dies aber geschah schnell genug. Der Mann an diesem Pult, den man am besten als »Berichterstatter« bezeichnen kann, wendete die Seiten des Folianten um, aus denen er wie ein Parlamentssekretär mit eintöniger Geschwindigkeit vorzulesen schien. Die Seiten waren aber gar keine Buchseiten, sondern matte Spiegel oder präparierte Platten, von denen ein schwaches Licht ausging, das den Kahlkopf des vortragenden Staatsbeamten schwach anschimmerte. Es dauerte vielleicht eine Minute, bis ich erkannte, daß der Berichterstatter aus den reflektierenden Spiegelseiten nicht vorlas, sondern daß er auf ihnen gleichzeitig stattfindende Vorgänge beobachtete, von denen er in rascher, fließend monotoner Rede der hochmögenden Versammlung und ihrem Oberhaupte Kunde brachte. Etwas an dem routinierten Wortgalopp dieses Berichterstatters gemahnte mich an jene Radioredner meiner eigenen Lebenszeit, die sich als Beschreiber von Staatsempfängen, Olympischen Spielen, Fußballmatches oder Pferderennen spezialisiert hatten und mit farbiger Eloquenz diese Ereignisse, während sie gerade abliefen, dem bequemen Publikum daheim ins Gehör servierten. Ja, auch er vermittelte ferne Ereignisse, während sie abliefen, nur tat er es ohne Eloquenz mit unbeteiligter Trockenheit, obwohl diese Ereignisse nichts Geringeres betrafen als das Schicksal der Welt. Ich werde gleich verraten, warum ich meine Aufmerksamkeit nicht voll auf den Berichterstatter konzentrieren konnte; dennoch blieben mir einige Sätze wie die folgenden im Gedächtnis, hauptsächlich wegen der Worte »Diabolische Fachlehrer« und »Eurasische Halbinseln«:

»Die Waffensammler haben an vielen Orten ihre Fernsubstanzzertrümmerer in Stellung gebracht. Es ist zum Verwundern, woher die Jungen alle diese tausend Rohre und Röhrchen zusammengekratzt haben. Ohne Zweifel sind diabolische Fachlehrer seit undenklichen Zeiten um die Welt gewandert und haben die positiv ansprechenden Typen im Gebrauch der alten Waffen unterwiesen. In den drei Verwaltungsquadraten der eurasischen Halbinsel erscheint das Treiben am dichtesten. Die Dschungel liegen gefährlich still, obwohl kinderreiche Familien, Bewohner der ehemaligen Unterstädte, vazierende

Junggesellen und gestrandete Existenzen überall die Glacis überschreiten ... «

Diese Rede habe ich aus mehreren Berichtsteilen zusammengefügt. Der Grund, warum ich sie nicht im ganzen verfolgen konnte, war der Mann am andern Vorlesepult, links vom Seleniazusen. Dieser Staatsbeamte könnte im Hinblick auf seine Tätigkeit mit keinem zutreffenderen Titel benannt werden als der »Annalenleser«. Auch der Annalenleser hatte einen mächtigen Folianten vor sich auf dem Pulte liegen. Die Spiegelseiten dieses Folianten jedoch wurden von hinten nach vorn umgedreht. Während der Berichterstatter mit der Zeit vorwärts ging, verfolgte sie der Annalenleser vom Augenblickspunkte rückwärts. Er las als Historiker die unbekannten Zusammenhänge, wie sie sich durch das Fortschreiten der Ereignisse rückwirkend entschleierten. Leider war ich in der Kunst des polyphonen Innewerdens von Worten noch so unbewandert, daß der Annalenleser mich nur störte, den Berichterstatter zu verstehen, ohne daß er sich selbst mir verständlich machte. Ich verstand nur soviel, daß er verschiedene Kausalitätsfäden bloßlegte, die einerseits zum Schuß beim Sympaian und andererseits zur weltaufwühlenden Wirkung dieses Schusses geführt hatten.

Es wäre hier leicht für mich, der Versuchung zu erliegen und dem Annalenleser ein paar Sätze in den Mund zu legen, um die Ereignisse, dort wo sie selbst in mir grau und verwischt sind, durch ein logisches Band zu verknüpfen. Keine andere Handlungsweise aber würde ich mehr verabscheuen als diese. In der Katastrophe, deren Zeuge ich wurde, steckte manch ein ungelöstes Rätsel. Da ich als flüchtiger Besucher einer sehr fernen, vielfach schwankenden und mir unbegreiflichen Zukunft nicht verpflichtet bin, diese Rätsel zu lösen, so kann auch der feinhörige Leser nicht wünschen, durch plumpe Lösungen, wie in Detektivgeschichten, verletzt zu werden. Die Wahrheit über alles! Und gar auf einem Gebiete, wo Wahrheit von Lüge überhaupt nicht zu unterscheiden ist. Ich setze meine ganze Ehre in diese Devise. Darum habe ich gegen mein Interesse als Autor von allem Anfang an den Leser gestört, ihn ins Gespräch gezogen und ihn beschworen, er möge »geistiges Schauen« nicht mit Traumgewühl oder gar mit keckem Spiel der Phantasie verwechseln, so schwer diese Elemente auch auseinanderzuhalten sein mögen. Ich habe in meinem Leben gar viele realistische Geschichten erzählt, aber in keiner habe ich unter ähnlichen Qualen der Wahrheit gedient wie in diesem völlig unkontrollierbaren Bericht. Wir haben am ersten Tage die Waffensammlung Io-Dos gesehen, ohne zu ahnen, daß sie mehr bedeutete als einen Spleen des reinen Spiels. Wir hörten das Tagesorakel des Geoarchonten, wir waren Zeugen von Io-Fagòrs düstern Ahnungen und von einigen Begebenheiten, die auf einen ernsten Wandel der Dinge hinwiesen: Der Besuch des Seleniazusen beim Hochschwebenden, der Exodus der Katzen, der Hühnermord und so weiter. Wir haben den Schuß beim Sympaian erlebt, und allerlei dumpfes Geflüster drang uns in die Ohren. Schließlich standen wir in Dschungel-Bergstadt Aug in Aug einem General gegenüber und vernahmen seine Drohung, und es fiel das unaufgeklärte Wort »psychische Artillerie«. Das ist alles, und es gleicht einem Mosaikspiel, bei dem die Hälfte der Steine fehlt. Nun aber, da ich in der Halle der schiefen Ebene die Gelegenheit gehabt hätte, aus den schnellen und akzentlosen Reden der beiden Spiegeldeuter, rechts und links vom Weltregenten, mein Verständnis für die tieferen Ursachen des Geschehens zu erweitern, da flossen diese beiden duettierenden Stimmen zusammen wie schlecht aufgetragene Wasserfarben.

Dazu kam noch der dritte Kahlkopf in der schwarzen Kutte des Staatsbeamten, der wie ein Schatten hinter dem Mondgeweihten stand, weshalb ich ihn jetzt, da ich seinen Titel nicht kennenlernte, »Mondschatten« taufe. Mondschatten trat dann und wann hervor und klopfte mit einem kleinen Hammer auf die weiße, dünne Säule, die einen hohlen und schaurigen Klang von sich gab, den ich nie vergessen werde. Dabei richtete er jedesmal mahnende Worte an den Geoarchonten, wie zum Beispiel:

»Der Strom der Zeit verdoppelt sein Gefälle. Erdminuten sind nicht mehr Erdminuten.«

Oder die folgenden Sätze, die ich unter meinen Notizen finde: »Ist der Bestand der Welt gefährdet, dann hüte der Mondgeweihte die Verfassung.« – »In einer orangeroten Flamme wird zu seiner Zeit der Mond verschwinden.« – »Die Verfassung gibt dem Mondgeweihten das Recht, entweder die Friedensstörer in der orangeroten Flamme verschwinden zu lassen oder sich selbst.« –

Dies waren einige der Mahnungen Mondschattens, begleitet vom hohlen Gongton der einsamen Säule, die sich mir ins Gedächtnis gegraben haben. Die astromentale Gepflogenheit, einen Tatbestand zu offenbaren, indem man ihn durch bedeutungsschwere Worte verschleierte, erinnerte mehr an die eleusinischen oder an orientalische Mysterien als an das zwanzigste Jahrhundert mit seiner löblich bescheidenen Vorliebe für Präzision. Dennoch glaubte ich die Mahnungen voll zu verstehen. Daß sich das Tempo der Zeit in hochdramatischen Stunden des Weltgeschehens zu verdoppeln und zu verdreifachen scheint, das haben wir alle (meine Leser und ich) in unserer Epoche der Weltkriege nur gar zu oft erlebt. Da die Zeit mehr eine menschliche Hilfskategorie ist als der Raum, der viel eher unabhängig vom Bewußtsein besteht, so hatten die Chronosophen schon seit Urzeiten herausgefunden, daß die Zeit durchgehen kann wie ein scheuendes Pferd. Dieselben Chronosophen und wahrscheinlich besonders der große Ursler vor ihnen hatten ebenso längst schon das Weltenjahr und die Erdenstunde vorausberechnet, in welcher der Mond in orangeroter Flamme sein Dasein beenden wird. Den Hinweis auf diese Flamme, worin der Weltregent die Friedensstörer oder sich selbst verschwinden lassen möge, hielt ich nur für eine der bedeutungsschweren astromentalen Metaphern. Die Verfassung gab vermutlich dem Weltoberhaupt das Recht, gefährliche Rechtsbrecher verschwinden zu lassen, das heißt sie festzunehmen, zu betäuben, zu lähmen oder auf irgendeine weiche und hochkultivierte Art unschädlich zu machen. Wie sehr irrte ich mich da.

Andere Gedanken aber bedrängten mich. Ich sah es deutlich, daß der Mondgeweihte nicht imstande war, eine Entscheidung zu treffen. Jetzt, im Augenblicke der Bedrohung, rächte sich jenes raffinierte Wahlrecht, welches die Macht dem Zarten, Weisen, Träumerischen anvertraute, der unter ihr litt und sie weder auszuüben noch zu genießen verstand. Ich weiß nicht, ob B. H. es war oder ich selbst, der das »Gesetz von der Erhaltung des Übels in der Welt« aufgestellt hatte. Das will sagen, wie sehr man die Dinge auch durcheinanderschüttelt und eines an die Stelle des andern setzt, ein bestimmtes Maß des Mißlingens läßt sich nicht vermindern. Die astromentale Verfassung, einer kühlen, unsinnlichen, spielerischen Menschheit und einer hochgestimmten, kosmisch orientierten Lebensordnung wohl angemessen, sie war ganz und gar untauglich, den blutigroten Leidenschaften einen Damm entgegenzusetzen, die plötzlich aus der Tiefe hervorgebrochen waren. Wer hatte geahnt, daß diese Leidenschaften überhaupt noch vorhanden waren? Da fiel ein archaischer Schuß mit Pulverdampf, die vornehmsten Bräute brannten nachts in den Dschungel durch, und die leere Zerstörungswut der Verschwörer bekam einen zulänglichen und beinahe würdigen Anlaß loszuschlagen. Der Mondgeweihte, lässig an seiner weißen Säule lehnend, lächelte erwartungsvoll ironisch. Mondschatten, hinter ihm, schlug mit dem Hämmerchen an die Säule:

»Der Strom der Zeit verdreifacht sein Gefälle.«

Trotz des Isolierparketts fühlte ich, daß die Senatoren, diese hellvioletten regungslosen Schachfiguren (ich weiß nicht wieviele Türme und Pferdchen), immer erregter wurden. Dumpfes Raunen hörte ich hinter mir. Das Duett des Berichterstatters und des Annalenlesers ging in ein gehetztes Presto über. Mondschatten ließ die Säule stärker tönen:

»Der Bestand der Welt ist gefährdet. Der Mondgeweihte hüte die Verfassung.«

Der Angerufene lächelte mild und unaussprechlich wissend.

»Die Verfassung gibt dem Mondgeweihten das Recht, entweder die Friedensstörer in der orangeroten Flamme verschwinden zu lassen oder sich selbst.«

Die Unentschlossenheit des obersten Weltcunctators legte

sich wie Mehltau auf die Versammlung. (Ist Unentschlossenheit das richtige Wort? War's nicht ein geheimer Wille, Schluß zu machen?) Ich selbst fühlte mich hin und her geworfen. Ein Einfall nach dem andern, wie die astromentale Welt zu retten sei, durchzuckte meinen Sinn: Den Reiseverkehr still legen, indem man die Zusammenstimmer abberuft. Den Verschwörern allen Proviant aus dem Park des Arbeiters entziehen. All das aber verwarf ich sofort als ungenügend. Immer klarer wurde es mir, der Mondgeweihte mußte die Verbrecher, ohne eine Sekunde zu zögern, körperlich vernichten. Tod ohne Gnade. Einen andern Ausweg gab es nicht. Inzwischen hatte eine Gruppe der hellvioletten Schachfiguren die Höhe der schiefen Ebene erklommen und umgab nun den Mondgeweihten. Ich verstand nicht, was sie ihm zumurmelten, nahm aber an, daß sie seine Tatkraft aufstachelten. Der Geoarchont schenkte der Einflüsterung seiner Räte keine Beachtung, obwohl zweifellos die Frist nurmehr nach Atemzügen zählte. Da spürte ich einen Stich im Herzen. Ich war erkannt. Der Mondgeweihte hob schwach seine Rechte. Er hatte mich aufgerufen. Nun mußte ich vortreten. Mit zusammengebissenen Zähnen überwand ich das steilste Stück der schiefen Ebene, ohne auszugleiten und hinzustürzen. Balancierend blieb ich stehn, vielleicht fünf Schritte von der weißen Säule und dem Weltpräsidenten entfernt. Nun hatte ich das Wort als Unterhändler. Meine Pflicht war es, im letzten Augenblick einen friedlichen Ausgleich zu schaffen zwischen Dschungel und Kulturwelt. Wie immer, wenn ich durch meinen Beruf gezwungen war, vor die Öffentlichkeit zu treten, schwand meine Erregung, und ich fühlte mich positiv und gesammelt:

»Vor allem, Exzellenz und Notabilitäten«, begann ich mit Festigkeit und Überzeugung, »vor allem und als erstes scheint es mir notwendig, das Wort Dschungel amtlich abzuschaffen. Es entspricht nicht nur nicht der Wahrheit, sondern enthält eine schwere Beleidigung für die Berg- und Stadtbewohner drüben. Ich schlage vor, daß unverzüglich eine Gesandtschaft abgefertigt werde, welche die Abschaffung des Wortes Dschungel feierlich mitteilt, wodurch die Weltregierung auf würdige Art ihre Gerechtigkeit und Freundlichkeit beweist und sich von jedem Angriff distanziert. Das Wichtigste aber: Hüten Sie sich vor jeder Politik der Halbheit, des Beschwichtigens, des Appeasements, wie wir's zu unserer Zeit genannt haben. Machen Sie allen Waffensammlern, Verschwörern, Aggressoren unverzüglich klar, daß Ihre Antwort auf den ersten verbrecherischen Akt erbarmungslos die physische Vernichtung der Verbrecher sein wird, ungeachtet aller astromentalen Vorbehalte und Errungenschaften ... «

Bei diesen Worten ungefähr bemerkte ich, daß ich zwar eine kluge und wohlbedachte Rede hielt, daß aber diese Rede nur in meinem Innern erklang und äußerlich überhaupt kein Ton zu hören war. Weder eine physische noch eine nervöse Hemmung hinderte mich am Sprechen, auch kein Stimmritzenkrampf oder eine andere Unfähigkeit, Laute zu produzieren. Ich sprach völlig normal, doch was ich sprach, ertönte nicht. Die hellvioletten Schachfiguren machten verlegene Zeichen, ein paar kamen näher an mich heran, andere hielten verzweifelt die hohle Hand an ihr Ohr. Der Mondgeweihte lächelte wissend, als habe er nichts anderes erwartet. Ich versuchte zu schreien und ich schrie auch aus vollem Halse. Dieses Schreien aber, obwohl es mir beinahe wehe tat, ertönte ebensowenig wie mein Flüstern. Man wird sich wundern, daß all diese astromentalen Würdenträger ringsum (viele Habitués des Sympaians vermutlich) nicht imstande waren, eine innere Rede aufzufassen, die noch dazu mit so vielem Nachdruck, ja krampfhafter Anstrengung gehalten wurde wie die meine. Ich selbst hatte es ja schon so weit gebracht, um eine gute Portion dessen, was die Menschen dachten oder schweigend beabsichtigten, vorher zu wissen oder mindestens vorauszufühlen. Noch heute, nach meiner Rückkehr, zehre ich von den Fähigkeiten, die ich heimgebracht habe, und vergnüge mich zum Beispiel im Menschenstrom der Boulevards damit, an den Schultern der Passanten vorauszuspüren, ob sie fünfzehn Schritte weiter in eine Nebenstraße einbiegen werden oder nicht. Und hier, in dieser Versammlung, wo sich auch einige Mutarianer befanden, war man nicht imstande, eine tonlose Rede zu vernehmen? Man war's nicht. Vielleicht genügte das Isolierparkett, um jede Kommunikation der Seelen zu verhindern. Und dann noch eines: es sollte nicht sein, daß ich durch meine Argumente und Vorschläge das Unheil abwende. Oft argwöhne ich jetzt, daß der Autor der Weltgeschichte durchaus kein Improvisator sei, wie es die Autoren eines Sympaians sein sollen. Er bereitet sein Manuskript wohl vor mit Änderungen, Strichen, Korrekturen, und der Freiheit des Handelns ist darin kein weiterer Raum gegönnt als dem Druckfehlerteufel in einem Buch. Zu meinen Lebzeiten gab es ein paar Despoten, die einer erstaunlich hohen Anzahl minutiös vorbereiteter Attentate durch die unglaubwürdigsten Fügungen entgingen. Es grenzte ans Wunder. Nein, es *war* Wunder. Die Herren blieben aufgespart für ihre Endszene, wie sie im Buche stand.

Ich versuchte noch einmal, meine Rede aufzunehmen. Es war vergeblich. Nicht nur meine Stimme erklang jetzt nicht mehr, sondern auch meine Gedanken waren tot. Ich durfte meine kleinen Leukangeloi nicht aussenden. Da senkte ich meinen Kopf und schluchzte auf, wenn ich nicht sehr irre ...

Mich tröstet, daß es auf jeden Fall zu spät gewesen wäre. Noch herrschte tiefes Schweigen in der Ratsversammlung, als das Geschehnis eintrat, das nicht wiedergutzumachen war. Es offenbarte sich in einem scharfen Klirren und Splittern. Die Spiegelseiten in dem Folianten des Berichterstatters rechter Hand zersprangen in hundert Stücke. Das Buch explodierte gewissermaßen wie ein Geschoß. Doch auch der Foliant des Annalenlesers linker Hand, der die Zeit nach rückwärts verfolgte, hatte seine Schäden abbekommen, wenn er auch ganz blieb wie die Vergangenheit selbst, die einen Sprung davontragen, aber nicht zerstört werden kann. Der Seleniazuse lächelte voll nachdenklicher Sanftmut. Trotz und Ironie waren aus seinen Zügen verschwunden. Ich wußte, was geschehen war. Keiner Belehrung bedurfte es. Der sinnloseste und übermütigste aller Kriege war ausgebrochen. Er hatte begonnen über den Köpfen der ahnungslosen astromentalen Menschheit hinweg, die eher eine neue Sonnenkatastrophe erwartet hätte als diesen Anachronismus, der in der Versenkung des Denkmals des Letzten Krieges für ewig begraben schien. Nun hatten die Heißsporne der Panopolis, die Waffensammler, die Verschwörer, wer immer sie waren, ihren Spaß und ihre Rache. Es gab keine Vielfalt der Völker mehr, keine Landesgrenzen, keine sozialen Nöte, keine ökonomischen Zwänge, keine imperialistischen Begehrlichkeiten, es gab nichts als den sanften Gegensatz zwischen Dschungel und Kulturwelt. Und doch ein einziger Mord hatte genügt, aus den Tiefen der fortgeschrittenen, sternverbundenen Menschheit die alte Furie zu entfesseln. Krieg war nicht die Folge, sondern die Ursache aller Konflikte. Krieg war die unbewußte Sehnsucht nach Blutvergießen, welche Gründe er immer vorschützte. Krieg war Adams Sohn, der Kain im Menschen. Die Hähne zerrissen in scheußlicher Leidenschaft die verwundeten Hühner, deren Blut sie gesehn hatten.

Nun spielten seit undenklichen Jahrtausenden wieder die Fernsubstanzzerstörer. Der Rückstoß dieser mir unbekannten Geschütze, die aus dünnen Rohren und Röhrchen bestanden, war so furchtbar, daß er den Spiegelfolianten des Berichterstatters, in dem sich die fernen Vorgänge selbst reflektierten, in Splitterstaub verwandelt hatte. Vielleicht standen schon in Flammen die Berge und Hügel, die weißen Häuserkuben, die Dorfkirchlein mit den Ringelspielen davor und die Hauptstädte jener Vegetationsinseln, die man Dschungel nannte. Vielleicht aber, und ich hoffte es, hatten die diversen Konstantins mit ihren Offizieren, Ingenieuren und Pionieren nicht nur neue Angriffs-, sondern auch Verteidigungsmittel ersonnen, die die Zerstörung abwandten. Nach der Explosion des Aktualitätsfolianten wurde die Stille in der Halle noch tiefer. Der Lärm des Krieges – wenn es einen solchen Lärm gab, was ich stark bezweifle – konnte hier in diese Halle nicht eindringen. Nur das Regenlicht wurde um einige Schatten dunkler und dämmervoller. Und es geschah dasselbe, was gestern abends im Theater geschehn war, als Io-Dos Schuß den Schädel des dienenden Bruders zerschmettert hatte: Die versammelten verhüllten langsam ihre Häupter mit den dehnbaren Gewandschleiern von hellem Violett. Nur eine einzige Persönlichkeit, außer mir selbst, verhüllte sich nicht. Es war der Mondgeweihte. (Ich mußte daran denken, daß er gestern das Comptoir des Hochschwebenden verhüllten Haupts verlassen und somit diesen Akt der Trauer und des Nichtsehnwollens vorweg genommen hatte.) Jetzt beschrieb er mit sehr kleinen Schritten einen Kreis um die weiße Säule, wobei er je eine verabschiedende Verbeugung in die vier Weltrichtungen vollführte. Es schien, er wolle ein paar Worte sprechen; entscheidungsscheu bis zur letzten Sekunde aber unterließ er es. Sein lächelnder Blick traf mich und hielt mich fest. Der Blick sagte ausdrücklich: Gedenken Sie meines Tagesorakels, »die Fremde, die in die Heimat kommt, macht sich selbst nicht heimisch, die Heimat aber fremd«. Ich mußte Augen und Kopf senken vor diesem Blick und vor dem Tagesorakel, das meine Seele durchtönte. Noch einmal, ganz leise, schlug der Hammer Mondschattens an die hohle Säule. Schwere Flüsterworte fielen: »... oder den Mondgeweihten selbst...«

Ich hob meine Augen, obwohl ich wußte, daß es verboten war und daß ich es nicht tun durfte. Die Schachfiguren im riesigen Raum der schiefen Ebene standen mit ihren verhüllten Köpfen bis zum Gürtel gebeugt. Die weiße Metallsäule war nicht mehr weiß, sondern mit einem orangeroten kochenden Qualm erfüllt. Es war nicht erlaubt, das Große, was sich jetzt begab, mit Augen zu sehn. Ich neigte nur ein wenig meinen Kopf, wie es etwa der Beiwohner eines religiösen Rituals macht, das nicht das seine ist. Ich besaß freilich nichts, um mein Gesicht zu verhüllen. Und ich war entschlossen, das Große zu sehn trotz allen Verbotes.

Mit kurzen leichten Schritten, als bedeute für ihn weder die Glätte des Bodens noch der scharfe Anstieg der schiefen Ebene ein Hindernis, hatte der Seleniazuse den Weg bis zum Rundbogen zurückgelegt, der in jenen dunklen Nebenraum führte, welchen ich vorhin mit einem überdimensionierten Backofen oder mit einer Bühne für Staatsaktionen und Trauergepränge verglichen habe. Vor dem Ausschnitt machte der Mondgeweihte halt, als überdenke er noch eine Obliegenheit, die er vergessen hatte.

Ich fühlte seinem Rücken ein kurzes Zögern und Sichducken an. Warum sollte aber der Seleniazuse nicht auch der Natur den Zoll der Angst entrichten dürfen? Nun aber trat er langsam, mit unvergleichlicher Gelassenheit über die Schwelle der Finsternis und verschwand nach einigen Schritten in ihr. Das ist alles, dachte ich, und die Welt wird ihn nie mehr wiedersehn. Kaum aber hatte ich's gedacht, schlug in der Tiefe des abgedeckten Raums eine orangerote Flamme hoch, die für den Bruchteil des Bruchteils einer Sekunde Menschengestalt annahm und schon wieder erloschen war. Der Major Domus Mundi hatte die Verfassung erfüllt, die ihm gebot, sich selbst in der orangeroten Flamme des sterbenden Mondes verschwinden zu lassen, wenn er nicht die Kraft und den Willen besaß, andere derselben Flamme zu weihen, um die Weltgesittung zu retten. Er hatte diese Kraft und diesen Willen nicht besessen, sei es, weil er zu klein, sei es, weil er zu groß war. Die Regierung dieses Namenlosen, dieses nie mehr Identifizierbaren, der nun vernichtet und vergessen blieb für immer, hatte mit einem der schwersten Mißerfolge der Weltgeschichte geendet. Trotz des Unheils, das im Gange war, oder gerade wegen dieses Unheils, bereiteten die geheimen Kommissionen mit größter Eile die neue Wahl vor. Ich fühlte es hinter meinem Rücken. Als ich mich umdrehte, sah ich den Uranographen von Schachfigur zu Schachfigur eilen. Vermutlich hatte man schon die elf wahlfähigen Seleniazusen festgenommen, und sie klagten und jammerten bereits in ihren Kerkern, was ich gut verstehen konnte, denn dem neuen Welthausmeier war nicht zu gratulieren.

Der alte aber hatte sich geopfert wie... ich hätte jetzt beinah die Unvorsichtigkeit begangen, die Worte »wie ein Phönix« niederzuschreiben. Nein, der Opfertod des Namenlosen und Unidentifizierbaren war das Gegenteil der Selbstverbrennung des Sonnenvogels Phönix, welche nach Urslers erstem grundlegenden Paradoxon dann eintritt, wenn die strahlende Energie eines Lichtgestirns größer ist als sie selbst. Nicht in der Jubelflamme der Sonne hatte der Namenlose sich selbst verbrannt, weil er andere nicht verbrennen konnte. Ihn hatte die dunkelgefärbte Flamme verzehrt, in der einst der Mond vergehen wird, eine Flamme der müden Erkenntnis, der Vergeblichkeit und der Schwermut.

Das Haus war voll bis unters Dach, auf dem der bleiche Garten wuchs. Die ganze Familie Io-Fagòrs, auch entferntere Glieder schienen bei ihm Schutz zu suchen. Der Brautvater hatte dabei auch seinem Gegenschwieger, dem lieben Herrn Io-Solip und den seinigen Obdach geboten, um ihnen dadurch zu verstehen zu geben, daß er Io-Do's schändliches Treiben für nichts Schlimmeres halte als die Flucht Lalas, und daß er im Bräutigamsvater nichts anderes sähe als einen Bruder im Unglück. All das Reden, Raten, Rauschen, Rascheln, Tuscheln und Flüstern im Hause machte mir den Kopf schwindlig, denn ich verstand nur wenig von allem.

Endlich war ich zu meinem Glück allein mit B. H. in dem kleinen Salon neben dem Speisesaal, wo es anachronistische Sitzgelegenheiten gab, und wo wir beide schon einmal zusammengesessen hatten wie fossile Insekten im Bernstein. Ich spürte sofort, daß der Wiedergeborene von Io-Fagòr und dem ganzen Clan ausgesandt worden war, um mit mir zu sprechen.

»Nun B. H., was steht noch von der Welt?« seufzte ich.

Meines Freundes Gestalt zitterte, ja wackelte geradezu von besorgniserregender Verlegenheit. So hatte ich ihn nie gesehn. Nicht einmal in seinen nervösesten Augenblicken. Unsere Hausfreunde schienen ihm eine saubere Last aufgebürdet zu haben.

»Das wäre es nicht«, erwiderte er, seine Lippen beißend, »man hat die Dschungelleute sträflich unterschätzt. Sie kämpfen nicht mit so albernen Waffen wie die mentalen Lausejungen. Vor Fernschattenzertrümmerern, ja selbst vor den Existenznegatoren der letzten Kriege, die klein sind wie Glaserdiamanten, könnte man das nackte Leben retten, wenn man in gewissen Räumen der Lithosphäre Unterstand sucht. Man sollte es aber nicht für möglich halten, deine Konstantins und ihre Kriegsschulen in den Dschungelstädten haben eine supermentale Artillerie entwickelt. Sie schießen mit psychischen Geschossen, und weder ich noch du können wissen, ob wir nicht schon getroffen sind... «

»Das mit der psychischen Artillerie weiß ich längst«, brummte ich und war voll Ärger, weil ich das Wesen dieser Artillerie in Bergstadt nicht erforscht hatte. Ich fragte: »Was für Geschosse unterscheidet man?«

»Sie schießen mit Depressionen und Melancholien«, betonte B. H. bitter jedes Wort. »Ich möchte dich aber ersuchen, ruhig zu bleiben, F. W. Es ist gerade in dieser Gefahr von entscheidender Wichtigkeit, ruhig zu bleiben.«

»Ich aber möchte um genauere Aufklärung gebeten haben«, brach ich los. »Das ist wohl das Geringste, was ich fordern darf.«

»Nur die Ruhe hilft uns, alter Junge, nur die Ruhe«, versetzte B. H. gequält. »Soll ich dich mit psychochemischen Technizismen langweilen? Es ist kein Wunder dabei. Sie haben dem Djebel dies und dem Wintergarten das abgeguckt und in jener aggressiven Richtung ausgebaut, die wir völlig vernachlässigt haben. Das Schlimme ist, daß der Streukegel der Depressionen und Melancholien keine Grenzen kennt, das heißt überall wirksam ist, wo er Menschen begegnet, in den Intermundien oder im Innern der Erde.«

Und er fügte ganz leise hinzu: »Die ersten Verwundeten wurden schon eingeliefert, und ihre Zahl wächst von Minute zu Minute... «

»Ich fürchte mich nicht«, erklärte ich barsch.

»Sag das nicht, mein Lieber«, warnte B. H. mit aufgehobenen Händen. »Solch ein wohlgezielter Volltreffer von konzentrierter Depression ist schlimmer als zehn Bauchschüsse, Gasverätzungen und Brandwunden dritten Grades. Dagegen sind Cholera, Darmverschlingung, Hundswut, langsames Ersticken und Gebratenwerden die reinsten Champagnergelage.«

»Du sprichst doch von Depressionen«, rief ich, »von geistigen Verwundungen? Schießt Konstantin Wahnsinn zu uns herüber?«

»Das ist es ja gerade«, pfiff B. H. »Konstantins Depressionsgranaten sind kein Wahnsinn. Gegen Wahnsinn gibt es Mittel genug, und wären's nur Betäubungsmittel. Jene Geschosse aber enthalten Wahrsinn. Wirst du von einer solchen sechsundzwanzigkalibrigen Selbstanalyse getroffen, dann hilft dir kein Opiat mehr. Sie schießen mit entsetzlichen Ernüchterungen. Sie machen bewußt, was nie bewußt werden darf. Sie imprägnieren den Verwundeten mit dem radikalst negativen Aspekt des Lebens, so daß er sich nicht einmal mehr wünscht, dahinzuscheiden... Da, sieh nur!«

B. H. wies erbleichend in den großen hellerleuchteten Speiseraum, zu dem die Tür offenstand. Dort begab sich folgendes: Ein Mann, der vor Verfolgern zu fliehen schien, stürzte mit einem summenden Klagelaut vom Eingang zum Ausgang, in dem er verschwand. Die lähmende Medusenfratze des Schrekkens, die nicht mehr menschliche Maske dieses Gesichtes werde ich nicht vergessen. Ich werde sie aber nicht beschreiben, denn sie steht mir jetzt so lebhaft vor Augen, daß ich das Grauensbild lieber verjage. Hätte der silberne barocke Kopfaufsatz, der dem Mann vom nackten Schädel fiel, ihn nicht verraten, ich hätte nie und nimmer den Hausweisen erkannt, jenen von den drei Junggesellen, der vom Wortführer stets tyrannisiert wurde. Letzterer sowie der Beständige Gast, Io-Fagòr und andere mehr kamen gelaufen, um den Unglücklichen festzuhalten und ihm beizustehen. Das Entsetzen aber gab ihm Flügel. Ich hörte, wie die Jagd in dem sonst so stillen Hause verhallte. Mir waren Zunge und Gaumen trocken.

»Verwundet«, fragte ich, »von einer Depression verwundet?« und meine Stimme klang ganz rauh.

»Vielleicht nur gestreift, von einem panischen Trauma gestreift«, flüsterte B. H. »oder von einem Sprengstück der sogenannten Erfüllungsenttäuschung. Er hatte sich oben verspätet und ist in eine Verkehrsstockung geraten, denn die Zusammenstimmer sind den Anforderungen nicht mehr gewachsen. Doch was tut's? Auch hier in den Häusern sind wir schutzlos... «

Ich fuhr hoch und streckte mich starr.

»Und was hat man beschlossen, B. H.? Was gedenkt man zu tun?«

»Nur Ruhe, mein Lieber, Guter«, bat der Freund, beinahe flehentlich. »Starke Nerven sind die einzige Abwehrkraft, über die unser Organismus verfügt. Und nun bitte setz dich wieder schön nieder und erlaub mir, ein paar offene Worte zu sagen... «

Er nahm meine beiden Hände und zog mich auf den Sitz zurück. Da ich sah, daß Tränen in seinen guten dunklen Augen standen, wurde ich für einen Augenblick etwas weicher und gefügiger.

»Ich bin der Schuldige, F. W., und ich leugne es nicht«, begann er. »Es ist natürlich kein Zufall, daß ich gerade dich aus dem Alphabet gestochen habe und zitieren ließ.«

»Wozu diese alten Geschichten«, unterbrach ich ihn, wieder grob werdend, »das ist doch augenblicklich alles Zimt... «

»Was ist es?« fragte er verständnislos. »Meinst du etwa, es sei gleichgültig? Mir ist es nicht gleichgültig. Gewiß, ich bin schuld daran, daß du hier bist. Aber ohne Zweifel hast du an dem Ort, wo du warst, an mich gedacht und dich dadurch in Evidenz gebracht.«

»Meines Wissens, B. H., hab ich zuletzt im April 1943 an dich gedacht, und zwar mit ziemlich schlechtem Gewissen. Etwas lange her, nicht wahr? Ob ich im Fegfeuer – das scheint meine ständige Adresse zu sein – an dich gedacht habe, das weiß nur Gott allein. Die Lokalität ist eine einzige Depression und Melancholie, aber soweit ich's im Gefühl habe, läßt es sich ertragen, und man hat ein paar Chancen und ein Ziel. Unter den gegenwärtigen Umständen ist es jedenfalls eine weit bessere Adresse als diese hier... «

»Aber das ist ja ganz die Meinung des Hauses Io-Fagòr«, rief B. H. und lächelte mit gespielter Überraschung.

»Von was für einer Meinung sprichst du?« brummte ich.

»Ich spreche nicht von den diversen Vorstellungen, die sich die Familienmitglieder vom jenseitigen Leben machen. Ich spreche davon, daß sie allgemein beschlossen haben, das diesseitige Leben zu verlassen; etwas vorzeitig die meisten von ihnen, aber auf völlig legitime Weise, freiwillig nämlich und zu Fuß. Die letzte Wegstrecke zum Wintergarten legt man zu Fuß zurück. Trotz deiner Theorien vom Gefahrenwerden, F. W. Angesichts des unabsehbaren Schreckens, welcher vor uns liegt, halte ich diesen Beschluß für nicht unvernünftig. Was die tiefgebeugten Eltern der Hochzeiter anbetrifft, so ist dieser Beschluß sogar verständlich, auch wenn man nicht an den Schrecken denkt, der vor uns liegt. Keinesfalls aber konnte ein Aristokrat wie Io-Fagòr den Untergang der astromentalen Gesittung überleben ... «

»Ist das nicht eine Art Selbstmord?« fragte ich mißtrauisch.

»Selbstmord heißt, Hand an sich selbst legen«, entgegnete B. H. schnell. »Im Wintergarten legt niemand Hand an sich selbst. Der Wintergarten birgt das einzig mögliche kultivierte, komfortable, ja luxuriöse Ende aller menschlichen Dinge. Das ›Übel‹, das ›Böse‹, die notwendige Mißlungenheit der Natur, worüber wir sooft philosophiert haben, F. W., ist dort im Wintergarten durch die Kraft des forschenden Geistes ausgeschaltet. Nicht mehr feiern die Würmer ihre Feste. Nicht mehr füttern wir die Erde mit der Jauche unserer ehemals hochbeseelten Gestalt. Nicht mehr weihen wir den Leib einer kremierenden Flamme, die uns mitsamt von Brettern, Sägespänen und anderm Mist im Glutofen hochsetzt, zermalmt, verkohlt und zu schmutziger Asche macht. Doch wichtiger als das, wir sterben nicht. Ich gebrauche das Wort offen. Wir werden nicht mehr, mit Angst und Todesschweiß auf der Stirn, gefällt von Apoplexien, Thrombosen und Krebsgeschwüren. Die Menschheit hat an Stelle all dieser Schrecken einen reinen und heiligen Prozeß eingeführt, der so schön ist, daß die Toten untröstlich sein sollen, ihn nicht wiederholen zu dürfen.«

»Das war ein prächtiger Lobgesang, B. H.«, sagte ich, ohne meinen spöttischen Ton unterdrücken zu können.

»Ich bin nichts als aufrichtig zu dir«, versetzte er kurz.

»Und was hast du beschlossen, B. H.?«

»Es fragte sich, was *du* beschlossen hast, F. W. Du bist hier das Hauptproblem, nicht ich. Darin sind alle Hausgenossen einig. Doch welche Entscheidung du auch triffst, ich werde bei dir bleiben. Den Wintergarten allerdings solltest du ebenso sehen, wie du den Djebel gesehen hast.«

»Du brauchst mir deinen Wintergarten nicht länger zu offerieren, B. H., ich habe ihn schon gekauft. Ich akzeptiere den allgemeinen Beschluß. Was soll ich auch anderes tun.«

Mein Freund wandte sich mit einem Ruck zu mir und sah mich scharf an.

»Dieses dein ›was soll ich auch anderes tun‹«, sagte er, »bringt einen falschen Ton in die Sache. Zur Freiwilligkeit des letzten Weges gehört auch eine gewisse Freudigkeit, ein rechtes Einverstandensein. Diese Empfindungen unterscheiden den Kulturmenschen, der weiß, wann es genug ist, vom Barbaren, der nicht aufhören kann, zu schlecken und zu schlingen ... «

»Höre, B. H.«, unterbrach ich ihn, »mach dir nichts vor und laß uns realistisch bleiben. Ich will weder von Depressionen und Melancholien noch von panischen Traumata und Erfüllungsenttäuschungen verwundet werden. Und was hab ich sonst für Aussichten in dieser öden Welt, die sich wieder einmal selbst zerstört? Freiwilligkeit und Freudigkeit hin und her. Der Wintergarten ist immerhin ein Ausweg.«

Der Wiedergeborene stützte den Kopf traurig in seine Hände. »Es ist mir schrecklich, unsagbar schrecklich«, bekannte er, »daß es mit uns so blamabel ausgefallen ist. Ich habe mich ganz diebisch gefreut, als ich dich wiedersah. Ich habe mir vorgestellt, wir werden Fest auf Fest feiern, und du wirst viel Freuden haben und ganz hingerissen sein ... «

»Das bin ich auch, lieber Freund«, tröstete ich ihn. »Ich bin von vielen Dingen hingerissen, noch immer und trotz allem ... und an den andern bist du nicht schuldig.«

»Zu schade«, seufzte B. H. noch einmal auf.

Dann führte er mich in das Zimmer, wo ich der Sippe der Hochzeiter zum erstenmal erschienen war. Alle hatten sich versammelt. B. H. brauchte kein Wort zu sprechen. Man sah mir am Gesicht an, daß ich willens war, mich der Familie anzuschließen auf dem letzten freiwilligen Wege. Eine brüderliche Wärme schlug mir entgegen. Ich gehörte zu ihnen. All diese jugendschönen Männer und Frauen, die meisten im gesetzten Alter, traten auf mich zu und umarmten mich mit leiser Berührung, soweit sie die astromentale Erziehung gestattete. Io-Fagòr zog mich sogar an seine Brust. Nur GR³ verhielt sich merkwürdig. Sie drückte sich abseits, und ihre tiefliegenden Augen wanderten unruhig von einem zum andern. Io-Fagòr hatte inzwischen einen kleinen blitzenden Schlüssel hervorgezogen, mit dem er eine verborgene Tür aufschloß, die in einen langen Korridor führte.

Einundzwanzigstes Kapitel

Worin im Innern des Planeten die Episode des Wintergartens beginnt und ich jenes Institut betrete, in welches man sehr bequem hineingeht, aber aus welchem man äußerst unbequem herauskommt.

In »grauer Vorzeit«, zu welcher bekanntlich meine astromentalen Freunde das Jahrhundert rechnen, aus dem ich komme, hatte der Mensch bereits ein erstaunlich reiches Wissen über alles »Äußere« gesammelt, während er über alles »Innere« herzlich wenig wußte. Schon Sumerer und Chaldäer besaßen einige nicht nur geistige, sondern naturnahe Erkenntnis über die Planeten im Kleinen Intermundium und über die Lichtgestirne im Intermundium ersten Grades. Mein Bericht über unsern Ausflug ins Graue Neutrum und meinen Aufenthalt auf Johannes Evangelist und Petrus Apostel würde sie in kein besonderes Erstaunen versetzt haben, und in die drei Lamaserien der Chronosophen hätten ganz bestimmt babylonische, ägyptische und indische Priesterschüler weit besser hineingepaßt als Studenten von Heidelberg, Oxford oder Harvard zwischen 1920 und 1940.

Was nun das Innere anbelangt, so liegt die Sache anders. Vorerst: Unter diesem Innern verstehe ich durchaus nichts Psychisches, Geistiges oder gar Mystisches. Ich will damit nur all das bezeichnen, was diesseits, das heißt innerhalb unserer Haut liegt. Da wird man mir aber ehrlich zugeben müssen, daß wir Kinder des zwanzigsten Jahrhunderts hinsichtlich dieses Innern wahrscheinlich noch sehr unbelehrt umhergingen, war doch kaum erst ein historischer Augenblick verweht, seit der weise Engländer Harvey um 1650 den Kreislauf des Blutes entdeckt hatte. Man möge es nur ausdenken, in meiner eigenen Jugend wußte die medizinische Welt beinahe noch nichts von Drüsensekretion, vom Chemismus der Lebenstätigkeit und von den elektrischen Ladungen des Nervensystems. Was für das engere Innen des Körpers gilt, das gilt nicht minder für das weitere Innen, das unser Erdplanet vorstellt. Wir zuckten nicht davor zurück, verwegene Berechnungen über die fremden Universa der Sternnebel anzustellen, brachten es aber kaum zuwege, drei Kilometer tief ins Innere der Erde vorzudringen. All das beweist mit großer Schlagkraft, daß der Mensch viel weniger Scheu vor seiner Außenwelt als vor seiner Innenwelt empfindet und daß er viel furchtloser dem Fernsten ins Auge blickt als dem Nächsten, das ist die Unendlichkeit, die er selbst umspannt.

Wer die Richtigkeit dieser Überlegung anerkennt, wird es begreifen, daß ich glücklich bin, nicht nur das Niedere Intermundium oberhalb unseres Planeten besucht zu haben, sondern auch das Innere dieses Planeten selbst. Die künstlerische Konvention empfiehlt zwar, lieber von unten nach oben aufzusteigen als umgekehrt. Wie so oft aber steht meiner Freiheit als Epiker die Gebundenheit des Reisebeschreibers im Wege. Die Ereignisse führen mich, nicht ich sie. Der gerechte Leser wird am Ende entscheiden, ob die Antiklimax der Richtung auch eine der Spannung gewesen ist.

Was hier folgt, ist der Bericht eines Augenzeugen und keines Geologen. Ich werde meinem unwissenschaftlichen Prinzip, das sich im Kleinen Intermundium bewährt hat, hier in dieser gewaltigen Erdkammer, wo wir uns augenblicklich befinden, nicht untreu werden, obwohl es leichter ist, das Kometenturnen in freisten und fernsten Räumen zu beschreiben als das Abenteuer im stygischen Lokal. In der Schule hatten wir gelernt, daß die Temperatur im Innern der Erde von Kilometer zu Kilometer je um 30 Grad Celsius zunimmt, wobei es sehr wenig Unterschied macht, ob man unterm Nordpol oder unterm Äquator in die Tiefe geht. Demgemäß würde der Siedepunkt des Wassers schon am Ende des dritten Tiefenkilometers erreicht sein und sechzig Kilometer darunter bei 1800 Grad Celsius der Schmelzpunkt der Basalte. Die Wirklichkeit schien dieser aus der Erfahrung geschöpften Ansicht recht zu geben. Unzählige Vulkane zeugten für sie, die den feuerigen Schmelzfluß des Erdinnern als Lava in die Luft schleuderten, nicht anders als die Geyser, die ihre hastig-dichten Dampfwolken zum Himmel pafften. Die vulkanischen und tektonischen Beben mahnten uns daran, daß die feste Erdkruste, auf welcher wir unsere geschichtlichen Tragödien und Komödien spielen, nicht etwa mit der Schale eines Eis verglichen werden kann, sondern bestenfalls mit der eines Apfels.

Ich erhebe mich jetzt nicht mit der ganzen Vermessenheit des Laien, um zu behaupten, die obige Theorie sei unrichtig. Ganz im Gegenteil. Mein Erlebnis auf der ungefestigten Oberfläche von Petrus Apostel sagt mir, daß sie richtig ist. Das einzige, was ich erfahrungsgemäß zu berichtigen habe, sie ist nicht vollständig. So wie mich der Anblick der dichter gesäten Sterne und die Autorität des Hochschwebenden belehrte, daß unser Universum sich atmend ausdehnt und zusammenzieht, so belehrte mich der Anblick und meine körperliche Präsenz hier unten, daß es im Erdinnern zumindest *einen* Hohlraum von enormen Ausmaßen gibt (wahrscheinlich aber mehrere) und daß dieser Hohlraum mit atembarer Atmosphäre und mit einem milchigen Zwielicht gefüllt ist, hell genug, um Menschen und Dinge deutlich zu unterscheiden. Zwei Fragen könnte ich nur schwer beantworten. Die erste: Hat es solche Hohlräume im Erdinnern schon vormals gegeben, oder wurden sie erst durch die wachsende Abkühlung des Planeten geschaffen? Ich habe niemals in Erfahrung gebracht, wie die sechsstellige Jahreszahl genau lautete, in der ich drei Tage durchleben durfte. Das »Elfte Weltengroßjahr der Jungfrau« war eine zyklische Bestimmung und umfaßte vermutlich einen ganzen Äon, unter welchem die antiken Völker ungefähr sechstausend Jahre verstanden. Wenn ich andererseits immer von hunderttausend oder von mehr als hunderttausend Jahren spreche, während welcher ich tot gewesen bin, so hat sich diese Bezeichnung in meiner Unterhaltung mit B. H. eingebürgert, ohne eine exakte Zahl vorzustellen. Doch wie immer jene sechsstellige Zahl der Erdumläufe um die Sonne lauten mochte, im Leben eines Himmelskörpers bedeutete sie einen schieren Nu, einen halben Atemzug, währenddessen die Abkühlung keinen merklichen Fortschritt gemacht haben konnte, es sei denn, wir hätten es mit unbekannten Nachwirkungen der Sonnentransparenz zu tun. Ich selbst aber neige mehr dazu, jene Hohlräume im Erdinnern für uralte Tatsachen zu halten, deren Entstehung weit vor den wirklichen Anfängen der Menschheit liegt. Alle Mythologien, die wir kennen, berichten von Reichen unter der Erdoberfläche. Und Mythologien, das wissen auch die nüchternsten Geschichtsschreiber, sind keine leeren Phantasmen, sondern visionär geschaute und gedeutete Wirklichkeiten.

Die zweite Frage lautet: War der Tartarus, der den Wintergarten der astromentalen Menschheit umgab, natürlich oder künstlich erleuchtet und gelüftet? Es ist das unverzeihliche Versäumnis eines schlecht geschulten Reporters, wie ich es bin, daß ich über diesen wichtigen Umstand keine Erkundigungen eingezogen habe. Man bedenke aber die seelische Verfassung, in der ich mich befand, die dumpfe Erregung, die meinen dubiosen, einer neuen Auflösung entgegengehenden Körper durchzitterte, und meine Unterlassung wird begreiflicher erscheinen. Wenn ich auch keinen Beweis dafür besitze, so möchte ich dennoch frei heraus behaupten, daß ich Lüftung und Erleuchtung der gewaltigen Erdkammer für Menschenwerk halte. Die Zivilisation hatte schließlich Größeres geleistet, als Licht und Luft einem Orte zuzuführen, der zwei- oder dreihundert Kilometer unter der Oberfläche lag.

Auch dieser Begriff »zwei- oder dreihundert Kilometer« ist wissenschaftlich durch nichts gerechtfertigt, sondern eine instinktive Vermutung meines Zeit- und Raumgefühls. Leider hatten wir in der »camera caritatis«, die uns fast unmerklich hinabbrachte, keinen chronosophischen Elementarlehrer bei uns, noch solche Antworter wie Io-Hol und Io-Rar, aus deren teils mechanischem, teils unsicherem Schülergestammel ich immerhin einige Aufklärung hatte saugen können. So reime ich mir denn auf eigene Faust, d. h. auf Grund eigener Gefühlserfahrung zusammen, daß unter der Apfel-, oder übertrieben gesagt, unter der Eierschale, die man Erdkruste nennt, nur eine ziemlich dünne und oft unterbrochene Schicht von schmelzflüssigem Magma liegen kann, schon deshalb, weil so wenig Hitze nach oben versendet wird. Anderenfalls müßte ja auf der Schale jenes Bratapfels, welcher die Erde ist, jedes Lebewesen sofort zu Dampf verkochen, und nie und nimmer hätten sich auf diesem glühheißen Ei die bekannten Eiszeiten mit ihren wandernden Gletscherkontinenten etablieren können. Letzteres ist eine ebenso einfache wie schlüssige Überlegung, und auch sie führt zu der Annahme, daß jenes Höllenfeuer, welches die Vulkane versorgt, nur eine sehr schwache Lage bilden kann zwischen verfestigten Gesteinsschichten von wechselnder Elastizität.

Erst tief, tief unter diesen mag der liquide oder gasförmige Kern von Magneteisen liegen, der das innerste Herz der Erde ausmachen soll. Meinem »Gefühl« nach befand sich also die wundersame Welt des Hohlraums zwar unterhalb des Lavastockwerks, jedoch noch immer in den oberen Etagen des Erdhauses. Wie lange Zeit die Niederfahrt in Anspruch nahm, konnte ich nicht wissen, da ich viel zu spät bemerkte, daß wir uns überhaupt in Fahrt befanden. Auch hatten wir kein federleichtes Schutzkleid angelegt wie jenes Raumtauchergewand, mit welchem wir das Kleine Intermundium besucht hatten. Der Mangel aller Vorbereitungen täuschte mich darüber hinweg, daß wir schon lange zu dem Ausgangspunkt unseres Endes niederschwebten. Wahrscheinlich hatte mir B. H. mit weiser Absicht den Zweck der Räumlichkeit nicht verraten, die alle Welt »camera caritatis« nannte. Im übrigen bin ich nicht ganz sicher, ob der außerordentlich große Salon, zu dem wir über einen langen Korridor gelangten, wirklich camera caritatis hieß. Manchmal will es mich dünken, daß der kreisrunde Raum mit fächerartig abgeteilten Logen nicht als »Kammer des Erbarmens«, sondern als »Kammer der Gleichheit« bezeichnet wurde, d. i. camera paritatis. Mich erinnerte er teils an das Wartezimmer eines erfolgreichen Kurpfuschers, teils an ein Schönheitsinstitut. Die abgeteilten Logen waren für Ehepaare bestimmt, welche die letzten Stunden des Lebens einander nahe sein wollten. Die camera caritatis – bleiben wir bei diesem Ausdruck – war bei unsrer Fahrt so sehr überfüllt, daß niemand dran denken konnte, intime Gespräche zu führen. Daß Io-Fagòr nicht

der einzige Hausvater war, der mit den Seinigen diesen schweren Entschluß gefaßt hatte, das ließ sich wohl denken. Die camera caritatis dient nämlich nicht nur einem Hause zum Transport, sondern einer gewissen Anzahl von Häusern, ich weiß nicht wie vielen, welche eine »Nachbarschaft« bildeten, worunter man die kleinste Einheit des städtischen Gemeinwesens verstand. In unserm runden Salon drängten und drückten sich siebzig bis achtzig Leute in Festgewändern, während Ruheplätze nur für etwa zwanzig vorhanden waren. Die Frauen, auch die ältesten, waren in die taubengrauen Schleier ihrer Brautzeit gehüllt, denn altertümlich sinniger Weise war die Hochzeitskleidung für den letzten freiwilligen Gang bei Mann und Frau vorgeschrieben.
Auch unsere Ahnfrau machte keine Ausnahme von dieser Regel. Das bläuliche Taubengrau stand ihr vortrefflich, und der ebenholzschwarze Helm an Stelle des silbernen Kopfaufsatzes ließ sie noch jünger erscheinen, wenn das überhaupt möglich gewesen wäre. Ich erlebte mit ihr eine kleine Szene, die mir vorerst nicht weiter bedeutsam vorkam, obwohl sie es wahrhaftig ist. Die Ahnfrau und ich waren die letzten, die in die camera caritatis eintraten. Hinter uns stand nur noch Io-Fagòr, das Haupt der Sippe, der die Seinen zählte, ob jemand etwa noch zurückgeblieben sei und man auf ihn zu warten habe. Während Io-Fagòr, also beschäftigt, aufmerksam durch den offenen Eingang blickte, forderte GR^3 mich mit einem energisch-ärgerlichen Augenwink auf, ich möge doch endlich eintreten. Ich wehrte mich natürlich, vor einer Dame, und gar vor einer so erlauchten und würdigen Dame des ancient régime durch eine Tür zu gehen, und unterstützte meine Weigerung mit einer überflüssig galanten Geste, mittels welcher ich die Ahnfrau in die camera caritatis hineinkomplimentierte. Niemals hat ein Blick von feindseligerer Verzweiflung mich getroffen als jener, der jetzt aus den tiefliegenden Augen der zierlichen Uralten stach. Ich war ganz bestürzt, wußte ich doch nicht im mindesten, was ich mir hatte zuschulden kommen lassen. Als die Tür des Salons nach Verabredung verschiedener Hausväter unter allerlei Zeremonien und Vorsichtsmaßnahmen mit mehreren großen Riegeln abgesperrt

worden war, da glaubte ich, es handle sich hier um eine geheime Versammlung, in der man uns darüber aufklären würde, was wir zu erwarten hätten und wie wir uns verhalten sollten. Nichts aber dergleichen geschah. Kein Mensch hielt eine belehrende Rede. Io-Rasa, die jetzt so strahlend schön war wie ihre Tochter Lala, wenn auch schön in unsagbarer Traurigkeit, ergriff die Hand ihres Gatten und ließ sie nicht mehr los. Auch ihre blauen Augen waren groß und feucht und gaben die Augen Io-Fagòrs nicht frei. Bei so viel Jugend war der Gedanke des Endes völlig absurd. Auch die andern Paare taten wie Io-Fagòr und Io-Rasa. Die meisten schwiegen. Das genossene Leben schien an ihnen vorüberzuziehen. Man konnte es beinahe wie Wolkenschatten an den hellen glatten Stirnen dahingleiten sehen. Weniger ruhig zeigten sich sonderbarerweise die Junggesellen, von denen eine ganze große Menge vorhanden war. Düster und nervös schritten diese Hauschargen auf und ab, ohne miteinander zu sprechen. B. H. hatte die Augen geschlossen und schlief im Stehn oder gab vor zu schlafen, vielleicht um meinen Fragen auszuweichen.

Da die Menschen schwiegen, sprachen die Hunde. Es gab deren vielleicht sieben in der camera caritatis, darunter selbstverständlich auch unsern Sur. Und hier ist endlich der Augenblick gekommen, um die längst schon erbitterten Hundefreunde unter meinen Lesern mit einigen Zeilen zu versöhnen. Es soll wenigstens der Versuch dazu unternommen werden. Zuvörderst: Ich selbst bin alles eher als ein Hundefeind. Wie oft habe ich in die trauergroßen Augen unserer Schäferhunde und irischen Setter geblickt und mich in die starre Tiefe der Tierseele versenkt, daß mir das Herz zu klopfen begann. Für mich war jeder schöne Hund, der unser Leben teilte, so etwas wie der verzauberte Prinz des Märchens. Das kam daher, weil die Tiergestalt guter Hunde im Widerspruch stand zum geistig-seelischen Ausdruck ihrer Augen. Es war ein Zuviel von Ausdruck da, ein liebezitternder Kampf um Aufmerksamkeit, Konzentration und Erinnerung, der die tierische Natur überstieg, sie zugleich verriet und verleugnete. Der Mensch hatte auf Erden ein Wesen gefunden, das

Liebe zeigte, ohne unbequem zu sein. In seiner unerschöpflichen Sucht, als Herr geliebt, verehrt, vergottet und nachgeahmt zu werden, zog der Mensch dieses Wesen an sich, fütterte, pflegte, belehrte es und machte es so zum hoffnungslosen Renegaten des Tierreichs.

Meine lieben Hundefreunde, auf die Gefahr hin, daß mein Versöhnungsversuch scheitert, will ich es offen sagen: Der Hund ist eine der Sünden des Menschen. – Ist nicht das Maß der Liebe und Fürsorge, das in uns lebt, so lau und so gering, daß wir es nicht an bequeme Objekte wenden sollten, dieweil wir es den unbequemen Subjekten neben uns entziehen? Die Antwort auf diese Frage gibt die Weltgeschichte der Zukunft. Die übertriebene Kynophilie ging nicht nur schlecht an den Menschen aus, sondern mehr noch an den Hunden. Der Mensch hat im Laufe der Zeit den Hund korrumpiert, indem er ihn um sein wahres Wesen betrog und durch seine beständige Nähe zum Kopisten machte. Die vollkommen logische Frucht der Entwicklung war der plappernde, der naivtuende Hund, kurz Sur, dessen Charakter und Gehaben die Hundefreunde unter meinen Lesern abstößt. Ich gestehe aber zuletzt, daß ich das Pech hatte, in Sur ein besonders affektiertes Exemplar kennenzulernen. Merkwürdig genug war's, daß die Menschen das Sprechen der Hunde überhaupt nicht beachteten. Auch jetzt in der camera caritatis schenkten sie ihnen keine Aufmerksamkeit, obwohl die Hunde die einzigen waren, die ein Gespräch führten.

»Sur ist sehr, sehr treu«, kläffte der unsere, am ganzen Leibe zitternd, »sehr, sehr treu... «

»Halt die Schnauze«, murrte im Brummbaß ein großes Tier, in dem sich trotz der uniformen Hundegestalt etwas stämmigdoggenhaftes erhalten hatte: »Uns geht's nicht anders... «

»Was geht eigentlich vor, was geht vor«, quäkte ein dritter, dumm neugierig. Sein Schwanz war kurz gestutzt und wedelte prestissimo wie der eines Rattlers. Ein vierter schloß sich dieser albernen Fragerei an, so aber, als wisse er nicht, was er rede, sondern unterliege nur dem leeren Drang, Worte nachzuplappern wie ein Papagei:

»Was ist denn los für Schipps... was ist denn los für Schipps... was ist denn los... «

»Kretins alle miteinander«, brummte der ehrliche Brummbaß, – »was ist denn los für Schipps... Ans Leben geht's... «

»Geht's wirklich ans Leben«, ließ Sur ein fröstelndes Winseln vernehmen. »Papachen, Mamachen, Sur glaubt's nit... «

Die andern Hunde, bis auf den doggenhaften, stimmten jetzt im Chorus in Surs fröstelndes Winseln ein. Erst ein donnernder Scheltruf machte sie ruhiger, das heißt sie jammerten leiser und schlichen nervös und mit hängenden Ohren zwischen den Menschen umher.

Ich aber konnte nichts mehr beobachten, weil ich vollauf damit beschäftigt war, eine Art von Seekrankheit niederzukämpfen. Ich preßte das Taschentuch gegen meinen Mund, denn es war mir, als müßte ich mich erbrechen. Kein Wunder, wenn man bedenkt, daß wir feuerflüssige Schichten oder elastisches und plastilinhaltiges Gestein auf unserer Niederfahrt durchsausten.

»Wir bewegen uns ja«, stieß ich hervor und weckte damit B. H. aus seinem stehenden Schlaf.

»Merkst du das erst jetzt«, gähnte er, »du alter Kometenturner und Bewegungsspezialist? Wir fahren schon beinahe seit einer Stunde mit der beschleunigten Fallgeschwindigkeit eines Körpers im luftleeren Raum. Ja, ja, die prächtigen Schächte sind hermetisch luftleer, und es dürfte bereits Mittag sein... «

Es gelang mir nicht, eine kleine Ohnmacht zu überwinden.

Glücklicherweise fiel ich nicht um, sondern lehnte mich gegen B. H.'s Brust, der erschrak und mir fürsorglich den Schweiß von der Stirn wischte. (Bald wird sich unser Verhältnis umdrehen, und ich werde für ihn die Fürsorge übernehmen müssen.) Als die camera caritatis so unmerklich still stand, wie sie sich bewegt hatte, wurde mir sofort wieder gut. Man öffnete die abgeriegelte Tür. Luft strömte herein, die ich in den ersten Minuten als kühl und frisch empfand. Meine Natur erholte sich schnell und mit ihr auch die Neugier, die das siegreichste Zeichen voller Vitalität ist. Als wir aus der camera caritatis hervortraten, wich das helle Licht der Dämmerung eines späten Herbstnachmittags. Ich hatte einen bergwerkartigen Raum erwartet. Wir befanden uns aber in einer weiten Landschaft.

Es war ganz zweifellos eine traurige herbstdämmerige Landschaft in der Nähe, ja fast am Rande einer großen Stadt. Was wir von dieser Stadt vor uns sahen und wohin der Weg führte, den wir freiwillig und zu Fuß zurückzulegen hatten, ähnelte am ehesten den riesengroßen Bahnhöfen, die man zwischen 1930 und 1940 in »moderner Architektur« errichtet hatte. Es war jedenfalls ein zwei- oder dreistöckiger Hochbau mit symmetrisch wiederholten viereckigen Türmchen, die sich unabsehbar weit ins graue Land erstreckte. Dies mußte der Wintergarten sein, der vielleicht noch zwei Kilometer, wenn nicht mehr von uns entfernt lag. Rechts und links zur Seite der Straße, auf der wir gingen, doch etwas ferner gerückt, sah man nacktes, hügeliges Gelände. Vielleicht aber waren es gar keine echten Hügel oder Bodenwellen, sondern nur Aufschüttungen aus Kohle, Schlacke, Gesteinsbrocken und Asche. Jedes Kind meiner eigenen Zeit hätte auf den ersten Blick gedacht, es sei da in eines der großen Industriezentren geraten, nach Pittsburg, nach Witkowitz oder ins Ruhrgebiet, wo man gerade feiertagswegen die Arbeit eingestellt hatte. Dies jedoch war nur die Illusion eines ersten Blicks. Es regnete leicht. Man konnte das warme, leise Nieseln eigentlich nicht Regen nennen. Den Astromentalen aber auf ihrem letzten Wege schien das schlechte Wetter einen gewissen Spaß zu machen, hatten sie es doch dort oben unter ihrem ewig blauen Himmel nur selten genossen. Da wir schon vom Himmel sprechen, will ich sogleich gestehen, daß auf mich der weite dicke Wolkenhimmel über dieser Landschaft den fremdartigsten Eindruck machte. Welch ein Wolkenhimmel, wird man fragen, im Innern der Erde? Ich gebe zu, daß der Ausdruck Himmel falsch ist, obwohl ich nie und nirgends einen höherschwebenden Wolkenhimmel oder, wenn man will, eine ferner gerückte Wolkendecke gesehn habe als hier unten. Das ist auch leicht zu erklären, da zwischen unsern Augen und dem Gewölk oder dem Dampf in der Höhe ein Abstand von mehr als hunderttausend Metern lag, während die Regen- und Gewitterwolken in der freien Natur sich meist schon tausend Meter hoch über der Erde zusammenballen. Kein Wunder also, daß wir einen besonders hohen Himmel über unsern Köpfen zu haben schienen, hier in der Tiefe. Der Hohlraum, in dem wir dahinschritten, schien in jeder seiner Richtungen unendlich zu sein, wie die Erde oben. Er wirkte als eine absonderliche, tragische Landschaft. Man hörte von allen Seiten ein leises dumpfes Rauschen, wie von fernen Wasserfällen oder Stromschnellen. Es müssen die Kräfte sein, dachte ich, die einander in Balance halten, damit diese Erdkammer nicht einstürze. Das Licht, das uns nicht nur erlaubte, einander zu erkennen, sondern auch in die Ferne zu sehen, glich ungefähr der Tagnacht oder dem Nachttag auf Apostel Petrus. Von dort, wo die Baulichkeiten sich erhoben, die ich mit einem Riesenbahnhof verglichen habe, stieg energischere Helligkeit auf, die ins Bläuliche spielte, während im Hügelland ringsum es manchmal rot aufschwoll.

An beiden Seiten der tadellos geglätteten Straße liefen niedrige Steingeländer entlang. Ich mußte erst dicht herantreten, um zu erkennen, daß die Straße, die zum Wintergarten führte, keine Straße war, sondern eine schier endlose Brücke. Man sah in schwindelnde Tiefen hinab, wo der schwarze Boden schwerflüssig zu wogen schien. War es Sumpf? Oder war es plastilinartig ungefestigte Erde? Wir kamen bald zu einer Stelle, wo in der Tiefe unter der Brücke ein ziemlich breiter Lavafluß langsam dahinrückte; von ihm stammten die rötlichen Wallungen des Lichts her, die manchmal über die Landschaft flammten.

»Aber das ist ja der Pyriphlegethon«, sagte ich und lachte mit kindischem Lachen B. H. an. Auch B. H. lachte mit kindischem Lachen mich an. Wie freuten wir uns beide, daß die griechische Mythologie unserer Schulzeit kein leerer Traum war. Wir sahen nun den Pyriphlegethon, den Feuerfluß des Hades mit unsern eigenen alten Augen. Und es war ein großer Beweis dafür, daß Homer und Vergil und kein andrer Dichter und Prophet etwas erfinden konnte, was nicht wirklich da war und da ist.

Diese kleine humanistische Herzerwärmung half mir über manches hinweg. Ich gestehe, daß eine kleine gelehrte Eitelkeit meine Seele erfüllte, die imstande war, das Älteste und Modernste in Einklang zu bringen und in der Umgebung des astromentalen Wintergartens, wo der Tod überwunden wird, den Pyriphlegethon, den Styx und den Cocytus wiederzuerkennen, lauter leere Worte für solche, die nicht mehr in die humanistische Schule gegangen sind. Im Wiedererkennen, das heißt in der Feststellung, daß das Urälteste das Erzmodernste ist, liegt eine tiefe Befriedigung unseres Geistes und eine der ewigen Wurzeln des Konservativismus. Es zeigte sich bald, daß der Aufenthalt hier in der Tiefe der menschlichen Natur so wenig angepaßt war, daß unsere Körper von Schritt zu Schritt matter wurden. Die Luft, die wir atmeten, schien unsern Lungen nicht zu genügen. Eine merkwürdige Sehnsucht wuchs in uns groß, so schnell wie möglich in den Wintergarten zu kommen und dort der Ruhe zugeführt zu werden, welche Form diese Ruhe auch immer haben mochte. Wenn unser Zeit- und Raumsinn auch nicht verwirrt war wie im Grauen Neutrum, so befanden wir uns doch außerhalb der gewohnten Dimensionen, im Innern des Planeten, in einem der Hohlräume, welche die ausgeschleuderte Mondmasse zurückgelassen haben sollte.

Die Brücke, auf der wir dahinschritten, war recht belebt, doch es herrschte kein besonderes Gedränge. Ich hatte vorhin gesehn, daß es viele solcher Straßen oder Brücken gab, die von allen Seiten ober- und untereinander zum gewaltigen Knotenpunkt führten.

Die einzelnen Gruppen oder Sippen trollten sich schweigend des Weges, auch die unsrige. Eine leichte Betäubtheit, eine Art von Somnolenz hüllte jede einzelne Person ein und machte sie einsam. Nicht einmal Sur plapperte, sondern schlich ganz niedrig dahin, den Bauch am Boden schleppend. Der freiwillige Weg, den man zu Fuß zurücklegte, war kürzer, als ich zuerst gedacht hatte. Schon näherten wir uns dem, was ich ganz willkürlich als Stadt oder Bahnhof bezeichnet habe. Rechts und links von der Straße tauchten große Tafeln mit extensiven Leuchtschriften auf. Es waren auf diesen Tafeln aber keine Entfernungen, Richtungen oder Ortschaften verzeichnet, sondern in großartiger Monotonie immer wieder die folgenden zwei Fragen:

»Wovor fürchtest du dich? Hast du dich gefürchtet, geboren zu werden?«

Je mehr wir uns dem Gebäudekomplex näherten, um so dichten wurden diese Schrifttafeln, unter welche sich auch einige mit folgender Weisung mischten: »Vertraue dem Animator und seinen Badedienern!«

Zugleich tauchten auch weißgekleidete Männer und Frauen auf, die müßig am Brückengeländer lehnten und den Vorüberziehenden keinen Blick zu schenken schienen. In ihren weißen hochgeschlossenen Kitteln, die nicht aus Schleierstoff hergestellt waren, sahen sie den praktizierenden Ärzten und Krankenschwestern der Vorzeit ziemlich ähnlich. Was mir aber auffiel, zumal an den Männern, sie waren höher gewachsen als der astromentale Durchschnittstypus und boten einen dicken, schlaffen, geschlechtslosen Anblick. Die Folgen der sehr ungesunden Lebensverhältnisse hier unten im Tartarus, im Totenreiche, so dachte ich. Io-Fagòr, der an unserer Spitze ging, blieb stehn, wartete auf mich und belehrte mich mit unterdrückter Stimme:

»Es sind die Nummernzähler, Seigneur.«

Ich bemerkte, daß meine Zunge schwer war und daß es mir Mühe machte, zu sprechen:

»Was bedeutet das, ›Nummernzähler‹, Compère?«

»Jedes Io, das diesen Punkt erreicht hat, wird gezählt, numeriert und ins Buch eingetragen.«

»Das gefällt mir gar nicht«, grollte ich. »Ich hatte angenommen, die mentale Kultur habe die Statistik überwunden ...«

»Es ist die einzige Statistik, die es gibt, Seigneur.«

»Und zu welchem Zwecke werden wir schon auf offener Straße numeriert wie Gepäckstücke?«

»Wollen Sie gütigst bemerken, Seigneur, daß diese Straße nur in einer Richtung benutzt wird«, sagte Io-Fagòr merkwürdig rauh.

Ich aber fragte, bittern Geschmack niederschluckend:

»Wo bleibt dann die ganze hehre Freiwilligkeit, Gevatter?«

»Auch unsere Denker, Erfinder und Gesetzgeber mußten mit Menschen rechnen, mein Freund«, sagte Io-Fagòr. »Und welcher Mensch würde im letzten Augenblick nicht zurückschrekken vor dem, was unsere höchste Errungenschaft ist? Sie selbst haben ja Sophistes Io-Sum preisgekrönt, der, in unserm Willen, lieber zu sein als nicht zu sein, Gottes Liebe feststellt. Der Mensch muß demnach in sich sogar Gottes Liebe überwinden, um reinlich und anständig aus der Welt zu scheiden. Ihnen, Seigneur, wird es gewiß leichter fallen als einigen von uns. Und damit die Schwachen nicht fahnenflüchtig werden und abscheulich zu Grunde gehen, darf diese Straße nur in einer Richtung benützt werden ... «

In Io-Fagòrs Worten klang beinahe eine drohende Schwingung mit. Ich erkannte sofort, daß die Idee des Wintergartens in Io-Fagòr und seinesgleichen den Platz des religiösen Fanatismus einnahm, des einzigen, den sie kannten. In diesem Punkte waren die Hochmentalen vermutlich nicht anders als Derwische und Feueranbeter. Was in den Gebäuden, die jetzt schon dicht vor uns lagen, sich ereignen sollte, wußte ich noch nicht. Ein Umweg um das Sterben war es jedenfalls. Diesen Umweg hielt Io-Fagòr für die höchste Errungenschaft der fortgeschrittenen Menschheit. Obwohl ich völlig bereit war, den Umweg als Ausweg zu benützen, fühlte ich mich doch in der Falle.

»Jeder Zwang ist terroristisch«, stieß ich hervor, »selbst der Zwang zum Glück.«

Niemand hatte mich gehört, nicht einmal B. H. Wir standen nämlich vor dem Portal, das uns zugewiesen war. Es gab wahrscheinlich mehr als hundert solcher Portale, denn unendlich zog sich die Front der Gebäude hin. Unser Torbogen trug folgende Inschrift: »Das, was du bist, ist schon Lohn und Strafe für das, was du bist.«

Im nächsten Augenblick befanden wir uns in einem Raum, der in nichts an den erwarteten Bahnhof gemahnte, sondern in hohem Grade der Halle eines kostspieligen Hotels oder eines Sanatoriums für verwöhnte Nervenkranke entsprach. Ich war sonderbar auf der Hut. Mich durchdrang ein ausgesprochener Kampfwille, als bereite ich mich nicht zu meinem Ende vor, sondern sei willens, was ich ganz und gar nicht war, mein dubioses Leben zu verteidigen. Weißbekittelte Gestalten begrüßten uns mit entwaffnender Freundlichkeit, ja mit heiterer Wärme wie alte Bekannte. Mir als »Seigneur« wurde sogar eine überschwängliche Aufmerksamkeit zuteil. Ich spürte aber sofort, daß der gute behagliche Empfang einen bestimmten Zweck hatte. Alles sollte hier schnell gehn, ehe man recht zur Besinnung kam. Während man einander anlachte und ankomplimentierte, wurden Herren und Damen und vorzüglich die Ehepaare unmerklich voneinander getrennt. So betrog man sie über den Schmerz des Abschieds hinweg. Obwohl mein Kopf schwer von der schon erwähnten Somnolenz war, hatte ich sofort den eisernen Beschluß gefaßt, mich von B. H. nicht trennen zu lassen. Alle schlauen Versuche der Weißbekittelten schlugen fehl. Ich forderte und erreichte, daß man meinem Freunde und mir ein gemeinsames Zimmer anwies. Dieses Zimmer mit seinen gefährlich weichen Ruhelagern war luxuriöser als alle Räume im Hause Io-Fagòrs.

»Wir werden wieder einmal versuchen, nicht zu schlafen, B. H.«, sagte ich hart.

Er sah mich an und nickte mit halbgeschlossenen schwimmenden Augen.

Ich hatte meinem Freunde verboten, sich hinzulegen. Er saß auf seinem Lager in überaus gebrochener Linie, den schweren Kopf in die Hände gestützt. Mein Kopf war zweifellos nicht minder schwer als der seine. Um gegen die Somnolenz anzukämpfen, ging ich aber mit starken Schritten auf und ab in unserm geräumigen Zimmer und redete mit lauter Stimme:

»Niemals im Leben hat es ein Hypnotiseur fertiggebracht«, so prahlte ich, »mich in Schlaf zu versetzen. Einmal, ich erinnere mich genau daran, wäre es mir beinah gelungen, den Hypnotiseur zu hypnotisieren. Du weißt es ja genau, B. H., daß übertriebene Willenskraft nicht meine Spezialität ist und daß ich viel eher ein Lazzarone bin als ein Charakterprotz. Aber eines dulde ich nicht, daß man meiner Seele und meinem Bewußtsein nahetritt. Da stehe ich davor wie ein Erzengel oder ein Preisboxer. Ein paar Psychoanalytiker, die im Laufe meiner jüngeren Jahre zudringliche Unterhaltungen mit mir begannen, mußten eilig den Rückzug ergreifen, aber sehr eilig... «

»Und die Beichte, F. W.?« murmelte mein Freund schläfrig.

»Das ist ein ebenso alter wie falscher Vergleich, B. H.«, entgegnete ich. »Die Beichte nimmt keine Persönlichkeit ab, die dir ihre Überlegenheit beweisen muß und dich mit tückischen Augen heimlich zum Kampf herausfordert, sondern der Priester, der nur ein Amt ist und kein Selbst und als Verwalter eines heiligen Sakraments sich nicht an willkürlich theoretische Ausgeburten, sondern an strenge Vorschriften zu halten hat... «

Ich unterbrach mich, denn bei diesen Worten fielen meine Augen auf einen weißen Zettel, der an der Wand befestigt war, ähnlich wie in den Hotels der Urzeit die Preisliste. Auf diesem Zettel stand in säuberlich ausgeführter Handschrift zu lesen: »Die Brüder vom kindhaften Leben lesen die hlg. Messe und hören die hlg. Beicht.«

Ein Meisterstück, dachte ich bewundernd. Die Kirche verweigert zwar den Kandidaten des Wintergartens die Sterbesakramente, nicht aber Beichte und Kommunion. Plötzlich fiel es mir ein, daß mich der Großbischof aufgefordert hatte, seinen Schutz zu suchen, gerade dann, wenn das geschah, was geschehn war, und man mir als letzten Ausweg den Wintergarten anbieten würde. Mit einem Mal wurden mir die letzten Worte klar, die er beim Abschied zu mir gesprochen hatte. Doch was half es? Bei der Erinnerung an den Großbischof schlug ich erregt mit der Faust gegen die Wand. Sie war weiß und ölig glatt wie in allen astromentalen Räumen, um den Einschlafenden die erwünschte leere Fläche für ihre visionären Tapeten zu bieten. Überraschenderweise aber war sie auch morsch. Meine nackte Faust hatte ein ganzes Loch in die Mauer geschlagen, die aus einem sehr morbiden Material bestehen mußte, denn kein kalkiges Gebröckel rieselte zu Boden, sondern Sand, dunkle Erde und Asche. Wären nur aus dem für die Kraft meines Faustschlags viel zu großen Loch irgendwelche Käfer, Küchenschaben oder anderes Ungeziefer hervorgekrochen, ich hätte mich nicht gewundert. Kein Ungeziefer aber und keinerlei Käfer krochen hervor aus dem Loch, sondern verdächtige Weichtiere, kleine, seltsame Schnecken, nackte und schalentragende, Ringelwürmchen und allerlei widerwärtige andere Mollusken, deren einige mir im Gedächtnis blieben, so daß ich sie nach meiner Rückkehr in ›Dr. H. G. Bronns Klassen und Ordnungen der Weichtiere‹ (1862–66) nachschlagen und wiederfinden konnte. Es waren in der Hauptsache die zwerghaften Pulmonata oder Lungenschnecken, die schon Lamarck zu den Cephalopoden und Nudibranchien rechnet und als Pupa, Bulimus, Achatina und Planorbis beschreibt. Dieses also prächtig benannte Zeug zauderte und schleimte sich aus dem Loch hervor. Es bewies, daß fette, schwarze, nährende Erde sich in der Nähe befinden mußte, was niemand diesem leblosen Hohlraum tief unter der Lithosphäre zugetraut hätte, da ja fette, nährende Erde nichts anderes ist als das Produkt zerfallenden organischen Lebens, das es nur auf der obersten Oberfläche des Planeten geben kann. Ich bin durchaus nicht zimperlich, aber vor diesen Schnecken und Weichtieren empfand ich einen Ekel, den ich kaum verbeißen konnte. Ähnlich erging es mir mit dem Wasser.

Neben unserm Schlafzimmer befand sich ein splendider Badesaal. Ich muß auf dem Wort »Saal« bestehen, denn er war mindestens zwanzig Schritte lang und mit allerlei mir unbekannten Dusch- und Sprühsystemen angefüllt. Er wirkte wie eine Kaltwasserheilanstalt früherer Tage. Hier unten im Tartarus schien man sich nicht mit trockener Phosphorreinigung zu begnügen. Alles hier unten war altmodisch und kaum mehr im Zusammenhang mit astromentalen Sitten. In der Nähe des Badesaals stand ein springbrunnenartiges Bassin mit einer Fischfigur als Wasserspeier. Ganz zufällig bewegte ich meine Hand über dem Fischmaul mehrmals hin und her. Durch den Elektromagnetismus meines Körpers versetzte ich unversehens den

Springbrunnen in Tätigkeit. Doch schon während das Wasser hervorfächerte, konnte ich mit Widerwillen bemerken, daß es dick und braun war vor lauter Leben. Winzige Kaulquappen, Infusorien, Manteltierchen, Miniaturfischchen und Muscheln sammelten sich in der Schale. Ich rief B. H. und zeigte ihm sowohl das Loch mit den Weichtieren als auch das Springbrunnenbassin mit der verrückt umherschießenden Wasserfauna:

»Was sagt Io-Fagòr dazu und die andern edlen Herren und Damen, die nur von Sternenspeise leben?«

»Wir sind in der Unterwelt, F. W.«, zuckte B. H. geistesabwesend die Achseln und gähnte wieder.

»Und die Unterwelt?«

»Die Unterwelt war immer schmuddelig«, sagte er, ohne besonderes Interesse zu zeigen.

In unserm Zimmer waren zwei Fenster mit fest zugezogenen Vorhängen. Da die Astromentalen an wirkliche Fenster nicht gewohnt waren, so hatten unsere Vorgänger hier wahrscheinlich nicht einmal daran gedacht, diese Vorhänge zu öffnen. Ich tat es nun trotz meines Freundes Protest und stieß eines der Fenster auf. Die Scheiben waren übrigens zerbrochen und nur mit Papier verklebt (schmuddelig, schmuddelig!). Trotz des herbstlichen Dämmerlichtes konnten wir ziemlich weit sehen.

Niemals hat ein Name, eine Bezeichnung den äußern Schein der Sache so gut ausgedrückt wie hier. Was wir sahen, konnte nichts anderes sein als ein Wintergarten, ein Treibhaus, freilich von unabsehbaren Maßen. Die Einzahl Treibhaus ist natürlich unrichtig. Es waren schier unzählige Treibhäuser von verschiedenster Größe, die sich in jede Richtung erstreckten, soweit der Blick in die weite Herbstdämmerung hinausreichte. Die meisten hatten auch, wie sich's gehörte, Dächer von Glas oder von glasähnlichem Material, und die funkelnden Reflexe da und dort schienen von unsichtbaren Strahlen herzustammen, die sich auf diesen Glasdächern brachen, ehe sie ins Innere drangen, um ihren Zweck zu erfüllen. Ich schnupperte die Luft ein, der ein leises aber scharfes Arom beigemischt war.

»Wonach riecht's hier?« fragte ich.

Mein Freund, der keinen dubiosen Körper besaß wie ich, sondern ehrlich in die astromentale Welt hineingeboren war und in ihr hundertundsieben Jahre gelebt hatte, zeigte wenig Mißtrauen, sondern schien mit allem einverstanden zu sein:

»Ich rieche gar nichts», sagte er. »Daß die Luft im Wintergarten nicht besonders wohltut, ist eine alte Sache und kann gar nicht anders ein... Wonach riecht es also, F. W.?«

»Es riecht, warte einmal, es riecht nach Windeln, es riecht nach Babies...«

»Das könnte sein«, gähnte er tief und lange. »Wir werden bald selbst wie Babies riechen...«

»Pfui Teufel«, entfuhr es mir.

Mein Ausruf weckte B. H. aus seiner Apathie:

»Wie kannst du nur pfui Teufel sagen, F. W.«, schüttelte er immer wieder den Kopf. »Es ist das Größte, was der Mensch errungen hat, es ist der Tod des Todes, es ist die Geburt aus dem eigenen Körper. Nichts, nichts, aber auch gar nichts soll angenehmer und süßer sein...«

An dieser Stelle wurde unser Gespräch durch zwei weißbekittelte Gestalten unterbrochen, die schon lange im Zimmer standen, für mich aber erst bemerkbar wurden, als ich das offene Fenster voll Windelgeruch wieder schloß und mich umdrehte. Im Gegensatz zu den astromentalen Wohnungen, die eine gewisse spartanische Nacktheit als edlen Stil hervorkehrten, waren die Fußböden hier mit dicken Teppichen belegt, und die Weißbekittelten schlichen überdies auf filzartigen Sohlen, so daß man sie niemals kommen oder gehen hörte. Auch die beiden sogenannten Badediener, die man uns zugeteilt hatte, waren große und schwere Gestalten. Wenn sie auch nicht den Riesenwuchs des Arbeiters und seines Clans erreichten, so forderte ihr Körpermaß doch diesen Vergleich heraus, der freilich schon in der ersten Sekunde zu ihren Ungunsten ausfiel. Man soll nicht ungerecht sein, und das wäre es, wenn man von den Angestellten des Wintergartens die Sonnverbranntheit, die gewaltige Wohllaune, die explosive Gesundheit und das goldene Löwengebrumm des Arbeiters forderte. Woher sollten auch die Bediensteten hier unten in diesem großen Hohlraum, fern dem Sonnenlichte, das sie vermutlich gar nicht ertragen konnten, woher sollten sie des Lebens Morgenjubel nehmen? In sauerstoffarmer Luft, vom Einbruch gefährlicher Kohlenoxyde stets bedroht, unter unnatürlichen Druckverhältnissen, dem warmen Sprühregen jenes Scheinhimmels oben ausgesetzt, entwickelte sich hier der Menschenkörper völlig anders als in der trocken klaren Atmosphäre des Arbeiterparks. Diese beiden Badediener, die in unserm Zimmer standen, waren grau im Gesicht, krankhaft aufgeschwemmt und sahen den Eunuchen eines Harems ähnlich. Sie bewegten sich langsam und schlapp, sprachen mit hoher, kernloser Stimme und zeigten Freundlichkeit und Geduld. Ihr hoher und breiter Wuchs schien ihnen selbst beschwerlich zu sein. Sie hatten an sich selbst gewissermaßen viel zu viel zu schleppen. Mein Eindruck von den Weißbekittelten war auf eine kurze Formel gebracht: Kolosse auf tönernen Beinen.

Wenn ich auch noch keine direkte Antipathie gegen sie empfand, so lag doch mein ganzes Wesen auf der Lauer, ohne daß ich es wußte und wollte. B. H. hingegen, der sein Leben lang unter der Propaganda der »höchsten Errungenschaft« gestanden, zeigte keinen Schatten von Widerstand, sondern ganz im Gegenteil Einverständnis mit allem. Es war mir unangenehm, daß er den beiden Funktionären dankte, weil sie so schnell gekommen waren, sich unser anzunehmen.

»Wir bringen den Herren das Frühstück«, sagte Badediener Nummer Eins, mich schamhaft aus halbgesenkten Augen anlächelnd, woraus ich schloß, daß er mir zugeteilt war. Die beiden hatten ein Tischchen mit den sattsam bekannten Säften und Süppchen hereingeschoben.

»Es kann auch das Nachtmahl sein«, sagte der Badediener Nummer Zwei.

»Es wird das sein, wofür die Herren sich entscheiden werden.«

Dann lächelte auch er seinen Pflegling B. H. an.

»Wie das?« fragte ich scharf. »Fürs Frühstück ist es viel zu spät, für den Nachttrunk ist es viel zu früh. Wieviel Uhr haben wir?«

»Wir haben überhaupt keine Uhr«, entgegneten die Badediener leicht erschrocken wie aus einem Munde. Und der wahrscheinlich Intelligentere fügte hinzu: »Wo es keine Sonne und keinen Mond gibt, da gibt's auch keine Uhr.«

»Das ist durchaus unrichtig«, tadelte ich ihn streng. »Die Uhr ist da, um Sonne und Mond zu ersetzen... Was für Zeit haben Sie überhaupt hier unten?... «

Mein energisches Wesen schien die Badediener nicht nur einzuschüchtern, sondern mit Sorge zu erfüllen. Sie sahen einander betroffen an. Ihre Gäste pflegten sonst nicht soviel Heftigkeit zu entwickeln.

»Was für Zeit wir haben, Seigneur?« wiederholte Nummer Eins meine Frage und lüftete dabei seine weiße Mütze, die an die eines Koches erinnerte. »Wenn es nötig wird, bekommt man hier unten eine private Zeit.«

»Private Zeit? Was ist das für ein Unsinn«, rief ich grimmig. »Zeit ist wohl dasjenige, was am wenigsten privat ist... «

»Da hast du aber unrecht, Chronosoph F. W.«, rief der Wiedergeborene, den mein schlechtes Benehmen aus seiner Schlaftrunkenheit emporriß. »Weißt du nicht, daß jeder Mensch seine eigene Körperzeit hat, daß jeder Mensch seine eigene Körperuhr ist?... «

»Und wann beginnt man hier auf diese Körperuhr zu schauen?« fragte ich etwas versöhnlich, da B. H. schließlich recht hatte. Die Badediener sahen sich wieder besorgt und betroffen an. Dann schlug Nummer Zwei, der etwas kleiner war als Nummer Eins, die Augen nieder und sagte zögernd wie ein Ungebildeter, der eines Fremdwortes nicht ganz sicher ist: »Man beginnt hier die private Zeit mit der Anti... mit der Antiception... «

Wie um meinem Zorne zuvorzukommen, begann Nummer Eins mit seiner hohen Stimme mich zu beruhigen:

»Keine Eile, meine Herren. Die Herren haben alle Zeit der Welt, ehe sie sich entschließen, ihre private Zeit zu beginnen.

Die Herren müssen sich überhaupt nicht entschließen. Die Herren können ohne weiteres Badediener werden wie wir oder Unter- und Obergärtner oder Nummernzähler, und wenn sie die siebenundzwanzig Prüfungen machen auch Animator ... «

Bei dieser gutgemeinten Rede stieg in mir wieder die Gereiztheit hoch:

»Ich habe hier das Wort Antiception gehört, einen helldunklen Ausdruck der Wissenschaft. Ich liebe keine helldunklen Anspielungen. Ich will volle Klarheit und kein clair obscure. Ich akzeptiere den Galgen, wenn man ihn Galgen nennt und nicht Schlingenschaukel ... «

Plötzlich mußte ich mich unterbrechen. Was früher nur Somnolenz und schwerer Kopf gewesen, das hatte sich jetzt in wüsten Druck und Schmerz verwandelt. Das Blut hämmerte an meine Schläfen. Der Druck unter der Stirne wurde unerträglich.

»Man sagt«, stöhnte ich, »daß man hier unten die angenehmsten und süßesten Gefühle der Welt erlebt. Bisher habe ich nichts davon gemerkt. Oh, mein armer Kopf ... «

Die beiden Weißbekittelten sahen einander nicht mehr besorgt, sondern befriedigt an. Sie schienen sehr erfreut, einem Leidenden wie mir behilflich sein zu können. Diese Kopfschmerzen, an denen mein Freund und ich laborierten, sie seien das alltägliche Leiden aller Neuangekommenen. Sie bedeuteten gar nichts anderes als eine flüchtige Reaktion des Körpers auf die ungewohnten Lebensbedingungen und den hohen Luftdruck im Hohlraum. Es gäbe ein bewährtes Mittel, das mit dem Kopfschmerz rasch fertig werde. Nachher fühle man sich besonders komfortabel. Mehr als das, man fühle sich neugeboren. Das Mittel aber sei nichts Schlimmeres als ein kleines Moorbad in der Wasserheilanstalt daneben. Es stehe übrigens schon bereit. Ehe wir ja oder nein sagen konnten, hatten die Badediener uns schon entkleidet. Ich besaß Energie genug, um zu fordern, daß mir meine Kleider nicht aus den Augen kommen dürften. Die beiden Badediener waren sehr verständig. Sie schienen sich durch meinen Argwohn nicht verletzt zu fühlen, selbst dann nicht, als ich beiden einen Eid abverlangte, daß in ihrem Moorbad keine

Schnecken, Würmer, Mollusken und Kaulquappen sich gütlich taten.

»Licht«, rief ich zum Schluß. »Ich will besseres Licht im Badesaal haben.«

»Welches Licht fordert Seigneur?« fragte Badehelfer Nummer Eins dienstwillig.

»Mittagssonne im Juni«, rief ich unbescheiden und aus voller Brust. Mein Wunsch wurde ohne weiteres erfüllt.

Es war nicht das erste Moor- oder Schlammbad, in dem ich hier lag. Von ähnlichen Bädern aber unterschied es sich aufs vorteilhafteste dadurch, daß die warme dicke Masse, in der ich meine erfreuten Glieder streckte, nicht an der Haut kleben blieb und sie auch nicht beschmutzte. Der Kopfdruck war nach einigen Sekunden verschwunden. Ein Gefühl der Freiheit und Leichtigkeit durchseelte den ganzen Leib, als wäre das stockende Blut frisch in Schwung gebracht. Es war ohne Zweifel ein angenehmes, ja ein süßes Gefühl der Verjüngung und Entschwerung, das ich plötzlich genießen durfte. Man hatte mich nicht belogen. Ich gab mich nach den zahlreichen Strapazen dieses meines dritten astromentalen Tages gerne der balsamischen Wonne des Augenblicks hin und begann zu vergessen, wo ich war und welchen Zweck mein Hiersein hatte. Ich weiß nicht, wie lange wir bereits in dem sogenannten Moorbad saßen, als mein Blick auf B. H. fiel.

Er hielt die Augen geschlossen und lächelte in vollkommener Seligkeit. Als astromentaler Mensch unterlag er, wie es schien, der Wirkung dieses Bades viel stärker als ich, der stumpfe Bürger des frühen Altertums. Als ich ihn aber schärfer ins Auge faßte, bemerkte ich, daß sein Gesicht sich beängstigend verändert hatte. Er schien noch jünger geworden zu sein, noch knabenhafter als er war. Alle Schatten und Schärfen seiner Züge waren wie ausgelöscht. Man hätte meinen können, daß einer der Badediener dieses Gesicht mit einer ganz dünnen Schminke bestrichen habe, die alle Charakteristica entfernte, um nur diese unpersönlich puppenhaft starre Seligkeit übrigzulassen. Ich wundere mich noch jetzt über die Kraft und Entschiedenheit, mit welcher ich selbst aus dem dicken Moor sprang, meinen Freund unter die Achsel faßte, ihn aus der Holzwanne zog und auf die Beine stellte. Er leistete keinen Widerstand, schien aber sehr unwillig zu sein, obwohl er noch lange kein Wort sagen konnte. Die Verstörtheit seiner Augen aber zeigte mir, daß er nicht verstehen konnte, daß ich ihn aus seinem wonnigen Zustand brutal herausgerissen hatte. Ich verstand mich selbst nicht. Warum fürchtete ich dieses harmlose und doch tief erquickende Moorbad? Hatte ich überdies in Io-Fagòrs Hause nicht den Entschluß zum letzten Weg gefaßt, der ja der einzige Ausweg war? Was wollte ich? Ich wußte nicht, was ich wollte. Ich wollte, daß B. H. nicht so selig lächle. Die Badediener Eins und Zwei sahen mich groß an und staunten mit besorgten Stirnen über die unerwarteten Muskelkräfte, die mir zur Verfügung standen.

»Bestellen Sie unserm Animator«, herrschte ich sie an, »er möge sofort kommen.«

»Hier ist er, der lebhaft Gewünschte«, erwiderte eine etwas lispelnde, fröstelnde, gleichsam händereibende Stimme zwischen Schlafzimmer und Badesaal.

Zweiundzwanzigstes Kapitel

Worin unter Führung des Animators die letzte unserer »Besichtigungen« stattfindet, und ich neben den Treibhäusern, auf welchen der ganze Stolz der astromentalen Menschheit beruht, auch den Ammenhügel kennenlerne.

Der Animator stand mit aufmunterndem Lächeln in der Tür unseres Badesaals und rieb tatsächlich seine Hände. Er war kein Riese. Er war ganz im Gegenteil klein und vielleicht etwas verwachsen. Der weiße Kittel, in dem er stak, schien zu weit zu sein für seine Gestalt. Während die andern Funktionäre dieser Unterwelt hier Kopfbedeckungen trugen, die an Koch- und Zuckerbäckermützen erinnerten, zeigte der Animator seinen überaus langen und ein wenig deformierten Blankschädel nackt. Er besaß die einzige disproportionierte Gestalt, die mir bisher auf meiner Reise begegnet war, denn die kugelige Verkrüppelung des Hochschwebenden hatte sich mir ja als eine verfrühte Tendenz des menschlichen Körpers zur schwebenden Fortbewegung offenbart, zu welcher er sich einmal in ungezählten Jahrhunderttausenden hinentwickeln wird. Die leichte Verwachsenheit unseres Animators aber – das Wort Verwachsenheit ist schon eine unerlaubte Übertreibung – schien keinerlei biologische Zwecke zu verraten. Sie war nicht die Folge jener kosmischen Arthritis, welche sich die Fremdfühler in den Raum-Ozeanen zwischen den Sternnebeln zugezogen haben. Was den Namen »Animator« betrifft, so bin ich mir selbst über seine Bedeutung nicht ganz im klaren. Ihn schlankweg als »Beseeler« zu übersetzen, würde ich für einen großen Fehler halten, denn die Aufgabe des also Betitelten war es ja durchaus nicht, den toten Stoff zu beseelen, sondern weit eher, die Trennung zwischen Seele und totem Stoff zu einem festlichen Vergnügen zu gestalten. Ich neige somit eher dazu, das Wort Animator mit dem Wort animieren in Zusammenhang zu bringen. Der Animator hatte die Aufgabe, seine Gäste zu animieren. Schon Io-

Fagòrs letzte Worte hatten es mir verraten, daß es sehr viele gab, die im entscheidenden Augenblick vor jenem festlichen Vergnügen zurückschraken, das sie ihr ganzes Leben hoch gepriesen hatten; denn mag das Ende auch noch so köstlich und vergnüglich und appetitlich sein, es ist und bleibt doch das Ende eines lange gewohnten Zustands. Wer aber wechselt gerne seine gewohnten Zustände, selbst wenn sie gar nicht vergnüglich sind?

Ich muß noch schnell ein kosmisches Charakteristikum des Animators erwähnen. Er schien in der dicken dampfigen Treibhausatmosphäre hier unten zu frösteln, denn manchmal sog er die Luft hörbar ein und ließ dabei ein Zähneklappern hören. Um noch einmal einen Vergleich zu wagen: Wie der Hochschwebende trotz vermehrter Gravitation sich nicht in den untern Regionen seines Comptoirs zu halten vermochte, so konnte der Animator in dem veritabelsten Dampfbad nicht warm werden. Berufliche Gebrechen.

»Es tut mir leid, daß wir Sie in unschicklichem Zustand empfangen, Maître Animator«, sagte ich plötzlich ruhig geworden und vergaß dabei, daß Nacktheit durchaus nichts Unschickliches war. Der Animator unterdrückte ein Schnappern und erwiderte, leicht mit der Zunge anstoßend:

»Die Nacktheit, Seigneur, ist für die Augen des Arztes auch nur eine Hülle.« Während er mit entschuldigenden Schrittchen näher auf uns zutrat, sprach er zu sich selbst, und zwar so, als lasse er den unaufhörlichen wissenschaftlichen Monolog seines Innern für einen Augenblick an die Oberfläche treten:

»Nein, nein, die Haut, der ektodermatische Bezirk ist alles eher als Nacktheit. Nacktheit ist überhaupt nur eine Illusion der Liebesleute, die sich aneinanderreiben, um sich gegenseitig aufzutun. Die Haut aber ist das Verschließendste und Verschlossenste, was es gibt. Sie ist das nahtlose Gewand... « Ohne einen Kälteschauer ganz verbergen zu können, erfaßte er mich mit einem kurzen, erstaunlich scharfen Blick seiner geröteten Augen von Kopf zu Füßen und nach mir meinen Freund. Währenddessen setzte er seinen Monolog fort wie einer, der seine Arbeit mit losen Worten, gleichgültig welchen, begleitet: »Das nahtlose

Gewand des hohen Priesters hatte vier Öffnungen. Das Gewand des Menschen, die Haut, hat drei mal drei Öffnungen: Zwei Augen, zwei Ohren, zwei Nasenlöcher, einen Mund, ein Geschlecht, einen After... Alles in bester Ordnung, wie ich merke, Seigneur, soweit das nahtlose Gewand in Betracht kommt, bis auf die zehnte Öffnung oder Halböffnung da, den Nabel. Barbarisch abgebunden. Müssen sinistre Zeiten gewesen sein. Tut nichts. Haben's überstanden. Aber es wird nicht ganz leicht sein mit Ihnen, Seigneur, nicht ganz leicht. Schwieriger jedenfalls als mit dem Freunde hier...« Und er lächelte vertrauensvoll B. H. an.

»Was verstehen Sie unter leichter und schwerer?« fragte ich den Animator zwischen den Zähnen.

»Ich möchte vorausschicken«, lispelte er, »daß ich mich dem Dienste der Menschheit gewidmet habe und immer nur das Beste und Liebevollste im Schilde führe.«

Diese falsche Phrase – man führt ja stets etwas Böses im Schilde und nicht etwas Gutes – darf man nicht auf das Fehlerkonto des Autors setzen. Dem Animator unterliefen selten, aber doch dann und wann solche falschen Metaphern. Vielleicht waren diese Entgleisungen auf das zurückzuführen, was B. H. die Schmuddeligkeit der Unterwelt genannt hatte.

»Man hat uns hier das Wort Antiception hingeworfen«, sagte ich nicht ohne Bitterkeit.

Der Animator beruhigte mich: »Geben Sie nichts auf Worte, Seigneur, und vor allem nichts auf wissenschaftliche Fachworte, auf diese leeren und eitlen Synonyma in toten Sprachen. Sie sind die Überreste einer überwundenen Zeit, in der die Wissenschaft aus nichts anderem bestand als aus ihnen... Sieht man nicht, daß die Herren frieren«, wandte er sich an die Badediener, »und man läßt sie unabgetrocknet stehen. Hurtig, hurtig frottieren und ankleiden!«

Die beiden Weißbekittelten stürzten sich mit wundervoll rauhen Tüchern auf uns und frottierten uns ziemlich fachgerecht, wobei sie aber nur mäßige Kräfte entwickelten. Mit dem Ankleiden fiel es ihnen schon schwerer, da sie sich weder in B. H.'s

Felduniform noch in meinem schwarzen Ehrenkleide auskannten. Insbesondere das Vorne und Hinten der Hosen verwirrte sie. Auch merkte ich ihnen sofort an, daß der Befehl zum Ankleiden sie mit mißbilligender Verwunderung erfüllt hatte wie alle Subalternen, von denen man einen Bruch der Vorschrift oder der Konvention fordert. Die Vorschrift aber lautete zweifellos: Auskleiden und nicht wieder ankleiden.

Als wir fertig waren, ließ uns der Animator den Vortritt und folgte uns in unser Ruhegemach.

»Was immer die Herren vorhaben«, sagte er beinah demütig, »da bin ich und da gehorche ich.«

»Sie sind über mich informiert, Maître Animator«, sagte ich und blickte auf meine violette Handgelenkschleife, die ich auch im Bad nicht abgelegt hatte. Er senkte seinen Kopf, um mir sein Mitgefühl zu bezeugen:

»Wie leid tut es mir, daß Ihr Aufenthalt in unserer Welt so unverantwortlich gestört worden ist.« Und nach oben blickend fügte er hinzu: »Die Sachen stehen schlecht, sehr schlecht. Die letzten Nachrichten sind verheerend. Die Herren haben den einzig richtigen Entschluß gefaßt...«

»Ich hätte auch ohne schreckliche Ereignisse den Entschluß gefaßt, dem Wintergarten und seiner Leitung einen Besuch abzustatten. Schließlich war ich auch im Djebel, bin mit den Chronosophen ›aufgefahren‹ und wurde im Comptoir vom Hochschwebenden empfangen. Der Wintergarten, mein' ich, ist für das Wohl der Menschheit und für die Neugier des Fremden um nichts weniger wichtig als der Djebel...«

Der Animator sah mich zuerst mißtrauisch, dann forschend an und begann schließlich breit zu lächeln:

»Kommt Ihnen das von Herzen, Seigneur? Ach, was frage ich! Ein Mann wie Sie spricht die Wahrheit, und wenn er lügt, belügt er nur die andern und nicht sich selbst. Sie haben sich selbst nicht belogen. Wir hier unten sind nicht sehr verwöhnt. Man preist unsere Institution als hohe Errungenschaft, aber leise, flüsternd und scheu. Die Verfassung verbietet Besichtigungen und Führungen, außer in besonderen Fällen. Am liebsten schwiege man uns tot. Ja, der Djebel funkelt im Licht. Sterne machen sich gut. Sterne sind etwas für Snobs. Ich sage übrigens kein Wort gegen die Sterne sämtlicher Intermundien. Ich möchte nur gebeten haben, unser bescheidenes, doch unendlich reiches Intermundium der Zellteilung hier nicht zu unterschätzen.«

»Im Gegenteil, Maître Animator«, warf ich dazwischen, »ich hoffe, Sie werden meinem Freund und mir dieselbe Aufmerksamkeit schenken, die man uns im Djebel erwiesen hat...«

Nach diesen Worten versenkte ich meine Schleife wieder unter der Manschette. Da aber taumelte B. H. aus der seligen Geistesabwesenheit, in die ihn das Moorbad versetzt hatte, plötzlich auf. Er gab sich einen Ruck. Sein Antlitz zeigte mehr Schatten und Schärfen als je. Ein Ausdruck von forcierter Energie bildete sich um seinen Mund:

»Wir sind berechtigt, dieselbe Aufmerksamkeit zu fordern wie im Djebel«, rief er mit der Heftigkeit eines nicht ganz Nüchternen. »Ich habe meinem Freund aus den Anfängen der Menschheit versprochen, daß er alles zu sehn bekommt...«

»Aber darüber ist doch niemand glücklicher als ich«, lächelte der Animator. »Ehre, wem Ehre gebührt. Ich danke im Namen des Wintergartens. Wir stehen hier in bester Verbindung mit dem Djebel. Genau über Ihrem Scheitel, Seigneur, befindet sich in der verlängerten Geraden die Kanzlei des Hochschwebenden. Genau über dieser befindet sich in der verlängerten Geraden ›Erzengel Michael‹ oder der ›Nordstern‹. Genau über diesem befindet sich in der verlängerten Geraden der zygotische, das ist der befruchtete Sternnebel ›Universum Hibernum‹ oder ›Winterwelt‹. Man hat Ihnen im Djebel gewiß Kunde gegeben von den beiden Arten der Sternnebel, den schraubenförmigen und eiförmigen, den spermatischen und ovariellen, den männlichen und weiblichen.«

Es fiel mir nicht nur auf, sondern war mir recht unangenehm, daß der Animator über so hohe Welträtsel offen plauderte und ein ungeheueres Geheimnis, wie das eines befruchteten Universums, mir nichts dir nichts in seine Rede einfließen ließ, ganz im Gegensatz zum Hochschwebenden.

»Man hat mir Unwürdigem verraten«, sagte ich leise, »daß unser Weltall erstens Menschengestalt besitze und zweitens mit sich selbst verheiratet sei.«

»Bei uns werden Sie mit einer weniger mystischen und metaphysischen Ausdrucksweise bedient werden, Seigneur«, versetzte der Animator. »Wir steigen nicht hoch empor, sondern tief hinab. Und je tiefer man hinabsteigt, um so wirklicher wird die Wirklichkeit. Halten Sie nur eines fest, meine Herren, das Weltall ist nicht androgyn, nicht mannweiblich oder weibmännlich, wie einige Pfuscher noch vor kurzem, das ist vor zweihundert Jahren, behauptet haben. Drei Worte beherrschen das Ganze, von der hellen Winterwelt dort oben bis zum dunklen Wintergarten hier unten... Zeugen, Fruchttragen, Gebären...«

»Also das will ich nicht hören«, schrie B. H. plötzlich ergrimmt und stampfte mit dem Fuß auf. »Ich will nicht hören, daß Sterne dasselbe sind wie Unikeln, Achads und Monade. Das ist lauter verlogener Mist der archaischen Naturwissenschaft. Wir sind gestern lange genug herumgetrudelt im Innersten so eines verfluchten Sauerstoffatoms. Atome sind ebensowenig Sterne, wie Spielmarken Dukaten sind...«

Der Animator sah mich hilflos an.

»Mein Freund«, lachte ich, »hat einen Vergleich aus einem seiner früheren Leben gewählt... Sie sehen, er ist etwas erregt. Aber seine Erregung ist mir lieber als der apathische Konformismus, den er im Moorbad gezeigt hat...«

Ich nahm B. H. bei der Hand:

»Wäre es nicht gut, jetzt zur Besichtigung aufzubrechen, Maître?«

»Noch eine kurze Weile, meine Herren«, versetzte der kleine Mann und neigte seinen schmalen langen Schädel. »Ich halte einige Präliminarien für unerläßlich. Darunter verstehe ich ein paar aufklärende Bemerkungen meinerseits, damit sie das Prinzip verstehen und darum das Köstliche besser genießen können... Ach nein, ist das nicht ein blauer Sonntag für mich?«

»Wieso Sonntag«, fragte ich, »gibt es denn hier Tage?«

»Natürlich gibt es keine Tage, Seigneur«, bestätigte der Animator. »Ich habe nur eine leere Redensart gebraucht, um meine Freude über solchen Besuch auszudrücken. Wir haben hier den Vorteil, durch keinen astronomischen Stundenplan behindert zu werden ... «

»Dafür aber durch private Zeit«, lächelte ich pointiert.

»›Private Zeit‹, so heißt sie nur im Jargon der Subalternen«, erwiderte der Animator mit einem leichten Tadel. »Wir aber, meine Herren, sprechen von der autobiologischen Zeit. Und zur autobiologischen Zeit wird niemand gezwungen ... «

Nach diesen Worten gab der Animator den Badedienern einen leisen Auftrag. Die Kolosse auf tönernen Beinen überstürzten sich vor Gehorsam und kehrten nach wenigen Sekunden zurück. Sie brachten einen Krug und drei Becher, die sie mit der Flüssigkeit füllten, die der Krug enthielt. Obwohl unablässig auf der Hut, entschloß ich mich, dem Willkommstrunk zuzusprechen. Es schien wirklich und wahrhaftig alter Cognac zu sein. Es schmeckte und brannte wenigstens wie guter Cognac, so feurig und leicht ölig zugleich.

»Die Herren werden frische Kräfte für die Besichtigung nötig haben«, munterte uns der Animator auf. Und er hatte recht. In dem Trunk verbarg sich kein tückischer Trick. Mochte der Becher Branntwein enthalten oder ein unbekanntes Elixier, er wirkte Wunder, zumal auf mich. Obwohl ich in diesen Minuten überhaupt nicht wußte, was ich selbst vorhatte, und noch immer kaum daran zweifelte, daß wir beide uns der Prozedur des Wintergartens anvertrauen würden, wachte ich doch mit schärfster Anspannung darüber, daß B. H.'s und meine Kräfte geistig und körperlich auf der Höhe blieben. Denn ein astromental geschärftes Vorgefühl ließ mich wissen, daß wir das äußerste Maß dieser Kräfte für gewisse Abenteuer brauchen würden, die uns bevorstanden.

Der Animator hatte sich inzwischen zu meiner großen Verwunderung ohne alle Umstände auf den Teppich gehockt wie ein Sohn der Wüste:

»Die Herren verabscheuen diese Haltung«, lispelte er, als er mein Erstaunen sah. »Dies aber mit Unrecht. Die Knie ans Kinn gezogen, die Händchen abgebogen, das ist die devote Haltung des werdenden Menschen in utero, wenn er das höhere Leben in Empfang nimmt... In dieser Haltung des Entgegennehmens sollten wir zu dem Schöpfer beten, wer immer er sei, nicht aber auf den Knien wie zu einem Despoten... «

Da hiemit sogar das Hocken geheiligt war, ließ ich mich auf eines der Ruhelager nieder und zog B. H. neben mich:

»Gehört das schon zum Prinzip?« fragte ich, um den Animator schnell auf die Sache zu bringen.

»Das Prinzip ist ganz einfach«, nickte er. »Terra heißt nicht Terrus und Gäa heißt nicht Gäos. Der menschliche Geist, der nichts anderes ist als das Zubewußtseinkommen des Lebens, wurde schon in seiner ersten Dämmerung dessen inne, daß sein Planet eine Frau ist... «

»Maître Animator«, warf ich ein, »wenn ich nicht durch eigene Erfahrung die rein männlichen Naturen von Johannes Evangelist und Apostel Petrus kennengelernt hätte, würde ich Ihre Eröffnung für die abgegriffenste Banalität halten... «

»So aber, Seigneur, der Sie es selbst erlebt haben, was für ein kahles, brutales, liebloses Subjekt solch ein männlicher Planet ist, halten Sie eine große, aber einfache Wahrheit nicht mehr für banal. Und Sie wissen jetzt auch, warum wir alle, Sie und Ihr Freund und ich, Troubadours sind und Minnesänger und vor allem Muttersöhnchen... Da haben Sie's, manchmal schwärmt auch die nüchterne Wissenschaft.«

»Von was für Wissenschaft sprechen Sie?« fragte B. H. gemessen, aber feindselig, und ich freute mich dieser Feindseligkeit.

»Ich spreche nicht von Wissenschaft, ich bin die Wissenschaft«, erklärte der Animator, und es klang gar nicht so unbescheiden, wie es sich gedruckt liest. »Ich bringe die Millionen Unordnungen des Lebens in Ordnung, nicht anders als die hochgeehrten Sternwanderer, Verwunderer und Fremdfühler dort oben, nur weniger effektvoll, dafür aber mit erkennbaren Resultaten... «

»Zum Beispiel?« verharrte B. H. auf seiner pedantischen Fragerei.

»Zum Beispiel«, wiederholte der Animator fast zärtlich: »Ich nehme zum Beispiel die beiden Herren, zu deren Füßen hier ich in empfangender Devotion hocke: Was sind die beiden Herren körperlich? Sie sind zwei mal sechsundzwanzig Billionen Zellularwesen, lebendige plasmatische Scheibchen mit einem dickflüssigen Tröpflein in der Mitten, jedes einzelne dieser Scheibchen verschiedenen Gruppen zugeteilt, die andern Ursachen entspringen, andern Zwecken dienen und zu andern Formen zusammenschießen; und sind doch alle gebunden und bewegt durch dieselbe Kraft und dasselbe Gesetz, das den Kosmos in Gang hält. Ich habe daher die Ehre, vor zwei Kosmen in empfangender Devotion zu hocken, vor zwei edlen Ios...«

»Nicht das, nicht diesen Vergleich bitte«, knirschte B. H. mit den Zähnen.

»Unterbrich ihn nicht, mein Lieber, wenn er recht hat«, verwies ich meinen Freund und ließ ihm einen zweiten Becher Cognac oder Elixier reichen.

»Unterbrechen Sie mich nur, edles Io«, lispelte der Animator, »da ich Seigneur nicht mit uralten Banalitäten der Bioelektrik und Symmetrologie langweilen will, von denen schon seine berühmten Zeitgenossen nichts hören wollten, wie St. Thomas, Minkowsky, Aristoteles, Coghill, Harvey der Große, Lactantius, Davenport, Hooker, Coronios, Li-Feng Yang und João Travac... Prononciere ich richtig?«

»Makellos, Maître«, nickte ich, dem eitlen Polyhistor zur Freude, »ich aber habe Sie nicht unterbrochen.«

»Ich unterbreche mich selbst, Seigneur, indem ich meine Augen schließe, um Sie besser zu sehen. Während ich Sie nämlich geistig sehe, gelingt es mir, Sie innenbildlich rückzuentwikkeln, eine Fähigkeit, die durch hundertjährige Praxis im Wintergarten mir zur zweiten Natur geworden ist. Ich habe jetzt schon ganz andere sechsundzwanzig Billionen Scheibchen vor meinem geistigen Auge und jetzt wieder andere, und ich überspringe viele Zyklen des Zusammenspiels, und auf einmal sind

Sie ein rundliches Kind, Seigneur, mit großen schauenden Augen (warum gar so traurig?), und nun sind Sie ein postnatales Baby, die nahtlose Haut wie verbrüht, und jetzt, da ich ein alter Praktikus bin, den der Praxis immer wieder fortreißt, gehe ich zum Äußersten in die Rückentwicklung, ich gehe usque ad ovum, bis zum Ursprung... «

Nach diesen Worten machte er eine Pause, wobei sein blasses Gesicht, an dem mir ein weißes Ziegenbärtchen und eine scharfgeschliffene Brille beinahe schmerzhaft fehlten, vor wissenschaftlicher Verklärung einzuschrumpfen schien:

»Bis zum Ursprung«, wiederholte er leise. »Ei, was sehe ich da? Ich sehe einen Globus, einen Globulus, die Urform aller Dinge, die einst vielleicht auch ihre Endform sein wird. Einen Globulus sehe ich, dessen ungefestigte, zweizellige Masse von einer ganz dünnen, glasklaren Membran, einer Schale, einer Oberfläche begrenzt und abgeschlossen ist. Jede Wesenheit beginnt ihr Leben damit, daß sie ihre Grenzen schließt. Jetzt sind Sie, Seigneur, niemandem und nichts etwas schuldig außer Vater und Mutter. Sie sind ja nur eine vielversprechende Voraussetzung. Sie sind allein für mich sichtbar, den Animator im Wintergarten. Die beiden Chromosomata, die heiligen Farbkörper, das weibliche Purpurrot und das männliche Himmelsblau, haben sich in dem Globulus, der Sie sind, neutralisiert zu einer unauslöschbaren Möglichkeit, höheres Leben aufzunehmen... «

Ich starrte den Animator tief gebannt an, während sein embryologischer Vortrag in mir einen leichten Brechreiz erregte. Da, wahrhaftigen Gotts, er zerdrückte eine Träne, die unterm linken geschlossenen Augenlid hervortrat. Daß diese Hadesbrüder zu allem noch weich und sentimental sind, so dachte ich, und hätte beinahe die nächsten Worte des Animators überhört:

»... ich muß Sie um Ihre Erlaubnis bitten, Sie noch ein wenig vorwärts entwickeln zu dürfen und Sie noch ein bißchen größer zu machen. So so. Jetzt Seigneur, sehen Sie einem Rauch oder einer gebogenen Flaumfeder in einer kleinen mattdurchsichtigen Seifenblase ähnlich. Gehen wir noch ein Stückchen weiter. Sie haben jetzt bestenfalls das Gesicht eines winzigen Widderchens. Aber was ist das? Da, da, können Sie es nicht hören? Das Herzchen schlägt schon. Unbemerkt hat es begonnen zu schlagen, unregelmäßig, taumelnd, schlaftrunken. Noch sind alle Muskeln nur verwischte Andeutungen, aber der Herzmuskel pumpt schon die Persönlichkeit, die Seele ins Köpfchen. Was ist denn aber los? Warum quält sich das Herzchen so? Sie haben recht getan, zu uns zu kommen, Seigneur. An Ihren ersten Herzschlägen kann ich die negativen Tendenzen Ihrer Konstitution fühlen. Sie haben recht getan. Denn warum sich aussetzen dem Schrecken aller Schrecken, einem jähen Ende, dieser Unkultiviertheit überwundener Epochen? Was höre ich Ihrer linken Herzkammer an? Erlauben Sie mir, daß ich Sie noch ein wenig weiter entwickle ... «

»Ich erlaube es nicht«, schrie ich und sprang auf, außer mir, wie vorhin B. H. Der Animator hatte mir wildes Herzklopfen verursacht, und ich brauchte eine ganze Weile, um ruhiger zu werden.

»Sie haben sich«, stieß ich endlich atemlos hervor, »Sie haben sich ungebeten herausgenommen, mich usque ad ovum zurückzuentwickeln, anstatt uns ganz unpersönlich das Prinzip des Wintergartens zu erklären.«

Auch der Animator hatte sich aus seiner entgegennehmenden Hockstellung erhoben. Er schien nicht nur erstaunt, sondern geradezu bestürzt über meinen Ausbruch.

»Habe ich das Prinzip des Wintergartens nicht in jedem meiner Worte verraten«, stammelte er. »Haben die verehrten Ios mich nicht verstanden ... ?«

Er wandte sich mit weinerlicher Stimme den beiden Badedienern zu, die im Eingang des Badesaals standen.

»Bin ich heute so schlecht gewesen?« fragte er wie ein Schauspieler.

»Ausgezeichnet! Wunderbar! Brillant! Noch nie so gut!« antworteten die Gehilfen in demselben mechanisch schmeichlerischen Ton, mit welchem man schwitzende und lobesbedürftige Virtuosen nach der Vorstellung zu beruhigen pflegt. Dann aber trat der kleinere Badediener, es war Nummer Zwei, einen

Schritt vor, errötete und sagte verlegen, wobei er die Fremdworte vorsichtig aussprach:

»Ich bitte um großen Pardon. Der Animator hat den retrogenetischen Humus vergessen... «

Ich sah B. H. an. B. H. sah mich an. Wir beide boten einen beklemmenden Anblick.

»Was ist das, der retrogenetische Humus?« fragte ich, und meine eigene Stimme klang mir erstickt im Ohr.

»Die Wonne aller Wonnen«, schnapperte der Animator, aber jetzt nicht vor Kälte, sondern vor Verzückung. »Die Herren haben ja selbst vorhin in einer schwachen Lösung des retrogenetischen Humus ihr erstes Bad genommen.«

Um einen Reisebericht aus fernster Zukunft wie diesen ohne Widerstände und vielleicht sogar mit einigem Gewinn zu verfolgen, muß man sich frei machen von der verhärteten Denkweise des eigenen Zeitalters. Ich selbst hatte dieser Forderung zu genügen und, weiß Gott, es gelang mir nicht immer, obwohl ich doch den Vorzug des eigenen Erlebens und der unmittelbaren Anschauung genoß. Ich habe alles in allem zweieinhalb Tage und drei Nächte in der astromentalen Welt zugebracht. Doch auch das ist nur eine subjektive Aussage. Ich weiß nicht, ob es in Wirklichkeit zweieinhalb und drei Augenblicke oder Einviertelstunden oder ebensoviele Ewigkeiten waren, von denen jenes Strandgut zurückblieb, mit dem der vorliegende Band gefüllt ist. Nachdem wir schon so viele Arten von Zeit kennengelernt haben, die superplanetare Zeit im Niederen Intermundium, die statische Zeit des Fegefeuers, und nun der autobiologischen Zeit des Wintergartens entgegengingen, so möchte ich die wichtigste aller Zeitdimensionen, in denen der Mensch lebt, nicht unbeschworen lassen. Es ist die »geistige Zeit«.

Diese herrlichste Form der Zeit zeichnet sich dadurch aus, daß sie kein Nacheinander kennt, daß sie in jedem ihrer Teile den ganzen Weltlauf enthält, daß sie dem, der ihr angehört, die Freiheit gibt, regellos von einem ihrer Punkte zum andern zu springen, und ihn in demselben Augenblick zum Zeugen des Ersten Schöpfungstages und des Jüngsten Gerichts macht. Auf der geistigen Zeit beruhen die drei Kräfte, die den Menschen erst zum Menschen erheben: Die Erinnerung, die Ahnung und der Glaube an das Unbeweisbare. Die schlimmsten Feinde der geistigen Zeit aber sind die Armen, die nicht regellos von Zeitklippe zu Zeitklippe springen können, die nicht von Erinnerung und Ahnung umsponnen sind und die nichts Unbeweisbares glauben dürfen. Es sind zugleich auch die, welche immer falsch fragen, da sie alles ganz genau wissen wollen, schon deshalb, weil sie es auch ungenau nie verstehen könnten. Nur der Vorzug, daß wir geistige Zeit in uns tragen, gibt dem Leser und mir die Möglichkeit, im Elften Weltengroßjahr der Jungfrau präsent zu sein, ehe dieses noch selbst Präsens ist.

Wir brauchen aber keine geistige Zeit dazu, um uns vorzustellen, daß es irgendwo in den Schichten des erstarrten oder halberstarrten Erdinnern Hohlräume gibt, die uns – wenn ein Dämmerlicht sie erhellt – als absonderlich traurige Herbstlandschaften erscheinen. Das ist nichts als ein annehmbares Faktum, wie es etwa unbekannte Tierarten sind. Wir brauchen nicht einmal geistige Zeit dazu, wenn wir den gewaltigen Hohlraum des Wintergartens mit denselben Worten bezeichnen, wie es der Animator tat: »Uterus terrae matris« – »die Gebärmutter der Mutter Erde«.

Daß hier der feuerflüssige Urkern des Mondes sich befand, ehe er an die Oberfläche wallte und ausgeschleudert wurde, ist ebenfalls ein annehmbares Faktum, aber zum Unterschied vom ersten nicht nur ein bloßes Faktum, sondern eines, hinter dem sich schon ein Gleichnis verbirgt: das Gleichnis zwischen Erdenweib und Weiberde. Doch nur die geistige Zeit, die uns durchströmt und die realisiert, was gewesen ist und was sein wird und sogar das, was niemals gewesen ist und niemals sein wird, gibt uns die Kühnheit, den »retrogenetischen Humus« und die »Rückentwicklung der lebendigen Form« und die »astromentale Überwindung des Sterbens« hinzunehmen als das, was sie sind: In der Dämmerung der Ferne vorerschaute Möglichkeiten, welche die Natur und die menschliche Vernunft nützen oder verwerfen wird.

Es wäre reines Gefasel, wenn ich behaupten wollte, daß der retrogenetische Humus ein Produkt des Hohlraums war, den der Animator »Uterus terrae matris« nannte. Ich weiß nicht einmal, ob dieser Humus nicht oben unter der Sonne oder unter den Strahlen gewisser weiblicher Lichtgestirne im Park des Arbeiters entstand und dann erst in den Wintergarten geschafft wurde. Ich weiß nicht einmal, wann er das erste Mal angewandt worden und wer sein Entdecker war. So kann ich dem großen Astronomen Ursler den Namen des ebenbürtigen Biologen nicht an die Seite setzen. Gleich beim Betreten des ersten Glashauses reichte uns der Animator eine Handvoll dieser schwarzen, feuchten, dicken Erde, welche die Eigenschaft hatte, den Körper, der sie berührte, nicht zu beschmutzen. Im Bade hatte ich sie in verschlammter und gewärmter Form kennengelernt; jetzt, da ich sie in der Hand hielt, war sie angenehm kühl und erzeugte in mir das Verlangen, sie auf meine Stirn zu legen, wo der Kopfdruck sich wieder bemerkbar machte.

Die Treibhäuser waren viel heller als der Raum draußen. Ein besonders zartes Frühlingslicht erfüllte sie. Man hätte meinen können, ihr Zweck sei der übliche Zweck aller Glashäuser, Blumen zu züchten. Im Gegensatz zu den astromentalen Hausgärtchen der Oberwelt sah ich hier nicht nur die acht bis zwölf Spezien der Wachs- und Zuckerbäckerflora, sondern eine reiche Skala halbbekannter und unbekannter Blütengewächse aller Arten, sogar so etwas wie Goldregen und übergroße Azaleen und blühende Kakteen in unglaublich matten Farbkombinationen. Doch gerade diese Blütenpracht rief in meinem altertümlichen Sinn jene Gedankenverbindung hervor, welche die Direktion des Wintergartens am schärfsten zurückgewiesen hätte: Die Idee eines Friedhofs.

Die Glashäuser des Wintergartens waren das Gegenteil eines Friedhofes. Sie führten das lebendige Sein unnachahmlich milde in eine Form des Nichtseins herüber, von der keine häßliche

Spur übrigblieb. Dennoch konnte ich mich nicht dagegen wehren, daß mich das Ganze hier mitsamt den schönen Blumen an einen Friedhof erinnerte. Die einzelnen der Rückentwicklung geweihten Personen waren nicht offen zu sehen. Sie schlummerten zu beiden Seiten des Weges in – und wiederum verführt mich die plastische Erinnerung zu einem funèbren Vergleich –, sie schlummerten in einer Art von Wiegengräbern. Sie schlummerten freilich wirklich, hochbeschäftigt und rasch atmend. Die Wiegengräber bestanden aus denselben Holzwannen oder Butten, in welchen wir ein »Moorbad« genommen hatten. Sie waren mit Humus aller Mischungen und Grade angefüllt und ziemlich tief in den Boden der Glashäuser eingelassen, so daß sie das Niveau nicht überragten. Jedes der Wiegengräber war sogar durch einen Hügel verschlossen. Nur bestand der Hügel nicht etwa aus grünem Rasen, sondern aus einem grauweißlichen Haufen von etwas, das man ebensogut als Eiderdaunen, Flaumfedern oder frischgezupfte Baumwolle bezeichnen konnte. Zwischen den einzelnen Schlafwannen wuchsen die Blumen, deren Duft den Grundgeruch vertrieb, den ich am Fenster unseres Zimmers eingeschnuppert und als »Babywindeln« diagnostiziert hatte. Hier unten entpuppte er sich als ausgesprochener Ammoniakgeruch.

Wir bewegten uns auf einem langsamen Trottoir roulant zwischen diesen Lagerstätten hin, der Animator an der Spitze, Badediener Nummer Eins und Zwei als Nachhut. Ein sehr unbehagliches Gefühl der Gefangenschaft quälte mich, während B. H. wiederum mit allem einverstanden zu sein schien und den Erklärungen des Animators beifällig-schlaftrunken lauschte. Wir begegneten nur wenig Weißbekittelten und überhaupt keinem Laien. Gewöhnlichen Zeitgenossen war ein Besichtigen dieser geheimen astromentalen Institution nicht gestattet. Anstatt mich aber hochgeehrt zu fühlen, war ich zerstreut und litt unter dem Wesen unseres Führers. Dieser hatte sich immer mehr zu einem Gelehrten- oder Medizinertypus entwickelt, den ich aus Erfahrung wohl kannte, aber nicht liebte. Die Bezeichnung »radikaler Spezialist« sagt zu wenig, wenn man unter ihr jene

Art von Ärzten versteht, die alle Leiden »aus einem Punkte« kurieren, entweder aus der Leber oder aus der Bauchspeicheldrüse oder aus den Zahnwurzeln, ob diese gesund sind oder nicht. Es sind Leute, die, von einer fixen Idee besessen, ihren starren Scheuklappenblick nur auf einen einzigen Punkt richten, wobei ihnen der Patient hauptsächlich dazu dient, ihre fixe Idee zum Triumph zu führen. Radikaler Spezialismus ist die Erscheinungsform menschlicher Einseitigkeit und Engstirnigkeit auf dem Gebiete der Wissenschaft. Solch ein Spezialist durch und durch schien mir der Animator zu sein, ein Fanatiker seines Faches, ein Troll dieser seltsamen Glashäuser. Er hatte hier unten sogar seine diplomatische Weltläufigkeit verloren. Er war ganz und gar vom Technischen beherrscht, das er beherrschte. Er lispelte seine Erklärungen in einem merkwürdig feierlichen Ton mit verlorenen Augen, scheinbar tief überzeugt davon, daß er uns bestens animiere, sofort in eines der Wiegengräber zu springen, an denen wir vorbeiglitten.

»Ich habe feststellen lassen«, lächelte er mich feierlich an, »daß die Begriffe Ektoderm, Mesoderm und Endoderm so alt sind wie Sie selbst, Seigneur. Wir verstehen unter dieser primitiven Dreiteilung die äußere, die zwischenliegende, die innere Entwicklungs- und daher Rückentwicklungsschicht, die dem System unserer Treibhäuser zu Grunde liegt. Das ist natürlich vereinfachender Humbug, denn es gibt nicht nur drei, sondern dreihundertdreiunddreißig Entwicklungsschichten. Aber der Übersicht halber wollen wir uns an das Einfache halten. Hier zum Beispiel, verehrte Ios, gehört alles dem äußern Rückbildungsbezirk an, wir haben es mit Fällen im allerersten Stadium zu tun. Ebenso wie das Wachstum des Embryos durch rasche Zellenteilung vor sich geht, das durch die Weltallskräfte in der Amnionshöhle der Gebärmutter hervorgerufen wird, so erweckt unser gesegneter retrogenetischer Humus eine beschleunigte und doch unmerklich sanfte Zellteilung, die dem sinnigsten, behaglichsten und wonnereichsten aller Schrumpfungsprozesse zu Grunde liegt. Durch Zellteilung werden, was man ist, durch Zellteilung wieder werden, was man war, bevor man war – ich hoffe, Seigneur, daß dieses ›tour-retour‹ Ihr Entzücken finden wird ... «

Er trat auf Zehenspitzen an eines der Wiegengräber heran, entfernte mit zärtlicher Hand den Flaum und baumwollartigen Flockenhaufen und winkte uns näher, den Zeigefinger behutsam an die Lippen legend.

»Ist es nicht süß, dieser Kinderschlaf?« flüsterte er.

Auch wir traten nahe. Ich sah einen blankschädeligen astromentalen Kopf, der freilag, während sich ein von schwarzer Erde bedeckter Knabenkörper abzeichnete, Knie ans Kinn gezogen, Händchen abgebogen, ein Siebenjähriger etwa in Embryohaltung. Das Gesicht, nicht knabenhaft, aber alterslos wie immer, zeigte denselben seligen Ausdruck, der mich an B. H. im Moorbad so sehr erschreckt hatte. Es war übrigens hochgerötet, zweifellos von Fieber, und der Atem ging schnell, gleich dem eines Schwerkranken.

»Dieser Kinderschlaf«, sagte ich düster aufrichtig, »ist der Prolog des Todesschlafes.«

»Wie können Sie nur so abscheuliche Worte in den Mund nehmen«, entsetzte sich der Animator tief gekränkt. »Es ist nicht unsere Aufgabe, das Ende abzuwenden. Das Ende ist notwendig und gut. Es ist aber unsere Aufgabe, diesem Ende eine subjektive und objektive Schönheit zu geben. Im übrigen haben Sie durch brutale Nennung des Namens die Disziplinarordnung des Wintergartens verletzt ... «

»Es wird nicht wieder geschehen«, entschuldigte ich mich, »obwohl die Sache unter jedem Namen dieselbe bleibt.«

»Der Prozeß ist heilsam, Seigneur, der Name verwundet. Die Gerichte verfolgen deshalb diejenigen, welche den Wintergarten ›Thanatodrom‹ nennen ... «

Er bedeckte schnell mit dem Flaum- und Flockenhaufen das Wiegengrab und nahm nach einer kurzen nervösen Pause seine Erklärungen wieder auf:

»Alle Fälle hier im äußern Bezirk, im Ektoderm, sind noch frei beweglich«, sagte er, »leben gewissermaßen noch außerhalb des Mutterleibes und werden daher durch den Mund ernährt.«

»Warum überhaupt ernährt?« fragte ich aufsässig.

»Glauben Sie, daß wir Barbaren oder Meuchelmörder sind?« lautete die gekränkte Antwort. »Zuerst werden die Rückentwickelten durch den Mund ernährt, solange sie noch halbwüchsig sind, und zuletzt als postnatale Säuglinge. Erst wenn die Placenta sich wieder um den Fötus geschlossen hat, kommt die Ernährung durch den Nabel. Wie hin, so zurück, und gar kein Unterschied. Solange das Herz schlägt, wird ihm die notwendige Nahrung zugeführt.«

»Und wann hört das Herz auf zu schlagen?«

»Genau an dem entsprechenden Punkt der Rückentwicklung, da es angefangen hat zu schlagen.«

Ich unterdrückte meine Bitterkeit. Eine mahnende Stimme innen sagte mir, daß ich keinesfalls die Feindschaft des Animators herausfordern dürfe. Dazu kam, daß mir B. H. immer mehr Sorge machte. Er war wiederum ganz willenlos geworden. Seine dunklen Augen lauschten träumerisch verhangen und beinahe gierig den Erklärungen des Animators. Ich beschloß daher, meine Taktik zu ändern und meine Gereiztheit so gut wie möglich zu unterdrücken.

»Cher Maître«, begann ich, mühsam schmeichlerisch, »es ist wirklich kaum zu fassen. Wie schade, daß meine eigenen Zeitgenossen keine Ahnung davon hatten, daß es einen Wintergarten geben wird mit retrogenetischem Humus. Wie aber steht es mit der autobiologischen Zeit? Wie alt war zum Beispiel der Mann, den wir vorhin gesehen haben?«

Der Animator warf mir einen schnellen Blick zu und schien zufrieden zu sein:

»Der Mann, Seigneur, den Sie in seinem glücklichsten Kindheitsschlummer belauscht haben, ist bei uns laut Geburtsschein mit hundertdreiundfünfzig Jahren eingetroffen. Er ist daher noch nicht alt oder nicht alt genug, damit seine autobiologische, seine heterochrone Zeit rasch ablaufe. Man hat ihn ungefähr vor zwölf Planetarstunden eingepflanzt...«

»Und zwölf Stunden Zellteilung haben genügt, um ihn zu einem Knaben von sieben Jahren rückzuentwickeln?«

»Das ist doch eine beträchtliche Frist, Seigneur«, lächelte der Animator. »Wir haben Fälle, wo das ganze Werk innerhalb von zwölf Stunden abgelaufen ist.«

»Ist das möglich«, rief ich. »Und wie lange brauchen Widerspenstige?«

Die roten Augen des Animators glotzten mich erstaunt an:

»Das läßt sich nicht so leicht sagen, Seigneur«, erwiderte er nach einer unmerklichen Pause. »Widerspenstigkeit ist die einzige Form von Unbehagen bei uns, das der Widerspenstige sich selbst zufügt. Wir haben übrigens Fälle gehabt, die Jahre gebraucht haben ... «

»Denen ist vermutlich recht geschehn«, erwiderte ich überaus konformistisch. »Nun aber verraten Sie mir noch, welches Ihre brauchbarsten, Ihre gelungensten Fälle, Ihre Musterexemplare sind ... «

»Das ist leicht zu beantworten«, strahlte er. (Es fiel mir auf, daß er in der Bruthitze der Glashäuser nicht mehr schnapperte wie im Zimmer oben noch auch seine eisigen Hände rieb. Er genoß hier die ihm angemessene Temperatur.) »Ein echtes Desiderium originis«, fuhr er fort, »fördert einen blitzschnellen Prozeß, wobei im Laufe von wenigen Stunden die Blastocyste den Margueritenfeldern übergeben werden kann. Ich verstehe unter Desiderium originis die Sehnsucht nach dem Ursprung, einen der heftigsten Triebe des Menschen, wenn er alt, müde, bitter, enttäuscht, hoffnungslos, ausgeleiert ist und den Monsunattakken des ›Taedium senile‹, des Greisenekels vor sich selbst, nicht mehr Widerstand leisten kann, mag er öffentlich auch als ein noch so hübsches und noch so jugendfrisches Urgroßalterchen herumparadieren ... «

Der Animator ließ bei diesen Worten seine Basedowschen Augen die Wiegengräber entlangschweifen. Wir durchglitten längst schon auf dem laufenden Band das achte oder neunte der Glashäuser.

»Ich sollte, meine ich, hier einen schönen Fall vorstellen können«, sagte der Animator. »Es handelt sich um ein Prachtexemplar, dessen autobiologische Zeit vor kaum zwei Stunden begonnen hat. Dieser Fall überspringt ganze Perioden im Sturmlauf... « Er drehte sich zu den Badedienern um:

»So etwas an Zellteilung und Zellschwund haben wir schon lange nicht gehabt, wie?«

»Formidabel«, sagte Nummer Zwei vorsichtig. »Die trokkene Periode wird bald vorüber sein... «

»Es läßt sich nicht so leicht erklären, Seigneur, wieso die Zellvermehrung zugleich ein Zellschwund ist.«

»Solche Paradoxa sind mir im Djebel geläufig geworden, Maître Animator. Ich denke an den großer Ursler... «

»Da haben wir ihn ja. Da haben wir ihn, unsern Lieben, Guten, Braven«, flüsterte der Animator plötzlich, winkte mir zu schweigen und näherte sich auf Zehenspitzen einem der Wiegengräber, das einige Schritte entfernt lag. Diesmal kniete er in großem Eifer hin und entfernte schnell die Flaumfedern und Baumwollflocken, die den Rückentwickelten locker bedeckten und schützten. Als das geschehen war, hörte ich ihn vor Anstrengung und Vergnügung ächzen:

»Nur noch eine kurze Weile, und ich hätte den Lieben, Guten, Braven gar nicht mehr aus dem Humus nehmen können.«

Er griff in die Butte und zog kunstgerecht ein dem Anschein nach neugeborenes Kind hervor, das er vorsichtig wie ein Accoucheur auf seinen linken Arm legte, während er die rechte Hand behutsam unter den übergroßen Schädel schob. Stolz trat er auf uns zu, während er in der Zullersprache und in der Schnullersprache lebhaft auf den Säugling einredete:

Dadadada... Duziduziduz. Du Lieber, Guter, Braver, Alter... Wie gehts uns jetzt?... «

»Er ist halt so kinderlieb«, hörte ich hinter mir Badediener Nummer Eins zu Nummer Zwei sagen.

Der Animator aber forderte mich auf, den Rückentwickelten genauer zu betrachten.

»Da sehen Sie, Seigneur... Ist er nicht ein Museumsstück, ein Ausstellungsexemplar?... Und das nach zwei kurzen planetaren Stunden, nach dem zwölften Teil der Erdachsendrehung... «

Ich beugte mich über das Kind mit der gewissen leeren Gefälligkeit, mit welcher jedermann bereit ist, fremder Leute Sprößlinge zu betrachten und zu loben.

»Gibt es etwas Appetitlicheres auf dieser Welt?« säuselte der Animator.

Ich sah den rötlich verschrumpelten Körper eines Neugeborenen und wünschte mir, er läge im Steckkissen. Was aber meine Blicke viel stärker bannte als der kleine Körper, war der Hydrocephalus, der Wasserkopf des Kindes mit dem dazugehörigen Greisengesicht. Ich wußte natürlich, daß die meisten Neugeborenen in den ersten Stunden Greisengesichter haben, voll Runzeln, Falten, Krähenfüßen und dem tief eingefallenen Mund zahnloser Hexen. Dies hier aber war etwas anderes. Ich sah nicht den Greisenkopf eines Neugeborenen, ich sah den Greisenkopf eines Greises, der sich dem Greisentum endlich hingeben darf, nachdem ihn die Kulturmühle so lange daran verhindert hatte. Die hundert Falten auf diesen Zügen waren nicht frische Wunden, sondern alte Narben, in denen das Desiderium originis zu erkennen war, der brennende Wunsch, sich ins Unsichtbare und Unbewußte zurückzuziehen. Der Animator blies das Greisengesicht leise an, wie man vergehende Glut anbläst. Da schlug das Wesen plötzlich die Augen auf. An den Augen erkannte ich sofort Io-Solip, den unglücklichen Vater des Bräutigams Io-Do, der dort oben den neuen Weltbrand entfesselt hatte.

»Ist es möglich«, entfuhr es mir heiser. »Sind Sie der liebe, sanfte Herr Io-Solip, Compère?... «

»Und wie wir's sind... Haha, und wie wir's sind«, antwortete der Animator für seinen Pflegling. »Wir sind der gute, liebe, brave Io-Solip noch immer und noch lange, und jetzt kriegen wir gleich unser letztes Milchlein, und dann werden wir mit dem Schläuchlein angeschlossen an die zentrale Zirkulation, und dann wird alles wohliger als wohlig und stiller als still, und die Welt wird zur Berceuse... zur Berceuse... «

Das Wort Berceuse, das der Animator für Wiegenlied gebrauchte, klang mir affektiert und unangenehm ins Ohr. Ich aber suchte den Blick des Rückentwickelten.

Die meisten Säuglinge haben einen tiefen, uralten Blick. Für mich war dieser uralte Kinderblick stets der Beweis für die göttliche Tiefe der Seele in uns und für die »geistige Zeit«, die vom Anfang der Welt reicht bis zum Ende und vielleicht darüber hinaus. In Io-Solips Augen aber war etwas ganz anderes als dieser uralte Kinderblick. In ihnen war der verzweifelte Sprechversuch derer, die zum Schweigen verurteilt sind. Es waren erwachsene, vernünftige Augen hinter Gitterstäben, die sich nicht mehr verständlich machen konnten. Sie wollten mich ohne Zweifel wissen lassen, daß sie mich erkannt hatten. Und noch schrecklicher als das, ein kleines schluchzendes Säuglingslallen entrang sich dem eingefallenen Mündchen des alten Menschen. Ich wandte mich ab. Meine Augen waren feucht. Hätte ich den lieben Herrn Solip als anständige Leiche gesehen, ich hätte nicht geweint.

»Nun, Seigneur«, leuchtete der Animator triumphierend, »packt Sie endlich die Rührung? Gestehen Sie, es gibt nichts Größeres... «

Von diesem Augenblick an war ich fest entschlossen, aus dem Wintergarten zu entfliehen und an die Oberfläche der Erde zurückzukehren, unbeschadet der Fernsubstanzzerstörer und der psychischen Artillerie. Ich segnete den guten alten normalen Tod, mochte er von außen kommen oder von innen plötzlich, welch letzteres mir die Diagnose des Animators baldigst in Aussicht stellte. Besser war er jedenfalls als dieser astromentale Umweg über den Wintergarten, obwohl ich wahrscheinlich gar nicht darüber hätte diskutieren können, warum der normale Tod besser sei als diese Rückentwicklung hier, und gewiß alle progressiven Euthanatisten gegen mich gehabt haben würde.

Doch wie uns retten? Ich hatte nicht den leisesten Einfall, was ich tun sollte. Der Druck in meinem Kopfe steigerte sich von Minute zu Minute. Neben mir fuhr oder trottete B. H., wenn wir zu gehen hatten, mit seltsam steifem Schritt und sprach kein Wort. Ich fühlte, daß er in diesem Zustand nichts weniger für mich sein konnte als eine Hilfe. Das Einzige, was mir Vertrauen und Glauben einflößte, war die Erinnerung an die noch weit schwierigere Situation auf Apostel Petrus, der ich am Ende doch heil entkommen war. Ich dachte hier aber nicht an die Hilfe von Melangeloi, die im Kleinen Intermundium eher zu erwarten war als hier im Hohlraum des Wintergartens. Das Merkwürdige an diesem Wintergarten samt seiner grauen Dämmerlandschaft in der Erdgebärmutter war die schwere, die dichte, die enorme Wirklichkeit und schleppende Folgerichtigkeit, die uns hier umschloß. Ich mußte den retrogenetischen Humus und seine erstaunliche Wirkung, wie die Heilwirkung von Radium zum Beispiel, für eine Praxis halten, die auf naturwissenschaftlichen Forschungen beruhte, die ich noch nicht kannte. Sie entzog sich meinem Verständnis in viel geringerem Maße als etwa das Reisegeduldspiel, das Raumtauchergewand, die Überwindung kosmischer Strecken während einer Schulstunde usw. Ich wußte in meinem schweren Kopf, daß wir uns hier unten nur durch einen guten Plan und eine übermenschliche Anstrengung würden retten können. Für beides hielt ich mich ungeeignet, ganz zu schweigen von B. H. in seiner Verfassung.

Der Animator hatte von Leuten gesprochen, die ihm jahrelang Widerstand geboten hatten, und außerdem die Bemerkung gemacht, mit mir werde es nicht leicht sein. Hierin fühlte ich eine hoffnungsvolle Aussicht. Es war unbedingt notwendig, das Mißtrauen unseres Führers zu zerstreuen und sein Wohlwollen bedingungslos zu erwerben.

Als er daher den lieben Herrn Io-Solip wieder zurückbestattet hatte, sagte ich, mir die Augen wischend:

»Da kann man wirklich gerührt sein, cher Maître, denn Sie haben recht, es gibt nichts Größeres... Und nun nehmen Sie keine Rücksicht auf unsere Kopfschmerzen, sondern zeigen Sie uns alles, alles... «

Er ließ uns sogleich von dem Elixier reichen, das die Badediener im Kruge mittrugen. Ich bemerkte, daß der Trunk mich jedesmal erfrischte. Und so sahen wir in einer langen mühsamen Zeitspanne, für die es hier unten kein Maß gab, noch so manches Wunder des retrogenetischen Humus. (Keinen Augenblick hatte ich übrigens das Gefühl von Wunder.) Ich sah in zahlreichen Glashäusern der meso- und endodermatischen Zonen Embryos aller Größen und aller autobiologischen Zeitstufen, männliche und weibliche, die sich aus alten Leuten in diesen Status zurückentwickelt hatten. – Glücklicherweise geschah nicht, wovor ich zitterte, ich begegnete keinem meiner alten Freunde mehr. – Vom völlig ausgebildeten, rückgebildeten, pränatalen Kinde mit entzückend modellierten Händchen und Füßchen, sah ich alle Arten von Embryos bis zum raupenhaften Häkchen mit dem großen, gesichtslosen, widderförmigen Kopf im durchscheinenden Fruchtsack. Die Nabelschnur, die von diesen winzigen Menschentierchen, zu dem die Greise reduziert waren, durch die schwarze Erde hindurch zur zentralen Nährstelle führte, war zuletzt ein kaum haardünner Schlauch. Der Monolog des Animators riß nicht ab. Ich schien sein Mißtrauen eingelullt zu haben. Er hatte ein begeistertes Ohr gefunden, und zwar das Ohr eines Menschen aus dem Altertum, der noch ganz unaufgeklärt war und doch intelligent genug, um ihn nach einigen anfänglichen Mucken zu verstehen.

»Ja, die Zellteilung«, sagte er, nachdem er eine kleine Menschenraupe zugedeckt hatte, »die üppige, quellende, brodelnde Zellteilung, sie ist das weibliche Geheimnis der Welt. Der Mann gibt nur den Anstoß, die Idee, und so haben in der alten Welt, wie Seigneur mir bestätigen wird, die Weiber gearbeitet und nicht die Männer ... «

»In gewissen Ländern war es so«, sagte ich, um nicht zu widersprechen.

»Ich meine nicht das«, schüttelte er den deformierten Langschädel. »Die Arbeit des Mannes ist Lodern und Glühen, wovon Asche übrigbleibt. Die Arbeit des Weibes ist Grünen, Blühen, Fruchten, Faulen, wovon Humus übrigbleibt, welches Wort auf Homo hinweist ... «

»Und wann wird im Wintergarten diese weibliche Arbeit der Zellteilung unterbrochen«, fragte ich, »das heißt, wann hat die Rückbildung ihr Ende erreicht?«

»Darüber, Seigneur, wäre ich eigentlich verpflichtet zu schweigen, verfassungsmäßig ... «

»Mir gegenüber können Sie keinen Verfassungsbruch begehen, Maître Animator«, hackte ich in die Kerbe. »Stehe ich nicht außerhalb der Verfassung? Sie sollten immer im Auge behalten, daß ich exterritorial bin...«

Diese formalistische Bemerkung schien auf ihn einen gewissen Eindruck zu machen, war er doch nicht nur Gelehrter, sondern auch Beamter. Er sah mich mit seinen vortretenden Augen aufmerksam an. Dann flüsterte er nähertretend mir ins Ohr:

»Wir verlegen das Ende der Zellteilung ein klein wenig vor...«

»Wollen Sie mich nicht deutlich einweihen, Maître Animator?«

Er suchte zweifellos durch folgende Frage auszuweichen:

»Wann beginnt und wann endet Ihrer Meinung nach die Verkörperung der menschlichen Persönlichkeit?«

Jetzt geschah etwas Unerwartetes. B. H., der wortlos stumpf auf dem Trottoir roulant neben mir einherfuhr, richtete sich mit einem Ruck auf, ballte die Fäuste, etwas rasselte in ihm wie ein Uhrwerk. Er nahm alle Willenskraft zusammen und mischte sich ins Gespräch, um zu zeigen, daß er noch nicht verloren war:

»Thomas von Aquin lehrt«, sagte er Silbe für Silbe, »daß die Persönlichkeit beginnt, wenn das Embryo nach der vegetativen und animalischen seine dritte Seele erhält, die rationale...«

»Sieh da, unserm gelehrten Freund geht es besser«, erstaunte freudig der Animator. »Badediener, einen andern Schluck dem Herrn, obwohl St. Thomas unrecht hat. Das erste und das letzte, was die menschliche Persönlichkeit ausmacht, ist das Herz. Unglaublich, aber wahr, das Herz.«

»Soll das heißen, Animator«, fragte ich, »daß mit den ersten unregelmäßigen Herzschlägen das Individuum, die unaussprechliche Persönlichkeit, die Seele in das Embryo eingeht, noch lange vor Entstehung der niedrigsten Bewußtseinsformen und Organe?«

»Genau so, wie die Seele mit den letzten unregelmäßigen Herzschlägen fort ist und nicht vorher...«

»Ah, jetzt verstehe ich das Wort Blastocyste«, rief ich erleuchtet aus, »das Wort, das ich vorhin nicht verstanden habe. Blastocyste nennt man das Embryo, bevor es ein Herz hat... «

»Das ist wirklich ein Sonntag für mich«, säuselte der Animator mit zufriedenem Lächeln.

»Und diese Blastocyste pflanzen Sie um«, triumphierte ich, »und es werden daraus Margueriten, ganze Margueritenfelder... «

»Ich muß Sie um Diskretion bitten, Seigneur«, erschrak der Animator, »denn letzteres ist dem breiten Publikum nicht bekannt... «

»Aber mir gefällt es ausgezeichnet. Ich finde es prächtig. Es ist ein Gedicht, und zwar von einem guten Urdichter, Ovid zum Beispiel. Die Menschheit, deren Abgeschiedene sich in blühende Margueriten verwandeln! Das gefällt mir besser als die klassischen Asphodelosblüten. Ich hoffe, diese Margueriten wachsen nicht in Glashäusern, sondern im Freien... «

»Auch das erraten«, lächelte der Animator, »sofern man bei uns überhaupt sagen kann ›im Freien‹.«

»Und liegt dieses Freie noch innerhalb oder schon außerhalb des Wintergartens«, erkundigte ich mich mit gleichgültiger Stimme, wobei ich meine Augen schloß, damit keine unvorsichtigen Strahlen oder Wellen die Absicht hinter meiner Frage verrieten. Es war übertriebene Sorge. Hier unten im Hohlraum gab's keinen eisengrauen Rasen noch andere Stromleitungen von Gedanken- und Seelenregungen. Hier war das Ich mit allen seinen Tücken gut abgedichtet. Und so schien auch der Animator die Absicht hinter all meinen Fragen nicht bemerkt zu haben, denn er entgegnete offen:

»Vorläufig noch innerhalb der Mauern, Seigneur. Wir aber werden bald hinausrücken müssen vor die Tore, wenn es so weitergeht. Der Andrang ist ungeheuer. Die Leute sind alle so gierig nach dem letzten Glück... «

»Die Margueritenfelder sind gewiß nicht Ihre einzige Einrichtung plein air«, tastete ich mich mutiger vor, als wüßte ich bereits Verschiedenes. Er sah mich von der Seite an:

»Man hat ihnen gewiß etwas gesteckt, Seigneur, von den Ammen etwa... « Und er drehte sich nach den beiden Badedienern um und fragte inquisitorisch: »Hat man Seigneur etwas vom Ammenhügel gesteckt?«

Ehe die beiden Weißbekittelten mit überstürztem Eifer die Frage noch verneinen konnten, kam ich zuvor:

»Die Herren sind die Verschwiegenheit selbst. Sie haben uns nicht einmal etwas vom retrogenetischen Humus gesteckt, sondern uns mit einem sogenannten Moorbad beschummelt... «

»Das ist auch ihre Pflicht und Schuldigkeit«, erklärte der Animator.

B. H. gab sich wieder einmal einen Ruck, ballte die Fäuste und sagte wie einer, der nur mühsam die Zunge bewegen kann:

»Ich habe von den Ammen gehört... Oben... Oben drohen die Mütter ihren kleinen Töchtern damit, daß man sie als Ammen in den Wintergarten schicken werde, wenn sie nicht brav sind... «

»Empörend«, ereiferte sich der Animator, und seine Stimme gickste. »Alles was man von oben zu hören bekommt, ist empörend. Ich werde die Herren sogleich zu Richtern aufrufen. Sie werden mir attestieren, daß unsere Milchammen die schönsten, üppigsten, wohlgebautesten Frauen der Welt sind. Wir alle sind ja Minstrels und Muttersöhnchen und erschrecken nicht vor echten, ausgebildeten weiblichen Zellteilerinnen wie die Päderasten... «

Bei diesen Worten gab der Animator dem laufenden Band, auf dem wir uns bewegten, unvermittelt ein schnelleres Tempo, so daß B. H. und ich beinahe hingepurzelt wären, aber wir fielen nur einander in die Arme:

»Munter, B. H.«, zischte ich meinem Freunde zu, »es wird alles gut werden.«

»Du störst mich«, lallte er wieder ganz schlaftrunken, »deine Vitalität ist ekelhaft.«

Azaleen, Kakteen, Wiegengräber, Glashäuser, Weißbekittelte, große Erdhaufen und Gott weiß was noch flitzten an uns vorbei, ehe unsere Fahrt wiederum halt machte. Wir erkannten an der Dämmerung, am leisen Nieseln vom hohen Wolkenhimmel und an der erträglicheren Temperatur, daß wir uns im Freien befanden. Vor uns erhob sich ein runder sanfter Hügel, eine Böschung und nicht viel mehr. Ob diese runde Kuppel die Form einer Frauenbrust hatte, das möge dahingestellt bleiben. Viel wichtiger war die herrliche Trauerweide, die größte, die ich je gesehn, welche gewissermaßen aus der Brustwarze des mattgrünen Hügels emporwuchs und ihn mit ihrem langen, silbrigen Haar weit umschleierte. Die jungen Frauenleiber, die auf dem Hügel lagerten, leuchteten beinahe weiß im Nachttag.

Der Animator hatte uns nicht belogen. Die Frauen unter der mächtigen, weitausladenden Trauerweide auf dem Hügel, den wir nun langsam und mit schweren Knien erstiegen, waren von großer Körperschönheit, für die sich jedoch nicht leicht die rechte Beschreibung finden läßt. Sie waren viel voller und üppiger und schienen auch höher gewachsen zu sein als die zierlichen astromentalen Mädchen. Ich wußte aber sofort, ohne daß ich erst des Animators Belehrung abwarten mußte, daß sie als zierliche astromentale Mädchen in den Wintergarten gekommen waren und sich erst hier unten zu solch anlockender Fülle und stattlicher Höhe entwickelt hatten. Auf ihren wohlgeformten Gesichtern – die meisten von ihnen trugen turbanartig gewikkelte Kopftücher – lag aber eine schlampige Schwermut, eine ins Leere starrende Gleichgültigkeit, ein teilnahmsloses Vegetieren, das durch die matten Versuche zur Koketterie beim Anblick von uns Männern nur noch beklemmender hervortrat. Ich mußte an die Hurenhäuser arabischer Altstädte denken, obwohl der Vergleich irreführend ist, denn diese Frauen unter der Trauerweide hier erschienen unsern Augen als gepflegt und reizvoll.

Der Animator nahm mich zur Seite:

»Man begreift dort oben lange nicht mehr das Wunder der Fruchtbarkeit«, lispelte er. »Da sehen Sie nur diese Mädchen an. Sie bringen es alle fertig, ein unbefruchtetes Ei in ihrem Schoß selbständig bis zum sechsten Monat zu entwickeln, diese braven parthenogenetischen Zellteiler... « Und er schnalzte anerkennend mit der Zunge.

Nach diesen Worten war es mir klar, daß die vierzig, fünfzig nackten Frauen, die in der Brutluft des Uterus terrae matris hier lagerten, die Ausgestoßenen, die Parias der astromentalen Zivilisation waren. Man hatte sie in den Wintergarten verschickt, wie man einst in Rußland die Verbrecher nach Sibirien in die Kátorga verschickte. Ihr Verbrechen war freilich nichts anderes, als daß sie biologisch noch unter den »Kinderreichen« standen, jener Plebs, die zwei, drei, vier und in krassen Fällen auch fünf Sprößlinge großzog. Diese hier mochten noch darüber hinaus nicht nur in ihrer Fruchtbarkeit, sondern auch in ihren Trieben zügellos gewesen sein. Die Kultur (»Entfernung von Gott durch die Zeit« nach dem Großbischof) entledigte sich ihrer als einer Schande, von der man nicht sprach und deren man nicht einmal gedachte. Wie aus dem tragischen Schicksal dieser Mädchen wuchs die herrliche Trauerweide mit ihrem überhängenden Silbergezweig.

Das Leben im Hohlraum veränderte alle, die dem Wintergarten und seinem Zwecke dienten. Die Wärme, der Druck, die chemische Zusammensetzung der Luft, des Wassers und unbekannte Gründe sonst hatten auch aus den ausgestoßenen Mädchen das gemacht, was sie waren, eben diese »Milchammen«. Da lagerten sie und räkelten sich, nichts als träges, üppiges, abundantes Wuchern. Und dennoch, obwohl der Hügel der Trauerweide gewiß den alleräußersten Gegensatz zum Rosengarten der Jungfrau bildete, erfüllte mich auch diese Seite des Weiblichen für einen Augenblick mit ehrfüchtiger Scheu; eine ehrfürchtige Scheu, die dicht an der Grenze des Ekels lag.

Ein Teil der Frauen schlief mit halboffenem Mund. Andere häkelten oder strickten mit farbigem Garn an großen, sinnlosen, schnell wachsenden Handarbeiten. Es sah so aus, als ob sie das innere Geschäft der Zellteilung nach außen verlegt hätten und als ob weibliche Handarbeit überhaupt nichts anderes sei, als Herstellung von parthenogenetischem Gewebe in Garn oder Seide.

»Nur Mut, die Herren, nur Mut«, hörte ich hinter uns den Animator uns animieren.

Ich trat ungeschickt wie ein Schuljunge auf eine der Üppigsten zu, verbeugte mich und sagte ganz lächerlicher Weise: »Wie steht das werte Befinden, meine Allerschönste?«

Das Mädchen sah mich aus völlig leeren Augen an, spitzte ihre Lippen mechanisch zu einem kußlichen Kreis und lächelte schwachsinnig. Ob sie mich hören konnte, weiß ich nicht. Daß sie kein Wort verstand, das wußte ich sofort.

»Reden dürfen Sie nicht mit ihnen, Seigneur, wo denken Sie hin«, amüsierte sich der Animator. »Zur Konversation sind unsre süßen Damen nicht bestimmt. Ist das nicht eine prächtige Erleichterung?«

Und seine Stimme senkte sich wie die eines Voyeurs:

»Tätscheln Sie doch das Mädchen, das hat sie gern. Hat sie nicht herrliche Brüste und Backen?«

Ich stand steif und regungslos. Hinter mir hörte ich, wie der Animator in die Hände klatschte.

Das Mädchen streckte mir ihre Arme entgegen. Sie schien zu bitten, daß ich ihr aufhelfe. Das tat ich auch. Sie zog sich erstaunlich leicht an meinen Händen empor, denn sie war sehr groß und voll. Kaum stand sie auf ihren Füßen, als sie sich mit kleinen Tanzschritten vor mir hin und her zu drehen begann wie ein Mannequin, nein, wie ein Automat aus prächtig blühendem Fleisch. Sie atmete dabei merkwürdig schwer. Ich muß gestehn, daß die Gestalt des Mädchens, die sich näher drängte, auf mich immer mehr Anziehung ausübte, die durch das Erbarmen, das ich zugleich fühlte, in peinlicher Weise verschärft wurde. Die Gegenwart des Animators aber machte mich kalt und bewegungslos. Ich wandte nach einer Weile mit einem bösen Ruck mein Gesicht weg.

Mehrere der Frauen, weiter oben um den verkrüppelten Stamm der Trauerweide, hielten Säuglinge an der Brust und nährten sie. Sie preßten, wie junge Mütter es zu tun pflegen, die Brustwarze zwischen Zeige- und Mittelfinger, um es den Babies leichter zu machen. Diese Babies aber waren keine Säuglinge, sondern Rückentwickelte. Sie waren alte, verschrumpelte Wesen wie der liebe Herr Io-Solip vorhin. Sie waren mit einem

Worte Tote. Die Ammen des Wintergartens nährten die Toten mit ihrer Milch.

Man brachte ihnen ohne Zweifel die schweren Fälle, bei denen es haperte und die einzugehen drohten, ehe sie den Status der Leibesfrucht wieder erreicht hatten. Die süße Milch der Ammen sollte ihnen aufhelfen . . . «

Ich schloß die Augen, um dieses Bild, diese Vision nicht länger sehen zu müssen. Hinter mir hörte ich die Stimme des Animators:

»Über dieses Vergnügen können die Herren immer verfügen. Der Wintergarten ist ein Ort der Lust.«

»Ich möchte die Margueritenfelder sehen«, sagte ich.

»Dorthin sind's nur wenige Schritte«, sagte er.

Als wir uns zum Gehen wandten und die Böschung hinabstiegen, war ich der letzte. Ich drehte mich noch einmal nach dem Ammenhügel um. Da sah ich, wie eine der jungen Frauen auf mich zulief. Es war dieselbe, die vorhin um mich ein wenig getanzt hatte. Sie reichte mir nun mit jeder Hand ein Geschenk dar. Es war ein großer purpurroter Garnglobus und eine von jenen sinnlosen Handarbeiten in tropischem Giftgrün. Ich verbarg beide Gaben in meinem Frack. Über das leere Gesicht des Mädchens liefen Tränen.

Dreiundzwanzigstes Kapitel

Worin das vorige Kapitel in den Margueritenfeldern fortgesetzt wird, auf verbotene Abwege gerät, die zu den Rübenmännchen führen, zu den Kataboliten und endlich ins Mnemodrom, in den See der Entinnerung.

Daß die rund sechsundzwanzig Billionen Zellen meines wiederzusammengesetzten Körpers einem andern irdischen Äon angehörten als dem Elften Weltengroßjahr der Jungfrau, war hier unten im Wintergarten möglicherweise meine Rettung. Ich weiß nicht, ob ich das Wort »allergisch« an dieser Stelle richtig verwende, da es aber jedermann im Munde führt, so wage ich's. Ich reagierte allergisch auf die Retrogenese, die Rückentwicklung. Während B. H. als astromentaler Erdenbürger, der er war, nicht hatte Widerstand leisten können und wohl auch gar nicht wollen, so empörten sich in mir, dem Gaste aus der Urwelt, alle jene sechsundzwanzig Billionen Zellen gegen eine Zumutung, die ihnen wesensfremd war und verhaßt. Ich bin überzeugt davon: mein Körper wäre nicht rückentwickelbar gewesen. Der konzentrierteste retrogenetische Humus wäre an ihm zuschanden geworden. Es gab für mich hier unten nur eine Alternative: entweder gelingt meine Flucht, oder ich muß ein trauriges Leben fortsetzen als »Nummernzähler« auf den Straßen der Unterwelt oder höchstenfalls als Badediener. Ich wußte es. Der Animator wußte es noch nicht, obwohl er schon wußte, daß es mit mir »nicht leicht« sein werde. Ich hatte es selbst nicht leicht mit mir hier unten in dieser zeitlosen Dauer, in diesem wurmartig peristaltischen Nacheinander, wo es keine andere Uhr gab als die Körperuhr. Mein dubioser Körper, der das Kometenturnen spielend überdauert hatte, litt an der Bruthitze, an der sauerstoffarmen Luft, an dem ungeheuerlichen Barometerdruck bis zur Unerträglichkeit. Nur meiner urzeitlichen Energie und meinem frenetischen Widerwillen dagegen, der Rückbildung unterworfen zu werden, hatte ich es zu verdanken, daß ich nicht in denselben Zustand verfiel wie der arme B. H. Und noch ein Gedanke gab mir dann und wann Mut: ich war auserwählt, eine Tartarophanie, eine Anschauung der Unterwelt zu erleben, wie sie nicht einmal die Verfasser der Odyssee und der Äneide beschrieben hatten. Jene gaben in ihren unterirdischen Visionen die allgemeinen Vorstellungen ihres Zeitalters wieder. Ich aber besuchte eine Unterwelt ohne Muster und Vorbild, einen von Menschen geschaffenen Tartarus, den die intelligentesten Köpfe meiner eigenen Zeit nicht vorerträumt hatten. Wenn ich auch während meines Besuches keine Klarheit darüber besaß, daß ich einst werde einen Rechenschaftsbericht über meine Reise ablegen dürfen, so wirkte doch der bloße Wunsch, das Erlebte zu erzählen, wie ein lebensfördernder Antrieb. Es war ja hier unten – und das muß ich trotz meiner heftigsten Widerstände anerkennen – der ewige Traum der Menschheit vom »überwundenen Tode« in hohem Grade erfüllt. Das Sterben war jedenfalls überwunden, und zwar in einer Art und Weise, die einem Geiste des zwanzigsten Jahrhunderts wie mir unter den gegebenen Umständen keineswegs als traumhaft absurd erschien, lag die Erfüllung doch ganz auf der naturalistischen Linie. Das organische Wachstum mit einem Retourbillett zu versehen, das gehörte durchaus nicht auf das Gebiet des Wunders, sondern auf das Gebiet einer hochentwickelten Naturwissenschaft.

Inzwischen ging mein Kampf mit dem Animator ohne Pause fort. Ich sah es dem weißbekittelten Pluto an, wie ihn die prikkelnde Aussicht bewegte, einen »Widerspenstigen« wie mich zur Strecke zu bringen. Das waren ja die erwünschten Abwechslungen seines Berufs. Dabei aber verrechnete er sich und beging Fehler. Er zog zum Beispiel meine hartnäckige Körpernatur nicht in Betracht, die noch dem neunzehnten Jahrhundert entstammte und nicht der verfeinerten, aber geschwächten astromentalen Gegenwart. So hoffte er, mich durch lange Wege zu zermürben und zu erschöpfen. Ich aber, ein alter Flaneur, war an ganz andere Spaziergänge gewöhnt und mehr als das, die Verhältnisse hier unten ließen sich in Bewegung besser ertragen als in Ruhe. Unser Hotelzimmer war gefährlicher für meinen Zustand als die endlosen Margueritenfelder, die wir nun erreicht hatten. Und dann noch folgendes: Der Animator hoffte, durch häufige Verabreichung des cognacartigen Elixiers, das uns zu kredenzen er den Badedienern immer wieder befahl, mich betrunken oder schlaff zu machen. Das Gegenteil aber geschah, ich weiß nicht wieso. Meinem Körper, der gewiß noch organische Erinnerungen an Gin und Rum und Whisky in sich trug, half unter den abnormalen Bedingungen des Hohlraumes jenes Elixier zur Steigerung seiner Kräfte, während es echte astromentale Physiken vermutlich niederzuwerfen pflegte.

Obwohl meine Lage dennoch fast hoffnungslos war, erfüllte mich eine Getrostheit, die ich schwer begründen kann. Vielleicht läßt sich dieses mein unlogisches Sicherheitsgefühl auf meine heimliche Überzeugung zurückführen, daß nicht nur die Badediener, sondern alle stygischen Bediensteten hier, wie ich es schon einmal formuliert habe, Kolosse auf tönernen Beinen waren und nichts anderes. So hoch sie mich auch überragten, so breitspurig, stiernackig und möbelpackerartig sie auch daherstapften, mein Instinkt erkannte trotzdem, daß ihre mächtigen Erscheinungen mit ihren Muskelkräften nicht in Einklang standen. Obwohl ich weder Faust- noch Ringkämpfer war, traute ich mir wohl zu, sie in Schach zu halten. Sie waren und blieben Schattenexistenzen, zu denen sie das lange Leben im Hohlraum der Erde gemacht hat.

Die Wolken in der unermeßlichen Höhe schienen trüber geworden zu sein, und auch das Nebelreißen und Nieseln hatte sich in deutlicheren Sprühregen verwandelt. Vor meinen Blikken dehnten sich unendlich die Margueritenfelder. Es waren sehr hochstenglige, gerade, zumeist weiße, dann und wann aber auch gelbe Margueriten mit handtellergroßen Blütenköpfen, die nebeneinander regungslos wuchsen, Millionen und Abermillionen. Sie entsprossen den männlichen und weiblichen Blastocysten, die man im rechten Augenblick der Retrogenese aus ihren Amnionshöhlen geholt und hierher umgepflanzt hatte. Wenn man sich recht zu Gemüte führte, daß diese weiten Flächen aufrechter Blüten die Toten waren, ganze menschliche Generationen von Toten, die diese letzte reinlichste Metamorphose durchgemacht hatten, so war es ein ergreifendes, ein feierliches Bild, obwohl auch hier die sonderbare Öde und Monotonie aller astromentalen Erscheinungen beklemmend vorherrschte. Doch selbst ein Widerspenstiger wie ich mußte zugeben, daß es schöner und bewußter war, als Marguerite in die Margueritenfelder einzugehen, als irgendwo knapp unter der Erdoberfläche verscharrt zu werden und zu verfaulen.

»Warum gerade Margueriten?« fragte ich den Animator.

»Sind sie nicht eine schöne, schlichte Spezies für den wertlosesten Rest, der vom Menschen übrigbleibt?« erwiderte er mit einer Gegenfrage. Und er fügte kichernd hinzu: »Sie heißen auch Orakelblumen, weil man sie befragt, ob Feinsliebchen vom Ammenhügel dich liebt, ein wenig oder gar nicht. Der Weg zum Ammenhügel steht immer frei, Seigneur... «

»Das ist nicht der Grund«, sagte ich barsch.

»Das ist er auch nicht, Seigneur. Wir sind seit einigen Dauern und Weilen ein bißchen heruntergekommen. Im Anfang pflanzte man und zog echte Sonnenblumen, groß wie Räder, beinahe schon wieder richtige Individuen. Wir Menschen sind Sonnenkinder, und darum frieren wir so sehr und so oft. Die Margueriten sind die Resultate eines Kompromisses. Wir können unserm Personal von Gärtnern und Obergärtnern die langen Wege nicht zumuten, und echte Sonnenblumen nehmen doppelt soviel Raum ein... «

Wir gingen auf einem ziemlich breiten Pfad durch die Felder.

Ich stützte B. H., der dumpf vor sich hin trottete. Der Animator vor uns drehte sich um. Der Ton seiner Worte, so schien es mir, enthielt einen leisen Spott:

»Wie befinden sich die Herrschaften?«

»Exzellent, brillant«, rief ich mit voller Stimme. »Wir werden nicht hinsinken und die Margueritenwelt mit unserm Blute rot färben.«

»Sie haben gesehen, Seigneur, was seit undenklichen Zeiten nur Wenige gesehn haben«, erklärte der Weißbekittelte mit einer leichten Verbeugung.

»Wir werden auch unserm Animator ewig dankbar sein dafür.«

Ich ließ diesen lügnerischen Satz geradezu als Juchzer erschallen. Da raffte auch B. H. sich zusammen. Es rasselte in seiner Brust wie in einer Einwurfmaschine, und seine Stimme ahmte die meine nach:

»Ewig dankbar... Ewig dankbar.«

»So, und nun werden die Herren gewiß den Wunsch haben, heimzukehren und heiaheia zu machen anstatt der Ruhelosigkeit zu pflegen (sic!)... «

»Keine Idee«, jodelte ich energisch. »Wir beginnen uns gerade wohlzufühlen. Wir sind olympische Besieger des Schlafes, wir zwei... «

Ich schlug ein strackes Tempo an und schritt weit aus, denn in der Dämmerferne hatte ich eine hohe Mauer bemerkt, ohne Zweifel die Grenzmauer, und gerade diese wollte ich erreichen. Das aber, was geschah, war für mich ziemlich überraschend. Weder der Animator noch auch Badediener Eins und Zwei konnten mit mir Schritt halten, obwohl ich doch auch noch B. H. mitzuschleppen hatte. Sie begannen zu keuchen, dann zu quengeln und fielen immer mehr zurück. Diese Überlegenheit erfüllte mich geradezu mit triumphierender Wonne. Sie bewies mir, daß eher ich imstande war, die Kräfte meiner Wächter und Verfolger auszupumpen als sie die meinen. Wo ein schmaler Feldrain einmündete, der quer zur Grenzmauer führte, machte ich halt, um die andern in voller Frische zu erwarten. Es war ein wohltätiger Spaß für mich, den Animator und seine beiden Hilfskolosse bleich und atemlos heranschwanken und vorantorkeln zu sehen.

»Das ist nicht rätlich, Seigneur, gar nicht rätlich«, ächzte der Kleine, »bei Ihrem Herzen... «

»Sie vergessen, cher Maître«, lachte ich, »daß ich ein wüster Barbar bin, dem es gar nichts ausmacht, wenn sein Herz plötzlich zu schlagen aufhört... Ich bin nicht so wehleidig und fürchte den Tod viel weniger als Ihre werten astromentalen Zeitgenossen... «

»Nicht einmal in den Mund nehmen dürfte ein Kulturmensch solch ein nacktes und unanständiges Wort wie das mit T. Das Herz soll aufhören zu schlagen, wenn man wieder dreimal sieben Tage alt geworden ist... Ein bißchen neue Herzstärkung gefällig, Seigneur?«

»Her damit! Und ein tüchtiger Schluck diesmal... «

Der Animator sah mich staunend an, denn ich trank prahlerisch aus dem Kruge, der noch immer nicht leer war.

»Vergeben Sie mir noch einmal meine nackte Ausdrucksweise, cher Maître«, sagte ich, nachdem ich den Krug zurückgegeben hatte und wieder stramm ausschritt. »Was würde mit mir geschehen, wenn ich tot hinfiele?«

»Gar nichts Schönes würde geschehen mit Ihnen«, klagte er. »Man würde Sie zu den Kataboliten bringen... «

»Herrgott noch einmal, was ist das schon wieder, diese Kataboliten?«

»Seien Sie glücklich, Seigneur, daß Sie es nie erfahren werden, was das schon wieder ist, diese Kataboliten.«

»Ich aber habe den festen Wunsch, ja die unbeugsame Absicht, gerade das zu erfahren.«

»Bedaure, Seigneur, die Verfassung verbietet es.«

»Im Djebel hat man mir nichts vorenthalten, nicht einmal die obersten Welträtsel und den wichtigsten Augenblick meines Lebens«, sagte ich. Damit aber hatte ich eine wunde Stelle im Herzen des Animators berührt:

»Im Djebel hat man's gut«, brauste er auf. »Im Djebel ist man vornehm. Im Djebel wird nicht einmal geforscht, sondern ›ziellose Weisheit‹ betrieben. Die Chronosophie ist ausgepichter Selbstgenuß. Sie befahren die kosmischen Räume nur zu dem Zwecke, um über ihr albernes Staunen zu staunen und stolz darauf zu sein, wenn sie sich bis zum Erbrechen fremdfühlen. Und was sind das schon für gelöste Welträtsel? Das Universum ist mit sich selbst verheiratet. Schon die Bibel erzählt, daß Eva als Rippe im Adam steckt. Wir hier unten im Mutterschoß sind nicht halb so fein. Wir führen nur Gutes im Schilde. Wir dienen der Menschheit. Wir forschen nicht ziellos, sondern mit bestimmten nützlichen Zwecken. Wir treiben angewandte Wissenschaft. Wir nehmen es auf uns, praktisch zu sein, praktisch, praktisch... «

»Und doch besteh' ich auf den Kataboliten«, erklärte ich trokken.

»Die Vorschriften gelten auch für Sie, Seigneur. Ich kann nichts dagegen tun... «

Wir hatten eines der Margueritenfelder durchquert. Die Toten dufteten sonderbar leimig, fad an Kamillen erinnernd. Nun bekamen wir den breiten Weg unter die Füße, der entlang der Grenzmauer lief. Es war eine völlig glatte, recht hohe Mauer, aus einer Art von translucenter Plastik errichtet, wie man sie schon zu meiner Zeit gekannt hatte. Ich glaube, daß nicht einmal Io-Knirps, der Sternentänzer, die Gewandtheit besessen hätte, diese Mauer zu überklettern. Inzwischen hatte der Animator eine neue Taktik ersonnen, um es zu verhindern, daß ich wieder einmal ein strackes Tempo anschlage und damit seine und seiner Leute Körperkräfte in Verlegenheit bringe. An der Tête unseres Häufleins marschierten nun gemächlich die Badediener, mit ihren schlappen Fettrücken den Weg versperrend. Dann kam er selbst, der Führer unserer Besichtigung, knieweich schlendernd. Den Schluß aber bildeten wir, B. H. und ich.

Diese neue Marschformation jedoch sollte sich zu meinen Gunsten auswirken. Ich begann zu schleichen, mit ganz kurzen Schritten, so daß sich der Abstand zwischen mir und dem Animator immer vergrößerte. Zu meiner Freude nämlich hatte ich in der Grenzmauer eine Art von Abflußkanal oder vergittertem Schlupfloch entdeckt. Ich mußte dafür meinen astigmatischen Augen danken, die in der Not noch niemals schlecht funktioniert hatten. Es war in jedem Fall wichtig, diesen Punkt zu markieren. Ich folgte nur den alten Mythen und Märchen, als ich mich jetzt schnell am Feldrand hinkniete und mit dem roten Garn des Mädchens vom Ammenhügel ein ganzes Büschel der blühenden Margueriten zusammenband. Ich brauchte nur wenige Sekunden zu diesem Werk. Dann stand ich auf, versteckte den großen Garnknäuel wieder und ließ ihn, während wir langsam uns dahintrollten, sich hinter mir als roten Faden abspulen.

Der Animator hatte nichts bemerkt. Ich zeigte mich überaus beschäftigt mit meinem Freunde B. H., der meines Zuspruchs und der Ermutigung auch höchst bedürftig war, denn er konnte kaum mehr gehen und bat mich:

»Laß mich liegen... Es ist doch recht angenehm...«

»Ich laß dich nicht liegen«, puffte ich ihn in die Seite, »und es ist sehr, sehr unangenehm...«

»Findest du's wirklich so unangenehm?« lallte er, »ich glaub dir's nicht, lauter Ehrgeiz...«

»Auch du findest es unangenehm, sehr unangenehm, B. H.«, flüsterte ich suggestiv. »Auch du willst lieber ehrlich sterben als rückentwickelt werden. Das ist noch lange kein Ehrgeiz! Hätte ich ein scharfes Messer und etwas Verbandzeug bei mir, würde ich dich zur Ader lassen. So aber mußt du mir glauben und vertrauen...«

»Jetzt sind sie alle schon kleine Kinderchen«, stammelte B. H. mit Tränen in den Augen, »meine Freunde Io-Fagòr und Io-Rasa und die Ahnfrau und die ehrenwerten Junggesellen unseres Haushalts, und nur ich muß noch immer erwachsen sein...«

»Du wirst erwachsen bleiben, darauf gebe ich dir mein Wort, B. H.... Los! Nimm dich zusammen!«

»Aber ich möchte auch ein kleines Kindchen werden wie die andern. Es ist doch wunder-wundervoll, wieder ein kleines Kindchen zu werden. Du verstehst unsere Kultur nicht, F. W., du bist noch zu motorisch...«

»Danke Gott, B. H., daß ich motorisch bin...«

»Die Herren haben Schwierigkeiten miteinander«, drehte sich der Animator uns zu, wobei er jedoch nur ein Achtel seines Profils zeigte, »einer von den Herren möchte wahrscheinlich ruhen? Goldene Ruhe, süße Ruhe, sorglose Ruhe, Spiel der Spiele, Beschäftigtsein ohne Regung... Wir müssen uns leider noch ein bißchen Bewegung machen, mit Schritt und Tritt, frierend in Regen und Kälte, ehe wir das Dach erreichen...«

Dieser zähneklappernd heuchlerische Singsang des Animators verriet ihn. Er fühlte sich nah seinem Ziele, und deshalb suchte er den Weg zu verlängern, um B. H.'s letzte Kraft zu brechen und meinen Widerstand zu zermürben. Die eigene Hinterlist genießend, stellte ich mich nun auch zu Tode erschöpft, obwohl ich mich in diesem Augenblicke stärker und willensfreier fühlte als die ganze Zeit vorher:

»Voraus, Maître, gehen Sie nur voraus«, bat ich im Konsonanten verschleifenden Tone eines Schwerbeschwipsten, »wir kommen schon nach... Schön langsam kommen wir nach... Geheimes zu reden haben wir, mein Freund und ich... Dis-kre-ti-on, wenn ich bitten darf... «

»Diskretion, wem Diskretion gebührt«, lächelte der Animator in seiner falschen, leicht angefaulten Phraseologie, »ich bin der letzte, der Sie stört oder antreibt... «

Nun packte ich B. H. bei seinen Handgelenken und schüttelte ihn mit aller Kraft. Das half. Er schien aus seinem Jammer erwachen zu wollen: »Siehst du nicht, daß ich kämpfe«, flüsterte ich. »Hilf mir doch! Mach mir's wenigstens nicht schwerer!«

Der Abstand zwischen unsern Wächtern und uns hatte sich vergrößert. Diese hatten einer Warnungstafel keine Beachtung geschenkt, die einen kleinen Seitenpfad bewachte, der von dem Grenzweg weg wiederum querfeldein in die Margueriten führte, die hier besonders hoch wuchsen. Der Animator schien unser ganz sicher zu sein, weil er streng auf Diskretion hielt und sich nicht umdrehte. Ich sprach immer lauter auf B. H. ein. Zuletzt sang ich sogar:

Immer nur langsam voran,
Daß der Schönauer Landsturm
nachfolgen kann.

Auf der Warnungstafel stand in extenso folgendes geschrieben: »Diesen verbotenen Weg zu betreten ist nur den diensttuenden Animatoren gestattet!« Ich weiß nicht, was es war, das mich zu dem jähen und gar nicht wohlüberlegten Beschluß kommen ließ, gerade hier unsern voranschlapfenden Wächtern einen Haken zu schlagen. Zum Teil war es zweifellos die Hoffnung, unter den hohen Blütenköpfen der Toten, die uns hier bis an die Brust, ja manchmal bis ans Kinn gingen, ein Versteck zu finden.

Da nur der Animator allein den verbotenen Weg betreten durfte, wurden wir zugleich auch die Badediener los. Doch mehr als alle logischen Gründe, wie genau erinnere ich mich dessen, wirkte auf mich die mächtige Lockung, einen verbotenen Weg im Wintergarten zu gehen und am Ziele dieses Weges vermutlich das Verbotenste des Verbotenen zu erblicken. Ich preßte den Finger auf den Mund, um B. H. Schweigen zu befehlen. Dann zog ich ihn kräftig mit der Hand hinter mir her, und wir begannen beide zu laufen. Der rote Faden, aus meiner Hosentasche sich abspulend, lief noch ein langes, langes Stück mit uns. Als nurmehr ein Rest des Ballens übrig war, warf ich ihn in die Margueriten. Wir konnten unsere Verfolger ebensowenig mehr sehen wie sie uns. Anstatt aber haltzumachen und uns wegabseits in die Margueriten zu legen, liefen wir wie die Tollen weiter und weiter. Nach einer Weile begann sich die Fläche etwas zu senken. Es war mir, als hörte ich nicht weit von hier das Stimmengewirre eines Streits. Es hätte ganz gut eine Wirtshausprügelei sein können, irgendwo in weiter Ferne, oder sogar der Marktlärm einer verborgenen orientalischen Stadt. Doch das galt nur für die erste Minute, denn danach entschleierten sich distinkte Menschenstimmen. Irgend etwas aber schien mit diesen Menschenstimmen nicht in Ordnung zu sein. Obwohl sie zweifellos heiseren, erwachsenen Männerkehlen angehörten, so schrillten sie doch im höchsten Diskant und waren, wie soll ich's nur ausdrücken, es waren zwerghafte Stimmen.

Wir überquerten zuletzt eine Stelle von abgewelkten Margueriten. Obwohl diese Totenreste doch völlig bedeutungslos waren, boten sie einen unsagbar traurigen Anblick. Dann standen wir... Und ich bin wieder in Verlegenheit zu sagen, wovor wir standen. Es war eine Art umgepflügter Rübenacker, der sich vor unsern Augen weit und breit dehnte, sehr weit und sehr breit.

Und aus diesem Acker stieg, zugleich mit einem in den Furchen kriechenden Nebel, jenes streitbare Gewirre menschlicher Stimmen auf.

Die meisten meiner ehemaligen Zeitgenossen, zu denen ich

aus der prekären Situation im Wintergarten heimkehren durften, kennen vermutlich die komischen Karikaturfilme von Donald, dem kämpferischen Enterich, und haben sein aufbegehrendes Zorngeschnatter im Ohr, worin Tierlaut und Menschenlaut grotesk gemischt ist. Man denke sich nun dieses krächzende, pfeifende, immer übersteigerte Zorngeschnatter verkleinert, gewissermaßen herabgeschraubt, zugleich aber mit fünftausend multipliziert, und dann wird man eine Vorstellung von dem haben, was wir zu hören bekamen, lange ehe wir noch etwas sahen.

Dieses leise und doch scharfe, schwächliche und doch schrillkreischende Aufbegehren menschlicher Wut, das von dem weiten Rübenacker aufstieg, ließ mich alles vergessen. Ich dachte nicht mehr an die Gefahr, in der ich mich selbst befand, wenigstens so lange nicht, bis ich das Phänomen erforscht hatte, was gewiß zwei ganze Minuten in Anspruch nahm. Ich mußte, aufrichtig gesprochen, mich erst hinknien, um zu erkennen, daß ich wirklich eine Art Rübenfeld vor Augen hatte, obwohl dieses Wort nur ein hinkender Vergleich ist. Die Vorstellung »Rübenacker« bildete sich daher, daß die bewußten Phänomena in ziemlich weiten und regelmäßigen Abständen und Reihen eingepflanzt waren, und zwar in sauber gehäufelten Erdbrüstchen aus retrogenetischem Humus. Aus diesen Erdbrüstchen sproß langes undeutliches Blätterzeug, in welchem die eigentlichen Rüben steckten. Es waren sehr ausgewachsene Rüben, die nicht nur unter der Erde wucherten, wie es sich gehört hätte, sondern größtenteils über der Erde in ihrem Blätterschutz. Man mußte erst eine ganze Weile lang scharf hinschauen, um zu erkennen, daß die umgrünten, zornschnatternden Rüben wilde, greise Männchen waren, die sich aus ihrer Verwurzelung in der Scholle loszureißen trachteten. Ihre Länge betrug ungefähr zwanzig oder fünfundzwanzig Zentimeter. Sie ruderten wie verrückt mit ihren freien Armen und drehten ihren Körper im Veitstanz hin und her. Der obere Teil des Körpers war kräftig und entwickelt, der untere Teil sehr wenig differenziert. Die Gesichtchen hingegen waren wie bei Tanagrafiguren voll ausgebildet, ur-uralt, zerrissen von Runzeln und Falten. Aus den kahlen Kopfplatten wuchsen dem und jenem grüne Halme. Allen aber sprossen zausigweiße dünne Kinnbärtchen. Die Äuglein funkelten von rasendem Haß, und aus den schwarzen, abscheulichen Mündern, die sie weit aufsperrten, schnatterten ringsum die unflätigsten Worte, die ich jemals auf einem Fleck und in kurzer Zeit vernommen hatte: »Fettarsch, Scheißsack, Giftfurz, Fickdieurgroßmutter«, das war noch das Gelindeste, was ich dem Entrichgeschnatter entnahm.

»Was ist das, was ist das«, stöhnte B. H. neben mir.

»Das ist möglicherweise unsere Zukunft«, sagte ich.

»Nein, nein«, schrie er auf, »ich will ein Kindchen werden, aber nicht das.«

»Kannst du's verhindern, B. H.? Das ist das Risiko der Rückentwicklung, gegen das es keine Assekuranz gibt. Das sind die mißlungenen Fälle, – um die zu erkennen, brauchen wir keinen Animator. Ob's die Kataboliten sind, kann ich dir freilich nicht sagen...«

»Und dieses Zoten und Schweinigeln...«

»Man kann sich's nur so erklären«, erwog ich, »daß der seelische Dreck, der sich in hundertachtzig astromentalen Kulturjahren angesammelt hat, endlich herausmuß. Es ist die Rückseite des feinen Benehmens und der eleganten Menschlichkeit...«

»Oh, F. W., ich will nicht, ich will nicht. Warum bin ich so schwach?«

Ich schloß den Freund in meine Arme. Es war wie ein brüderlicher Schwur, alles zu tun, um ihn und mich zu retten.

In diesem Augenblick wurde das Zorngeschnatter der Rübengreise zu einem einzigen Schrei, den unsre Gegenwart hervorrief. In diesem Schrei aber unterschied ich zu meinen Füßen immer öfter ein krächzendes Wort. Und das Wort hieß »Seigneur«. Ich beugte mich rasch zu einer der Pflanzen nieder und zog niemanden andern aus der Erde als den Wortführer des Hauses Io-Fagòr, den voltaire-ähnlichen Beherrscher der astromentalen Causerie, dem dieses Pech widerfahren war, anstatt zum Embryo in wenigen Stunden zum Rübenmännchen zu werden. Ich hielt das Rübenmännchen um die Hüfte gefaßt, voll Ekel. Keine Spur von

Rübe. Es war nacktes, fieberndes Menschenfleisch, bei aller Kleinheit. Das große schwarze Mundloch geiferte. Speichel und Tränen rannen in den Zausbart und tropften auf meine Hand. An folgende Worte, aus enger Kehle geschrillt, erinnere ich mich: »Das bin ich, Seigneur, Sie sollen mich sehen, Sie sollen mich riechen. Ich bin betrogen, ein Leben lang betrogen. Und über die Idee des Wintergartens habe ich meine schönsten Causerien gehalten. Ich möchte Ihnen Worte zurufen, die ich nicht einmal als Philologe gekannt habe: Nachtkacke, Eiterbrunz und Sterbeschleim. Kein Seigneur bist du, sondern ein gottverstunkenes Ödem, Krebs, Tumor... Geben Sie mich zurück, zurück... «

»Geben Sie ihn mir«, sagte der Animator, der unversehens neben uns stand, nahm mir das Rübenmännchen aus der Hand und pflanzte es wieder an seine Stelle ein, wo der Wortführer in das gewaltige Zorngeschnatter der tausend andern mißlungenen Fälle neuerdings einstimmte. Nachdem er behutsam die Erde um den eingeschrumpften Causeur aufgehäuft hatte, erhob er sich und sah mich an:

»Sie haben nicht mir geschadet«, sagte er, »sondern sich selbst.«

»Womit habe ich mir geschadet?« fragte ich trotzig.

»Je mehr Sie Sich hineinverwickeln, um so tiefer verfallen Sie. Wer Verbotenes sieht, gehört schon zu dem Verbotenen. Ich trockne meine Hände in Unschuld... «

»Sind das die Kataboliten, Animator?«

»Nein. Aber nachdem Sie so unzuverlässig gehandelt haben, werden Sie auch die Kataboliten zu sehen bekommen.«

»Warum lassen Sie diese Zerrbilder Gottes erbarmungslos leiden?« schrie ich und stampfte auf.

»Weil einige unter ihnen noch eine Chance haben«, lispelte er scharf. »Es wird sich zeigen. Dann bekommen sie ihre Schlummerdouche... «

»Wie ist so etwas nur möglich«, ergrimmte ich. »Wie kann es die Verfassung nur zulassen, daß der berühmte freiwillige Weg angetreten wird, ohne daß man die Freiwilligen von den furchtbaren Möglichkeiten unterrichtet, die ihnen bevorstehen? In

Dunkel ist die Welt gehüllt. Und Ihr verdichtet das Dunkel. Ich verstehe jetzt Io-Joels Haß ... «

»Die Risken haben mit der Verfassung nichts zu tun«, sagte der Animator, »sie liegen im einzelnen Individuum. Wir sind nicht schuldig. Das Individuum ist schuldig ... «

»Was wollen Sie von den armen Individuen«, schrie ich außer mir, »Sie gehen nur in die Falle ... «

»Haben Sie die Aufschrift nicht gelesen, Seigneur, das Wort des großen Weisen: ›Das, was du bist, ist schon Strafe oder Lohn für das, was du bist‹ ... «

»Ich protestiere! Das Mißlingen der Rückentwicklung kann nur auf die Ungeschicklichkeit der Funktionäre zurückzuführen sein. Warum sollte sonst ein Individuum zur braven Marguerite werden und das andere zur teuflischen Rübe? Die meisten Individuen sind doch nur Typen ... «

Den letzten Satz sprach ich schon mit schlechtem Gewissen und gab daher dem Animator die Gelegenheit, seine oft erprobte moralische Entrüstung neu anzuwenden:

»Sie sind kein frommer Mann, Seigneur. Sie sind ein Nihilist. Ich aber diene in meinem Werk, das Tag und Nacht nicht kennt, der unsterblichen Seele. Individuen sind keine Typen. Individuen sind einmalige und unwiederholbare Schöpfungen. Es sind Unikate, mein Herr. Dafür liefert der Wintergarten den unabstreitbaren Beweis, denn unter den zehntausenden Fällen, die ich rückentwickelt habe, gab es keine einzige Wiederholung. Und selbst diese Unglücklichen hier bekommen die Chance, das Häßliche aus ihrem Bewußtsein auszustoßen, ehe sie ins Schweigen eingehen.«

Ich fühlte mich tief getroffen durch die Worte des Animators, so daß ich meine Augen schloß und meinen Kopf senkte vor seelischem Elend, das mich erfüllte. Er hatte mich einen »Nihilisten« gescholten. Nun war doch mein ganzes Leben, seitdem ich denken konnte, ein Kampf gegen den Nihilismus, den ich als Kind des neunzehnten Jahrhunderts in mir trug. Hatte ich ihn nicht längst schon überwunden? Oder war meine Seele noch immer voll Irrtums? Der Teufel selbst mußte kommen, um mir zu beweisen, daß ich ein Ketzer sei. Mein Glaube an die Unzerstörbarkeit des Wesens war nicht rein. Ich hatte Typus und Individuum durcheinander gemischt. Gewiß war es mir vorbehalten, ein Rübenmännchen zu werden wie der Wortführer. Oh Gott, hilf mir, daß ich dich nicht mehr lästern muß. Ich hielt mich fest an die Hand meines armen Freundes angeklammert, als das Zetergeschrei hinter uns immer schwächer wurde und wir wiederum ein Trottoir roulant unter den Füßen spürten, ein rumpelndes und polterndes diesmal, das ohne Zweifel nur für das Dienstpersonal bestimmt war.

Mein Herz und meine Hand werden mir immer schwerer, da ich nun beschreiben soll, was wir in dem langen, langen Abzugsgraben sahen, auf dessen hohem Damm wir entlangrollten. Ich hadere mit meinem Schicksal, das mich ins Elfte Weltengroßjahr der Jungfrau versetzt hatte, mich einen Blick tun ließ ins Kleine Intermundium, mich in den Wintergarten führte, wo der Mensch das Elend des Sterbens überwunden zu haben wähnte und das mir doch nicht erlaubte, einen frohen Kranz heimzubringen, gewunden aus purer Schönheit und leuchtender Hoffnung. Wäre die Menschheit meines, d. i. des zwanzigsten Jahrhunderts nicht bedürftiger der Schönheit und Hoffnung als der trüben Wahrheit, daß alles Irdische immer wieder in Katastrophen endet und immer wieder neu aufgebaut werden muß? An dieser Wahrheit litten wir ja gerade durch eigene Erfahrung. Wahrscheinlich hatte man in mir den falschen Berichterstatter ausgesandt. Wie sehr mich dieser Zweifel auch quält, es hilft nichts, ich bin ich und kein anderer, ich muß verkünden, was meine Augen sahen, meine Ohren hörten und mein Geist begriff.

Ich will nicht behaupten, daß die Kataboliten einen schlimmeren oder auch nur einen halb so schlimmen Anblick boten wie das, was so mancher meiner Zeitgenossen in den Greuellagern von Buchenwald oder Maidanek bezeugt hat. Dieser Vergleich (der schreiend falsch ist) bezieht sich nur auf ganz äußerliche Ähnlichkeiten, denn die Kataboliten waren durchaus keine

Mord- und Folteropfer, sondern, wie die Rübenmännchen ihrerseits, nichts als mißlungene Rückentwicklungen, die auf der Strecke liegengeblieben waren. Ich kann nicht einmal sagen, wie hoch der Prozentsatz dieser Fehlprozesse zählte und ob er groß genug war, einen wirklichen Einwand gegen die Idee des Wintergartens zu bilden. Die subjektive Seite dieser Idee, die Verwandlung des Sterbens in ein wonnevolles Erlebnis, wurde davon vermutlich kaum betroffen.

»Die Risken liegen im einzelnen Individuum.« Diese Worte des Animators waren mir plötzlich atembeklemmend verständlich. Nicht von äußeren Umständen, nicht vom retrogenetischen Humus und nicht von der Betreuung durch die Badediener hing es ab, ob die Rückentwicklung glatt verlief, sondern vom Kandidaten selbst, der sich freiwillig ins Wiegengrab legte. Die astromentale Menschheit hatte nicht nur das unwillkürliche und unkontrollierte Sterben der Vorzeit durch einen kontrollierten Prozeß ersetzt, sondern auch die Krankheiten abgeschafft, die einst zu jenem Sterben geführt hatten. Die Sterbenskrankheiten aber, wie wir Menschen des zwanzigsten Jahrhunderts sie alle noch kannten, das heißt kennen und an uns selbst erleben, sind in sehr vielen Fällen nicht unverschuldet, zumal bei Individuen, die ein reifes Alter erreichen. Sie sind recht eigentlich das Integral aller sinnlichen Versündigungen, die wir gegen unsere eigene Natur verüben. Diese unsere Natur duldet die ihr zugefügten Schädigungen mit mehr oder weniger Langmut, bis sie unter ihnen zusammenbricht. So offenbar freilich wie in den Anfängen der Menschheit war das Verhältnis zwischen Versündigung und Krankheit jetzt nicht mehr. Die Astromentalen völlerten nicht, sie waren keine Säufer, sie nahmen keine Drogen, ihr Geschlechtsleben hatte sich hoch veredelt, trotzdem war auch ihrer Welt das »unveränderliche Maß des Übels« nicht abhanden gekommen. Ihre Unzucht war nur verschwiegener, ihre Perversität verkrochener. Sie vergifteten ihren Geist mit raffinierteren Phantasien und ihre Natur mit verruchteren Stimulantien. Sie wurden nicht krank von diesen Selbstmißhandlungen, das heißt sie warteten nicht erst darauf, krank zu werden. Die

Folgen aber zeigten sich im Wintergarten. Sie zeigten sich als Stockungen in der Retrogenese. Sie zeigten sich in den zornschnatternden Rübenmännchen auf dem Schollenacker. Sie zeigten sich in dem Abzugsgraben der Kataboliten. Der sündige Mensch mußte mit seinem Körper bezahlen auch hier, wo die reinlichste und restloseste Abwicklung alles Körperlichen erdacht worden war und angestrebt wurde.

Wären die Kataboliten nur Wegwurf gewesen, nur die Leichen jener Unglücklichen, die in den Anfangsstadien der Rückentwicklung erstickt oder an Hirn- und Herzschlägen zugrundegegangen waren, ich hätte mir (was ich auch jetzt tat) die Nase mit dem Taschentuch zugehalten und mich abgewandt. Aber damit war's nicht mehr getan. Der Animator zwang mich jetzt, das Tief-Verbotene anzuschauen.

Und so bin nun auch ich gezwungen, den Leser das Tief-Verbotene anschauen zu lassen.

Der Graben, auf dessen Damm wir dahinbewegt wurden, war weder besonders tief noch breit. Er glich einem der kleineren, schnurgeraden holländischen Kanäle, welche die Tiefebene dieses Landes kreuz und quer durchschneiden. Er unterschied sich von solchen Kanälen nur dadurch, daß er nicht von trägem, aber immerhin fließendem Wasser erfüllt war. Ebensowenig aber konnte man sagen, der Graben sei völlig ausgetrocknet. Sein morastiger Boden war voll von Lachen und Pfützen und zahlreichen Rinnsalen, die nicht nur vom ewigen Nieselregen der hohen Wolkendecke herstammten.

Ich brauchte den Animator gar nicht zu fragen, um zu wissen, daß von irgendwelchen Stauteichen herab aus geöffneten Schleusen von Zeit zu Zeit die Gewässer in den Graben eingelassen wurden, um die Kataboliten fortzuschwemmen. Wir konnten in der nebligen Dämmerung sogar das Ziel sehen, wohin der Graben mündete und die Kanalwässer ihre traurige Last abzuladen hatten. Es war ein weiter See, der bis zum Horizont reichte, wenn man hier überhaupt das Wort Horizont verwenden durfte. Der bleiern stygische Charakter dieses Sees war mir übrigens nicht unbekannt. In meiner alten Heimat, an der Grenze der Slowakei, Ungarns und Österreichs gab es mehrere solcher weitgedehnter und seichter Seen wie hier im großen Hohlraum des Erdinnern. Nur war die Tragik dieser kleinen Steppenmeere gemildert durch eine reiche Vogel- und Amphibienwelt, die dort siedelte. Purpur- und Silberreiher und der ägyptische Ibis nisteten im Schilf, die Rohrdommel klapperte und plapperte den ganzen Tag, und malachitgrüne Riesenfrösche ließen sich auch in der Nacht nicht zum Schweigen bringen, wenn der Mond am Himmel stand. Hier freilich herrschte unabwendbares Schweigen im dünnen dampfigen Sprühregen, wenn man leider auch nicht von völliger Leblosigkeit sprechen konnte. Nicht die wenigen erwachsenen Körper dort unten, die schon den Anfang der Rückentwicklung nicht überstanden hatten, nicht die zahlreichen Körper der Halbwüchsigen, noch auch die vielen, vielen Kinder- und Säuglingsleichen mit verzerrten uralten Gesichtern bildeten jenen verbotenen Anblick. Es war nicht abnormal, daß ein solch geheimnisvoller und gewaltiger Vorgang, wie die Rückentwicklung durch den plötzlichen Tod, von Untauglichen unterbrochen wurde. Der Animator, der sehr einsilbig geworden war – denn wir konnten einander nichts mehr vormachen – hatte ein wahres Wort gesprochen:

»Je kühner eine Einrichtung des Lebens ist, um so grimmiger sind die Widerstände, die ihr entgegenstehen.«

Die Gefahren, denen bestimmte Individuen im retrogenetischen Humus ausgesetzt waren, offenbarten sich nun vor unsern Augen. Unter den gewöhnlichen Leuten dort unten, die während der Rückentwicklung einem einfachen Tode erlegen waren, regte und bewegte sich's. Ich sah kleine, rötliche Menschenschweinchen mit Rüsselnasen und zu gespaltenen Hufen zusammengewachsenen Händen und Füßen, die sich träge und nur mit einem schwachen Rest von Leben in den Tümpeln des Grabens sielten. Ich sah in denselben Tümpeln Menschenfische, dreißig bis vierzig Zentimeter lange zylindrische Rümpfe mit glänzenden Schuppen und Extremitäten, die halb schon zu Flossen geworden waren, während die Kinderköpfchen aus perlmuttrigen Glotzaugen in die Dämmerung stierten und mit runden Lachsmäulern nach Luft schnappten. Ich sah Menschenmolche, und diese Gattung schien am weitesten verbreitet zu sein – humanisierte Axolotln oder, umgekehrt, axolotierte Homunculi, langschwänzige Wesen mit den Köpfen menschlicher Embryos, die über die Leichen krochen, die die Wände des Grabens zu erklettern trachteten, aber immer wieder zurückfielen in Todesschwäche. Um diese furchtbaren Phänomene zu verstehen – ich beschränke mich mit Absicht auf drei –, bedurfte ich nicht einmal der Erklärungen des Animators. Wie die ganze Natur den Menschen in sich trug, so trug der Mensch die ganze Natur in sich. (Das hatte mich der wichtige Augenblick gelehrt, da ich durch die Gitterpforte des Vyschehrader Krüppelheims den Bocksmann erblickt hatte mit den hornartigen Auswüchsen über der Stirn, auf allen Vieren und mit hochgehobenem Hintern.) Die sechsundzwanzig Billionen Zellen, die unsern Körper bilden, sind die Bausteine aller Möglichkeiten, die es gibt. Sie gehorchen den jeweiligen Formgesetzen, die den Befehl übernehmen.

Ich preßte B. H.'s kalte Hand, während ich sprach, vermied es aber, den Animator anzusehen.

»Wohl verstehe ich es«, begann ich, »daß während der Retrogenese ein oder das andere Individuum über die ›Schweinsstufe‹ oder über die ›Fischstufe‹ nicht hinausgelangt und hängenbleibt. Ich begreife auch, daß in demselben Augenblick die Zellteilung in eine falsche Gasse gerät und anstatt Schrumpfung ein neues Wachstum in dieser Fehlrichtung einsetzt. Ich verstehe aber nicht, daß die Direktion des Wintergartens nicht imstande ist, eine Diagnose beizeiten zu stellen und solchem Unglück vorzubeugen.«

»Wir sehen die Herzen, aber nicht in die Herzen«, sagte der Animator kurz.

Es war immer wieder dieselbe Behauptung. Nicht die Rückentwicklung war schuld, nicht die erhabene Idee des Wintergartens, durch die der Mensch den Tod zu beherrschen gelernt hatte. Schuld an all diesen Abnormitäten war das Ich, das sie enthielt. Unter Hunderttausenden von Kandidaten durften so und so viele nicht schöne, stille Margueriten werden. Die Gewöhnlichen und die Durchschnittlichen wurden am sichersten Margueriten. Jeder aber, der ein Übermaß in sich nährte, sei es an vegetativen Trieben, sei es an seelischen Disharmonien, lief Gefahr, bevor sein Herz den letzten Schlag tat, zum Kataboliten zu werden. Dabei zählten die Menschenschweinchen und Menschenfische noch lange nicht zu den schlimmsten Möglichkeiten. Was mich persönlich mit dem stärksten Abscheu erfüllte, war etwas, was ich die »unabhängigen Gliedmaßen« nennen möchte. Da sah ich zum Beispiel schwer atmende Körperchen von etwas, das wir Siebenmonatskinder nennen würden, bei denen ein Arm sich nicht rückentwickelt hatte. Das heißt, aus dem winzigen Schultergelenk wuchs im gräßlichen Crescendo, erst ganz dünn und dann immer stärker, ein richtiger Männerarm mit einer schweren, großen Hand. Diese Hand öffnete sich, krallte sich zusammen, öffnete sich wieder, griff umher, suchte Halt, bewegte den Körper, der an ihr hing, ein Stück vorwärts, ruhte aus, griff weiter und kam so langsam vom Fleck. Ich mußte an das Märchen von dem Mann denken, der seine Mutter mißhandelt hatte und dessen Hand aus dem Grabe wuchs. Was für die Hand galt, das galt auch für die andern Extremitäten des menschlichen Körpers. Das humoristische Gedicht vom »Knie, das einsam durch die Welt ging« war hier Ereignis geworden, ein neuer Beweis, daß die abstrusesten Einfälle der Dichterhirne irgendwo stets in der Wirklichkeit begründet sind. Das Widerwärtigste aber, was ich sah, und was ich nur sehr ungern verrate, waren hypertrophe männliche Geschlechtsteile, die sich matt bewegten, während die Säuglingskörper, zu denen sie gehörten, schon tot zu sein schienen.

»Hat der Wintergarten das Recht«, rief ich empört, »danteske Höllenstrafen über Leute zu verhängen, die sich ihm gläubig anvertrauen?«

»Das ist die Frage eines Laien«, versetzte der Animator hinter uns, und er lispelte nicht mehr, noch gefiel er sich in anderen Manieriertheiten wie früher, sondern er fuhr halblaut fort: »Und deshalb ist auch der Anblick der Kataboliten den Laien verboten, weil sie das Geschaute weder verstehen noch richtig einschätzen können, sondern sich nur selbst schädigen damit. Im Wintergarten gibt's keinerlei Höllenstrafen. Ganz im Gegenteil. Durch die niedrigen oder einseitigen Formen, die der rückentwickelte Körper anzunehmen gezwungen ist, wenn die psychischen Gebrechen der Persönlichkeit den glatten Ablauf stören, wird die Seele von diesen Gebrechen noch während ihrer Lebenszeit entlastet. Es ist besser für die Seele, ihre Krankheit bricht noch im Körper aus, als sie muß die Krankheit mit hinüberschleppen...«

»Sprechen wir nicht vom Drüben«, fuhr ich ihm ins Wort. »Das Gräßliche, was ich sehe, leidet hier...«

»Wieder das falsche Denken des Laien. Wer leidet? Die Axolotln leiden nicht noch auch die Schweinchen und Fische. Sie haben das Bewußtsein und die Nerven von sehr müden Ferkeln, Lachsen und Molchen. Auch die hypertrophen Gliedmaßen leiden nicht, denn sie haben überhaupt kein Bewußtsein, sondern nur einen gewissen Bewegungsdrang. Nicht einmal die Rübenmännchen, die noch gerettet werden können, leiden wirklich. Sie sind ausgesprochene Simulanten, und die Koprolalie bereitet ihnen Vergnügen. Und außerdem ist alles bald vorüber, wenn das Wasser kommt und die Kataboliten ins Mnemodrom trägt...«

»Mnemodrom? Heißt der See vor unsern Augen Mnemodrom?«

»Er heißt so, obwohl er ein See des Vergessens ist.«

»Eine Art Lethe also? Hörst du, B. H.?«

»Wir nennen ihn Mnemodrom. Und nur wenige Fremde bekommen ihn zu Gesicht. Und meist nur wirklich Leidende...«

»Wirklich Leidende? Zum Beispiel?«

»Zum Beispiel, Sie, Seigneur, und ich...«

»Besteht das Mnemodrom aus einer Lauge, in der sich organische Körper auflösen?«

»Wo denken Sie hin? Das Mnemodrom besteht aus leichtem Wasser.«

»Was ist das wieder für eine Sache, dieses ›leichte Wasser‹?«

»Es ist das berühmte Wasser, das nicht naß macht. Haben Sie nie von ›chemisch schwerem Wasser‹ gehört?«

»Warten Sie! Ich erinnere mich dunkel, daß ich einmal im Wartezimmer eines Zahnarztes einen populären Artikel über ›Schweres Wasser‹ gelesen habe. Kann aber ebensogut ›Flüssige Luft‹ gewesen sein... «

»Nun, das genaue Gegenteil davon ist ›Leichtes Wasser‹... «

»Soll man sich etwa darunter das Taufwasser des astromentalen Menschen vorstellen, das ihm Vergessenheit bringt? Gar nichts Neues. Immer wieder stolpert man über mythologische Realitäten.«

»Das ist falsch. Das leichte Wasser zerstört nichts. Es ist ein ziehendes Element. Es zieht den Bilderschwarm, die Gespensterhorden aus unserem Bewußtsein. Es macht uns leer und rein und bereit... «

»Was heißt das? Leer und rein und bereit. Solchen Worten mißtraue ich inbrünstig... «

Der Animator verfiel für einen Augenblick wieder in seinen schwärmerischen Ton: »Oh, Seigneur, das Leichte Wasser schenkt Ihnen die äußerste aller vorhandenen Wonnen... «

Der Damm, auf dem wir dahinfuhren, hatte den Katabolitengraben beiseit gelassen. Er war schmäler geworden und auch das Trottoir roulant holpriger und dem Anschein nach morscher. Rechts und links von uns wuchsen, ähnlich wie an den Ufern des Toten Meeres, salzbestaubte Riesendisteln und hohes Gesträuch. Mir fielen da und dort Grabscheite auf, die im Sand staken, ein Beweis, daß hier Erdarbeiten irgendwelcher Art notwendig waren. Wir schwiegen alle. (Der Animator hatte die Badediener nicht einmal zum Schollenacker der Rübenmännchen mitgenommen.) B. H. hielt den Kopf tief auf die Brust gesenkt. Vielleicht konnte er nicht mehr sprechen. Ich hielt ihn fest. Wir fuhren einer unabsehbaren Gefahr entgegen. Dieses überklare Bewußtsein (Kopfdruck, Kopfdruck) gab nicht nur meinem Geiste, sondern auch meinem gequälten Körper unerwartete Kräfte. Ich überlegte: Sollte ich vom laufenden Band abspringen und meinen Freund mit mir reißen? Es hätte nichts geholfen.

Nach einem kurzen Lauf wären wir wieder in der Macht des Animators gewesen. Inzwischen war der Damm zu einer alten, schmutzigen Holzbrücke geworden. Diese Brücke lief weit in den See hinaus. Die Fahrt hielt. Ich konnte zwischen den morschen Planken der Brücke das Wasser sehen, von dem Nebel aufstieg. Ich ging mit B. H. langsam weiter. Die Brücke hatte kein Geländer. Mein Plan war gefaßt. Noch zehn langsame, wohlgezählte Schritte. Dann werde ich jäh kehrt machen, mich mit meinem ganzen Gewicht auf den kleinen Mann hinter mir stürzen und ihn ins Wasser des Mnemodroms stoßen. Sehr peinlich. Das letzte Mal, da ich mich auf irgendwen gestürzt habe, war ich siebzehn oder achtzehn Jahre alt gewesen. Es blieb nichts anderes übrig. Eins, zwei, drei, vier. Genau beim fünften Schritt klappte die Brücke plötzlich ein, und B. H. und ich glitten gelinde über eine schiefe Ebene ins Wasser, ohne zu fallen. Wir standen im Nebel. Der See ging uns ungefähr bis zur Herzgrube. Das Wasser aber war in der Tat »Leichtes Wasser«, das, obwohl man es als laue Flüssigkeit spürte, weder unsere Kleider noch unsere Haut naß machte. Wenn ich die Hand aus dem See zog, rannen die Tropfen wie Quecksilberkügelchen ab, ohne eine Spur zu hinterlassen. Der Animator stand etwa fünfzehn Schritte von uns entfernt auf dem scharfen Rand der Brücke, wo sie in wohlvorbereiteten Scharnieren herabgeklappt war. Hätte sein weißer Kittel nicht hell geleuchtet, so wäre seine Gestalt in dem Nebel und in der Dämmerung kaum zu sehen gewesen. Seine hohe, skandierende Professorenstimme aber durchdrang deutlich den trüben Raum:

»Dies geschieht einzig und allein zu Ihrem besonderen Wohle, zu Ihrem Fromm und Nutzen, glauben Sie's mir, verehrte Ios. Geben Sie sich hin, ich rate es gut. Kein himmlischer Strahl könnte Sie je glücklicher machen als Ihre Hingabe. Das Leichte Wasser befreit Sie von Krämpfen und Widerständen. Ich komme sehr schnell zurück, um Ihren Dank entgegenzunehmen, wie ich hoffe... Denn sonst? Möchten Sie etwa ein Leben führen, wie ich es führe, seit undenklicher Zeit, ohne Tag und Nacht?«

Wir hatten Glück gehabt bei unserer tückischen Rutschpartie in den See, denn wir standen dicht beieinander im Leichten Wasser. Das gab mir die Möglichkeit, meinen Freund immer wieder mit den Armen zu umfassen. Jedesmal, wenn ich das tat, fühlte ich, wie er tiefer atmete, wie Leben und Wachen in ihn zurückkehrte. Er begann sogar rührenderweise abgerissene Sätze zu stammeln, die mir versichern sollten, daß er sich zusammennehmen und keineswegs »hingeben« werde, wie es der Animator verlangt hatte. Woher ich meinen eigenen Hoffnungsmut nahm, weiß ich nicht zu sagen. Ich leite ihn aus der Kenntnis meines Charakters ab, zu dem ein grundloser und sträflicher Optimismus gehört. So habe ich im Jahre 1940, als in Frankreich alles verloren war und wir um unser Leben flohen und der Triumph des Weltfeindes für alle Zeiten gesichert schien, trotz allem nicht einen Augenblick daran gezweifelt, daß unsere Sache zuletzt siegen werde. Als sträflich bezeichne ich diesen Optimismus deshalb, weil er in dem kindisch überheblichen Glauben wurzelt, daß unter allen Menschen eigens und allein und ausdrücklich mir selbst nichts Endgültig-Böses zustoßen konnte.

Unsere Oberkörper waren frei und bewegten sich nach Belieben, unsere Beine aber waren in den Schlamm des seichten Seegrundes eingesunken. Um meine Kräfte nicht unnütz zu verbrauchen, gab ich nach einigen vergeblichen Versuchen schnell die Anstrengung auf, die Füße herauszuziehen. Im Schweren Wasser, dachte ich, sind die Körper leicht. Die Schwimmer im Toten Meer bei Jericho können nicht untergehn. Im Leichten Wasser sind die Körper schwer. Es hat keinen Sinn, zu spekulieren. Auch das ist unnützer Kräfteverbrauch. Um B. H. wach zu halten, begann ich ein Gespräch.

»Ich habe es sofort geahnt: der Animator ist ein Widerspenstiger. Alle Funktionäre hier sind Widerspenstige. Er aber hat mehr als hundert Jahre durchgehalten, obwohl er einen astromentalen Körper besitzt, der nicht immun ist gegen den schwarzen Humus. Mein Körper aber ist nicht astromental und daher immun. Solange du bei mir bist und ich dich anfasse, B. H., kann dir nichts geschehn ... «

»Abgemacht und einverstanden, Herr Oberst«, lallte der Todestrunkene. »Wir müssen uns auf die Brücke hinaufarbeiten, das ist alles... «

Nach diesen meinen Worten begann es. Was begann? Es waren Menschen um uns. Diese Menschen drängten sich im Nebel, und ich konnte nicht genau sehen, auf welchem Boden sie standen. Sie standen auf Wasser. Hier und da bekamen sie auch das Durcheinanderspielende von Wasserbildern. Sie hatten aber durchaus nichts von Schemen und Idolen an sich und waren so durchgearbeitet real, daß ich vermutete, sie stünden auf einem Floß oder einer großen platten Barke, die sie hergerudert hatten. Dies aber war auch nicht möglich, da sie uns in einem dichten Kreis umgaben und mit Hüteschwenken und Stimmendurcheinander unsere Aufmerksamkeit zu erwecken suchten. B. H. hatte zweifellos Bekannte entdeckt, denn seine Augen glühten. Der erste Bekannte, den ich entdeckte, war ein alter Herr, der Philosoph Professor H. M., eine freundliche Figur, die oft mit mir gescherzt hatte, als ich ein Kind gewesen. Er war's, wie er geleibt und gelebt hatte in seinem sackartigen Anzug, das lange und graue Haar zurückgebürstet, mit kleiner Stahlbrille und Bärtchen. Vögel, die er zu füttern pflegte, umflatterten ihn. Die Menschenmenge, die uns umgab, bestand selbstverständlich nur aus Bekannten und nicht nur aus Bekannten, sondern aus sehr nahen Menschen meiner fernsten Vergangenheit. Der empfindsame Leser aber möge es verstehen, daß ich von den sehr nahen Menschen nicht sprechen will, sondern nur einiger gleichgültiger Gestalten Erwähnung tue, die sich mir bemerkbar machten. Das Leichte Wasser des Mnemodroms hatte diese Schar von überaus deutlichen und wahrhaftigen Menschen aus unserm Innern gezogen, und es war vom Animator völlig verfehlt, von einer »Gespensterhorde« zu sprechen. B. H. sah ohne Zweifel ganz andere Leute und vermutlich zehnmal soviel als ich. Merkwürdig war eine gewisse Umdrehung der Zeitfolge. Man könnte ganz gut von einem Zeitnegativ sprechen, in demselben Sinne wie von einem photographischen Negativ.

Die Menschen der Menge nämlich, die mir zunächst standen

und die am schärfsten ausgebildet waren bis zu den Knöpfen der altmodischen Gewänder, die sie trugen, gehörten meiner Kindheit und Jugend an, während ich in den entfernteren und unbestimmteren Reihen diejenigen erkennen konnte, die meinen späteren Lebenspfad geteilt oder gekreuzt hatten. Ganz vorne sah ich sogar einige Männer und Frauen der verschiedensten Stände, die mir vertraut waren, ohne daß ich sie hätte benennen können. Aber selbst der Anblick dieser Unbenennbaren war mir so tief gewohnt, als wäre ich während meines ganzen Lebens (inklusive der Abwesenheit im Fegfeuer) keine Sekunde lang von ihnen getrennt gewesen. Im großen und ganzen ließ sich das Gedränge am besten mit einem imposanten Menschenhaufen auf einem Bahnhofperron vergleichen, der von einem verdienstvollen Landsmann Abschied nimmt, der in die Ferne zieht. Dieser verdienstvolle Landsmann am herabgelassenen Coupéfenster war gewissermaßen ich selbst. Nur wurde mir die Situation erst nach und nach bewußt, denn ich war allzu beschäftigt mit Erkennen und Wiedererkennen. Die andern schienen viel eher zu wissen, wieviel es geschlagen hatte. Denn die meisten winkten mir lebhaft zu. Da war ein verrückter Bettler, vor dem ich mich als Kind gefürchtet hatte, der mit feindseliger Geste eine Art Veitstanz des Hasses vollführte. Neben ihm stand ein hochgewachsener schlanker Mann im Stadtpelz, der in rhythmischen Abständen schwungvoll seinen Schlapphut schwenkte. Aber das war ja Doktor S., der große Stadtpoet, der erste wirkliche Dichter, den ich in meinem Leben gekannt hatte. Der große Stadtpoet glich wahrhaftig bis aufs lange Haar einem Dichter, wie man sich ihn um die Jahrhundertwende vorzustellen pflegte, neuromantisch und mit einer formgebändigten Neigung zur Dekadenz. Sonderbar war daran, daß unser Stadtpoet mit seinen eingefallenen Wangen, verwirrten Augen und herabhängendem Schnurrbart sich genau der Vorstellung bewußt war, welcher er entsprach. Er schrieb daher an die Vorstandsdamen der provinziellen Vereine, die ihn zur Rezitation seiner Gedichte einluden, folgendes stereotype Briefchen, dessen Text sich herumgesprochen hatte: »Meine liebe Frau Soundso. Ich treffe dannunddann mit dem Morgenzuge in Ihrer Stadt ein, die ich vom letzten Mal in bester Erinnerung habe. Ich erwarte, von einer Ihrer Damen abgeholt zu werden. Erkennungszeichen: Ich sehe wirklich aus wie ein Dichter.« Für mich aber, den Knaben von einst, sah er nicht nur so aus, sondern war's. Mit zwölf und dreizehn Jahren erschrak ich voll schamvoller Verehrung, wenn ich dem Barden und Seher unserer Stadt auf der Straße begegnete. Einmal in demselben Jugendalter durfte ich während einer kleinen Reise Zeuge sein, wie er im Zugabteil von einigen Erwachsenen über die Wunder der Poesie ausgefragt wurde und was das eigentlich für ein Ding sei, ein Gedicht, und wie man mit Treffsicherheit ein gutes von einem schlechten unterscheiden könne. Am rauchigen Fenster zog gemächlich die reife Sommerlandschaft meiner Heimat vorbei: Ferne Hügel, Dörfer und Saatfelder und immer wieder dasselbe. Mitten unter dem gelben Getreide hob die Julisonne einen kleinen verlorenen Kirchhof hervor, dessen Grabkreuze aufschimmerten. Der Stadtpoet deutete auf dieses Bild mit dem wohlgepflegten Nagel seines Zeigefingers und sagte: »Sehen Sie, meine Herrschaften, *das* ist ein Gedicht... « Und jetzt im Nebel des Mnemodroms grüßte er mich mahnungsvoll, in rhythmischen Abständen seinen Schlapphut schwenkend. – Nicht fern von ihm entdecke ich den Arzt. Ich nenne ihn den Arzt meiner Jugend, obwohl er's gar nicht gewesen und nur zwei- oder dreimal den bärtigen Kopf auf meine Brust gelegt hatte, um mich im alten Stil abzuhorchen, wenn ich die Schule zu schwänzen gedachte. Dagegen aber führte er uns Jungen auf langen Sonntagsausflügen durch Täler und Wälder, halbnackt wie Silen und lehrte uns mit seiner krächzend lustigen Stimme, Pflanzen zu klassifizieren und geologische Formen zu unterscheiden. Der Pater Exorzist hätte den Arzt meiner Jugend zweifellos zu den »sandalentragenden Naturschwärmern« gerechnet. Verdammt hätte er ihn mit Unrecht, obwohl der Arzt meiner Jugend zweifellos und eingestandenermaßen ein Atheist war. Nur Gott, an den er nicht glaubte, kennt die überströmende Gottesliebe dieses Mannes und seine Getrostheit, die einzig und allein dieser Liebe entströmte. Eines Tages gegen Abend begegnete ich ihm auf der Straße. Er trug einen Rucksack über der Schulter und einen derben Stock. »Ausflug?« fragte ich. »Ja ein längerer diesmal«, lachte er und reichte mir die Hand wie immer. Ich wußte nicht, daß er zu Fuß und freiwillig ins Hospital ging, eine hoffnungslose Operation an sich vollziehen zu lassen, von der er nicht mehr heimkehrte. Und dort stand er nun im Nebel, völlig wie er war, und winkte mir eifrig zu. – Ich habe diese Gestalten der Peripherie ein wenig hervorgeholt, wie sie mir ins Auge fielen. Da aber warteten viele Hunderte, ja vielleicht sogar Tausende, daß ich sie verabschiede. Und jeder einzelne war so sehr mein, daß ich viele Geschichten über ihn niederschreiben könnte, die Band an Band füllen würden. Es war mein Volk, meine Menschheit, die von mir tückisch durch das Leichte Wasser getrennt werden sollte. Es war mein Volk, ich aber war sein König, und ich wußte plötzlich mit greller Überzeugung, daß sie in meiner Seele leben sollten, solange diese Seele selbst lebt, und daß hier etwas Verbotenes und Verruchtes zu geschehen im Begriffe war. Doch nicht nur Gestalten und Gesichter umrundeten mich. Wie auf einem nicht sehr gut synchronisierten Tonband liefen verwehte Gespräche mit, Geräusche, ja Gerüche.

Es waren übrigens die banalsten Gesprächs-Fetzen, die sich denken lassen. Das einzig Merkwürdige lag in den oft bis zur Unkenntlichkeit verschollenen Namen und Dingen, die sie enthielten. Frauenstimmen nannten die Preise von Lebensmitteln in Geldsorten, die es nach 1900 nicht mehr gegeben hat. Männerstimmen ereiferten sich über politische Ereignisse und Personen, an die ich keine Erinnerung mehr besaß, obwohl das Leichte Wasser des Mnemodroms diese Szenen und Fakten aus meinem eigenen Innern gezogen hatte und aus sonst nichts. Ich horchte schon freudig auf, wenn der Name König Eduard fiel oder Sarah Bernhardt, die ein Gastspiel gab, und eine böse Greisenstimme sich über die zunehmende Roheit des Zeitalters empörte, da am gestrigen Sonntag mehr als tausend Personen teuere Eintrittsbilletts gelöst hatten, um einem Fußballmatch beizuwohnen. Dazu trabten die Droschken und Fiakerpferde unablässig über nächtliches Pflaster. Es klang, wie wenn aus großen Flaschen langsam Mineralwasser in viele Gläser geschenkt wurde. Tramways läuteten und Lokomotiven pfiffen, Leichenbegängnisse und Militärkapellen näherten und entfernten sich mit Bumbumbum und Tschindera. Und es roch nach schwerem, schwarzen Kohlendampf, und dann roch es nach frischgebranntem Kaffee, und dann roch es nach dem Staub der sonntäglichen Hauptallee, nach Pferdeäpfeln und Kastanienblüten; und jetzt roch es nach Karamellen und nach Schokolade. Diesen Geruch konnte ich sofort lokalisieren. Er gehörte zu einem Hause, in dem sich eine Schokoladenhandlung befand, wo ich oft auf und ab patrouilliert bin. Und als wäre sie aus der Tür dieses Geruches hervorgetreten, sah ich die junge Dame im langen, hellen Frühlingskleid und breiten Florentiner Strohhut! Sie löste sich von der Menschenmauer los, die auf die endgültige Verabschiedung wartete. Sie glaubte vermutlich das Recht dazu zu haben, weil ich sie als Student angeschwärmt hatte. Herzbeklemmend unverändert war sie, wie sie das Tennisracket hin und her schwang. Sie schien nicht das geringste Gewicht darauf zu legen, daß sie in jungen Jahren an einer schrecklichen Krankheit zu Grunde gegangen war, sondern rief nun mit kapriziöser Ungeduld:

»Worauf warten wir noch? Ich komme ja zu spät.«

Genau bei diesen Worten der jungen Dame durchdrangen mich große geistige Erhellungen, und ich würde viel drum geben, daß sie mir nicht ganz und gar unter der Feder zerrinnen wie die meisten Erkenntnisse, die an der Grenze des Sagbaren wohnen. Wie glücklich wäre ich, wenn der Leser, der selbst niemals bis zur Herzgrube im Leichten Wasser des Mnemodroms stand, die Gefahr voll begriffe, der ich ausgesetzt war. Vor allem eins: der retrogenetische Humus führte das Leben bis zum erst-letzten Herzschlage zurück, er bedrohte aber nicht die Persönlichkeit, die er zurückentwickelte; wahrer gesagt, er bedrohte sie nicht viel anders, als es der alte Tod tat. Das Leichte Wasser des Sees aber, das fühlbar an mir sog und sog, bedrohte die Vollzähligkeit meines Ichs, indem es den Inhalt meines Lebens von mir zu trennen suchte. Was war ich? Was sind wir? Mit einem Vergleich will ich's ausdrücken. Ich war wie eine Photographie. Woraus besteht solch eine Photographie? Aus einer lichtempfindlichen Fläche und aus dem Bilde, das sie festhält. Das Wasser des Mnemodroms versuchte das Bild abzulösen und die leere verbrauchte Fläche übrig zu lassen, mit der später der Animator ein leichtes Spiel haben würde. Das was mich hier im Nebel an Gesichtern und Gestalten umgab, an nahen und fernen, an Zartheiten, Liebheiten, Warmheiten, Neigungen, Abneigungen, das hatte ich mir zu einem einheitlichen Bilde erarbeitet. Obwohl dieses Bild aus Zehntausenden von Strichen und Farbflecken zusammengesetzt war, von denen die meisten ganz zufällig und ganz unwichtig erschienen, bildete es doch ein Ganzes, das keine Auslassung ertrug. Es war mir wie allen andern Seelen gelungen, das Ewig-Flüchtige in ein Flüchtig-Ewiges zu verwandeln, was die große Kunst des Menschen allein ist. Die Gegenwart hat keine Dimension, und deshalb wird das Leben erst dann zum Leben, wenn es nicht mehr ist. Mit einer Gewißheit, mit der mich niemals ein religiöser Glaube durchdrungen hatte, wußte ich jetzt, daß all das gestaltenreiche Leben hier, das rings um mich her Abschied nehmen wollte, meine unveräußerliche Mitgift war, mehr als das, mein eigenstes Weltwerk, das ich Gott darzubringen hatte, der wahre Opferrauch, von dem er sich nährte. *Vergessen*, das war der Inbegriff aller Sünde, die der Mensch begehen konnte. Und weil ich das mit greller Schärfe und tödlicherer Not erkannte, als wortgewordene Gedanken es darstellen können, schrie ich mein Volk an, das mich im Kreise umgab:

»Hiergeblieben! Nicht fortrühren! Ich gebe euch nicht her. Ich gebe mich nicht hin!«

Und auch B. H., der dasselbe erlebte wie ich, schrie auf:

»Ich gebe euch nicht her!«

Er drückte sich bei diesem Schrei fest an mich. Ich fühlte plötzlich einen Schmerz unter der Herzgrube. Etwas Scharfes war mir in die Haut gedrungen. Ich zog die giftgrüne Handarbeit hervor, die mir eine der Frauen vom Ammenhügel geschenkt hatte. Ich hatte das Ding unter meiner Weste verborgen.

Jetzt wickelte ich's auf. Es war ein langer starker Streifen. Man konnte ihn als Seil verwenden, denn eines der Enden war mit einem Stein beschwert und trug einen rostigen Haken. Vielleicht waren die Ammen gar nicht so leer und schwachsinnig, wie sie erschienen. Uns haben sie jedenfalls gerettet. Es kostete freilich viele, viele kraftraubende Würfe, ehe der Haken an der Spitze des elastischen Streifens irgendwo das morsche Holz der Brücke enterte, wo sie über den See hervorragte. B. H. umfaßte mich. Wie es mir gelang, die doppelte Last aus dem Wasser zu ziehen, kann ich nicht sagen. Doch es gelang mir. Oben auf der Brücke fielen wir keuchend hin.

»Nicht schlafen«, mahnte ich den Freund, »nicht schlafen.«

Vierundzwanzigstes Kapitel

Worin wir nach neuen Abenteuern höchst erstaunlicherweise auf die intakte Ahnfrau stoßen und schließlich in den Kutten der »Brüder vom kindhaften Leben« dem Uterus terrae matris entkommen.

Ich habe während meines Lebens im zwanzigsten Jahrhundert niemals irgendwen niedergeschlagen. Als Knabe war ich dann und wann in Raufereien verwickelt, wobei mein Gegner und ich uns regellos am Boden zu wälzen pflegten. Was meinen Kriegsdienst anbelangt, so war ich zum Glück Artillerist und diente auch da nur kurze Zeit am Geschütz, wobei ich nach den mathematischen Berechnungen des Kommandanten die sogenannten »Richtelemente« einzustellen hatte, denn wir schossen unsere Granaten und Schrapnells ins Leere, ohne das feindliche Ziel zu sehen. Einen Menschen niederschlagen, das war eine Handlungsweise, von der man in den Verbrecherspalten der Zeitung las oder sogar in den Berichten über jene alkoholisierten Gesellschaften, in welchen sich die ebenso zügellosen wie hochbezahlten Halbgötter der sogenannten »Vergnügungsindustrie« von ihren künstlerischen Mühen zu erholen liebten. Sonst wurde hauptsächlich auf der Leinwand amerikanischer Filme niedergeschlagen. Da aber hatte ich stets das Gefühl, daß dergleichen rhythmische, im Kreise umlaufende Niederschlägereien nicht einmal im kriminellsten Leben vorkommen und der Realismus, wie so oft, nur deshalb für wahr gehalten wird, weil er keine Phantasie hat. So blieb es denn dem Wintergarten der astromentalen Zivilisation vorbehalten, die erste Örtlichkeit zu sein, wo ein ziemlich sanfter, sich leicht ekelnder Mensch wie ich jemanden auf den Kopf schlug, und noch dazu mit einer Schaufel. Ich will sofort gestehen, daß ich nicht mit Wut und Wucht zuschlug. Der Zweck bestand ja nur darin, den Animator zu betäuben, um ihn seines weißen Kittels zu berauben, was uns auch gelang. Ich schlug beinahe vorsichtig zu, da ich mir der sonderbaren Lebensschwäche der retrogenetischen Funktionäre voll bewußt war und keinen Mord begehen wollte. Und doch, es war ein unbekanntes und widerwärtiges Gefühl, als ich das Schaufelblatt auf den deformierten Langschädel des Animators niederfallen ließ, eine völlig neue Erfahrung für mich. Mein Freund und ich hatten uns hinter den salzweißen Büschen wohl versteckt, um dem Rückkehrenden aufzulauern. Zum großen Glück war es B. H. gelungen, sich aus der tödlichen Lethargie aufzureißen, in welche diese astromentalen Naturen in der Sphäre des Wintergartens zu verfallen pflegen. Der Anblick der Rübenmännchen, der Kataboliten und schließlich der Kampf um das Volk der eigenen Erinnerungen hatten ihn so nüchtern gemacht, daß er nicht mehr in jene schreckliche Todestrunkenheit verfiel wie früher, sondern krampfhaft umhersprang und sich Bewegung machte, um seine Wachheit zu steigern und in den Vollbesitz seiner Kräfte zu gelangen. Obwohl er kein Wort sprach, wußte ich doch zu meiner Befriedigung, daß er jetzt mindestens mit derselben Leidenschaft wie ich den Segnungen des Wintergartens zu entgehen trachtete. Als wir von unserm Versteck aus sahen, daß der Animator nicht allein kam, um unsern Zustand zu inspizieren, sondern in Gesellschaft von Badediener No. Zwei, griff B. H. seinerseits nach einem der Grabscheite, von denen an dieser Stelle ein ganzer Haufen zusammengetragen lag. Ohne daß wir uns erst miteinander verständigten, schlug er den Badediener nieder, als der Animator unter meinem sanften Hieb zusammenbrach. Ich setzte mir sofort die Zuckerbäckermütze von No. Zwei auf. Den beiden Betäubten die weißen Kittel abzustreifen, war ein hartes Werk, und B. H. und ich brachen dabei in Schweiß aus. Wir mußten sie ihnen über die Köpfe ziehen. Glücklicherweise hatte der Badehelfer den Krug mit dem Elixier mitgebracht, das mich sofort mit neuen feurigen Kräften erfrischte. Weder der Animator noch sein Untergebener trugen Unterkleider. Sie waren splitternackt. Es war eine graue, schwammige Nacktheit. Wenn man einen Finger in das Fleisch dieser Körper drückte, so blieb eine Delle zurück. Wir ließen beide über die Fläche der abgeknickten Brücke in den See gleiten. Das Leichte Wasser spritzte gierig auf. Beide kamen sogleich zu sich und taumelten hoch. Ich fürchtete schon, sie würden ohne weiteres an Land stapfen, da ja der See des Vergessens über sie keine Gewalt haben konnte; denn was hatten sie zu vergessen? Unerwarteterweise aber hatte das Wasser des Mnemodroms über Funktionäre des Wintergartens viel mehr Gewalt als über uns. Sie waren durchaus nicht immun. Ich bemerkte, daß der Animator nur mit Mühe seinen Oberleib bewegen konnte. Es war durchaus lächerlich von mir, aber ich fühlte mich ganz aufrichtig bemüßigt, einige Entschuldigungsworte vorzubringen, da ich schließlich zum erstenmal einen Menschen mit einem harten Gegenstand auf den Kopf geschlagen und ihn gleich darauf ins Wasser befördert hatte, wenn auch in Leichtes:

»Es tut mir leid, Maître Animator«, rief ich in den Nebel, »Sie sind ein Gelehrter, Sie gehören der höchsten Intelligenz an, es ist daher doppelt peinlich für mich, daß ich körperliche Gewalt gegen Sie anwenden mußte...«

Des Animators Antwort kam aus dem Nebel. Er lispelte wieder, wenn auch mit Anstrengung:

»Ich hätte damit rechnen sollen, daß ich's mit keinem Kulturmenschen zu tun habe...«

»Damit hätten Sie in der Tat rechnen sollen. Denn von Ihrem Zeitpunkt aus gesehn bin ich wahrhaftig kein Kulturmensch, sondern ein Steinzeitler. Und als ein Steinzeitler stehe ich zu tief für den Wintergarten...«

»Das Schlimmste ist«, kam die Stimme aus dem Nebel, »daß Sie Ihren wohlgeborenen Freund in das Elend der Vergangenheit zurückreißen...«

»Ja, das ist mir Gott sei Dank gelungen, obwohl große Energie dazu gehört hat. Sehen Sie, und daher brauchen wir die weißen Kittel, um unbemerkt aus Ihrem Institut herauszukommen, wenn das Schicksal es erlaubt...«

»Oh wie mich friert, wie mich friert«, schnapperte es vom Mnemodrom her, und auch Badediener No. Zwei ließ einen leisen Wehlaut vernehmen.

»Leider können wir Ihnen nicht helfen, Maître. Aber Sie als ein Chef des Instituts werden sich doch selbst helfen können. Im Notfall werden Sie zu einem Haufen von fettem schwarzem Humus gelangen und sich hineinlegen, endlich, endlich, nach hundert Jahren von Widerspenstigkeit...«

»Und Sie, Seigneur«, ertönte die hohe Professorenstimme mit schneidender Schärfe, »und Sie haben sich doch nur aus Feigheit, aus der Feigheit des Altertums vor dem Ende, am Humus vorbeigewunden, tückisch und täppisch. Nur aus memmenhafter Feigheit, die sich lieber irgendwo unter der Erde ausstinkt, als das Ende mannhaft zu wählen und bis zum letzten Herzschlag zu bestimmen.«

»Das ist wahr, Animator, in jedem Wort. Ich lebe zu gern, selbst wenn mein Leben so dubios ist wie jetzt. Ich habe keine Lust, meinen Tod freiwillig zu wählen und zu beherrschen, wenn diese Beherrschung auch ein unermeßlicher Fortschritt sein mag, wie viele glauben... Es ist ganz hübsch, als Marguerite zu enden, weiß und reinlich. Der Weg dahin aber ist mir zu riskant, wenn ich an die Kataboliten denke. Der Tod steht *hinter* mir! Ich habe keine Angst vor ihm, ich am wenigsten, da ich ihn bereits kennengelernt habe. Ich aber will nicht, daß er *vor* mir stehe...«

»Feigheit und zu wenig moralischer Reinlichkeitssinn, nichts anderes.«

»Und Ihre hundertjährige Widerspenstigkeit, cher Maître, beruht sie nicht auf Feigheit?« fragte ich und fragte es ohne jeden Hohn.

»Meine Widerspenstigkeit«, schrie er zurück, »ist ein Opfer, das Sie gar nicht begreifen können. Ich nehme diese Existenz auf mich, weil meine Gedanken noch nicht ausgedacht sind... Soll ich Ihnen meine neuen Gedanken preisgeben?«

»Ich fürchte, meine Zeit reicht nicht dafür...«

»Ich gebe Sie und Ihren Freund verloren, Seigneur. Ich bin bereit, Sie zu den Stationen zurückzubringen...«

»Und die Bedingungen, Maître Animator?«

»Die einzig unerläßliche Bedingung, Seigneur: daß Sie mir

aus dem Mnemodrom helfen, so wie Sie sich selbst geholfen haben. Wenn ich Sie zurückbringen will, muß ich schließlich dabei sein...«

»Es wundert mich, Animator, daß der mit Clairvoyance geschlagene astromentale Mensch seine Verstellungskraft nicht höher entwickelt hat. Eine Schwebung in Ihrem Vorschlag überzeugt mich davon, daß Sie uns hereinlegen wollen...«

»Das Mißtrauen, mit dem Sie die Schwebungen in meiner Stimme belauschen, ist nichts als kindliche Selbstüberschätzung, Seigneur. Der Wintergarten ist nicht auf Sie angewiesen...«

»Warum schenken Sie mir denn solch gewaltige Aufmerksamkeit, cher Maître?«

»Jeder Ausnahmefall erregt die Gunst des Forschers...«

»Ich bedauere, Sie in der Patsche lassen zu müssen... Ich fürchte nämlich, die Gunst des Forschers würde sofort wieder erwachen.«

»Ich bringe Sie unbeschädigt zur Hauptstation. Sie und Ihren Freund. Ich schwöre es bei der heiligen Retrogenese... Helfen Sie uns heraus!«

»In Ihnen, Maître, erschreckt mich die gefährlichste Kombination, die es gibt, Fanatismus und intellektuelle Verbohrtheit. Ihresgleichen sind mir seit hunderttausend und mehr Jahren wohlbekannt, von Torquemada bis zu den Rasseärzten der Gestapo mit ihren Mordspritzen... Übrigens kann ich Ihnen nicht helfen, ohne selbst ins Leichte Wasser zu steigen...«

»Werfen Sie mir die Nabelschnur zu, Seigneur!«

»Von welcher Nabelschnur reden Sie?«

»Die grüne Nabelschnur, die Ihnen die Ammen zugesteckt haben, diese verfluchten Zellteilerinnen und Häklerinnen...«

Bei diesen Worten erst merkte ich, daß ich den langen Strickstreifen jenes unglücklichen Mädchens (ich weiß übrigens nicht, ob sie subjektiv eine Unglückliche ist) wie einen Gürtel um meine Hüften gewickelt hatte. Ich wandte mich mit innerer Begeisterung an meinen Freund:

»Hörst du, B. H.? Er nennt die Handarbeit der Ammen

Nabelschnur? Das ist wunderbar. Das Ewigweibliche zieht uns hinan und heraus...«

»Wird's endlich, Seigneur«, rief der Animator mit sonderbar enger Stimme, »wird's endlich? Worauf warten wir noch?«

»Ich wundere mich, Maître, daß Sie nervöser sind als wir. Was kann Ihnen das Leichte Wasser anhaben? Ihre Erinnerungen bestehen ja nurmehr aus schrumpfenden Embryos...«

»Nichts kann uns das Leichte Wasser anhaben«, tönte es zurück, frierend, leise, ja beinahe piepsend.

In diesem Augenblick zeigte es sich, daß es zu spät war. Von der Ferne rauschte es näher und näher. Die Abzugskanäle hatten sich zweifellos mit den Wassern der Stauteiche gefüllt und schwemmten nun die Kataboliten ins Mnemodrom. Wir sahen im Nebel, wie die Oberfläche des Sees zu wallen begann und wie sein Spiegel sichtbar stieg. Der Animator und sein Helfer wurden langsam vom Ufer fortgezogen. Wir hörten keinen Laut mehr von ihnen. Ob das Wasser, das nicht naß macht, über ihnen zusammenschlug, das kann ich nicht sagen.

In dem Zeitraum, der zwischen dem Verschwinden des Animators weit draußen im Nebel des Mnemodroms und unserer Wiederbegegnung mit der Ahnfrau liegt, geschah recht vieles und äußerst Strapaziöses. Die Frage, wie groß dieser Zeitraum war, kann ich nicht beantworten, da es ja bekanntlich im Hohlraum keine Zeiteinteilung gab, sondern nur gestaltlose Dauer, das heißt ein wurmartiges peristaltisches Nacheinander von Augenblicken, die Geschehnisse, Gespräche, Gefühle umkapselten. Man verlor hier den Zeitsinn, nicht ganz genau so, aber ähnlich wie man im Grauen Neutrum den Raumsinn verlor. Nur an der Erschöpfung unseres Körpers konnten wir dann und wann ahnen, wie lange wir schon kämpften. Diese Uhr aber war ziemlich unsicher, denn die Müdigkeit kam in Wellen und wechselte ab mit Perioden merkwürdigster Energie. Erst oben, als wir den Grauen Rasen unter unsern Füßen und die Sterne der dritten Nacht über unserm Scheitel hatten, erfuhren wir, daß unser Aufenthalt im Hohlraum des Wintergartens ungefähr zehn

Stunden gewährt hatte. Meinem Gefühl nach hätte es viel länger sein müssen. Ich bemerke soeben, daß der Romancier in mir an dieser Stelle gerne zurücktreten möchte, um dem trockenen Reisebeschreiber das Wort zu überlassen. Das ist besonders abwegig, da es sich gerade an dieser Stelle um Flucht und Verfolgung handelt, um eine Situation also, die von altersher für jeden Epiker ein wahres Paradies bedeutet. Ich aber habe beschlossen, gerade hier die Erzählung abzukürzen und über die nächsten Ereignisse flüchtig hinwegzugleiten. Warum diese Resignation? wird man fragen. Warum verschmähen Sie die Gelegenheit, es Ihren Lesern einmal ein bißchen leichter zu machen? Warum? Weil ich mich schäme. Ich habe meine Leser so hoch gehalten, wie es nur ging. Ich habe bei ihnen geistige Leidenschaften vorausgesetzt und eine unbändige Neugier nach Erkenntnissen, Erlebnissen und Empfindungen, die jenseits des zwanzigsten Jahrhunderts liegen. Es widerstrebt mir daher moralisch und stilistisch, die materielle Spannung, die sich mir bietet, zu benützen, um zum Schaden der geistigen Untersuchung die nächsten Ereignisse breit auszuspinnen.

Niemand wird daran zweifeln, daß wir uns nochmals verirrten und daß wir auf Trottoirs roulants aufsprangen, die uns in falsche Richtungen brachten. Daß wir mehrere Schollenacker mit Rübenmännchen zu passieren hatten, das bedeutete eine schier unerträgliche Belastung unserer Nerven. Auf einem dieser Äcker besaßen die Rübenmännchen die Körperkraft, sich von ihren Wurzeln loszureißen und sich an unsern Beinen festzubeißen, in vampyrischer Wut. Es war nicht leicht, diese zekkenhaften Resultate der Retrogenese abzuschütteln. Ich fürchte, daß ich ein oder zwei von ihnen erwürgt habe.

Wir hatten verschiedene sehr gefährliche Momente zu überstehen. Es geschah zum Beispiel, daß wir auf einem der laufenden Bänder, welches uns in die falsche Richtung brachte, wiederum in die Welt der Treibhäuser gerieten, wo gerade »Feierliche Einpflanzungen« stattfanden. Wir sahen kleine Gruppen vor dem jeweiligen Mann-Wiegengrab. Sie bestanden aus dem diensttuenden Animator, Badedienern, Gärtnern und dem Kandidaten, der, durch Moorbäder schon gehörig präpariert, jenen wonnigtrunkenden Gesichtsausdruck zeigte, den ich an B. H. kennengelernt hatte. Mit geschlossenen Augen schienen die Kandidaten Engelstimmen zu lauschen oder unsagbare Liebeserfüllungen zu erleben, während der Animator irgend etwas rezitierte, was ein Gedicht sein mochte, und die Gärtner die nackten, vermutlich bewußtlosen Gestalten mit Leichtem Wasser besprühten. Wir fuhren langsam vorüber, störende Eindringlinge. Manchmal rief man uns nach. Es ist ein Wunder, daß wir nicht festgehalten und verhaftet wurden. Vielleicht half es uns, daß B. H. nach Art der Badediener den Krug mit Elixier sich auf den Kopf gesetzt hatte. Wenn mein Freund auch nicht viel sprechen konnte, so entwickelte er doch immer mehr Kraft und Schlauheit, trotz der deprimierenden Irrfahrt, die nicht nur unsere Energien, sondern auch unsern Hoffnungsmut stark in Anspruch nahm. Der »Krug auf dem Kopf« hat uns gewiß aus der heikelsten Situation geholfen, in die wir uns verwickelt fanden. Wir waren längst wieder im Freien und auf der Suche nach der Grenzmauer, als wir plötzlich auf eine sehr große Kolonne von Weißbekittelten stießen, die uns entgegenkamen. Zweifellos ein Schichtwechsel der Nummernzähler. Ich versetzte B. H. einen leichten Stoß. Es blieb nichts anderes übrig, als uns dieser Kolonne anzuschließen. Die aufgeschwemmten, eunuchalen Figuren trabten schwankend des Weges. Ich wurde öfters angesprochen und gab darauf undeutliche, brummende Antworten. Und das war genau das Richtige, war doch hier unten alles Lebendige undeutlich und schwankend. Dennoch wußte ich, es hing nur an einem Haar, daß wir entdeckt und gefangen würden. Ich mußte mich beherrschen, um nicht einen Freudenruf auszustoßen, als aus der ewigen Tagnacht die Margueritenfelder auftauchten. Jetzt konnten wir die Mauer nicht mehr verfehlen. Wir blieben zurück. Ich riß B. H. mit mir ins Feld. Wir legten uns in die Margueriten, viele der Toten niederknickend. Als die Kolonne verschwunden war und wir uns wieder erhoben hatten, stolperte ich über etwas. Es war der rote Garnsfaden der Totenamme. Das zweite Mal hatte diese Unglückliche uns gerettet. Wir zwängten uns durch die Scharte in der Umfassungsmauer. Wir standen draußen. Wir lehnten uns aneinander an und versuchten, so tief zu atmen wie möglich. Jetzt erst sahen wir die Verschiedenheiten des Niveaus. Wir befanden uns in der Tiefe, während die fernen Lichtreflexe auf den Dächern der Glashäuser wie auf Bergen zu spielen schienen. Hoch über uns, unter dem entrücktesten Wolkenhimmel, wölbten sich viele Straßen, das heißt Brücken. Sie waren nichts als aluminiumsilberne Bänder, die, freischwebend und übereinander geschwungen, im Dämmer und Nebelreißen aufschimmerten. Es schien ganz und gar unmöglich, eine dieser Straßen zu erreichen. (Die mir unbegreifliche Konstruktion dieser Metallbänder bildete recht eigentlich das einzige Stück von »Zukunftsarchitektur«, wie man sie sich so vorstellt, die mir während meines ganzen Aufenthalts in der astromentalen Zeit zu Gesichte kam. Und dieses Stück »utopischer Architektur« befand sich in der Unterwelt.) Wir gingen los. Das sagt sich sehr leicht. In Wirklichkeit stolperten wir über einen Boden, der sich am ehesten mit stark geheizten Lederkissen vergleichen läßt. Es war ungefestigte Erde und gemahnte an das plastilinartige Eisenmoor vom Apostel Petrus. Ich schweige von der Mühsal dieser Wanderung, bei der das Quälendste die Ungewißheit war, wohin sie führte. Ich versage mir, verschiedene Schreckensmomente näher aufzuführen, wie zum Beispiel diesen, als plötzlich der ganze Hohlraum von hundeartigen Stimmen und kläffenden Rufen ausgefüllt war, die sich das Wort »Seigneur« zuwarfen, und wir überzeugt waren, unsere Flucht sei entdeckt, und eine Meute eloquenter Zerberusse werde nun gegen uns losgelassen. Wir begannen über die Lederkissen zu laufen wie die Wilden, was doch, waren wir entdeckt, keinen Sinn gehabt hätte. Da wurde der Boden plötzlich hart. Wir sahen vor uns eine hangartige Baulichkeit aus einer rötlichen Masse. Ich konnte aber eine ganze Weile nichts unterscheiden, denn Schweiß und der ewige Nieselregen des Hohlraums liefen mir in die Augen. Das erste was ich nach einer Weile sah, war die Aufschrift: »Frisches Quellwasser«. Und da sprudelte es auch aus einem altmodischen Holzrohr in eine Brunnenschale. Der Trunk, der unerwarteterweise eiskalt war, brachte sogar B. H. zu sich.

»Ich kann wieder leicht reden«, sagte er mit erstauntem Ton.

»Und ich glaube, wir sind auf dem richtigen Weg, B. H.«, sagte ich.

Das rötliche, hangartige Gebäude vor uns schien eine Kombination zwischen einer Labestation und einer Kapelle zu sein. Über dem romanischen Portal standen die Worte: »Sanctae Illusioni«.

»Heilige Illusion?« fragte ich, »kennst du eine Heilige dieses Namens?«

»Aber natürlich, F. W., es ist die Lieblingsheilige des Ordens vom ›kindhaften Leben‹.«

»Du mußt mir nicht antworten, wenn es dich anstrengt...«

»Nein, nein, es ist doch herrlich, wieder die Zunge frei zu haben...«

»Hat diese Heilige immer Illusio geheißen?«

»Wo denkst du hin? Das ist der Klostername, den sie angenommen hat, F. W.«

»Und wer war sie wirklich?«

»Ein Mädchen, das Io-Ha hieß und durch einen chemischen Unfall ihr Gesicht verloren hatte. Alles, Augen, Nase, Lippen. Die fröhliche Heiligkeit ihrer Seele aber war so groß, daß sie für jeden, der sie ansah, unerschöpflich aus sich selbst ein neues Gesicht hervorentwickelte, ununterbrochen. Und jeder, der sie erblickte, hielt sie für die größte Schönheit der Welt.«

»Ich verstehe die Brüder vom ›kindhaften Leben‹«, dachte ich laut. »Es ist sehr tiefsinnig von ihnen, daß sie dieser Heiligen gerade hier eine Stätte errichteten, hier im Angesicht von Retrogenesis und Analysis...«

Die Erscheinungen ad ovum zurückführen, alle Achtung, wenn's dabei auch Kataboliten setzt. Aber ein herrliches Gesicht haben, wenn man gar kein Gesicht hat, das ist mehr, das ist des Menschen Göttlichkeit. Sancta Illusio, ora pro nobis.

Wir traten durchs Portal in die gewölbte Halle, die von frischer Luft und zartem Frühmorgenlicht erfüllt war, das uns nach so viel regnerischer Herbstdämmerung außerordentlich erquickte. Ich hatte vorhin richtig geraten. Die Baulichkeit beherbergte ein Kapellchen und einen größeren Raum, der zweifellos eine Infirmerie war oder mindestens ein Ruhehafen für Erschöpfte. Darauf wies eine Anzahl von Strecksesseln und breiteren Schlafstätten hin, die nebeneinander standen. Auf einem dieser Lager sah ich eine regungslose Gestalt. Es dauerte längere Zeit, denn ich traute meinen Augen nicht, ehe ich die Ahnfrau des Hausers Io-Fagòr erkannte. GR^3 war fest in die taubengrauen Schleier der Brautschaft gehüllt. Der schwarze engsitzende Helm krönte das bildschöne Gesichtchen, in dem nur die Augen etwas tief lagen, die uns mokant musterten. Nicht das leiseste Derangement war Ururgroßmama anzumerken, und das nach so langem Aufenthalt in diesem stygischen Gebiet, das doch bekanntlich ziemlich schmuddelig ist. Sie aber war tipptopp von oben bis unten, duftete leise wie immer nach ihrem unerforschlichen Parfum und schien frischer und ausgeruhter als bei unserer letzten Begegnung. Ihre mentalen elfenbeinfarbenen Händchen lagen blaß neben ihr.

»Na endlich«, sagte sie.

»Na endlich, wieso?« fragte ich ganz perplex.

»Die Herren werden diese unmöglichen Hemden ablegen wollen«, meinte die Ahnfrau und schien mit diesem höflichen Befehl auszudrücken, daß sie uns erkannt hatte und nicht etwa mit Funktionären des Wintergartens verwechselte. B. H. und ich rissen uns gegenseitig die geraubten weißen Kittel vom Leibe, obwohl es vielleicht noch zu früh war, die Maske zu lüften.

»Ich habe schon geglaubt, es sei die ›Ablösung‹«, sagte die Ahnfrau.

Das Wort »Ablösung« verstand ich nicht und fragte darum:

»Sie haben uns hier erwartet, Madame?«

»Ich erwarte niemand«, sagte sie spöttisch und fügte hinzu: »Sie waren nicht sehr galant, Seigneur, als Sie so galant waren, mir den Vortritt zu lassen.«

Jetzt ging mir ein Licht auf.

»Wie konnte ich ahnen, Madame, daß Sie den Familienbeschluß...«

»Meine Nachkommen, das waren zusamt Ovetten, die vor Lebensschwäche zitterten...«

»Sie aber wären dann allein im Hause geblieben und ausgesetzt den wohlgezielten Depressionen und Erfüllungsenttäuschungen...«

»In meinem Alter?« lachte sie kurz auf. »Alle meine Enttäuschungen sind erfüllt, alle meine Erfüllungen sind enttäuscht. Ich fürchte keine psychische Artillerie...«

»Höre ich recht«, rief ich aus. »Auch Sie sind eine Widerspenstige, Madame.«

»Sie sind zu kühn«, wies sie mich mit Hoheit zurück. »Ich adoriere den Wintergarten und werde ihn aufsuchen, wenn es soweit ist. Aber noch ist es nicht soweit...«

»Man ist so jung, wie man sich fühlt«, stammelte ich verlegen, »so sagte man zu meiner Zeit...«

»Nein, man ist so jung, wie man *ist.*« Und bei diesen Worten funkelten ihre alten versunkenen Augen. Ich fand mit Bewunderung wiederum eine der wichtigsten Erfahrungen der fortgeschrittenen Menschheit bestätigt, die Erfahrung von der heterochronen Zeit. Jedes Jahr bedeutet für jeden Menschen ein anderes Lebensmaß, für den einen ein größeres, für den anderen ein kleineres.

»Dort oben, Madame«, sagte ich, »sind Sie jetzt allein, ohne Familie, ohne Pflege...«

»Allein ist man immer«, versetzte sie streng. »Dort oben aber lebt das Beste, was aus mir kommt...«

»Sie sprechen von Lala, dem Kindchen. Die gehört jetzt ganz und gar dem Sieger:«

»Sie haben Ihr Glück verspielt, Seigneur... Oh, Sie wissen noch immer nicht, wo der Mensch beginnt...«

»Und wo beginnt der Mensch, Madame?«

»Der Mensch beginnt damit, genau dort und genau damit, daß er keine Sorge hat...«

»Keine Kleinigkeit«, murmelte B. H. dazwischen.

Wahrhaftig! Keine Kleinigkeit. Die Persönlichkeit dieser astromentalen Greisin beugte mich fast nieder. Am erstaunlichsten war, daß ihr nicht einmal die Bruthitze des Hohlraums etwas anzuhaben schien.

»Haben Sie bedacht, Madame«, fragte ich, »daß inzwischen vermutlich eine neue Welt entstanden ist, eine neue historische Epoche, die Ihnen fremd und unbequem sein könnte...«

Sie sah mich starr an:

»Fremd? Darauf bin ich ja besonders neugierig.«

»Neugierig«, wiederholte B. H. begeistert, als sei er froh, mir endlich wieder etwas bieten zu können.

»Ich bin stolz, Madame«, sagte ich, »daß Sie mit uns zurückkehren werden, wenn Gott hilft...«

»Wenn jemand zurückkehrt«, wies sie mich zurecht, »so werden die Herren mit mir zurückkehren...«

Sie erhob sich leicht und arrangierte mit der Gebärde der Weltdame ihren Faltenwurf.

»Die Ablösung«, rief sie, die Augen zum Eingang wendend.

Der Name des Ordens »Brüder von kindhaften Leben« hatte mich, als ich ihn auf der Wand unseres Zimmers im Wintergarten zum ersten Male las, nicht nur mit Staunen, sondern sogar mit einer leichten Bedenklichkeit erfüllt. Zweifellos war der Name in den Worten Christi begründet: »Wenn Ihr nicht werdet wie die Kinder u.s.w.« Wieder zum Kind werden aber heißt, wieder in voller Gegenwärtigkeit leben, ohne Vorher und Nachher, eine Dimension, die der Erwachsene nicht kennt und die ein irdisches Abbild der göttlichen Zeitlosigkeit ist. Deshalb sagt Christus in jenen Worten, der Mensch könne nicht göttlich werden, ehedem er wieder wie ein Kind ist. Das war die tiefe Bedeutung des »kindhaften Lebens«. Zugleich hörte ich in diesem Begriff etwas mitschwingen, was auf das Jahrhundert zurückzuführen war, dem ich selber angehörte, und seinen Skeptizismus. Ich hatte damals eine gewisse frömmelnde Kindlichtuerei kennengelernt, die sich im Vollbesitze Gottes wähnte, weil sie den Intellekt verachtete. Christus aber sagt nicht, wir sollen Kinder sein, sondern wir sollen werden *wie* die Kinder. Er fordert eine neue Kindheit.

Es war die angenehmste Enttäuschung. Keine Spur von frömmelnder Kindlichtuerei konnte man an den zwölf Burschen bemerken, die heiter und wohlgelaunt sich jetzt im Eingang dieser Schutzhütte drängten. Ich sage unehrerbietig »Burschen«, obwohl es sich um Mönche handelte, die ähnlich aussahen wie unsere Kapuziner. Aber ihre ganze Arbeit war so lustig unmönchisch, daß wir das Wort »Burschen« ganz unabsichtlich in die Feder kam. Im übrigen könnte kein Schriftsteller die Weisheit und Tiefe frei erfinden, mit welcher die Kirche hier in der Unterwelt auf dem *ihrigen* beharrte. Der Rückentwicklung des Menschen zum Embryo setzte sie entgegen die Idee der ewigen Kindheit, indem sie die Betreuung des Wintergartens den Brüdern vom kindhaften Leben anvertraute. Damit zeigte sie, wo der richtige Weg lag und wo die Abirrung. Und durch dieselbe Erleuchtung machte sie die heilige Ha, die Sancta Illusio zur Schutzheiligen des Abgrunds der Kataboliten, dieser verkörperten Desillusionen.

Den zwölf jungen Mönchen, die uns jetzt mit lachender Freundlichkeit umgaben, war die religiöse Betreuung jenes östlichen Flügels des Wintergartens anvertraut, dem wir soeben entkommen waren. Man weiß schon, daß sie nicht das Recht hatten, die Sterbesakramente zu vergeben, aber im kleinen Kirchlein außerhalb der Mauer die Beichte der Bedürftigen hörten und sie speisten. Wie viele Flügel der Wintergarten umfaßte und wie viele Brüder sich gleichzeitig im Dienste befanden, das konnte ich nicht eruieren. Ich erfuhr nur, daß diese soeben abgelöst worden waren und sich zur Heimkehr an die Erdoberfläche anschickten. Es war ihr wohlverdienter Feierabend nach harter Mühe in dem entsetzlichen Klima des Hohlraums. Man sah ihnen jedoch weder Erschöpfung noch Müdigkeit an, obwohl ihre braunen Kutten aus schwerem rauhen Stoff zu bestehen schienen. Weder die Ahnfrau noch wir brauchten ihnen erst begreiflich zu machen, warum wir hier Zuflucht gesucht hatten. Leute wie wir waren, um ein schiefes Bild zu verwenden, gewissermaßen ihr tägliches Brot, wenn nicht gar die Würze auf diesem Brot.

»Das letzte Mal haben wir fünfzehn Stück hinaufgeschmuggelt«, sagte einer der Mönche, »in fünf Partien, ganz glatt und ohne Anstand durch eine ganze Kette von Nummernzählern...«

»Und doch war's das letzte Mal noch ein Kunststück gegen heute«, lachte ein anderer, »denn heute drängen sich Tausende bei den Stationen, die vor dem Kriege heruntergeflohen sind. Heute wird's überaus leicht sein...«

»Ein schierer Spaß«, bestätigte der Chor.

Ein strahlender Jüngling mit hellen Blauaugen, ohne Zweifel der Obere dieser Gruppe, nahm das Wort:

»Die Hauptsache ist dies: Niemals an den nächsten Augenblick denken. Wir werden gemeinsam die große Treppe ersteigen, Stufe für Stufe. Es gibt aber gar keine große Treppe, wenn man von jeder Stufe fest überzeugt ist, daß sie die letzte ist...«

»Ich bin die große Treppe hinabgestiegen«, erklärte die Ahnfrau stolz.

»Und nur nicht zurückblicken«, sagte einer, der still vor sich hin lächelte. Nur nicht zurückblicken im Hades. Woher kenne ich das, dachte ich. Immer wieder diese alten Geschichten. Laut aber sagte ich:

»Es ist mir ganz unbegreiflich, warum die Direktion so streng ist und die Straßen durchaus nicht retour benützt werden dürfen.«

»Aber das ist doch ganz klar«, erhielt ich zur Antwort. »Sie wollen keine Zeugen dafür haben, die ausplaudern, daß hier unten nicht alles so ist, wie die Prospekte und Artikel des Uranographen es verkündigen...«

»Nein, nein, das ist nicht der wahre Grund«, schüttelte der Strahlende den Kopf. »Die Direktion schämt sich.«

»Warum schämt sich die Direktion?«

»Weil sie den Tod zum Menschenwerk, das heißt unvollkommen gemacht hat...«

»Wenn es nach euch ginge«, grollte die Ahnfrau, »würden wir noch nicht einmal den Park des Arbeiters haben...«

Ein Mönch, der wirklich aussah wie ein Kind, klatschte in die Hände: »Jesus Maria! Nur keine faulen Debatten! Laßt uns lieber ein bißchen Gebete tanzen und singen und die Sekunden durch innerlichen Freudengenuß in die Länge ziehen...«

»Daraus wird nichts«, wehrte der Strahlende ab. »Unsere Freunde hier haben diese Luft und den Nebel und die Dämmerung satt und wollen hinauf. Wir werden oben zu guter Stunde ankommen, wenn die Waffen ruhen und die Gefahr vermindert ist...«

Der Blick des jungen Fraters umfaßte die Ahnfrau, B. H. und mich mit solchem liebevollen Wohlwollen, daß mir ganz warm ums Herz wurde. Ich fühlte die knabenhafte Freundschaftlichkeit, die von diesem Manne und seinen Mitbrüdern ausströmte, eine Seelenkraft, die vermutlich in besondern Exerzitien erworben wurde. Vorhin, als alle zwölf die Gefahr, die wir noch zu bestehen hatten, so auffallend bagatellisierten, hatte ich ein ganz leises Unbehagen empfunden. Die allzu kindhafte Art, mit der sie uns die Angst vor dem Abenteuer auszureden versuchten, war eher dazu angetan, nervösen Leuten Angst zu machen. Jetzt aber empfand ich ein so tiefes Vertrauen zu dem Strahlenden und seinen Confratres, als wären sie keine Mönche, sondern die erfahrensten Menschenschmuggler. Sie hatten aus einem Nebenraum Kutten hereingebracht, die sie uns anprobierten. Ich wunderte mich, daß diejenige, die man für mich wählte, trotz des rauhen Stoffes sehr leicht und schmiegsam war und nicht einmal warm machte. Auch B. H. lächelte mir zufrieden zu.

Mit GR^3 aber gab es eine Szene.

»Was glauben Sie von mir«, rief sie empört. »Ich in einer Kutte mit Kapuze?«

»Es ist ja nur für ein kurzes Stück Weges«, suchte der Strahlende sie zu beruhigen.

»Kein Stück Weg ist kurz genug für meine Eitelkeit... Ich hatte im Leben eine einzige Mission, und ihr werde ich nicht untreu...«

»Was für eine Mission, Madame?« fragte ich neugierig.

»Schönsein«, erwiderte die Uralte, und sie war auch untadelig schön in ihrem stolzen Zorn. Und noch merkwürdiger: dieses Bekenntnis zum »Schönsein« im Munde einer rund Zweihundertjährigen klang nicht grotesk, sondern natürlich würdevoll. Die Mönche steckten die Köpfe zusammen, dann sagte einer, der ihr mit dem falschesten Mittel Vernunft beibringen wollte: »Aber lieb Mütterchen, der Zweck der Übung ist es gerade, daß Sie niemand sieht und identifiziert...«

»Und Sie, meine Hochwürdigen«, fragte sie spitzig, »werden Sie mich etwa nicht sehen und identifizieren? Aber selbst, wenn ich hier ganz allein wäre, würde ich mich lieber in den Humus legen als mich lächerlich machen...«

»Probatum est«, lachte der Obere der Brüder. »Es geht auch so. Es geht so vielleicht besser«, und die andern stimmten kräftig bei.

Jemand zog mir die Kapuze über den Kopf. Ich setzte mich auf eines der Ruhelager, denn in diesem Augenblick erfüllte mich ein starkes Gefühl: Genau dasselbe habe ich bereits einmal erlebt. War das etwa eine fausse connaissance oder déjà-vu, wie man es nennt? Nein! Ich war wirklich einmal nahe daran gewesen, als Mönch vor erbarmungslosen Verfolgern zu fliehen. Marseille, Juli 1940. Die Deutschen hatten Zweidrittel von Frankreich besetzt. Sie werden in wenigen Tagen das ganze Land okkupieren, so heißt es. Dann aber bin ich verloren, denn laut Paragraph 19 des Waffenstillstandsvertrags müssen die Franzosen mich und meinesgleichen ausliefern. Ich sitze im Kloster der Dominikaner. Man berät darüber, ob man die Gefährdeten in Kutten stecken und über die spanische Grenze schaffen könnte. Mich hält von diesem Abenteuer nichts anderes zurück als der Anblick von zwei falschen Mönchen, die sich ganz unmöglich im Habit bewegen.

Was für ein feines Gefühl hat doch die Ahnfrau, dachte ich bei dieser Erinnerung, die mich sehr sonderbar berührte, da nach endlosen Zeiten eine ähnliche Situation sich nicht nur wiederholte, sondern ein abenteuerlicher Plan, der im Jahre 1940 gefaßt worden war, im Elften Weltengroßjahr der Jungfrau zur Ausführung kam. Ich hing diesem Gedanken noch immer nach, als uns die »Brüder vom kindhaften Leben« bereits in die Krypta unter dem der *Sancta Illusio* geweihten Altar und von da durch eine niedere Tür in einen Korridor führten.

»Einzeln abfallen«, kommandierte der Strahlende humoristisch. Dieses alte Militärkommando schien sich in der Ordensdisziplin erhalten zu haben.

Im Gänsemarsch durchquerten wir den Gang, immer unter Scherzen und Lachen der Mönche, die es nicht zuließen, daß wir uns der furchtbaren Spannung, in der wir uns befanden, so recht bewußt werden konnten. Dennoch, als wir den Gang verlassen hatten und vor der gewaltigen Wendeltreppe standen, erfaßte mich ein Schwindel. Diese Treppe glich einer Turmtreppe; nur war der zu ihr gehörige Turm nicht vorhanden. Sie wuchs wie ein graumetallenes Schraubenband in die Höhe, und zwar so hoch, daß wir nur ihren unteren Teil sehen konnten. Nach mehreren Windungen schon verschwand sie im Dämmer und Nebel der unterirdischen Herbstlandschaft. Ich konnte meinen Schrekken vor der Aufgabe, diese Treppe zu erklimmen, nicht mehr unterdrücken.

»Mein Gott«, seufzte ich, »so etwas hat man schon in meiner Jugend niemandem zugemutet. Als der Campanile in Venedig nach seinem Zusammensturz wieder errichtet wurde, baute man ihm den prächtigsten Aufzug ein ...«

Der Strahlende klopfte mir leicht auf die Schulter:

»Das ist keine Sache, mein Freund. Wer wirklich hinauf will, muß steigen.«

Ich schwieg, fürchtete mich aber vor dem plötzlichen Herztod, den mir der Animator prophezeit hatte. Unsinnigerweise hatte ich gar nichts dagegen, zu zerfließen und mich aufzulösen, aber vor dem Versagen meines dubiosen Körpers fürchtete ich mich. Da wäre vielleicht die Retrogenese besser gewesen. (Haha, endlich kommst du der großen Errungenschaft auf den Geschmack. So ist es mit allen Fortschritten. Der alte Konservatismus entpuppt sich am Ende als Gewohnheits-Meierei.)

»Ich kenne diese Treppe«, sagte die Ahnfrau, »und ich hoffe, daß niemand von mir glaubt, ich fürchte mich...«

»Kein Grund zur Furcht, Mütterchen«, erwiderten einige der Brüder. »Sie werden emporschweben wie ein Engel, Mütterchen...«

»Ich verbitte mir das«, rief GR³ erzürnt. »Ich bin für Sie kein Mütterchen und kein Mütterlein. Ich bin eine Urgroßmutter, und auch das ist nicht ganz richtig, denn ein Ur hab' ich gestrichen...«

Die Fratres erzhählten, daß sie manchmal gezwungen seien, die große Treppe vier- oder fünfmal hintereinander auf und ab zu steigen. Während all dieser Reden und Gespräche merkten wir kaum, daß wir schon einige Windungen zurückgelegt hatten. Zwei Mönche hatten die Uralte in die Mitte genommen und trugen sie. Hinter mir und B. H. ging je ein Bruder, der uns mit starken Händen voranschob. So wurde die Besteigung zum reinen Vergnügen. Ein Teil der Mönche blieb zurück. Es geschah wegen der Nummernzähler, die den Rückweg nur für die zwölf Mönche freigaben, die stets abgelöst wurden, um wieder aufzufahren. Eine Stimme sang ziemlich guttural:

»Geliebte Männer und Frauen,
Wir Brüder vom kindhaften Leben,
Wir kennen kein Vorwärtsstreben
Und kennen kein Rückwärtsschauen...«

»Der größere Teil liegt längst hinter uns«, sagte der Strahlende plötzlich. »Aber das ist doch gar nicht möglich«, wunderte ich mich, ganz aufrichtig, »wir haben doch kaum mit dem Aufstieg begonnen.«

»Das kommt daher«, lachte der junge Prior, »daß wir Sie unausgesetzt lehren, nicht an die nächste Windung zu denken.«

Es war völlig wahr. Die Mönche entwickelten einen physischen und psychischen Rhythmus von solcher Macht, daß sie B. H. und mich zu unbedenklich freudiger Hingabe an die Tätigkeit des Treppensteigens zwangen. Mein guter Freund sagte plötzlich:

»Wie schade, daß wir bald am Ziel sein werden. Ich wollte, die große Treppe ginge noch höher.«

»Das hören wir immer von unsern Klienten«, nickte der Strahlende, der die Nachhut unserer kleinen Schar bildete. Und er fügte hinzu: »Da wir jetzt sogleich die Hauptstraße erreichen werden, bitte ich um folgendes: Wir bleiben dicht beisammen. Wir reden nicht. Wir drehen uns nicht um.«

Diese Straße war, wie man es uns angekündigt hatte, mit dichten Menschenmengen erfüllt, die in die Richtung des Wintergartens strömten. Die Menge war so groß, daß von Zeit zu Zeit Stockungen eintraten und die Flut erstarrte. All diese verrückten Leute zogen eine vorzeitige Retrogenese dem Leben in einer durch den modernsten Krieg gefährdeten Welt vor, nicht anders als Io-Fagòr und die Seinen, die freilich dieser Plebs vorangeeilt waren und sich dadurch eine rasche und prompte Bedienung durch Animatoren, Gärtner und Badediener gesichert hatten. Die Neukommenden hier würden zweifellos sehr lang auf ihr selig-unseliges Ende zu warten haben. Die Weißbekittelten lehnten nicht mehr teilnahmslos am Geländer der Straßenbrücke, sondern bildeten Kordons mit dem Rücken gegen den Strom. Der Strahlende zwinkerte mir entzückt zu. Die Situation war günstiger denn je. Wir drängten uns fest aneinander, um in unsern Kutten einen dicken Haufen zu bilden. Die Mönche stimmten einen schallenden Chor an, der in seiner Kraftfülle zum stygischen Raum im trotzigen Widerspruch stand. Wir drangen in unserer Geschlossenheit gegen den Strom vor, wie ein Schiff mit scharfem Bug. Die Mitte bildete die Ahnfrau. Dicht hinter ihr kamen B. H. und ich. Die Mönche kreisten uns ein. Obwohl die Ahnfrau die Treppe emporgetragen worden war, machte sie jetzt einen grauen Eindruck. Ich muß gestehen, sie erschien mir alt, ohne Beschönigung alt. Dieses Altsein äußerte sich aber nicht in Schwäche, sondern in einer fühlbaren Grimmigkeit, die von ihr ausging. Ich selbst wurde durch ihren Zustand unruhiger von Augenblick zu Augenblick.

Soeben hatten wir den ersten Kordon der Nummernzähler passiert. Der muskulöse Chor der Mönche bahnte uns einen

Weg durch die Weißbekittelten, die, unangenehm berührt durch die Stimmkraft des kindhaften Lebens, beschämt wegschauten. Nur noch eine solche Reihe von Wächtern hatten wir vor uns, und dann war das Spiel gewonnen. Wir sahen in mäßiger Entfernung jene glatte Felswand, welche die Station hieß, weil in ihr die Camerae caritatis landeten. Das nächste Geschehnis kann ich deshalb mit großer Genauigkeit beschreiben, weil es so war, als ginge es in meiner eigenen Seele vor und betreffe mich selbst. Durch irgendeinen astromentalen Akt nämlich spiegelte sich in mir bis zur Schmerzlichkeit all das wieder, was die Ahnfrau zu ihrer unsinnigen Handlung hinriß. Ich spürte die gräßliche Lokkung, das Verbot zu übertreten. Ich spürte den herausgeforderten Trotz des Weibes. Ich spürte ihren wilden Hochmut, der nicht an sich halten konnte und der die Mönche, ihre Retter, haßte. Und hinter dem allen spürte ich die Wurstigkeit, der die nächsten Schritte zu viel waren und der vor dem Gedanken an die Auffahrt ins Leben graute. War diese Wurstigkeit schon das Desiderium originis?

Und so geschah es, daß GR^3, als wir die letzte Reihe der Nummernzähler erreicht hatten, plötzlich stehenblieb und sich mit Aplomb umkehrte. Einen Augenblick blieb unsere ganze Gruppe stehen, und der Chor brach ab; jedoch nach drei Sekunden erscholl er von neuem kräftiger als zuvor. Ich fühlte einen Stoß und taumelte vorwärts. Obwohl ich die Ahnfrau nicht besonders liebte, hatte ich ihr doch das grüne Seil der Ammen zuwerfen wollen. Es war der Strahlende, der mir's aus der Hand geschlagen hatte. Die Ahnfrau aber war von der Menge, die zum Wintergarten pilgerte, verschlungen worden.

Wir erreichten die Station der Brüder vom kindhaften Leben nach einigen Schritten. Alles verlief ohne die geringsten Schwierigkeiten.

Ob Lalas Urgroßmutter oder nach ihrem eigenen Geständnis Ururgroßmutter auf diese höchst freiwillige Weise das Ziel ihres astromentalen Lebens erreicht hat, das weiß ich nicht mehr. Es wäre ihr aber zuzutrauen, daß sie ihren Entschluß noch einmal geändert hätte.

Fünfundzwanzigstes Kapitel

Worin ich meinen Freund verliere und angesichts des zerstörten Djebels Zeuge einer heroischen Opfertat werde.

Der Zustand, in dem wir die Oberwelt vorfanden, überraschte mich nicht sehr, hatte ich doch in meiner eigenen viel schwerflüssigeren Lebenszeit erfahren, daß sich das historisch-politische Gesicht eines Reiches nicht etwa über Nacht, sondern bereits von einer Stunde zur andern so gründlich ändern kann, daß man es nicht mehr wiedererkennt. Ich denke da vorzüglich an das Ende des Ersten Weltkriegs, an die Novembertage des Jahres 1918, die ich inmitten des geschlagenen Zentraleuropas verbrachte. Auch jener Krieg war durch den Schuß eines fanatischen und ahnungslosen Knaben ausgelöst worden, der einen persönlich wenig bedeutsamen Fürsten hinwegräumte. Da aber damals die Menschen zahlreicher, die Gruppen vielfältiger, die Verhältnisse verzwickter, die Motive chaotischer, die Waffen primitiver waren als so viele Weltalter später, so war's nur selbstverständlich, daß jener Krieg vier Jahre in Anspruch nahm und nicht rund zwölf Stunden wie der gegenwärtige in fernster Zukunft. Es war übrigens, gemessen an dem sogenannten »Letzten Krieg« von drei, drei Zehntel Minuten, eine recht ausdauernde Kampagne. Man muß aber bedenken, daß er beiden Parteien aufgezwungen war, sowohl der Panopolis als auch dem Dschungel, und die Schuldigen, jene törichten Waffensammler, nur über die holprige Organisation von Verschwörern verfügten. Wenn ich, als ein flüchtiger Besucher der Zukunftswelt, auch nur imstande bin, den nackten Anlaß und nicht die tieferen Gründe klarzulegen, so waren diese tieferen Gründe nichtsdestoweniger vorhanden, mochten sie auch nur in der polaren Spannung des Gegensatzes zwischen Panopolis und Dschungel liegen. (Daß ich alles zukünftige Geschehen nur unter einer starken Farbenbrechung, das heißt Wesensverzerrung und -verzeichnung zu sehen vermochte, das habe ich vor dem Leser schon mehrfach bekannt.)

Ein alter Spruch sagt: Veritas vincit. »Die Wahrheit siegt.« In diesem Spruch steckt eine protestantisch idealistische Überschätzung der irdischen Verwirklichung. Gewiß, am Ende aller Menschheitstage wird die Wahrheit gesiegt haben. Bis dahin aber geschieht zumeist das Umgekehrte: Victoria verifacit. »Der Sieg macht wahr.« Jede historische Epoche spiegelt das Gesicht dessen wieder, der zuletzt gesiegt hat. Das galt auch hier. Die Mitternacht mochte nicht fern sein, als wir irgendwo in der Nähe der »Ehemaligen Unterstadt« auftauchten. Der dichte astromentale Sternenhimmel wölbte sich über uns. Die Menschenwelt unter ihm aber begann bereits das Gesicht des Dschungels anzunehmen. Mein letzter Eindruck demnach, den ich von der astromentalen Kultur davontrug, war, daß sie aufgehört hatte zu bestehen, um etwas Neuem Platz zu machen, das sich noch äußerst undeutlich und verwischt ankündigte. Dabei schienen die astromentalen Errungenschaften ohne Pause weiter zu funktionieren. Die schwarze Tafel am Firmament, wo die Sternlein zu den »Abendsternen Heute« zusammenhüpften, brachte jede zwei Minuten neue Nachrichten. Zu meiner Verwunderung war aber der Ton dieser Notizen völlig verschieden von dem gestrigen und vorgestrigen. Die Abendsterne priesen die Dschungel und ihre markig naiven Völkerschaften, die noch nicht durch dekadente Sitten verdorben, im tätigen Erdenleben und nicht etwa im zwecklosen Spiel oder in der Lösung ewiger Fragen ihr höchstes Ideal sahen. Die Himmelszeitung berichtete ferner von den überlebenden Verschwörern, jenen Waffensammlern, deren idiotischem Haß (diese Formulierung war richtig) man die große Bereinigung zu danken habe. Ein Teil von ihnen sei schon gefangengesetzt, und die gerichtlichen Kommissionen prüften bereits gegenwärtig, trotz der vorgerückten Stunde, die historischen Archive der fernsten Vergangenheit, um die geeignete Art der Todesstrafe ausfindig zu machen, wie man sie früher an Hochverrätern zu vollziehen pflegte.

Todesstrafe? Ich traute meinen Augen nicht. Doch am Himmel strahlte dieses furchtbare Wort auf in extens-demotischer Schrift. Vor wenigen Stunden noch, mitten im Hades, im Hohlraum des Todes, hatte der Animator mich streng gerügt, daß ich dieses schamlose Wort »Tod« offen verwende. Und jetzt stand es breit und klar am Himmel zu lesen, und die Leute, die emporzwinkerten, fielen gar nicht in Ohnmacht. Das ging selbst mir, einem ganz ausgekochten Dulder der Weltgeschichte viel zu schnell. Ich verstand aber plötzlich Io-Fagòr und alle Seinesgleichen weit besser als bis jetzt und mehr als das, ich gab ihnen große Ehre in meinem Herzen, weil sie lieber unter Verlust einiger Jahre Margueriten geworden waren als sich selbst untreu zu werden.

Dem Bericht über die gefangenen Verschwörer folgte ein längerer Artikel, der mit einer gewissen Ängstlichkeit darauf bestand, daß die Nützlichen Künste, welche die Menschheit im Laufe ihres Erdenwallens erlernt hatte, nicht verachtet werden dürfen und daß die segensreichen Einrichtungen auch der erneuerten Gesellschaft erhalten bleiben müssen, die sich voll und ganz auf die so schimpflich mißgenannten Dschungel gründe.

Bei dieser Stelle, welche Io-Joels Worte zitierte, mußte ich leise lachen.

»Warum lachst du so dreckig?« fragte B. H. traurig.

»Ich lache, weil ich mir den Uranographen vorstelle, wie er diesen Artikel mit seinem Stummel auf einen Käszettel schreibt...«

»Morgen werden sie ihn bestimmt fortjagen, um einen der ihren anzustellen...«

»Wie neu, B. H.«, höhnte ich, »wie gewaltig neu...«

Er wies stumm mit dem Zeigefinger gen Himmel, wo soeben ein andrer Bericht zusammenhüpfte, und zwar unter dem Titel:

»Das Ende der Seleniazusie bevorstehend... Soeben tritt das Komitee der Weltverfassung zusammen, um über einen Antrag schlüssig zu werden, der die Abschaffung der Seleniazusie vorsieht. Die Einrichtung des mondgeweihten Geoarchonten, des Machtlos-Mächtigen, des Verantwortlich-Namenlosen hat angesichts einer geringfügigen Gefahr so kläglich versagt, daß seine Stelle ein Geogeneral einnehmen wird, der ein Expert in der psychischen Artillerie ist. Auch das Schilderhaus des Welthausmeiers wird einem würdigeren Amtssitz weichen...«

»Schade«, sagte ich, »sehr schade«, und las nicht weiter, denn der Nacken tat mir schon weh vom zuvielen Himmelsgucken.

Mein Eindruck, daß die Panopolis schon jetzt das Gesicht des Dschungels anzunehmen begann, war vermutlich auch darauf zurückzuführen, daß wir hauptsächlich jene Orte aufsuchten, wo die Veränderung sich am stärksten bemerkbar machte. In den reinen Wohnbezirken, ja vielleicht sogar auf dem Geodrom mochte es sich anders verhalten; dort war vielleicht die Widerstandskraft der astromentalen Kultur nicht so schnell gebrochen worden. Hier aber, ich spreche vom Gebiet der »Ehemaligen Unterstadt«, in deren Zentrum jener Korso zwischen den beiden Toren lag, hier im Viertel der Kinderreichen und der »Mühseligen und Beladenen« ging es hoch her vor festlicher Erneuerung. So wenig mühselig und beladen diese Mühseligen und Beladenen auch waren, so gut gefüttert und wohlbekleidet durch die siderale Konfektion des Arbeiters, es half nichts, sie blieben, in einer transökonomischen und transsozialen Welt ohne Notstand, dieselben Mühseligen und Beladenen wie eh und je, denn der Mensch lebt bekanntlich nicht von Brot allein, sondern auch noch von der Befriedigung seines durchs Leben erniedrigten Hochmuts. Es muß nicht erst betont werden, daß die Mühseligen und Beladenen der Ehemaligen Unterstadt die revolutionären Schichten der astromentalen Zivilisation bildeten und daß heute im Bezirk der beiden Torruinen Freude und Jubel herrschte, nicht etwa, weil das Leben besser zu werden versprach, sondern weil die Herrschaft der Hochnäsigen gebrochen zu sein schien. Es hatten sich übrigens ganze Scharen von Dschungelleuten hier eingefunden, Männer und Frauen, zum Teil in ihren Bauernjankern mit schimmernden Silberknöpfen, roten Zipfelmützen und Glöcklein an den Schnauzbärten. Diese Bauern aber benahmen sich still, vorsichtig, ja ein wenig gedrückt, während die Stadtbevölkerung sich nicht genug tun konnte an Hochrufen und Fraternisieren. Es war sogar offensichtlich, daß diese astromentale Plebs in einem sonderbaren Snobismus vor den gehaltenen Dschungelleuten kroch. Es muß zum vollen Verständnis hinzugefügt werden, daß die Bergstädter nicht mit leeren Händen gekommen waren, sondern viele Fässer ihres braunen Bieres mitgebracht hatten, welches die Astromentalen, die dergleichen nie kennengelernt hatten, in Rausch und Taumel versetzte. Eine reizende historische Umkehrung übrigens: Die Rothäute korrumpieren die Bleichgesichter durch Feuerwasser. Die Bergstädter hingegen hatten eine ziemliche Menge von Reisegeduldspielen erobert und vergnügten sich damit, wie die Wilden ihren Aufenthalt zu wechseln. Daß die Zusammenstimmer so tadellos ihre Pflicht erfüllten, gehört für mich zu den großen Geheimnissen dieses Kriegs und Umsturzes. Aber auch dies war nicht neu für mich, denn ich hatte in ähnlichen Fällen schon erlebt, daß gewisse Grunddiktate des Lebens trotz allem weiter im Gang bleiben.

Auffälliger als alles andere war, daß die Leute Kampfeuer angezündet hatten, um die sie herumsaßen. Ich wiederhole, sie saßen, was sie noch vor zwölf Stunden nicht gewagt hätten, in der Öffentlichkeit zumindest. Sitzen war nach Io-Joels eigenen Worten eine »reaktionäre Haltung«. Ich hatte B. H. unterm Arm gefaßt. Wir bummelten langsam dahin, nach der Bruthitze des Wintergartens die göttlich frische Nachtluft genießend.

»Erinnerst du dich, B. H.«, fragte ich, »an den bekannten Ausspruch Lenins: ›Revolutionen sind Lokomotiven der Weltgeschichte‹? Lokomotiven fahren vorwärts und rückwärts. Diese hier scheint rückwärts zu fahren ...«

»Was willst du«, erwiderte mein Freund weise, »sie fährt ...«

Warum soll im gekrümmten Raum nur der Mensch eine gerade Richtung haben? Diese Frage wollte ich noch stellen, unterließ es aber, da wir an der Mauerpforte vorübergingen, die zu König Sauls Haus führte. Auf einem metallenen Schild stand zu lesen: »Io-Saul Minjonman, offizieller Jude dieses Zeitalters.« Darunter war ein Papier mit zwei schön gemalten Worten befestigt: »Auf Wanderung.«

»Ich möchte wetten«, lachte ich, »daß Minjonman sich nicht auf Wanderung befindet, sondern in seiner hermetisch verschlossenen Antiquitätenkammer sitzt. Dort weiß er nicht, ob er seinen Goldsohn verfluchen oder segnen soll, weil wieder einmal diese schreckliche Neuerung über die Welt gekommen ist, wo man sich doch kaum an die vorletzte Neuerung gewöhnt hatte...«

»Da magst du recht haben«, nickte B. H.

»Ich weiß, daß ich recht habe. König Saul ist gerade noch beschäftigt damit, sich abzusondern...«

»Was aber geschieht mit uns. F. W.«, seufzte B. H. tief auf.

»Du bist der Reisemarschall«, sagte ich boshaft, während ich einen geheimen Wunsch unterdrückte, der nach dem Dschungel gerichtet war, Lalas wegen.

»Laß uns den Park des Arbeiters aufsuchen«, riet B. H. »Dort restauriert man am sichersten seine Kräfte.«

Auch der Park des Arbeiters war überflutet von riesigen Menschenmengen. Von ferne schon grüßte folgende Leuchtschrift, die in der Luft stand: »Der Arbeiter dieses Zeitalters wird in Streik treten, wenn bis zwölf h. p. m. die Geschütze auf beiden Seiten nicht schweigen.« Diese Drohung mochte von entscheidender Bedeutung gewesen sein. Ohne Zweifel richtete sie sich viel schärfer gegen die Verschwörer und Waffensammler als gegen die Artilleriegeneräle des Dschungels, und das, wie man mir sicher zugeben wird, mit Recht. (Schließlich war der Arbeiter ein Arbeiter und stand daher gefühlsmäßig auf Seiten der Verachteten.) Dabei aber wußte er das Prinzip der Neutralität ausgezeichnet zu wahren, indem er beide Parteien mit Streik bedrohte. Freilich, die Dschungelleute lebten von den Früchten der Erde und waren daher unabhängig von der Sternnahrung der Täler der Quellen und Kräfte, während die Astromentalen, bar aller Landwirtschaft, ohne diese Nahrung vom Hungertode bedroht wurden. Die Streikdrohung des Arbeiters hatte im übrigen ihre Absicht voll erfüllt. Nachdem die Fernschattenzertrümmerer und Existenznegatoren der Verschwörer in den Dschungeln mehr oder weniger großen Schaden angerichtet und einige tausend Menschen in Nichts aufgelöst hatten, stellten sie ihr Feuer ein, schon deshalb, weil das Erhoffte nicht geschah und sie für ihren Putsch unter den astromentalen Mitbürgern keine Begeisterung und Gefolgschaft fanden, sondern nur Entsetzen und Zorn. Niemals in der ganzen Weltgeschichte war eine Kultur dümmer und leichtsinniger in die Luft gesprengt worden; (das heißt wird in die Luft gesprengt werden). Die verschiedenen Konstantine hatten hingegen schon lange vor Sonnenuntergang ihr Ziel erreicht. Heulen und Zähneklappern herrschte unter den Hausgästen in den Nachbarschaften der Panopolis, und es gab nicht Hilfsstellen genug, um die von den Depressionsgeschossen Verwundeten aufzunehmen. Die Kapitulation wurde zu Beginn der ersten Nachtwache unterzeichnet, und zwar von dem Unglücklichen, der provisorisch an die Stelle des letzten Seleniazusen getreten war; selbstverständlich ohne Namen unterzeichnet und nur mit einem Kennwort. Der Hauptartikel bestand aus einem kurzen Satz: »Die Grenzen zwischen der astromentalen Wohnwüste und den farbenfrohen Oasen sind aufgehoben.« Man sieht, mit einem Schlage hatte sich alles verkehrt. Die Dschungel waren mit gutem Grund zu »farbenfrohen Oasen« avanciert. Und diese Oasen nannten, von ihrer Perspektive aus, aus ebensolch guten Gründen die Stätte einer beinahe übermenschlich verinnerlichten Kultur »astromentale Wohnwüste«.

All diese Ereignisse erfuhren wir von gleichsam fiebernden Menschen, die in ihrer Erregung kaum mehr bemerkten, daß ich ein Zeitfremder in einem unbekannten Gewande war. (Die Mönche hatten uns beim Abschied die Kutten abgenommen.)

Soweit der Verlauf dieses kurzen Krieges, wenn man ihn überhaupt Krieg nennen kann, obwohl er Opfer genug gekostet hatte. Aber wir erfuhren noch etwas, was mir unbegreiflich war und mich mit Abscheu erfüllte. Ein Teil der Putschisten war gefallen, der größere Teil hatte sich ergeben. Da waren aber noch einige Helden oder Durchhalter oder Tückebolde, die sich an schwerzugänglichen Stellen, die kein Ziel boten, mit ihren Fernsubstanzzertrümmerern verschanzt hatten. Sie richteten diese verderbenbringenden Röhrchen aber nicht, wie man meinen sollte, gegen die sogenannten Oasen, sondern – und hier bekommt die Vernunft einen Schwindelanfall – sie suchten das Größte und Beste zu vernichten, was ihre eigene Welt hervorgebracht hatte, zu deren Gunsten sie zu kämpfen vorgaben. Mit einem Wort, es war der Djebel, gegen den ihre letzte Zerstörungswut entbrannt war und, wie wir vernahmen, mit Erfolg. Man könnte vielleicht meinen, daß diese Patrioten das Palladium nicht in die Hände des Feindes fallen lassen wollten. Nein, nein, das war's nicht. Ich weiß es besser, mein Wort darauf. Die Io-Dos haßten vielleicht den Djebel noch tiefer als die Dschungeln. Die schmähliche Niederlage entblößte ihren tiefen Haß. So versuche ich mir das Ungeheuerliche zu erklären, das mich schaudern machte und mit Schmerz erfüllte.

Ich rechne es mir zur hohen Ehre an, daß wir in dieser Stunde vor das Antlitz des Arbeiters geführt wurden, der nicht wußte, wo ihm der Kopf stand, da ja auf seinen Schultern die ganze Sorge für die wankende Kulturmenschheit lag. Wem wir diese Auszeichnung zu verdanken hatten, weiß ich nicht. Keinesfalls aber war es die violette Handgelenkschleife. Sie hatte ihren Wert verloren wie der Orden, der an meiner Brust steckte. Es schien mein Schicksal zu sein, daß nur untergehende Regierungen mir ihre Insignien schenkten. Dennoch tat ich weder diese noch jenen von mir.

Sämtliche Brüder, Söhne, Enkel, Urenkel des Arbeiterclans schienen heute ausgerückt zu sein, von den Hilfskräften ganz zu schweigen. Einer dieser Riesen von sieben Fuß Höhe bahnte uns den Weg durch die dichte Menge. Zehntausende von Frauen und Kindern drängten sich auf den Spielwiesen. Die Parkanlagen des Arbeiters hatten überall als Zufluchtsstätten gedient, da sie – zu Ehren der Dschungel sei es festgestellt – nur von wenigen Geschossen getroffen worden waren. Ich will aber Konstantin und Genossen keine Humanität zubilligen, die sie vermutlich gar nicht besaßen, und damit in den psychologischen Irrtum Rousseaus, der Enzyklopädisten, Saint-Simonisten, Idealsozialisten und Io-Joels verfallen, die behaupten, daß einer schon durch die bloße Tatsache, daß er nicht der herrschenden Klasse angehört, ein besserer Mensch ist. Konstantin und Genossen hatten jeden Grund, die siderale Maschinerie des Arbeiters zu schützen, um sie später selbst in Besitz zu nehmen. Denn jedesmal wenn eine niedrigere Zivilisation über eine höhere siegt, annektiert der Sieger zuvörderst die Überlegenheiten des Besiegten. Zu dieser Mitternachtsstunde bot auch die malachitgrüne Mulde mit ihren unzähligen Quellschalen und Kraftfontänen ein überwältigendes Bild. Der ganze Grund vibrierte von geheimnisvoller Tätigkeit und nicht nur der Grund, sondern der Luftraum über ihnen bis hoch hinauf in die Intermundien. Die Sternstrahlen, die hinab in die Alabasterschalen schossen und aus ihnen zurück in den Himmel pfeilten, waren entschiedener gefärbt als am Tage, waren breiter, gewissermaßen sichtbarer, wenn auch nicht weniger geisterhaft. Es war geradezu ein Platzregen, ein Wolkenbruch von segenbeladenen Sternkräften, der auf die Menschen niederging, um entlastet wieder zu den Lichtgestirnen heimzukehren.

Tiefe Stille herrschte in der Mulde, obwohl Tausende von Dschungelleuten hier versammelt waren. Sie betrachteten mit tiefer Andacht, ja in leise bedrückter Versunkenheit das großartige Schauspiel, dessen Wesen und Zweck sie noch nicht ganz erfaßten. Wir aber hörten schon von ferne das goldene Löwengebrumm des Arbeiters um Mitternacht:

»Was, da staunt ihr, da seid ihr platt. Doch wer ganz stark schaut, der wird ohne zu essen satt...«

Ich erkannte das elende Gereimsel des traulichen Riesen wieder. Es war nicht besser geworden nach einem solchen Tag der Anspannung und Hingabe. Doch das Gute war: der Arbeiter log nicht. Wenn man den Blick mit voller Kraft auf das Wunderspiel der Nährstrahlen richtete, fühlte man sich nicht nur besser, man fühlte Sättigung und Wärme. Auf optischem Wege wurden einem Kalorien zugeführt. Ich verschweige dieses Detail nicht, weil es vielleicht auf die vergeistigte Ernährungsweise einer noch zukünftigeren Zukunft hinweist. Meine Träumerei über eine dergestalt angelisierte Menschheit wurde durch das einzigartige Lachen des Arbeiters unterbrochen, vor dem wir nun in unserer Kleinheit standen:

»Ihr Herren, was für Faxen und Flausen? Ich wußte nicht, wo Ihr beliebtet zu hausen. Ich habe schon viermal am Tage erkundet, ob unseren Gast keine Depression verwundet...« Er unterbrach sich, stampfte auf und knurrte: »Um Mitternacht wird mein Rhythmus schlecht...«

»Und ich brauche etwas Morgenjubel für mein Sonnengeflecht...«, bat ich.

Der Arbeiter lachte wieder wie eine Brummglocke:

»Da heißt es auf den Morgen warten, Seigneur...«

Ich aber wandte mich begeistert an B. H.:

»Weißt du was das Schönste an unserm Arbeiter ist? Er verfügt über das einzige Lachen auf der Welt, das kein Auslachen ist...«

Während wir einen warmen Trank genossen, fragte der Arbeiter, wo wir den Tag verbracht hatten. »Wir sind aus dem Wintergarten entfahren«, bekannte ich wahrheitsgemäß.

»Donnerwetter noch einmal«, erschrak er ganz aufrichtig, »da gehört Ihr zur Erholung ins Hospital. Jeder von euch bekommt ein köstliches Bett in des Arbeiters weitem Notlazarett...«

»Ja, wo ist denn des Arbeiters weites Notlazarett«, erkundigte ich mich neugierig.

»Da, da, gleich unter unsern Füßen«, erwiderte er, leicht den Boden scharrend. »Meine Töchter und Schwiegertöchter werden Sie grüßen. Meine Enkelinnen und Schwiegerenkelinnen werden Sie niederlegen...«

»Ich verstehe«, sagte ich, »die Damen Ihres Hauses pflegen...«

»Sie haben schon die meisten Verwundeten herausgepflegt«, nickte der Arbeiter stolz.

»Ein Universalrezept wahrscheinlich?«

»Ganz einfach«, lachte der Arbeiter, »unsere Frauen strahlen aus.«

»Was strahlen Ihre Frauen aus?«

»Schönheit, Ruhe und schlichte Vernunft... Ich führe Sie selbst in die Unterkunft...«

»Nein, Herr Arbeiter«, sagte ich. »Es ist sehr verlockend. Aber ich danke, ich danke tausendmal. Ich möchte etwas anderes...«

»Ich verstehe dich nicht, F. W.«, schüttelte B. H. den Kopf.

»Wir sind nicht krank, weder mein Freund B. H. noch ich, obwohl wir im Uterus terrae gar manche Schwierigkeiten bestanden haben. Dennoch sind wir nicht hospitalsbedürftig. Es gibt zwar für mich nichts Herrlicheres, als von ausstrahlenden jungen Frauen angestrahlt zu werden, und noch dazu mit Schönheit, Ruhe und schlichter Vernunft. Aber ich darf mir's nicht leisten, denn etwas anderes ruft mich unaufhörlich. Ich bitte den Herrn Arbeiter dieses Zeitalters um einen kleinen Dienst. Bitte drücken Sie uns beide an Ihre blaubeschürzte Brust, wie Sie mich schon einmal an sich gedrückt haben. Das hat mir so wohl getan...«

»Kleiner, Kleiner, du bist schlau«, reimselte der Arbeiter lachend, »du verschmähst die Pflege durch die Frau und verlangst an ihrer Statt die Kraft, die ich, der Arbeitsmann zu bieten hat... (O pfui Teufel, auch mit den Reimen hapert's um Mitternacht)... Na, kommt her...«

Er packte mich mit seinem linken und B. H. mit seinem rechten Arm und preßte uns beide mit gewaltigem Druck an sich. Dabei hörten wir in seinem Bergesinnern das goldne kollernde Brummen oder Lachen, das er nicht entließ, wie eine verborgene Quelle. Sofort strömte in mich jenes unsagbare Weltbehagen ein, das ich schon kannte. Ich begann ganz langsam und tief zu atmen. Mit einem innern Frieden sondergleichen blickte ich auf die riesige Menschenmenge vor mir, die aus den Siegern in Berglerjacken bestand und aus den Besiegten in zartgefärbten Schleierraffungen. Ich fühlte, wie die Müdigkeit an mir herunterfiel gleich etwas Abgetragenem. Noch zwei Minuten dieser Vitalstrom, dachte ich beglückt, dann wird es vorhalten. Zugleich aber war ich der Beglückung nicht ganz gewachsen mehr und brach in ein krampfhaftes Schluchzen aus. Ich erinnere mich genau, daß es meinem Freunde nicht anders ging.

Wir standen irgendwo auf dem eisengrauen Rasen, B. H. und

ich, ganz allein, ähnlich wie bei unserer ersten Begegnung. Der Park des Arbeiters lag hinter uns. Beide waren wir erfrischt und gekräftigt, sowohl durch seine lebensteigernde Körperberührung als auch durch Suppe und Ziegenkäse, die er uns hatte reichen lassen. Nun mußten wir uns schlüssig werden. Das heißt, ich mußte mir gar nicht schlüssig werden. Ich kannte genau mein nächstes Ziel. »Warum hast du das Angebot des Arbeiters nicht angenommen?« sagte B. H., und ich fühlte, daß er etwas auf dem Herzen hatte, vermutlich einen Groll gegen mich.

»Die Worte Hospital und Lazarett haben mich gestört, lieber alter Freund«, versetzte ich, »trotz der ausstrahlenden Damen des Arbeitsmannes. Ich würde lieber hier im Freien schlafen als im astromentalen Spitalsbett...«

»Wir werden auch im Freien schlafen *müssen*, F. W., denn ich habe nicht das Herz, in Io-Fagòrs leeres Haus zurückzukehren. Und eine eigene Wohnung besitze ich nicht...«

»Haben wir uns das Schlafen nicht schon abgewöhnt, B. H.? Ich bin alert und munter...«

»Nicht ich habe vom Schlafen gesprochen, sondern du...«

»Reden wir nicht herum, B. H. Etwas bedrückt dich. Was bedrückt dich?«

»Ich habe ein schlechtes Vorgefühl...«

»Ein schlechtes Vorgefühl? In bezug auf was?«

B. H. gab keine Antwort. Ich mußte noch einmal fragen:

»Ein schlechtes Vorgefühl? In bezug auf dich?«

»Dann würde ich den Mund nicht aufmachen...«

»Also in bezug auf mich?«

»Stimmt! In bezug auf dich, F. W.«

»Na hör einmal, B. H.! Habe ich mich im Wintergarten nicht ziemlich gut gehalten? Bei aller Eigenliebe, ich breche unter Nichtachtung zusammen, aber Gefahren lassen mich kalt, ich bin stolz, phantasielos zu sein.«

B. H. setzte sich auf den eisengrauen Rasen und zog mich an seine Seite nieder, so saß ich das erste Mal auf dieser weltumspannenden Pflanzung und sah in den dicht-unbekannten Nachthimmel empor. Es war ein ganz eigenartiges Gefühl, auf diesem Nerven-Gras zu sitzen, das trocken war wie Papier und zähe unzerreißbar wie Bast.

»Du hast dich nicht nur ziemlich gut gehalten, F. W.«, begann der Wiedergeborene, »sondern du hast dich durch Willenskraft ausgezeichnet und uns beide gerettet. Ich bin dir nicht nur Revanche schuldig, sondern fühle mich tief beschämt, daß ich als Einheimischer versagt habe...«

»Gerade als Einheimischer mußtest du ja versagen, was übrigens ein falsches Wort ist, da du von Anfang an zur Retrogenese völlig bereit warst...«

»Und ich frage mich, F. W., ob es nicht besser und würdiger gewesen wäre... trotz aller Risiken, wie Rübenmännchen, Kataboliten, Mnemodrom u.s.w....«

»Ich verstehe dich nicht, B. H. Hat nicht auch dich das Grauen geschüttelt?...«

»Du kannst mich nicht verstehen, F. W.... Du hast nicht das richtige Bild vom Wintergarten empfangen, schon durch deinen Widerstand nicht, und so ging's auch mir unter deinem Einfluß...«

Ich stieß in B. H. auf eine ähnliche Gesinnung wie bei Io-Fagòr. Die Überwindung des Sterbens durch Retrogenese war das heilige Tabu aller astromental Erzogenen.

»Es mag sein, alter Freund«, sagte ich nach einer Weile, »daß ich dem Wintergarten nicht gewachsen war, daß der gekränkte Primitivismus in mir alles Schlechte angezogen und entlarvt hat. Du darfst nicht vergessen, für mich und für meinesgleichen war der Tod die heilige Ordnung Gottes, an welcher der Mensch nicht herumzustümpern hat... Ich verkleinere nicht Idee und Praxis eures Sterbe-Umwegs oder Fortschritts, aber die Blasphemie darin läßt sich so wenig ableugnen wie das Abstruse und Gezwungene...«

»Du berührst genau den Punkt, F. W., auf den es ankommt. Der Mensch hat immer dazu geneigt, schlechte Gewohnheiten für heilige Ordnungen zu erklären. Eine dieser schlechten Gewohnheiten ist die passive Hinnahme des Sterbens. Kannst du mir aber abstreiten, daß die ganze Menschheitsgeschichte ein hartnäckiger Versuch ist, die Machtbefugnisse Gottes zu verkleinern und immer mehr davon unter eigene Kontrolle zu bekommen?«

»So ist es«, entgegnete ich friedfertig, »doch darüber mußt du den Großbischof hören.«

»Ich wollte ja nur sagen –« begann B. H., vollendete aber seinen Satz nicht.

»Und dein schlechtes Vorgefühl«, lächelte ich, »hängt es mit meiner reaktionären Widerspenstigkeit zusammen?«

»Ganz im Gegenteil«, fiel er lebhaft ein. »Mein schlechtes Vorgefühl hängt mit deiner fabelhaften Anpassungsfähigkeit zusammen, mein Lieber.«

»Enttäuscht von mir, B. H.?«

»Enttäuscht? Beim Himmel nein, F. W. Ich hab mir's nur anders vorgestellt, als ich dich aus unendlicher Ferne herzitierte. Ich habe geglaubt, du würdest als ein mildes Eidolon, als ein leuchtender Schemen ein wenig unser Leben teilen und dich umtun und die Welt beobachten. Aber du kamst aus deiner Absenz, mit Leben geladen, mit Wirbeln von Willen und Wirklichkeiten. Deshalb habe ich Angst um dich. Bedenke nur, was du alles leisten mußtest. Du bist Umpire gewesen in der größten Streitfrage aller Zeiten. Du hast kometengeturnt wie nur einer, du warst mit dem Hochschwebenden auf du und du. Man hat dich im Dschungel zum Unterhändler gemacht. Im Wintergarten hast du als Widerspenstiger zehn Stunden lang um unser Leben gekämpft, während ich an dir hing wie eine tödliche Last. Und dann die große Wendeltreppe zu allem noch. Wohin soll das führen? Es muß ein böses Ende nehmen ...«

»Warum muß es ein böses Ende nehmen?«

»Weil du dich zu sehr ausdehnst, F. W., über alle menschlich erlaubten Grenzen. Das ist vielleicht das gefährlichste Laster, das es gibt. Die Tugend zieht sich keusch zusammen. Deshalb ist Konzentration, Tugend und Gesundheit ein und dasselbe. Das Laster aber greift nach allem und will alles ›verichen‹. Die Ausschweifung in dir schlägt jeden Rekord. Du willst in deiner kleinen Existenz die unverbindbarsten Gegensätze verbinden. Das wird am Schluß eine schöne Bescherung geben. Und ich Unglücksmensch trage die ganze Verantwortung...«

»Was für Bescherung?«

»Und wenn du krank wirst... Bei dieser unersättlichen Ausschweifung deines richtungslosen Willens mußt du krank werden...«

»Soll ich mich deshalb schon vorher ins Spital legen und von den Arbeiterfrauen anstrahlen lassen? Wäre das nicht auch eine Ausschweifung?«

»Hör meinen Vorschlag, F. W. Ich bringe dich in die nächste Karawanserei. Du legst dich hin. Ich bleibe bei dir und wache, damit nichts passiert...«

»Du bist ein guter Freund, B. H., ich weiß es. Der Vorschlag aber wird abgelehnt. Ich höre in mir einen Ruf, der unablässig ruft. Es ist zweifellos ein mentaler Anruf. So weit bin ich schon verdorben. Ich werde vom Djebel her angerufen...«

B. H. erschrak bei dem Wort Djebel so sehr, daß er bleich wurde. Man konnte es selbst im bläulichen Sterntageslicht bemerken.

»Djebel«, stieß er hervor. »Aber das ist doch wirklich unmöglich...«

»Warum unmöglich? Wegen der Fernschattenzertrümmerer?«

»Mit dem Djebel hat sich soeben mein böses Vorgefühl beschäftigt, F. W. Bei uns Astromentalen aber ist ein Vorgefühl ein Vorwissen...«

»Und was sagt dir dein Vorwissen?«

»Daß dich beim Djebel dein Ende ereilen wird, dein relatives Ende selbstverständlich...«

»Muß mein unerlaubt langer Aufenthalt hier nicht einmal sein Ende nehmen, B. H.? Und ich würde mir für dieses Ende eher den Djebel wählen als den Wintergarten...«

»Das hast du ja bewiesen...«

»Ich habe nur den ersten Teil dieser meiner Behauptung bewiesen... Übrigens dein Vorwissen in Ehren, aber es mag ebenso unbegründet sein wie es oft unser Wissen ist.«

Ich hatte mich längst schon erhoben und drehte mein schimmerndes Reisespielzeug zärtlich in der Hand hin und her. B. H. stand neben mir, sein großes Haupt ein wenig gesenkt. Er lächelte versonnen vor sich hin, als er sagte:

»Ich sollte dir das Mentelobol aus der Hand schlagen und fortnehmen...«

»Nun, B. H.«, lachte ich, »worauf wartest du?«

»Dieses ›worauf wartest du‹ ist eine Gemeinheit, F. W.«, sagte er sanft. »Du weißt ja, daß ich es dir nicht aus der Hand schlagen werde. Ich kann dich ebensowenig ändern wie du mich...«

»Denken wir an die Worte von GR³: der Mensch beginnt damit, daß er sich keine Sorgen macht. Eine blödsinnige Maxime übrigens. Denn es ist ja gerade das Menschliche an dir, daß du dir Sorgen um mich machst...«

»Wenn du fertig bist, los«, sagte B. H. trocken, indem er mich umfaßte, damit wir im nächsten Augenblick gemeinsam vor dem Djebel stünden.

Ich aber trat zwei Schritte hinter mich:

»Halt, B. H. Es ist ja wirklich möglich, daß mir etwas passiert oder dir. Laß uns vorher anständig und altmodisch Abschied nehmen. Ich danke dir, daß du mich aus dem Alphabet gestochen hast. Mein Bewußtsein ist durch dich unermeßlich bereichert worden. Du hast mir ein königliches Geschenk gemacht. Zwei Dinge weiß ich für alle Ewigkeit. Daß wir beide nicht aus der Welt verschwinden können und daß eine Wiederbegegnung immer möglich ist. Und es war auch sonst trotz aller Zwischenfälle furchtbar nett und riesig interessant...«

Hinter diesem »furchtbar nett« und »riesig interessant«, versteckte ich meine Bewegtheit, was ich dem Leser nicht erst erzählen müßte. B. H. aber, der feinere und empfindsamere von uns beiden, schüttelte mir stumm die Hand, sah mich an und schlug sofort die Augen nieder. Ich ließ mit routinierter Flinkheit bei der »scharfeingestellten Wunschvorstellung« die blaßfarbenen Kügelchen in die richtigen Löchlein springen.

Als das Ziel vor uns war, meinte ich einen Fehler begangen zu haben. Denn da war kein Djebel mehr, sondern ein weites

Trümmerfeld hoch aufgehäufter Kristallquadern und ein Felsengewirre von Prismen, über denen zarte Regenbogenhauche gebrochener Sternstrahlen schwebten. Die Fernsubstanzzertrümmerer hatten das erhabenste Sinn- und Baugebilde, das die Menschheit jemals errichten wird, in Schutt und Asche gelegt. Ja, man kann wirklich von Asche reden, denn gewisse Teile des kristallinischen Materials durchglühten wie Lava feurig die Nacht, und wie überirdischer Pauken- und Beckenschlag klang's, wenn die Schlackenkolosse in die Tiefe sprangen. Dazu rauschten die Wasser durch den ungeheuren Ruin, und ein unsagbares Flirren und Sirren verriet die Teilnahme der Gestirne, die ihre irdische Heimat verloren hatten.

Die Chronosophen aller Lamaserien, Fremdfühler, Verwunderer, Sternwanderer und die Schuljugend der Planetenklassen waren in einem weiten Bogen, dessen Enden man nicht absehen konnte, um den tragischen Untergang versammelt. Sie duldeten nicht, daß man sich dem flaschengrünen, eisartigen Randgebiet näherte. Wir sahen, wie einige heftige Zeichen machten, die uns warnen sollten. Ich begriff nicht recht, was vorging. Standen wir in der Gefahrenzone? Irgendein giftiges Verstummen war in der Luft, das ich nie vergessen werde. B. H. schien plötzlich alles zu verstehn. Er faßte meine Hand, um mich wegzuziehen. Er begann zu laufen wie ein Wahnsinniger. Ich aber riß mich ärgerlich los von ihm. Da sah ich, daß er strauchelte und hinfiel. Dies gerade aber war das Furchtbare, daß er nicht ganz hinfiel. Er hatte ja gar keine Zeit zum Hinfallen. In der halben Sekunde zwischen Straucheln und Hinfallen hatte ihn der Fernsubstanzzertörer, dieses lächerliche Blasrohr eines verdammten Altertums, völlig in Nichts aufgelöst. Er war nicht nur unsichtbar, wie ich's einst gewesen, sondern ganz und gar nicht mehr vorhanden, mit all seinen gesunden sechsundzwanzig Billionen Zellen ausgerottet bis zur letzten! Ich brauchte lange, um zu fassen, was da geschehn war. Sein Vorwissen hatte ihn nicht betrogen. Daß ich noch einen Körper besaß, war ein Rechenfehler. Ich hatte mich durch eine unvorhergesehene Ungebärdigkeit (das Losreißen) gegen alle Regeln gerettet. Ich bedauerte es tief in diesem Augenblick. Trostlos ließ ich mich auf die Erde fallen. Mit unentrinnbarer Wucht erdrückte mich dieses Wissen: Ich bin allein auf der Welt.

Ich hatte meinen Freund verloren, aber ich war nicht allein auf der Welt. Eine Schar junger Leute, die Zeuge des Schrecklichen gewesen, liefen auf mich zu und nahmen mich in die Mitte. Ich erkannte sie sofort an ihren sehnigen, astral durchgebildeten Gestalten. Sie gehörten der Lamaserie der Astropathetiker an, jenen Gymnasten, welche das Wesen der näheren Lichtgestirne und ihrer Konstellationsbilder in pantomimischen und akrobatischen Darstellungen widerspiegelten. Sie kondolierten mir nicht, sie entsetzten sich nicht, sie machten keine langen Sprüche, sondern begannen sofort einen Reigen.

»Schmerz«, sagte einer, »ist Stillstand von Bewegung.«

»Heilung«, respondierte ein anderer, »ist Wiederaufnahme von Bewegung«.

»Hoppla, Seigneur«, flüsterte ein dritter dicht bei mir, »Nachgeben, Entlasten, Anlehnen...«

Ich berührte die Erde kaum, als ich von ihnen gestützt über die Fläche dahinlief. Es ist notwendig, hier einem möglichen Mißverständnis vorzubeugen. Der Rundflug, oder besser, das Rundschweben, das ich nunmehr mit Hilfe der jungen Astropathetiker über das weite sternglänzende Trümmerfeld des Djebels unternahm, hatte nicht das geringste zu tun mit dem allbekannten »Traumfliegen« oder »Traumschweben«, das jedermann dann und wann nächtlicherweile erlebt. Ich muß wiederum mit allem Nachdruck darauf hinweisen, daß alle dergleichen Erfahrungen, so ungewöhnlich sie uns Menschen des zwanzigsten Jahrhunderts anmuten, keine Traumbilder sind, sondern unbestreitbare Realitäten des Elften Weltengroßjahrs der Jungfrau. Ich spreche somit von keinem Traum, ja nicht einmal von einer Vision, sondern von einem faktischen Flug über die Ruinen des Djebels, für welchen, was man mir in Erinnerung an die entsprechenden Kapitel aufs Wort glauben wird, die Astrogymnastiker keine anderen Maschinen brauchten als ihre eigenen Körper. Ich selbst wurde von den Jünglingen so mühelos getragen, als sei ich eine Flaumfeder. Und ich war auch nicht viel schwerer. Die Erklärung lag darin, daß durch die Zerstörung die verschiedenen regulierten Gravitationen innerhalb des Djebels sich gegenseitig zu einer überaus geringen Gravitation aufgehoben hatten, die in dem Luftreich herrschte, das wir nun durchmaßen. Wir flogen in mäßiger Höhe dahin. Aber diese Höhe und das Sternlicht waren ausreichend genug, daß ich den ganzen Umkreis des zertrümmerten, gewaltigen künstlichen Berges überblicken konnte. Ich schrie beinahe auf vor Erstaunen:

»Aber der Djebel ist ja ein Auge.«

Meine jungen Flugbegleiter schienen zu lächeln:

»Haben Sie das nicht gewußt? Der Djebel ist Gäas Auge.« Und einer fügte traurig hinzu:

»Es war Gäas Auge...«

Kein Zweifel! Gäas Auge, das zerstörte Auge des Erdplaneten, das ihm vor Zeiten der Mensch eingesetzt hatte, damit er bewußt hinausschaue in den Weltraum. Ich konnte von der Höhe, die wir in einem milden Luftzug durchschwebten, ganz genau die einzelnen Teile dieses Auges unterscheiden. Da war vor allem der riesige Augapfel, frei aufgehängt und beweglich in einer kreisrunden Erdenhöhle. Die vordere Grenzspalte dieser Erdenhöhle war bedeckt mit der flaschengrünen, eisartigen Decke, die es möglich machte, daß man sich dem eigentlichen Berge, dem Augapfel nähern und durch die zahlreichen Tore sein Inneres betreten konnte. Von oben angeschaut war dieser kristallene Globus des Auges nicht nur nicht ganz zerstört, sondern in seiner Form viel deutlicher erhalten, als man im Tal beurteilen konnte. Es ließen sich unterscheiden Hornhaut, Iris, Netzhaut und Pupille, soweit diese organischen Gebilde in der Architektur nachgestaltet oder angedeutet waren. Einzig die oberste Kuppel, das höchste Halbrund, die Pupille war völlig eingeschlagen, so daß jene Räumlichkeiten, die ich bei der Besichtigung des Djebels »Mansarden der Sternwanderer« genannt habe, offen klafften. Ihr Grundriß bestand aus polygonen Facetten, die meines Wissens eher ein Motiv des Insekten- als des

Menschenauges sind. Die Ursache, warum man unten den Augapfel, welcher der Djebel war, nicht erblicken konnte, bildeten die Felsmassen und Zacken, die ihn umrundeten und überhöhten und ihm das Aussehen einer charakteristischen Alpe gaben. Sie ersetzten die Lider und Wimpern, die das kostbare, leichtverletzliche Auge schützen. Jetzt waren sie zersprengt und herabgestürzt, und der Augapfel selbst schien tief in die Erdhöhle eingesunken zu sein.

Das großartige und tragische Bild unter unserm Flug bewies, wie der Mensch in der Natur diese humanisiert und wie die Natur im Menschen diesen immer wieder naturalisiert im endlos grausamen Wechselspiel. Denn die Geschehnisse dieses Tages waren ja nichts anderes als eine Renaturalisierung des Menschen, sein Anheimfallen an die blinden Kräfte, die heute nicht weniger in ihm lebten als in seiner Frühzeit. Und es war sehr tief und sehr logisch, daß der Angriff gegen die zarte astromentale Kultur nicht aus den Dschungeln hervorgebrochen war, sondern aus dem Schoße dieser hochmütigen Kultur selbst. Der schwermütige Gedanke brachte mir das Ende B. H.'s grell zum Bewußtsein, und ich stöhnte auf:

»Ich bin schuld an seinem Tod. Er wollte mich retten. Aber ich habe mich gerettet, indem ich ihn verhinderte, mich zu retten. So ließ ich ihn allein untergehen...«

»Bewegung, Bewegung«, rieten die Stimmen um mich.

»Hier hilft keine Bewegung«, klagte ich. »Wozu sind wir dem Wintergarten entkommen? Er hat mich ja angefleht, wieder ein kleines Kindchen werden zu dürfen; es ist auch sehr angenehm, und man verschwindet nicht mit einem Schlag...«

Als die Astropathetiker meine nutzlose Reue bemerkten, riefen sie einander ein paar Worte zu. Ich fühlte, wie wir uns auf die Pupille des Djebels niederließen und einige Atemzüge später auf einer kristallenen Plattform landeten. Es war eine ziemlich geräumige, kreisrunde Fläche, der höchste Punkt der nun eingesunkenen Djebelkuppel, das Dach der Chronosophie gewissermaßen. In der Mitte der Plattform klaffte ein weites ausgezacktes Loch mit juwelenhaft schimmernden Rändern, das ich am ehesten mit einem Granattrichter vergleichen könnte, wenn ich nicht wüßte, daß die Volltreffer der Fernsubstanzzerstörer solche harmlosen Wirkungen hervorzubringen kaum gesonnen waren. Sei es wie es sei, aus dem Geschoßtrichter stieg leichter Rauch auf, der bewies, daß man durch die Öffnung tief ins Innere des Djebels gelangen konnte, wo in den verschiedenen Hallen, Denkräumen, Studios der Lamaserien, ja vielleicht sogar in den Lokalitäten des Arachnodroms Brände wüteten und das Baumaterial des Berges durch die ungeheure Hitze und den Druck der Explosionen in Lavaströme verwandelt war. Es gehörte nicht viel Phantasie dazu, um sich vorzustellen, daß zu dieser Stunde die Lamaserien der Thaumazonten und Xenospasten zu Höllen geworden waren und daß wenig Hoffnung für die dort Eingeschlossenen bestand, sollten sie auch die Schrekken der fernsten Intermundien spielend überwunden haben. Es gab aber, wie ich noch erfahren sollte, im Djebel nur freiwillige Opfer.

Die Plattform, auf der mich die jungen Tröster abgesetzt hatten, war von einer Rampe umzäunt, und an dieser Rampe lehnte in kleinen Abständen und ziemlich bewegungslos ein Kreis von Männern in aschgrauen Kutten, die ich ohne Schwierigkeit als alte Männer diagnostizierte, als Fremdfühler und, wie mich die weitere Entwicklung belehrte, als das leitende Komitee der xenospastischen Lamaserie. Sie hatten etwas von großen grauen Vögeln, wie sie mit gesenkten Köpfen nebeneinander gegen den sterntrunkenen Himmel sich abzeichneten. Ich weiß nicht, ob ich sagen darf, daß ihre Haltung gramverstört war. Vielleicht war sie nur gestört. Es muß ja auch schrecklich sein, in jener Seelentätigkeit, die man ungenau »Fremdfühlen« nennt und die die höchste Steigerung der »metaphysischen Sternwanderung« ist, gestört zu werden. Diese alten Lamas, die zu Hause waren unter den Sternnebeln, hatten ihr irdisches Zuhause verloren, das Gehäuse für ihre erkenntnisträchtigen Anfälle, die Xenospasmen. Der tellurische Mittelpunkt, wo sie sich ihrem Heimweh nach dem Unendlichen hingeben konnten, war ihnen genommen. All diese Gestalten waren von der astralen Podagra verkrümmt und verkrüppelt. Sie sahen mit ihren flügelhaft hochgezogenen Schultern nicht nur wie hockende Adler aus, sondern ihre Rümpfe waren so verknorrt, daß sie den kurzgestutzten oberitalischen Ulmbäumen glichen. Ich habe nicht gezählt, wie viele es waren, ob zwanzig oder mehr. Sie schwiegen jedenfalls zumeist bis auf einen. Dieser eine war zweifellos der Hervorragendste, der Obmann des Komitees, ein Mann mit knochigem Gesicht und schweren, nur halbgeöffneten Augendeckeln, der eine leise Stimme hatte und sich beim Sprechen nicht bewegte. Ich nenne ihn den Gleichgültigen, obwohl ich nicht weiß, ob er's wirklich war. Er verriet jedenfalls keine Spur von Teilnahme.

Die Gleichgültigkeit des Gleichgültigen trat deshalb beinahe als Energie hervor, weil sie sich von der Erregung des Hocherregten abhob, der wie ein Rasender auf ihn und die andern Xenospasten einredete, während er mit dem Geographiezeigestab in der Luft herumfuchtelte. Der Hocherregte war der einzige cholerische Typus, der mir unter den gebändigten und verhaltenen Astromentalen begegnet war. Er hatte sogar im Grauen Neutrum und im Kleinen Intermundium seinen Zorn nicht bemeistern können, wenn ihm eine Extravaganz gegen den Strich ging. Ich glaube nicht, daß ich es eigens aussprechen muß, um wen es sich handelt. Die Erregung unseres lieben Elementarlehrers und guten Pädagogen war jetzt freilich von ganz anderer Art als der übliche Lehrergrimm, den wir an ihm kennengelernt haben, jene rasche höhnische Empörung, hinter der stets nur gekränkte Güte steckte. Was jetzt dahinter steckte, war etwas furchtbar Ernstes, das sich als fassungslose Verzweiflung offenbarte. Auf seinem Blankschädel perlten trotz der kühlen Nacht die Schweißtropfen, sein Gesicht war bläulich und eingesunken, seine Augen rot, und er lief wie ein Verrückter im Kreis herum, ohne den hohen Xenospasten jene Ehrerbietung zu erweisen, die ihnen gebührte.

»Habe ich nicht Schüler genug«, schrie er, »wendige, geschmeidige Jungens genug, die durch ein Nadelöhr schlüpfen können? Da sind Io-Rar und Io-Hol, meine besten, meine Renommier-Eleven, die Antworter und Eins-A-Kometenturner. Da ist Io-Schram und zehn andere Fortgeschrittene, sehr pfiffig zumindest im physischen Betragen und dazu grobe Naturen, die ich ohne weiteres durch den Sonnenglobus und durch jedes andere Lichtgestirn durchzujagen bereit bin! Da sind, was rede ich, bin ich der einzige Lehrer, gibt's neben der meinen nicht hunderteinundsiebzig Elementarklassen? Und unter so vielen Klassen ist man gerade auf meine verfallen und unter all meinen Schülern gerade auf...«

»Man ist auf niemanden verfallen«, unterbrach der Gleichgültige den Hocherregten. »Der Knabe hat sich freiwillig zum Opfer gemeldet...«

»Der Knabe kennt ja gar nicht die Bedeutung dieser Worte ›freiwillig‹ und ›Opfer‹. Der Knabe kennt nichts als den Übermut seines Talents, das ihn zu jeder Tollheit hinreißt...«

Der Gleichgültige entgegnete unerschütterlich:

»Das freiwillige Opfer wird nicht geringer dadurch, daß es unbedacht oder halbbedacht ist...«

»Man hätte es nicht annehmen dürfen«, schrie der Lehrer, »man hätte den dummen Jungen in den Winkel stellen sollen...«

»Nun aber ist es angenommen«, murmelte die gelassene Stimme, »und der Preis des Opfers ist wahrhaftig hoch genug...«

»Das Opfer wird vergeblich sein, und der dumme Junge wird nicht wiederkommen...«

Der Chor der grauen hockenden Vögel brummte:

»Vielleicht wird er nicht wiederkommen. Vielleicht wird er wiederkommen...«

Da erkannte mich der Lehrer, spät genug, und stürzte sich auf mich.

»Helfen Sie, Seigneur, helfen Sie um Gottes willen, Sie kennen ihn ja...«

»Wie soll ich helfen«, sagte ich leise. »Ich konnte nicht einmal meinem Freunde helfen...«

»Aber Sie kennen den Kleinen doch...«

»Ich vermute, Sie sprechen von dem grazilen Sternentänzer, dem man den Spitznamen Io-Knirps gegeben hat...«

Der Lehrer sah mich stumm an, seine Augen füllten sich mit Tränen. Er zeigte mit einer langsam-trostlosen Handgebärde auf den Geschoßtrichter, aus dem immer stärkerer Qualm aufstieg. In die tragische Stille hinein, die diese Geste aussparte, ertönte die müde Stimme des Gleichgültigen:

»Wenn der Kleine nicht wiederkommt, wird ein anderer gehen und wiederkommen, und wenn der nicht wiederkommt, so ein nächster... Aber eine von den kleinen Eidechsen muß wiederkommen und es heraufbringen...«

Die grauen Adler im Kreis nickten schwach mit den Köpfen, die zwischen ihren Schultern steckten.

»Ich weiß, daß ich ein Nichts bin«, jammerte der Lehrer, »weniger als ein Nichts, denn ich habe es nicht einmal zur Sternwanderschaft gebracht und pendle seit einem Jahrhundert zwischen den faden Planeten herum. Aber eines bin ich mit Leib und Seele, ein Jugendbildner. Und als ein Jugendbildner wage ich die hohen Befahrer der Sternnebel zu befragen: Warum kommt der Hochschwebende nicht selbst herauf und bringt es mit? Warum muß ein kindliches Leben geopfert werden, und zwar ein Leben, das selbst zum Amte des Hochschwebenden bestimmt sein mag?«

Auf diese mit tremolierendem Tone hervorgebrachten Fragen erwiderte der Unerschütterliche:

»Der Hochschwebende kommt nicht herauf. Er hat es abgelehnt, sein Comptoir zu verlassen. Vielleicht ist er schon vom Gewölbe herabgefallen und atmet nicht mehr...«

Ein anderer der greisen Xenospasten gab hier sein dichtes Schweigen auf und murmelte:

»Unser Hochschwebender hat wie alle großen Persönlichkeiten einen schlechten Charakter...«

»Er möchte das Isochronion für sich behalten«, nickte der Nachbar dessen, der soeben gesprochen hatte.

Der Gleichgültige oder Unerschütterliche sagte jetzt mit ungewohntem Nachdruck:

»Wir aber brauchen das Isochronion und werden darauf eine neue Disziplin begründen...«

Das Wort »Isochronion« ist gefallen. Es ist das letzte griechische Fremdwort meiner an derartigen Fremdworten leider so reichen Erzählung, die ich um seinetwillen hier noch einmal unterbrechen muß. Die Unterbrechung wäre unnötig, wäre ich mir über dieses »Isochronion«, das manche auch »Capsula« nannten, wirklich im klaren. Das bin ich aber keineswegs, und es ist eine große Frage, ob ein Mensch, der an den normalen Bewußtseinszustand des zwanzigsten Jahrhunderts gebunden ist, sich überhaupt über diese Sache völlige Klarheit verschaffen kann. Ich habe nichts mitgebracht als eine auf gewisse Erfahrungen gestützte starke Vermutung über jenes Isochronion, welches so wichtig für die Zukunft war (sein wird), daß die milden Fremdfühler nicht zögerten, jenen Knaben in die schmelzflüssige Hölle des zerstörten Djebels zu schicken, um es dem lebendigen oder toten Hochschwebenden abzunehmen. Meinem alten Prinzip getreu, verschmähe ich es aber, meine zusammengesetzte Vermutung als ein sicheres Wissen in den Ablauf des Geschehens einzubauen. Andrerseits aber habe ich die Capsula eine Sekunde lang gesehen und verschiedene Andeutungen aus dem Munde der Xenospasten gehört, so daß ich nicht zweifle, auf dem richtigen Wege zu sein. Äußerlich war das Isochronion eine kleine sechseckige Metallkapsel mit je einem Riemen an jeder Seite. Sie erinnerte an die Phylakterien, an die Gebetriemen der Juden, wo ebenfalls eine Kapsel inmitten der Stirne des Beters befestigt wird. Was sich in der Kapsel des Isochronions befand, weiß ich nicht; Gebetsworte wie bei den Phylakterien dürften es nicht gewesen sein. Vielleicht eine unfaßlich komplizierte Formel, vielleicht der Tropfen einer sideralen Essenz, vielleicht das Körnchen einer aus Sternnebelwelten geschöpften Droge, ich weiß es nicht. Jedenfalls mußte das Anlegen des Isochronions eine mächtige Wirkung auf den menschlichen Geist ausüben, dessen Stirne es berührte. Welche Art von Wirkung konnte das sein? Wir hatten im Wintergarten, an der Stätte der Zellteilung und des Zerfalls erfahren, was das ist, autobiologische oder heterochrone Zeit. Es war die persönliche, vom allgemeinen Zeitablauf losgelöste Zeit des vereinzelten Organismus, die todumschlungene Zeit der Ich-Insel. Sprachlich bedeutete Isochronie das Gegenteil von Heterochronie. Genau übersetzt hieß Isochronie nichts anderes als »Gleichzeitigkeit«, meiner Vermutung gemäß freilich die Gleichzeitigkeit des Weltalls oder, genauer, die Gleichzeitigkeit aller Erscheinungen innerhalb des Weltalls. Was kann dieser Begriff bedeuten, kosmische Gleichzeitigkeit? Er bedeutet, wenn man mir folgen will, durchaus nichts Unvorstellbares, Philosophisch-Abstraktes. Gestern hatte der Hochschwebende des soeben abgelaufenen Zeitalters eines der Welträtsel meinen Ohren preisgegeben: »Der Kosmos hat die Gestalt des Menschen.« Wenn die Gestalt des Kosmos-Menschen, des Himmels-Menschen, der unsrigen auch nicht voll entsprechen mag, so bitte ich, halten wir uns zwei Minuten lang an letztere. Von bewegten Systemen der Atome aus betrachtet, die ihn bilden, umfaßt auch unser kleiner Körper schier unendliche Zeiträume und Raumzeiten. Einen Erdumlauf um die Sonne nennt man ein Jahr. Nennen wir den entsprechenden Umlauf in einem Atom auch ein Jahr. Wieviel Jahrbillionen liegen zwischen einem Atom unserer Fußsohle und einem auf unserer Kopfhaut? Und doch, unser Körper ist in sich gleichzeitig. Er ist es aber nur, solange er lebt, solange er beseelt ist. Weicht die Seele von ihm, so verliert er sofort seine innere Gleichzeitigkeit. Er zerfällt in Milliarden Heterochronismen. Ja der Tod ist recht eigentlich nichts anderes als die Verwandlung der Isochronie in Heterochronie, der Gleichzeitigkeit des Seins in Verschiedenzeitigkeit. Und hier nähere ich mich – wenn meine Hypothese richtig ist – dem Wesen des Isochronions. Auch das Weltall, der Kosmos-Mensch, der Himmels-Mensch war beseelt, d. h. seine durch Jahrmilliarden voneinander getrennten Teile waren kraft des Willens und Bewußtseins gleichzeitig. Das Isochronion schien ein unbekanntes Hilfsmittel zu sein, um das atomare Bewußtsein des Erdenmenschen in das Allbewußtsein des Himmelsmenschen einzuschalten, die irdisch-winzige Verschiedenzeitigkeit in die Gleichzeitigkeit des

Ganzen verströmen zu lassen. Für den Eingeweihten, der das Isochronion anzuwenden verstand, gab es daher kein Nacheinander mehr, sondern nur ein unendliches Miteinander, eine Simultanität über alle Fassungsgrenzen. Seine Seele enthielt in jedem Augenblick alle Assoziationen und alle Zusammenhänge in der Natur, das Fallen eines Lindenblatts vor Jahrtausenden, die Explosion eines Lichtgestirns in Jahrmillionen. Das Isochronion – was immer es enthielt, eine Formel, ein Tröpfchen, ein Korn, einen Geruch –, es erweckte das enge Bewußtsein des Erdenmenschen zur Allgegenwärtigkeit, zum Allwissen, zum Allverstehn des Himmelsmenschen. Wahrlich, in diesen Begriffen liegt das letzte Ziel der wissenschaftlichen Bemühungen, und ich verstand den grauen Gleichgültigen sehr gut, daß er den drei bestehenden Lamaserien der Chronosophie eine vierte hinzufügen wollte, vermutlich die zusammenfassend-prächtigste. Meine Spekulation über das Isochronion nähert sich der Wahrheit, ich zweifle nicht daran. Und doch, das ganz und gar Neue und Unbekannte jenseits der eigenen historischen Grenzen nur zu erdenken, ist niemand imstande. Auch uns, in den Anfängen der Menschheit, war dieses Einschalten des Individual-Bewußtseins ins Universalbewußtsein, dieses Verströmen der Heterochronie des Menschen in die Isochronie des Weltalls nicht ganz fremd. Wir nannten diese Erscheinung Inspiration. Sie trat freilich nur blitzhaft auf, als Entladung einer psychischen Spannung, als elektrischer Kurzschluß der Seele gewissermaßen, zufallsbefangen, eine jähe Ekstase, ein herzsprengender Rausch, ein greller Anfall von Einheitsgefühl. Ihre abgeschwächte Spur blieb zurück in Erkenntnissen, Gedichten und Melodien. Die Chronosophen aber gaben sich mit flüchtiger Inspiration nicht zufrieden. Diese mochte ausreichen für die Autoren des Sympaians, aber nicht für sie. Ihr Streben ging dahin, die Union zwischen Ich und All zu einem dauernden, dem Willen unterworfenen Zustand zu machen, der die Vergangenheit und die Zukunft, die Geschichte und die Utopie, die Erinnerung und die Ahnung aufhebt und den Menschen endlich in jene Dimension stellt, die er am genauesten zu kennen wähnt und am wenigsten kennt, in die Gegenwart, das heißt in die wirklichste Wirklichkeit. Während ich, an der Übertragungskraft der Sprache verzweifelnd, an meinem Schreibtisch diese wichtigen Sätze über die gewaltigen Ziele der chronosophischen Wissenschaft niederschreibe, höre ich mich selbst seufzen: »Oh, wie würde mir die Arbeit an meinem Reisebericht leichtfallen, besäße ich das Isochronion!«

Auf der kristallinischen Plattform des zerstörten Djebels aber war ich längere Zeit ziemlich geistesabwesend, da einige der obigen Gedanken mich gefangen nahmen. Ich bemerkte nur halb und halb, und das mit einer leichten inneren Mißbilligung, daß die greisen Fremdfühler an der Rampe sich nun umgekehrt hatten und zum Himmel starrten, wo der Uranograph eine neue Verlautbarung zusammenhüpfen ließ, die verkündete, daß vor wenigen Minuten die letzten Verschwörer unschädlich gemacht worden seien. Mich aber weckte erst der erschütternde Schrei des Lehrers: »Hier ist er...«

Als ich hinsah, war der Knabe noch in dichten Qualm gehüllt. Ich glaubte sogar, kleine Flammen zu bemerken, die der Lehrer mit seinem eigenen Körper zu ersticken suchte. Es wird mir für immer ein Rätsel bleiben, warum das Raumtauchergewand, das der Sternentänzer trug und das kosmischen Gluten spielend standhielt, gegen einen irdischen Brand keinen vollen Schutz geboten hatte. Nur die Kopfkugel war unversehrt. Der raumdichte Stoff hingegen hing in Fetzen, die der Lehrer seinem Lieblingsschüler vom Leibe riß. Es gibt nur eine Erklärung: das leichtsinnige Kind, an Extravaganzen im Intermundium gewöhnt und daher die Gefahr verachtend, schien das Tauchergewand nicht hermetisch verschlossen zu haben. Der grazile Körper war über und über mit schweren Brandwunden bedeckt. Io-Knirps sah stolz zu den Fremdfühlern hin, machte eine Schuljungenverbeugung, wollte sprechen und brach ohnmächtig zusammen. Seiner rechten brandwunden Hand entfiel das Isochronion, diese Metallkapsel, in welcher die Zukunft des menschlichen Geists steckte, der Preis seines Opfers...

Sechsundzwanzigstes Kapitel

Worin ich aus dem Munde des Großbischofs die andere Hälfte der Wahrheit erfahre und eine ganz unerwartete Gelegenheit zur Rückkehr bekomme.

Ich weiß nicht, warum man gerade mir den schnellatmenden, in nasse weiße Schleier gewickelten Knaben in die Arme gelegt hatte. Ich trug ihn, so schwer er war. Und ich trug ihn schnellen Schrittes, während mir Hunderte in hellen Haufen folgten. Ich weiß noch, daß sich unter meiner Gefolgschaft auch Dschungelbauern in beträchtlicher Zahl befanden. Dicht an meiner Seite aber schritt der gramgebeugte Lehrer, mich zur Eile mahnend. Der astromentale Aberglaube, daß von mir irgendwelche urtümlichen Kraftströme ausgingen, mochte der Grund sein, daß man mir Io-Knirps zu tragen gab. Eine unbeschreibliche Mischung von Schmerz und Verlegenheit war in mir, wenn ich auf sein rundes, fiebergerötetes Gesicht sah, das die Augen geschlossen hielt.

Wir eilten durch eine der Torruinen der »Ehemaligen Unterstadt«, denn unser Ziel war König Sauls Haus. Daß der jeweilige Jude des Zeitalters ein ärztlicher Tausendkünstler war, der die Fähigkeiten und Kenntnisse der Schulmedizin weit übertraf, das wußte jedes Kind. Die Schulmedizin oder Leibesgärtnerei (weil meist vorbeugender Pflege und Wartung gewidmet) hatte in einer Epoche der Hundertachtzigjährigen, in der es kaum mehr Krankheiten und am Ende des Lebens nur den freiwilligen Weg zum Wintergarten gab, ihren Rang und ihr Ansehn verloren. Ihr widmeten sich zumeist subalterne Typen, den Badedienern des Wintergartens ähnlich, die in der allgemeinen Schätzung nicht gerade hoch standen. In einem ernsteren Fall, der selten genug vorkam, brachte man den Kranken oder Verletzten zum Arbeiter oder holte (was man meist geheim hielt) einen der Animatoren ans Tageslicht. Das höchste Vertrauen auf diesem Gebiete aber ward Saul Minjonman und den andern Minjonmännern zusamt ihren Söhnen und Enkeln zuteil, soweit diese ernst, scheu und weich waren, also nicht wie Io-Joel. Das konnte nicht wundernehmen, besaß Minjonman doch die älteste und stetigste Erfahrung des menschlichen Leidens und, mehr als sie, die älteste und stetigste Aufmerksamkeit, die mit gerührter Identifikation auf dieses Leiden gerichtet war. Der Lehrer zum Beispiel glaubte fest, daß Minjonman über Zauberkräfte und Mittel verfügen müsse. Es war für mich erschütternd zu sehen, wie Chronosophen, die geistig und wissensmäßig so hoch über mir standen, angesichts des Leidens und des Todes sich in hilflose Kinder verwandelten.

»Schneller, Seigneur, schneller«, hetzte er. »Der Io-Saul, der hat alles. Der wird ihn eins, zwei, drei herausreißen...«

König Saul hatte nicht nur die Tafel »Auf Wanderschaft« von seiner Gartenpforte fortgenommen, sondern er erwartete uns vor ihr tief traurig und feierlich. Er hatte alles vorausgesehn, nein, er hatte es gesehen. Ich wiederhole hier aus Angst vor Verwechslungen zum Überdruß, daß es sich bei dieser Art von Sehen nicht um irgendwelche plumpe Television des Altertums handelte, sondern um die längst erworbene Fähigkeit des astromentalen Bewußtseins, sich mit entfernten Bildern und Ereignissen in empfangenden Kontakt zu setzen. Insofern mochte die astromentale Zivilisation schon die logische Vorstufe einer noch höher entwickelten, späteren sein, der isochronischen, für die der Schuljunge hier starb, den ich in meinen Armen trug. Aber davon weiß ich nichts mehr.

Der Jude des Zeitalters stand zwischen zweien seiner Enkel. Es waren Knaben an der Grenze des Jünglingstums, noch nicht voll erwachsen. Sie trugen weiße Burnusse, mit welchem nicht ganz zutreffenden Ausdruck ich die Gewandung der Mühseligen und Beladenen schon weiter oben bezeichnet habe. Beide hatten unruhig forschende Schwarzaugen und zeigten ein verschämtes, sanftes und etwas tolpatschiges Wesen. Sie waren die Heilgehilfen Saul Minjonmans, dazu hatte er sie ausgewählt und erzogen. Zu solchen Diensten früher hatte sein Io-Joel, der Goldjunge, nie getaugt. Der Stamm Minjonmans zerfiel übrigens in zwei charakteristische Gruppen. Die Aufmerksamkeit beider Gruppen war in continuo auf das menschliche Leiden gerichtet; die harmlosere beschäftigte sich mit der Heilung des heilbaren Leidens, die andere, gefährlichere, mit der Wiederherstellung der unheilbar verletzten Gerechtigkeit. Wurde ein neuer Minjonman geboren, so wußte der Stammvater schon nach wenigen Tagen, ob er zum ärztlich-ausgleichenden oder zum juristisch-querulierenden Typus à la Io-Joel gehörte.

Die Menge, die uns folgte, Astromentale, Dschungelleute, Kinderreiche, Mühselige und Beladene, war zu Tausenden angewachsen. Ich konnte in den Augen König Sauls einen geheimen Ausdruck von Furchtsamkeit und Abscheu vor der Menge bemerken. Er ließ den Lehrer und mich durch einen schmalen Spalt der Pforte eintreten, die er sofort hinter uns zuschloß. Er vergaß jedoch nicht, obwohl es durchaus den Tatsachen widersprach, das Täfelchen »Auf Wanderschaft« unter sein Namenschild zu hängen. Im Zeitalter des Reisegeduldspiels war der Begriff »Wanderschaft« natürlich sinnlos, wenn man unter ihm nicht innerliche und willensmäßige Abwesenheit verstand.

Io-Saul führte uns tief hinab in sein Haus. Wir mußten eine ganze Flucht von vollgepfropften Räumen durchqueren, ehe wir in ein Gemach gelangten, das ich frei heraus das Ordinationszimmer nennen will. Es herrschte hier ein grell künstliches Übersonnenlicht, das an den Lichtgrad des Johannes Evangelist erinnerte. Der Raum war ganz leer, bis auf den großen glasartigen Tisch in der Mitte. Die astromentale Medizin, nicht einmal die erinnerungsreiche Medizin Minjonmans, kannte keine Apparate mehr, keine Instrumente, keine Flaschen, Fläschchen, Schläuche, Gummiwaren, Eprouvetten u.s.w.

Die beiden halbwüchsigen Heilgehilfen legten den bewußtlosen Knaben auf den Tisch, nachdem sie mit unglaublich zartem Schmerzverständnis die nassen Schleier abgenommen hatten. Da lag er nun, vom Hals bis zu den Füßen mit schrecklichen Brandwunden zweiten und dritten Grades bedeckt, von denen meine Augen sich feige wegwandten. Minjonman aber blieb sehr lange stumm über diese Wunden gebeugt, dann sagte er:

»Das Schlimme ist, daß ich den Schmerz nicht wegnehmen kann.«

Der Planetenlehrer flehte ganz ernsthaft und naiv:

»Nehmen Sie ihm die Schmerzen fort und geben Sie mir die Schmerzen...«

»Einer der Enkel hatte eine Schale mit einem honigartigen Balsam hereingebracht. Es war sonderbar, wie aus Minjonmans vollgeschöpften Händen dieser Balsam auf die Wunden träufelte und sie in suchenden Rinnsalen langsam zudeckte, als handle er selbst vernünftig und willensvoll. Leider kam der Sternentänzer während dieser Behandlung zu sich und begann leise zu wimmern. König Saul aber flüsterte in unnachahmlich suggestiver Weise mit ihm, so daß der Knabe ruhig wurde und nach einer Weile sagte:

»Aber ich hab doch geglaubt, es wird eine ganz große Hetz sein und eine extra Extravaganz...«

»Da haben Sie's«, brach der Lehrer los, ohne das Schluchzen in seiner Stimme ganz beherrschen zu können. »Nichts als Allotria, Aberwitz und Übermut...«

Saul Minjonman wandte den Kopf erstaunt dem Pädagogen zu: »Kennen Sie«, fragte er, »einen bessern Grund für eine pathetische Tat als Übermut?«

Der Knabe aber versuchte trotz der Höllenschmerzen, sich zu entschuldigen:

»Ich bin doch der Kleinste und Dümmste. Ich mußte es doch tun. Ein andrer wär' gar nicht durchgeschlüpft, nicht einmal der Io-Schram...«

»Nicht reden«, mahnte König Saul.

Doch Io-Knirps machte einige rasche Atemzüge und stieß hervor:

»Und ein andrer hätte das Ding im Comptoir auch gar nicht bekommen...«

Nach diesen Worten brach er in lange Schreie aus, denn die Qualen überwältigten ihn. Mein Blick krampfte sich an Minjonman fest. Wird er leben? fragte mein Blick. Die wirkliche Antwort war auch nur ein Blick. Doch er sagte alles:

»Die Schmerzen werden bald vorüber sein«, murmelte Io-Saul.

Inzwischen hatten die Heilgehilfen den Knaben auf eine leichte Tragbahre gelegt und mit einem kühlenden wachsartigen Stoff zugedeckt. Ohne daß ein Wort fiel, verstanden sie genau die Befehle Minjonmans. Der Knabe aber rang wieder nach Worten:

»Herr Lehrer... Herr Lehrer«, stöhnte er.

Der Lehrer kniete neben ihn hin. Ich sah, wie er tapfer gegen seine Tränen und um eine ungerührte Pädagogenmiene kämpfte:

»Hier bin ich. Schütten Sie Ihr Herz aus, Schüler Io-Knirps...«

»Werde ich hundertmal an die Tafel schreiben müssen: ›Ich soll nicht‹...«

»Nicht hundertmal, sondern zehntausendmal, mein Liebling, Gott wird mich erhören...«

»Was geschieht?« fragte ich leise Minjonman.

»Man wird ihn dahinbringen, wohin er gehört.«

»Und wohin gehört er?«

»Zu seiner Religion, zu seiner Väter-Rückverbindung...«

»Ich verstehe, Sie meinen, er gehört hier ganz in die Nähe, zum Großbischof...«

Ehe König Saul noch etwas drauf sagen konnte, wurden wir unterbrochen.

Io-Joel Hainz stand vor uns. Und nun erfolgte von allen schwerwiegenden Gesprächen, die in der menschlichen Geschichte je stattgefunden haben und je stattfinden werden, das kürzeste. Ja, man kann von diesem Dialog ruhig behaupten, daß es einen einsilbigeren seiner Art nie wieder geben wird, denn er bestand genau aus zwei Silben:

»Froh?« fragte Saul.

»Teils«, sagte Joel.

In dem langgezogenen, zugleich schweren wie spöttischen Klang von Sauls »froh« steckten freilich so manche unausgesprochenen Sätze: Bist du froh und zufrieden, mein Sohn, daß die Umwälzung, die du so lange gepredigt hast, nun über uns gekommen ist? Deine Rolle war, wie ich genau weiß, nicht besonders erhebend. Ein Agent, ein Dolmetsch, ein Kiebitz? Und wie sieht es mit der Erneuerung aus? Wer ist erneuert? Deine Erneuerung ist nichts als eine schmutzige Vermischung. Es sind erniedrigt, die es verdienen, und es sind erhöht, die es nicht verdienen. Statt einer kläglichen Ordnung haben wir eine kläglichere Unordnung, die schnell zur bösen Erstarrung werden wird. Und morgen schon ist das Neue wieder das Alte und ein Grund für dich, nach einem neueren Neuen zu streben. Froh?

Diese Worte ungefähr entnahm ich der einzigen Silbe und dem traumsamtenen Spottblick des Vaters.

Io-Joel, der Sohn, war übermächtig blaß. Seine wimperlosen Augen waren sehr rot, und auf der leicht albinösen Gesichtshaut traten viele Sommersprossen und Flecke hervor. Sein einsilbiges »teils« hatte er mit pedantischer Gleichgültigkeit vor sich hingesprochen, ohne den Vater anzusehn. Mir aber blieben folgende Geständnisse, die dieses »teils« enthielt, nicht verborgen: Ich werde dir nicht die Freude machen, alter Jude, mich geschlagen zu geben, obwohl ich mich so seekrank fühle, als hätte mich selbst eine Erfüllungs-Enttäuschung getroffen. Ich werde dir auch nicht die Freude machen, dir zu zeigen, daß ich diesen ganzen Tag um dein Leben gezittert habe. Außerdem ist nichts verloren, wenn man ein Realist ist und die Menschen für das hält, was sie sind: ein böses Pack, dessen größte Lust es ist, den andern Unlust zu bereiten. Ich bin genau dasselbe. Und deshalb muß die Welt auch nach der soeben stattgefundenen Erneuerung weiter erneuert werden. Es lebe die Verwandlung.

Dieses Gespräch dauerte nur solange als zwei gedehnte Silben dauern. Io-Saul Minjonman aber richtete sich auf und befahl seinen Sohn mit einer Autorität und Würde, die keinen Widerspruch möglich machte:

»Tritt hinter mich und folge mir!«

Die Heilgehilfen nahmen die Tragbare mit dem Knaben auf. Voran schritt König Saul. Der Lehrer und ich gingen rechts und links von dem Stöhnenden. Io-Joel Hainz beschloß den Zug.

Während wir uns durch die mit antiken Erinnerungen vollgestopften Räume des Hauses zwängten, murmelte König Saul, indem er seinen Mantel über den Kopf zog, ein Gebet, von dem ich wellenweis hier und da eine Strophe verstand:

Unser Vater, unser König!
Ich gehe voran, und ich folge der Bahre aller
Zeitgenossenschaften.
Denn ewig währt Deine Gnade, die mich absondert.

Unser Vater, unser König!
Sie hassen und verachten mich von Abraham bis auf
diesen Tag,
Sie schauen zur Seite und möchten mich los sein,
Denn ewig währt Deine Gnade, die mich absondert.

Unser Vater, unser König!
Und trotzdem bin ich ihr Arzt, und mein Sohn müht sich
für ihre
Gerechtigkeit von Abraham bis auf diesen Tag.
Denn ewig währt Deine Gnade, die mich absondert.

Unser Vater, unser König!
Du wirst ihre Unruhe enden und ihnen Frieden geben, am
Tage aller
Tage. Und dann, als Letzten nimm auch mich in Deinen
Frieden auf,
Denn ewig währt Deine Gnade, die mich absondert.

Diese und andere Worte eines uralten Gebetsanges trafen wie aus weiter Ferne wellenweise mein Ohr, da unser Zug ins Freie gelangte und den kleinen Hausgarten durchquerte, in dem die wächserne Flora der fortgeschrittenen Zeit anämisch lauschte und die Riesenmotten und Falter über unsern Köpfen gaukelten. Die Nacht war noch immer sehr dicht. Das bläuliche Geisterlicht der Sterne aber war noch dichter. Und alle Sterne schienen himmelweit mit atemlosem Fleiß an einem Spinnweb zu wirken, das nichts anderes war als das wachsende Bewußtsein vom

Morgen. Die Menge der Ehemaligen Unterstadt hatte sich verdoppelt. Sie umschloß uns mit ihrem ausgesparten Schweigen, in dem nichts zu hören war als das klagende Weinen des Leidenden.

Auch der Großbischof wartete, umgeben von seinem Klerus. Er wartete vor seiner Kirche, die mit erleuchteten grünen Fenstern halb aus der Erde ragte. Ein Teil der Geistlichen trug Kerzen. Fast machte es den Eindruck, als sei ein nächtlicher Gottesdienst unterbrochen worden, ein Bußgebet oder ein Umgang. Dennoch, der Kirchenfürst wartete auf den sterbenden Sternentänzer, um ihm die Ehre zu geben und durch Priesterhand die letzten Hilfen angedeihen zu lassen.

Ich kann nichts Authentisches über das Verhältnis zwischen Djebel und Kirche berichten. Daß es lange nicht so gespannt war wie um die Mitte des zwanzigsten Jahrhunderts das Verhältnis zwischen Kirche und Wissenschaft, das wage ich ohne besondere Kühnheit zu behaupten. Der Lehrsatz »Vom unendlich verschiebbaren Mittelpunkt aller erdenklichen Umläufe« sowie die siebenundzwanzig Paradoxa Urslers, von denen wir nur den kleinsten Teil kennengelernt hatten, bildeten eher eine Brücke zwischen Religion und Wissenschaft als einen Abgrund zwischen beiden. Auch die Kirche war nicht mehr ganz dieselbe wie einst. Sie war, wie Joachim de Floris es im dreizehnten Jahrhundert prophezeit hatte, längst schon in ihre dritte dauernde Phase getreten, als »Ecclesia spiritualis«, als Kirche des Heiligen Geistes oder vergeistigte Kirche. Daß in letzter Zeit solche Ordensgemeinschaften wie die »Brüder vom kindhaften Leben« oder »Die Herde der Armen im Geiste« zu hohem Ansehn gelangt waren, mochte als bedeutsames Zeichen gelten, daß die Kirche sich gegen den Mentalismus, den Intellektualismus und die Gefahr symbolischer Verflüchtigung innerhalb ihrer eigenen Mauern zur Wehr setzte. Das Geistliche hatte sich zum Geistigen hin entwickelt, wie das Geistige zum Geistlichen. Zwischen beiden aber stand nach wie vor die unüberschreitbare Grenze, die Glauben und Forschen trennt. Waren die Chronosophen auch reine Mystiker, so verkleinerten sie durch ihre kühnen Raumfahrten doch den Himmel der Bischöfe und waren, recht besehen, gefährlicher als die altmodischen Sophisten Io-Sum oder Io-Clap mit ihren Gottesbeweisen und Gottesgegenbeweisen. Für die Chronosophen sprach freilich, daß sie den Wintergarten verschmähten. Daß der Großbischof den verunglückten Sonnentänzer in eigener Person erwartete, war eine Ehre, die er weniger dem zerstörten Djebel erwies als der selbstlosen Opfertat eines Kindes. Wie selten waren solche Taten geworden in einem Zeitalter der äußersten Bequemlichkeit und des körperlichen Nicht-Bemühens. Vielleicht aber wollte der Kirchenfürst auch dem Djebel Ehre erweisen, der von sinnlosen und frechen Narren in ein Trümmerfeld verwandelt worden war.

Ich sah, wie er in Mitra und zartfarbigem Ornat mit hochaufgehobenen Händen auf uns zuschritt, gefolgt von einigen Klerikern. Mitten auf seinem feierlichen Wege aber blieb er plötzlich stehen, denn folgendes geschah. Kaum hatte ich es selbst recht zur Kenntnis genommen, daß die Eltern des Knaben, mentalerweise von dem Unglück herbeigerufen, schon eine ganze Weile neben der Bahre gingen. Ein zierlicher junger Mann und ein hübsches Frauchen im Goldkopfschmuck, die, gehorsam der Kulturforderung nach verhaltenem Ebenmaß selbst angesichts der schlimmsten Katastrophe, ihrem Schmerz keinen Ausdruck gaben. Ich bemerkte die beiden erst deutlicher, als ich mich über ihre tadellose Haltung zu ärgern begann. Diese Wohlerzogenheit beim Anblick ihres sterbenden Kindes erschien mir, dem antiken Menschen, dessen Seele voll war von Schreckensschreien und Schmerzensfreude wie eine griechische Tragödie, als die empörendste Kälte und Herzlosigkeit. Dazu kam noch, daß diese beiden in ihrem besonders eleganten durchscheinenden Schleierraffungen sich immer wieder über die Bahre beugten und erbarmungslos auf den Kleinen losredeten, der dann immer lauter zu wimmern begann, durch die Eltern auch noch in seinen Schmerzen gestört. Vergebens mischte sich der Lehrer ein. Als der Großbischof in Sicht kam, erzwang es das astromentale Paar durch seine sonderbar kühle Energie, daß die Heilgehilfen mit der Bahre haltmachten und wir anderen zusamt der riesigen Gefolgschaft stehenblieben. Dies war der Augenblick, wo sich das ganz Unerwartete ereignete, das, meiner Ansicht nach, während der ganzen Geschichtsepoche von Djebel und Wintergarten auf der Erdoberfläche ohne Präzedens war. Aus der dichten Menge arbeiteten sich plötzlich drei weiße Gestalten heran, eine kleine, etwas schiefe, und zwei plumpe Riesen, so recht Kolosse auf tönernen Beinen, verschnittenen Haremswächtern ähnlich. Nein, nein, unser Animator war's nicht, ich habe ihn wenigstens nicht in diesen erkannt, noch auch waren es Badediener No. Eins und Zwei. Es waren zwei andere Badediener, und sie schleppten eine Badebutte mit schwarzer Erde herbei, die sie aus der Tiefe des Hohlraums mitgebracht hatten. Dicker langsamer Schweiß stand ihnen wie Stearintropfen auf der Stirn, denn mühsam und erschöpfend war für Funktionäre des Wintergartens der Aufenthalt und körperliche Arbeit unter dem wirklichen Himmel. Allen dreien, besonders aber dem Animator, klapperten vor Eiseskälte die Zähne: die Temperatur einer normalen Frühlingsnacht bedeutete für sie ein arktisches Abenteuer, das sie nur um der großen Sache willen auf sich genommen hatten. Der Animator, der hier in der frischen Luft nur einzelne Worte auszustoßen fähig war, wies mit einer weiten einladenden Gebärde seiner Hände immer wieder auf den Badebottich mit dem retrogenetischen Humus hin, zwei Worte wiederholend:

»Kühl, gut, kühl, gut...«

Knirpsens Vater aber, selbst ein zierlicher kleiner Mann, richtete sich so hoch auf, als es möglich war, und sprach mit lauter Stimme, die das gespannte Schweigen durchdrang:

»Mein liebes armes Söhnchen, du weißt aus deiner Kinderzeit und den Geschichten, die man dir erzählt hat, was diese hier sind, und was dieses gute kühle Bad ist, das deine Schmerzen sofort heilt... Du bist ja orientiert...«

»Orientiert?« höhnte der Elementarlehrer beiseite. »Er ist das Genie der Orientation. Der Himmel ist nicht groß genug, daß er sich in ihm verirren könnte...«

Es entstand eine Pause, die ganz der aus weiten Fernen erwachenden Aufmerksamkeit des Knaben gehörte. Dann fragte seine sehr matte, beinahe schon schlafumsponnene Stimme:

»Ist es soweit mit mir?«

»Es ist soweit mit uns dreien, mein Herzensschatz«, sagte die junge Frau, ohne sich eine schmerzliche Schwebung zu gestatten.

»Deine liebe Mutter hat recht«, nickte der Mann. »Wir werden dich in das dunkle Bad betten, und deine brennenden Schmerzen sind vorbei. Dann geleiten wir dich an den Ort, wo man auch uns neben dir ins dunkle Bad betten wird. Tausende und Abertausende haben es getan, viele unserer Verwandten und Freunde. Und wir drei werden beisammen sein...«

»Keine Schmerzen mehr«, wimmerte der Knabe.

»Kühl, gut, kühl, gut«, stieß der Animator hervor und wies mahnend mit beiden Händen auf den Bottich, der nun ganz dicht neben der Tragbahre stand.

Der Sterntänzer begann aber plötzlich unruhig zu werden. Seine Augen suchten:

»Herr Lehrer, Herr Lehrer...«

»Hier bin ich, mein lieber schlimmer Schüler...«

»Und ich Herr Lehrer? Bin ich ein Chronosoph? Oder bin ich's noch nicht?«

»Ich hätte es nie ausgesprochen vor den bösen Ohren der Welt. Jetzt aber spreche ich's aus. In Ihnen, meinem kleinsten Schüler, den ich von jetzt an nicht mehr Io-Knirps nenne, in Ihnen sehe ich den Hochschwebenden des nächsten...«

»Aber es gibt keinen Djebel mehr«, unterbrach eine scharfe Stimme.

Der Sterbende aber hatte die Hände des Lehrers gepackt und versuchte sich mit einer wilden Anstrengung aufzurichten:

»Ich will nicht ins Kühle und Gute«, schrie er, »ich will nicht...«

»Aber deine brennenden Schmerzen«, schluchzte nun endlich die Mutter auf und warf sich fassungslos auf die Knie.

»Dann lieber die brennenden Schmerzen, viel lieber...«

Der Knabe keuchte und sank zurück. Schnell und überaus

deutlich hob und senkte sich seine wunde Brust. Alle aber, die diesen Vorgang gesehn und verstanden hatten, wurden von einer erstickenden Erschütterung gepackt, so daß man das Weinen der Frauen, Schneuzen, Husten und schluchzend scharfe Ausrufe hörte über den ganzen Platz.

»Oremus«, sang der Großbischof unterm Baldachin, langsam dem Sterbenden sich nähernd. Ein Gebetmurmeln der Priester respondierte: »Respice, quaerimus, Domine, famulum tuum parvulum in infirmitate sui corporis...«

Ich aber bedeckte meine Augen. Auch mir war die Kehle zugeschnürt von einem fast unausdrückbaren Wissen und Empfinden. In der Neuannahme des natürlichen Todes und Schmerzes durch den kleinen Sternentänzer hatte eine neue Zukunft die alte Zukunft abgelöst. Kein Wunder, daß ich wankte. Es war ein bißchen zu viel für einen einzigen Beobachter. Doch schon fühlte ich mich von freundlichen Armen gestützt und geführt...

Ich saß im Sephirodrom, in der Bibliothek des Großbischofs, in demselben Lehnstuhl wie das letzte Mal. Auf dem niedrigen Tisch lag immer noch der uralte Quartband, betitelt ›Fortalitium Fidei‹, Stärkung im Glauben. Es war selbstverständlich nicht das Original, die Inkunabel, die um so viele hundert Jahre älter war als ich, sondern ein viel späterer Nachdruck, der aber auch schon ein recht hübsches Alter von einigen zwanzigtausend Jahren auf dem Rücken trug. Die Befestigung im Glauben. Vor mir aber schimmerte in einem hohen, schöngeformten Stengelglase der duftende Wein der hierarchischen Pflanzungen, den ich schon kannte. Ich mußte übrigens bereits mehrere Gläser genossen haben, denn trotz der wunden Erschöpfung in meiner Brust fühlte ich zugleich eine wirre und schwimmende Behaglichkeit, die alles milderte. Als ich aufsah, saß der Hochwürdige Großbischof mir gegenüber in seinem hohen, thronartigen Stuhl. Diesmal war er ganz in Zivil, das heißt in ein schwarzes gewöhnliches Habit gekleidet, nicht sehr verschieden von seinen Amtsbrüdern rund hunderttausend Jahre zuvor. Ich nahm mich zusammen und sagte:

»Es ist sehr gnädig von Euer Lordschaft, mir zu dieser Stunde Audienz zu gewähren und mich zu bewirten...«

»Aber Sie wünschen ja gar keine Audienz, mein Sohn, sondern etwas ganz anderes«, lächelte der Kirchenfürst schwach über sein weißes großes Gesicht, und seine blauen Augen ruhten auf mir: »Natürlich will ich viel mehr als eine Audienz«, gestand ich. »Man wird sich ja huldvollst erinnern, daß man mir für den Notfall ein Refugium angeboten hat...«

»Dieses Refugium wurde aber nicht in Anspruch genommen, als der Notfall gegeben war«, lächelte der Großbischof noch immer, aber in seinen Worten schwebte eine leichte Rüge mit.

»Ich gestehe, daß ich am vergangenen Tage noch zu versponnen und neugierig war. Auch erliege ich sehr leicht interessanten Titelworten. Das Wort ›Wintergarten‹ hat auf mich eine magische Anziehungskraft ausgeübt...«

»Und jetzt sind Sie nicht mehr versponnen und neugierig?« fragte der Erzpriester, und eine ganz ferne Amüsiertheit durchschimmerte seinen Ernst.

Etwas zwang mich, meinen Kopf zu senken:

»Nein, Großbischöfliche Gnaden, ich bin nicht mehr neugierig. Obwohl mich Ihr goldener Wein ein wenig tröstet, bin ich sehr, sehr traurig. Ich habe meinen besten Freund verloren. Und jenes Kind dort oben stirbt oder ist schon tot...«

»Dann kann Ihnen auch meine Zuflucht nicht mehr genügen, mein Sohn.«

»Offen gesagt, nein!«

»Und welches Anliegen haben Sie auf dem Herzen?«

»War es gestern, Señor Gran Obispo, ist es möglich, daß es nicht früher als gestern war, da Sie zu mir sprachen: »Sie waren niemals tot, mein Herr?«

»Sie waren auch niemals tot, mein Herr.«

»Ist das ganz sicher. Hochwürdiger Vater?«

»Wenn man Ihre ebenso lebendige wie falsche Darstellung des Totseins in Betracht zieht, so ist es ganz sicher.«

»Bin ich aber nicht tot, so lebe ich. Wie? Oder gibt es noch eine andere Alternative?«

»Sie leben, ohne Zweifel, Sie leben...«

»Und wo lebe ich, Euer Lordschaft?«

»Dasselbe frage ich Sie, mein Sohn. Wo, denken Sie wohl, daß Sie leben?«

»Ich habe dann und wann während meines Aufenthalts hier über diese Frage ganz jähe blitzhafte Erleuchtungen gehabt. Eine Modellwelt vielleicht, eine vorausgespiegelte Modellwelt, gemäß irgendeinem der Urslerschen Paradoxe über die Lichtbahnen, die Raum und Zeit der verschiedensten Grade und Dichtigkeiten schaffen...«

»Bedenken Sie, mit wem Sie reden, liebes Kind... Darf ich nun Ihr Anliegen hören...«

Langsam trank ich den Rest meines Weines aus:

»Ich hab's satt«, sagte ich, noch das Glas in der Hand, »ich bin müde. Ich möchte fort...«

»Hm. Sie haben's satt. Sie möchten fort. Wie aber stellen Sie sich das vor...«

»Ich bin durch irgendein Tor eingetreten. Es muß doch dieses oder ein anderes Tor geben...«

»Mit Toren hab ich nichts zu schaffen«, erklärte der Großbischof, offensichtlich ein bißchen gekränkt.

»Es muß durchaus kein Tor sein, Euer Lordschaft«, beeilte ich mich vorzubringen. »Jede Art von Passage ist mir recht. Ich kann nur nicht mehr sehr lange in zwei Welten leben. Mein armer Freund B. H. hat mir vorgeworfen, daß ich mich zu sehr ausdehne, daß ich aus lauter Erlebnisgier stets in Gegensätzen zu existieren trachte. Er meint, das sei erstens unmoralisch und zweitens ungesund...«

»Ihr Freund hat doppelt recht«, nickte der Großbischof.

»Ich bin ein Verirrter und habe niemanden als den Hochwürdigsten Vater, der mir in dieser ganz vertrackten Situation helfen könnte. Ich bitte um Ihre Hilfe.«

Der Großbischof schien versöhnt, denn sein großes bleiches Gesicht lächelte wiederum schwach:

»Wir werden nachdenken«, sagte er.

»Ich habe diese Güte nicht verdient«, atmete ich auf. »Meine

Anwesenheit hat keine nützlichen Folgen gehabt, wenn ich mich auch einer bewußten Schuld kaum zeihen kann...«

Der Großbischof sandte mir einen langen Blick zu:

»Ihre Ausdrucksweise ist nach wie vor kompliziert, mein Herr...«

»Das kommt daher, weil ich ein schwerer Sünder bin und folglich im stetigen Anklagezustand und folglich mich in jedem Satz verteidigen muß...«

»Dadurch wird's nicht besser«, schüttelte der Erzpriester traurig den Kopf. »Doch gleichviel, wir werden nachdenken. Wir haben sogar schon den Auftrag gegeben nachzudenken.«

»Oh wie mich das beruhigt, Euer Lordschaft. Jetzt aber wird es geboten sein, daß ich mich zurückziehe, um nicht länger zu stören. Der Morgen kann nicht fern sein...«

»Nein, nein, Sie bekommen keinen Urlaub, lieber Sohn«, lachte der alte Mann in sich hinein. »Ganz im Gegenteil. Sie haben jetzt den Preis für unser Nachdenken zu zahlen.«

»Mit Vergnügen. Fordern Sie alles, worüber ich verfüge...«

Der Großbischof schenkte mir bedächtig ein neues Glas voll. Der Kristall summte wie eine Glocke unter dem Weingold. Ich hatte mich nach dem Trank gesehnt, aber nicht gewagt, ihn zu erbitten.

»Der Preis geht nicht über Ihr Vermögen, mein Kind«, sagte der Hochwürdige. »Ich erbitte Ihren Eindruck Summa Summarum.«

Fortalitium Fidei. Ich nahm den Schmöker in die Hand, und ein weihrauchähnlicher Duft umschwebte meinen Kopf. Ich lehnte mich weit zurück und redete mit geschlossenen Augen:

»Vor allem, Euer Lordschaft, mein ehemals undeutlicher Glaube an die Erbsünde, an den Fall des Menschen durch Ungehorsam hat sich durch die Erfahrungen meines Aufenthaltes tief befestigt. Ich konnte den unerklärbaren Zwang beobachten, der den Menschen immer wieder verführt, sein mühsam errungenes Gleichgewicht zu vernichten. Im gegenwärtigen Fall sogar sinnloser und unbegreiflicher als früher. Ich gehe aber weiter. Im Djebel hat man mir freundlichst die Lösung einiger

Welträtsel anvertraut. Ich ahne, daß nicht nur Adam, der Erdenmensch, gefallen ist, sondern vor ihm der Himmelsmensch, das erste Ebenbild... Diese Lehre wäre zwingender, ohne daß sie unsere Voreltern reinwäscht...«

Der Großbischof trommelte nervös mit den Fingern auf der Armlehne und sah zur Seite. Weder liebt es ein Musiker, wenn ein Laie mit ihm über den Kontrapunkt spricht, noch ein Theologe, wenn ihn ein Laie mit metaphysischen Spekulationen erschreckt, von denen er schon beim ersten Worte weiß, daß sie längst widerlegte Ketzereien sind und nichts anderes sein können. Dieser verflixte Valentinus, dachte der Großbischof wahrscheinlich. Laut sagte er aber, und zwar hörbar ennuyiert:

»Bleiben wir auf der Erde, mein Sohn!... Sie haben hier in diesem Raum von der Welt ohne Ökonomie geschwärmt. Halten Sie Ihr Urteil aufrecht?«

»Die Welt ohne Ökonomie ist ein Paradies. Was aber hilft es, da der Mensch nicht paradiesisch ist? Er gießt sich selbst als Inhalt in jede Form. So sind am Ende alle Formen unwesentlich, weil sie das unabänderliche Maß menschlichen Ungenügens umschließen. Ich weiß nicht, ob der Höhlenmensch glücklicher gewesen ist als der Bewohner eines New Yorker Wolkenkratzers um 1930 und ob letzterer glücklicher war als mein Gastfreund Io-Fagòr in seinem unterirdischen Hause voll Lichtphantasien, dynamischen Tapeten, stellar hergestellten Familienrezepten und vielen anderen Wundern. Ich weiß nur, daß ein Hochhaus oder ein Cottage um 1930 unendlich viel wohnlicher und praktischer war als die Kalkhöhle eines Primitiven und daß die schlechteste Heimstätte der Panopolis ihrerseits unvergleichlich zivilisierter ist als eine Magnatenvilla meiner Lebenszeit, ganz zu schweigen von den morgenwolkenumkreisten Bürodolomiten und Kommerzwaben von Manhattan. Der Mensch bringt Großes zustande, bloß ein obskuranter Dummkopf kann das leugnen. Nur eines hat er noch nicht zustande gebracht, sich selbst!«

»Das läßt sich hören«, murmelte der Großbischof, ziemlich zufrieden. Er schien vor meinen Formulierungen eine schamhafte Furcht zu empfinden.

»Die Welt ohne Ökonomie«, fuhr ich fort, »steht höher als die Welt mit Ökonomie, das heißt richtiger gesagt, sie ist höher entwickelt, wie zum Beispiel eine elektrische Hotelküche höher entwickelt war als das nackte Feuer, an dem der Wilde seine Jagdbeute briet, und die Zubereitungen des Arbeiters ihrerseits höher entwickelt sind als jene altertümlich-elektrische Hotelküche. Das will aber durchaus nicht heißen, daß die höher entwickelte Speise auch vortrefflicher schmeckt. Mich würden die raffinierten mentalen Suppen und Cremes auf die Dauer ermüden, und ein Kongreß von Gourmands dürfte ohne Zweifel feststellen, daß auf nacktem Holzfeuer der Braten am besten gerät. So liegt es im Leben, daß jeder Gewinn auf einem Verlust beruht und umgekehrt. Ich hoffe, daß trotz des Dschungelsieges die ökonomielose Welt aufrecht erhalten bleibt. Sie ist eine bessere Welt, obwohl der Mensch in ihr nicht besser ist. Doch wenn der Mensch moralisch auch nicht besser ist, er ist ästhetisch schöner geworden. Er ist nicht nur schöner geworden, sondern auch erkennender, dafür aber auf der Verlustseite wieder matter und kälter: War der Mensch früher schuldig-unschuldig, so ist er jetzt unschuldig-schuldig mit seinen leeren Handflächen ...«

Während ich an Lala in der Dorfkirche dachte, ergriff mich eine längere Geistesabwesenheit, so daß ich erst den Schluß dessen hörte, was der Großbischof mir zu sagen hatte:

»... Sie vielleicht zurückkehren, da wird man Sie ausfragen. Werden Ihre Zeitgenossen alles glauben, was Sie ihnen wahrheitsgemäß zu berichten haben?«

»Danke, Euer Lordschaft«, sagte ich beglückt, indem ich ein weiteres Glas in Empfang nahm. »Meine Zeitgenossen werden sich kaum darüber wundern, daß der Arbeiter und sein Clan aus den Strahlen der Sonne und anderer Lichtgestirne die vereinfachten vergeistigten Gebrauchsartikel einer numerisch zusammengeschrumpften Menschheit herstellt und auf kürzestem Wege in die Häuser transportiert. Das zwanzigste Jahrhundert war die frühe und plumpe Wiege jener späteren kosmischen Industrie, die auf der Ausnützung der stellaren Grundkräfte beruht. Der populärwissenschaftliche Journalismus meiner Zeit warf schon mit Alpha-, Beta-, Gammastrahlen um sich. Die altmodischen Fernsubstanzzertrümmerer waren zwar noch nicht erfunden, aber der primitivsten Zertrümmerungsart gewisser Atome und der Entbindung der ungeheuren Weltallskräfte war man schon auf der Spur. Auch die Einrichtung des Djebels wird meiner Meinung nach nicht auf unüberwindlichen Zweifel stoßen. Daß die tellurische Gesinnung der Menschen sich zur kosmischen Gesinnung hinentwickeln muß, das ahnten die feineren Geister aller Zeiten. Mir persönlich aber wird man Feigheit vorwerfen, weil ich nur Planeten besucht habe und mit der untersten Schulklasse aufgefahren bin, anstatt mich mit Sternwanderern, Verwunderern und Fremdfühlern in die höheren und höchsten Intermundien zu wagen. Was schließlich den ›Wintergarten‹ betrifft, so werden viele trotz der schönen Margueritenfelder abgestoßen und entsetzt sein von der stygischen Lokalität und dem ganzen Louche von schmuddeligem Umweg ums Sterben. Genau so wie ich es war. Wer weiß aber, andere wieder werden es nicht nur glaubhaft, sondern sogar praktisch finden, daß man das Leben zurückzudrehen gelernt hat, wie man eine Filmrolle und somit ein abgebildetes Leben zurückdrehen kann vom Ende zum Anfang hin...«

»Ich hoffe«, lächelte der Erzpriester, »daß Sie die Bereitschaft Ihrer Zeitgenossen, über die ich kein Urteil habe, nicht überschätzen. Nun aber verraten Sie mir, mein Freund, was man Ihnen bestimmt *nicht* glauben wird.«

»Bestimmt *nicht* glauben wird man mir«, entgegnete ich, »daß Euer Lordschaft und der Jude des Zeitalters existieren.«

»Ja, warum wird man Ihnen diese bescheidenste aller Tatsachen nicht glauben?«

»Weil gerade diese bescheidenste aller Tatsachen ohne übernatürlichen Glauben nicht zu glauben ist. Ohne den Glauben an die erstletzte und endgültige Offenbarung der unbeweglichen Wahrheit durch das Alte und Neue Testament ist die Annahme, daß die Kirche Christi und Israel durch die Jahrhunderttausende fortbestehen, nicht nur ein Ammenmärchen, sondern ein Ärgernis. Den echten übernatürlichen Glauben besitzen aber nur die wenigsten meiner Zeitgenossen. Die andern werden sagen: Wenn alle primitiven Religionen durch fortschreitende Erkenntnisformen abgelöst worden sind, so kann die Kirche Christi mit ihren geschichtsbedingten Mythologien und Dogmen die fortschreitenden Erkenntnisformen nicht überlebt haben.«

»Aber werden die standhaften Juden nicht glauben, daß sie die Zeiten überlebt haben?« fragte der Großbischof mit umwölktem Blick.

»Ein paar fromme Orthodoxe vielleicht. Die werden's glauben, aber gar nicht wissen wollen. Die modernen Juden jedoch werden meinen Bericht von Minjonman und seinem Sohn ungern hören, weil ihr Ziel die nationale Normalisierung ist, das heißt das Verschwinden.«

»Mein Sohn, Sie übertreiben. In den Anfängen der Menschheit hat es mehr gute Christen gegeben als heute. Diese guten Christen werden sich mit Ihrem Bericht freuen...«

»Die Protestanten und national-christlichen Sekten werden sich kaum darüber freuen, daß die katholische Kirche das Rennen gewonnen hat...«

»Aber die Katholiken...«

»Die Katholiken werden bittern Anstoß nehmen, daß ich Euer Lordschaft mit dem Titel ›Großbischof‹ bedenke, anstatt Sie Erzbischof zu nennen, obwohl Sie doch wirklich als Oberhirte von mehreren Großdiözesen der Panopolis ein Großbischof sind...«

»Es tut mir leid, daß Sie in Schwierigkeiten geraten werden, wenn unser Nachdenken ein gutes Resultat hat...«

Weiter kam der Kirchenfürst nicht, denn unmerklich war durch eine kaschierte Tür ein Ordensgeistlicher eingetreten, ein hochgewachsener Hagerer, der wie die personifizierte Lautlosigkeit an der Bücherwand stehenblieb. Ich hielt diesen Schattenhaften im ersten Augenblick für den Pater Exorzist. Er war's aber nicht, obwohl er zu demselben Orden gehörte, der unsern Dominikanern entsprach.

Der Großbischof erhob sich:

»Dies ist«, stellte er vor, »der hochwürdige Vorstand unseres angelogischen Seminars ...«

»Wie das«, erschrak ich, weil ich das Wort angelogisch zuerst für eine sprachwissenschaftliche Bezeichnung hielt.

Der Bischof, der mein Nichtverstehen bemerkte, erklärte:

»Oh, es ist ein altehrwürdiges Institut, unser Seminar für Engelforschung.«

Fast hätte ich in die Hände geklatscht vor Entzücken.

»Aber da habe ich selbst Erfahrungen ...«, rief ich aus und brach jäh ab, denn es war weder die Stunde noch der Ort, von Melangeloi und andern Kommunikationen zwischen dem, was in der Welt und außerhalb der Welt ist, zu sprechen.

Der Großbischof trat nahe an den Angelogen heran, und sie begannen halblaut miteinander zu verhandeln. Obwohl ich fühlte, daß der Gegenstand ihres Gesprächs niemand anderer war als ich selbst und meine Zukunft, so spitzte ich doch nicht die Ohren.

Ein überschwengliches Verlangen nach einem neuen Glase Wein, Gott weiß das wievielte, hielt mich in Bann. Ich konnte mich nicht beherrschen und spähte wie ein Dieb nach dem Kristallkrug, um mir verstohlen eins einzuschenken, denn die Priester kehrten mir den Rücken. Langsam griff ich nach dem Kruge.

»Es ist die einzige Gelegenheit«, hörte ich den Engelforscher flüstern. Das Wort »Gelegenheit« war in dem Sinne von Transportmittel gebraucht. Postkutschen nannte man ja einst »Gelegenheiten«. Ich hielt den Krug vorsichtig in der Hand.

»Damit bin ich einverstanden, und es ist auch sinnvoll«, erwiderte der Großbischof leise. Der Angeloge aber zog ein winziges Büchlein hervor, in dem er, es nahe an die Augen haltend, zu blättern begann. Es sah so aus, als blätterte er in einem Fahrplan. Alle Menschen, die in einem Fahrplan blättern, machen sorgenvolle Mienen. Ich habe niemals in einem Fahrplan geblättert, da ich ein Deserteur alles Sorgenvollen bin. Ich habe stets mit kalter Interesselosigkeit andere für mich im Fahrplan blättern lassen, ich, ein ungezogenes Kind der Eisenbahn. So auch jetzt. Ich näherte den Krug meinem Glase. Da aber ... ich war ertappt. Denn der Großbischof drehte sich um:

»Was ist Ihre genaue Adresse, mein Sohn?« fragte er und ließ sich nichts anmerken.

»Nummer 610 North Bedford Drive«, erwiderte ich stramm, indem ich über und über rot wurde.

»Und befindet sich in der Nähe dieser Adresse eine Kirche, ein Kirchlein, eine Kapelle? Das wäre hilfreich nicht nur als Wahrzeichen«, erkundigte sich der Großbischof und sah mich nicht an, vielleicht um mir Gelegenheit zu geben, mich ungeniert zu bedienen.

»Aber natürlich«, rief ich krampfhaft dienstfertig, »eine hübsche mexikanische Kirche ›Zum guten Hirten‹. Gegenüber von ihr liegt ein prächtiger Kakteengarten.«

Der Großbischof wandte mir nachdrücklich wieder den Rükken zu. Ich schenkte mir vom Weine ein, wenn auch nur ein halbes Glas. Undeutlich vernahm ich währenddessen:

»... ein Genie der Orientation ...«

»... Absetzen Ecke North Bedford Drive und April 1943.«

Während ich aber mit größtem Genuß auf einen Zug den Wein leerte, machte ich mir keine Gedanken über diese abgerissenen Gesprächsfetzen. Zudem war durch eine andere Tür ein dienender Bruder in die Bibliothek getreten, hatte sich tief vor den beiden Hochwürdigen verbeugt, ein großes Stundenglas auf den Tisch gestellt und dabei gemurmelt:

»Es ist vollbracht.«

Das halbe Glas Wein war genau um ein halbes Glas zu viel. Der Kopf drehte sich mir. Ein unsäglicher Seelenschmerz stieg in die Kehle. Ich verstand, was vollbracht war und wer es vollbracht hatte. Zugleich aber begann ein Ausspruch des Großbischofs, den er bei unserer ersten Begegnung getan hatte, quälend in meinem Gehirn zu rotieren. Es geschieht zuweilen in tiefer Nacht in einem Wellental zwischen Schlaf und Schlaf, daß irgendein Wort, irgendeine Handlung, die wir am Tage ohne Kritik hingenommen haben, sich plötzlich als Lüge oder als Untreue grell entschleiert und unsere leidende Seele ganz überwuchert. Ähnlich ging es mir jetzt mit jenem Ausspruch des Großbischofs. Ich litt aber nicht um meinetwillen, sondern um des Knaben willen, um des Toten willen, der soeben dort oben das Seine vollbracht hatte. Nein, ich konnte nicht schweigen, so spät es auch war und so fröhlich der Raum sich um mich auch drehte. Der Großbischof hatte den Engelforscher mit seinem Fahrplan entlassen und trat zum Tisch, ohne sich niederzusetzen, wodurch auch ich gezwungen war, mich zu erheben.

»Ich habe das Wichtigste noch auf dem Herzen«, stammelte ich.

Der Erzpriester nahm das Stundenglas vom Tisch und betrachtete es. Der größte Teil des Sandes war schon durchgelaufen:

»Sie haben nur noch wenige Minuten, mein Sohn«, mahnte er, »genau soviel, wie zwischen Erstarrung und Befreiung liegt.«

»Und wenn ich nur noch eine Minute hätte, ich kann nicht anders. Sie haben mir gesagt, daß die Welt jetzt und hier um hunderttausend Jahre böser, sündiger, das heißt von Gott entfernter ist als zu meiner Zeit. Wenn das wahr ist, kann man nicht leben, ich nicht...«

»Habe ich das wirklich gesagt«, lächelte der Großbischof.

»Sie haben es gesagt.«

»Dann hab ich nur eine halbe Wahrheit gesprochen.«

»Ein Großbischof spricht keine halbe Wahrheit.«

»Richtig, mein Kind. Aber es kommt vor, daß ein Großbischof manchmal nur die Hälfte der Wahrheit spricht.«

»Was aber ist die andere Hälfte?«

Er näherte mir seinen großen weißen Kopf, der eine einzige Freundlichkeit war:

»Die andere Hälfte der Wahrheit ist sehr einfach, mein Sohn: Wir entfernen uns nicht nur von Gott durch die Zeit, sondern wir nähern uns auch Gott durch die Zeit, indem wir uns vom Anfang aller Dinge weg und dem Ende aller Dinge zu bewegen...«

Und nun erging es mir ähnlich, wie es mir auf Johannes

Evangelist ergangen war, als ich angesichts der neunfachen Sonnengewalt gelernt hatte, daß die Energie eines Gestirns größer sein kann als sie selbst. Das Zimmer drehte sich nicht mehr um mich, und ein geistiges Glück ohnegleichen entzückte mein Bewußtsein. Heute verstehe ich nicht mehr mit derselben Deutlichkeit und Intensität, was ich in jener Minute verstand. Ich verstand, daß wir aus der Wärme fort in die Kälte gehen und doch zu gleicher Zeit aus der Kälte in die Wärme und ebenso aus dem Licht in die Finsternis wie gleichzeitig aus der Finsternis ins Licht. In dieser unbegreiflichen Doppelbewegung bewegt sich die Geschichte des Menschen und die Geschichte der Menschheit. Die Gerade der Zeit beugt sich in jeder ihrer Sekunden vor dem Schöpfer in anbetender Krümmung. Und so sind wir geborgen, weil die Entfernung nichts anderes ist als eine Form der Annäherung.

Der Großbischof hatte das Stundenglas auf den Tisch gestellt. Ich bemerkte kaum, daß er meine Hand ergriff und daß wir nun über die mühsame Asketentreppe, die ich schon kannte, langsam emporstiegen.

Der neue Tag war noch nicht da, aber es konnten nur noch ein paar Minuten fehlen, und dann würde die Sonne aufgehen. Der Himmel war lichtgetränkt, doch man sah noch den blassen Morgenstern und zwei andere Planeten. Oh, wie ich sie kannte, diese Sterne in dem kleinen gemütlichen Universum, welches das unsrige ist. Und jetzt tauchten wir in die kühle Frühluft. Und jetzt standen meine Füße zum letztenmal auf dem eisengrauen Rasen der astromentalen Menschheitsepoche. Das Nächste, was ich sah, war die ziemlich ferngerückte, dichtgedrängte Menge, die in weitem Kreis den leeren Platz umgab; Astromentale und Dschungelleute kunterbunt vermischt. Ich erkannte es an den roten Zipfelmützen, die wie blutige Flecke aus dem Schleiergewoge hervorbrannten. Aber konnte ich meinen Ohren trauen? Das war ja ein zögerndes Singen, ein kindlich einstimmiges Chorsingen, ein einfältiger Choral von allen Seiten. Die Dschungelleute gaben den hochnäsigen Kulturmenschen, die über das innere Singen das äußere Singen verlernt hatten, die erste Gesangstunde. Gut so! Jeder Verlust ist ein Gewinn. Es klang sehr dünn und schülerhaft. Es klang wie nach einer Krankheit. Und da gewahrte ich den Toten. Er lag auf einem schmalen einfachen Katafalk.

Sein Kopf war sehr hoch gelagert. Seinen zierlichen Leib hatte man mit einem Schleier zugedeckt. Zu seinen Füßen war der zusammengebrochene Lehrer eingeschlummert. Zu seinen Häupten wachten einige der ältesten Fremdfühler, darunter der Unerschütterliche, der das Isochronion um die Stirn gebunden trug. Ich erkannte es, weil die Kapsel spiegelartig im Zwielicht leuchtete. Die Eltern waren fort. Zweifellos hatten sie längst den Wintergarten aufgesucht.

Ich sah fragend den Großbischof an, der stehengeblieben war, eine viel schwerere und mächtigere Figur, als ich gedacht hatte. Er schlug ein rhythmisch großes Kreuz über meinen Kopf; dann winkte er mir, zu gehen. Ich wußte, daß ich nichts anderes zu tun hatte, als zu gehen. Zwischen mir und dem Toten lagen ungefähr dreißig Schritte. Während ich die ersten Schritte machte, war ich unsicher und fürchtete, durch einen Fehltritt oder falschen Gedanken alles zu verpatzen. Ich mußte zum Beispiel folgendes denken, ohne zu wissen, ob ich es denken durfte: Er hat das Isochronion aus der Tiefe geholt, weil er selbst das Isochronion ist, die Gleichzeitigkeit der Welt. Ängstlich blieb ich stehen. Aber niemand sagte: »Falsch! Noch einmal!«

Hingegen verstand ich plötzlich die Bedeutung des Geflüsters und warum man meine Adresse erfragt hatte und daß Io-Knirps beauftragt war, mich an der Ecke von Bedford Drive und April 1943 abzusetzen oder abzuwerfen, denn um sich dem Ende zu nähern, mußte er zum Anfang zurückfliegen in unserm kleinen gemütlichen Universum. Und irgendwo im ersten Viertel oder bestenfalls Drittel, von Anfang gerechnet, lag der Bedford Drive.

Interessant, interessant, sprach ich zu mir selbst, während ich schneller und sicherer ausschritt, umschleiert vom kindlich zaghaften Choral untrainierter Stimmen. Schon sah ich deutlich das Gesicht des Toten. Es war aber nicht ein Gesicht, sondern zwei

Gesichter. Verfluchter Astigmatismus! Wo ist meine Brille? Ich tastete alle Taschen meines Fracks nach der Brille ab, obwohl ich wußte, daß man sie mir fortgenommen hatte. Es waren aber wirklich zwei Knabengesichter übereinander. Ein graues totes oben und ein blühend lächelndes darunter, etwa so, wie bei Abziehbildern ein graues Häutchen die Farbenpracht darunter zudeckt. Das graue Gesicht wurde immer undeutlicher, das blühende immer deutlicher, je näher ich kam. Nur keine Extravaganzen, Junge, oder mit Gott, alle Extravaganzen, die du willst, so kicherte mein ganzes Leben in mir. Mein ganzes Leben aber war eine leichte, luftige, durchleuchtete Freudigkeit, deren man ohne Tränen nicht gedenken kann. Jetzt war ich dem Lächeln des Sternentänzers schon ganz nahe. Er betrog alle, denn ich sah zwischen den halbgeöffneten Lidern seinen verschmitzten Blick. Und in diesen Blick schritt ich hinein, bis ich nichts mehr wußte.

Ende

Bibliographischer Nachweis

Stern der Ungeborenen. Ein Reiseroman. Das Manuskript entstand in der Zeit von Mai 1943 bis 24. August 1945 (University of California at Los Angeles). Zur Entstehung siehe Peter Stephan Jungk, ›Franz Werfel. Eine Lebensgeschichte‹, Frankfurt am Main: S. Fischer Verlag 1988, S. 312–341. Erste Buchausgabe: Bermann-Fischer Verlag, Stockholm 1946; Textvorlage.

Auf Anmerkungen zu diesem Roman wurde verzichtet, weil die Vielfalt der Anspielungen FWs auf Lektüre, auf Biographisches und auf eigene Werke sowie die Menge der eigenwilligen Wortschöpfungen den Rahmen dieser Edition sprengen würde.

Franz Werfel

Gesammelte Werke in Einzelbänden

Der Abiturientag
Roman. Band 9455

Barbara oder Die Frömmigkeit
Band 9463

Cella oder Die Überwinder
Versuch eines Romans
Band 9454

Die Entfremdung
Erzählungen
Band 9452

Gedichte aus den Jahren 1908-1945
Band 9466

Die Geschwister von Neapel
Roman
Band 9460

Höret die Stimme
Roman
Band 9457

»Leben heißt, sich mitteilen«
Betrachtungen, Reden, Aphorismen
Band 9465

Das Lied von Bernadette
Roman
Band 9462

Die schwarze Messe
Erzählungen
Band 9450

Stern der Ungeborenen
Ein Reiseroman
Band 9461

Die tanzenden Derwische
Erzählungen
Band 9451

Verdi
Roman der Oper
Band 9456

Der veruntreute Himmel
Geschichte einer Magd. Band 9459

Die vierzig Tage des Musa Dagh
Roman. Band 9458

Weißenstein, der Weltverbesserer
Erzählungen
Band 9453

Weitere Werke:

Eine blaßblaue Frauenschrift
Erzählungen
Band 9308

Das Trauerhaus
Erzählung
Band 12433

Jacobowsky und der Oberst
Komödie einer Tragödie
Band 7025

Fischer Taschenbuch Verlag

fi 198 / 15

Peter Stephan Jungk

Franz Werfel

Eine Lebensgeschichte

Band 10181

Zahlreiche, lange Zeit unbekannt gebliebene Dokumente aus dem Besitz von Werfels Stieftochter Anna Mahler sowie in den Universitäten von Los Angeles und Philadelphia archivierte Notizhefte, Tagebücher, Skizzen, Urkunden und Briefe hat Peter Stephan Jungk unter Beachtung der publizierten Primär- und Sekundärliteratur Stück für Stück zusammengetragen. Auf diese Weise verdeutlicht er, wie stark äußere Ereignisse persönlicher, familiärer, kultureller und politischer Art Werfels poetisches wie betrachtendes Werk sowohl in der literarischen Form als auch in Bildkraft und Sprachintensität bestimmt haben. Um zwei Beispiele herauszugreifen: im privaten Bereich war es die dynamische Frau Alma Mahler – im Politischen waren es neben den beiden Weltkriegen das Aufkommen und Anschwellen des Totalitarismus, des Faschismus in Italien und des Nationalsozialismus in Deutschland und Österreich, die Vertreibung der Juden. Die Erzählung dieser Lebensgeschichte des als Juden geborenen, seit frühester Kindheit aber zum Christentum neigenden, sich gleichwohl nicht taufen lassenden Werfel hat Peter Stephan Jungk mit Berichten über Orte und Häuser seines Weges aus eigener Anschauung sehr lebendig durchsetzt.

Fischer Taschenbuch Verlag

fi 1030 / 6